|ケンブリッジ版|

カナダ文学史

コーラル・アン・ハウエルズ／
エヴァ＝マリー・クローラー◉編

堤稔子／大矢タカヤス／佐藤アヤ子◉日本語版監修
日本カナダ文学会◉翻訳

THE CAMBRIDGE HISTORY OF CANADIAN LITERATURE

彩流社

THE CAMBRIDGE HISTORY OF CANADIAN LITERATURE
edited by Coral Ann Howells, Eva-Marie Kröller
© Cambridge University Press 2009

Japanese translation rights arranged with Cambridge University Press
through Japan UNI Agency, Inc., Tokyo

ケンブリッジ版カナダ文学史

先住民によって書かれたものからマーガレット・アトウッドに至るまで、本書は、英語およびフランス語で書かれたカナダ作品をその始原から網羅し、英語で綴った文学史である。執筆者が多数からなる本書は、1960年代およびそれ以降の作品に、多文化的作品および先住民の作品に、大衆文学に、そしてカナダの歴史における英語圏文化と仏語圏文化の相互の影響に、特に注意を払っている。小説、戯曲、詩といった確立されたジャンルと並行して、作品形式としては伝統的に注目度が低かった随筆、ネイチャーライティング、ライフライティング、ジャーナリズム、コミックス、および、韻文小説のような、従来型のジャンル分けでは行き詰った作品も論じられている。また内外の卓越した学者陣によって執筆されている本書は、フランス語で書かれた主要なジャンル［詩・演劇・小説］を論じている充実したセクションを含んでいる。同様に、歴史的、文学的／文化的出来事の詳細な年表、および英仏両言語による批評を網羅する包括的な文献目録も加えている。

ケンブリッジ版
カナダ文学史
●
目次

図版一覧　009

地図一覧　011

執筆者一覧　012

謝辞　013

年表　014

地図　048

日本の読者の皆様へ　050
（コーラル・アン・ハウエルズ Coral Ann Howells、エヴァ＝マリー・クローラー Eva-Marie Kröller）

日本語版刊行に際して　051
（佐藤アヤ子）

凡例　052

序章　053
（コーラル・アン・ハウエルズ Coral Ann Howells、エヴァ＝マリー・クローラー Eva-Marie Kröller）

第1部
旧世界と新世界、ヌーヴェル・フランス、二つのカナダ、カナダ自治領

1　先住民社会とフランスによる植民地化　060
（バーバラ・ベライー Barbara Belyea）

2　ヌーヴェル・フランスからの報告　079
――イエズス会の『報告書(ルラシオン)』、マリー・ド・ランカルナシオン、そしてエリザベート・ベゴン
（E. D. ブロジェット E. D. Blodgett）

3　移住、多重忠誠、そして風刺の伝統　098
――フランシス・ブルックからトマス・チャンドラー・ハリバートン
（マルタ・ドヴォルザーク Marta Dvořák）

4　北西部の著作――物語、日記、書簡、1700年から1870年　118
（ブルース・グリーンフィールド Bruce Greenfield）

5　入植者の文学作品　138
　　　（キャロル・ガーソン　Carole Gerson）

　6　英語とフランス語による歴史、1832年から1898年　155
　　　（E. D. ブロジェット　E. D. Blodgett）

第2部
ポスト・コンフェデレーション期

　7　ポスト・コンフェデレーション期の詩　178
　　　（D. M. R. ベントリー　D. M. R. Bentley）

　8　ヴィクトリア朝のナチュラリストによる著書　195
　　　（クリストフ・アームシャー　Christoph Irmscher）

　9　短編小説　214
　　　（ジェラルド・リンチ　Gerald Lynch）

　10　ベストセラー作家、雑誌、国際市場　234
　　　（マイケル・ピーターマン　Michael Peterman）

　11　女性のジャンルにおけるテクストおよび社会的実験　254
　　　（ジャニス・フィアメンゴ　Janice Fiamengo）

　12　カナダと第一次世界大戦　273
　　　（スーザン・フィッシャー　Susan Fisher）

第3部
現代性の諸相、第一次世界大戦後

　13　モダニズムとリアリズムの舞台――自己を演出する作家たち　296
　　　（アイリーン・ガメル　Irene Gammel）

　14　E. J. プラットとマギル大学の詩人たち　320
　　　（エイドリアン・ファウラー　Adrian Fowler）

15　1940年代および1950年代——文化的変化の兆し　337
（コーラル・アン・ハウエルズ Coral Ann Howells）

16　100周年記念　359
（エヴァ＝マリー・クローラー Eva-Marie Kröller）

17　ノンフィクションの形式——イニス、マクルーハン、フライ、グラント　382
（デイヴィッド・ステインズ David Staines）

第4部
芸術的実験、1960年以降

18　四重奏——アトウッド、ギャラント、マンロー、シールズ　404
（ロバート・サッカー Robert Thacker）

19　短編小説　427
（W. H. ニュー W. H. New）

20　カナダの演劇——演技するコミュニティ　450
（アン・ノーソフ Anne Nothof）

21　詩　471
（ケヴィン・マクニーリー Kevin McNeilly）

22　詩、演劇、そしてポストモダン小説　492
（イアン・レイ Ian Rae）

23　漫画芸術とバンド・デシネ——漫画からグラフィックノヴェルへ　511
（ジャン＝ポール・ガブリエ Jean-Paul Gabilliet）

24　亡霊の物語（ゴースト・ストーリーズ）——歴史と神話のフィクション　530
（テレサ・ギバート Teresa Gibert）

25　先住民文学——詩と散文　550
（ラリー・グロウアー Lally Grauer、アーマンド・ガーネット・ルーフォー Armand Garnet Ruffo）

26　現代先住民演劇　570
（ヘレン・ギルバート Helen Gilbert）

27　トランスカルチュラル・ライフライティング　588
（アルフレッド・ホーナング Alfred Hornung）

28　多文化主義とグローバリゼーション　606
（ニール・テン・コーテナール Neil Ten Kortenaar）

第5部
仏語文学

29　詩　632
（ロベール・イエルギュー Robert Yergeau）

30　演劇　657
（ジェイン・モス Jane Moss）

31　小説　682
（レジャン・ボードワン Réjean Beaudoin、アンドレ・ラモンターニュ André Lamontagne）

参考文献　706

日本語版監修者あとがき　761
（堤 稔子／大矢タカヤス）

索引　764

翻訳者一覧　828

図版一覧

1. ルイ・ニコラ、"イリノワ国の首長。パイプと槍を持っている。" 1700年頃。*Codex canadiensis* (c.1700). Gilcrease Museum, Tulsa, Oklahoma. — 067

2. "1756年、ガスパール=ジョゼフ・ショスグロ・ド・レリの冬期遠征日誌に記載された、1756年2月13日の会見で確認された、先住民オナイダのオヌアタリなる男の報告に基づいて作製された地図"、"Carte dressée sur le rapport du nommé Onouatary, Sauvage Oneyoutte, établi, à la Présentation le 13 février 1756, dans Journal de la compagne d'hiver de Gaspard-Joseph Chaussegros de Léry, 1756." Musée de la civilisation, collection du Séminaire de Québec, fonds Viger-Verreau. P32/O-94D/L-71. — 069

3. Eric Gill『ジャン・ド・ブレブーフの殉教』"The Martyrdom of Jean de Brébeuf," in *The Travels and Sufferings of Father Jean de Brébeuf Among the Hurons of Canada as Described by Himself*, ed. and tr. Theodore Besterman (London: Golden Cockerel Press, 1938). Bruce Peel Special Collection Library, Uiversity of Alberta. — 085

4. a) および b)：Joseph Brant 訳、英語とモホーク語の『マルコによる福音書』(1787年)。British Library Board. All Rights Reserved 222.h.17 Rare Books. — 105

5. Thomas Chandler Haliburton,『時計師』*The Clockmaker* (London; Richard Bentley, 1839). Koerner Library, the University of British Columbia. — 112

6. Catharine Parr Traill and Agnes Fitzgibbon, *Canadian Wildflowers* (1868)、図 III より：「黄色いカタクリ Yellow Adder's Tongue〈アメリカカタクリ属ユリ科植物 *Erythronium Americanum*〉、大きく白いエンレイソウ Large White Trillium〈タイリンエンレイソウ *Trillium Grandiflorum*〉、カナダオダマキ Wild Columbine〈カナダ産オダマキ属キンポウゲ科植物 *Aquilegia Canadensis*〉」。Reproduced from the Rare Book Collection of the Canadian Museum of Nature, Ottawa, Ontario. — 199

7. 多色石版刷絵「ソウゲンライチョウ」(Prairie Hen、キジ目ライチョウ科 *Cupidonia Cupio*)。W. Ross King, *The Sportsman and Naturalist in Canada* (1866) より。Courtesy the Lilly Library, Indiana University, Bloomington. — 203

8. E. E. S. (Evvy Smith),「カナダの園芸家のために描かれたプリンセス・ルイーズあるいはウルヴァートン」("Princess Louise or Woolverton. For the Canadian Horticulturist.")。*The Canadian Horticulturist* 11.9 (1888)、口絵より [p. 193]。Author's collection. — 207

9.「実の重さを支えきれずに枝が垂れ下がっている梨の木」("Pear Tree, Showing Pendulous Habit Caused by Weight of Fruit")。J. T. Bealby, *Fruit Ranching in British Columbia*, 2nd edn. (1911) 中、p. 192の写真。Author's collection. — 208

10. 仮装した Baroness Elsa von Freytag-Loringhoven、1920年頃。George Grantham Bain Collection, Library of Congress, Washington, DC. — 298

11. F. P. グロウヴと家族。ウィニペグ湖で、1923年。Leonard and Mary Grove, Toronto, Ontario.   301

12. Robert J. Stead,『グレイン』*Grain*（1926）の表紙絵。George H. Doran Company.   304

13. L. M. Montgomery, "Myself in 1912," キャヴェンディッシュの彼女の寝室で撮られた自画像写真。L. M. Montgomery Collection, Archival and Special Collections, University of Guelph Archives. *L. M. Montgomery* は L. M. モンゴメリ相続人会社の商標である。   310

14. Graeme Taylor, John Glassco, Robert McAlmon、ニースの海岸で、1928年ごろ。PA 188182. Library and Archives of Canada. Courtesy of William Toye, literary executor for the estate of John Glassco.   315

15. Adrian Dingle による「オーロラ（北極光）のネルヴァナ」"Nelvana of the Northern Lights" は Triumph-Adventure Comics, c.1945の表紙。Copyright Nelvana Limited. Used with permission. All rights reserved. Copyright Library and Archives Canada. Reproduced with the permission of the Minister of Public Works and Government Services Canada（2008）.   515

16. Steven Keewatin Sanderson,『闇が呼んでいる』*Darkness Calls*. Healthy Aboriginal Network, Vancouver, 2006.   516

17. Margaret Atwood,「サヴァイヴァルウーマン」"Survivalwoman." Copyright Margaret Atwood, *This Magazine*, 1975.   520

地図一覧

1. カナダ全図　048
2. ヨーロッパ接触期におけるカナダおよびカナダ周辺の先住民族の分布　049

カナダ文学史

執筆者一覧

RÉJEAN BEAUDOIN　University of British Columbia（カナダ）
BARBARA BELYEA　University of Calgary（カナダ）
D. M. R. BENTLEY　University of Western Ontario（カナダ）
E. D. BLODGETT　University of Alberta（カナダ）
MARTA DVOŘÁK　Sorbonne Nouvelle（フランス）
JANICE FIAMENGO　University of Ottawa（カナダ）
SUSAN FISHER　University of the Fraser Valley（カナダ）
ADRIAN FOWLER　Sir Wilfred Grenfell College, Memorial University of Newfoundland（カナダ）
JEAN-PAUL GABILLIET　Université de Bordeaux（フランス）
IRENE GAMMEL　Ryerson University（カナダ）
CAROLE GERSON　Simon Fraser University（カナダ）
TERESA GIBERT　Universidad Nacional de Educación a Distancia, Madrid（スペイン）
HELEN GILBERT　Royal Holloway College, University of London（イギリス）
LALLY GRAUER　University of British Columbia Okanagan（カナダ）
BRUCE GREENFIELD　Dalhousie University（カナダ）
ALFRED HORNUNG　Johannes-Gutenberg-Universität（ドイツ）
CORAL ANN HOWELLS　University of Reading / University of London（イギリス）
CHRISTOPH IRMSCHER　Indiana University（アメリカ）
NEIL TEN KORTENAAR　University of Toronto（カナダ）
EVA-MARIE KRÖLLER　University of British Columbia（カナダ）
ANDRÉ LAMONTAGNE　University of British Columbia（カナダ）
GERALD LYNCH　University of Ottawa（カナダ）
KEVIN MCNEILLY　University of British Columbia（カナダ）
JANE MOSS　Colby College / Duke University（アメリカ）
WILLIAM H. NEW　University of British Columbia（カナダ）
ANNE NOTHOF　Athabasca University（カナダ）
MICHAEL PETERMAN　Trent University（カナダ）
IAN RAE　King's University College at The University of Western Ontario（カナダ）
ARMAND GARNET RUFFO　Carleton University（カナダ）
DAVID STAINES　University of Ottawa（カナダ）
ROBERT THACKER　St. Lawrence University（アメリカ）
ROBERT YERGEAU　University of Ottawa（カナダ）

謝辞

執筆者の方々には、立派なお仕事およびご協力に感謝します。経済的支援をいただいたブリティッシュ・コロンビア大学および英国カナダ研究財団に、優れた調査のご協力をいただいたローラ・ポッター（Laura Potter）とメラニー・サンダーソン（Melanie Sanderson）に、専門的な技術協力をいただいたドミニーク・ユーパンコ（Dominique Yupangco）とミランダ・クリフォード（Miranda Clifford）に、そして、パトリシア・ラキー（Patricia Lackie）とキャロル・ウォン（Carol Wong）の優れた事務能力に感謝します。ロビン・ハウエルズ（Robin Howells）、デイヴィッド・ステインズ（David Staines）、アンドレ・ラモンターニュ（André Lamontagne）、レジーン・ボードイン（Réjean Beaudoin）、ラリー・グロウアー（Lally Grauer）、ゴードン・ボリング（Gordon Bölling）からは寛大な学術的助言をいただきました。同様に、図版のご協力をいただいた方々に感謝いたします。特に、アルバータ大学ブルース・ピール・スペシャルコレクション・ライブラリーのロバート・デスマレ（Robert Desmarais）とヘルシー・アボリジナル・ネットワークのショーン・ミューア（Sean Muir）に、同じく、クリストフ・アームシャー（Christoph Irmscher）の章［8章］の図版に関するティム・フォード（Tim Ford）の作業に感謝します。ケンブリッジ大学出版のレベッカ・ジョーンズ（Rebecca Jones）とロジーナ・ディ・マルツォ（Rosina Di Marzo）に、そして編集者のデイヴィッド・ワトソン（David Watson）に感謝します。編集長のサラ・スタントン（Sarah Stanton）には、いつもながら、元気をいただきました。

カナダ文学史

年表

年	史実	文学・文化
紀元前約 12000	アジア系移住者がベーリング海の陸橋を渡って北アメリカに到来	
紀元前約 10000	ブルーフィッシュ洞窟（ユーコン州）—現在、確認されている北アメリカ最古の人類住居跡	
紀元前 10000 - 8000	コルディエラ氷床とローレンタイド氷床の後退；尖頭器・細石刃文化が北アメリカに広がる	
紀元前 8000 – 4000	プラノ人—確認された最古の火葬	
紀元前 4000 – 1000	沿岸(maritime)古代人、トグル式銛および大型の舟を使用、副葬品を含む墳丘を築く；古代ローレンシア人および古代楯状地（シールド）人は死者とともにかなり精巧に細工された副葬品を残した	
紀元前 1000– 西暦 500	ポイント・ペニンスラ、メドウッド、ソージーンの住民—土墳葬、銀製装飾品；中部北西海岸住民—精巧な器物制作の発展；後期パレオエスキモー—骨・象牙彫刻	
西暦 500 –	ヨーロッパ人との接触期　北部アルゴンキン語族（ベオスック語族を含む）および後期ネシケップ—ロックアート（岩山芸術）	
985/986	ビアルノ・ハルジュルフセン(Bjarno Harjulfsen)の『グリーンランド・サガ』(Graenlendinga Saga)で語られているところによると、ヨーロッパ人、初めてバフィン島("Helluland")、ラブラドール("Markland")、セント・ローレンス川流域("Vinland")を認識する	
1000	ヴァイキングがニューファンドランドに入植	
1390 – 1450	イロコイ語族同盟	
1497	ジョン・カボット(John Cabot)、ニューファンドランドに航海	
1534	ジャック・カルティエ(Jacques Cartier)、セントローレンス川湾口へ航海	
1545		ジャック・カルティエ、『ジャック・カルティエ隊長が 1535 年および 1536 年にカナダ、オシュラガ、サグネー、その他の島々へ実施した航海に関する簡略な報告と簡潔な叙述』(Bref récit et succincte narration de la navigation faite en

年	史実	文学・文化
		MDXXXV et MDXXXVI par le Capitaine Jacques Cartier aux îles de Canada, Hochelaga, Saguenay et autres)
1556	ジャコモ・ガスタルディ(Giacome Gastaldi)作成の最初のニューフランスの地図がジョヴァンニ・ラムズィオ(Giovanni Ramusio)の『航海と旅』(Navigationi e viaggi)の中に掲載される；ジャック・カルティエの1534年の航海の報告書	
1576、1577、1578	マーティン・フロビシャー(Martin Frobisher)の北極探検	
1605	ポール・ロワイヤルの建設	
1606		マルク・レスカルボ(Marc Lescarbot)作『ネプチューンの芝居』(Le théâtre de Neptune)がポール・ロワイアルの港で上演される
1608	サミュエル・ド・シャンプラン(Samuel de Champlain)によりケベック〔＝ケベックシティ〕が建設される	
1610	ヘンリー・ハドソン(Henry Hudson)、ハドソン湾へ航海	イエズス会『報告書(ルラシオン)』(Relations, 1632-73年発行)がピエール・ビアール(Pierre Biard)のアカディアからの手紙(letters from Acadia)をもって始まる
1613		『サントンジュの人シャンプラン殿の旅行記』(Les Voyages du Sieur de Champlain Xaintongeois)
1624	文書化された最初の協定（アルゴンキン・フランス・モホーク和平）	
1627	百人会社の設立	
1632		ガブリエル・サガール(Gabriel Sagard)、『ヒューロンの国への大旅行』(Le Grand Voyage du pays des Hurons)；マリー・ド・ランカルナシオン、『魂の書』(Écrits spirituels, 1632-54)の執筆を開始
1639	マリー・ド・ランカルナシオン、ケベックに向けて航海	
1642	ヴィル・マリー（モントリオール）の建設	
1659	ピエール＝エスプリ・ラディソン(Pierre-Esprit Radisson)とメダール・シュアール・ド・グロゼリエ(Médard Chouart de Groselliers)、スペリオル湖、ミシガン湖方面へ旅	
1664	フランソワ・デュ・クルー(François du Creux)、その『カナダあるいはヌーヴェル・フランスの歴史』(Historiae canadiensis, seu Novae-Franciae)の中で「広大な森と平原」と記述	ピエール・ブーシェ(Pierre Boucher)、『ヌーヴェル・フランスの風習と産物についての真正かつ博物学的歴史』(Histoire véritable et naturelle des mœurs et productions du pays de la Nouvelle-France)

カナダ文学史

年	史実	文学・文化
1670	ハドソン湾会社、活動を開始	
1680	カテリ・テカクウィタ(Kateri Tekakwitha)〔カトリックに改宗した先住民女性〕の死(1980年に列福される)	
1694		『タルテュフ』騒動(L'Affaire Tartuffe)〔時の総督フロントナックが本国で物議を醸したモリエールの『タルテュフ』をケベックで上演させようとして司教のサン＝ヴァリエと諍いが生じた〕
1697		ルイ・エヌパン(Louis Hennepin)、『ある広大無辺の国の新たな発見』(Nouvelle découverte d'un très Grand pays)、ナイアガラ瀑布の挿絵を初めて掲載
1701	モントリオールの和議	
1703		ルイ＝アルマン・ド・ラオンタン(Louis-Armand de Lahontan)、『ラオンタン男爵の北米への新たな旅、北米回想記』(Nouveaux voyages de M. le baron de Lahontan dans l'Amérique septentroionale; Memoires de l'Amérique septentrionale)(1703年);『ラオンタン男爵旅行記補遺』(Supplément aux voyages du Baron de Lahontan)(1704年)
1713	ユトレヒト条約	
1744		ピエール＝フランソワ・グザヴィエ・シャルルヴォワ(Pierre-François Xavier de Charlevoix)、『ヌーヴェル・フランスの歴史と概要概観』(Histoire et description générale de la Nouvelle France)
1748		マリー・エリザベート・ベゴン(Marie Elisabeth Bégon, 1696-1755)、が義理の息子に手紙を送り、『息子への手紙』(Lettres au cher fils)として1972年、Nicole Deschampsより出版される
1751	ノヴァ・スコシアにおける最初の印刷	
1753		ピーター・カールム(Peter Kalm)の『旅行記』(Travels)がスウェーデンで出版される(英語版1770年)
1755	アカディア人の追放	
1756	七年戦争始まる(1756-1763)	
1759	アブラム平原の戦い	
1763	パリ条約	
1764	ケベックにおける最初の印刷機	「ケベック新聞」(La Gazette de Québec)刊行開始

年	史実	文学・文化
1769		フランシス・ブルック(Frances Brooke)、『エミリー・モンタギューの物語』(The History of Emily Montague)
1775	アメリカ独立戦争始まる（1775-1783）	
1776	アメリカ独立宣言	
1778	ジェイムズ・クック(James Cook)、ヌートカサウンドに到達	「モンレアル文芸新聞」(Gazette littéraire de Montréal)刊行開始（1778-9）
1783	推計4万人のロイヤリストが合衆国から沿海植民地とカナダに移住	
1789	フランス大革命。アレグザンダー・マッケンジー(Alexander Mackenzie)、ビューフォート海まで探検（1793年にはカナダから太平洋岸へ探検し、ベラクーラ川に到達）	
1792	ジョージ・ヴァンクーヴァー(George Vancouver)およびディオニシオ・アルカラ・ガリアノ(Dionisio Alcalà Galiano)、西海岸に上陸	
1812	1812年戦争；レッドリバーにセルカーク入植地を創設	
1819 – 1822	フランクリン、最初の大陸横断探検行	
1821	ラチーネ運河の完成	トマス・マカロック(Thomas McCulloch)、『メフィボシェス・ステップシュアの手紙』(Letters of Mephibosheth Stepsure)；ジュリア・ハート(Julia Hart)、『聖ウルスラ会修道院、あるいはカナダの修道女』(St.Ursula's Convent; or, The nun of Canada)
1825		オリヴァー・ゴールドスミス(Oliver Goldsmith)、『興隆する村』(The Rising Village)
1829	最後のベオスック人（ナンシー、あるいはナンシー・エイプリルの名で知られた）シャナウディティット(Shanawdithit)死亡	
1832		ジョン・リチャードソン(John Richardson)、『ワクースタ、あるいは予言』(Wacousta; or, The Prophecy)
1833	カナダ初の蒸気船「ロイヤル・ウィリアム」号、大西洋を横断	
1836		キャサリン・パー・トレイル(Catharine Parr Traill)、『カナダの奥地』(The Backwoods of Canada)；トマス・チャンドラー・ハリバートン(Thomas Chandler Haliburton)、『時計師――あるいはスリックヴィルのサミュエル・スリックの言行録』(The Clockmaker: or, The Sayings and Doings of Sameul Slick of Slickville)

カナダ文学史

年	史実	文学・文化
1837	アッパーカナダおよびロワーカナダで叛乱	オベール・ド・ガスペ（フィス）(Aubert de Gaspé fils)、『ある本の影響』(L'Influence d'un livre)
1838		「リテラリー・ガーランド」誌(Literary Garland, 1838-51)；アナ・ジェイムソン(Anna Jameson)、『カナダでの冬の考察と夏のそぞろ歩き』(Winter Studies and Summer Rambles in Canada)
1839	ダラム卿(Lord Durham)、報告書を提出	
1841	カナダ連合法(Act of Union)発効；アッパーカナダ、ロワーカナダの統合	
1844	「カナダ学院」(Institut canadien)創設	トロント「グローブ」(The Globe)紙、発刊。アントワーヌ・ジェラン＝ラジョワ(Antoine Gérin-Lajoie)、「さまよえるカナダ人―被追放者」("Un Canadien errant: le proscrit")；フランソワ＝グザヴィエ・ガルノー(François-Xavier Garneau)、『その発見から1845年現在にいたるまでのカナダ史』(Histoire du Canada depuis sa découverte jusqu'à nos jours)出版開始（全4巻、1845-8年）
1845	7月、第2回バフィン湾探検でジョン・フランクリン(Sir John Franklin)、消息を絶つ。この行方不明をきっかけとして1847年と1879年の間に約42回の北極探検が行われる	
1846		パトリス・ラコンブ(Patrice Lacombe)、『父祖の地』(La Terre paternelle)
1847		ヘンリー・ワズワース・ロングフェロー(Henry Wadsworth Longfellow)、『エヴァンジェリン、アカディアの物語』(Evangeline, a Tale of Acadie)
1848		ジェイムズ・ヒューストン(James Huston)、『民族的目録、あるいはカナダ文学選集』(Le Répertoire national, ou Recueil de Littérature canadienne)；ジョルジュ［原書のピエールは間違い］・ブーシェ・ド・ブーシュヴィル(Georges Boucher de Boucherville)、『代わりはいくらでも』(Une de perdue, deux de trouvées)
1852		スザナ・ムーディ(Susanna Moodie)、『未開地で苦難に耐えて』(Roughing It In the Bush)
1853		スザナ・ムーディ、『開拓地での生活』(Life in the Clearings)；オリヴィエ・ショーヴォー(Olivier Chauveau)『シャルル・ゲラン』(Charles Guérin)

年	史実	文学・文化
1854	領主制度廃止；カナダと合衆国の間で互恵条約締結（最初の国際自由貿易協定）	
1856		チャールズ・サングスター(Charles Sangster)、『セントローレンス川とサグネイ川』(The St. Lawrence and the Saguenay)
1857	オタワをカナダの首都に制定；パリサー(Palliser)とハインド＝ドーソン(Hind-Dawson)、北西部を探検	
1862		オクターヴ・クレマジー(Octave Crémazie)、「三人の死者の散歩」("Promenade de trois morts")；ジェラン＝ラジョワ、『開拓者ジャン・リヴァール』(Jean Rivard, le défricheur canadien)
1863		オーベル・ド・ガスペ（ペール）(Aubert de Gaspé père)、『かつてのカナダ人』(Les Anciens Canadiens)；ゴールドウィン・スミス(Goldwin Smith)、『帝国』(The Empire)
1864		ロザナ・ルプロオン(Rosanna Leprohon)、『アントワネット・ド・ミルクール』(Antoinette de Mirecourt)；ジェラン＝ラジョワ、『エコノミスト、ジャン・リヴァール』(Jean Rivard, économiste)；アルテュール・ビュイ(Arthur Buies)、『カナダに関する書簡』(Lettres sur le Canada)；シャルル・タシェ(Charles Taché)、『森の人と旅人』(Forestiers et voyageurs)；「カナダ雑誌」(Revue canadienne)発行開始(1864-1922)
1865		エルネスト・ガニョン(Eernest Gagnon)、『カナダの民衆の歌』(Chansons Populaires du Canada)
1866		ナポレオン・ブーラサ(Napoléon Bourassa)、『ジャックとマリー』(Jacques et Marie)
1867	英領北アメリカ法(British North America Act)成立；カナダ自治領成立；憲法は英語とフランス語が議会と裁判所における公式言語として認める；ジョン・マクドナルド卿(Sir John MacDonald)、首相に就任(1867-73; 1878-91)	
1868	「カナダ第一運動」(Canada First Movement)創設	キャサリン・パー・トレイル脱出／アグネス・ムーディ・フィッツギボン(Agnes Moodie Fitzgibbon)、『カナダの野生の花』(Canadian Wild Flowers)
1869	ルイ・リエル(Louis Riel)に率いられたレッドリバーの反乱 (Red River Rebellion)	「カナディアン・イラストレイテッド・ニューズ」(Canadian Illustrated News)発行開始(1869-83)
1870	マニトバと北西領が連邦に加入	

カナダ文学史

年	史実	文学・文化
1871	ブリティッシュ・コロンビアが連邦に加入	
1872	カナダ公文書館創設	
1873	プリンス・エドワード島、連邦に加入	
1875		オノレ・ボーグラン(Honoré Beaugrand)、『糸繰り女ジャンヌ』(Jeanne la Fileuse)が「ラ・レピュブリク」誌に掲載開始
1876	インディアン法成立	
1877		ウィリアム・カービー(William Kirby)、『金の犬―ケベックの伝説』(The Golden Dog: A Legend of Quebec)
1880		カリクサ・ラヴァレ(Calixa Lavallée)、「おお、カナダ」("O Canada"を作曲、作詞はアドルフ＝バジル・ルティエ(Adolphe-Basile Routhier)；チャールズ・G. D. ロバーツ(Charles G. D. Roberts)、『オリオン、その他の詩』(Orion and Other Poems)
1882	カナダ学士院(Royal Society of Canada)がカナダ総督、ロルヌ侯爵(Marquis de Lorne)によって創設される	
1884	標準時帯制度の導入；ポトラッチ禁止。リエルの叛乱(1884-5)	ロール・コナン(Laure Conan)、『アンジェリーヌ・ド・モンブラン』(Angéline de Monbrun)；イザベラ・ヴァランシー・クローフォード(Isabella Valancy Crawford)、『オールド・スプークス・パス、マルカムのケイティー、その他の詩』(Old Spookses' Pass, Malcolm's Katie and Other Stories)
1885	カナダ太平洋鉄道完成；中国人移民法	
1887		ルイ・フレシェット(Louis Fréchette)、『ある民族の伝説』(La Légended'un Peuple)；「サタデー・ナイト」誌、刊行開始(1887-2000年)
1888		アーチボルド・ランプマン(Archibald Lampman)、『きび畑の中で』(Among the Millet)；ジェイムズ・ド・ミル(James de Mille)、『銅の筒に入っていた不思議な原稿』(A Strange Manuscrilpt Found in a Copper Cylinder)；「ザ・ウィーク」誌刊行開始(1888-95年)
1889		ウィリアム・D. ライトホール(William D. Lighthall)、『グレート・ドミニオンの歌』(Songs of the Great Dominion)
1890	マニトバ学校法	

年表

年	史実	文学・文化
1892		ルイ・フレシェット、『変り者と狂った人』(Originaux et détraqués)
1893		「カナディアン・マガジン」(従来の「マッセイズ・マガジン」と「政治・科学・芸術・文学のカナディアン・マガジン」を統合)、刊行開始(1893-1937年)
1895		モントリオール文学学校(L'École littéraire de Montréal)創設;ジュール＝ポール・タルディヴェル(Jules-Paul Tardivel)、『祖国のために』(Pour la Patrie)
1896	ウィルフリッド・ローリエ卿(Sir Wilfrid Laurier)首相就任(1896-1911)	ギルバート・パーカー(Gilbert Parker)、『強者の座』(The Seats of the Mighty);チャールズ・G. D. ロバーツ『地上の謎』(Earth's Enigmas);「マクリーンズ・マガジン」刊行開始;エドモン・ド・ヌヴェール(Edmond de Nevers)、『仏系カナダ人の将来』(L'Avenir du peuple canadien-français)
1897	女性協会(Women's Institute)設立	ウィリアム・ドラモンド(William Drummond)、『居住者、その他の仏系カナダ詩』(The Habitant and Other French Canadian Poems)
1898	ユーコン準州成立	アーネスト・トンプソン・シートン(Ernest Thompson Seton)、『私の知っている野生動物』(Wild Animals I Have Known)
1899-1902	ボーア戦争、英系カナダ人と仏系カナダ人の間に不和を生じさせる	
1901		ラルフ・コナー(Ralph Connor)、『グレンガリーから来た男』(The Man from Glengarry)
1904		セイラ・ジャネット・ダンカン(Sara Jeannette Duncan)、『帝国主義者』(The Imperialist);ルイ・ダンタン(Louis Dantin)編、『エミール・ネリガン、人と作品』(Émile Nelligan et son œuvres)ドルフ・ジラール(Rodolphe Girard)、『マリー・カリュメ』(Marie Calumet);チャールズ・アブ・デル・ハルデン(Charles ab der Halden)、『仏語カナダ文学研究』(Études de littérature canadienne-française);パンフィル・ルメ(Pamphile Le May)、『小さな雫』(Les Gouttelettes)
1905	アルバータとサスカチュワンが州として連邦加盟	
1906		カミーユ・ロワ(Camille Roy)、最初のカナダ文学講座を始める;アルフレッド・ガルノー(Alfred Garneau)、『詩集』(Poésies)

カナダ文学史

年	史実	文学・文化
1907		ロバート・サーヴィス(Robert Service)、『パン生地の歌』(Songs of a Sourdough)；アルベール・ロゾー(Albert Lozeau)、『孤独な魂』(L'Âme solitaire)；カミーユ・ロワ、『カナダ文学論考』(Essais sur la littérature canadienne)；『仏語カナダ文学史 概観』(Tableau de l'histoire de la littérature canadienne-française)
1908		L. M. モンゴメリ、『赤毛のアン』(Anne of Green Gables)；ネリー・マクラング(Nellie McClung)、『ダニーで種をまく』(Sowing Seeds in Danny)；マーティン・アラデイル・グレインジャー(Martin Allerdale Grainger)、『西部の森の男』(Woodsman of the West)
1909	カナダ資源保護委員会(Canadian Commission of Conservation)創設	
1911		ポーリン・ジョンソン(Pauline Johnson)、『ヴァンクーヴァーの伝説』(Legends of Vancouver)；「ファデットの手紙」("Lettres de Fadette")「ル・ドゥヴァール」紙に掲載され始める；ポール・モラン(Paul Morin)、『七宝の孔雀』(Le Paon d'émail)
1912	公文書法成立	スティーヴン・リーコック(Stephen Leacock)『ある小さな町のほのぼのスケッチ集』(Sunshine Sketches of a Little Town)
1913	カナダ国立美術館(National Gallery of Canada)法	マージョリー・ピックソール(Marjorie Pickthall)、『漂流する羽毛』(The Drift of Pinions)；ブランシュ・ラモンターニュ＝ボールガール(Blanche Lamontagne-Beauregard)、『ガスペの光景』(Visions gaspésiennes)
1914	第一次世界大戦勃発；戦時措置法成立；駒形丸事件〔376人のインド人移民がヴァンクーヴァーで上陸を拒否され、2ヶ月待機の後、引き返す〕	アジュトール・リヴァール(Adjutor Rivard)、『わが家』(Chez nous)；アルセーヌ・ベセット(Arsène Bessette)、『新米』(Le Débutant)；映画：エドワード・カーティス(Edward Curtis)、『首狩り人の国で』(In the Land of the Head Hunters)
1915		ジョン・マクレー(John McCrae)、「フランダースの戦場で」("In Flanders Fields")、「パンチ」誌に掲載
1916	マニトバ州、サスカチュワン州、アルバータ州で女性に投票権	ルイ・エモン(Louis Hémon)、『マリア・シャプドレーヌ(『白き処女地』)』(Maria Chapdelaine)、1914年「ル・タン」紙(Le Temps)＜仏＞に連載；マルセル・デュガ(Marcel Dugas)、『映画の心理』(Psyché au cinéma)
1917	ヴィミー・リッジ〔北仏〕の戦闘でカナダ軍奮戦；徴兵法をめぐる危機；ハリファックス港でフランスの弾薬輸送船大爆発	

年	史実	文学・文化
1918	第一次世界大戦終結	アルベール・ラベルジュ(Albert Laberge)、『ラ・スクインヌ』(La Scouine);「ル・ニゴグ」(Le Nigog)誌創設(1-12号);カミーユ・ロワ、『仏語カナダ文学史手引書』(Manuel d'histoire de la littérature canadienne-française)
1919	ウィニペグでゼネスト;移民法修正法	リオネル・グルー(Lionel Groulx)、『ある民族の誕生』(La Naissance d'une race);マリー＝ヴィクトラン(Marie-Victorin)、『ローランシア物語』(Récits laurentiens);「カナディアン・ブックマン」誌発行開始(1919-39)
1920		グループ・オブ・セヴン結成;レイ・パーマー・ベイカー(Ray Palmer Baker)、『コンフェデレーション期までの英語カナダ文学史』(A History of English Canadian Literaure to Confederagion);ジャン＝オベール・ロランジェ(Jean-Aubert Loranger)、『環境』(Les Atmosphères)
1921	マッケンジー・キング(Mackenzie King)首相就任(1921-6, 1926-30, 1935-48)	カナダ作家協会(Canadian Authors' Association)創設;レオン・プティジャン(Léon Petitjean)、アンリ・ロラン(Henri Rollin)、『オロール、殉教の子』(Aurore, l'enfant martyre)
1922		アタナーズ＝ダヴィッド賞(Prix Athanase-David)創設
1923	中国人移民排斥法	
1924		リオネル・グルー、『われらの過去の主』(Notre maître de passé)
1925		F. P. グロウヴ(F. P. Grove)、『湿地入植者』(Settlers of the Marsh);マーサ・オステンソー(Martha Ostenso)、『ワイルド・ギース』(Wild Geese);「マギル・フォートナイトリー・レヴュー」誌発行開始(1925-27);ロベール・ショケット(Robert Choquette)、『風を貫いて』(À travers les vents)
1927	老齢年金法	
1928		F. P. グロウヴ、『アメリカ探究』(A Search for America);マゾ・ド・ラ・ロシュ(Mazo de la Roche)、『ジャルナ』(Jalna);「シャトレーヌ」誌(Châtelaine)発行開始
1929	「人」定義訴訟(Persons Case)〔上院議員被選挙権に関して英領北アメリカ法の"persons"に女性が含まれるかどうかを5人のカナダ人女性が英国枢密院にまで訴えて勝訴した〕;ウォール街で株価大暴落	アルフレッド・デロッシェ(Alfred DesRochers)、『オルフォールの陰で』(À l'ombre de l'Orford)

カナダ文学史

年	史実	文学・文化
1931	ウェストミンスター憲章	ジョヴェット・ベルニエ(Jovette Bernier)、『期待はずれの肉』(*La chair décevante*);アルベール・ペルティエ(Albert Pelletier)、『矢筒』(*Carquois*)
1932		ジャン・ナラッシュ(Jean Narrache)、『独りで喋るとき』(*Quand j'parl' tout seul*)
1933		クロード=アンリ・グリニョン(Claude-Henri Grignon)、『人と罪』(*Un homme et son péché*)(ラジオ連続番組 1939-62);アラン・グランボワ(Alain Grandbois)、『ケベックに生まれて』(*Né à Québec*);チャールズ・G. D. ロバーツ、『荒野の眼』(*Eyes of the Wilderness*)
1934		モーリー・キャラハン(Morley Callaghan)、『わが愛する人』(*Such Is My Beloved*);ジャン=シャルル・アルヴェ(Jean-Charles Harvey)、『半文明人』(*Les Demi-Civilisés*);アラン・グランボワ、『詩集』(*Poèms*);メドジェ・ヴェジナ(Médje Vézina)、『それぞれの時間がそれぞれの顔』(*Chaque heure a son visage*);シモーヌ・ルティエ(Simone Routier)、『誘惑』(*La Tentation*)
1935	ジョン・バカン(トゥイーズミュア卿)(John Buchan〈Lord Tweedsmuir〉)総督就任(1935-40)	
1936	独立した官営会社としてのカナダ放送協会(Canadian Broadcasting Corporation)創立;トランスカナダエアーライン開設(1965年「エアーカナダ」と改名)	最初の総督文学賞;モーリー・キャラハン、『四月になって、その他の物語』(*Now That April Is Here and Other Stories*);A. J. M. スミス他(A. J. M. Smith *et al.*)、『ニュー・プロヴィンセス』(*New Provinces*)
1937		ドナルド・クレイトン(Donald Creighton)、『セントローレンス川の商業帝国、1760-1850年』(*The Commercial Empire of the St. Lawrence, 1780-1850*);エクトール・ド・サン=ドゥニ・ガルノー(Hector de Saint-Denys Garneau)、『空間における視線と遊び』(*Regards et jeux dans l'espace*);フェリクス=アントワーヌ・サヴァール(Félix-Antoine Savard)、『木流しの大将ムノー』(*Menaud, maître-draveur*);グラシアン・ジェリナス(Gratien Gélinas)、『フリドリナード』(*Fridolinades*)
1938		ランゲ(Ringuet)、『三十アルパン』(*Trente Arpents*)
1939	カナダ、第二次世界大戦に参戦	国立映画庁(National Film Board)設立;アン・マリオット(Anne Marriott)、『風はわれらの敵』(*The Wind Our Enemy*);アイリーン・ベアード(Irene Baird)、『遺産の浪費』(*Waste Heritage*);レオ=ポール・デロジエ(Léo-Paul Desrosiers)、『グランドポーティジの雇われ人』(*Les Engagés du*

年	史実	文学・文化
		Grand Portage)
1940	失業保険法；ケベック州で女性に投票権が与えられる（連邦内の最後の州）	A. M. クライン（A. M. Klein）、『ユダヤ人も持たざるや』（Hath not a Jew）；E. J. プラット（E. J. Pratt）、『ブレブーフとその仲間たち』（Brébeuf and His Brethren）
1941	真珠湾攻撃	エミリー・カー（Emily Carr）、『クリー・ウィック』（Klee Wyck）；シンクレア・ロス（Sinclair Ross）、『私と私の家に関しては』（As For Me and My House）；ヒュー・マクレナン（Hugh MacLennan）、『気圧計上昇中』（Barometer Rising）
1942	国民投票法；徴兵制度をめぐる危機；日系カナダ人総移動令	アール・バーニー（Earle Birney）、『デイヴィッド、その他の詩』（David and Other Poems）
1943		A. J. M. スミス、『不死鳥の知らせ』（News of the Phoenix）；『カナダ詩集―批評的・歴史的アンソロジー』（Book of Canadian Poetry: A Critical and Historical Anthology）；E. K. ブラウン（E. K. Brown）、『カナダ詩について』（On Canadian Poetry）；フェリクス・ルクレール（Félix Leclerc）、『アダージオ』（Adagio）
1944		ドナルド・クレイトン、『北の自治領』（Dominion of the North）；グエサリン・グレアム（Gwethalyn Graham）、『地上と天上』（Earth and High Heaven）；ロジェ・ルムラン（Roger Lemelin）、『緩やかな坂の下で』（Au pied de la pente douce）；イヴ・テリオ（Yves Thériault）、『独り者のためのお話』（Contes pour un homme seul）アラン・グランボワ、『夜の島々』（Les Îles de la nuit）
1945	ドイツ降伏；広島および長崎に原爆が投下される；日本降伏	ガブリエル・ロワ（Gabrielle Roy）、『束の間の幸福』（Bonheur d'occasion）、（1947年フェミナ賞受賞）；エクトール・ド・サン=ドゥニ・ガルノー、『日記』（Journal）；ジェルメーヌ・ゲーヴルモン（Germaine Guèvremont）、『外来者』（Le Survenant）；ヒュー・マクレナン、『二つの孤独』（Two Solitudes）；エリザベス・スマート（Elizabeth Smart）、『グランド・セントラル・ステーションのそばに座り込んで泣いた』（By Grand Central Station I Sat Down and Wept）
1946	カナダ市民権法	フェリクス・ルクレール、『夜明けに裸足で』（Pieds nus dans l'aube）；ジル・エノー（Gilles Hénault）、『野外演劇』（Théâtre en plein air）；ベルトロ・ブリュネ（Berthelot Brunet）、『仏語カナダ文学史』（Histoire de la littérature canadienne-française）；リオネル・グルー、仏系アメリカ史協会（Insitut d'histoire de l'Amérique français）設立

カナダ文学史

年	史実	文学・文化
1947	中国人排斥法撤回；ガット（関税貿易一般協定）	ジョン・サザランド(John Sutherland)、『その他のカナダ人』(Other Canadians)；マルカム・ラウリー(Malcolm Lowry)、『活火山の下』(Under the Volcano)；W. O. ミッチェル(W. O. Mitchell)、『誰が風を見たでしょう』(Who Has Seen the Wind)；リナ・ラスニエ Rina Lasnier、『坂道の歌』(Chant de la montée)；クレマン・マルシャン(Clément Marchand)、『赤い夕べ』(Les Soirs rouges)；ロベール・シャルボノー(Robert Charbonneau)、『フランスと我々』(La France et nous)
1948	日系カナダ人（アジア系カナダ人の最後として）投票権取得；国連人権宣言	ポール＝エミール・ボルデュア他(Paul-Émil Borduas et al.)、『全面拒否』(Refus global)；グラシアン・ジェリナス、『ティット＝コック』(Tit-Coq)；ロジェ・ルムラン、『プルッフー家』(Les Plouffe)；ポール＝マリー・ラプワント(Paul-Marie Lapointe)、『灰になった純潔』(Le Vierge incendié)
1949	ケベック州でアスベスト・ストライキ；ニューファンドランド、連邦加盟	フランソワーズ・ロランジェ(Françoise Loranger)、『マテュー』(Mathieu)；ロラン・ジゲール(Roland Giguère)、『産み出すこと』(Faire Naître)；ポール・ボルデュア、『解放的上映』(Projections libérantes)；エクトール・ド・サン＝ドゥニ・ガルノー、『全詩集』(Poésies complètes)
1950		ピエール・トルドー(Pierre Trudeau)、ジェラール・ペルティエ(Gérard Pelletier)、「シテ・リーブル」(Cité Libre)誌を創設；アンヌ・エベール(Anne Hébert)、『激流』(Le Torrent)；ハロルド・イニス(Harold Innis)、『帝国とコミュニケーション』(Empire and Communications)；ドロシー・リヴァセイ(Dorothy Livesay)、『わが同胞を家路につかせよ』(Call My People Home)；ジョン・クールター(John Coulter)、『リエル』(Riel)；ガブリエル・ロワ、『小さな水鳥』(La Petite Poule d'eau)；ロベール・エリー(Robert Elie)、『夢の終り』(La Fin des songes)；リオネル・グルー、『(アメリカ)発見以来の仏系カナダ史』(Histoire du Canada français depuis la découverte)、全4巻
1951	インディアン法改正；芸術・文芸・科学における国家的発展に関する王立委員会の報告（マッシー委員会報告）	A. M. クライン、『第二の書』(The Second Scroll)；マーシャル・マクルーハン(Marshall McLuhan)、『機械の花嫁』(Mechanical Bride)。
1952	ヴィンセント・マッセイ(Vencent Massey)、カナダ人として最初の総督就任；国立図書館法；世界著作権法	アーネスト・バックラー(Ernest Buckler)、『山と渓谷』(The Mountain and the Valley)；E. J. プラット、『最後の犬釘(スパイク)に向かって』(Towards the Last Spike)；マルセル・デュベ(Marcel Dubé)、『壁の向こう側』(De l'autre côté du

年	史実	文学・文化
		mur）；エミール・ネリガン（Emile Nelligan）、『全詩集、1896-1899 年』（Poésies complètes, 1896-1899）、リュック・ラクルシエール編（ed. Luc Lacourcière）；エルネスト・ガニョン『ここの人間』（L'Homme d'ici）
1953	史跡・記念物法	アンヌ・エベール、『王たちの墓』（Le Tombeau des rois）；マルセル・デュベ、『ゾーン』（Zone）；アンドレ・ランジュヴァン（André Langevin）、『都会の埃』（Poussière sur la ville）
1954		エセル・ウィルソン（Ethel Wilson）、『沼地の天使』（Swamp Angel）；モーデカイ・リッチラー（Mordecai Richler）、『アクロバット』（The Acrobats）；エクトール・ド・サン＝ドゥニ・ガルノー、『日記』（Journal）；イヴ・テリオ、『アーロン』（Aaron）
1954-75	ヴェトナム戦争；カナダは 12 万 5 千人のアメリカからの徴兵忌避者を受け入れる	マーガレット・ローレンス（Margaret Laurence）、『貧者の憩いの樹』（A Tree for Poverty）
1955		ガブリエル・ロワ、『デシャンボー通り』（Rue Deschambault）；音楽：グレン・グールド（Glenn Gould）、バッハ『ゴールドベルク変奏曲』（Bach's Goldberg Variations）を録音；フェリクス・ルクレール、「俺は、この靴をはいて」（"Moi, mes souliers"）
1956	国産ジェット機「アヴロ・アロー」の生産中止	レナード・コーエン（Leonard Cohen）、『神話を比較してみよう』（Let us Compare Mythologies）；アデル・ワイズマン（Adele Wiseman）、『犠牲』（The Sacrifice）；サム・セルヴォン（Sam Selvon）、『孤独なロンドン人』（The Lonely Londoners）
1957	レスター・ピアソン（Lester Pearson）、ノーベル平和賞受賞；カナダ・カウンシル〔国立の文芸助成機関〕創設	「ニュー・カナディアン・ライブラリー」シリーズ、マルカム・ロス（Malcolm Ross）編集のもとに出版開始；ノースロップ・フライ（Northrop Frye）、『批評の解剖』（Anatomy of Criticism）；ジョン・マーリン（John Marlyn）『死に捕えられて』（Under the Ribs of Death）；モーデカイ・リッチラー、『敵の選択』（A Choice of Enemies）；ジャック・ランギラン（Jacques Languirand）、『大いなる旅立ち』（Les Grands Départs）
1958		イヴ・テリオ、『アガグック』（Agaguk）；ノーマン・レヴァイン（Norman Levine）、『カナダが僕を作った』（Canada Made Me）；マルセル・デュベ、『一介の兵士』（Un simple soldat）；ジャック・フェロン（Jacques Ferron）、『大きな太陽』（Les Grands Soleils）；ミシェル・ヴァン・シャンデル（Michel van Schendel）、『異邦としてのアメリカの詩』（Poèmes de l'Amérique étrangère）；フランス＝カナダ賞創設（1982 年よりケベック＝パリ賞）

カナダ文学史

年	史実	文学・文化
1959	ケベック州首相モーリス・デュプレシス(Maurice Duplessis)の死、それによって「大いなる暗黒」に終止符；セントローレンス水路開通	「カナディアン・リテラチャー」誌(Canadian Literature)、ジョージ・ウッドコック(George Woodcock)編集のもとに刊行開始；「リベルテ」(Liberté)誌創設；モーデカイ・リッチラー、『ダディ・クラヴィッツの徒弟時代』(The Apprenticeship of Duddy Kravitz)；シーラ・ワトソン(Sheila Watson)、『二重の鉤針』(The Double Hook)；アーヴィング・レイトン(Irving Layton)、『太陽のための赤絨毯』(A Red Carpet for the Sun)；ヒュー・マクレナン、『夜を終える時』(The Watch That Ends the Night)；グラシアン・ジェリナス(Gratien Gélinas)、『ブジュイと正義の人々』(Bousille et les justes)；マリー・クレール・ブレ、『美しき獣』(La Belle Bête)；ジルベール・ランジュヴァン(Gilbert Langevin)、『一日の鼻先に』(À la gueule du jour)
1960	ケベック州「静かな革命」(1960-6)；「独立のための連合」(Rassemblement pour l'indépendance nationale)設立；インディアンに連邦参政権；トロント―ヴァンクーヴァー間、ジェット機による定期便開通	マーガレット・エイヴィソン(Margaret Avison)、『冬の太陽』(Winter Sun)；フィリス・ブレット・ヤング(Phyllis Brett Young)、『トロント人』(The Torontonians)；マーガレット・ローレンス、『ヨルダンのこちら側』(This Side Jordan)；ブライアン・ムア(Brian Moore)、『ジンジャー・コッフィーのめぐり合わせ』(The Luck of Ginger Coffey)；ジャン＝ポール・デビヤン(Jean-Paul Desbiens)、『修道士某の傲慢』(Les Insolences d'un frère untel)；ジェラール・ベセット(Gérard Bessette)、『本屋』(Le Libraire)；「シャトレーヌ」誌(Châtelaine)、刊行開始
1961	〔ケベック州の教育に関する〕パラン委員会、活動開始	マーガレット・アトウッド(Margaret Atwood)、『ダブル・ペルセポネー』(Double Persephone)；TISH誌刊行開始（1961-9年）；ジャン・ルモアヌ(Jean Le Moyne)、『一致』(Convergences)
1962	カナダ横断自動車道完成	マーシャル・マクルーハン、『グーテンベルクの銀河系』(The Gutenberg Galaxy)；アール・バーニー、『アイス・コッド・ベル・オア・ストーン』(Ice Cod Bell or Stone)；ルーディ・ウィーブ(Rudy Wiebe)、『平和は多くを滅ぼす』(Peace Shall Destroy Many)；ジル・マルコット(Gilles Marcotte)、『作られる文学』(Une Littérature qui se fait)；ジャック・フェロン、『不確かな国の小話』(Contes du pays incertain)
1963	レスター・ピアソン(Lester Pearson)、連邦首相に就任；ジャック・フェロン(Jacques Ferron)、「サイ党」(Rhinoceros Party)結成；「ケベック解放戦線」(Front de Libération du Québec, FLQ)、(英語ラジオ局CKGMに)初めて爆弾を仕掛ける	ソランジュ・シャピュ＝ロラン(Solange Chaput-Rolland)、グレサリン・グレアム(Gwethalyn Graham)、『親愛なる敵』(Chers ennemis / Dear Enemies)；ファーリー・モワット(Farley Mowat)、『オオカミよ、嘆くな』(Never Cry Wolf)；レナード・コーエン、『お気に入りのゲーム』(The Favourite Game)；マーガレット・ローレ

年	史実	文学・文化
		ンス、『明日の調教師』(*The Tomorrow-Tamer*)；『予言者のラクダの鈴』(*The Prophet's Camel Bell*)；モーデカイ・リッチラー、『比類なきアトゥーク』(*The Incomparable Atuk*)；「パルティ・プリ」(*Parti pris*)誌、発行開始(1963-8)；ピエール・ヴァデボンクール(Pierre Vadeboncœur)、『危険の境界線』(*La Ligne du risque*)；ガシアン・ラプワント(Gatien Lapointe)、『サン＝ローランへの頌歌』(*Ode au Saint-Laurent*)
1964		マーシャル・マクルーハン、『メディア論』(*Understanding Media*)；マーガレット・ローレンス、『石の天使』(*The Stone Angel*)；ジェイン・ルール(Jane Rule)、『心の砂漠』(*Desert of the Heart*)；アール・バーニー、『フォールス・クリーク河口近くで』(*Near False Creek Mouth*)；ポール・シャンベルラン(Paul Chamberland)、『ポスター貼りは叫ぶ』(*L'Afficheur hurle*)；『ケベックの土地』(*Terre Québec*)；クロード・ジャスマン(Claude Jasmin)、『エテルとテロリスト』(*Ethel et le terroriste*)；ジャック・ルノー(Jacques Renaud)、『文無し』(*Le Cassé*)；ジャン・バジル(Jean Basile)、『モンゴル人たちの牝馬』(*La Jument des Mongoles*)；映画：ジル・グルー(Gilles Groulx)、『袋の中の猫』(*Le Chat dans le sac*)；ミシェル・ブロー(Michel Brault)、ピエール・ペロー(Pierre Perrault)、『世界の続きのために』(*Pour la suite du monde*)
1965	カナダ、カエデの葉をあしらった国旗を採択	ジョージ・グラント(George Grant)、『国家への哀歌』(*Lament for a Nation*)；カール・F. クリンク他(Carl F. Klinck *et al.*)、『カナダ英語文学史』(*Literary History of Canada in English*)；ユベール・アカン(Hubert Aquin)、『今度の挿話』(*Prochain épisode*)；マリー＝クレール・ブレ、『エマニュエルの人生の一季節』(*Une saison dans la vie d'Emmanuel*)（メディシ賞受賞）；クレール・マルタン(Claire Martin)、『鉄の手袋の中で』(*Dans un gant de fer*)；ジャック・ゴドブー(Jacques Godbout)、『テーブルの上のナイフ』(*Le Couteau sur la table*)；ロラン・ジゲール、『言葉の時代―未出版の詩、1949-1960年』(*L'Âge de la parole: poèms inédits 1949-1960*)；ジャック・フェロン、『夜』(*La Nuit*)；ジャック・ブロー(Jacques Brault)、『回想録』(*Mémoires*)；ジル・ヴィニョー(Gilles Vigneault)、「祖国」("Mon pays")初演；フランス＝ケベック（現在はフランス＝ケベック・ジャン＝アムラン）賞創設；エドマンド・ウィルソン(Edmund Wilson)、『おお、カナダ―カナダ文化に関するアメリカ人の印象記』(*O Canada: An American's Notes on Canadian Culture*)；映画：ジル・カルル(Gilles Carle)、『レオポルド・Zの幸せな人生』

カナダ文学史

年	史実	文学・文化
		(*La Vie heureuse de Léopold Z*); アルトゥール・ラモート (Arthur Lamothe)、『都会の埃』(*Poussière sur la ville*)
1966	国民医療保険法	レナード・コーエン、『美しき敗者たち』(*Beautiful Losers*); レジャン・デュシャルム (Réjean Ducharme)、『飲み込まれたものたち』(*L'Avalée des avalés*)
1967	連邦結成百周年; モントリオール万博; ルネ・レヴェック (René Levesque)、「主権・連合」党を結成	ハウス・オブ・アナンシ (House of Anansi)、デイヴ・ゴドフリー (Dave Godfrey) ／デニス・リー (Dennis Lee) により創設される; マーシャル・マクルーハン、『メディアはマッサージ』(*The Medium Is the Massage*); ジョージ・リガ (George Ryga)、『リタ・ジョーのよろび』(*The Ecstasy of Rita Joe*); ジョン・ハーバート (John Herbert)、『運と人の目』(*Fortune and Men's Eyes*); P. K. ペイジ (P. K. Page)、『クライ・アララット！』(*Cry Ararat!*); スコット・シモンズ (Scott Symons)、『練兵場』(*Place d'Armes*); ジャック・ゴドブー、『やあ、ガラルノー』(*Salut Galarneau!*); グレン・グールド、ラジオ・ドキュメンタリー『北の理念』(*The Idea of North*) 制作、イヴ・プレフォンテーヌ (Yves Préfontaine)、『言葉のない国』(*Pays sans parole*); アンドレ・プレヴォー (André Prévost)、ミシェル・ラロンド (Michèle Lalonde)、『人間の大地』(*Terre des hommes*) (オラトリオ); ミシェル・ブロー、『海と淡水の間』(*Entre la mer et l'eau douce*); ジェラルド・ゴダン (Gérald Godin)、『カントゥーク』(*Les Cantouques*); ピエール・ド・グランプレ編 (Pierre de Grandpré, ed.)、『ケベックの仏語文学史』(*Histoirede la littérature française du Québec*) 全4巻、出版開始（1967-9 年）
1968	ピエール・トルドー連邦首相に就任 (1968-1979, 1980-4); ケベック党、設立	デニス・リー、『市民のエレジー』(*Civil Elegies*); マーガレット・アトウッド、『あの国の動物たち』(*The Animals in That Country*); ビル・ビセット (bill bissett)、『赤い砂漠で目覚める』(*Awake in the Red Desert*); アリス・マンロー (Alice Munro)、『幸せな影法師の踊り』(*Dance of the Happy Shades*); モーデカイ・リッチラー、『うぬぼれ』(*Cocksure*); ユベール・アカン、『記憶の穴』(*Trou de mémoire*)（総督賞を辞退）; ピエール・ヴァリエール (Pierre Vallières)、『アメリカの白いニグロ』(*Nègres blancs d'Amériques*); ミシェル・トランブレ (Michel Tremblay)、『義姉妹』(*Les Belles-Sœurs*); ドゥニ・エルー (Denis Héroux)、『ヴァレリー』(*Valérie*); ロック・カリエ (Roch Carrier)、『戦争だ、イエス・サー！』(*La Guerre, yes sir!*); フェルナン・デュモン (Fernand Dumont)、『人間の土地』(*Le Lieu de l'homme*); ヴィクトール＝レヴィ・ボーリュー (Victor-Lévy Beaulieu)、『ボーシュマン家の真正のサガ』(*La*

年	史実	文学・文化
		Vraie Saga des Beauchemin)
1969	公用語法成立；「白書」〔インディアン政策に関するカナダ政府の声明〕	ハロルド・カーディナル(Harold Cardinal)、『不公正な社会──カナダのインディアンの悲劇』(*The Unjust Society: The Tragedy of Canada's Indians*)；ジョージ・グラント、『テクノロジーと帝国』(*Technology and Empire*)；ジャック・フェロン、『ケベックの空』(*Le Ciel de Québec*)；ロバート・クロウチ(Robert Kroetsch)、『種馬を引く男』(*The Studhorse Man*)；ミルトン・エイコーン(Milton Acorn)、『僕は自分の血を味わった』(*I've Tasted My Blood*)；マーガレット・アトウッド、『食べられる女』(*The Edible Woman*)；ヴィクトール＝レヴィ・ボーリュー、『社交界人種』(*Race de monde!*)；映画：アルトゥール・ラモート、『軽蔑はいっときしか続かない』(*Le Mépris n'aura qu'un temps*)；ピエール・ペロー、『水の馬車』(*Les Voitures d'eau*)
1970	「十月危機」；「女性の地位調査委員会」の報告；「追加市民」(Citizens Plus)(「赤書」とも呼ばれる)が発表され、原住民の特別な地位の撤廃を提案する政府の「白書」に対する先住民の回答が示された。ドライボーンズ裁判	マーガレット・アトウッド、『スザナ・ムーディの日記』(*The Journals of Susanna Moodie*)；マイケル・オンダーチェ(Michael Ondaatje)、『ビリー・ザ・キッド全仕事』(*The Collected Works of Billy the Kid*)；スーザン・マスグレイヴ(Susan Musgrave)、『海の魔女の歌』(*Songs of the Sea Witch*)；ロバートソン・デイヴィス(Robertson Davies)、『第五の役割』(*Fifth Business*)；ジョン・グラスコ(John Glassco)、『モンパルナスの回想記』(*Memoirs of Montparnasse*)；マーガレット・ローレンス、『家の中の鳥』(*A Bird in the House*)；デイヴ・ゴドフリー、『新しい先祖たち』(*The New Ancestors*)；オードリー・トマス(Audrey Thomas)、『ブラッド夫人』(*Mrs. Blood*)；アンヌ・エベール、『カムラスカ』(*Kamouraska*)；ルーディ・ウィーブ、『中国の青い山脈』(*The Blue Mountains of China*)；マーガレット・アトウッド、『サークル・ゲーム』(*The Circle Game*)；『潜在意識の世界へ』(*Procedures for Underground*)；詩の朗読会第一夜(First Nuit de la poésie)──ミシェル・ラロンド(Michèle Lalonde)、「白人らしく喋れ」("Speak White")；ガストン・ミロン『寄せ集められた人間』(*L'Homme rapaillé*)；ジャック・フェロン、『アメランシエ』(*Amélanchier*)；ニコル・ブロサール(Nicole Brossard)、『論理的帰結』(*Suite logique*)；「ル・グランシルク・オルディネール劇団」(Le Grand Cirqe ordinaire)、『日焼けしていないじゃないか、ジャンヌ・ダルク？』(*T'es pas tannée, Jeanne d'Arc?*)；映画：クロード・ユトラ(Claude Jutra)、『ぼくの伯父さん、アントワンヌ』(*Mon Oncle Antoine*)
1971	カナダ多文化主義政策の開始	アリス・マンロー、『少女たちと婦人たちの人生』(*Lives of Girls and Women*)；ジョージ・リ

カナダ文学史

年	史実	文学・文化
		ガ、『匿名太鼓奏者の囚われ人』(Captives of a Faceless Drummer)；ポール＝マリー・ラボワント、『絶対的現実、1948-1965年の詩』(Le Réel absolu: poèmes 1948-1965)；アントニーヌ・マイエ(Antonine Maillet)、『ラ・サグインヌ』(La Sagouine)；ミシェル・トランブレ、『永遠にあなたのもの、マリー・ルー』(A toi, pour toujours, ta Marie-Lou)；ジュワン・ガルシャ(Juan Garcia)、『栄光の肉体』(Corps de gloire)
1972		マーガレット・アトウッド、『サヴァイヴァル――カナダ文学のテーマ的案内書』(Survival: Thematic Guide to Canadian Literature)；『浮かび上がる』(Surfacing)；bp・ニコル(bp Nichol)、『殉教者列伝』(The Martyrology)；キャロル・ボルト(Carol Bolt)、『バッファロー・ジャンプ』(Buffalo Jump)；アン・ヘンリー(Ann Henry)、『ルル・ストリート』(Lulu Street)；フェルナン・ウエレット(Fernand Ouellette)、『詩集――1953-1971年の詩』(Poésies: poèmes 1953-1971)；ジル・エノー、『透視者たちへの合図』(Signaux pour les voyants)；第一回ケベック国際作家会議(First Rencontre Québécoise internationale des écrivains)、「リベルテ」誌により開催；映画：ジル・カルル改出、『ベルナデットの本当の性格』(La Vraie Nature de Bernadette)
1973	最高裁によるカルダー判決〔カナダ政府と条約関係になかった先住民の土地所有権を認めた〕、これが1996年のニスガア条約に至る	マリア・キャンベル(Maria Campbell)、『ハーフブリード』(Halfbreed)；デニス・リー、「カデンツ、カントリー、沈黙――植民地空間の文学」("Cadence, Country, Silence: Writing in Colonial Space")(「リベルテ」誌)；ルディ・ウィーブ、『ビッグ・ベアの誘惑』(The Temptations of Big Bear)；リック・サリューティンと「壁抜け」劇団(Rick Salutin/ Théâtre Passe Muraille)、『1837年――農民の反乱』(1837: The Farmers' Revolt)；ジェイムズ・リーニー(James Reaney)、『棒や石（何を言われても平気さ）』(Sticks and Stones)（ドネリー三部作の第一作 First play of the Donnelly trilogy）；ハーシェル・ハーディン(Herchel Hardin)、『エスカー・マイクと妻アギルク』(Esker Mike and His Wife, Agiluk)；デイヴィッド・フリーマン(David Freeman)、『オブ・ザ・フィールズ、レイトリー』(Of the Fields, Lately)；ミシェル・トランブレ、『ホザナ』(Hosanna)；アンドレ・ブラサール(André Brassard)、『むかしむかし、東の方に』(Il était une fois dans l'Est)；レジャン・デュシャルム、『力づくの冬』(L'Hiver de force)；映画：ジャン＝ピエール・ルフェーブル(Jean=Pierre Lefebvre)、『最後の婚約式』(Les Dernières Fiançailles)
1974		マーガレット・ローレンス、『占う者たち』(The

年	史実	文学・文化
		Diviners）；ユベール・アカン、『黒い雪』(Neige noire)；チーフ・ダン・ジョージ(Chief Dan George)、『わが心の高まり』(My Heart Soars)；マイケル・クック(Michael Cook)、『ジェイコブの通夜』(Jacob's Wake)；マドレーヌ・フェロン(Madelaine Ferron)、ロベール・クリシュ(Robert Cliche)、『ボースの人々、この強情者たち、1735-1867年』(Les Beaucerons, ces insoumis, 1735-1867)；マドレーヌ・ガニョン(Madeleine Gagnon)、『女性と他のすべての人々のために』(Pour les Femmes et tous les autres)；映画：ミシェル・ブロー、『命令』(Les Ordres)；アンヌ＝クレール・ポワリエ(Anne Claire Poirier)、『国王の娘たち』(Les Filles du Roy)
1975	文化財産輸出入法。ジェイムズ湾とケベック州北西部を対象とするジェイムズ湾協定締結	リー・マラクル(Lee Maracle)、『ボビ・リー：インディアンの反逆児』(Bobbi Lee: Indian Rebel)；ジャック・ブロー、『道を辿りながら』(Chemin faisant)、『素晴らしい、とまでは行かず』(L'en dessous l'admirable)、『四方八方の詩』(Poèmes des quatre côtés)
1976		シャロン・ポロック(Sharon Pollock)、『コマガタ丸事件』(The Komagata Maru Incident)；マリアン・エンゲル(Marian Engel)、『熊』(Bear)；マーガレット・アトウッド、『レディー・オラクル』(Lady Oracle)；ジャック・ホジンズ(Jack Hodgins)、『スピット・デラニーの島』(Spit Delaney's Island)；ルーキィ・ベルシアニク(Louky Bersianik)、『ユゲリオンヌ』(L'Euģelionne Eugélionne)；テアトル・ドゥ・ヌーヴォー・モンド(Théâtre du Nouveau Monde)、『魔法使いの船』(La Nef des sorcières)；ジル・マルコット、『半過去の小説』(Le Roman à l'imparfait)
1977	バーガー調査委員会「北の国境、北の母国」(Nothern Frontier, Nothern Homeland)と題された報告書作成〔ノースウエスト準州に計画された天然ガスパイプラインの敷設についてトマス・バーガー(Thomas Berger)を主任判事とする調査委員会が否定的な判断を下した〕；ケベック州議会、フランス語憲章（条例101号）を可決〔フランス語を州の唯一の公用語とする〕；カナダ人権法可決	F. R. スコット(F. R. Scott)、『憲法論』(Essays on the Constitution)；ティモシー・フィンドリー(Timothy Findley)、『戦争』(The Wars)；ジャック・ホジンズ、『世界の発明』(The Invention of the World)；デニス・リー、『未開の分野—文学と宇宙論に関するエッセイ』(An Essay on Literature and Cosmlogy)；バラティ・ムーカジ(Bharati Mukherjee)、クラーク・ブレイズ(Clark Blaise)、『カルカッタの昼と夜』(Days and Nights in Calcutta)；ジョーゼフ・スクヴォレツキ(Joseph Škvorecký)、『人間の精神のエンジニア』(The Engineer of Human Souls)；ジョージ・ウォーカー(George Walker)、『ザストロッツィ』(Zastrozzi)；ルーディ・ウィーブ、『焼け焦げた森の人々』(The Scorched-Wood People)；クロード・ゴヴロー(Claude Gauvreau)、『創造的全作品』(Œuvres créatrices complètes)；ガブリエル・ロワ、『わが心の子らよ』(Ces Enfants de

カナダ文学史

年	史実	文学・文化
		ma vie）；フランス・テオレ（France Théoret）、『血に染まったメアリー』（Bloody Mary）；映画：アラン・キング（Allan King）、『誰が風を見たでしょう』（Who Has Seen the Wind）
1978	新移民法	マーガレト・アトウッド、『双頭の詩』（Two-Headed Poems）；アリス・マンロー、『自分を何様だと思っているのか？』（Who Do You Think You Are?）；アリサ・ヴァン・ハーク（Aritha van Herk）、『ジューディス』（Judith）；ミシェル・トランブレ、『隣の肥った女は妊娠している』（La Grosse Femme d'à côte est enceinte）（『モン＝ロワイヤル年代記』Chroniques du Plateau Mont-Royal の第1巻）；25番街劇場（25 Street Theatre）、『ペーパー・ウィート』（Paper Wheat）；ピエール・ヴァドボンクール（Pierre Vadeboncœur）、『二つの王国』（Les Deux Royaumes）；ジル・シール（Gilles Cyr）、『目立たぬ土地』（Sol inapparent）；フランソワ・シャロン（François Charron）、『傷』（Blessures）；ジャック・プーラン（Jacques Poulin）、『大潮』（Les Grandes Marées）；ドゥニーズ・ブーシェ（Denise Boucher）、『妖精たちは渇く』（Les Fées ont soif）；レジャン・デュシャルム、『ハ，ハ！……』（HA ha! ...）
1979		アントニーヌ・マイエ、『荷車のペラジー』（Pélagie-la-Charrette）（ゴンクール賞）；メイヴィス・ギャラント（Mavis Gallant）、『第15区より』（From the Fifteenth District）
1980	「おおカナダ」を公式に国歌に制定；主権に関するケベック州民投票で独立派敗北	ジョージ・バウアリング（George Bowering）、『燃えている水』（Burning Water）；ロバート・クロウチ、『カラスの日記』（The Crow Journals）；ジューディス・トンプソン（Judith Thompson）、『岩隙を歩く者』（The Crackwalker）；デイヴィッド・フェナリオ（David Fennario）、『バルコンヴィル』（Balconville）；ニコル・ブロサール、『愛人たち』（Amantes）；ジョヴェット・マルシューソー（Jovette Marchessault）、『レズビアン三部作』（Tryptique lesbien）；ヨランド・ヴィルメール（Yolande Villemaire）、『平凡な人生』（La Vie en prose）；映画：フランシス・マンキエヴィッチ（Francis Mankiewicz）、『厄介払い』（Les Bons Débarras）
1981		ジョイ・コガワ（Joy Kogawa）、『オバサン』（Obasan）；ティモシー・フィンドリー、『臨終名言集』（Famous Last Words）；メイヴィス・ギャラント、『知られたくない真実』（Home Truths）；マーガレット・アトウッド、『肉体的危害』（Bodily Harm）；F. R. スコット、『詩集』（Collected Poems）；ジョン・グレイ（John Gray）、『ビリー・

年	史実	文学・文化
		ビショップ戦争に行く』(Billy Bishop Goes to War);ルイ・カロン(Louis Caron)、『木彫りの鴨』(Le Canard de bois);アリス・ポズナンスカ=パリゾー(Alice Poznanska-Parizeau)、『ワルシャワにリラが花咲く』(Les Lilas fleurissent à Varsovie);ジャン=ピエール・ロンファール(Jean-Pierre Ronfard)、『跛の王さまの生と死』(Vie et Mort du Roi boiteux);イヴ・ボーシュマン(Yves Beauchemin)、『雄猫』(Le Matou);パトリス・デビヤン(Patrice Desbiens)、『透明人間』(L'Homme invisible / The Invisible Man)
1982	憲法修正権をイギリスからカナダに戻し、「権利と自由の章典」発効	マイケル・オンダーチェ、『家族を駆け抜けて』(Running in the Family);アンヌ・エベール、『シロカツオドリ』(Les Fous de Bassan)(フェミナ賞受賞);アリス・マンロー、『木星の月』(The Moons of Jupiter);マリー・ユゲー(Marie Uguay)、『自画像』(Autoportraits);マルコ・ミコーネ(Marco Micone)、『沈黙の人々』(Gens du silence)
1983	ケベック州、オンタリオ州、ニューブランズウィック州に着氷性暴風雨	ビアトリス・カルトン・モジニェー(Beatrice Culleton Mosionier)、『エイプリル・レイントゥリーを探して』(In Search of April Raintree);ペニー・ペトロン編(Penny Petrone, ed.)、『最初の人たち、最初の声』(First People, First Voices);サム・セルヴォン、『モーゼスの移住』(Moses Migrating);マケダ・シルヴェラ(Makeda Silvera)、『黙らされて』(Silenced);スーザン・スウォン(Susan Swan)、『世界一大きな現代女性』(The Biggest Modern Woman of the World);マーガレット・アトウッド、『青髭の卵』(The Bluebeard's Egg);レジーヌ・ロバン(Régine Robin)、『ラ・ケベコワット』(La Québécoite);ジェラルド・ゴダン、『サルゼーヌ』(Sarzène)、フランシーヌ・ノエル(Francine Noël)、『マリーズ』(Maryse)
1984	ジャンヌ・ソヴェ(Jeanne Sauvé)、初の女性総督;フランクリン探検隊〔1819-1822の項参照〕のメンバー、ジョン・トリングトン(John Torrington)の遺体発見	ティモシー・フィンドリー、『乗船無用』(Not Wanted on the Voyage);ジャック・ブロー、『苦悶』(Agonie);『毀れやすい時間』(Moments fragiles);ジャック・プーラン、『フォルクスワーゲン・ブルース』(Volkswagen Blues);ガブリエル・ロワ、『絶望と魅惑』(La Détresse et l'enchantment);ミシェル・ボーリュー(Michel Beaulieu)、『万華鏡、または厳かな肉体の不運』(Kaléidoscope ou les Aléas du corps grave)
1985	インド航空大惨事	ジャネット・アームストロング(Jeannette Armstrong)、『スラッシュ』(Slash);フレッド・ワー(Fred Wah)、『サスカチュワンを待つ』(Waiting for Saskatchewan);マーガレット・アトウッド、『侍女の物語』(The Handmaid's Tale);バラティ・ムーカジ、クラーク・ブレイズ、『悲

カナダ文学史

年	史実	文学・文化
		しみと恐怖』(The Sorrow and the Terror);アルレット・クースチュール(Arlette Cousture)、『カレブの娘たち』(Les Filles de Caleb);ダニー・ラフェリエール(Dany Laferrière)、『ニグロと疲れずにセックスする方法』(Comment faire l'amour avec un nègre sans se fatiguer);ロベール・ルパージュ(Robert Lepage)、『ドラゴン三部作』(La Trilogie des dragons);ルネ＝ダニエル・デュボワ(René-Daniel Dubois)、『クロードと一緒にくつろいで』(Being at home with Claude)
1986		ロベール・ルパージュ、『ヴィンチ』(Vinci);アリス・マンロー、『愛の深まり』(The Progress of Love);ジェイン・アーカート(Jane Urquhart)、『渦巻き』(The Whirlpool);ジェラルド・ゴダン、『切り札なしの宵』(Soirs sans atouts);アンドレ・ベロー(André Belleau)、『声たちを突然つかまえる』(Surprendre les voix);シルヴァン・トリュデル(Sylvain Trudel)、『貿易風ハルマッタンのそよぎ』(Le Souffle de l'harmattan);ノルマン・ド・ベルフィーユ(Normand de Bellefeuille)、『イチ、ニ、サンと明確に』(Catégoriques un deux et trois);映画:ドゥニ・アルカン(Denys Arcand)、『アメリカ帝国の衰退』(Le Déclin de l'empire américain)
1987		マイケル・オンダーチェ、『ライオンの皮をまとって』(In the Skin of a Lion);ロヒントン・ミストリー(Rohinton Mistry)、『フィローズシャ・バーグ物語』(Tales from Firozsha Baag);マイケル・イグナチェフ(Michael Ignatieff)、『ロシアのアルバム』(The Russian Album);キャロル・シールズ(Carol Shields)、『スワン』(Swann);フェルナン・セガン(Fernand Seguin)、『爆弾と蘭』(La Bombe et l'orchidée);フェルナン・ウエレット、『時間』(Les Heures);ニコル・ブロサール、『リラ色の砂漠』(Le désert mauve);ジャン・ラローズ(Jean Larose)、『小さなシミ』(La Petite Noirceur);映画:パトリシア・ロゼマ(Patricia Rozema)、『人魚の歌を聞いた』(I've Heard the Mermaids Singing);ジャン＝クロード・ローゾン(Jean-Claude Lauzon)、『夜の動物園』(Un Zoo la nuit)
1988	カナダ多文化主義法;米加自由貿易協定調印;連邦政府、第二次大戦中の強制収容について日系カナダ人に公式に謝罪	トムソン・ハイウェイ(Tomson Highway)、『居留地姉妹』(The Rez Sisters);ダフネ・マーラット(Daphne Marlatt)、『アナ・ヒストリック』(Ana Historic);リー・マラクル、『私は女性―社会学とフェミニズムに関する先住民の見解』(I Am Woman: A Native Perspective on Sociology and Feminism);ポール・イー(Paul Yee)、『海水の都市―ヴァンクーヴァーの中国人』(Saltwater City: The Chinese in Vancouver);ピエール・ネヴー(Pierre Nepveu)、『現実のエコロジー』(L'

年	史実	文学・文化
		Écologie du réel）；クリスチャン・ミストラル（Christian Mistral）、『ヴァンプ』（Vamp）；ジル・マユー（Gilles Maheu）、『共同寝室』（Le Dortoir）
1989	ベルリンの壁崩壊；冷戦終結	トムソン・ハイウェイ、『ドライ・リップスなんてカプスケイシングに追っ払っちまえ』（Dry Lips Oughta Move to Kapuskasing）；マリア・キャンベル／リンダ・グリフィス（Linda Griffith）、『ジェシカ』（Jessica）；ハリー・ロビンソン（Harry Robinson）、『心に刻みつけよ』（Write It on Your Heart）；モーデカイ・リッチラー、『ソロモン・ガースキーはここにいた』（Solomon Gurasky Was Here）；ジャック・ブーラン、『古びた悲しみ』（Le Vieux Chagrin）；ルイ・アムラン（Louis Hamelin）、『怒り』（La Rage）；モニック・ラリュ（Monique LaRue）、『原本どおり』（Copies conformes）；ピエール・モランシー（Pierre Morency）、『アメリカの目』（L'Oeil américain）；映画：ドゥニ・アルカン（Denys Arcand）、『モントリオールのイエス』（Jésus de Montréal）
1990	ミーチ湖協定〔ケベック州に1982年憲法を承認させようとする憲法改正協議〕不成立；オカ危機〔ケベック州オカで先住民モホークが州警察、連邦軍と衝突〕	リー・マラクル、『雄弁術の理論』（Oratory: Coming to Theory）；トマス・キング編（Thomas King, ed.）、『みなわが同胞―現代カナダ先住民小説選集』（All My Relations: An Anthology of Contemporary Canadian Native Fiction）；ニノ・リッチ（Nino Ricci）、『聖人伝』（Lives of the Saints）；アリス・マンロー、『若き日の友』（Friend of My Youth）；ジョージ・エリオット・クラーク（George Elliott Clarke）、『ホワイラー滝』（Whylah Falls）；スカイ・リー（SKY Lee）、『消えゆくムーンカフェ』（Disappearing Moon Cafe）；ディオン・ブランド（Dionne Brand）、『中立の言語はない』（No Language Is Neutral）；アリサ・ヴァン・ハーク、『エルズミアから遠く離れて』（Places Far from Ellesmere）、レジャン・デュシャルム『デバデ』（Dévadé）；エレーヌ・ドリオン（Hélène Dorion）、『世間に押しつけた顔』（Un Visage appuyé contre le monde）；リーズ・トランブレ（Lise Tremblay）、『雨の冬』（L'Hiver de pluie）；ミシェル・トランブレ、アンドレ・ガニョン（André Gagnon）、『ネリガン』（Nelligan）（オペラ）；映画：シンシア・スコット（Cynthia Scott）、『見知らぬ人々と仲間になって』（The Company of Strangers）
1991		M・ヌーブセ・フィリップ（M. NourbeSe Philip）、『リヴィングストンを探して』（Looking for Livingstone）；モニク・モジカ（Monique Mojica）、『プリンセス・ポカホンタスと青あざ』（Princess Pocahontas and the Blue Spots）；ベネット・リー（Bennett Lee）、ジム・ウォン＝チュー（Jim wong-Chu）編、『多くの鳥の声―中国系カナ

	史実	文学・文化
		ダ人による現代の著作』(Many-Mouthed Birds: Contemporary Writing by Chinese-Canadians)；ロヒントン・ミストリー、『かくも長き旅』(Such a Long Journey)；ダグラス・クープランド(Douglas Coupland)、『ジェネレーションX—加速する文化のための物語』(Generation X: Tales for an Accelerated Culture)；エリーズ・テュルコット(Élise Turcotte)、『生きているものたちの音』(Le Bruit des choses vivantes)；シュザンヌ・ジャコブ(Suzanne Jacob)、『服従』(L'Obéissance)；ノルマン・ショレット(Normand Chaurette)、『女王たち』(Les Reines)
1992	ルイ・リエルの有罪判決破毀；ルイ・リエル記念日制定（11月16日）	マイケル・オンダーチェ、『イギリス人の患者』(The English Patient)（ブッカー賞）；ダニエル・デイヴィッド・モーゼス(Daniel David Moses)／テリー・ゴールディ(Terry Goldie)編、『カナダ先住民英語文学選集』(An Anthology of Canadian Native Literature in English)；ハリー・ロビンソン、『自然の力』(Nature Power)；フランソワ・リカール(François Ricard)、『狭苦しさの文学』(Les Littératures de l'exiguïté)；映画：ジャン・クロード・ローゾン、『レオロ』(Léolo)
1993		トマス・キング、『青い草、流れる水』(Green Grass, Running Water)；『ある良いお話、あのお話』(One Good Story, That One)；ジャネット・アームストロング、『わが同胞の言葉を考察する—先住民による文学分析』(Looking at the Words of Our People: An Anthology of First Nations Literary Criticism)；ピエール・トルドー、『政治回想録』(Mémoires politiques)；ジェイン・アーカート、『アウェイ』(Away)；キャロル・シールズ、『ストーン・ダイアリーズ』(The Stone Diaries)（1995年ピューリッツァー賞）；ギレルモ・ヴァーデッチア(Guillermo Verdecchia)、『フロンテラス・アメリカナス』(Fronteras Americanas / American Borders)；ティモシー・フィンドリー、『ヘッドハンター』(Headhunter)；ジャック・プーラン、『秋のツアー』(La Tournée d'automne)；フェルナン・デュモン(Fernand Dumont)、『ケベック社会の起源』(Genèse de la société québécoise)；ポール・シャネル・マランファン(Paul=Chanel Malenfant)、『be 動詞』(Le Verbe être)；映画：フランソワ・ジラール(François Girard)、『グレン・グールドに関する32本の短いフィルム』(Trente-deux films brefs sur Glenn Gould)
1994	シャーロットタウン協定〔再度の憲法改正協議〕不成立	M. G. ヴァッサンジ(M. G. Vassanji)、『秘密の本』(The Book of Secrets)（最初のギラー賞）；シャイアム・セルヴァデュライ(Shyam Selvadurai)、『ファニー・ボーイ』(Funny Boy)；ヒロミ・ゴ

年	史実	文学・文化
		トー（Hiromi Goto）、『コーラス・オブ・マッシュルーム』（*Chorus of Mushrooms*）；ルイーズ・ハーフ（Louise Halfe）、『熊の骨と鳥の羽』（*Bear Bones and Feathers*）；ニール・ビスーンダス（Niel Bissoondath）、『幻想を売る—カナダの多文化主義崇拝』（*Selling Illusions: The Cult of Multiculturalism in Canada*）；アリス・マンロー、『公然の秘密』（*Open Secrets*）；アンヌ＝マリー・アロンゾ（Anne-Marie Alonzo）、『カサンドルへの手紙』（*Lettres à Cassandre*）；ガエタン・スーシィ（Gaëtan Soucy）、『無原罪懐胎』（*L'Immaculée Conception*）；映画：アトム・エゴヤン（Atom Egoyan）、『エキゾチカ』（*Exotica*）
1995	主権問題についてのケベック州民投票、独立推進論、僅差で敗れる	ウェイソン・チョイ（Wayson Choy）、『翡翠の牡丹』（*The Jade Peony*）；ロヒントン・ミストリー、『ファイン・バランス』（*A Fine Balance*）；イン・チェン（Ying Chen）、『恩知らず』（*L'Ingratitude*）；マリー＝クレール・ブレ、『渇き』（*Soifs*）；映画：ロベール・ルパージュ、『告解』（*Le Confessionnal*）；シャルル・ビナメ（Charles Binnamé）、『エルドラード』（*Eldorado*）；モート・ランセン（Mort Ransen）、『マーガレットの博物館』（*Margaret's Museum*）
1996	ニスガア条約〔ニスガア族、ブリティッシュ・コロンビア州政府、連邦政府の間で交わされたニスガア族居住地域に関する協定〕	マーガレット・アトウッド、『またの名をグレイス』（*Alias Grace*）；アン・マイケルズ（Anne Michaels）、『逃亡者物語』（*Fugitive Pieces*）；アニタ・ラウ・バダミ（Anita Bau Badami）、『タマリンド・メム』（*Tamarind Mem*）；ゲイル・アンダーソン＝ダーガッツ（Gail Anderson-Dargatz）、『落雷死の治療法』（*The Cure for Death by Lightening*）；ガイ・ヴァンダヘイグ（Guy Vanderhaeghe）、『イングランド人の息子』（*The Englishman's Boy*）；アン＝マリー・マクドナルド（Ann-Marie MacDonald）、『ひざまずけ』（*Fall on Your Knees*）；ラリッサ・ライ（Larissa Lai）、『狐が千歳になると』（*When Fox Is a Thousand*）；シャニ・ムートゥー（Shani Mootoo）、『セレウスは夜開花する』（*Cereus Blooms at Night*）；ロベール・ルパージュ、『ポリグラフ』（*Polygraphe*）
1997		モーデカイ・リッチラー、『バーニーの見解』（*Barney's Version*）；ディオン・ブランド、『降り立つべき土地』（*Land to Light On*）；P. K. ペイジ、『秘密の部屋』（*The Hidden Room*）；ジェイン・アーカート、『下描きをする人』（*The Underpainter*）；デイヴィッド・アダムズ・リチャーズ（David Adams Richards）、『水上の釣糸—ミラミチ川の猟師の生活』（*Lines on the Water: A Fisherman's Life on the Miramichi*）；ダフネ・マーラット、『マザートーク—メアリー・キヨシ・キヨオカの生涯の物語』（*Mothertalk: Life Stories of Mary Kiyoshi*

カナダ文学史

年	史実	文学・文化
		Kiyooka）；ルイ・サイア（Louis Saïa）、『少年たち』（Les Boys）；ワジ・ムアワッド（Wajdi Mouawad）、『沿岸地方』（Littoral）
1998		アリス・マンロー、『善女の愛』（The Love of a Good Woman）；アン・カーソン（Anne Carson）、『赤の自叙伝―詩形式の小説』（Autobiography of Red: A Novel in Verse）；ジャック・ホジンズ、『開墾地』（Broken Ground）；ウェイン・ジョンストン（Wayne Johnston）、『報われぬ夢の植民地』（The Colony of Unrequited Dreams）；バーバラ・ガウディ（Barbara Gowdy）、『白い骨』（The White Bone）；キャロル・シールズ、『ラリーのパーティー』（Larry's Party）（オレンジ賞受賞）；ガエタン・スーシィ、『マッチが好きでたまらない少女』（La Petite Fille qui aimait trop les allumettes）；ピエール・ネブー、『新世界の内側』（Intérieurs du Nouveau Monde）；フランス・デグル、『そんなに悪くない』（Pas pire）；映画：マノン・ブリアン（Manon Briand）、『2秒』（2 secondes）；ドゥニ・ヴィルヌーヴ（Denis Villeneuve）、『地球上で、ある8月32日に』（Un 32 août sur terre）；フランソワ・ジラール（François Girard）、『赤いヴァイオリン』（Le Violon rouge）
1999	ヌナヴット準州発足；アドリエンヌ・クラークソン（Adrienne Clarkson）、総督に就任	グレゴリー・スコフィールド（Gregory Scofield）、『わが血管に轟く雷鳴』（Thunder through My Veins）；アリスター・マクラウド（Alistair MacLeod）、『大した損害なし』（No Great Mischief）（2001年IMPACダブリン文学賞受賞）；キャロライン・アッダーソン（Caroline Adderson）、『忘却の歴史』（A History of Forgetting）；ボニー・バーナード（Bonnie Burnard）、『良い家』（A Good House）；ウェイン・ジョンストン、『ボルティモアの屋敷』（Baltimore's Mansion）（2000年、最初の「文学的ノンフィクション対象チャールズ・テイラー賞」＜First Charles Taylor Prize for Literary Non-Fiction＞受賞）；ロバート・ブリングハースト（Robert Bringhurst）、『ナイフのように鋭い物語―古典的ハイダ神話語り部とその世界』（A Story as Sharp as a Knife: The Classical Haida Mythtellers and Their World）；クロード・ボーソレイユ（Claude Beausoleil）、『流刑者』（Exilé）；エミール・オリヴィエ（Émile Olivier）、『ミロ』（Mille eaux）
2000		マイケル・オンダーチェ、『アニルの亡霊』（Anil's Ghost）；マーガレット・アトウッド、『昏き目の殺人者』（The Blind Assassin）（ブッカー賞）；ポウル・ルーザス（Poul Ruders）による『侍女の物語』オペラ版、コペンハーゲンで初演；デイヴィッド・アダムズ・リチャーズ（David Adams Richards）、『子供同士の慈悲』（Mercy Among the Children）；

年	史実	文学・文化
		エリザベス・ヘイ（Elizabeth Hay）、『天気の研究者』（*A Student of Weather*）；ネガ・メズレキア（Nega Mezlekia）、『ハイエナの腹から出てきた手記』（*Notes from the Hyena's Belly*）；ティモシー・フィンドリー、『エリザベス女王』（*Elizabeth Rex*）；マイケル・レッドヒル（Michael Redhill）、『エルサレムの建設』（*Building Jerusalem*）；マリー・ラベルジュ（Marie Laberge）、『幸福の味わい―アデライド／アナベル／フロラン』（三部作）（*Le Goût du bonheur: Adelaïde / Annabelle / Florent <trilogy>*）；リュック・プラモンドン（Luc Plamondon）、『パリのノートルダム寺院』（*Notre-Dame de Paris*）；ドゥニ・ヴィルヌーヴ（Denis Villeneuve）、『大渦巻』（*Maëlstrom*）；ナンシー・ヒューストン（Nancy Huston）、『ゴルトベルク遍歴』（*Pérégrinations Goldberg*）
2001	世界貿易センタービル〔ニューヨーク〕が攻撃され、カナダ、行き場を失った数千人の旅行者を保護	『カナダ―ある民族の歴史』（*Canada: A People's History*）（CBC-SRC）；ジェイン・アーカート、『石工』（*The Stone Curvers*）；リチャード・ライト（Richard Right）、『クララ・カラン』（*Clara Callan*）；ヤン・マーテル（Yann Martel）、『パイの物語』（*Life of Pi*）（2002 年ブッカー賞）；アリス・マンロー、『嫌い、友達、求婚、愛情、結婚（わらべうた）』（邦訳『イラクサ』）（*Hateship, Friendship, Courtship, Loveship, Marriage*）；ティモシー・テイラー（Timothy Taylor）、『スタンレー・パーク』（*Stanley Park*）；ネリー・アルカン（Nelly Arcan）、『娼婦』（*Putain*）；ナンシー・ヒューストン、『ドルチェ・アゴニア』（*Dolce Agonia*）；映画：ザカリアス・クヌック（Zacharias Kunuk）、『疾走者』（*Atanarjuat*）
2002		ジョージ・バウアリング、カナダ初代桂冠詩人（Canada's first poet laureate）；ロバート・アレクシー（Robert Alexie）、『ヤマアラシと陶磁器の人形』（*Porcupines and China Dolls*）；オースティン・クラーク（Austin Clarke）、『磨かれた鋤』（*The Polished Hoe*）；ウェイン・ジョンストン、『ニューヨークの航海者』（*The Navigator of New York*）；キャロル・シールズ、『……でない限り』（*Unless*）；ロヒントン・ミストリー、『家族の事柄』（*Family Matters*）；ガイ・ヴァンダヘイグ、『最後の横断』（*Last Crossing*）；マイケル・レッドヒル、『マーティン・スローン』（*Martin Sloane*）；ティモシー・テイラー、『サイレント・クルーズ』（*Silent Cruise*）；ミシェル・トランブレ、『詰め合わせキャンディー』（*Bonbons assortis*）
2003	トロントでサーズ（SARS）ウイルス発生	マーガレット・アトウッド、『オリクスとクレイク』（*Oryx and Crake*）；バーバラ・ガウディ、『ロマンティックな人たち』（*The Romantic*）；デイヴィッド・アダムズ・リチャーズ、『失意

年	史実	文学・文化
		の者たちの川』(River of the Brokenhearted);ミシェル・バジリエール(Michel Basilières)、『ブラックバード』(Black Bird);デイヴィッド・オディアンボ(David Odhianbo)、『キプリガットのチャンス』(Kipligat's Chance);フランシス・イタニ(Frances Itani)、『耳をつんざく』(Deafening);アン＝マリー・マクドナルド、『カラスが飛ぶ』(The Way the Crow Flies);ジャック・ホジンズ、『隔たり』(Distance);M. G. ヴァサンジ、『ヴィクラム・ラールの中間世界』(The In-Between World of Vikram Lall);エリザベス・ヘイ、『ガーボは笑う』(Garbo Laughs);チェスター・ブラウン(Chester Brown)、『ルイ・リエル─漫画伝記』(Louis Riel: A Comic-Strip Biography);ミシェル・トランブレ、『黒いノート』(Le Cahier noir);ジル・クルトゥマンシュ(Gil Courtemanche)、『キガリのプールでの日曜日』(Un dimanche à la piscine à Kigali);ナンシー・ヒューストン、『熱愛』(Une Adoration);映画：ドニ・アーカン、『蛮族の侵入』(Les Invasions barbares)
2004	マーハー・アラール(Maher Arar)調査委員会設置（報告書は2006年）〔カナダとシリアの国籍を持ち、カナダ在住の技術者が2002年、休暇からカナダへ帰国の際、アメリカの空港でアルカイダの関係を疑われて逮捕される、2週間の取り調べの後、アメリカ政府は彼をカナダではなく、拷問の実施が想定されるシリアに追放、ほぼ1年間の拘禁の後シリア政府は彼をカナダに戻す〕	アリス・マンロー、『逃亡者』(Runaway);キャロル・シールズ、『短編集』(The Collected Stories);ミリアム・トウズ(Miriam Toews)、『複雑な親切』(A Complicated Kindness);トマス・ウォートン(Thomas Wharton)、『ロゴグリフ（文字なぞ）』(The Logogryph);ウェイソン・チョイ、『大事なこと』(All That Matters);ナディン・ビスムス(Nadine Bismuth)、『スクラップブック』(Scrapbook);アラン・ガニョン(Alain Gagnon)、『ヤコブの息子ヤコブ』(Jakob, fils de Jakob);セルジオ・コキス(Sergio Kokis)、『アルファナの恋人たち』(Les Amants d'Alfana);ミシェル・トランブレ、『赤いノート』(Le Cahier rouge);リーズ・トランブレ、『鷺飼育係の女』(La Héronnière)
2005	ミカエル・ジーン(Michaëlle Jean)、総督に就任	ノア・リッチラー(Noah Richler)、「ここは僕の国、君の国は？」("This Is My Country, What's Yours?")（CBCラジオ）;マーガレット・アトウッド、『ペネロピアド』(The Penelopiad);トムソン・ハイウェイ、『ファー・クイーンのキス』(Kiss of the Fur Queen);ジョーゼフ・ボイデン(Joseph Boyden)、『三日の道のり』(Three Day Road);ジョージ・エリオット・クラーク、『ジョージとルー』(George & Rue);ディオン・ブランド、『私たち皆が憧れるもの』(What We All Long For);ウェイソン・チョイ、『孔子を探し求めて』(Searching for Confucius);アン・コンプトン(Anne Compton)、『プロセッショナル』(Processional);アノッシュ・イラニ(Anosh Irani)、『肢体不自由者と彼の魔除け』(The Cripplle and His

年	史実	文学・文化
		Talisman）；カミラ・ギブ（Camilla Gibb）、『腹の底から愉快』（Sweetness in the Belly）；デイヴィッド・ギルモア（David Gilmour）、『中国へ行くのに絶好の夜』（A Perfect Night to go to China）；ジョーン・クラーク（Joan Clark）、『椅子を聴衆に』（An Audience of Chairs）；デイヴィッド・バーガン（David Bergen）、『中間の時』（The Time in Between）；ライザ・ムア（Lisa Moore）、『アリゲーター』（Alligator）；ネロファー・パズィラ（Nelofer Pazira）、『赤い花のベッド』（A Bed of Red Flowers）；エディート・ラヴェル（Edeet Ravel）、『光の壁』（A Wall of Light）；アキ・シマザキ（Aki Shimazaki）、『ホタル』（Hotaru）；マイケル・レッドヒル、『善良さ』（Goodness）；マリー＝クレール・ブレ、『オーギュスティノと破壊の合唱』（Augustino et le chœur de la destruction）；ミシェル・トランブレ、『青いノート』（Le Cahier bleu）
2006	12年間の自由党政権の後、スティーヴン・ハーパー（Stephen Harper）（保守党）が首相に就任；カナダ連邦議会下院、ケベック州を「ナシオン」（nation）とする動議を可決；オタワで戦功者記念碑の除幕式；ケベック・シティにおいて考古学者たちが1541年から1543年にカルティエとロベルヴァルの使用した砦の基石を発見；エヴァ・オタワ（Eva Ottawa）が先住民アティカメクウの大酋長に選出される、この地位を得た最初のケベック州先住民女性；中国系カナダ人に対し、連邦政府が人頭税および追放令について公式に謝罪	メイヴィス・ギャラント、英語作家として初のアタナーズ＝ダヴィード賞（Prix Athanase-David）受賞；ラウィ・ハーグ（Rawi Hage）、『ド・ニロのゲーム』（De Niro's Game）（2008年国際IMPACダブリン文学賞）；マーガレット・アトウッド、『テント』（The Tent）；『道徳的無秩序』（Moral Disorder）；アリス・マンロー、『キャッスル・ロックからの眺め』（邦訳『林檎の木の下で』）（The View from Castle Rock）；P. K. ペイジ、『手荷物』（Hand Luggage）；ジェイン・アーカート、『ガラスの地図』（A Map of Glass）；ルーディ・ウィーブ、『この大地から―ボレアル・フォレストでのメノナイト少年時代』（Of This Earth: A Mennonite Boyhood in the Boreal Forest）；ウェイン・ジョンストン、『楽園の管理人』（The Custodian of Paradise）；ドリュー・ヘイデン・テイラー（Drew Hayden Taylor）、『酔っ払い神が創造した世界で』（In a World Created by a Drunken God）；ヴィンセント・ラム（Vincent Lam）、『瀉血と奇跡的治療法』（Bloodletting and Miraculous Cures）；アニタ・ラウ・バダミ（Anita Rau Badami）、『夜啼き鳥の声が聞こえますか？』（Can You Hear the Nightbird Call?）；ピーター・ベーレンズ（Peter Behrens）、『夢の法則』（The Law of Dreams）；ディオン・ブランド、『在庫目録』（Inventory）；アノッシュ・イラニ、『カーヌシャの歌』（The Song of Kahnusha）；ジャニス・キューリク・キーファー（Janice Kulyk Keefer）、『真夜中のそぞろ歩き』（Midnight Stroll）；ドン・マケイ（Don McKay）、『ストライク／スリップ』（Strike / Slip）；ヘザー・オニール（Heather O'Neill）、『小さな犯罪者たちのための子守歌』（Lullubies for Little Criminals）；モリス・パニチ（Morris Panych）、『前途に待ち受けるもの』（What Lies Before Us）；マイケル・

年	史実	文学・文化
		レッドヒル、『慰め』（Consolation）；スティーヴ・キーワティン・サンダーソン(Steve Keewatin Sanderson)、『暗黒の呼び声』（Darkness Calls）；ティモシー・テイラー、『ストーリー・ハウス』（Story House）；シルヴァン・トリュデル(Sylvan Trudel)、『静かな海』（La Mer de la tranquillité）；アンドレ・ラベルジュ(Andrée Laberge)、『狼の川』（La Rivière du loup）、ミリアム・ボードワン(Myriam Beaudoin)、『アダッサ』（Hadassa）；ナンシー・ヒューストン、『時の重なり』（Lignes de faille）；ジャック・プーラン、『翻訳は愛の物語』（La Traduction est une hisoire d'amour）；映画：サラ・ポーリー(SarahPolley)、『アウェイ・フロム・ハー』（Away from Her）
2007	ヴィミー・リッジの戦闘90周年；ヴァンクーヴァーにおいてインド航空大惨事（1985年）の慰霊碑除幕式	『ペネロピアド』（The Peneropiad）、英国のストラトフォード・アポン・エイヴォンで初演；マーガレット・アトウッド、『ドアー』（The Door）；マイケル・オンダーチェ、『ディヴィザデロ』（Divisadero）；ダグラス・クープランド、『樹脂泥棒』（The Gum Thief）；バーバラ・ガウディ、『無力』（Helpless）、エリザベス・ヘイ、『深夜の無線放送』（Late Night's on Air）；シャロン・ボロック、『調子の狂った男』（Man Out of Joint）；アノッシュ・イラニ、『ボンベイの劇』（The Bombay Plays）；スマーズ・フロスト(Smardz Frost)、『栄光の国に住家あり―地下鉄道組織［逃亡奴隷救済秘密結社］の失われた物語』（I've Got a Home in Glory Land: A Lost Tale of the Underground Railroad）；ローナ・グディソン(Lorna Goodison)、『ハーヴェイ川より―母と彼女の島の回想記』（From Harvey River: A Memoir of My Mother and Her Island）；ローレンス・ヒル(Lawrence Hill)、『ニグロの本』（The Book of Negroes）（米国版の題名は『誰かが僕の名前を知っている』Someone Knows My Name、2008年、英語圏作家最優秀作品賞（Best Book Commonwealth Writers' Prize）受賞）；ジャニス・キューリク・キーファー、『女性向け貸し出し図書館』（The Ladies' Lending Library）；ジェイムズ・バートルマン(James Bartleman)、『レーズン・ワイン――風変わったムスコカで過ごした少年時代』（Raisin Wine: A Boyhood in a Different Muskoka）；ダヴィード・シャリアンディ(David Chariandy)、『吸血女スクヤント』（Soucouyant）；マリー・クレメンツ(Marie Clements)、『サンダーバード』（Thunderbird）；ニール・スミス(Neil Smith)、『バング・クランチ』（Bang Crunch）；ミシェル・トランブレ、『大陸横断』（La Traversée du continent）；リーズ・トランブレ、『ジューデットの姉妹』（La Sœur de Judith）；ナンシー・ヒューストン、『アニーの情熱』（Passions d'Annie Leclerc）；ミシェル・ビロン(Michel Biron)、フランソワ・デュモン(François

年	史実	文学・文化
		Dumont)、エリサベート・ナルドゥー＝ラファルジ（Élisabeth Nardout-Lafarge）、『ケベック文学史』（Histoire de la littérature québécoise）；映画：ガイ・マディン（Guy Maddin）、『私のウィニペグ』（My Winnipeg）
2008	連邦政府、インド系住民学校元生徒たちに対し公式に謝罪を表明；「真実と和解」委員会設立；ブリティッシュ・コロンビア州、駒形丸事件についてシーク教徒に対し正式な謝罪を表明；ブシャール＝テイラー（Bouchard-Taylor）委員会〔ケベック政府の諮問機関〕、文化的相違（ケベック州）に関する調整実行についての報告書提出；連邦政府、フランクリン探検隊についての新たな調査開始；バラク・オバマ、第44代合衆国大統領に選出される	マーガレット・アトウッド、『負債と報い―豊かさの影』（Payback: Debt and the Shadow Side of Wealth）（2009年 National Business Book Award にノミネイトされる）；アトウッド、アストゥリアス皇太子文学賞（Prince of Asturias Prize for Literature）受賞；ジョーゼフ・ボイデン、『黒トウヒの林を抜けて』（Through Black Spruce）；ニノ・リッチ、『種の起源』（The Origin of the Species）；キャロライン・アッダーソン、『初めまして』（Pleased to Meet You）；ドリュー・ヘイデン・テイラー、『ベルリン・ブルース』（The Berlin Blues）；フレッド・ワー、『センテンスト・トゥー・ライト』（Sentenced to Light）；アンドレ・アレクシス（André Alexis）、『避難所』（Asylum）；スタン・ドラグランド（Stan Dragland）、『水没した土地』（The Drowned Lands）；ラウィ・ハーグ、『コックローチ』（Cockroach）；マギー・ヘルウィグ（Maggie Helwig）、『倒れる少女たち』（Girls Fall Down）；D. Y. ベシャール（D. Y. Béchard）、『ヴァンダル・ラヴ』（Vandal Love）；ティム・リルバーン（Tim Lilburn）、『密教政治』（Orphic Politics）；ダフネ・マーラット、『与えられしもの』（The Given）；モリス・パニチ、『慈悲心』（Benevolence）；ポール・クウォリングトン（Paul Quarrington）、『トロントの峡谷』（The Ravine）；ディアン・シュームパーレン（Dianne Shoemperlen）、『言葉を見失って』（At a Loss for Words）；ジャスプリート・シング（Jaspreet Singh）、『シェフ』（Chef）；メアリー・スウォン（Mary Swan）、『木の上から見下ろす青年たち』（The Boys in the Trees）；マリコ＆ジリアン・タマキ（Mariko and Jilian Tamaki）、『スキム』（Skim）；M. G. ヴァッサンジ、『内なる場所―インドの再発見』（A Place Within: Rediscovering India）；シャニ・ムートゥー、『ヴァルミキの娘』（Valmiki's Daughter）；ジェイコブ・シャイアー（Jacob Scheier）、『温かみをくれるもの』（More to Keep Us Warm）；レベッカ・ローゼンブラム（Rebecca Rosenblum）、『ワンス』（Once）；マリー＝クレール・ブレ、『激動の時代におけるレベッカの誕生』（Naissance de Rébecca à L'ère des tourments）；ヴィクトール＝レヴィ・ボーリュー、『大部族』（La Grande Tribu）；ダニー・ラフェリエール、『我輩は日本作家である』（Je suis un écrivain japonais）；ミシェル・プロー（Michel Pleau）、『世界ののろさ』（La Lenteur du monde）；エルヴェ・ブシャール（Hervé

年	史実	文学・文化
		Bouchard)、『御両親、御友人はご参列願います』(Parents et amis sont priés d'assister)；ローランス・プリュドーム(Laurence Prud'homme)、『メデューサの踊り』(La Danse de la Méduse)；モーリス・アンリー(Maurice Henrie)、『塩のエスプリ』(Esprit de sel)；ミシェル・ヴェジナ(Michel Vézina)、『自尊心の機械』(La Machine à l'orgueil)；エレーヌ・リウー(Hélène Rioux)、『世界の涯で水曜日の宵に』(Mercredi soir au bout du monde)；映画：ステューラ・ガナーソン(Sturla Gunnarsson)、『エア・インディア182』(Air India 182)

カナダ文学史

地図1：カナダ全図

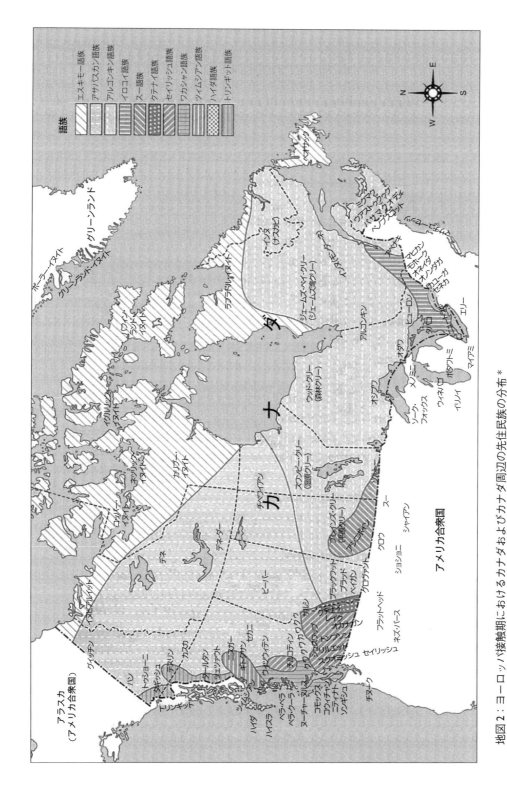

地図2：ヨーロッパ接触期におけるカナダおよびカナダ周辺の先住民族の分布＊
(O.P.Dickason, Canada's First Nations:A History of Founding Peoples from Earliest Times, 3rd edn. [Oxford: Oxford University Press, 2002] p.47 に基づく)
＊現在、先住民族集団および地名には多様な表記が使用されている。

日本の読者の皆様へ

創立30周年を記念して『ケンブリッジ版カナダ文学史』の翻訳偉業を成し遂げられた日本カナダ文学会にお祝い申し上げます。本プロジェクトは、日本の読者にとっては初めて、研究の促進と同時に、ますます人気が高まっている特有の国民文学の真価をさらに広く味わうことができるカナダ文学研究の参考書です。

本書は、百年以上前に始まったケンブリッジ大学出版刊行の有名なシリーズである先行の歴史集の伝統に連なるもので、カナダ文学の国際的な存在感を確立しています。『赤毛のアン』(Anne of Green Gables) のL. M. モンゴメリ、マーガレット・アトウッド、2013年にノーベル文学賞を受賞したアリス・マンロー、仏語圏アカディア出身のアントニーヌ・マイエ、ジョイ・コガワ、ヒロミ・ゴトーといったカナダ人作家の名声は日本ですでによく知られています。本文学史は、この分野の専門的知識を持っている読者のみならず、カナダ文学についてもっと知りたいという関心のある読者のお役にも立つものです。

この21世紀の文学史は、他国の文学史と同じく、国家の文学遺産を語りながら、さらには国柄、歴史、そして「文学」なるものの定義にいたるまで、現代の問題を論じています。複数の執筆者による31章からなる本書は、包括的な年表や詳細な参考文献リストを添付して、英語圏と仏語圏カナダ文学の学術的研究史を現時点に至るまで、ケンブリッジ版シリーズと同じく年代順に記述しながら、修正主義的な分析と規範的なジャンル分けのバランスも考慮しています。そこには、フェミニズムやポスト構造主義やポストコロニアル主義など新しい理論の視点から、ここ半世紀に起こった国の文学伝統の意義ある再編成も反映されています。この文学史の半分以上は、1960年代以降に書かれた作品に当てられています。著名作家たちと並んで、新しい規範の出現の兆しとなった新顔の名前が取り上げられています。先住民、ブラック・カナディアン、多文化系、そして最近では多国籍の作家たちです。この歴史書は、これらの変革と新しい包括性の記録を促進させてくれます。

レディング大学名誉教授
コーラル・アン・ハウエルズ (Coral Ann Howells)

ブリティッシュ・コロンビア大学教授
エヴァ＝マリー・クローラー (Eva-Marie Kröller)

日本語版刊行に際して

　日本カナダ文学会は、2012年、創立30周年を迎えました。『ケンブリッジ版カナダ文学史』(*The Cambridge History of Canadian Literature*) の和訳は、この創立30周年記念行事として企画されました。

　日本カナダ文学会は、記念企画を長く考えておりました。2013年にノーベル文学賞を受賞したアリス・マンローをはじめ、カナダの文学界を牽引してきたマーガレット・アトウッドや、マイケル・オンダーチェなどの作品は日本でも知られています。しかし、名作がたくさん出版されているにもかかわらず、日本では残念ながらカナダの文学作品があまり紹介されてきませんでした。カナダの文学を日本に定着させ、網羅的に、学術的に紹介するには、最良のカナダ文学史を出版することと、長い間、思っておりました。

　丁度そんな折、日本とカナダの作家や研究者たちが集う文学フォーラムが、トロント、モントリオール、ヴァンクーヴァーで開催されました。2010年5月の「日本・カナダ作家フォーラム」です。私もパネリストとして参加しました。そこで、これ幸いとフォーラムに参加したカナダの文学の研究者たちに助言を求めると、誰もが推薦するのが『ケンブリッジ版カナダ文学史』でした。本書は、初期の頃の先住民の作品からごく最近の作家に至るまで、英語圏カナダ文学と仏語圏カナダ文学の作品を網羅した本格的カナダ文学史です。カナダ文学・文化の研究に必携の専門書です。

　日本におけるケベック文学研究の第一人者であった小畑精和・明治大学教授が翻訳、校正に携わり、刊行を心待ちにしながら病に倒れて本書を手にすることができなかったのは痛恨の極みです。また、日本カナダ文学会の理事として日本におけるカナダ文学研究を促進しながらも研究半ばで世を去った藤本陽子・早稲田大学教授、多湖正紀・京都産業大学教授らの会員仲間たちと共に本書の出版を祝うことができなかったのは無念でなりません。

　最後に、本書の刊行は、一字一句丁寧に和訳原稿をチェックされ、校正、語彙の統一、索引作成などに多大な時間を費やされた顧問の堤稔子・桜美林大学名誉教授、大矢タカヤス・東京学芸大学名誉教授の多大なお力添え無くしては不可能でした。深く感謝申し上げます。また、本書の和訳に関わられた多くの会員の皆様に御礼申しあげます。

　　　　　　　　　　　　　　　　　　　　　　　　日本カナダ文学会 会長　佐藤アヤ子
　　　　　　　　　　　　　　　　　　　　　　　　2016年6月

凡　例

1. 本書は、*The Cambridge History of Canadian Literature*（2009）の全訳である。個別の執筆者による全31章、800ページを26名の翻訳者が分担した。数字、送り仮名、訳語などの表記はできるだけ統一を図るが、必ずしも徹底していないケースもある。
2. 原語の固有名詞について

    人名：カナ表記で、各章の初出のみ（　）で原語綴りを示す。

　　　　ex. フランシス・ブルック（Frances Brooke）

    但し、シェイクスピアなど有名作家はこの限りでない。

    また、脚注で参照できる文献の著者名も省いた場合がある。

    作品名：原書でイタリック体で記されているもの（原則として単行本）は、その和訳を『　』で示し、各章の初出のみ（　）で原語綴りを示す。

　　　　ex.『束の間の幸福』（*Bonheur d'occasion*）

    ボールド体で" "で示されているもの（作品集や詩集の中の収録作品）は、和訳を「　」で示し、初出のみ" "で原題を示す。

　　　　ex.「冬の宵」（"Soir d' hiver"）

    なお、（　）が重複するときは、内側の（　）を省略する。

　　　　ex. ギャラントが実質的に批評的注目を浴びるようになった1980年代初め頃には、いくつかの短編集、小説を2冊（『緑の水、緑の空』*Green Water, Green Sky*, 1959、『かなり楽しい時』*A Fairly Good Time,* 1970）、そして90編以上の短編を出版していた。

    雑誌名は「　」で示し、原語綴りは、出版社名とともに内容上特に必要と認められる場合を除き省いてある。

　　　　ex.「リテラリー・ガーランド」誌

3. 本文中の原語引用文について

    英文の場合は和訳のみ載せた。仏語引用文については、和訳のあとに文中の原文を残し、脚注につけられていた英訳文はすべて「仏文の英訳」として省略した。

　　　　ex.「音楽が終わるとラッパが再び鳴り渡り……至る所から大砲が轟いた……」（La musique achevée, la trompette sonne derechef & … les Canons bourdonnent de toutes parts …）。

4. 脚注について

    原書はページごとに載せてあるが、本書では各章の末尾にまとめた。

5. 訳注について

    原書本文中に使われている記号［　］と区別するため、訳注は〔　〕記号中に、ポイントを落として挿入した。

序章

コーラル・アン・ハウエルズ、エヴァ＝マリー・クローラー
(Coral Ann Howells and Eva-Marie Kröller)

1917 年、カナダ文学は『ケンブリッジ版英文学史』（*The Cambridge History of English Literature*）に初めて登場した。トロントの学者ペラム・エドガー（Pelham Edgar）執筆の「英語カナダ文学」（"English-Canadian Literature"）と題する僅か 20 ページの 1 章が、英帝国他地域の「英系アイルランド文学」「英系インド文学」「オーストラリアとニュージーランドの文学」「南アフリカの詩」の各章と共に加えられたのである。ほぼ 90 年後の 2009 年、本書『ケンブリッジ版カナダ文学史』（*The Cambridge History of Canadian Literature*）が 2 人の女性学者の共編により、カナダ内外の卓越した学者陣による 31 章構成の本格的な学術書として出版された。これはカナダ文学が重要な研究分野として確立され、現在の地位を築いたことを示す確固たる証拠である。当時から現在に至る 90 年間に、カナダとその文学の状況を列挙する多くの文学史、辞典、アンソロジーが、英仏両言語で次々と出版されてきた。[1]

興味深いことに、こうした文献が出たのはカナダが危機に直面しているか、もしくは祝賀ムードで昂揚している特定の時期、特に第一次世界大戦後の 1920 年代と、カナダ連邦設立 100 周年記念の 1967 年、そして最近ではカナダとその文学的遺産を徹底的に再評価することになった 1990 年代半ば以降に集中している。本書『ケンブリッジ版カナダ文学史』は、国家や国民文化に関して、またカナダ固有の文学作品のみならず、国家や歴史や文学の限界を広げた、より広範囲の理論的問題に関わる文学作品に関して、新たに明示された言説の文脈の中で執筆された。[2]

実際のところ、このグローバリゼーション時代に一国の文学史を書くこと自体、問題がある。「ナショナル」と「グローバル、ディアスポラ、トランスナショナル」との間の緊張感は根強く、ナショナル・アイデンティティは複数化している。多様性を強調する現代の状況は、現在と過去との関係を従来とは異なる、より包括的な方法で理解するために、一国の文学を最初から修正して読み直すよう促し、またそれを必要としている。[3] カナダの文学史の顕著な特徴は、これまでずっと、年代順あるいは民族別基準に従って論述することがひどく困難だとされた、バラバラな言説であったということである。新世界では、ヨーロッパ人と先住民の最初の出会いの時から、文字に書かれた記録と、それ以外の記号のみによる記録方式との違いが顕在化している。こうした中では、文学史の概念さえも再検討されねばならない。

さらに、英・仏それぞれの起源を持ち、相容れぬ2つの忠誠心が併存する問題は、おぼつかないカナダの二言語・二文化の伝統として存続し、ヨーロッパの植民地政策の歴史に書き込まれたこの伝統は、ポストコロニアル時代の政治においても依然として重要な役割を果たし続けている。1970年代以来、カナダ政府の多文化主義政策は多くの点で伝統的な英・仏の分裂を回避し、ごく最近ではグローバリゼーションに対応する展開が二文化主義とも多文化主義とも決定的に異なる社会・文化的問題を提起した。

　「カナディアン」というアイデンティティの意味は変化しつつあり、共同体として想像されるカナダは時代ごとに再編成されているが、こうした状況が提起する概念上の難題を本書は認め、その不安定性と変遷を執筆内容に反映させている。本書は現代の英・仏両語の文学作品をニュアンスをもって再評価し、従来のパラダイムに時には埋もれていた人種的・文化的・地域的差異に注目し、過去の文学および国家の神話的通念（national myths）を再構成する。視覚に訴える画像は本書の記述に重要な役割を果たす。特定の章に配置されたこれら画像は、入れ墨をした先住民戦士を描く18世紀初期のフランス語キャプション付き描画から、現代の戯画や漫画本に至るまで様々で、種々のグラフィック表現に関する議論を強調する機能を果たしている。

　本書は当然、先行文学史との違いを考察する。筆頭に来るのは1965年初版の記念碑的1巻本、カール・F・クリンク（Carl F. Klinck）編『カナダの文学史——英語カナダ文学』（*A Literary History of Canada: Canadian Literature in English*）である。同書の3巻本は1976年に、4巻目はW. H. ニュー（W. H. New）編集で1990年に出版された。この先駆者的作品は多数の執筆者による包括的な英語カナダ文学史の第1号で、建国100周年を祝う同じ時期に、仏語カナダ文学史も計画された。この計画は実現しなかったが、ピエール・ド・グランプレ（Pierre de Grandpré）の『ケベック仏語文学史』（*Histoire de la littérature française du Québec*）が1967-69年に出版され、クリンクの1巻本の仏語訳も1970年に上梓された。グランプレの4巻本がクリンクの3巻本に先立って出ていることは、ケベックが「郷土の遺産」（"patrimoine"）に関する資料を英系カナダ人よりもずっと組織的に収集していたことを示している。この現象は今日まで続き、今や『ケベック文学作品辞典』（*Dictionnaire des œuvres littéraires du Québec*）と題する7巻本も出ているが、英語カナダ文学に関してはこれに匹敵する類書がない。

　クリンクも、彼の『文学史』にかの有名な「結語」（"Conclusion"）を書いたノースロップ・フライ（Northrop Frye）も、共にカナダの文学伝統の二重性を十分認識していて、フライは次のように記している。「〔英語カナダ文学について〕述べられていることはすべて……仏語カナダ文学にも同様に、あるいは対照的に含まれている」。この2人が一貫して英系文学と仏系文学の比較研究を視野に入れている一方で、われわれが意図するアプローチは2つの言語伝統の間の主要なつながりと違いを強調する。全巻を通じて英系の資料と仏系の資料を適切な場所で比較しながら扱い（例えば19世紀の歴史と歴史小説に関する章〔第6章〕参照）、さらに最後のセクション第5部を専らカナダ全土の仏語文学に割いて、仏語文学の固有の歴

史を認めている。この部の3章のうち、2つの章は、ケベックおよび仏系オンタリオの研究者が仏語で執筆し、本書のために英訳されたものである。

クリンクは文学史の作成を、「われわれ自身について研究した知識」をカナダ人に与えるよう意図された重要な国家的文化企画、と見なしていた（p.xi）。彼の強調点は——当時としては必然的に——ヨーロッパ中心で領土意識に根ざしていたとはいえ、文学に対する彼の定義は非常に広いものであった。民話と民謡、旅行記、自伝、児童文学に関する論文（ついでながら、この4分野の執筆者は全体で40人の執筆者のうち、たった6人の女性の中の4人である）、そして歴史書、哲学、宗教、自然科学に関する論文も含まれている。事実、クリンクのアプローチは当時としては著しく実際的で、執筆者の中には「インディアンとエスキモー」(p. 163)の口承伝統や、1940年代以降の新しい現象である「ヨーロッパ大陸の背景を持つ」(p. 709)小説にさりげなく触れる者がいて、これはカナダ文学の多民族的側面を最初に認めた例である。こうした記述は、その後数十年間カナダの特徴となる文化的多元性をいち早く認めていたことを示唆している。

1971年、カナダ政府は世界に先駆けて多文化主義政策を導入し、それに伴ってカナダ性のイメージが再構築された社会的・イデオロギー的情況の変化は、創作文学、メディア、新しい文学史、そして相次いで出版された文学史の改訂版に表れている。1980年代になると、政府が外交政策の一環として国際的にカナダ研究を後援し、その結果カナダ文学を取り巻く学術産業は国内でも海外でも急速に成長して、2冊のカナダ文学史が初めてロンドンで出版された。W. J. キース（W. J. Keith）著『英語カナダ文学』（*Canadian Literature in English*, 1985）とW. H. ニュー著『カナダ文学史』（*A History of Canadian Literature*, 1989）である。いずれも2000年以来、追加の章を補充してカナダで再版されている。

1990年代になると、文学および文化の批評家たちはカナダに関する記述の概念を再構築する必要に迫られ、危機の兆候が現れる。修正主義を強調するこの傾向は21世紀に入っても勢いを増すばかりだ。批評界の新しい見解および近年の古文書研究が国の起源について新たな光を投げかけている現在、カナダの文学遺産に関する伝統的な英・仏中心のパラダイムは、国の神話的通念の一つと見なされてしまうだろう。再構成され、次第に多様化している文学伝統の中で、これまで主流から取り残されていた声と抑圧された歴史が本来の場所を取り戻すにつれ、カナダの文学史は今や、二重の建国の祖を持ち、2本の糸が縒り合わされて形成された国という従来型の物語とは程遠く、異なった起源を持ち、語らねばならぬ異なった物語を持つ、マルチプロットの小説の様相を呈している(5)。

本書の意図するところは、伝統的な文学史を特徴づけていた年代順の枠組みの中でジャンルごとに権威あると認められた作家を扱う方法と、こうした分類に疑問をはさみ、分類の境界を曖昧にする修正主義のアプローチとの間の均衡を保つことである。何十年、場合によっては何世紀にもわたる連続性と相互関係を示すために、歴史と神話、19世紀のネイチャーライティングと現代の環境文学、カナダの出版の歴史などに関する章を設ける一方、マーガ

レット・アトウッド（Margaret Atwood）やマイケル・オンダーチェ（Michael Ondaatje）のような作家は特定の年代あるいは特定のジャンル内には収まっていない。また「カナダと第一次世界大戦」のような章は、トラウマになっている特定の出来事がその歴史的瞬間をはるかに超えて反響している状況を例示する。

　われわれはまた、伝統的に正統と認められていなかった、例えば漫画本のようなジャンルを取り入れて、ポピュラー・カルチャーとその影響が常に存在したことを示している。特に、カナダ文学が過去25年ほどの間に向かっている重要な新しい方向を認識している。本書の半分以上は1960年代以降の文学作品に割かれ、国際的に名の通った主要な作家のみならず、英仏両語で書かれた先住民および多文化的背景を持つ作品についても詳述して、新しい文化・文学的パラダイムが現れていることを示している。こうした作品はすべて互いに縒り合わされて、カナダ文学をますます複雑にしていく伝統の多様性を証明しているのである。

　本書のように多様な内容を扱う場合、表記上の問題が生じる。仏語にアクセント記号が付いていて英語には付いていない場合（例えばケベック〈Québec / Quebec〉やモンレアル／モントリオール〈Montréal / Montreal〉）、仏語の引用文、出版社や本の題名の場合はもちろん例外であるが、通常は英語表記を用いた。その結果、仏語文学を扱う場合は、時には英・仏両バージョンを併記する必要があった。先住民（"Aboriginal"）を表す "Native" と "Indigenous" は語頭を大文字で表記した。この2つの表現のいずれを採用するかについては議論があるが、本書では該当する分野の各章の担当者および他の専門家の助言に従って、両者を適宜に交換して用いた。先住民の部族の名称は口述言語に近い音を文字化してあるので、綴りにばらつきがある。本書の中では統一したが、この決定には妥協が必要なこともあった。

　ほとんどの章は読者の便宜のために小見出しを付けているが、議論の一貫性を保つために省かれた章もある。

注

1. 1996年までに出版されたカナダ文学史の年代順一覧表は、次の文献参照。E. D. Blodgett, *Five-Part Invention: A History of Literary History in Canada* (Toronto: University of Toronto Press, 2002), pp. 20-2.
2. カナダ文学におけるこうした兆候は、多くの文学史が本書とほぼ同時期に出版されていることにも現れている。例えば次のような文献がある。Michel Biron, François Dumont, Élisabeth Nardout-Lafarge, *Histoire de la littérature québécoise* (Montreal: Boréal, 2007) ; Reingard M. Nischik, ed., *History of Literature in Canada: English-Canadian and French-Canadian* (Rochester: Camden House, 2008), a revised translation of Konrad Gross, Wolfgang Klooss, Reingard M. Nischik, eds., *Kanadische Literaturgeschichte* (Stuttgart: Metzler, 2005).
3. 本書 *The Cambridge History of Canadian Literature* は、ケンブリッジ大学出版局が旧英連邦諸国および旧植民地の文化を再評価する既出版の、もしくは出版準備中の、数冊のひとつである。その中には国民文学

志向のものもあれば（例えばオーストラリア文学やインド文学に関して準備中のもの）、国境を超えたものもある（2004 年出版の 2 巻本 The Cambridge History of African and Caribbean Literature、および間もなく出版予定の The Cambridge History of Postcolonial Literature）。

4. Northrop Frye, "Conclusion," in *Literary History of Canada*, ed. Carl F. Klinck (Toronto: University of Toronto Press, 1965), pp. 823-4.

5. こうした問題を我々［Kröller and Howells］は 2008 年のカナダ研究国際協議会 (International Council of Canadian Studies) での共同講演 "Switching the Plot: From *Survival* to the *Cambridge History of Canadian Literature*" においてさらに精査した。この講演の改定版は同協議会の会報、*Canada Exposed / Le Canada à découvert*, ed. Pierre Anctil, André Loiselle, Christopher Rolfe (Brussels: Peter Lang, 2009), pp. 45-60 に掲載されている。

第1部

★

旧世界と新世界、ヌーヴェル・フランス、二つのカナダ、カナダ自治領

1

先住民社会とフランスによる植民地化

バーバラ・ベライー
(Barbara Belyea)

　アズテック帝国がなぜコンキスタドール〔スペインからの征服者〕のわずかな力の前に崩壊したかを説明するためにツヴェタン・トドロフ（Tzvetan Todorov）は、その敗北の最大の原因はメキシコ文明に文書が存在しなかったことだと主張した。メキシコのデッサンと絵文字が記録したのは言語ではなく、経験であり、従ってそれらには文法的に構成された音声的な文書によって育まれる心理的構造が欠けていたという。アズテックの指導者たちには、どうも文書が創造するらしい、新しい状況を把握、対応する能力が不足していたのだという(1)。
　そのような非西欧文化についての進化論的、西欧中心主義的、かつ政治的に不正確な見方に対しては苦笑して退けてしまいたい誘惑にかられる。しかし、文書が言語の表記として理解されようと、あるいは相違の伝播体系として捉えられようと、トドロフの見方は他の文学的探究者たちにもいわば心情的に近い(2)。文学批評の作業は常に書かれたテキストの分析であった。20世紀半ば以来、構造主義者とポスト構造主義者たちは、あらゆる表象形態を文法と表記の観点から理解された言語に平準化し、歴史や文化人類学のような他の分野の主題と前提をも決定してしまった。野生と文明の間の古典的な区別は音声と書記の間の技術的相違として示され、クリフォード・ゲイアツ（Clifford Geertz）のような指導的文化人類学者の中には、文化を文献のように「読む」べきだと主張する人もいる。しかし、現実にはなにも変わっておらず、羊の皮をかぶっても狼は狼であり、原始と未開という概念は依然として文化人類学および民族歴史学の実践の基礎となっている。トドロフのアズテック研究は音声／文字の対照が孕む危険の好例である。その論理によって彼はアズテックの指導者たちが彼らの世界を破壊したスペインの侵略者たちよりも文化的に、そして精神的にさえ劣っていたという主張に導かれてしまったのである。「（作者が）未開人をどう考えているかを知れば」とゲイアツは言う、「あなたは彼の著作の鍵を得ることになるだろう(3)」。
　われわれは、ほぼ2世紀にわたるフランスによる北アメリカの植民地化を通して作成された日記や回想録を調査することによって、トドロフの主張の価値を計ることができる。在俗、僧籍を問わないが、アカディアからグレートプレーンズまでの先住民社会との初期の接触を記録したフランス人にはカルティエ（Cartier）、シャンプラン（Champlain）、レスカルボ（Lescarbot）、サガール（Sagard）、ルジュヌ（Lejeune）、ラディソン（Radisson）、ラ・サ

ル（La Salle）、ラオンタン（Lahontan）、ラ・ヴェランドリ（La Vérendrye）、ラ・ポトリ（La Potherie）、シャルルヴォワ（Charlevoix）らがいる。これらの作者たちは自分たちを歓迎してくれ、交易の相手となってくれた人々を描くために「未開人」（Sauvages）という語を日常的に用いていた。この人々は戦時には彼らの同盟者となったが、その信仰を変えさせ、伝統的な生活習慣を覆させようとする働きかけには、少なくとも短期的には抵抗した。アメリカにおけるフランス人は、先住民社会に関する彼らの知識がセントローレンス川流域を越えて広がるにつれ、彼らの「未開人」観を修正した。彼らはその語を使い続けるが、多義的に用いるようになる。

　現在のカナダとなっている地においてヨーロッパ人と先住民の接触が最初に記録されたのは 1534 年 6 月 6 日である。セントローレンス河口を旅したあと、カルティエはシャルール湾に停泊し、1 隻の探索用長艇を送り出した。その水夫たちは期待していた以上のものに出会った。50 隻ものカヌーで「大勢の人間たちが大きな物音を立て、われわれに幾度も合図をし」（ung grant nombre de gens quelx fessoint ung grant bruict et nous fessoint *plusieurs* signes）、毛皮の取引をしないかと誘ったのである。長艇の乗組員は数において劣勢であった。彼らは生命の危険を感じ、急いで船に戻った。7 隻のカヌーが随いてきて、漕ぎ手たちは「踊りながら、彼らの言葉でナプ　トゥー　ダマン　アシュルタと言ってわれわれとの友好を望む合図を繰り返した」（dansant et fasiant *plusieurs* signes de voulloir nostre amytié nous disant en leur langaige *napou tou daman asurtat*）。乗組員は拒否の合図をしたが、それが理解されなかったので、彼らは発砲した。

　この出会いは 2 つの陣営の間で可能であった限定的な意思疎通という観点から興味深い。記録者が言語的に優れた耳をもっていたにもかかわらず、あるいは乗組員の 1 人が以前にその言葉を聞き慣れていたのかもしれないが（表記された語はミクマク人の友好的辞令だと認識できる）、相互作用は身振りに限られ、それが明白な敵対関係に変わってしまう。乗組員たちが交易を拒否したのは人数的に差が大きかったからというだけではなく、「ぞっとするような未開の人間たち」（gens effarables et sauvaiges）についての彼ら以前のヨーロッパ人探検家たちによる描写が記憶にあったからである。ベリル島の西でモンタニェ人、あるいはベオサック人に出会ったときにフランス人たちはすでに先住民について無能力で頑迷だという印象を抱いていた。「彼らは獣の皮を身にまとっていた……彼らはある種の赤茶けた色を体に塗っていた」（Ilz se voistent de peaulx de bestes … Ilz se paingnent de certaines couleurs tannees）。フランス人にとってこれらの塗りたくられた野蛮な顔はほとんど人間とは思えなかったのである。

　カルティエがミクマク人と出会ったときのこのテキストは「動く島」（Isle mouvante）に群がる「不思議で驚くべき人間たち」（des hommes prodigieux & espouventables）の話より分かりやすく、こう言ってよければ、より信用できる。ミクマク人が毛皮を売る準備のできていたことから、それ以前にヨーロッパの船と交易する機会があったに違いない。それ以前の出会

いに関してわれわれはただ推測するにすぎないが、カルティエの『報告書』(Relations) の中でフランス人と先住民の会合はピントの合った描写となっている。特定の日付が与えられ、場所は画定され、細部は正確だという印象を与える。「1 隻の」ボートがカルティエの船から降ろされ、「7 隻の」カヌーがそれを追いかけてきて、漕ぎ手たちは「ナプー　トゥダマン　アシュルタ」と叫んでいたのである。これらの細部および 1 日ごとに記述される船の航行は、読者に記述がカルティエ自身の日記の転記であるかのようにさえ思わせる。しかし、この確信は誤っている可能性がある。カルティエがこれを書いたというのは推測だけで成り立っており、元の原稿は存在しない。草稿は 1 種類残っているが、それは、あるイタリアの旅行記編集者によって後になって翻訳され 1556 年に刊行された版に似ている。ハクルート (Hakluyt) はそのイタリア語のテキストを今度は 1600 年に刊行した自分の『主要な航海』(Principall Navigations) のために翻訳した。フランス語の原本が発見されるまで 240 年にわたって、これらの翻訳のみがカルティエの 1 番目の旅行の記録であった。カルティエの『報告書』のテキストのこのような不確かさは例外ではない。シャンプランも彼のものとされている最初期のテキストを執筆しなかった可能性があり、1632 年の『旅』(Voyages) はイエズス会のゴーストライターによって合成されたのかもしれない。目撃証言とされる多くの報告書がそれ以前の記録に基づいている場合は多い。サガールの『ヒューロンの国への大旅行』(Grand voyage du pays des Hurons) はシャンプランに借りているところが大きいし、シャルルヴォワの『北アメリカ……旅行日記』(Journal d'un voyage ... dans l'Amérique septentrionale) もラフィトー (Lafitau) の『アメリカ未開人の風俗』(Mœurs des sauvages amériquains) に依るところが大きい。これらの書き手の大部分は彼ら自身がアメリカにいる間に見たもの、あるいは少なくとも聞いたことを記述していると主張した。実際は、彼ら自身の経験と同じくらいにそれ以前に書かれたものが彼らの報告に寄与していたのである。

　カルティエがガスペ半島沿岸のスタダコネ村の住民と出会って行った身振りによる交流は新世界におけるフランス人の意図を紛れようもなく明らかにした。船団が相手にしたのは 200 人の男、女、子供たちであったが、彼らは未開人とみなされた、「なぜなら、この世に存在する最も貧しい人間たちで……彼らは全員裸であり……彼らの言う小舟の下が唯一の住居で……ほとんど生の肉を食し……」(car c'est la plus pouvre gence qu'il puisse estre au monde…Ilz sont tous nudz…Ils n'ont aultre logis que soubz leurs *dites* barques…Ilz mangent leur chair quasi crue….)。そのみじめな外見が少しも脅威を意味しないのを見てとると、カルティエはこの地を選んで 30 フィートの十字架を立て、そこに百合の花を描いた盾と「フランス国王万歳」(Vive le Roy de France) と刻んだ板を架けた。フランス人たちはその十字架の周りに集まり、跪いて礼拝した。それからスタダコネの住民たちに十字架がなにを表しているかを説明した。「空を見上げ、彼らに空を示しながら、この十字架がわれわれの贖罪であると身振りで説明すると、彼らは幾度も驚きの態度を示した」(leur fismes signe regardant et leur monstrant le ciel que par icelle estoit nostre redemption dequoy ilz firent *plusieurs* admyradtions)。結局のところ、実に簡

潔な神学だが、これが以後カナダの先住民に対してなされる多くの宗教教育の第一課だったのである。宗教と国家と王家のそれぞれの象徴を結合させることによって、フランス人はアメリカにおいて領土を獲得する権威が自分たちに与えられたと考えた。しかしながら、スタダコネの村長ドンナコナ（Donnacona）は納得せず、「例の十字架を示しながらわれわれに大演説を行い、2本の指で十字架を作り、それからぐるりとわれわれの周りの地面を示した」（nous fit une grande harangue nous monstrant *ladite* croix et *faisant* le signe de la croix avec deux doydz et puis nous monstroit la terre tout alentour de nous.）。フランス人たちは村長の「大演説」（harangue）を1語も理解することができなかったが、その身振りは十字架への不同意を伝えており、すべての土地が彼のものだと繰り返しているように見えた。ミクマク人に対するときと同じように、ドンナコナの意思表明に対するフランス人の反応は荒っぽかった。テニョアニ（Taignoagny）とドマガヤ（Domagaya）という2人の若者が船団の1隻に無理矢理乗せられ、「彼らはそれに非常に驚いた」（dequoy furent bient estonnez）というのだが、この一文はカルティエが先住民を誘拐するときの彼らの反応を叙述しており、これによってわれわれは先住民がフランス人の観察や力の二次的対象ではなく、驚き途方に暮れる人間として扱われているのを一瞬ではあるが見ることができる。

　恐らくは確実に家に帰してもらうために、2人の囚人はカルティエに豊かなサグネ王国や彼が2人を発見した湾に流れこんでいる大河について語った。新大陸におけるフランスの関心は3つの対象に限られていた。つまり、アジアへの水路を発見すること、金鉱と銅鉱を発見すること、そして彼らが通過した土地の領有権を主張することであった。これらの目標を抱いているので西方に富があるという情報は強力な牽引力を発揮し、スタダコネ（ケベック）の隘路もホシュラガ（モントリオール）の急流も彼らを意気沮喪させることはなかった。次の2世紀の間、フランスの探検家、地図製作者たちは発見あるいは創作によって魅力的な地図を作成したが、それらの地図のおかげで王室は関心を抱き続け、期待は煽りたてられた。シャンプランが早くからオンタリオ湖に関心を抱いたのは航行可能な水路を探していたからである。のちに彼は五大湖を北方の海からあまり離れていない1本の広い水路として描くことになる。2世紀のちにラ・ヴェランドリは西の海とキラキラする石で輝く山々の噂で海軍大臣を騙す。ラオンタンは「長い川」（Rivière Longue）の描かれた意味ありげな地図を作製する。シャルルヴォワはシュー平原をタタールに喩え、ミシガン湖の西の地方は「有益な発見、とりわけ南の海に関する発見」（des découvertes utiles, surtout par rapport à la Mer du Sud）をもたらすだろうと指摘した。それに呼応してサンソン（Sanson）、ドゥリール（Delisle）、コロネリ（Coronelli）、ベラン（Bellin）、ビュアシュ（Buache）らのフランスの偉大な地図作製者たちは彼らの地図の西半分をカリフォルニアの海岸まで広がる川や山々や湖で満たし、あるいは広大な「西の海」（Mer de l'Ouest）なるものを発明して、この海岸を到達可能な位置に置いた。水路と貴重な金属を探し求め、時折休憩しては探索する地域の豊かさに感嘆したフランス人は、大陸の先住民たちに対して相反する感情を抱いていた。その人間たちは案内人や狩人と

カナダ文学史

して役に立った。彼らのカヌーやカンジキは必須の道具であった。しかし、彼らの言語、信条、習慣、複雑な同盟や敵対関係は、発見、探索、改宗という自分たちの計画を予定通り実行させようとするフランス人を苛立たせた。しかしながら、役に立とうが理解困難であろうが、彼らは先住民の社会を考慮しないわけにはいかなかった。資源が豊かでアジアへの入口となる伝説的なサグネ王国は知らず知らずのうちに「天の国」(pays d'en haut) となり、その広大な領土の中でフランス人は支配者というよりパートナーであった。

　両陣営は相互理解不可能というわけではなかった。ニューフランスの安全と繁栄は先住民リーダーたちとの同盟と活発な毛皮交易にかかっていた。そして、この交易と同盟は良好な意思疎通にかかっていた。すでに1610年にシャンプランは交換授業を許可し、それによって彼自身の「息子」ブリュレ (Brûlé) とヒューロン人の若者サヴィニョン (Savignon) は互いに相手の言語を学んだ。[17] ブリュレとその後継者たちは「天の国」の文化的進化において鍵となる人物であった。17世紀後半にはローレンシア渓谷の多くの植民が彼らの耕作地を放棄して先住民の集団と生活していた。これらの「クルール・ド・ボワ」(coureurs de bois)〔「森を駆ける人」→「毛皮猟師」〕たちは毛皮交易に際してフランス側の要員となった。ラディソン (Radisson) および、シュワール (Chouart) またの名グロゼリエ (Groselliers) は有名な「クルール」(coureurs) で、初めてミシリマキナック地方を越えて行動した交易者たちに含まれていたが、植民地の厳しい規制のために彼らの利益が奪われるようになると、次の仕事の計画をイギリス人に提示した。[18] ケベック包囲戦でカーク (Kirke) 兄弟に屈したブリュレ同様、シュワールやラディソンやその他の「クルール・ド・ボワ」たちは植民地行政機関に対する忠誠心をほとんど持ち合わせていなかった。彼らは五大湖地方の混交文化のなかに腰を落ちつけていたが、この地方は種族の移動、流動的同盟関係、混交的生活習慣などが特徴であった。植民地の外で活動するフランス人たちは程度の差はあれ徐々に文化的に変容していった。交易人たちは自分に毛皮を提供する集団の女と結婚し、宣教師が改宗させようと望んでいた人間たちと生活するようになった。カヴリエ・ド・ラ・サル (Cavelier de la Salle) のミシシッピー川探検に関する日記は17世紀を通じてこの地域を特徴づけている文化混交の証明である。フランス人は拷問を認めていたにもかかわらず、彼らの大部分は人肉食習慣を公然と認めることはしなかった。しかし、どちらも先住民間の戦争では勝利の儀式なのであった。[19] 河をずっと下ったカヴリエ・ド・ラ・サルと部下たちは放棄されたカヌーの中に肉——アリゲーターとあばら肉——を見つけた。彼らはそのあばら肉が人肉だと悟る前にすべて食べ終えてしまっていたが、その発見に衝撃を受けることはなかった。「その肉はワニの肉より美味だった」(Cette chair étoit meilleure que celle de Caymant) というのが日記執筆者の唯一の記述であった。[20]

　先住民の言語と生活習慣を知っているおかげで「クルール・ド・ボワ」たちは日常の仕事の遂行と公式の同盟に関する交渉が楽であった。先住民の集団にまじって暮らしたり、あるいは辺境の伝道団で働く聖職者たちもすでに1640年代までに、通訳を務めることができた。

1　先住民社会とフランスによる植民地化

ただ、「クルール」たちの文化変容が甚だしかったのに対し、聖職者たちの先住民文化受容は僅かであった。たとえば、ルジュヌは先住民を欠落という観点から扱い続けた。モンタニェ人には快適な住居、適切な食べ物、洗練された礼儀作法、世界の知識が欠落しているというのである。とりわけ神の言葉が欠けているので、そのために彼らには読み書きの技術が必要だとした。ルジュヌの技術的優越性の信念は『悲しき熱帯』（*Tristes tropiques*）における書き方のレッスンに似た事件の報告に表れている。

> アルゴンキン人が大勢で私たちを見に来たとき、彼らの1人は私が書き物をしているのを見てペンを取り上げ、同じことをしようとした。しかし、なにも意味のあることはできず私が頬笑んでいるのを見て、粉のように吹き飛ばそうと自分が書いたものに息を吹きかけ始めた。私は彼ら全員に、私たちが来たのは彼らに教えるためだと伝えさせた。
> （[Quantité] d'Alguonquains nous estants venus voir, l'un d'eux me voya[n]t escrire, print une plume & voulu faire le mesme: mais voyant qu'il ne faisoit rien qui vaille, & que je sousriois, il se mit à souffler sur ce qu'il avoit escrit, pensant le faire en aller comme de la poudre. Je leur fis dire à tous que nous estio[n]s venus pour les instruire.）[21]

書く行為は、銃の音と効果、ヨーロッパ船の大きさ、航海用器具の使用、時計の仕掛けなどに彼らが驚嘆したのと同じくらいに、彼らの関心を呼び起こした。宣教師たちの仕事は「未開人たち」を改宗させることと同時に教化することであった。

　芝居は書かれた言葉に生命を与えた。それはいくつかの表現形式を結びつけることによってフランス人の教育のもうひとつの形態となった。たとえば、レスカルボは1616年にポール＝ロワイヤル〔現在のノヴァ・スコシア州アナポリス・ロワイヤル〕の港で『ネプチューンの芝居』（*Le Théâtre de Neptune*）と題された仮面劇を上演した。植民地総督自身も出演し、レスカルボのテキストの数行を読み、4人の「未開人」（彼らの台詞はフランス語だったことから、恐らく先住民の扮装をしたフランス人）から讃辞を受け、フランス国の強大な勢力を広く知らしめた。「音楽が終わるとラッパが再び鳴り渡り……至る所から大砲が轟いた……」(La musique achevée, la trompette sonne derechef & …les Canons bourdonnent de toutes parts…)[22]。レスカルボの野外劇はドラマティックであったために強い印象を与えた。それは表象を現実に変え、そうすることで観念と現実の間の距離を縮めた。フランス人たちにとってそのような芝居心はお手のものであった。教会の儀式、宮廷の作法も同じような理想化の効果を挙げた。学校、とりわけイエズス会の学校は修辞学的技量を磨くことによって、生徒たちを公共の生活に慣れさせるために構成された演劇活動を実践した。作文は人前で話すために最も有効な要素として評価されたが、話の効果を強化するためには他の表現手段、とりわけ服装と身振りも重要であった[23]。帝国主義的な目標を促進するためにポール＝ロワイヤルの役人たちはどんな機会も逃さずに現地人にフランスの荘厳さを印象づけ、フランス人と先住民の間の理想的な関

係を示そうとした。レスカルボの芝居でミクマク人の俳優が4人の「未開人」を演じなかったとしても、そのフランス風儀式と権力の誇示の中でのつましい請願者の役は、フランス人が現実の生活において先住民になにを期待するかを見せつけたと言えるだろう。

　ほとんど2世紀にわたって未開を否定的な意味に定義してきたことから判断すると、フランス人は自分たちが現地の社会よりも優れていると信じていたのである。先住民はヨーロッパ人に新大陸発見を可能にしたような技術や発明品を持っていなかった。彼らは裸であり（「彼らは全員裸だった」Ilz sont tous nudz）、文明の利器を所有していなかった。しかし、幾人かの注釈者は徐々にこの見方を修正し、18世紀半ばの啓蒙主義者の社会批判の基礎を築いた。[24] 先住民の技術で最も目立ったのは弁論であり、それは、例の架空の「良き未開人」(bon sauvage) がラオンタンの著作の中のアダリオ (Adario) という先住民の人物像を通してフランスに輸入されるよりずっと前から、認識されていた。1603年にシャンプランが気づいたのは、タドゥサックのモンタニェ人のリーダーたちが「しっかり聞いてもらえるように、非常にゆっくりと落ち着いて話し……部族の会議における演説で用いるやり方を頻繁に活用した」(parlent fort pozément, comme se voullant bien faire entendre... Ils usent bien souvent de ceste façon de faire parmi leurs harangues au conseil.) [25] ということだった。シャンプランは、彼自身と他の数人がかつて先住民の演説で特徴的だとみなした寓意と修辞的象徴を模倣する長い伝統の創始者となり、それらの象徴を野外劇と同じように行動や道具で劇化することさえあった。このフランス船団の提督が2人のフランス人を殺害した犯人たちに彼らの過ちはすっかり赦され忘れられたということを保証するため、剣をセントローレンス川に投げ入れたとき、サガールはその場に居合わせた。敵を赦すことは先住民の倫理規範にそぐわないが、フランス人と接触していた彼らは芝居的演技にも優れていた。というのは、この情景に立ち会ったヒューロン人はシャンプランの演説に同意するように見えたが、そのあと、サガールの報告によれば、彼らは村への帰り道でずっと大笑いをしていたという。[26] 植民地行政官たちは屡々真面目くさった顔つきに騙されたが、宣教師たちは舞台の裏を観察していた。「私はこの世にモンタニェ人の国ほどからかい好きで、冗談好きの国があるとは思わない」(Je ne crois pas qu'il y aye de nation sous le ciel plus mocqueuse & plus gausseuse que la nation des Montagnais) とルジュヌは書いた、「彼らの生活は食べて、笑って、互いにからかい合うことである」([L]eur vie se passe à manger, à rire, & à railler les uns des autres)。[27]

　先住民の雄弁家たちは、よく嬉々として総督の子供の役を演じたが、自分の最良の雄弁術は彼らの集会のためにとっておいた。ミシシッピー川流域や五大湖地域の国を仔細に観察したシャルルヴォワは彼らの多彩な表現形式に気づいて、彼らの討論方法に感心した。「一見しただけではこれらの集会は特に優れたところはない」(Le premier coup d'œil de ces Assemblées, n'en donne pas une idée bien avantageuse) と彼は認める。「いかなる差別の徴もなければ、いかなる上席権もない。しかし、彼らの討議の結果を知るとはっきりと感想は変わる」(Nulle marque de distinction, nulle préseance; mais on change bien de sentiment, lorsqu'on voit le résultat

図1　ルイ・ニコラ、"イリノワ国の首長。パイプと槍を持っている。" 1700年頃。

de leurs Délibérations.⁽²⁸⁾)。会議は発言とその間の長い喫煙からなる。地位をめぐっての画策とか富や力の見せびらかしはない。さらに会議の参加者は自分の意見の陳述にあたって強調の身振りをすることもない。「発言者は……直ちに本論に入る。彼は長い間、そして落ち着いて話す。いかなる身振りもしないけれども、その表情、声の響き、その動作にはなにか高貴で堂々としたところがあると私には思えた」（[L]'Orateur … alla droit au Fait. Il parla lontems, et posément … Son air, le son de sa voix, & son action, quoiqu'il ne fit aucun geste, me parurent avoir quelque chose de noble & d'imposant.)。シャルルヴォワのフランス人としての経験——宗教上の儀式の行列、定められた身振り、それらに対応する世俗的な宮廷の儀礼、バロック演劇における様式化された動き——の中のなにものもこの先住民の雄弁の説得力を説明できなかった。それらは素朴で、純粋に口頭によるもののように見えたのである。

しかしながら、先住民の説得術はシャルルヴォワがその『日誌』（*Journal*）で強調してい

るほど「素朴な」ものではなかった。彼も他のフランス人記録者たちも、集会において議論を規制し権力者に決定を任せるために用いられるいくつかの物を目にする機会が幾度もあったはずである。羽根で飾られ、時に動物の顔が刻まれたカルメット〔先住民が平和の象徴として使うパイプ〕は間隔をおいて吸われた。それを用いると各発言の間に思索的な沈黙の時間ができたので交渉の雰囲気が冷静かつ理性的に保たれた。決定が確実に記憶され実行されるために貝殻玉の帯〔英文では belt となっているが、仏語原文の Collier は「首飾り」〕が交換された[31]。この貝殻玉帯の白と深紅色の図柄はあるときは装飾的な抽象デザインであり、あるときは議論の結論を表現する模様である。ラ・ポトリはある会議が以前の決定を確認しようとしたときのことを語っている。それを実行するために「その首飾りを彼らに読み上げて混乱を避けた」(on leur fit la lecture de ce Collier pour éviter la confusion.)[32] という。

　フランス植民地当局と接触していた土着の文化によって実践されていた記号論的慣習に含まれるのは、パイプや貝殻玉を用いる弁論術(「口頭」社会特有の慣習)だけでなく、3種類の重要な図示的表象形態も含まれていた。すなわち、肉体装飾、形象的記号、地図である。

　肉体装飾は記録の残る最初の接触時からフランス人に強い印象を与えた。カルティエがセントローレンス湾で見た先住民は毛皮をまとい、体に恐ろしげな色を塗っていた。1世紀後にルジュヌがモンタニェ人に出会ったとき、彼は彼らを謝肉祭の扮装者になぞらえた。「私はフランスで謝肉祭のときに走り回っている仮面を見ているような気がした」(je voyais ces masques qui courent en France à Caresme-prenant.)[33]。ルジュヌは色塗りを変装だと「解釈」(read)した。モンタニェ人は不可解であった。ルジュヌの彼らとの最初の接触はカルティエの経験の繰り返しであった。それに対し、サガールは、その効果を見る前に若者たちが体に色を塗っているところを観察した。何人かは入れ墨をしているのに彼は気づいた。彼らの体と顔は「蛇やトカゲやリスやその他の動物の絵の付いた部分に分けられ、そのために慣れていない人間にとって恐ろしく、おぞましいものになっていた」(avec des figures de serpens, lezards, escureux & autres animaux … ce qui les rend effroyables & hydeux à ceux qui n'y sont pas accoustumez.)。ヒューロン人およびその近隣の部族が自分たちの入れ墨を誇りにしていたのは、その審美的な価値のためだけではなく、針で刺すときに「非常に強い痛みを覚え、そのためによく気分が悪くなる者さえいる」(leur causent de grandes douleurs, & en tombent souvent malades.)[34] からであった。入れ墨は敵に施す苦痛を伴う死の裏返しで、自傷的な、一種の拷問ともいえる英雄的行為だったのである。そして拷問はその逆で、一種の正義であった。復讐の掟は精霊たちに見捨てられたり戦争に敗れたりした者たちの体に書き込まれていたのである[35]。拷問に対処するときのあるべき態度は進んでそれを受け、誇りに思い、命に執着しないことなのであった。

　シャルルヴォワが「象形文字のようなもの」(des espèces d'Hieroglyphes)[36] と呼んだ形象的記号は精神的に儀式と伝統に結びついていた。ルジュヌをひどく苛立たせた「魔法使い」(Sorcier)が執り行う癒しの儀式においては、1人の女が「三角形の棒に……彼らの歌うすべての歌の印をつけていた」(marquoit sur un baston triangulaire … toutes les chansons qu'ils disoient.)[37]。

1　先住民社会とフランスによる植民地化

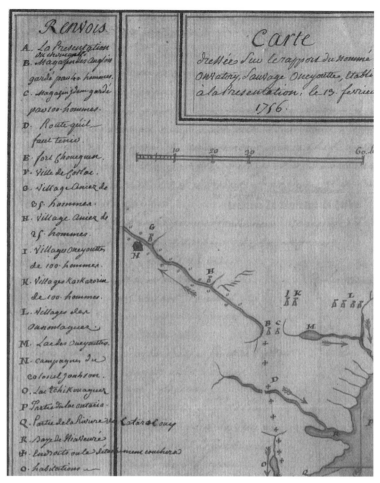

図2　"先住民オナイダの未開人、前述のオヌアタリの、1756年2月13日の会見で記録された報告に基づいて作製された地図、in Gaspard-Joseph Caussegros de Léry's journal of the winter campaign, 1756.

板や樹皮の巻物に同じように付けられた歌の記録はオジブワ人のシャーマンたちが何世代にもわたって維持してきたミデウィンウィン〔治療術〕の一部であり、今ではさまざまな博物館に所蔵されている。他の治療術の巻物にはオジブワ人の治療知識の西方への移動、およびメンバーの入門儀式におけるこの旅の儀式化が描写されていた。記号は動物、場所、行為、治癒力の様式化された絵であった。それぞれの絵がわずかに数タッチで描かれているにもかかわらず、画像は粗雑とか単純の域をはるかに越えていた。それらは本質を示す線に限定され、単純化されていたのである。儀式の絵は解釈を広げて部族の指導者と結びつけられ、ヨーロッパ人との条約においてサインとして用いられるようになった。シャルルヴォワが指摘するように、「それぞれの家族の長はその名を持ち、公の行動において彼にそれ以外の名は与えられなかった。国家の長、村の長についても同じである」（Le Chef de chaque Famille en porte le nom, & dans les actions publiques on ne lui en donne point d'autre. Il en est de même du Chef de la Nation, & de celui de chaque Village.)。長たちは「いわば、代表行為にすぎないこの名のほかに個人的な名を持っていた」(outre ce nom, qui n'est, pour ainsi dire, que de représentation.)。(39) たとえば、ラオンタンのアダリオのモデルとなったヒューロンの首長コンディアロンク (Kondiaronk) の絵サインはニオイネズミの姿である。そのことから彼はフランス人の間で「ネズミ」(le Rat) として知られていた。1701年にラ・ポトリは「代表者全員が彼らの紋章を描いて平和を締結した、すなわち、ヘラジカ、ビーバー、オジロジカ、アカシカ、ニオイネズミ、その他諸々の動物である」(Tous les Députez ratifierent la Paix en mettant chacun leurs armes, qui étoient un Orignac, un Castor, un Chevreuil, un Cerf, un Rat musqué, & une infinité d'autres animaux.) と記している。(40)

　原住民の地図は、ヨーロッパの地図と同様、声の限界の外で機能する空間的構成物であるが、原住民の社会は声に依存するとみなされることがあまりにも多かった。先住民の地図の図示的性質はその制作が引き起こした会話のために屢々見過ごされてしまう。探検者が方角を訊ねるとする。情報提供者は地図で答える。(41) 形象的記号と同じように先住民の地図も単純化され、北アメリカの大部分で用いられ理解されていた慣例的デザインに従っている。彼らの特徴的図案はフランスの最も優れた地図作製者たちの地図上でもよく見かける。たとえば、ラ・ヴェランドリの「クリー人による地図」(Carte Tracée Par les Cris) は 2 人の王室地図作製者ベランおよびビュアシュによって描かれた地図にも嵌め込まれていた。先住民の地図の嵌め込みは科学的データを得るまでの一時しのぎであった。(42) ラオンタンによれば、フランスの探検家は理想的には天体観測器、野外測量用測板、製図用コンパス数丁、天然磁石、大型懐中時計 2 個、および日誌をつけ地図を引くための紙を携行すべきであった。(43) 器具や記録した紙を背負った探検家たちと違って先住民は磁石さえ使わずに道が分かり、記憶から地理的知識を生み出す。フランス人の注釈者たちは、演説や入れ墨に対するときと同じためらいを感じながら、先住民の地図作製者を見ていた。表現の 3 形態はすべて記憶に頼り、同時に／あるいは、肉体に焦点が集中されていた。(44) フランス人たちはそれらの形態を未開状態の定義となる欠落とみなしていた。しかし、同時に先住民の地図作製者や演説家の技術、ならびにボディペイントと入れ墨のぎょっとするような効果は常に彼らに強い印象を与えた。

　これらの多様な表現形式に対するフランス人の理解は時とともに、そして親しさが増すとともに深まっていった。しかし、ローレンシャン地方の植民地を離れて「天の国」へ移動したフランス人でさえ態度と実践を結びつけられないことが多く、かくして自分の世界観と相反する世界観を理解するまでには至らなかった。先住民の行動が奇妙で複雑であったとしても、彼らの統治態度は明白だったはずである。セントローレンス湾からグレートプレーンズにかけて、2 つの美徳が先住民の社会において名誉ある行動を規定していた、つまり、敵に相対したときの勇気、および友人に対する気前の良さである。フランス人は十分に勇気を示すことはできたが、宣教師たちは自分たちの信仰の象徴についてさえ十分に気前のいいこと

を示すに至らなかった。モンタニェ人の首長がサガールにロザリオをくれと頼んだとき、サガールは代わりの品が手に入るかどうか心配だったので、それを断った。若き聖フランシスコ修道会士サガールはのちにそれを妥当な対応だったと記しているが、それがどれほど彼自身のけち臭い振舞と呼応していたかを理解していない。ある病気の女が自分の回復は首長の猫にかかっていることを夢で見ると、「この首長はそのことを知らされ、非常にその猫を愛していたにもかかわらず、すぐに彼女にそれを届けた」(ce Captaine en fut adverty, qui aussi tost luy envoye son chat bien qu'il l'aymast grandement.)[45]。ルジュヌもやはり理解していなかった。彼は書いている。「この未開人はわれわれと兄弟として暮らしたいと願っている、早く言えば、すべてについて共有の状態になりたいと望んでいるのだ。彼は、自分の持っている物はすべておまえに与えるから、おまえも持っている物をすべて私にくれ、と言うのだ」(Nostre Sauvage voudroit bien vivre avec nous comme frere, en un mot il voudroit entrer en communauté de tout. Je te donneray, dit-il, de tout ce que j'ay, & tu me donneras de tout ce que tu as.)[46]。ルジュヌの回答は揺るぎなかった、もし、フランス人がモンタニェ族と対等に暮らし、彼らを兄弟として扱えば、「われわれは3日で破滅してしまう」(ce seroit nous perdre en trois jours.)[47]。そんなわけで、シャンプランが先住民の交易者たちにフランス人と兄弟になるように勧めたとき、彼らは彼が本気だとは信じられなかった。「彼らは大笑いして言い返した、《おまえはいつも面白いことを言ってわれわれを楽しませてくれるよなあ》と」(Ils se mire[n]t à rire; repartans: Tu nous dis toujours quelque chose de gaillard pour nous resjouyr.)[48]。フランス人は、さまざまな先住民の部族との関係を記述する際に自分たちも血縁用語を使うにもかかわらず、それらの用語が空虚で近似的な隠喩以外のものであることをなかなか理解しなかった。それらを用いた先住民はそれらを文字通りに解釈する、つまり、新しい同盟者を家族の一員として扱う覚悟ができていたのである。伝統的に血縁以外の唯一の選択肢は敵であった。「天の国」の諸部族は、人肉食か自分たちの共同体への養子にすることで敵を内在化して打ち勝ってきた。それに引き換え、「クルール・ド・ボワ」を除く大部分のフランス人は、見かけ上の雅量と利害とよそよそしさの奇妙なブレンドを提供してきた。彼らは贈物で気前のいいところを見せ、十分に友好的であると思わせることができたが、彼らの大部分が越えようとしない一線があった。自分たちが文明人で「未開人」とは違うと定義する一線である。

すでに数十年にわたってフランス人の交易商や宣教師と慣れ親しんでいた五大湖の原住民諸族は、17世紀後半を通して植民地当局とのより緊密な絆をゆっくりと形成しつつあった。彼らは「オノンチオ」(Onontio)、つまりフランス人総督に頼って自分たちの間の諍いを調停してもらい、物資不足の場合には供給してもらった。庇護者そして供給者であろうとする植民地の役人の意向は、彼ら自身の安全の必要と「天の国」における実入りのいい毛皮交易、さらにフランス王室へ原住民を実際に帰属させたいという微かな希望によって支えられていた。1671年、植民地当局は一連の大同盟のうちの最初の同盟を取り決めた。14部族の会合はラディソン、ペロー、およびグロゼリエことシュアールらの「クルール・ド・ボワ」によっ

て考案された協定を承認した。4 人のイエズス会士が通訳を務め、交渉は領土獲得の儀式で終わった。十字架、王家の紋章、号砲、「テ・デウム」〔神への賛美の歌〕など、カルティエがセントローレンス湾で宣言したときと同じ道具立てであった(49)。

　原住民のリーダーたちはフランス人の強さにも弱さにも気づいていた。たとえば、総督ラ・バール（La Barre）が 1684 年に美辞麗句をちりばめた和平交渉によって自分の兵力の貧弱さを隠そうとしたとき、イロコイの首長グラングラ（Grangula）はフランス側の雄弁を自分自身の雄弁で遮った。「オノンチオよ、聞くのだ。私は寝ていない、目を開けている。そして私を照らす太陽のおかげで、戦士たちの集団を率いる大首長が私には見えるが、彼はうとうとしながら喋っているぞ」（Ecoute, *Onnontio*, je ne dors point, j'ai les yeux ouverts, & le Soleil qui m'éclaire, me fait découvrir un grand Capitaine à la tête d'une troupe de Guerriers qui parle en someillant.)(50)。しかし、先住民の諸部族にも弱点があった。翌年、ヒューロン人がモントリオールで毛皮取引をしていたとき、彼らのリーダーの 1 人（多分コンディアロンク Kondiaronk）がフランス側に「自分たちはモンレアルの住民たちがこの取引に満足しているのを知っている。それは彼らがそこから利益を引き出せるからだ。これらの毛皮はフランスでは高い値がつく一方で、彼らがそれと交換する商品は価値の少ない物なのだ」（qu'ils savent bien le plaisir qu'ils font aux habitants du *Monreal*, par raport au profit que ces mêmes habitants en retirent; que ces peaux étant estimées en France & au contraire les Marchandises qu'on leur troque étant de petite valeur)(51) と言い切った。このヒューロンの論客はフランスの商人が稼ぐ高い利ざやを知っていて、そう言ったのである。彼はまた自分がそう言っても状況はまったく変わらないであろうことも知っていた。ヒューロン=フランス同盟はイギリス人との交易を認めないように定められていたからである。ヒューロンの交易人たちは、彼らがヨーロッパの品物を欲する限り、フランス側の交換レートを呑まざるを得なかった。同時にフランスの役人たちは首長たちの虚栄心にもつけ込み、彼らに贈物を与え、総督邸での食事に招き、肩書やメダルを授与し、いくつかのケースでは友人にさえした。ヒューロンの首長ミチピチが「40 スー」（Quarante-Sols）というあだ名を付けられていたのは彼が肩書を欲しがり、フランス軍の隊長の位を得るために金を払ったからである(52)。シャルルヴォワによると、コンディアロンクは実際にその地位を授与されたという(53)。

　これらの首長たちの手助けによって、植民地当局と内陸の部族との関係は 1690 年代に再構築された。戦争、伝染病、増減の激しいイギリスの援助のためにイロコイ五族はフランス人、そして五大湖地域の部族と同盟を交渉せざるを得なくなったのである。フロントナック（Frontenac）、そしてその後継者カリエール（Callières）はフランス王家が領有を宣言した地域、アカディアから五大湖に至るすべての部族を大同盟させる機会が到来したと考えた。数年の交渉の後、合意の批准は 1701 年の真夏に行われた。

　モントリオールの大和議に際し、14 部族の 1300 人の代表が町の外にキャンプを張った。通常の敵対心や罵り合いに加えて伝染性の熱病が手続きを妨げる危険があった。カリエー

ルは避けられない演説や儀式があることを考慮して可能な限り迅速に条約署名へと事を運んだ。条約の書式は、通常のように同意された事項を列挙するものではなかった。そうではなくて、それは署名日の総督の「言葉」（parolle）に18人の首長の要約された返答を付けたものであった。記録は文書と口述の交差したようなもの、首長たちと総督自身の「演説」（harangues）の筆記だったと伝えられている。総督は代表者たちを自分の子供のように歓迎し、大同盟を維持するとした彼らの約束を喚起し、紛争を解決してやろうと提案した。代表者たちは総督に「我が父よ」（mon pere）と呼びかけ、彼に従うと約束した。この条約の現存する唯一のコピーは今日フランス国立古文書館に保管されている。(54)

1701年の和議を記した公式の文書であるにもかかわらず、この条約文はそれが叙述していると主張する例外的な催事の貧弱な証拠にすぎない。それはあまりに短く、あまりに大雑把であり、唯一強調されるべきオノンチオへの服従も誤解されてしまいそうである。幸いにして裏付けとなる資料が存在し、中でも20年のちに刊行されたラ・ポトリの報告は重要である。ラ・ポトリは内陸からのカヌーの到着から別れの演説に至る12日間の行事を記述している。第1日目にイロコイ人は以前の敵とサン=ルイ急流で遭遇し、「兄弟よ」（mes freres）と呼びかけた。それからすべての重要人物が平和のパイプの長であるアリオテカ（Arioteka）の住居で会合した。ラ・ポトリは、同意の印となるさまざまな表象行為を叙述することによって代表団の期待の一端および外交儀礼上彼らが受け入れざるを得なかった妥協を示した。かつての敵たちは平和のパイプを吸った。ただ、「イロコイ人は自分たちに新しいパイプが提供されなかったことに少々驚いた。もし、そうされたら、彼らは銃や釜、シャツや毛布でお返しをするつもりだったからである」（les Iroquois furent un peu surpris de ce que ils ne leurs en presenterent point un nouveau. Ils s'attendoient à y répondre par un present de fusils, de chaudieres, de chemises & de couvertures.）。(55) イロコイ人は礼儀正しくその手落ちに気づかないことにし、集まった人々は音楽を聴きながら、最初の宴会を待った。翌日、代表者たちはモントリオールに着いた。礼砲が彼らを迎え、彼らは町の境界の木柵に沿ってキャンプを張った。

そんな風にラ・ポトリは行事について1日ごとに同じような細部を記述した。演説を長々と記述することで彼は条約署名に至るまでの重大な交渉について多くの証言を供給している。カリエールとその部下たちは首長たちと次々に会った。これらの会合は陳情を聞くためではなく、相互に受け入れ可能な妥協策をまとめるための討議の場であった。先住民のリーダーたちは自分たちの捕虜をモントリオールに連れて来るようにと要請されたが、それは捕虜たちが自分の部族の元に帰れるようにするためであった。捕虜の交換はヨーロッパの和平交渉では通常の手続きであった。アメリカにおいてフランスの当局者たちは、それによって伝統的なヴェンデッタ（復讐）を断ち切り、「天の国」に植民地法を強いることができるかもしれないと期待した。多くの首長がその要請に応じたが、そのうちの2人は残念ながら自分たちの捕虜をすでに食べてしまったと答えた。イロコイ人は捕虜なしで参加することを決めていたので、そのために平和が危うくなった。結局、捕虜の釈放の計画が取り決められる

のだが、それまで総督は「われわれの同盟者が当然ながらひどくわれわれに不平を言ったので……この上なく途方にくれてしまった」(se trouva fort déconcerté ... à cause de nos Alliez qui avoient lieu de se plaindre extrêmement de nous.)。平和のパイプの儀式は機嫌を抑制するための道具であるが、貝殻玉の贈物は口約束を保証するものであった。

　貝殻玉の付いた首飾り31本を贈ると同時に、植民地当局は彼ら自身のスタイルでも交渉を喧伝、誇示した。この同盟の主たる擁護者であったコンディアロンクが条約の署名が行われる直前に死んだとき、予期せぬチャンスが自然に生じた。葬儀は親好のためのまたとない機会となった。イロコイ人の首長たちはそのヒューロン首長が彼らの身内であるかのように嘆き悲しみ、植民地当局は努力も金も惜しまずに喪服や装飾を施された柩を提供し、厳かな行列を出し、大聖堂でミサを挙げた。条約署名の日にはすべての貴顕淑女が町の外側の広い野原に集まった。すべての代表団は部族別に、葉の付いた枝で可能な限り本国の宮殿の内部の豪華さを真似て作られた「大広間」(sale)に向き合って座った。その部屋の傍には当局側の貝殻玉の帯が展示された。さらにそれまでより長い演説がぶたれ、それらの多くがラ・ポトリの報告のなかで伝えられている。もし、この葬儀を彼ら独自の厳粛さで特別な日にしようというフランス側の決意がなかったら、この日も他の日と同じように過ぎたかもしれない。というのは、フランス側はこの偉大な同盟を豪華な余興で固めることが必要だと考えたからである。そのためにフランス側は通常より多くの贈物を配り、代表団を宴席に招き、「テ・デウム」を歌い、マスケット銃や大砲で祝砲を撃ち、この出来事を自分たちがどう考えているかを紙に記したのである。この儀式のいくつかの要素は先の領有権の宣言を再確認させ、文書の表現はより強固な植民地管理を要求するように思われた。ところが、実際はフランスは徐々にこの地域から撤退しており、少し前に内陸の3カ所の軍事拠点を除いてすべてを放棄していた。モントリオールの和議は、フランスが起こることを願っていたもの、彼らが儀礼的な手段を用いて引き起こそうと狙っていたものを劇的に際立たせるための一種の仮面だったのである。モントリオール条約の成果は玉石混淆だった。イロコイ人はもはやローランシャンの植民地を襲わなかったが、フランス人は「天の国」の部族にとって決して同盟者以上のものになることはなかった。

　われわれには条約文書が残されており、条約文の中でフランスの意図は明らかにされているが、そこには条約文以上のものが含まれている。首長たちはこの新しい全体的同盟を批准するように求められ、文書の最後にそれぞれの名前の記号を描いて批准した。厳密に言うと、この形象的署名は条約文の1部ではなく、本文が記録したことになっている交渉過程の1部である。それに、それらの身元識別の印は署名としてカリエール自身の署名以上に記憶依存的（「口頭的」）ということはなかった。それらは表象の図示的形態である。——原住民的図示的形態であって、決してヨーロッパ的書記の派生形でもなければ、それとの関係もない——それらがわれわれに想起させるのは、（トドロフが結論づけるように）原住民部族がフランス文化よりも劣っていて、従ってフランスの力には抗しきれないということを示すのではな

く、フランス＝先住民関係は記号論的様態の上に築かれていたということである。フランス語の識字能力と先住民の雄弁術は単に表象の2つの形態に過ぎず、どちらも他の形態から孤立して実践されていたわけではなかった。

　両陣営がそれぞれの形式を余すことなく活用し、その上に相手方の形式からも借用するようになると、屡々予測できない効果が生じた。たとえば、ミシガン湖の西から来た狐首長ミスクエンサ（Miskouensa）は条約署名のために顔を塗り、鬘をかぶっていた。話すために立ち上がると彼は膝を曲げ、帽子を脱ぐように頭から鬘を取り払った。それを見てフランスの上品な社会は、ラ・ポトリによると「それほどまでに勿体ぶった人々の前であるから冷静に振る舞わなければならないにもかかわらず」（[m]algré le sang froid que l'on est obligé d'avoir devant des gens qui sont d'un si grand flegme）、くすくす笑った。しかし、ミスクエンサがカリエールにお辞儀したとき、だれがだれを笑ったのだろうか、そしてだれの利益のために？　首長の衣装と身振りの奇妙な取り合わせには意味が一杯に詰まっていたのである。モントリオールの和議の最も重大な瞬間において、最終的な同意のためのフランス語の書類がテーブルの上に準備されていたとき、ミスクエンサの立ち上がっての可笑しなパーフォーマンスは、演説と通訳のごた混ぜに彼自身の芝居がかったヴァージョンを付け加えたのである。両陣営は新しい種類の相互理解を完成させるための交渉に何日も費やしていた。今、彼らは笑いの中に逃げ込み、その笑いによって自分たちの表象の形式を確認し、相手方の形式を一時的に遠ざけたのである。

　このミスクエンサの無言のパロディ、このモントリオールの大和議、カルティエ以来のフランスと先住民の接触などをわれわれはどう考えるべきであろうか？　次の3点を指摘しておくことが適当であろう。第1に、この期間の主たる物証はフランス語の記録という形態をとっているので、それが残存したという事実を解明するためには記録された状況を注意深く分析することが求められ、そうすることで、機能していた多様な記号論的コードが評価される。第2に、その物証から引き出される表象形態の範囲をただ1つの表示プロセスに絞ることはできず、それによって適切に伝達することもできない。すべての社会が多様な表象形態を用いて経験を組織化し、伝えている。1つの文化を「口頭的」あるいは「書記的」と分類することは、1つの形態を他の形態よりも優遇することによってその伝達的および表現的能力を歪めることになる。この2番目の指摘は、書記行為が音声の表記として定義される場合でも、あるいはあらゆる意味のメタファーとして用いられる場合にも有効である。そして最後にトドロフの精神的優越性の主張に回答すると、ドンナコナからコンディアロンク、そしてミスクエンサまでの「未開人たち」（Sauvages）は著しく聡明で、200年にわたってフランス人をじらしたのである。

カナダ文学史

注

1. Tzvetan Todorov, *La Conquête de l'Amérique : La question de l'autre* (Paris: Seuil, 1982), pp. 104-10.
2. たとえば、Jacques Derrida, *De la grammatologie* (Paris, Minuit, 1967) および Roland Barthes, *Le Grain de la voix* (Paris: Seuil, 1981), pp. 9-13 参照。
3. Clifford Geertz,*The Interpretation of Cultures* (New York: Basic Books, 1973), p. 346.
4. Jacques Cartier, *Relations*, ed. Michel Bideaux (Montreal: Presses de l'Université de Montréal, 1986), pp. 110-11, 333.
5. Ibid. p. 331.
6. Ibid. p. 101.
7. Paul Lejeune, *The Jesuit Relations and Allied Documents*, ed. Reuben Gold Thwaits, 23 vols. (New York: Pageant, 1954), vol. V, pp. 118-20.
8. François-Marc Gagnon, "Le Brief discours est-il de Champlain?", in *Champlain: la naissance de l'Amérique française*, ed.Raymonde Litalien and Denis Vaugeois (Sillery: Septentrion, 2004), pp. 83-92.
9. Cartier, *Relations*, pp. 114-15.
10. Ibid. p. 116.
11. Ibid. p. 116.
12. 引用文の英訳
13. Champlain, *Carte géographique de la Nouvelle France* (1612), "[Le Canada] fait par le Sr de Champlain" (1616) および *Carte de la Nouvelle France* (1632). これらの地図は次の書で復刻されている。Litalien and Vaugeois, eds. *Champlain*, pp. 314-15, 320, 322-3.
14. Pierre Gaultier de Varennes de la Vérendrye and His Sons, *Journals and Letters*, ed. Lawrence J.Burpee (Toronto: Champlain Society, 1927), pp. 43-9, 52-60.
15. Louis-Armand de Lom d'Arce, Baron de Lahontan, *Œuvres complètes*, ed. Réal Ouellet, 2 vols. (Montreal: Presses de l'Université de Montréal, 1990), vol. I, pp. 416-7; François-Xavier de Charlevoix, *Histoire de la Nouvelle France*, 3 vols. (Paris: Didot, 1744), vol. I, p. 347.
16. この「西の海」は多くの地図に登場する。たとえば、Library and Archives Canada, National Map Collection 7110, Nicolas Sanson, *L'Amérique septentrionale* (1650); LAC NMC 6333, Pierre du Val, *Le Canada faict par le Sr de Champlain* (1653).
17. Samuel Champlain, *Œuvres de Samuel Champlain*, ed. C.-H. Laverdière, 2nd edn., 5 vols. (Québec: Séminaire de Québec, 1870), vol. IV, p. 53.
18. Pierre Esprit Radisson, *Voyages of Peter Esprit Radisson: Being an Account of His Travels and Experiences Among the North American Indians, from1652-1684*, ed. Gideon D. Scull (Boston: Prince Society, 1885); Marcel Trudel, *La Population du Canada en 1666*, (Sillery: Septentrion, 1995), pp. 243, 267. トロワ・リヴィエールにおけるそのときの人口調査では、シュワールとラディソンはこの地方にはいなかったことを示している。
19. Gilles Havard, *Empire et métissages : Indiens et Français dans le Pays d'en haut, 1660-1715*, (Sillery: Septentrion,

2003), pp. 744-6 ; Gabriel Sagard, *Le Grand Voyage du pays des Hurons*, ed. Jack Warwick (Montreal: Les Presses de l'Université de Montréal, 1998), pp. 242-3 ; Lejeune, *Jesuit Relations*, vol. V, p. 28 ; Christophe Regnaut, *The Jesuit Relations and Allied Documents*, ed.Reuben Gold Thwaits, vol. XXXIV, pp.24-37.

20. Texas State Archives, Nicolas de Salle, "La Salle M. S. 1682", p. 28 ; Nicolas de Salle, *Découvertes et établissements des Français*, ed. Pierre Margry, 6 vols. (Paris: D. Jouaust, 1876-86), vol. I, pp. 547-70 参照。この記述は Margry の版には現れない。ニコラ・ド・ラ・サルはルネ＝ロベール＝カヴァリエ・ド・ラ・サルに率いられた 1682 年の探検隊のメンバーであった。二人はどうも親戚ではないらしい。

21. Lejeune, *Jesuit Relations*, vol. V, p.134.

22. Marc Lescarbot, *The History of New France*, ed. W. L. Grant, 3 vols. (Toronto: Champlain Society, 1914), vol. III, pp. 473-9.

23. Lahontan, *Œvres complètes*, vol. I, p. 432. ラオンタンは拷問をさえ「これら現実の悲劇は」「この見世物」などと演劇的な観点から見ている。

24. François-Xavier Charlevoix, *Histoire de la Nouvelle France*, 3 vols. (Paris: Didot, 1744). シャルルヴォワは次第に高まる北アメリカ先住民への敬意も含めて、彼の指摘や態度の多くを下記の著書に負っている。Joseph-François Lafitau, *Mœurs des sauvages américains, comparées aux mœurs des premiers temps* (Paris: Saugrain and Hochereau, 1724).

25. Champlain, *Œuvres*, vol. I, p. 13.

26. Sagard, *Le Grand Voyage*, p. 175.

27. Lejeune, *Jesuit Relations*, vol. VI, p. 242.

28. Charlevoix, *Journal d'un voyage fait par ordre du roi dans l'Amérique septentorionale*, ed. Pierre Berthiaume, 2 vols. (Montreal: Presses de l'Université de Montréal, 1994), vol. I, pp. 539-40.

29. Ibid. vol. I, p. 541.

30. Normand Doiron, "Rhétorique jésuite de l'éloquence sauvage au XVIIe siècle: les *Relations* de Paul Lejeune," *Dix-Septième Siècle* 173.4 (1991), pp. 375-402.

31. 写真と詳しい描写については次の文献を参照のこと。William N. Fenton, "Return of Eleven Wampum Belts to the Six Nations Iroquois Confederacy on Grand River, Canada," *Ethnohistory* 36.4 (Fall 1989), pp. 392-410, および Elisabeth Tooker, "A Note on the Return of Eleven Wampum Belts to the Six Nations Iroquois Confederacy on Grand River, Canada," *Ethnohistory* 45.2 (Spring 1998), pp. 219-36.

32. Baqueville de La Potherie, *Histoire de l'Amérique septentrionale*, 4 vols. (Paris: Nion and Didot, 1721), vol. IV, p. 220.

33. Lejeune, *Jesuit Relations*, vol. V, p. 22.

34. Sagard, *Le Grand Voyage*, pp. 228-9.

35. Pierre Clastres, *La Société contre l'état* (Paris: Minuit, 1974), pp. 152-60.

36. Charlevoix, *Journal d'un voyage*, vol. I, pp. 451, 512. 18 世紀の象形文字と他の非音声的文字への関心については Derrida, *De la grammatologie*, pp. 119-42, 397-427 を参照のこと。

37. Lejeune, *Jesuit Relations*, vol. VI, p. 204.

38. たとえば、Garrick Mallery, *Picture-Writing of the American Indians*, 2 vols. (New York: Dover, 1972), vol. I, pp. 31-130, 227-57 を参照。

39. Charlevoix, *Journal d'un voyage*, vol. I, p. 554.

40. La Potherie, *Histoire*, vol. IV, p. 354.

41. Mark Warhus, *Another America: Native American Maps and the History of Our Land* (New York, St. Martin's Press, 1997) によれば、伝統的な原住民の社会は口頭文化の社会であり、先住民の地図もどちらかというと口頭であるはずだ、という。

42. Barbara Belyea, "American Maps: The Explorer as Translator," *Journal of Historical Geography* 18.3 (1992), pp. 267-77 ; Barbara Belyea, *Dark Storm Moving West* (Calgary: University of Calgary Press, 2007), pp. 51-73.

43. Lahontan, *Œvres complètes*, vol. I, p. 436.

44. Charlevoix, *Journal d'un voyage*, vol. II, pp. 622-7.

45. Sagard, *Le Grand Voyage*, p. 205.

46. Lejeune, *Jesuit Relations*, vol. V, pp. 170-72.

47. Ibid. vol. V, p. 258.

48. Ibid. vol. V, p. 210.

49. Havard, *Empire et métissages*, pp. 209-10.

50. Lahontan, *Œvres complètes*, vol. I, p 307.

51. Ibid. vol. I, pp. 316-17.

52. Antoine Laumet de la Mothe, Sieur de Cadillac, *Découvertes et établissents des Français*, ed. Pierre Margry, vol. V, pp. 309-10.

53. Charlevoix, *Histoire de la Nouvelle France*, vol. II, p. 278.

54. Archives nationales de France, fonds de Colonies C11A, vol. XIX, ff. 41-4; Gilles Havard, *The Great Peace of Montreal of 1701*, tr. Phyllis Aronoff and Howard Scott (Montreal and Kingston: McGill-Queen's University Press, 2001), pp. 112-18 に条約文と署名が復刻されている。

55. La Potherie, *Histoire*, vol. IV, pp. 194-200. 引用箇所は p. 197.

56. Ibid. vol. IV, pp. 218, 223-5.

57. Ibid. vol. IV, pp. 240-57. 引用箇所は p. 252.

58. Havard, *Empire et métissage*, pp. 71, 452-7; Richard White, *The Middle Ground: Indians, Empires, and Republics in the Great Lake Region*, 1650-1815 (Cambridge: Cambridge University Press, 1991), pp. 143, 148.

59. Yann Guillaud, Denys Delâge, and Mathieu d'Avignon, "Les Signatures amérindiennes : Essai d'interprétatin des traités de paix de Montréal de 1700 et de 1701," *Recherches amérindiennes de Québec*, 31.2 (2001), pp. 21-41.

60. La Potherie, *Histoire*, vol. IV, p. 247.

61. Havard, *Empire et métissages*, pp. 758-9.

2

ヌーヴェル・フランスからの報告
――イエズス会の『報告書』(ルラシオン)、マリー・ド・ランカルナシオン、そしてエリザベート・ベゴン

E. D. ブロジェット
(E.D. Blodgett)

問題点

ニュー・フランス初期における地域的拡大、福音活動、および探検活動は、アカディアの地で数年経た後、1630年代になると本格化していく。この時代には、イエズス会のもとで学んだルネ・デカルト(René Descartes)の『方法序説』(Discours de la méthode)が登場しており、同書は近代合理主義哲学の基盤となるものだった。われわれの世界がポスト・デカルト主義であるとすれば、カナダの形成はまさにその正反対にあり、こうしたイデオロギー上の違いは、19世紀にケベックでおこった論争、すなわち自由主義的で脱宗教派の歴史家フランソワ＝グザヴィエ＝ガルノー(François-Xavier Garneau)と、より保守的な教会史家ジャン＝バティスト＝アントワンヌ・フェルラン(Jean-Baptiste-Antoine Ferland)との間の論争の基盤となるものである。自由主義的解釈が優勢になってきたため、例えば英語で書かれた最近の歴史書(1)が示すように、イエズス会士の布教活動やその記録文書の遺産が軽視される傾向にある。マリー・ド・ランカルナシオン(Marie de l'Incarnation)に与えた影響についても言うまでもない。こうした記録文書、特にイエズス会の『報告書』(ルラシオン)(Relations)(2)を、単に現代の学説となじまないイデオロギーを持つという理由で軽視してしまうことは、カナダが歴史に登場する意味をゆがめてしまうことになりかねない。「帝国が返答する」("empire writes back")より先に、まずは手紙を書き残している、ということを忘れることになる。記録に書き残しさえすれば、理論的および推論的には、当初のフロンティアをはるかに越えて領土を拡大する根拠となりうるのである。彼らが完全に軽視されたわけではないことは、次のような小説、詩、戯曲が書かれていることからも明らかである。レナード・コーエン(Leonard Cohen)の『美しき敗者たち』(Beautiful Losers)、ロール・コナン(Laure Conan)の『作品と試練に』(À l'œuvre et à l'épreuve)、ブライアン・ムア(Brian Moore)の『黒衣』(Black Robe)、アーチボルド・ランプマン(Archibald Lampman)の「ロング・ソーにて」("At the Long Sault")、デラウェア人の劇作家ダニエル・デイヴィッド・モーゼス(Daniel David Moses)の『ブレブーフの亡霊』(Brébeuf's Ghost)、および E. J. プラット(E. J. Pratt)の『ブレブーフとその仲間たち』(Brébeuf *and his Brethren*）である。

　イエズス会の『報告書(ルラシオン)』とは、アカディアからのものが1611年に始まり、その後1616年まで数年間続いた年次報告書のことである。それは、ケベック発の手紙というかたちで、1626年に再開する。多くの著者がさまざまな思いを反映して書いており、異種混交的性格を持つため、全体として見ると筋の通った歴史文書というよりは、年代記に近いものである。文学史から見てとりわけ価値があるのは、それの示す想像力の世界である。おのずと、数多くの問題を提起することになる。登場人物の構成はどうなっているのか、語り口の順序がどのようにコントロールされているのか、どんな種類の倫理的構造が含まれているのか、報告文書のモデルはどこからきているのか。言い換えれば、登場人物、筋、およびそのねらいについて、この報告書はいかに読まれるべきなのか。

　その意図するところは、実に単純明快である。「野蛮人を改宗すること」（convertir les Sauvages）(3)（8:178）。イエズス会の宣教師が反語的先見性をもって予測したように、神が「海から海まで治める」（dominabitur a mari usque ad mare）(4)ために、改宗が求められた。しかし教会が勝利を得るには、まず先住民の言語の知識が何としても必要であった。というのは、それなくして真の交流などあり得なかったからである(5)。それにも増して重要なのは、一般的な言語の使用そのものである。それがイエズス会士にとって問題の核心に関わることであり、「この世の仕事を天の仕事へと転向させ、未開の中で死にたい」（convertir le trafic de la terre en celui du ciel, vouloir mourir dans la Barbarie）(8:222)(6)とする願望にも連なるからである。こうして、イエズス会士の活動は『報告書(ルラシオン)』に直結していく。「行動すること」は否応無く「書くこと」でもあり、両者が表裏一体化することで、漫然と記述する文体を構成するわけである。それは少なくとも中世まで遡るほど古く、話し言葉よりも書き言葉のもつ正確さに依拠している（39:148 参照）。たとえデカルトを知らずとも、イエズス会士の主張はこうである。「われ書く、それゆえ、われ在り」。これは実存主義的ジェスチャーに思えるかもしれない。しかし第一義的にそれは神学的・社会的なジェスチャーであって、先住民が促されて語る言葉一つひとつが、彼らをもう一つ異なる神学的・社会的要因へ向かわせ、彼らの同化が改宗の始まりとなる(7)。

　結果的に、『報告書(ルラシオン)』は、単なる言葉以上に大きな意味をもつものとして読むと、最もよく理解できる。それは、主張し、追認し、そして体制づくりまでを意図する言葉なのである。それらが一体化すると、領土所有のための行動規範をつくりあげることになる。それが神学的な意味での「遂行」である。すなわち、そこに含まれる言語とは、推論的な実践行動から成り立ち、フーコー（Foucault）の言葉を借りれば、それが「彼らの語る対象を整然と形成する」（forment systémiquement les objets dont ils parlent）(8)のである。さらに、報告文書のモデルは、聖人伝、聖書、教会史、および彼らの語る世界観に著しく依存している。このため、『報告書(ルラシオン)』が描く人物（聖職者と先住民）は必然的に、この作品よりも前の時代に存在した人物のようにつくりあげられる。かくして、ニュー・フランスが形成されていくプロセスとは、新た

発見ではなく、古代末期以来の状況の証しなのである。

テキストと神学

簡潔であるか否かはともかく、『報告書(ルラシオン)』の提供する重要な出来事の再現（つまり第一次資料に基づくとはいえ、二次資料としての歴史叙述）は、文学史や社会史としてどれほどの価値があるのか、簡単には決めかねる。したがって、同報告書の最新版の編者ルーベン・ゴールド・スウェイツ（Reuben Gold Thwaites）の考えたタイトルは、次のようにあっけないほどシンプルである。『イエズス会士のルラシオンおよび関連資料』（*The Jesuit Relations and Allied Documents*）。それは、イグナチウス・ロヨラ（Ignatius Loyola）による実践活動を元祖とし、さまざまな「関わり合い」を記録したもの、すなわち布教活動に関する年次報告書なのである。そのほとんどはフランス語によるのだが、なかにはラテン語やイタリア語もある。他のジャンルとしては日誌も含まれる。それはほぼ旅行日誌だが、単に日常茶飯事の記録に過ぎない場合もある。さらには手紙があり、ポール・ル・ジュヌ（Paul Le Jeune）神父が植民地救済のために国王に直訴したような、正規の嘆願書の場合もある。こうした手紙は複数の読み手にわたったようで、クロード・ショーシュティエール（Claude Chauchetière）の不快感をあらわす言葉のなかに、それがはっきりと窺える。彼にあてた手紙の1つが親展になっていなかったのである（63:144）。『報告書(ルラシオン)』はほぼ毎年、刊行されていた。

手紙とは相対的に個人的なものであるのに対し、報告書や日誌は別の補完的な世界を構築し、いかにして素材が分析されるのを制御するかというのが執筆の動機であった。イエズス会の神父たちがまず想定していたのは、読み手たちは、この世が世俗界と精神界の2つの次元において築かれ、それに従って世俗的および神的事象が規定されていることを知るだろうということであった。1659年1月の日誌のなかで、何の変哲もない2つのことが次のように記される。「22日マリー・ブーテ［原文のまま］はウルスラ会の修道院で修道女になる。27日フランスの男3人がトロワ・リヴィエールへ戻る。」("22 Marie boutet [sic] receut 1 habit aux Ursulines. 27 retournerent aux 3 Rivieres les 3 francois")（45:78）。これらの出来事の日常的性格、および繋がりと因果関係の欠如は、それらを純粋に世俗的なものとして特徴づける。『報告書(ルラシオン)』は一般的に改宗のサブテーマを持っているため、現世的枠組みから引き出される因果関係に対応するよう世界を秩序づける。例えば、9月12日付け日誌の冒頭を引用すると、こうである。「レピンヌと呼ばれるフランス人が、トロワ・リヴィエールでイロコイ人によって殺された」("Un françois nommé L'Epine tüé aux 3 riv. par les Iroquois" (45:114))。それと対照的なのが、アントワンヌ・ダニエル（Antoine Daniel）神父の場合である。彼は殉教の直前まで、会衆に信仰心を鼓舞し続けたので、集団的に洗礼を施す結果になった。ここにおいて、コード化された両者の因果関係には強い意味がこめられる（かつ、うまく辻褄を合わせてもいる）。

こうした記録は、読み手を『報告書』(ルラシオン)に備わる二重の「葛藤」へと導く。つまり、敵（異教徒 Infidels）が至る所におり、かつ改宗を嫌う先住民の抵抗もあったため、宣教師は死と背中合わせのなかにいたのである。『報告書』(ルラシオン)に含まれるクライマックスの瞬間とは、洗礼と殉教というこの2つの瞬間を通して、こうした「葛藤」を克服することにあった。この2つの瞬間は、日誌のなかに登場する事柄とは際立って対照的に、この世が水平的な視点でなく、垂直的な考え方に秩序づけられる瞬間なのである。

　2種類の語り口がかみ合わないのは、けっして偶然なことではない。彼らが頻繁に引用する「マタイによる福音書」は、八福（「マタイ」5章1-10節）として知られる最も有名な章である。しかしこの事実にもかかわらず、イエズス会の神父たちにとってのキリストとは、磔になったキリストなのである。「マタイによる福音書」は特別扱いされてきたと言ってよい。というのは、キリストの十字架上での磔と復活、それを通して魂の救いの歴史が受け入れられることによって、この世におけるキリストの地位が固まり、その権威も強調されていったからである。また、「マタイ」のなかのキリストは、黙示録ともつながる布教活動を正当化している。「そして御国のこの福音はあらゆる民への証しとして、全世界に宣べ伝えられる。それから、終わりが来る」（「マタイ」24章14節〔新共同訳による〕）。ル・ジュヌ神父が初期の『報告書』(ルラシオン)のなかで述べているように、彼らは生と死のなかに自らを発見したのだった。そこでの死とは、ダンテの地獄編にも似たもう一つの世界を常に意味している。

イエズス会のイデオロギー効果

このようなヴィジョンは結果を生み出す。第一義的に現れる結果とは、広大な地域にいる先住民への布教活動の影響である。そこはアカディアから現在のラブラドール、ケベック、オンタリオ、ミシガン、ウィスコンシン、ミッシシッピー川沿いをニューオーリンズまで、そしてサグネー川をハドソン湾まで下る地域である。改宗を目的としているものの、まずは先住民についての知識の習得がその手段であった。多くのイエズス会士は、イロコイ、ヒューロン、アルゴンキン、イニュ（モンタニェ）、およびその他を含めて、先住民の言語を学んでいく。それは非常に根気を要する民族学者のようだった。さらに彼らはその仕事ぶりに、純粋で、中世的な感受性、反宗教改革の原理の断固たる支持、「近代」初期に受けた厳格な教育の基盤をもちこんだ。彼らの考え方は、イデオロギー構造を反映していたとはいえ、こうした地域での先住民の生活に関する観察力は、実に価値あるものだった。

　彼らの観察の目指したものは、当然とはいえ、完璧に科学的とはいえなかった。ジェローム・ラルマン（Jérôme Lalemant）神父が述べているように、その報告は、思いやりをもって信徒の心を揺り動かそうとした内容であり（17:212）、先住民についての知識は、彼らの信頼を得る手段として役立つものであった。規律あるイエズス会士の目からみれば、村での先住民の

生活は無秩序に思われた。子供たちがいかに放縦のまま扱われているか、あるいはローマの伝統に合致するような法体系が存在しない、といったことが頻繁に語られる。もっとも、ゲルマン時代の贖罪金に相当する殺人への対応方法があることには、言及されている。布教活動にあたっての障害には、しばしば観察されているように、3つの大罪があった。酩酊、迷信、猥褻である。さらにそれに付け加えて、とくに暴飲暴食と快楽があげられる。迷信は、何ら抵抗感なく常に先住民に受け入れられていた。それをめぐる話のやりとりや状況描写も報告されている。先住民の神学体系は、すべて寓話として類型化されており、それには動物占いやマニトー信仰が含まれる。手品師もしくは魔法使い（シャーマン）を常に厳しく非難すると同時に、夢でみた内容の影響が強いことが常に記録されている。それは悪の扇動者であり、宣教師の生命を常に脅かす者として描かれる。ド・カルエーユ（de Carheil）神父は、手紙のなかでイロコイ人について次のように書いている。夢というのは、先住民が神と交渉できうる手段なのだ、と。したがって、それが宗教的な基盤として根を下ろしており、先住民に語りかける魂が、彼らの人生を左右する主人となっている。同時に、ローマ・カトリックの信仰とは反対に、魂は夢のなかで肉体を離れ、個人的な探求の旅に出かけるのである。

　こうした主張を論破するには、多大な努力が必要であった。夢をめぐる先住民の観念をキリスト教の教えにとって代えるためには、中世の夢の心理学の助けを必要とした。時として、この宗教的差し替えは、自然発生的に生じた。たとえば、病に倒れた老人が天国についての夢を見るとする。その夢の内容とは、1人の小柄な男によって語られた捕虜拷問の光景である。この夢は、すべての願いが叶えられる場所としての天国の夢を見たある年長者によって反駁される。2番目の夢は、イエズス会士によって1番目の夢に対する十分な反証として報告され、ほとんどの夢が作り事だとされる。ただ作り事だとしても、それは役にたつ。ある病人が、ジュリアン・ガルニエ（Julien Garnier）神父から薬を与えられた夢を見る。そうすると、これは神、すなわち「われわれの生の偉大なる主」(Le grand Maistre de nostre vie)[11]からのメッセージなのだ、と告げられ、この男は洗礼を受け、そして死んでいく。

　改宗のためにマニトーの姿を利用することはさらに有益な方法だった。マニトーとは、イエズス会士が出会ったほとんどの先住民の認める神の姿のことである。これはアカディア発の『報告書（ルラシオン）』のなかで初めて登場し、最終版に至るまでしばしば議論されている。ジョーゼフ・ジュヴァンシー（Joseph Jouvency）神父によれば、先住民はこれといって特徴のない聖なるものを崇め、規則正しい礼拝形式は持たないという。マニトーは夢を支配する根源であり、動物界を聖なるものととらえる。マニトーは病や死の要因となるものである。マニトーには、ある種の複合的なものが備わっており、それを解釈するには二元論的な方法がある。たとえばモンタニェ人にとり、マニトーとは「良かれ悪しかれ、人間に優越する自然のすべて」(toute Nature superieure à l'homme, bonne ou mauvaise)[12:6]だった。全能であるばかりでなく、全知なのである。したがって、イエズス会士は、天と地に関して彼らより優れた知識をもっているから、マニトーとみなされる[13]。

しかしながら、マニトーの顕著な特徴は意地の悪さにあり、そのためにしばしば悪魔に喩えられる。だが、本当に悪いのはその妻であり、こちらのほうこそ非難に値するという。マニトーとは自然の霊であるため、その存在は様々な病気の因果関係をめぐる伝説のなかで登場する。こうした伝説をばかげた挿話だとして一笑に付すことは簡単だが、先住民たちは、この聖なるものを遍在的存在としてとらえている。このため、彼らは起こりうるかもしれない卓越した神のパワーから逃れられないのである。このことは、彼らの改宗状況を見ても明らかである。イロコイ人との関係作りに成功していたル・ジュヌ神父が、報告書のなかで述べているのだが、ローマ・カトリックの視点からすれば誤っていると思えても、彼らの神は、あらゆる宗教的な性向を自分の都合のいい方向に向けてしまう。かくして、先住民たちはすでに、イエズス会士たちが宗教的目的の達成と考えていたものに対して、ある程度、準備ができていたのである。

　イエズス会士は当初から、先住民との慣習の違いに魅力を感じていた。そしてその関心のために彼らは、ヨーロッパ人と先住民の間の相違の長いリストを作成した。結婚はもちろん関心の的であった。そして、たとえば一夫多妻制は受け入れられないにしても、結婚して最初の4か月はまるで近親者同士のように純潔のままでいるヒューロン人の慣習は容認された。『報告書（ルラシオン）』の明白なライトモチーフは、先住民であろうが異邦人であろうが、捕虜に対する残酷で異様な扱いへの関心であった。そのことは、ル・ジュヌ神父がタドサックに到着してすぐに起こった。捕虜が到着するとすぐに拷問が始まったのである。現場を目撃した彼は記す。もしイエズス会士がイロコイ人に捕えられたならば、彼らもまた同じような目にあうのは必至であったろうと。彼らがイロコイ人の敵であるモンタニェ人のなかで生活していたからである。彼が即座にそのような推測をしたのは理解できるが、その推測は同時に、ル・ジュヌ神父の長年にわたる報告の入り口に、神学的、歴史的、そして文学的な語りとしての『報告書（ルラシオン）』の核心部分へと、読者を誘う。その報告は、一方において、希望と畏怖の同居する殉教というテーマに触れている。他方、その語り口をみると、特異な性格を帯びているため、いくつかの文体上の問題も提起しているのである。

殉教の語り口

改宗が完璧に成し遂げられたかどうかはともかく、カナダにおけるイエズス会士にとり、殉教は深く望むところであった。クロード・ダブロン（Claude Dablon）神父による1676〜7年の『報告書（ルラシオン）』のなかで、自分たちの主要な業務とは、苦悩することだと記されている。マリー・ド・ランカルナシオンも書いているのだが、彼らはこうしてキリストの真の模倣者になるのであった（p. 106）。「キリストに倣う」宣教生活は彼らの登場人物のなかに刻みこまれており、ブレブーフ（Brébeuf）神父は、十字架上で磔になったキリストの幻影が彼の前に現れたこと

図3　Eric Gill,『ジャン・ド・ブレブーフの殉教』*The Martyrdom of Jean de Brébeuf.*

で知られる。彼の願望はこうした事例にならうことにあった。イエズス会士の懸念とは、死ぬことではなく、彼らの職務が絶えず要求している、生きたまま犠牲となる機会を失うことであった。

　おそらくこうした理由からだろうが、殉教の語り口はきわめて記憶に残るものである。実際、彼らは歴史に記憶されることを意図していたふしがある。[14]あらゆる殉教者のなかで、すくなくとも英語系カナダで最もよく知られているのが、ブレブーフ神父である。これは E. J. プラットの詩「ブレブーフとその仲間たち」（1940）の作品ゆえであろう。それ以前のものとして、ブレブーフの存在は、フランシス・パークマン（Francis Parkman）の『17世紀北アメリカにおけるイエズス会士』（*The Jesuits in North America in the Seventeenth Century*）のなかに見ることができる。[15]同書のなかで、ブレブーフは「力強き信仰の使徒――布教におけるアイアース（Ajax）〔ギリシャ神話に登場し、トロイ攻囲軍のときの勇士の名前〕」として記憶される。ブレブーフに関するパークマンの記述は、ポール・ラグノー（Paul Ragueneau）神父の『報告書(ルラシオン)』の記録に倣い、かつその簡潔さを真似たものである。だが著者は、この記述が不思議なことに、せいぜい新味のない話にしかならないことに気づいていない。この語り手は目撃者ではないが、殉教の話から語りはじめる。ブレブーフと同じように扱われた捕虜を見たことがあると述べて、自らの語りの正当性を主張するのであった。いくつか細かい点に関して、彼は、先住民の慣習は異常だと記している。たとえば洗礼式のまねごとをして熱湯をかけたり、改宗努力を妨害しようとしてブレブーフの音声器官を切り取ったり、といった具合である。この語り手は、入り口で死体を見つけた後も、そのまま物語を続ける。そして彼の存在理由は、次の言葉のなかにはっきりと示されている。「私は何も疑いはしない」(Je ne doute pointe)）(34:32)。ブレブーフの死について記した後に2番目の記述がくるのだが、それには彼を尊者とする儀式（veneration）とヴァーチュアルな復活が記される。自分の主張を通すべく、彼は「私は見た、そして触った」(Jay veu et touché)（34:34）という文を繰り返し、こうした意思表示を強調するために8回も同じ事を述べている。そして純真なる敬虔深さをバロック的な肉体的強靱さへと変えていき、ブレブーフとラルマンの遺骨を聖骨として備える努力を怠らなかった。まだ果たされていないことといえば、聖人化（結果としての復活）だけであった。1930年にそれが実現している。

　だがこうした報告で物語は終わらない。語り手は、知らず知らずのうちに、『報告書』に内在する格別なねらいに関わっていく。単に語るだけでは物足りなかったのである。その結果、話の中心が重層的なテクストとなって『報告書』全体の中に組み込まれていく。ブレブーフは、シャルル・シモン（Charles Simon）神父やマザー・カトリーヌ・ド・サン・オーギュスタン（Catherine de St. Augustin）のなかで幻影として登場し、聖骨たるブレブーフ効果が、異教徒を改宗へと導くものだと報告される（50:86-8）。他に、フィクションのなかでこれと似通った扱いを受けている唯一の殉教者として、シャルル・ガルニエ（Charles Garnier）がいる。彼はロール・コナンの小説『作品と試練に』（1891）のなかで、より感傷的役柄として描かれる。しかしながら、他にイザク・ジョグ（Isaac Jogues）についての物語があり、マリー・ド・ランカルナシオンの往復書簡を除けば、彼を記憶する唯一の詳細な語りは『報告書』の中にあって、彼は特別な役柄を演じている。パークマンの『17世紀北アメリカにおけるイエズス会士』中の英雄カタログでは、後から思い出したようにたった一文付け加えられているだけなのだが。

　ジョグ神父ほど殉教の名にふさわしい人物はいないだろう。その徳行を見ると、彼はまれにみる慎み深さの持ち主であり、あたかも自分がとるに足らぬ者であるかのように扱われるのを望んでいた、ということがよくわかる。ジョグ神父は殉教者として、イエズス会士の模範となる者である。イエズス会士と先住民とは、補足的な関係にあった。フランス人がカナダに定着しはじめたころ、お互いに絶え間ない「懸賞コンテスト」（agon）〔古代ギリシャで行われていたもの〕で争っていたようなものだった。とりわけ、彼が拷問を受けたことは大きな意味をもつ。というのは、拷問に耐えて生き残ったため、彼は自ら拷問の目撃者となることができたからである。彼自身の個人的な体験記録だけでも十分であろうが、『報告書』のなかでしばしば、さらに細かく触れられている。彼の受けた拷問についてのはじめての記述は、語り口が簡素で、かつ損傷をうけた指と切断された親指のことのみに触れている。ジョグ自身の記述がきわめて注目に値するのは、記述の対象を自分自身ではなく、仲間の拷問を対象にしているところである。イロコイ人の最初の攻撃に関する彼の意見は、ルネ・グピル（René Goupil）神父に関する報告のなかで詳しく述べられている。「敵は……、われわれの爪を引き裂き、われわれの指を押しつぶしながら、鋭い歯をもつ気の狂った犬のように、われわれを襲うのであった。そうしたなか、彼は大いなる忍耐と勇気をもって立ち向かっていた。」（Les ennemis ... se ietterent sur nous comme des chiens enragez a belles dents, nous arrachant les ongles nous escrasans les doigts, ce qu'il enduroit avec beaucoup de patience et de courage）（28:118）[19]。

　話が展開するにつれ、グピル神父は英雄扱いされていく。ジョグはグピルが心の平静さを保っていること、常に神に思いを馳せている事実を伝える。「彼（グピル神父）は、善なる父の御手が焚きつけたイロコイ人の火によって灰になるべく、自らを犠牲としてささげたのであった」（Il le donnoit a lui en holocauste pour estre reduit en cendres p (ar) les feus des Iroquois que la main de ce bon Pere allumeroit）（28:120）[20]。グピル神父の謙虚さ、そして彼を捕えた者に対する従順さは、ジョグ神父を驚かせる。火刑の試練というものは、約6日間続く夜間行事であり、死刑台の上で連日連夜の拷問の後に行われた。ジョグ神父は再びグピル神父を褒めたたえながら、自分すなわちジョグは、堪え忍ぶという偉大なるパワーを自然からいただいたのだ、と述べている。彼がグピル神父の遺骨を扱う恭しさは、キリストのために殉教した者の遺骨に与えられる恭しさであった。この記録は総括的コメントを加えた上で、自己犠牲をめぐる尋常ならざる証言、および書き手の性格を忠実に反映しながら終っている。

　自己犠牲、慈愛、そして敬神は――一般には聖人の行動と考えられている特性だが――、名も知れぬ無数の改宗者だけでなく、（聖）カテリ・テカクウィザ（Kateri Tekakwitha）のような人物についても、また心にとめておいてよいだろう。彼女の試練と死（1680年）は、ショーシュティエール神父による先住民ソー人への布教活動史のなかで公けにされている。彼女は、レナード・コーエンの『美しき敗者たち』（1966）のなかで、神のさらなる顕現を受けるのである。いかにも彼女らしく、テカクウィザはすでに指摘した積み重ねの手法で、さらに後続の巻においても言及されている。ショーシュティエール神父の1694年の手紙のなかで、彼女は当地の伝説的人物として、また聖骨として扱われているのだと述べられている。1696年、彼女は、聖霊の発露や癒しを求める人々の気持ちを惹きつけていた。1735に至っても、彼女はさらに語り継がれていた。

『報告書（ルラシオン）』における混合性

反復行為とは、当然のことだが崇敬の一形態である。それは、イエズス会の神父たちが不朽のものにした中世の世界観にもとづくものである。多くの点で、恐らくそれは「神についての学び」（lectio divina）の実践にもとづいている[21]。世界観は聖書と、次いで一般教育課程に登場する古典作者、そして数は多くないが教父たちの教えに根差していた。歴史家マルク・レスカルボ（Marc Lescarbot）はプリニウスを引用し、ある先住民はアリストテレスやキケロにも匹敵する修辞を用いていると称賛され、金銭欲にたいするヴェルギリウスの有名な呪詛が引用される（『アエネーイス』Aeneid III, 57）。そしてオイディプスの謎にさえ言及された。レスカルボはさらに、古典的未開人の理想像の原型であるゲルマン民族について語るタ

キトゥスを引用する。かくして、彼はイエズス会士が大活躍していた先住民社会の間で少なくともこうしたはっきりとした理想像を頻繁に喚起していた。神父に関して言えば、聖ジョン・クリュソストモス（John Chrysostom）が言及され、聖アンブロシウス、テルトゥリアヌス、聖アウグスティヌス、さらには聖イシドーレ、ビード、聖ベルナルドのような教会博士たちもしかりである。もちろん引用の大部分は聖書からだが、どの原典を見ても明らかなのは、この世は相当程度、列聖物語によって理解されているという点である。それはまた、世俗の世界を精神界と結びつけ、そして現実に、霊的にしたプログラムでもある。(22)

　引用には主に2つの方法がある。ひとつはモラルを指し示し、もうひとつは、より意義あることだが、この世はいかに「パリムプセスト」〔もとの字句を消した上に字句を記した羊皮紙〕と見なされているかを示す方法である。前者は、「性格」（moralitas）が模範となる生き方に授ける語り口という観点から意味がある。かくして、マダム・ド・ラ・ペルトリ（Mme de la Peltrie）の死亡について触れた文面は、2種類の引用で飾られる。それぞれが2部に分かれる。「伝道の書」1:13と「知恵の書」〔カトリックと正教会の旧約聖書に含まれる〕3:1からの引用だが、彼女の死が祝福された日であり、その魂は神の御手にあるのだということを示している。さらに、これよりはるかに重要なこととして、聖書は他のテキストとともに、人間の生き方を説明しているだけでなく、人生というものは常に類推できうるものゆえ、聖書の内容を反復し、模倣しているのだと暗示している。このため、イエズス会の宣教師の誰もが、次の成句を引用するのである。聖パウロの「日々死んでいる」（"Quotidie morimur"）（「コリント人への第一の手紙」15:31）、ダビデの「わたくしの命は常に危険にさらされている。しかし私はあなたの掟を忘れません」（"Anima mea in manibus meis semper"）（詩編119:109）、「御手のなかに魂を預け、あるいは、信仰を持たぬ人々の手のなかにいつも居る」（qu'il porte son ame entre ses mains; ou plustost qu'elle est à chaque moment dans les mains;[sic] des plus infideles de tous les peuples）（47:184）。最初の引用は、『報告書』のなかでしばしば登場する方法だが、文脈の前後関係にあわせているため、引用されている箇所によって変化がある（動詞"morior"「私は死んでいる」を改変して使っている）。ともあれ、聖書の直接引用も状況に合わせた改変も、人生というものが常に、聖書の中に予め示されていることを証明している。

　聖アウグスティヌスは同様に、ブレブーフ神父が神に助けを求めたときの祈りに引用され、それに対して声が答えている。その声とは、「取って、読みなさい」（Tolle, Lege）である。これは聖アウグスティヌスの『告白』の中に登場する言葉を反復したものである。さらに、ブレブーフ神父はトマス・ア・ケンピスの『キリストにならいて』を手に「取り」、「読み」、そして偶然にも開けた箇所が、気高くあるべき手段としての十字架に関する章だった。こうしてみると、彼の死は、いわばお膳立てができており、その人生は他の宣教師と同じく、任務の成就だった。詩編の作者は、次のように唱う。「ほめたたえよ、彼らは穀物の束をかかえてやってくる」（venientes venient cum exaltatione portantes manipulos suos）（11:18）〔新共同訳聖書「詩編」126:6〕。イエズス会士は、自らが穀物の束を抱えていると信じていた。宣教師にとっ

て、聖書からのこの引用は、魂の刈り入れの隠喩（洗礼）を指し、とくに「ルカによる福音書」[10:2] からの引用に見るように、さらに多くの刈り入れ人を求める懇願を暗示している。

それゆえ、イエズス会士が北米の広大な地域を旅する時、彼らは、事実上、聖書およびその解釈に関する補助的な書物の中味を実践しながら移動していた。彼らは、聖なるテクストに支配された人々を演じているわけである。すなわち、読み手を即座に物語風作品の世界に引き入れ、「生々しい」人生を寓話的かつ現実的なもの、すなわち精神的かつ世俗的なものとして語るために、『報告書(ルラシオン)』は強いインパクトを持つ。その内容は――常に「神の物語」（lectio divina）ではあるのだが――、精神的なものと世俗的なものとの2つを結合させ、相互に力を与えあう物語なのである。あたかもフィクションのように、ブレブーフ神父は『報告書(ルラシオン)』のなかで、少なくとも聖アウグスティヌスとキリストを再演しているのである。(25)

改宗とそのスタイル

別に驚くほどではないのだが、こうしたことの起こる風景には、二元的機能がある。先住民の領土を横断する水路については注意深い観察が行われる。イロコイ人の豊かな土地は記録される。だが、本来、心が満ち足りているという本当の感覚は神との合体のために風景が提供する機会にこそ存在すると、ル・ジュヌ神父は一連の問いかけの中で示唆している。こうした風景は魅力的で、生きるために必要なものも備わっているだろうが、しかし、真なる価値とは、その考え方を生み出す中世的、修道院的な価値観を実感できる能力のなかにこそあるという。この見方は、想像力がさらに豊かな先住民に影響を及ぼし、その1人は3回にわたって次の夢（明らかに、「良い」夢なのだが）を見る。天を背景にしたキリストと血で真っ赤に染まった十字架が見えたのである。また、どこか他の場所でグッド・フライデー（聖金曜日）に十字架を建てたら、森林が聖なる森に変えられた、という夢も見ている。こうした風景のあるところが神の国で、それこそが神の創造の目的だと受けとめられた。その後、多くの異教徒がカナダを経由して天国への道を見つけようとした。フランスとは違い、ルーヴルその他の宮殿での数多い腐敗と違って、ここでは聖人であることが可能なのである。結局、ニュー・フランスで生きることは神の御許で生き、神の導きの空気を吸うことを意味する。そこは福音を説く者の住処なのである。

つまるところ、一切――自然と人――が転向し、パラレルで類似のシステムと思われているものが、イエズス会のつくりあげた中世的なローマ・カトリックの神学によって克服されていき、しかもその神学は『報告書(ルラシオン)』独特の文体で表現される。イエズス会士による記録文書の主要なジャンルは、『報告書(ルラシオン)』と『日誌』（Journals）だが、この2つにはヘイドン・ホワイト（Hayden White）が年代記と年次報告書とを区別しているのと同様の違いがある。後者は「物語的な構成」に欠け、とくに日誌として書かれているものにこの傾向があるのに対

して、年代記は「物語性をもって書こうとの抱負を持つが、概してその達成には失敗している」。というのは「物語の結末」まで至っていないからである。さらに続けて彼が指摘するのだが、いくつかの年代記ものはこうしたルールを遵守しておらず、より芸術的に作成されていると言う。『報告書』は、カナダからの立ち退き命令のあともそこにとどまり、僅かな年金を懇願したイエズス会士４人のうちの最後の１人の哀愁に満ちた訴えで終わっている。彼らの思いは、次の言葉に凝縮されている。「神が我々のために用意していることを、われわれは知らないままでいる」（Nous ne sçavons pas ce que Dieu nous reserve）（34:206）。『報告書』がフィクションや歴史書と異なるのは、エンディングを構想に入れておらず、未来の予測能力をも有していない点にある。読み手は現代に生きているわけだから、結果的に、聖書やそれとの関連テキストの与える意味を、大雑把でも了解しておかねばならない。過去感覚は、さまざまな事件の繰り返しによって形成されるため、現在または過去の記憶の在り方次第で、その意味が違ってくる。過去が記憶に残るとすれば、それは形を変えて、突然のひらめきとなって現れる。

マリー・ド・ランカルナシオン

かくしてカナダは、その存在の最初の世紀に神の手によって歴史に書き込まれる。そしてイエズス会士の主張は、マリー・ド・ランカルナシオンの手紙のなかで、静かに確認された。イデオロギー的には類似しているものの、彼女は重要な点でイエズス会士と異なる。彼女の情熱は私的なものだが、イエズス会士のそれは公的なものだった。イエズス会士の手紙のうち、個人的なレベルで見るとどれ一つとしてマリーの手紙と比肩できるものはない。たとえば彼女は、息子が完全に乳離れしないうちに育児放棄してしまった、とする息子の非難に対して応えている。生みの母でありながら同時に、修道院長であることはできない。マリーはケベックに1639年に到着してから1672年に亡くなるまで、ずっと修道院長であった。神の愛の力に従いながらも、彼女はあらゆる母親のなかで最も残酷な母だと自覚していた。この反応は、たとえ限界はあるにせよ、マリーの個人生活が公的生活と重なり合っていた度合を示している。同時代人ラファイエット夫人にまさるとも劣らぬ気品をもって、マリーはのちに息子に書いたある手紙のなかで、霊的生活のニュアンスを探し求めている。彼女の生活の中心が、より聖霊に近づくためのたゆまない修練にあったことが、この手紙からはっきり見て取れる。これを実践できうる最善の人物が、イエズス会の殉教者であり、その心は御言葉の精神と十字架の愛に満ちているとしている。

　結婚前からずっと信心深い人生を自分の使命だと感じていたのが事実とすれば、彼女の霊的生活をめぐる瞑想は、驚くに値しない。しかし彼女は夫の死後何年も、ビジネスや経営的業務に携わったことがあり、こうした彼女のもう一つの才能無くして、カナダでのウルスラ

会の活動は、かくも成功しなかったであろう。彼女は、現世では商業活動なくして国の価値は無い、ということを十分承知していた。そして彼女の考えのなかでは、現世と精神界との関係にはほとんど継ぎ目がなかった。

　息子宛ての別の手紙のなかで、彼女は、最近亡くなった宣教師たちの死を神との一体化として述べている。そして、その手紙のこの部分を、息子に自分の無価値さに気づくようにと諭しながら終える。次いで、突如として話題を変え、彼女は息子に対して、金がないならば、たとえローマ法王の大勅書をいただいたとしても、ローマへ行けない理由となる可能性があること、そしてさらに重要なことだが、軍事的支援無しのイロコイ問題への対応は、あらゆる計画を無駄にしてしまうこと、について、彼と同感だと述べている。実際のところ、彼女は、異教徒に対する十字軍のみがこの問題を解決できると考えており、この点でイエズス会士の意見と同じであった。この十字軍という表現は、マリーやイロコイ人を相手としている宣教師たちの間では、頻繁に登場する言葉だった。管理責任者として、彼女は新たに到来したラヴァル司教の計画に対抗して、ケベック・ウルスラ会の憲章を見事に堅守したのであった。修道院長ということもあり、彼女の民族学的な観察力には限界があった。他方、約30年を経た後でさえ、先住民については「7〜8人を文明化させ、フランス人にさせた」(civiliser que sept ou huit, qui aient été francisées)（p. 828）にすぎなかった、と不満も述べている。それでも、晩年近くになると、息子からの数多くの質問に答えている。その質問はほとんどすべて『報告書(ルラシオン)』に回答を見いだせるようなものであった。もっとも、イエス・キリスト（a great man）を産んだ処女の物語に関わるものはおそらく例外であったろう。

　マリーの考える世界観は、ほとんどの点でイエズス会士の抱く世界観を補完している。それでも彼女は、イエズス会士と共有する動機付けを、もっと深く一般の人にも示している。彼女は日々の現世的なことを、個人的な在り様として表現しているのだが、しかし、イエズス会士の称賛すべきところだと彼女が認めている点を彼女自身が具現していることは、最初期の手紙のなかにすでに現れている。ニュー・フランスにおけるローマ・カトリック教会の至高なる責務とは、犠牲になることにあった。ジョグ神父のような祝福された死に方を切望していたのはマリーだけではない。もし苦しみが到来しなければ、霊的世界に没頭し、現世から離脱するという方法が一つの解決策であった。マリーが息子のことを諦めたのは、その第一歩だった。別の策としては、花婿なるキリストとの一体化、という神秘体験があった。これは、カトリックの瞑想生活のなかではごく普通の方法であり、彼女はこれを当然の内的生活としていた。彼女の最も初期の手紙のなかに、次の文章がある。「こうした悔悛の犠牲のあと、私の精神は新しい光で満ちあふれるので、茫然とし、目が眩みます……神様の偉大さの前で」（…Après ces sacrifices de la pénitence, mon esprit étoit rempli de tant de nouvelles lumières qu'il étoit offusqué et éblouy… de la grandeur de la Majesté de Dieu）（1, 36, 318, その他諸所参照）。彼女が発見したのは、神とは巨大なる海のようなものということだった。境界を超えて侵入し、「私を包み込み、私を水浸しにし、そして私を逃れられないようにしてしまう」（me couvroit, m'inondoit, et m'enveloppoit de toutes parts)[33]（1）。神を大洋に喩えるような比喩は、彼女の最後の夢想の一つとして再登場し（929）、彼女の虚無が消えて無くなるのは、大洋や底知れぬ深い淵においてなのである。神から与えられた知恵が彼女の魂を浄め、そのことは炎を浴びて死に至る体験に最も近かった。殉教は、花婿たるキリストとの関係というエロチックな性格の一部として語られる。『報告書(ルラシオン)』の初版を読み、燃えあがるような使命感を持ちながらニュー・フランスへ派遣されないことも、もう一つ別の殉教であった。

　マリーは自己表現において、イエズス会の宣教師たちよりも遙かに個人的、神秘主義的、そして自己陶酔的であったが、気持ちの上では彼らと一体化していた。マリーの上司が、ニュー・フランスへ行きたいとする彼女の願望を『報告書(ルラシオン)』の根拠だけではすぐには受け入れなかったにしても、将来のウルスラ会修道院に関する彼女の夢は、間違いなく影響を及ぼしたに違いない。上司に宛てた別の手紙のなかで、彼女は「イエスに変身する」（qui transforme en Jésus）[34]生活以上に自分の心を動かすものは無い、と述べている。イエズス会士の記録は、彼らの日常生活の現実と聖書の現実との間の絶え間ない符号を通して機能すると推測できるかもしれない。一方、マリーの語り口は、瞑想的な体験を通して活気を得ている。その体験の中ではマリーと神性とを区別するのは難しい。[35]彼女の書いたものは、少なくとも聖アウグスティヌスまで遡れる長い神秘的信仰の言説に基づいている。この二大記録物語の中に、カナダの談話的表現の起源があったのである。

エリザベート・ベゴン

息子に宛てたエリザベート・ベゴン（Élisabeth Bégon）の手紙は、時代的にはマリー・ド・ランカルナシオンやイエズス会士の後期『報告書(ルラシオン)』と同じなのだが、中身は一風変わっているように見える。世俗的で、宗教的生活には関わっていないそれらの手紙は彼女の個人的な生活、家族、上流階級、そして身近な社会の行政についての関心を扱っている。一般人の目に触れることを意図していなかったので、その手紙は1932年に『ケベック州公文書保管係報告書（1934-35）』（Rapport de l'Archiviste de la Province de Québec）というタイトルで刊行されるまで、約2世紀ものあいだケベック国立古文書館のなかで、手つかずのまま眠っていた。ベゴンはさまざまな相手に対してひっきりなしに手紙を書いていたにもかかわらず、唯一残存しているものは義理の息子ミシェル・ド・ヴィルボワ・ド・ラ・ルヴィリエール（Michel de Villebois de La Rouvillière）に宛てたものだけらしく、それは今日、より人目をひく『親愛なる息子への手紙』（Lettres au cher fils）と題して刊行され、タイトル・ページには『エリザベート・ベゴンと女婿との往復書簡』（Correspondance d'Élisabeth Bégon avec son gendre）と記されている。往復書簡は、ベゴンの夫と娘が亡くなり、義理の息子が植民地財務担当部署に就くためにルイジアナに異動となった時から始まる。彼の娘は、マダム・ベゴンの庇護のもとに

託された。

　彼女の手紙がとりわけ魅力的なのは、開けっぴろげな点にある。手紙は、権力に近いところで生きる 1 人の女性（彼女の義理の父は王権の最高代理人である地方長官であり、彼女の親しい友人は総督代行であった）、ありとあらゆるスキャンダルを耳にし、野心家や権力者たちを取りかこむ多くの落とし穴に精通していた女性、のお喋りと見受けられる。要するに、イエズス会士の報告やマリーの宗教的な自己認識とは違い、この手紙は「公的な」ものではない。特徴の一部はその簡潔さにある。彼女の手紙は、義理の息子と親しくやりとりしている個人の日記のスタイルをとっている。結果的に、この手紙は 18 世紀のニュー・フランスとフランスにおける日常生活に光をあて、植民地人の家庭生活にも、ビゴー長官のように政治的な陰を持つ者が耐え続ける生活にも影響を及ぼす「ささやかなる歴史」(la petite histoire) を理解するうえで無類の価値を持つ。こうして、たとえば初期の手紙のなかで、ケベックの厳しい冬の気候を描き出すときは、ルイジアナの植民地官吏に思いを馳せ、彼がいるからこそ、この嫌な環境にも耐えられるとしている。「愛する息子よ、昨夜 1 尺も雪が降ったので、私は朝からずっとグチばかり言っているの。こんな寒さから解放された国にいるなんて、おまえは何と幸せなことかしら。私たちはここで、9 か月も、雪のなかで生活するのだと思うと、今からゾッとするの。でも、もし私が次の秋にここを離れないとしても、それは私の落ち度じゃないの。もしガリソニエール（Galissonnière）様（総督代行）がここを去ってしまえば、私は孤独のままカナダで何をしたらいいの？」(Il nous est tombé cette nuit, cher fils, un pied de neige, ce qui m'a fait grogner dès le matin. Que tu es heureux d'être dans un pays exempt de ces froids ! Je tremble d'avance lorsque je pense que nous voilà pour neuf mois dans la neige. Mais il ne tiendra pas à moi si je n'en sors pas l'automne prochain. Que ferai-je en [sic] Canada, si M. de Galissonnière [the interim Governor] s'en va?)[36]。

　書簡集は 2 部にわけられる。第 1 部はカナダからの手紙、そしてはるかに分量の多い第 2 部はそのほとんどがフランスからの手紙である。フランスへ行きたいと彼女を駆り立てたのは、ケベックの気候でも彼女の家族絡みの事情でもなかった。何よりもまず彼女は、義理の息子との生活を望んでおり、しかも彼がいずれ本国政府での仕事に就くであろうと想定していたからである。しかし彼は 1753 年にルイジアナで亡くなってしまう。手紙を届けるには海路に頼るしかなかったこと、また義理の息子がエリザベートについて友人たちにあまり語らなかったことなどが原因して、皮肉にも彼女は 2 年後に自分が亡くなるまで、母親的なアドバイスに満ちた手紙をずっと送り続けていたのである。

　ありのままとはいえ、その手紙は決して天真爛漫ではない。初期の手紙では、彼女の感情がほとばしり、熱弁を振るうようにこう記されている。「愛する息子よ、私はおまえに何を言ったらいいの？　私にわかるのは、ただおまえを愛しているということだけよ？——それはもう知っているわね——。おまえがいないということが、いつも私には苦痛なのよ？　おまえはそれに気づかなくてはダメ。私はほとんどいつも気を病んでいるのよ？　私の歳のせ

いかしら。おまえに何と言ったらいいの？」(Que te dirai-je, cher fils? Je ne sais rien, que je t'aime? – Cela ne t'est pas nouveau. – Que je m'ennuie de ton absence? – Tu dois le savoir. – Que je suis presque toujours malade? – Mon âge y contribue. Que te dire?）(p. 54)。激しさの程度はいろいろなのだが、かくも哀調に満ちた調子なので、かえってその手紙に活気を与えている。それは、彼女と息子の両方が、上流社会についての深くて詳しい情報を暴露した声でもあった。そのため、当時、とりわけニュー・フランス時代の教会当局者を立腹させてしまう。そしてある程度まで、エディプス的〔ギリシャ伝説に基づく内容で、異性に対する愛情と同性に対する反発を表すような態度や行動のこと〕と思える深い心理的生活を、図らずも露呈しているのである。彼女に対する彼の愛情がそれに対応するものであったかどうか、それを断定するのはほとんど不可能である。息子の手紙は数少なく、現存しているとも思われない。そして彼女の返事は主として息子の病気のことや、ルイジアナ総督と彼との関係がうまくいっていないことについて触れている。息子からの最後の手紙に言及した彼女の最後の手紙のなかで、自分にはもう構わないでほしいという彼の要望に対して彼女は答えている。息子が自分をお節介な義理の母で、それ以上のなにものでもないと考えていたのかもしれない、とそれとなく述べているのである。

　いずれにせよ、ニュー・フランス時代のこうした主要人物、とりわけジョグ、マリー・ド・ランカルナシオン、そしてエリザベート・ベゴンらの声を聞くと、そのイデオロギーの是非は措くとして、彼らの心の中身には驚かされるばかりである。イエズス会士やマリーに共通するこうした精神的志気の高さは、神秘主義を共有し、さらには時代・場所・生き方をも共有しつつ、彼らの直面する苦難を克服する唯一の手段となっていた。彼らは聖書にふさわしいパラダイムを見つけ、かつそれに基づいて行動すべく、英雄的に生きたのだった。それに対して、ベゴンは聖なる道を歩む気などなかった。彼女の属する階層や社会の十全な典型というわけではなかったが（義理の親族は彼女に言及するときは「イロコイ女」だと言っていた）、彼女はそれらを理解し、かつ鮮やかに利用していた。それでも、彼女は社会的に受け入れられない状況のなかで恋をし、彼女の目に映る世の中は変わっていく。そして、カナダの雪、フランスでの生活費、愛の欠如などが悲劇のライトモチーフとして繰り返し現れる。どんな熱情を社会は受けいれるのだろう？　もし、彼女の情熱がすっかり知られてしまえば、彼女は完全に社会からはじき出されてしまったであろう。そして、彼女の人生に母親としての意味以外のいくらかの意味を与えていた語りを見出すことはなかったであろう。彼女の「愛しい息子」はそれを認めなかったが、それでも彼女は書き続け、皮肉にもマリーと同様の調子で、次のようにサインする。「おまえが私を愛しているよりも、もっとおまえを愛しているおまえの母」(ta mère qui t'aime plus que tu ne l'aimeras jamais) (p. 345) と。彼女がたった1人で部屋にとじこもり、こう書くのを想像してみたらどうか。「愛する息子よ、私はひどく気を悪くしているの。本当よ。おまえは、おまえ無しには息もできない母を持っているのよ。それなのに、おまえはまったく手紙をよこさないじゃないの。」(Je suis piquée au vif, cher fils. Comment, tu as une mère qui ne respire que pour toi et tu ne lui écris point!) (p. 336)。

ジャン・ルモワンヌ（Jean LeMoyne）が述べているように、われわれはベゴン夫人の手紙を通して、カナダが現世的な世界に入って行くところを見るが、そのカナダはまだ抑圧的状態にあった[40]。しかしこの現世的な世界は、聖なる世界と相互補完的な関係を有しているため、どちらにも——内面、外面を問わず——孤独に生きるための知識の絶え間ない実践を見ないわけにはいかない。ベゴンはカナダ生まれだったが、母国フランスに定住すれば、孤独から抜け出せるかもしれないと考えていた。だが義理の息子はそれに応じなかった。そのため、彼女の残された解決策は、自分の熱情の全てをそばにいない息子に集中することであった。彼女は彼女なりに、同時代の宗教人たちとさして変わりないファミリードラマの世界に入っていった。そこで、1人の人間の中の最良の資質を引き出すように思われる役割はたった2つだけだと発見した。すなわち、すべからく神父たるイエズス会士は、永遠なる「神の子イエス」の生活に倣おうと努め、他方、マリーやエリザベートは超越的な「母」になったのである。建国物語として、これほどふさわしいものは他になかったであろう。

注

〔注について：原書の注の中で、本文に引用した仏文の英語訳のみのものは「引用文の英訳」と記す。〕

1. たとえば、Henry Vivian Nelles, *A Little History of Canada* (Don Mills: Oxford University Press, 2004).
2. 翻訳についてのメモ。イエズス会士の『報告書』(ルラシオン)の訳文は、次の文献による。Reuben Gold Thwaites, ed., *The Jesuit Relations and Allied Documents: Travels and Explorations of the Jesuit Missionaries in New France*, 73 vols. (Cleveland: Burrows, 1896-1901). 筆者の参照システムは、Conrad Heidenreich の *Huronia* (Toronto: McClelland and Stewart, 1971) に依拠する。たとえば 8:179 とは、volume 8, p. 179 を意味する。マリー・ド・ランカルナシオンおよびエリザベート・ベゴンの訳文は筆者による。
3. 引用文の英訳
4. 詩編 72:8、18:238 に引用。この表現は 19 世紀に採用されたカナダのモットーでもある。
5. 同様に、マリー・ド・ランカルナシオンはアルゴンキン語およびイニュ語を習得した。その後は 50 歳でヒューロン語の学習を始め、辞書を作成したが、その後紛失している。Marie de l'Incarnation, *Correspondance*, ed. Guy Oury (Solesmes: Abbaye Saint-Pierre, 1971), p. 390.
6. 引用文の英訳
7. Yvon Le Bras, *L'Amérindien dans les Relations du père Paul Lejeune* (Saint-Foy: Les Editions de la huit, 1994) p. 142 を参照。
8. Michel Foucault, *L'Archéologie du savoir* (Paris: Gallimard, 1969), p. 67.
9. 引用文の英訳
10. 引用文の英訳

11. 引用文の英訳

12. 引用文の英訳

13. あるいは彼らは「オキ」であるとも考えられた。すなわち、とてつもない存在のことである (12:244)。マリー・ド・ランカルナシオンによれば、彼らのシグナルパワーは筆記能力にあるという (Correspondance, p. 918)。

14. Pierre Dostie, *Le Lecteur suborné dans cinq textes missionnaires de la Nouvelle-France*（Saint-Foy: Les Editions de la huit, 1994), p. 225 を参照。

15. Francis Parkman, *The Jesuits in North America in the Seventeenth Century*, 2 vols.（Boston: Little, Brown, and Company, 1910), vol. I, p. 188.

16. 引用文の英訳

17. 引用文の英訳

18. Parkman, *The Jesuits*, vol. I, p. 195.

19. 引用文の英訳

20. 引用文の英訳

21. Jean Leclercq, *The Love of Learning and the Desire for God: A Study of Monastic Culture*（New York: Fordham University Press, 1960), ch. 5 を参照。

22. Rémi Ferland, *Les Relations des Jésuites : Un art de la persuasion*（Saint-Foy: Les Editions de la huit, 1992), p. 20 を参照。

23. 引用文の英訳

24. 引用文の英訳

25. そのプロセスは Erich Auerbach の次のエッセイのなかでくわしく論じられている。"Figura" in *Scenes from the Drama of European Literature, tr*. Ralph Manheim （New York: Meridian Books, 1959), pp. 11-76.

26. Hayden White, *The Content of the Form: Narrative Discourse and Historical Representation*（Baltimore and London: The Johns Hopkins University Press, 1987), p. 5.

27. 引用文の英訳

28. 彼女はツールの修道院に入った時点で息子のことをまったく諦めたのだった。息子に与えたその影響があまりにも大きかったので、彼の若い友人たちに扇動され、みんなで彼女を修道生活から取り戻そうとひと騒動起こしたこともあった。Claude Martin, *La Vie de la Vénérable Mère Marie de l'Incarnation*（Paris: Chez Louis Billaine, 1677), p. 181.

29. 彼女の小説『クレーヴの奥方』(*La Princesse de Clèves*, 1678) は一般に心理小説の先駆けと考えられている。

30. Marie-Emmanuel Chabot's article in the *Canadian Dictionary of Biography Online*, ed. Ramsay Cook and Réal Bélanger を参照。

31. 宣教師たちは、同化プロセスの一環として、洗礼を受けた先住民全てにクリスチャン・ネームをつけていたことは念頭に置くべきである。

32. 引用文の英訳

33. 引用文の英訳
34. 引用文の英訳
35. Martin, *La Vie de la Vénérable Mère Marie de l'Incarnation* を参照。このなかでマリーは彼女の精神を「彼女の父と同質で同等のもの」だとしている。
36. 引用文の英訳；*Lettres au cher fils: Correspondence d'Élizabeth Bégon avec son gendre* (1748-1753), ed. Nicole Deschamps (Montréal: Boreal,1994), p. 47.
37. 引用文の英訳
38. 引用文の英訳
39. 引用文の英訳
40. Jean LeMoyne, *Convergences* (Montreal: Hurtubise-HMH,1977), p. 86.

3

移住、多重忠誠、そして風刺の伝統
—— フランシス・ブルックからトマス・チャンドラー・ハリバートン

マルタ・ドヴォルザーク
(Marta Dvořák)

1763年の七年戦争終結により、イギリスはアメリカ独立戦争に至るまで、北米大陸のほぼ完全な支配権を手に入れたが、その当時は、ほんの一握りのイギリス人が新たに征服された6万の仏系カナダ人を統治していた。従来、この時代の文学は「想像力の文学というよりむしろ情報の文学」であると主張されてきた。(1) 事実、イギリスで出版されたものの北米大陸から発信された最初の小説である『エミリー・モンタギューの物語』(The History of Emily Montague, 1796) を特定の批評家たちが評価するのも、そのドキュメンタリー的性質のゆえである。同作品のカムラスカ地域の優れた描写に触発されて、これを旅行文学として扱ってきたのだ。(2) しかし、作者のフランシス・ブルック (Frances Brooke, 1724-89) は確かに、スザナ・ムーディ (Susanna Moodie) 同様、旧世界の語法・文章作法と、バーク的な崇高さを体現する新世界の風景との間のギャップと闘いつつ、今日のケベックとなる新たに獲得された植民地の仏英のエリートたちの地誌、制度、そして社会的交流を再構成しているのである。

『エミリー・モンタギューの物語』

ブルック夫人は、サミュエル・リチャードソン (Samuel Richardson)、サミュエル・ジョンソン (Samuel Johnson)、ファニー・バーニー (Fanny Burney) らの文芸サークルで活躍していて、1763年、ケベック・シティ〔都市名としてはケベック。英語話者は州名と区別するためにシティをつける〕に居住するためイギリスを発つ以前に、すでに編集者、翻訳家、劇作家、そして小説家(『レディー・ジュリア・マンドヴィルの物語』The History of Lady Julia Mandeville, 1763) としての地位を確立していた。『エミリー・モンタギューの物語』は、エキゾティックな設定、そしてそれ以上のものを求めるイギリスの読者向けの旅行書としてのみならず、(そのジャンル特有の典型的なメロドラマ仕掛けを持たないにもかかわらず) ロマンス、感傷・風俗小説とレッテルを張られ、しばしば凡庸なラブ・ストーリーとして過小評価されてきた。主として3組のカップルの間で交わされる228通の書簡交換は、単なる「軍人および領主階級の恋愛(3)

遊戯を含む社交界の催し」の愉快な解説として片付けられている(4)。ニュー・カナディアン・ライブラリー版の序文において、カール・F. クリンク（Carl F. Klinck）も、フランシス・ブルックの「求愛や恋愛の機微への特別な関心」を強調した(5)。このような見解は、将校ウィリアム・ファーマー（William Fermor）がイギリス在住のとある伯爵に向けて「カナダの政治・宗教的状況」について情報提供するために書いた一連の手紙を無視することになる(6)。

ファーマーは、より歴史の長い13植民地における騒動の分析のなかで、フランス人およびスペイン人の定住地との交易に課せられた制限がなかったなら、アメリカ人は印紙条例への服従を拒絶したり、議会の権力に異議を唱えるようなことはなかっただろうと断言する。修辞法的にも長けたこの判断は鋭く革新的であるが、それは興味深いことに、スザナ・ムーディが後に展開する「よき母親は子の興味と幸福を考慮するけれども、彼女の権限については決してとやかく言わせない」（p. 242）という親/子のアナロジーを彷彿させる、出自と地位についての保守的な偏見と相いれない。ウィリアム・H. ニュー（William H. New）は、ブルックがいかに一般的な社会秩序、特に植民地に対する慣習的態度を再検討したかに注目し、この小説の間接的な政治的戦略、つまり文学的技巧の深層に政治的ねらいがあることを認めた最初の批評家の1人である(7)。

そんなわけで書簡体小説というジャンルが大都市ですら芽生えたばかりの時代に出版された、このすばらしく入念に書き込まれた書簡体小説は、いくつかの理由からそれ自体の価値を検討されてしかるべきであろう。そして、それは本章が取り組む問題を論証するための典型的な例として役立つであろう。この小説が問題にしているのは、政治的・領土的大変動を挟む時期におけるイギリスと反逆的な13植民地、および（旧フランス領）カナダの三角関係における初期の調整と忠誠心の変化の過程、そして、後の作品の中で事細かに描かれるゆっくりとしたアイデンティティ構築と文化的差異化である。本論は進行中の文化変容に伴う緊張感と葛藤、そしてカナダの文芸を際立たせる様式と戦略を明らかにし、またそれを文化的連続性とトランスナショナルな視野のなかに位置づける。ブルックは19世紀のカナダ文学の2つの主たる特徴である、逸脱と保守主義、風刺と感傷主義の間で揺れ動く。この小説を下支えするのは、これから検討される他の作者たち——彼らはみな「教えることと楽しませること」という文学の二重の機能を認めるのだが——にも見られる強く教訓的な傾向である。

『エミリー・モンタギューの物語』のなかの間テクスト性の効果に注目する読者にとって、書簡体フィクションの美学的慣習は、視点が直接的で、かつその視点が変化しても違和感を与えずに物語を語らせる。さらに、多読な上に博学でさえある作者の魅力的な議論を彼女の時代の関心事であった政治的、社会的、宗教的、哲学的、美学的問題について展開させてもいる。英国国教会の聖職者の娘、そして妻として、ブルックのプロテスタント的ものの見方と偏見は、修道会聖職者を「公共善と個人的幸福のいずれとも一様に矛盾する制度」だとする批判にはっきりと表れる（p. 16）。彼女のメタファーの選び方や、抽象的な道徳基準に具

体的な形を与える際のおどけたような風刺の効いた手法は、数人いる文通相手の1人で新たに植民地にやってきたエド・リヴァーズ（Ed. Rivers）の手になる第8書簡において、とりわけ新鮮かつ印象的である。

> 教区を受け持つ聖職者はみな立派なものだが、私は修道僧たち、政治の巣のなかの役立たずどもがとても嫌いだ。彼らのすべての勉学が、彼らをこの上なく世の役立たずにするためのものであるように思われる。彼らのうちの多くのあきれるほどの下品さのことも考えてみよ、亜麻を遠慮することを金科玉条として、修道服をぼろぼろになるまで着ているんだ。（p. 26）

ウィリアム・ファーマーは、アメリカにおけるイギリス人定住地は気候的、宗教的理由でフランス人定住地に勝ると断言する。フランス人の怠け癖は夏の暑さと冬の寒さのためと伝え聞くが、それはまた特に宗教的休日の数が多すぎ、「怠惰を促進するような宗教」（p. 209）、すなわちカトリック教によるものでもあるという。ファーマー少佐は終始、仏系カナダ人は「昔から最善のものと信じるように教えられ、従って彼らが愛着を持っているやりかたで」（p. 209）信仰することを許されるべきだと主張する一方で、イギリスによる植民地化は仏系カナダ人の境遇を改善し、特にイギリスのよりリベラルな教育は彼らを次第に英国国教会に引き寄せるだろう、と推測する。

　この言説は、ある種の労働倫理、個人主義、繁栄と徳行の同一視を介してプロテスタント主義を資本主義と関連づける、マックス・ウェーバー（Max Weber）の前提を先取りしている。それはまた、徳行と道徳性は天候に左右されるので、社会の風習は気候により規制される、というモンテスキュー（Montesquieu）の理論をも暗示する。文明と芸術は気候的状況から切り離すことができないということは、アラベラ・ファーマー（Arabella Fermor）からも同様に示される。彼女は力強く、ウィットに富むオースティン（Jane Austen）の作品に登場するような主要登場人物である（皮肉なことに、ポープ Alexander Pope の『髪盗人』*The Rape of the Lock* に登場する頭の空っぽな色っぽい女にちなんで名づけられているが）。ストーブのある部屋でさえ、一番強いワインが凍るほどの冬の厳しさをルーシー（Lucy）に説明する手紙のなかで、アラベラは「ここでは芸術の優雅さなんてものには全然なじみがないのも不思議ではないわ。気候の厳しさが理解力そのものを一時停止させてしまうからよ。じゃ、想像力はどうなってしまうのかですって？　天才は、知的能力が1年の半分もマヒしているような場所では、絶対に高まらないということよ」（p. 103）、と宣言する。しかしながら、数々の書簡を読み進めるにつれて、読者は彼らの文化適応の過程を目撃することになる。エド・リヴァーズは将来の妻エミリー・モンタギューとともに土地を開拓しようと計画し、アラベラはテンプル夫人（Mrs. Temple）となったルーシーへの手紙に「包括的にみると、ロンドンでないなら、イギリスのどの町よりもケベックに住む方がいいわ」（p. 281）と書く。

教育小説と呼んでもいいこの小説で、洗練されたアラベラはエド・リヴァーズと並んでしばしば著者の代弁者となる。アラベラは進歩的精神を持つ父親によって、広く読書することを奨励されてきた。そして彼女の声は啓蒙時代の女性の声であり、その手紙はしばしば、文化的相対性を認めて寛容な態度を示すようにと訴え、また理神論に満ちている。ルソー（Jean-Jacques Rousseau）の『社会契約論』（*Du contrat social*）や『エミール』（*Émile*）（ともに1762年刊行）、といった書物に特徴づけられる時代にあって、主役たちのほとんどはルソーの、人間は生まれながらに善きものである、という基本的な前提を受け入れている。アラベラ・ファーマーは、「教育の課題は……善良な考え、それはそもそも我々が生まれながらにもっているものなのだけれど、それを与えるというよりは、通常我々が身につけてしまう悪い考えから、我々自身を守ることなのです」（p. 239）と強調する。アラベラの教育と男女平等に関する進歩的な態度は、ルソーの女性に関する理論に対して異議を唱えるメアリー・ウルストンクラフト（Mary Wollstonecraft）の『女性の権利の擁護』（*A Vindication of the Rights of Woman*, 1792）を先取りしている。アラベラは、女性がふつう許される「制限的でくだらない教育」を嘆く彼女の父親と同様に（pp. 243-4）、人間に生まれ備わった本質とその後身につける教養に関する議論に取り組むなかで、ジェンダーの相違は文化によって広がり、植えつけられると論じる。ヨーロッパ人と先住民ヒューロン人の文明について破壊的な比較をして見せるエド・ファーマーも、同じく急進的な態度をとる。進歩的精神を持つ大佐による先住民の社会制度への賞賛は、サー・トマス・モア（Sir Thomas More）の『ユートピア』（*Utopia*）が異国の制度を説明することにより、彼の時代の社会を風刺したのと同じくらい、イギリス社会の特定の慣習を批判する作用をもつ。リヴァーズは女性から政治的権利を奪うヨーロッパの体制を厳しく批判して、「ヨーロッパ社会においてわれわれが非常に不公平に権力から排除してきた性を持つ者［女性］は、ヒューロンの統治下では多大な貢献を果たしている」（p. 34）と指摘し、「われわれ［男性］は、あなたたちからひどく無礼なやり方で市民としてあたりまえの権利を奪う野蛮人だ」（pp. 34-5）と主張する。リヴァーズ大佐は女性の市民的不服従を容認し、その見解は13植民地の行政的決定への参加要求とのアナロジーを展開するほどに、ますます過激である。

　リヴァーズが口にする平等主義的意見は破壊的であるが、それが支配的上流階級の一員の口から発せられているため、さらに破壊力を増す。ヒューロンの階級のない社会への賞賛は、出自と階級の特権を内包して組織されるイギリス社会を批判するに等しく、君主制という制度すら疑問視する。リヴァーズ大佐は支配者を知らないヒューロンの平等主義を称える。ヒューロン人の1人は誇らしげに宣言している：「われ等はいかなる王侯にも屈さない。野蛮人は世界中どこでも自由である」（p. 33）と。「洗練された国家が敬意を払う派手な装飾や、たまたま得られた特権には目もくれずに」（p. 33、強調は筆者による）互いを平等に尊重する、「地位や富を恐れない種族」に対するリヴァーズの賞賛は、国境の南側で成長を遂げつつあった破壊的な過激共和主義的心情と不思議に類似する。

多くの批評家たちが表面的であると切り捨てたのは、愛や結婚への関心を説明しようとする、今日も我々の世界をとりこにし続けている課題を扱う際の、ブルック夫人のしばしば進歩的な態度である。主要登場人物たちが引用する膨大な文芸および哲学的テクストの中に、ポープの『人間論』（*Essay on Man*）からの1節「真の自己愛と社会的愛は等しい」（p. 370）がある。エド・リヴァーズは「個人を幸福にする情熱は種の一般的な善に役立つ」と説明しながら、その引用をもっともらしく注釈する。公私の幸福を同等とみなすことによって、彼の態度は、個人の利益を追求することが公益につながると論じて資本主義と民主主義の基礎を築いたアダム・スミス（Adam Smith）の『諸国民の富』（*Inquiry into the Nature and Causes of the Wealth of Nations*, 1776）を予期させるものとなっている。意義深いことに、アダム・スミスは『道徳感情論』（*The Theory of Moral Sentiments*, 1759）という論文も執筆していて、徳は自然な道徳的感情から生じると論じるこの論文は、感傷主義の重要文献になっている。したがって、愛と結婚に焦点を当てるブルック夫人の記述は、教訓を与えようとする意図に駆られて、哲学的かつ政治的である。家庭内の至福は社会的安定性と調和の基礎であるから、リヴァーズは経済的考慮を重視する慣習的なお見合い結婚を手厳しく批判する。売春との過激なアナロジーは、ウルストンクラフトの『女性の権利の擁護』や、ウィリアム・ゴドウィン（William Godwin）の『政治的正義』（*Enquiry Concerning Political Justice*, 1793）、フリードリヒ・エンゲルス（Friedrich Engels）の『家族・私有財産・国家の起源』（*The Origin of the Family, Private Property and the State*、原典ドイツ語、1884）のような、より知名度の高い偶像破壊的テクストに先立つものである。

恋愛結婚を支持するブルックの姿勢は、進歩的に見えると同時に後退的である。それは前期ロマン派的流れの中にあるが、18世紀の楽天主義と感傷主義に根ざしてもいる。エド・リヴァーズとエミリー・モンタギューの求愛と結婚は徳への道筋であり、リヴァーズを善きものとするのは、まさに彼の感受性と感情移入なのである。無論リヴァーズの善良さは、メロドラマ的な暴露、人違い、そしてデウス・エクス・マキナ〔突然現れる神のような強引な解決策〕がちりばめられた、保守的な大団円において報われる。つつましい財産を長持ちさせられる植民地で、一文無しの妻と共に暮らす生活に満足していたであろう若い男は、最後にはイングランドに戻る。死んだものとあきらめられていた義理の父が、一度は破産しながらもその後富をなし、彼、彼の母、そして彼の妻へと大いなる財産を残したからである。ブルックはこのように典型的、いや保守的ですらある、富や社会的地位に対して敬意を表する態度で、物語を結論づけることを選択する。権力、財産、そして上品さのような問題に関する言説の二重性は、イデオロギー的アンビヴァレンスないしはアポリアと、風刺文学の二重の構えに根ざしたものである。深刻な社会的・政治的問題を取り扱うに際に大衆的なロマンスというサブジャンルを使用するブルックの手法は、文化的連続体の中に位置づけることができ、19世紀のマカロック（Thomas McCulloch）、ハリバートン（Thomas Chandler Haliburton）、そしてハウ（Joseph Howe）のアイロニックな声のみならず、カナダの中産階級の偏狭さを風刺す

るセイラ・ジャネット・ダンカン（Sara Jeannette Duncan）の 20 世紀初頭のロマン主義小説『帝国主義者』（*The Imperialist*, 1904）をも予期させるものである。

王党派の詩人たち

ブルックがかすかに予感していたアメリカ独立戦争は、おおよそ 5 万人の亡命者をカナダ（その 3 分の 2 以上は沿海諸州）に送り込み、王党派詩人たちを沿海諸州にかくまって、風刺的作品制作の場所を提供した。1776 年にニュージャージー州から逃れたジョナサン・オーデル（Jonathan Odell, 1737-1818）や、煽動の罪を負わされ、メイン〔後のメイン州となる地域〕からノヴァ・スコシアへと追放された、ハーバード大学出身の英国国教会聖職者ジェイコブ・ベイリー（Jacob Bailey, 1731-1808）、そして短期間ではあるが、2 年間のノヴァ・スコシア亡命の後、1785 年に合衆国という新しい共和制国家に帰還した元イギリス人エージェント、ジョーゼフ・スタンズベリ（Joseph Stansbury, 1742-1809）といった詩人たちである。オーデルは、イギリス境界線内のニューヨーク州で戦争時代を過ごし、1783 年にイングランドへと引っ越したものの、1 年後にニュー・ブランズウィック州の書記官として政治的地位をあてがわれた。ベイリーはコーンウォリス、次いでアナポリス・ロイヤルで、小教区の司祭を務めた。彼は説教、そして旅のモチーフを使い、後にジョーゼフ・ハウが取り組むことになる地域賛美を盛り込んだノヴァ・スコシアの散文描写により、よく知られた存在であった。現在では、オーデル同様、滑稽で風刺的な韻文で最もよく知られている。社会的、政治的問題を探求する風刺詩の中でも、長詩「メソジスト説教師、ジャック・ランブルの冒険」（"The Adventures of Jack Ramble, the Methodist Preacher"）は、後のマカロック同様、旅回りの福音伝道師たちをターゲットとし、社会的不安定さの一因として非国教徒の増大を糾弾する。オーデルはニューヨーク時代に代表的なヒロイック・カプレット形式の王党派風刺詩を 4 篇出版した。小冊子として発行された最も有名な『アメリカン・タイムズ』（*The American Times*, 1780）は、反逆的大義の主導者たちを風刺的に描写したものである。ニュー・ブランズウィック時代には、知事トマス・カールトン（Thomas Carleton）のずる休みを風刺し、「苦しいディレンマ」（"The Agonizing Dilemma"）のようなパロディ詩においては、1812 年戦争におけるアメリカの失策を題材にして取り組んだ。

もっとも興味深いのは、ベイリーの「ポウナルボロからハリファックスへの航海日誌」（"Journal of a Voyage from Pownalboro to Halifax"）であろう。彼の強制移住についての未完の自伝的記録で、W. S. バートレット（W. S. Bartlet）著の伝記『辺境の宣教師——ジェイコブ・ベイリー師の生涯の記録』（*The Frontier Missionary: A Memoir of the Life of the Rev. Jacob Bailey*, 1853）のなかで読むことができる。その原稿は王党派的考え方という中心を外れた角度から、アメリカ独立戦争の啓発的解説を提供する。伝記の序文は、ベイリーがイギリス国王への忠

誠を貫いた「誤った判断」に対して遺憾の意を表明しつつ大目に見ているが、ベイリー自身[(8)]は「独裁、抑圧、そして貧困」からの自分の逃避行に関しては婉曲表現をとらず (p. 159)、反逆者たちが「党派、煽動、そして騒乱」を起こしたことを非難し、議会支配のもと「全権力を手に入れた数多くの無情な独裁者によってひどく苦しめられ、迫害されている」一般の人々に同情している (p. 162)。ベイリーは高尚な主題に似つかわしい、気品高い言いまわしを使い、頭韻、擬人法、そして迂言法を繰り返し用いて、文を誇張する。昇りくる太陽は「東の丘陵より出ずる光り輝く日の天体」("the splendid orb of day peeping over the eastern hills") であり、林でさえずる鳥は「震える木立のなか、麗しき旋律を奏でる部族」("the tuneful tribe, amidst the trembling grove") (p. 129) である。ベイリーは、まさに読み手の同情を引きだすのに適した、あからさまな細部描写に対する眼識があり、それは、乗客が跳ね上げ式の天井を閉めて窒息するか、それを開けて溺れるかを選択するような、ファンディ湾へと向かう船内における拘束下の彼の監禁状態を描写するときに、明白に効果をあげている (p. 146)。

　ベイリーは教訓を与えることを目的として展開される教訓的喩え話や寓話に秀でている。彼は船に閉じ込められためんどりのうちの1羽が甲板へと逃れ、捕まえられることを拒否して水中へと飛び込み、「波上でもがき、コッコと鳴きながら」死んでいった様子を物語る (p. 148)。愚鈍な鳥、その「ばかげた羽ばたき」はもちろん人間の愚かさ一般を、「破滅へと」急ぐ「理性を自慢したがる動物」を遠回しに表すのである。もっと正確に言えば、それは自滅への道を歩む、反逆する植民地人、さらに限定すれば反逆するアメリカ人のことである。ここで痛感させられる教訓は、独立の自由は幻覚であり、奴隷制ないしは強制労役と表現される植民地的状況は、安全と安定を与えるということである。ベイリーや仲間の王党派の文学的活動がささやかなものであったとしても、これまで述べたとおり、それはその時代の政治的、文化的三角関係をある程度調停する機能を果たし、秩序、安定、伝統に根を下ろしたカナダのアイデンティティと価値感をはっきりとさせ、確実なものとするのに否定できない役割を果たした。ウィリアム・カービー（William Kirby）やアーチボルド・ランプマン（Archibald Lampman）など、このグループの子孫たちは、カナダの文壇に寄与し続けることになる。

　加えて、王党派とはそれぞれの背景により「忠誠」の定義が異なる複雑なグループであった。例えば王党派黒人は、自由への願望からイギリス軍に参加しているし、他方ジョーゼフ（タエンダネゲア）（Joseph [Thayendanegea] [Brant]）およびモーリー（コンワツィアツィアジェインニ）・ブラント（Molly [Koñwatsiãtsiaiéñni] [Brant]）のような王党派先住民は、アメリカの革命家たちとイギリス人の紛争のなかで、自らの種族の利益を主張していた。ボストン・キング（Boston King）、デイヴィッド・ジョージ（David George）、そしてジョン・マラント（John Marrant）による3篇の回想録の存在が知られているが、それらは王党派黒人のアメリカ独立戦争の体験、ノヴァ・スコシアへの逃避、そしてシエラレオネへの出発を描いている。最初1798年に「メソジスト・マガジン」（*Methodist Magazine*）誌に掲載されたキングの物語は、アフリカにおける宣教の仕事を助けるべく、ブリストル近くのキングスウッド・メソジスト・

スクールで教育を受けた際に、過去を振り返るというかたちで語られており、回心物語というジャンルに属するもので、その多くが敬虔派〔17世紀末ドイツのルター派内に起こり、信仰の内面化・敬虔化を主張した〕の言葉と筋書きを手本としている。

しかし、描かれる状況があまりにも極端で、描写されるイメージがあまりに即物的であるために、キングの回想録は心を揺さぶるがごとく、寓話とリアリズムの間を往来する。例えば、12歳の時、彼は「世界が燃え上がる」夢を見た（p. 15）。彼の幻視は「最後の審判」についてのものであるが、同時にそれは「独立戦争当時はとても高価だった」釘を失くしたというような、彼が犯してもいない罪のために主人にいつも「殴られひどく苦しめられていた」（p. 16）状況からの大胆な逃亡を許すことになる「戦争の恐怖と荒廃」（p. 21）の前兆とも読める。彼らがノヴァ・スコシアを去ったため、これらの文学的表現は長きにわたり事実上休眠状態に置かれていたが、キング、ジョージ、そしてマラントの物語は、「典型的なアフリカ系アカディア人問題」の「原型テクスト」として、今日に影響を与えている(9)。

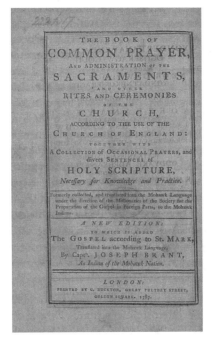 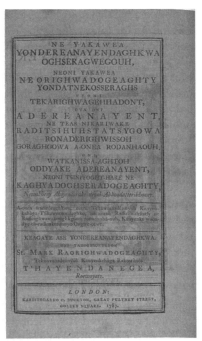

図4　図版4 a) および b)：Joseph Brant 訳英語とモホーク語の『マルコによる福音書』（1787年）

ボストン・キングの母はプランテーションで先住民の奴隷たちから「薬草の効能に関するいくらかの知識」（p. 15）を学んでいたが、こうした境遇におかれた黒人や先住民たちが王党派に加わる動機は類似するものだったのであろう。ジョーゼフ・ブラントとその妹モリー・ブラントのような名高いモホークのリーダーたちにとってさらに重要だったのは、紛争中、そして紛争後、彼らの種族の領土的利益をいかに守るかという問題であった。ブラントは先

住民の主張を代弁するために2度イングランドへと渡ったが、彼の訪問は、ジョージ・ロムニー（George Romney）による肖像にとらえられた彼の堂々たる存在感のために広く宣伝され、イギリスの大義のために利用された。モリー・ブラントの文学的存在は、彼女自身の手によるものか定かではないが、その手紙の中で伝えられている。ジョーゼフ・ブラントは「マルコによる福音書」をモホーク語に翻訳したが、それはモホークを含む2000人の王党派先住民のアッパーカナダへの移住を契機に生まれた、活発な活字文化に貢献した。彼らの多くは「教育を受けた英国国教徒」であったから、十分な数の祈祷書と聖書を必要としたのである。

トマス・マカロック、ジョーゼフ・ハウ、そしてトマス・チャンドラー・ハリバートン

19世紀の前半に活躍したのは、ノヴァ・スコシア出身の3人の卓越した植民地人、すなわちスコットランドからの移民トマス・マカロック（1776-1843）と、カナダ生まれのジョーゼフ・ハウ（1804-73）およびトマス・チャンドラー・ハリバートン（1796-1865）である。しばしば時事問題を扱っている彼らの作品は（ブルックのところですでに見たように、教訓的・政治的目的にこじつけられる傾向があるが）、互いに接近し混じり合う。ジョーゼフ・ハウは政治屋・政治家として最もよく知られている。彼はまた作家でもあり、英領北アメリカにおける最高の新聞の一つ、自由主義の「ノヴァスコシアン」（*Novascotian*）のオーナー、出版人、そして編集者で、自らもそこに小論、詩、そして州全体を旅しながら書いた2つの素描シリーズ『西部の漫歩』（*Western Rambles*, 1828）と『東部の漫歩』（*Eastern Rambles*, 1829-31）を寄稿している。ハウは自らをはっきりとローレンス・スターン（Laurence Sterne）やシャトーブリアン（Chateaubriand）のような人物たちと同じ伝統の中に位置づけたが、（終始ミルトン、シェイクスピア、バイロン、スペンサー、スターン、スモーレットへの博識な引喩を続けながら）外国よりはむしろ故郷を旅することの喜びを訴えた。1821年から同23年までハリファックスの週刊「アカディアン・リコーダー」誌（*The Acadian Recorder*）に連載され喝采を浴びたマカロックの『メフィボシェス・ステップシュアの手紙』（*The Mephibosheth Stepsure Letters*）の連載に続いて出たハウの旅行素描は、州の美点を祝福しながら欠点も暴露して、マカロックと同様に、「多くの人々の怠慢さ、そしてもっと多くの人々の致命的な浪費」（p. 88）を嘆いている。その怠慢さをハウは「何もすることがなかった」（pp. 81-2）エデンの園へのノスタルジアに起因する、人間の「労働に対する自然な嫌悪」（p. 81）によるものであると位置づけ、穏やかなホラチウス風の風刺で、二足動物は心休まる次の三段論法に従うのだとほのめかす。「彼ら曰く、『アダムはエデンでは働いていなかった。そしてアダムはそこでとても幸せだった。故に、我らも働かなければ幸せなはずだ』」（p. 81）。しかしながら、その温和なアイロニーは次のように、次第により厳しいホッブス的な人間観に移行していく：「畜生は手綱が口に入り、背に鞭があてられている間は働く。だが、必要性という手綱をゆ

るめ、貧困と欠乏という鞭をわきに置いてみよう。人間は自分が追い立てる動物よりも如何ほど優れていると言えようか？」(pp. 82-3)

　ハウは、18世紀以降ノヴァ・スコシアに存在した、比較的多数の黒人についても考察している(13)。アメリカ独立戦争中、北へと逃避行をとげた黒人奴隷の多くは、ノヴァ・スコシアに到着した。そのうち約1000人が1791年から同92年までの間に、シエラレオネへの無料渡航の提供を受け入れたが、残った者たちはアフリックヴィルの基礎を築いた。1796年にジャマイカからの「マルーン」(maroons〔逃亡奴隷の子孫〕)の第2の集団が加わったが、彼らもまた、1800年までにはシエラレオネへと出発していった。第3のグループは、1814年から同15年にかけて、イギリス軍がワシントンとボルティモアを攻撃している間に、イギリス艦隊によってチェサピーク湾からノヴァ・スコシアへと送られた。1828年7月31日付の素描において、ハウは「足元があか抜けず、『王冠のようなもの』ではなく、かなりの大きさの桶だの籠だのを被った、縮れ毛頭の美しい黒人婦女のかなり大きなグループ」(p. 55)との出会いを遠回しに描いている(14)。作者は、怠惰や「誕生の地より気温が6度も低い気候にすぐに合わせようとしない忌まわしい罪」(p. 55)のために彼らを罵ることが流行りだったと述べ、読者に対し、共感をもってそのような態度を変えるようにと次のように勧める：「善良な市民の皆さん、あなたがたが突然捕えられ、メリーランドに放り込まれて、ズボンひとつの裸にされ、手にクワを持たされたと仮定しましょう。そこで燃えるような太陽のもと、タバコ畑やとうもろこし畑を耕すことの方が、慣れ親しんだ習慣にすべてが反する国で木を切り倒し、土地を開墾することよりも、黒人にとって少しは楽だと思いますか？」(pp. 56-7)

　トマス・マカロックの『メフィボシェス・ステップシュアの手紙』(通常、『ステップシュアの手紙』The Stepsure Lettersとして知られる)は、当初連載物として匿名で出版された。それは著者の死後ずっと後、まず全25通中16通の手紙から成る書籍という形態で(『われらが町の記録、あるいはアメリカ覗き見』The Chronicles of Our Town, or, A Peep at Americaとして)出版される1862年まで、1つの原稿にまとめられることはなかった。出版当初、手紙は大論争を呼び、様々な批評家が社会改革に関する考え方のみならず、その低俗さを批判した。語り手の存在を強く打ち出し、真実という幻想を醸し出す書簡体を通して、マカロックは、フィールディング(Henry Fielding)やスターンのような18世紀の作家たちによって好まれたオーラル・ストーリーテリングの、脱線しがちでエピソード風の構造を選択した。教える、そして楽しませるという文学の二重の機能に完全に適合した、その脱線的スタイルは、道徳主義者とユーモア作家の双方の常套手段である。

　『ステップシュアの手紙』の大いに教訓的な側面を、マカロックの経歴と結びつけるのは簡単だ。彼は社会・教育改革に関する強い意見を持った博識な長老派の聖職者で、スコットランドを去ってノヴァ・スコシアに定住し、ピクトー・アカデミーを創設して、そこで神学だけでなく哲学、論理学、科学を教授していた。しかし、そうすることはユーモア作家や風刺作家に2世紀近くにわたって影響を与え続けてきた、彼の作品の機知に富む特徴を

無視することになるだろう。怠惰と勤勉についての徹底した寓話、『ステップシュアの手紙』は、バニヤン (John Bunyan) の『天路歴程』(*Pilgrim's Progress*)、ポープの『道徳論』(*Moral Essay*)、リチャードソンの『パメラ』(*Pamela*)、デフォー (Daniel Defoe) の『モル・フランダーズ』(*Moll Flanders*)、ホガース (William Hogarth) の『道楽者のなりゆき』(*The Rake's Progress*)、そしてソロー (Henry David Thoreau) の『ウォールデン』(*Walden*) など多岐にわたる作品とつながる、古くからの伝統に根ざしているのだ。聖書に出てくるサウル王の脚の不自由な孫息子にちなんで適切に名づけられていながら、皮肉にも苗字のステップシュアで通っている語り手メフィボシェスは、自助と勤労による成功の生きた例である。障害に加えて孤児で極貧であったから、彼は当時のノヴァ・スコシアの法律に従って、年季奉公人として生活費を稼ぐため、競売で最安値をつけた者へと売られていった。ステップシュアは理性的なやりくり、勤勉、規則正しさ、そして質素な好みのおかげで、自分の小さな農場を繁栄させる。その一方で、概して相応な報いをうけることになる彼の隣人の愚かさ、虚栄、浪費、怠惰を、風刺作家の慈悲深い公正さをもって観察する。密輸、飲酒、賭博からお粗末な家事、子育てに至るまで、隣人たちの体現する社会的諸悪は、いずれも家庭やコミュニティという社会組織をばらばらにする可能性がある。対句法、反復、そして対照法を通して、要点はしばしばみごとなまで簡潔な構造をもって深く叩き込まれる。

> 私の隣人の誰もが、ごろつき呼ばわりされたらひどく憤慨するでしょう。そして我々の中に他人のポケットから小銭を盗む人が1人でもいれば、町中がそのような罪深く恥ずべき行為に対して猛反対するでしょう。しかし、一度にコミュニティ全体を欺くと、まったく罪とも恥とも考えられませんから、船の中では讃美歌しか歌わせなかったスクループル助祭 (Deacon Scruple) は、皆の中で最悪の密輸人でありました。(p. 31)[15]

マカロック作品の登場人物の1人、ソーンダーズ (Saunders) は断言する。「わが町が地上でもっとも豊かな町の1つとなることを妨げるものは何ひとつなかった、勤勉と倹約の欠如以外には」(p. 189) と。仰々しい、構造的にアイロニックな「以外には」という表現は、著者の擁護する価値を伝える。それは勤勉さと節約とともに[16]、土地、家庭、安定性であって、本質的には (ハウ、そしてある程度までハリバートンも共有する) 農本社会の価値観である。対植民地貿易政策によってさらなる制限を受け、アメリカの共和主義的な都市化に対する疑念のために悪化していた、戦後の経済的不況の時代においては、注目に値する価値観である。商業は胡散臭い。「商人はとても役に立つし、私たちは彼らなしではやっていけないが、彼らは他人の労働に頼って生計をたてている上に、通常、豊かな暮らしをしている」(p. 98)。マカロックにとって、生産せずに購入するという行為は賛同しかねることであり、信用買いなどもってのほかであった。「私たちの土壌は最高で、農場は容易に手に入るというのに、わが町の住人の大半は1日畑で働くより、2日かけて馬に乗って国中をまわり売買契約をして

くる」(p. 29)。飲酒とギャンブルは社会的秩序と安定性を脅かすもの、との考えは、カードゲームをしながらグロッグ酒を呑むのが好きな隣人の息子に関する次の気の利いたパラドックスに示されている：「ホッブ（Hob）は喧嘩っ早い若者というわけでもないのに、暴行や喧嘩の訴訟でその名前はしばしば法廷で呼び上げられていた」(pp. 12-13)。

　現代の読者にとっては時に明白すぎると思われるような教訓主義は、当時の人々の嗜好に合ったものであり、ハッピーエンディングが今日我々を満足させてくれるように、当時の読者は大衆文学においてすら、彼らを満足させる道徳を見つけることを期待していた。しかしながら、ドローン牧師（Parson Drone）の過剰に教訓的な説教と並べて、マカロックは古今の偉大な風刺作家たちが用いてきた幅広い修辞的技巧を用い、間接的な表現様式の宝庫を広げる。それは、換喩、擬人化、婉曲表現、皮肉から、控えめな物言い、直接的推論、誇張、と多岐にわたり、結果的に茶番やどんちゃん騒ぎに終わっている。後述するが、この物語全体にわたる原動力は問答体である。ハウのように読者の反応を体系的に惹きつけるのみならず、皮肉に、かつ究極的には矯正を目的として、ハリバートンが後に完ぺきなまでに研ぎ澄ますことになる（そして、特にマーガレット・アトウッドの作品にみられるような、現代カナダ文芸のトレードマークの1つである）二重の声という様式をもって、他人の発話を伝えるのである。(17)

　読者が『ステップシュアの手紙』の物語パターンの核心に見出すものは、因果性や年代順配列にしっかりと立脚したプロットというより、一見すると行きあたりばったりに次々と出てくる、あらゆる種類の美徳ないしは悪徳がその名前によって例示された陳腐な登場人物や「ユーモア」の数々であろう。そこには居酒屋店主のソーケム（Soakem〔soak them, 酒びたりにしてやれ〕）氏とティップル（Tipple〔強い酒を少しずつ習慣的に飲む〕）氏、新旧の保安官のホールドファスト（Holdfast〔しっかり捕まえる〕）氏とキャッチェム（Catchem〔catch them, 奴らを捕まえろ〕）氏、判事のチョーケム（Choakem〔choke them, 締め付けてやれ〕）氏、そしてスキャント（Scant〔けちな〕）未亡人が登場する。これらの多くは抽象的概念を表現し、それに形を与える換喩に過ぎない。その他にもっとしっかりした人物描写を与えられている登場人物もいる。町の調停役、判事ワージー（Squire Worthy）は、誰も欲しがらなかった足の悪い孤児メフィボシェスを年季奉公人として引きとる。また、躾が悪くて正道をふみはずした若者のケース・スタディーのようなビル・スキャンプ（Bill Scamp）もいて、老後に世話してもらうことを期待して子を甘やかしすぎる親への警告になっている。マカロックの熟達した修辞術は、次のような巧みな交差対句法に表れている：「私はドローンさんが［ビルの父親に］常々言っているのを聞いたことがあるんだよ、彼は息子にふさわしい農場を残してやろうと必死になっていたのだが、同時に農場にふさわしい息子を残すように努力しなくちゃならんとな」(p. 76)。マカロックは風刺作家であるから、ハリバートン同様、特定の制度（行政長官職、軍、教会）、思考様式（植民地的、フロンティア的）、社会的慣習（浮かれ騒ぎ、バンドリング〔婚約中の男女が服を着たまま一緒に寝ること〕、借用）、そして文化的伝統からの逸脱（手

づくりする代わりに店で買った華麗な服を着ること）などを嘲笑する。身分不相応な服装をするような習慣が、チョーサーからトマス・モアにいたる風刺作家によって何世紀も前から攻撃対象になっていたという事実は、ヒエラルキーの平等化の上にアイデンティティを構築してきたアメリカ合衆国の超共和主義にかぶれたコミュニティにおいて、マカロックの態度が如何ほど保守的であったかを示している。しかしながら、マカロックの著述を際立たせているのは、語りの内容よりもむしろ語り方である。

　擬人化は真面目なものからふざけたものへと幾様にも形を変えながら、作品中のあちらこちらに見受けられる。次のような年老いたホインジ（Whinge〔泣き言〕）の描写は、『ステップシュアの手紙』をバニヤンの『天路歴程』のような教訓的作品と同系列に置く：「ホインジは勤勉を持ち合わせていなかったので、彼の家には欠乏が住みついていた、そして、欠乏は勤勉と近づきになろうとしなければ、不平の仲間になってしまう」（p. 127）。しかし、ホインジ夫人と彼女の「自国に満足せずに移民しはじめた」拡張主義者のシラミたちについてのおどけた描写は、その家の不潔さを酷評するのみならず、徹底した擬人化、アナロジー、そして婉曲的表現をもって、愉快さを創出する（p. 136）。婉曲表現という間接的様式は、例えば債権者に支払いができない人を刑務所に入れて彼らの財産を競売にかけるような、この時代のある種の社会的慣習について、次のようにユーモアたっぷりに伝える：「我らの保安官はとても面倒見のいい紳士だ、近所の人が困っていれば、彼らのもとを訪ね、自分の家に来てくつろぐようにと言い張りさえするのだから」（p. 12）。マカロックのユーモラスな作風は、ハリバートン、さらに後のマーク・トウェインやスティーヴン・リーコック（Stephen Leacock）を先取りしている。特に注目すべきは、後にトウェインが推奨した、ペース感覚に付随するような、見かけの真面目さ、引き伸ばし、そして意図的に控えめな物言いといった技法も先取りしていることである。

　意図的に控えめな物言いは、マカロック作品のトレードマークであり、笑いを作り出す不調和を生じさせる。さらに大きな予想はずれを生み出すために、マカロックは時に控えめな物言いを、修辞法上の対極にあり戯画化や茶番仕立ての源である、強調と結合させることもある。このように法外な組み合わせをもって、マカロックはほら話として知られる口述伝承の様式へと足を踏み入れる。マカロックの高尚な茶番劇エピソードの中には、非英雄的な文化的言及と高貴な内容とをぶつかり合わせているものもある。また、低俗な茶番劇においても、高貴な内容と低俗な形式が併用されている場合もある。作者は「まじめな道徳主義者にはふさわしくない」イメージを用いることで批判されたのであった（p. 434）。

　グロテスク・リアリズムの必須の原則は格下げ、つまり、高尚な主題を低俗ないしは取るに足らないこと、特に卑猥な話によって破壊することで、カーニヴァル的な笑いを創出する慣習である。下半身の機能を強調することによって制度や社会慣習に挑戦することは可能で、スウィフトはこれを実践して悪名高いが、保守的であったとはいえ、ズボンを修繕してもらう時ベッドで裸の下半身を隠すグラブ判事（Judge Grub）についてのマカロックの陽気な引

喩は、公的な名誉と責任ある地位の威厳に伴う虚栄を暗示する。清潔さは家庭の安らぎと調和の中心として他所では賞賛されるので、尿入り容器を寝室の窓からぶちまけるため家の壁に残る色あせた痕跡を描写した、糞便に関する婉曲表現は、その家の住人の野蛮な性質を強調する。食物の摂取、消化、排せつという威厳に欠ける過程を強調することで、我々の動物的機能に対する注目が促され、人間のうぬぼれが相対化されるのである。

　マカロックの作品では、アイロニーを生み出すために、同時に2、3層の言説を用いる多重書記法がしばしば用いられる。それは語りないし著述上の二重性に依存するもので、言葉より、構造上のアイロニーである。資金が必要なジャックが材木を切り出すために仲間と森でキャンプする様子をステップシュアが語るとき、男たちの飲酒とギャンブルを正当化する言葉はもはや語り手の声ではなく、共同体の声であり、当時の世論であって、次のような屈託のない直接話法で割り込んでくる：「若い衆はみんな知ってのとおり、少々の酒なしでは製材業の疲労は耐えられない。夕方に仕事をやめなきゃならない人間は、冬の夜長ずっと眠っていられない。それにキャンプで座っている時、彼らを元気づけて寒さを締め出すには、カードゲームのお供に何か必要だよ」(p. 22)と。二重仕様の発言は、読者に距離を保たせ、ジャックが家族をさらなる借金に追い込むと推測するように仕向けるのである。このような2つの発言と2つの信条体系の交差点において、我々は拡散している著者の声が、一見したところ賞賛しているようでも、しばしば批判していることを指摘できる。スザナ・ムーディが、新世界の若い女性はみな自分たちを若い淑女とみなして家事の技術を習得することを馬鹿にするという事実を嘆く10年以上前に、マカロックは世論に声を与え、表面上若い隣人たちの特技を賞賛するのだが、彼の読者はそれが必要不可欠なものではないと推論するよう仕向けられている。

> 娘たちについてだが、彼女たちはマキャックル夫人（Mrs. McCackle）に委ねられていて、私は断言してもいいが、夫人は彼らの教育に関してはとても良くしてやってる……。娘たちが夫を得、家庭を切盛りしようと家に帰るころには、見事に花は描けるし、金細工もできるようになっているだろう。それに楽しそうに歌ったり、踊ったりもできるのさ。(p. 169)

　高度な自足性を必要とする農本経済において世帯をやりくりするにあたり、そのような技能は大して役に立たないということは、列挙という方法、特に条件文の前提節、つまり上り調子の最初の部分（……家庭を切盛りしようと家に帰るころには）と帰結部（花は描けるし……）が調和しない、二項対立的掉尾文〔文末になって初めて文意の完結する長文〕に示唆されている。女性教育に関するマカロックのアイロニックな文章は、自分たちが実際よりも高い身分にあると信じ、経済的安定はいうまでもなく、経済的向上に必要な勤勉を避ける人々をターゲットにした、より広域にわたる風刺文章の一部である。社会的アイロニーという間接

的な様式を通して、マカロックはその時代の経済的不況が、州の住民の考え方に起因すると示唆しているのだ。マカロックは、その風刺的構えによって、読者、語り手、そして登場人物の間の黙認と距離の複雑な関係を打ちたてる風刺作家なのである。彼の風刺的身構えは、著者の声が守る暗黙の肯定的価値観を伝えると同時に、それが攻撃する否定的価値観も伝える。しかし、アイロニーは作者がテクスト上に表現する能力のみならず、受け手の認知の過程にも宿るため、それが上手く機能するには、価値観、文化的・美学的文脈についてのある種のフレームの共有が必要となり、さもなければ、少なくとも著者の意図を読み取る読者の感受性が必要である。結果として、マカロックは現代的な感性および美的感覚というフィルターを通して彼の作品を読む読者に、不当に誤解され得るのである。

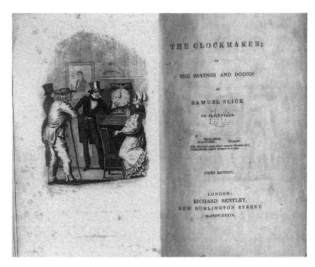

図5　Thomas Chandler Haliburton,『時計師』 *The Clockmaker,* 1839.

　ジョーゼフ・ハウは、『ステップシュアの手紙』と彼自身の『東部の漫歩』の連載に続き、ハリバートンの「ノヴァ・スコシアの思い出」（"Recollections of Nova Scotia"）を出版した。それはノヴァ・スコシア人、ないしはブルーノーズ〔ノヴァ・スコシア人の愛称〕の愚行を暴露してからかうという、これもまたマカロックの手法に刺激された21の素描である。1835年から3巻シリーズで出版されたこれらの素描は、何千という王党派のノヴァ・スコシアへの到着[18]、そして1830年代半ばについに起こった経済的破綻の後に書かれたものであった。（「アンクル・サム」を語源とする）サム・スリック（Sam Slick）という名前の下品なヤンキー行商人の劇的モノローグを中心に展開されるこれらの素描は、結果的に『時計師、あるいはスリックヴィルのサミュエル・スリックの言行録』（*The Clockmaker; or the Sayings and Doings of Samuel Slick of Slickville,* 1836）としてまとめられ、カナダ最初のベストセラーとなった。溢れんばかりの会話と、サムというトリックスター、訪問中のイギリス人郷士、そしてその時代と土地の社会的偏見の浸み込んだ、その他多数の登場人物それぞれの土地の言葉からなる

ポリフォニックなモノローグはまた、ハリバートンにカナダ植民地と隣接するアメリカ、および英国との三角関係を精査し、文化のポリフォニックな対立を通して、その3つの地域すべてを風刺することを可能にする。彼のアイロニーは距離と標準性というパラダイムの中で機能する。愉快げで超然たる態度をもって、移り変わる視点は、植民地の田舎根性と怠惰、アメリカの傲慢さと残酷さ、そしてイギリスの気取りと先見の明のなさなど数々の欠点を浮き彫りにする。

ハリバートンは主として戯画化、パロディ、そして茶番劇という手段を用いているが、これらはすべてメニッポス的風刺（Menippean satire）〔紀元前3世紀ギリシャの風刺家にちなむ〕の特徴であって、対話と対話的モノローグの使用も同様である。その嘲笑の的はしばしば、彼が喜劇を創出するために使用する黒人使用人のような、その時代の社会的類型である。ホラチウス風の風刺とともにそこに存在するのは、さらに攻撃的な風刺の例であり、それはしばしば自由と幸福を同一視するような、安易な奴隷制度廃止論をターゲットとする。「カリブーの訓練」（"Training a Carriboo"）において、老いた病気の解放奴隷ポンペイ（Pompey）は、彼が金で手に入れた自由とその結果発生した飢えという現状について、痛ましい比較を展開するが、それはハリバートンの主要な考えのひとつである、黒人奴隷制と不正な白人賃金労働慣習は同等であるという考えの1例として機能する[19]。撞着語法的な「白いニグロ」という用語は、彼が人種関連用語を暗喩的に使用していることを強調する。つまり、「黒人」という言葉は、政府で声を持たない植民地開拓者から年老いて病めばうち捨てられる工場労働者まで、無力な地位を示すのである。「白いニグロ」（"The White Nigger"）のなかで、ハリバートンはこのような「人を呪わば穴二つ」という仕掛けを通して、安直な人種的確信を揺さぶる。イギリス人郷士はサムに、ジェファーソンが独立宣言を書いたとき、彼は本当のところすべての「白い」人間は平等に創られていると言わんとしたのである、なぜなら、序文の宣言している自明の理は実際のところ「国内に奴隷制を擁する国では偽りであるからだ」と指摘する[20]。これに対して、サムは「ブルーノーズは白人だって売り飛ばす――白人奴隷貿易をしてるんだからな」と反撃する（p. 161）。当時奴隷制が廃止されていたイギリス帝国内でサムが言うような「人間家畜売買」（p. 162）が起こりうるのを信じられない怒れるイギリス人郷士に対して、ヤンキー行商人サムは、自分が目撃した年老いた夫婦が引き裂かれて売られた競売の話をする。乞食が競売にかけられ、もっとも安い値をつけた人に競り落とされて、生活費を稼ぐために働かされる慣習は、地元の読者層にはなじみ深いものではなく、非人道的な慣習として明らかにされた。サムの仲間のブルーノーズはその憤りの証人であるが、次のように述べる彼は読者の代表として機能している：「おらぁ、こんなの見たことねかった、おらたちの慣習だってか、慣習てのはよ、ほらよ、大概満足のいくもんでねえか」（p. 163）。

アメリカ独立戦争の時代にニューイングランドからノヴァ・スコシアへ移住してきた王党派の家庭に生まれたハリバートンは、州の議員であり、のちに判事となった。実生活においても彼の対話調のテクストにおいても、終始アメリカ人の機略縦横さを評価する一方で彼ら

のぶしつけさを手厳しく批判していたハリバートンは、ブルック同様、進歩的であると同時に保守的でもあった。彼はロンドンとの植民地的絆が永続することを支持していたし、暴力的なほどに強力になった寡頭制を批判し[21]、ある種の制度改革を推し進めていたにもかかわらず、イギリス国王ではなく、州政府の大臣たちがノヴァ・スコシアの人民に責任を持つべきであると主張する人々には反対していた[22]。というのは、こうした変化は論理上必然的に、彼の欲するところではない独立へ、そして結果的に州の合衆国への併合へと発展することを恐れたからである[23]。ハリバートンは歴史書や政治書も執筆したが、英米では特にフィクション作家として知られており、その人気はディケンズ（Charles Dickens）と張り合うほどであった。彼の『時計師』シリーズは、まずヤンキーと訪問中のイングランド人という、政治的、経済的に植民地を支配している側の代表である2人のよそ者の交雑した視点、言語、思考態度の前に地域コミュニティをさらし、その上で部外者の視点からアメリカ、次いでイギリスの慣習に大胆に立ち向かっている。彼の風刺作品にはさらに、『サム・スリックの名言』（*Sam Slick's Wise Saws and Modern Instances*, 1853）や『自然と人間性』（*Nature and Human Nature*, 1855）があるが、それのみならず、より古い時代のノヴァ・スコシア人の生活を描く、スリック抜きで多声的な『老裁判官、または、ある植民地における生活』（*The Old Judge, or Life in a Colony*, 1849）もある。北米人の外野的視点を通して帝国中枢を異化し、風刺する『大使館員』（*The Attaché*）シリーズ（1843-4）とは正反対に、『老裁判官』はノヴァ・スコシア人の見解の欠点を描くために、部外者（ここでは訪問中のイングランド人）の破壊的な視点を用いる。植民地人が新たに独立した隣国の超共和主義的精神に影響されていることをほのめかしつつ、イングランド人旅行者は、政治に精通していると気取る一般の人を、その職業的無能さと習得したとする政治的手腕の複雑さを皮肉いっぱいに併記することにより、酷評する。

　トマス・マカロックの姿勢やテクスト上の実践から刺激を受けたとはいえ、ハリバートンこそ北米の逸話的ユーモア作品に強い影響を与えた人物である。彼は、教訓を伝えるために最適なジャンル（逸話、素描、寓話、そして訓話）を組み合わせる。トウェインの『間抜けのウィルソン』（*Puddn'head Wilson*）に先駆けて、創意に富んだ写象主義的警句を作品に散りばめている。「ブラグ（Brag〔自慢するの意〕）……はいい犬だ。だが、しっかり押さえる（hold fast）方がもっといいぜ」とサムは言う（p. 129）。「悪魔の背中に乗っかったもんは、大概、その腹の下でなくなっちまうんだ」とは、密輸を拒否する貿易業者の言葉だ（p. 369）。溢れんばかりに豊かな物語は非常に対話的で、サム・スリックのモノローグでさえ、「はい、と彼は言う／ええと、と私は言う」という具合に、繰り返されるテンポの速い対話が頻出する。これらはスピード感と同時に場面の劇的効果をも生み出し、風刺の中に本来備わっている教訓的メッセージを伝える。具体的なアナロジーが次々と出てくる。例えば、われわれは「ハリファックスで良い宿を探すのはヤギの背中に毛を探すのと同じくらい簡単だ」と知る（p. 17）とか、スリックは「馬の尻尾をつけ根のすぐ近くまで切るがごとく話をぶつ切りにしないイギリス人に出会ったことはなかった」（p. 45）、という具合に。また、次のような婉曲表

現やパラドックスは陽気さを醸しだす。「生まれてこのかた、人をだましたことがあるかどうかわからねえが……、もし誰かがどうしても自分自身を欺いて目をつぶろうというのなら、隣人らしく彼がそうするのを助けてやりてえもんだ」（p. 372）といったように。

　マカロックは現地訛りの言葉を書き取ることに熟達していたが、それを直接話法にとどめた。ハウは、風刺の社会的アンチテーゼとして語りの中に個人言語を組み込む実験を控えめにしていて、例えば故郷に戻り「ぽーげんのはなし」("the *i*story of their ad*w*entures")で隣人を驚かせるイギリスから来たコックニー訛りの旅行者たちに対して、読者の笑いを誘うように仕向ける。(24)しかし、ハリバートンは彼の多声的な劇的モノローグを使うことによって、北米の地方方言を語り自体に接近させ、トウェインからサリンジャー（J. D. Salinger）へと至るカナダ・アメリカ文学に、ストーリーテリングの形式として地方イディオムを使う道を開拓した。ハリバートンはまた、ほら話を発達させた最初の作家でもあって、ジム・マンロー（Jim Munroe）を妹のサリー（Sally）と結婚させるために、彼をウサギのようにひっくり返して片足が半ヤード長くなるまで振り回したという話にみられるように、ハリバートンの大胆にも独創的な言葉遊びは生き続けている。「因習的な」（stick-in-the-mud）、「上流階級」（upper crust）、「まぎれもなく本物」（as large as life and twice as natural）、「治療より予防」（[a]n ounce of prevention is worth a pound of cure）、そして「馬の耳に念仏」（[a] nod is as good as a wink to a blind horse）のように、彼が作り出した、ないし標準的な用法から逸脱させたフレーズの多くは、表現や慣用的ことわざとして主流言語にとり込まれていった。(25)

　カナダの作家はアイデンティティ構築や文化的差異化の問題に取り組んだ最初の作家群の中に入る。移住者の複合的忠誠心から生まれた、複雑なパースペクティブに培われた強い風刺の伝統は、彼らの文化生成のなかで力強く成長し、後にカナダの文化的創作の際立った特徴となるものの基礎を築いたのである。

注

1. Alfred G. Bailey, "Overture to Nationhood," in Carl F. Klinck, ed., *Literary History of Canada: Canadian Literature in English*, 3 vols.（Toronto: University of Toronto Press, 1976 [1965]）, vol. I, p. 78.
2. James J. and Ruth Talman "III. The Canadas 1763-1812," in Klinck, ed., *Literary History*, p. 99.
3. 小説のほとんどでケベックに拠点を置く中心的なカップル、エド・リヴァーズ大佐とエミリー・モンタギューと並行して、エミリーの友人アラベラ・ファーマーとその求婚者フィッツジェラルド大尉、また、イギリスにおいてもリヴァーズ大佐の姉妹ルーシーと彼の友人であるジョン・テンプルがカップルにされている。
4. Bailey, "Overture," p. 78.
5. Carl F. Klinck, "Introduction," in Frances Brooke, *The History of Emily Montague*（Toronto: McClelland and Stewart,

カナダ文学史

1991 [1769]), p. viii.

6. Frances Brooke, *The History of Emily Montague*, ed. Mary Jane Edwards（Ottawa: Carleton University Press, 1985）, p. 162. 以後すべての引用はこの版からである。

7. William H. New, *A History of Canadian Literature*, 2nd edn.（Montreal: McGill-Queen's University Press, 2003 [1989]）, pp.58-9.

8. George Burgess, "Preface," in William S. Bartlet, *The Frontier Missionary: A Memoir of the Life of the Rev. Jacob Bailey*（Boston: Ide and Dutton, 1853）, p. vii.

9. George Eilliott Clarke, "The Birth and Rebirth of Africadian Literature," in *Odysseys Home: Mapping African-Canadian Literature*（Toronto: University of Toronto Press, 2002）, pp.122, 110. "Africadian"（アフリカ系アカディア人）は "African"（アフリカ系）と "Acadian"（アカディア人）をつなげたクラークの造語である。王党派黒人の物語は、多文化主義とグローバリゼーションについての章〔28 章〕で論じられている、Lawrence Hill, *The Book of Negroes*（2007）で再話されている。

10. Stephanie Pratt, "Joseph Brant（Thayendanegea），" in Jocelyn Hackforth-Jones, ed., *Between Worlds: Voyagers to Britain 1700-1850*（London: National Portrait Gallery, 2007）, pp.56-67.

11 Joyce M Banks, "Print for Communities," in Patricia Lockhart Fleming, Gilles Gallichan, Yvan Lamonde eds., *History of the Book in Canada*, 3 vols.（Toronto: Univeristy of Toronto Press, 2004）, vol. II, p. 282.

12. その後、次の題名のもとにまとめて出版された：*Western and Eastern Rambles: Travel Sketches of Nova Scotia*, ed. M. G. Parks（Toronto and Buffalo: University of Toronto Press, 1973）.

13. ケベックとアッパーカナダおいて黒人奴隷を所有することは、イギリス国王が 1834 年に全植民地で奴隷制を廃止する以前の 1793 年にアッパーカナダ議会が新しい奴隷の購入及び輸入を禁止することにより段階的に奴隷制を廃止し始めるまで、珍しいものではなかった（この情報とこの段落中のその他の多くの歴史的背景に関する情報については、Parks, *Western and Eastern Rambles*, p. 56 を参照）。

14. ハウはこの引用が Milton, *Paradise Lost* II, 1. 673 からであるとしている。

15. Thomas McCulloch, *The Mephibosheth Stepsure Letters*, ed. Gwendolyn Davies（Ottawa: Carleton University Press, 1990 [1862]）, p. 31.

16. St. Jean. de. Crèvecœur は既に 1782 年に *Letters of an American Farmer* において、ノヴァ・スコシア人が彼ら自身の勤勉さではなく、政府からの補助金に頼ることを好むことを嘆いていた。

17. Marta Dvořák, "Margaret Atwood's Humor," in Coral Ann Howells, ed., *The Cambridge Companion to Margaret Atwood*（Cambridge: Cambridge University Press, 2006）, pp.114-29 を参照。

18. アッパーカナダの人口は 1820 年代から 1840 年代の間の 20 年間弱で 3 倍以上になった。ほとんどが読み書きできなかった後期王党派は、しばしば忠誠の問題よりも、政府による無償土地払下げに惹かれてやってきた。

19. George Elliot Clarke, "White Niggers, Black Slaves: Slavery, Race and Class in T. C. Haliburton's *The Clockmaker*," *Nova Scotia Historical Review* 14.1（1994）, pp. 13-40 参照。

20. Thomas Chandler Haliburton, *The Clockmaker: Series One, Two, and Three*, ed. George L. Parker（Ottawa: Carleton

University Press, 1995 [1836]）, p.161.
21. 知事の支持があれば、イギリス国王によって指名されたメンバーからなる行政評議会は下院が通過させた法案の成立を否決することが可能だったし、実際に組織的にそうされた。
22. 1837年の反乱は責任政府を認められなかったことから起きたもので、その後1848年に沿海諸州で達成されることになった。
23. 我々はこれが、拡張主義的合衆国によるカナダ植民地への侵略を経験した、1812年の戦争に続いて起こったことを心にとめおくべきである。
24. Howe, *Western and Eastern Rambles*, p.49, 強調は原文。
25. R. E. Watters, "Sam Slick," in *On Thomas Chandler Haliburton,* ed. R. A. Davies,（Ottawa: Tecumseh, 1979）, p. 246 参照。

4

北西部の著作――物語、日記、書簡、1700年から1870年

ブルース・グリーンフィールド
(Bruce Greenfield)

19世紀半ばまで、五大湖の北西に広がる地域の旅行報告書はすべて、英国海軍本部、もしくは大規模の毛皮会社、特にノースウェスト会社（North West Company）とハドソン湾会社（Hudson's Bay Company）に提出されていた。広大な距離、苛酷な気候、人口過疎のため、個人旅行や旅行のための旅行は不可能であった。ジェイムズ・クック（James Cook）やジョージ・ヴァンクーヴァー（George Vancouver）の海軍探検隊は18世紀後半、北米太平洋岸を探検して地図を作製した。次いで19世紀初期、英国海軍はジョン・フランクリン大佐（Captain John Franklin）の陸路探検に始まる北極圏の海岸線調査を行った。これら探検隊の計画と報告書は、メアリー・ルイーズ・プラット（Mary Louise Pratt）が啓蒙時代後の「博物学の知識構築プロジェクト」と呼んでいるものを反映している。知識収集に対する「地球規模の」使命感に支えられた船舶による科学探検は、「ヨーロッパの最も誇るべき、かつ最も顕著な拡張手段となった」[1]。クックやヴァンクーヴァーの探検隊には専門の科学者が乗り込み、彼らが出版する洗練された格調高い記述は、英国出版界で最も人気があり収益も多いジャンルとなって、旅行者から作家に転向した野心家たちの模倣するところとなった[2]。海軍艦隊のような援助を持たぬ毛皮交易人たちは、大陸の内部に関する知識をほぼ単独の責任において伝達せねばならなかったが、その彼らもこのジャンルの名声と魅力に与ろうと、「旅行記」（"voyages"）を出版した。しかしながら、大部分の毛皮交易旅行者にとって、書くことは本来、彼らを雇っていた大交易会社が求める記録保持の要求に応えるものであった。大陸を横断し、大洋を渡って営まれるこうした事業自体、記録文書に基づく産物であって、種々の書簡や報告書が上から下へ、下から上へと飛び交い、空間を挟んで往復したのである。

ハドソン湾会社の長さにして3,000メートルに及ぶ書類が現在マニトバ州文書館に保管され、この会社の驚くべき記念物となっている。その中には個々の人物の創造性を物語る実例が多く存在する。これら文書の大部分はヨーロッパの男性によって書かれたもので、書簡、報告書、公式の物語のほとんどは男性読者に宛てられている。しかし、女性が書いたものも例外的に存在する。また、シルヴィア・ヴァン・カーク（Sylvia van Kirk）、ジェニファー・S. H. ブラウン（Jennifer S. H. Brown）、スーザン・スリーパー＝スミス（Susan Sleeper-Smith）ら現代の学者は、男性が執筆した書簡や物語から、毛皮交易の場合は特にきわめて重要であっ

た女性の生活ぶりを探り出している。また先住民の生活も多くの語りの中で生き生きと描かれている。こうした資料は口承伝統と共に、先住民の経験を中心とする資料の編集を可能にした。本章で論じられる既出版の作品の多くは、オンラインで全文読むことができる。

ハドソン湾会社の初期の旅行者たち

ハドソン湾会社（以下 HBC と記す）の複数の交易所（factories）は、北米に暮らすヨーロッパ人からも先住民からも遠くかけ離れたハドソン湾沿いに位置し、従業員の大部分は未熟練の年季奉公人や徒弟で、実際の業務に当たっていたのは読み書きのできるスタッフと支配人であった。先住民の売買人が交易所に現物を持ち込んで物々交換をしており、この会社の活動の最初の数十年間、HBC のスタッフは交易所周辺から移動することはほとんどなかった。しかしながら、フランス人交易者との競争は常に存在したため、HBC も定期的に内陸部へ冒険旅行を行っている。特に 1690 年にはヘンリー・ケルシー（Henry Kelsey）が、1754 年にはアンソニー・ヘンデイ（Anthony Henday）が、そして 1772 年にはマシュー・コッキング（Matthew Cocking）が遠征している。この 3 人の若いスタッフは交易の相手を求め、ほぼ同じ経路を辿って南西に向かい、大平原に至っている。3 人とも先住民のグループと共に生活しながら旅を続け、これら先住民たちの年に 1 度の巡回には HBC の交易所訪問が含まれていた。

　残存する 3 人の日記は、旅の方角、距離、状況を日毎に記す航海記録で構成され、大部分は物語形式に改訂されていない。例えばヘンデイの「行程なし。インディアンが数匹のビーバーを射止める」といった基本的な記述に加え、日記執筆者たちは彼らの食事、仲間の行動、交易の見通しなどを記している。特にヘンデイとコッキングの日記においては、こうした簡単なメモ、およびより複雑な観察を含む箇所との積み重ねにより、筆記者および同行した先住民たちの具体的で生き生きとした日々の生活感が生み出されている。概して簡潔な日誌記録の中で、ケルシーの 2 年におよぶ旅の最初の年の物語風の記述は例外で、10 音節 2 連詩の韻文形式で次のように書かれている。「神の加護のもと、理解するため／先住民の言葉を、そして彼らの土地を見るために」出発した。

　こうした旅行を企てるに当たり、第 1 の必要条件は、その土地の生活に順応するための機知と耐久力を持ち合わせること、同時に、文字記録を残す能力も必須であった。ジェイムズ・アイシャム（James Isham〔マニトバ北東部、ハドソン湾南西岸のヨーク・フォート交易所代理人〕）がヘンデイに与えた指令はその典型で、日記を付けることを強調し、「いかに些細であれ、目に映るものはすべて観察し、所見を付けて」記録せよ、と指示している。日記はアイシャムのコメント付きで会社の幹部たちに転送されているが、同時にアイシャム自身が作成した文書の情報源ともなっている。現存するヘンデイの 4 編の日記中 3 編が、ヘンデイの旅行の時

期にヨーク・フォートの副代理人であったアンドルー・グレアム（Andrew Graham）の回想記「ハドソン湾会社に関する所見」("Observations on Hudson's Bay")の手書き原稿の中にあり、またジェイムズ・アイシャムは1743年、彼自身の「所見」を完成している。こうした記述は物語風の歴史でもなければ日記でもない。アイシャムの記述には彼が知り合った人々や動植物に関する語彙や描写が含まれ、書籍や文書への言及もあり、時間をかけて熱心に取り組んだ努力の産物であることは明らかである。旅行者の直接観察の持つ説得力には欠けるが、それでもなお、彼はエキゾティックな土地からロンドンの読者に向かって語りかけることができたのである。

英国人の長年にわたる旅物語への関心、そしてHBC内に底流としてある記録保存の文化を考え合わせると、北西部について書かれたものの中で出版まで漕ぎつけたものが非常に少ないことは注目に値する。この事実は、HBCが積極的に出版を防止する政策を取っていたことを反映している。サミュエル・ハーン（Samuel Hearne）の『ハドソン湾のプリンス・オブ・ウェールズ・フォートから北洋に至る旅行記』（*A Journey from Prince of Wales's Fort, in Hudson's Bay, to the Northern Ocean*, 1795）は文学的に指標となる作品で、カナダ北部について最初に出版された本格的な旅物語である。ハーンが最終的に北極海に面したコパーマイン川の河口に到達する3回の旅行の記述は、旅行者の実体験を記した日記に基づいていること、またその後、現マニトバ州チャーチル近くのプリンス・オブ・ウェールズ・フォート交易所代理人として文書類を利用できる立場にあり、それを吟味する時間的ゆとりがあったこと、これらが重なって生まれた産物である。他の旅行記同様、出版されたハーンのテクストには、編集者もしくはゴースト・ライターの手が入っているかもしれない。ケルシー、ヘンデイ、コッキングと同様に、ハーンも先住民の一隊、彼の場合はチペワイアン人と共に旅行し、彼らの提案で行程にコパーマイン河口を含め、いくつかの修正を行っている。ハーンの成功は、チペワイアンの尊敬すべきリーダー、マトナビー（Matonabbee）の指導力に負うところが大きく、彼の技術と経験と権威が、18か月22日にわたる旅の間、ハーンを導き、保護してくれたのである。ハーンの物語にはマトナビーの決断と彼の率いるグループの日常生活の記述が多い。ハーン自身のものは膨大なメモに記録され、重要な場所の描写、寒帯林やツンドラ地帯の野生生物に関する豊富で洞察力に富む記述が含まれている。しかし、最も興味深いのは旅仲間との複雑な交友関係の話で、称賛・尊敬・恐怖・嫌悪感が同時に記されている。

ノースウェスト会社

アレグザンダー・マッケンジーの『旅行記』（*Voyages*, 1801）は、ハドソン湾会社のライバルであったノースウェスト会社（以下NWCと記す）の立場を促進する作戦の1部であった。この2つの会社は1821年に合併している。マッケンジーは彼の地理の知識を敷衍して北米

大陸を網羅する交易組織網構築の夢を描き、その中に自身の物語を位置づけたのである。彼ははっきりとした目的を持っていたので、物語に強力な方向性とかなりのサスペンスを生み出している。マッケンジーの太平洋沿岸に関する叙述は、西部の山系の渓谷に挟まれた急流を上り下りする体験を初めて綴ったものだが、こうした描写はその後北米西部の旅行記の常用表現となった。海岸沿いの山脈の狭い渓谷に住む人間の住環境も困難な戦いの連続として描かれ、彼の物語の第2の様式になっている。ハーンと彼に同行したHBCの旅行者たちは、土地と住民を熟知している先住民の大きなグループ仲間の中で未知の人々に遭遇したわけである。一方マッケンジーは、地元のガイドと情報に大きく依存しながらも、自分の部下の小さなグループと共に旅行し、通常、村から村へ、1つの言語グループから次の言語グループへと移動したので、ガイドも次の村を超えてしまうと言語が通じない状況だった。地元のガイドを口説き、報酬を与え、時には強制して次の集落まで案内させ、グループが替わる度に彼らの恐怖感や敵意を和らげて助力を受けねばならなかった。人文地理学の範疇に入るこのような人間関係の描写は恐らく、時間と空間を通して移動するマッケンジーの行動の中で、最も豊かな記録であろう。計画を立て、脅したりすかしたりしながら村から村へと突き進む。こうした中で、マッケンジーが考えたり感じたりしたことも物語に織り込まれ、最悪の瞬間については「思い出したくもないし、あえて記そうとも思わない心理状態」になっていた。マッケンジーが太平洋岸に至る旅を記した日記は紛失しているので、このような表現が彼の作品を「自由自在に編集した」ことで知られるウィリアム・クーム（William Combe）の介入によるものか否かは不明である。[12]

　マッケンジーの『旅行記』は多くの書評に取り上げられ、翻訳され、再版されて、出版から数か月後に彼はナイト爵に叙せられた。こうした栄誉は同僚たちに感銘を与えた。サイモン・フレイザー（Simon Fraser）の編集者は、フレイザーがマッケンジーを羨んで（jealous）いて、1808年、後にフレイザー自身の名が付くことになる川を下っていたとき、彼は自作の出版を念頭に置いていたとほのめかしている。[13]マッケンジー同様、フレイザーも大滝や大峡谷の風景を鮮やかに描き、「水は……この尋常ならぬ通路を騒々しく波を立て、全速力で転がり落ちていく。……片方の断崖を避け、波に削られたもう片方のガルチ（峡谷）をよけてカヌーを操るのは至難の業。稲妻のように水面をかすめながら、漕ぎ手たちは冷静に決然として、恐ろしく押し黙ったまま、互いに仲間のカヌーの後を付けて進んでいった」。早瀬を進むのが不可能になると、地元の住民が使うために立ててある脚立や梯子を使い、巨大な岸壁をよじ登って進んだ様子をフレイザーは描く。「われわれが今日通った地方は想像しうる最大の未開地だが、それでも前人未踏の地ではない」と彼は述べる。[14]彼も常に地元の住民に頼って次の行程を組み、村から村へと移動していった。このため、友好的な人々、不可解な人々、あるいは敵意を抱いている人々との出会いの描写には、彼自身の願望や懸念が表れ、誇張もされている。彼の存命中は出版されなかったが、フレイザーの日記は洗練された引喩や熟練した語句の言い回しが使われた、野心的な作品である。

フレイザーもマッケンジーもおそらく、アレグザンダー・ヘンリー（叔父）(Alexander Henry〈the elder〉) から見れば「一群の若僧と成り上がり者」("a parcel of Boys and upstarts")[15] と彼が呼ぶ者の中に数えられるであろう。ヘンリーはニュー・フランスの陥落〔1760年〕後、毛皮交易を最初に始めた英系アメリカ人の1人である。初期の数回の遠征の頃は、まだフランス側に付いていたオジブワ人から敵とみなされた。彼は1763年のミチリマキナク (Michilimackinac) 英軍駐屯地大殺戮を描いているが、彼自身が逃げ出せたのは、オジブワのワワタム (Wawatam) のお陰だった。ワワタムは以前、ヘンリーを養子にしていて、襲撃の後、身代金を払って彼を救い出し、冬の間中、彼を匿ってくれた人物である。ヘンリーの『カナダとインディアン・テリトリーへの旅行と冒険』(*Travels and Adventures in Canada and the Indian Territories*, 1809) の前半には、囚われ物語と煽情小説の要素が入っている。後半はヘンリーがその後行った大平原への旅行を詳述したもので、より純粋な旅物語になっている[16]。旅行から長年を経て書かれ、しばしば詳細に記されているその回想物語は、ノートブックを基に書かれたものだと著者は主張しているが、ノートブックは残存していない。

ピーター・ポンド (Peter Pond) の重要な地図と彼の地理学上の理論は、彼の後輩であるマッケンジーの探検に刺激と手引きを与えた。ポンドはヘンリーと全く同時代の人間で、彼もニュー・フランスの陥落後、カナダで好機を掴み、最終的にNWCの組織網をアサバスカ湖まで拡張している。ポンドも彼の生活と旅行について、晩年になってから書いている。その刺激的で生き生きとした、あまり体裁のよくない回想記を出版したいと願ったことを示す強力な証拠があるが、原稿は1世紀の間放置されていた[17]。

デイヴィッド・トンプソン (David Thompson) の著作はカナダの探検旅行記の中で独特の金字塔となっている。生前、非凡な地理学者として知られていた彼の作品は、地図と若干の新聞記事以外、死後も長年出版されなかった。しかし、100点以上のノートブックには彼の旅行、文通、そして個人的な考えが、15歳の1785年から没する6年前の1851年まで、途絶えることなく記録されている。さらに、75歳の1845年、トンプソンは彼の生涯と仕事についての物語を書き始める。現役時代の詳細な記録に、さらに老年のバランスの取れた視野を加えている。その結果生まれた旅物語と回想記をトンプソンは「旅行記」("Travels") と名付けているが、出版されたのは1916年であった[18]。

旅物語を書き始めた当初から、トンプソンは自身を「訓練中の作家」(writer in training) と描写している。彼はウェストミンスターの慈善学校グレイ・コート・ホスピタル (Grey Coat Hospital) で実践的な教育を受け、HBCの事務担当の見習生となる準備をした。HBCに入社し、フォート・チャーチルで過ごした最初の冬について、トンプソンは「勤め始めてみたものの、読み書きは一切要求されなかった」と不平を述べている。1年後、同じ学校の卒業生から、この地で働いた13年間に「自分が受けた教育をすべて失ってしまった」と聞かされ、向上心に燃えたこの青年は将来に不安を抱いたのだった。従って、トンプソンがその後HBCの主任測量士フィリップ・ターナーと出会ったことはまさに神意、「これまで起こった

中で最善のこと」であった。1794 年、トンプソン自身が測量士に任命されるが、僅か 2 年後に彼は HBC を去って、競争相手の NWC に移っている。突然の離脱を彼は、NWC が「必要なものすべてを私の要求通りに揃えてくれ」、ウッズ湖 (Lake of the Woods〔現オンタリオ州・マニトバ州・米ミネソタ州にまたがる湖〕) からロッキー山脈までの土地測量を私に委託したから、と弁明している。[19]

トンプソンが「旅行記」と呼んでいる手書き原稿は最初、J. B. ティレル (J. B. Tyrell) によって編集され、『デイヴィッド・トンプソンによる西部アメリカの探検物語、1784-1812』 (*David Thompson's Narrative of his Explorations in Western America 1784-1812*〔原書の American は誤植〕) と題して出版された。[20] 大雑把ながら年代順に配置され、トンプソンの生涯と旅行が 3 期に分けられている。第 1 期はハドソン湾沿い、および内陸の HBC 交易所でトンプソンがクリー人およびチペワイアン人と密接に関わって暮らした時期である。第 2 期はトンプソンが NWC に移り、初めて西部に向かってウッズ湖からロッキー山脈の麓までを測量した時期である。ミズーリ川上流のマンダン村訪問、ミシシッピー川源流の調査、そしてピーアガン (Peeagan) もしくはブラックフット人と共に古老サウカマピー (Saukamappee) のテントで過ごした冬について述べ、この老人の身の上話をトンプソンは詳細に記録している。第 3 期にはトンプソンが一連の有名な冒険旅行でロッキー山脈越えを果たし、コロンビア川を下り、太平洋に達している。

旅行記の枠組みの中にトンプソンは伝記、民族誌学、地元の伝説や物語、野生生物の描写、そして大平原やその地域の川の地理、といった広範囲のテーマに関する小論を織り込んでいる。先住民に関するトンプソンの記述は、彼らとの緊密な個人的関係に基づいて書かれ、個々の実例から一般化を導き出している。彼の説明によると、クリー人のダンスは

> 宗教的傾向を持っていて、我々のダンスのような単なる楽しみ、喜びの面持ちで踊るようなものではない。彼らの踊りは真面目で、踊り手一人ひとりがある目的のための宗教的儀式であると心得ている。彼らの動きはゆっくりと優雅だ。しかし、時には陽気な性格のものもある。〔そのようなダンスが〕ある晴れた静かな月夜にあった。若者たちがガラガラやタンブール〔低音の太鼓〕を持って入場し、9 人ばかりの女性がダンスのために整列し、美しい声で歌いながら手に手を取り、半円を描きながら長時間踊った。何年も前のことになるが、この陽気なひとときを思い出す。[21]

トンプソンの野生生物の描写も個々の事例に対する臨場感をもって迫り、観察者の存在は間接的にしか伝わってこない。

> 秋になると、ガンは最後の 3 日間、体中の羽を 1 枚 1 枚、一心になって掃除し、整える……；ガンやカモ、その他の鳥たちを支配するマニトー (Manito〔北米先住民の〕自然を

支配する超自然的存在〕）の命令が下り、彼らは集まり、40羽から60羽の群れを形成する。……命令一下、数えきれないほどの群れが次々と舞い上がる。……こうして2日か3日後、賑やかな生命が群がっていたこの広大な沼地は静まり返り、すっかり寂れてしまう。(22)

最も成功している箇所において、トンプソンは見聞情報、若き旅行者の体験、そして熟年の著者としての総合的洞察力と内省的論評、こうしたことの見事な統合を果たしている。そうした要素、その他の効果もあって、トンプソンの物語はこの種の中でカナダにおける最も中身の濃い重要な作品になっている。

19世紀初期の日記

トンプソンのように日記を付ける習慣は当時広く行われていて、他にも彼の仲間たちが生み出した優れた作品がある。アレグザンダー・ヘンリー（甥）（Alexander Henry [the younger]）、ダニエル・ハーモン（Daniel Harmon）、そしてピーター・スキーン・オグデン（Peter Skene Ogden）は、毛皮交易が西進して太平洋岸に達する19世紀最初の数十年間について、豊富な日記を残している。ハーモンの日記は交易人の生活の日常業務に焦点を当てている点で、ひときわ優れている。彼はトンプソンやフレイザーの大旅行、さらにはノースウェスト会社が太平洋までの水路を開発する「周到に仕組んだ計画」を知っていた。一方で彼は「ニュー・カレドニア！　での小さな業務に精力を注ぎ、ここで夏を過ごす」予定もあった。信心深いヴァーモント州の家柄の出である彼は、北西部で過ごした1年間を試練と追放の時期として描く。モントリオールから川を遡った地域の生活の習俗——飲酒、安息日遵守の欠如、「先住民妻」（country wife）を取る習慣——を浮き彫りにして非難している。彼の計算では、会社の業務をこなすのに1日のわずか5分の1もかからないことがしばしばあり、読書と執筆で余暇を過ごすことができた。このような環境において、書物、文通、知識の交換が重要であったことを、彼の日記は彼なりの方法で証言している。彼の過ごした1年間のハイライトは、友人に会って書物について意見交換をし、自分たちが書いた手紙や日記を互いに読み合う時であった。(24)

アレグザンダー・ヘンリー（甥）は日記を修正する機会がないままコロンビア川で溺死しているが、出版されたほぼ800ページにおよぶ日記には、この分野における秀作が含まれている。例えば1800年から1801年、彼がミネソタ州のレッドリヴァー渓谷で過ごした期間に関する記述は、交易所の生活を鮮やかに伝えている。彼の下で働く従業員たちの仕事ぶりや、彼らが小麦粉と砂糖と「強い酒」の特別支給を受けてカトリックの祭日を祝う様子を描写している。またチペワイアン人の交易パートナーたちとの関係は、公明正大に両サイドの利益に基づいていると述べている。この関係にはアルコールが重要な役割を果たしたようだ。先

住民は酒を珍重した。飲酒が彼らに喧嘩をしたり、生活に必要なものを顧みなかったりする、といった、破壊的影響を及ぼすことにヘンリーは着目し、自分の利益になるように与える酒量を調整している。個別の目録、あるいは自然描写の小論の中に示される「博物誌」が日記に織り込まれ、レッドリヴァー渓谷や周囲の平原地帯の豊富な野生動植物の詳細な記述が伝えられる。「とても楽しい地方だ」と彼は述べ、「絶え間ない戦闘さえなければ、先住民は地球上で最も幸せな民族であろう」と付け加える。ヘンリーの皮肉交じりの明快さは、毛皮交易人作家の中でも注目すべき文学的業績となっている。喜劇的効果を生み出す才能も同様で、駐屯地で警報が誤作動した時の以下の描写はその一例である。

> わたしの仲間たちは、交易所の真ん中に肉の入った鍋をちょうど置いたところだったが……鍋のまわりから立ち上がり、突っ立ったまま、口をぽかんと開け、凝視していた。……口から肉片を覗かせている者もいれば、口いっぱいに頬張っている者、大きな肉片を手に持っている者、それを床に落とした者もいた。[25]

ピーター・スキーン・オグデンは「スネーク・カントリー日記」("Snake Country Journals") により作家としての評判を得ている。この作品は1824年から1830年まで、現在のオレゴン、カリフォルニア、ネバダ、ユタ、ワイオミング諸州に一連の遠征旅行を行った時の記述である[26]。日記のほかに、『アメリカ・インディアンの生活と性格の特性』(*Traits of American-Indian Life and Character,* 1853) も彼の著作とされている。彼の探検旅行の記述が与える最も強い印象は、絶え間ない骨折り仕事の記述であろう。彼の率いる一行の労働と困窮は桁外れであった。「わな猟師の生活は、4年間で若者をまるで60歳の高齢に達したかのように変貌させてしまう」と彼は述べる。オグデン自身、見知らぬ土地で地元の住民からしばしば敵視されつつ、何十人もの男性とその妻や子供、そして馬たちを統御し、「誰も想像がつかないほどの」不安な体験をした[27]。オグデンの記述は同行者や遭遇する人々に対して同情心を示しているが、同時に辛辣な批判もあり、しばしば登場する嘆きの言葉にはウィットも混ざっている。ヘンリー同様、オグデンも執筆を楽しんだようで、テントの中にただ独り残り、日記を書いている様子をしばしば描写している。

ジョン・ジェイコブ・アスター (John Jacob Astor) が1811年、コロンビア川に向かった交易目的の冒険旅行は、多くの記述に取り上げられている。その中には、遠征隊の海上輸送部所属の3人が書いたものもある。ガブリエル・フランシェール (Gabriel Franchère) が元々フランス語で書いた日記は、この控えめで几帳面な若い記録係が日々記したもので、家族や友人向けだったと彼は述べている。フランシェールはケープホーン回りの航海、アストリアと彼らが呼んだ交易所の日常生活、そしてコロンビア川下流渓谷の村々の生活を描写している。彼は人物や出来事を努めて客観的に観察するよう心掛けているので、彼自身の人物像は見えてこない。ずっと後になって、彼の体験記は英語でも出版されている[28]。ロス・コックス (Ross

Cox)の『コロンビア川での冒険』(*Adventures on the Columbia River*, 1831)は大衆読者向けで、「驚くべき脱出」を約束し、「戦場での殺戮と突然死」好みの読者すべてに満足感を与えるものである[29]。彼の描く先住民は、冒険好きな白人の引き立て役で、時には彼の軽蔑の対象にもなっている。コックスはフランシェールの記述とほぼ並行しながら、形容詞、副詞、アクションシーン、自分が目撃していないシーンさえ補って、フランシェールの控えめな表現が残す空白を埋めている。アレグザンダー・ロス (Alexander Ross) は太平洋岸北西部について2冊、その後3冊目として毛皮交易から引退後に住んだレッドリヴァー植民地についての本を書いた。『オレゴンもしくはコロンビア川畔の最初の入植者たちの冒険』(*Adventures of the First Settlers on the Oregon or Columbia River*, 1849)には、多くの人物が鮮やかに描かれる。性格の特徴が、争いや意思決定に際して大きな役割を持ち、それが洞察力をもって示されている。ロスの文の調子はしばしば風刺的で、白人に向けるのと同じ風刺のレンズを通して先住民の特定の人物を見ている。彼が熟知していた2民族、チヌークとオカナガンについての記述は、相手に対して敬意を払い、公平で、具体的である。最初の2冊には、毛皮交易事業に対するロスの態度が終始アンビヴァレントであったことを示す兆しが各所に見られる[30]。フレッド・ステンソン (Fred Stenson) の小説『交易』(*The Trade*, 2000)は、架空の物語の中に19世紀初期の大平原やロッキー山麓丘陵地帯の毛皮交易にまつわる人物や出来事を登場させている[31]。

書簡から見た展望

書簡は個人的であれ半ば公的な通信であれ、探検旅行の日記や物語に比べると家庭的で情緒的で一時的なものである。探検物語に全く名前の出てこない人物が手紙には登場し、また同じ出来事でも全く異なった様相を呈するものもある。最も重要なのは、女性が現実に密着した描写をしていることで、特に自筆の手紙においてその傾向は顕著である。

　ヨーク交易所でジェイムズ・ハーグレイヴ (James Hargrave) が受け取った書簡集には、HBCの幹部たちの日常業務上の意見交換や個人消息も記されている。ほとんどの執筆者が身近な事柄について簡潔に、またしばしばウィットを交えて伝えている[32]。フランシス・エアマーティンガー (Francis Ermatinger) が兄のエドワード (Edward) に宛てた手紙はさらに私的なもので、時にはみだらで品が悪い。主にコロンビア地方〔現ブリティッシュ・コロンビア州〕に駐在していた彼は、生涯を通じて兄に手紙を書き続けた。共通の知り合いについてはさりげなく語り、上司については批判と皮肉を込めて、さらに自分のこと、特に［ご婦人方］がお好きという評判を、滑稽に語っている[33]。彼のおしゃべり好きな手紙から、毛皮交易社会の性的習慣に関する若者の見解を見てとることができる。1821年から1844年までコロンビア地方でフランシス・エアマーティンガーの同僚であったアーチボルド・マクドナルド (Archibald McDonald) も、エドワート・エアマーティンガー宛てに手紙を書き、相手の弟フ

ランシスの複雑な個人的情事について議論している。(34) マクドナルド自身の生活はもっと単純で、先住民女性との最初の結婚（"country marriage"）は妻の出産時の死で終わり、2度目のフランス系カナダ人とメティスの間に生まれたジェイン・クライン（Jane Klyne）との結婚は、彼自身の死まで続いた。マクドナルドが年に1度友人たちに送った手紙には、ジェインと次々に生まれる子供たち、そしてこの家族と共に過ごした楽しい体験が綴られている。さらに、HBC内で交易に関わっている者の協力関係の仕組み、昇進、誰が候補になり誰が見過ごされたか、年輩だが無能で交易所の最高責任者のまま実入りのよい地位にあぐらをかいているのは誰か、なども知ることができる。マクドナルドの手紙は、ヨーロッパ人がコロンビア川流域に入った初期の頃からアメリカの入植者が陸路押し寄せる初期の頃まで、その状況を随時解説している。HBC組織のトップの見解は、有名なジョージ・シンプソン総督（Governor-in-Chief, George Simpson）の書簡や報告書によって伝えられている。人物像や出来事は確実にその有益性によって描写される。しかし、この手際の良い支配者の眼に映る世界は、生き生きとした独特の外観を映し出し、その後40年間影響力を及ぼすことになるその発言は、口当たりがよく、簡潔である。(35)

レティシア・マクタヴィシュ・ハーグレイヴ（Letitia MacTavish Hargrave）の手紙は、夫のジェイムズ・ハーグレイヴ（James Hargrave）が取引主任からやがて代理人になっているヨーク交易所で過ごした1840年から1851年までの10年間の体験に基づき、交易人の生活についてユニークな記述を残している。シンプソン総督の妻フランシス・ラムジー・シンプソン（Frances Ramsay Simpson）、およびレティシアの叔父ジョン・ジョージ・マクタヴィシュの英国人妻キャサリン・ターナー・マクタヴィシュ（Catherine Turner MacTavish）と同様に、レティシア・ハーグレイヴは英国生まれでHBCのスタッフと結婚し、僻地の任地で生活した最初の女性の1人である。両親や妹たちに宛てて毎年3回送られた手紙は、彼女自身の家庭環境を記述するだけでなく、彼女がHBCの人事や業務についてもかなりの知識を持っていたことを示している。彼女の手紙は概してきびきびとして観察力が鋭く、自身の置かれた世界についてしばしば明敏な判断をしている。

ヨーク交易所でレティシア・ハーグレイヴは侍女兼看護師、執事、料理人を使い、上流婦人としての家庭を切り盛りしていた。交易所周辺の地面は、凍結していないときは湿地帯になってしまう。そのため冬期、犬引きのドボガンぞり（carriole）で外出するのがほとんど唯一の遠出の機会だった。彼女自身についての記述には不平と感謝が入り混じっている：「ヨークは最初来たときと同じように気に入っていますが、それは何も考えないことにしているからです。白波と黒松だけの果てしない不毛の地では、元気が出ることなどありえないとお考えでしょうが、空はいつも、夜も昼も美しく、オーロラは壮観で、星はとても明るいのです。」(36)

彼女は自身の限られた中産階級の環境の中で安住しているかに見える。しかし周囲のあらゆるものが、まったく異なった状況にあることを彼女は敏感に感じ取っていた。レティシア・ハーグレイヴ（sylvia van kirk）の『書簡』の編集者マーガレット・マクラウド（Margaret

Macleod）が説明し、その後シルヴィア・ヴァン・カーク（Sylvia van Kirk）が注目すべき探究を行っているように、長期滞在の毛皮交易所代理人、事務方、用務担当者のほとんどは、当初、先住民女性と、その後はその娘たちと、"country marriage" と呼ばれる婚姻関係にあった。生涯続く場合もあったが、多くの場合、男性が仕事を辞めてイギリスもしくはカナダ東部へ帰ることになると、その関係は解消され、女性と子供が後に残された。女性と子供への備えはさまざまで、多くの女性は交易所の別の男性と婚姻関係を結んでいる。

レティシアによると、彼女の叔父ジョン・マクタヴィシュはキャサリン・ターナーと結婚する前に、少なくとも2人の先住民女性との間に「6人の娘がいたことは確か」だった。一方、フランシス・シンプソンについては、「マクタヴィシュ夫人よりもっと厄介な問題を抱えていることに気づいていない」と考えているが、シンプソン夫人自身は「自分のまわりで何か不愉快なことが起こっているのではないかといつも恐れていた」と告白している。ハーグレイヴはこういった事柄に堂々と真正面から向き合っていた。「社会の現状を……ショッキング」と考えていたかも知れないが、周囲の人々や人間関係についての彼女の記述は率直である。不公平な社会の仕組みに付きものの悲しみや妬みに対しても敏感だった。交易所の環境の中で、長年にわたり遭遇していた何人かの手ごわい奥様たちともうまく付き合っていたようで、彼女らの複雑で困難な生活をある種の同情をもって記述している。交易所の内輪社会と関係のない外の世界の先住民との接触は限られていたようだ。とはいえ、交易所を訪れた先住民男女たちが、彼女の小さな息子に接吻して褒めてくれた、と記す心温まる瞬間がある。メティスの人々、および毛皮交易の起源に彼らが果たした役割は、クリスティン・ウェルシュ（Christine Welsh）のドキュメンタリー・フィルム『日陰の女性たち』（Women in the Shadows）の中で広く扱われている。主人公は、彼女自身のメティスの先祖を探し求めて旅をする。

レティシア・ハーグレイヴの手紙から、毛皮交易において書簡のやり取りが果たした役割の重要性とロジスティクスを学ぶことができる。交易に携わる個人が自身の活動について報告する主要な手段であった公式の書簡に加えて、多くの私的な個人的書簡も同様に回覧され、協力関係を固め、友情を保ち、情報や娯楽を提供した。ヨーク交易所に駐在していたハーグレイヴ夫妻の場合、書簡の執筆は夏期の船がハドソン湾に到着する時期、およびレッドリヴァー、五大湖、カナダ東部経由で陸路送られる速達便（dispatch）と連結していた。船と速達便が出発する前はいつも、長時間にわたり手紙書きが行われ、レティシアは家族のメンバー宛ての手紙を調整して、ある時は船が出る前に子供が生まれるようにと願いながら、可能な限り最後の瞬間まで、封をせずに残しておいた。このような状況の中で、よい手紙は高く評価された。ジェイムズ・ハーグレイヴが受け取った書簡には、彼の書簡執筆の技術が称賛されている。またレティシアの手紙が注意深く保存されていたことは、それが珍重されていた証拠である。書簡はしばしば名宛人以外の多くの読者の手にもわたり、朗読され、筆写され、友達や家族の間で回覧され、時折新聞に載った。収集され出版された手紙はキャサリン・パー・トレイル（Catharine Parr Traill〔原書の Catherine Parr Trail は誤植〕）の『カナダの奥地』

(*The Backwoods of Canada*) のような作品の実際の、もしくは名目上の、基礎になっている。

『アメリカ北西海岸ハドソン湾会社スタッフ宛て未配達書簡集、1830-57年』(*Undelivered Letters to Hudson's Bay Company Men on the Northwest Coast of America, 1830-57,* 2003) は、故郷からHBCで働く男性たちに宛てられた手紙を出版することにより、状況を逆転させる。[41] 編者が説明しているように、こうした手紙は遠い北米西海岸で働く男たちの母、妻、家族の他のメンバー、ガールフレンドや友人たちに発言の場を与えている。中には手紙書きの技術にあまり熟達していないものもあるが、書き手の関心事を如実に語る証言であり、書簡集全体として、当時の公の記述から漏れている声を取り戻している。

入植と冒険旅行

1850年代、西部開拓への関心は高まりつつあり、その可能性について報告するために2つの遠征隊が任命された。ジョン・パリサー（John Palliser）率いる英国植民地局の遠征隊と、ヘンリー・ユール・ハインド（Henry Youle Hind）が報告書を作成しているアッパー・カナダ〔現オンタリオ州〕政府派遣の遠征隊である。パリサー報告書は、パリサーとその一行が3回の夏にわたって、カナダ南部の大平原と山地を探検した時の日記に基づいたものである。[42] バッファローを追い立てて疾駆する様子にパリサー自身の狩猟熱が時折顔を覗かせるものの、全体的に個人的情熱は抑えられている。日記は細かい出来事をさりげなく綴り、土地や人々の印象を鮮やかに描き出している。同年に出版されたハインドの記述も、パリサー報告書とほぼ同じ地域をカバーしているが、はるかに長く、構成が漫然としている。[43] パリサーもハインドも、輸送・宿営・糧食などのロジスティックスについてはHBCの支援に依存していた。しかし、その報告内容には、交易に関わる人員についても業務に関しても、異様なほど古めかしい雰囲気が漂っている。1857年、パリサーは初めて大平原に向かった時、偶然にもHBC総督サー・ジョージ・シンプソンが管轄地区の最後の視察旅行から戻るところに出会った。図らずも同年、シンプソンは英国下院の委員会で、カナダ西部は入植に適していないと証言した。ところがパリサー報告では、その正反対の議論が行われているのである。

こうした毛皮交易から定住への推移を、ロバート・マイケル・バランタイン（Robert Michael Ballantyne）の『ハドソン湾』(*Hudson Bay,* 1848) は見越している。この本の発端は、著者がHBCで書記見習いをしていた時期に遡る。彼は事務仕事への適性や熱意はほとんど示さず、16歳でHBCに入った時、すでに文学的野心を持っていたようだ。当初から日記を付け、家族に手紙を送り、その後セントローレンス川下流地域に配属されると執筆に取り掛かり、スコットランドに帰国して1年足らずでこの本が出版された。彼は北国の風景を生き生きとした情熱をもって描き出し、狩猟、カヌーとそりの旅、その他若者好みの活動も描写している。先住民やHBCのスタッフについてはそれほど興味を示していない。彼の視点は

最初のページに示されている。「北アメリカ大陸の、あの野性的で未開の地域」に関する情報を読者に与えられれば「満足」である、と。⁽⁴⁴⁾

　同じくHBCから輸送や宿泊・糧食の援助を受けながら、実際は会社に雇われていなかったポール・ケイン（Paul Kane）は、1845年から1848年にかけて夏期3回と冬期2回、トロントから大平原を越えてアサバスカ川を遡り、コロンビア川を下る旅をして、コロンビア地区には6か月間滞在し、ヴィクトリアも訪ねている。10年後に出版された彼の『北米先住民と共に過ごした芸術家の放浪記』（*Wanderings of an Artist among the Indians of North America*, 1859）は、アメリカの画家ジョージ・カイトリン（George Caitlin）の例に倣い、先住民と彼らの生活を記録しようとの抱負をもって書かれた。彼の手法には当然絵が多いが、耳にする物語、出会った個々の人間や種族の歴史も記録しているので、彼の描く写生画の被写体についての生き生きとした、かつ簡潔な説明になっている。⁽⁴⁵⁾

　1840年代から1850年代に書かれた米領アメリカ大陸横断旅行記に刺激されて、カナダでも「冒険観光旅行」（adventure tourism）が本格的に始まる。ミルトン子爵（Viscount Milton）とウォルター・バトラー・チードル（Walter Butler Cheadle）の『陸路による北西部への道』（*The North-West Passage by Land*, 1865）は、2年がかりの英領アメリカ大陸横断旅行を記録したものである。⁽⁴⁶⁾チードル自身の日記を見ると、この本の中心的執筆者は彼であることが明白である。⁽⁴⁷⁾二人は現在のミネソタ州とマニトバ州の定住地から出発し、カールトン、エドモントン、ロッキー・マウンテン・ハウス、およびカムループスのHBC交易所を経て、ブリティッシュ・コロンビア低地に至り、最後にヴィクトリアまで到達している。これらの拠点と拠点との間、特に山地ではルートの見分けもつかず、旅は困難かつ危険で、一行は様々な困苦を体験した。チードルは荒野の旅の楽しさと苦しさとを鮮やかに描いている。彼は知的にも精神的にも開けた人物であったが、当時の風潮を反映して、スクウォー（squaw）〔北米インディアンの女〕とかハーフブリード（halfbreed）といった語彙を使って先住民やその混血を差別している。当初、遊猟への興味から、若者たちは馬で追うバッファロー狩りの「ピリッとした危険」を伴うスリルに魅かれる。ところがその後、狩猟は生きるためのものとなる。この体験から、自分たちと同行の先住民たちが飢えを体験するという新たな現実を理解することができたのであった。⁽⁴⁸⁾

　英系アイルランド人ウィリアム・フランシス・バトラー（William Francis Butler）は、英陸軍での昇進の可能性に駆られて、ルイ・リエル率いるメティスの最初の蜂起の時期に現在のマニトバ州レッドリヴァー植民地にやってきた。彼は現地で起こっている出来事を、英国の海外への関心の文脈の中で言えば「ほんの小さな点」としか見ていなかった。『大いなる孤高の大地』（*The Great Lone Land*, 1872）の中で、彼は帝国を管轄している組織の者として内部から語っている。⁽⁴⁹⁾とは言うものの、メティスや先住民の苦闘に同情し、また西部の風景のスケールの大きさ、壮観さ、荒々しさに熱中している。華麗な文章や英国の政治制度に対する気高い確信はこの作品を時代遅れのものにしているが、広大な大地に広がる水や風や雪を

男性的に堂々と描くさまは、生き生きとして興味深い。

極北

　「長い、疲れる、悲惨」——これはジョン・フランクリンが彼の『北極海沿岸への旅行記』(*Narrative of a Journey to the Shores of the Polar Sea*, 1824) を締め括る形容詞である。[50] コッパーマイン川の河口から東へ北極海沿岸を探検する目的を持ったフランクリンの第一次遠征隊は、ハーンとマッケンジーが探検を断念した所から出発する。英海軍本部はナポレオン戦争以後、北方探検への関心を再燃させたのである。地理学上の知識に貢献するものは僅かであったとはいえ、海軍の遠征隊支援者たちは、この物語の出版を積極的に促した。その結果生まれたのがこの5巻本で、多くの関心を集めた。[51] フランクリンは昇進し、マッケンジー川河口から東西両方向へ沿岸探検をする第二次遠征隊を任されることになる（1825-27年）。彼は第一次遠征隊が北極海沿岸からの帰途、全員が餓死寸前の状態に陥り、9人が倒れ、2人が非業の死を遂げた苦難の体験を記していた。そのためもあって、彼は当初、確かに悪評を受けた。旅物語の最後に「書くべきだと考えて記述した陰鬱な詳細事項」に対して陳謝しているのは、こうした人的犠牲を思ってのことであろう。[52] フランクリンの勇気と果たした業績は称賛され、彼の名声は1845年、彼の海軍遠征隊が何の痕跡も残さぬまま行方不明となった後、神話と化した。続く数十年間、彼の運命を突き止めようと、30以上の遠征隊が捜索を行った。調査と推測は現在に至るまで続いている。

　フランクリンの最初の物語は、著者の最期の運命と考え合わせると必然的に皮肉をもって読まれがちである。しかしオリジナルな目新しさという点では、少なくともアイロニーと同程度に興味深くもある。フランクリンの前に北極海沿岸を陸路で探検したヨーロッパ人は、ハーンとマッケンジーだけである。マッケンジーはどちらかといえば人目を忍んで人員を寄せ集め、その後彼の名が付くことになる川の急流下りをする。またハーンはチッペワイアン人の一隊の仲間入りをして、彼らの日程を自身の調査目的に合わせて探検をしている。それに対して、グレイトスレイヴ湖の北東に広がる「未踏の領域」を調査したフランクリンの探検旅行は、先住民のガイドと毛皮会社がリクルートした僻地の熟練した交易人（voyageurs）がいたからこそ可能となった。彼自身が海軍将校で、かつ海軍本部の企画と出資による遠征隊を率いる立場にあったフランクリンは、彼の探検がすべての関係者の利害を超越した目的を持ち、自主的なものであると考えていた。彼の遠征隊は「交易のためではなく、ひとえに発見するため」に企画されたものであるとフランクリンは述べている。こうした抽象的な理想はクックやヴァンクーヴァーの海軍探検隊を想起させ、彼の遠征隊の苦難の一因になり、また出版された物語がかなりの関心を呼んだ根拠になっているかも知れない。[53] 4人の教養ある将校の存在と英海軍の財政支援とが、カナダの北部に関する新たなレベルの観察をもたら

すことになった。ただし、フランクリンは明らかに地元の住民の好意的な支持を過大評価していた。

　旅行記の初めの部分では比較的穏やかな状況を報告している。この段階では、見聞するものをできる限り捉えようと全員が熱意を燃やしていた。フランクリンと仲間の将校たちは、毛皮交易人にとってはごく当たり前になっているその土地のことや人間を、新参の旅行者の眼で眺めた。カヌーの操り方がぎこちなかったり、スノーシューズを履いて生傷ができてしまう様子から、彼らの旅の状況が容易に想像できる。茫漠とした風景の静けさに不安を覚える一方、澄み切った寒い夜、オオカミの遠吠えを聞くと快感をそそられるのだった。フランクリンは先住民の生活について注目すべき話を数多く記録し、最初の冬は、かなりの時間を費やしてその土地の住民に関する情報を集めたようだ。フランクリンの散文には、ラテン語風の格調高い調子もある程度みられるが、概して簡潔で、生き生きとしている箇所が多い。

　この遠征隊が私利私欲のない観察者であるとのフランクリンの思いは、隊員にも影響していた。彼らはデータを記録し、標本を集め、飢餓状態が迫っている時でさえ日記を付け、それを失くさぬようにしっかりと守っていたのである。旅物語の後半、海岸から陸路で戻る旅を記している箇所になると、彼らの連日の試練について詳細な記述が重層的に増えていく。カナダの旅行記文学の中でも、おそらくユニークな強烈さとサスペンスを生み出す由縁である。この部分の描写は、あと1歩踏み出すにも苦しく思案しながら努力せねばならず、雪道をあと数センチ歩くことさえ不可能で、鹿肉がすっかり食べ尽くされた後の、腐敗して悪臭のする骨の髄といえども、あと1日生き残るための活力となりえるのだ、という極限状態にまで落ち込んだ人の眼から観察されたものであった。こうした最も悲惨な状況にあっても、彼らは日記を付け続け、日記を体に縛り付けて持ち歩いた。ジョージ・バック（George Back）は本隊から離れた時、伝令を送ってフランクリンがまだ生きているかどうか調べさせたが、彼の与えた唯一の指示とは、もしフランクリンが死んでいたら、彼の持っている書類をできるだけたくさん集めよ、というものであった。

　フランクリンのチームの将校ジョン・リチャードソン（John Richardson）、ロバート・フッド（Robert Hood）、ジョージ・バックは皆、日記を付けていた。最も注目すべきはジョン・バックの日記で、彼の57枚の水彩画スケッチの大部分を含めて出版されている[54]。バックのコメントは、フランクリンの公的な記述よりも率直で個人的である。その後執筆された『グレートフィッシュ川河口に至る北極圏陸路探検記』（*Narrative of the Arctic Land Expedition to the Mouth of the Great Fish River*, 1836）は、公的な記述の中にも日記の持つ強みを残しつつ、極北の風景が及ぼす影響、さらには旅の途上出会った人々との生き生きとした交流の様子を伝えている[55]。

　フランクリンの最初の2回の遠征に財政的支援を与えたHBCは、その後、フランクリンの陸路遠征隊がやり残した地点から探検を続けるために、何人かの人員を派遣することになる。1836年、HBC総督ジョージ・シンプソンの親戚で彼より若い野心家のトマス・シン

プソン（Thomas Simpson）は、老練な交易人ピーター・ウォレン・ディース（Peter Warren Dease）の下で副官に任命され、北極圏の海岸線調査を続ける命令を受けた。3 回の夏にわたって彼らが行った探検は、シンプソンの『アメリカ大陸北岸探検記』（*Narrative of the Discoveries on the North Coast of America*, 1843）に記されている。シンプソンが 1840 年、不慮の死を遂げた後、この作品は弟のアレグザンダーによって出版され、簡潔な文体で、風景や地元の住民、さらには旅の活動を生き生きとした臨場感をもって伝えている。同時にシンプソンの語調には、彼の野心と都会の読者を引き付けようとする関心が窺われる。[56]

交易人としても測量技師としても稀な技量を持つジョン・レイ（John Rae）は、HBC 入社直後から先住民の風習を研究し、北極圏探検に役立つ北方の習慣や技術を取り入れた先駆者であった。さらに旅行記の執筆においても、北方の生活に調子を合わせた有利な立場に立ち、彼の探検隊が幾晩もかけて建てた雪小屋のいわば内側から語っている。この地域の正確な地図を作成するために、1846 年から 1854 年の間に 4 回行われたレイの遠征記録は、彼の小規模な遠征隊の毎日の活動を描写している。それはフランクリンの物語よりもずっと友好的な環境であった印象を与える。[57] レイに続き、さらに多くの極北遠征隊が先住民との協力で組織された。先住民の持つ技術が、探検旅行の目的のために適応されたのである。カナダ人ヴィルヒャルマー・ステファンソン（Vilhjalmur Stefansson）の多くの作品は、生涯にわたり北極圏の人々と交流した成果を伝えている。映画『クヌート・ラスムッセンの日誌』（*The Journals of Knud Rasmussen*, 2006）は、デンマークの人類学者ラスムッセンが、カナダ極北の東部にあるイグルーリクを訪ねた時の体験を基に作成されたものである。[58]

ノースウェスト会社のスタッフも、任務遂行のために、書くことを始めた。こうして探検物語のジャンルは人気と格式が高まっていき、野心家たちにさらなるはけ口を与えた。よいものを書くと社内の地位が上がり、出版されるともっと広い社会で認められることが約束された。書くという行為自体が著者たちから最善のものを引き出し、その結果、探検現場のみならず、ページ中でも発見があった。書簡、報告書、そして本格的な物語は、北西部における何世代にもわたるヨーロッパ人と先住民の生活を記録している。そのことがまた、著者たちの技能と創造性の高さを証明しているのである。

注

1. Mary Louise Pratt, *Imperial Eyes: Travel Writing and Transculturation*, 2nd edn（London and New York: Routledge, 2008 [1992]）, pp. 23-4.
2. G. R. Crone and R. A. Skelton, "English Collections of Voyages and Travels, 1625-1846," in *Richard Hakluyt and his Successors*, ed. Edward Lynam（London: Hakluyt Society, 1946）, p. 78.
3. R. David Edmunds, "Native Americans, New Voices: American Indian History, 1895-1995," *American Historical Review*

100.3 (June 1995), pp. 717-40; Richard White, *The Middle Ground: Indians, Empires, and Republics in Great Lakes Region, 1650-1815* (Cambridge: Cambridge University Press, 1991); Jennifer S. Brown and Elizabeth Vibert, eds., *Reading Beyond Worlds: Contexts for Native History* (Peterborough: Broadview Press, 1996) 参照。

4. Matthew Cocking, "An Adventurer from Hudson Bay: Journal of Matthew Cocking, from York Factory to the Blackfeet Country, 1772-73," in *Transactions of the Royal Society of Canada*, ed., intro. and notes by Lawrence J. Burpee, 3rd Series, vol. II (1908), section II, pp. 89-121; Anthony Henday, "York Factory to the Blackfeet Country: The Journal of Anthony Hendry [sic], 1754-55," in *Transactions of the Royal Society of Canada*, ed. Lawrence J. Burpee, 3rd Series, vol. I (1907), section II, pp. 307-64; Henry Kelsey, *The Kelsey Papers*, intro. John Warkentin (Regina: Canadian Plains Research Center, University of Regina, 1994).

5. Ibid., pp. 1-2.

6. Barbara Belyea, ed., *A Year Inland: The Journal of a Hudson's Bay Company Winterer* (Waterloo: Wilfred Laurier University Press, 2000), p. 41.

7. Ibid., p. 17.

8. Andrew Graham, *Andrew Graham's Observations on Hudson's Bay, 1767-91*, ed. Glyndwr Williams, intro. Richard Glover (London: Hudson's Bay Record Society, 1969); James Isham, *Observations on Hudson's Bay, 1743, and Notes and Observations on a Book Entitled A Voyage to Hudson's Bay in the Dobbs Galley, 1749*, ed. and intro. E. E. Rich and A. M. Johnson (Toronto: Champlain Society, 1949).

9. I. S. MacLaren, "English Writings about the New World," in *History of the Book in Canada*, ed. Patricia Lockhart Fleming, Gilles Gallican, and Yvan Lamonde, 3 vols. (Toronto: University of Toronto Press, 2004), vol. I, p. 39.

10. Samuel Hearne, *A Journey from Prince of Wales' Fort in Hudson's Bay to the Northern Ocean in the Years 1769, 1770, 1771, and 1772*, ed. J. B. Tyrrell (Toronto: Champlain Society, 1911 [1795]).

11. I. S. MacLaren, "English Writings about the New World," p.39 参照。

12. Alexander Mackenzie, *Voyages from Montreal on the River St. Laurence, through the Continent of North America, to the Frozen and Pacific Oceans in the Years 1789 and 1793* (London: T. Cadell and W. Davies, 1801), p. 273; W. Kaye Lamb, ed. *The Journals and Letters of Sir Alexander Mackenzie* (Toronto: Macmillan of Canada, 1970), p. 47.

13. Simon Fraser, *Letters and Journals, 1806-1808*, ed. and intro. W. Kaye Lamb (Toronto: Macmillan Co. of Canada, 1960), p. 37.

14. Ibid., pp. 75-6, 79.

15. David A. Armour, "Alexander Henry," in *Dictionary of Canadian Biography Online,* www. biographi.ca.

16. *Travels and Adventures in Canada and the Indian Territories between the Years 1760 and 1776* (New York: I. Riley, 1809).

17. Bruce Greenfield, "Creating the Distance of Print: The Memoir of Peter Pond, Fur Trader," *Early American Literature* 37.3 (2002), pp. 415-38. Pond の物語は *Five Fur Traders of the Northwest*, ed. Charles M. Gates (St. Paul: Minnesota Historical Society, 1965) に掲載されている。

18. William E. Moreau, "'To Be Fit for Publication': The Editorial History of David Thompson's *Travels*, 1840-1916,"

Papers of the Bibliographical Society of Canada, 39 (Fall 2001), pp. 17-18.

19. *David Thompson's Narrative, 1784-1812*, ed. Richard Glover (Toronto: Champlain Society, 1962), pp. 19, 43, 132.

20. David Thompson, *David Thompson's Narrative of his Explorations in Western America 1784-1812*, ed. J. B. Tyrell (Toronto: Champlain Society, 1916).

21. *David Thompson's Narrative,* ed. Glover, p. 81.

22. Ibid., p. 26.

23. Daniel Williams Harmon, *Sixteen Years in the Indian Country: The Journal of Daniel Williams Harmon 1800-1816*, ed. W. Kaye Lamb (Toronto: Macmillan, 1957), p. 159.

24. Laura J. Murray, "Fur Traders in Conversation," *Ethnohistory* 50.2 (Spring 2003), pp. 289-91.

25. Alexander Henry, *The Journal of Alexander Henry the Younger, 1799-1814*, ed. Barry M. Gough, 2 vols. (Toronto: Champlain Society, 1988-92), vol. I, pp. 55, 64.

26. Peter Skene Ogden, *Peter Skene Ogden's Snake Country Journals, 1824-25 and 1825-26*, ed. E. E. Rich and A. M. Johnson (London: Hudson's Bay Record Society, 1950); *Peter Skene Ogden's Snake Country Journal, 1826-27*, ed. K. G. Davies and A. M. Johnson (London: Hudson's Bay Record Society, 1961); *Peter Skene Ogden's Snake Country Journals, 1827-28 and 1828-29*, ed. Glyndwr Williams (London: Hudson's Bay Record Society, 1971).

27. Ogden, *Snake Country Journal, 1826-27*, pp. 94, 27.

28. Gabriel Franchère, *The Journal of Gabriel Franchère, 1811-14* (Toronto: Champlain Society, 1969); *Narrative of a Voyage to the Northwest Coast of America, in the Years 1811, 1812, 1813, and 1814*, trans. and ed. J. V. Huntington (New York: Redfield, 1854).

29. Ross Cox, *Adventures on the Columbia River*, 2 vols. (London: H. Colburn, 1831), vol. I, pp. vii-viii.

30. Alexander Ross, *Adventures of the First Settlers on the Oregon or Columbia River* (London: Smith, Elder and Co., 1849); *The Fur Hunters of the Far West: a Narrative of Adventures in the Oregon and Rocky Mountains* (London: Smith, Elder and Co., 1855); *The Red River Settlement: Its Rise, Progress, and Present State* (London: Smith, Elder and Co., 1856).

31. Fred Stenson, *The Trade* (Vancouver: Douglas and McIntyre, 2000).

32. *The Hargrave Correspondence, 1821-1843*, ed. G. P. de T. Glazebrook (Toronto: Champlain Society, 1938).

33. Francis Ermatinger, *Fur Trade Letters of Francis Ermatinger: Written to his Brother Edward during his Service with the Hudson's Bay Company, 1818-1853*, ed. Lois Halliday McDonald (Glendale, CA: Arthur H. Clark, 1980), p. 63.

34. Archibald McDonald, *This Blessed Wilderness: Archibald McDonald's Letters from the Columbia, 1822-44*, ed. Jean Murray Cole (Vancouver: University of British Columbia Press, 2001).

35. George Simpson, *Journal of Occurrences in the Athabasca Department, 1820 and 1821*, ed. E. E. Rich (Toronto: Champlain Society, 1938); *Fur Trade and Empire; George Simpson's Journal; Remarks Connected with the Fur Trade in the Course of a Voyage from York Factory to Fort George and back to York Factory 1824-1825*, ed. Frederick Merk (Cambridge, MA: Harvard University Press, 1931).

36. Leticia Hargrave, *The Letters of Leticia Hargrave*, ed. Margaret Arnett MacLeod (Toronto: The Champlain Society,

カナダ文学史

    1947), p. 146.
37. Ibid. pp. xxiv-xxv, xliii-xliv, lv-lvi.
38. Ibid., pp. 35, 36, 84.
39. Christine Welsh, *Women in the Shadows*（National Film Board of Canada, 1991）.
40. Hargrave, *The Letters of Leticia Hargrave*, pp. xv-xvi.
41. Judith Hudson Beattie and Helen M. Buss, eds., *Undelivered Letters to Hudson's Bay Company Men on the Northwest Coast of America, 1830-57*（Vancouver; University of British Columbia Press, 2003）.
42. John Palliser, *Papers Relative to the Exploration by Captain Palliser of that Portion of British North America which Lies between the Northern Branch of the River Saskatchewan and the Frontier of the United States; and between the Red River and Rocky Mountains*（London: G. E. Eyre and W. Spottiswoode, 1859）.
43. Henry Youle Hind, *Narrative of the Canadian Red River Exploring Expedition of 1857, and of the Assinniboine and Saskatchewan Exploring Expedition of 1858*（London: Longman, Green, Longman, and Roberts, 1860）.
44. Robert Michael Ballantyne, *Hudson's Bay; or, Every-day life in the Wilds of North America, during Six Years' Residence in the Territories of the Honourable Hudson's Bay Company*（Edinburgh: W. Blackwood, 1848）, p. 1.
45. Paul Kane, *Wanderings of an Artist among the Indians of North America, from Canada to Vancouver's Island and Oregon, through the Hudson's Bay Company's Territory and Back Again*（London: Longman, Brown, Green, Longman and Roberts, 1859）.
46. Walter Butler Cheadle and Viscount Milton（William Wentworth-Fitzwilliam）, *North-West Passage by Land*（London: Cassel, Petter, and Galpin, 1865）.
47. Walter Butler Cheadle, *Cheadle's Journal of Trip across Canada, 1862-1863*, intro. and notes by A. G. Doughty and Gustave Lanctot（Ottawa: Graphic Publishers, 1931; rprt. Edmonton: M. G. Hurtig, 1971）.
48. Cheadle, *North-West Passage*, p. 62.
49. William Francis Butler, *The Great Lone Land: A Tale of Travel and Adventure in the North-West of America*（Toronto: Macmillan, 1910 [1872]）, p. 7.
50. John Franklin, *Narrative of a Journey to the Shores of the Polar Sea, in the Years 1819-20-21-22*, 2 vols.（London: J. Murray, 1824）, vol. II, p. 399.
51. I. S. MacLaren, "English Writings about the New World," p. 37.
52. Franklin, *Narrative*, vol. II, p. 395.
52. Franklin, *Narrative*, vol. I, p. 316.
54. *Arctic Artist: The Journal and Paintings of George Back, Midshipman with Franklin, 1819-1822*, ed. C. Stuart Houston, commentary by I. S. MacLaren（Montreal and Kingston: McGill-Queen's University Press, 1994）; Robert Hood, *To the Arctic by Canoe, 1819-1821: The Journal and Paintings of Robert Hood, Midshipman with Franklin*, ed. C. Stuart Houston（Montreal: McGill-Queen's University Press, 1994 [1974]）; John Richardson, *Arctic Ordeal: The Journal of John Richardson, Surgeon-Naturalist with Franklin, 1820-1822*, ed. C. Stuart Houston（Kingston: McGill-Queen's University Press, 1984）.

55. George Back, *Narrative of the Arctic Land Expedition to the Mouth of the Great Fish River, and along the Shores of the Arctic Ocean, in the Years 1833, 1834, and 1835*（London: J. Murray, 1836）.

56. *Narrative of the Discoveries of the North Coast of America: Effected by the Officers of the Hudson's Bay Company during the Years 1836-39*（London: R. Bentley, 1843）.

57. John Rae, *Narrative of an Expedition to the Shores of the Arctic Sea in 1846 and 1847*（London: T. and W. Boone, 1850）.

58. Norman Cohn and Zacharias Kunuk, *The Journals of Knud Rasmussen*（Kunuk Cohn Productions, Igloolik Isuma Productions, Barok Film, 2006）.

5

入植者の文学作品

キャロル・ガーソン
(Carole Gerson)

はじめに

将来カナダ自治領になろうとしていた地域において、探検文学作品がほぼ全て男性によって書かれたことは驚くに値しない。それとは対照的に、代表的な入植物語は主に女性によって書かれている。歴史的にみると、セントラル・カナダ〔現オンタリオ州とケベック州〕における入植文学作品は、19世紀前半に、英国諸島から新大陸へ移住する者の関心を引き付ける目的で書かれたものが始まりである。カール・F. クリンク（Carl F. Klinck）によると、1815年から1840年の間におおよそ100冊の「アッパー・カナダ〔セント・ローレンス川上流側のカナダの意味で、現オンタリオ州の母体として1971年から1840年まで存在した植民地〕に関する旅行と移住に関する本」が英国で出版され、中でもウィリアム・ダンロップ（William Dunlop）著『移住者のためのアッパー・カナダの統計的概略』（*Statistical Sketches of Upper Canada for the use of Emigrants*, 1832年に第2版, 1833年に第3版）を、クリンクは数ある出版物の中で最も魅力的な本と評している。ジョン・ハウィソン（John Howison）の増版を繰り返した『アッパー・カナダのスケッチ』（*Sketches of Upper Canada*, 1821, 1822, 1825）も人気があり、移住予定者への助言に彼自身の体験や観察をうまく織り込んでいる。実体験に基づく書物は特に信頼性が高く、例えばT. W. マグラス（T. W. Magrath）の『アッパー・カナダからの信頼性のある書簡』（*Authentic Letters from Upper Canada*, 1833）は、ムーディの家族も1冊所有していた。

1830年代初頭には、上記の特徴が反映された重要な作品がいくつか現れた。例えばスコットランド人作家ジョン・ゴールト（John Galt）の小説『ローリー・トッド、または森の入植者たち』（*Lawrie Todd; or, The Settlers in the Woods*, 1830）や『ボグル・コーベット』（*Bogle Corbet*, 1831）は、1820年代のカナダ会社（Canada Company〔英国所有の土地開発会社〕）支援のもとゴールトがコミュニティ形成計画に取り組んだ経験を反映させた作品である。また、ウィリアム・キャタモール（William Cattermole）の移住を勧誘する小冊子は、ジョンとスザナ・ムーディ夫妻をその後間もなくアッパー・カナダへ移住するよう誘うことになった。この小冊子『移住。カナダへの移住の利点……』（*Emigration. The Advantage of Emigration to Canada...*, 1831）の包括的特徴は、構成がその後出版されたテクストに幅広く踏襲されて

いる点である。例えばアッパー・カナダ初の黒人女性作家メアリー・アン・シャッド（Mary Ann Shadd）著『移住への嘆願——またはカナダ・ウェストの道徳的・社会的・政治的状況——およびメキシコ、西インド諸島、ヴァンクーヴァー島への黒人移住者のための情報と提案』（*A Plea for Emigration: or, Notes of Canada West in its Moral, Social, and Political Aspect: with Suggestions Respecting Mexico, West Indies, and Vancouver's Island for the Information of Colored Emigrants*, 1852）。1850 年にアメリカで制定された逃亡奴隷法の効力の及ばぬところへ避難しようとしているアメリカ黒人にとって、アッパー・カナダは最善の避難所であると論じるこの小冊子は、キャタモールの作品同様、まず最初に植民地の地形や気候について語ることから始めている。両者ともカナダの冬の気候は極端なものでなく、一般に想像されるより健康的であると主張する。また、両者とも、引き続き土壌や果実、土地の価格、穀物や家畜の金銭的価値について記述している。このような農業に関する詳細な記述に続いて、社会問題やコミュニティの現状に注意を向ける。キャタモールは町々を（ヨーク〔その後トロントと改名〕からクイーンストンへと）重要性の上位から示し、各町の見取図、人口、教会、施設の発達状況、専門職者やビジネスに対する機会の可能性について記載している。一方、シャッドは彼女が最も関心を寄せているコミュニティに直接目を向ける。つまり南部オンタリオの"黒"人に、そして逃亡奴隷がトロントやチャタム周辺などカナダの"黒人入植地"でどのようにしたらうまくやっていけるかについて言及している[3]。

　シャッドを除けば、移住民のための手引書の著者は皆男性であった。また初期の入植文学を特徴づけるもう 1 つのジャンル、長編物語詩の著者も、アン・カスバート・ナイト（Ann Cuthbert Knight）とイザベラ・ヴァランシー・クローフォード（Isabella Valancy Crawford）を除けば、全員男性である。散文より数が少ない物語詩は、最初ロワー・カナダ〔セント・ローレンス川下流側のカナダの意味で、現ケベック州〕に現れ、英雄詩体二行連句（heroic couplets〔連続する 2 行ずつが押韻する弱強五歩格の対句詩形〕）か、もしくはスペンサー連（Spenserian〔弱強五歩格 8 行と弱強六歩格 1 行〕）のような、当時親しまれた形式で構成されていた。ノヴァ・スコシアのよく知られている例——オリヴァー・ゴールドスミス（Oliver Goldsmith）の『興隆する村、その他の詩』（*The Rising Village, with Other Poems,* London, 1825; St. John, NB, 1834）とジョーゼフ・ハウ（Joseph Howe）の『アカディア』（*Acadia,* Montreal, 1874）——があり、アッパー・カナダにもそれに匹敵するアン・カスバート・ナイトの『カナダで暮らした一年、その他の詩』（*A Year in Canada, and Other Poems*, Edinburgh, 1816）や、アダム・フッド・バーウェル（Adam Hood Burwell）の『タルボット・ロード—— 一つの詩』（*Talbot Road: A Poem*、「ナイアガラ・スペクターター」紙に掲載、1818 年）などがある。1846 年モントリオールで発表されたスタンディッシュ・オグレイディ（Standish O'Grady）の作品『移住者』（*The Emigrant*）に続いて、同じ題名を持つ 2 つの詩が現れた。1 つは 1846 年にハミルトンで出版されたジョン・ニュートン（John Newton）の無名の物語で、もう 1 つは 1861 年トロントで出版されたアレグザンダー・マクラハラン（Alexander McLachlan）の良く知られている作品である。

カナダの初期の文学を調査するには出版物が有益な基準になるが、もっと限られた形で流布されたものも多い。手書き原稿の回し読みは、日記や書簡を書いた女性たちの間で長期にわたり慣行となっていた。例えばエリザベス・シムコウ (Elizabeth Simcoe) は、夫がアッパー・カナダで1791年から1796年まで副総督を勤めた5年の居住期間、日記を書き続け、イギリスにいる子供や友人たちにその一部を頻繁に送っていた。同様に、アン・ラングトン (Anne Langton) のような入植者も、しばしば個人的に家族や友人のために書き、印刷物としてではなく手書きのまま読まれることを意図していた。彼女は1837年、ピーターバラ地域の弟ジョン・ラングトン (John Langton) の家族に身を寄せた未婚の女性であったが、彼女が書いたおびただしい数の手紙は親族によって保管され、また第三者に読まれることを意識した日記も彼女は書き続けていた。「誰かに送ることを意図して日記を書くだろうか？ その場合は率直に書くことは困難なことだと思う」と彼女は1838年に記している[4]。1881年にラングトンは『私の家族の物語』(*The Story of Our Family*) を書き、個人的に配布するためにマンチェスターで印刷した。彼女のような作家は、個人的な文通や日誌が出版後に知られることとなった。ラングトンの場合、一連の過程は『ラングトン家の記録——日誌と手紙、1837-1846年』(*Langton Records: Journals and Letters from Canada, 1837-1846*, Edinburgh, 1904) から始まり、『アッパー・カナダの淑女——アン・ラングトンの日記』(*A Gentlewoman in Upper Canada: The Journal of Ann Langton*, Toronto, 1950) へと続いた。これらの本は、楽観主義とユーモアの特徴を呈して、未開墾地での家庭生活の詳細を豊富に提示している。同様に、1822年にドウロ郡区 (Douro Township) に移住し、1830年代に移住してきたキャサリン・パー・トレイル家と個人的な友人関係になったアイルランド出身のフランシス・スチュワート (Frances Stewart) は、彼女の手紙の選集『森の我が家——故フランシス・スチュワートの書簡からの抜粋』(*Our Forest Home: Being Extracts from the Correspondence of the late Frances Stewart*, 1889, 再版1902) が死後に出版されて、カナダの出版文化の仲間入りをした。

主な作家たち

こうしてみると、セントラル・カナダの規範的入植物語の主要作品は、著者たちの経歴にみられるひとつの特異な共通項によって形成されていることがわかる。すなわち、イギリスですでに文学作家としての地位を築き、カナダでの経験をいち早く作品に取り入れた、数人の女性の登場である。一時的訪問者（アナ・ブラウネル・ジェイムソン Anna Brownell Jameson, 1794-1860）であれ、入植者（スザナ・ストリクランド・ムーディ Susanna Strickland Moodie, 1803-85とキャサリン・パー・ストリクランド・トレイル Catharine Parr Strickland Traill, 1802-99の2姉妹）であれ、彼女たちの展望はそれぞれの本国での環境から形成され、カナダに関する彼らの著書はイギリスで英国の読者のために出版された。1818年、姉妹の父の突然の

死後、若いストリクランド家の姉妹は年上の姉アグネス（Agnes）に続いてロンドンの上流社会のサークルに加わり、1820 年代、姉妹は子供向けの本を書いたり、文学雑誌や年報に詩や散文を寄稿して細々と生計を立てていた。姉妹ともに衰運にあったスコットランドの陸軍将校と結婚し、物質的生活を向上させるために 1832 年、英領北アメリカに移住した。同様に自立していたアナ・ブラウネル・ジェイムソンは、1836 年、すでに冷え切っていた夫との正式の離婚の取り決めを行うため、夫についてカナダに渡ったが、その時にはすでに主にノンフィクションを中心とする 8 冊の作品で知られていた。

　上記 3 人の女性の中でカナダ出版界に最初に登場したのはスザナ・ムーディだった。彼女の何編かの詩は 1831 年秋コーバーグ「スター」（Cobourg *Star*）紙に掲載されたが、それはムーディ夫妻が 1832 年 7 月 1 日にエディンバラからカナダに向けて出港するよりもかなり前のことであった。(5) 1830 年代、ムーディ夫人はアッパー・カナダの新聞や雑誌、また、ニューヨークの「アルビオン」紙に名を連ねるようになり、その後「リテラリー・ガーランド」誌（*Literary Garland,* Montreal, 1838-51）および同様の洗練された定期刊行物の主要寄稿者になった。しかし、新世界に関する著書を先に出したのはキャサリン・パー・トレイルで、『カナダの奥地――移住した将校の妻からの手紙、英領アメリカにおける家庭管理の実例』（*The Backwoods of Canada: Being Letters from the Wife of an Emigrant Officer, Illustrative of the Domestic Economy of British America,* London, 1836）が、実用知識普及協会（the Society for the Diffusion of Useful Knowledge）から出版されたのである。アナ・ジェイムソンはその年（1836 年）後半に自身がカナダに向けて出港する準備のためその本を読んだが、匿名だったので、著者はわからなかった。「この本を興味深く読み、好ましく感じました。物事に対する好ましい見解を与えてくれるので、多くの人が移住に駆り立てられているようです」とジェイムソンは友人のオティリー・フォン・ゲーテ（Ottilie von Goethe）に書き送っている。しかしながら、同時にこの書の中には、訪れる冬について彼女を怯えさせる記述もある。「私が送った本の記述の中には、読むだけで寒気がする箇所もあって、この部分は一番嫌いです。部屋着が肌に凍りついて、脱ごうとするとバリっと割れるとは、考えただけでもぞっとします。(6)」ジェイムソンは 8 か月間のカナダ滞在に関する記述を、帰国後間もなく『カナダでの冬の考察と夏のそぞろ歩き』（*Winter Studies and Summer Rambles in Canada,* 1838）として出版しているが、トレイルの移住者としての最初の数年間に関する楽観的な記述がこの本にどの程度影響を与えたかは、今後の研究が待たれるテーマである。

アナ・ジェイムソン

ストリクランド姉妹が新天地に長期間にわたり定住する覚悟を持った移住者の視点からカナダに関する多くの本を書いているのに対し、ジェイムソンのカナダに関する題材は彼女の経

験と意見を織り込んで欧州の読者を楽しませる主題に限られていた。ジェイムソンはカナダ到着時に紀行文と文化批評の作家としてすでに知られていて、欧州大陸の旅についての2冊の本を出し、イングランドの女王たちからシェイクスピアのヒロインまで幅広い歴史上および文学作品中の女性の研究を行っていた。コスモポリタンな文学界の状況に慣れていたジェイムソンは、植民地の比較的未熟な社会や文化生活に批判的な視点を向けている。トロントを「首都の自負を持つ四流か五流の田舎町」と位置付け、またナイアガラ瀑布の荘厳という評判を、当初は「誤り、または誇張されたもの」と判断していた (p. 57)。ジェイムソンの本の「冬の考察」の大部分は、彼女のドイツ文学研究の記録である。第2のパート「夏のそぞろ歩き」("summer rambles") になると、旅のジャンルに必須と彼女が主張する目新しい項目が登場する。「カナダに滞在中、私は今までどんな旅行者も書いたことのない場面や地域に、たまたま出くわす羽目になった……また、ヨーロッパの洗練かつ文明化された習慣を持つ女性が誰も敢て危険を冒したことのない、そして誰も記録したことのない、インディアン女性との出会いという状況にも、たまたま出くわす羽目になった」(p. 9)。「たまたま出くわす羽目になった」〔thrown into、放り込まれたの意〕という表現をさりげなく使用しているが、実はそれは偽りで、こうした出会いは自身の好奇心を満たすために、また売れる本を書くために、可能な限り広範囲に旅をしようとする慎重な計画に基づいていたのである。同様に、慎みを表す言葉が序文にみられ、序文を特徴づけているが、その表現、自称"ささやかな本"(little book、実は3巻もの) は皮肉にも、その本の大きさを却って際立たせている。またドイツ文学に関する議論と女性の社会的地位に関する分析には強力な知性が見られ、彼女のテクストが「友人に宛てた日記の"断片"」(p. 9) とする自己卑下的描写よりはるかに重みを持つことを示している。トレイルはカナダに関する最初の作品を母親に宛てた一連の手紙としているが、それと同様にジェイムソンも、一見したところ親しい女友達に書く際の個人的な作風を取り入れ、それによって出版物という非常に公的な表現手段の中で、緊密な感覚を一般読者に対して与えている。トレイルもジェイムソンも、この戦略で商業的成功を収めた。

　ジェイムソンのカナダ訪問は〔夫との離婚手続きのために〕不本意ながら行われたのではあるが、心身ともに解放をもたらすこととなった。冬の寒さから屋内に閉じ込められた期間、彼女は思考力を磨き、春の訪れによって解放されると、6月のナイアガラ再訪から始まる「荒野への遠征」("wild expedition," p. 542) に出発した。陸路でハミルトンに向かい、そこからチャタムに行き、そこで彼女はデトロイトに向かう蒸気船に乗った。7月中旬に、彼女は別の蒸気船でマッキノーに向かい、そこでアメリカ人の民族学者ヘンリー・スクールクラフト (Henry Schoolcraft) と彼のハーフ・インディアンの妻ジェイン (Jane) に会った。一行はともにスーセントマリー (Sault Ste. Marie) までの94マイルの行程を、無甲板式の川舟で5人の運び屋に漕いでもらって旅し、マニトゥーリン島に着いたのは先住民の年に一度の大会の日であった。ジェイムソンはさらに東に向けてヒューロン湖をカヌーで渡り、8月17日にトロントに戻った。彼女は単独で旅したと主張しているが、全く一人で行動したことはなく"長官の

夫人"(chancellor's lady〔離婚手続き中の夫 Robert Simpson Jameson はアッパー・カナダの司法長官だった〕）という肩書で守られていた(p. 262)。しかし、単独の旅という特徴は批評家の関心を引き、ジェイムソンが意図的に作り上げた、勇敢ではあるが女性らしい人物像を批評家たちは称賛した。旅を通して、彼女はメモを取ることに加えスケッチブックを一杯にした。出版された彼女の作品には入っていないが、彼女が描いたスケッチは現存し、ウェンディ・ロイ（Wendy Roy）の言葉を借りれば、彼女の様々な自己描写がいかに「女性であるが故の孤独感、女性らしさ、上品さ、文化的背景などを具体的に表しているか」を我々に示してくれる。ジェイムソンの画像は文字化されたテクストの内容を補足することが多いが、時には特定の記述と矛盾することもある。

　常に洗練されたコスモポリタンで、一方では適切な書店を、他方では気高い野蛮人（noble savages〔ロマン主義文学の中の理想化された原始人像で、この場合は先住民を指す〕）を探し求めていたジェイムソンは、定住の様々な段階にある北米の辺境地帯での直接体験が「矛盾した、明らかに相反する感情と印象」を生み出すことに気付いた（p. 303）。この地の崇高さと生き生きとした絵のような美しさ、そしてこの地の住民たち――両者を結び付けることにより、彼女はその矛盾をある程度解決している。特定の光景の絵画的な側面についてしばしばコメントするのに加え、絵画特有の用語を使って風景を描写し、当時流行していたロマン派の慣習に従って絵画スケッチの中身を編集したのである。

　旅行中、ジェイムソンは北米先住民と直接接触している。典型的な旅行者の流儀に従い、史跡等訪問予定地について事前に資料を読んでいたことは、彼女の記述を見れば明らかである。例えば1763年のポンティアク〔オダワ部族の酋長。フランス軍と結んでイギリス軍に対抗した〕によるデトロイト包囲攻撃の舞台。「こうした出来事をイギリスの暖炉のそばで読むこと――野性的な森林にインディアンの鬨の声がこだまし――塗料を塗ったインディアンの勇士たち――皮剥ぎ、トマホーク、といった言葉そのもの――こうした表現からは、はっきりした意味は伝わらず、漠然とした恐怖感が残るばかり。――ところが、まさにその場所に来て、恐怖に包まれながら、それでいて絵のような鮮やかさに彩られたその場面を思い出すと、印象はまったく異なったものになる」と述べている。ジェイムソンは、ポンティアクを「ローマ史のカラクタクス（Caractacus〔紀元1世紀、ローマ軍と戦ったケルトの王〕やアルミニウス（Arminius）〔紀元1世紀、ローマ軍と戦ったゲルマンの族長〕」と関連させて「鬼才」と評している（p. 334）。マッキーノに到着した際、彼女はアメリカン・インディアン・エージェント〔現地で先住民問題に当たる米連邦政府の役人〕で民族学者のヘンリー・スクールクラフトと、そして彼の妻でアイルランド人毛皮商と先住民チペワ〔オジブワ〕との間の娘であるジェインとは特別に親しくなるが、これを機に、この地方の文化と彼女との関わりにはヨーロッパ的パラダイムが以前ほど介在しなくなっている。さらに、『冬の考察』の中に「スクールクラフト夫人による翻訳」の中から取った3つの先住民の物語が初めて活字になってみると、むしろ目新しさのほうがにじみ出ている。この3つの物語は「少なくとも本物なのだ。物語の野性味や幼稚さ、

そして他のどんなフィクションとも異なる点は、推奨に値する[10]」(p. 403)。ジェイムソンが無名の先住民の人物像を描いたスケッチの多くにも、同様の民族誌学的特質が見られる。中には絵の主題を記したり、特定の個人として人物を描いたものもあるにはあるけれども。

　ジェイムソンは白人の過ちを指摘することを躊躇しない——「キリスト教徒が行くところはどこにでも、片手に聖書、もう片手には病気や堕落、憎むべき酒を持ち込むのだ」(p. 310)——そして彼女は、フランシス・ボンド・ヘッド（Francis Bond Head）の「我々の行政府の過ちは、先住民を我々の盟友と認めながら、わが子らよと呼び、子供として扱うことだ」(p. 351) との所見に賛同して引用している。しかし、彼女はまた、先住民の本質や前途に対しては確かな見解はなく、「扱いにくい人種」(p. 322) との印象を受け、文化的もしくは知的価値があると認められるものをほとんど持っていないと考える。「先住民の寡黙さは、生真面目さや礼儀正しさ、あるいは個人の尊厳から生じるものではなく、むしろ理念と興味ある主題の欠如から生まれている」(p. 402) との見解を述べている。彼女は先住民の風貌や習慣を、相対的に好意的な帝国主義者として記録したいと願っている。そうすることには不快感も伴ったが、「実際のところ、繊細で潔癖な習慣をもつ女性は非常に同意しがたい事柄に耐えなければならない、さもなければ家に留まっているのが一番良いのだ」(p. 434)。先住民女性に対するフェミニスト的関心から、ジェイムソンは彼女らの身分への懸念を示し、教養ある混血の姉妹、マクマレイ（McMurray）夫人とスクールクラフト夫人と知り合いになって喜んだ。姉妹の母親は純血の先住民で、ジェイムソンと養子縁組をし、彼女に敬意を表してチペワ語の名前を与えた。その名前とは、地元の急流下りをした最初のヨーロッパ人女性という意味である——先住民が漕ぐカヌーの乗客としてではあったけれども。

ストリクランド姉妹——スザナ・ムーディとキャサリン・パー・トレイル

およそ1世紀前のフランシス・ブルック（Frances Brooke）と同様に、アナ・ジェイムソンの英領北アメリカへの旅は、ロンドンでの執筆活動に新鮮な題材と1冊の重要な本をもたらした劇的なエピソードであった。一方、ストリクランド姉妹にとっての移住は、文人としてすでに確立していたキャリアを帝国の中心から植民地の周縁に移す上で多くの困難を伴うことになった。2人のうち、スザナ・ムーディのほうが——マーガレット・アトウッド（Margaret Atwood）の詩集『スザナ・ムーディの日記』（*The Journals of Susanna Moodie*, 1970）に典型的なパイオニアの人物として登場していることもあって——死後、姉よりも多くの名声を勝ち得ている。スザナと同様に多作なキャサリンは、『若き移住者たち——またはカナダの情景』（*The Young Emigrants: or, Pictures of Canada*, London, 1826）を皮切りに、70年にわたり新世界との文学関係を享受した。彼女のこの第1作、非現実的なまでに楽観的な子供向けの物語は、トレイル自身がやがて移住する運命にあるとはつゆ知らぬ、はるか以前に書かれた作品で、

「1821年にアメリカに移住した親交の深い家族から筆者に伝えられた……情景や出来事に基づいている。(11)」トレイルの最後の作品は『赤ちゃんベッドと揺りかご物語』(*Cot and Cradle Stories*, Toronto, 1895) で、大英帝国で生存する最高齢の作家として栄誉を与えられた後に出版されている。

　1830年代の初期、ストリクランド姉妹はやや晩婚ながら、それぞれ退役陸軍士官仲間のトマス・トレイル (Thomas Traill) とジョン・ウェダバーン・ダンバー・ムーディ (John Wedderburn Dunbar Moodie) と結婚してすぐ、オンタリオ州東部の現ピーターバラに近いドーロ郡区 (Douro township) に移住した。ムーディ夫妻とトレイル夫妻は、姉妹の弟であるサミュエル・ストリクランド (Samuel Strickland) が農業を学ぶために1825年に派遣されたアッパー・カナダですでに所有していた用地に隣接する、カチェワヌーカ湖畔の未開墾の土地で生活を始めた。姉妹が植民地での最初の数年間について書いた主要な作品中に構築したそれぞれのペルソナに基づいて、批評家たちは長年、2人の間の不仲な状況を作り上げてきた。『カナダの奥地』(*The Backwoods of Canada*, 1836) の語り手の快活な気性は、『未開地で苦難に耐えて——またはカナダにおける生活』(*Roughing It in The Bush; Or, Life in Canada*, 1852) の、しばしば悔やんだり感情的になったりする語り手と、鮮明な対照をなしている。夫たちが開拓者として無能であったために先例が無いほどの貧しさに陥っていくが、その過程での彼女らの個人的、そして作家としての生活を、その後出版された数冊にわたる姉妹の書簡や2人の本格的な伝記により、かなりのニュアンスをもって理解できるようになった。出版された本には、その公的な性格ゆえに、姉妹が出産や子育ての間、長期にわたって——スザナには生きのびた子供5人、キャサリンには7人いた——互いに仲良く助け合っていたことについてはほとんど書かれていない。アッパー・カナダの未開地や町で家族を維持するために苦闘していた時期、彼女たちはイギリスで過ごした娘時代よりもさらにいっそう、書くことが生き残っていくために必要であると悟ったのである。

　『カナダの奥地』の原稿は、主として植民地での最初の2年間を題材とし、1835年初頭に出版用に提出されているが、これは彼女が最大の試練に直面する前のことである。子供はまだ1人で、家族の蓄えも手つかずであった当時、キャサリンは入植者の生活について明るい見解を持ち、適切な情報があれば必然的に農業においても物質面でも成功すると主張している。『奥地』は娯楽知識文庫 (Library of Entertaining Knowledge 〔実用知識普及協会が実用知識文庫 Library of Useful Knowledge に続いて大衆向けに出した文庫〕) の57号と58号の一部として1836年にロンドンで出版された。編集発行人のチャールズ・ナイト (Charles Knight) が序文を書いており、作品のユニークな価値を「家族の快適な暮らしのすべてがその双肩にかかっている人物、つまり主婦向けの、信頼に足るガイドブック」と推奨している。さらに、「実際、奥地に暮らす家庭内の管理について必要不可欠なことの半分は、女性のペンで書かれねばならぬ」。そして「荒野における文明のパイオニアである教養ある女性たち」にとって、「事実をありのままに」提示するトレイルの誠実な記述は大いに役立つであろう、と述べている。(12)マ

イケル・ピータマン（Michael Peterman）が言及しているように、こうした事実は、「家族の一部がすでにカナダに渡っている家の者たちを安心させるため、またこれから植民地へ移住しようとしている家族の妻や娘たちを元気づけるために、慎重に書かれた物語」を創り出すべく厳選されている。紛争や病気、遅々として進まぬ状況などに関する詳細は省略されている反面、トレイルが乗った舟の名前や彼女が会った人たちの名前といった別の詳細は修正されているのだ。トレイルの物語は1832年7月から1835年5月の日付で彼女が母親に宛てた一連18通の手紙で構成されている。通常の旅行記の形式に従い、ヨーロッパ的鑑識眼のレンズを通して自然風景や人物模様を描き、「私の目に目新しいと映るもので興味をそそらないものはなにひとつない」と記す（Backwoods, p. 40）。未開墾地に向かう困難な旅の途上、災難に見舞われても決意に満ちた快活さで対処し、「泣くまいと決心していたので笑っていたことも時にはあった」（p. 82）と認めている。一家が労を惜しまず土地を開墾し、農場を作り上げる過程で、キャサリンは「希望！　決意！　忍耐！」（p. 93）という標語を掲げて苦難に耐えた。彼女の作品は、メープルシュガーの作り方や根菜類貯蔵庫の建設法など様々な実践的なアドバイスを提供し、自給自足の将来像を描いて締めくくっているが、その将来像は実はその後幻想に終わっている。トレイル一家の「まもなく整備された農場の心地よさを楽しめるという強い期待」（p. 226）は、病気、不作、経済不況、そして1837年の反乱〔主にロワーカナダでフランス系カナダ人が武装蜂起した。翌年に終息〕のために打ち破られることになるのであった。

　トレイルが英国で出版した多くの書籍と同様に、『奥地』もアグネス・ストリクランドによって管理された。アグネスは妹たちのカナダへの旅立ちの後、ロンドンでイギリス王族の伝記作家として華々しく開花した人物である。しかし、アグネスの最善の努力にもかかわらず、トレイルはこの作品に対して全部でたった125ポンドを受け取ったに過ぎない。この作品は、ロンドンで20年以上にわたって少なくとも8回以上再版され、ドイツ語やフランス語にも翻訳され、また不動産会社であるカナダ・カンパニーが斡旋した者を含む移住者たちに広く読まれた。1929年にはカナダ版が初めて出版され、カナダ文学の古典としての地位は確固たるものとなった。1997年にはトレイルが望んでいた修正を施した学術版が出版されている。

　トレイルは『奥地』の成功にあやかろうと、「森林の開墾地」（"Forest Gleanings"）と題する続編を書いた。ロンドンやエディンバラの出版社には採用されず、アグネスは原稿を小刻みに分割して様々な雑誌、特に「チェンバーズ・エディンバラ・ジャーナル」に売った。この雑誌は「シャープス・ロンドン・ジャーナル」および「ザ・ホーム・ジャーナル」と共に、1850年代を通してトレイルの小編を出版し続けた。こうした小編の別版が1852〜3年、同様に「森林の開墾地」と題してトロントの「アングロ・アメリカン・マガジン」にも掲載された。1850年代にトレイルはモントリオールの「スノー・ドロップ――オア、ジュヴェナイル・マガジン」と、同じくモントリオールの「メープル・リーフ」からも出版した。

　『カナダの奥地』は、トレイルのその後のカナダ作品の2つの主要構成要素を縒り合せて

いる。1つはレシピその他の説明を豊富に付けた、女性向けの家事に関するアドバイス。もう1つは、博物学、とりわけ、彼女が神に導く道と見なしている植物学への喜び。「道端に生える最も単純な雑草も、私の周りを飛びまわるハエも、内省と感嘆、そして喜びのテーマである」(*Backwoods*, p. 14)。1つ目の構成要素は、1854-5年、トロントで予約購読により出版された『女性移住者向け案内書、およびカナダにおける家庭管理へのヒント』(*The Female Emigrant's Guide, and Hints on Canadian Housekeeping*)で完結する。この企画は恐らくトレイルに全く収入をもたらさなかった。2つ目の構成要素を持つ作品は自然に関するもので、子供向けと大人向けの次の題名が挙げられる。『レディ・メアリーと彼女の乳母――または、カナダの森を覗き見る』(*Lady Mary and Her Nurse; or, A Peep into the Canadian Forest*, London, 1856)、『カナダの野性の花々』(*Canadian Wild Flowers*, Montreal, 1868)、『カナダの植物の生態研究』(*Studies of Plant Life in Canada*, Ottawa, 1885)の各作品である。2つの構成要素が合体しているのはトレイルの子供向けの主要作品『カナダのクルーソーたち――ライス・レイク平原のお話』(*Canadian Crusoes: A Tale of the Rice Lake Plains*, London, 1852)で、当時の彼女のもう1つの関心事であった、先住民も関わる物語である。

　アナ・ジェイムソンと同様に、ムーディもトレイルも先住民女性に好奇心を持ち、彼女らと友達になった。『カナダの奥地』と『未開地で苦難に耐えて』はともに、アッパー・カナダのチペワ人住民たちとの間に頻繁に行われた交流を、共感をもって描いている。2人とも、ヨーロッパからやってきた入植者に立ち退かされつつある先住民はやがて絶滅する運命にあると信じ、その立ち退きの過程を彼らの避けられない運命として提示する。姉妹は当初、英国ロマン主義の伝統を受け継いで気高い野蛮人を理想化していたが、やがて好奇心から尊敬へと推移し、彼らの"インディアンの友人"の技術や工芸、家族の習慣を称賛した。姉妹は先住民女性と特別な絆を感じており、子供たちの福祉や逆境で生き残っていく能力といった、同じ母親として覚える気遣いを、彼らの立場に身を置いて考えた。

　本来、想像力に富む文学の提唱者ではなかったトレイルは、青少年のサバイバル・ガイドとして『カナダのクルーソーたち』を執筆した。1770年代を背景にしたこのロビンソン・クルーソー流の作品は、カナダ人の若者たち3人――2人のスコットランド系兄妹〔HectorとCatharine〕と半分フランス系の彼らのいとこ〔Louis〕――の冒険を物語る。彼らは数年間森をさ迷いながらも、うまく生き延びる。フライデー（Friday〔ロビンソンに助けられた捕虜で彼の忠実な従僕になった〕)の役割を演じるのは先住民モホークの少女で、3人に命を救われたのち、ヨーロッパ式の子供の名前インディアナ（Indiana)と名付けられる。その後、少女は森に関する知識と狩猟の技術により、彼らを助ける。トレイルは出来事を歯に衣着せぬやり方で描写して教訓的意図をあからさまに表明し、移住者の子供たちに対しては性差を強く意識した社会的規範を主張しているのだが、その意図や主張よりも先住民登場人物の描き方のほうが目立っている。若い白人のヒロインが徐々に学んで模範的な主婦になっていくのに対し、先住民女性たちは持ち前の知識と力強さで、それに対抗する強いイメージで描かれる。最後

に助け出された子供たちは成人していて、4人は都合よく互いに縁組する〔HectorとIndiana、LouisとCatharine〕。トレイル自身、先住民との混血児の祖母となっていることもあり、カナダ社会における異人種間結婚を認めていた。英語と英国の価値観が主流である限り、カナダ社会はフランス系、北米先住民、そしてスコットランド系の伝統が混ざり合うことにより力を得ると考えていたのである。

『カナダのクルーソーたち』は英国でも米国でも相当な成功を収めたにもかかわらず、著者が手にした収入はごく僅かであった。トレイルは、英国での2000冊の初版で50ポンドを受け取り、その海賊版の多くの模造作を出版していたアメリカの会社から「贈り物」として50ドルを受け取った。英国での第2版でさらに受け取ったのは、たったの25ドルだった。[19] 1867年、トレイルはエディンバラのネルソン社から、改定され題名を新たにした2冊の児童向け書物でさらに40ポンドを手にした。1冊は『レディ・メアリーと彼女の乳母』の新版で1869年に新しいタイトルがつけられた『はるか彼方の森で：またはカナダの未開地における生活と風景の描写』(Afar in the Forest; or, Pictures of Life and Scenery in the Wilds of Canada)、もう1冊は1882年に『カナダのクルーソーたち』を再編集した『奥地で道に迷って。カナダの森の物語』(Lost in the Backwoods. A Tale of the Canadian Forest) である。後者はこの題名で何十年間も印刷され続けた。

経済的悩みは絶えずトレイルに付きまとい、加えて夫のうつ病の進行との戦いも続いた。夫は1859年に亡くなっている。一家は頻繁に転居し、1857年には火災で家を失った。しかし、飢えと絶望の瀬戸際にありながら、キャサリンは心の平静を保ち、彼女の手紙には97歳になるまで心の拠り所となった強い信仰心と、家族や社会とのつながりが記録されている。現在出版されているこうした手紙は、彼女の並みならぬ弾力性に加え、世代ごとに増加していく彼女の子供や孫たち、親戚、友人たちの中で彼女が中心的存在であった状況を記録している。子供や孫たち、親戚、友人たちは互いに慰め、避難所を与え、子供たちを養育して教育や就職の手助けをし、文通のネットワークを維持し、手紙を書き写して回覧した。

キャサリンが主として散文を書いていたのに対し、スザナは新世界に移住した最初の10年間は詩人として最もよく知られていた。彼女が北米で出版した数編の詩の中には、移住前に出した『夢中になって――およびその他の詩』(Enthusiasm: And Other Poems, London, 1831) から再利用したものもある。カナダでは、スザナの現地の話題に関する詩のほうが注目を浴びた。「そりの鈴の音――カナダの歌」("The Sleigh Bells. A Canadian Song") は、1833年にニューヨークの「アルビオン」誌に初めて掲載されて以来、何度も印刷されているし、「カナダの森の住人」("The Canadian Woodsman," 1834) と「カナダ人よ、団結しよう。忠誠の歌」("Canadians Will You Join the Band. A Loyal Song," 1837〔1837年の反乱の時、ムーディは政府側を応援する詩を数編書いている〕) も同様であった。[20] ジョン・ラヴェル (John Lovell) が1838年12月、モントリオールに「リテラリー・ガーランド」誌を設立したことにより、ムーディは新鮮な創作意欲と、必要に迫られていた現金を手にした。植民地における初期の文学刊行物の大半

は熱狂に始まり、フラストレーションのうちに消滅する長続きしない事業であった。国内で最も有能な出版人の経営による「ガーランド」誌は、比較的長期間存続したことと、寄稿者に対してきちんと支払っていた点で傑出している。『未開地で苦難に耐えて』の中でムーディは、モントリオールから「最初の 20 ドル紙幣を受け取って、文字通り歓喜の涙を流した」と述べている[21]が、実は切迫した状況のドラマ性を高めるために、この出来事の日付を彼女は 1 年早めているのである。1839 年の夏には、ムーディはこの雑誌の主要作家の 1 人としての地位を確立していた。1851 年に「ガーランド」誌が廃刊になるまでに、彼女は 70 編ほどの詩、9 編の連載小説、21 編の短編を寄稿した。対してトレイルが「ガーランド」誌に掲載したのはわずか 12 編である。

　1840 年、ムーディ夫妻はオンタリオ湖北岸のベルヴィルに移り住んだ。この地で「ヴィクトリア・マガジン」(*Victoria Magazine*)の設立に伴い、植民地の文学生活に以前よりも直接関わることになった。この雑誌を 2 人は 1847 年 9 月から 1848 年 8 月まで編集している。「カナダ人のための安価な定期刊行物」("A CHEAP PERIODICAL for the CANADIAN PEOPLE")として発行された「ヴィクトリア・マガジン」は、「大衆の知的改善」を促進するために「労働者階級の間に上品な文学趣味」を促すことを目指し、ムーディ夫妻の他の作品全体に渉る社会改善論者の哲学を表現している[22]。「ヴィクトリア・マガジン」が公表している 781 名の予約購読者リストによると、この雑誌は主としてベルヴィルの住民に支えられていて、他の読者の大部分は現在のトロントとモントリオールの間の町や集落に散らばっていた。アグネスが英国から送った数編とローダ・アン・ペイジ (Rhoda Anne Page) のような地元の作家のいくつかの作品以外、雑誌の中身の大部分は、名前入りであれ無記名であれ、ムーディ夫妻がみずから執筆していて、題材はローマの古典から当世流のユーモア作品まで多岐にわたる。キャサリンがこの雑誌に投稿した唯一の作品は、16 歳の時に書いた 2 部構成のヨーロッパ物語であった。ムーディ夫妻は「文学的博愛主義者」の役割を貫くことはできず[23]、信頼できない土地の投機家や変化の激しい植民地文化経済などについて、多くのことを苦労して習得する運命にあったようだ。

　スザナ・ムーディのカナダにおける経歴は、国内および国外の様々な市場の要求を満たさなければならないという強い意識を持ちつつ、自信と自制によって形成されていった。『未開地で苦難に耐えて』の主人公として創作された「ムーディ夫人」のナイーヴで感情に流され易く傷つきやすい人物を、実在のスザナ・ムーディと重ね合わせる傾向のある読者には、このような特徴は時には見逃されがちだ。実在のスザナ・ムーディは経験を積んだ作家で、カルチャーショックと適応の物語を読者の胸に訴えるように注意深く構成することにより、海外移住の回顧的物語にドラマ性を与え、未来の移住者に厳しい警告を発している。時には作者と登場人物の境界線がはっきりしない。例えばムーディの開拓者としてのペルソナは、カナダの奥地で社会的に認められるために、「最もおとなしい平凡という長い衣の下に才女 (blue stocking) を覆い隠そうとしていた」と主張する (*Roughing It*, p. 215)。さらに、ムー

ディは作家仲間のルイザ・アニー・マリー（Louisa Annie Murray）に、「文学的労働に対するこの国の評価は低くて、実入りの良い職業には絶対にならない」と助言している[24]。このような記述から、カナダ人は国の文芸文化を評価し、支えることに失敗していると考えられてきた。しかし、われわれがムーディの出版歴を検証すると、当時大西洋の両側で繁栄していた印刷文化に彼女は全面的に関与していたことを確認することができる。カナダでは文筆が実入りの良い職業にならない、という彼女の所見は、彼女が最も多作な10年間にまさに入ろうとしていた時期に書かれている。1852年と1856年の間にロンドンのリチャード・ベントリー（Richard Bentley）社から6冊の本が出版されているのだ。その中の2冊はムーディの主要なカナダ作品『未開地で苦難に耐えて』とその続編『開拓地での生活対未開地』（*Life in the Clearings versus the Bush*）で、残りの4冊は最初「リテラリー・ガーランド」誌に連載されているが、カナダとは何の関係もない小説である。

　1830年代から1850年代にわたってリチャード・ベントリー（Richard Bentley）は、イギリスからカナダに移住したスザナ・ムーディとカナダからイギリスに移住したトマス・チャンドラー・ハリバートン（Thomas Chandler Haliburton）という二大カナダ人作家の、大西洋の両側を結ぶ文学関係を調査する重要なレンズを提供してくれる。アメリカの作家に対する英国人の関心を早急に促すために、ベントリーは彼のリストに多くの重要な名前を加え、その数は1857年までに50名以上に達した[25]。そして北米に関するタイトルを種々のジャンルから集め、特に旅行、探検、移住物語、小説を優先したリストを発行した。それゆえに、ベントリーが批評家として、ヴィクトリア時代初期のカナダの2人の主要な作家であるムーディおよびハリバートンと関わりを持つことになったのは偶然の一致ではなかったのである。

　リチャード・ベントリーとムーディ夫妻との交流は、ジョン・ムーディの『南アフリカで過ごした10年』（*Ten Years in South Africa*, 1835）の出版に始まり、ベントリーがスザナの『未開地で苦難に耐えて』として出版されることになる原稿を受け取った1851年に再開した。スザナはベントリーに個人的に会ったことは一度もないが、彼が彼女の本を出版し続けた年月の間、両者は互いに書簡による温かい交流を続け、それは1867年まで続いた。ベントリーがスザナの弟サミュエル・ストリクランドの唯一の書『カナダ・ウェストで過ごした27年』（*Twenty-seven Years in Canada West*, 1853）を出版した時、両者の関係は一時緊張状態となった。『未開地で苦難に耐えて』の下品さで家族の品位が貶められたと感じた姉のアグネスが、名誉挽回のために弟をそそのかして書かせ、自ら編集した『カナダ・ウェストで過ごした27年』は、『未開地で苦難に耐えて』より質は悪いが実入りはよかった。しかし、『未開地で苦難に耐えて』が成功し、『開拓地での生活』も続いて出たため、ムーディとベントリーとの関係は修復された。ムーディはベントリーの息子、ホレスの1858年のアッパー・カナダ訪問のホスト役を務め、ベントリーは1865年、ムーディがロイヤル・リテラリー・ファンドから助成金を受ける手助けをした。

　ベントリーの人脈により、ムーディは2倍の読者を開拓することができた。国内ではカ

ナダ人のために多くの作品を書いて定期刊行物に幅広く寄稿する一方、単行本は全て英国の読者を対象に書き、イギリスの出版社から刊行された。この英国の出版社の存在が無ければ、ムーディの本の出版はずっと少ないものになっていたであろう。ジョージ・L．パーカー（George L. Parker）の言葉を引用すると、19世紀全般にわたって、カナダで本を出版することは「神頼みの行為」（an act of faith）に近いもので、アメリカ人はカナダ人の作品に支払うよりカナダ作家の作品の海賊版を作成する道を選ぶのだった。当時は予約購読による出版が通例であったが、想定内の収入があったためしはめったになかった。このことはジョン・ムーディが『風景と冒険——軍人として、入植者としての半世紀』（Scenes and Adventures, As a Soldier and Settler, During Half a Century, 1866）の出版で学んでいる。パーカーによると、トマス・チャンドラー・ハリバートンは「19世紀のカナダで疑いもなく最も高額の原稿料を得た作家」だということだが、仮にスザナ・ムーディがこの事実を知っていたならば、彼女とベントリーとの関係はこれほど友好的にはならなかったのではないか、と推測したくなる。ベントリーが出版した7冊の本からムーディが得た収入は、およそ350ポンドを上回る程度であった。一方、ハリバートンは『時計師』（The Clockmaker）の第2シリーズ（1838）のたった1冊で300ポンドを得た上、第3シリーズ（1840）には500ポンド要求している。

　ムーディの主要作品中の物語を余すところなく評価するためには、彼女の作家としての経歴を多様な読者との関係から考察することに加え、ナラティヴの二重構造に注目することが必要である。つまり、開拓者が僻地の文化に適応していく過程と、それが生み出す文学的効果とが、同時進行しつつ時に矛盾している状況である。『未開地で苦難に耐えて』は、スケッチやエッセイや詩を寄せ集めて、ムーディ夫妻が1832年に移住した時から、コーバーグ近くの開拓農場での幸せとはいえない最初の1年と、その後ドーロ郡区の未開地で過ごした数年間を辿り、やや自伝的な物語に創り上げた1巻である。最後は1840年に一家が荒野から脱出してベルヴィルに移り、夫ジョンがヴィクトリア特別区長官の地位を得て豊かな生活ができるようになるところで終わっている。作品中、物語がそれぞれ完結している各章においては、無礼なアメリカ人のずうずうしさに対する不満や、ロッギング・ビーズ（logging-bees〔伐採者たちがどんちゃん騒ぎをする集まり〕）で起きた酩酊状態に対する嫌悪感を表現している時でさえ、読者を楽しませ、登場人物や出来事を生き生きと描き出すムーディの才能は遺憾なく発揮されている。出版直前に取り下げたり差替えたりした部分があるため、最初の数版では内容が異なり、2章はその後『開拓地での生活』に登場する。ジョン・ムーディによる3章といくつかの詩、そしてサミュエル・ストリクランドによる1章と1編の詩は、『未開地で苦難に耐えて』に家族のスクラップブックの趣を与えている。

　原作者の信憑性を探ってこの本を読んでみると、パン焼きや乳搾りを覚えるといった、家事に関する成功を喜ぶ箇所の端々にはその痕跡を見る。序文のページでは、「『イギリス女王列伝』（Lives of the Queens of England）の著者」アグネス・ストリクランドに献じる、妹から愛情を込めて、と姉に敬意を表して文学的伝統を持つ家系を主張し、出版社の広告もムーディ

を、「極めて人気の高い作品で英文学を豊かにしている家族の1人」、また、「1831年に出版された詩集」で有名なスザナ・ストリクランド、と紹介している(30)。同時に、初版のタイトルページに刻まれた題辞には以下のような、真実を語るという主張が記されている。「私は自然から描写し、その描写は真実である：／どんな主題であれ、深刻な主題でも陽気な主題でも、／遥か彼方の地での辛い体験も／自分に起こったこととして綴っている」。この題辞から数ページ後の序章の中でムーディは、「新聞と個人の書簡」が新世界について誤解を招くような偽りの陳述をしている、と批判し（p. 4）、真実を語るという自身の主張と、はっきり対照させている。

ムーディが著者として優れた技術を持っていることは、元々地元の読者向けにカナダの雑誌に掲載されたスケッチ風小品を、英国の中流階級の女性読者向けにイギリスで出版する2巻〔『未開地で苦難に耐えて』と『開拓地での生活』〕に適合するよう脚色している手腕に、はっきりと表れている。キャサリンは『カナダの奥地』で最近の出来事について語っているが、スザナは過去の出来事を反芻し、熟慮して書いている。スザナの『未開地で苦難に耐えて』の初版の半分近い章は、もともと「リテラリー・ガーランド」と「ヴィクトリア・マガジン」に1847年と1848年に掲載された8編の小品に基づくものである。こうした最初の小品は地元のコミュニティのメンバー向けに書かれたので、実用的な助言を与えたり、男性向けの標準的食事は「ジャガイモと豚肉をグラス1杯のウイスキーで流し込む」ことと記したりする必要はなかった。こうした詳細は後に英国読者のために付け加えられたものである。また隣人が標準以下の英語を話すことや、開拓地での医療には神経質になってしまうこと、ユーモアが比較的荒削りなことなども、もとの小品には入っていない。こうした英国の読者向けの修正がムーディ自身によって行われたのか、それともイギリスの編集者によるものか、いずれにせよ、修正版では語り手のスタイルに感嘆符が加えられたり、階級差を強調するために方言が使われたりしている。同様に、「リテラリー・ガーランド」の読者に対する冒頭の親密さを前提とした素朴な問いかけ——「読者の皆さん、ダマー（Dummer）と呼ばれる場所を知っていますか？」——が、神秘さを強調するために次のように改訂されると(31)、ゴシック的響きを帯びてくる：「読者の皆さん、ダマーと呼ばれるこの遥か彼方の西部の荒野の深い森の中にある場所について聞いたことがありますか？」（*Roughing It*, p. 463）。また内容も言葉づかいも洗練された結果、ののしりの言葉 damn は hang に変わり、ウッドラフ爺さん（old Woodruff）の浮気に関する性的当てこすりは減り、さらにブライアン・ザ・スティル・ハンター（Brian the Still Hunter 〔still-hunter は犬を使わずに獲物に忍び寄る猟師〕）の自殺の企てについての露骨な身体的詳細は上品で遠回しな表現に変わっている。その他、彼女の姉が「『カナダの奥地』の作者」であることをわざわざ挿入したり（p. 475）、カナダに到着してグレッセ島に上陸した際に夫が一緒にいなかったことになっているなど、詳細の変更は多岐にわたる。元々カナダの読者には「船上に残ったのは」スザナと、その娘と一緒にいた「夫だけだった」と伝えられているが(32)、英国の読者に対しては、夫婦のこの睦まじいエピソードは、哀れを誘う次の

ような表現に転じているのである：「夫は船とともに去り……私は赤ん坊と2人きり取り残された」（p. 16）と。同様に、『未開地で苦難に耐えて』中のピーターバラ近くで過ごした数年間の記述には、孤独を強調するために、姉や弟と近い場所に住んでいたことははっきり記されていない。最初に書かれた小品は物語や経験を地元の読者と共有することが目的であったのに対し、後から出た書籍は、未開地を開拓する作業が非常に骨の折れる仕事であって、肉体労働に慣れている人々によって行われることが最適である、という主題で書かれている。中年の中流階級の移住者に対して、ムーディの過ちを繰り返さないようにと警告する『未開地で苦難に耐えて』は、トレイルの『カナダの奥地』の続編であり、後知恵の洞察力をもって開拓者の経験を詳述しているのである。

　生存中にカナダで出版されたムーディの唯一の単行本、『未開地で苦難に耐えて』は、1871年のトロント版により古典の地位を獲得した。この版のためにムーディは「カナダ。コントラスト」（"Canada. A Contrast"）という題で序文を書いている。今や急速に国家に成長しつつあるカナダでの生活と折り合いをつけたスザナ・ムーディは、40年足らずの間に起こった進歩に驚嘆し、「偉大で栄光ある天運の成就」（"the fulfilment of a great and glorious destiny," p. 674）を予期しつつ、自身の個人としての、また作家としての人生を称揚する調子でこの序文を締めくくっている。

注

1. Carl F. Klinck, Introduction, William Dunlop, *Tiger Dunlop's Upper Canada*（Toronto: McClelland and Stewart, 1967）, p. xi.
2. カナダ国立図書館・文書館所蔵（Library and Archives Canada）の Patrick Hamilton Ewing Collection の中にある。
3. Mary A. Shadd, *A Plea for Emigration: or, Notes of Canada West*（Detroit: 出版社名記載なし、1852）, p. 22.
4. Barbara Williams, ed., *A Gentlewoman in Upper Canada: The Journals, Letters and Art of Anne Langton*（Toronto: University of Toronto Press, 2008）, p. 175.
5. Carl Ballstadt, Elizabeth Hopkins, and Michael Peterman, eds., *Susanna Moodie: Letters of a Lifetime*（Toronto: University of Toronto Press, 1985）, pp. 73-4. 彼女の詩は1825年にすでに移住していたスザナ・ムーディの弟サミュエル・ストリクランド（Samuel Strickland）の義父によって、カナダへ持ちこまれたようである。
6. G. H. Needler, ed., *Letters of Anna Jameson to Ottilie von Goethe*（London: Oxford University Press, 1939）, pp. 59-60.
7. Anna Brownell Jameson, *Winter Studies and Summer Rambles in Canada*（Toronto: McClelland and Stewart, 1990 [1838]）, p. 65.
8. Wendy Roy, "'Here is the picture as well as I can paint it': Anna Jameson's Illustrations for *Winter Studies and Summer Rambles in Canada*," *Canadian Literature* 177（Summer 2003）, pp. 103-4.
9. Roy, "Here is the picture," pp. 105, 107.

10. Robert Dale Parker, ed., *The Sound the Stars Make Rushing through the Sky: The Writings of Jane Johnston Schoolcraft* (Philadelphia: University of Pennsylvania Press, 2007) 参照。

11. Catharine Parr Traill, *The Young Emigrants; or, Pictures of Canada* (London: Harvey and Darton, 1826), p. iii.

12. Catharine Parr Traill, *The Backwoods of Canada*, ed. Michael A. Peterman (Ottawa: Carleton University Press, 1997 [1836]), pp. 1-3.

13. Ibid., Introduction, p. xxvii.

14. Ibid., Introduction, p. xxvii.

15. Ibid. Introduction, pp. xxxvi-vii, xl, xlii.

16. Michael A. Peterman and Carl Ballstadt, eds., *Forest and Other Gleanings: The Fugitive Writings of Catharine Parr Traill* (Ottawa: University of Ottawa Press, 1994), p. 8.

17. Carl Ballstadt, Elizabeth Hopkins, and Michael A. Peterman, eds., *I Bless You in My Heart: Selected Correspondence of Catharine Parr Traill* (Toronto: University of Toronto Press, 1996), pp. 24-5.

18. Carole Gerson, "Nobler Savages: Representations of Native Women in the Writings of Susanna Moodie and Catharine Parr Traill," *Journal of Canadian Studies* 32.2 (Summer 1997), pp. 5-21 参照。

19. Catharine Parr Traill, *Canadian Crusoes: A Tale of the Rice Lake Plains*, ed. Rupert Schieder (Ottawa: Carleton University Press, 1986 [1852]), pp. xxxi-v.

20. John Thurston, *The Work of Words: The Writing of Susanna Strickland Moodie* (Montreal and Kingston: McGill-Queen's University Press, 1996), pp. 234-6.

21. Susanna Moodie, *Roughing It in the Bush; or Life in Canada*, ed. Carl Ballstadt (Ottawa: Carleton University Press, 1988 [1852]), p. 441.

22. "Editor's Table," *Victoria Magazine* 1.12 (August 1848), p. 287.

23. Ibid., p. 288.

24. Ballstadt, Hopkins and Peterman, *Letters of a Lifetime*, p. 99.

25. Royal A. Gettmann, *A Victorian Publisher: A Study of the Bentley Papers* (Cambridge: Cambridge University Press, 1960), p. 25.

26. George Parker, *The Beginnings of the Book Trade in Canada* (Toronto: University of Toronto Press, 1985), p. 67.

27. Carole Gerson, "Mrs. Moodie's Beloved Partner," *Canadian Literature* 107 (Winter 1985) pp. 34-45.

28. Parker, *Beginnings of the Book Trade in Canada*, p. 65.

29. Carole Gerson, *Canada's Early Women Writers: Texts in English to 1859* (Ottawa: CRIAW, 1994), p. 23; Richard A. Davies, ed., *The Letters of Thomas Chandler Haliburton* (Toronto: University of Toronto Press, 1988), pp. 86, 109.

30. Moodie, *Roughing It in the Bush*, pp. ix-x.

31. Mrs. Moodie, "Canadian Sketches. No. II. The Walk to Dummer," *Literary Garland* 5.3 (March 1847), p. 101.

32. S. M., "Scenes in Canada. A Visit to Grosse Isle," *Victoria Magazine* 1.1 (September 1847), p. 15.

6

英語とフランス語による歴史、1832年から1898年

E. D. ブロジェット
(E. D. Blodgett)

　　「しかし、わたしたちはそれについて知るべきなのよ」
　　と、エレーヌは言った。「それは歴史なんだから。」
　　「だから一層困るんだ。それがフィクションだったら、気にしないんだが。」(1)

連邦成立以前のフィクションと歴史

　歴史上の出来事はいつも歴史家の意によって選別されるとしても、他と比べてずっと筆を費やすに値する時代もあるように思える。カナダの文化史においては、1760年代と1830年代は明らかに重要度が高い。前者は、フランスがその支配の及ぶ範囲として影響力をもっていた北米地域の終末に対応する時期である。それはまた、初期の入植の中で、英領北アメリカと呼ばれることになったものの多様なヴィジョンが出てきた期間でもあった。その地がそうした名称を獲得するようになっていくときに、その名称は一方で先住民に対する見方の変化と、他方で英仏カナダの間での継続的な競争を隠してしまった。その時代はまたかつてのフランス植民地に印刷出版が現れた10年間でもあった。1830年代は、特に英仏カナダの間で、議論がより激しい性格を帯び、それが一連の決定と妥協を生み、そして連邦結成に結実することになる。したがって、それは変化した植民地の2度目の大きな「意識の目覚め」の時代であり、その結果、とりわけ、国民文学を築こうとする努力が確かな実を結び始めた。
　1830年代は、イギリス本国に責任政府の利点を認めてもらおうとする英系仏系両カナダの試みが失敗に終わった10年間であった。その時代はダラム卿による『報告書』(1839年)で決着がつけられた。そこには、ロワー・カナダ〔英領植民地は、アメリカ独立革命後、1791年のケベック法によって、アッパー・カナダ(現在のオンタリオ州に相当)とロワー・カナダ(現在のケベック州に相当)に分割された〕の仏系住民が「歴史も、文学ももたない民」であるという驚くべき報告が(2)含まれていた。そうした文化的欠陥があるならば、同化がロワー・カナダの唯一の運命でありえただろう。この時代は両カナダ〔アッパー・カナダとロワー・カナダの両方を指す場合、両カナダ Canadas と呼んだ〕をアイデンティティ・クライシスに陥れた10年であった。『報告書』はその問題を単純に統一〔アッパー・カナダとロワー・カナダの統一〕と責任政府によって解決す

ることを提案している。そして、1830年代の責務は何だったのか、また、その後少なくとも1世紀のあいだ何が責務であり続けるのかを述べている。その結果、いくつもの文化に合意可能なアイデンティティを提供する語りが生まれることになる。議論を辿る支配的な言説は、少なくとも19世紀では、フィクションと歴史だった。過去を知る方法として、それらはどちらも復元方法に固有の問題を提起している。ほとんどの人は、歴史は循環するというよりも、直線的だと信じているか、あるいはそう認めているので、説明可能な一連の出来事があるばかりでなく、予見できない偶発事もあることは暗黙の了解となっている。アブラハム平原の戦い〔1759年、英仏植民地戦争（フレンチ＝インディアン戦争）の末期、ケベック城外のアブラハム平原で激しい戦闘が行われ、英軍が勝利を収めた。仏軍モンカルム侯爵と英軍ウルフ将軍の両者とも戦死〕で、モンカルム（Louis Montcalm de Saint-Véran）はなぜブーガンヴィル（Louis Antoine de Bougainville）が背後から攻撃するのを待たずに、ウルフ（James Wolfe）を攻撃したのかが問われることもあろう。そうした質問に答えるために、歴史家は証拠を集め、出来事を整理し、一連の結果は筋が通ってみえるように説得的な議論を進めるように要求される。歴史が史料を集めることでない以上に、フィクションはそうでない。しかし、それでも、フィクションは実際に起きた歴史と書かれた歴史と二重の関係を持っている。

　われわれが扱っている時代はヨーロッパのロマン主義思想から大きな影響を受けている。ロマン主義によれば、歴史は、超越的な説明がしだいになされなくなる中で、人間の活動について主要な知識を与えることを課せられていた。かくして、フィクションと歴史は様々な方法で、アイデンティティと国民的希望を発展させる重要な課題を担っていた。そして2つのジャンルは、宗教がもたらす道徳観と多くの点で競合する道徳的立場を表していた。予見できない場面よりも、歴史は情報を与える精神を特徴とするようになった。この目的のために、歴史はフィクションの中で用いられて、彼らの行動の精神力が最も明確に見られるように人物を極端な状況におくようになった。それゆえに、重大な結果が関わっている、特権化された事件がある。特に、1755年のアカディア人の大混乱（le grand dérangement）または大追放〔仏領であったアカディアの大部分を占領したイギリス軍は、1755年に1万数千人のアカディアンのうち約8000人をアメリカ南部などに追放した〕、アブラハム平原の戦い、1812年戦争（1812〜14年〔アメリカ合衆国とイギリスの間で北米の領土をめぐって争われた戦い。米英戦争とも呼ばれる〕）、1837〜38年の反乱〔1837〜38年にかけて、宗主国イギリスの植民地支配に反発して、両カナダで反乱がおきた〕であり、フランス系カナダ人作家にとっては、17世紀末にイロコイ人やアメリカの植民者との間で繰り返された戦争がそれにあたる。歴史からヒントを得る想像的記述も、逆に想像的記述からヒントを得る歴史も、共にイデオロギーと精神のドラマとして築かれた。そうなったのはアングロフォンとフランコフォンの双方の歴史物語に対する飢えを満たすことによってであった。そして、歴史物語が、ナショナル・アイデンティティのモデルをはっきりと示す過程で、英雄的行為を提供し、支配的な世界観を正当化し、小説の道徳的範囲を認めた。

　カナダ史における長い期間をわれわれは考察しているので、ここでは2つの時代に分けて

みよう。1つは1866年に終わる時代で、連邦成立の直前に位置する。1867年以前カナダにおける政治的・文化的活動は絶えざる論争によって特徴づけられる。それは当時の主な歴史家であるフランソワ＝グザヴィエ・ガルノー（François-Xavier Garneau）とジョン・マクマレン（John MacMullen）にはっきりと現れている。その後も論争は続いたが、それは性格を変えた。特に、より安定したように見える政治状況への訴えかけが可能になったからである。

アイデンティティの探求——1832～44年

歴史書からヒントを得ているフィクションが歴史ロマンスで、歴史とロマンスの関係は相反するものというより、補足的である。カナダにおけるそうしたフィクションの嚆矢は、ジョン・リチャードソン（John Richardson）の『ワクースタ、あるいは予言——両カナダの物語』（*Wacousta; or, The Prophecy: a Tale of the Canadas*, 1832）である。この小説はあらゆる歴史ロマンスに通じる基本的な問題を提起している。歴史的要素が多すぎるとロマンスを圧倒してしまいかねないのである。このジレンマに対するリチャードソンの解決法は1851年版の序文に率直に書かれている。「物語はこれら最後の2つのイギリス砦を奪取しようとするポンテアック（Ponteac）（原文のママ）〔先住民オダワ人の首長。1763～66年の反乱で有名。通常ポンティアック Pontiac と呼ばれている〕の術策にもっぱら基づいている。あとはすべて想像である。」[3] この解決法の複雑さは、しかしながら、19世紀初頭のカナダにおける社会的・政治的状況を反映している。この小説は新旧世界の二律背反をとらえている。それはフランシス・ブルック（Frances Brooke）の『エミリー・モンタギューの物語』（*The History of Emily Montague*, 1766）で公平に眺められてすでに発展させられ、ジュリア・キャサリン・ベックウィズ・ハート（Julia Catherine Beckwith Hart）の『聖ウルスラ会修道院、あるいはカナダの修道女』（*St. Ursula's Convent, or, the Nun of Canada*, 1824）で巧みに扱われているが、『ワクースタ』におけるこの新旧両世界の二律背反の状況は、そのかつての違いを崩しかけているほどである。主人公ワクースタは、元々コーンウォール出身のイギリス人で、先住民オダワ人の養子となっているが、物語が進むにつれて、ヨーロッパ人と先住民の性格の間をたえず行き来しながら、自分を変えていくように思える。そうすることによって、ロマンスと国家的歴史書の両方のジャンルを動機づけているアイデンティティのテーマを劇化し、同時に問題として提起している。ワクースタは一つの願望に突き動かされている。かつての僚友、ド・ホーディマー大佐の裏切りに復讐することである。大佐はワクースタのわずかな不在の間に彼の婚約者を口説いて結婚してしまったのである。

　偽りと裏切りのストーリー全体は、しかしながら、終わり近くにならないと暴露されない。その結果、伝統的なロマンスのヒーローは、若々しく無垢なのだが、正反対に見られる。老獪で、苦い敵意を持ち、執念深い、と。しかし、彼はその性格の両面を示すことができ、大

佐の子供の中で、かつての恋人にもっとも似ている2人を殺すまでにいたる。暴露を遅らせることによって、ミステリーの感覚が強まり、ロマンスに共通して見られる、独特なアイデンティティのぼかしを可能にする。しかし、それもグロテスクなものと残酷なものを強調するようになっている。あたかも、ロマンスは、新しい植民地(物語は1763年にカナダがイギリスへ譲渡された直後に設定されている)における生々しい生存条件下に据えられると、破綻をきたすしかないかのようである。

　フランス語で書かれた最初の小説(4)、フランソワ＝レアル・アンジェ(François-Réal Angers)の『罪の暴露、あるいはコンブレーと共犯者たち――1834年のカナダ年代記』(Les Révélations du crime ou Combray et ses accomplices: Chroniques canadiennes de 1834, 1837)は、その副題が示しているように、想像よりも歴史を重視している。それは、現在であればドキュメンタリードラマ(docu-drama)とでも呼ばれるものに近いが、告白という装置を用いて、ロマン主義的な主観重視に負うところが大きい。そうして、罪を犯した者にどう見ても自己弁護のために語らせ、個人的な見解を示させ、フラッシュバックを用い、会話を提供し、年代記を単なる警察の報告書よりも上のレベルに引き上げている。この小説は、ロマンスのように、そしてそれ以上に、暴力嗜好に応え、特に、登場人物たちが極端な状況に置かれている。

ダラム卿以後――1839～1858年

1830年代は反乱と『ダラム報告』(1839)で終わった。フィクションでも歴史書でもないが、この報告書は両者に強い影響を与えた。それによる大英帝国の路線に沿った法改正の勧めはフランス系の歴史にも、英系のイデオロギーにも、両方に波紋を及ぼした。それによって、両カナダを統一すると同時に分離する二重のアイデンティティの形成が促進された。フランス系カナダはその過去にアイデンティティを求め、イギリス系カナダは宗主国への忠誠の美徳を劇的に描き始めた。なぜなら、『報告書』が主張するように、「イギリス国王と大英帝国に対してこれらの諸州の人々が絶えず示す忠誠は強い国民感情のあらゆる特徴を備えている(5)」からである。

　ダラム報告に直接呼応するものではないが、リチャードソンの『カナダ人兄弟、あるいは、実現された預言。最近のアメリカ戦争の物語』(The Canadian Brothers; or the Prophecy Fulfilled. A Tale of the Late American War, 1840)は、『報告書』のテーマである忠誠を非常に強調するために、彼のデビュー作においてよく見られた偽装に対する作者の関心は抑えられている。この小説は兄弟の一人の忠誠心に対する挑戦で始まり、続いて、国家への忠誠を名誉と結びつけている。行為の主たる動機は『ワクースタ』の冒頭部でド・ホーディマー家にかけられた呪いである。その呪いは『カナダ人兄弟』の末尾で、まずはクィーンストン・ハイツの戦い(1813年)の終わりに起きる兄弟殺し、そして最後にはド・ホーディマー家に残った最後の人物の

殺人で完結する。この例では、2人の兄弟は無実の犠牲者であるから、道徳的責任はワクースタと彼の与える影響に帰せられる。暗黙のうちに、反乱のリーダーは非難されているのである。フランス系からの最初の反応は、レジス・ド・トロブリアン（Régis de Trobriand）の『反逆者——カナダの物語』（Le Rebelle: histoire canadienne, 1842）であり、1837年の反乱に舞台は設定されている。サン=シャルルの戦いを背景に、その小説は3人の人物を登場させている。反乱のヒーローであるローラン・ド・オートガルド（Laurent de Hautegarde）、および彼の恋人、そしてイギリス側についている彼のライバルのバルトレーズ（Barterèze）である。どちらの名前も寓意的で、政治的苦闘を暗示している。興味深いことに、女性は王党派のアイルランド系移民男の娘であるが、彼の息子は反乱軍によって殺され、2つの民族を結べたであろう結婚に対する娘アリスの父の望みは破れてしまう。結論ははっきりしていない。アリスが、ケベックの将来としての寓意的な役割において、悲嘆にくれて死んでいったのか、あるいは修道院に入ったのかは不明だ。しかしながら、イデオロギー的な意味は明確である。すなわち、いかなる結びつきも不可能だというのである。

　ジョーゼフ・ドゥトレ（Joseph Doutre）の『1812年の婚約者たち』（Les Fiancés de 1812, 1844）は多くのジャンル分けが難しい小説の1つである。主人公がシャトーゲの町を救い〔1812年戦争において、ド・サラベリー率いるフランス系義勇軍は、アメリカ国境近くのシャトーゲ川で歴史的勝利を収めた〕、ド・サラベリー指揮下のフランス系カナダ人部隊が収めた有名な勝利を想起される点では歴史に近いが、小説の大部分においてはコミック・ロマンスの手法が用いられている。主人公の恋人はすぐに海賊に捕まってしまう（その首領は彼女が知らなかった兄であることがあとで判明する）。ほとんど同時に、主人公自身は彼女の父親を救うが、父親は彼が誰だかわからない。ロマンス小説らしく、主人公が父親を救うときに失ったものがあとで出てきて、彼が誰であるか明らかになり、頑固な父親が主人公の貧しい生い立ちを寛容に受け入れ、結婚を認めることになる。サブプロットで主人公の友人がおもしろいエピソードを提供する。その友人は先住民の女性と結婚するが、彼女は2年もたたないうちに文明化され、流暢にフランス語を話すようになり、当時の規範を満たす。ほとんどのロマンスの筋にあるように、戦争や恋における主人公の成功は都合のよいものである。この小説が長く生き延びたのはストーリー以上にその序文によるところが大きい。そこでは、当時の軽薄なフランス小説との道徳的差異が断固として宣言されている。説得力はないが、その議論は未来の小説家たちに個人の自律を発展させる手段として1つのパターンを示した。

　19世紀において、道徳的差異は自律のレトリックにおいて必要なモチーフとなったが、ドゥトレの場合はそう信じられなかった。彼はリベラルなカナダ協会〔1844年に創立された、反教会色の強い若き自由主義者たちの集まり。ドゥトレはそのリーダーであった〕のメンバーであり、この組織は教会権力によってしばしば厳しく攻撃された。同様にリベラルで、さらにその実践においてより一貫している、フランソワ=グザヴィエ・ガルノー（François-Xavier Garneau）は、画期的な『その発見から1845年現在にいたるまでのカナダ史』（Histoire du Canada depuis sa *découverte jusqu' à nos jours*, 1845, 第 2 版 1852）により、フランス系カナダの国民史家と呼ばれるようになった。タイトルは最初から「発見」というテーマを示しており、北米におけるフランス人探検者が果たした大きな役割を暗示して、コロンブスの役割と比肩させている。ガルノーはフランス系カナダの最初の歴史家（それはピエール＝フランソワ＝グザヴィエ・ド・シャルルヴォワ Pierre-François-Xavier de Charlevoix であった）ではないけれども、ジュール・ミシュレ（Jules Michelet）のようなフランス・ロマン主義者がいう意味で、彼ははじめて歴史を近代化した者であった。そうすることによって、彼は、ダラム卿や、またその他多くの、ウィリアム・スミス（Wiliam Smith）やロバート・クリスティ（Robert Christie）のような英系カナダ史家の攻撃的な所見に初めて、かつ持続しうる反論を展開した。彼は、フランス系カナダに有益な過去を社会のプランと共に与え、そうして 20 世紀の数え切れないポスト・コロニアルな歴史を指し示した。

　歴史編纂は、もちろん、たえず進行中であり、長く持ちこたえる歴史家は用いられた声と抽出されたイデオロギーに基づいて仕事をするものである。ガルノーにおいて驚くべきなのは、栄光ある過去を絶えず記憶し、大きな脅威に対抗して生きのびた英雄を讃えながらも、期待されるようなロマンチックなレトリックは切り詰められて、あるがままの基本的事実に限られている点である。彼が繰り返し描く、1689 年イロコイ人によるラシーヌ村の破壊は、恐怖の描写の好例である。そこでは高揚感もなく写実する冷徹さが卓越している。「彼らは妊娠している女たちの腹を開き、授かりものをそこから引き出して、母親に自分の子供を火あぶりにさせるのだ」("Ils ouvrent le sein des femmes enceintes pour en arracher le fruit qu'elles portent, et contraignent des mères à rôtir vifs leurs enfants") ケベックの防衛と 1760 年におけるその奪還の失敗について、彼は「軍に関しては、それを賞賛するにはその闘いと仕事を単に語れば十分である」("Quant à l'armée, le simple récit de ses combats et ses travaux suffit pour faire son éloge") と述べている。飾り気のない叙述の結果、物語には威信ある風格が授与され、秩序、団結、それに悲劇へと至る必然性の感覚が付与される。ガルノーのお気に入りは、アクションとしての歴史を形作り、動きを進めていく動詞である。人物描写は稀であるが、的確である。モンカルム侯爵がヌーヴェル・フランスに赴任するにあたって、彼の人生、経歴、失敗が数行で記される。彼は戦略においては臆病だが、戦闘においては大胆で、慎重どころではなくなる。文体は、したがって、フランス王政と植民地政府に対して彼が抱く軽蔑感と合わさって、社会と個人の自律を説く 19 世紀半ばのリベラルな思想を前面に押し出している。

　ダラム報告に対する歴史的文献としての第 2 の反応は、ジェイムズ・ユストン（James Huston）の『民族的目録、あるいはカナダ文学選集』（*Le Répertoire nationale: ou, le recueil de littérature canadienne*, 1848-50）4 巻に含まれている。それは、フランス系カナダ文化のある種の歴史的傾向を形成している多くの源泉から収集された文学作品によって構成されている。例えば、パトリス・ラコンブ（Patrice Lacombe）の『父祖の地』（*La Terre paternelle*, 1846）を復刻すると同時に、民族アイデンティティを、特に教会の世界観から形作ることを目指す多

くのテクストを含んでいる。しかしながら、フランス系カナダのためにあの後世に残る詩を作ったオクターヴ・クレマジー（Octave Crémazie）と比べると、この『目録』に集められた詩は上手な素人の領域をでていない。クレマジーが後世まで残ったのはアンリ＝レイモン・カスグラン神父（Henri-Raymond Casgrain）によるところが大である。神父は「われわれの最初の民族的詩人」（notre premier poète national）としてクレマジーを絶賛し、同じエッセーの中で、「われわれの民族的歴史家」(notre historien national）と称されるガルノーと彼をこれみよがしに結びつけた。これはかなりの賛辞であった。なぜなら、19 世紀後半にフランス系カナダ文学が制度化されていく中で、カスグランは中心的役割を担っていたからだ。クレマジーをガルノーと結びつけることはまったく根拠のないものではなく、彼らがテーマを共有していることは、特にクレマジーの「カリヨン〔Carillon。教会の塔で打ち鳴らされる、一組の鐘〕の旗」（"Le Drapeau de Carillon," 1858）において明白である。その詩は愛国主義的熱情に満ち、ティコンデロガ砦においてモンカルム侯爵が英軍に勝利したこと（1758 年）を想起させるので、しばしば音楽に採用されている。それは、カナダにおけるフランスの治世の末期に設定され、ブルボン王家の弱さにもかかわらずカナダ人の大胆なヒロイズムを賛美している。ガルノーとは異なり、クレマジーの文体は高度にレトリックを用い、惜しみなく挽歌形式を取り入れている。しかし、この詩の意図はすぐに共有され、19 世紀を通して変わることのない関心事を示すこととなった。カリオンの旗はフランス系カナダ人が「彼らの言語と信仰」に注ぎ込んだ力の象徴として立ち現れるのである。

フランス系カナダを悲劇として築く——1862 〜 1865 年

象徴の役割はもちろん民族アイデンティティ形成において最高に重要であり、それが欠如していると、形に表すためにときには「無から」(ex nihilo) 創造することを要求されることもある。エヴァンジェリン（Evangeline）はそうした人物の 1 人である。彼女はヘンリー・ワズワース・ロングフェロー（Henry Wadsworth Longfellow）によって創出され（1847 年）、パンフィル・ルメ（Pamphile Le May）によって意訳されて再創出され（1865 年）、いくつものオペラになり、その中の 2 つは 19 世紀に作られている。その彫像が、グラン・プレ〔ノヴァ・スコシア州の村。ここから多くのアカディアンが追放された〕の記念教会の外に、ドミニオン・アトランティック・レイルウェイによって依頼され、彫刻家フィリップ・エベールによって建てられた。フィクションが彼女を歴史に引き入れたのだ。それは、「大混乱」(le grand dérangement〈great upheaval〉) として知られている事件の証拠資料を隠滅するためにあらゆる努力がなされたのだから、必然でもあった。トマス・ハリバートン（Thomas Haliburton）は、例えば、1829 年の彼の歴史において、いかなる記録も発見できず、強制移動に関係した当事者たちは罪の証拠となるあらゆる資料を注意深く隠してしまったのかもしれないとほのめかしている。さら

に、ロングフェローはアメリカ人歴史家ジョージ・バンクロフトからアカディア人の話を聞いているが、その話の歴史的意味は彼の詩においてあまり探求されていない。ロングフェローはむしろ「原始の森」(つまり前歴史的な時代)にストーリーを設定し、エデンの園のようなアメリカにおいて展開させ、そこでエヴァンジェリンは捕まらないガブリエルを生涯追い求めるようにしようと考えていた。そこでは田園ロマンス小説の要素が特別扱いされている。侵略する軍隊は海賊の役を果たしている。結婚前の恋人たちの別離はお決まりである。そして、結末で結ばれるのがほろ苦いのもお決まりである。しかしながら、この恋人たちはアカディアの社会秩序の中心原理である家族を表しており、彼らの冒険は激しく抑圧された歴史の集団的象徴だと考えられるから、彼らはかくしてロマンスと歴史を超越しているのである。

『エヴァンジェリン』によって提起された問題は、フィリップ・オベール・ド・ガスペ(Philippe Aubert de Gaspé)の『かつてのカナダ人』(Les Anciens Canadiens, 1863)〔本書31章を参照〕では幾分逆転されている。この小説の15パーセントは注と説明からなっている。作者の意図は、歴史編纂につきものの時代考証によって彼の小説を歴史の中に位置付けて、フィクショナルな部分をぼやけさせることである。こうしてカスグラン神父はこの小説家の伝記において次のコメントを書くことになった。「この作品において、われわれ民族の生における現実性を持たないものはほとんど1行もない」("il n'y a presque pas une ligne de cet ouvrage qui n'ait sa réalité dans la vie de notre peuple")。そうした現実性は、ロラン・バルトなら言うであろうように、「現実の効果」以上のものである。歴史小説を現実主義から区別するのは、むしろ真実の効果なのである。カスグラン神父のガルノーの利用法も後の小説に模範を示している。ガルノーを引用するよりもむしろ、フランス系カナダに忘れ去られた過去を取り戻させる彼の努力を称賛し、彼を支えとして引き合いに出しているのではなく、暗黙のうちに彼を歴史家の同僚として扱っている。ガスペは、フランス王政によるヌーヴェル・フランスの放棄と、フランス系カナダ人の忠誠というテーマをガルノーと共有しているが、あからさまにガルノーを典拠として引用せずに、独立した相互の観点である可能性をほのめかしている。小説の歴史性には2種類ある。アブラハム平原の戦いのような主場面と、「小さな歴史」に属する場面である。「小さな歴史」とは、私生活の物語で、それが風俗小説の典型を作り出す。この点で、ガスペの考えは、ジェイムズ・マクファーソン・ルモワンヌ(James Macpherson Le Moine)といった作家たちが示している、民族の過去を形成する選別された歴史の局面に対する関心に呼応している。それは、例えば、1863年から1906年の間にかけて収録されたル・モワンヌの『メイプル・リーヴズ』(Maple Leaves)で提示されている。

ストーリーに戻ると、主人公はアーチボルド・キャメロン・オブ・ロチェイルで、彼の父はジャコバイトで、「いとしのチャーリー王子」〔「ジャコバイト」は名誉革命の反革命勢力の通称で、追放されたスチュワート朝のジェイムズ2世の直系男子であるチャールズを王位継承者とした。しかし、カロデンの戦いで敗れ、チャールズは大陸に逃げ帰る。彼はジャコバイトから愛され、「いとしのチャーリー

王子」（Bonnie Prince Charlie）と呼ばれた〕の側につき、カロデンの戦いで敗れた。そのため、彼はイギリス軍の中でよそ者扱いされ、ダベルヴィル家と曖昧ではあるが好意をもってつきあうようになる。ケベック市包囲攻撃の際にフランス系カナダ人を助けようとした彼の努力によって、そこには若き友人ジュール・ダベルヴィルの命を救ったことも含まれており、敵側についてダベルヴィル家の建物を破壊したにもかかわらず、彼はその家族から許される。ブランシュだけは例外で、コルネイユ流のジレンマに直面して、彼女は感情よりも義務を選び、彼との結婚を拒む。この点に関して、彼女はトロブリアンの『反逆者』のヒロインであるアリスのパターンを踏襲している。人生の残りの部分では親密な恋愛関係を結びながら、思想的にブランシュはルイ15世があれほど簡単に放棄した名誉を体現しているのである。

　ジョルジュ・ブーシェ・ド・ブーシェルヴィル（Georges Boucher de Boucherville）の『代わりはいくらでも』（Une de perdue, deux de trouvées, 1849-51）は出版にいたる経過自体が2つの性格を暗示している。最初の33章は別に出版され、それを冒険小説から歴史物語に変える要素が後に加えられて完成されたのである。この点に関して、この小説は作者にとって当初、金を得る手段であったようだ。しかし、その二重の性格もそれがすぐに名作として認められる妨げにはならなかった。幾度も版を重ねられたことに加え、この小説は最初の重要なカナダ文学史(21)の中で最高位を与えられている。第1部は、ほとんどニューオリーンズが舞台で、主人公はそこで遺産を取り戻そうと努め、ヒロインを海賊から助け出す。続編は愛国者党の反乱時代のケベックが舞台となっている。この第2部の大部分は個人の体験に基づいており、作者自身愛国者党の一員として通っていたと述べている。しかしながら、驚くべきは、この第2部で、あるリーダーの妹にのぼせ上がって、愛国者党に共感を寄せる主人公が安易に両方の側に通じるように使われている点である。第1部で奴隷の抵抗に関して提起された自由のテーマが、第2部では不思議なことに無視されて、主人公はイギリス人総督の従妹と結婚してしまう。注目すべきは彼の解放奴隷のトリムで、ジェイムズ・フェニモア・クーパー〔『最後のモヒカン族』で有名なアメリカの作家〕の先住民の仲間たちを想起させるが、主人公の親友とみなされ、ボディガードのように扱われている。他の多くのカナディアンヒーローのように、ピエール・ド・サン＝リュックは上流階級の利害を代表しているために、いわゆる民衆の歴史から引き離されており、義務感はあるが、またロマンス・ストーリーにも容易に引き込まれるアイデンティティ・モデルを投影している。

自律を求めて——1864年＊〜1866年
〔＊原書の1664年は誤り〕

　リチャードソンの『カナダ人兄弟』に次ぐ英語歴史小説で最初の主要なものはロザンナ・ルプロオン（Rosanna Leprohon〔原文のLeprohanは誤り〕）の『アントワネット・ド・ミルクー

ル、あるいは秘密の結婚と秘密の悲しみ』(*Antoinette de Mirecourt; or, Secret Marrying and Secret Sorrowing*, 1864)であった。この小説は彼女の他の多くの小説と同様、すぐにフランス語に翻訳され、英語版と同じように評判がよかった。それは歴史物語というよりもロマンスで、時代は英領化(the Conquest)〔イギリスの Norman Conquest (1066年) に対して、カナダで「征服」(コンクウェスト)といえば、英仏植民地戦争でフランスが敗れ、北米植民地の大半をイギリスに割譲したことを指す〕直後に設定され、イギリスとフランスの上流階級の付き合いをドラマ化することによって、歴史物の雰囲気を帯びている。アントワネットの試練からなっている筋は単純で、彼女は密かにイギリス人の金目当ての求婚者と結婚するが、誤りに気付いてその事実上の成立を拒否する。そして、別の求婚者が決闘で夫を殺して、愛する人と結ばれるようになるまで、誓いから解放されないのである。この本は、その道徳的堅固さのために英仏両方の文化において称賛された。イデオロギーの面では、ヒロインの父親は彼女をフランス系カナダ人と結婚させたいと思っているのだが、彼女は彼女の名誉を守ろうとしてくれる、自分の父親と同じくらい父親的なイギリス人将校のほうを好いてしまう点が興味深い。彼女がイギリス人の男と結婚するという事実そのものがすでに幾分スキャンダラスなのだが、ルプロオンは優れた文化的センスを持っているにもかかわらず、彼女の感性はそれを認めてしまうほどイギリス的なのである。

　カナダ連邦成立前の時期はエドワード・ハートレー・ドワート(Edward Hartley Dewart)の『カナダ詩選集』(*Selections from Canadian Poets*, 1864)で終わる。それは略歴や注釈も含み、英語詩のいくつかを集めようとした最初の試みである。その序文が染まっている道徳的観念に対するヴィクトリア朝的立場は目新しいものではないとしても、それ自体、民族アイデンティティ形成の初期の記録として重要である。意義深いことに、民族アイデンティティに関して、ドワートは「地元の文学」の発展にネガティヴな影響をあたえてきた、カナダの「植民地の立場」を取り上げている。そのため、彼のアンソロジーは、当時のフランス系カナダの選集に比べて、自分たち自身の自律した歴史に向かって動くことによって、たとえ限定的であっても、意味ある役割を果たしている。

　そうした歴史がほとんどの歴史物語の暗黙の目的であり、ナポレオン・ブーラサ(Napoléon Bourassa)の『ジャックとマリ――離散した民族の追憶』(*Jacques et Marie: Souvenir d'un peuple dispersé*, 1865-6)〔原文では people となっているが、正しくは peuple〕は、1755～62年のアカディアの損失を取り戻すことを意図した19世紀の重要な作品である。ハリバートンや他の史料にしばしば拠りながら、作者は用心深く小説を歴史的・心理的なレベルで織りなし、マリーに焦点をあてていく。彼女はイギリス人将校と結婚して両親を救うか、父の忠告に従ってジャックのためにアカディアに留まるかの選択に引き裂かれる。マリーは後者を選択するばかりでなく、彼女の不屈の精神は相当シニカルなイギリス人求婚者の心を動かし、彼はフランス人のために高貴な態度をとり、カトリックに改宗して死ぬ。アカディア人とミクマク人の緊密な関係が登場人物ワゴンタガに表されている。ひたすら自由な精神を持つ者として

彼はアカディア人を支持し、テクムセ（Tecumseh〔北米先住民ショーニー人のリーダーで、「テクムセの戦い」は白人に対する抵抗の象徴となっている〕）が表象しているのと同じ性格を想起させている。マリーがアカディアにとって一種のアレゴリーとして用いられ、他の多くの女性登場人物と同様に、そうした役割の精神的葛藤を演じるように企図されていることは明白である。彼女の父親はその意味を過去が伝えてくれるのを知っているが、彼女は引き裂かれた感情の中で、そのことを学び、その苦しみを示さなければならないのである。その過程で彼女は一種の神聖な人物になり、ロール・コナン（Laure Conan）のヒロインたちのさきがけとなっている。彼女たちが徐々に男性社会も和解させていくのである。

包囲されたカナダ——1868〜1880年

30年にわたる不安と議論をいわば集結させた英領北米法（British North America Act）〔イギリス本国で定められ、北米にあった3つの英領植民地を統一して連邦制の自治領とする法律。これによってカナダ連邦が成立した。〕が成立した1867年、歴史物語は生まれていないが、ジョン・マクマレンの『カナダの歴史——その最初の発見から現在まで』（*The History of Canada: From its First Discovery to the Present Time*, 1855, 1868）の第2版に、北米法への反響が見られる。その題名はガルノーの書と呼応しているが、そのことへの言及はない。そして、現在ではこの作者に言及されることは稀であるとしても、かつて、その影響は、少なくとも一般的な読者や後の英系歴史家の間では、ガルノーの書と同じくらい広かったようである。第2版が出版されたのは、この書がたまたま最後に言及する「連邦結成」と密接に関係している。連邦結成は法的にマクマレンのテーマ、すなわち責任政府の登場を象徴し、2つの文化を1つの国家に囲いこみ、ダラム報告の提案を実現するものである。ガルノーが「サバイバル」（*surviavance*）を強調しているのと対照的に、マクマレンの書は19世紀の英系歴史の主たる記述となった。そして、イギリス系の者でなければ、それは書けなかったであろう。

ジョゼフ・マルメット（Joseph Marmette）の『フランソワ・ド・ビアンヴィル、17世紀のカナダ生活情景』（*François de Bienville, scènes de la vie canadienne au XVIIe siècle*, 1870）は、彼の前作『シャルルとエヴァ』（*Charles et Èva*, 1866）で見せた才能のきざしをたちまち確かなものとし、歴史物語作者としての作者の地歩を築いた。しばしば女性読者に訴えて、マルメットは、ヒロインを2人の男性の間に、つまり1人はボストン人、もう1人はフランス人の間に置くパターンを踏襲している。選択は明確であるが、ボストン人のイメージはケベックの攻囲（1690年）が続くにつれてますます恐ろしくなっていく。読者にその物語がフィクションを越えていることを納得させるために、ガルノーやジャン＝バティスト＝アントワーヌ・フェルラン（Jean-Baptiste-Antoine Ferland）やピエール＝フランソワ＝グザヴィエ・シャルルヴォワらから引いた史料に基づく証拠に訴えて、ビアンヴィルの生涯と死を歴史的に明かす

あらゆる努力がなされている。このヒロインが北米におけるフランス人のサバイバルとして寓意的に解釈されるとしたら、彼女は、他のヒロインと同様に、圧倒的に不利な立場に耐えなければならない犠牲の印である。マクマレンが国の統一を信じていても、犠牲は2つの文化に共有されているテーマなのである。それぞれの祖国に対する忠誠心も試されている。そのために、英語小説の場合1812年戦争が好例となり、フランス語の場合は1837～1838年の反乱をより好むのである。このようにアグネス・モール・マーハー（Agnes Maule Machar）の『王と国のために――1812年物語』（For King and Country: A Story of 1812, 1874）は、地理的および思想的な両方の線に沿って1812年の国境戦争を扱い、〔指揮官〕アーネスト・ヒースコートがアメリカ側とカナダ側の双方の立場を理解するのを助けている。彼は一貫してロイヤリストの大義の側に留まって、愛する女性、彼女のロイヤリストの父、そしてイギリス人のライバルの心を勝ち得ていく。スコットランド人、イングランド人、アメリカ人の各移民と、先住民テクムセも加えたテクストにおいて、アングロ・カナダ的思想の語りのフィルターを通して歴史がしっかりとコントロールされ、多くのアイデンティティが可能であることを示すために用いられていることは明らかである。

　リチャードソンが想像力の方に行きすぎたとするならば、ジョン・タロン・レスペランス（John Talon Lespérance）の『バストネ軍――1775～76年アメリカのカナダ侵攻物語』（The Bastonnais: Tale of the American Invasion of Canada 1775-76, 1877）〔アメリカ独立軍をフランス系カナダ人はバストネ Bastonnais（または Bastonnois）と呼んだ〕は、あまりに歴史に頼りすぎていると非難されるかもしれない。しかしながら、筋書きの感傷的なレベルで2組の夫婦が関わり合い、結末は読者の予想を巧みに外している。彼らの結婚は、しばしばそうであるように、敵同士の間での意味深長な思想的妥協を行うようにあらかじめ企図されている。この場合は、フランス系カナダ人たちと、1人のアメリカ人と、ケベックの文化に完全に同化しているスコットランド移民の息子である。小説の歴史的枠組みは、1775～76年のアメリカ軍によるケベック包囲〔アメリカ独立戦争の際に、独立軍はカナダ人の支持を期待して、ケベック市を包囲したが、失敗に終わった〕、それがもたらすイギリス専制支配からのケベック解放の可能性である。歴史的記述、特にシモン・サンギネ（Simon Sanguinet）の日記『バストネ軍によるカナダ侵攻』（L'Invasion du Canada par les Bastonnais, 1870）への言及がしばしばなされ、最後の段落では話者自らも姿を現し、この小説はフィクションの範囲を越えて、真実の領域にまで高められている。

　ウィリアム・カービー（William Kirby）の『金の犬』（The Golden Dog, 1877）はル・モワンヌやバンジャマン・シュルトやフランシス・パークマンの影響の下で書かれているが、その手法はもっと柔軟である。『ワクースタ』に次いで、それは時の試練に耐えた19世紀英語小説の一つであり、確かに2つの文化にまたがっている。当時の多くの歴史物語のように、その思想は王党派のもので、北米におけるフランス統治末期における、フランス治世の衰退を喜ぶ。この小説は、ゴシック・ロマンスの決まりごとの大部分を用いて、善と悪を並べ、後者に多くの部分を割き、恐れとおののきを楽しんでいる。ヒロインの兄が堕落して、騙され、

「金の犬」（Le Chien d'or）を経営する商人である彼女の将来の義父を殺害するとき、彼女は結婚を拒み、結核で衰えていく。歴史と伝説の相互作用も極めてロマンチックで、そのために植民地総督ビゴーのような歴史上の人物さえその歴史的信憑性を失ってしまう。そうして、パークマンが出版を催促したこの小説は、[30]真実に関する慣行に暗に挑戦している。そしてケベックで気づかれないどころか、ルメの手だれの翻訳（1884年）を通して大歓迎された。編集者による序文が付けられているが、それはルメの手になると一般に考えられており、その小説がヌーヴェル・フランスにおける生活の特徴を適切に表現していると称賛している。[31]

W. H. ウィズロウ（W. H. Withrow）の『ネヴィル・トルーマン、開拓伝道者——1812年戦争物語』（Neville Trueman, The Pioneer Preacher: A Tale of the War of 1812, 1880年）でも、マーハーの小説のように、忠誠心を試すものとして対米戦争が選ばれている。ここで、試されているのはアメリカ人メソジスト派の牧師で、アメリカ軍がカナダを攻撃したときにカナダを選択した境界人物として設定されており、このようにして、小説の思想的展望を明示している。牧師として、彼は小説の精神的観点を代表しており、イギリス人大尉と娘を結婚させようとするヒロインの父親が抱く王党派の望みを結局は打ち破る。歴史史料との関係は特に驚嘆すべきものであるが、最も引用される歴史家は作者自身であり、同時代のジョン・G. バリノット（John G. Bourinot）によってオリジナリティに欠ける大衆的な歴史家として退けられている。[32]彼自身メソジスト派牧師であることから、歴史の利用は、結論部分で繰り返されているように、まず第一にカナダ愛国心のテーマを明瞭に照らすための論拠を道徳的、思想的に補強するためである。

先住民のカナダ化——1851 〜 1887 年

歴史家フランシス・パークマン（Francis Parkman）が小説的だと非難されても致し方ないことは、今では明らかである。1985年になって彼はアメリカ人歴史家フランシス・ジェニングズ（Francis Jennings）によって不正直であると非難され、実際はフィクションを書いていたのだとされた。しかしながら、『オレゴン・トレイル』（Oregon Trail, 1847-9）によって彼は優れた歴史家としての名声を築き、彼の『モンカルムとウルフ』（Montcalm and Wolfe, 1884）は傑作と見なされた。ヴィクトリア朝の英系カナダにおいて、彼の仕事はフランス系カナダにおけるガルノーと同じように評価され、今日フィクションだと考えられていても、当時は「真実」であり、支配的な思想にうまくあてはまっていた。このことは、『ポンティアックの陰謀の歴史と、カナダ征服後イギリス植民地に対する北米部族戦争』（History of the Conspiracy of Pontiac, and the War of the North American Tribes against the English Colonies after the Conquest of Canada, 1851）のいたるところで見られるように、先住民に対して彼が中傷して表現している点にも、北米におけるフランス統治に彼が否定的な解釈をしていることについ

カナダ文学史

ても言える。そのどちらも、アングロ・アメリカ文化の優位という彼の主要なテーマにあてはまっている。『モンカルムとウルフ』の第1章の最後の段落で述べられているように、一連の対立を通して、絶えず、アングロ・アメリカが当然将来を担うものとして据えられている。彼のフランス人に対する中傷はアカディアも含み、アカディア人の追放を簡単に扱ってしまい、フランス系カナダにおける彼の推奨者の1人であるカスグラン神父の怒りをかき立てた。[33]

　北米先住民は通常19世紀の歴史書とフィクションの両方において思想的機能を与えられている。「高貴な野蛮人」はパークマンの表現の正反対のものである。先住民が特に1812年戦争の物語に現れるときには、それはまずストーリーの思想的力学の一部をなしている。ここまで見てきたように、フィクションにおいてこの戦争はイギリス王家への忠誠心を試すものであり、あらゆる部族・民族が試された。テクムセのようにテストに合格した先住民は「高貴」とされた。このように、チャールズ・メア（Charles Mair）はそのまじめな5幕劇『テクムセ――ひとつの劇』（*Tecumseh: A Drama*, 1886）で、テクムセと彼の弟を対比させ、後者に忠誠心が不足しているとしている。ブロック将軍に対するテクムセの忠誠心は彼をいかなる大英帝国ロイヤリストにも劣らぬ信頼できる人物としている。テクムセ自身の政策に照らしてみるならば、それは強制されたもののように見えるのであるが。[34] セイラ・アン・カーゾン（Sarah Anne Curzon）の劇『ローラ・シーコード』（*Laura Secord*, 1887）の題にもなっているローラ・シーコード〔1812年戦争の際に、何キロもの道のりを越えて、イギリス軍にアメリカ軍の攻撃を知らせたことで有名〕は、第2幕の終わりで死に直面するが、先住民によって優しく助けられ、ビーヴァー・ダムのイギリス軍の下に安全に送り届けられる。この劇のさらに大きな枠組みはヒロインの英雄的行為である。それはマクマレンの『歴史』では明らかに扱いが少ない。[35]

　メアとカーゾンにおいて、歴史的瞬間が劇の心理的レベルに影響し、決定しているのは明らかである。G. マーサー・アダム（G. Mercer Adam）とA. エセルウィン・ウェザラルド（A. Ethelwyn Wetherald）の『アルゴンキンの娘――初期アッパー・カナダのロマンス』（*An Algonquin Maiden: A Romance of the Early days of Upper Canada*, 1887）では、1820年代の議会改革の動きは単なる思想的背景にすぎない。小説の目的は過激な改革と頑固な王党主義を対立させることであり、それぞれがある程度、アラン・ダンロップとコモドア・マクラウドによって代表されている。ダンロップはやがてマクラウドの娘と結婚することになり、対立する両者の間での妥協が成立する。彼らはマクラウドの息子が熱をあげているアルゴンキンの娘とは、表向きには関係がない。小説のこのレベルでは、娘がアッパー・カナダ上流階級社会から伝統的なやり方で排除されてきた様子が描かれる。エドワードは彼女が自然であり、このようにして、永遠に「文化」と対立することを「発見する」。[36] ヒロインは、ある意味で、部族の最後の者なので、彼女が後に自殺することは、責任政府の整然とした到来に対する途方もない犠牲である。最後に、タイトルが主たる筋書きを強調しているとするならば、改革に関する第2の筋は思想的アイデンティティを築く単なる手段として現れ、この小説が擬似歴

史小説により近くなっていることを暗示している。

両カナダがヴィクトリア風になる——1887-98 年

ルイ・フレシェット（Louis Fréchette）の『ある民族の伝説』（*La Légende d'un peuple*, 1887）は、避けて通ることができないだろう。ガルノーの厳粛な記述に唯一欠けているのは、叙情的なほとばしりであった。フレシェットの作品は、叙事詩というよりむしろ、1882 年から 1886 年にかけて間隔を置いて出版された一連のエピソードであり、ヴィクトル・ユゴーの『諸世紀の伝説』（*La Légende des siècles*）を思い起こさせるだけでなく、献辞やテクストのところどころでフランスを暗黙の読者として刻んでいる。そのメタ物語〔meta-narrative。個々の物語を越えた「大きな物語」。「物語についての物語」〕は、自由の探求が織り込まれた、フランスによる植民地の放棄の物語である。その詩は、認知を求めることを役割とするヒーローたちを前景に構成されている。その 3 つの部は、発見と定住の歴史、イギリス人との抗争、そして「征服」後も自由の火を灯し続ける努力を讃える。苦闘はほとんどの場合男性に関わる事象としてドラマ化されている。例えば、ウルスラ修道会（Ursuline Convent）〔女子教育で有名な修道会〕を讃えるときも、それはトネリコの木が「われわれのすべてのヒーローたちを見た」（vit tous nos héros）からなのだ。[37]

ジョン・ハンター＝デューヴァル（John Hunter-Duvar）の 5 幕悲劇『ド・ロベルヴァル——ひとつのドラマ』（*De Roberval: A Drama*, 1888）は特筆すべきものである。それは、ひとつには、それが 1 人の植民者を描いた数少ないテクストのひとつであるからだ。彼の植民地は 1 年で失敗した。7 年後に彼が戻るときに、彼は海難で死んでしまう。これには、ド・ロベルヴァルの眼鏡にかなわなかった男を恋する姪を助けることを拒否したからとの含みがある。その作品が特筆すべきであるもうひとつの理由は、それがカナダに関して「……いったいそれは世界の中の国なのだろうか？」と提起している問題である。[38] エドモン・ルソー（Edmond Rousseau）は彼の小説『イベルヴィルの功績』（*Les Exploits d'Iberville*, 1888）の序文でヴィクトリア朝下カナダにおけるほとんどの小説家のあいだで見られる関心を指摘している。それは特にゾラの後、小説の道徳的有用性に関するものであった。[39] マーメットと同様に、彼は歴史家に対し、多くはフェルランに対して注釈を加えるのを躊躇しない。そして、感情的筋書きがイベルヴィルの英雄的行為という大筋に従属していて、「われわれの民族的栄光のひとつを愛し、知らしめる」（faire aimer et connaître une de nos gloires nationales）ためである[40]ことは明らかである。英語系小説家と同様に、彼は勝ち目のない戦いに打ち勝つヒーローを讃え上げる事件を選び出す。彼が序文でも書いているように、テクストは「編集」（"compilation"）[41]である。しかし、それは、「軽薄な」読者でも以下の 3 つのステップを踏んで小説の精神的世界観に達することができるように編集されているのである。1）イヴォンヌがアメリカ人

から逃れて将来の夫と結ばれる、2) イヴォンヌの許婚者の勇気とともにイベルヴィルの優れた船乗り精神が栄光を証明する、3) フェルランに言及しながら思想論争の道具としてテクストが用いられる。うまくはないが、それは好例となっている。

同じような精神的責務は、W. D. ライトホール（W. D. Lighthall）の『グレート・ドミニオンの歌——カナダの森と湖、定住地と市街地からの声』（*Songs of the Great Dominion: Voices from the Forests and Waters, the Settlements and Cities of Canada*, 1889）の序文を支配している。彼が提供する歴史は十分にシンプルである。それはジャック・カルティエに始まり、サミュエル・ド・シャンプランによって定住が進められ、ヌーヴェル・フランスのロマンスに満ちている。しかし、ヌーヴェル・フランスは「征服」の絵巻の中で消え、ロイヤリストと「文化と力の着実な展開」（a steady unfolding of culture and power）の到来がそれに続き、この到来はアエネーイスの流浪の旅とローマ建国に大いに関連づけられている。(42) この本は主だった男性コンフェデレーション詩人〔連邦が結成された 1860 年代に誕生し、1880～1890 年代に活躍した詩人のグループ〕、数人の女性詩人、そして意味深い補遺において中世的な魅力のゆえに選ばれた数編のフランス語詩を紹介することを企図している。歴史からくみ取られたアイデンティティ・モデルはイギリス帝国主義言説から湧き出している。カナダにおけるフランス的性格のさらにバランスのとれた展望がマーハーとトマス・G. マーキス（Thomas G. Marquis）の『ニュー・フランスの物語』（*Stories of New France*, 1890）によって提供される。それは、鈍感な二人の中心的カナダ人、ジョージ・モンロー・グラント（Georege Monroe Grant）とチャールズ・G. D. ロバーツ（Charles G. D. Roberts）に捧げられている。作者による序文に書かれているように、パークマンとフレシェットの精神に沿って、その作品の目的はカナダの民族を「漸次平和的に融合」(43) させて、連合させることであった。

ロバート・セラー（Robert Sellar）の『ヘムロック——1812 年戦争物語』（*Hemlock: A Tale of the War of 1812*, 1890）は、特に先住民に関して、忠誠心を讃える他の 1812 年戦争小説と並べられる。題名となっている主人公ヘムロックは先住民の首長で、テクムセのように「高貴な野蛮人」とエミリー・ブロンテのヒースクリフの両方の人物をモデルとしている。忠誠心は王家を越えて、ヘムロックとイギリス人将校モートン、そして数名のドイツ人移民との関係も含んでいる。ヘムロックは小説の半ば過ぎで亡くなり、残りは、モートンの英雄行為と、彼が定住者の娘マギー・フォーサイスと結婚するにいたる筋にとって代わられる。こうして、モートンが北米でさらに称賛すべきものを見出すにつれ、新旧世界がカナダに有利な状況で結ばれるのである。

ロール・コナン（Laure Conan）の『作品と試練に』（*À l'oeuvre et à l'épreuve*, 1891）は、カスグラン神父の影響の下で書かれ、イエズス会の宣教に捧げられた数少ない小説の 1 つである。『アンジェリーヌ・ド・モンブラン』（*Angéline de Montbrun*, 1881-82）ですでに心理分析の才能を示していたコナンは、第 2 作で彼女以前の小説家には見られなかったほど、密接に歴史と心理学を結びつけた。そのテーマは彼女の他の小説と同様に、犠牲である。この場合、

ヒロインはガルニエ神父にいわば捨てられたことになるが、神父は殉教してしまう。文体的に、その小説はいくつものレベルに働きかけていて、ヒロインの日記における自己表現やガルノー神父からの想像の手紙などが用いられ、イエズス会の『報告書』(Relations)を一語一句そのまま引いてもいる。さらに語り手はガルノー、パークマン、シャトーブリアンやカスグランに言及して、テクストの歴史的信憑性を支えている。偉大な試練は、ヒロインがその愛を昇華させるにつれて、ガルニエとヒロインの双方のものとなる。思想的に、この小説は19世紀末フランス系カナダの救世主物語の完璧な作品である。

　読者を鼓舞する目的で書かれているために、19世紀カナダの歴史物語が意図的にユーモラスであることは稀である。ロバート・バー（Robert Barr）の『警告のただ中で』（*In the Midst of Alarms*, 1894）は、そのユーモアと1866年のフェニアン襲撃〔1866年から1871年にかけて、北米のアイルランド人フェニアン団が、イギリスにアイルランドから撤退するよう圧力をかけるために、カナダにあるイギリス軍を襲撃した事件〕の簡潔な劇化を通して、歴史的要素を僅かに備えている。その大部分はセンチメンタルな恋物語から成っており、失敗に終わった襲撃との関係は偶然にすぎない。ギルバート・パーカー（Gilbert Parker）の『強者の座──ヴァージニア連隊の、のちにアマースト将軍の連隊の将校であった、ロバート・モレ大尉の回想録』（*The Seats of the Mighty: Being the Memoirs of Captain Robert Moray, Sometime an Officer in the Virginia Regiment and Afterwards in General Amherst's Regiment*, 1896）は、ユーモアの欠如と過剰なレトリックにおいて対極に位置している。作者は序文において運命を強調しているが、古代ギリシャ以来連綿と成されてきたように、当時の他のロマンス小説と同様に偶然を特権化している。

　彼の仕事は、評価されてはいるが、サー・ウォルター・スコットやウィリアム・カービーと同列ではなく、大胆な行為や、特にこの作品の場合、ずる賢くて強力な敵に対する若い女性の勇気に拠っている。主人公モレ大尉は幸運にも1759年にケベックを陥落させ、次にフランス軍に立ち向かう女性の愛を獲得し、ヴィクトリア時代末期の帝国主義にふさわしいカナダを作り出した。モレは『ヴァージニア連隊ロバート・ストボ少佐回顧録』（*Memoirs of Major Robert Stobo of the Virginia Regiment*, 1800）に基づいているが、ヒロインとその敵は小説のために創作されたものである。この小説の強さはその動機と道徳的傾向の源泉としての登場人物たちにある。その結果イギリスによるカナダの征服はモレが愛する恋人を救おうとする望みに密接に織りこまれている。彼女は誘惑に無傷で耐え、彼女の父親がモレのプロテスタント信仰を大目に見るまでに至る。

　この時代の最後の歴史書『カナダの歴史』（*A History of Canada*, 1897）はチャールズ・G. D. ロバーツによって語られている。その構成と文体は、共に作者の語りの技術に特徴的なものである。それは責任政府の勝利というマクマレンのテーマを担っており、さらに、明確に勝利至上主義の形をとっている。3部構成のそれぞれは早々に明示されている。つまり、フランス統治、イギリス統治、そして連邦結成である。そして、この連邦結成は、議論の結論に従えば、帝国連邦の可能性を提供している。この本の中心部分1812〜1848年は、責任政府

成立への圧力に支配されている。そのテーマはジョン・チャールズ・デント（John Charles Dent）の『最近の 40 年——1841 年の統一からのカナダ』（*The Last Forty Years: Canada Since the Union of 1841*, 1881）にも生き続けている[44]。ロバーツはまたオベール・ド・ガスペの『かつてのカナダ人』の翻訳者でもあり、その序文で作者の中心的関心を、特に「民族のロマンチックでヒロイックな過去の愛すべき記憶」であると注釈し、「距離を置く観察者は、ド・ガスペの作品が提供する正確な媒体を通してフランス系カナダを見るのがよいだろう」と述べている[45]。言語といくつかの制度を除いて、フランス系カナダは、帝国内で地位を求めるドミニオンにおいて、居場所を見いだせないようである。

　19 世紀最後のフランス語歴史小説、エルネスト・ショケット（Ernest Choquette）の『リボー家の人々——37 年の田園恋愛詩』（*Les Ribaud: Une idylle de 37*, 1898）は『かつてのカナダ人』に適切に呼応している。特にそれは、リボー博士の娘が 1837 年の「反乱」の際にイギリス人将校と恋に落ちて道徳的に困難な立場に置かれたからである。リボー博士は、息子がケベック防衛のためにイギリス人将校と決闘して死に、彼自身はオベール・ド・ガスペの小説で父親が示すあらゆる価値観を体現している。もうひとつの類似点は、娘の恋人がアーチー・ロヴェルという別の将校に自分の役を演じさせることによって、「愛国者たち」〔1837 年の反乱の主体となったフランス系住民は「愛国者」と呼ばれた〕と闘うのを避ける道を見出すことである。アーチー（キャメロン）・オブ・ロチェイルの反映は意図的であるように思われる。しかし、中心となる問題は、犠牲と贖罪のテーマであり、娘は、ダベルヴィル家の父と同様に自分の父親も伝統と北米におけるフランスの存在を具現していることを知るにつれ、この犠牲と贖罪を行動で示さなければならないのである。娘は民族の母性としての未来なので、彼女の適切な伴侶選択は父の思想と一致しなければならない。幸いなことに、村の神父が結婚を認め、父もそれを結局道徳的に許容できるとみるので、オベール・ド・ガスペの小説においては決して起こらない結婚がここでは許されるのである。

　この衝突の多い世紀のそうした結末は、非常に頻繁に自分自身とも矛盾するように見える国での極めて真摯なアイデンティティ探求において、いかにも相応しい。フランス系カナダは最後には消滅するべきだというダラム卿の希望と勧告は、文化的境界の両側からの様々な反応にぶつかり、象徴的な結婚によって一時的に幕を閉じる。その結びつきは、この世紀の文学と歴史の高い道徳的傾向に特徴的なことであるが、犠牲という崇高な行為を通して、論争の両側を変貌させる。この世紀は進歩の世紀であったと言えるかもしれないが、それはさまざまな民族が破局の中から現出してきているのだという理解をとおしてのみ可能となった進歩なのである。

注

1. Mercer Adam and A. Ethelwyn Wetherald, *An Algonquin Maiden: A Romance of the Early Days of Upper Canada*（Montreal and Toronto: Lovell and Williamson, 1887）, p.199.

2. Gerald M. Craig, ed., *Lord Durham's Report*（Toronto: McClelland and Stewart, 1963）, p. 150.

3. John Richardson, *Wacousta or, The Prophecy; A Tale of the Canadas*, ed. Douglas Cronk（Ottawa: Carleton University Press, 1987 [1832]）, p. 585.

4. 後世までより多く読まれているために、Philippe Aubert de Gaspé fils, *Le Chercheur de trésors ou L'Influence d'un livre* のほうがしばしば最初の小説だと言われるが、実際は数か月あとに出版されている。（John Hare, ed., *Les Révélations du crime ou Combray et ses accomplices* [Montreal: Réédition-Québec, 1969], p. iv, note 3）.

5. Gerald M. Craig, ed., *Lord Durham's Report*, p. 143.

6. François-Xavier Garneau, *Histoire du Canada depuis sa découverte jusqu'à nos jours*, 6 vols.（Montreal: François Beauval, 1976 [1845]）, vol. I, p. 388.

7. Ibid., vol. III, p. 274.

8. Ibid., vol. III, p. 108.

9. Serge Gagnon, *Le Québec et ses historiens de 1840 à 1920*（Quebec: Les Presses de l'Université de Laval, 1978）, p. 292 を参照。

10. Henri Raymond Casgrain, "Le Mouvement littéraire au Canada"（1866）, in *Œuvres complètes*, 4 vols.（Montreal: Beauchemin et fils, 1896）, vol. I, pp. 365, 355.

11. Octave Crémazie, *Œuvres complètes*（Montreal: Beauchemin et fils, 1896）, p. 137. 戦いの冷静な記述に関しては、Garneau, *Histoire*, vol. III, pp.159-68 を参照。フランス軍は数において、5対1の割合で劣っていた。

12. Pamphile Le May. この名前は LeMay とも Lemay とも綴られることがある。

13. Thomas Chandler Haliburton, *An Historical and Statistical Account of Nova Scotia*, 2 vols.（Halifax: Joseph Howe, 1829）, vol. I, p. 196, note.

14. John Mack Faragher, *A Great and Noble Scheme*（New York: Norton, 2005）, p. 455. ファラガーは言及してはいないが、ガルノーはアカディ人の強制移住に関して、以下に挙げるフランス語の史料を広く引用しながら、かなり長々とコメントしている。Guillaume-Thomas-François de Raynal, *Histoire philosophique et politique des établissements et du commerce des Européens dans les deux Indes*（Amsterdam: Le Haye, 1770）.（Garneau, *Histoire*, vol. III, pp. 81-8）.

15. クリストファー・イルムシャー（Christoph Irmscher）によると、ルメの翻訳上の変更はロングフェローの文を「神話化」する傾向があった。*Longfellow Redux*（Urbana and Chicago: University of Illinois Press, 2006）, p. 249 参照。

16. Casgrain, *Œuvres*, vol. III, p. 273

17. Roland Barthes, *S/Z*（Paris: Seuil, 1970）, p. 88: "Le rire, le gant sont des effets du réel."

18. Philippe Aubert de Gaspé, *Les Anciens Canadiens*（Montreal: Boréal, 2002 [1863]）, p. 237.

19. Ibid., pp. 236, 288, 349.
20. 郷土の、地方色の強い過去をガスペは描き、それはしばしば目撃証言となっている。そうすることによって、フィクションとノンフィクションの境は故意に曖昧になることが示唆されている。伝記を通して、カスグラン神父がオベール・ド・ガスペを制度化するのも同じような効果をもたらしている。
21. Edmond Lareau, *Histoire de la littérature canadienne*（Montreal: John Lovell, 1874), p. 289 を参照。
22. それ以前の作品 *Le Manoir de Villerai: Roman canadien*（1861）はそれほどの評判にならなかった。
23. Rosanna Leprohan〔ママ〕, *Antoinette De Mirecourt; or, Secret Marrying and Secret Sorrowing*（Ottawa: Carleton University Press, 1989 [1864]), p. 236.
24. 著名な詩人の簡単な伝記はすでにヘンリー・J. モーガンによって編纂されていた。Henry J. Morgan, *Sketches of Celebrated Canadians, and Persons Connected with Canada, from the Earliest Period in the History of the Province Down to the Present Time*（Quebec: Hunter, Rose, 1862）.
25. Edward Hartley Dewart, "Introductory Essay," in *Selections from Canadian Poets*（Toronto: University of Toronto Press, 1973 [1864]), p. ix.
26. Ibid., p. xiv.
27. M. Brook Taylor, *Promoters, Patriots and Partisans: Historiography in Nineteenth-Century English Canada*（Toronto: University of Toronto Press, 1989), p. 154.
28. John MacMullen, *The History of Canada from Its First Discovery to the Present Time*（Brockville: McMullen and Co., 1868 [1855]), p. 478. また、Carl Berger, *The Writing of Canadian History: Aspects of English-Canadian Historical Writing 1900 to 1970*（Toronto: Oxford University Press, 1976), p. 2 も参照。
29. ガルノーについで、フェルランはもう1人の主要な19世紀フランス系歴史家である。彼の歴史は断固として聖職者の視点からヌーヴェル・フランスの時代を「宗教と祖国への」à la religion et à la patrie 賜物として描いている。*Cours d'histoire du Canada*, 2 vols.（Quebec: Augustin Côté, 1861), vol. I, p. xi を参照。小説家たちはフェルランとガルノーを引用し続けているが、次の書も参照。Réjean Beaudoin, *Naissance d'une littérature: Essai sur le messianisme et les débuts de la littérature canadienne-française*（1850-1890）（Montreal: Boréal, 1989).
30. 次の書を参照のこと。Carole Gerson, *A Purer Taste: The Writing and Reading of Fiction in English in Nineteenth-Century Canada*（Toronto: The University of Toronto Press, 1989), p.114.
31. その後の序文で、歴史家の Benjamin Sulte は、彼自身の歴史書でもヌーヴェル・フランスの住民を特別扱いしているが、パークマンはヌーヴェル・フランスの人々を見ることができず、彼らを知らしめることができていないとして、彼よりもカービーを賛美している。*Le Chien d'or*, trans. Pamphile LeMay（Quebec: Librairie Garneau, 1926 [1916]), P. 11 を参照。
32. Taylor, *Promoters*, p. 255 を参照。
33. Casgrain *Œuvres*, vol. II, pp. 294-335.
34. James Wilson, *The Earth Shall Weep: A History of Native America*（New York: Grove Press, 1998), pp. 154-5 を参照。
35. MacMullen, *History*, p. 281.

36. Adam and Wetherald, *An Algonquin Maiden*, p. 192.

37. Louis Fréchette, *La Légende d'un peuple* (Montreal: Éditions Beauchemin, 1941 [1877]), p. 85.

38. John Hunter-Duvar, *De Roberval: A Drama* (Saint John: J. and A. McMullen, 1888), p. 48.

39. 英語カナダについては、次の書を参照。 Gerson, *Taste*, p. 29. Edmond Rousseau, *Les Exploits d'Iberville* (Quebec: C. Darveau, 1888), pp. viii-ix.

40. Rousseau, *d'Iberville*, p. 61.

41. Ibid., p. 10.

42. William Douw Lighthall, *Songs of the Great Dominion* (London: W. Scott, 1889), pp. xxii and xxiii.

43. Agnes Maule Machar and Thomas G. Marquis, *Stories of New France: Being Tales of Adventure and Heroism From the Early History of Canada* (Boston: D. Lothrop, 1890), n.p.

44. Taylor, *Promoters*, p. 250 を参照。

45. Charles G. D. Roberts, *Canadians of Old* (Toronto: Hart, 1891 [1890]), p. 4.

第2部

★

ポスト・コンフェデレーション期

7

ポスト・コンフェデレーション期の詩

D. M. R. ベントリー
(D. M. R. Bentley)

序曲、そしてコンフェデレーション・グループに先行する作家たち

「カナダ、ノヴァ・スコシア、そしてニュー・ブランズウィック各属領が、グレート・ブリテンおよびアイルランド連合王国の王のもと、連邦制自治領として統合したい旨を表明したゆえ……。」この前文で始まる英領北アメリカ法が 1867 年 7 月 1 日に施行されたとき、やがて逞しい北方国民文化に育つであろうと、多くの者が期待していたものが育まれる土壌が整備された。すでに蒔かれた種もあったが、それに続く種が急速に蒔かれるものと思われていた。父祖たちの目には連邦がかすかな光にしか映らなかった一方で、そのもっとも雄弁な支持者のひとり、トマス・ダーシー・マギー（Thomas D'Arcy McGee）は、民謡集『カナダの民謡』（*Canadian Ballads*, 1858）を出版した。自治領の幼年期において、もっとも激烈な反対者の 1 人であったジョーゼフ・ハウ（Joseph Howe）さえも、詩選集を出版するようにと説得され、没後の 1874 年に『詩とエッセイ』（*Poems and Essays*）として出版されることになった。その年、「カナダのバーンズ」と称されるアレグザンダー・マクラハラン（Alexander McLachlan）は、『移住者、その他の詩』（*The Emigrant, and Other Poems*, 1861）に続く『詩と歌』（*Poems and Songs*, 1874）を、そして大の保守主義者、ウィリアム・カービー（William Kirby）は『ユナイテッド・エンパイア――アッパー・カナダ物語 12 篇』（*The U. E.: A Tale of Upper Canada in XII Cantos*, 1859）に続く『金の犬』（*The Golden Dog [Le Chien d'or: A Legend]*, 1877）を出版した。フィリップ・オベール・ド・ガスペ（Phillippe-Joseph Aubert de Gaspé）の、人種問題で協調的な歴史ロマンス『かつてのカナダ人』（*Les Anciens Canadiens*, 1863）の英訳は連邦結成前に出版されていたが、次の英訳版も、1890 年まで遅れたとはいえ、出版された。その頃になると、未来への期待を込めたエドワード・ハートレー・ドワート（Edward Hartley Dewart）の『カナダ詩選集』（*Selections from Canadian Poets*, 1864）にとって代わって、ウィリアム・ダウ・ライトホール（William Douw Lighthall）の声高にカナダ的な『グレート・ドミニオンの歌』（*Songs of the Great Dominion*, 1889）が出ていた。また、その間にルイ・オノレ・フレシェット（Louis Honoré Fréchette）の『極北の花』（*Les Fleurs boréales*, 1879）が、権威あるアカデミー・フランセーズのモンティヨン賞を受賞した。ニコラス・フラッド・デイヴィ

ン（Nicholas Flood Davin）は感激して述べる。「われらの最初の国民詩人」が現れた。「彼の想像力には地方色が染み込んでいる……。カナダ史の英雄たちが彼の深遠で感動的な竪琴の音を引き出すのである……。国民詩人とは、そこにわれらが彼の時代と祖国を見出すことのできる歌の歌い手なのである。」(1)

　英語圏カナダにおいて、フレシェットの注目すべき成功は祝福されるとともに混乱の元凶ともなった。多くの出版社が創設され、大小を問わずすべての市や町の新聞社は紙面を飾る詩を必死に探し、米加両国の雑誌はいずれも熱心にカナダ的な主題の詩を求めていたので、カナダ詩の状況は十分に健全なものと思われた。しかし、「カナダの湖……雄大な河川……雪景色……晴れわたる空……広大な孤独の大地……（そして）堂々たる松」（p. 272）は、"literature of distinction" という言葉の両義において、つまりカナダ独自の、そして秀でた、文学の題材として、必須だったのだろうか？　チャールズ・メア（Charles Mair）の『ドリームランド、その他の詩』（*Dreamland and Other Poems*, 1868）や、ジョン・リード（John Reade）の『マーリンの予言、その他の詩』（*The Prophecy of Merlin and Other Poems*, 1870）のような詩集は、テニソン、スウィンバーン、ホイットマン、ホイッティア、その他の英米の詩人によって同時代に出版された詩集はもとより、『極北の花』にさえ匹敵するものだったのか？　英語圏カナダがフレシェット級の詩人を産むことができなかったという事実は、文化的に、あるいは人種的にさえ、能力不足であったという証拠なのか？　そのような疑問に表れている不安は、1870年代後半から1880年代前半までに、オンタリオ州や沿海諸州で徐々にはっきりとうかがえるようになっていた。しかし、1880年、そのコスモポリタンな主題と技法的卓越によって、英語系カナダ詩が少なくとも凡庸さと田舎臭さを乗り越えたと言える詩集が出版されると、こうした疑問も減少していった。その詩集とは、チャールズ・G. D. ロバーツ（Charles G. D. Roberts）の『オリオン、その他の詩』（*Orion, and Other Poems*）であって、1年もしないうちにカナダ詩においてもっともよく知られている「発見」（Eureka〔アルキメデスが原理を発見したとき叫んだ〈わかったぞ！〉〕）の瞬間をもたらした。それはマーガレット・エイヴィソン（Margaret Avison）が「快楽主義者たちとその他の人々」（"Voluptuaries and Others"）において、「その地を照らす輝きは／全土を差し置いて……／前進の兆しとなり、有無を言わせず前進を促す」と表現した瞬間である。(2)

ロマンティック・ナショナリズムとグループの形成

　その「瞬間」が起こった時と場所は、1881年5月、トロントのトリニティ・カレッジ構内であった。そして、その瞬間を体験したアルキメデス的人物とは、19世紀カナダ最高の詩人、アーチボルド・ランプマン（Archibald Lampman）で、彼は当時、古典専攻の2年生であった。10年後、オタワで郵政省職員として働いていたランプマンは、オタワ文芸科学協会で行った講

演「二人のカナダ詩人」("Two Canadian Poets")において、当時起こったことを驚くほど鮮明な記憶をもって回想している。

> ある……晩、誰かが『オリオン、その他の詩』を貸してくれました……。私の周囲の若者の多くがそうであったように、私たちは芸術も文学も存在しえない文明の周縁に絶望的に置かれていて、偉大なことをなし得ると期待することなど無駄だ、と信じ込み、気の滅入る思いでした。私はひどく興奮して、徹夜で「オリオン」を繰り返し読み、床に就いても眠れませんでした。このような作品がカナダ人によって、若者によって、つまり私たちの仲間によって書かれたことが、素晴らしいことに思われました。……日の出の少しあと、私は起きて外へ出て、大学構内に行きました……。私にとって、すべてのものが言葉で表現できないほどの変貌を遂げていました。旧世界の美の輝きを浴び、耳に鳴り響く詩行の魔法、神聖な詩の数々は、テニソン的な豊かさと、不思議で現世愛的なギリシャ風の味わいがあると感じられました。私はその朝を決して忘れませんし、それはずっと私に影響を及ぼし続けています[3]。

そのきわめて重要な朝からどれほど後に2人の詩人が接触したのかは不明であるが、18か月以内にロバーツはランプマンに長い手紙をしたため、様々な文学的「計画」や、故郷のニュー・ブランズウィック州からオンタリオ州へ引っ越して「文学的な独立したヤング・カナダを終結させ、たゆまぬ努力をもって〔カナダ的共和主義の〕……信条を……広げ」たい、と述べている[4]。

ロバーツの計画を後押ししていたのがジョーゼフ・エドマンド・コリンズ (Joseph Edmund Collins) であったことはほぼ確実で、彼はロバーツが1879年から1882年にニュー・ブランズウィック州チャタムで教職にあった時代に知り合った、ニューファンドランド島出身のジャーナリストである。ロバーツが彼の計画や希望についてランプマンに手紙をしたためた時、コリンズはランプマンのもとに滞在しており、すでに密かに、ロバーツの文学的評判を高め、トロント大学の教授職に就かせようと動いていた。(この企ては失敗したが、ロバーツは現に1883年から翌年にかけて、「文学、政治、批評ジャーナル」である「ザ・ウィーク」(*The Week*)の編集者としてトロントにやってきているし、1885年にはノヴァ・スコシア州ウィンザーのキングズ・カレッジに教授職を得て、1897年までその任にあった。) ロバーツの考えの直接の発端が何であったにせよ、彼のヤング・カナダという構想の基になっていたのは、ヤング・アイルランドや(それには及ばないものの)ヤング・イングランド運動、さらにドイツのロマンティック・ナショナリズムやドイツの反啓蒙主義であった。これら先駆者たちの主たる信条は、文学、とくに詩と、ナショナル・アイデンティティとの相互依存性であり、国家の物理的環境(風景・気候)と住民の精神構造、したがってその芸術的産物との間に感情的関係を持つと仮定する、環境決定論であった。ロバーツもランプマンも、カナ

ダ文学の特性がそれまでもそれ以後も環境によって決定されていると完全に信じていたわけではないが、両者ともこの教義に声を与えている。ロバーツは「文学の展望――アカディアの詩、歴史、ロマンスのための土壌」("The Outlook for Literature: Acadia's Field for Poetry, Hisotry and Romance," 1886) において、「素早く両極を行き来するカナダの風土は、熱意に燃え、覚醒している。我々は透明で快活な思想をもって、作品の頁に一種の辛口のきらめきを見出すよう期待すべきである」(5) と述べる。またランプマンは「二人のカナダ詩人」において、異なる環境的影響と文学的所産を次のように結びつけている。

　この国の気候は、スウェーデンの容赦ない厳しさと北イタリアの太陽と空を兼ねそなえている……。カナダ人は……北欧人のエネルギー、まじめさ、そして忍耐力と、南国人の陽気さ、弾力性と機敏さを合わせ持つとよい。こうした性質が結合して文学に表現されれば、その結果は実に、今までにない素晴らしいものとなるだろう。(6)

当時「カナダ主義」として知られていた熱心な愛国主義に刺戟されて、ロバーツは新しい自治領を「サクソン人の力……ケルト人の炎」、そしてアメリカ合衆国の侵略に対する英雄的抵抗、という偉大な遺産の継承者であるが、その未熟さのため未だ母なる英国に依存している「手足の巨大なこども国家」と表象し、(7) カナダが国家的「成熟」を達成しようとするなら、カナダにあって当然の――実際必須の――秀でた詩を生み出す可能性をもつ、十分若く技術と業績を備えた詩人――男性――が必要と考え、そのような人物を特定する仕事に取り掛かった。ランプマンに続き、ロバーツのいとこでニュー・ブランズウィック州出身のブリス・カーマン (Bliss Carman)、次に1888年から1890年にかけてニュー・ブランズウィック滞在中に最初の2作の詩集を出版しているオンタリオ出身のウィリアム・ウィルフレッド・キャンベル (William Wilfred Campbell)、次いでオタワに住むランプマンの友人で同じく公務員のダンカン・キャンベル・スコット (Duncan Campbell Scott)、最後に最周縁に位置し、グループの中ではもっとも才能を欠いていた唯一のケベック人、フレデリク・ジョージ・スコット (Frederick George Scott) が登場した。父親がメソジストの聖職者であった D. C. スコットを除いて、6人の詩人は全員、英国国教会と個人的ないしは家族を介した繋がりをもっていた（実際のところ、1891年までのキャンベル同様、F. G. スコットは英国国教会の司祭であった）。彼らは全員、1860年代前半に生まれ、連邦結成後に成人となっていた。

ロバーツは後に、E. ポーリン・ジョンソン (E. Pauline Johnson)、ヘレナ・コールマン (Helena Coleman)、そしてアルバート・E. スマイズ (Albert E. Smythe) らも、彼の「小さなグループ」に付け加える傾向があった。(8) しかしながら、1890年代前半の絶頂期に「1860年代グループ」、ないしは後に「連邦の詩人たち」(the poets of Confederation)、あるいは単に「連邦詩人たち」(the Confederation poets) と呼ばれるようになるのは、ロバーツをリーダーに「緩やかな連合関係」(9) にあった6人の若者で、彼らは露骨なカナダ的テーマや主題よりも「技量」が

カナダに相応しい文学に不可欠な要素である、というロバーツの信条に多かれ少なかれ同調していた[10]。1893年という絶頂期の「驚異の年」に、グループのメンバーはカナダ英語文学史上かつてない、そしてそれ以来カナダ詩が経験したことのない、国内外からの評価を得ていた。彼らの詩はカナダのほか英米の新聞・雑誌に定期的に掲載され、全員、それぞれ少なくとも1冊は、充実し、好評を博した詩集を出していた。ランプマンの『きび畑の中で、その他の詩』(*Among the Millet, and Other Poems* 1888)、F. G. スコットの『霊魂の探求、その他の詩』(*The Soul's Quest and Other Poems,* 1888)、D. C. スコットの『魔法の家、その他の詩』(*The Magic House and Other Poems,* 1893)、カーマンの『グラン・プレの引潮――抒情詩集』(*Low Tide on Grand Pré: A Book or Lyrics,* 1893)、キャンベルの『スノーフレークと日の光』(*Snowflakes and Sunbeams,* 1888)、『湖の抒情詩、その他の詩』(*Lake Lyrics and Other Poems,* 1889)、そして『恐ろしき旅――詩集』(*The Dread Voyage: Poems,* 1893)、ロバーツ自身の『オリオン、その他の詩』のほか『イン・ダイヴァース・トーンズ』(*In Divers Tones,* 1886) と『ありふれた日の歌と祝辞！――シェリー生誕100周年に寄せる頌歌』(*Songs of the Common Day, and Ave: An Ode for the Shelley Centenary,* 1893) である。

文学的影響力と癒しの自然

ロバーツの処女詩集の古代ギリシャ的タイトル、そして第二、第三詩集のタイトルがほのめかすテニソンの『イン・メモリアム』とワーズワースの「霊魂不滅の歌」("Intimations") への言及は、少ないながらも、連邦グループ全体が古典的背景とヴィクトリア朝ロマン主義のルーツを持っていたことを反映している。学校教育において大量の古典にさらされた彼らは、ギリシャ・ローマの文学、神話、歴史にテーマや形式を求め、F. G. スコットを除く全員が、牧羊神を自然を体現するもの、ないしは詩人の典型として書き、ロバーツとランプマンは、それぞれ「牧羊神の笛」("The Pipes of Pan," 1886) と「牧羊神のお気に入り」("Favorites of Pan," 1895)において、新世界に牧羊神の精神を存在させようと工夫している。骨の髄までカーライル信奉者であった彼らは、技術的・知的に劣っているとみなしていたチャールズ・サングスター（Charles Sangster）その他の初期カナダの作家から距離を置くことを心掛け[11]、英雄的理想美をロマン派詩人、ヴィクトリア朝の哲人、文人に求めた。ロバーツにとって、キーツは「輝かしい……大詩人」[12]、ワーズワースは彼の作品が「とても崇高で、気高く、精神の回復に役立つ」[13]ものであるから、その「影響」が歓迎されるべき詩人、そしてアーノルドは「存命中のイギリスの散文・韻文作家の誰にも劣らず……、雅量に富み、明快かつ偏見がなく、非常に博学で、彼の表現はこの上なく優美」であった[14]。ランプマンは1894年に、「キーツは常に私にとって非常に魅惑的で、私の精神にくまなく浸透しているので、私の中にかすかに彼が再生しているのではないかと思ってしまいます。私はたった今、その素晴らしい人物の

魔法からすっかり解き放たれつつありますが、それには10年かかりました」と書き残している。さらに、「シェリー」("Shelley," 1887) と「祝辞——シェリー生誕100周年に寄せる頌歌」("Ave: An Ode for the Shelley Centenary," 1893) において、まずカーマンが、そしてロバーツが、ニュー・ブランズウィックの風景の愛しい場所とシェリーの精神および特徴とを結びつけ、「キーツ生誕100周年に寄せる頌歌」("Ode for the Keats Centenary," 1921) においてはD. C. スコットが、カナダ北極圏を反モダンの「キーツの精神」に適した隠れ家として描き、その精神がカナダにおいて「不死の翼を広げ」、「孤独のうちにある美を……私たちに教えてくれるように」と懇願する。これまで学者たちは、ロマン派に対する連邦グループの見解がアーノルド、ペイター (Walter Pater)、その他のヴィクトリア朝の詩人たちを媒介としていたことを過小評価してきたかもしれないが、自分たちの作品を「ノーザン・ロマンティシズム」という用語で表現していることから、その主要な基盤となっているもののひとつを特定することができる。

　ワーズワースの「ティンタン寺院再訪」〔"Lines Written a Few Miles Above Tintern Abbey, on Revisiting the Banks of the Wye during a Tour, July 13, 1798"〕、キーツの「秋に寄せる頌歌」("Ode to Autumn")、その他、かなりの風景要素をもつ詩からの影響を、連邦グループの詩人たちのもっとも特徴的かつ重要な作品の多くの比喩的描写、語法、シンタックス、連、形式、そして全体的傾向に見出すことができるという事実は、グループがイギリスのロマン派を見ならおうとしていたことを示すほんの一例である。ロバーツの最初の傑作「タントラマー再訪」("Tantramar Revisited," 1886) の海辺の背景と長短短格のリズムは、確かにスウィンバーン的であるが、その冒頭数行、並びにそれに続く箇所のほとんどの調子と雰囲気には、次の引用が示すように、ワーズワースの偉大な「再訪詩」〔「ティンタン寺院再訪」〕からの影響が認められる。「幾多の夏がやってきては、燕と共に飛び去った／陽光、雷、嵐、そして冬、そして霜……。変わらぬものは海へと傾斜するこの緑の丘のみ！」ランプマンは「四月」("April," 1888) において、自然界への没入による心理的・精神的再生のテーマを、この詩が含まれている詩集『きび畑の中で、その他の詩』の主要テーマとして打ち立てるために、新芽の季節を適切に使用しているが、その方法はキーツの「秋に寄せる頌歌」("Ode to Autumn") を暗示する：「淡き季節、冷静な構えの見張り人、気長な昼の静かな巫女、……／陽光暖かな平和と厳粛な灰色の処女月／鳴り響く日向の林間地の花々の機織り……」。キャンベルの『湖の抒情詩』に登場する湖はヒューロン湖で、そこに収められた多くの抒情詩はやはりスウィンバーン的調子をもつが、キャンベル自身がその詩集の中でもっとも優れているとみなした「冬の湖」("The Winter Lakes," 1889) のような詩に描かれる「幽霊のような湖畔」、「不気味な」、「ごつごつした岩」、「荒涼たる森の廃物」、「巨大な形状」、「そびえたつ船尾」は、〔ワーズワースの〕『序曲』(*The Prelude*) におけるボート泥棒のエピソードその他にある陰気な暗影をひきずっている。

　独創性に富んだ神秘的経験を記録する抒情詩「グラン・プレの引潮」(1893) の著者カーマンは、少年時代から精神主義的傾倒があった。「冬の森で」("In the Winter Woods," 1906)

のなかで「見事な古木」の「……神秘的な生のメッセージを吸収」したことを回想するF. G. スコットは、正統派のキリスト教徒であった。[21]「土地の高さ」("The Height of the Land," 1916) で人類の精神的発達について思いをめぐらせるD. C. スコットは、ネオ・プラトン主義者的なところがある。しかしながら、これら3人の詩人はみな、彼らの3人の同志たち同様、ワーズワース的な、万物に「深く浸みこんだ……何かへの／崇高な感覚」[22]と、ロマン派＝ヴィクトリア朝詩人の超自然主義の、等しく漠然とした言葉づかいをもって、カナダの自然に接した。「生命の霊ないしはさらに名状しがたいもの……／何か不思議なものの秘密」(カーマン)[23]、「自然の子らをどこまでも／結びつける……不思議な絆」(F. G. スコット)[24]、「ぱっとひらめき現れる何か／平和よりもっと深い――魔力／金色で名づけようのない」(D. C. スコット)[25]などの例が示す通りである。

　だからといって、連邦グループの作品がイギリスのロマン派＝ヴィクトリア朝詩人の伝統によってのみ形成されたというわけではない。ランプマンは大学時代、ドイツの愛国的詩に感銘を受けており、彼の最も重要な長詩『ある愛情の物語』(*The Story of an Affinity*) は1892～4年に執筆され、1900年まで出版されなかったが、もとは1884年に立てた計画によるものであった。それは「出来事および精神においては地域に根差しているが、形式と作風においてはコスモポリタンで……、[ロングフェローの] エヴァンジェリン (Evangeline) の厳粛かつ写実的な韻律を使うが、内容は [ゲーテの] ヘルマンとドロテア、もしくは [エドマンド・ゴス訳による] スウェーデン詩人 [ユーハン・ルードヴィーグ・] ルーネベリ (Johan Ludvig Runeberg) のような、厳密にカナダ的な詩」[26]を書く、というものであった。キャンベルはロングフェローと並んでポーからも強い影響を受けており、1892年にはノルウェー人作家ビョルンステェルネ・ビョルンソン (Bjørnstjerne Bjørnson) の「物語」を、その北方性において「我々にとても似ている」彼の国とその人々を映していると賞賛した。[27]同年、D. C. スコットはイプセンの『ヘッダ・ガブラー』(*Hedda Gabler*) と『海の夫人』(*The Lady from the Sea*)、およびスイス人作家アンリ・フレデリック・アミエル (Henri Frédéric Amiel) の『日記』(*Journal intime*) への賛意を表明した。精神に関するスコットの思想に主要な影響を与えたのは、ベルギー人のサンボリスト〔象徴主義者〕、モーリス・メーテルリンクの論文で、彼の戯曲はカーマンの友人かつ共同制作者のリチャード・ハヴィー (Richard Hovey) によって1890年代半ばに翻訳され、スコットとロバーツそれぞれの最初の短編小説集、『ヴァイガー村で』(*In the Village of Viger*, 1896) と『地上の謎――動物と自然の生態について』(*Earth's Enigmas: A Book of Animal and Nature Life*, 1896) の背景の中心に存在する。マラルメその他のフランスの象徴主義者は、カーマンとハヴィーの『ヴァガボンディア』(*Vagabondia*) シリーズ (1894-1901) にその存在をうかがうことができる。驚くべきことであろうが、フランス語系カナダの作品はこのグループにほとんど影響を与えていない。名誉ある例外はロバーツで、1890年版の『かつてのカナダ人』と、それ以前にもひと握りのフレシェットの詩を翻訳している。

　アメリカの作品については、まったく逆であった。F. G. スコットが例外となる可能性は

あるものの、連邦グループのメンバーはみな、エマーソン的超絶主義とソロー的原始主義から強い影響を受けていた。キャンベルは次第に異論を唱えるようになったが、みながトマス・ベイリー・オールドリッチ（Thomas Bailey Aldrich）風の洗練された情趣と繊細な形式をもつ詩を書き、ボストンと（オールドリッチが1881〜90年まで編集職にあった）「アトランティック・マンスリー」誌（*The Atlantic Monthly*）を文学的中心として目標とした。みな例外なくポーやロングフェローと並んでホイットマンの独自性と力を認めていたが、彼の書く長い行や民主主義的精神の横溢にはカナダ的ではないとして抵抗していた。この点でランプマンは一時的にこの傾向から逸脱し、1893年、シカゴで行われたコロンブス万国博覧会の「ホワイト・シティ」会場を祝福する内容に似つかわしく、ホイットマン的な「シカゴへ」（"To Chicago"）を書いている。

　彼らは全員、少なくともある程度まで、ニューイングランドのナチュラリスト、ジョン・バローズ（John Burroughs）とその弟子たちによる論文を介し、自然界の光景および音に注目する目をもって自然界に接した。実際のところ、ランプマンの「炎熱」（"Heat," 1888）、「蛙」（"The Frogs," 1888）、「11月に」（"In November," 1895）、およびロバーツの『ありふれた日の歌』に収められた詩の何編かを含む、グループの最も完成度が高くアンソロジーにも収められている詩のいくつかの自然描写は、『鳥と詩人、その他の小論』（*Birds and Poets, With Other Papers*）中にみられる1年の様々な季節に関連した生物や感情についてのバローズの観察にかなりの部分を負っている。その理由を見つけるのも難しくない。カーマンは、1890年にニューヨークに永住してから20年後に次のように書いている。「4月は、ニューイングランド南部では、かつて住んでいたニュー・ブランズウィックより少し早く訪れ、やや華やかなように思われる……。しかし、その特徴はほとんど変わらない。蛙は歌い、楓と野生の桜の花が咲き、広葉樹の山の背からはゴールデン・ウィングの鳴き声が聞こえ、道端のブラッドルート〔ケシ科の植物〕は白く……エンレイソウも……」。国境で政治的システムは変わるが、自然界はほとんど変わらないのである。

　このことは、現代性をめぐる同時代の思想および著作が果たした癒しの媒介としての機能においても同様であった。ワーズワース、アーノルド、エマーソン、S. ウィア・ミッチェル（S. Weir Mitchell、安静療法の発明者）、ジョージ・ミラー・ビアード（George Miller Beard、『アメリカ人の緊張感、その原因と結果』*American Nervousness, Its Causes and Consequences*の著者）、そしてハヴィーの妻ヘンリエッタ・ラッセル（Henrietta Russell、デルサルトの言う精神＝肉体＝魂の調和の支持者）などの多様な情報源を頼りに、連邦グループの詩人は自然界で過ごす時間を、近代都市生活によって負わされた心理的・肉体的摩耗に対する解毒薬とみなした。ランプマンは1889年に、「たとえば『オオアワガエリのなかで』（"Among the Thimothy"）において私が第一に狙ったのは、風景の描写ではなく、……夏の野原で数時間過ごすことが、悩みを持ち、あるいは意気消沈した精神にもたらす効果だった」と説明している。キャンベルは「気をもませたり興奮させたりするより、魅了し鎮静化する」本は、「心と頭脳から病

的な空想を吹き飛ばし……疲れた神経を沈め、疲れ果てた人の活力を再生させる」自然の「風」と「声」の貴重な手助けになる、とみなしたし、ロバーツは、1880年代後半に書き始めた動物物語を「陳腐な実用性の世界と自己が閉じこもるみすぼらしい殻から私たちを少しの間……自由にする」のみならず、「心身爽快と再生という贈り物を提供する」能力をもつものと考えた。2人のスコットは共に癒しの作品を書いているし、カーマンにとって、1890年代以降、精神治療と人格調和は、彼の作品の存在意義となった。『ヴァガボンディア』シリーズの書籍と、後に『牧羊神の笛』シリーズとなる本と小冊子（1902-5）、そして彼が同時期に出版したエッセイ集は、主として合衆国の読者の心因性の病を治療することを目指した作品である。

国内外における評価

連邦グループのコスモポリタンかつアメリカ指向を考慮すると、彼らのカナダにおける個人的、集団的成功がイギリス、そしてアメリカ合衆国で評価された後に続いたものであったことは驚くべきではない。『オリオン、その他の詩』によってロバーツは米加両国から賛辞を受けた。しかし、そのスケールは、1880年代末、ロンドンの「スペクテイター」（*The Spectator*）誌が1889年1月号に、少し遅れて『きび畑の中で、その他の詩』を（全面的にというわけではないが）高く評価する書評を掲載し、それが素早くトロントの「ザ・グローブ」（*The Globe*）紙に転載され、続いてトロントの「ザ・ウィーク」誌にも掲載された時の、ランプマン評価のスケールには到底及ばない。しかし、最高潮に達するのは、他でもないアメリカ文壇の「重鎮」ウィリアム・ディーン・ハウエルズ（William Dean Howells）が、1889年4月号の「ハーパーズ・ニュー・マンスリー・マガジン」（*Harper's New Monthly Magazine, New York*）の「編集者の書斎」（"Editor's Study"）において、ランプマンの本に惜しみない賞賛を与えた時である。その年の終わりまでに、11月23日付の「アカデミー」（The Academy）誌（ロンドン）でウィリアム・シャープ（William Sharp）の評が続き、ハウエルズはさらに1890年3月号の「ハーパーズ」誌において、ランプマンを「ついに我々に壮大で卓越した文学を与え」「英国の古典に占める地位を達成した」10人の詩人のひとりとして褒め称えた。

D. C. スコットが注目を浴びるのは、「インデペンデント」（*The Independent*）紙が彼の後の象徴主義的傑作「アルルの笛吹き」（"The Piper of Arll"）を予想させる牧羊神抒情詩「笛吹き」（"The Reed-Player"）を、その年アメリカの定期刊行誌に出版された最高の詩と判断した1890年12月であった。キャンベルが脚光を浴びたのは1891年、背筋の凍るようなドイツの民間伝説にポーを彷彿させる演出を施した彼の「母」（"The Mother," 1893）を「インター・オーシャン」（*The Inter-Ocean*）誌（シカゴ）の編集者が「ほぼ偉大な詩と呼べる、近年まれにみる……秀作」とし、ミルトンの「キリスト降臨の朝に寄せる頌歌」（"Ode on the Morning of

Christ's Nativity")やシェリーの「ヒバリに寄せて」("To a Skylark")のような詩と「同じカテゴリー」に並べ評した時であった(33)。カーマンの『グラン・プレの引潮』は英米、そしてカナダにおいて「破滅的なほどの賞賛を受けた(34)」。ロバーツの『ありふれた日の歌と祝辞』はそれほど過剰に賞賛されなかったが、それでも（「祝辞」をキーツの「ナイチンゲールに寄せる頌歌」"Ode to a Nightingale"になぞらえる）「インデペンデント」紙や(35)、（シャープ William Sharp が「祝辞」を「ロバーツが叙事詩の達人たちと肩をならべる高貴な頌歌」と断じる）「アカデミー」誌などで有力な書評を獲得した(36)。F. G. スコットが賞賛を得るにはより長い時間を要しし、その数も他のメンバーに比べて少なかったが、それでも1895年3月2日号の「スピーカー」(*The Speaker*) 誌（ロンドン）は、聖書的かつミルトン的な主人公を反抗的なロマン主義的プロメテウス（Prometheus）として配役した、彼の第二詩集『私のラティス、その他の詩』(*My Lattice and Other Poems*, 1894) に収められた短い物語詩「サムソン」("Samson") を、批評不能なほど「素晴らしい」、そして「おそらく長年にわたり、アメリカの詩の中で最高の出来栄え」と評した(37)。

　こうした賞賛の最たる受益者は、ランプマン、キャンベル、そして D. C. スコットであった。ランプマンはハウエルズから評価されたため、官公庁で待遇の好い閑職に昇進することができたし、キャンベルは「母」の熱狂的な受容により、オタワの国務省の司書という地位を手に入れた。そしてスコットの比較的地味な成功は、3人の詩人全員がオンタリオ在住であったことと重なって、1892年2月6日から1893年7月1日まで「グローブ」紙に毎週連載されたコラム「マーメイド・インにて」(*At the Mermaid Inn*) を担当することになった。カーマン、ロバーツ、そして F. G. スコットは1890年代前半に名声と高い知名度を誇ったが、それは彼らがカナダの新聞・雑誌で賞賛されたからという理由だけでなく、彼らや彼らの仲間の詩人が賞賛された記事が載ったアメリカの雑誌がカナダにおいて簡単に手に入り、熱心に引用されたためでもある。F. G. スコットは、1893年4月1日付のトロント「グローブ」紙における、エドワード・ウィリアム・ボック（Edward William Bok）の、主として詩を中心に取り組む「台頭する若きカナダ作家の一派」を称える大仰な賞賛からは省かれていたが(38)、1895年5月号の「マンシーズ・マガジン」(*Munsey's Magazine*、ニューヨーク）に掲載されたジョーゼフ・デイナ・ミラー（Joseph Dana Miller）の「カナダの詩人たち」("The Singers of Canada") のなかの「カーマン、ロバーツ、ランプマン、キャンベルが属する北方の一派の偉業と将来性」に関するうっとりとするような祝福においては、その一派に含まれている(39)。1893年10月7日付の「グローブ」紙は、「アメリカ合衆国の大衆はカナダ人よりもカナダの詩人に親しんでいる」という嘆きによって愛国的誇りに手加減が加えられているものの、「最近の雑誌や個々の詩集に詩が出版されている輝かしいグループの素晴らしい作品は、彼らの国の詩的文学を十分に傑出させている」と評した(40)。

　連邦グループ全体にとって1890年代前半のもっとも重要な出版物は、間違いなく、表向きはオンタリオの学校で使用されるために編まれたアンソロジー、J. E. ウェザレル（J. E.

Wetherell）編『レイター・カナディアン・ポエムズ』(*Later Canadian Poems*, 1893)である。ランプマンの主張、そしてそのアルファベット順の構成のため、同書は1887年に『自由と愛と死の抒情詩』(*Lyrics of Freedom, Love and Death*)が死後出版されたジョージ・フレデリック・キャメロン（George Frederick Cameron）の作品から始まる。しかし、それは本質的にはグループの6人の構成員全員、つまり「もっともよく知られた我々の若き……詩人たち」の「作品からの選集」である。それは、米加両国でとても好意的に受け入れられたため、1893年7月7日付の「ザ・ウィーク」誌に、歴史家でテニスン学者のサミュエル・エドワード・ドーソン（Samuel Edward Dawson）の充実した説得力のある書評が掲載された。彼は、キャメロンを無視する一方で、グループのそれぞれに個別の、熟慮された書評を与えたのだ。ドーソンはランプマンを「おそらくもっとも強い表現力」をもつ、と賞賛する一方で、アンソロジー全体をそれが「単にカナダ人によって書かれたから集められた詩ではなく」、「カナダには、ひとえに文学的技術と詩に内在する力により、英語文学において正当な評価を主張することのできる作家が存在することを示す、粒ぞろいの文学的職人芸」によって特徴づけられるために、注目に値する選集であると評する。書評のランプマンに対する気取った賛同はロバーツを落胆させたかも知れないが、ドーソンの「職人芸」の強調と「我々はこの小さな本を遠く離れた英語圏の私たちの兄弟姉妹に、これまでに手にしたいかなる選集よりも満足な気持ちをもって、差し出すことができる」というコメントには満足したにちがいない。

『レイター・カナディアン・ポエムズ』の詩人のうち、ドーソンの書評で無視されているのはキャメロンだけだが、編者のウェザレルが「もともと計画されていた本への追加」と表現した25ページにわたる巻末「付録」にその詩がかろうじて掲載されている6人の女性作家——ポーリン・ジョンソン、アグネス・エセルウィン・ウェザラルド（Agnes Ethelwyn Wetherald）、スージー・フランシス・ハリソン（Susie Frances Harrison）、アグネス・モール・マーハー（Agnes Maule Machar）、イザベラ・ヴァランシー・クローフォード（Isabella Valancy Crawford）、そしてセイラ・ジャネット・ダンカン（Sara Jeanette Duncan）——も、ドーソンに軽くあしらわれている。これら周縁化された作家たちのうち、2人は1893年までに、それ以外に3人が1890年代の終わりまでに、充実した詩集を出版した。クローフォードは『老スプークス峠、マルカムのケイティー、その他の詩』(*Old Spookses' Pass, Malcolm's Katie, and Other Poems*)を1884年に、ハリソンは『松、バラ、そしてユリ』(*Pine, Rose and Fleur de Lis*)を1891年にすでに出版していた。ジョンソンの『白い貝殻玉』(*The White Wampum*)とウェザラルドの『林の家、その他の詩』(*The House of the Trees and Other Poems*)は1895年、マーハーの『「本当の北国」の歌、その他カナダの詩』(*Lays of the "True North" and Other Canadian Poems*)は、1899年に出版されることになる。（ダンカンは詩集を出版することはなかったが、彼女の小説『帝国主義者』 *The Imperialist*, 1904 は、ポスト・コンフェデレーション時代の最重要作品のひとつである。）彼女たちの前に登場したモントリオールの詩人、ロザンナ・ルプロオン（Rosanna Leprohon）や次の時代に突出することになる何人もの女性詩人と同様に、

ウェザラルド、ハリソン、マーハーは、近年まで学術的注目を浴びることはほとんどなかったが、それは一部には連邦グループ内外、および彼らの後を継いだモダニストたちの、男性優位主義的偏見によるものであった。クローフォードは『マルカムのケイティー』(Malcom's Katie)における神話的パターンと登場人物に先住民を配置したことから、最終的にはノースロップ・フライ（Northrop Frye）の信奉者やカナダ文学と先住民の題材との関係を探究していた批評家のなかから共感者が現れた。より近年では、フェミニズムと先住民研究の連携により、ジョンソンに再び注目が集まっている——「再び」というのは、彼女が最も確実に注目を浴びたのが1892年2月にインディアンの衣装を身に着けて詩の朗読を行い、先住民の血筋と人目を引く容貌を活用し始めてからであったからだ。この時代、ジョンソン以上に連邦グループに加えられる可能性を持った詩人はいなかったが、その可能性は彼女の性別のゆえに、そしておそらくさらに重要なことに、この「輝かしいグループ」にふりかかろうとしていた不名誉な事件の暗雲により、断たれてしまった。

「詩人の戦い」

1893年の初めから、キャンベルは「マーメイド・インにて」、「ザ・ウィーク」、その他の媒体に記事を出版していたが、それは同時代の詩の過剰な「洗練」、「偉大な主題」の不在、そして生々しい描写（word-painting）の優勢について、当初はあからさまでなかったが次第に好戦的な指摘を行い、また北米の文壇における「おべっか……と中傷の友愛システム」の遍在を攻撃的にほのめかすものであった[45]。1895年の夏、ミラーが「カナダの詩人たち」において連邦グループの他のメンバーに賞賛を与えるなかで、キャンベルの宣戦布告のもととなる事件が起こった。彼はまずミラーの記事に対して匿名攻撃を行い、その後偽名を使い、カーマンをこの大陸において「もっとも破廉恥な模倣者」——つまり盗作者——であると糾弾し、攻撃したのである[46]。即座に「詩人の戦い」と呼ばれるようになったその論争は、同年夏の終わりごろ、ロバーツとカーマンが「なれあい援助」(log-rolling)[47]——互いの作品を誉めあう——に加担していたというキャンベルの非難によってさらに過熱した。その告発は、2人の詩人が常々行っていたこと、ならびにロバーツが連邦グループの作品に対する批評界の反応を注意深く画策していたことに、根拠を持たないわけではなかった。カーマンが「インデペンデント」誌の編集者であったのも、シャープがロバーツの友人であったのも偶然ではなかったし、実際のところ、ロバーツがグループ外の作家を少なくとも1人、ノヴァ・スコシア州ウィンザーのジョージ・アックロム（George M. Acklom）を屈服させ、カーマンを盗作の非難から守らせたのも偶然ではない[48]。コリンズから学び、10年以上にわたり使われてきた密かな戦略が、復讐心をもって跳ね返ってきたのであった。

1895年末までに「詩人の戦い」はほぼ終息したが、事件はオンタリオ州から沿海諸州に

至る新聞に無数の反響を呼んだ。オタワの詩人チャールズ・ゴードン・ロジャーズ（Charles Gordon Rogers）はカーマンと彼の支持者についてバイロン的な風刺を記し、カーマンは彼が1894年から1896年まで編集していた「チャップブック」（*The Chap-Book*, Boston）上に、キャンベルへの嘲笑的な追悼碑文を書いた。[49] 1896年には「ポエティカル・レヴュー」（*The Poetical Review*）に、オンタリオ州フォート・ウィリアムの詩人アレクザンダー・チャールズ・スチュワート（Alexander Charles Stewart）によるポープ風の風刺「愚神に仕える三文文士」（"Scribblers in the Service of Folly"）が出版され、グループの各メンバーが順番に酷評されている――ロバーツは「タントラマーのナンセンス」の張本人〔Tantramarはロバーツが育ったニュー・ブランズウィック州とノヴァ・スコシア州境の塩水湖沼地帯〕、カーマンは「なれあい援助」の協力者、キャンベルは「テニソン風大言壮語の猿真似行商人」、ランプマンは眠そうな「真夏」の観察者〔彼の詩集『きび畑の中で、その他の詩』中に「真夏」（"Midsummer Night"）という詩がある〕、D. C. スコットは「見かけ倒しの語句」の提供者、F. G. スコットは「彼だけが読むべき」「骨抜きの韻文」の考案者として――。グループの評判と士気は回復不能なまでに傷つけられ、[50] さらに悪いことに、読者は次第に詩よりもフィクションを好むようになっていた。[51] 1895年、ロバーツはキングズ・カレッジの職を辞し、1897年2月にはニューヨークへ移住した。その年の7月10日、「サタデー・ナイト」（*Saturday Night*）誌（トロント）の読者は、連邦グループの窮地に同情する「失業中の詩人の嘆き」を読むことになる。著者はグループの最も忠実な支持者の1人、トロントの作家トマス・オヘイガン（Thomas O'Hagan）で、「かつて良い時代には（われら貧しくも誇り高き詩人たちに）／好意的であった神々、女神ら」に向かって、彼らが「同情と憐憫」を求める姿を描いた。[52]

結末とその後

「詩人の戦い」とロバーツのニューヨークへの旅立ちに引き続き、連邦グループはより明確に、数年間すでに向かいつつあった状況に落ち着いた。つまり、6人の非常に個性的な作家の連帯感が、美学や愛国主義よりも、近接性や友情によって結ばれるものになったのである。ニューヨークにおいて、ロバーツとカーマンはハヴィーその他の前衛主義賛同者に加わり、慣習に逆らい、性愛とオープン・ロードの快楽と神秘を祝福する作品、ロバーツは『ニューヨーク夜想曲、その他の詩』（*New York Nocturnes and Other Poems*, 1898）と『バラの本』（*The Book of the Rose*, 1903）を、カーマンは『ヴァガボンディア』シリーズと『牧羊神の笛』シリーズ、そして抒情性とユニトリニアン哲学の融合として、またイマジズムの先駆けとしても特筆に値する詩集『サッフォー――100編の抒情詩』（*Sappho: One Hundred Lyrics*, 1903）を書いた。オタワにおいて、ランプマンとD. C. スコットはキャンベルと懇ろな関係を続け、F. G. スコットとも時々接触していたが、彼らの主たる交流は一対一であった。1890年代初期

から中期に産み出されたランプマンの「この世の果ての都市」("The City of the End of Things," 1900) と「パラスの国」("The Land of Pallas," 1900) は、都市問題や社会主義理論への関心を反映し、D. C. スコットの『労働と天使』(Labor and the Angel, 1898) の表題の詩も同様である。1899年のランプマン夭折時にまだ印刷中であった詩集『アルキュオネ』(Alcyone) に所収された「テマガミ」("Temagami") や「森の湖」("The Lake in the Forest") になると、風景、精神性、カナダ北部の人々が登場するようになり、同様の傾向はスコットのいわゆる「インディアン」詩や短編集『新世界の抒情詩と民謡』(New World Lyrics and Ballads, 1905)、『緑の回廊──後期の詩』(The Green Cloister: Later Poems, 1935)、『愛情の輪、その他、散文と詩の作品』(The Circle of Affection, and Other Pieces in Prose and Verse, 1947) にも表現されることになる。スコットのこれらの作品に表れる明らかな先住民への共感は、多くの人々とって、その作者がインディアン局の書記官、後に副局長として追求した政策と相いれないもののように思われた。

　生き残った連邦グループのメンバーは、次に第一次世界大戦によって共通の大義を与えられる頃には、50代になっていた。1890年代半ば以来、キャンベルは大英帝国の「グレイター・ブリテン」〔ケンブリッジ大学教授 Duncan Bell が The Idea of Greater Britain: Empire and the Future of World Order, 1860-1900 において提唱した、Great Britain を拡大する構想〕におけるカナダの地位について宣伝を繰り返していたから、『ヴァスター・ブリテン物語──民族、帝国、そして人間の神性について』(Sagas of Vaster Britain—Poems of the Race, the Empire and the Divinity of Man, 1914) を書いて、戦争遂行努力に熱心に身を投じた。グループの中で常に肉体的にもっとも活動的なロバーツは、イギリス軍に入隊した。F. G. スコットはカナダ軍に入隊して、第一カナダ師団の上級牧師として参戦した。カーマンは銃後でアメリカ合衆国を参戦させようと動き、D. C. スコットはインディアン局とカナダ王立協会が潤滑に運営されるよう尽力した。5人全員が戦争の詩を書いたが、いずれもジョン・マクレーの「フランダースの戦場で」("In Flanders Fields," 1915) のような大衆的成功、ましてウィルフレッド・オウエン (Wilfred Owen) やジークフリート・サッスーン (Siegfried Sassoon) の荒涼たるリアリズムを成し遂げることはなかった。

　戦争はひとつの時代の終わりであり、新しい時代の始まりであったから、1918年の元旦にキャンベルがニューヨークで肺炎のため死去したという事実には、好奇心をそそる不思議な妥当性がある。カーマンは1917年4月に「ヴィクトリア朝は歴史となり、私は新しい時代がより良きものになると信じています」「けれども、第一次世界大戦以前に成人となった者が新しい主音、新しい様式、新しい調子を見出すことができるかどうかは定かでありません」と書いていた。[53] 1920年代にカナダを席巻した国家としての自信の波のなかで、まずはカーマン、そしてロバーツが祀り上げられた。カーマンは1921年から死去する1929年の間に、中央、西部、そして東部カナダで何度も朗読・講演旅行を行ったし、ロバーツはヨーロッパから戻り、オンタリオと西部で似たような講演旅行をし、その成功に駆り立てられてさらに沿海諸州へと赴き、トロントに定住して、スコットの死の前年、1943年に死去した。1931

年、カナダ作家協会はオンタリオ州モルペスにあるランプマン生誕の地の近くで記念塚の除幕式を行い、カーマンの「深紅の楓を／わが頭上に卒塔婆として」という願いは、1954年、彼が眠るフレデリクトンの墓でついに叶えられた。[54] ロバーツと D. C. スコットはランプマンの記念碑の除幕式に名誉来賓として出席したが、カーマンに深紅の楓が贈呈された時には、全てのメンバーが世を去っていた。1947年のスコットの死によってひとつの世代が過ぎ去り、それとともに、カナダや世界についての考え方、書き方も衰え、その後長い間学術界ではモダニズム、ニュー・クリティシズム、その他の勢力によって魅力に欠けるとみなされた。しかしながら、1960年代にその流れは変わり、続く数十年間、連邦詩人たちの評価は個人としてもグループとしても増していったのである。

注

1. Nicholas Flood Davin, "Great Speeches," *Rose-Belford's Canadian Monthly and National Review* new series 7（March 1881）, p. 272.
2. Margaret Avison, *Always Now: The Collected Poems*, 3 vols.（Erin: The Porcupine's Quill, 2003）, vol. I, p. 117.
3. Archibald Lampman, *Essays and Reviews*, ed. D. M. R. Bentley（London, ON: Canadian Poetry Press, 1996）, pp. 94-5.
4. Charles G. D. Roberts, *Collected Letters*, ed. Laurel Boone（Fredericton: Goose Lane Editions, 1989）, p. 29.
5. Charles G. D. Roberts, *Selected Poetry and Critical Prose*, ed. W. J. Keith（Toronto: University of Toronto Press, 1974）, p. 261.
6. Lampman, *Essays and Reviews*, p. 93.
7. Charles G. D. Roberts, *Collected Poems*, ed. Desmond Pacey and Graham Adams（Wolfville, NS: Wombat Press, 1985）, p. 85. 1888年までにはロバーツはカナダの独立への支持をやめており、イギリスとその従属国とともに作る帝国連合こそが、カナダをアメリカ合衆国との経済的・政治的結合から守る最善策とみなすようになった。ロバーツがわずか数か月で「ザ・ウィーク」の編集職を辞したのは、その経営者ゴールドウィン・スミス（Goldwin Smith）の併合主義者的信条のためであろう。
8. Roberts, *Collected Letters*, p. 173.
9. W. J. Keith, *Canadian Literature in English*（New York: Longman, 1985）, p. 33.
10. 「技量（workmanship）」、「職人芸（craftsmanship）」とその類義語は、ロバーツのエッセイや手紙に頻繁に表れる語である。例として *Selected Poetry and Critical Prose*, p. 258, "Edgar Fawcett," *The Week* 1.30（26 June 1884）, p. 472 を参照されたい。
11. J. E. コリンズは、カナダの「思想と文学」に関する章において、サングスターについて「この詩人の韻文は……真鍮製のファージング硬貨にも値しない」、「彼の名前をここに載せたのは、カナダの詩人と混同されないためである」と評している。J. E. Collins, "Thought and Literature," *The Life and Times of the Right Honourable Sir John A. Macdonald: Premier of the Dominion of Canada*（Toronto: Rose, 1883）, p. 496.

12. Roberts, *Collected Letters*, p. 40.
13. Roberts, *Selected Poetry and Critical Prose*, p. 274.
14. Roberts, *Collected Letters*, p. 30.
15. *An Annotated Edition of the Correspondence between Archibald Lampman and Edward Williams Thompson* (1890-1898), ed. Helen Lynn (Ottawa: Tecumseh Press, 1980), p. 119.
16. D. C. Scott, *Poems* (Toronto: McClelland and Stewart), pp.153-4.
17. Tracy Ware, ed., *A Northern Romanticism: Poets of the Confederation* (Ottawa: Tecumseh Press, 2000).
18. Roberts, *Collected Poems*, p. 78.
19. *The Poems of Archibald Lampman*, ed. Duncan Campbell Scott (Toronto: Morang, 1900), p. 4.
20. William Wilfred Campbell, *Poems* (Toronto: William Briggs, 1905), pp. 346-7, 352.
21. F. G. Scott, *Collected Poems* (Vancouver: Clark and Stuart, 1934), p. 177.
22. *Poetical Works of William Wordsworth*, ed. E. de Sélincourt, 2nd edn., 5 vols. (Oxford: Clarendon Press, 1952 [1940-9], vol. II, p. 262.
23. *Bliss Carman's Poems* (Toronto: McClelland and Stewart, 1931), p. 4.
24. F. G. Scott, *Collected Poems*, p. 6.
25. D. C. Scott, *Poems* (Toronto: McClelland and Stewart, 1926), p. 47.
26. Quoted in Carl Y. Connor, *Archibald Lampman: Canadian Poet of Nature* (New York and Montreal: Louis Carrier, 1929), p. 78.
27. Barrie Davies, ed., *At the Mermaid Inn: Wilfred Campbell, Archibald Lampman, Duncan Campbell Scott in* The Globe *1892-93* (Toronto: University of Toronto Press, 1979), p. 112.
28. *Letters of Bliss Carman*, ed. H. Pearson Gundy (Montreal: McGill-Queen's University Press, 1981), p. 174.
29. Quoted in James Doyle, "Archibald Lampman and Hamlin Garland," *Canadian Poetry: Studies, Documents, Reviews* 16 (Spring-Summer 1985), p. 40.
30. Davies, ed., *At the Mermaid Inn*, p. 111.
31. Charles G. D. Roberts, *The Kindred of the Wild; A Book of Animal Life* (Boston: L. C. Page, 1935 [1902]), p. 29.
32. William Dean Howells, "Editor's Study," *Harper's New Monthly Magazine* 79 (March 1890), p. 646.
33. [T. H. Sudduth], review of "The Mother" by William Wilfred Campbell, *The Inter-Ocean* (Chicago) 20 (5 April 1891), p. 4.
34. *Letters of Carman*, p. 74.
35. Review of *Songs of the Common Day, and Ave* by Charles G. D. Roberts, *The Independent* 45 (9 March, 1893), p. 17.
36. William Sharp, review of *Songs of the Common Day, and Ave: An Ode for the Shelley Centenary* by Charles G. D. Roberts, *The Academy: A Weekly Review of Literature, Science, and Art* 44 (21 October, 1893), p. 335.
37. Anon., Review of *My Lattice and Other Poems* by Frederick George Scott, *The Speaker* (March 2, 1985), p. 249.
38. Edward William Bok, "Young Canadian Writers from an American Standpoint," *The Globe* (April 1, 1893), p. 17.
39. Quoted in Alexandra J. Hurst, ed., *The War among the Poets; Issues of Plagiarism and Patronage among the*

Confederation Poets (London, ON: Canadian Poetry Press, 1994), p. 10.

40. Anon., "Canadian Poets," *The Globe* (October 7, 1893), p. 20.

41. J. E. Wetherell, ed., *Later Canadian Poems* (Toronto: Copp, Clark, 1893), p. iii.

42. Edward Dawson, Review of J. E. Wetherell, ed., *Later Canadian Poems, The Week* (July 7, 1893), pp. 756-7.

43. Ibid., p. 757.

44. Wetherell, ed., *Later Canadian Poems*, p. iii.

45. Davies, ed., *At the Mermaid Inn*, pp. 313-16, 331, and see Hurst, ed., *War Among the Poets*, pp. 1-9.

46. Quoted in ibid., p. 30.

47. See ibid., pp.116-22.

48. See Roberts, *Collected Letters*, p. 205, and Hurst, ed., *War among the Poets*, pp. 93-9.

49. See ibid., pp. 47-99 (letters and articles in newspapers), pp. 99-111 (Roger's "Bards of the Boiler-Plate"), and pp.113-15 (Carman's article).

50. *The Poetical Review: A Brief Notice of Canadian Poets and Poetry*, ed. D. M. R. Bentley, *Canadian Poetry: Studies, Documents, Reviews* I (Fall/ Winter 1977), pp. 69, 74-83.

51. See Frank Luther Mott, *A History of American Magazines*, vol. IV: 1741-1850 (Cambridge, Mass: Harvard University Press, 1957 [1930]), pp. 111, 120.

52. Thomas O'Hagan, "The Plaint of Poets Unemployed," *Saturday Night* 10 (10 July 1897), p. 7.

53. *Letters of Carman*, p.244.

54. *Carman's Poems*, p. 209.

8

ヴィクトリア朝のナチュラリストによる著書

クリストフ・アームシャー
(Christoph Irmscher)

ここことは何か？

　「科学は必ずしも本会議のような派手なものではありません」とマギル大学学長のウィリアム・ドーソン（William Dawson）氏は、モントリオール自然史協会の会員と来賓に警告した。1856 年 5 月の夕暮れ時だった。150 人以上の「この都市と近隣のエリート」紳士・淑女が、カナダ地質調査所所長ウィリアム・ローガン卿（Sir William Logan）を称えて開催された協会の夜会に参加していた。彼らは夜会を楽しんでいた。予定されたスピーチを聞いた後で博物館を視察し、催しものとして準備された 3 つの高倍率顕微鏡を覗き込み、その後、図書館で軽食をとった。さて、いよいよドーソン氏の出番だ。彼は、科学とは犠牲的な行為を伴うと断言した。つまり科学とは「あらゆる山によじ登り、あらゆる鉱山を探索し、あらゆる荒野を苦労して進み、川の水を利用してキャンプ用のやかんで湯を沸かし、取るに足らないほど小さなものまで観察し、気味の悪い生物を解剖し、実験室の発煙で窒息しそうになり、道路建設業者のように石を砕き、荷物係のように荷を運ぶ」ことであると。真の科学者は、人から「盛んな時代もあった」と見られるような人物であると彼は述べる。しかし、科学者でもない聴衆を改心させようとしているのではないと気付いたかのように、すぐさま話題を変えた。彼が言わんとすることは、何よりも科学は人々が互いに議論するきっかけをつくることで、それこそまさに、現在の協会のような立派な自然史協会の目的でもある、ちょうど良い機会だ、と述べたのである。[(1)]

　1827 年に設立されたモントリオール自然史協会は発足当時、会員は少なく資金も僅かで、決して幸先の良い出発ではなかった。草創期には、入手できるもの、あるいは寄贈されたものは何でも収集した。例えば生きているヤマアラシや、ボストンの女性が送ってくれたコケと海草、中国からきた昆虫、会員がベルリンで医学を研究中に本に挟んで保管した植物標本、さらにロンドンから入手した古典時代の彫像の石膏模型数体さえあった。（彫像は粉々に砕けた状態でモントリオールに到着し、熱心な会員が接着剤で修復しなければならなかったのだが。）しかし、会員たちはごく自然に、もっと特定のものを採集し始めた。例えば、カナダ原産の鉱物やこの地域に生息する鳥類（「世界のこの地域で発見されたほとんどすべての

種類」と協会の評議会は1833年に誇らしげに語っている）である。（ダーウィンに異議を唱えたために、その後ずっと芳しからぬ世評の的になり続ける）ドーソン氏には失礼ながら、自然史研究はあらゆる人々の務めであり、ナチュラリストと認識されるために粗末な格好をしている必要もなかった。「動物界や植物界、岩石や山々は、すべての人の研究対象として開かれている」と1859年の評議会は記している。事実、自然史とは憂鬱症に対する自然療法であり、ウォルト・ホイットマンも言ったであろうが、我々すべての健康につながるものであった。

モントリオール自然史協会年次報告には、当時の風変わりな状況を窺わせる以上のものがある。実際、ひとつの切れ目のない線が、ぼろぼろの紙に印刷された初期の報告から、19世紀の終わり頃の園芸雑誌「カナダの園芸家」（*The Canadian Horticulturalist*）の中の、ページ一面に力強く描かれた、濃厚な色彩による、果液ではち切れそうなリンゴのイラストへ、さらに優美なスケッチが添えられたクリストファー・デュードニー（Christopher Dewdney）の現代自然史詩にまで達している。この詩の中でデュードニーは、カナダにおける「われわれの生命の諸相における／地理学」を想像しようと試みる。ここで、カナダのネイチャーライティングはヴィクトリア朝に本領を発揮したということを主張しておきたい。この時代は間違って解釈されることが多い。無害でいくぶん無知な素人が（そんなに遠くではないが）原野へ冒険に出かけてみるものの、開拓移民の視野が狭かったがために、見えるものが限られると思い知らされた時代と捉えられてしまうのだ。初期の探検家によって始められ、ヴィクトリア朝の人々によって新しい高みに引き上げられた、カナダの自然の辛抱強い実情調査は、フライを悩ませた「こことはどこか」（"Where is here?"）という問いよりも、「こことは何か」（"What is here?"）という問いがカナダ人の関心の中心になったことを示唆する。その問いは自由に回答できるもので、ヴィクトリア朝のカナダにおけるネイチャーライティングが本質的かつ生態学的に細分化されていくことを指し示す。それは、自然は我々にとって不可欠なものであるが、自然にとっては、我々は必ずしも重要なものではない、ということに気づいた結果である。

カナダの美しき全てのもの

トラフアゲハ、ヴァイオレット・ティップ（シロチョウ科）、パールボーダー・フリティラリー（シジミタテハチョウ科）、アルキペッパー、キベリタテハ、スプリング・アジュア（シジミチョウ科）、トーニエッジ・スキッパー（セセリチョウ科）、アングルシェイド（ヤガ科）、グリーン・エンペラー（タテハチョウ科）、ストリークト・フックティップ（カギバガ科）、トゥイン・ゴールドスポット（ヤガ科）、キベレギンボシヒョウモン、クリムソゾン・アンダーウィング（ヤガ科）――フィリップ・ヘンリー・ゴス（Phillip Henry Gosse）は蝶と蛾について知り尽して

いる。まだ書かれていない多くの詩行のように、昆虫の名がゴスの『カナダのナチュラリスト』(*The Canadian Naturalist*) から溢れ出る。イングランドのウースター出身のゴス (1810-88) は、兄のウィリアムを追ってニューファンドランドのカーボニアへ辿りついた。6年間はスレイド・エルソン社の会計課で任期付き事務員として働いた。この会社のオーナーは70隻のスクーナーを所有し、ラブラドル沿岸へタラ漁やアザラシ狩りに出かけていた。ゴスはニューファンドランドの軽くて柔らかな生き物たちに心を奪われ、複式簿記に支配される退屈な生活を忘れそうになるほどだった。1832年から1835年までに描いた250以上の昆虫のスケッチは、ニューファンドランドで作成された初の昆虫学研究書『エントモロジカ・テラ・ノヴァ』(*Entomologia Terrae Novae*) に収録された。しかし、最初に出版された彼の本である『カナダのナチュラリスト』はニューファンドランドではなく、ゴス自身が1835年に農業で生計を立てるために移住したロワー・カナダ〔現ケベック州〕のコンプトンでの経験に大雑把に基づいて描かれたものである。

この作品をゴスはイングランドからカナダにやって来た農夫（「父」）とその息子チャールズとの間で交わされる一連の会話の形で構成している。最初の頃、チャールズはカナダの大自然に不安を抱いていたが、父親が近隣を散策する熱心な案内人のように振舞っていたので、その不安はほどなく消え去った。6月には自然に夢中になっていた。「ナチュラリストが落胆するのは名辞矛盾しているようだ」と彼は大声で言う。そして「見るもの全てに惹きつけられ、大いに喜んだ」。とりわけ彼は「昆虫の多種多様な変態」に魅了された。それは「同じ個がプロテウスのように変幻自在に変わり、賞讃に満ちあふれた我々の目の中に新しい考察の対象物が飛び込んでくる」(p. 226) ものであった。彼が数週間前に採取したフォークト・バタフライ（現在ではヒオドシチョウという名で知られている）と、オレンジ・コンマ・バタフライ（タテハチョウ科）の幼虫は、すっかりサナギの状態となり、バンディド・パープル・バタフライ（別名イチモンジチョウ）のサナギは遂に貴重な宝「この上なく見事で素晴らしい昆虫」となった。ゴスの目を通してみると、カナダの自然には人間の観察者を驚かせ当惑させる特徴がある。父と息子の当てのない散歩はしばしばとりとめのないおしゃべりに変わっているが、ゴスにとっては一貫性のある必要はなかった。気まぐれに物語を進めていく彼のやり方そのものが、詳細な観察――「ここに存在するもの」に酔いしれるほど満ち溢れている状況――の持つ力を大いに楽しむ様子が描かれたこの本の最大の強みのひとつになっている。そして、じっくりと時間をかける昆虫の変態と、理解のない人間が自然環境をそそくさと観察する様子とを、対比させてもいるのだ。

ゴスは、やがて永久に彼の鋤をペンに、岩石が多く含まれたロワー・カナダの土壌をイングランド南部風の閑静な牧草地に替えた。次第に凝り固まっていく福音主義によって邪魔されることもなく、英国で最も多作かつ人気のある自然史作家の1人となった。ダーウィンに反対して、種は生まれたものではなく創造されたものであるという主張を正当化するために、自分の影響力を少なからず利用した。アダムは母親から生まれたのではない。今の人間と同

じ大きさのへそをつけたアダムが神によって創造されたと主張した。ゴスの主張によると、我々が動物または植物を最初に目にするとき、それは「その生物がこの世に生きるまさに最初の瞬間」なのだ。この明らかに狂った理論の背景には、豊かな自然を存分に讃えたいというゴスの真剣な思いがある。熱心で、才気あふれ、謎めいた彼は、数年のケベック滞在によりインスピレーションを得て、彼なりの自然観を育んでいった。人間の観察者は完全に自然と関わらなければならない——だが逆説的に、自然はそれを必ずしも必要としていない——という見方である。

　正確に観察しようとするゴスの姿勢は、イングランドからやってきた開拓移民の仲間であるキャサリン・パー・トレイル（Catharine Parr Trail, 1802-99）にも通じる。彼女は到着した瞬間から、新たなる故郷に惹きこまれたようだ。8月にオンタリオ湖で「イギリス人である私の目がこれまでに見たことのないほど光り輝く」日没を目にした時、夫に「こんなにも燦々たる」夕日を見たことがあるでしょうかと尋ねた。夫のトマス・トレイルは「ああ、幾度も、イタリアやスイスでね」と非協力的に答えたが、情熱的な妻は「我々が選んだ、そして今後、我々の故郷となるカナダの美しき全てのものを手にする」決意をした。

　マーガレット・アトウッドが後に述べているように、トレイルは「物事に現実的に対処する人間」であった。彼女は実に柔軟性がある。彼女の物語が将来の世代に語られることを予期していたかのように、トレイルは自分とクルマバザクロソウを結びつけた。それは「いかなる逆境であろうと、あらゆる状況下で繁茂する」厄介で辛抱強い小さな迷惑ものだった。この喩えは故なきものではなかった。カナダ原産の植物は、トレイルの永遠の情熱となったからだ。自治領カナダが成立した1年後の1868年に、彼女は姪のアグネス・フィッツギボン（Agnes Fitzgibbon, 1833-1913）との共作『カナダの野生の花』（*Canadian Wild Flowers*）を出版した。500部がモントリオールのジョン・ラヴェルによって印刷され、フィッツギボンが描いた植物のスケッチの石版画が各部に10枚ずつ添えられた。序文でトレイルは、科学に関心がある読者は彼女の本が一般読者向けであることに落胆するかもしれないし、科学用語が過剰に使用されることを遺憾に思う読者もいるだろうと不安を述べる。しかし実はこれはトレイルが両方の読者を楽しませ、控えめにではあるが、科学であり芸術でもあると主張できるよう、からかい半分に使った表現にすぎない。

　その意図を持って、トレイルはできる限り植物学者を演じる。専門用語の知識をひけらかし、「渦巻き状の」あるいは「釣鐘状の」などの形容詞を何気なく文の中に入れる。同時に、彼女の好きな詩人、ロバート・ヘリック、バイロン卿、フェリシア・ヒーマンズ、ウィリアム・カレン・ブライアント、ヘンリー・ワズワース・ロングフェローなどの詩が引用されている。また、自分には詩才があるという自惚れを強く示してもいる。アメリカアツモリソウの芽については、「ライスペーパーに優美なサクラソウ色をつけたような、ややつぶれた球形となって現れた」と喩え、その十分に開いた花については、「奇妙な顔、じっと見つめるサルの黒目」と表現している。(pp. 60-1)

8　ヴィクトリア朝のナチュラリストによる著書

図 6　Catharine Parr Traill and Agnes Fitzgibbon, *Canadian Wildflowers*（1868）、図 III より：「黄色いカタクリ Yellow Adder's Tongue〈アメリカカタクリ属ユリ科植物 *Erythronium Americanum*〉、大きく白いエンレイソウ Large White Trillium〈タイリンエンレイソウ *Trillium Grandiflorum*〉、カナダオダマキ Wild Columbine〈カナダ産オダマキ属キンポウゲ科植物 *Aquilegia Canadensis*〉」。

　フィッツギボンもまた、スケッチの中で、堅実な科学と芸術的効果を合わせようとする。彼女の美しいデザインの特徴は、大きな花をつけたある植物を作品の中心に置き、それを囲むようにして小さな花を配置するというものだった。小さな花は装飾フレームとなる。ここには【図 6】大きなエンレイソウと、トレイルが「ヘビノシタ」と呼ぶのを好んだ花〔〔和名は「カタクリ」〕別名「ドッグトゥースト・ヴァイオレット」だが、トレイルはこの花には相応しくないと考えた〕、そしてオダマキが描かれている。フィッツギボンは中央にある人目を引くエンレイソウとそれを囲む小さな花々のコントラストを好んだ。左側の少し横向きになったユリ科の黄色い花〔カタクリ〕が矮小化され、エンレイソウの大きな花びらをより大きく映し出す一方で、上と右にある頭を垂らした 2 本のオダマキは、微妙に対称的になっている。フィッツギボンは基本的にはこのように花を演出している。また彼女には植物のイラストを描く際に求められる技量もあった。彼女は見る者が葉の両面から花の中までよく見えるように標本の花をたわまらせたり、向きを変えたりもした。（エンレイソウの場合は）3 個の柱頭がついた子房に包まれた 6 個の雄しべを数えることができるほどだった。

　間違いなく、フィッツギボンの構成上の特徴は、トレイルの美しい擬人化表現のように、野生の花を洗練させ、もはや自然ではない（人工的な）フレームやパターンに花を調和させるというものであった。トレイルがそれを経験しているように、植物が原生林から開拓移民

の裏庭に生息するようになることは、ヤブイチゲのような花にとっては良いことである。何故ならその花は結果的に「大きく、立派に」に育つであろうからだ（p. 83）。しかしトレイルは、ある花にはうまくいくものが、他の花にとっては良くない場合もあることを知っていた。「森の植物の中には、消えていくものもあり、我々はその植物をもう目にすることはない。それは現地の種族、その土地に住む原住民の子どものようなもので、直ぐに消え去ってしまう」とトレイルは嘆く（*Pearls and Pebbles*, p. 131）。

　自分のオジブワの名前（彼女の赤みがかった肌の色から与えられた、ペタ・ワン・ヌー・カ、「夜明けの赤い雲」という意味）に誇りを持っていたトレイルにとって、危険にさらされた野生の花とカナダの先住民との繋がりは単に象徴的なものではなかった。実際に、彼女は「薬草を探す治療師」の途絶えかかった英知を守ろうとして、『野生の花』には、芸術と科学の融合にもう一つの次元を加え、この作品を現代風に言えば「カナダの野生植物を使った家庭用薬草療法」に変えた（p. 8）。例えば、テンナンショウの暖められた果汁は「激しい腹痛の治療」に効果的だった（p. 10）。囊状葉植物の根は天然痘の症状を和らげると言われている。ウッドゼラニウムは喉の痛みを抑えるうがい薬として、また口腔潰瘍に効くだろう（p. 42）。ゼニゴケは肝臓病患者にとって「穏やかに作用する強壮薬」となる（p. 78）。

　しかしながらトレイルは、野生の花は人間のためにあるものと捉えようとしている一方、縮小して行くカナダの荒野は、それらが汚されていない状態で発見される唯一の場所かもしれないということも理解していた。彼女は植物を擬人化する衝動に駆られたけれども、カナダの野生の花は、そもそも人間ではないからこそ魅力的だった。例えばアネモネという名前はギリシャ語の「風」に由来する。その「元気な」花は「風が吹いている時だけ」開花すると言われていたためである（pp. 81-2）。しかしトレイルは、カナダのアネモネはこの説明を聞いていないようだと冗談交じりに言う。「ギリシャの島々に生息するアネモネの習性がどんなものであれ、確実にカナダに自生するアネモネは、風が吹こうが穏やかであろうが、日陰であろうが日向であろうが、花を咲かせる」（p. 81）。

外から覗き込む

ゴスとトレイルがカナダの自然を調査して著わした文学作品は、ヴィクトリア朝のカナダの博物学について書かれた文献の一部にすぎない。この時代に書かれた著作の多くは、思いつきで拙速、たいていは、偉そうな観察者の視点から書かれており、これはまさに両作家がカナダの作品から排除すべきだと考えていたものである。それはわずかな軍隊の経験と博物学に関する基礎的な知識を少しばかり持つイギリスからの開拓移民や旅行者たちで、カナダを、心ゆくまで狩りや射撃や釣りができる巨大なセルフサービスの店のように見ていた。彼らの作品、例えば、『ヘラジカとの3か月』（*Three months among the Moose* [by Rev. Joshua Frazer]）、『ア

カディアの森の生活』(*Forest Life in Acadie* [by Captain Campbell Hardy])、『野と森の散策』(*Field and Forest Rambles* [by Andrew Leith Adams])、『荒野で気楽に過ごす』(*At Home in the Wilderness* [by John Keast Lord]、のちに、この本には副題「途中で出会うあらゆる困難をいかに対処し克服するかについての十分な解説 Being Full Instructions How to Get Along, and to Surmount All Difficulties by the Way がついた)、などは、祖国の人々がベッドに横になりながら、新天地の荒野で、釣竿と銃を手にして送る素朴な生活を想像しながら読むために書かれたものである[17]。

　例えば、『荒野で気楽に過ごす』の著者ジョン・キースト・ロード(John Keast Lord, 1818-72)は、ブリティッシュ・コロンビアにある英領国境委員会で働いていたが、「古い国」イングランドを祖国と考える気持ちが揺らぐことはなかった。彼の『ヴァンクーヴァー島とブリティッシュ・コロンビアのナチュラリスト』(*The Naturalist in Vancouver Island and British Columbia*, 1866)は、カナダ西部で採取した標本への言及で溢れており、それらの標本は調査、分類され、まるで元々そこにあったかのように大英博物館に展示されている。ロードの職務はブリティッシュ・コロンビアとアメリカ合衆国の間に北緯49度線の国境を引くことであり、そのために国中を探検する時間があったロードにとって、池のカメを捕まえることは、イギリスのデボン州でカタツムリを取るのと同じくらい簡単なことであった[18]。彼は気取らないスタイルで、(2冊目の付録にある分類リストを除き)科学的な専門用語の使用を避け、カナダ西部の動物が生き、呼吸をする世界に打ち解けている印象を与えた。読者に直接話しかけることが多く(「あなた自身で思い描いてください」あるいは「できたら想像してください」、vol. I, pp. 142-3)、要点を捉えて話し、偏見があるときはそれを認める能力があると自負している。スカンクはあまりに臭い。あれだけ臭いとその理由が自己防衛のためだけとは考えにくい、と彼は述べた。他の鳥の美しい鳴き声をかき消す、しわがれた声を持つブリティッシュ・コロンビアのカラスについては、いっそくたばってしまえばいい、とさえ書いている(vol. II, pp. 9, 67)。

　ロードの学問は、まるで解剖用メスの代わりに斧を使うような博物学であった。そもそも、彼がブリティッシュ・コロンビアに送られたのは未開の地に専断的に線を引くためであった。しかし皮肉なことに、彼が出会った中でも印象的な動物は、線引きが難しいものばかりであった。例えば、まるでオレンジのように、胎盤嚢の中に楔形に稚魚が並んでいる胎生魚や、目が見えず、豚のようないびきをかき、毛はふわふわとしていて、外見はトガリネズミとモグラの中間で、チリワックプレーリーに生息し、園芸用具のような強靭な前足を持つヒミズ、動物の毛皮からできたローブを意味するチヌーク語からその名前が来たヤマビーバーは、ビーバーとリスの掛け合わせだが、見た目は明らかにネズミに似ており、ロードの関心を引いた。とりわけヤマビーバーは、暗い巣穴で暮らし、ヨロヨロとしか歩けず、粘りのある植物しか食べなかったので、ロードも思わず「なぜこれは……創られたのか?」と問いかけるほどであった[19](vol. I, p. 358)。

不思議なことに、蚊が充満しているテントで夜を過ごすロードは、カナダの動物たちの隠れ家に魅せられた。まるで、日光で昼間を明るくする必要がなく、鼻で考え、見て、感じるヒミズが掘った暗い、草地に並ぶ穴に、あるいは、マスクラットが作る「想像すら難しい」円錐形のガマの家（vol. II, pp. 77-8）に、ロードの孤独に対する解決策があるかのようだった。ブリティッシュ・コロンビアの動物が生息する世界では、彼は常に侵入者であり、拒絶されるよりも単に無視される対象であった。付録にこう記している。「とてもゆっくりとした動きで、埃の中を這うことを好む」ガラガラヘビの興味を引こうと、滑稽でありながらも真面目に、「何度も小枝でちょっかいを出したが、結局攻撃を仕掛けさせることができなかった」（vol. II, p.304）。

カナダの一部の動物に対するロードの疑問は、スコットランド陸軍少佐ウィリアム・ロス・キング（William Ross King, 1822-90）も共有している。好評を博した彼の著書『カナダのスポーツマンとナチュラリスト』（*The Sportsman and Naturalist in Canada*, 1866）は、カナダの野生生物に対するヨーロッパの現代の考え方の基礎となった。[20] キングにとって、スカンクは単なる「不愉快な小動物」で（問答無用です、ミスター・ロード！）、スカンクが通ったばかりの場所では「息を止めて」走り抜けなければならなかった（pp. 17-18）。ロードは、動物たちが巣穴で過ごす姿を想像することが好きだったのに対して、第74高地連隊のキング少佐は、彼らを鍋の中の「シチューまたはカレーの具材」として想像することを好んだ（p. 32）。実際、捉えた動物のうまい肉について語っている言葉が多い。特に、リスを同僚に振る舞った際に（「この同僚はリスを食べることにひどい嫌悪感を持っていた」）（p. 32）、同僚がリスだと気が付かないくらい上手に調理したことを自慢している。こうして、カナダの動物たちを食材として楽しみ、食料資源が常に減っていることを訴えながらも、自分の立場との矛盾に気付かずにいるおめでたい人物であった。

キングは、ハエの脳みそほどの良心しか持たない、攻撃的な肉食動物としてみなされることもあるだろうが、実際は優れた作家であり、時間と機会があれば、彼の文章は支持されるであろう。キングは、今まさに彼が撃とうとしている動物を描くのが得意だった。例えば、木の陰に隠れてメスの鳴きまねで呼び寄せたムースをこう描いている。「森の奥深くでこだまする大きな鳴き声、苛立つように足を踏み鳴らし、ぼさぼさの頭を振りながら、あちこち向いて、大きな耳は後ろに前にと動きを止めることなく、毛は逆立ち、巨大な枝角は月光に照らされ、吐く息が夜の吸気に漂う」（p. 53）。そこまで苦労するだけの価値はあり、ムースの肉は柔らかく、まるで牛肉のようだったとキングは述べている。

南アフリカではウィルドビースト（wildebeest〔ヌー科の動物〕）やスプリングボック（springbok〔ガゼルの一種〕）を、マラバルではワニを追い詰めたことのあるキング（p. 56）は森林の知識に精通していて、枯葉、コケ、岩をそっとまたぎ、ムースの麝香系の体臭が漂う夜の空気を呼吸し、すべての神経を集中して、茂みから小鳥が飛び出し、あるいはシマリスが枯葉の上を走りだして彼の追っている巨大な動物の繊細な耳が彼の存在に気付くのではないかと気を

配りながら、「慣れていない目には見えない」(p. 57) 動物の足跡を追跡することができた。キングが度々引用する、アメリカ人の手本であり、鳥のハンティングのエキスパートで鳥類学者でもあるジョン・ジェイムズ・オーデュボン (John James Audubon) のように、キング少佐は「部屋にこもったナチュラリスト」は許せなかった。彼は、自分が描く生き物は実際に手で触ったことがあると書いている。例えば、カリブーの長い真っすぐな毛は、荒っぽく扱うとすぐに折れてしまうし、シロフクロウの羽毛は「大量で最高に柔らかいダウン」(p. 109) であることも知っている。キングは模範的なまでにカナダを五感で経験し、文章は感情の高ぶりと自然への深い関わりで溢れている。これは、ゴスやトレイルのような真面目な作家にはない。キングと共に、「たった今、降り積もったように純白で明るい」雪に覆われた冬の凍てつく大地に立ち、青空を見上げれば、そのあまりの青さと明

図7　多色石版刷絵「ソウゲンライチョウ」(Prairie Hen、キジ目ライチョウ科 CupidoniaCupio)。W. Ross King, *The Sportsman and Naturalist in Canada*, 1866 より。

るさに、キングがそうであったように思わず「はしゃぎたく」なることだろう (p. 97)。春になり、森がヒヤシンスで青に染まると、枯葉の下を這うヘビやムカデの音が聞こえる (p. 113)。

　念のために言っておくが、キング少佐は、無差別なハンターではない。例えば、晩秋以外の季節にワイルドターキーを狙う者に対しては強く反対している。晩秋には「夏の間、イチゴや野生のフルーツを食べた後で、とても気が荒く、後を追うには非常に注意深いスキルが必要」だからである (p. 136)。また、彼のイラストからわかるように、上を向き、姿勢を正し、警戒し、恐れず、片側は花の群れに、もう片側は草むらに囲まれ、こちらを睨みつけ、草原にその存在を消されまいとする、ソウゲンライチョウを明白に彼は称賛している(図7)。結局、人間が鳥を追って叢の中を「這う姿」(p. 199) は、人間を他の動物と分ける特徴的なものとして挙げられる直立姿勢とは程遠く、幾分哀れであると述べている。

　キング同様、ジョン・J. ローワン少佐 (Major John J. Rowan) も軍人で、10年後に発表されたローワンの皮肉たっぷりな作品『カナダの移住者とスポーツマン (*The Emigrant and Sportsman in Canada*, 1876) では、キングの作品と同様に、カナダは銃を持った男の国である、と示唆しているように思われる。しかしローワンの回想はポストコンフェデレーション期の視点から書かれており、その目的は、実際の生活がどのようなものかを将来の移民者に提供

するものである。ローワンの自信を持った評価によれば、カナダは安全な状態で独立しており、アメリカ人とカナダ人は一緒に生活するのが不可能なほどの身体的違いがあるため、カナダがアメリカ合衆国に併合されることは決してない、と興味深く説明している。アメリカ人は「アフリカ、中国、そしてアイルランドから連れてきた、まき割りや水汲みをする下等労働者」への依存、そして彼らの飲む酷い酒により、その筋肉が衰えているのに対し、「生粋のカナダ人は……発育の良い、筋骨たくましい血統から来ている」から、と言うのである（pp. 43, 51）。

　ローワンもまた、キングのように、羽根や毛皮があったり、カナダの川で泳いだりするものはすべて（エミリー・ディキンソンの言葉を借りれば）「黄色い目」で見ていたようである。正確には、ほとんどすべてというべきか。例えば、鹿が、疲れ果てるまで追い回され、揚句に喉を掻き切られ、その「野性の美しい目」が壊れてしまうことを想像しただけで、彼は気持ちが悪くなった。「すべての虐殺の中で最もひどい」(p. 66)。根は、ハンターではなくトラッパー〔狩猟のわなを仕掛ける人〕である。たくましく根性のあるカナダの動物たち、例えば、古いとらばさみに尾を挟まれてもなお、鮭を驚かせて氷上にジャンプさせ、貪り食うカワウソや、ほかの鳥に餌を持ってこさせる飛べないカナダカケス（彼は肉食鳥と呼ぶことを好んだ）などに、自分のあるべき姿を重ね合わせていたのである (p. 317)。中でも威勢のいい1匹のカワウソは、他のカワウソと同様に「獰猛なファイター」(p. 332) であったが、ローワンがスケートを履いて必死に追跡しても、そこから逃れている（「私は、調子の良い時でも白鳥のようには滑れない」とローワンは認めている）。その追跡はあまりうまく行かず、ローワンは転んでカワウソの上に倒れこんだ（「その息を顔に感じた。そして一瞬、自分は不名誉にもカワウソに食べられて終わるのではないかと思った」、p. 334）。目の前に火花が飛び、氷にひれ伏し、銃は壊れ、先住民の仲間の1人がそのカワウソを残忍に「仕留める」のをなすすべもなく見ているしかなかった。

　オーデュボンが『北アメリカの胎生動物』(*Viviparous Quadruples of North America*) で描いたような、森に住む毛皮動物の荒々しく逞しい世界、そのむき出しの牙と伸びた爪などすべてが、ローワンの本で蘇る。まさにその荒々しさが、これらの動物を魅力的にしているのである。ミンクを飼い馴らすと、毛皮はすぐに使い物にならなくなる。ローワンはスカンクを嫌いになれないと告白している（「年老いたスカンクが2、3匹の子どものスカンクと遊んでやる姿を見ると誰だって」好きになってしまう、と書いている (p. 341)）。そして日中はゆっくりとしたぎこちない動きのヤマアラシが、夜には犬のように速く走る、という先住民の言葉を半ば信じたくなる（ローワンはヤマアラシが「山登りが得意」なことを知っている、p. 343）。ローワンは、確かに闘争的で抜け目ないこういった動物が好きだが、いつも興味を抱いていたのは、それらの動物が何の役に立つかということである。例えば、ウッドチャックは「たばこ入れに適している」(p. 344)。一方彼の大好きな動物たちも、他者との関わりにおいては、極めて実用的な理由によって行動する。例えば、捕魚性動物は「どんな動物でも

食べ」、ヤマアラシの棘から何から食いつくし、さらにはカリブーの死体まで食べてしまう（p. 340）。オンタリオのジリスは一見可愛らしく見えるかも知れないが、仕留めたばかりの血まみれの鶏の死体を引きずる姿を見るまでは、彼らの本当の正体はわからないだろう、と述べている。この世界では、射撃の名手であり、動物の肉に対して優れた嗜好を持つローワン自身も、常に再生を繰り返す自然のサイクルの一部にすぎない。開拓者よ、よく聞いてほしい。ここでは、感傷的な気持ちをもつ余地はほとんどなく、人間も動物も、自分の痕跡を留めようとしても、それが存続すると期待することはできない。ローワンは小さなビーバーを撃ち、ビーバーがたった今、当然別の目的で切ってきた木片に火をつけて、そのビーバーを焼き始める。「若いビーバーは、丸焼きにすると、豚のような味がする」と舌鼓を打ちながらローワンは述べている（p. 358）。

果汁いっぱいの色鮮やかなリンゴ

「粗悪なものばかり食べていると、粗悪な人間になる」と園芸家のデロス・ホワイト・ビードルは1872年に述べている。まるでジョン・ローワンのような人間に向けられたコメントのようである。物静かで、あまり貪欲ではない読者に向けて書かれたのが、オンタリオのセントキャサリンズにある育苗施設のオーナーであるビードル（Delos White Beadle, 1823-1905）の『カナダの果実、花、家庭菜園の園芸家』（*Canadian Fruit, Flower, and Kitchen Gardener*）である。これは「良い果物、美しい花、極上の野菜」（p. xvii）を愛でるあらゆる読者のための手引書である。彼の園芸本は評判が良かったが、それはテーマが優れていただけでなく（「これまでカナダ人が自身の経験を踏まえてこれらの題材について書いたものは1つもない」[p. xvii]）、そして本の見た目の魅力によるところも大きい。装飾された縁取りが深緑の布カバーを飾り、表紙にはつる植物で囲んだ小さな輪の中に、題名が金箔で書かれている。果物、野菜、花を描いた美しい多色石版刷りの3枚の絵は、カナダ人はみな、自身の生活を美しく彩ることをしていない、とする著者の主張を強調している。「家を魅力的にする努力をしていない」とビードルは嘆く（p. 190）。都市の美化運動が始まるずっと前に、ビードルは実用性と美しさは密接に結びついていると述べている。家庭菜園を育てるだけでなく、「日々の厳しい生活の中にも花を取りいれよう」と（p. 270）。

ビードルはその著書で、広範囲にわたり具体的なアドバイスを述べている箇所においてさえ、活力にあふれ、セロリを「素晴らしい」、ビートを「見て楽しめる」、バラ色のラディッシュを「柔らかくておいしい」と述べている。（一方で、コールラビは「地表に出たカブのようなもの」で、合格レベルに達していないばかりか、「特別な長所は見つけられない」と辛辣に述べている）。カナダの東部地域をすべて、熟成した果実、瑞々しい野菜、香りのよい草花で一杯の庭園に変えたいという夢は、不安定な気候により無理であることを彼はわかって

いる。この北の地に熱帯地方の木々が自然に育たなくても、耐寒性の低木（メギからアメリカヒトツバタゴまで）、簡単に育つ草花（ノコギリソウからユッカまで）、そして丈夫な一年草植物（アスターからサルメンバナまで）が、十分に園芸家たちの努力に報いてくれる。カナダで暮らすには努力が必要だが、得られる結果は素晴らしい。栽培者がちょっと手をかければ、パンジーさえも「ここで美しい花をつけ、春から秋にかけて咲きあふれる」（p. 307）ことが可能である。

しかし、そうして咲き乱れた花も、かよわく、絶滅の危惧がある。カナダ人は、結果を良く考えずに木の伐採を続け、森が減少するにつれて冬もより厳しくなる。従って、ビードルがカナダ人の美的健全性を憂う根底にあるのは環境への懸念であり、「頻繁に行われる伐採が人間の生活、健康、資源、食物そして果樹園に与える影響」（p. 94）をカナダ人は手遅れになる前に考えるべきであるという考え方である。しかし同時に、まるで現代を予言しているように、「遠い未来のニーズと快適性を考慮して」計画を練ることよりも「目先の利益」が常に優先されてしまうことを現実主義者のビードルは知っている（p. 33）。

「古い国」イギリスの物差しでカナダの新天地における成否を測ることを好まないカナダ生まれの園芸家が書いた『カナダの果実、花、家庭菜園の園芸家』は、カナダのボタニカル・ライティングにおける転換期となった。しかし、外側から内側をみるのではなく、内側から外側を見る新しい視点がすでに、将来的に取り返しのつかない損失を見抜くという深い洞察、つまり、カナダ人の目論見は最初から成功の見込みがないという不安と結びついていることに、ハッとさせられる。

ビードルの本の隠れたテーマは、園芸とカナダ人のアイデンティティとの関係についてであり、それはビードルが1878年から1886年まで、オンタリオの園芸農業連合会の代表として編集していた月刊誌「カナダの園芸家」の基本的なテーマでもある。彼の後継者は、オンタリオのグリムズビー出身の養樹園主、ライナス・ウルヴァートン（Linus Woolverton, 1846-1914）である。この2人の寄稿者を「カナダの園芸家」に結びつけたのは、リンゴに対する特別な関心だった。例えば1888年9月号には、「プリンセス・ルイーズ」、あるいは「ウルヴァートン・アップル」という名のリンゴの多色石版刷絵が載った。これは1879年に初めてお目見えしたもので、ウルヴァートンのメープルハースト果樹園で生まれたものである（図8）。新種のカナダリンゴに名前を付けるのは容易なことではなく、園芸農業連合会が慎重な議論を重ねた結果、カナダ総督夫人の名前を選んだのだった。イラストに添えられた記事からは、それが美しい夫人を称賛するためだったのか、リンゴを評価するものだったのか、その両方だったのかはわからない。[26]興味深いことに、より素朴な「ウルヴァートン」の名前の方を好んだ連合会の委員もいた。それに、これはただのリンゴではない。皮にはシミがなく、「丁寧に磨き上げられたかのように」つやがある、と記されている（これはリンゴが好物のビードルの言葉をウルヴァートンが引用したものである）。実際のところ、果実の美しさ、光を帯びた洋紅色とその香を描写のみで読者に伝えることは不可能である。一口食べてみれば、

圧倒されるだろう。「実はスノーアップルのように白く、柔らかく、まるで溶けそうなくらい瑞々しく、香りが高く味わい深い」。そして、生みの親であるプライドの高い編集者ウルヴァートンは（そもそも、これは彼のリンゴである）、自身の出版物を批判するという奇妙な行動に出た。園芸農業連合会の副会長の娘であるエヴィー・スミスの描いた絵をもとにして作成された、ウルヴァートン・アップルの多色石版刷絵は、実際の果実のおいしさを表現するには遠く及ばないものである、と彼は述べている。(27)

図8　E.E.S.（Evvy Smith），「カナダの園芸家のために画かれたプリンセス・ルイーズあるいはウルヴァートン」("Princess Louise or Woolverton. For the Canadian Horticulturalist.")。*The Canadian Horticlturalist* 11.9, 1888 より。

こんなおいしいリンゴに囲まれていれば、友人は必要なかったかもしれない。ウルヴァートンと彼の友人たちは、ヨーロッパでの不作の記録を熱心に残していた。それは、彼らのリンゴの市場を広げようとしていたためであり、海外でカナダ人のプライドを示す前兆でもあった。「カナダの園芸家」において、果実の改良およびリンゴの栽培のビジネスは、カナダをヨーロッパから独立させるための象徴に変わっていった。(28)何人かの委員が、イギリスへの依存を彷彿とさせる「プリンセス・ルイーズ」の代わりに、よりシンプルな「ウルヴァートン」の名前を好んだのも納得できる。ここには厳密に「何が」存在するかを探求する、という先人の博物学者の目的はそれとして、そこに何を加えるか、ということは全く別問題である。

カナダの果樹栽培に対するプライドは、東部に留まらなかった。1909年にはJ. T.（ジョン・トマス）ビールビー（J. T. [John Thomas] Bealby, 1958-1943）が、ブリティッシュ・コロンビアのネルソンから18キロ南にあるクートネー川沿いに手に入れた土地で、プロの果樹栽培者としての成功を報告した。自画自賛の回想記『ブリティッシュ・コロンビアの果樹園』（*Fruit Ranching in British Columbia*）の出版に先立ち、ビールビーは広告を出し、自身を「果実については数百もの賞の受賞者」と宣伝している。著書には何ページにもわたって、数値や統計が記されていて、イギリスに比べてブリティッシュ・コロンビアの方が収穫量が多いこと、作物がより確実にできること、土地がより安いことなどが述べられている。(29)より自叙色の濃い話——ダイナマイトを食べた間抜けな牛（「何も起こらなかった」）、引かれることを拒絶する馬、入植者の鶏を追い掛け回すスカンクなど——が紹介され、喜劇的な息抜きになっているが、ビールビーが読者の心に植え付けたかったのは疑う余地なく肯定的なイメージであった。それは「綱に繋がれた一連の玉ねぎのように枝に実がたわわに生っているスモモの木や、実の重さを支えきれずに枝が地面についてしまっている梨の木（p. 192；図9）、……

カナダ文学史

図9 「実の重さを支えきれずに枝が垂れ下がっている梨の木」("Pear Tree, Showing Pendulous Habit Caused by Weight of Fruit")。J. T. Bealby, *Fruit Ranching in British Columbia*, 2nd edn. (1911) 中の写真。

明るい秋の太陽のもと、日に日に赤くなるリンゴ」のイメージであった。

　19世紀の終わりに出版された料理本もまた、典型的なカナダ料理に対するプライドを示し、カナダ料理は、豊富な自然の恵みと人間の創意工夫の才との融合で、輸出するだけの価値があるとされた。1877年に、「経験の浅い主婦」のために「十分に試行された料理法」を集めた『ゴールトの料理本』（*The Galt Cookbook*）が出版されたが、その改訂版で、編集者のマーガレット・テイラー（Margaret Taylor）とフランシス・マクノート（Frances McNaught）は、この本が何冊も「中国、エジプト、インド、南アフリカ、オーストラリアおよびその他の国々」に送られたと自慢している。ここでもリンゴは重要で、パイ、ダンプリング、プリン、ゼリー（特に魅力的なレシピの一つが、ネッティ・クレイン嬢が考案した「アイスアップル」、p. 200）、などに使われているが、これらは450ページにわたって紹介されている、すりつぶし、裏ごしし、たたいてこねるレシピの中の、ほんの一部でしかない。

　ラスキンの題辞が示すように、料理とは「すべての果実、ハーブ、香油、スパイス、および野原や林に自生する治癒力があり香り高く美味しい実を持つ、すべてのものに関する知識」を意味する。しかし、この本から主婦が得られるアドバイスは、治癒力や香り高い美味しさとはほど遠い。ニワトリの「首の後ろの皮を裂き」、指を使って「その周りの器官を緩める」（p. 41）とある。テイラー夫人によると、カエルを上手にフライにするには、まず皮を上手に剥ぎ、後ろ足を塩水に入れて5分間ゆでる必要がある（p. 51）。この本は何よりも液体についての話が満載で、美味しい厚切り肉から滴り落ちる肉汁、ワインで味付けしたシチュー、トーストの上にかけるアスパラガススープ、白コショウのソースで蒸し焼きにしたカキ、冷たい塩水につけた子牛の脳みそ、トロリとした熱い酢をサーモンの切り身とキャベツの上からかけ

た「サーモンサラダ」のレシピなどが上げられている。たいていの料理法は控えめな調子で、用意するもの、切り方、刻むのかスライスするのか、ゆで時間、上にかけるソースなど、必須事項だけを伝えている。しかし、中には著者の興奮が伝わってくるものもある。名前が「S. B. C.」としか記してない人物は「マッシュルームほどおいしいピクルスはない」と書いている。もっともこの場合でも実用主義に基づいて「正しく作られた場合のみ」と付け足している（p. 147）。自然に精通した、自信に満ちた多くの女性たちの書いた共同作品である『ゴールトの料理本』は、ヴィクトリア朝の女性らしさのステレオタイプにはめられることを拒む。いくつかの料理（例えば、ハギス、牛の胃、トライフルなど）は、確かにイギリスの伝統的な料理だが、特に「病人のための料理」と呼ばれる欄には病気の治療法が書かれており、カナダの自然が与えてくれるものをそのまま使用するという抑えがたい欲求を示している。例えば、アメリカマンサクはすり傷や腫れに効果があって、アルニカより安い、カナダバルサムはリウマチに効果がある、ツルツルしたニレ樹皮は、煮て甘くするとしゃっくりを治すなど。キャサリン・パー・トレイルならば賛同していたであろう。

限りなく純粋

　『ゴールトの料理本』を作製した女性たちが準備した料理法の鳥類学版は、オンタリオ州ハミルトンの石炭商人トマス・マキルレイス（Thomas McIlwraith, 1824-1903）が 1885 年に出版した『オンタリオの鳥』（*Birds of Ontario*）である。[32] この本は博物学の真の保護者である自然愛好家と標本収集家のための手引書である。地元を題材にしているマキルレイスの本は、マーガレット・テイラーとフランシス・マクノートが集めた料理法と同じくらいに実用的な意図をもって書かれていた。それでもマキルレイスの文章の多くには、もはや記録出版だけを目的とするのではない緊急性がある。

　カナダの鳥類学は、その頃まだ未成熟だった。1870 年代、トロントで育った若いアーネスト・トンプソン・シートン（Ernest Thompson Seton）が身近な環境に住む鳥について調べようとした時に、最も良い資料となったのはアレグザンダー・ミルトン・ロス（Alexander Milton Ross）の『カナダの鳥類』（*The Birds of Canada*）という薄い本であり、シートンは何カ月も薪を切って得た金でヤング通りのピディングトン書店にてこの本を購入した。[33] オンタリオ州ベルヴィル出身のロス医師（1832-97）は、地下鉄道組織（Underground Railroad〔南北戦争前夜、米南部の奴隷がカナダへ逃亡するのを助けた秘密結社〕）の活発なメンバーだった人物で、リンカーン大統領の言葉を借りると「熱心な奴隷廃止論者」であった。彼は個人的に、アラバマ、ジョージア、そしてケンタッキーから多数の奴隷をカナダの自由な生活へと導いたのであった。[34]『カナダの鳥』全編にわたり、ロスは、人間には到底できない鳥の能力、つまり行きたいところに行けるという能力に感銘している。彼の散文は実用的で、非常に濃縮されているので断片

化しても通用し（「昆虫を食べる」「地上に巣を作る」）、いくつかの例では情報を与えていない（「この極めて一般的な鳥は、良く知られているので記述の必要がない」（p. 29）とフィービについて述べている）。曖昧な言葉を使うことは彼のスタイルではなく、「カナダガンは身長35インチである」と自信を持って書いている（p. 99）。鳥を褒めるのに「可愛らしい」以上の表現を使うことはほとんどない。そのため、より熱心に書かれている個所は、通常より力強い言葉となり、「夜、森を通り抜ける時によく耳にする」ノドジロシトドの声は「描写できないほど美しい旋律」である、と述べている（p. 59）。

　控えめなロスに対し、マキルレイスはカナダの鳥類のホームランバッターである。まるで鳥類図鑑のように整理されている『オンタリオの鳥』は、潜水鳥から始まり、（ロスの著書同様）木に止まる鳥で終わっており、カナダの鳥に対する詩的な称賛と、彼らと彼らの熱心な愛好家であった人間との繋がりが失われてしまったことへの哀歌でもある。鳥は人間の世界を共有することができるが、しないこともできる。1853年に祖国のスコットランドを去ってからずっとカナダに留まっているマキルレイス自身のように、人は国に落ち着くが、鳥は渡り鳥のままで、反抗的にそうしている鳥もあり、オンタリオの彼らの仮住まいはしばしば、彼らを追跡する人間には到底手の届かないところにある。マキルレイスが見たハシナガヌマミソサザイの巣はすべて、「水に浸かりながら歩くかボートでしかたどり着けない場所にあり、ときには沼地のアシの中にあり近づくことさえできなかった」（p. 397）。

　こうした無情な渡り鳥に対してマキルレイスのような収集家が覚える悲しみは、カオジロゴジュウカラやスノーバードのように留まることを選択した鳥や、ムネアカイカルのように農場へ行きイモに付く虫を食べ、わざわざ仕事をしてくれる鳥に対する感謝が倍増することで和らげられる。しかし、マキルレイスが『オンタリオの鳥』の中で最も心を痛ませるのは鳥の行動ではなく、鳥が徐々に減少していることに対する人間の責任についてである。開拓移民が増えると、ハクトウワシの数が減り、鳥たちは「別のより広い場所を求める」（p. 210）。冬になると、地元でカウヒーンと呼ばれるコオリガモが、「溺れてびしょびしょに濡れたまま引きずられ、」ビーチの掘っ立て小屋の物干し用ロープに何列もぶら下がっている姿が見られる。これらの鳥の多くは、漁師の刺し網にかかったあとは、豚の餌となる。「美しく陽気なコオリガモ」（p. 86）にとっては悲しい結末である。アメリカセグロカモメのように環境に順応し、港に漂流している町のごみを食べて生きているようなる鳥もいれば、ビロードキンクロのように海岸に近づくや否や死んで打ち上げられる鳥もいる。この状況は、地元産業に人的および金銭的繋がりを持っている石炭商人のマキルレイスが、「町の水や石油精製所からの廃棄物を海に流している」（p. 92）ことに関連しているかもしれないと知っている事実であった。

　現在そして未来の損失に直面するなか、マキルレイスの散文は、彼の愛する鳥たちを留めておく場所——その数は減少しつつあるものの、「今ここに存在するもの」を永続させうる唯一の場所——になっている。ノドジロシトドのような小さい鳥も、著者のペンでゆっくり

と愛情を注いで描かれると、時には次のような分類学的な描写さえ、まさに複雑な芸術作品となる：「頭の部分は黒く、真ん中に白い縞模様があり、眉は白で縁取られ、鼻孔から目にかけて黄色い点がある。その下には目にかけて暗い縞模様があり、さらに下の上顎には黒模様が真っ白な喉との境目にあって、胸や首と頭の横の濃い銀白色とはっきりとしたコントラストになっている」(p. 319)。マキルレイスは、ハミルトンの30マイル西の薄暗い小さな池の近くで、暖かい7月の夜、この小さな鳥に出会った時のことを思い出す。どこからともなく突然現れたその鳥は、木のてっぺんに止まり、「全身けだるく疲れ切った様子で」哀調を帯びたなじみの歌「オールド・トム・ピーボディ、ピーボディ」の鳴き声を物憂げに発した (p. 320)。その時は、鳥はその場所になじんでいるように見えた。しかし、10月の終わりにはその鳥の姿はもはやなく、もう二度と戻ってこないだろうとマキルレイスは思った。

注

1. "Proceedings at the Soiree," *Twenty-Eighth Annual Report of the Natural History Society of Montreal* (Montreal: Rose, 1856), pp. 12-23.
2. *Fifth, Sixth, Seventh Annual Reports of the Council of the Natural History for 1831-32, 1832-33 and 1833-34.* (Montreal: Gazette Office, 1834), p.13; *Reports of the Council of the Natural History Society of Montreal, for the Year 1859* (Montreal: Lovell, 1859), pp. 5-6; Walt Whitman, *Leaves of Grass: The First (1855) Edition* (New York: Penguin, 2005), p. 96.
3. Christopher Dewdney, *Signal Fires: Poems* (Toronto: McClelland and Stewart, 2000), p. 16.
4. カナダにおけるヴィクトリア朝の科学について定評ある次の文献参照。Carl Berger, *Science, God, and Nature in Victorian Canada* (Toronto: University of Toronto Press, 1983).
5. Northrop Frye, "Conclusion," in Carl F. Klinck, ed., *Literary History of Canada: Canadian Literature in English* (Toronto: University of Toronto Press, 1965), p. 826、および拙稿 "Nature-Writing" in Eva-Marie Kröller, ed., *The Cambridge Companion to Canadian Literature* (Cambridge: Cambridge University Press, 2004), pp. 94-114 参照。
6. 本章では、必要に応じ、また19世紀の名称と大幅に異なっている場合には、現代学名を小文字で挿入する。作品の著者に馴染みのある動植物の名前については、大文字のまま、残してある。
7. Edmund Gosse, *The Life of Philip Henry Gosse, F.R.S.* (London: Kegan Paul, Trench, Trübner & Co., 1890), pp. 77-81. ウィリアムはわずか14歳で、弟より5年早くウースターからニューファンドランドへ渡った。Ann Thwaite, *Glimpses of the Wonderful: The Life of Philip Henry Gosse, 1810-1888* (London: Faber and Faber, 2002), pp. 27-37 参照。
8. Philip Henry Gosse, *The Canadian Naturalist: A Series of Conversations on the Natural History of Lower Canada* (London: Van Voorst, 1840).
9. Christoph Irmscher, "Nature Laughs at Our Systems: Philip Henry Gosse's *The Canadian Naturalist*," *Canadian*

Literature 170/171（Autumn-Winter, 2001），pp. 58-86.

10. Philip Henry Gosse, *Omphalos: An Attempt to Untie the Geological Knot*（London: Van Voorst, 1857），p. 252.

11. Catharine Parr Traill, *Pearl and Pebbles; or, Notes of an Old Naturalist*（London: Sampson Low, Marston, and Company, 1894），pp. 45-6.

12. Margaret Atwood, *Strange Things: The Malevolent North in Canadian Literature*（Oxford: Clarendon, 1995），p. 99.

13. Catharine Parr Traill, *Studies of Plant Life in Canada: Gleanings From Forest, Lake and Plain*（Ottawa: Woodburn, 1885），p. ⅱ.

14. *Canadian Wild Flowers, Painted and Lithographed by Agnes Fitzgibbon, with Botanical Descriptions by C.P. Traill*（Montreal: Lovell, 1868），p. 8.

15. 驚くことではないが、トレイルはしばしば時代遅れの文学者とみなされる。Charlotte Gray, *Sisters in the Wilderness: The Lives of Susanna Moodie and Catharine Parr Traill*（Toronto: Penguin, 2000 [1999]），p. 301 参照。

16. Traill, *Pearl and Pebbles*, p. 181.

17. [Rev. Joshua Frazer], *Three Months Among the Moose: "A Winter's Tale" of the Wilds of Canada, by a Military Chaplain*（Montreal: Lovell, 1881）; Captain Campbell Hardy, *Forest Life in Acadie: Sketches of Sport and Natural History in the Lower Provinces of the Canadian Dominion*（New York: Appleton, 1869）; Andrew Leith Adams, Staff-Surgeon Major, *Field and Forest Rambles, with Observations on the Natural History of Eastern Canada*（London: King, 1873）; "The Wanderer" [i.e. John Keast Lord], *At Home in the Wilderness, Being Full Instructions How to Get Along, and to Surmount All Difficulties by the Way*（London: Hardwicke, 1867）.

18. John Keast Lord, *The Naturalist in Vancouver Island and British Columbia*, 2 vols.（London: Bentley, 1866），Vol. II, p. 101.

19. Lord の言う「ヒミズ」("Urotrichus") はアメリカミミヒミズ（*Neurotrichus gibsii*）。またヤマビーバー（Sewellel）については「この動物はビーバーではなく、たまにしか山に登らないが」通常ヤマビーバーと呼ばれている。*The Imperial Collection of Audubon Animals*, ed. Victor H. Cahalane（New York: Bonanza, 1967），p. 51.

20. Major W. Ross King, *The Sportsman and Naturalist in Canada, Or Notes on the Natural History of the Game, Game Birds, and Fish of That Country*（London: Hurst and Blackett, 1866）. Darwin は著書 *Descent of Man*（1871）の中で King の書いたカナダに関する著書を資料として使用している。第13章注41および52、第17章注8、第18章注3を参照されたい。King の経歴については *Scottish Notes and Queries* 4.5（October 1890），pp. 83-84 の死亡記事を参照されたい。

21. 例えば John Audubon, *Writings and Drawings*, ed. Christoph Irmscher（New York: Library of America, 1999），pp. 210, 271, 745, and 847,（"crazed Naturalists of the closet"）参照。

22. John J. Rowan, *The Emigrant and Sportsman in Canada: Some Experiences of an Old Settler, with Sketches of Canadian Life, Sporting Adventures, and Observations on the Forests and Fauna*（London: Stanford, 1876）. Rowan は生涯無名だったが、彼の唯一の著書は Thomas Hardy の興味を引くほど有名になった。Hardy は *The Mayor of Casterbridge*（1886）第44章の中で Rowan の著書を引合いに出し、キャスターブリッジをさまよう主人公 Henchard を「あのカナダ人の木こり」と例えた。

23. Dickinson, "My life had stood – a Loaded Gun--"（c. 1863）, *The Complete Poems of Emily Dickinson*, ed. Thomas H. Johnson（Boston: Little, Brown and Company, 1960）, p. 369.

24. D.W. Beadle, *Canadian Fruit, Flower, and Kitchen Gardener*（Toronto: Campbell, 1872）, p. 190. Beadle の功績については、Pleasance Crawford's entry in *Dictionary of Canadian Biography*, general ed. Ramsay Cook, 14 vols. to date（Toronto: University of Toronto Press, 1994）, vol. 13, pp. 46-8 参照。

25. Beadle, *Canadian Fruit*, pp. 215, 201, 249, 227.

26. 総督公邸 Rideau Hall でルイーズ夫人は自身の寝室のドアに、リンゴの花が咲いている枝の実物そっくりの絵の図案を描いた。Sandra Gwyn, *The Private Capital: Ambition and Love in the Age of Macdonald and Laurier*（Toronto: McClelland and Stewart, 1984）, p. 187.

27. "The Princess Louise," *The Canadian Horticulturist* II.9（1888）, p. 193-5. Linus Woolverton については、*Dictionary of Canadian Biography*（Toronto: University of Toronto Press, 1998）, vol.XIV, pp. 1082-4 の Pleasance Crawford の記事を参照。

28. カナダの果実を「ヨーロッパの原種にもはや類似しない」ようにするための品種改良とカナダの独自性との関係については、Suzanne Zeller, *Inventing Canada: Early Victorian Science and the Idea of a Transcontinental Nation*（Toronto: University of Toronto Press, 1987）, pp. 198-9 参照。

29. J. T. Bealby, *Fruit Ranching in British Columbia,* 2nd ed.（London: Adam and Charles Black, 1911 [1909]）。ケンブリッジで教育を受けた Bealby は E. T. A. Hoffmann の *Weird Tales*（1885）および Sven Hedin の回顧録 *Through Asia*（1898）の英語版翻訳者でもある。Edwinna von Baeyer and Pleasance Crawford, eds., *Garden Voices: Two Centuries of Canadian Garden Writing*（Toronto: Random, 1995）, p. 43 参照。

30. Margaret Taylor and Frances McNaught, eds. and comps., *The New Galt Cook Book: Revised Edition. A Comprehensive Treatment of the Subject of Cookery with Abundant Instructions in Every Branch of the Art – Soups, Fish, Poultry, Meats, Vegetables, Salads, Bread, Cakes, Jellies, Fruits, Pickles, Sauces, Beverages, Candies, Sick Room Diet, Canning &c. &c. Including Valuable Tested Recipes in All Departments, Prepared for the Housewife – Not For the Chef*（Toronto: McLeod and Allen, 1898）, pp. [iii]-iv.

31. John Ruskin, *The Ethics of the Dust: Ten Lectures to Little Housewives on the Elements of Crystallisation*（London: Smith, Elder, & Co, 1866）, p. 138 からの若干不確かな引用。

32. この後の引用は、*The Birds of Ontario: Being A Concise Account of Every Species of Bird Known to Have Been Found in Ontario, with a Description of Their Nests and Eggs and Instructions for Collecting Birds and Preparing and Preserving Skins, Also Directions How to Form a Collection of Eggs* 第 2 版（Toronto: Briggs, 1894）から取ったものである。

33. John G Samson, ed., *The Worlds of Ernest Thompson Seton*（New York: Knopf, 1976）, p. 25; Alexander Milton Ross, *The Birds of Canada: With Descriptions of their Plumage, Habits, Food, Song, Nests, Eggs, Times of Arrival and Departure, 2nd ed.*（Toronto: Rowsell and Hutchison, 1872 [1871]）.

34. Ross, *Recollections and Experiences of an Abolitionist; from 1855 to 1865*（Toronto: Rowsell and Hutchison, 1875）.

9

短編小説

ジェラルド・リンチ
(Gerald Lynch)

ポスト・コンフェデレーション期の最も著名なカナダ詩人のうち、チャールズ・G. D. ロバーツ（Charles G. D. Roberts, 1860-1943）とダンカン・キャンベル・スコット（Duncan Campbell Scott, 1862-1947）は、革新的な短編小説作家でもあった。もちろん、革新というものは、新しい国が文学的に到達した唯一の基準とみなされるべきではない。特にその文学が、すでに確立されたより大きな伝統の中に存在するときには然りである。しかし、芸術的創作は豊富な活力であると同時に文化的成熟の前兆となりうるのであって、この時代のカナダ短編小説がまさにその例である。ロバーツの『地上の謎──短編集』（*Earth's Enigmas: A Volume of Stories*, 1896）は、彼の多くの写実的動物物語集の最初のもので、その後重要性を増し続ける作品群の発端となった。また同じ年に出版されたスコットの『ヴァイガー村で』（*In the Village of Vigar*, 1896）は、カナダの作家を魅了し続けている短編小説連作ジャンルの模範となった。自然に関して大胆に写実的で、地方色小説の手法を取り入れているこの2人の、そして他の多くの作家たちの、19世紀後半の短編小説は、荒野や動物の説得力ある描写、そして小さな町や地域といった場所の言語的その他の特殊性に注目している点で、広く称賛を浴びた。ポスト・コンフェデレーション期のもう1人の主要な短編小説家のスティーヴン・リーコック（Stephen Leacock, 1869-1944）は、従来型の短編小説、つまりユーモラスな風刺小説に限定すれば、おそらくカナダが生んだ国際的に最も人気のある作家であろう。しかし、偉大な作家中心の文学史観において真実であることは、こうした作家たちにおいても、また本章の場合にも、真実である。つまり、ロバーツやスコットやリーコックは、英米の19世紀の作家と同様に、短編小説家の作品やその作品を載せた新聞、雑誌、文集、書籍が豊富に存在した、ポスト・コンフェデレーション期の文化全体の産物であった。本章では、ポスト・コンフェデレーション期のカナダ短編小説の環境の中でこれらの作品の発達を可能にした背景を説明し、次いで3人の主要作家の業績に焦点を当てる。

　ロバーツとスコットがカナダを代表するのに最もふさわしいと思われ、米国や英国の視点からだけでなく、都市化が急速に進みつつあるカナダ国内においてもそのように認められる短編小説を書いたのは、偶然のことではない。1867年のカナダ連邦結成以来、カナダ人はカナダ第一主義運動のような政治・文化的勢力のナショナリズムに促されてにわかに活気づき、

カナダ人としての彼らを決定的に映し出した文学に視線を向けるようになった。自然に対して現代人的疎隔感を覚え始めていたカナダの都市生活者は次第に数を増し、彼らは自然界と再び結びつき、小説を通して自身の小さな町の背景と再びつながりたいと考えた。(それはリーコックが満足させ、また風刺もした衝動である)。ナショナル・アイデンティティやルーツの探究に役立つものとしては詩が伝統的に優位に立っていたが、民衆の興味は荒野の冒険小説(ロバーツ)や地方色小説(スコット、リーコック)、そして哲学的、政治的、文化的に中道に落ち着きつつある多様性を表現した、カナダ独特のアイロニックな声を持つユーモア小説に向けられた。

カナダ連邦結成から第一次世界大戦に至る時期の英系カナダ短編小説にはロマン主義的なものが多かったが、決してそれがすべてではない。英米の文学界で繁栄したあらゆる種類の物語がカナダでも栄え、多種多様なアメリカの雑誌に定期的に出版された。この時代の最も優れた短編小説の中には、ロマン主義的なものと写実的なものを精巧に織り交ぜたものがあった。またリーコックのパロディー的物語はしばしば、過度にロマン主義的なものと過度に写実的なものを揶揄している。19世紀カナダ小説は圧倒的にロマン主義的である、あるいはそれと正反対に、カナダ文学は写実的でドキュメンタリー的である場合に最も優れている、といった、一般に認められた批評の見解に当てはまらないのは、写実的動物物語におけるロバーツの業績だけだと思われるかもしれない。しかし、こうした動物物語は同時に、「毛皮で覆われた一族」と呼ばれる、ダーウィン以降の、もう一種類の現実のヴィクトリア朝の人たちの隠れた生活を遠回しに描いたものでもある。また、スコットの独創性に富んだ短編小説連作『ヴァイガー村で』は19世紀の物語形式の力作で、ゴシック小説、民話、怪談、といったロマン主義の形式を含んでいるが、その一方で、地方色小説と定義されるこの小説は、観察の鋭い写実主義の作品でもある。

カナダ市場とマイナーな作家たち

アメリカ市場が提供する機会はカナダの短編小説が成功する媒介となったが(後述)、自国で育った多数の雑誌もまた貢献している。短命に終わった出版物が多く、長続きしたものもあるが、いずれも題材を貪欲に求めていた。その中には、例えば「ローズ・ベルフォーズ・カナディアン・マンスリー・アンド・ナショナル・レヴュー」(1872-82)、「ザ・ニュー・ドミニオン・マンスリー」(1867-79)、「ザ・カナディアン・イラストレイテッド・ニューズ」(1869-83)などがあった。こうした雑誌に寄稿した多くの作家の中には、メイ・アグネス・フレミング(May Agnes Fleming, 1840-80)、ロザンナ・ミュラン・ルプロオン(Rosanna Mullins Leprohon, 1829-79)、エセルウィン・ウェザラルド(Ethelwyn Wetherald, 1857-1940)、スジー・フランシス・ハリソン(Susie Frances Harrison, 1859-1935)、アグネス・モール・マー

ハー（Agnes Maule Macher, 1837-1927）、ルイーザ・マリー（Louisa Murray, 1818-94）、ジョアンナ・ウッド（Joanna Wood, 1867-1927）といった本格的な作家たちがいた。これらの作家の大部分はその後忘れられていたが、20世紀最後の数十年間に、例えばロレイン・マクミューレンとサンドラ・キャンベルの著書によって見直され、再評価されている。その結果、ウェザラルド、ハリソン、マーハーら何人かは、カナダにおける短編小説の発達に重大な貢献をした作家として認められるようになった。

　こうした知名度の低かった作家に加えて、もっと名の知れた作家も何人か挙げることができるが、それも必然的に選択的になる。社会政治作家のネリー・マクラング（Nellie McClung, 1873-1951）は、『ブラック・クリークで立ち寄る家』（*The Black Creek Stopping-House*, 1912）のような作品集の中で、短編小説を教訓的目的に用いた。キリスト教主義に基づく改革の教訓や実例を小説化するために、物語はウィットで味付けされているものの、ペーソスに依存している。その意味で、マクラングの小説技法は、世紀変わり目のカナダにおける広いキリスト教改革運動の典型的な例である。ルーシー・モード・モンゴメリ（Lucy Maud Montgomery, 1874-1942）は、この時期にも依然として最も人気が高く多作の作家たちの1人であった（短編小説だけでもおよそ500）。彼女は（グリーン・ゲイブルズで有名な）アン・シャーリーや他のプリンス・エドワード島の登場人物を主人公にした小説シリーズにより、地方色の短編小説をカナダとアメリカの雑誌市場に着実に供給していた。同様に人気のあったE. ポーリン・ジョンソン（E. Pauline Johnson, 1861-1913）は、カナダの先住民の生活のパフォーマンス・ポエトリーで最も人気を博したが、彼女も短編小説の安定した寄稿者であった。『ヴァンクーヴァーの伝説』（*Legends of Vancouver*, 1911）や『シャガナッピ』（*Shagganappi*, 1913）の中で、ジョンソンはカナダ先住民の伝説と物語を語り直し、自分自身のものとして書き直し、カナダにおける先住民や開拓者の生活の冒険物語も加えている。上に挙げたような小説は、カナダ文学史研究者が最初決めつけてしまったような、単にロマンティックなものでも素人くさいものでもない。それらは、その後出たどんな作品にも劣らず、歴史的文化的文脈の中で完成された、重要な成熟した短編小説である。

　ロバーツ、スコット、リーコック以外にも、この時代のより熟練した短編小説家にイザベラ・ヴァランシー・クローフォード（Isabella Valancy Crawford, 1850-87）、前述のスジー・フランシス・ハリソン、そしてセイラ・ジャネット・ダンカン（Sara Jeannete Duncan, 1861-1922）がいた。アイルランド生まれのクローフォードは、長編詩「マルカムのケイティー――ある愛情の物語」（"Malcolm's Kaite: A Love Story," 1884）の作者として最もよく知られている。彼女は生計を立てるために（父親のいない家庭を支える者として）、種々の新聞や雑誌に寄稿してその原稿料に頼っていた。主な寄稿先は、この時代の先導的企業家であったニューヨークのフランク・レズリーの出版物、特に1870年代・1880年代を通じてもっとも頻繁に載った「フランク・レズリーの炉端」（*Frank Leslie's Chimney Corner*）であった。その結果、クローフォードはもっぱらロマンティックな物語、上流・下流社会のコミック物語、おとぎ話、といった、

人気のある小説形式を用いていた。そのすべてが地方色に溢れ、作中には鋭く写実的に描写された会話や印象的に再現されたアイルランド方言が、ふんだんに使われている。時折、「メイプルの胸の中で」("In the Breast of the Maple")や「引き渡し」("Extradited")のような作品の中に（後者が最初にトロントの「グローブ」紙に出たのは意義深い）、クローフォードは新しい国家が直面するより大きな問題を写実的に描写する才能と、メロドラマ風な辺境の森林地の物語中にではあるが、より本物の地方色と名付けられるものへの興味を示している。

ハリソンの短編集『押し出されて！　その他の物語』(*Crowded Out! and Other Stories*, 1886)、中でも優れた表題の物語と「島の田園詩」("The Idyl of the Island")は、現在、明確にカナダの国民的関心を探求するテーマとして読まれている。さらに、個々の物語がケベック地方の生活を繰り返し再現している『押し出されて！』は、スコットが『ヴァイガー村で』において達成したこの時代の注目すべき業績の1つを先取りしている。この点でハリソンはまた、同時代のより知名度の高い、少なくとも2人の男性作家の作品よりも優れたケベックの生活の地方色小説を実現したと見てよいだろう。E. W. トムソン(E. W. Thomson, 1849-1924)は、同様の地方色小説──仏系カナダ人の生活を彼らの方言を使って描いた──を書いていた。『サヴァリン老人』(*Old Man Savarin*, 1895)に初めて収録された短編、その他多くの作品があり、それは「カナダ風」異国情緒に対するアメリカ人やイギリス人の好みに幾分媚びているように見える。もう1人は非常に人気のあったギルバート・パーカー(Gilbert Parker, 1862-1932)で、英国で暮らしながら『ピエールと彼の部下たち──極北の物語』(*Pierre and his People: Tales of the Far North*, 1892)などの作品中に繰り返し登場させる仏系カナダ人のヒーロー、ピエールのカナダ北西部への冒険を広く流布させていたが、その彼もまた、カナダ人以外の読者層に対して月並みな話題を受け売りしており、一度も訪れたことのないカナダの諸地域に背景を設定して短編小説を書いていた。

この章の焦点となっている3人の作家──ロバーツ、スコット、リーコック──を除けば、セイラ・ジャネット・ダンカンはこの時代の最も才能ある短編作家、そして議論の余地なく、カナダの秀でた小説家でもあった。彼女のジャーナリストとしての仕事とベストセラー作家としての役割は、本書の10章と11章にそれぞれ論じられている。ダンカンの最も有名な作品は、カナダを背景にした小説『帝国主義者』(*The Imperialist*, 1904)であって、短編集は『砂漠の水たまり』(*The Pool in the Desert*, 1903)1編のみだが、このジャンルのほぼ完全無欠な模範となっている。この作品は（物語のいくつかは中編小説に近い）、ウィリアム・ディーン・ハウエルズの地方色小説の理論に基づくジェイムズ流の写実主義を巧みに表現している〔Henry James はエッセイ " The Art of Fiction" の中で、小説は「人生の再現」と述べている〕。その中で最も関心を引くのは、植民地の英系インドに暮らす少女たちと婦人たちの生活であろう。しかし物語は同時に、居場所を失った女性芸術家の挫折感を描写し、前途に待ち受ける社会政治問題を豊富な知識を持って精査している。この傾向は特に表題の物語、および「インドの母親」("A Mother in India")の中に顕著である。1905年にアメリカの「ハーパーズ・バザール」

誌に出版され、20世紀後半まで収集されることのなかった「法廷推定相続人」("The Heir Apparent")は、カナダ社会の洞察力ある女性登場人物を描くダンカンの技術が、彼女の最も有名なカナダ小説以外にも遺憾なく発揮されていることを示している。

米国での出版——アメリカの市場

上述のように、「法廷推定相続人」は最初、アメリカの雑誌に出版されている。「インドの母親」(「スクリブナーズ」)も同様であった。これはダンカンに限らず(上記の雑誌に加えて彼女は「センチュリー・アテニウム」にも短編を出版していた)、彼女と同様に大望を持つカナダ人作家が通常行っていたことである。当時、米国での出版を利用していた作家を代表して、ダンカンは1887年、同僚のカナダ人作家に向かって指摘している。「カナダの文学作品の市場は、北米大陸の知的生活が急速に集中しつつあるニューヨークである」と。そしてロバーツは「詩人、マンハッタン島へ招かれる」("The Poet is Bidden to Manhattan")の中で、こうした初期の文学的頭脳流出をめぐり、冗談交じりに真面目な詩を書いた。「認めよ／君のパンにバターが塗ってある側を！」と詩人に忠告し、次のように結論付けている。

　　君、自国で笛吹けど、誰も報酬を払えず。
　　今、君の才知、すでに熟せりと信ず。
　　猶予せず、此方へ戻れ、
　　そして、支払える人々のために笛を吹け。

文学史研究家のジェイムズ・ドイルとニック・マウントが示しているように、ロバーツ、スコット、リーコック、そしてダンカンのようなプロの作家たちにとって最も重要な出版先は、主にニューヨークで出版され(フィラデルフィア、ボストン、デトロイト、シカゴで発行されたものも補足的にあったが)、発行部数が多く原稿料も高いアメリカの雑誌や新聞であった。このより広い出版市場は、カナダの短編小説家や詩人、ジャーナリスト、編集者にとって、大きな励みとなった。このような市場は、新聞に載った短命なスケッチ集から短編小説へ、週刊誌や月刊誌に連載される小説へ、そして最終的に単行本の出版へと、カナダ作家の職業化を初めて可能にした。すでに言及したもの(「ハーパーズ」「スクリブナーズ」など)に加えて、カナダ短編小説家たちは「アトランティック・マンスリー」「イラストレイテッド・アメリカン」「リテラリー・ダイジェスト」「ユース・コンパニオン」「リトルズ・リヴィング・エイジ」「トゥルース」「ニュー・イングランド・マガジン」のような、当時のアメリカの雑誌に、定期的に彼らの作品の発表場所を見つけていた。ロバーツやブリス・カーマンのような重要な作家兼編集者は、こうしたアメリカの雑誌の方針を定め、寄稿者を選ぶことに

大きな影響力を及ぼしていた。カーマンは折々ニューヨークの雑誌「チャップ・ブック」「インデペンデント」および「カレント・リテラチャー」を編集し、アメリカで苦労して生計を立てている仲間のカナダ人や、本国に留まっている者たちに、作品を寄稿するよう定期的に強く要請していた。またE. W. トムソン〔原書のThompsonは誤植〕やピーター・マッカーサー（Peter McArthur, 1866-1924）のような多くの作家も、カーマンの慣行に倣った。マッカーサーは、ニューヨークの「トゥルース」の編集者として、初期のリーコックの成長と執筆を促す助けとなった。1895年から1897年の間に、「トゥルース」はリーコックのおよそ24の最初のコミック物語を出版している。

このように、新興のアメリカ市場がポスト・コンフェデレーション期のカナダ短編小説の成功に有利な影響を及ぼしていたことは明白である。例えば、多くの種類の短編小説の作家として著しく多作で成功したロバート・バー（Robert Barr, 1850-1912）は、「アガサ・クリスティーのエルキュール・ポアロの先駆者としてしばしば見られる凝り性のフランス人探偵」を主人公とするおよそ15の作品集を出版して利益を得ていた。しかし、見方を変えれば、アメリカの雑誌編集者はまた、カナダを絵のように美しいステレオタイプ的ヨーロッパの代替、もしくは都会の洗練に触れられていない冒険的可能性を秘めた荒野、として市場に売り出すことにこだわり、有害な、あるいは少なくとも拘束的な影響を与えてもいた。貪欲なアメリカ市場の影響力は、すぐに忘れられてしまうような地方色物語や、実体験に基づかない荒野冒険物語の出版物が非常に多かったことに、責任を負わねばならない。しかし一方では、同じ影響力がロバーツの写実的動物物語やスコットの『ヴァイガー村で』の出版を可能にする状況を創り出していたのである。同様な両義的影響は、リーコックの最も有名な作品『ある小さな町のほのぼのスケッチ集』（*Sunshine Sketches of a Little Town*, 1912）にさえも認められる。ただし、この場合はその元凶が、アメリカの出版市場というよりむしろ、北アメリカのアーバニズムであった。『ほのぼのスケッチ集』は、カナダ人読者層のために一連の物語として「モントリオール・スター」紙から依頼された作品であった（その姉妹編『有閑階級とのアルカディア冒険旅行』*Arcadian Adventures with the Idle Rich*, 1914中の短編は、最初にアメリカの新聞雑誌連盟経由で出版されている）。それにもかかわらず、『ほのぼのスケッチ集』は『ヴァイガー村で』と同じように、カナダの小さな町の魅力的な牧歌的生活が、北米の現代都市に住む人々の望郷にかられたノスタルジアを、皮肉にも一方では満足させつつ、それと衝突もしている短編連作なのである。

さらに明白なのは、リーコックが彼を偶像視している英米の読者層に対して「滑稽な作品」を大量に作り出すことにより、彼の最高の才能を乱用した可能性が高いことである。アメリカの雑誌小説の主要産物として、カナダのもっと洗練されたイメージを伝えたであろう材料を差し置いて選ばれたに違いないこのような地方色小説や荒野の冒険物語は、もはや容易に変えられぬ紋切り型のカナダ観を国際的に定着させるのを助長した。その結果、初期のカナダ短編小説は、それらが同時に示していた文学上革新的な要素よりはむしろ、情に訴える教

訓主義、あるいは異国風の地方色の特徴のゆえに、最も頻繁に読まれていた。例えばノーマン・ダンカン（Norman Duncan, 1871-1916）は、ニューヨークの「アラブ人街」に背景を設定した一連の連作物語『街の魂——ニューヨークのシリア人街物語』（The Soul of the Street: Correlated Stories of the New York Syrian Quarter, 1900）を出版したが、この作品は過小評価され、ニューファンドランドやラブラドルに背景を設定した紋切り型の冒険物語や地方色小説の作家として、相変わらず最もよく知られている。（少なくともこれらの本のうちの1つである『海の生活』The Way of the Sea, 1903 は、ニューファンドランドの漁業地域の生活を描写した独創的で完成された作品ではあるが）。

　すでに言及したカナダの雑誌、および米国での出版の機会に加えて、カナダにはヴィクトリア朝の文学好きな読者層のために常に短編小説の供給を求めていた、より一般向けの雑誌があった。「ドミニオン・イラストレイテッド・ニュース」(1862-4)、「グリップ」(1873-94)、「ザ・ウィーク」(1883-96)、そして「ザ・カナディアン・マガジン」(1893-1939) である。顧みるに、最も重要だったのは影響力の大きい「ザ・ウィーク」であった。主として社会・政治文化の発表機関であったが、多数の作家による短編小説を定期的に出版し、またセイラ・ジャネット・ダンカンのコラム「のんびり散歩」("Saunterings") に、彼女のスケッチや記事を載せていた。19世紀最後の25年間には、時事問題を扱ったコミック作品を専門にする多くの短命の出版物が現れたり消えたりした。その中で最も重要なのは、例外的に長期にわたった「グリップ」である。「グリップ」は各号に非常に多くの散文パロディーやスケッチ、そして後にリーコックが国際的称賛を勝ち取る種類の短編コミック小説を出版した。（実際、リーコックは1894年、「グリップ」に、今でも笑いを誘う「A、B、C——数学の人間的要素」"A, B, and C: The Human Element in Mathematics" と題する最初のプロとしての作品を出版している）。つい最近になって初めて、あまり名の知られていなかったコミック小説作家の何人かが再発見され、カナダ短編小説の発展に貢献したとして評価されている。ミシェル・ピーターマンが示したように、アイルランド系カナダ人のジェイムズ・マッキャロル（ペンネームはテリー・フィネガン、James McCarroll, pseud. Terry Finnegan, 1814-92）は、その1人であった。興味深いことに、マッキャロルはまた、ニューヨークで大きな影響力を持つ編集者でもあった。イザベラ・ヴァランシー・クローフォードのような仲間のカナダ人たちのニューヨークでの成功を助けていたのである。

チャールズ・G・D・ロバーツ

　この章の後半の焦点になる3人の主な作家のうち、まずチャールズ・G. D. ロバーツに目を向けよう。彼は「ハーパーズ・ヤング・ピープル」誌の1889年7月号に載った「迷い牛」("Strayed") の出版により、英語の短編小説にサブジャンルを生み出した作家である、と主張しても誇張

にはなるまい。この写実的な動物物語は、英語文学に対するカナダのユニークな貢献になるだろう。ロバーツの動物物語の最初の作品である『地上の謎』はあまり売れず、このプロの作家は、その形式を断念した。しかし、創造性が同時発生的に起こるという不思議な現象の1つとして、写実的動物物語はアーネスト・トンプソン・シートン（Ernest Thompson Seton, 1860-1946）により、『私の知っている野生動物』（*Wild Animals I Have Known*, 1898）に初めて集められた物語において開拓されていた。シートンの作品は直ちに人気を博した。ロバーツも早速これに便乗して動物物語に戻り、続く30年間にわたって数多くの作品集、そして小説も、このジャンルで書き続けた。振り返ってみると、19世紀後半に半荒野の環境に慣れ親しみ、古典教育を受けて育ったカナダ人ロバーツが、独創的な手法で、つまり動物について写実的かつ同情的に書いたのは、ごく当然のことであったと思われる。博物学者としてはシートンの方が優れていたかも知れない。そして、シートンとロバーツの両者に写実的動物物語を創り出した功績を与えるのが文学史の立場から見るとより忠実であるかもしれない。しかし、小説を愛する人なら誰でも、ロバーツの方がはるかに優れた作家だということに同意するであろう(7)。

　ロバーツは結局、およそ250の写実的動物物語を出している。出版先は実質上、その時代の最も重要な出版社および最も短命であった出版社のカタログ、と言ってもよい。つまり「ハーパーズ・マンスリー」、「リピンコッツ・マンスリー・マガジン」、「カレント・リテラチャー」、「ハーパーズ・ヤング・ピープル」、「アウティング」、「フランク・レズリーズ・ポピュラー・マンスリー」、「ザ・インデペンデント」、「センチュリー・イラストレイテッド・マガジン」、「ザ・ウィンザー・マガジン」、「チェンバーズ・ジャーナル」、「ハンプトンズ・マガジン」、「カナディアン・マガジン」、「サンデー・マガジン」、「サンセット」、「サタデー・イヴニング・ポスト」である。これら動物物語の世界は概して、肉体的・精神的に最も適したものが生き残る、というダーウィンの法則によって支配されている。大きな動物が、さらに大きな動物に打ち負かされ、食べられる。機敏な捕食者も、より機敏な捕食者によって打ち負かされ、食べられる。死はしばしば、存在の連鎖の中でより高い者から下へ向かって降りかかり、疑うことを知らない者や不注意な者の上に、文字通り舞い降りて飛びかかる。ダーウィンが支配してはいるが、その支配には偶然と幸運がある程度考慮される。さらに注目すべきは、この営みが美しく永遠に神秘的な自然界の中で行われているのである。（1904年の『山道の見張り番——動物の生活について』*The Watchers of the Trails: A Book of Animal Life* 所収の短編「草地の中の深みで」"In the Deep of the Grass" は、これらの普遍性のすべてを手際よく例証している。）野生動物のひそかな生活が小説の中にこれほど綿密に観察されることは、以前は決してなかった。また、読者が現実の動物としての他者に感情移入するよう仕向けられることも、以前は決してなかった。

　ロバーツ自身が、写実的動物物語へのすばらしい案内書を提供している。彼の2番目の作品集『野生の一族——動物の生活について』（*The Kindred of the Wild: A Book of Animal Life*, 1902〔邦

訳『野生の一族——ロバーツ動物記』1993年])への序文は、実質上新しいジャンルに関するエッセイに等しい。彼はまず文学に描かれた動物の歴史を概観し、次いでダーウィン説の信奉者として目覚めた瞬間を次のように認めている。「種々の限られた限界の中ではあるが、動物は理論的に考えることができ、実際に考えている、という主張を、人間はついに受け入れざるを得なくなった」(p. 220)。さらに、進化論が人間と動物の間の境界をどこまで壊してきているかを（彼特有の遠回しな表現を使って）認めながら、次のように観察する。「ある特定の四つ足一族の目の中を深く見つめていると、以前は気付かなかったあることに気づき、はっと驚かされる。それは、我々の精神的自我ではないまでも、内面的・知的自我に応える何かがその中にある、ということの発見である」(p. 220)。ロバーツは人間中心主義に対して再三警告しているが、前述の結論に挙げた例外、「我々の精神的自我ではないまでも」は、彼自身が固執した人間至上主義（以下で詳述）を理解する鍵となっている。

　ロバーツは次いで、新しい種類の動物物語を定義する。「進化が到達した最高点において、自然科学の枠組みの中で構成された心理的ロマンス」(p. 221)であると。そして序文のエッセイを締めくくるに当たり、写実的動物物語の真の目的に関する見解を次のように明言する。「我々に改めて明かされる動物たちの純粋で率直な生活は、存在の連鎖の上昇過程において、人間よりはるかに遅れているとはいえ、我々にこうした特質を示してくれる。彼らの生活を親しく知ることにより、我々の心がより慈悲深く、理解力がより精神的なものになれば、その効果は常によりいっそう重要性を増し、元気回復や再生のより豊かな贈り物をもたらす」(p. 222)。換言すれば、写実的動物物語は究極的に、これに共鳴する読者をよりいっそう完全に人間らしくさせ、人本主義的な目的を果たすのに役立っている。なぜなら、このような物語の「深い」読みは、我々が動物という他者とどこまで想像的に共感できるかを試しているからである。

　ロバーツと同様に多作な他の作家の人間に関する物語に多くの種類があるように、彼の動物物語にもいろいろな種類がある。彼は昆虫といった短命な存在から大型のムース（ヘラジカ）の一生に至るまで、動物の生活のすべての状況に綿密な注意を払う。その中にはしばしば人間も含まれ、明らかに優越しているが欠点も持つ、もう一種類の動物として扱われている。しかし、彼の様々な動物物語は、幾分独断的ではあるが便宜上、いくつかの範疇に分けることができる。次に挙げるほとんどの例は、『野生の一族』から取ったものである。まず、「空の王者」("The Lord of the Air")のような、動物生活の一断面を示す物語がある。オスのワシとその妻がヒナを育てている。ところが、オスの方がアメリカのトロフィーハンターに売られるため、ずる賢い先住民によって罠で捕らえられる。そのワシは王者らしい尊大さ、忍耐、素早い行動、そして運によって、自分の山の高巣へ逃げ帰り、封建的体制を保つ荘厳で神秘的な自然界の支配権を取り戻す。（そこに生息する動物たちは、テレパシーと思えるような手段でコミュニケーションをとっているのである）。次に、「黄昏迫る伐採跡地」("When Twilight Falls on the Stump Lots")のように、他種の動物を捕って食う格闘の物語がある。この

物語では、農地の侵入により生息地を追われたメスのクマが、自分の子供のために、農場主の子牛に忍び寄らざるを得なくなる。クライマックスでその母親と対峙した時、自然界では勝っているクマが「不自然な」くぼみ（おそらく土地の開墾の影響であろう）に滑り込み、母牛に角で突き刺されて致命傷を負う。子牛と負傷した母牛は農場主によって救われるが、母グマの保護を失った子グマはキツネに食べられてしまう。そして結末は、人間を自然の食物連鎖の中で最上位の雑食動物と考えるロバーツの見解から離れて読むとひどく皮肉なのだが、子牛は「世話をされ、太らされ、2、3週間すると都会の市場の冷たい大理石板へ連れて行かれてしまった」(p. 99)。このほか、動物の伝記に終始する作品もある。例えば「マモゼケルの王」("The King of the Mamozekel")は、ニュー・ブランズウィックのオスのヘラジカの生涯を、誕生から成長するまで詳述する。若者特有のトラウマの観点からその心理状態を分析し、大人になると、主として伴侶を求める要求によって支配される状況を提示する。ワシと同様に、ヘラジカも美しく神秘的な世界にまばらに生息しているように見える。ただし、その空間にもある時点では科学技術に支えられた無情なトロフィーハンターたちが侵入するが、結局は大きなヘラジカによって打ち負かされているのである。

　動物の冒険物語と大雑把に名づけられてもよい作品の例も数多くある。例えば、ロバーツの最初の短編集『地上の謎』中の「迷い牛」は、家畜化された牡牛が野生に逃げるという簡潔な物語である。この牛は捕食動物との危険な遭遇の後、ついにヒョウによって殺される (pp. 37-40)。単なる典型的な荒野の冒険物語を超えて、「迷い牛」は、自分の置かれた場所を弁えよ、という警戒物語として、また自分の居住範囲が野生とどれほど対立しているかを知る教訓的物語としても、読むことができる。さらに、探偵物語、ロマンティックな物語、あるいは滑稽な逸話、といったジャンルから全面的あるいは部分的に借用している動物物語さえある。1つの実例には、無人島置き去り物語の要素が混ざっている。（それは「百獣の王」"King of Beasts"で、1912年に「ザ・ウィンザー・マガジン」に最初に出版された。タイトルが示すように、この作品は、存在の連鎖の頂上に位置する人間動物についてのロバーツの見解を最もよく示している）。

　ロバーツの動物物語の中で最も読者を引き付けるのは、動物と人間の間の相互作用を扱ったものである。彼の作品中2番目に出版された物語「肉を神に求めよ」("Do Seek Their Meat from God"、「ハーパーズ・マンスリー」1892年12月）は、動物の生活に関してロバーツがその後興味を持ち続けるテーマをいかに多く示しているか、という点で注目すべきものである。「黄昏迫る伐採跡地」の場合と同様に、今回は2頭のヒョウの縄張りになっている荒野の生息地に文明が侵入することによって、事件は起こる。ヒョウは、（上記メスグマと同様に、）自分たちの飢えた子どもを満足させるために狩りをしているとき、森の中の孤立した小屋の中に見捨てられた人間の子供に偶然出会う。その小屋の所有者は無責任な定住者で、近隣には勤勉な開拓者がいた。この良き開拓者は、店で買った食糧を持って家に戻ってくる途中、たまたま見捨てられた子供が小屋の中で泣いている声を聞く。彼自身空腹で、家に帰れば夕

食がとれるのを想像し、悪い定住者に自分の子供の世話ぐらいさせようと考える。しかし、その子供がより大きな泣き声をあげると、良き開拓者は自分自身の子供が同じ状況にあるのを想像して同情心に駆られ、食糧を下に置いて、子供の泣いている様子を窺う。ヒョウと子供の、2種類の生命が平行して動きつつ対決のクライマックスに向かっていくこの物語の中で、良き開拓者は小屋のまわりの空き地に足を踏み入れる。とちょうどその時、ヒョウが逆の側から、同じ場所に入ってきた。彼は2頭を銃で撃ち殺し、辛うじて自分の命を救う。小屋に入ってみると、その子供は何と、自分の息子であった。息子は遊び友達を探してその小屋にやって来たのであった。だが、遊び友達は自分の父親といっしょに、貧しい定住地をすでに去っていたのだ。その後ある日、父親は狩りに出かけ、ヒョウの子供たちの骸骨化した遺骸に出くわす。物語はここで終わっている。

　人間と動物には明らかに多く共通点がある。自分たちの子孫の命を確保しようと努める点、そして、多産に成功することが自然界では成功となるので、そのために必要なことをしようとする点である。ロバーツの中で、人間と動物が本質的に異なるところは、想像力と共感をもって他者と自身を重ね合わせることのできる人間の能力であった。それはロバーツが自分の革新的な写実的動物物語によって促進されるようにと願っていた、最も人間的な特質である。感情移入に基づく想像力、と名付けられるその能力は、人間の数少ない取り柄であるように見えるだろう。（事実、捕食動物ヒョウに対してさえも、多くの読者から同情を引き出している。しかし、ヒョウは他のヒョウの子供のために自分の食事に手を付けないようなことは決してしない。また、その少年を食べるという予想に対しても、明らかに感傷的な反応は何ら示さない。そもそも彼らには、そのような能力はないのだと、ロバーツは明言している [p. 31]）。すでに言及したように、ダーウィン以後の現実の動物の世界と深く関わりを持ち、19世紀後半カナダで高い教育を受けた、想像力に富む作家が、人間特有の最も優れているものについて最終的にこのような結論を下しているのは、驚くべきことではない。ロバーツの「人間」は、動物世界の一部分であると同時に別のもの、動物世界の頂上にあり、我々の「精神的自己」と彼が呼ぶものが最高位に達した状態である。生態学の理論家たちは、このような読み方を人間中心の解釈と考察するかもしれない。しかし、これがチャールズ・G. D. ロバーツの動物物語から引き出される唯一の現実的な結論であるように思われる。

ダンカン・キャンベル・スコット

英米の現代短編小説が出始めた1896年、ダンカン・キャンベル・スコットは、独創的で将来性ある短編連作『ヴァイガー村で』（*In the Village of Viger*）[8] を出版した。ポスト・コンフェデレーション期を通じて、彼は他の物語も多数手掛けている。1887年から、主としてアメリカの「スクリブナーズ・マガジン」に掲載された。『ヴァイガー村で』の大部分の物語も

最初、この雑誌に掲載されたが、1890年代になると、トロントの「マッシーズ・マガジン」にも出版されている。スコットはしばしば、カナダ初の写実的短編小説作家として認められている（1928年、レイモンド・ニスターは、最初の現代カナダ短編小説アンソロジーをスコットに献じている）。同時に彼は、荒野の冒険小説、歴史ロマンス、ゴースト・ストーリー、探偵物語、そして「伯父デイヴィッド・ラウスの遺書」("How Uncle David Rouse Made His Will," 1907年トロントの「ザ・グローブ」紙に掲載）のような、リーコック風のコミック物語も出版している。「木炭」("Charcoal," 最初、1904年に「ザ・カナディアン・マガジン」に「星の毛布」"Star Blanket" として出版された）は、彼の最もよく知られている詩、いわゆるインディアン・ポエムと同じ主題についての短編小説である。実際の裁判事件に基づいたもので、作風は非常に写実的である。ある1人の当惑した先住民男性が、もはや本質的に先住民の世界でなくなり、さりとて完全にヨーロッパのキリスト教的世界にもなりきっていない、そのような環境に順応しようと苦闘する姿を描く。哀愁を誘う、悲劇的な物語である。このように「木炭」は、時代の転換期に対してスコットが常に抱いていた関心を示している。それは、先住民の場合であろうと、大都市の現代的なものの侵入を初めて経験するケベックの小さなヴァイガー村の居住者の場合であろうと、かつて「休息」していたもの（スコットの作品の中で、純粋な状態を意味する重要な言葉）が乱暴に破壊され、その後、形は何であれ、別のものに変化する過程への関心である。

『ヴァイガー村で』では、個々の物語が互いに連関して全体を作り上げている。この特徴は、おそらく短編小説におけるスコットの最大の業績として残るであろう。他にも関連する物語集の先例はあるかもしれないが、これほど完全に形作られた短編小説群がそれ以前に存在したとは考えにくい。確かにスコット以前にも、互いに関連し合った文学作品集は存在した。チャールズ・ディケンズ、イワン・ツルゲーネフ、ニコライ・ゴーゴリ、ワシントン・アーヴィングといった人たちの作品、そしてトマス・マカロック（Thomas McCulloch）の『メフィボシェス・ステップシュアの手紙』（*The Letters of Mephibosheth Stepsure,* ser. 1821-3）や、最も重要なトマス・チャンドラー・ハリバートン（Thomas Chandler Haliburton）の『時計師――あるいはスリックヴィルのサム・スリックの言行録』（*The Clockmaker: or, the Sayings and Doings of Sam Slick of Slickville,* 1836）のような、カナダの作品もある。しかし『ヴァイガー村で』により、短編連作、さらにカナダの短編連作とさえ呼ぶのに最もふさわしい新ジャンルが、文学界に登場したのである。

フォレスト・L. イングラムは、短編連作を初めて次のように定義した。「全体の構図の中の様々なレベルで読者が次々と経験する体験が、その構成要素の一つひとつにおける読者の経験を修正していくように作家によって意図された、互いに関連づけられた短編集」。短編連作は、イングラムが「回帰（RECURRENCE）と進展（DEVELOPMENT）の流動的なパターン」（Ingram, p. 20）と呼ぶものによって展開する。種々雑多なストーリーを集めた短編集と小説との間の間隙に位置する短編連作は、カナダのような中道の国の作家たちにとって理想

225

的な形とみることができよう。現代および最新の短編連作が、アリス・マンローの『自分を何様だと思っているのか？』（1978）のように、登場人物やアイデンティティという問題に焦点を集中させる場合がほとんどだが、『ヴァイガー村で』やリーコックの『ある小さな町のほのぼのスケッチ集』のようなポスト・コンフェデレーション期の短編連作は、小さな町という場所を詳述することによって、首尾一貫性を達成している。さらに、連作の結びとなる物語は、主な登場人物や物語の中心的イメージを再び紹介し、折り返し句のような手法で全体の主な関心事を再び述べて、これまでの物語に繰り返し登場したパターンを完成させる。場所についてのこのような連作の最後の物語は通常、読者も登場人物も共に、生まれ故郷の小さな町へ帰還させている、あるいは帰還させようと試みている。これは明らかにカナダ的特色であって、「帰還の物語」と名付けられてきた。[14]

　前述のように、『ヴァイガー村で』は19世紀の物語形式を並べた陳列室である。スケッチ（「コメクイドリ」"The Bobolink"）、民話（「行商人」"The Pedler"）、ゴシック／ゴースト・ストーリー（「領主の悲劇」"The Tragedy of the Seigniory"）、地方色（「ジョゼフィーヌ・ラブローゼ」"Josephine Labrosse"）、写実主義的（「アルフレッド・ド・ミュッセ通り68番地」"No. 68 Rue Alfred de Musset"）、心理的（「デジャルダン家」"The Desjardins"、「セダン」"Sedan"）、そしてコミック（「ムッシュ・クーリエの求愛」"The Wooing of Monsieur Cuerrier"）など、すべてロマン主義的なものと写実的なものが継ぎ目なく混ざり合い、時には2つの形式が融合している。ニスターは1928年の『カナダ短編集』をスコットに献じた上に、作品紹介の序文を締めくくるに当たり、特に『ヴァイガー村で』の顕著な業績を次のように称賛している。「芸術の完全なる開花が、ダンカン・キャンベル・スコットの『ヴァイガー村で』という1冊の本の中に具現されている。控えめな影響を与えてきた作品だが、30年後の現在、カナダ短編小説に対して最も満足のいく個人的貢献をしたものとして際立っている。」[15]

　『ヴァイガー村で』の連作形式は、その主題に特にふさわしいものである。これに代わる唯一の妥当な選択肢は、19世紀の写実主義的小説形式であろう。しかし、この形式では、拡大する大都市にヴァイガー村の小さな地域社会が呑み込まれ、その結果、スコットの主張する多くの人道主義的価値観、つまり互いに依存する地域社会、伝統（歴史）、義務と責任、勤労、寛容、そして家族といったものが崩壊していく状況を、これほど適切に描写することはできなかったであろう。1作ごとに独立した短編連作という形式は、家族の、そしてその延長線上にある共同体の生活が崩壊し、一時的に再編成されていく様子を描写するのに適した、理想的な形式であった。過去と未来の対決の影響として『ヴァイガー村で』が第一に明示しているのは、伝統的な家族の不安定化である。家族の崩壊は、都市のぶざまな広がり、新世界対旧世界、労働の搾取といった、『ヴァイガー村で』の物語の暗いテーマを最も如実に示す兆候である。それはまた、犯罪、狂気、秩序の崩壊、破れたロマンス、裏切り行為など、その先にある問題を引き起こす原因にもなっている。

　『ヴァイガー村で』の最初の物語「小さな帽子製造人」（"The Little Milliner"）の冒頭の段落

は、この物語の主題が時代の移り変わりであることを大胆に発表して、短編連作全体の計画を示している。全文を引用して、このジャンルに予想され、繰り返し使われる技巧、およびスコットの簡潔な象徴的文体の実例を示そう。

　都市は実に急速に成長していた。その腕はまだ、小さなヴァイガー村を包み込むほど十分長くなかったが、まもなく伸びると予想された。その時をヴァイガーの住人たちは、決して待ち望んでなどいなかった。それは別に不思議なことではない。というのも、ヴァイガー村ほど暮らすのに楽しい場所はなかったからだ。木々の中に半分隠れた住居は、細長い尖塔が太陽のもとでむき出しの短剣のようにギラギラと輝いている、聖ヨセフ教会の周りに群がっていた。住居は古かった。そして、盛り上がった土地の向こう側のブランチ川に面した水車小屋が閉鎖されてからというもの、村はほとんどまどろみ、活気がなかった。粉屋はすでに亡くなっていた。小麦粉の値段が下がっていたので、少しばかりの麦が水車小屋に持ち込まれても、わざわざ挽こうとする者などいなかった。しかし、ブナの木立がある限り、そしてブランチ川が流れ続ける限り、どんな変化もやってくるのは不可能に思えた。しかしながら、変化は近づきつつあった。それも実に素早く。今でさえ、静かな夜、水たまりのカエルのうるさい鳴き声よりひときわ大きく、路面電車のガタゴトという低い音や、チリンチリンというそのベルの音がかすかに聞こえる。そして空気が湿気を帯びている時は、南の空全体が何千ものガス灯の反射光で明るく輝いている。しかし、都市の新聞の中でヴァイガーが郊外の１つの区として言及される時がやってくると、何という変化が起こるのであろうか。でこぼこして短い雑草に覆われた囲いのない野原は、消えてしまうだろう。石切り場があって、少年たちがカエルの皮を剥いだりしていた深い水たまりも、すっかりなくなってしまうだろう。子供たちが木の実を集めたブナの森ももはやなく、何年も前に、ダイニョー爺さんが金を採掘した立抗を水没させた、あの恐ろしい水たまりも、もはや存在しないだろう。しかし、今のところ、ヴァイガー村の少年たちは囲いのない野原をぶらつき、カエルの皮を剥いでいる。ダイニョーの穴の中に巨大な石ころをいくつも転がし込む大胆な者もいる。だが、緑のヘドロが表面に出てくるのが見えると、ダイニョー爺さん本人が怒ってその水をかき混ぜているのだと思い、全身をぞっとさせて、慌てて逃げ出すのだった。(pp. 3-4)

続く10篇の短編小説は、この冒頭の段落で述べられたテーマ、すなわち不安定な移り変わりの時代を例証し、あるいはその変形した状況を示している。ヴァイガー村が昔どんな状況だったのか、「現在のところ」どのような状況で将来どうなっていくのか、を示しているのである。スコットはヴァイガー村が、この本の序文の詩の中で描写されている「ブランチ川のほとりの楽しいヴァイガー村」でもなく、実際は不道徳な「セダン」の冒頭にその後描写されるアルカディアでもない、(p. 30) 自分を今にも「包み込もう」としているにわか景気

の大都市に至る道を歩みつつある小さな町であって、「その時を住人たちは決して楽しみを抱いて待ち望んでいるわけではない」としている。

　冒頭の段落を詳細にみると、田舎の地域社会には必ずある設備の1つ、製粉所がヴァイガー村では閉鎖されたままであることも判明する。産業の発達した都市では小麦粉がより安く生産されているからだ。このようにスコットは、技術の進歩——現代の生産方法——の結果起こる秩序の崩壊というテーマを導入する。このテーマは続く物語(例えば「ジョゼフィーヌ・ラブローゼ」や「ポール・ファーロット」"Paul Farlotte")で繰り返し展開される。こうした大都市的・現代的変化が不気味に進行している状況が、不吉な予感のする「路面電車のガタゴトという低い音」によって、またこの都市を北に向かって発展し、「何千ものガス灯の反射光で南の空を」明るく照らしている、地平線上に現れた植民地化を目指す伏魔殿、と描写することによって、いっそう顕著に示される。さらに、ヴァイガーを消滅の危機に瀕している村と位置づける強い否定的要素の一覧がある：「囲いのない野原がなくなる」、「深い水たまりがなくなる」、「もはやブナの森もなく」、「恐ろしい水たまりも存在しなくなるだろう」。冒頭の段落の中で最も醜いイメージであるダイニョー爺さんの窪み(使用されなくなった鉱坑)の「表面まで出てくる緑色のヘドロ」は、物質的富の追求がもたらす邪悪な影響を予示すものとして考えられよう。このテーマも繰り返し展開されていて、「アルフレッド・ド・ミュッセ通り68番地」、「領主の悲劇」、「行商人」のような暗い物語の中心になっている。村の教会名の聖ヨセフは聖家族〔幼子イエス、母マリア、父ヨセフ〕の擁護者であったし、現在でも家族およびカナダ自身の守護聖人である。それゆえ、聖ヨセフは、教会の周りに群がる住宅に住むこれらの脅かされたヴァイガー村の家族を「むき出しの短剣」を携えて保護していると見ることができる。

　『ヴァイガー村で』の中の村への帰還物語「ポール・ファーロット」は、崩れた家族というこの短編連作の主題に対する最後の変奏曲の役割を果たすが、連作の先行物語からの多くのモチーフ——狂気、義務、産業化と進歩、旧世界対新世界、自己犠牲の必要性——と協調してこれを行っている。最高のカナダ短編連作に出てくる帰還物語と同様に、「ポール・ファーロット」は崩れた家族という短編連作の主題に戻って、鍵となるイメージを反復し、先行物語からのフレーズを繰り返しさえして、この累積効果による力強い手法で語り直すことにより、『ヴァイガー村で』への締めくくりとしての機能を果たしている。このように読んでみると、「ポール・ファーロット」はスコットが彼の革新的な世紀末の短編連作全体を通して暗黙のうちに問い続けた疑問——前途に待ち受ける、疎遠になり、混乱し、産業化し、都市化し、気を狂わせるような現代世界の中で、家族はどんな意味を持つのだろうか——に対する可能な解答を提供してくれると考えることができる。『ヴァイガー村で』の帰還物語が示しているその解答は、自己犠牲、苦痛を伴っても国家への忠誠を旧世界から新世界へ移すこと、そして「家族」自体を再定義することである。

スティーヴン・リーコック

スコットの『ヴァイガー村で』と同様に、スティーヴン・リーコックも2つの代表作『ある小さな町のほのぼのスケッチ集』と『有閑階級とのアルカディア冒険旅行』(1941)を短編連作として書いた。しかし、リーコックはもっぱらユーモア作家であり、風刺作家であった。彼の最初の短編小説は1890年代に「グリップ」やニューヨークの「トゥルース」といった雑誌に出版されたが、後者は当時、カナダ人のピーター・マッカーサーによって編集されていた。「わが財政歴」("My Financial Carrier")は最初1895年にニューヨークの「ライフ」誌に出版され（この時もマッカーサーがそこで働いていた）、不快感に関するこの第一流のユーモア作品は、リーコックの最初の雑文集である自費出版の『文学的しくじり集』(Literary Lapses, 1910)の冒頭の物語になっている。この本は「下宿屋幾何学("Boarding-House Geometry")、「メルポメナス・ジョーンズの恐ろしい運命」("The Awful Fate of Melpomenus Jones,")、「疫病神マクフィギンのクリスマス」("Hoodoo McFiggin's Christmas")、そして前述の「A、B、C——数学の人間的要素」といった、今なおリーコックの短編コミック物語の最高作品のいくつかを載せている。リーコックは長い作家人生を通してこのような逸品を生み出し続けているが、彼のカナダ短編小説に対する第一の貢献として残るのは、姉妹編である『ある小さな町のほのぼのスケッチ集』と『有閑階級とのアルカディア冒険旅行』であろう。特に『ほのぼのスケッチ集』はカナダの短編小説の流れの中においてのみならず、カナダ小説そのものの歴史の中で最も重要な作品である。20世紀後半のカナダの偉大な喜劇小説家であるモーデカイ・リッチラーは、『ほのぼのスケッチ集』は「カナダ人の声を確立した最初の作品」であると認めている。[16]

『ほのぼのスケッチ集』の物語は、最初「モントリオール・スター」紙に1912年2月17日から1912年6月22日まで、続きものとして連載された。その後同年後半に本の形で出版されるまでの間に、リーコックは自叙伝的序文を付け加え、1つの物語を2つに分け、別の2つを1つに結合させて、作品の改訂を行った。冒頭部分と中間部分を構造的に再編成することにより、ビジネスと政治をテーマにした冒頭と結末の物語の主役になっているジョシュ・スミスのキャラクターを目立たせている。そして、こうした改訂により、本の中間部に3作続きのセクションを2か所設け（第4話から第9話まで）、最初のグループではマリポーサの宗教を風刺し、第2のグループでは最終的にこの町のロマンスを査定する。『ほのぼのスケッチ集』のこの均整のとれた中心部分では、マリポーサの制度化された宗教が英国国教会の教区民の精神的必要に応じることさえできない状況を描く3つの物語と、愛、結婚、家族が持つ救済の価値についての3つの物語とを対照させている。

『ほのぼのスケッチ集』の本来の物語は、主題により5つの区分に分類される。1）第1話

と第2話では、ジョシュ・スミスとジェファーソン・ソープのそれぞれに関して、マリポーサにおける現実のビジネスと架空のビジネスを対照させる。2）第3話、多くのアンソロジーに編まれた「ナイツ・オブ・ピシアスの海洋遊覧旅行」（"The Marine Excursion of the Knights of Pythias"）では、船の比喩的表現を使い、マリポーサ・ベル号の船上の生活を通して、マリポーサの社会生活の縮図を描き出す。3）第4話から第6話までは宗教を扱う。4）第7話から第9話まではロマンスを中心に展開する。5）第10話と第11話では政治生活を滑稽に風刺する。このように図式化すると、『ほのぼのスケッチ集』の中で、（スミス中心の）ビジネスと政治に関する物語の2つのセクションは、構造的にこの町の社会的、宗教的、ロマンス的関心事の枠組みを作っていると見ることができる。これは、（リーコックが以前そうであった）政治経済学教授が書いた小説に期待されることだろう。つまり、ビジネスと政治という実践的現実が最初と最後に配置され、本の中心部分に宗教や愛に関する精神的な現実が扱われているのである。

　このような仕組みを持つ全体はさらに、序文で始まり、帰還物語「『エンヴォイ』——マリポーサ行きの列車」（"L'Envoi: Train to Mariposa"）で終わるように構成されている。「『エンヴォイ』」では、無名の聞き手——現在、都市に住んでいる「あなた」——がマリポーサ行きの列車に乗り込み、暗がりの中で窓に映る自分の顔と向き合う。そして、自分がかつて一緒に暮らしていた人たちの眼には、自分はすでに見覚えのない人間と映るだろうと気づく。しかし、この都会の聞き手にとって小さな町への帰還が失敗に終わったと「『エンヴォイ』」が描写していても、想像上の列車に乗っているもう1人の「あなた」、つまり「現在あなたが手にしているこの本」の読者にとっては、この帰還は有益なものとして残るだろう。帰還物語としての「『エンヴォイ』」は、リーコックがマリポーサと結びつけた保守的ヒューマニストの価値観——互いに依存し合う地域社会、先祖や歴史を大切にすること、反物質主義、ロマンス、家族——を取り戻すことの重要性を総括する。そして価値ある未来への希望をつなぐために、「生まれ故郷」が持つ意味を、「マリポーサ」があらゆる欠点にもかかわらず、現代の都会化された状況の中で思い出されねばならぬことを、読者に思い起こさせるのである。

　にもかかわらず、『ほのぼのスケッチ集』は残念にも、都市の「マウソレウム・クラブ」で終わっている。さらに『有閑階級とのアルカディア冒険旅行』は、この同じ場所で始まり、そこで終わっている。このように、2つの作品は拡大された1つの小説として、姉妹編として、『有閑階級』は『ほのぼのスケッチ集』の帰還物語に続く、イデオロギー的に連続する作品として、読むことができる。2つの作品は、いずれもカナダの小さな町とアメリカの大都市という主題を詳細に分析し、ビジネス、宗教、結婚、政治といった根本的な制度を、おおよそ同じ順序で描いている。しかし、『ほのぼのスケッチ集』が愛情と皮肉を込めて過去に視線を向け、カナダの小さな町を特徴づけている共同社会の価値観を取り戻そうとの希望を託しているのに対し、『アルカディア冒険旅行』は、過激な資本主義が大都市アメリカの金権政治という形を取って生み出した個人主義と、酷く愚かな物質主義を暴露する意図をもって、

現在（1914年ごろ）を見据えている。その結果、『アルカディア冒険旅行』は株式市場の詐欺、宗教的体験に対する渇望、自然に戻ろうとする運動の流行、教義を疎かにして金銭的教会一致主義をめざす努力、都市の改革を求める偽善的運動といった、20世紀初期の現象を風刺している。

　『アルカディア冒険旅行』は富や権力の追求について、最初のうちは競争のルールに従うが、結局は金権政治家たちの中央派閥の独占事業になってしまう、と描写している。この連作物語の最初の短編「リュカラス・フィッシュ氏とのささやかな夕食」("A Little Dinner with Mr. Lucullus Fyshe")は、フィッシュとアスモデウス・ボールダーという2人の金銭的略奪者の凶暴な取引方法に関する物語で、両者が断固たる復讐心を抱いたまま終わる。続く2つの物語——「財政の魔法使い」("The Wizard of Finance")および「トムリンソン氏の差し押さえられた慈善の贈り物」("The Arrested Philanthropy of Mr. Tomlinson")——は、現在の退廃的な大都市と、トムリンソン家とその農場が象徴する、昔のアメリカの田園生活の理想とを対照させている。続く「ラセライヤー＝ブラウン夫人のヤヒ＝バヒ・オリエンタル協会」("The Yahi-Bahi Oriental Society of Mrs. Rasselyer-Brown")も、物質万能主義によって支えられた空っぽの生活と見せかけの文化を風刺して、都会の偽アルカディアを少しずつ崩し続ける。「ピーター・スピリキンズ氏のラブストーリー」("The Love Story of Mr. Peter Spillikins")においては、金権主義がロマン主義的な愛そのものへの支配権を主張する。思慮の浅いスピリキンズは、金鉱探しをしているミセス・エヴァーレイを愛の母なる豊かな源泉と勘違いする。一方、「緑の服を着た小さな少女」("Little Girl in Green")で約束された（『ほのぼのスケッチ集』の中に描かれる救済の力を持つ類の）、真の愛と本来の家族を得る可能性は、くじかれる。『アルカディア冒険旅行』中の宗教に関する物語——「ライバル同士の聖アサフ教会と聖オソフ教会」("The Rival Churches of St. Asaph and St. Osoph")および「アターマスト・ダムファージング牧師の聖職者の職務」("The Ministrations of the Rev. Uttermust Dumfarthing")——では、リーコックの表向きの主題は富と権力の盲目的崇拝、打算的な教会一致主義（「ユナイテッド・チャーチ有限会社」"United Church Limited"）、そしてもっと巧妙な方法で、独占資本主義である。『アルカディア冒険旅行』の読者は連作物語の中のこの点について、次の疑問を抱くだろう。仮にビジネス、社会と文化、愛、そして宗教が、次第に勢いを増しているいわゆる金権主義者たちの申し合わせによる陰謀に屈服しているとしたら、金権主義政治の支配が間近に迫っていることを否定できようか。『アルカディア冒険旅行』の帰還物語「公正な政治のための偉大なる闘い」("The Great Fight for Clean Government")はこの疑問に答えているが、それは「『エンヴォイ』」中の挫折したマリポーサへの帰還物語よりもさらに不毛な否定的解答である。

　『アルカディア冒険旅行』の中で、リーコックの保守的ヒューマニスト的風刺の基準の中心に近い登場人物はみな——トムリンソン家の人たちも、緑の中の小さな少女も、マックティーグ牧師も——次第に勢力を増してきた金権主義の前に敗れ、その結果、帰還物語においては、愚鈍と暗黒が皮肉にも勝利している。闇に包まれた金権主義に対する唯一の、真の

抵抗は、『アルカディア冒険旅行』の帰還物語ではなく、『ほのぼのスケッチ集』の結びの言葉、「我々がかつて知っていた光輝く太陽の中の小さな町」によって、示唆される。リーコックがカナダの小さな町の地域社会と結び付けていた価値観を取り戻すことによって、また「かつて我々が知っていた」ものを再び知ることによって、『ほのぼのスケッチ集』のモウソリウム・クラブの「我々」は、『有閑階級とのアルカディア冒険旅行』に執拗に描写されている精神的行き詰まりを避けられるかもしれない。アメリカの都市に背景を設定したリーコックのこの短編連作は、第一次世界大戦の始まった年に出版された。

　この章で論じた短編作家の多くは——ロバーツとスコットとリーコックは間違いなく——20世紀に入ってからもなお出版し続けた。しかし、彼らの最も重要な小説は、ポスト・コンフェデレーション期のおよそ1867年から1914年に出版されている。

注

1. 例えば、Lorraine McMullen and Sandra Campbell, eds., *Pioneering Women: Short Stories by Canadian Women, Beginnings to 1880* (Ottawa: University of Ottawa Press, 1993); *Aspiring Women: Short Stories by Canadian Women, 1880-1900* (Ottawa: Tecumseh, 1993); and *New Women: Short Stories by Canadian Women, 1900-1920* (Ottawa: University of Ottawa Press, 1991) を参照。
2. Michael Peterman, "Writing for the Illustrated Story Papers in the 1870s: Individuality and Conformity in Isabella Valancy Crawford's Stories and Serialized Fiction," *Short Story* 13 (Spring 2005), pp. 73-87 を参照。
3. James Doyle, "Canadian Women Writers and the American Literary Milieu of the 1890s," in Lorraine McMullen, ed., *Re(Dis)covering Our Foremothers* (Ottawa: University of Ottawa Press, 1990), p. 30 に引用。
4. Charles G.D. Roberts, *In Divers Tones* (Boston: E. Lothrop, 1886), pp. 130-2.
5. Misao Dean, Robert Barr への頭注, in *Early Canadian Short Stories: Short Stories in English Before World War I*, Canadian Critical Editions (Ottawa: Tecumseh, 2000), p. 185.
6. Michael Peterman, *James McCarroll, Alias Terry Finnegan: Newspapers, Controversy and Literature in Victorian Canada* (Peterborough Historical Society, 1996).
7. ロバーツはシートンを非常に称賛していた。Terry Whalen, ed., *Charles G. D. Roberts: Selected Animal Stories* (Ottawa: Tecumseh, 2005), pp. 221-2 の "The Animal Story" を参照。以下、ロバーツの物語への言及はこの版をもとにして、テキスト内に括弧でページを示している。
8. Duncan Campbell Scott, *In the Village of Viger* (Toronto: McClelland and Stewart, 1996 [1896]). 以下、この作品への言及はすべてこの版からのもので、テキスト内に括弧でページを示している。
9. Carole Gerson, "The Piper's Forgotten Tune: Notes on the Stories of D. C. Scott and a Bibliography," *Journal of Canadian Fiction* 16 (1976), p. 138 を参照。
10. Raymond Knister, ed., *Canadian Short Stories* (Freeport, New York: Books for Libraries Press, 1971 [1928]).

11. Tracy Ware, ed., *The Uncollected Short Stories of Duncan Campbell Scott*（London: Canadian Poetry Press, 2001）, p. 159.

12. アメリカ人のセイラ・オルヌ・ジュエット（Sara Orne Jewett）の連続物語『尖ったモミの木の国』（*The Country of the Pointed Firs*）も1896年に出版されたが、『ヴァイガー村で』と比べても優位に立つというものではないことを記しておく。

13. Forrest L. Ingram, *Representative Short Story Cycles of the Twentieth Century: Studies in a Literary Genre*（Paris: Mouton, 1971）, p. 19. イタリック体は原文のままである。

14. Gerald Lynch, *The One and the Many: English-Canadian Short Story Cycles*（Toronto: University of Toronto Press, 2001）, pp. 28-32 を参照。

15. Knister, *Canadian Short Stories*, p. ix.

16. Mordecai Richler, Introduction to Stephen Leacock, *Sunshine Sketches of a Little Town*（London: Prion, 2000 [1912]）, p. xiii.

17. Stephen Leacock, *Sunshine Sketches of a Little Town*, Canadian Critical Editions, ed. Gerald Lynch（Ottawa: Tecumseh, 1996 [1912]）, p. 141.

10

ベストセラー作家、雑誌、国際市場

マイケル・ピーターマン
(Michael Peterman)

　1860年代後半および1870年代において、新自治領〔カナダ〕の出版社や作家は、出版文化の状況に影響を与える劇的な変化に注意深い関心を寄せていた。変化の多くは、産業的なもので国際的な意味合いを持っていた。そして、挑戦や開拓につながる、新しい領域の機会を生み出したのだった。本章では、著作権保護という面妖な問題(1)から離れて、この新しい状況がカナダ作家や出版社に影響を及ぼした、さまざまな方法を検討する。実際、1880年代には、ベストセラーの時代は黎明期を迎えており、新しい出版の機会から得られる儲けの奪い合いは、アメリカ合衆国とカナダの双方において明らかであった(2)。

　アメリカ南北戦争の後、ニューヨークとボストンにおいて、新聞や雑誌や書籍は、明らかに以前よりも印刷速度が向上し、分量も増すようになった。技術改良が進んだのである。紙が安くなり、自動植字機がますます能率的になり、版木がさらに効率良く一貫生産され（写真術の応用が差し迫ったものになっていた）、大きな蒸気印刷機の導入により、印刷会社は昼夜を問わず稼働できるようになっていた。配送が更に速くなり、広告は印刷物の中でも、国内市場を開拓することを目指している代理業者によっても、積極的に扱うべきものになっていた。新聞の制作や書籍の出版は、今や予想できない規模で可能になり、単価が大変安くなった。同様に、アメリカ北東部では、潜在的需要を見込める大きな市場が利用できるようになり、広がっていた。とはいえ、この時代の保守的なメディアは、この新しい出版物の多くを安価で単に人気があるだけのもの——すなわち、伝統的な出版物と比べて文学的でなく、出来も良くないもの——と考えていたのである。

　対照的に、カナダでは、連邦結成〔コンフェデレーション、1967年、英領北アメリカ法により、オンタリオ、ケベック、ニュー・ブランズウィック、ノヴァ・スコシアが連邦を結成してカナダ自治領 *Dominion of Canada* が誕生した〕によって楽観主義や文化的熱狂が起こっていたにもかかわらず、市場はアメリカよりずっと小規模で、非常に地域的であった。実のところ、植民地時代に起きていた現状は、多くの出版社にとって、1867年以後もずっと続いていた。大規模に事業を資本化したり、地方の才人やカナダの出版物の読者層を鼓舞したりしようとする者はわずかだった。実際、1870年以前のカナダ人作家や出版者の多くは、カナダとは別の場所で生まれていた。彼らは出版の機会や文学的著作物を母国の基準で考えていたのである。イギリ

スとアメリカが本格的な著述業と重要な出版事業の現場であるということは、彼らにとって文化的に当然の事実であった。カナダはまだ未熟な国だったのであり、この国では政治・経済問題について想像したり弁明したりする地方色豊かな新聞が、コミュニケーションの主な媒体だったのである。

　少数の企業家は連邦結成後の出版市場を前よりも幅広く検証しようとしていたが、彼らの活躍の機会は、ニューヨークやボストンやシカゴのような中心地で生まれた活動には及ぶべくもなかった。モントリオールのジョン・ラヴェルや、トロントのハンター、ローズといった野心的な出版社は、カナダの作家を世に出す際に起こる責務を十分に意識していた。彼らは地方の企業がもたらす要求に応えたり、政府との契約を取ろうと競争したりすることに、特に力を入れていた。国際的な文学作品への需要を少しでももぎ取ろうとして、彼らは安価な再版物を出版することにより、アメリカやイギリスの支配的な市場をうまく利用した。彼らのやり方は、保守的であり、企業的であった。カナダ生まれの作家たちは、カナダ市場を支配する現実に眼を閉ざしていたわけではなかった。それゆえに、地元での出版を見出そうとする一方で、彼らは自らの文学の才能を売り込む別の場所探しに余念がなかった。

　国境の南側では、多くの雑誌や新聞が、さまざまな種類の読者の獲得を目指して派手に争っていた。フランク・レズリー、ビードル・アンド・アダムズ、ストリート・アンド・スミス、ジョージ・アンド・ノーマン・マンローといった大市場をもつ出版社は、安価な新聞や、物語雑誌や、10セント小説で新興市場をあふれさせ、幅広い読者の趣味や欲求に応えようとした。読者に心躍る物語や、魅力ある作中人物や、家族の娯楽を約束しつつ、彼らは自社の出版物を特別な読者――女性、男性、思春期の男女、子ども――にねらいを定めて生み出した。そして、作家に満足のいく報酬を払い、販路や知名度を保障した。こういった意味で、アメリカのビジネス文化は、カナダと比べて文学的な向上心の育成に調子を合わせることに長けていた。作家が作品を提供する市場に自らの文章を合わせるように心がけている限りは、ということだが。

　このように、マサチューセッツ州コンコードや、オンタリオ州ピーターボロの作家は、出版界では国籍にかかわらず、最適の努力をすることによって居場所を見つけられると認識しつつ、好機を求め、コネを見つけ、作家自身にできるものを生み出したのである。少なくとも、野心的な作家が生計を立てる好機はあった。カナダには、金の儲かる好機がはるかに少なく、激しい宗教的教派主義とヴィクトリア朝的上品さの適用の狭間で苦境に立たされた文化があったため、ほんの一握りの作家しか故国で生計を立てることができなかった。多くの作家が出版可能な地位や文学関係のコネを求めて南下を急いだ。ニック・マウントが好例となったように、1880年以後には、国外に移住する作家がアメリカの中心地へ殺到した[3]。しかしながら、少なくとも連邦結成後には、すべての作家が南へ向かったわけではない。そのような、母国カナダに留まった作家の1人が、イザベラ・ヴァランシー・クローフォード（Isabella Valancy Crawford, 1850-87）であった。

イザベラ・ヴァランシー・クローフォード

クローフォードの話は、そのような状況の、顕著な例である。才能に恵まれ、野心的であった彼女は、カナダとアメリカの小説市場に小説の発表の場を見出すため、1870年代の初めに行動を開始した。ダブリン生まれでオンタリオ育ちの彼女は、1872年に22歳の若さだった。この年に、アイルランド系カナダ人のジェイムズ・マッキャロル（James McCarroll）という男の協力を得て、小説『破滅！またはミストリーのロスクレラ家』（Wrecked! or, The Rosclerras of Mistree）が「フランク・レズリーズ・イラストレイテッド・ニュースペーパー」に連載された（1872年10月26日から1873年3月29日まで）。マッキャロル（1814-92）は1866年に意気消沈してトロントを離れ、その後1872年当時、ニューヨーク市にあったフランク・レズリー出版社の編集者として働いていたのである。この年は連邦結成からちょうど5年後であり、「カナダが一番」という熱狂の風は気持ちの良いものになっていた。同年に、クローフォードは、モントリオールの雑誌「ザ・ハースストーン」（The Hearthstone）主催の、カナダ小説コンテストで賞を獲得した。この雑誌は、ジョルジュ＝エドワール・デバラ（George-Édouard Desbarats）経営のもので、デバラは「ザ・カナディアン・イラストレイテッド・ニューズ」を出していた出版業者として高い評判を得ていた。クローフォードの受賞作品『ウィノーナ、または里子姉妹』（Winona; or, The Foster Sisters）は、「ザ・ハースストーン」の後続雑誌であった「ザ・フェイヴァリット」（The Favorite）の第1号に連載が始まった。1873年1月11日から3月29日まで12回にわたって連載されたのである。このようにして、クローフォードは、連載小説について北米市場の新進の2つの雑誌を比較できるようになっただけでなく、両者の違いについて手痛い教訓を学ぶことになった。

ニューヨーク市にあった、フランク・レズリー社という規模が大きくて自己宣伝をする出版帝国は、クローフォードが作家としての経歴を積む道を開拓するのを助けた。『破滅！』の連載によって注目され、クローフォードの名前は、北米の読者層という幅広い受容層に知られることになった。毎週、レズリーの絵入り新聞「ザ・カナディアン・イラストレイテッド・ニューズ」は、レポーターやイラストレーターが担当した小説の報道価値によって、15万部から30万部の間で売れた。クローフォードは全く無名であったが、レズリー社は、部分的には急速に発達しつつあった鉄道網と連動する幅広い販売を行って、おそらく現行料金によって支払っていた。父親の病気や経済的困難のあとでも上品な様子を保とうとする家族のいた若い作家には、執筆の仕事への素早い報酬は、非常にありがたいものだった。

これとは対照的に、クローフォードのカナダでの経験は、愉快なものでも、実りあるものでもなかった。「ザ・ハースストーン」の編集者がクローフォードに彼女の快挙を手紙で伝えた後、デバラはコンテストの結果を重要視しないことを決断し、こうすることでクロー

フォードが獲得したはずの 500 ドルの支払いを回避した。「ザ・ハースストーン」によって約束された受賞者のリストは、公表されることがなかったのである。もっとがっかりすることには、「ウィノーナ」やその他のクローフォードの詩や小説が「ザ・フェイヴァリット」に掲載された後も、この雑誌はなおも彼女に支払いをするのを拒んだのだった。

　その安定した評判にもかかわらず、デバラは 1873 年の初めには、深刻な経済的困難を経験していた。「ザ・フェイヴァリット」を改革していたにもかかわらず、彼は「ニューヨーク・グラフィック」という名前の日刊絵入り新聞がニューヨーク市の市場に参入する計画に巻き込まれた。さまざまな局面で現金不足に直面して、デバラはクローフォードへの支払いを引き伸ばし、その結果、訴訟以外に頼る方法がない状態にクローフォードを陥らせることとなった。1873 年の秋に彼女はピーターボロ巡回裁判所に訴訟を起こし、605 ドル 48 セントを勝ち取った。判決は、デバラの抗弁に合法的な根拠がないと判断したのだ。裁判所の事実認定にもかかわらず、クローフォードは、大きな 2 度目の失望を味わうことになる。というのも、1875 年にデバラは、破産を宣告される羽目に陥ったからである。事例証拠によれば、最終的に彼女はデバラから支払われるはずの金のうち、100 ドルだけを受け取ったのだった[7]。

　この教訓は明らかだった。堅実な成功者フランク・レズリーがすばやく作家の支払いをし、幅広く出版物を販売したのに対し、デバラは支払いができず、自身の小説雑誌を支持する読者層を開拓することもできなかった。クローフォードが後に書いた散文のほとんどをレズリー社とアメリカの小説市場のために書いたのも、あまり驚くにあたらない。

　1872～3 年における経験によって、クローフォードの短い文学活動の方向性が定まった。彼女は、1870 年代と 80 年代にトロントの新聞やカナダ雑誌に詩を送るのを厭わなかったが、「カナダの雑誌文学の指導者たち[8]」に欺かれたと感じていた。しかしながら、彼女は、そのような状況を甘受した。このようにして、彼女はフランク・レズリーに代表されるような国境を越えて人気のある市場の求めに対して、自身の題材を以前よりもさらに合致させるように努めたのだった。後になって、彼女は「このような経過にさほど深刻には傷つかなかった[9]」と振り返っているが、それは同時に、フランク・レズリーの「チムニー・コーナー」や「ポピュラー・マガジン」、その他のアメリカの出版社に報酬のもらえる仕事を見つけ、こうして金を稼いで、彼女自身と未亡人になっていた母親を養うことができた、ということを言いたかったようである。もっと後の世代の作家であったなら、報酬のもらえる仕事と更に大きな機会を求めて南に移動するのをためらわなかったであろう。

カナダでの出版

1867 年から 1915 年までの時期は、カナダの作家や出版社が自分の経歴、事業を発展させたさまざまなやり方の興味深い一端を垣間見せてくれる。連邦結成後の楽観主義の短い期間の

後で、1870年代と1880年代は、経済のデフレと停滞の時期であった。それがあまりに甚だしかったので、1880年代には「カナダにおいて初版本の出版物はほとんど現れなかった」[10]のである。英語圏カナダの広い読者層は、有名なイギリスやアメリカの作家の人気のある本を求めていた。さらに、彼らはその本が心惹かれる価格で提供されることを望んでいた。そのような限定された市場において、カナダ作家にはほとんど魅力や名声がなかった。ジョージ・パーカーが適切に述べたように、「カナダ市場は小さくて不安定なものにすぎず、時たま人気小説が売れて、地元の出版事業はなんとか存続できている」[11]のだった。このように、母国に基盤を置いた文学の生産を促進しようという声はわずかしかなかった。1860年代のトマス・ダーシー・マギー（Thomas D'Arcy McGee）から1870年代のグレイム・マーサー・アダム（Graeme Mercer Adam）、1890年代のアーチボルド・ランプマン（Archibald Lampman）に至るまで、文学的才能のあるカナダ人を励まそうとした者たちは、一般的な読者層ではなく、少数で分散していた、見解を同じくする文学的国家主義者層を代弁したのである。

1870年から1900年に至る30年間は、「前進と衝撃的な挫折の繰り返し」の時期で、カナダの出版も副次的な状態にあった[12]。1870年代には、安価な読み物をカナダ人に提供したいという、数多くの出版会社が現れた。その多くはトロントやモントリオールを拠点とした会社であり、ハンター・ローズ・アンド・カンパニー、ベルフォード・ブラザーズ、ジョージ・マンロー、ドーソン・ブラザーズ、ジョン・ラヴェル、といった出版社は、慎重な企業だった。彼らの強みは、マーク・トウェインや、ウィルキー・コリンズのような作家の安価な再版や、カナダの学校の教科書、そして予約購読の書籍だった。悪名高いベルフォード社やジョン・ラヴェル社などは、大胆にも著作権法を破ってカナダ市場のために、ベストセラーを書いた国際的な作家の「著作権を侵害」した。英米出版社の権利に有利であり、カナダ市場を英米出版社の地盤の延長線上にある所として扱うことを認めていた状況に、ベルフォード社やラヴェル社はこのようにして挑戦したのである。その結果、英米出版社から顰蹙を買い、法的措置を受けることになった。

対照的に、ジョージ・マクリーン・ローズが1871年にスザナ・ムーディ（Susanna Moodie）の『未開地で苦難に耐えて』（Roughing It in the Bush）の最初のカナダ版を刊行したとき、それは、未だにくすぶっていた本書の悪評の故でもあろうが、同時に、トロントの成功したビジネスマンだった、ムーディの義理の息子ジョン・ヴィッカーズとの友情の結果でもあったようだ。コネがものを言ったのである。1年後、「ザ・カナディアン・ブックセラー」において、一般的なカナダの出版事情を評価して、グレイム・マーサー・アダムは次のような鋭い見解を述べた。「われわれは、まだ、制作者になりきれていない。もっとも、アメリカの再版出版等では、再制作者として、われわれの書籍販売会社は、著しく活発になっているけれども」[13]と。

当時のカナダの雑誌も、書籍と同じような運命を被っていた。投機的な出版社は概して短命であり、いつも購読者が少なかった。「ザ・リテラリー・ガーランド」（1839-51〔Susanna

Moodie がしばしば寄稿していた雑誌〕）ほどのものはその後現れず、同誌の廃刊によって生じた隙間を埋めるものはなかった。ロロ・アンド・アダムズ社は、トロントで短命に終わった「ブリティッシュ＝アメリカン・マガジン」（1839-51）を刊行した。一方、「ベルフォーズ・マンスリー・マガジン」は、「ザ・カナディアン・マンスリー・アンド・ナショナル・レヴュー」と統合して「ローズ・ベルフォーズ・カナディアン・マンスリー・アンド・ナショナル・レヴュー」（1878-82）となった。1870年代初期にデバラが手を染めたような小説雑誌は、確立したものにはならなかった。

　状況が改善されるにつれ、一般向けで皆の興味を引く雑誌が次の世紀に向けて最高の人気となった。その中で、文学的なものは、政治や経済の影に隠れたものとなるのが常であった。「ザ・カナディアン・イラストレイテッド・ニューズ」（1869-83）とその後続の雑誌「ザ・ドミニオン・イラストレイテッド」（1888-95）は、確かにカナダ人作家を何人か後押ししているが、著名な国際的作家をひいきにした。歯に衣着せぬゴールドウィン・スミス（Goldwin Smith）――カナダの最も有名な文人として多くの人々に知られていた人物――と関連する数冊の雑誌には、「ザ・カナディアン・マンスリー・アンド・ナショナル・レヴュー」と「ザ・ウィーク」（1883-96）も含まれていた。後者「ザ・ウィーク」は、セイラ・ジャネット・ダンカン（Sara Jeannette Duncan）やリリー・ルイス（Lily Lewis）のような新進作家の書いた初期のジャーナリスティックな作品を育成し、一時期、チャールズ・G. D. ロバーツ（Charles G. D. Roberts）が編集者を務めていた雑誌である。アメリカによる併合を唱える主導的な代弁者になったスミスは、自身では、カナダ文学のようなものを人が真剣に語ることになるとは確信できなかった。ジョン・ウィルソン・ベンゴフ（John Wilson Bengough）の「グリップ」（1873-94）は、生き生きとしたカリカチュアや風刺を専門とした雑誌で、1860年代に「ザ・グランブラー」（トロント）によって確立された伝統を続けていくことに成功した。さまざまな季刊的な宗教雑誌（「ザ・クリスチャン・ガーディアン」）や農業雑誌は、詩や小説を掲載する紙面を持っていたが、カナダ人作家を育てるような持続性のある文学雑誌は出て来なかった。19世紀から20世紀への世紀の変わり目のカナダには、文学的才能への保守的態度や無関心といった風土が蔓延していた。ダンカンは、「ザ・ウィーク」で担当していたいくつかのコラムの中で、オンタリオにおける文化の栄養不良状態について特に率直な意見を述べている[14]。

アメリカでの出版

カナダとアメリカとの国境の南側では機会はたくさんあった。出版業で働く機会や、老舗や新興の新聞や雑誌で給料を得る活躍の場は多かった。クラレンス・カーが「ハードカバー小説の黄金時代」[15]と呼んだことが、多くの方面で起こっていた。作家が報酬を得られる仕事を

見つけようと望むなら、個人で率先して活動をしたり、役に立つコネを利用したりすることが世に出る鍵であった。チャールズ・G. D. ロバーツ、ブリス・カーマン（Bliss Carman）、メイ・アグネス・フレミング（May Agnes Fleming）、パーマー・コックス（Palmer Cox）、ジェイムズ・ド・ミル（James De Mille）、マーシャル・ソーンダーズ（Marshall Saunders）、チャールズ・ゴードン（Charles Gordon）、ネリー・マクラング（Nellie McClung）、アーサー・ストリンガー（Arthur Stringer）、ルーシー・モード・モンゴメリ（Lucy Maud Montgomery）、セイラ・ジャネット・ダンカン、ギルバート・パーカー（Gilbert Parker）は、作家として成功するための、自らの進む道を見出した——あるいは、道が彼らのために発見されたのだった。その道の大部分は、アメリカ経由の機会やコネである。ニューヨーク市やその他の中心地は、プロの仕事や出版の機会、国際人としての経験、自由奔放な冒険、文化の違いの経験、そしてほとんどのカナダの町や都市では見つけることができないような文化の共同体と関わる機会を提供したのである。

　1880年代のベストセラー現象は、出版産業の変化や人口や読者層の急増の結果として現れた。ニューヨークは、ボストンの持っていた卓越した地位を侵害し、同じく中心の地位を狙っていたシカゴ、そしてより控えめながら同様の意図を持っていたトロントとモントリオールを差し置いて、あっという間にそのような活動の中心地となった。フランク・レズリー、ビードル・アンド・アダムズ、ストリート・アンド・スミス、ジョージ・アンド・ノーマン・マンローのようなニューヨークの大衆市場を対象とする出版社は、あらゆる読者層や好みに合わせて、安価な新聞や、雑誌や、10セント小説を新興市場に流通させた。作家はどこにいようと、原稿を投稿することによって自分の勇気を試すことができたのである。1860年代と70年代にこうした新しい市場を試した数少ないカナダ人作家の中で、2人の最も成功した作家——メイ・アグネス・フレミング（1840-80）とジェイムズ・ド・ミル（1833-80）——がニュー・ブランズウィックの同じ町生まれだったのは、興味深い例外的なことである。2人と比較すれば、オンタリオ出身のイザベラ・ヴァランシー・クローフォードの貢献は、規模の小さなものであった。彼らは揃って、才能があって野心のあるカナダ人がアメリカ文学市場で活躍の場を見出す異なった過程の先駆者となった。

メイ・アグネス・フレミング

メイ・アグネス・フレミングの場合は、明確な意識を持って個人的に行動を起こした例である。[16] 生まれ故郷セント・ジョンの修道院付属学校で、おとなしい十代の少女だったフレミングは、手当たり次第に本を読む読書家であり、チャールズ・ディケンズのような作家の愛読者だった。修道女に読み書きや音楽を教育され、彼女は若い頃から物語を書き始めた。彼女が最初の作品を送ったのは、人気のあった小説雑誌「ニューヨーク・マーキュリー」（1838-

60) である。親しみやすい筆名カズン・メイ・カールトン（Cousin May Carleton）を使っていた彼女は、この雑誌が物語を買ってくれ、3枚のアメリカ・ドル金貨を送ってきたとき、驚きもし、喜びもした。

　これに勇気づけられ、1857年から1863の間に、彼女は「サンデー・マーキュリー」はじめ、「ザ・ウェスタン・リコーダー」やアイルランド・カトリック系の「ボストン・パイロット」のような新聞に短編小説を送るようになった。短編の中で、彼女は折に触れて物語にカナダの場面や作中人物を入れていた。物語作家という確立した名声を得ると、彼女はフィラデルフィアの雑誌「サタデー・ナイト」に連載小説を寄稿するようにと、前より高い報酬で頼まれた。それからその小説は、ビードル・アンド・アダムズ社の「安価な」小説シリーズの中に含まれる本となって出版されることになった。1870年代の初めにフレミングは、ストリート・アンド・スミス社からもっと良い条件の報酬を受けることになった。「ニューヨーク・ウィークリー」とは連載小説を出版する独占契約を結ぶことに同意し、ここから「ニュー・イーグル」（"New Eagle"）シリーズが本になって刊行された。G. W. カールトンもまた、15パーセントの印税を払って、彼女の本を1870年代に出版した。

　この間、メイ・アグネスは、セント・ジョンでジョン・フレミングという名前のボイラー製造者と結婚し、4人の子どもを育てていた。創作活動に没頭した彼女は、1875年に夫を説得してニューヨークに引っ越し、さらに良い条件の機会を追い求めた。しかしながら、彼女の名声が高まるにつれて、ジョンの飲酒と不満は高じていった。2人の結婚生活が離婚に終わると、4人の子どもは母親である彼女のもとに留まった。創作が彼女の真の夫であった。ブルックリンで静かで上品な生活を送りつつ、彼女は注意深く自身の不安定な健康を管理し、毎春、新しい小説を生み出していった。その小説は、連載という人気のある形態や、異国情緒があって扇情的なもの、神秘的で冒険的なものという魅力ある要素を含むことに注意を払ったものであった。

　執筆によって彼女は裕福な女性になった。1870年代の後半には、彼女は1年で1万ドルを超える金を稼いでいた。彼女に早すぎた死が訪れたとき、彼女は北米の最も人気のある小説家の中に数えられていた。確かに、彼女は「カナダで初めての、ベストセラー小説家」[17]だった。『シビル・キャンベル、または島の女王』（Sybil Campbell; or, The Queen of the Isle, 1861）や、『ユーラリー、または人妻の悲劇』（Eulalie; or, A Wife's Tragedy, c.1864）、『准男爵の花嫁、または女の復讐』（The Baronet's Bride; or, A Woman's Vengeance, 1868）といった題名は、彼女が扇情的でゴシック的な筋書きをしっかり把握していたことを示唆している。スミス・アンド・ストリート社から出た、それぞれの小説の表紙には、魅惑的な女性の顔とフレミングの名が太字で印刷されていた。1冊が10セントか、20セントで売られたのである。しばしば、本には出版の日付が書かれておらず、何年もの間、再版された。1880年の彼女の早世以後に、フレミング作の「新しい」小説が刊行され続けたことは、いかに彼女に名声があったかを表している。デイヴィッド・スキーン＝メルヴィンは、彼女の作品とされている42冊の小説のうち、

27冊が死後出版だったと算定している（p. 9）。彼女の短い生涯の後半に（1年に1冊刊行という）考え抜かれた執筆計画から見ると、その小説の数冊は新しい読者のためにほど良い形に改良され、題をつけ直されていた、ということは明らかである。

ジェイムズ・ド・ミル

ジェイムズ・ド・ミルの経歴は、もっと裕福な、中産階級のコースを辿った。影響力の大きかった彼の父は保守党員でバプテスト信者であったが、ホートン・アカデミー（ノヴァ・スコシア州ウルフヴィル）を創設するのに尽力し、アカディア大学の理事であった。ジェイムズは、この2つの大学に通った後、弟と共にヨーロッパ旅行に出かけた。旅から帰ると、ロード・アイランドのブラウン大学で修士号を取った。大学院在学中に「パットナム・マンスリー」（ニューヨーク）に出版を受け入れられる数編の作品を書いた。しかしながら、セント・ジョンに本屋を開くという野心的な試みのために、ド・ミルは莫大な借金を負った。自身の損失と日常生活に必要なものに見合うための収入を求めて、アカディア大学で古典を教えるという仕事を1860年に始めた。同時期に弟が主宰するバプテストの雑誌「ザ・クリスチャン・ウォッチマン」のために物語も書いたのである。5年後、彼はハリファックスにおいて当時ダルハウジー・カレッジと呼ばれていた大学で、歴史と修辞学の教授になった。

　執筆はド・ミルに非常に実入りの良い副業収入をもたらした。彼の処女作『カタコンベの殉教者——古代ローマの物語』（*The Martyr of the Catacombs: A Tale of Ancient Rome*, 1865）は、イタリアを舞台にした歴史小説だった。彼は旅行中にイタリアという国を好きになっていたのである。ハリファックスで、彼は2つの仕事をうまく両立させ、大きな成功を収めた。ダルハウジー大学の人気のある教授で研究者であった彼は、『修辞学入門』（*The Elements of Rhetoric*, 1878）を書き、その並外れた語学力と古典の知識に磨きをかけた。[18] その一方で、彼は人気のある物語への実験作に乗り出し、少年向けの本、ミステリーと冒険、そしてユーモアと風刺を試みた。驚くべき器用さを発揮して、たびたび1年に2冊の本を出し、同時に大学の仕事も続けたのである。『白十字兄弟団——少年のための本』（*The B. O. W. C.* [The Brethren of the White Cross]: *A Book for Boys*, 1869）は、マイナス湾での少年の冒険を、ヴィクトリア朝的な道徳的向上運動からかなり自由な、愉快な精神で劇化したものであった。一方、『ドッジ・クラブ——1859年のイタリア』（*The Dodge Club: or, Italy in 1859*, 1869）は、外国を旅するアメリカの男たちの、外向的で極端に愛国主義的な態度を穏やかに風刺した。マーク・トウェインなら、この両書から何らかの重要な教訓を十分に得たかもしれない。

　晩年の15年以上にわたって、ド・ミルはニューヨークとロンドンの人気のある出版社のために25作もの小説を生み出し、その過程で、カナダのベストセラー作家の1人になった。そしてフレミングのように、かなりの収入を得たのだった。ニューヨークのハーパー・ブラ

ザーズや、ボストンのリー・アンド・シェパード、ロンドンのチャットー・アンド・ウィンダスといった、前より高いレベルの出版社と仕事をしながら、彼は小説の背景をヨーロッパ、アメリカ、イタリア、そしてカナダのファンディ湾に設定し、自作をパロディーや風刺、言葉の器用さで味付けした。皮肉なことに、彼の最も有名な本『銅の筒に入っていた不思議な原稿』（*A Strange Manuscript Found in a Copper Cylinder*, 1888）は、おそらくかなり前に書かれていたにもかかわらず、死後出版だった。本書の人気は、19世紀から20世紀への変わり目において、H. G. ウェルズや、ジュール・ヴェルヌによる当時のユートピア小説の人気に匹敵するものだった。そして新カナダ叢書（1969）や1986年の初期のカナダのテキストを編集するプロジェクトに含まれることによって、再び活力を取り戻した。

アメリカ文学市場の魅力

世紀の変わり目の全盛期において、急成長するアメリカ出版市場におけるカナダ人作家の成功話は、1890年代に始まった。その時には、ニューヨークはすでに「最も刺激的な近代都市」であると同時に「世界で」一番活気のある文学市場だった。[19] 文芸雑誌やハードカバーの小説本の出版は文学交流の主な特徴として行きわたっており、「ニューヨークが北米大陸を支配している」[20] という状況であった。アメリカやカナダの有名作家は――ウィリアム・ディーン・ハウエルズからブリス・カーマンに至るまで――こぞって、北アメリカの新しい文学の中心地ニューヨークにやって来た。彼らの目的は、そこで編集の仕事を得て、その豊かな文化交流、活力、そして社会の先端に触れることだった。その頃、ニューヨークに居住し、あるいは正規の職を得ていたカナダ人作家には、チャールズ・G. D. ロバーツ、アーネスト・トンプソン・シートン（Ernest Thompson Seton）、ピーター・マッカーサー（Peter McArthur）、アーサー・ストリンガー、パーマー・コックス、ノーマン・ダンカン（Norman Duncan）、アグネス・ロート（Agnes Laut）がいた。また、長きにわたってカナダの愛国者だったグレイム・マーサー・アダムも、ニューヨークにいたのである。

ニック・マウントは、1890年代においてオンタリオやケベックの英語圏や沿海州出身の、約30人の著名な作家が、作家としての仕事を見つけて成功するために行った活動を詳細に記録している。全部で200人以上の人々が仕事と名声を求めて、通行自由な国境を行き来した。多くの人々は十分な生計を立て、作家という職業にとってカナダの中心地で可能なよりも更に良い機会を見出した。何人かが目覚ましい成功を収めたのだった。

ベストセラー本の執筆について見てみると、1890年から1915年にかけて活動していたカナダ人作家の中で、成功を収めたのはほんの一握りに過ぎない。成功した5例は、カー（Clarence Karr）の詳細な研究の対象となっており、この研究書の副題は「20世紀初頭の、人気のあるカナダ小説」とつけられている〔本章脚注（2）を参照〕。興味深いことに、「アメリカの」ベス

トセラー作品の作者のうち何人か——マーシャル・ソーンダーズ、ラルフ・コナー（Ralph Connor）、ルーシー・モード・モンゴメリ、そしてネリー・マクラング——は、カナダに留まり、故国で成功を勝ち得ていった。それはある種の物語文学と、協力的な出版社および本を多く読んでくれる読者とが一つになったからであった。それとは対照的に、ギルバート・パーカー、ロバート・バー（Robert Barr）、セイラ・ジャネット・ダンカンは外国へ渡り、その人気作品の多くをイギリス、もしくはダンカンの場合はイギリスとインド両国で、執筆した。アーサー・ストリンガーだけが、その多才と意欲を掻き立てられるような主題に対する鋭い眼識により、アメリカで流行作家となった。

これらの作家とその最も成功した仕事には、ある種の特性がある。全員が田舎や小さな町に生まれ、比較的豊かな養育や教育を受けた。ほとんどが家族か共同体を通して宗教団体に強いつながりを持っており、宗教関連の出版社による刊行で有名になった者も何人かいた。ストリンガーだけは、その特性と無縁だった。都市化、工業化、そして科学技術の進歩が急速に起こりつつある、近代化が進む世界において、この作家たちは全員、核となる人間の価値を賛美し、それを守ることの必要性に気を配っていた。教会の価値に加えて、彼らは「秩序、礼儀正しさ、家族、共同体の大切さ[21]」を賛美し、新しい挑戦に対応するために、社会を改善していく文化が必要であることを、劇的に表現した。

カーが論じたように、彼らは眼前に近代化が展開していく状況に念入りな注意を払っていたが、小説の中では、近代的な変化によって脅かされている価値を守ろうと、方略を求めた。概して彼らは、性的関心、性的欲望、心理的な複雑さ、そして社会問題のさらに深い根本に関係する問題を避けるようにして、筋や作中人物を創作した。ダンカンに関して言えば、社会の相互作用や、政治的現実の困難な問題を表現する際に、複雑な表現を追求しようとした。彼女は、普通の人よりも文学的で好みの難しい読者、一般的な因習やメロドラマのような筋立て、また単調な作中人物に抵抗を覚える者を求め、その要求に応えた。アーサー・ストリンガーは、挑戦的な方法で、性的関心や都会の犯罪に関する問題を、読者の前に提示した。

ベストセラー女性作家

成功したベストセラー女性作家については別の章で取り扱うので、本章では、特定のベストセラーと彼女たちに関わる環境について簡潔に触れるだけに留めたい。マーシャル・ソーンダーズ（1861-1947）は、『ビューティフル・ジョー——ある犬の自叙伝』（*Beautiful Joe: The Autobiography of a Dog*, 1894）で、北米において人々の大きな注目の波を捉えた。これはアメリカの動物愛護協会主催のコンテストのために書かれた、虐待された犬の試練についての小説である。ノヴァ・スコシアの住人でバプテスト派の牧師の娘であった彼女は、200ドルの賞金を獲得した。その後、本書の出版社を探す必要に迫られ、フィラデルフィアのアメリカ・

バプテスト出版協会に行き当たった。そして著作権のために必要な書き直しを経て、ジャロルド・アンド・サンズという、アナ・シュウェル（Anna Sewell）の先駆的な小説『黒馬物語』（*Black Beauty*, 1877）の出版社から、ロンドンで本書を刊行した。

　ソーンダーズは、その思いやりのある小説で中産階級の人々の心に動物の虐待への怒りを喚起したが、駆け出しの作家ではなかった。初年度で20万部以上という、初期の手堅い売れ行きは、持続的な消費者層の関心がすでにあったことを証明したのである。教育と社会正義の問題が彼女の頭を占めており、そのことは、読書を通じて心優しく示される道徳の向上を歓迎した、20世紀初頭の読者に受け入れられた。禁酒と幼年労働の不正行為は、ソーンダーズが他の作品で取り扱った、さまざまな問題の中にあるものであった。しかし、作家としての経歴を通じて、彼女は動物物語の作者として知られている。彼女は、『ビューティフル・ジョー』の人気ゆえに、特に若い読者を獲得したために、100万冊を超える売れ行きの小説を書いた最初のカナダ人女性作家となった。1930年代までに、本書は700万部以上売れたと伝えられており、数多くの言語に翻訳されている。⁽²²⁾

　プリンス・エドワード島出身の大望ある作家ルーシー・モード・モンゴメリ（1874-1942）は、若い頃から、大変慎重に読者を勝ち得る努力を始めた。彼女は、裕福なスコットランド系長老派信徒の一族の中で育ち、さまざまな雑誌に物語や小説を寄稿して、16歳で自作が出版される体験をした。最初は日曜学校の新聞や、地域の出版物への寄稿を目指したが、すぐにもっと文学的価値の高い雑誌へと進んでいった。彼女の修行時代は「長く苦しい」⁽²³⁾ものだった。確かに、ほぼ20年後の1908年になってようやく、最初の小説『グリーン・ゲイブルズのアン〔赤毛のアン〕』（*Ann of Green Gables*, 1908）を出版したのである。この本によって、彼女は、後の世代のカナダ人や、世界中の若い女性から知られることになったのだ。

　モンゴメリの作家としての経歴で強調すべき問題は、ボストンの出版社、ルイス・カウズ・ペイジ社が長期間の契約および不当な条件という手段によって、彼女を牛耳ったことである。本が出版される小説家になろうとしていることに喜んで（『アン』は4回、出版を断られていたので）、彼女は悲しいほど不利益な状況に自分が陥ることになるとは思ってもみなかった。クラレンス・カーは、「ペイジ社が彼女にしたほど、花形作家を無慈悲に扱う出版社を見つけるのは難しかったであろう」と書いている（Karr, p. 71）。

　それでも、『アン』とその続編の世に認められた成功により、読者は、モンゴメリの創り出した、自由な精神を持つ、元気いっぱいの主人公、アン・シャーリーが少女時代から母親になるまでを、また教師としての姿をも、見たのであった。多くの読者にとって、モンゴメリは、杭垣とペンキで彩られた農家のある、田舎の世界を称賛しているとはいえ、少女時代や思春期の複雑さを捉えた作家だった。彼女は、プリンス・エドワード島を都市在住の現代の読者にとっても魅力的な場所にすることに成功したのである。一方、アンやニュー・ムーン農場のエミリーのような若いヒロインを永遠化することに成功しながらも、伝統的な母性の価値や、家庭での女性の役割を断固として守り続けた。独立の精神と保守的な姿勢は、彼

女のヒロインたちにはちぐはぐなものではなかった。当時のアメリカのベストセラー市場において成功を収めたカナダ人作家すべての中で、モンゴメリだけがスターとして国内でも国外でも輝き続けている。カナダ人の作中人物とその背景が、これほど強く読者の心の中に生き延びたことはほとんどなかったし、カナダ人作家の1冊がこれほど持続する成功を収めたこともほとんどなかったのである。

　ソーンダーズに似ているが、もっと政治的活動家の様相を呈しているネリー・マクラング（1873-1951）は、社会的な見解と人を楽しませる語りを融合させることに成功した。彼女の『ダニーで種をまく』（*Sowing Seeds in Danny*, 1908）は、パーリー・ワトソンを主人公とする小説3部作の第1作であり、この本によって彼女は成功した作家の道を歩むこととなった。本書は、西部カナダでの共同体生活の一端を初めて本格的に示したものである。彼女の経歴は、ソーンダーズの経歴のように、カナダの宗教的な出版社を通して始まった。トロントを基点としたメソジスト・ブック・アンド・パブリッシング・ハウス（MBPH）を代表する、エドワード・キャスウェルの仕事こそが、本書の出版とマクラングの経歴に扉を開いたからである。MBPHは、1890年代には宗派色を弱め、より愛国主義的になりつつあって、カナダ人作家による本に並々ならぬ関心を寄せていた。この会社は、マクラングのような作家たちにカナダで本を出す出版社を提供しただけでなく、多くの個人——その中にはトマス・アレン、ジョン・マクレランド、ジョージ・スチュワートがいたのだが——を鍛えて、次世代のカナダにおける書籍出版業を発展させることになった。

　セイラ・ジャネット・ダンカン（1861-1922）は、ソーンダーズよりもマクラングよりも、もっと熟練した作家だった。ジャーナリストとしてしっかり鍛えられていた彼女は、読者をどのようにして楽しませるか、あるいは読者にどのように挑戦するかを知っていた。小説家として、気軽な社会派喜劇（『あの愉快なアメリカ人たち』*Those Delightful Americans*）も、政治的に非常に重厚な風刺小説（『権威者の下で』*Set in Authority*）も書くことができ、それをアメリカとイギリス双方の市場に提供した。前者（アメリカ市場）のほうが後者（イギリス市場）よりも売れ行きが良いと彼女はわかっていたが、30年以上にわたって人気を維持することができたのである。もっとも、カナダを背景にした小説『帝国主義者』（*The Imperialist*, 1904）の落胆するような売れ行きは別であった。ダンカンは、実入りの良い出版契約を求めて、エージェント（A. P. ワット・アンド・サン）を雇うことを躊躇しなかった。

ラルフ・コナー

チャールズ・ゴードン牧師（Rev. Charles Gordon, 1860-1937）ほど、カナダの空に燦然と輝く文学界の星はいなかった。ロッキーやセルカーク山脈の荒くれた炭鉱夫や牧場労働者に宗教をもたらす役目を負わされた長老派教会牧師が直面した難題について書き始めたとき、彼は、

出版界の偉才となった。ラルフ・コナーというペンネームを用いて、ゴードンは、幅広い読者を見出した。急ぎ足の、しばしば激しい冒険とキリスト教および家庭の賛美とが混じり合った彼の作品を読みたがる者が大勢いたのである。西部での牧師の仕事について書いた彼の小品は、大学時代の友人で熱心な長老派教会牧師のジェイムズ・マクドナルドの強い勧めで、最初に「ウェストミンスター・マガジン」（トロント）に連載された。1年後、この作品は改作され、『黒い岩』（*Black Rock*, 1898）と題されて本になった。さまざまな版が、合法的なものも海賊版も、カナダ、アメリカ、イギリスですぐに出回るようになった。『福音伝道師「スカイパイロット」──ある山麓の丘陵地帯の話』（*The Sky Pilot: A Tale of the Foothills*, 1899）もまた、男らしく繊細な牧師が、腐敗した暴力的な国境地帯の共同体に派遣されて直面する難題をめぐる話であった。熟慮した劇的な方法によって、このピストルを携帯する牧師とその支持者のささやかな一団は、一度堕落した住民たちに、個人として、そして社会人としての責任を新たに気づかせるのである。

　この2冊の小説によってコナーはすぐに有名になった。どちらの本も10年経たないうちに100万部近く売れ、広い読者層に力強く語りかけるものとなった。読者の多くが個人的な感想を書いて作者に感謝の手紙を送ってきた。カーが要約しているように、「書評や読者の手紙には、コナーの作品を読むと、より善良な人間にならずにはいられなくなる、という共通の意見があった」（Karr, p. 87）のである。コナーは、人間性を前向きに考え、キリスト教徒としての情熱を持って、読者が自分自身や眼前にある未来を以前と比較して良いものと感じるように書いた。コナーが「パイロット」である神に見出す希望に基づいた、強く根元的な信仰は、肉体の罪に対して正しい思想が必ず勝利するという作者の信念から生まれる温かさで、この物語を包んでいる。

　コナーは、変化が早く複雑な世界に住んでいて、冒険だけでなく社会秩序の確保も渇望している読者に対し、共感のこもった意見を述べた。彼の本は希望を与えたのである。アルコール中毒や賭博、力や放縦との効果的な対決を劇的に描くことによって、彼は血なまぐさい出会い、思いがけない死、そして殺人に、感化を及ぼした。彼の本の売り上げはどの本も堅調であり、カナダだけで1冊につき6万部に近いものとなった（カナダでは5千部売れれば、カナダ人作家には勝利とみなされていた）のであるが、最初の2冊の本ほどの成功をコナーは収めることはなかった。出版記録は、彼の最初の5冊の小説が200万ドルをしのいだことを示している。ほぼ40年近くに及ぶ作家活動において、彼は23冊の小説、全部で32巻を書いた。

　『グレンガリーから来た男──オタワ川の物語』（*The Man from Glengarry: A Tale of the Ottawa*, 1901）とその続編『グレンガリーの学校時代──グレンガリーでの最初の日々の物語』（*Glengarry School Days: A Story of Early Days in Glengarry*, 1902）は、コナーの最初の5冊の中に入っていたが、最初の2冊と違って小説としての寿命がもっと長く、現在でもまだカナダ人読者に評価されている。その生き生きとした時と場所の表現やカナダのスコットランド系

の過去への愛着は、辺境の牧師の冒険よりも現代の読者にもっと訴えかけるものである。実際、『グレンガリーから来た男』は、コナーがカナダ初期の愛国意識への賛歌へと広げたかった、温かい地方色のある物語を提供している。『北西騎馬隊のキャメロン伍長──マクラウド・トレイルの物語』(Corporal Cameron of the North West Mounted Police: A Tale of the Macleod Trail, 1908 年にシリーズ化、本の出版は 1912 年) において、彼はカナダ騎馬警察隊に宗教指導者の任務の代理を務めさせているが、概して、筋立てや、ロマンティックな関係や、セックスの扱いには長けていなかった。それでも、第一次世界大戦後でさえ、彼の本はカナダ、アメリカ、イギリスにおいて広く出版されていたのである。

　親切な友人が、コナーの作家としての経歴を促進してくれた。彼らは原稿を渡すようにコナーに定期的に催促したが、彼は時にあまりに遅筆で、本となる前の連載化の機会を逃してしまうのだった。それにもかかわらず、コナーは 1915 年に「出版社にはこの上なく恵まれてきた」(Karr, p. 66) と認めている。ウィリアム・E. ロバートソンがウェストミンスター社において、ジェイムズ・マクドナルド牧師の後任になり、この会社は、コナーの本の堅調な販売を大きな力として本の出版に参入した。ウェストミンスター社は、コナーを当てにして 1 冊また 1 冊とカナダで 1 万部から 6 万部の間で本を売ることができた。コナーと他の出版社との契約を斡旋したり、印税を集めたり、映画化を交渉したりして、ロバートソンはコナーのためにまるで代理人のような役割を果たした。シカゴのフレミング・レヴェル（そして当時レヴェルの部下だったジョージ・H. ドラン）のような非常に有名な出版業者や、ロンドンのホダー・アンド・スタウトン社のパーシー・ホダー＝ウィリアムズは、ロバートソンのように、コナーの個人的な親友になった。ニューヨークで大きな出版業者になったカナダ人、ドランは、コナーの『外国人──サスカチュワンの物語』(The Foreigner: A Tale of Saskatchewan, 1909) の販売のお陰で自社が短期間で軌道に乗ったとしている。

ギルバート・パーカー

ギルバート・パーカー (1860-1932) は、世界中を巡る旅人になり、その後で作家業の潜在能力を活用し始めた。彼の人生は力量のあるカナダ人が国際的に挑戦し、自分の道を切り開く胸をすくような例である。キングストンの近くで生まれた彼は、オタワとトロントのトリニティ・カレッジで教育を受けた。トリニティ・カレッジでは、朗読術が得意であったが、英国国教会の牧師職に就くための勉強をしていた。しかし、宗教の道に進まない決意をして、カナダで数年間、教職に就き、その後に南太平洋へ渡った。彼は 1886 年にオーストラリアに落ち着き、そこでシドニーの「モーニング・ヘラルド」紙で新聞編集業を始めた。そして新聞記事および小編の執筆以外に、最初の戯曲であるゲーテの『ファウスト』の翻案を書いた。この戯曲はシドニーで上演された。

4年後、彼はロンドンに引っ越した。執筆で生計を立てようとして、彼は人気雑誌に小編や短編を書いたが、同時にロマンティックな小説も試していた。最初の本となった『羅針盤のまわりで』(*Round the Compass*) は、1892年にオーストラリアで刊行された。カナダ人の友人たちがパーカーを助けてくれた。詩人ブリス・カーマンは、その時、ニューヨークに住んで「インデペンデント」誌を編集していたのだが、パーカーのカナダ北西部を舞台にした冒険物語の1冊を出版してくれた。その後まもなく、パーカーは、ニューヨークとロンドンにおいて最初の本『ピエールと部下たち──極北の物語』(*Pierre and His People: Tales of the Far North*, 1892) を出版し、大成功を収めた。批評家の中には、ロマンティックなメティスの賭博師プレティ・ピエールの、現実味のない描写を嘆いた者があったが、多くの読者は本書の清々しい語り口、力強い作中人物、異国風の背景を歓迎した。コナーと同様に、カナダの西部は世紀の変わり目の読者に、魅力的な舞台を提供したのだった。

　一旦軌道に乗ると、彼は着実に作品を生み出して次から次へと小説を書き続け、彼の作品に対するメディアの注目度は増した。物語の舞台をカナダ北西部（彼は一度も訪れることはなかったが）から、フランス系カナダ人の初期の歴史──アメリカの歴史家フランシス・パークマンによって大衆化された領域──のなかの恋物語へと移して、彼は『剣の辿った跡』(*The Trail of the Sword*, 1894)、『ヴァルモンドがポンティアックに来た時』(*When Valmond Came to Pontiac*, 1895)、そして最も人々の記憶に残ることになる本『強者の座』(*The Seats of the Mighty*, 1896) を書いた。『強者の座』は、カナダで2つの異なる出版社（コップ社、クラーク社）から出版されることになる本の最初であったが、1759年〔原文の1859年は誤植〕にジェイムズ・ウルフ将軍によってなされた、イギリス軍のフランス領カナダ征服をドラマ化したものだった。本作品は歴史文書と博識なカナダ人の友人の説得力ある助言が元になっていた。『強者の座』は大変な人気作品となったので、パーカーはこの作品をハーバート・ビヤボーム・トゥリー（Herbert Beerbohm Tree）のために脚色した。トゥリーはこの劇を、ヴィクトリア女王在位60年の記念という機会に作られた、豪華な新しい劇場「女王陛下の劇場」を開くにあたって、こけら落としのために選んだ。この脚本にパーカーは懸命に取り組んだにもかかわらず、上演は5か月続いただけでアメリカへ移されることになった。しかしながら、上演の失敗により彼の文学的名声や、1年で数千ポンドと噂された彼の著作収入が減らされることはなかった。彼は、アメリカの大富豪の相続人だったエイミー・ヴァンタインと結婚する前に、すでに大変市場価値の高い作家として、またロンドンの文人として、自らを確立していた。その後、1年に1冊の割合で執筆を続けながら（いつも雑誌の連載が先行していたが）、次第に政治へと傾斜していった。1900年には英国の下院議員に選出され、3期という限定付きで議員職に就いた。そして同郷の文人セイラ・ジャネット・ダンカンやスティーヴン・リーコック（Stephen Leacock）と共に、帝国主義という考えを強力に後押しした。パーカーは1902年にカナダ文学に貢献したという理由でナイトに叙せられ、1945年には准男爵の爵位を受けた。彼の人気が非常に安定したものだったので、1913年にスクリブナー社は彼の

作品の「帝国版」("Imperial Edition") を刊行することによって彼の業績を祝った。

　ラルフ・コナーのように、パーカーは、歴史ロマンスや冒険小説に求められる限り、カナダの背景設定は読者を大いに魅了するだろうということを証明した。彼もカナダが最高の材料を与えてくれたことを理解しており、自分が到達した名声に誇りを持っていた。1928年にチャールズ・G. D. ロバーツに宛てた手紙の中で、パーカーは自分をカナダの真に重要な小説家の1人であると、期待を込めて宣言している[24]。しかし、文学史家はその後、パーカーの地位を貶める多くのことをしてきた。なぜなら、彼が「ずさんな」歴史を書いたから（もっとも、読者の中には現代でも彼の本をまだ楽しんでいる者がいるが）、また人気小説の常套の要求を満たしつつ、疑わしい価値を助長したからである。

アーサー・ストリンガー

　最後に、アーサー・ストリンガー（1874-1950）は、著作および映画の両方において驚くほど多作であった。もっとも、コナーやパーカーほど、ベストセラーのリストに成功者として名前が載ったことはなかった。彼は主題の幅の広さに自信を持っており、長い経歴を通じて常に多作で、たびたび好調な売り上げを生み出した。ダンカンのように、ストリンガーの死後の名声は損なわれた。ひとつには、生前に見せたニューヨークでの多方面での名声にもかかわらず、カナダ人という出自が後世のアメリカ人批評家には彼の重要性を維持するのにあまり役立たなかったからである。実際、1937年に彼がアメリカ市民になった後も、彼が単に「アメリカ人」として出版しようとするのを理由として、ある編集者は作品の受け取りを拒絶した[25]。現在、彼は主にカナダで記憶されており、また彼の生み出した作品のほんのわずかな部分をもとにして記憶されている。その作品とは、『大平原の妻』（*The Prairie Wife*, 1915）から始まる大草原小説の三部作で、初期の西部地方作家の1人として彼を位置づけるものだった。しかし、ストリンガーが亡くなった時には、彼はカナダにおいてこの国の最も達成度の高い作家の1人とみなされていた。

　ストリンガーの変化自在で弾力性のある作家としての仕事ぶりは、有能な代理人ポール・レノルズに監督され、励まされたものだった。彼はジャーナリストとして仕事を始め、60冊を超える本を書いたが、詩について終始きわめて真面目に考えており、1ダースもの選集を生み出している。しかし、彼が最も大きな波を引き起こし、ほぼ40年間にわたってその人気のある名声を維持してきたのは、テンポの速い、独特の味がある小説家としてであった。彼は1年に1冊の小説を生み出し、様々な市場を上手く利用した。しかも、たびたび革新的な方法でそれを行ったのである。『盗聴者』（*Wire Tappers*, 1906）のような犯罪小説は、暗黒街の暗い片隅における動機や女性の行動に関する上品な価値基準を検証するものだった。『生命の葡萄酒』（*The Wine of Life*, 1921）の中では、映画スターの行動を研究している。このスター

は、結婚して、注目の的から田舎の農場へ隠遁するが、その数年後に夫と離婚して、ニューヨークという刺激のある場所へ帰っていく。ギブソン・ガールの原型とも言うべき女優のジョビナ・ハウランドとの最初の結婚や、エリー湖の北にあった自分の農場での彼女との生活を元にして、彼は男性と女性双方の結婚や離婚への態度を、多くの批評家や読者の保守的な基準に挑戦するようなやり方で探究した。ちょうど大平原三部作において、アルバータで牧場主の妻になった、ニューイングランドの社交界の淑女の葛藤を辿ったのと同様である。彼が探究したその他の領域には、カナダの荒野、アメリカの都市生活、ニューヨークのスラムの生活が含まれていた。彼の作品は、あまりに手早く書かれ、感傷的だということで、すっかり忘れられているが、そのような評価は、ストリンガーの非凡な幅広さや同時代人が避けた問題への果敢な調査を見逃すものである。彼の個人としての生活や作家としての生涯についての、十分な遡及的研究が必要とされている。

　実際、ストリンガーの著作は、作者である彼を小説や詩を超えたところへ誘い込むものだった。無声映画での機会が訪れると、彼は独学で行った映画台本の執筆に熟練した、スタジオの「台本校閲者」であることを証明した。1917年から18年にかけての一冬をハリウッドで台本を書いて過ごし、グロリア・スワンソンが主演した映画『男に操縦されて』(Man-Handled)では最大の成功を記録した。トーキーが生まれる前にいくつもの台本を書いたが、彼は一貫して映画の台本執筆の魅力に抵抗し続けた。その主な理由は、多くの人の手を必要とするという過程が作家としての自主性を危うくするものだということであった。[26]

　ベストセラー小説は映画製作者にとって視覚的で劇的な魅力を持っている。こういう点から、本章に含まれている他のカナダ人作家、特にモンゴメリとコナーの作品に映画化の機会がもたらされたことは驚くにはあたらない。しかし、彼らが世に知られ続けているのは、思わず釣り込まれる、ベストセラー的物語のゆえである。そして振り返ってみると、それが第一次世界大戦前の北米やイギリスにおいて急速に拡張した読者層の好みや価値を明らかにする助けとなっている。彼らはヴィクトリア朝から現代への変化の過程においていくつかの鮮やかな点を成しており、才能あるカナダ人がアメリカ文化の機会の領域内で成功する力量があることを示している。

注

1. *The Beginnings of the Book Trade in Canada* (Toronto: University of Toronto Press, 1985) でのGeorge L. Parkerの詳細な研究を参照。19世紀においてカナダの出版社に影響を与えた著作権規制と、その規制に複数の出版社が挑んだ方法について書いている。
2. Clarence Karrは、"bestseller"という用語が1880年代に生まれ、1890年代には一般的に使われていたと報告している。*Authors and Audiences: Popular Canadian Fiction in the Early Twentieth Century* (Montreal and

Kingston: McGill-Queen's University Press, 2000), p. 28 を参照。

3. Nick Mount, *When Canadian Literature Moved to New York* (Toronto: University of Toronto Press, 2005). Mount は、人口調査の統計を用いて「1880 年と 1900 年の間に、200 人以上のカナダ人作家が仕事をやめたり、国を捨てたりした」と結論づけた (p. 7)。彼らの大部分は、有望な機会を手に入れるために南へと移動した。

4. McCarroll は、1860 年代初めにはトロントの最も優れた詩人であり、ユーモリストであったが、後にカナダの政治に幻滅し、バッファローでフェニアン運動に協力した。1872 年まで、彼はニューヨーク市において Leslie 社の編集者として働いていた。

5. Isabella Valancy Crawford, *Winona; or, The Foster Sisters*, ed. Len Early and Michael Peterman (Peterborough: Broadview Press, 2007), pp. 15-30, 65 を参照。また、*the Dictionary of Canadian Biography*, vol. XII (Toronto: University of Toronto Press, 1990) における、Claude Galarneau 執筆の Desbarats の項目 pp. 246-50 を参照。本事典には *The Favorite* や、デバラ対クローフォードの訴訟事件に言及する項目はない。

6. Frank Leslie の絵入り新聞についての最も入手可能な情報については、Joshua Brown, *Beyond the Lines: Pictorial Reporting, Everyday Life, and the Crisis of Gilded-Age America* (Berkeley: University of California Press, 2002) を参照。本研究全体にわたって、新聞の発行部数が扱われている。

7. *Winona; or, The Foster Sisters* の Introduction, pp. 21-30 を参照。

8. この引用は、トロントの新しい雑誌 *Arcturus* の編集者にクローフォードが宛てた手紙から取ったものである。*Arcturus: A Canadian Journal of Literature and Life* (February 19, 1887), pp. 83-4 の "Editorial Notes" を参照。

9. Ibid.

10. George L. Parker, "The Evolution of Publishing in Canada," in *The History of the Book in Canada*, 3 vols. (Toronto: University of Toronto Press, 2005), vol. II, p. 21 を参照。

11. Parker, *The Beginnings of the Book Trade*, p. 170.

12. Ibid., p. 166.

13. Ibid., p. 175 にある引用。傍点は原書による。

14. たとえば、"Saunterings," *The Week* (September 30, 1886), p. 707 を参照。

15. Karr, *Authors and Audiences*, p. 40.

16. 詳細については次の論文を参照。Lorraine McMullen, "May Agnes Fleming: 'I Did Nothing but Write,'" in *Silenced Sextet: Six Nineteenth-Century Canadian Women Novelists*, ed. Carrie MacMillan, Lorraine McMullen, and Elizabeth Waterston (Montreal and Kingston: McGill-Queen's University Prss, 1992), pp. 52-81。

17. David Skene-Melvin, *Investigating Women: Female Detectives by Canadian Writers—An Eclectic Sampler* (Toronto: Simon and Pierre, 1995) p. 9. *Sybil Campbell* は、題名をいろいろ変えて再出版された。(MacMillan *et al*, *Silenced Sextet*, p. 60 を参照。)

18. Patricia Monk, *The Gilded Beaver: An Introduction to the Life and Work of James De Mille* (Toronto: ECW Press, 1991), pp. 188, 135.

19. Karr, *Authors and Audiences*, p. 139.

20. Mount, *When Canadian Literature Moved*, p. 10.
21. Karr, *Authors and Audiences*, p. 25.
22. Elizabeth Waterston, "Margaret Marshall Saunders: A Voice for the Silent," in MacMillan *et al*, *Silenced Sextet*, pp. 137-68 を参照。
23. Karr, *Authors and Audiences*, p. 41.
24. John C. Adams, *Seated with the Mighty: A Biography of Sir Gilbert Parker*（Ottawa: Borealis Press, 1979）, p. 191.
25. Karr, *Authors and Audiences*, pp. 198-9.
26. Karr, pp. 174-8.

11

女性のジャンルにおけるテクストおよび社会的実験

ジャニス・フィアメンゴ
(Janice Fiamengo)

　コンフェデレーション〔1867年、英領北アメリカ法に基づきカナダ自治領誕生〕後の数十年は、カナダは経済変動、民族の分裂、政治的・宗教的不確実性の時代にあり、国として自己を規定するのに必死だった。作家になるには、特に女性作家になるには、厳しいが同時に実り多い時代でもあった。女性は、女性であるが故に政治議論や自己表現から表面上は締め出されていた。それでもリリー・ルイス（Lily Lewis）が1888年に「ザ・ウィーク」のために「この私たちのカナダが、鉄道王や移住係官以外の母語やペンや言語によって明らかにされる時がやってきた」と書いた時、彼女は言うまでもなく自分自身や仲間の女性たちを、その新しい国を明らかにする人々の数に含めたのである。そして彼女の確信は的を射ていた。女性たちはポスト・コンフェデレーション期のカナダでますます公的な役割を担うようになり、新聞・雑誌産業や始まったばかりの国内の書籍販売業を中心とする新興出版文化に、自信と権威を持って貢献した。国民の健康、キリスト教信仰の低下、女性の権利、階級間の衝突、それにインディアン問題についての議論が高まる中、女性たちの声は許容されたばかりでなく、その社会意識、道徳的影響、個性のためにますます必要とされたのである。カナダの女性たちは、新聞の短い記事、キャンペーンの演説、人生相談のコラムといったものから個人の伝記、愛国詩、社会問題小説のたぐいまで幅広いジャンルで創造的な仕事に従事しながら、力強く、説得力をもって国内外の多くの読者に語りかける魅力的なペルソナを生み出したのである。

　カナダのように地域毎に異なる多様な国家では、わずかな共通概念でしか、この時期にかなりの数の女性たちが出版界へ参入したことを説明することはできない。マージョリー・ラング（Marjory Lang）はプロの女性作家、主にジャーナリストの数が、1891年（国勢調査の数字が利用できる最初の年）から1921年まで、第一次世界大戦の10年間の急騰を含めて、どんどん増加していったと指摘している。1904年のカナダ女性プレス・クラブの設立によって、女性たちはその集合的アイデンティティ意識を表明し、報酬の向上とプロとしての認知を求めて陳情することが可能になった。ポール・ラザフォード（Paul Rutherford）は、識字能力の劇的な向上を――19世紀最後の20年までにはオンタリオ州のおよそ94パーセントという数字を挙げて――重要視しており、この増加がそれ以前と比べて、はるかに多くの、はるかに教養ある読者層を生み出したと考えた。さらに加えて、出版技術および通信技術一般

（たとえば電信）における変化は、情報交換の効率的なシステムや、ニュース・物語・娯楽をますます求める愛好家層を作り出すのに一役買った。1880年代の新聞は広告主を誘致するために、政治的な支援記事から「ソフト」・ジャーナリズム——三面記事、ファッション情報、身の上相談など女性たちにふさわしいと思われるあらゆるテーマ——へと路線を変えつつあったが、この時代は家庭用品の技術革新によって女性たちが家事から解放され始めた時期でもあった。旅が大いに楽になったこと、教育を受ける機会が増えたこと、社会改革への関心が広範囲に及んできたことなど全てが幸いして、女性たちは公的領域に入っていく意志と能力を高めていった。女性史研究家は、この時期、社会活動家たちの大多数が作家でもあったということに注目してきた。一部の女性は市場経済の進んだアメリカ合衆国や海外に魅力を感じたけれども、多くの女性たちは少なくとも生涯の一時期をカナダで過ごした。特に女性たちに向いていたのは道徳小説、調査報道やパーソナル・ジャーナリズム、プラットフォーム・パフォーマンスや演説をすることであり、これらは女性たちが修辞的技巧を凝らして作り上げたジャンルだった。次項からは、彼女たちが成し遂げた文学的努力と並外れた成功を少し覗いてみよう。

アグネス・モール・マーハーとレティシア・ユーマンズ

ポスト・コンフェデレーション期の女性たちが、文学的目標、修辞法、キャリアの道筋においてさまざまに異なっていることは、ほぼ同時代人の2人、アグネス・モール・マーハー（Agnes Maule Machar, 1837-1927）とレティシア・ユーマンズ（Letitia Youmans, 1827-96）を対比してみるとわかる。2人は共に1870年代に活躍するようになり、社会活動における彼女らの敬虔な思いと溢れる希望や確信の中で、ヴィクトリア朝カナダの価値観を体現した。マーハーの方は、ペンネームを用いはしたが多くの作品を出版し、文学を国家建設に不可欠の仕事と考えていたのに対し、ユーマンズは生涯の終わり近くに1冊を出版したのみで、書くことよりも実践を重んじた。しかしながら、2人とも、説得力ある言葉を駆使し、国家的な使命感に駆りたてられていた。小説家、詩人、伝記作家、エッセイストであるマーハーは、カナダで最も著名な大学の一つとなったキングストンのクイーンズ・カレッジの共同設立者で長老派教会の牧師ジョン・マーハー（John Machar）の娘で、彼女のペンネームは誠実を意味するフィデリス（Fidelis）であった。マーハーは一度も結婚せずにキングストンおよびサウザンド・アイランズ近くの夏の別荘でその生涯を過ごし、道徳意識を高めるような、社会的な作品を執筆した。

　マーハーの初期作品群——伝記『死に至るまで忠実に——クイーンズ・カレッジの管理人、故ジョン・アンダーソンの追悼式』（*Faithful Unto Death: A Memorial of John Anderson, Late Janitor of Queen's College,* 1859）や、あるトロントの出版会社コンテストで最優秀サンデー

スクール小説に選ばれた『ケイティー・ジョンストンの十字架——カナダのお話』(*Katie Johnstone's Cross: A Canadian Tale,* 1870) ——は、宗教的な伝記のジャンルに属しており、個人の人生が、信仰、試練、精神的勝利といったキリスト教的なアウトラインで解釈される物語である。マーハーは、この作品形態を用いる際に、19世紀半ばの多くの人気女性作家たち、特に南北戦争前のアメリカのハリエット・ビーチャー・ストウ (Harriet Beecher Stowe, 1811-96)、カナダの人気伝道小説『クリスティー・レッドファーンの問題——アメリカの物語』(*Christie Redfern's Troubles: An American Story,* 1866) や、『シェナクの家での仕事——カナダ生活の物語』(*Shenac's Work at Home: A Story of Canadian Life,* 1868) の中で若いヒロインの精神的浄化を中心に描いたマーガレット・マリー・ロバートソン (Margaret Murray Robertson, 1821-97) などと同じ位置に自己を置いている。そのような小説家たちは、小説は生きるための明確な教訓を示すべきだという信念によって結ばれており、神の恩寵を通して個人と共同体の再生を際立たせている。19世紀末には、ロバートソンの甥のチャールズ・ゴードン (Charles Gordon, 1860-1937) が、ラルフ・コナー (Ralph Connor) というペンネームでその作品形態を男性的なものに変え、フロンティアの冒険や筋骨たくましいキリスト教の痛快な物語を創りあげた。たとえば『福音伝道師「スカイパイロット」——丘陵地帯の物語』(*The Sky Pilot : A Tale of the Foothills,* 1899) や『グレンガリーから来た男——オタワの物語』(*The Man from Glengarry: A Tale of the Ottawa,* 1901) などだが、これら作品の中では、信仰、けたたましい喧嘩、田舎の建物などが密接に関連し合っている。

　マーハーは社会再生を重要視したが、そのことは、近代科学と信仰との関係に熱心に取り組んだという点で、ロバートソンより知的および神学的に更に大胆なものであったし、貧しく無視された人々——そのような人々は工場労働者たちやストリート・チルドレン、年長者、はみ出し者たちであり、彼らの苦しみはマーハーの社会的良心に触れたのだった——を自分の中に抱きとめようとした点で、少なくともコナーと同じくらい野心的であった。クイーンズ・カレッジに集まる慈善活動に熱心な進歩的知識人グループの一員として、マーハーは酒類製造販売禁止、貧しい子どもたちへの義務教育の無料化、貧しい人々のための避難施設、スープ・キッチン（給食施設）や就職斡旋所などの設置、原生公園と絶滅の危機に瀕した鳴鳥の保護などを促進する目的のために執筆したのである。このような社会的・生態学的関心は、苦しみは神に対する侮辱であるという彼女の信念から生じた。スラム街、ストライキ、熾烈な競争といった産業資本主義の諸問題により、多くのカナダ人がマルクス主義的もしくは緩やかな社会主義システムを受け入れるようになった時に、加えて聖書に関する研究成果やダーウィンの発見によって幻滅した人々が聖書の真実性に疑問を抱くようになった時に、マーハーはキリスト教信仰のみが公正な社会のための精神的・道徳的な基盤を与えることができると力説した。彼女は自分の信仰を懸命に弁護しただけでなく、「ザ・ウィーク」に書いた「荒れ野で叫ぶ声」("Voices Crying in the Wilderness," 1891) の中で恐らく最も痛烈に批判したように、教会がその教えを実行することができなかったことを嘆き批判するのをやめる

ことはなかった。彼女の著作は全て、多くの文学賞を獲得することができたが、その内容は実生活に適用された信仰であった。

　宗教を擁護するにあたって、彼女は「カナディアン・マンスリー」や「ナショナル・レヴュー」の紙面で、キリスト教の教義と近代生活との間で持続する関連性について合理主義者 W. D. ルシュウール（W. D. LeSueur, 1840-1917）と論争を始めた。「祈りと現代の懐疑」("Prayer and Modern Doubt," 1875）や「祈りの聖なる法則」("The Divine Law of Prayer," 1876）のような記事で、神学、論理学、科学、哲学の問題に関してルシュウールに対抗しうる彼女の能力——さらに彼女が終始持ち続けた真実と公正への関わり——は、最後には論争相手のルシュウールに、彼が議論してきたあらゆる相手の中で、フィデリス（マーハーのペンネーム）の回答が最も満足いくものであったと告白させるに至った。マーハーは、その修辞的・論理的能力によって、カナダの重要な知識人および道徳主義者の1人としての地位を獲得したが、それには、読者を誤った信仰から元気づけるような信仰へと導くことが大事であって、それに比べれば議論に勝つこと自体は大して重要な目標ではないという印象をマーハーが与えたことも影響している。

　1人の社会改革者——正義への関心から「社会的福音」と自らを同一視し、社会に強い関心を持つキリスト教グループの一員——としての彼女の実績は、救世軍を讃えて貧しい人々への徹底した奉仕活動を呼びかけた「スラム街のマリア様」("Our Lady of the Slums," 1891）や、工場制度についての詳細な告発である「工場で働く女性の非健康的な労働状況」("Unhealthy Conditions of Women's Work in Factories," 1896）のような、「ザ・ウィーク」に掲載された2編の記事において確認することができる。彼女の産業小説『ローランド・グレイム——騎士——われらが時代の小説』（*Roland Graeme: Knight: A Novel of Our Time*, 1892）はキリスト教的精神を社会秩序に適用しようとする彼女の努力の結果だった。それは、ある小さなアメリカの工場町を舞台にした、理想主義者の若い知識人についての物語で、彼は信仰を失ってはいるが、社会生活の基盤として協力や仲間意識という原理を保持しており、労働者たちの増大する不満が絶望という暴力の形で爆発する前に経営者階級と労働者階級との間の経済的・社会的溝を埋めようと奮闘する。その小説は、現代の読者には資本主義の搾取に対する解決策を提示することに及び腰だと思えるかもしれないが、必要なら組合を結成したりストライキを実行したりしてまでも労働者の状況を改善しようとする取り組みを描いているために、この作品によってマーハーは当時の進歩主義運動の先駆者とされたのである。彼女は、『王と国のために——1812年物語』（*For King and Country: A Story of 1812*, 1874）や『マージョリーのカナダの冬——オーロラ物語』（*Marjorie's Canadian Winter: A Story of the Northern Lights*, 1893）のような小説において、アメリカ共和国とフランス系カナダそれぞれについて読者の共感と理解を増すように努めた。彼女の徹底した共感ぶりは、いたるところで明らかであるが、ノースウェストの反乱を指揮して逮捕されたルイ・リエルへの慈悲を呼びかける詩「ケベックからオンタリオへ、リエルの死刑救済の嘆願、1885年9月」("Quebec to Ontario, A Plea for the Life of Riel, September, 1885"）において最も際立っている。

　マーハーの信念の大部分を共有するレティシア・ユーマンズは、オンタリオの田舎の小さな町での体験や教育によりマーハーとは異なる人生を送った。ユーマンズは、マーハーのようにエリート教育は受けず、かつ社会的なコネもなかったので、彼女によると無理やり押し付けられるまでは、執筆したり講演したりする職業を望まなかった。彼女は教師として働く一方、男やもめと結婚し、彼の 8 人の子どもを育てた後、コミュニティで目にした酒による暴力に立ち向かうために発奮し、1874 年に女性キリスト教禁酒同盟（WCTU）カナダ支部を設立した。そして 1877 年にはオンタリオ WCTU の初代会長になり、最後には 1885 年にドミニオン〔カナダ自治領〕WCTU の初代会長に就任した。彼女は、初めはおずおずと不安げだったが、しばらくすると自信に満ちて、気づいた時には 1870 年代および 80 年代の北アメリカに広がった禁酒法制定を求める多くの政治活動の中で中心的役割を演じていた。彼女はカナダ、アメリカ合衆国、イギリス諸島を回り、1 万人にのぼる聴衆を前に演説した。彼女は晩年、政治的自伝『運動の反響――カナダのホワイト・リボン運動のパイオニア、レティシア・ユーマンズ夫人の自叙伝』（*Campaign Echoes: The Autobiography of Mrs. Letitia Youmans, the Pioneer of the White Ribbon Movement in Canada*, 1893）を執筆したが、そこには修辞効果に気を配り大衆運動に参加する機会を得ることで刺激を受けた賢明な戦術家である彼女の姿が明かされている。その回顧録は又、ヴィクトリア朝カナダにおける女性の演説の魅力的な記録ともなっている。

　ユーマンズは政治的啓発を、言葉を発するための困難だが爽快な過程として描写し、自分の子どもたちが酒類取引で「死刑を宣告される」(4) と思っただけで、話す勇気を得たと説明している。言葉が「別の、より高い源」(p. 108) (5) から彼女に与えられていると認識するまでは、聴衆に向けて演説するのは、恐ろしいことだと感じていた。彼女は、経験不足ながらも雄弁なのは神のおかげであると思うことで、聞き手を鼓舞する自分の言葉の力――オンタリオにおいて WCTU 会員の数がすさまじく増加したことによって証明される事実――を誇ることができた。ユーマンズは、さまざまなキャンペーンをこなすうちに感情的に訴える身振りや言語を習得し始めた。彼女は自分の演説から引用しながら、コミュニティの団結を呼びかける感動的な訴えや、共犯関係についての烈しい告発が、禁酒を訴えるのにいかに効果的であったかを提示する。彼女のレトリックで特に重要なのは、育児・児童保護・家事といった家庭的な表象を、勇ましい抵抗のナラティヴへと変換したことであり、20 世紀初頭になってネリー・マクラング（Nellie McClung）や他の多くの禁酒運動や選挙権運動の活動家たちが、この技法を取り入れることになる。自分の役割を、神の意志を伝達する者、つまり禁酒の戦い――子どもの命とカナダの魂のための戦いであると、彼女はまったく疑いを抱かなかった――の従順な兵士として繰り返し強調する際に、ユーマンズは自分を神の命令を受けた者とみなした。それゆえ、彼女はナラティヴの中心に臆面もなく自伝的な「私」を置くことができたのである。

キリスト教的ヒロイズム

とても敬虔で自己抹梢的な箇所と、自画自賛的な個所とが交互にくるようなナラティヴは19世紀半ばから終りごろの北アメリカでは一般的だった。世界WCTUのアメリカの会長（そしてユーマンズの友人）、フランシス・ウィラード（Frances Willard, 1839-98）の著作集は、破壊的だが、神に認められたヒロイズムの、よく知られたモデルを提供している。カナダの著名な例は、バーサ・カー＝ハリス（旧姓ライト）（Bertha Carr-Harris [née Wright], 1863-1949）著『伝道事業の光と影、または伝道者のノートブックより』（*Lights and Shades of Mission Work; or Leaves from a Worker's Notebook*, 1892）の中で福音伝道のために捧げられた自己犠牲の物語に見いだせる。このオタワのWCTU青年部のリーダーは、物語を通して彼女自身を3人称で語り、自己言及を避けるために受動態と集合名詞（多くは「伝道師たち」）を好んで用いながら、彼女がどのようにして、故郷に「寄る辺なき女性たちの家」を設立する手助けをし、ケベック州ハルの町でフランス系カトリック教徒に布教するために組織されたハル伝道団を支えて苦難の多い初期段階を切り抜けたかを語る。彼女のテクストの大部分は、彼女が強調しているように、失敗と苦労、たとえば、無関心な聞き手やしどろもどろの演説、さらには主の祈りさえも間違って暗誦したことなどの記録である。だが読者は、その自己抹梢的な散文や口下手であることの告白の中にも、懸命に力を尽くした苦闘の興奮を認めることができる。

　その苦闘の興奮がとりわけ明らかになるのは、ライトが仲間の伝道活動家と共にハルの町で体験した激しい妨害について述べる時である。1890年2月、次第に数を増す聴衆に向けて演説しようとした時、ライトらは石や木片を投げつけられた。暴力行為が激しさを増し、彼らは「取り囲まれて通りへと引きずり出され、顔や頭を蹴りまわされ」、警察の介入により、やっと、それ以上ひどい傷を負わずにすんだのだった。そしてその事件は「オタワ・シティズン」紙面で、さらには議会下院での論争を誘発したのである。彼らが武装した護衛の申し出を断り、ハルの町に戻ることを選択したということは、自分たちの正義を確信していることを表していた。終わりのない暴力と脅しの中で、祈りの集会は続いた――「銃がふんだんに発砲され、建物は石の砲弾を受け、窓や戸は粉砕され、しばらくは、地獄が出現したかのように思えた。それにもかかわらず、集会は開かれ、もしハルの町において、失われた者を求めて神と共に熱心に祈ることがこれまであったとしたなら、まさにその時がそうだった。」女性たちの祈りと、聴衆の喧騒や飛び道具とのコントラストは、ライトが劇的効果を楽しんでいることを示している。

　キリスト教的な改革の活力は、アナ・レノウェンズ（Anna Leonowens, 1831-1915）のように、もっと明白な自己力強化の目的に向けることもできた。彼女は夫とアジア中をくまなく旅し

ている途上で、マレーシアで夫を亡くした。そのため、シャム（現在のタイ）王モンクット（Mongkut）の多くの子どもや妻たちに英語を教えることで自分と息子の生活を支えた。彼女は、その経験を有名な『シャム王室のイギリス人家庭教師──バンコク王宮の6年間の思い出』（*An English Governess at the Siamese Court: Being Recollections of Six Years in the Royal Palace at Bangkok*, 1870）の中に記した。これは女性の自立と布教の熱意の物語を、その時期の旅行記で大変流行っていた東洋風異国趣味と組み合わせた自伝的小説である。（その物語は結局、舞台用ミュージカルおよび映画『王様と私』*The King and I* に採用された）。レノウェンズは、自分の経験を、異教・迷信・不正と、「1人のさびしい女性と愛し子の大いなる魂」[9]との間の戦いとして描きながら、シャム宮廷の記事を、読者が期待する野蛮な輝きで満たした。活発な議論の相手であった王に関して彼女は、その腐敗と慈悲の両方を強調し、「罪無く拘束された私の不幸な姉妹たち」（p. 103）を感傷的な言葉で描写し、彼女たちがキリスト教的な自由へと解放されることを強く望んだ。レノウェンズがカナダと関わるのは、この本の出版後の1876年にノヴァ・スコシア州ハリファックスに移った時からである。彼女はその後20年間をその地で過ごし、女性の参政権を求めて活動し、シェイクスピア協会やヴィクトリア芸術学校など多くの重要な文化組織を設立したのである。

セイラ・ジャネット・ダンカン

全ての女性たちが、その信仰心から生じる使命感を確信し出版へと駆り立てられた改革者たちのように献身的だったというわけではなかった。実際に、機知に富み、皮肉屋のセイラ・ジャネット・ダンカン（Sara Jeannette Duncan, 1861-1922）のような女性たちは、いたずらっぽい、からかうようなスタンスを磨いたが、それはまさに真面目さや正統性と結びつけられるのを避けるためだった。ダンカンは今では小説家として有名だが、1880年代半ばにジャーナリストとしてキャリアを積み始めた。彼女はアメリカの「ワシントン・ポスト」紙で名を成し（1885-6）、その後カナダに戻りトロント「グローブ」、「モントリオール・スター」、「ザ・ウィーク」などの紙面に記事を書いたが、その快活でしばしば挑戦的なコラムで幅広い読者層を獲得した。彼女は新聞社でフルタイムで働く最初のカナダ女性としてパイオニアであるという自分の立場を意識しており、眼鏡をかけ、唇をきっと固く結び、不恰好な服装をした気難しいフェミニストの役割を振り当てられないようにしようと決めていた。したがって1886年のワシントン参政権大会の記事を書いた時に、参政権論者の議論力（彼女はすでにその大義への支持を表明していた）のみならず、彼等の服装の特徴やマンネリズムもまた記述するように気を配り、選挙権のために「戦略的に軽薄に振舞った」ように見える者を容認した。[10]彼女は、ひたむきな空想的社会改革者もしくは執拗なプラットフォーム・スピーカーに対しては、しばしば冷淡で時には軽蔑的でもあった──たとえば、彼女の皮肉たっぷりの知性と

は著しく対照的に、熱心だがユーモアを解さない信念の持ち主であるWCTUの地元世話役にインタビューした時のように(11)。ダンカンはいつも、献身的な熱意よりも鋭い分析の方を好んだのだ。

　典型的な女性のコラムといえば、まったく女性的なもの――家庭製品や汚れの除去に関する助言――あるいは、あまり女性的でないもの――1890年代のオタワ「フリー・プレス」においてアマリリス（アグネス・スコット Agnes Scott, 1863-1927）が例示するような社会レポート――のいずれかであった。ダンカンのコラムはその両方だったが、専門領域として主に人が活動する全領域を扱っており、カナダの作家にとって長い間弱点だった著作権法や、カナダの文化（かつてオンタリオを「俗物の大集団」"one great camp of the Philistines"(12)と断言したこともある）、それに帝国の貿易政策といった問題を取り上げた。彼女は女性参政権のための控えめな支持からフェミニストの行き過ぎについての辛らつな嘲りに至るまで、さらにはイギリス帝国の理想の支持から植民地に対する不当な扱いの批判まで、それにアメリカ社会の活力の賞賛からカナダの植民地的な卑屈な態度についての苛立った分析に至るまで、幅広い範囲にわたって率直な意見を表明した。彼女は、いかなる運動またはイデオロギーに対しても完全に支持することはめったになく、反対や賛成のさまざまな態度をとり、懐疑論者、理想主義者、コケティッシュな女として変幻自在に語り、複雑で頑固なペルソナを生み出し、そのペルソナの巧妙な表現によって教条主義もしくは辛らつといった非難を免れた。そのようにしてダンカンは従来の女性向けコラムを、議論を促すための、広く読まれる読者欄へと変化させたのだった。

　3年間の新聞社勤めの後、ダンカンは友人記者と2人で、編集者たちを説得して自分たちの新聞にオリジナル記事を書くために世界中を旅する資金提供を受けた。ロンドンで旅を終えた時に、ダンカンは『社会的旅立ち――オーソドシアと私の世界一周記』（*A Social Departure: How Orthodocia and I Went Round the World By Ourselves*, 1890）を出版した。これは彼女の最も成功した本で、彼女は自己嘲笑的で、生気ある社会観察の達人として名声を獲得した。ダンカンはインドで、植民地政府の博物館職員のエヴェラード・コーツに出会い婚約をして、1890年にカルカッタとシムラで新生活を始めるために生涯カナダを離れた。彼女はその地で文学的情熱を主に小説に向け、国家の形を探り、保守的な社会での女性たちや夢想家たちの経験を記した作品を出版した。社会批評は、絶えず彼女のフィクションの中心となるものである――たとえ彼女が英国領インドでの理想的な正義とその不完全な実施との間のギャップを批判していても（『権威者の下で』*Set in Authority*, 1906と『焼かれた燔祭』*The Burnt Offering*, 1910で行ったように）、また『現代の娘』（*A Daughter of To-day*, 1894）において「新しい女性」が直面する危険を検証していても、あるいは彼女が『「奥様」のちょっとした冒険』（*The Simple Adventures of a Memsahib*, 1893）の中でイギリス系インド人社会に順応していく若妻の滑稽な試練を語っていても。彼女の最も洗練された、評価の高い小説は、おそらく『帝国主義者』（*The Imperialist*, 1904）であろう。この作品はオンタリオ州の小さな都市（ダ

ンカンの故郷ブラントフォードがベース）を描き出したもので、郷愁を帯びていると同時に批判的でもあるが、政治的で個人的な理想主義の脆さが検証されている。ダンカンの名人芸である文体上の技巧や抑制のきいた皮肉、それに鋭い観察力などが彼女の傑作に永遠の魅力を与えている。

　ダンカンほどには知られていないが、旅行記の若い「オーソドシア」（"Orthodocia"）こと、リリー・ルイス（Lily Lewis, 1866-1929）はモントリオール生まれで、その全盛期には著名な記者だった。彼女は「モントリオール・レター」（"Montreal Letter"）と題する一連の小品を1887〜1888年に「ザ・ウィーク」紙面でルイス・ロイド（Louis Lloyd）というペンネームで、（そして恐らくはまた「我らがパリ通信」"Our Paris Letter" や「イタリアからの手紙」"Letter from Italy" を L. L. という名前で 1886〜1887年に）、既に出版しており、その中で彼女は機知と生き生きした描写の技巧を磨いていた。それゆえダンカンとの旅行を、旅行者仲間や土地の住人の特徴的な短所について自分の風刺家としての目を鍛えるために役立てることができた。彼女は、列車によるカナダ横断の旅と日本およびインドをめぐる旅の中で、自分と「ガース」"Garth"（ダンカンのペンネーム）をコメディの中心に置いた愉快で印象的な出来事を記録した。それらは、たとえば（カナダの）ムーソミンの町での不快な宿、日本人ジャーナリストとの意思疎通の失敗、インドにおける土着の人々と統治者の間の関係改善のための誤った試みなどである。彼女がしばしば覗かせる恩着せがましさは、列車旅行者である彼女の偏見に充ちた視点や、海外でのその無邪気な若い女性の当惑した頼りなさを表現する際のあふれる自己嘲笑と巧みな異国風の場面の再現によって相殺される。ルイスが作家としての初期の自分の有望さを生かすことができなかったことは、能力不足というよりも不運な個人的環境によるものだったように思える。[13] 彼女とダンカンが確立した様式は、そしてその中ではヨーロッパおよび異国への旅が文学的ジャーナリズムの好機となったが、ノヴァ・スコシアのアリス・ジョーンズ（Alice Jones, 1853-1933）によって更なる発展を遂げた。ジョーンズは1890年代初期に、「ザ・ドミニオン・イラストレイテッド」と「ザ・ウィーク」に、イタリア芸術と北アフリカ文化に関する洗練された記事を発表した。

ジャーナリスト

ダンカンの多方面にわたるジャーナリストとしての先例にならって、トロントの学校教師アリス・フェントン・フリーマン（Alice Fenton Freeman, 1857-1936）は、フェイス・フェントン（Faith Fenton）というペンネームを用いたが、その業績は、おそらくダンカンよりも際立っていた。「ザ・エンパイア」紙の彼女のコラム「女性の帝国」（"Woman's Empire," 1888-95）は、ファッションの助言を社会風刺と、さらには書評を神智学議論や女性の権利と組み合わせたものであった。そのコラムは、いつもきまって求愛や職業に関する読者からの手紙への返信で終っ

た。時には感傷的で時には現実的な、歯に衣着せぬペルソナを代わる代わる登場させながら、社交界の出来事、殺人事件の裁判、恵まれない人々のための施設について報道し、絶賛されたアメリカの女性参政権論者スーザン・B. アントニー（Susan B. Anthony）や、カナダ総督の妻レディー・イシベル・アバディーン（Lady Ishbel Aberdeen）といった識者や活動家の来訪についても報道した。

　やがて、フェントンの社会の見方は、特に女性の地位に関して、ジャーナリストとしての自分の役割がさらに重要になるにつれて、より大胆になっていった。彼女は色々な場所に出かけ始めた。時には重要人物に面会するのに自分の高まりつつある名声を利用して、ジョン・A. マクドナルド（John A. Macdonald〔カナダの建国の父の1人で初代首相〕）を夏の別荘に訪ねたり、時には浮浪者に変装してトロントの暗黒街をお忍びで訪れ、「ハウス・オブ・インダストリー」（House of Industry〔貧民救済施設〕）でナンキンムシに悩まされる夜を過ごしたりした。彼女はケベックの荒野で野営をして、「麗しの州〔ケベック州〕」を受け入れていないと、イギリス系カナダ人読者を叱責し、1893年にはシカゴ万博を視察して、国際女性会議の例会に特に注目した。「ザ・エンパイア」での職を失った後、「カナダ・ホーム・ジャーナル」の編集者となった時に紹介することになる組織である。彼女は「グローブ」紙の仕事でカナダのクロンダイクへと旅することにより、勇気ある報道の仕事を完成した。つまり、1898年にドーソン・シティまで湿地のテスリン・トレイルを徒歩で苦労して進みながら、西部ゴールド・ラッシュの活気とむさくるしさを報告し、ジャーナリストの開拓者・勇敢な旅行者としての名声を確固たるものにしたのである。

　アイルランドからの移民で2人の子どもを筆一本で養ったシングル・マザーのキャスリーン・ブレイク・コールマン（Kathleen Blake Coleman, 1856-1915）は、「ザ・エンパイア」紙のフェントンのコラム「女性の帝国」が消えるのを残念に思った――たとえ自分がライバル「ザ・メール」（The Mail）のコラム「女性の王国」（"Woman's Kingdom"）の著者として、1895年に「ザ・エンパイア」と「ザ・メール」が合併した時にフェントンが失った読者の一部を獲得したかもしれないとしても。コールマンの5年におよぶ土曜コラムは当時既に国内で最も成功したものであったし、1911年に辞職するまでずっとそうであった。（他紙に）同時配信された1ページ以上の記事には、社説、小品や書評を集めた「ポプリ」欄、コールマンが読者からの質問に答える1つもしくは複数の投書欄などがあり、カナダのみならずアメリカ合衆国からもファンレターやリクエストの手紙が寄せられた。読者は失恋や禁じられた恋を告白するために、自分たちの個人的な不満を吐き出すために、またはジャーナリズムの世界に入ることや、濃い髭が生えること、女装する息子への対応といった問題について助言を求めるために投書してきた。これは女性たちの領域だった――キット（コールマン）が新聞社に採用されたのは、女性読者を惹きつけ、移動が可能になった都市世代の生活で欠けているか無視されている女性助言者の役割を果たす、まさにそのためだった――しかし彼女のペルソナとスタイルは、とても魅力あるものだったため、多くの男性読者もまた、彼女に投書してきた。た

とえば〔カナダの首相も勤めた政治家〕ウィルフリッド・ローリエ（Wilfrid Laurier）は、彼も熱心な読者であることを明かした。

　他の人気女性ジャーナリストと同じく、コールマンは旅をし、時にはスタント・ジャーナリズムに没頭し、一度はイギリスのロンドンのスラム街を歩くために男装したりもした。最後には 1898 年に米西戦争について報道するためキューバに派遣され、最初の女性従軍記者としての名声を確立した。だが、彼女は主として助言者として知られていた。彼女は自説を曲げず断固たる信念を持つ一方で思いやりがあり、おどけているので、何人かの読者を怒らせはしたが、多くの読者を魅了し、孤独な人々や過ちを犯した人々、社会から追放された人々の擁護者として脚光を浴びた。彼女は物議をかもすような問題に深く関わることを恐れなかった。たとえば、女性たちには虐待する夫と別れるように助言し、キリスト教徒には独善的な判断をあまりしないように、また男性たちには性の二重基準を考え直すようにと助言したが、それでも彼女の品位や女らしさを損なうことはなかった。コールマンのコラムに登場するパーソナリティは多面的で、つまりおどけていて陰気、感傷的で皮肉屋にもなりうるので、彼女が語ることに読者の関心を引き寄せ続けた。コールマンが投稿者「ある罪びと」に次のように痛烈なことばで応じた時、多くの読者はほくそ笑んだにちがいない――「あなたは私に『前回とまったく同じ状況に』いて、『私の助言が欲しい』と書いています。でも欲しくはないのです。なぜなら、もしそうなら、前回私の助言を受け取った時、それに従ってあなたのお子さんの母親と結婚していたでしょうから。」(14) 彼女はプロテスタントのトロントにおいて相も変わらずローマカトリックに敬意を表する背教のカトリック教徒として、また「トロント・ザ・グッド」〔トロントの綽名の一つ。1880 年代、トロントの市長になった William Holmes Howland が選挙戦中に道徳・宗教・改革を掲げて付けた呼び名〕に対して時には軽蔑を表す教養ある、旅行経験豊かな国際人として、カナダの人々をもっと広い世界に遭遇させた。おそらく最も重要なのは、彼女がカナダの人々に自分たちは彼女を知っているし、彼女の方も自分たちを個人的に知ってくれていると感じさせたことだった――しかも彼女の威厳と神秘性は保ったままで。彼女が投稿者たちに決して会いたくないと主張しながらも、彼ら一人ひとりに彼女から愛されていると思わせたことは、それ自体成功だった。

E．ポーリン・ジョンソン

ダンカン、フェントン、コールマンといった作家たちは、旅を読者の興味をそそる書き物（三面記事）の一部としたけれども、カナダの最も有名な作家兼パフォーマーは旅で生計を立てた。つまり米大陸を行き来して（そして大西洋を渡ってロンドンに行き）、荘厳な劇場から今にも壊れそうなサロンに至るまで、さまざまな会場で、エキゾティックな先住民の服装をして詩や短編を朗読したのだった。イギリス生まれでクエーカー教徒の母とオンタリオ

州ブラントフォード近くの6部族連合保留地出身でモホークの父の娘、ポーリン・ジョンソン即ちテカヒオンワケ（Pauline Johnson, or Tekahionake, 1861-1913）は、イロコイ人のための特使として登場し、魅了された聴衆に先住民の考え方を広めた。聴衆は、彼女の鬨の声、本物らしい衣装、劇的な詩、ブラック・ビューティ（肌の浅黒い美人）に興奮した。ジョンソンは節度ある関心とそそられた好奇心で迎えられたので、矛盾する多様な期待をうまくこなし、「われらの土地とわれらの国を返せ(15)」と訴える「家畜泥棒」（"The Cattle Thief," 1894）のような劇的なバラッドの怒りと、カナダの風景やカヌーの伝説（ロマンス）についてのエロティックな抒情詩とのバランスを保つことが巧みになっていた。彼女の不正に対する弾劾もまた、滑稽な独白や、聴衆とのからかうような会話のやりとりや、「カナダ生まれ」（"Canadian Born," 1900）のような熱烈な愛国詩によって和らげられ、必ず聴衆を満足させた。明白に先住民的な内容が彼女の詩や小説の大半を占めることはなかったにもかかわらず、聴衆が大変すばらしいと思うのはほとんどいつもその題材であった。巡業生活に疲労を感じるようになるにつれ、彼女は小説やエッセイを大衆的なアメリカの雑誌に発表することがだんだん多くなり、自分の人生を題材にしたり（「私の母」"My Mother," 1909）、自分の種族の物語（「偉大なる銅色種族の母たち」"Mothers of a Great Red Race," 1908）を使ったりして、先住民が過去および現在の白人社会に貢献していることを読者に知らせた。彼女の読者全てが彼女の著作により開始された挑戦に耳を傾けたわけではなかったが、彼女の作品は多くのファンと読者に強く訴えかけたのである。

社会問題小説

ジョンソンの社会批判は、同時代の人々のものと一線を画するものだった。当時の人々の多くは先住民の状況についてほとんど考慮していないか、ありきたりの考え方しかしていなかったからである。とはいえ、彼女はそれにより、世界的な文学の動向に影響を受け社会問題を教訓的に記述している小グループのカナダ作家たちとつながった。不正に対する怒りがジョアンナ・E. ウッド（Joanna E. Wood, 1867-1927）の『気ままな風』（*The Untempered Wind*, 1894）のベースとなっている。この作品は不幸にも「妻ではなくて母(16)」になった1人の若い女性マイロン（Myron）に、村人たちが加えた残虐行為を告発したものである。ウッドはヒロインの違法な性関係の神聖さを主張し――「これ以上神聖な天蓋はないと思えるトパーズ色の夏の空の下で」（p.6）――ヒロインが母性を通してさらに浄化していくのを力説することによって、この反牧歌物語の基礎をなす母性主義フェミニズムの政治力学を明らかにする。つまりこの物語の中では1人の女性の信念と自己犠牲的な愛が社会の慣習に勝るのだ。衰退に対する世紀末的な魅惑は、追放されたヒロインの純粋な美しさと健全な母性を強調するナラティヴに示唆されており、ヒロインの身体的活力は村人たちの身体的弱さ、奇形、性的サ

ディズムと対照的である。マイロンがコレラの流行の間、病人の世話をした後で最後には亡くなることによって、村人たちが精神的・身体的再生を果たす唯一の可能性の源は絶たれる。ウッドはオンタリオ州クイーンストン生まれで、方々を旅し、アルジャノン・チャールズ・スウィンバーン（Algernon Charles Swinburne, 1837-1909）のアヴァンギャルドな詩の影響を受け、後期小説では情熱的な女性たちに焦点をあて続けた。

　同様にマリア・アミーリア・フィッチ（Maria Amelia Fytche, 1844-1927）の『魂を捕える頭巾』（*Kerchiefs to Hunt Souls*, 1895）も、衰退性の病（変成疾患）の恐怖を喚起しながらもそれを田舎の環境と関連づけながら、「新しい女性」が達成感ある仕事を通して自立を強く望むことと、全てを焼き尽くすような愛への長年の憧れとの間で葛藤するさまを表している。その小説では、カナダ人教師ドロシー・ペンブロークが自分の仕事、自分の国、自分にふさわしい求婚者のもとを去りパリに旅立つが、そのパリで、放蕩貴族ですぐ後に悪党だと判明する画家に追い回され、求婚される様子が描かれる。この男は初めのうちは彼女を自分のミューズだと言っていたが、次には彼女を捨て、イギリスで2人が挙げた結婚式は新教徒の儀式に基づいていたので、カトリックの自分には意味をもたないし、フランスでは法的拘束力は無いと彼女に伝える。ドロシーは彼が別の、もっと裕福な女性と結婚しようとしていると知ると、彼を殺そうと目論むが病気になってしまう。この小説は、知的な女性がいかに自分自身の堕落——彼女はそれを熱情的な愛情と誤解したのだが——に関与してしまうかを探る。女性を心理的に搾取され易くしている社会的な要因は、パリに着いて友人のいないドロシーが宿舎を探したり、仕事について尋ねたりすることを恥ずかしく思うように仕向けられている場面で示されている。ドロシーは最後にはカナダ人の恋人と再会し、臨死状態の病と狂気に陥る可能性から——これらは女性にとっては性的熱情の結果であると物語は暗示している——救われる。熱烈な恋愛と堕落との関連は、永遠に真実なのか、それとも、女性嫌いの体制の結果なのかは、無理があるかもしれないが興味深いこの小説では明らかにされていない。フィッチはハリファックスとセントジョンで暮らし、結婚することはなかった。

　多くの社会問題を伝えているのは、ノヴァ・スコシアのマーガレット・マーシャル・ソーンダーズ（Margaret Marshall Saunders, 1861-1947）の小説である。彼女の『武具の家』（*The House of Armour*, 1897）は、子どもの貧困、工場システムの不正、その他の社会問題を扱っている。しかし、ソーンダーズは今日、動物の虐待についての小説や短編で最も知られている。彼女自身、熱心な動物愛好家だった（そして晩年はますます常軌を逸したものになった）。アメリカ動物愛護協会主催のコンテストで優勝した『ビューティフル・ジョー——ある自叙伝』（*Beautiful Joe: An Autobiography*, 1893）は、彼女が知っていた実在の犬——虐待する飼い主から救い出された雑種犬——と17歳で亡くなった妹ローラを基にした物語である。この小説はジョーによる1人称で語られ、一連の動物虐待を扱い、馬の断尾から農場飼育動物の放置や女性の帽子のために鳥を大量殺戮することに至るまで、幼い読者に下等な生きものに対する義務を教えることを目的としたいわれのない苦難の物語を伝えている。

結局、この小説は、娯楽や利益のために動物を利用する——食用のために動物を殺すのではなく——人間の権利を疑問視するまでには至っていない。しかしながら、この小説は、たとえそのために利益が減じたとしても、人間には動物の苦難を防ぐ道義的責任があることを重要視することによって、その感傷的な物語に倫理的な意味を与えている。ソーンダーズは続けて動物たちが自身の苦難とサバイバルの物語を語る数多くの小説を出版したが、その中には『ニタ——アイリッシュ・セッターの物語』(Nita, the Story of an Irish Setter, 1904) や『プリンセス・スーキー——ハトと人間の友だちの物語』(Princess Sukey: The Story of a Pigeon and Her Human Friend 1905) などが含まれる。多くの慈悲文学に（その時期は北アメリカ中に愛護協会が設立された）典型的なことだが、これら動物の自叙伝は、相互の責任・依存・思いやりなどが重なり合う関係にあるヒエラルキーとしての社会秩序についてキリスト教的理想像（ヴィジョン）を映し出している。

　道徳的およびキリスト教的な主題は、リリー・ドゥーガル（Lily Dougall, 1858-1923）の小説の特徴であり、『一日のマドンナ』(The Madonna of a Day, 1895) は、「新しい女性」の2つの可能なタイプを1つに結び付けた。慣習にとらわれない自由思想家のヒロインは、小説の冒頭で、列車のデッキで牧師と出会い、煙草を吸ったり自由奔放な振る舞いで彼をぎょっとさせて大いに楽しむ。ところが列車事故によりブリティッシュ・コロンビア・ロッキーで一群のごろつきの手中に落ちた後では、彼女は題名の「マドンナ」、すなわち清純な女性として登場し、その使命はきまぐれ男たちを道徳的に更正させることである。近代女性に関するこの時期の小説の多くは、その女性を社会や人間を再生させる者と想定する。フローラ・マクドナルド・デニソン（Flora MacDonald Denison, 1867-1921）の『メアリー・メルヴィル——巫女』(Mary Melville; The Psychic, 1900) は、かたくなに非キリスト教的だが、社会救済という主題の変化の一例を示している。ヒロイン（数学の神童で、霊的能力と念力が備わっていると思われたデニソンの病気の妹、メアリー・メリル Mary Merrill とすぐにわかる）は、解放されるのを待ち受ける人間の魂の霊的で超自然的な力のモデルである。正統のキリスト教信仰が持つ残酷さや迷信を非難しながら、その小説は普遍的な人類愛と平等の先駆けとなる世界的な精神的・社会的革命を要請する。

女性参政権論者と社会改革家

　その小説の出版から数年後、デニソンは女性参政権運動の主要な活動家となり、急進的な人々の日刊新聞トロント「サンデー・ワールド」(1909-13) の女性コラムの担当者として採用された。デニソンは女性参政権獲得のみに情熱を傾けたわけではなかった。彼女の関心は多方面にわたる非正統的なものであったが、その中には、超心理学、自由思想、神智学（諸派統合の東洋の影響を受けた宗教）、菜食主義、ウォルト・ホイットマンの詩的哲学などが含ま

れていた。晩年には彼女はトロント北部のボン・エコーで自然保養所を経営したが、そこにはカナダやアメリカの芸術家や自由人たちが集まり、社会主義について議論したり降霊術の会でホイットマンと語り合ったりした。しかしながら、日刊紙「ワールド」で週1回コラムを執筆していた4年間、デニソンは女性参政権を社会的に重要視し、その不断の擁護者となった。トロントで活動休止状態に陥っている女性団体を奮起させながら、女性運動を世界の病弊に対する精神的な解決策として構想するような革命的言語を展開していった。

　キリスト教的枠組みとカナダ穏健派の中産階級的展望を拒絶すると、デニソンは、それに代わる1つの展望を表明した。女性参政権は社会改善に対する基本的権利であり手段であるばかりでなく不正に向かっての壮大な攻撃にもなり得たし、さらに「真のデモクラシー、真の人類愛のために闘う時代の大霊の大部分」[17]でもあった。女性参政権運動家たちは、この概念の中では単に政治活動家というだけでなく栄誉ある殉教者でもあり、彼らが示した模範と自己犠牲は新しい世界秩序をもたらすことになるものだった。精神性を重視したことと変化させ得る力を持つヴィジョンによって、デニソンは第一次世界大戦直前の数年のうちにフェミニズム革命を求める説得力ある表明者となった。彼女の声が過激派グループ側に立ったものだったことは、1914年にデニソンがカナダ女性参政権協会の会長をおそらくは強要されて辞職したことに暗示されている。

　女性参政権を求めて、もっと穏健的でさらに説得力ある発言をしたのはネリー・レティシア・マクラング（Nellie Letitia McClung, 1873-1951）で、彼女は西部のマニトバ州とアルバータ州に関係が深い活動家だった。マクラングは小説『ダニーで種をまく』（Sowing Seeds in Danny, 1908）で初めて注目されるようになった。この小説は、同じ年に出版され当時同様の人気を誇ったL. M. モンゴメリ（L. M. Montgomery）の小説『赤毛のアン』（Anne of Green Gables）と同じく、想像力豊かで活気に満ちた少女の物語で、その楽観主義が彼女のコミュニティを変えていく。ただモンゴメリの小説と違い、『ダニー』は改革することに焦点をあてる。パーリーはコミュニティの病弊を解決するために介入し、その続編『パープル・スプリングズ』（Purple Springs, 1921）では、女性参政権運動家となる。この作品でマクラングは、1914年から1915年にかけて女性参政権の闘争中に体験した思いがけない出来事を小説化したが、この活動中に彼女はカナダ中で有名になり、彼女の重要なエッセイ集となる『このような時代に』（In Times Like These, 1915）を出版するに至った。

　『このような時代に』は1914年のマニトバ選挙キャンペーンの間にその萌芽があった。当時マクラングは女性選挙権を党の政綱とし、禁酒令について住民投票を行うことに乗り気になっていた自由党を支持して、汚職だらけの保守党政府と戦った。彼女の戦略は、首相ロドモンド・ロビンの選挙運動コースにぴったりとついてまわることだった。彼が特定の都市で話すと、マクラングが数日後にそこで話し、彼の主張を冷やかし自分の主張を提案した。子どもの頃から素晴らしい物まね名人の彼女は、彼のことばのマンネリズムや独特の修辞上の戦略をからかい真似ることによって聴衆を沸かせた。さらに、鋭い機知と率直な話し振りに

説得力ある論理で、彼女は聴衆の尊敬と共感を勝ち取った。公式には自由党選挙チームの一員だったことは一度もなく、自分の旅費を払う（彼女の講演に入場料を課すことにより費用を支払う）と力説したにもかかわらず、彼女は保守党幹部の最も恐い敵となり、(マニトバ州)ブランドンで肖像画を焼かれるほど憎まれ、政権擁護派によって辛らつに戯画化された。自由党は、その時、保守党を破りはしなかったが、マクラングが1年後の保守党崩壊に一役買ったのは明白だったし、女性参政権および母性フェミニズム・イデオロギーという目標のための布陣は、以後何十年にもわたり女性運動の方向を決めた。

　選挙運動の先々でも、彼女の演説を基に記述した機知に富み心に残るエッセイの中でも、マクラングはよく知られた比喩的表現や言い回しを蘇らせるすばらしい能力を備えていた。視点を変えたり再定義したりすることで、新鮮なユーモアや現実的な観点に置き換えながら、社会的な議論でおなじみのものに訴えかけた。たとえば、腐敗した政界は決して女性にふさわしい場所ではないといった使い古された格言に応じながら、彼女は「政治に積極的に携り、政治は女性にとってはあまりにも腐敗しきっていると宣言する男性は誰でも、2つのことがらのうちの1つ、すなわち自分はこの腐敗の当事者であるか、腐敗を防ぐことができなかったかのどちらかであると認めているのと同じなのです――そしてどちらの場合でも何かがなされるべきなのです」[18]と宣言した。ロブリン首相が女性に対する彼の騎士道精神的な配慮、つまり女性は世界から守られるべきだという彼の好みについて話すと、彼女は「騎士道精神は正義に対する貧弱な代用品です」(p. 42)と断言した。陳腐な決まり文句を葬り去ってしまう彼女特有の能力――彼女は好んで「もし女性が天使なら、できるだけ早く彼女たちを公的生活へ入れる努力をすべきです。なぜならそこではまさに今現在、天使が大いに不足しているのですから」(p. 51)と言った――その能力により、彼女は相手が持っている標準的イメージや警句、特に家庭生活への感傷的な言及を、フェミニスト支持の主張へと変えることができた。たとえば、「女性たちは大昔から、ものを片付けてきたのですから、もし彼女たちが政界に入るようなことになれば、積年のほこりがたまった棚や手つかずのコーナーなどは一掃され、政治の絨毯たたきの音が国中に響くでしょう」(p. 48)と印象深く宣言した時のように。

　そのような改革志向の楽観論や覚悟は、マクラングの広い交際範囲における多くの西部の作家や活動家の根本思想であり、その中には彼女の親友でアルバータ州エドモントンを基盤とするエミリー・マーフィー（Emily Murphy, 1868-1933）がいた。彼女はエドモントン女性裁判所の警察判事としての業績、および「フェイマス・ファイブ」〔彼女とネリー・マクラング他3名の女権運動家のグループ〕の一員として、1929年に女性たちを「人（persons）」と法的に認めさせるためのキャンペーンを行ったことで最もよく知られている。しかしながら、彼女は最初のうちは、カナダの雑誌や新聞への投稿作品を通して、また個人的な小品を集めた4冊の選集の出版を通して、社会改革者・プレーリー専門家として、その権威を確立していたのである。それら選集の中で彼女の全盛期に最も広く知られたのが、『西部のジェイニー・

カナック』(*Janey Canuck in the West*, 1910) だった。これは開拓者の生活についての詳細な物語で、プレーリーの人々、特にドゥホボール派〔ロシアに起源を持つ敬虔なキリスト教の教派で、19世紀に多数カナダの平原諸州へ移住した〕開拓移民たちについてのユーモアあふれる個人的逸話と自意識の強い寛大な物語で満ちていた。有望な未来の市民としてのドゥホボール派開拓移民に対する彼女の賞賛――不屈で、つましく純真で敬虔――と、彼女の物語が伝える陽気な活力と親しみやすい物珍しさによって、マーフィーのペルソナは、快活な不遜さは少し抑え気味に、良識と道徳的な分別をわきまえた西洋女性の原型として定着した。

　マーフィーはコミュニティを基礎から徹底的に建設する機会を得ることで刺激を受けた改革者だった（彼女は『ジェイニー・カナック』の中でエドモントンについて「基礎が築かれる最初の日々に住み、時々は、石を置き、モルタルを運び、ぴたりと正しい位置に据えることができることは楽しい[19]」と書いている）。一方、ウィニペグのジャーナリスト、フランシス・マリオン・ベイノン (Francis Marion Beynon, 1884-1951) は急進論者だったが、その旺盛な探求精神と強烈な平和主義によって、結局フェミニスト仲間のほとんどと不和になった。ベイノンは、「マニトバ・フリー・プレス」紙で女性のためのコラムを執筆していたリリアン・ベイノン・トマスの妹で、『穀物栽培者の手引き』(*Grain Growers' Guide*) の女性欄「田舎の主婦」("The Country Homemakers") を担当していたが、そこで女性の平等と農場生活の負担の緩和を訴えた。室内装飾、家事、乳児のしゃっくり、「耳の中の異物[20]」など多くのことがらについて読者の質問に答えながら、彼女はさらに女性の国政に参加する権利と責任について女性たちを啓発しようとした。彼女は、必要とされているのは「国家の母の新しい精神[21]」にほかならないと主張した。ここでの彼女の文体は、友人の1人で、その直接行動主義を彼女がしばしば記録し賞賛したマクラングのものに非常に近い。ベイノンはまたマクラングに異を唱えるのに臆することもなかった。たとえばマクラングがボーデン首相の「戦時選挙条例」を受け入れた時に行ったように。その条例によって兵士の親族である女性は選挙権を獲得することができたが、一方で1902年以降に帰化した外国人は選挙権を没収された。マクラングの性急な妥協に対する彼女の反論は大変説得力があったので、彼女は数週間後にはマクラングの率直な前言撤回を公表することができたのだ。

　ベイノンは第一次世界大戦の勃発に愕然とし、それにより社会改善への彼女の信念は粉砕された。彼女は戦争勃発が無批判な愛国主義と体制順応主義を引き起こすと非難した。彼女は戦争による不当利益と政治の私利追求を嘆き、それらが国民に息子たちを戦場に送るようにしむけていると考えた。その結果、彼女の見解はカナダの主流の意見とますます対立していった。1917年に解雇されるというかたちで職を辞した後、彼女はおそらくカナダにいることが耐えられなくなり、ウィニペグを離れニューヨークに向かった。彼女は、姉と一緒のニューヨークで、プレーリーの革新運動の期待と失敗についての個人的な総括である『アレタ・デイ』(*Aleta Dey*, 1919) を執筆し出版した。マニトバの農場で成長する語り手の架空の伝記として、この作品は、ある辛い反抗について述べる。「私は自由になるために生まれて

きた」と語り手は冒頭のページで語り、「でも両親は私に恐怖心を抱かせるため、主に神を持ち出して私を脅し服従させた⁽²²⁾」と伝える。ヒロインは、自分の良心に従い、女性参政権論者・反戦主義者となっていく。彼女は最後には反戦のスピーチをしている間に起きた群衆との乱闘で受けた傷が原因で亡くなるが、その死は民主主義であるはずのものが持つ凶暴性を告発している。社会正義に関する初期の彼女のエッセイでは、語り手は資本主義と社会主義の両方を拒否し、愛、平和と自己犠牲といった根本的なキリスト教倫理を選び、社会主義者の友人ネッドに「あなたが所属している社会主義者の共同体は、独自の考えを持ち合わせている人なら誰にとっても新たな地獄となるでしょう」（p. 146）と告げる。その当時の社会経済システムにおける希望を捨てた時、彼女にできるのは「信仰と奉仕という新しい理想主義」（p. 146）を呼びかけることだけである。

　ウィニペグにおいて、ベイノンの仲間の女性参政権論者・改革者・ジャーナリストは、E. コーラ・ハインド（E. Cora Hind, 1861-1942）だった。彼女は、その著述によって活動家仲間の誰とも違う、ある方向、つまり農業市場に関する世界的な専門家になる道に進むことになった。速記者として働いた後で、ハインドは自分の農業の知識をマクミラン出版と、後には「マニトバ・フリー・プレス」紙のために発揮して、1901年には商業兼農業担当の編集者として仕事を始めた。彼女は、この仕事で国中の小麦生産地域を訪れ、小麦の状態や穀粒の数とふくらみ具合に基づいて収穫量を予測した。彼女の名声は1904年に決定的に確立された。その年、さび病が原因で3,500万ブッシェルという極端に低い収穫量を予測したシカゴの専門家とは反対に、ハインドは5,500万の収穫を予測したのだった。公式の総数が5,400万という収穫量で入ってきた時、北アメリカにおける卓越した収穫予言者としてのハインドの地位は定着した⁽²³⁾。彼女はその時からずっと72歳になるまで毎年夏に収穫を調べ、「フリー・プレス」紙9月号に予測を発表したが、その正確さは、多くの人にとってほとんど超自然的に思えた。彼女は全幅の信頼を得たので、穀物取引者たちが彼女の予測にしたがって価格を設定しようとやってきた。こうして国の経済にとっての彼女の重要性は広く認められた。女性に対しての進歩的な考えを持つことで知られているわけではない男性たちから大変尊敬されていたので、彼女は1913年に彼女の収穫量の予測が低かった時のように、世間の非難にも勇敢に立ち向かうのをいとわなかった。彼女は女性参政権論者としていとも簡単に、女性だってやれば男性の仕事ができると示すことで、恐らく最もうまく女性たちを支持したのだ。彼女の著作は率直で控えめで、一見、自負心もなさそうだった。

　ポスト・コンフェデレーション期のカナダにおける多くの他の女性作家たちと同様、ハインドも先例のないほどの卓越性と正統性を獲得した。伝統的な権威の源が、急速な都市化と世俗化が進むこの時代に弱まるにつれて、また禁酒と選挙権運動により、説得力と思いやりのある社会指導者として女性の潜在能力が目立つようになるにつれて、読者たちはしだいに彼らに現実的な助言、情報、道徳的導き、社会的な洞察力——そしてその上に刺激的な娯楽も——求めるようになった。伝統にとらわれない意見と大胆な自画像で聴衆の興味をひくこ

とによって、または道徳的信念と感動的なレトリックを駆使して聴衆を安心させることによって、そのいずれであろうと、女性作家たちはヴィクトリア朝およびエドワード朝カナダの大衆文化に大いに寄与したのである。

注

1. Louis Lloyd（Lily Lewis）, "Montreal Letter," *The Week*（February 9, 1888）, p. 169.
2. Marjory Lang, *Women Who Made the News: Female Journalists in Canada*, 1880-1945（Montreal: McGill-Queen's University Press, 1999）, p. 5. pp. 11-20 も参照。
3. Paul Rutherford, *A Victorian Authority: The Daily Press in Late Nineteenth-Century Canada*（Toronto: University of Toronto Press, 1982）, p. 28. pp. 24-35 も参照。
4. Letitia Youmans, *Campaign Echoes*（Toronto: Briggs, 1893）, p. 106.
5.「カナダ第一主義」（Canada First）は、ポスト・コンフェデレーション期のナショナリズム運動。
6. Bertha（Wright）Carr-Harris, *Lights and Shades of Mission Work*（Ottawa: Free Press, 1892）, p. 89.
7. Sharon Anne Cook, *"Through Sunshine and Shadow": The Woman's Christian Temperance Union, Evangelicalism, and Reform in Ontario, 1874-1930*（Montreal and Kingston: McGill-Queen's University Press, 1995）, pp. 4-6.
8. Carr-Harris, *Lights and Shades*, p. 92.
9. Anna Harriette Leonowens, *The English Governess at the Siamese Court*（Oxford: Oxford University Press, 1988 [1870]）, p. 67.
10. Sara Jeannette Duncan, "Woman Suffragists in Council," *The Week*（March 25, 1886）, p. 261.
11. Sara Jeannette Duncan, "Woman's World," *The Globe*（November 2, 1886）, p. 6.
12. Sara Jeannette Duncan, "Saunterings," *The Week*（September 30, 1886）, p. 707.
13. Peggy Martin, *Lily Lewis: Sketches of a Canadian Journalist*（Calgary: University of Calgary Press, 2006）を参照。
14. Kit（Kathleen Blake Coleman）, "Woman's Kingdom," *The Mail*（December 27, 1890）, p. 5.
15. Pauline Johnson, "The Cattle Thief," in *The White Wampum*（London: John Lane, 1895）, p. 15.
16. Joanna E. Wood, *The Untempered Wind*（Otawa: Tecumseh Press, 1994 [1894]）, p. 6.
17. Flora MacDonald Denison, "Under the Pines," Toronto *Sunday World*（December 4, 1910）, p. 7.
18. Nellie L. McClung, *In Times Like These*（Toronto: University of Toronto Press, 1972）, p. 48.
19. Emily Ferguson（Murphy）, *Janey Canuck in the West*, 3rd ed.（Toronto: Cassell, 1910）, p. 305.
20. Francis Marion Beynon, "The Country Homemakers," *Grain Growers' Guide*（February 9, 1916）, p. 10.
21. Beynon, "The Country Homemakers,"（October 1, 1913）, p. 9.
22. Beynon, *Aleta Dey*（Peterborough: Broadview Press, 2000）, p. 11.
23. Carlotta Hacker, *E. Cora Hind*（Don Mills: Fitzhenry and Whiteside, 1979）, pp. 37-40.

12

カナダと第一次世界大戦

スーザン・フィッシャー
(Susan Fisher)

これまで第一次世界大戦は、「巨大で無益な死の谷(1)」ともいうべき無意味な大量殺戮であるとみなされてきた。ところが実際には戦時中のみならずその数十年後においても、多くのカナダ人はそうは考えてこなかったのである。1914年9月、メソジストの牧師であるサミュエル・チョウンとA. カーマンの2人が、戦争の「悪を撲滅する」ことから生まれた効用について次のように述べている。「私たちの魂を熱く燃え立たせ、感嘆させるような愛国心がほとばしり出た。英雄的な犠牲や勇敢な行為にならおうという気にさせられたのである。私たちには国がある、自分たちのものだと呼べる国、それを守り奉仕することで団結できる国があるのだと皆が感じるようになった。この7倍もの激しい戦火の中で、我が同胞の多様な個性が溶けあい、美と力に結晶したのである(2)。」戦争からわずか1か月後、さらに最も激しい戦火——イープル、ヴィミー・リッジ、パッシェンデールの第2回目の戦い——が始まる。しかしすでにチョウンとカーマンの演説に予見されるように、カナダの戦争は国家生成のるつぼという神話的な様相を帯びていったのである。1917年のヴィミー・リッジにおける勝利——この時カナダ全土から集まった兵士からなるカナダ4部隊は英国軍もフランス軍も踏み込めない高地へと進軍した——は、今なお「カナダを国家たらしめた重要なきっかけ(3)」であるとされている。

戦いから90年後の2007年4月9日、ヴィミー・リッジの記念碑(カナダ最大の戦争記念碑)は数年をかけた復旧の後に再開された。式典のスピーチで女王は、「カナダの卓越性のいしずえを求めるものはここ、ヴィミーを出発点とするのが当を得たことであろう」と言明した。スティーヴン・ハーパー首相はその演説で、「いかなる国にも国造りの物語というものがある。第一次世界大戦とヴィミー・リッジの闘いは、我が国造りの物語の中心となるものである(4)」と言った。このような戦争観は、戦争という恐ろしい代価を正当化する手段として始まったものだという議論も続いている(5)。800万の人口のうち、カナダは60万人を戦争に送り込み、そのうち6万人が命を落としたのである。戦争はまた非常に多くの家庭に悲しみをもたらしだけでなく、1917～18年のカナダ徴兵危機(ケベックとの対立)という敵意がその後も長く尾を引いたという点でも、国内においてまで犠牲を強いた。徴兵に反対するケベックの住民は裏切り者とけなされたのである。一方彼らの側は英系カナダ人のことを人種差別主義者

カナダ文学史

とみなしていた。この不穏な空気の中で1918年4月、ケベック市で4人の市民が銃撃されたのであるが、彼らもまた戦争の犠牲者であり、ケベックの人々の記憶に焼きついたのである。

愛国詩

カナダは戦争に協力する作家を正式には募らなかったものの（イギリスはこれを戦争宣伝局でやったのであるが）、愛国文学を産みだした。(6) 詩、物語、手紙、そして目撃記事が新聞、雑誌に満載された。つまりおびただしい数の短い戦争詩が出現したのである。このほとんどの作品はアマチュアや二流作家たちによって書かれているが、実際にはこの時代のすべての重要な作家が戦争について筆をとった。たとえばブリス・カーマン（Bliss Carman）はフォッシュ将軍（Maréchal Foch）〔Ferdinand Foch は1918年、第二次マルヌ会戦でドイツ軍の進撃を阻止し、勝利へ導いた〕への賛歌である「マルヌ川の男」（"The Man of the Marne"）を書いた。ロバート・ステッド（Robert Stead）の頌歌である「ハルトゥームのキッチナー伯」（"Kitchener of Khartoum"、ローン・ピアス Lorne Pierce〔カナダの出版業者・編集者・文学評論家、カナダ文学の育成に寄与した作家・批評家・教育者対象の、権威ある Lorne Pierce Medal がある〕によって戦時中の最も優れた詩の1つとみなされたもの）は、キッチナー元帥を「国のすぐれた指導者」として称賛している。第一師団の上級牧師として従軍し、戦争の現実を知っていたフレデリク・ジョージ・スコット（Canon Frederick George Scott）でさえ、こうした愛国心が広がりゆく潮流を避けようとはしなかった。「帝国の王冠」（"The Crown of Empire"）の中で彼は、戦争を大英帝国の義務だとして次のようにうたっている。「母なる声がわたしたちを呼んでいる／海の向こうからそれが聞こえる／あなたから受け継いだこの血／それはあなたのために流す血なのだ。」彼の「ボア通り〔戦没者の記念墓地〕で」（"On the Rue du Bois"）は、死んだ兵士をキリストになぞらえて讃えている。(7) マージョリー・ピックソール（Marjorie Pickthall）も「進軍する男たち」（"Marching Men"）において同様の比喩を用いている。「平らかに広がる冬空のもと／わたしは大勢のキリストが通り過ぎるのを見た／無為な歌をうたい、自由になった彼らは／ゴルゴタの丘へ登って行こうとしていた。」(8)

このキリストのような犠牲の主題と関連するのは、復活への思いである（ヴィミー・リッジの戦いは復活祭の月曜日に起きているため、このつながりはより強いものになっている）。最も有名な戦争詩「フランダースの戦場で」（John McCrae, "In Flanders Fields"）を含めた多くの詩は、まるで死んだ兵士が不滅の生命を得たかのように、墓場から発せられる声という手法を用いている。ロバート・サーヴィス（Robert Service、彼は担架のかつぎ手であった）による「巡礼者」（"Pilgrims"）もそのひとつである。「だが決して、ああ、決して嘆かないでおくれ！／素晴らしき解き放たれた生命を得たのだ／ああ！ 死ぬことは喜び／それによって

あなた方に平和を勝ちとったと思えばこそ」(原文は強調のイタリック)(9)。ダンカン・キャンベル・スコット (Duncan Campbell Scott) の「フランスで祖国のために戦死したカナダの飛行士へ」("To a Canadian Aviator Who Died for His Country in France") においても、死は打ち消され、飛行士は「敏捷な不滅の魂／それは輪を描き、死をも超えて誠実に登りゆく」と表現されている。彼はソネット「戦死したカナダの青年へ」("To a Canadian Lad Killed in the War") で、「はつらつとした誇りに満ちた汝は国家を勝ち取った」として、戦争は国造りのために支払う代価であるとその慰謝の気持ちをうたっている(10)。

　同じような情感と言葉づかいではあるものの、こうしたものとは対照的な戦争詩が、E. J. プラット (E. J. Pratt) の『ニューファンドランドの詩』(Newfoundland Verse) のほぼ 4 分の 1 を構成する詩である。彼の戦争詩は、愛国心ではなく宗教的懐疑心と入り混じった強烈な悲哀を表しており、それらは「第一次世界大戦から生まれたカナダの最良の詩」といわれている(11)。「掲示板の前で」("Before a Bulletin Board") にはボーモント・ハーメルの戦闘の後、ニューファンドランド連隊の死者や行方不明者の名前を掲示板で見た時の恐怖が忘れられないと次のように綴られている。「ああ！　同じ文字がどうしてこんなにも変わってしまうのか？／小文字の k や m がまるで剣のように突き刺してくる。」(12) 同様に辛辣で、感傷を排した詩がチャールズ・G. D. ロバーツ (Charles G. D. Roberts) のヴィラネル（田園詩）「視察（ソンム〔フランス北部ソンム〕1919 年）」("Going Over [the Somme 1919]") である。この詩は、塹壕と兵士の故郷の夢を対比させ、塹壕の上で燃え上がる火炎／庭の黄昏、軍曹の命令／少女の声、戦争の喧騒／薄暮の"静けさ"といったように、戦場の感覚をそれぞれ夢の感覚と組み合わせている(13)。「視察」は、ポール・ファッセルが第一次世界大戦の英国詩を評する際に、皮肉な田園詩と呼んだものの秀逸なカナダ版といえる(14)。

戦争小説

　『疑わしき栄光——二つの世界大戦とカナダの小説』の中でダグマー・ノヴァクは戦時中の小説をロマンスとして分類し、「戦争の残虐さを完全に無視しているわけではないが、それらは愛国心や栄誉、宗教的な理想主義や犠牲という肯定的なテーマを前面に押し出そうとしている」と述べている(15)。ラルフ・コナー（チャールズ・ゴードン牧師）(Ralph Connor [Charles Gordon]) の『無人地帯の福音伝道師「スカイパイロット」』(The Sky Pilot in No Man's Land) は、この種のものとしてはましなものの 1 つである。というのは説教師であり優れたベストセラー作家でもあるコナーは、感情の浄化と精神的高揚を表す方法を知っていたからである。カナダ軍のプロテスタント牧師の長として、彼はイープルやソンムに赴いていた。『無人地帯の福音伝道師「スカイパイロット」』に描かれている説得力のある戦場の光景は、彼の直接体験から得られた戦争の様相であることがうかがわれる。だがいかなる恐怖も、野外活動

の愛好家であると同時にミュージシャン、かつ牧師である主人公のバリー・ダンバー（Barry Dunbar）の信念を失わせることはない。彼の父（特務曹長として従軍していた）が戦死した時でさえバリーは、世界を救うために自分の帝国がさし出す栄誉ある犠牲の一端を占めることができたという厳粛で淡い誇りをまず何よりも意識したのである。これは"筋肉のキリスト教"（Muscular Christianity）が戦争に行く小説である。山麓の丘にある湖で身を浸している彼の素っ裸の身体がひそかにのぞかれている作品の始まりから、バリーが比類ない身体の有資格者であることが保証されている。この時偶然彼を目撃するアメリカ人は、「何て美しい男なんだろう！」（p. 9）と息をのむのである。最初のころは、ののしったり酒を飲んだりする人々をたしなめる堅苦しいバリーであったが、やがて思いやりのある英雄的な指導者に成熟していくのである。彼はまた明らかにカナダ的なヒーローである。つまり彼はスコットランドでの休暇中に救急看護奉仕隊（VAD）の恋人と結婚し、手近なカヌーを見つけ、このフィリス（Phyllis）と共に漕いで数日間のキャンプに出かけるのである。しかし、こうしたばかばかしい行為にもかかわらず、彼の死には（彼は榴散弾で負傷した男を自分の身体を投げ出してかばう）、胸を打たれるものがある。花嫁はこの知らせを次のように果敢に受け止めるのである。「彼の身体は美しかった、精神も、人生も美しかった、そして、ああ、死ぬ時も美しかった」（p. 349）。

　ハロルド・ピート（Harold Peat）の『兵卒ピート』（*Private Peat*、1918年カナダのベストセラー）は滑稽で、感傷的な作品ではないが、明らかにこれも銃後の人々を慰めようと意図したものである。イープルからソンム、そしてクールセレットまでの勝利をざっと語る中で彼は、「我々は何とか頑張り、やがてヴィミーにヴィム（活力）をもたらした」と書いている。ピートは「青年たちはかすり傷を負うことなく耐え抜いている……。あなた方が自分の息子が戻ってくると信じるのは至極もっともなことだ」（p. 216）と断言している。若者たちは「塹壕の中で集まり、母さんのことを話している、母さん——母さん」（p. 218）というように書き、女性たちを安心させている。

　もっと楽天的な書き方をしているのがジョン・マリー・ギボン（John Murray Gibbon）の『勝利の英雄』（*The Conquering Hero*）である。ここでギボンはカナダを荒れたエデン（楽園）として、地獄のような戦場と対比させながら次のように描写している。「榴散弾が雨あられと降っている時……私自身はずっとブリティッシュ・コロンビアの谷間について考えながら耐えていた。そこはかつて父と私が入り江のそばの30エーカーかそこいらの土地を開墾したところだった……。」（このあたりは、アルバータにおける未開拓地への2つの旅から幕を開けるコナーの『無人地帯の福音伝道師「スカイパイロット」』とも似ている）。ギボンは陽気な調子で次のように言う。「女性たちがカナダの軍隊を受け入れたのは、その格好のいいユニフォームのせいだった。カナダのベストドレッサーとして彼らがパレードした時、娘たちはみなこれは正義の戦争だと感じたのである。」（p. 140）ロバート・ステッド（Robert Stead）の『グレイン』（*Grain*）に出てくるジョー（Joe）という娘もまったく似たような考え方をし

ている。「(恋人の) ガンダー (Gander) に何かが起こることなどとうてい考えられないことだった。戦争の初期には、死傷するリスクは小さいものと思われたし、またユニフォームを着てバンドの演奏で行進するのは英雄的行為のようにみなされていた。」最終的にジョーは、戦争中にもずっと小麦を育て続けるガンダーが、たとえ作業ズボン姿であっても本当に英雄なのだと気がつくのである。[20]

女たちの戦争

戦争中に書かれた多くは銃後の女性読者を対象としたものであった。ジーン・ブルウェット (Jean Blewett) の「小さな亡命者」("The Little Refugee") では、息子を失った母親が戦争に恨みを抱いている。ところが、その息子がクリスマス・イヴに手足を失ったベルギー人の孤児を抱えて奇跡的に姿をあらわした時、彼女は心を入れ変えるのである。「大英帝国万歳！──帝国がこのために戦っていたことを知らなかった……。もしわたしが息子を沢山持っていたなら、何人でも差し出すわ！」L. M. モンゴメリの詩「同胞の女性たち」("Our Women") は、[21]以下のような女性の典型的な3タイプを描いている。1つ目のタイプは、夫が「フランスで笑みを浮かべて死んでいった」という理由でほほ笑む"1日花嫁"の未亡人。2つ目のタイプが、「息子が今や冷たい床で眠っている」という誇りに満ちた思いの"母親"。3つ目のタイプが「愛する者も、行くべき親戚もない」という悲しさで泣いている女性である。キャサリン・ヘイル (Katherine Hale) のよく知られた詩「グレイ・ニッティング」("Grey Knitting") は、"小さな木の針"で"愛の巣"を織る現代のペネロペのように、家庭にいる女性を次のように描いている。「わたしは兵士たちが陽気に死んでいると考えたい／なぜなら恥を受け地に倒れた白きキリストは深く種蒔かれ／女たちの編み物のやさしい歌を聴くだろうから／彼らが深く寝入っているそのときに」。[22]

ネリー・マクラング (Nellie McClung) の『近親者』(*The Next of Kin*) は、戦争の代価についてもっと現実的に書いている。このスケッチ風の小品と詩のコレクションでマクラングは、「この戦争がカナダの女性たちにどのような打撃を与えたか」を、息子の入隊という自分自[23]身の経験をはじめとして、教師の入隊で教育が受けられなくなるウクライナ人の農場の娘の苦境にいたるまで示そうとしている。(この娘はたったひとりで町へ出向き、何とか代わりの教員を探すのである。そこで見つけたのは、編み物は退屈だと思うが田舎の学校運営は"女性にぴったりの仕事"だと喜んで引き受けてくれる美術学校の卒業生だった)。マクラングは戦争反対主義者だったが、多くの自由改革主義者と同じように戦争は必要なものであり、道徳的に精神を高揚させる聖戦だとして結果的には支持をしているのである。感傷的ではあるが『近親者』は、マクラングの風刺の才能によって実に生き生きとした作品になっている。たとえば、料理人の賃金を削ることで愛国基金のために蓄える社交界の女性が冷淡に描写さ

れたりしている。

　その恐ろしい代価にもかかわらず、戦争が女性たちにいくつかの恩恵をもたらした皮肉な状況を探る女性作家もいた。J. G. サイム（J. G. Sime）の短編「軍需品！」（"Munitions!"）においては、1人の家事使用人が軍需工場で仕事をすることになり、新しい友人と自由を見出している。フランシス・ベイノン（Francis Beynon）の『アレタ・デイ』（Aleta Dey）の主人公は、自分の内気さを克服し、恋人が兵士であるにもかかわらず挑戦的な戦争反対主義者になるのである。モンゴメリの『イングルサイドのリラ』（Rilla of Ingleside）はジョナサン・ヴァンスが述べたように、「戦争に関するカナダの記憶に住まう人物の貯蔵庫」となっている。自分の命を犠牲として捧げる感受性の強い兵士、戦争を大きな冒険とみなす無骨な野外活動家、家族の中の男たちが徴兵に応じた時にそれを誇りとする勇敢な母親としっかりした姉妹たちなどである。だがこの小説は、「戦争に対する当時の態度にいどむような破壊的要素をも含んでいる。」グレン・セント・メアリーの住民の中に1人の戦争反対主義者がいる。この男は悪意のある愚か者なのだが、戦争に反対する彼の話は筋が通っていて隣人愛をもったキリスト教徒らしいものだ。同じように相矛盾するような光景は、ブルース・メレディスが飼い猫を神への"捧げもの"にするところである。若い兵士たちの殺戮は、いとしいストライピーを溺死させることと同じように無意味なのか？　これまでの常識をちょっと再考したくなるような微妙なものが、モンゴメリの描く強い女性とカナダの小さな町のユーモアに富んだ描写と相まって、『リラ』は当時の戦争小説の中で唯一その商標を担い現在でも出版され続けている。

ケベックの声

英系カナダで戦争に関する「詩や小説があふれるように出た」のに比べて、ケベックの作家たちは事実上沈黙していた。エメ・プラモンドン（Aimé Plamondon）の『フランス人の魂』（Âmes françaises）など戯曲は少し出たが、その主なテーマは、母なるフランスへの帰依である。ジャーナリストのオリヴァー・アッセリン（Olivar Asselin）の熱烈な宣言文「なぜ我は入隊したか」（"Pourquoi je m'enrôle"）では、その動機について英国の制度を守ることや、ベルギーでの残虐行為の問題、フランスの知的伝統の維持があげられている。新聞には目撃記事が現れるようになった。「ラ・プレス」〔カナダの仏語新聞〕の1915年4月1日の一面記事はすべて、エミール・ランガー少佐が彼の中隊のソールズベリー平原から塹壕までの旅程を記した記事——「わが勇敢な兵士たちの長き旅について旺盛な好奇心で生き生きと日々つづられたもの」（原文仏語）——で占められている。しかしそうしたものも入隊志願にはほとんど効を奏しなかった。ランゲ（Ringuet）は1938年に出した小説『三十アルパン』（Trente Arpents）において、「平和を愛するケベックの人間は、ヨーロッパに広がる狂気にまったく

興味がない」と断言している。ガーヴィン（John W. Garvin）の『第一次世界大戦のカナダ詩』（*Canadian Poems of the Great War*）に匹敵するようなものはフランス語圏にはない。この時期の唯一のフランス語で書かれた戦争小説は、ドイツ軍のケベック市占拠を描いたウルリク・バルト（Ulric Barthe）による『シミリア・シミリビュス』（*Similia Similibus*）である。ドイツ軍の侵略は結局のところ興奮しすぎたジャーナリストの夢にすぎないことが判明するのだが、それは「兵役志願を鼓舞するもの」("une sorte d'avertissement qui devrait stimuler l'enrôlement")であったのである。1人の登場人物が、「1つだけ確かなことがある。それは、ベルギーで起きたことは自分たちにも十分に起こりうるということだ」("une chose certaine, c'est que ce qui est arrivé à la Belgique pourrait bien nous arriver.") と暗澹と語っている。

ひとつの戦争から次の戦争へ

1918年にウィリアム・ダウ・ライトホール（William Douw Lighthall）は、戦争詩の流派はコンフェデレーション詩人〔カナダ連邦が結成された1860年代に生まれた詩人たちの一団、本書の7章参照〕よりも重要なものとなるだろうと予言している。その理由は、「戦争はより拡大し、我々にとってそれは連邦よりも高貴なものとなり、影響力がすこぶる強いものになるだろう」からであった。J. D. ローガン（J. D. Logan）とドナルド・G. フレンチ（Donald G. French）による『カナダ文学の大道』（*Highways of Canadian Literature*）では、「戦争が詩人の精神にまぎれもないルネサンスをもたらした」として、1章すべてが「戦争への賛歌」にあてられている。定期刊行物「カナディアン・ブックマン」の1922年の論説は、カナダ文学の新しい「黄金時代」と歓呼してこれを迎えている。「カナディアン・フォーラム」や「カナディアン・ヒストリカル・レヴュー」、「ダルハウジー・レヴュー」といった新しい定期刊行物が創刊されたのも、こうした戦後の自信といったものを映し出している。カナダは「自立し、自意識ある、独立した国になり、新しき時代」に足を踏み入れたのである。

　しかしモダニズムが確立し始めるにつれてカナダの詩人たちは、ライトホールが楽天的に「わが国のホメロス時代」と呼んだものに背を向けるようになった。コスモポリタンの詩を擁護する1936年のモントリオール・グループの詩集『ニュー・プロヴィンセス』には、戦争詩はE. J. プラット（E. J. Pratt）の「誓文」("Text of Oath") ただ1篇しか入っていない。そこでは戦争の熱狂が「空気中のウィルスのようなもの……／みぞれや泥にロマンスを吹き込んでいる」とうたわれている。戦争作家たちとモダニストのこのような断絶は、カナダ絵画に見られるものとは著しい相違をなしている。20世紀の最も重要な画家たち——デイヴィッド・ミルン（David Milne）、フレッド・ヴァーリー（Fred Varley）、A. Y. ジャクソン（A. Y. Jackson）、ジェイムズ・モリス（James Morrice）、アーサー・リスマー（Arthur Lismer）——は、公式の戦争画家として働き、この経験がその後の彼らの作品に直接的影響を与えているので

ある。⁽⁴¹⁾

　1920年代になると帰還した兵士たちがカナダの小説によく登場するようになる。バートランド・シンクレア（Bertrand Sinclair）は復員軍人ではなかったが、そのいくつかの小説を特徴づけるのがこの兵士たちである。『焼け落ちた橋』（*Burned Bridges*）のウェズリー・トンプソン（Wesley Thompson）は、軽い傷を負っただけで帰ってくる。しかし「手足がなくなったわけではなかったが、ぼろぼろの神経という隠れた病」のために仕事ができなくなってしまう。そこで彼は恋人を追って海岸へと向かうのだが、シンクレアの帰還兵小説のすべてがそうであるように、荒野における愛が、戦争の傷をいやしてくれるのである。『ひっくり返ったピラミッド』（*The Inverted Pyramid*）では、アンディ・ホール（Andy Hall）という労働者階級の急進論者が指が2本になり、3つのメダルをもって帰還する。社交界の金持ちの未亡人が犠牲について敬虔な発言をした時、アンディは即座にそれを訂正し、「屠殺場へ行って豚や羊がキーキー鳴きわめき、喉から血を噴き出して死ぬのをよく見ることですね。豚や羊を兵士と置き換えればいい。そうすれば戦争というものがわかりますよ」と言っている。⁽⁴²⁾

　シンクレアのように、ヒューバート・エヴァンズ（Hubert Evans）はブリティッシュ・コロンビアを、戦争で傷ついた男たちをいやす恵み深い荒野として描いている。エヴァンズの『新たなフロントライン』（*The New Frontline*）における帰還兵は、「新しい開拓前線」であるコーストレインジ（海岸山脈）に定住することを決意する。⁽⁴³⁾彼と妻が小屋を完成した時、2人は自分たちが岩で作った荒野の記念碑ともいうべき暖炉を誇らしく見つめるのである。「それはさらにもう1つの勝利ともいうべきもの……望んでいた生を自力で勝ち得たという新しい成功を象徴する素朴な石の円柱であった。」（p. 271）

　1920年代の終わりには新しいタイプの戦争小説が出た。それは味気なく、自然主義的な、そのものずばりといったものであった。「カナディアン・ディフェンス・クォータリー」に掲載された記事の中で、F. C. カリー大佐（Colonel F. C. Curry）はこの「突然の暴露文学」を実にいやなものであると非難している。支離滅裂なところのあるこの評論は1点だけ、ぞっとする描写だからといって正確なものであるとは限らない、との洞察に富む指摘をしているのである。⁽⁴⁴⁾チャールズ・イエール・ハリソン（Charles Yale Harrison）の『将軍たちは寝床で死ぬ』（*Generals Die in Bed*）や、ペレグリン・アクランド（Peregrine Acland）の『ほかはすべて狂気の沙汰』（*All Else Is Folly*）、フィリップ・チャイルド（Philip Child）の『神の雀たち』（*God's Sparrows*）といったこの時期のカナダの戦争文学は、たしかに陰惨なものである。現在形で簡潔に書かれたハリソンの作品は、目をそむけたくなるような傷害や、売春、略奪、捕虜の殺害などを描写している。⁽⁴⁵⁾『将軍たちは寝床で死ぬ』は、W. J. キースに「三流の傑作」と評され、復員軍人たちからは「粗野でけしからぬ中傷」であるとたたかれている。⁽⁴⁶⁾

　『ほかはすべて狂気の沙汰』と『神の雀たち』はそれほど否定的には受けとめられていない。おそらく戦争に関してどっちつかずの態度をとっているからであろう。アクランドの主人公であるアレック・フォルコン（Alec Falcon）にとって、「すべてはとてつもない無意味、す

なわち世界を包み込む狂気であった……。彼は戦争が終わるまで生きていたいと思った、"たとえそれをけなすためだけであっても"」。だが1942年に設定された終章では、フォルコンは兵器庫に集まった昔の隊員に会いに行く。「集合の鋭い笛の音」（p. 342）を耳にしたその時、「彼は自分の自由、命を別の戦争があれば署名して譲り渡したであろう」（p. 343）ことに気づくのである。『神の雀たち』では、戦争が始まった時、ペン・サッチャーは「ダン！　これはロマンス物語じゃない。イーリアスの中の1ページなどではないんだ。それは悪魔が世界に解き放たれたということだ」と言って息子の興奮を鎮めようとする。だが作者チャイルドは、イープルは「名前というより1世代のカルバリー〔キリストが十字架に架けられた場所〕を象徴するものだ」とも述べている（p. 108）。また兵士たちのことを無意味な戦争に出かけた間抜けと考えることは間違っているとして、次のような言い方でかばっている。「多くの兵士は駆り立てられる羊や、雇われた人殺しのように、愚かにも戦争に行ったのではない。自分たちの伝統のためという漠然とではあるが同胞意識と、必要な義務を果たしているという、やましいところのない信念をもった自由な人間として出かけたのだ。そうではないというやつは嘘つきか、それを忘れてしまったのさ」（p. 146）。

　おそらく大戦間の最も優れた作品はウィル・バード（Will Bird）の『そして我らは進む』（And We Go On）である。バードは英国陸軍カナダ高地連隊（the Black Watch of Canada〈Royal Highland Regiment〉〔1862年モントリオールのスコットランド系により結成された連隊〕）、第42歩兵大隊で、1916年から1919年まで任務についていた。カリー大佐と同じように彼もまた新しい戦争文学を腹だたしく思い、それについて「リアリズムとかいう汚ならしいもの」と述べている。「兵士たちを下品で不敬なやからとして……卑俗な言葉遣い、デリカシーのない戦争描写は作家の知識不足を補う手段となっている。戦闘をゆがんだかたちで描くのは特に忌まわしい。総じて、血気盛んな若者たちに向けられたこのような文学は、フランスやベルギーの墓の下に眠る勇敢な者たちへの取り返しのつかない侮辱である」とこぼしている。『そして我らは進む』の狙いは、この誤った描写を正すことであった。ただバードが心霊現象を信じていることもあり、これは一風変わった作品となっている。つまり彼は1916年に戦死した兄が見守ってくれて、数え切れないほど自分の命を救ってくれたと感じているのである。全体的にどこか統一のとれていない作品でもある。（1968年に『幽霊の手は暖かい』Ghosts Have Warm Hands の題名で出版された新版はそれよりはまとまっている）。しかしバードの話が混乱していること自体が、戦争の無秩序を表しているといえる。バードと仲間の兵士たちは、待機したり、あちこちに送り込まれていく際に何時間もの時を費やすのである。雨や夜闇の中を何マイルも行進し、泥の中で寝る。寝ている時におぼれ死にそうになったこともある。死は戦闘の中にあるだけでなく、狙撃兵の銃弾や流れ弾など、常にいたるところにあった。おそらく読んでいてもっとも苦しくなる箇所はパッシェンデールの戦い（Passchendaele、第三次イープル会戦）の描写であろう。そこでは真の敵は、人や動物の死体が散らばったぬかるみなのである。「兵士個人の勇気を正しく知るために、誰もが読むべき本である……。こ

れまで読んだ戦争小説の中で、このように強く関心を引きつけられるものは他にない」と評しているものもいる。
(51)

　大戦間に出されたケベックの2編の小説、レティシア・フィリオン（Laetitia Filion）の『許嫁ヨランド』（*Yolande, la fiancée*）とクローディアス・コルヌル（Claudius Corneloup）の『22連隊のてんとう虫』（*La Coccinelle du 22ᵉ*）には、新しい戦争アリズムといったものは見られないし、また国内の徴兵をめぐる危機についても何も語られてはいない。フィリオンの若い女主人公は、「ヨーロッパで戦争があるからといって、カナダにいる私たちに何の関係があるっていうの？」(52) ("Qu'est-ce que cela pourrait bien nous faire à nous, ici au Canada, s'ily avait la guerre en Europe?") と言っている。ヨランドの婚約者アンリと彼女の兄ジャンが1915年の秋に戦争に行くのだが、アンリは砲弾の爆風を受け両足を失ったため婚約を解消し、ヨンデルを自由の身にしてやる。傷痍軍人などと結婚する女性はいなかったからである。ジャンの方は怪我もなく帰ってくるが、彼がこうむる最大の傷は、婚約者である気まぐれなルシアンヌが彼を本当には愛していないと知ったことである。コルヌルの『22連隊のてんとう虫』も(53) 戦場を舞台にしてはいるものの、これも戦争というよりロマンスといったほうがいい。『三銃士』のように中心人物であるメシドールが、結束した3人の戦友の助けを借りて果敢な働きをしていくのである。この3人の名はブルメア、ヴェントス、ジャーミナルと名づけられている（これらはフランスの共和党カレンダーの月名からとられたもので、ケベックで育った者としては変わった名である）。戦前は私立探偵をしていたメシドールはスパイと疑わしきものを追う毎日を送っている。コルヌルの空想的な戦争の扱いは、彼自身の経験とは合っていないようである。フランスからの移民であった彼は、戦争が勃発すると22連隊（ヴァン・ドゥース）に入隊する。1917年にアンリ・ブーラサ（「ル・ドゥヴワール」誌の編集者）に手紙を書き、その中で彼は徴兵反対の意見を表明した。英国将校たちを酷評したこの手紙のおかげでコルヌルは軍法会議にかけられてしまうのである。彼はその後現役に復帰するのだが、戦後は連隊の回想録『22連隊物語』（*L'Épopée du 22ᵉ*）を出している。
(54)

　第二次世界大戦が始まってさえもカナダ人は第一次世界大戦について書き続けていた。ヒュー・マクレナン（Hugh MacLennan）はまだ子供で第一次世界大戦には従軍しなかったのだが、ハリファックスの大爆発（これを彼は子供の時目撃した）に関する1941年の作品『気圧計上昇中』（*Barometer Rising*）で、戦争時のカナダの様子を鮮明に描いている。兵士が帰還してくる時代の作家たちと同じように、マクレナンは犠牲やヒロイズムといった戦時中の用語を、より強いカナダを作るために使っている。「クイーンズ・クォータリー」誌で書評されているように、主人公のニール・マクレイは「最終的に、カナダは強く、イギリスとアメリカを結束させる新秩序の中で欠かせない国であるという認識」を得るのである。
(55)

　マクレナンの第2作『二つの孤独』（Two Solitudes）は、より直接的に戦争を扱っている。サン＝マルク＝デ＝ゼラーブルのひなびた教区で村人たちは、彼らの神父の次のような考えを受け入れている。フランス系のカナダ人（「唯一の真のカナダ人」）たちは、「自分たちを
(56)

征服し、恥ずかしめ、またプロテスタントである」イギリス人に対して何の義務も負っていない。フランスのために戦争に行く必要だってない。なぜなら「フランスはフランス系カナダ人を1世紀半前に見捨て……、無神論者になってしまったのだから」。(pp. 154-5) これは主にケベックが舞台となっているのだが、戦争がカナダ全体にどのような影響を及ぼしたかも描いている。「戦争はカナダ中のすべての人間の心に入り込んだ……。イープル、クーセレット、ランス、ヴィミー、カンブレー、アラス、ソンムといった名前は、カナダ連邦の中のフレデリクトン、ムース・ジョー(サスカチュワン)、サドベリー(オンタリオ)、もしくはプリンス・ルパート(ブリティッシュ・コロンビア)と同じくらい身近なものになった」(pp. 202-3)。カナダ軍がやっと帰還した時、マクレナンは彼らのつらい経験を次のように要約している。

> イープルの戦闘前、ドイツ軍との戦いで、最初の毒ガス攻撃から3、4日、自分の尿をしみこませたぼろ布を口に当てて呼吸をし、生き抜いた者もいた。何週間もランスの地下壕にとどまり、鼠のように壁から壁へと町を貫く地下道を掘った者もいた……。メダルをもらった者もいた。塹壕足〔凍傷のようなもの〕になった者、傷を負ったり、淋病になった者、ガス弾で火傷を負った者、梅毒になったり、夜に幻覚を見る者もいた。

12の主句反復でつながるこの見事な箇所では、マクレナンの文章は聖書のような尊厳を帯びている。

1942年にライアソン小説賞とカナダ総督賞をとったG. ハーバート・サランズ(G. Herbert Sallans)の『小男』(*Little Man*)は、塹壕におけるジョージ・バトルの1日目から始まり、26年後に彼の息子がイギリスのために戦って死ぬところで終わっている。この小説は大戦間を、戦争と戦争の間の熱狂的で、また幻滅を感じる幕間として描いていることで、異例ともいえるものである。1942年に出版された作品としては意外とは言えないが、この作はジョージとその妻が息子を失ったにもかかわらず、チャーチル的な堅忍不抜の決意を示して終わっている。「何の備えもしないまま猛攻撃を受けたかのように彼らはよろめいていた。だがとにかく彼らは立っていた……。もう迷うことも、ためらうことも、恐れることもないのだ」[57]。

1950年代に書かれたあるケベックの小説が第一次世界大戦を扱っている。ジャン・シマール(Jean Simard)の『それでも幸せな我が息子』(*Mon fils pourtant heureux*)において、語り手は長男が1915年にフランスで戦死する母方の祖母について生き生きと描出している。彼女は息子の戦功十字章を胸にかけ、彼の死を告げる電報を読みなおすのである。愛国的な彼女の嘆きとは対照的に、語り手は自分自身の父親は多くの人々がそうしたように、徴兵義務を避けるため1914年に結婚したのだと書き留めている[58]。

第一次世界大戦の再発見

　1960年代から70年代、第一次世界大戦がカナダの小説に現れ続けるが、その理由はいたって単純で、20世紀の前半はそれを無視しては語れないからである。ロバートソン・デイヴィス（Robertson Davies）の『第五の役割』（Fifth Business）では、ダンスタブル・ラムジーは自分がパッシェンデール（イープル）で再生したと思っている。デイヴィスは戦争を主にラムジーの霊的、知的変身の手段に使っているのである。だがヴィクトリア十字勲章をもらって英雄帰還した時、デットフォードでの大変な祝賀騒ぎは、国中の市町村における戦争の重要性を示唆するものとなっている。マーガレット・ローレンス（Margaret Laurence）の『家の中の鳥』（A Bird in the House）の表題作は、第一次世界大戦での1人の若者の死が、3世代の人々――彼の母親、兄、そして姪――に暗い影を及ぼす様を描いている。ローレンスの『占う者たち』（The Diviners）もまた戦争の長く尾を引く暗い影について書いている。語り手であるモーラグ・ガンの養父クリスティー・ローガンはシェルショックを患っている。病気のせいでごみ清掃人にまで身を落とし、「ゴミ廃棄場」の世話をしながら、クリスティーは町のあらゆる暗い秘密を知るのである。彼の語る戦争の物語――「クリスティーによるブーロンの森の戦争物語」（"Christie's Tale of the Battle of Bourlon Wood"）――は、ごみの廃棄場が表す抑圧された世界と、クリスティーの（そしてモーラグの）スコットランドの祖先の誇り高き戦士の歴史でもあるように思われる。
　しかしこうした要素は、他のテーマに正面から取り組んでいる様々な作品においては些細なものでしかない。1977年に出たティモシー・フィンドレー（Timothy Findley）の『戦争』（The Wars）は戦争に焦点を当てた作品としては30年ぶりのものであり、回顧録ではなく、再構築されたものであることが自意識的に強調されている。研究員（"あなた"とだけ呼ばれている）のノートということになっているが、裕福なトロントの一家の息子であるロバート・ロスがなぜ気が狂い、2人の男を撃ち、馬たちを救おうとドン・キホーテ的な試みに乗り出したのかを読み解こうとしたものである。火事でこの反乱は終わりとなり、大やけどを負ったロスは軍法会議にかけられ、戦後間もなく死ぬ。このロスの物語を再話しながら作者は、人を狂気にまで駆りたてる塹壕での交戦の恐ろしさや、苦しみを描いている。だがこの小説が語っている多くは戦争のことではないようである。最も残酷な出来事はロバートが洗濯場で誰かわからない者に襲われ、レイプされることである。そこには帰還兵たちによって描かれる戦争とは驚くような相違がある。おそらくそういったことを書くことを彼らは控えていたのか、あるいはフィンドレーの方が、自分の時代の悪夢のような幻想を、戦争の背景に投影したのかもしれない。題名の「戦争」が複数形になっているのは、これが単に歴史小説ではないことを物語っている。
　ルイ・カロン（Louis Caron）の『ぬくぬくと着込んだ人』（L'Emmitouflé）は、『戦争』と同年に出版されたものだが、戦争に関する全く違った記憶を映し出している。ここでは、ベト

ナム戦争時代の徴兵忌避者である 1 人のフランコ＝アメリカン〔フランス系カナダ人の子孫のアメリカ人〕が、マサチューセッツに帰ってくるというのが、ナゼール伯父さんの物語の枠となっている。この伯父は第一次世界大戦の徴兵を避けて森に逃げ込んだのである。卑怯ではないが小心なナゼールは、自分にとって何の意味もない戦争で死にたくはなかったのである。戦争が終わるまで彼は森の中に隠れていた。その苦しさを耐えぬいたことで彼は仲間の間で英雄のような存在となるのである。語り手はベトナム戦争に対する自分の抵抗は、第一次世界大戦の時に伯父がとった行動を受け継いだものだと思っている。[62]

『戦争』が出て以来、驚くほど多くのカナダ作家たちが再び第一次世界大戦を書くようになった。この復活は人口統計学上の現象とも関わっている。すなわち 1960 年代、70 年代に成人に達した作家たちは、第一次世界大戦の兵士たちを知っている最後の世代なのである。またここには政治的なことも関わっている。カナダの軍事的肩入れと損失が増大するにつれて、過去の戦争への関心も大きくなっていったのである。だが新しい戦争小説は、数十年前のものとは大分異なっている。ハーブ・ウィールは、今日の歴史小説作家は「愛国主義的なものを書かなくなり、むしろ国家の搾取や利己的な利用、これまでの作品が消し去ろうとしてきた物語を書くようになってきた」と述べている。[63] 第一次世界大戦を扱う作品でのこの傾向は、とりわけスコットランド系およびイギリス系の主人公から女性たちへと、強調点が移っているということに顕著に表れている。それはアナクロニズムになりかねないものでもある。ジェイン・アーカート (Jane Urquhart) の『石工』(The Stone Carvers) では、主人公のクララとその恋人 (2 人ともヴィミーの戦争記念碑の彫刻家である) は、ヴィミー・リッジのトンネルにある錆びた寝台を逢瀬の場所に選んでいる。これらのトンネルはカナダ軍を前線に送り込むために 1917 年に掘られたものだった。クララは自分たちの「隠れた愛の行為」が「地中深く脈打つ命の源泉」だと感じている。クララはドイツ系カナダ人、恋人はイタリア系カナダ人である。ヴィミー・リッジで 2 人が愛によって結びつくのは再生と和解を象徴している。それにしても 1936 年にこのトンネルのことが明るみに出た時、元兵士や遺族はこうしたシーンは非常識で腹だたしいものだと思ったに違いない。[64]

アーカートの初期の作品『下描きをする人』(The Underpainter) もまた戦争の影響について書いている。2 人のカナダ人——パッシェンデールの戦いと、エタープルの軍隊病院の爆撃をそれぞれ生き延びた兵士と看護婦——が、心と精神に取り返しのつかない傷を負って故郷に戻ってくるのである。ここでは戦争がそれ自体ではなく、それが登場人物たちに与えている高貴な輝きが扱われている。[65] 同じような印象は、メアリー・スウォン (Mary Swan) の『深淵』(The Deep) からも受け取られる。これはフランスの志願援助隊員となった双子の姉妹に焦点をあてた小説である。ちょうど先のフィンドレーがロスの物語を再構築するため「インタビュー」を使ったように、スワンは休戦の後になぜこの姉妹が自殺するのかを様々な人物に語らせている。[66]

ジョーゼフ・ボイデン (Joseph Boyden) の『三日の道のり』(Three Day Road) のジャケットには、

「実在した第一次世界大戦のオジブワの英雄、フランシス・ペガマガボウ」に想を得たものだと書かれている。謝辞でボイデンは「第一次世界大戦で戦った先住民の兵士……特にフランシス・ペガマガボウを称えたい」と述べている。第一次世界大戦で最も栄誉を与えられた兵士であるペガマガボウは、イープルでの2回目の戦闘およびパッシェンデールで戦った。彼の偵察兵としての任務は非常に重要なものであった。先住民のカナダ兵は少なくとも4,000人に達するが、これは徴兵年齢の頑健な身体の先住民の3分の1を占めていた(67)。しかしボイデンの作品が、そうした先住民を称えているのかははっきりしない。この作の先住民クリーの兵士であるザヴィエとイライジャは、戦争が終わるとペガマガボウのように帰還して社会復帰することはないのである。負傷したザヴィエはモルフィネ中毒患者になってしまう。(酒やたばこは自由に選べたカナダ兵の間で、モルフィネ中毒が広まったという証拠は見当たらない)。狙撃兵であったイライジャは西部戦線〔第一次世界大戦でドイツ軍が英仏連合軍と対峙したベルギー南部からフランス北部にかけての戦線〕で「ウィンディゴ(Windigo〔怪物〕)」に取りつかれ〔気が狂い〕、敵を義務ではなく流血への欲望から殺すのである(68)。

1920年に先住民プレーンズ・クリーの作家で英国国教会の牧師エドワード・アヘナキューは、戦争は先住民族の地位を向上させたと述べた。「1876年の条約以来初めて先住民は白人と肩を並べて同じ立場に立ち、平等の機会を得たのです……。傍観者として自分たちに影響を及ぼす問題に発言しないでいることはもう二度とあるまい(69)」。おそらくアヘナキューは素朴すぎたのだろう——先住民の帰還兵は帰還兵定住法による土地購入の助成金を受けられなかったし、また1936年まで平等な年金を受給していなかったのである。だがボイデンの登場人物たちがそうであるように、先住民兵が戦争のおかげで堕落してしまったと考える根拠は見当たらない。彼の2008年の作品『黒トウヒの林を抜けて』(*Through Black Spruce*)は、引き続きザヴィエ家の話になっている。語り手の1人が彼の孫になっているが、その名前——ウィル・バード——は多分第一次世界大戦の回顧録の著者をほのめかしたものであろう(70)。

ほかに第一次世界大戦について扱った最近の小説についていえば、現在の意識を戦争に投影させる傾向は目立たなくなっているようである。青春小説の受賞作家であるケヴィン・メイジャー(Kevin Major)の『無人地帯』(*No Man's Land*)は、冷静な抑制を効かせた調子でニューファンドランドの「唯一の最大の悲劇」、すなわちソンムの第1日目、ボーモン゠アメルの戦いについて語っている。それまでの進軍が失敗し孤立してしまったニューファンドランドの兵士たちは、積み重なった死体をよじ登り、ドイツ軍の鉄条網を通り抜けようとするときに銃撃でなぎ倒されてしまうのである。780名が登りきったが、翌日点呼で集まってきたのはたった68名であった。『無人地帯』の大部分が、多くの兵士が死ぬ20分間に容赦なくつき進んでいく戦争の前の1日の出来事を語っている。小説のカバーと裏表紙にある連隊の写真はメイジャーが謝辞で述べているように、『無人地帯』はフィクションであるが、戦争は……そうではなく現実である」ということを思い起こさせる(71)。

『開墾地』(*Broken Ground*)でジャック・ホジンス(Jack Hodgins)は、兵士定住法が成立し、

土地助成金が帰還兵に与えられるようになった頃の生活を再構築している。ポーチュギーズ・クリークの架空の村は、ホジンスの両親が住んでいたヴァンクーヴァー島のマーヴィルがもとになっている。戦争の場面はこの作品では比較的少ない。むしろ1922年に開拓地を切り裂く火事の方がより劇的に描かれており、皆が忘れられないこの出来事の記憶は、戦争が開拓地の帰還兵に与えた癒えない衝撃を象徴しているように思われる。謝辞の中でホジンスは、モードリス・エクスタインズ、ジェイ・ウィンター、ポール・ファッセルといった学者の名をあげ、記憶や第一次世界大戦に関する彼らの考えが、「記憶と、古い記憶に関する記憶」について自意識的に考察するこの小説で大いに参考になったと述べている[72]。

『耳をつんざく』(*Deafening*, 2003) では、フランシス・イタニ（Francis Itani）は耳の聞こえない祖母について書きだしているのだが、それは戦争の小説に変わっていく。つまり「わたしは……戦争が存在しないようなふりをしてこの時代の小説を書くことはできない……と思った」のである。この小説の大半は耳の聞こえない若い女性のグラニアについてのことなのだが、夫のジムが担架の担ぎ手として従軍している戦場の模様についても描かれている。記録文書から引用した各章の題辞から、この作品は戦争時代に位置づけられるものとなっている。読者は、この時代の男女が信じていたことを決して忘れることはない。題辞が幅広い分野——前線からの手紙や、「カナディアン」（オンタリオ聾学校の新聞）の記事、新聞広告、公文書——からとられているということは、この小説が多くの調査をもとに書かれたことを示している。それはここにつけられた長く広範囲にわたる謝辞からも見て取ることができる。戦争の情景に関してはジムが視点人物となっているが、中心人物はグラニアである。『耳をつんざく』はこのように国内にいる家族が、愛するものの死や、傷病兵、またインフルエンザのまん延などにどう対処したかを実に見事に描きだしている[73]。

アラン・カミン（Alan Cumyn）の戦争小説『寄留』(*The Sojourn*) とその続編『飢えた恋人』(*The Famished Lover*) の主人公は、ラムゼイ・クロームと名付けられている。それはおそらく本のカバーにある絵、コリン・ギル（Colin Gill）作『カナダの展望所』(*Canadian Observation Post*) に描かれている人影の鮮やかな色、クロームイエローにちなんだものであろう。カミンは、イーヴリン・コブリーが第一次世界大戦を扱った小説の特徴であるとみていた問題、すなわち「事件の結末がほぼ予測できることや、伝統的なテーマとイメージのレパートリー」[74]といった問題に直面している。前線への移動や、その前線に立ったり、偵察したり、ロンドンで休暇を過ごしたりと、これまでと同じようなエピソードがどうしても繰り返されてしまうことである。銃後の状況を強調したり（『耳をつんざく』や『開墾地』）、あるいは見慣れない従軍者（『三日の道のり』）、特定の交戦（『無人地帯』）に焦点を当てるなどして、ここにつきものの単調さを打ち破ろうとした作家もいた。だがカミンは、ありふれた、一般的な題材にこだわっている。『寄留』では、クロームを芸術家にし、兵士たちを一貫して無力な動物にたとえて描くことで問題を克服しようとしているのである。しかしある意味で、カミンは戦争に関するこの綿密な調査によって失敗してしまっているといえる。調

査資料は、「これは真正のものだ」と表明する詳細なデータを提供するにとどまり、ラムゼイ・クロームと戦争をリアルなものにする役割を果たしていないからである。[75]

　第一次世界大戦に戻る傾向はほとんどの小説家に見られるが、他の分野——アンソロジーの編集者、劇作家、児童文学作家、詩人たちもまたこの戦争の新たな見直しをやっていた。『我々は友人ではなかった——第一次世界大戦のカナダ詩と散文』（We Wasn't Pals: Canadian Poetry and Prose of the First World War）は、アクランドやピート、W. W. E. ロス（W. W. E. Ross）、そしてフランク・プルウェット（Frank Prewett）といった作家たちの作品を現代の読者にも入手可能にしており、ミュリエル・ホイテカー（Muriel Whitaker）の『カナダの偉大な戦争物語』（Great Canadian War Stories）も同様である。[76] 第一次世界大戦に関する最も優れた戯曲は、ジョン・グレイ（John Gray）によるヴィクトリア十字勲章を獲得したカナダの空の勇士に関するミュージカル『ビリー・ビショップ戦争に行く』（Billy Bishop Goes to War）であるが、アン・チスレット（Anne Chislett）、ウェンディー・リル（Wendy Lill）、R. H. トムソン（R. H. Thomson）、デイヴィッド・フレンチ（David French）、ケヴィン・カー（Kevin Kerr）、スティーヴン・マシコット（Stephen Massicotte）もまたカナダにおける大戦の影響について書いている。[77] 子供向けのものでも、1990年以来絵本から青少年の読み物にいたるまで24冊以上もの児童文学が出版されている。[78] デイヴィッド・マクファーレン（David Macfarlane）の回想記である『危険な木』（The Danger Tree）は、戦争がニューファンドランドの身内の者たちにおよぼした影響について語っている。2001年にアメリカで出版された時、「アトランティック・マンスリー」誌はこれを今年度の最優秀作品と評価している。[79] 2008年末にはポール・グロス（Paul Gross）の、最も高額の製作費を費やしたカナダ映画『パッシェンデール』が封切られ、この脚本をもとにした小説は数週間カナダにおけるベストセラーのリストにあがった。クロスはまた、これと抱き合わせたノーマン・リーチ（Norman Leach）による子供向けの『パッシェンデール——挿し絵つき歴史』（Passchendaele: An Illustrated History）にも序文を書いている。[80]

　最近の詩においては戦争は距離を置いて考察されている。（語り手が兵士であるテッド・プラントス Ted Plantos の詩集『パッシェンデール』Passchendaele はこの例外である）。[81] レイモンド・スースター（Raymond Souster、彼は2つの大戦についていくつかの詩を書いている）は、「ヴィミー・リッジ」（"Vimy Ridge"）のなかで彼の父親の経験を次のように語っている。「すべての歴史の本はこう呼んでいる……／カナダの偉大な勝利と」、「……だがわたしの父にとって／それはただの穴掘りだった／リッジ（峰）の背後の塹壕掘り、／そして骸骨を見つけた／2人のフランス兵士の」。[82] マリリン・バウアリング（Marilyn Bowering）の詩集『祖父は兵士だった』（Grandfather Was a Soldier）は、西部戦線への彼女の巡礼の旅、「数枚のセピア色の写真／2世代昔の沈黙」に駆りたてられた旅について綴っている。この詩は、初めに祖父の入隊宣誓書、終わりに除隊証明書がつけられ、記録文書で枠取られた形式になっている。[83]

おそらく第一次世界大戦に関するカナダの最も心に訴える詩はオールデン・ノーラン (Alden Nowlan) の「イープル——1915年」("Ypres: 1915") だろう。「時にぼくは、自分が祖国というものを持っているのか確信が持てなくなる」——とあるように、語り手は愛国者ではない。しかしイープルの第2戦で、つとに知られているようにガス弾の攻撃を受けながら陣営を固守したカナダ兵たちのイメージは感動をもたらすものとなっている。ヴィミー・リッジを経験した1人の帰還兵にテレビインタビューをした模様を語る第2番のシーンは、カナダ人の強靭さという印象をさらに強めている。戦争の最後の描写は1人の兵士について特筆している。兵士は敵に直面した時、「君はこのいまいましい塹壕を欲している／それを奪おうとしている／このビリー・マクナリーから／ニュー・ブランズウィックのセント・ジョンの南端出身の男から」。語り手は、こういったイメージは「そこに自分の国を見出すために使われているのではない」と認めながらも、マクナリーのような兵士たちが「私と結ばれており／また私も彼らと結ばれている」と考えることに誇りを覚えている[84]。

　1933年にウィル・バードは「20年以内には、帰還兵たちは最後の点呼に呼ばれて行ってしまうだろう——そうすると彼らは……第一次世界大戦に関するすべてを葬り去ってしまう。その時に大戦に関する関心は失われるだろう」[85]と予測している。しかしバードのこの考えは間違っていた。西部戦線で戦った何十万もの人々がいなくなってしまった今でも、彼らはカナダ人の想像力のなかに絶えず表れている。

注

1. Sandra Gwyn, *Tapestry of War: A Private View of Canada in the Great War* (Toronto: HarperCollins, 1992), p. xxii.

2. Samuel Chown and A. Carman, "Address of the General Superintendents to the General Conference of 1914," *Christian Guardian Supplement* (September 23, 1914), p. 3.

3. J. L. Granatstein and Norman Hillmer, "Canada's Century," *Maclean's* (July 1, 1999), p. 23.

4. Doug Saunders, "From Symbol of Despair to Source of Inspiration," *The Globe and Mail* (April 10, 2007), p. A5 に引用。

5. Jonathan F. Vance, *Death So Noble: Memory, Meaning, and The First World War* (Vancouver: University of British Columbia Press, 1997), p. 9. 参照。

6. Peter Buitenhuis, *The Great War of Words: British, American and Canadian Propaganda and Fiction 1914-1933* (Vancouver: University of British Columbia Press, 1987) 参照。

7. J. E. Wetherell, ed., *The Great War in Verse and Prose* (Toronto: Ministry of Education for Ontario, 1919), pp. 18, 80, 83, 75. Pierce の Stead の詩についての評価は Vance の *Death So Noble*, p. 174 に引用。

8. Marjorie Pickthall, *The Selected Poems of Marjorie Pickthall*, ed., Lorne Pierce (Toronto: McClelland and Stewart, 1957), p. 78.

9. Wetherell, ed., *The Great War*, p. 152.

10. Duncan Campbell Scott, *The Complete Poems of Duncan Campbell Scott*（Toronto: McClelland and Stewart, 1926）, pp. 307, 124.

11. David G. Pitt, *E. J. Pratt: The Truant Years 1882-1927*（Toronto: University of Toronto Press, 1984）, p. 166.

12. E. J. Pratt, *Newfoundland Verse*（Toronto: Ryerson, 1923）, p. 104.

13. Carole Gerson and Gwendolyn Davies, eds., *Canadian Poetry from the Beginning through the First World War*（Toronto: McClelland and Stewart, 1994）, pp. 217-18.

14. Paul Fussell, *The Great War and Modern Memory*（New York: Oxford University Press, 1975）, pp. 231-69.

15. Dagmar Novak, *Dubious Glory: The Two World Wars and the Canadian Novel*（New York: Peter Lang, 2000）, p. 7.

16. Ralph Connor, *The Sky Pilot in No Man's Land*（Toronto: McClelland and Stewart, 1919）, p. 188.

17. VADとは戦時中に軍隊を支援するために英国赤十字によって設立された救急看護奉仕隊であり、主に病院や回復期患者保養所で働いた。

18. Harold R. Peat, *Private Peat*（Toronto: McLeod, 1917）, p. 175.

19. John Murray Gibbon, *The Conquering Hero*（Toronto: Gundy, 1920）, pp. 86-7.

20. Robert Stead, *Grain*（Toronto: McClelland and Stewart, 1926）, p. 137.

21. Jean Blewett, *Heart Stories*（Toronto: Warwick Bros. and Rutter, 1919）, p. 29. ドイツ人がベルギー人の子どもたちの手足を切断したという非難は「1914年の重要な連合国側の作り話」である。John Horne and Alan Kramer, *German Atrocities, 1914: A History of Denial*（New Haven: Yale University Press, 2001）, p. 204 参照。

22. Lucy Maud Montgomery と Katherine Hale の詩は、John W. Garvin, ed., *Canadian Poems of the Great War*（Toronto: McClelland and Stewart, 1918）, pp. 158, 73 に出ている。

23. Nellie McClung, *The Next of Kin: Those Who Wait and Wander*（Toronto: Thomas Allen, 1917）, p. 17.

24. Donna Coates, "The Best Soldiers of All: Unsung Heroines in Canadian Women's Great War Fictions," *Canadian Literature* 151（Winter 1996）, p. 67 参照。1917年、従軍看護婦や海外で従軍する男性の近親者など、女性の中には連邦政府から選挙権を与えられる者もいた。

25. J. G. Sime, "Munitions!" *New Women: Short Stories by Canadian Women 1900-1920,* ed. Sandra Campbell and Loraine McMullen（Ottawa: University of Ottawa Press, 1991）, pp. 326-33.

26. Francis Beynon, *Aleta Dey*（Peterborough, ON: Broadview, 2000 [1919]）.

27. L. M. Montgomery, *Rilla of Ingleside*, 1920（Toronto: Seal-Random House, 1996）; Vance, *Death So Noble*, p. 175.

28. Amy Tector, "A Righteous War? L. M. Montgomery's Depiction of the First World War in *Rilla of Ingleside*," *Canadian Literature* 179（Winter 2003）, p. 73.

29. J. D. Logan and Donald G. French, *Highways of Canadian Literature: A Synoptic Introduction to the Literary History of Canada (English) from 1760 to 1924*（Toronto: McClelland and Stewart, 1924）, p. 18.

30. Olivar Asselin, "Pourquoi je m'enrôle, " *Liberté de pensée: Choix de texts politiques et littéraires*（Montreal: Editions TYPO, 1997）.

31. Pierre Vennat, *Les "Poilus" québécois de 1914-1918: Histoire des militaires canadiens-français de la Première Guerre mondiale*, 2 vols.（Montreal: Méridien, 1999）, vol. I, p. 56 に引用。

32. Ringuet [Philippe Panneton], *Trente Arpents* [*Thirty Acres*], tr. Felix and Dorothea Walter（Toronto: McCelland, 1960 [1940]）, p. 144.

33. Ulric Barthe, *Similia Similibus ou La guerre au Canada: Essai romantique sur un sujet d'actualité*（Quebec: Imprimerie Cie du "Telegraph," 1916）, p. 243.

34. ibid., p. 242.

35. William Douw Lighthall, "Presidential Address: Canadian Poets of the Great War," *Transactions of the Royal Society of Canada*, vol. XII, 3rd series, 1918, p. 61.

36. Logan and French, *Highways*, p. 344.

37. James Mulvihill, "The *Canadian Bookman* and Literary Nationalism," *Canadian Literature* 107（Winter 1985）, p. 49 に引用。

38. Lorne Pierce, ibid., p. 50 に引用。

39. Lighthall, "Presidential Address," pp. LXI-LXII.

40. F. R. Scott and A. J. M. Smith, eds., *New Provinces: Poems of Several Authors*, introd. Michael Gnarowski（Toronto: University of Toronto Press, 1976 [1936]）, p. 42.

41. Dean F. Oliver and Laura Brandon, *Canvas of War: Painting the Canadian Experience 1914-1945*（Vancouver: Douglas and McIntyre, 2000）; Maria Tippett, *Art at the Service of War: Canada, Art, and the Great War*（Toronto: University of Toronto Press, 1984）参照。

42. Bertrand W. Sinclair, *Burned Bridges*（New York: Grosset and Dunlap, 1919）, p. 274; *The Inverted Pyramid*（Toronto: Goodchild, 1924）, p. 266.

43. Hubert Evans, *The New Front Line*（Toronto: Macmillan, 1927）, p. 291.

44. F. C. Curry, "The Trend of the War Novel," *Canadian Defence Quarterly* 7:4（July 1930）, p. 519.

45. Charles Yale Harrison, *Generals Die in Bed: A Story from the Trenches*（Toronto: Annick, 2002 [1928]）.

46. W. J. Keith, *Canadian Literature in English*, rev. edn. 2 vols.（Erin: Porcupine's Quill, 2006 [1985]）, vol. II, p. 28. *Generals Die in Bed* に対する復員軍人たちの攻撃は、Vance の *Death So Noble*, p. 194 に引用。Jonathan F. Vance, "The Soldier as Novelist: Literature, History, and the Great War," *Canadian Literature* 179（Winter 2003）, pp. 22-37 も参照。

47. Peregrine Acland, *All Else Is Folly: A Tale of War and Passion*（Toronto: McClelland and Stewart, 1929）, p. 180.

48. Phillip Child, *God's Sparrows*（Toronto: McClelland and Stewart, 1978 [1937]）, p. 82.

49. Will Bird, *And We Go On*（Toronto: Hunter-Rose, 1930）, p. 5.

50. Will Bird, *Ghosts Have Warm Hands*（Toronto: Clarke, Irwin, 1968）.

51. *Canadian Magazine* 75.17（January 1931）, p. 17.

52. 仏語原文の英訳。

53. Laetitia Filion, *Yolande, la fiancée*（Levis: Le Quotidien 1934）, p. 33.

54. Claudius Corneloup, *La Coccinelle du 22e*（Montreal:Beauchemin, 1934）. Corneloup コーンループの小説はカナダ国立図書館公文書館のウェブサイト www.collectionscanada.gc.ca. に出ている。

55. Hugh MacLennan, *Barometer Rising* (Toronto: McClelland and Stewart, 1958 [1941]); E. H. W. "Fiction," *Queen's Quarterly* 48 (Winter 1941), p. 428.
56. Hugh MacLennan, *Two Solitudes* (Toronto: General, 1991 [1945]), p. 6.
57. G. Herbert Sallans, *Little Man* (Toronto: Ryerson, 1942), p. 419.
58. Jean Simard, *Mon fils pourtant heureux* (Ottawa: Cercle du Livre de France, 1956), pp.21, 42.
59. Robertson Davies, *Fifth Business* (Toronto: Macmillan, 1970), p. 72.
60. Margaret Laurence, *A Bird in the House* (Toronto: McClelland and Stewart, 1989 [1970〔原文の 1963 は誤り〕]); *The Diviners* (Toronto: Maclelland and Stewart, 1974), p. 73.
61. Timothy Findley, *The Wars* (Toronto: Clarke, Irwin, 1977).
62. Louis Caron, *L'Emmitouflé* (Paris: Laffont, 1977); *The Draft Dodger*, tr. David Homel (Toronto: Anansi, 1980).
63. Herb Wyile, *Speculative Fictions: Contemporary Canadian Novelists and the Writing of History* (Montreal: McGill-Queen's University Press, 2002), p.4.
64. Jane Urquhart, *The Stone Carvers* (Toronto: McClelland and Stewart, 2001), p. 356.
65. Jane Urquhart, *The Underpainter* (Toronto: McClelland and Stewart, 1997).
66. Mary Swan, *The Deep* (Erin: Porcupine's Quill, 2002).
67. Joseph Boyden, *Three Day Road* (Toronto: Viking-Penguin, 2005). ペガマガボウとその他の先住民の兵士の背景については、Janice Summerby, *Native Soldiers, Foreign Battlefields* (Ottawa: Veterans Affairs Canada, 2005) 参照。
68. Windigo ウィンディゴ（時にウェンディゴやウィティコ）とは先住民アルゴンキンや北部アサバスカンの言葉で、森に出没する人食いの巨人を指す。生き延びるために人肉を食べなくてはならない人は、ウィンディゴにとりつかれたと信じられている。
69. Reverend E. Ahenakew, *Address* (Battleford: Battleford Press, 1920), n.p.
70. 先住民の退役軍人に関しては、Vance, *Death So Noble*, pp.345-50, 250f. および Joseph Boyden, *Through Black Spruce* (Toronto: Penguin,2008) 参照。
71. Kevin Major, *No Man's Land* (Toronto: Doubleday, 1995). 表紙カバーのページ番号のない謝辞参照。メイジャーはこの小説を戯曲化もしている：*No Man's Land: A Play* (St. John's, NL: Pennywell-Flanker, 2005).
72. Jack Hodgins, *Broken Ground* (Toronto: McClelland and Stewart, 1998), p.330.
73. Frances Itani, *Deafening* (Toronto: HarperCollins, 2003). Interview material from Susan Fisher, "Hear, Overhear, Observe, Remember: A Dialogue with Frances Itani," *Canadian Literature* 183 (Winter 2004), p. 50.
74. Evelyn Cobley, *Representing War: Form and Ideology in First World War Narratives* (Toronto: University of Toronto Press, 1993), p. 132.
75. Alan Cumyn, *The Sojourn* (Toronto: McClelland and Stewart, 2003); *The Famished Lover* (Fredericton: Goose Lane, 2006).
76. Barry Callaghan and Bruce Meyer, eds., *We Wasn't Pals: Canadian Poetry and Prose of the First World War* (Toronto: Exile, 2001); Muriel Whitaker, ed., *Great Canadian War Stories* (Edmonton: University of Alberta Press, 2001).

77. John Gray with Eric Peterson, *Billy Bishop Goes to War* (Vancouver: Talonbooks, 1981); Anne Chislett, *Quiet in the Land* (Toronto: Coach House, 1983); Wendy Lill, *The Fighting Days* (Vancouver: Talonbooks, 1985); Guy Vanderhaeghe, *Dancock's Dance* (Vancouver: Talonbooks,1996); R. H. Thomson, *The Lost Boys: Letters from the Sons in Two Acts, 1914-1923* (Toronto: Playwrights Canada, 2001); David French, *Soldier's Heart* (Vancouver: (Talonbooks, 2002); Kevin Kerr, *Unity* (1918) (Vancouver: Talonbooks,2002); Stephen Massicotte, *Mary's Wedding* Toronto: Playwrights Canada, 2002); Vern Thiessen, *Vimy* (Toronto Playwrights Canada, 2008). また Donna Coates and Sherrill Grace, eds., *Canada and the Theatre of War* (Toronto: Playwrights Canada, 2008), vol. I も参照。

78. たとえば、Stephanie Innes and Harry Endrulat, *A Bear in War* (Toronto: KPk-Key Porter, 2008); Hugh Brewster, *At Vimy Ridge: Canada's Greatest World War I Victory* (Toronto: Scholastic, 2006); Arthur Slade, *Megiddo's Shadow* (Toronto: Harper *Trophy* Canada-Harper-Collins, 2006); Jean Little, *Brothers Far From Home: The World War I Diary of Eliza Bates* (Markham: Scholastic, 2003); Sharon E. McKay, *Charlie Wilcox's Great War* (Toronto: Penguin, 2004); Linda Granfield, *Where Poppies Grow: A World War I Companion* (Toronto: Stoddart, 2001) 等を参照。

79. David Macfarlane, *The Danger Tree: Memory, War, and the Search for a Family's Past* (Toronto: Macfarlane Walter and Ross, 1991); Benjamin Schwarz, "(Some of) the Best Books of 2001," *The Atlantic Monthly* (December 2001), p. 150.

80. Paul Gross, dir., *Passchendaele*, Rhombus Media / Whizbang Films, 2008; *Passchendaele* (Toronto: HarperCollins, 2008); Norman Leach, *Passchendaele: An Illustrated History* (Regina: Coteau, 2008).

81. Ted Plantos, *Passchendaele* (Windsor: Black Moss, 1983).

82. Raymond Souster, *Collected Poems of Raymond Souster*, 10 vols. (Ottawa: Oberon, 1984), vol. V: 1977-83, p. 43.

83. Marilyn Bowering, *Grandfather Was a Soldier* (Victoria: Porcépic, 1987), p. 2.

84. Alden Nowlan, *Selected Poems* (Concord: Anansi, 1996), pp. 63-5.

85. Will Bird, "Preface," *The Communication Trench: Anecdotes and Statistics from the Great War* (Ottawa: CEF Books, 2000 [1933]), n.p.

第 3 部

★

現代性の諸相、第一次世界大戦後

13

モダニズムとリアリズムの舞台——自己を演出する作家たち

アイリーン・ガメル
(Irene Gammel)

　カナダのモダニズム、リアリズム、およびロマンスは20世紀初頭の10年間、互いに相和し、また時には多少の摩擦を生じながらも共存していた。「カナダには規範に拠らない方法でモダニズムの境界を明確にする、もしくは定義するという健全な動向があったが、それは通常、少なくとも部分的ではあるが逆説的に、旧来の敵であるリアリズムとロマンティシズムにモダニズムを適応させるためのものであった」とグレン・ウィルモットは述べている。ディーン・アーヴィンのアプローチも同様だが、同時にカナダのモダニズムがこうしたハイブリッド的特質ゆえに学究面で遅れを取った点も強調している。[2]

　20世紀初期の散文を再調査すると、モダニズムの形を取っているものが次々と出てくる。とりわけ、モダニズムの時代に生きた多くのカナダ作家のライフライティングや小説の中に、自画像や多重の自己を生き生きと演出しているものがある。こうした作品は、散文におけるカナダのモダニズムの最も中心的で実験的な表明の構成要素となって、作家たちに異文化間の、議論の多い、時には矛盾する私的、公的、あるいは性別・政治・地方・国家に関わるアイデンティティの表現を可能にしているのかもしれない。ニューヨークでは第一次世界大戦時、ヨーロッパから流入した芸術家たちが芸術・文学における極端にモダンな表現を促す温床を創り出した。カナダでも同様に、ヨーロッパから発せられた声が文学作品の創作を促し、全国規模で文学・文化に関する対話を活気づけた。これらの作家たちは交雑したジャンルを試すと同時に、テクストおよび視覚の領域にモダン性を探究して、国際的文学モダニズムのグローバル運動にはっきりとカナダ的な要素を提供した。これまで明るみに出ることがなかったが、このカナダ的モダニズムは批評界でもっと注目されてよい。

　こうした作家の多くはリアリズム、自然主義、ジャーナリズム、もしくはロマンスの範疇に入れられてきた。しかしながら、ライフライティングに彼らが残した貢献を再調査すると、その内容、物語、形式の中に、大きな違いはあるものの、共通してモダニスト的関心が重要な位置を占めていることがわかる。カナダの散文作品にはモダニスト的人物を登場させているものもあり、フレデリック・フィリップ・グロウヴ（Frederick Philip Grove）、ジョージナ・ビニー＝クラーク（Georgina Binnie-Clark）、キャスリーン・ストレインジ（Kathleen Strange）、ロバート・ステッド（Robert Stead）、マーサ・オステンソウ（Martha Ostenso）、L. M. モンゴ

メリ（L. M. Montgomery）、マゾ・ド・ラ・ロシュ（Mazo de la Roche）、エリザベス・スマート（Elizabeth Smart）、モーリー・キャラハン（Morley Callaghan）、ジョン・グラスコ（John Glassco）といった多様な作家が、一般的にモダニズムと結びつけられる美的・文学的価値観を表明し、それに挑戦している。特に F. P. グロウヴと L. M. モンゴメリは重要な対象となる。それぞれカナダの西部と東部を代表する作家である。全国的に人気を博したこの2人の隠された生涯が死後、明るみに出た時、読者は驚愕した。グロウヴもモンゴメリも、現代において公的・私的ペルソナを構築する際に必要な創造的労力を示す傑出した実例である。モダニストのライフライティングを特徴づけている演技上あるいは物語上の巧みな操作は、これまで未承認、あるいは未調査であったカナダ全体にわたる文学対話に注目するよう促す[3]。それはまた、東部のセンチメンタリズム対西部のリアリズム、伝統主義対実験主義、田舎対都会、保守対革新といった従来の対比を崩すものである。こうした対話から、カナダがモダニズム的関心と物語形式をはっきりとカナダ的な方法で意識していた事実が見えてくる。

モダニストの仮装——F. P. グロウヴ

1946年、フレデリック・フィリップ・グロウヴ（1879-1948）は自伝とされるノンフィクション『私自身を求めて』（*In Search of Myself*）で総督文学賞を授与された。『大平原を踏み分けて』（*Over Prairie Trails*, 1922）、『年の変わり目』（*The Turn of the Year*, 1923）、『湿地入植者』（*Settlers of the Marsh*, 1925）、『アメリカ探究』（*A Search for America*, 1927）など、刷新的で商業的にも成功した自然描写や小説を出してきた作家である。ところが1973年、彼の伝記作家ダグラス・O. スペティーグ（Douglas O. Spettigue）が、この自伝は手の込んだ嘘で、1912年マニトバに定住したグロウヴが1920年代に作家生活を再開した後、新たな自分自身を作り上げたものであることを曝露した[4]。スペティーグはまた、グロウヴが省略していた過去の注目すべき経歴も暴いた。すなわち、ドイツで詐欺のため投獄されていたこと、そして彼が実はドイツで名の知れた作家兼翻訳者フェリークス・パウル・グレーヴェ（Felix Paul Greve）で、世紀末の欧州の文人ステファン・ジョルジュ（Stefan George）、H. G. ウェルズ（H. G. Wells）、アンドレ・ジッド（André Gide）らと肩を並べていたという隠されたアイデンティティを曝露したのである。グロウヴの伝記作家たちはしばしば、Greve と Grove という複雑な二重性を示すために、頭文字を取った「FPG」という表記を使って2つのアイデンティティを合体させている。この名前の二重性を意識すると、2つの人工的アイデンティティに特別な注意を払いながら彼の作品を改めて読み直すことができる。彼のケースは先住民に成りすましたスコットランド人アーチボルド・ベラニー〈グレイ・アウル〉（Archibald Belaney〈Grey Owl〉）やアフリカ系アメリカ人シルヴェスター・C. ロング〈チーフ・バッファロー・チャイルド・ロング・ランス〉（Sylvester C. Long〈Chief Buffalo Child Long Lance〉）のようなカナダの他の

カナダ文学史

有名な文学界の詐欺師のケースに似ている。グロウヴのドイツ人伝記作家クラウス・マルテンスによると、この3人の作家は詐欺行為をするためではなく、迫害ないしは社会的偏見を逃れるために、もしくは自然と調和した新しいアイデンティティを求めて、国や人種の境界線を超えたのだという。しかし、このアイデンティティの設定には、フィッツジェラルド（Fitzgerald）の 1925 年の作品『グレート・ギャツビー』（*The Great Gatsby*）に登場するジェイ・ギャッツのいかがわしい更生と改名同様、倫理的曖昧さが伴う。ポール・ジョン・エイキンが述べているように、「伝記作家が真実を語らない場合、ノンフィクションをジャンルとして規定している文学上の慣習を破るだけではなく、道徳的に絶対守るべき規範に背くことになる」。

図 10　仮装した Baroness Elsa von Freytag-Loringhoven、1920 年ごろ。

その後発見された FPG とエルゼ・プレッツ（Else Plötz）との 9 年にわたる熱烈で不安定な関係は、グロウヴの欺瞞の深さを示している。彼の伝記作家たちは FPG が正式に結婚したことはなく、ドイツの芸術家エルゼ・プレッツと内縁の婚姻関係で同棲していたのだと暗黙に仮定していた。グロウヴの妻と称する彼女は、彼がドイツで出した 2 つの小説『ファニー・エスラー』（*Fanny Essler*, 1905）と『マウレルマイスター・イーレス・ハウス』（*Maurermeister Ihles Haus*, 1906）のインスピレーションになっていた人物である。皮肉なことに、グロウヴの虚言はドイツの厳重なデータ保護法（Datenschutzgesetz）によって守られていた。グレーヴェの妻に関する拙著の中で筆者はフェリークス・パウル・グレーヴェが事実、1907 年 8 月 22 日にベルリンのヴィルマースドルフで結婚していたことを明らかにすることができた。

エルゼ・プレッツは今日ではエルザ・フォン・フライターク＝ロリングホーフェン男爵夫人（Baroness Elsa von Freytag-Loringhoven）として知られており、FPG と別れた後に加わったニューヨークのダダイズム・サークルの奇抜で、よく話題になるメンバーである。彼女は1910年、FPG と共にアメリカに渡り、9月にはすでに「ニューヨーク・タイムズ」紙の注目を浴びて、次のように報じられている。「"エルシー・グレーヴェ夫人"はピッツバーグの5番街で"男装して煙草を吸っていた"ために逮捕された。彼女は夫のニューヨーク在住 F. P. グレーヴェと並んで歩いていた」。際立ってモダンな人物であったエルザは男女両性的主張を演出して、マン・レイ（Man Ray）その他の写真家の作品に収まっている。しかし、彼女の派手なモダン性は同時に夫にとっては危険な負担となり、別居の要因となったのかも知れない。1911年の春、彼はケンタッキー州スパルタで彼女のもとを去った。

　グレーヴェはまず西へ、次いで北へ旅して、1912年にマニトバ入りした。この地でフレデリック・フィリップ・グロウヴと名乗り、教師になって結婚し、子供をもうけ、作家として家族的価値観を支持し、カナダの国民文学を作り上げようとの夢を抱いた。しかし、この新しい生活は危険な嘘の基盤の上に立っていた。第一次世界大戦が勃発した1914年、35歳のグロウヴは22歳の教師キャサリン〈テーナ〉・ウィーンズ（Catherine〈Tena〉Wiens）と結婚したが、結婚証明書には自身のアイデンティティを41歳、モスクワ生まれの男やもめフレデリック・フィリップ・グロウヴと届けた。前妻と離婚していなかったので、法的にはエルゼと結婚したままである。この秘密は重荷になっていたに違いない。ストレスの多かったドイツ時代同様、強度の偏頭痛や心気症に悩まされていたことを考え合わせると、心理的に彼をむしばんでいたのかも知れない。作家として、彼は絶対に正体を明かせない運命にあった。万一エルザ男爵夫人が彼の新しいアイデンティティを見つけたら、彼は恐喝され、晒し者になったであろう。彼女は未出版の文書の中で撞着語法を使い、彼を「正直＝不正直」の混合、「本物＝偽物」のブレンド、自己欺瞞に陥っている人間、と呼んでいる。

　グロウヴの自伝的小説には、著者をほのめかす登場人物が変装して次々と現れる。『アメリカ探究』では、数か国語に通じる理想主義者フィル・ブランデン（Phil Branden）が米国に背を向け、カナダに定住する。「以来教師をしているが、加えて医者、弁護士、周辺諸地域の移民たちの業務代理人も務めている」。続く結びの文を読むと、読者は作中人物と著者の区別が曖昧になる：「そして漫然とした生活に終止符を打った27年後、自作の数冊のうちの最初の本を出版した」。グロウヴは土地に飢えていた西部の開拓者の声を代弁する一方、表向きは誠実な大平原開拓者物語の中に自己の過去を覆い隠していた。この開拓者小説というジャンルは、彼の新しい自己を守るスクリーンであった。なぜなら西部の大平原小説はコスモポリタンなエルザ男爵夫人の興味をそそることはなかったであろうから。

　エルザがベルリンに戻ってから出版された『湿地入植者』は、大平原の開拓農場で起こった事件の率直でグラフィックな性描写で評判になった。強姦、中絶、乱交、密通、性的忌避は、家庭内の、そして異性間の関係の崩壊を晒し出す。自然主義のジャンル内に根付いてい

た告白小説であった。グロウヴが1924年12月13日付、友人アーサー・フェルプス宛ての手紙に書いているように、彼の目的は「フランス上流階級の小説に出てくる堕落し性的に肥大した女性を土壌に根付かせること」であった(12)。エルザの分身と読み取れるクララ・ヴォーゲル（Clara Vogel）は、エルザそっくりに、ヘンナの葉で髪を染め、化粧をし、家事を拒絶する。この悪名高い未亡人がスウェーデンから移住したピューリタン的農夫ニールス・リンドステッド（Niels Lindstedt）を誘惑すると、彼は彼女と結婚せざるを得ないと感じる。これはおそらく、グレーヴェ自身が1902年、エルザとの悪名高い情事の末、彼女と結婚せざるを得ないと感じたのと共通する。その情事は公になり、辛辣な形でエルザの以前の結婚を破綻させる結果となっていた。

　『湿地入植者』はグロウヴの最初の妻との関係と別離とを辿っているだけでなく、「新女性」に関する現代の不安を反響してもいる。性に関して手ほどきをする側に立つクララ・ヴォーゲルは、ニールス・リンドステッドの男らしさを失わせ、彼を呑み込まんばかりだった。彼の性的忌避は明白である。「不快ではあるが、彼は彼女の一風変わった、熱烈な、常軌を逸した欲望を満足させていた」(13)。男性の無気力さの表現はモダニズムの多くの作品の顕著な特徴になっている。性不能症と不安はヘミングウェイ（Hemingway）の『日はまた昇る』（*The sun Also Rises*）、D. H. ロレンス（D. H. Lawrence）の『チャタレイ夫人の恋人』（*Lady Chatterley's Lover*）、T. S. エリオット（T. S. Eliot）の『J. アルフレッド・プルフロック』（*The Love Song of J. Alfred Prufrock*）や『荒地』（*The Waste Land*）など主要な文学作品に顕著に表れている。また視覚芸術においても、セックスがためらわれているマルセル・デュシャン（Marcel Duchamp）の『彼女の独身者たちによって裸にされた花嫁、さえも（大ガラス）』（*The Bride Stripped Bare by her Bachelors, Even ⟨The Large Glass⟩*）などがある。『湿地入植者』の中でグロウヴは、性的に積極的な「新女性」の亡霊を抑えようとする際に覚えるモダニスト時代の性的不安を表明している。一方、ニューヨークでは、エルザ男爵夫人の詩と芸術がニューヨークのダダイズム・サークルの男性たちを激しく非難していた。デュシャンの『大ガラス』を異性愛の膠着状態の表明として詩的に使用した1918年の「ラヴ＝ケミカル・リレーションシップ」（Love-Chemical Relationship）などがその例である(14)。

　カナダという若い国のスポークスマンを自認したグロウヴの新しい役割は、広告、講演旅行、エッセイ、小説を通して促進された。『大平原を踏み分けて』はL. M. モンゴメリが「カナダのすべての教育機関の図書館に入れられるべき」図書として保証している(15)。同様に『湿地入植者』は「カナダの偉大な小説か？」という問いかけをもって宣伝された。1925年の販売促進用パンフレットによると、グロウヴの最も価値ある貢献は移民としての視野であった。「彼は養子となった国で、発展しつつあるカナダとカナダの状況を、土着の者には見えない、また理解できない立場から見ることができ、それだけに彼が指摘するカナダの生活はいっそう面白いのである」(16)。パンフレットに添えられた写真の中のグロウヴはテーブルに向かって座り、書きものをしていて、目は下を向き、髪は僧侶のようにぴったりと撫でつけら

れ、地味な手編みのセーターを着ている。「フェリークス・パウル・グレーヴェ、オイレンブルク・スキャンダル、そしてフレデリック・フィリップ・グロウヴ」の中でリチャード・キャベルは、ホモセクシュアル・パニックもFPGがドイツを去る決断をした一因であったかも知れないし、また彼がカナダの異性愛的アイコンとして自らを作り変えたい衝動に駆られた原因でもあるかも知れない、と論じている。(17)

図11　F. P. グロウヴと家族。ウィニペグ湖で、1923年。写真の裏面には次の記述がある。「ウィニペグ湖の、まだ地図に載っていない湖岸のひとつで家族が過ごした、ある夏の午後。帽子もその他の衣服も、外出着としては350年前に廃れたもの。」

　事実、FPGは新しい高潔なカナダ市民として自身を仕立て上げた。注意深く構成した自画像写真には、彼がウィニペグ湖で手作りの筏の上でポーズを取っているもの、テントをバックに妻と娘といっしょに戸外でキャンプをしているもの、流行遅れの衣服を纏って浜辺に座り、そばで妻が編み物をしていて、折りたたんだ傘が写真の真ん中に旗竿のように立ててあるものがある。どの写真もカナダの開拓小説家、旅行記作家、自然界と触れ合う著述家を意識したポーズである。完ぺきな身のこなしでアンドレ・ジッドに強い印象を与えたかつてのダンディーのポーズからの驚くべき変身ぶりである。しかし、ごく自然に見える写真の中のポーズも実は、周到に言葉を選んで付けたキャプションが示すように、人為的に構成されたものなのである。グロウヴは優秀な写真家で、自身と家族と自作品と風景の映像を巧みに編集していた。(18)

　スウェーデン系を名乗り、喉音の強いドイツ語訛りでしゃべるFPGは、どの国の範疇にもしっくり収まらなかったが、同様に彼の美学も特定の様式やジャンルに適合するものではなかった。ハイブリッドの領域の方がしっくり性に合い、小説家としての気に入りのポーズは国、大陸、職種、言語を越境する旅行者であった。小説とノンフィクションの作品においても同様に、彼は越境した。彼の環境意識はアメリカの自然作家ヘンリー・デイヴィッド・ソロー（Henry David Thoreau）を思い起こさせ、現に彼はソローの作品を読み、注釈を付けている。自然に関するグロウヴの散文は、人類の進歩が及ぼす破壊的影響をシュールレアリスムのイメージをもって想起させる。例えば『大平原を踏み分けて』において、州政府が新しく掘った排水溝が「自然の身体に付けられた剥き出しの傷跡のようだ。醜く、生々しく、まるで美しい鳥が引き裂かれて、はらわたが剥き出しになり、羽の上で乾き、腐敗しているように」と描写する。(19)『年の変わり目』においてもグロウヴは同様に、その後モダニズムの顕著な特徴になる硬い、具体的なイメージを求めている：「まず柳の雄株のファルスが黄色くなり、次にポプラの赤い雄穂が黄色い砂埃を孕んで垂れ下がっていた」。(20)西部の大平原は、

雹の嵐が踊り狂う様を描き出すキャンバスであった。誇らしげに生い茂るスウィートコーンの黍の上に雹が激しく降り注ぎ、今やメロドラマチックな背景に哀れな切株を残すのみとなった。しかし、同じ本文においてグロウヴは、雪と霧の美しさと感触を熱狂的に語ることもできた。

　フラッシュバック、時制の交錯、不確かな語りで特長づけられる『製粉工場の主人』（*The Master of the Mill*, 1944）は、グロウヴの最も実験的でモダニズムを意識した作品である。オンタリオ州の架空の町ラングホルムを背景にしたこの作品は、グロウヴが幼い娘メイ（May）のショッキングな死の2年後、1929年にオンタリオへ移住した背景を反映している。老齢で必ずしも信頼できないサムエル・クラーク（Samuel Clark）のレンズを通して語られるこの小説は、クラーク小麦粉帝国が、彼の父ラドヤード（Rudyard）による1888年創業の小さな家族経営事業から、サムの息子エドマンド（Edmund）の経営のもと、1923年に建設された巨大な完全自動の工業機関、国際的に有名な大会社に発展した跡を辿る。工業国家を目指して発展するカナダのアレゴリーである『製粉工場の主人』はまた、製粉工場の主人を務めるクラーク家の3世代の男性たちが演じ切るフロイトの「反復強制」（Wiederholungszwang）の風刺でもある。この会社の詐欺的保険計画は現代の会社組織の倫理観の曖昧さを表し、語りの視点が明白に変わるところに反映されている。モダニズムのもう1つのテーマを使って、この作品は製粉工場を支配する男性の権力者が不能であることを暴露し、彼らの支配が妄想であることを露呈している。

リアリズムとその先――マーサ・オステンソウとロバート・ステッド

　グロウヴが彼の仮面劇において自然主義とリアリズムの表現を活用し、それを凌いでいることから、大平原のリアリズム小説全体の複雑さにも目を向けてみよう。例えばマーサ・オステンソウ（1900-63）の『ワイルド・ギース』（*Wild Geese*, 1925、1926年再版、映画化『アフター・ザ・ハーヴェスト』*After the Harvest*, 2001）とロバート・ステッド（1880-1959）の『グレイン』（*Grain*, 1926）を考察しよう。前者は夫ダグラス・ダーキン（Douglas Durkin）との合作で、商業的に成功した作品であり、後者はステッドの移民局宣伝係としての仕事に影響を受けた作品で、戦争宣伝が色濃く出ている。女性作家や活動家たちが女性としての創造的能力を主張して前進していたこの時期に、オステンソウの男性共著者の名前を出さなかったことは、彼女の小説への反応に影響を及ぼしたと思われる。ノルウェー生まれのオステンソウが1925年、北米最優秀小説対象の権威あるドッド・ミード会社賞（Dodd, Mead, and Company Prize）を授与された時、F. P. グロウヴは25歳の女性作家の成功に深い脅威を覚えた。「よくある話だ。賞をもらう奴はみんな屑だ」と彼は皮肉った。「実際、性に伴う激しい敵意など、若い女に何がわかるものか」。性的に解放されていたエルザがグロウヴの生涯に果たした役割を考える

と、彼の論法は不誠実である。その後オステンソウの作品が共著であると明らかになったことは、皮肉なことに、グロウヴ自身の立場を映し出す鏡となった。すなわち、彼の作品にはエルザからの情報が大いに役立っていたのである。グロウヴが引き合いに出した「若い女」は、ノスタルジックな作り物だった。オステンソウは既婚者と同棲して（長年の後、彼と結婚したが）、ブルジョワの慣習を破った女性作家である。「若い女」のステレオタイプは女性作家たちによって明らかに破壊され、彼女らは西部の女性農民と女性作家のイメージを大きく変えていったのである。

事実、カナダのモダン性は「新女性」の公的存在、活動、権利を際立たせて描写する物語を通して、最も挑発的に表明されていると言えよう。作中の女性人物は——例えばオステンソウの『ワイルド・ギース』のジューディス・ゲア（Judith Gare）、ステッドの『グレイン』に登場するジョー・バージ（Jo Burge）、『湿地入植者』のエレン・アムンドセン（Ellen Amundsen）のように——男女両性の特質を備え、反抗的である。彼女らは服装も性的振舞いも型破りである。例えばジューディスは婚外子を宿すし、エレンは独身を通す。彼女らはしばしば男性の仕事をこなし、大地を愛し、男性同様の熟練さで機械や家畜を扱う。

これらの小説は、大平原における男性側のモダニスト的危機を反映し、その中で男性たちの開拓事業は沈滞し、硬直している。例えばステッドのアンチヒーロー、ギャンダー（Gander）とあだ名されるウィリアム・ステイク（William Stake）は、土地と家庭の奴隷になっている。土地と家庭に執着する余り、心理的成長は阻まれ、有意義な人間関係の構築ができない。同様に、グロウヴの描く男性の大平原開拓者たちもみな——『大地の果実』（*Fruits of the Earth*, 1933）のエイブ・スポールディング（Abe Spalding）、『湿地入植者』のニールス・リンドステッド、『日毎の糧』（*Our Daily Bread*, 1928）のジョン・エリオット（John Elliot）のように——英雄気取りで大農場建設を夢見るが、女性開拓者の持つしなやかで柔軟な言葉づかいを持ち合わせぬため、失敗する(22)。彼らは口ごもり、どもり、ぶつぶつ言い、言語表現の危機に直面する。オステンソウの女性移住者たちがエスニック・アクセントではっきりと雄弁に語るのに対し、男性移住者たちはしばしば、カナダの作家で評論家のロバート・クロウチ（Robert Kroetch）が的確に表現した、「沈黙の文法」(23)の虜になっている。

発展途上にある大平原を考察するに当たり、グロウヴは偏執狂的な家長を同情と郷愁をもって扱い、変遷する現代世界に直面して困惑する様を描く。対照的にオステンソウの『ワイルド・ギース』は、家長のケイレブ・ゲア（Caleb Gare）を、いじめ、ゆすり、むち打ちにより家族を従わせて旧式の権力構造にしがみつこうとする悪霊、として払いのける。「土地と精神的に対をなす彼は、生活の糧を得ている土壌そのものと同様に厳しく、苛酷な要求をし、暴虐で、」家族を無報酬の労働者としてリクルートし、土地に縛り付ける。彼の娘——「きびきびして恐ろしく、あらゆる生命の歓喜の源と思われるジューディス」——は、父親の殺害を企てる。

物語はメロドラマ的デウスエクス・マキナ〔戯曲などの困難な場面で突然現れて不自然で強引な

カナダ文学史

図12　Robert J. Stead, 『グレイン』 *Grain* の表紙絵。

解決をもたらす人物・事件〕により終結する。大草原の火事のさなか、ケイレブは危険を冒して湿地に踏み込み、「抵抗し難い」「陰険な」土地に吸い込まれる。彼の死後、平和が戻る。女性たちは、物静かに落ち着いて、生き残り、勝利する。そして、ケイレブの支配下で疎外されてきた近隣の広い社会に、再び溶け込んでいくのである。「ゲア家のミステリーはいったい何だったのだろう。ケイレブといっしょに消えてしまったようだ」、と教師のリンド・アーチャー（Lind Archer）は思案する。(24)　物語の舞台はオステンソウが教師をしていたマニトバ州インターレイクを思わせるが、はっきりと示されてはいない。カナダ、アメリカ双方の読者に馴染むよう、時も場所も未設定のままである。「場所が非常に重要な役割を果たす小説で、オステンソウは場所の設定をすることを欲しなかったようだ」と、デボラ・キーヒーは『カナダ大平原文学における場所』の中で述べている。(25)

　農業技術によって大平原の田舎とモダニズムを関連づけることができるとしたら、どのような方法があるのだろうか。アルバート・アインシュタインの相対性理論と表音速記術、X線撮影、クロノ写真法、映画撮影術、といった20世紀初頭の新しい技術は、国際的モダニズムを形作った。モダニズムの小説は、急速に変化する世界と視覚・聴覚領域の新しい体験に関心を持つ。(26)　現代世界の特権的シンボルである自動車は、解放された性の伝統と加速する

スピードの媒介である。「自動車だって？」とステッドの小説『グレイン』の中で、ステイク氏は叫ぶ。「あの喚き散らしながら自動で走る奴かい？　まっぴらだ。」最初、自動車は大平原農場では軽んじられていたが、小説の半ば、戦争の3年目になると、ギャンダーの父親はフォードを購入する。それは変化しつつある大平原の小さな町の象徴であった。『グレイン』の中で、男性主人公のアイデンティティは機械、特に蒸気脱穀機への愛着と深く絡まり合っている。「そしてギャンダーは読み物のロマンスには無関心だったが、今や彼の心を深く感動させるものができた。それは機械の、蒸気のロマンス、レバーを引くだけで巨人の力を解放するものだった」(27)。機械に対する彼のエロティックなまでの執着は彼の性欲を転置させ、「彼女」ジョー・バージとの性関係の達成をぐずぐずと遅らせる。

　『グレイン』では、女性の性的欲望も同様に激しく挫折させられている。ジョー・バージは待ちくたびれてギャンダーを諦め、ディック・クラウス（Dick Claus）と結婚するが、夫が障害者になって戦地から戻ると、彼女の問題はさらに悪化する。彼らの結婚は、チャタレイ夫人同様、性関係の伴わぬものであったようだ。『湿地入植者』と『グレイン』において、モダニズムの抱える異性愛の硬直状態は、大平原小説の領域に侵入している。しかし皮肉なことに、『グレイン』の初版の表紙には、赤毛で赤いドレスを着た女性が干し草畑にくつろいで座って見上げ、傍らに立つ背の高いがっしりした男性が誇らしげに地平線を見つめている絵が描かれている。この小説は背表紙の副題が強調しているように、『本当の北西部のロマンス』として市場に出た。しかしながら、中身の冷笑的なモダニズム的隠喩は伝統的なロマンスを混乱させ、さらにそれと矛盾するようにさえ思われる。

現代的ホームステッド入植者——
ジョージナ・ビニー＝クラークとキャスリーン・ストレインジ

　『小麦と女性』（*Wheat and Woman*, 1914）と『カナダ大平原の夏』（*A Summer on a Canadian Prairie*, 1910）は、自信に満ちた活発な女性のレンズを通して見た農場生活の個人的でユーモラスな記述である。イングランドのドーセット生まれの英国人旅行記作家ジョージナ・ビニー＝クラーク（1871-1955）は、1905年、サスカチュワン州カペル・ヴァリーに定住した。独身女性入植者として、彼女はほどなくカナダのホームステッド法〔西部の未開発地を入植者に無償で与えた法律〕の性差別的抜け穴に躓く。1872年のカナダ自治領土地法（Dominion Lands Act）によると、男性は政府に10ドル払えば160エーカーの土地を手に入れる権利があったが、この取り決めは女性には適用されなかった。ビニー＝クラークは彼女の農場を得るのに5,000ドル支払わなければならなかった。この性差別の明確なケースに触発されて、彼女は女性のホームステッド（自作農場）入植者運動の先頭に立つことになる。彼女の物語は、独身女性、平等な人間関係、そしてポスト＝ヴィクトリア朝の理想やレトリックへの関心が

次第に高まりつつある文学に貢献した。「堪忍袋の緒が切れ、口汚く大声で痛烈にののしった」と彼女は 1906 年 9 月、収穫絡みで起こったトラブルの記録に記している(28)。

しかしながら、ビニー＝クラークは、他の女性に比べればまだ恵まれていた。『小麦と女性』2007 年版の表紙は、この開拓者作家が良家の出であることを強調し、髪を高く結い上げ、左肩越しに快活に遠くを眺めている、ヴィクトリア朝の淑女として彼女を描いている。近隣の女性入植者の中には、家族から緊急時の仕送りも受けられず、財政的に困窮している者もいたが、彼女はそこまで心配する必要はなかった。少なくとも飢えたりホームレスになったりする危険はなかった。彼女の著作によると、霜や火事、不平等な法律との戦い、挫折と憂鬱症、果てしなく襲いかかる不幸の連続も、彼女を極度に意気消沈させることはなかった。1908 年ニューヨークに旅行した後、ビニー＝クラークは、彼女のホームステッド入植者としての体験を基に売れる作品を書いてほしいとの誘いを受けた。「世界中がカナダに関心を持っている。そして私は直接体験した実用的情報を持っている。いろいろな雑誌社から執筆の依頼があった」(29)。この種の文学への市場が開かれていたことは、米作家ウィラ・キャザー（Willa Cather）の『おお、開拓者たちよ！』（*O Pioneers!* 1913）や『私のアントニーア』（*My Ántonia*, 1918）の成功、あるいは「アトランティック」誌、「コリアーズ」誌、「アウトルック」誌といったアメリカの大衆雑誌に載って人気のあった女性開拓者物語から見ても、一目瞭然である(30)。

作家でジャーナリストでもあったビニー＝クラークは、自己表現の微妙なニュアンスを心得ていた。彼女の文体の特徴は、心象を呼び覚ますような描写と、辛口で自己を卑下するユーモアである。未経験から経験へと進化していくが、文の調子は旅行記風で、他所から来た人間が風景を観察して、風変わりでエキゾティックと感じているような書きぶりである。「そしてホリネズミたち！ 地面に座り、小さいきゃしゃな前足を下げて、まるで懇願しているようなしぐさ」。手伝いの少年が帰ってしまうと、彼女は搾乳を試みる。引いたり押したり絞ったりの作業を 2 時間続けた後、彼女は主張する。「モリーのミルクを 1 クォートほど桶に取ったが、その間牛のやつを見ることさえしなかった」。しびれた足を楽にしようと彼女は立ち上がる。「長い儀式に飽き飽きしていた」モリーは、「陽気に歩き去る際、ミルクの入った桶を蹴飛ばして行ってしまった！」(31) 安息日にはさらにののしりの言葉を吐いたであろうと想像がつく。ビニー＝クラークの運動は、マニトバの作家ネリー・マクラング（Nellie McClung）が関与した婦人参政権運動ほど注目を浴びなかったが、同じ社会変革への女性の願い、農業社会において女性を独立した存在にしたいとの願いから出たものであることに、変わりはない。婦人参政権は、アルバータ、マニトバ、サスカチュワン諸州では 1916 年、連邦政府の法律の 2 年前に認められているが、西部の女性ホームステッド入植者が平等の権利を獲得するには 1930 年代まで待たねばならなかった(32)。

「農場の女性たちよ──みな開拓者たれ」はマニトバの作家兼農業従事者キャスリーン・ストレインジ（1896-1968）のモットーでもあった。彼女はロンドンに生まれ、夫と共にカナダへ移住した。「1920 年 7 月のむっとするような暑い日」、キャスリーンとハリー（Harry）

はアルバータ州中部のフェン（Fenn）に着いた。町にあるのはグレイン・エレベーターと鉄道の駅と雑貨店だけ。『西部を見据えて——現代の開拓者物語』(*With the West in her Eyes: The Story of a Modern Pioneer*, 1937) は、西部の農場におけるストレインジの奮闘ぶりの個人的記述である。(33) この回想録は同時にストレインジをカナダの重要な作家として位置づけ、やがてウィニペグ作家協会会長、ひいてはカナダ作家協会のウィニペグ副支部長となる道を開いた。筆者が見つけた初版の内表紙には、刈入れの終わった小麦畑の背後に農場が広がる紛れもない田舎の景色が描かれている。しかし、（おそらくカバーの一部であったと思われる）宣伝用のページに載ったストレインジの写真は、都会のフラッパーの装いで、髪は短く切り、横目でいたずらっぽくカメラに視線を向けている。農場では男性用のズボンを着用することにより、自分に課せられた伝統的役割を打破する決意を示した。「私は傲然と目障りな衣服を纏い続け、やがて抵抗は目に見えて弱まっていった」(p. 41)。彼女が社会的に率先して行ったことの1つにダンスがあるが、それはフェンの社会を二分することになった。「怒った顔で拳が振り上がる。あからさまな批判が飛び交う。……部屋は言葉の戦場にも似た状況になった」(p. 122)。にもかかわらず、彼女は結局、勝利している。

　グロウヴの見る自然は、人間に無関心、あるいは敵意を持つ力で手なずけられねばならぬものであったが、ストレインジの自然の見方はもっと実際的である。エリオット、W. C. ウィリアムズ（W. C. Williams）、e. e. カミングズ（e. e. Cummings）、エドナ・セント・ヴィンセント・ミレー（Edna St. Vincent Millay）らモダニスト作家の作品の至るところにみられる「春」の概念に対して、別の視野を見せている：「春は美しい装いをして大平原にやって来るが、大平原の農夫にはそれを愛でたり楽しんだりしている暇がない」(p. 150)。ストレインジの物語は結婚や母性、流産や出産にも目を向ける。大平原に定着したモダニズムの技術的シンボルにも触れ、「ワイアレス・セット、つまりロンドンに住むラジオ技術者の友人が作ってくれた手作りのラジオ」を楽しんでいる (p. 137)。テクノロジーは田舎と都会、地方と広い国際社会を結びつける。「カナダとアメリカ中の局のみならず、ロンドンの局とも繋ぐことができた」(pp. 137-8)。実際、ストレインジ家の事業が成功したのは、グローバルな世界とつながっていたからであった。キャスリーンとハリーは、北国育ちの種子が世界の他の地域にも適していると知り、種子販売事業を始めた。彼らの育てた種子は1923年、シカゴ万博で世界グランプリ賞を受賞している。

　新たなアイデンティティを実験している女性農業家、これがストレインジの回想録の真のヒロインである。春になると、隣人のド・グラッフ夫人（Mrs. de Graff）が、彼女の夫を手助けして丸太を伐採し、彼らの家を建ててくれた。16人の子供のうち3人を除く全員がこの家で生まれる。「カナダ西部の女性開拓者は、このような素質を備えていたのである！」(p. 242) グロウヴ、ステッド、オステンソウを論じた後にこうした物語を挿入したのは、女性開拓者がどこまでカナダのモダニズムの換喩として機能しているかを考察するためである。キャスリーンにとって、開拓者の仕事は性別に関わる政治的意味があった。つまり、それは

農場で夫と肩を並べ、同等のパートナーとして働くことを意味したのである。1930年、ストレインジ一家は（ウィニペグと想定される）都市に引越し、ハリーは農業研究部の新しいディレクターになった。キャスリーンにとって、都市の空間は皮肉にも逆戻りの場となり、彼女は伝統的な家庭に追いやられた。「農場では私は夫の真のパートナーで、彼の日常の仕事をほぼすべて、細部に至るまで分かち合っていた」(p. 292)。西部の大平原は保守的な後進地帯どころか、都市の女性が男女平等を主張できる空間であった。西部の女性ホームステッド入植者の回想録は、多重で複雑な現代女性の自我を書き表すカンバスとなったのである。

　こうした作家たちは文学を通して、どのように新しい国家を形成していったのだろうか。1920年代は、グループ・オブ・セヴン〔Group of Seven、主に1920年代に活躍したカナダの風景画家7人のグループ〕の結成、カナダ作家協会（Canadian Authors Association、1921年モントリオールで設立）、カナダ合同教会（United Church of Canada, 1925）の誕生に見られるように、カナダで熱烈なナショナリズムの高まった時期であった。帝国主義的展望に包まれて、ビニー＝クラークはしばしばカナダ人について、大部分が（彼女自身の文化的背景とほとんど変わらぬ）イングランドやアイルランドからの一世または二世移民であるにもかかわらず、あたかも完全な外国人集団であるかのように語っている。対照的に、キャスリーン・ストレインジは、民族の多様性に焦点を当てる。彼女の地域にはスコットランド、イングランド、あるいはアメリカ出身者もいるが、ヨーロッパ中部からの者のほうが多い。「その中にはフランス人、ドイツ人、オランダ人、スウェーデン人、ノルウェー人、ロシア人、フィンランド人、ポーランド人、中国人さえもいる。多人種の集団だが、雑多な人種的特質を持つ割には驚くほどうまく混ざり合い、融合している」(p. 110)。マーサ・オステンソウの作品に登場するのもアイスランド人、スウェーデン人、ハンガリー人、"ハーフブリード"、"インディアン"の多文化社会である。『私自身を求めて』の中でグロウヴは、自身の混ざり合ったアイデンティティを明かす。父はイギリス＝スウェーデン系、母はスコットランド系、乳母はフランス＝スコットランド系であった。新しい作家としてのアイデンティティにこだわる彼は、『私自身を求めて』——最初「カナダの作家としての私の生涯」と題されていた[34]——に、ヨーロッパとカナダとアメリカの都市、作家、詩人、文学者、出版社、雑誌の長いカタログを付けている。こうして、ヨーロッパ中心的であるとはいえ、異文化間の参照事項により広大な空間を埋め、帰化した国のためにホイットマン流のアーカイブを作成しているのである。また、1945年1月30日付デズモンド・ペイシー宛ての手紙に、彼は「移入カナダ人」("incomer Canadian") とされる自分の身分について苦情を述べている[35]。

ロマンティック・モダン——
L．M．モンゴメリ、マゾ・ド・ラ・ロシュ、エリザベス・スマート

　1923年3月、マニトバ州ラピッド・シティで、F. P. グロウヴはプリンス・エドワード・アイランド州生まれの作家L. M. モンゴメリ（1874-1942）から手紙を受け取った。『大平原を踏み分けて』に対して、「こんなに楽しんだ本は滅多にありません」と溢れんばかりの賛辞を寄せ、さらに、文中に描かれている神秘的で寂しげな「ホワイト・レインジ・ライン・ハウス」("White Range Line House")を題材にして、別の作品を書いてはどうかと提案している。[36] （あたかもモンゴメリの提言を聞き入れたかのように、グロウヴはこの家を『湿地入植者』の中心に据えている。）モンゴメリ自身も早速、執筆中の自伝的エミリー三部作に、窓が釘付けで閉じられたままの孤独な家を登場させ、「失望の家」("Disappointed House") と名付けた。図らずも、いずれの作品においても、その家は異性間のロマンスの破綻のシンボルになっている。しかし積極面では、カナダ全土にわたる間テクスト性の対話に登場することになった。L. M. モンゴメリはベストセラー小説、特に『アン』シリーズの人気作家として名声を勝ち得ていた。アメリカで出版され、カナダでもベストセラーとなった、この郷愁を誘うロマンスであり、同時にひなびたカナダの風刺でもある作品は、表面ではカナダに押し寄せつつある技術・政治・社会的変化に対する一種の反モダニズム的反応のように見受けられる。しかし、モンゴメリも所詮は時代の子、モダニスト的表現と郷愁を誘う表現は対立するというよりむしろ、モダン性の条件であって、読者は現代風な道を旅しながら、安定した過去の空想に耽けることができるのである。

　1911年、オンタリオに移ったのち、モンゴメリは彼女の「教養小説」とも言うべき自伝的『エミリー』三部作（*Emily series*、1923、1925、1927）の中で、作家になるまでの苦闘を描いた。エミリーはモンゴメリ同様、ブリス・カーマン（Bliss Carman）やチャールズ・G. D. ロバーツ（Charles G. D. Roberts）など多くの先輩カナダ詩人や作家が定住してキャリアを築いたニューヨークではなく、カナダで修業することにした。『エミリー』の色調は『アン』シリーズよりは暗い。しかし、かの有名な爆弾衝撃を与えたのは、死後（1985、1987、1992、1998、2004年）出版された日記である。その調子は彼女の小説のロマンスから遠くかけ離れ、彼女の表向きの顔に刻まれた割れ目を露わにした。1942年3月23日付の最後の日記には、モダニストの自殺を図らんばかりの深い絶望の響きがある。「それ以来、私の人生は地獄、地獄、地獄。正気を失い、人生のあらゆる目標を失い、世界は狂ってしまった。自殺したい衝動に駆られる」。[37] 1889年に書き始めたモンゴメリの日記は、出版を前提に意識して技巧を凝らした文学的記録である。彼女が時代と共に進化していたことは、電話、自動車、無声映画、「トーキー」、ファッションといったモダニズムの隠喩を使っていることからも明白である。1911年9月18日、新婚旅行でロンドンに行った折、モンゴメリは飛行機をちらっと見た印象を、崇高とさえ言える表現で記している：「私たちは空飛ぶ機械が夕焼け空を横切って、

カナダ文学史

図13　L. M. Montgomery, "Myself in 1912," プリンス・エドワード・アイランド州 Cavendish の彼女の寝室で撮られた自画像写真。

まるで大きな鳥のように舞い上がっていくのを見た」[38]。またオンタリオ在住の彼女がプリンス・エドワード島を旅行した際、彼女は新品の自動車を乗り回して同郷人を驚嘆させている。東海岸ののどかな田園的世界を描いて偶像視されていたこの作家は、可動性と飛行という現代のテクノロジーから多大な影響を受けていたのである。

　自己に関するもっと暗く複雑な隠喩——病気、ふさぎ、性的欲求、そして挫折——は、モンゴメリが正式の回想録『険しい道——私の人生の物語』(The Alpine Path: The Story of My Career, 1917) の中に作り上げた公的自己を否定し、打ち壊している。女友達に対する彼女の強烈かつロマンチックな友情、そして55歳の彼女が表明するレズビアン的パニックは、性と家庭に関する彼女の保守的な姿勢を再考させる。結婚式の直後、夫の横に座った時のことを、次のように回想する：「私は突然、反抗と絶望の気持ちが襲い掛かるのを感じた。私は自由になりたかった！　囚人のような、望みのない囚人のような気がした」。結婚後何十年にもわたって、「我慢するか、さもなければ死ぬしかない」と頑張り、このような感情を意識的に抑圧していたこと自体、紛れもないモダニスト的姿勢である[39]。婦人参政権にはほとんど関心を持たぬ政治的保守主義者であったモンゴメリは、表向きは伝統に従い、最後まで夫との結婚生活を続けていた。しかし日記においては一貫して、因習的な結婚の制約に感情的

に反抗する現代女性としての自己を雄弁に主張し続けた。保守的で同時に因習破りを目指したモンゴメリは、ビジネスウーマン、講演者、有名作家という多様な現代的役割を自身に課して、自己主張をしていたのである。

　不確かな一人称の語りはモダニスト小説のパラダイム的テーマで、フォード・マドックス・フォード（Ford Madox Ford）の『善良なる兵士』（*The Good Soldier*, 1915）のような小説において極致に達している。モンゴメリは出来事を起こった直後に描くのではなく、何週間、何か月、何年、あるいは何十年も経ってから記録する習慣を持っていたことが、ずっと後になって明らかになった。その結果、彼女が物語を操作し、過去を書き変えていたことに注意が向けられ、彼女を一人称で語る自伝の語り手としては信頼できない人物と位置付けることになった。「この日記作家は、モダニスト小説の信頼できないナレーターとしての機能を果たしていたと見てよいのだろうか？」と、日記の編者メアリー・ルビオとエリザベス・ウォーターストンは、モンゴメリが描く夫の肖像に疑問を挟んで問いかける。[40] モンゴメリはその生涯において、折々日記を書き変え、重要な出来事を省くこともしばしばあった。彼女が多重の自己を演じて楽しんでいたことを最もよく示しているのは、キャヴェンディッシュの寝室で1902年に撮られた自画像写真であろう。正装して手袋をはめ、帽子を被り、パラソルを手に持って、水玉模様のベールで顔を覆っている。彼女は自分を見せているが、同時にベールで隠していて、書き換え自在のスクリーンに自己を演出している。

　モンゴメリ同様、マゾ・ド・ラ・ロシュ（1879-1961）も、想像上の夢の世界に創造力の源泉を見出していた。彼女は処女小説『ジャルナ』（*Jalna*, 1927）が権威ある「アトランティック・マンスリー」誌賞を受けて脚光を浴びた。オンタリオ州南部の架空のホワイトオーク（White Oak）屋敷を背景に、その後、続編を15冊出し、販売数は国際的に何百万部にも上ったが、その人気はモンゴメリのアヴォンリー（Avonlea）ほど長続きしなかった。マゾ・ド・ラ・ロシュが1957年に出した『変化をめぐって――自叙伝』（*Ringing the Changes: An Autobiography*）には、事実と明らかに合致する点が多い。すなわち、女性作家で国際的有名人であり、友人かつ生涯のパートナーとしてキャロライン・クレメント（Caroline Clement）がおり、電気治療を受ける精神病患者でありシングル・マザーで2人の子供を養子にし、世界を旅行し、思い出の多い家に次々と住む。自己のこうした公的・私的存在を演出する仕事は、パートナーとの合作だった。物事の決定はキャロライン・クレメントと一緒にした。キャロラインはガートルード・スタインにとってのアリス・B. トクラス（Alice B. Toklas）のように、編集、タイプ打ち、家事、室内装飾まで手伝った。『ジャルナ』が国際的に成功した時は、「予期される宣伝の試練に対して」2人で身構えた。「宣伝の仕事はいつも大嫌いだった」。[41]

　しかしながら、ジョーン・ギヴナーが1989年に出した伝記『マゾ・ド・ラ・ロシュ――隠された生涯』において明らかにしたように、上に引用した言葉の発言者は実は、真実を取捨選択し、はぐらかし、粉飾して、自らのイメージを注意深く操作していた。[42] 日記の中のモンゴメリ同様、『変化をめぐって――自叙伝』のド・ラ・ロシュも、写真により自らのペル

ソナを演出している。11歳の時の写真はカメラから横に目をそらし、飾りボタン付きのブラウスを着て長い髪をなびかせ、まじめで芝居がかった表情をして、上品なジャンヌ・ダルク的ポーズを取っている。本の口絵の「筆者——ロンドン、1936年」では、プロフェッショナル・ウーマンがカメラをじっと凝視している。豪華な自宅、ヴェイル・ハウス（Vale House）でポーズを取っているド・ラ・ロシュは、鉛細工を施したガラス窓、見事な家具、しゃれた室内装飾——キャロライン・クレメントの芸術的センスを反映した背景——に囲まれている。キャロラインは、ド・ラ・ロシュの死に際し、彼女の個人的日記を破棄している。写真に写っている2人の金髪の養女は、可愛らしく美しい天使のような子供の典型である。養女のエズメ（Esmée）によれば、この写真のような可愛らしい年ごろを過ぎると、母は彼女への関心を失ってしまったという。

　グロウヴ、モンゴメリ、ド・ラ・ロシュが、社会的に許容される仮面を通してモダニズムの芸術性を演出する達人であったとすれば、オタワ生まれの詩人・作家のエリザベス・スマート（1913-86）は、作風のスペクトルの正反対側に位置すると言えよう。彼女は悪評を吹聴することに、むしろ喜びを見出していたのである。処女作『グランド・セントラル・ステーションのそばに座り込んで泣いた』(*By Grand Station I sat Down and Wept*, 1945) が出版されると、彼女の母親は憤慨し、本が出回るのを防ぐために、すべて買い取って焼却した。カナダの魅力的なモダニストなライフライティングで、ジェイムズ・ジョイス（James Joyce）の響きを持つこの半自伝的散文詩は、既婚者で彼女の4人の子供の父親でもある英国のモダニスト詩人、ジョージ・バーカー（George Barker、アメリカのエミリー・コールマン Emily Coleman 他多くのモダニスト作家とも関係していた人物）との情事に基づいている。熱狂的で反抗的な語り手は、高尚な恋愛への嫌悪感を宣言し、女性のエロティックな快楽を表現する新しい言葉を主張する。彼女が演出する自己は狂暴で誇張されているが、常軌を超えた実験として大胆で独創的である。「私は打ちのめされ、混乱して、ベッドに横たわる。情欲の動物たちが、私の周りに群がる。私の心臓はハトに食べられ、猫は私の性器の洞穴を這い回る。私の頭の中の犬どもは、拷問の連続で私の忍耐力が試されている何時間もの間、暴行の指令を出し続ける主人に従うばかり」[43]。この姦通の物語は、オタワからカリフォルニアとニューヨークへ向かう旅の合間に語られる。この作品はまた、ヴェルギリウスの『アエネーイス』に登場する人物、恋人に捨てられて嘆くダイドーの物語をモダニスト的に書き変えたものでもある。死後出版されたスマートの日記『必要な秘密』(*Necessary Secrets*, 1986) および『天使の側で』(*On the Side of Angels*, 1994) も、モダニスト芸術家のさらに破壊的な面、すなわち愛に溺れ、アルコール中毒に陥って消耗する人格を演出している。しかし、ブルジョワの家庭を飛び出し、性愛の快感と挫折をはっきり表現して率直に性描写を行っている彼女の作品は、カナダのモダニズムの古典になっている。

コスモポリタン・モダニズム——モーリー・キャラハンとジョン・グラスコ

アーバニズムとコスモポリタニズムはモダニズムの規範において話題性の高い論題になっているが、こうした問題をカナダの作家はどのように調査し、それに対応しているのだろうか。第一次世界大戦に触発された他の作品同様、この項で論じる作品の中にも、戦後長年を経た後に出版された作品からさらに影響を受けたものがある。特にモーリー・キャラハンの『パリのあの夏』(*That Summer in Paris*, 1963) とジョン・グラスコの『モンパルナスの回想記』(*Memoirs of Montparnasse*, 1970) が挙げられるが、いずれも1920年代パリに滞在し、ジェイムズ・ジョイス、ガートルード・スタイン (Gertrude Stein)、アーネスト・ヘミングウェイ (Ernest Hemingway)、ジューナ・バーンズ (Djuna Barnes)、ロバート・マコールモン (Robert McAlmon)、ケイ・ボイル (Kay Boyle) に会った頃の生活について語っている。1920年代のジャズ・エイジに関する回想記はアメリカ文学の伝統の中で人気あるジャンルである。例えばマーガレット・アンダーソン (Margaret Anderson) の『私の三十年戦争』(*My Thirty years' War*, 1930)、W. C. ウィリアムズの『自叙伝』(*Autobiography*, 1951)、マシュー・ジョセフソン (Matthew Josephson) の『シュールレアリストたちとの生活』(*Life Among the Surrealists*, 1962)、ヘミングウェイの『移動祝祭日』(*A Moveable Feast*, 1964) などがある。モーリー・キャラハン (1903-90) が最初にヘミングウェイに会ったのは、2人がトロント「デイリー・スター」紙の記者をしていた時であった。表向きはヘミングウェイの自殺に促されたというキャラハンの回想記は、翌年出版されるヘミングウェイ自身の回想記、パリの祖国脱出者グループを描いた『移動祝祭日』と対をなすものである。キャラハンは回想記の中心に、1929年に起こったヘミングウェイとの悪名高い争い（フィッツジェラルドが無能なタイムキーパーを務めたボクシング）を据えている。ヘミングウェイの回想記がスタインとフォードと F. スコット・フィッツジェラルドを悪意に満ちて描いているように、キャラハンの回想記もヘミングウェイ伝説に挑戦する意図をもって書かれた。アメリカの有名な英雄的大作家は、背の低い（そして知名度も低い）トロントの男に文字通り叩き潰されている。

弁護士、作家、ジャーナリスト、そしてボクサーでもあったモーリー・キャラハン (1903-90) は、2編の実験的戯曲も書いている。この演劇的関心が彼の回想記を形づくっていて、自身を演劇の手法で描出する。つまり「自身の声に対して、配役担当ディレクター、照明デザイナー、衣装デザイナーの仕事を同時に行う、語りのペルソナを作り出している」[44]。このようなパフォーマンスと自己を演出するやり方を見ると、ここでも再び信頼性というお決まりの疑問を呈したくなる。回想記『パリのあの夏』の副題「錯綜した友情」(*Memories of Tangled Friendships with Hemingway, Fitzgerald, and Some Others*) は、1920年代のパリの街路、サロン、カフェ、すべてが実は男性文人たちのエゴの「いがみ合い」の舞台であり、リチャード・ダラモラが「男性優位主義者のモダニズム」と名付けた状況を作り出していた、という事実を覆い隠しているのである[45]。

回想記のジャンルには一般的に、写真により視覚的に語るものも含まれる。気さくに口髭をたくわえ、鋭い目で作り笑いをしているキャラハンの肖像には、ヘミングウェイが物思いに耽ったポーズに投影したのと同様の演出効果がある。キャラハンの語りの調子も同様に、2人の男が互いの弱点を嘲笑的に述べ合う時のヘミングウェイの好戦的な自己主張、恩着せがましさ、芝居がかった行動を映し出している。ヘミングウェイはどもり、キャラハンは不慣れな応答をする。ヘミングウェイは不器用で、キャラハンは返答に助けが要る。友情ではなくライバル同士の、緊密な結びつきではなく対決の、回想記である。他の作家たちに対するキャラハンの傲慢な態度に憤慨したフィッツジェラルドは詰め寄る。「モーリー、君は一体、誰なら感銘を受けると言うのか。これなら感動するのか？」こう言いながら、酔ったフィッツジェラルドは膝をついて逆立ちをしようとした。このショッキングなジェスチャーは親睦の集いを混乱させる。フィッツジェラルドの逆立ちは単に泥酔のためだけではなかった。ダダイズムの無分別な行為が与えたショックに匹敵するようなこの仕草で、キャラハンのもったいぶった態度を嘲笑したのである。

　「グリニッチ・ヴィレッジはもう廃れて、パリこそ新しいフロンティアと囁かれていた」とキャラハンは回想している。しかしながら、彼がパリの文学界の先頭に立っていたというポーズには、必ずしも説得力があるわけではない。1929年にパリへ赴いた彼は、道を切り開いたのではなく、20年代初頭から起こっていたパリへの文学巡礼の流行に乗ったに過ぎない。「トロントにいた私にとって、パリは実際、私の光の都市になった」と言うキャラハンが、モダニストたちと共に過ごした生活を回想する記述は、鑑識眼は高いが、あくまで外国から来た部外者の目に映るパリの生活観である。妻のロレットが同行したが、彼女には「悪い著作に没頭せずに」洗濯と彼のハンカチ畳みに没頭できるという利点があった。トロント出身のアイルランド系カトリック作家で弁護士でもあったキャラハンは、パリでは旅行者同然であった。ニュージャージーの詩人で医者でもあったウィリアム・カーロス・ウィリアムズが1924年、有給休暇の1年間をパリで過ごしながら、騒々しい祖国脱出者たちと心から気楽に過ごすことができなかったのと類似している。パリの街を自由に動き回ったのはロレットのほうで、キャラハン自身は、時たま月並みな表現を使い、パリを享楽と退廃の「美しいバビロン風首都」と呼ぶ程度であった。

　キャラハンとは対照的に、トロント生まれのジョン・グラスコ（1909-81）は、パリのモダニストたちと親しく交わった様子を記録している。彼はサロンやカフェ、パーティーやダンスホールで出会った文人たちをカラフルに描き、戒律に反する性生活、性別の越境、過度の飲酒、の多くの実例を示している。ケベック詩の熟練した翻訳者で1963年、「ケベックにおける英語詩」会議のオーガナイザーを務めたグラスコは、カナダの同性愛カルチャーの重要な人物でもあり、ポルノグラフィーの作品もいくつか出している。彼はモーリー・キャラハンの頑なまでの異性愛的エートスへの返答として、回想記を書いたのである。キャラハンはジェイムズ・ジョイスの『ユリシーズ』（*Ulysses*）をアメリカで出版したシルヴィア・ビー

13　モダニズムとリアリズムの舞台

図 14　Graeme Taylor, John Glassco, Robert McAlmon、ニースの海岸で、1928 年ごろ。

チ（Sylvia Beach）を「厳格で女らしくない」と言って侮辱したのみならず、ジョン・グラスコとグレイム・テイラー（Graeme Taylor）の男性 2 人組を、高ぶった態度で描いている。キャラハンの回想記には、「コンタクト・プレス」誌の出版者ロバート・マコールモンが、酒に酔った勢いで言いふらす箇所もある——「俺は両性愛者だ。ミケランジェロのように。誰に知られたってかまうもんか」と。批評家のリチャード・デラモラ（Richard Dellamore）が記しているように、キャラハンは同性愛が犯罪行為であった時代に、グラスコの（そしてマコールモンの）同性愛を曝露していたのである。

　グラスコは『モンパルナスの回想記』においては自身の同性愛にはっきりと触れていないが、パリでの彼の同性愛的生活を明らかに示すノートブックや草稿を残している。また回想記の 1995 年版に挿入された自画像写真には、ロバート・マコールモン、ジョン・グラスコ、グレイム・テイラーの 3 人がニースの浜辺で、水着姿でくつろいでいる様子が写っている。マコールモンはモデルのようにスリムで筋骨逞しく、ほっそりしたグラスコは真ん中に座り、その右にテイラーがいる。裸の肌が触れ合い、肉体的自由のスナップショットのようだ。同時に、彼の回想記は同性愛についてアンビヴァレントである。ウィラ・トランス（Willa Torrance、作家ジューナ・バーンズ）とエミリー・パイン（Emily Pine、彫刻家セルマ・ウッド Thelma Wood）とのレズビアン関係を嘲り、「こういった女性たちと一緒にいると場違いな気がする。色あせた無性状態を特徴づけているのは、まるで犬猫にこそふさわしいような、どう猛に独占的な欲情なのだ」と述べている。

　本章では信頼性と信憑性を疑わせるような手の込んだ作品を生み出した多くの作家たちを扱ってきたが、グラスコも同様に、フィクションの性質をフルに活用して彼の『回想記』の創作過程をでっち上げた。彼によると、最初の 3 章は 1928 年、18 歳の時にパリで書き、残りは 1932 年から 1933 年末にかけて、ロイヤル・ヴィクトリア病院で回復期を過ごしていた時に書いたことになっている。しかし、フィリップ・ココタイロがカナダ国立図書館・文書

館で原稿を調査した結果、回想記全体がずっと後の 1960 年代に修正されていたことが明らかになった。「この本の 4 分の 1 は確かに嘘だった。ジェイン・オースティン（Jane Austen）についてマン・レイと論じ合ったこともないし、『ユリシーズ』についてジョイスと会話を交わしたこともない」とグラスコは日記の 1965 年 6 月 2 日付に認めている(53)。グラスコもまた、モダニスト時代の多くの作家たちの心底にあった、見事な嘘の衝動に駆られていたのである。

T. S. エリオットはエッセイ「伝統と個人の才能」("Tradition and the Individual Talent," 1919) の中で、現代の作家は古いロマン派時代の習慣から解放されなければならない、「芸術家が進歩するには、絶えず自己を犠牲にしなければならない、絶えず人格を消さなければならない」と述べている(54)。しかし、この章で取り上げた作家たちはしばしばエリオットの主義から逸脱した。自己と自身の芸術活動を演出する舞台として作品を利用する一方、自己の背後にある技巧と仮装に注意を向けさせたのである。芸術性に注目させることにより、カナダの作家あるいは移住者として、もしくは国際的モダニストのグループと交流する海外の旅行者として、自己を存分に作り出すのが、骨の折れる仕事であることを示している。カナダの風景を利用し、古い役割やアイデンティティを新しいコンテクストの中で書き変え、ホームステッドや都市の空間で権利を主張することが、（これまで埋もれてはいたが、）明確なモダニズムを作り出した。それはリアリズム小説、入植者の物語、そしてロマンスにおいてさえも、脈打っているのである。批評家の中には、ロバート・クロウチのように、カナダ文学はヴィクトリアニズムからポストモダニズムへと一気に飛んでしまった、と皮肉る人もいるが、カナダのモダニズムは大平原のホームステッドや大西洋岸の古い農家のような、ともすると最も似つかわしくないと思われる場所にも息づいているのである(55)。

注

1. Glenn Willmott, *Unreal Country: Modernity in the Canadian Novel in English*（Montreal and Kingston: McGill-Queen's University Press, 2002), p. 42.
2. Dean Irvine, "Introduction," in *The Canadian Modernists Meet*（Ottawa: University of Ottawa Press, 2005), pp. 1-13.
3. 本章では、該当するすべての作家を取り上げているわけではない。例えば Irvine（*The Canadian Modernists Meet*, p. 8）によると、「カナダのモダニスト小説の中で最も批評界の注目を浴びている」Sinclair Ross の *As for Me and My House*（1941）は、本書の別の章〔15・19 章〕で論じられている。
4. 伝記と作品研究については次の文献を参照：D. O. Spettigue, *FPG: The European years*（Ottawa; Oberon, 1973); Margaret Stobie, *Frederick Philip Grove*（New York: Twayne, 1973); Irene Gammel, *Sexualizing Power in Naturalism: Theodore Dreiser and Frederick Philip Grove*（Calgary: University of Calgary Press, 1994); Klaus Martens, *F. P. Grove in Europe and Canada: Translated Lives*（Edmonton: University of Alberta Press, 2001).

5. Klaus Martens, ed., *Over Canadian Trails: F. P. Grove in New Letters and Documents* (Würzburg: Königshausen and Neumann, 2007), p. 152.
6. Paul John Eakin, *The Ethics of Life Writing* (Ithaca, NY: Cornell University Press, 2004), pp. 2-3.
7. Irene Gammel, *Baroness Elsa: Gender, Dada, and Everyday Modernity—A Cultural Biography* (Cambridge, MA: MIT Press, 2002), pp. 144-5.
8. 記者名不明, "She Wore Men's Clothes: On Walking Tour with Husband, Mrs. Greve Explains—Police Let Couple Go," *The New York Times* (September 17, 1910), p. 6.
9. Elsa von Freytag-Loringhoven を撮影し、映画化したのは、Man Ray と Marcel Duchamp である。(Gammel, *Baroness Elsa*, pp. 286-313).
10. Elsa von Freytag-Loringhoven, "Seelisch-Chemische Betrachtung," Elsa von Freytag-Loringhoven Papers, University of Maryland Archives. 英訳は筆者による。
11. F. P. Grove, *A Search for America* (Ottawa: The Graphic Publishers, 1927), p. 448.
12. F. P. Grove to Arthur Phelps, December 23, 1924, in Martens, ed., *Over Canadian Trails*, p. 218.
13. F. P. Grove, *Settlers of the Marsh* (Toronto: Ryerson Press, 1925), p. 192.
14. Elsa von Freytag-Loringhoven, "Love-Chemical Relationship," *The Little Review* 5.2 (June, 1918), pp. 58-9.
15. モンゴメリが *Over Prairie Trails* を推奨した記事は、*The Montreal Gazette* (April 11, 1923), n.p. に載った。
16. 『湿地入植者』に対するページ番号なしの、複数ページにわたる宣伝広告（1925年ごろ、出典不詳）が、L. M. Montgomery's Red Scrapbook, No. 2, c. 1913-1926, [p.116], Lucy Maud Montgomery Collection, University of Guelph Archives にある。
17. Richard Cavell, "Felix Paul Greve, the Eulenburg Scandal, and Frederick Philip Grove," *Essays on Canadian Writing* 62 (Fall 1997), pp. 12-45.
18. これらの写真の何枚かは Klaus Martens の *Over Canadian Trails* (2007) に掲載されている。元の写真は個人所有（Leonard and Mary Grove）および Grove の作品の一部が電子化されて University of Manitoba Archives に保管されている。
19. F. P. Grove, *Over Prairie Trails* (Toronto: McClelland and Stewart, 1922), pp. 36-7.
20. F. P. Grove, *The Turn of the Year* (Toronto: McClelland and Stewart, 1923), p. 75.
21. Desmond Pacey, ed., *The Letters of Frederick Philip Grove* (Toronto: University of Toronto Press, 1976), p. 26.
22. E. D. Blodgett, *"Alias* Grove: Variations in Disguise," *Configuration: Essays in the Canadian Literatures* (Toronto: ECW, 1982), pp. 112-53.
23. Robert Kroetsch, "The Grammar of Silence: Narrative Pattern in Ethnic Writing," *Canadian Literature* 106 (Autumn, 1985), p. 65.
24. Martha Ostenso, *Wild Geese* (New York: Grosset and Dunlap, 1926), pp. 35-6, 351, 355.
25. Deborah Keahey, *Making It Home: Place in Canadian Prairie Literature* (Winnipeg: The University of Manitoba Press, 1998), p. 15.
26. Sara Danius, *The Senses of Modernism: Technology, Perception, and Aesthetics* (Ithaca: Cornell University Press,

2002).

27. Robert Stead, *Grain* (New York: Doran, 1926), pp. 180, 61.
28. Georgina Binnie-Clark, *Wheat and Woman* (Toronto: University of Toronto Press, 2007), p. 167.
29. Ibid. p. 275.
30. Dee Garceau, "Single Women Homesteaders and the Meanings of Independence: Places on the Map, Places in the Mind," *Frontiers: A Journal of Women Studies* 15.3 (1995), p. 9.
31. Binnie-Clark, *Wheat and Women*, pp. 135, 133.
32. Shawne McKeown, "How Women Won the West," *The National Post* (March 2, 2004), p. A10.
33. Kathleen Strange, *With the West in Her Eyes: The Story of a Modern Pioneer* (Toronto: George J. McLeod, 1937), pp. v, 3.
34. F. P. Grove, *In Search of Myself* (Toronto: Macmillan, 1946), p. 11.
35. Pacey, ed., *The Letters of Frederick Philip Grove*, p. 462.
36. L. M. Montgomery to F. P. Grove, letter 10 March 1923, University of Manitoba Archives MSS 2, Box 3, Fd. 10, p. 1.
37. M. Rubio and E. Waterston, eds., *The Selected Journals of L. M. Montgomery*, 5 vols. (Toronto: Oxford University Press, 1985-2004), vol. V: 1935-1942, p. 350. この問題の詳細については I. Gammel, ed., *The Intimate Life of L. M. Montgomery* (Toronto: University of Toronto Press, 2005) 参照。
38. M. Rubio and E. Waterston, eds., *The Selected Journals of L. M. Montgomery*, vol. II: 1910-1921 (Toronto: Oxford University Press, 1987), p. 77.
39. Ibid., p. 68.
40. M. Rubio and E. Waterston, eds., *The Selected Journals of L. M. Montgomery*, vol. III: 1921-1929 (Toronto: Oxford University Press, 1992), p. xii.
41. Mazo de la Roche, *Ringing the Changes: An Autobiography* (Toronto: Macmillan, 1957), p. 188.
42. John Givner, *Mazo de la Roche: The Hidden Life* (Toronto: Oxford university Press, 1989). Heather Kirk, *Mazo de la Roche: Rich and Famous Writer* (Montreal: XYZ Publishing, 2006) も参照。
43. Elizabeth Smart, *By Grand Central Station I Sat Down and Wept* (London: Paladin, 1991), p. 23.
44. Marianne Perz, "Staging That Summer in Paris: Narrative Strategies and Theatrical Techniques in the Life Writing of Morley Callaghan," *Studies in Canadian Literature / Études en littérature canadienne* 22.1 (1997), pp. 96-7.
45. Richard Dellamora, "Queering Modernism: A Canadian in Paris," *Essays on Canadian Writing* 60 (Winter 1996), p. 258.
46. Morley Callaghan, *That Summer in Paris: Memories of Tangled Friendships with Hemingway, Fitzgerald, and Some Others* (Toronto: Macmillan, 1963), pp. 153, 154.
47. Ibid., p. 113.
48. Ibid., pp. 36, 35, 180.
49. Ibid., pp. 157, 116.
50. Ibid., pp. 89, 134.
51. Dellamora, "Queering Modernism," pp. 258-9.

52. John Glassco, *Memoirs of Montparnasse*（Toronto: Oxford University Press, 1995）, p. 33.
53. Glassco、P. Kokotailo, *John Glassco's Richer World: Memoirs of Montparnasse*（Toronto: ECW Press, 1988）, p. 73 に引用。
54. T. S. Eliot, "Tradition and the Individual Talent"（1919）, in *Selected Essays* 1932 and 1950（New York: Harcourt, Brace and World, 1964）, p. 7.
55. 本章の執筆に当たり、次の諸氏に謝辞を捧げる。モダニズムに関する穿った質問で本章に貢献された Nicola Spunt；稀覯書、手書き原稿、写真の入手に助力された Gaby Divay, Joan Givner, May Grove, Gina Vaccaro, Kate Zieman。

14

E. J. プラットとマギル大学の詩人たち

エイドリアン・ファウラー
(Adrian Fowler)

　モダニズムが大西洋を渡るにはずいぶん時間を要してしまい、トロント市街に着く頃は、一等客船の船旅でロースト・ビーフやクラレットを過食過飲したかのようだった。モダニズムは 1920 年代のカナダナショナリズムに持ち込まれた。しかしそれはグループ・オブ・セヴンの画家たちにも引き合わされた。「文芸クラブ」(the Arts and Letters Club) でなされていたブリス・カーマン (Bliss Carman) とウィルソン・マクドナルド (Wilson MacDonald) の詩人としての優劣をめぐる議論の間にモダニズムは眠りに落ちて、以後 20 年、目覚めることはなかったのである[1]。

　有能な現代作家によるモダニズムのカナダ到来をめぐるこうした見方は、第一次世界大戦当時に出版された主要な 2 冊のカナダ詩アンソロジーの序文を瞥見するだけで、その裏付けが得られるだろう。ウィルフレッド・キャンベル (Wilfred Campbell) は『オックスフォード版カナダ詩集』(*The Oxford Book of Canadian Verse*, 1913) の序の大半を費やし、カナダ詩を定義づけるための少なくとも 5 つの異なった評価基準の設定に苦労したが、「真の英系カナダ詩が、いかなる現実的起源や永続的影響を有したとしても、アメリカ文学という支脈も少なからずそうであるように、結局は英文学という大木の分枝としてしか存在しない」と認めざるを得なかった[2]。またキャンベルはこの書に 1878 年から 83 年までカナダ総督を務めたアーガイル公爵 (Duke of Argyll) の詩を収めることも良しとした。同様の趣旨で、ジョン・W. ガーヴィン (John W. Garvin) も『カナダ詩人』(*Canadian Poets*, 1916) の「編者の序言」において詩に崇高な意義づけを行い、「(詩は)その極みにおいて、美そのものであり、情熱の駆動力の謂いである」とした。さらに彼はカナダ詩人が過去に成し得、将来も成し得る功績について次のように思い巡らした――「これまでは自然への愛が彼らの霊感の主たる源泉であった。しかし近年は、人間愛や永遠の生とのつながりを根底に据えた主題が数と広がりにおいて徐々に優るようになっており、大戦の必然的帰結として人間と神との関係により強い関心が生まれてゆくにちがいない」[3]。キャンベルもガーヴィンも世界が変貌したことに全く気づいてはいない。大戦によって引き起こされた 19 世紀の芸術的表現形式の全面的拒絶、凄まじい幻滅感、文化そのものの崩壊という抗しがたい感覚は明らかに彼らの探知画面には現れ

てはいない。これがカナダにおけるモダニズム到来期の状況だったのか。

　概ねそうではあったものの、詩人や批評家の間には変化の気配の感じられる早期の兆しも存在した。アーサー・ストリンガー（Arthur Stringer）は『海原』（*Open Water*, 1914）と題する論集の序文で、伝統的な韻律形式は現代的なテーマを扱うにはもはや時代遅れだと指摘する。詩人の「出で立ちは中世のままである。今なお、鎧を被ってモーゼル銃に立ち向かい、機関銃には鎖帷子を装着するしか他はなく……時代錯誤も甚だしく、防具の用も果たせない、こわばる鋼を身にまとうきらびやかさが痛ましい(4)」というのである。「カナディアン・ブックマン」（*Canadian Bookman*, 1919）誌の才気煥発なエッセイで知られるJ. M. ギボン（J. M. Gibbon）は「自由詩」について、皮肉を交えた軽やかな語り口で類した論を展開する。ギボンは1912年、シカゴで創刊された画期的な文学雑誌「ポエトリー」（*Poetry*）を主宰するハリエット・モンロー（Harriet Monroe）やモンローが1917年にアリス・コービン・ヘンダーソン（Alice Corbin Henderson）と共編したアンソロジー『ニュー・ポエトリー』（*The New Poetry*）を熟知している自身の立場を明らかにした。彼はカール・サンドバーグ（Carl Sandburg）、エドガー・リー・マスターズ（Edgar Lee Masters）、エズラ・パウンド（Ezra Pound）、リチャード・オールディントン（Richard Aldington）、T. S. エリオット（T. S. Eliot）、コンラッド・エイケン（Conrad Aiken）らについて肯定的に言及し、来るべき詩に対するパウンドの綱領を引用する。彼はブリス・カーマンがかつての輝きを失っていることやカナダ詩が総じて二線級だとは認めながらも、『ニュー・ポエトリー』がカーマンを除外したことを嘆いてもいる。ギボンは「檄を飛ばす」かのような強い語気で、「時代は動いている。かつての権力者たちは倒れ、今や掃討されつつある。軍閥の横暴に抗する戦さの炎に全世界が包まれる。今聞こえる声は人民の声なのである(5)……」と結んだ。

　モダニズムの形式や主題への更なる共鳴はフランク・オリヴァー・コール（Frank Oliver Call）の論集『ハアザミと野ぶどう』（*Acanthus and Wild Grape*, 1920）の序文にも認められる。コール曰く、鋳鉄工場とヴェネチア宮殿は共に詩的霊感をもたらす力を有するが、「おそらく前者がより大きな可能性を秘めている」。コリント式の石柱に彫りこまれたハアザミの葉は確かに美しくはあるが、廃墟を抱擁するかの如き野ぶどうは「自由な自然の只中でいっそうの美を湛える(6)」からである。こうした優美な類推は陳述の際に特徴的なカナダ人の恭しさを映し出すが、モダニズムとは単に様式や形式の問題に留まらず、以前とは異なる表現対象の選択の問題にも関わるとの認識を明示してもいる。

　ストリンガー、ギボン、コールの例はモダニズムの主たる変革が合衆国やヨーロッパに出現したのとほぼ同時期に一部のカナダの文人に共振する動きがあったことを示している。しかし革新の衝撃が詩的実践につながったか否かは別問題である。1920年代のカナダ詩人へのイマジズムの影響はW. W. E. ロス（W. W. E. Ross）、R. G. エヴァーソン（R. G. Everson）、レイモンド・ニスター（Raymond Knister）、ドロシー・リヴァセイ（Dorothy Livesay）、そしてE. J. プラット（E. J. Pratt）の作品に認められてきた(7)。しかしながらチャールズ・G. D. ロバーツ卿（Sir

Charles G. D. Roberts)、ダンカン・キャンベル・スコット（Duncan Campbell Scott）、アーチボルド・ランプマン（Archibald Lampman）やブリス・カーマンの功績を否認して、エリオットやパウンドの営為をカナダに取り入れようとした 1920 年代の A. J. M. スミス（A. J. M. Smith）、F. R. スコット（F. R. Scott）らの努力にもかかわらず、カナダ詩は革命を伴うことなしにコンフェデレーション詩人の遺産から脱却することになる。

E. J. プラット

革命的とまでは言えないにしても、カナダ詩に支配的な様式からの意義深い断絶は、1923 年に出版された E. J. プラットの処女詩集『ニューファンドランド詩集』（*Newfoundland Verse*）によって明確になる。1943 年になされた E. K. ブラウン（E. K. Brown）の見解では、体制的な伝統と違わない要素が詩中多くに含まれるとされはしたが、「烈々と打ち寄せる波、風の叫喚、岩礁に乗り上げる船といった詩集全体に鳴響する喧噪」は、カーマン、スコット、マージョリー・ピックソール（Marjorie Pickthall）らに遵奉されたロマン主義的抒情を「荒々しく破砕する」と語るノースロップ・フライ（Northrop Frye）の 1958 年の言の方が確かにより的を射ているだろう。「ニューファンドランド」（"Newfoundland"）、「鐘の響き」（"The Toll of the Bells"）、「鮫」（"The Shark"）、物語詩の小品「浮氷」（"The Ice-Floes"）に例証されるように、自然に対するプラットの振舞いは感傷や甘美な夢想からは程遠い。のちに彼が皮肉まじりに語ったように、「惜しみなく喜びを施し、われわれの愛に応えることを務めとする心優しい母のような存在として自然に問いかける習慣はもはや失われてしまった(9)」のである。こうした自然への感情は総じてトマス・ハーディ（Thomas Hardy）の影響によるものと彼はしているが、おそらくは進化論による科学的思考の鍛錬やワーズワース的自然観の保持を難しくさせるニューファンドランド沿岸における彼の生育環境も大きく作用したであろう。

　いずれにせよ、『ニューファンドランド詩集』がカナダ詩における変革の訪れを顕示したとまでは言えなくとも、その後の『魔女たちの醸造酒』（*The Witches' Brew*, 1925）、『巨人族』（*Titans*, 1926）の発表により、もはやそれを疑う者はいなくなる。前者においてプラットは、ミルトンの『失楽園』（*Paradise Lost*）、バイロンの『審判の夢』（*The Visions of Judgement*）、バーンズの「シャンタのタム」（"Tam O'Shanter"）、さらにニューファンドランドのバラッド歌手ジョニー・バーク（Johnny Burke）の「ケリグルーの夜会」（"The Kelligrew's Soiree"）に亙る多様な範例を独創的なやり方で混成させたと真実味を匂わせながら語られる(10)。しかし出版された年代を顧慮すれば、カナダ禁酒法時代を特徴づけるピューリタニズムに対する非礼な批判と読むのが妥当かも知れない。何十年も時が経つと過去の重苦しい抑圧の記憶は薄れてしまうが、半ば冗談のように聞こえようと、「進んで罪を犯し給え(11)」という勧告に従うようにならなくてはカナダ文学の未来はないと予見したダグラス・ブッシュ（Douglas Bush）の「原

罪を求める嘆願」("A Plea for Original Sin")のような作品を読めば、往時の様子は容易に呼び起こされるだろう。動物寓意の物語でありながら、『巨人族』の詩行にみなぎる力と卓越した技量は否定できないとサンドラ・デュワ（Sandra Djwa）は擁護するが、鯨を戦士王、ティラノサウルスを悲劇王に役づけるのは、今日から見ると奇想天外な擬人化のように思われる。「カナディアン・フォーラム」(*The Canadian Forum*)誌に『巨人族』の書評を書いたバーカー・フェアリー（Barker Fairley）もプラットの破天荒な主題とスタイルに驚愕している。しかし同時にフェアリーが、『巨人族』のような作品は英国人の手によっては決して書かれることはなかったろうと、まるでそれが偉業の真の尺度だと言わんばかりに熱をこめて語るとき、1920年代のカナダ文学における植民地的メンタリティを見事に言い当ててもいたのである。フェアリーはプラットが「真新しい視線で世界を見た」だけでなく、「旧来の文化の疲弊したヴィジョンを忌避した」という点で彼の功績を認めていたのである。

「マギル・フォートナイトリー・レヴュー」誌と「カナディアン・マーキュリー」誌

カナダ詩におけるモダニズムは、しかしながら、プラットではなく、マギル大学在学中の1925年に文学雑誌を刊行し始めたマギル大学（あるいはモントリオール）の詩人たち、とりわけA. J. M. スミス、F. R. スコットに遡るのが通例だろう。近年の批評的、学問的精査によって当時の状況の複雑さが次第に明らかになってはきたが、美学としてのモダニズムを推進するカナダ初の組織的な試みは「マギル・フォートナイトリー・レヴュー」の誌面に現れたと言ってよい。当時英文学専攻の大学院生だったスミスはすでに大学学生新聞の折込み付録「日刊マギル文芸特集版」(*McGill Daily Literary Supplement*)の編者を務めていた。ローズ奨学金（Rhodes Scholarship）を得、オックスフォード大学で歴史を学び、カナダに帰国したばかりの法学生スミスは編集委員会に加わるよう誘われていたが、広告収入をめぐる意見の相違によって「文芸特集版」の刊行が中止となったため、スミスとスコットが購読収入を基に独立運営を行う「マギル・フォートナイトリー・レヴュー」誌を刊行するに至ったのである。

　改めて「フォートナイトリー・レヴュー」誌を手に取ると、学生の力でどの程度のものが可能か目の当たりにすることができる。最初の論説は創刊に至った争論の経緯を如才なく跡づけながら（広告部長を悪役として嘲る言葉を一言、二言交え）、続いて、自由な思考の推進と異論を開陳するための公の場の提供という編集方針を表明する。さらに、意見の対立する事項には中立を保ちつつ、学生会の決定に服することを求める「日刊マギル」紙の規約変更に遺憾の意を表し、ブリス・カーマンがカナダ文学の講義を担当し、「詩的激情」に溺れやすい作家志望の学生の教示にあたるという約諾を熱っぽく報じたりもする。はたまた、商業広告のためにハロルド・ロイド・ラグビー杯（the Harold Lloyd Rugby Trophy）やマ

ギル楽団（the McGill Band）を利用することへの不満を綴り、先のマギル大代表チーム（a McGill Varsity）の試合の審判判定に野次を飛ばした学部生を叱責し、学部生芸術協会（the Arts Undergraduate Society）からの50ドルの補助金に謝意を表してもいる。

ユーモア作家として定評のあるスティーヴン・リーコック（Stephen Leacock）はマギル大学政治経済学教授として勤めた25年を記念して、「飛ぶように過ぎ去る大学時代」（"The Flight of College Time"）と題する一風変わった思索を寄稿し、ローズ奨学金候補生となる間際の若きユージン・フォーセイ（Eugene Forsey）はマッケンジー・キング（Mackenzie King）首相による少数派政府の苦境についての機智に富む分析を寄せた。筆名で執筆を始めたスコットは、「ノルディック」（Nordic）という名のもとに、ソクラテスもじりの問答式の論評で、マギル大への「スカーレット・キー協会」（Scarlet Key Society）の設置はアメリカの伝統の猿真似だとして批判した。最後は3つの評論とF. R. スコットによる寸鉄詩「デロッシのイタリア人から」（"from the Italian of DeRossi"）の翻訳、スミスの筆名ヴィンセント・スター（Vincent Starr）による「何と不可思議な魅惑」（"What Strange Enchantment"）の2篇が掲載された。編集委員にはA. P. R. クールボーン（A. P. R. Coulborn）、A. B. レイサム（*A. B. Latham*）、F. R. スコット、A. J. M. スミス、そして編集長にはL. エイデル（L. Edel）が名を連ねた。雑誌の値段は10セントであった。

「フォートナイトリー・レヴュー」誌の初版8頁には重大な文化的変動の触媒が出現したことを示唆するものはほとんど見あたらない。際立つのはマギル大のキャンパスにはびこる上意下達の重苦しい権威主義に対し若者が抱く憤懣である。編集委員は2号において、こうした統制的風潮に抗し、異を唱える権利を要求する。言論の自由を求めるこの宣言をめぐり、マギル大学長アーサー・カリー卿（Sir Arthur Currie）はスコットとスミスを召喚し、マギル大の「愛校心」は「危険な教義」、例えば「ボルシェビキ的」でさえあるかもしれない思想によって損なわれてはならないとする顧問委員会の指導を受け入れるよう迫ったが、結局失敗に終ってしまう[15]。その後、カリーがオタワ情報部の立会いのもとで訪問演説者には取り調べを行う旨を伝えた際には、スコットも現にその場にいたのである[16]。

こうした弾圧との戦いにおいて「フォートナイトリー・レヴュー」誌は果敢ではあったが、無謀ではなかった。注意深い言い回しによる無署名の論説と同じような頻度で偽名の風刺詩が使われた。政治的保守主義は文学的理解を欠くと考えられていたからである。18か月という刊行期間に「フォートナイトリー・レヴュー」は、カナダが凡俗というぬかるみにはまり込み、もはや知的生活や偉大な芸術的達成は他の場所にしか存在しないという確信を人々に伝える役割を果たすことになる。かくしてカナダ読書週間は二流のカナダ本を増やすだけの、「文学にとっては有害無益」なものとして手厳しく非難されることになる[17]。ケンブリッジ大から訪れたディベート相手が「ひと突きの卓抜な警句によって」あらゆる主張を「一掃する」弁舌をふるったのに対し、マギル大のディベートチームはといえば、「退屈な陳述」と「ぎこちない返答」に終始したことで酷評される[18]。王立カナダ芸術学院（the Royal

Canadian Academy of Art) の展覧会に関しては、J. E. H. マクドナルド（J. E. H. Macdonald）、A. Y. ジャクソン（A. Y. Jackson）、R. W. パイロット（R. W. Pilot）の作品に肯定的な評がなされはしたものの、気のない賛美がなされただけで、講評も裸体表現の研究不足を意地悪く指摘した「パリ会場との何たる違い！」という所見を以て締めくくられる。[19]

後年スミスは明らかに満足気に、「『フォートナイトリー』誌に関わった時代には1人として注目すべきカナダ詩人は存在せず、ブリス・カーマン、チャールズ・G. D. ロバーツ、アーチボルド・ランプマンやダンカン・キャンベル・スコットといった老詩人の姿も無論ありはしなかった」と述べた。[20] 実際にはスミスとスコットは共にカナダ詩に親しむ経験をほとんど持ってはいなかったが、読まずとも、カナダ詩の水準は高くはないと見越していたのである。[21]「マギル・フォートナイトリー・レヴュー」誌の国際主義は若い編集者の側の植民地的劣等感によってかき立てられたものであった。彼らが目にしていた通り、カナダ作家協会（Canadian Authors Association）を典型とするカナダの文学的状況は不条理かつ厄介な独善的島国根性を露呈していた。「フォートナイトリー」誌は欧米の大都市で遂行されたモダニズムの最新の実験を伝えることでカナダ文学界が浸っていた自己満足な心情を転覆させる意思を表明していたのである。

学生の問題をめぐる巧妙な論評に加え、「フォートナイトリー」誌には多くの野心的な詩篇、同時代の作家についての時宜を得た批評、さらに文学上のモダニズムを考究したスミスによる3篇の論文が掲載されている。1つは「詩における象徴主義」（"Symbolism in Poetry"）と題するもので、ブレイク、ヴェルレーヌ、およびイェイツに言及し、「ある程度の曖昧さ、情緒の喚起、暗示」は象徴詩にとっては自然なものだ、とするアーサー・シモンズの著作を教導的かつ模倣的に叙述したものである。[22] T. S. エリオットの詩、とりわけ「荒地」（"The Waste Land"）に関する、より深い洞察に満ちて明晰な2つ目の論文「モダニズムの衣装をまとったハムレット」（"Hamlet in Modern Dress"）は、崩壊や不毛性に対するモダニストの強いとらわれに光を当て、ジェイムズ朝演劇のデカダンスへのエリオットの傾倒を分析した。[23] 3つ目の「現代詩」（"Contemporary Poetry"）においては、途方もなく加速化した現代生活は「有閑社会」から継承した文学的慣行をはるかに凌駕したとするジェイムズ・スティーヴンズ（James Stephens）の弁を通して、「新しい詩」（The New Poetry）における技法面の解説を試みている。[24] しかし新たな詩とは単なる形式や表現の問題に留まらないと了解するスミスにとって、確信を持ってその特質を記述するにはいささか戸惑い気味ではある。「極端にモダニスト的な詩人」とは「幻滅した詩人」のことだと記し、モダニストの作品に「深いデカダンスの徴候」を見抜く批評家も存在するとも述べるのである。

こうした点はモダニズムの精神には唯美主義、およびその所産としてのデカダンスの打倒を伴うとした後の見解との齟齬が認められる。「マギル・フォートナイトリー・レヴュー」誌上に偽名で発表された詩を含め、スコットとスミスの初期詩篇を考証したブライアン・トレハーン（Brian Trehearne）は若いカナダのモダニストが一方でいかに唯美主義とデカダン

スの影響下にあったか、また少なくともスミスの場合はその影響が詩人としての成熟期にまで及んだことを明らかにした。トレハーンはこうした後期ロマン派の諸形式からモダニズムへの移行における本質的な連続性をそれぞれ異なったアプローチによって、概ね首肯しうる論を披歴したモース・ペッカム（Morse Peckham）、J. B. チェンバリン（J. B. Chamberlin）、ジャック・バーザン（Jacque Barzun）の研究を引例している（pp. 19-21）。トレハーンが指摘するように、こうした見方の妥当性を確認するには、イーヴリン・ウォー（Evelyn Waugh）の『回想のブライズヘッド』（*Brideshead Revisited*）の中で、並外れた伊達男アンソニー・ブランチ（Anthony Blanche）がオックスフォード大学クライストチャーチのセバスチャン・フライト卿（Lord Sebastian Flyte）の部屋の窓から「荒地」を朗誦する場面を思い起こしさえすればよいだろう（p. 157）。

　オックスフォードから戻ったばかりのスコットが『回想のブライズヘッド』に描かれた世界に言及するのはさほど唐突なことではない。また「フォートナイトリー」誌には円熟期のスコットの作品を特徴づけるような言語、イメジャリー、情趣における鋭利な感覚をのぞかせる詩が収められているのも事実である。例えばエリオットのスウィーニー詩篇を巧みにパロディ化した「スウィーニーがマギルに来たれり」（"Sweeney Comes to McGill"）から、寒冷地における愛を徹底的かつ風刺的に観察した「ケベックより南」（"Below Quebec"）、さらに木質部分と肉体とを楽器として多義的になぞらえた「誇り高きチェロ奏者」（"Proud Cellist"）、そして言うまでもなく、スコットとスミスが目にしていたカナダ文学界の体制派を象徴する、退屈で時代遅れの頑固者に対するスコットの最たる批判の詩「カナダ作家会議」（"The Canadian Authors Meet"）にまで及んでいる。他方、ブライアン・トューク（Brian Tuke）の筆名で、絶対的な美の希求、挫折と絶望による自失が薄らいでゆくさまや病的なまでの死への囚われと「死を生きる」悲劇的表現を顕在させた作品がいくつもある。とは言え、自らの道を探る過程で矛盾する感情を抱いた若者がスコットに始まるわけでもないだろう。実際トレハーンは、スコットの最も称賛される詩のひとつ「序曲」（"Overture"）においても、こうした内的葛藤が露わになっており、それが漲る緊張を生み出してもいるとの説得力ある論を展開した（pp. 160-3）。例えばモーツァルトのソナタはこの詩の冒頭2連において、この上なく審美的な価値を喚起するものの、ついには行動の呼びかけを暗示する次のような修辞的疑問に譲ることとなる──「しかしどうして過ぎ去りし音楽が聞けようか？……それは飾り棚に置かれた小物のよう、／窓辺に奏でられる心地よいオクターヴ／けれどカーテンの向こうでは世界が高鳴りを増している」。

　さらにトレハーンは、スミスの初期詩篇が英国の美学とデカダンスに強く感化されており、モダニストの諸原則の彼自身の受容は漸次的で、「フォートナイトリー」誌編集当時は純然たるモダニスト詩人とは呼べなかったと主張している。その誌に掲載され、モダニスト詩人スミスの作として後世に知られるようになった「淋しい土地」（"The Lonely Land"）や「妖術師」（"The Sorcerer"、初出は「塵から生まれたのではなく」"Not of the Dust"）などの詩も当初は

モダニストのスタイルとはかけ離れたものとして世に出たのである。また「フォートナイトリー」誌に掲載された多くの詩は、結局スミスの代表作とはならず、「暫定的にモダニスト的」であるか「どことなくロマン主義的」と見做されたのであった (p. 243)。畢竟、スミスの「フォートナイトリー」誌における最初の論文「詩における象徴主義」がモダニズムというよりは唯美主義の諸価値について論じている点に注目すべきなのである。モダニストとしてのスミスの地歩がもはや疑い得なくなった頃でさえ、トレハーンは文学者スミスのアイデンティティの中核には唯美主義の根本的教義としての激烈さ、技巧、そして超然といった「芸術的原則」が残存していると指摘した。それでもなおトレハーンはスミスが唯美主義を意識的に拒絶していたとも捉えており、詩「夜の帳」("Nightfall") にそうした感性的変化を読みとっている。

「マギル・フォートナイトリー・レヴュー」誌はスミスがエディンバラ大学において博士号取得のため国を離れた 1927 年 4 月に終刊したが、1928 年 12 月、F. R. スコット、リーオ・ケネディ (Leo Kennedy)、ジーン・バートン (Jean Burton)、フェリックス・ウォルター (Felix Walter) からなる編集委員会の下で「モントリオール刊行の文学とオピニオン月刊誌」としての「カナディアン・マーキュリー」(The Canadian Mercury) 誌が発刊される。A. J. M. スミスは創刊号に詩「誇り高き寓話」("Proud Parable") の寄稿者として列記されている。「カナディアン・マーキュリー」誌は「フォートナイトリー」誌よりも多くの読者の獲得を目指したが、それでもなお若者特有の高慢さを少なからず湛え、「優美な理想の達成、カナダ文学が陥っている愛想よい凡庸さと退屈さからの解放に……貢献すべく尽力する」文芸誌と自らを名乗った。こうした尊大な態度は 1920 年代のオックスフォード大学を思い起こさせるが、この点もまた唯美主義の影響に関するトレハーンの論旨に信憑性を与えるものとなる。おそらくそうした態度はスコットの個人的な経験、もしくは激賞された、あのオックスブリッジ両大学からのディベート参加者を通して間接的に呼び起こされてくるのだろう。いずれにせよ、カナダ人の生活の本流であった禁欲的で実利主義的な価値観に対する軽蔑は、いかに正当化されようとも、今日の目からは不遜なものと映ってしまう。驕った調子がわずかながら和らげられるのは、「編集者は皆 30 歳未満、今後もそうあり続けたい」というような自嘲的な言辞によってだけだった。

「カナディアン・マーキュリー」誌の存続期間はわずか 7 か月であるが、7 号までを概観すると「フォートナイトリー」誌に顕著であった多くのテーマが姿を現していることがわかる。スティーヴン・リーコックが再び招き入れられているが、今回は「カナダにおける国民文学の問題」を詳述するという、より生真面目な意図の下に、「カナダ独自の文学は存在しない」ことを主な論点とした。リーコックはスコットランド、イギリス、アメリカであれ、他国の英語系文学はそれぞれ確固たるアイデンティティを有しているのに対し、カナダは自身の文学的遺産を掲げるのではなく、これらの国々のそれに与っているのだと指摘する。数か月後にリーオ・ケネディは「稀な例外はあるとしても、これまでカナダで出版された最良の散文や詩でさえも、英米の三流の出版社から毎年大量に供給される似非文学と比較してもまだ劣

る」と厳しい評価を下している。自国に確かな文学的伝統を欠くために、「刺激を与えてくれるものを求め、賢明にも若者は外国に目を向けようとする」とケネディは述べた。

　反証があるにもかかわらず、若い詩人こそが先を担う詩人なのだと想定するところにマギル・グループの特色がある。「カナディアン・マーキュリー」誌も新世代の作品を掲載することでカナダの文学的、知的生活の後進性という課題に取り組んだ。ケネディは批評に加え、小説と詩作品を寄稿し、A. M. クラインは数篇の詩によって第一歩を踏み出した。ドロシー・リヴァセイは「熱」("Heat") と題する短編の著者として登場し、リオン・エイデル（Leon Edel）はパリの文学シーンに関する個性溢れるコメントを満載した「モンパルナス便り」("Montparnasse Letter") を定期的に投稿した。デイヴィッド・ルイス（David Lewis）と S. I. ハヤカワ（S. I. Hayakawa）は書評を寄せた。オックスフォード在学中のユージン・フォーセイ（Eugene Forsey）は「カナダ政治の未来」("The Future of Canadian Politics") について論説し、ミネソタ大学出身のダグラス・ブッシュ（Douglas Bush）はアメリカ叩きに警鐘を鳴らした。A. J. M. スミスと F. R. スコットは詩を掲載し続ける。スミスが論じた「形而上詩についての覚書」("A Note on Metaphysical Poetry") からは、今なお彼が T. S. エリオット（およびエディンバラにおける博士号取得の指導教官であり、ジョン・ダンの高名な編集者でもあったハーバート・グリアソン Herbert Grierson は言うまでもなく）の影響を受けていたことがわかる。

続プラット

一方、E. J. プラットはさらに歩を進めていた。かつて「同胞である人類よりも鯨や蛸、さらには恐竜により近しい」ことでバーカー・フェアリーを感嘆させた詩人は、1930 年に海上でなされた勇壮な人間の行動を描いた叙事詩『ルーズベルト号とアンティノー号』（*The Roosevelt and the Antinoe*）を世に問うた。この詩によってプラットはドキュメンタリー風リアリズムの実践を創始することになるが、人間の英雄的資質を追究するこの書は、『魔女たちの醸造酒』の喜劇的空想や『巨人族』の自然主義的寓意物語からの 180 度の転換のように思われたに違いない。いずれにせよ『ルーズベルト号とアンティノー号』の読者にとってはプラットのヴィジョンの独創性、語りの技量の確かさはほとんど疑いを得なかった。科学および科学技術に対するプラットの関心、具体的には地質学、生物学、物理学に関する知識、さらには進化論がもたらす哲学的・道徳的意味の考究に鑑みれば、広義において、また彼に先行するカナダ詩人に比しても、彼をモダニストの詩人と見なしうるだろう。しかしながらプラットはエリオット、パウンド、ジョイスらを範とする文学上のモダニズム運動の影響はほとんど受けていない。エリオットとパウンドよりは数歳ばかり年上で、ジョイスと同年齢のプラットは彼らからは独立して、カナダにおける自身のスタイルを進展させた。独自の詩の声を見出していたプラットは 1920 年代までに無類の詩人となっていた——カナダの伝統と

袂を分かち、同時代のヨーロッパの詩にもほとんど何の恩義を受けていない詩人として。

『ルーズベルト号とアンティノー号』は彼の5冊目の詩集となった。アメリカでの評価は分かれたように思われたが、カナダにおいては熱烈に受け入れられ、イギリスでも好意的な評を得た。デイヴィッド・ピット（David Pitt）の言によれば、「（公に桂冠詩人と見なされようとされまいと）カナダ国内にプラットに比肩しうる詩人はいなかった[30]」のである。自らモダニズムの使者を標榜する詩人たち——スミス、スコット、ケネディ、クライン——の頃までは、主に自身が刊行する文学雑誌を専らの発表の場としていた。トロントの詩人ロバート・フィンチ（Robert Finch）の作品も上梓されてはいなかった。「新しい」世代の詩人の中ではドロシー・リヴァセイだけが、マクミラン社の原稿閲読に携わっていたプラットから推薦文を得、19歳の若さで詩集『緑の水差し』（Green Pitcher, 1928）を同社から出版していた[31]。次の数年間にプラットは、『さまざまな想い』（Many Moods, 1932）と『タイタニック号』（The Titanic, 1935）に着手しながら、これらの新生作家たちと何度となく行き交うことになる。マクミラン社は1932年、リヴァセイの2冊目の作品集『道標』（Signpost）を、さらに1年後には明らかにプラットからの強い後押しによりリーオ・ケネディの『死の覆い』（The Shrouding）を出版する[32]。プラットの国民的人気やマクミラン社への影響力を考え合わせると、1933年末にプラットが、「新しい詩」のアンソロジーの出版というマギル・グループの企画に加わるようF. R. スコットから話を持ちかけられたのも驚くにはあたらない[33]。2年間の激しいやりとりの後、1936年に世に出た『ニュー・プロヴィンセス〈新しい諸州〉——幾人かの詩人の詩』（New Provinces: Poems of Several Authors）には結果的にプラットやマギル・グループに加え、ロバート・フィンチの作品も収められることになる。

モダニスト論争、『ニュー・プロヴィンセス』、1940年代の詩誌

1920年代を通じて「カナダ作家協会」（CAA）はマギル・グループや他のグループから攻撃を受けていたが、プラットは彼らからの批判を免れていたばかりか、ときには条件付きで認可を受けた詩人として選り分けられることさえあった。レイモンド・ニスター、ダクラス・ブッシュ、A. J. M. スミス、F. R. スコットのような新指導者は、エリオットやパウンドの指令には必ずしも従わず、海の怪物クラーケン、鯨、大型高速双胴船の夢想に浸るプラットに当惑していたかもしれないが、少なくともプラットをこれまでにない詩人とは見なしていた。さらにプラットの国民の間の人気は高く、それ故、手を組むべき人物と彼らは判断したのである。プラットはと言えば、彼らからの引き立てに悪い気はしなかった。以前は「モントリオールの輩」として警戒していたが、新世代の作家に認められたい気持ちから、彼はCAAと距離を置き始めるようになる[34]。スコットから誘いを受けた際プラットは、カナダ詩の飛躍的発展につながりうると想像していた活動に自身も加わる機会を得たことで心は高ぶった。カナ

ダ美術界におけるグループ・オブ・セヴンが果たした役割になぞらえて、彼はグループを束ねようとし、成功したとは言えないものの、「男だけの」パーティを何度か計画し、さらには協同企画が進む中、新たな仲間との親交により、自身の批評眼や詩質が改善されつつある、とも述べた。

とは言うものの、その後の2年に亘る議論や交渉が互いの不和と敵意から免れていたというわけではない。それどころか、文学者によくあるエゴの衝突という典型的な様相を呈してしまう。プラットやフィンチの作品に対するスミスの評はきわめて無遠慮なものだった。仰天したプラットはスコットに「このスミスという男は何者か？」と質す(35)。数か月後、今度はプラットが反撃した。フィンチの代弁であることも明言しつつ、プラットは、スミスの「『イーディスのためのヒヤシンス』("Hyacinth for Edith")には……微塵の創造性も見出せない」と明言し、「『死の影の漂い』("Shadows There Are")の中間部のくだりは至って平板だ」と示唆したのであった(36)。スミスは優れた左翼的な詩も盛り込むべきだと主張して、ドロシー・リヴァセイに企画への参加を促すことを提案した。急進的社会主義者としてのリヴァセイの評価は確かに非の打ちどころなく、この頃までに彼女の作品はプラットを除き、グループ内の誰よりも多く世に出ていたことを思い合わせれば、誘いが実現しなかったのは妙ではある。当時の記録資料を精査したペギー・ケリー（Peggy Kelly)、は、リヴァセイの参加を妨害したのは皮肉なことに同じく社会主義者のスコットだったかもしれず、その理由には政治活動を自制するようスコットがマギル大から圧力を受けていたことや、自分よりも左翼的な人物とつながりを持つことに不安を覚えたことが考えられると結論づけた(37)。

しかしながら最も強い火種となったのは、アンソロジーを請け負う出版社を見つけ出すことと、新しい詩の喧伝になるとアーサー・〔J. M.〕スミスが感じていたマニフェストの作成をめぐる問題だった。プラットの有力な後ろ盾ではあるものの、カナダ・マクミラン社長ヒュー・イヤーズ（Hugh Eayrs）は恐慌の渦中に詩のアンソロジーを出版することの資金的見通しには懐疑的だった。1934年11月、イヤーズは、詩人たち自らが予約販売に従事することで得られる250ドルまでの出版補助を行う条件を設定する。モントリオールの詩人たちはこの申し出を拒絶して、他の出版社にあたってみるが、1年が経過した後もうまく事が運ばなかったため、結局、イヤーズの要求をのむこととなる。

しかしどちらかと言えば、スミスの序文の方が大きな障害となったのである。カナダ文学の惨めな状況に対する「フォートナイトリー・レヴュー」誌や「カナディアン・マーキュリー」誌を彷彿とさせる全面的な攻撃姿勢をとりながら、その序文はカナダ詩の愛好家たちの慣習的な期待を見事に諷して見せたのである。「もっとも好まれる詩的経験は美によって痛められ、傷つけられ、突き刺され、焼き焦がされることである——できるなら春のクロッカスの黄色い炎、あるいは秋のカエデの赤く燃える炎によって」(38)。3段落目の末尾までに、スミスは断固たる評決を下す——「全てのカナダ詩において根本的に非難されるべきは知性の無視である。結果としてもたらされるのはカナダ詩の死だ」(p. xxviii)。さらに序では作品集に

取り上げられた詩に生命力を与える価値が概説されてゆく。詩は「純粋」でなければならず（つまり「詩はモノそれ自体として存在する」）、その上で、形而上的あるいは風刺的であれ、イマジスト的な詩となり得るというのである。最後にスミスは資本主義体制の崩壊を予告し、詩人は「より実質的な社会システムの創造を促すような精神的、情緒的態度を涵養する役割を担う」ようになるべきだと忠言する（p. xxxi）。

驚くにはあたらないが、こうした考えはプラットに受け入れられるものではなかった。しかしプラットが唯一の不同意者ではなかった。スコットに宛てた手紙の中でプラットは、「カナダ文学はわれわれによる初産の成功を待たなければならなかった」という表現が与えてしまう印象をフィンチが是認するとは考えられず、イヤーズも言わば「ふざけて相手の鼻をつまむような態度」を嫌うと主張した。序文の削除が必至になると、苛立つスミスにスコットは「異議を唱えるフィンチとプラットは一体何様だと思っているのか。プラットの退屈な代物に私の詩を並べて出してやるのだから、序を受け入れてよいはずだ」と告げる。内輪もめに辟易したスコットは腹を決め、大幅に希釈した半頁ほどの前書きと差し替えて、『ニュー・プロヴィンセス』は1936年の春にようやく日の目を見ることとなる。

確かにそのアンソロジーはコンフェデレーション詩人の伝統の中で育った人々にはなかなかの難物であっただろう。詩は一様にかなりの技巧が施され、構造、用語、リズム面に力感は漂うが、難解かつ往々にして曖昧でもあった。おそらくスミスの影響を反映し、非妥協的なまでの感情の抑制と簡潔性に多くの詩の特色がある。一方、韻律構造は慣習的なままである。より柔軟さを生み出すべく、話し言葉のリズムを導入する実験や半韻の援用が散見されはするものの、大方の詩には韻律が保たれる。16、17世紀の文学、とりわけジェイムズ朝劇作家や形而上詩人へのモダニストの偏好（エリオット経由の）は、「にもかかわらず（[m]augre）」（フィンチの「周遊者」 "The Excursionists"）、「恋人（leman）」（ケネディ「祝婚歌」 "Epithalamium"）、「恐ろしき気配（horrid air）」や「描く（limn）」（スミス「死の影の漂い」 "The Shadows there Are"）、「マンドレーク（mandrake）」（スミス「最初と2番目の時祷式」 "The Offices of the First and Second Hour"）などの語の使用、さらにマルフィ公爵夫人（Malfi）とデンマーク（Denmark）についての直接的言及（スミス「〔結婚前の〕祝婚歌」 "Prothalamiun"）に明らかである。

至る所にエリオットの模倣が見られる——例えばクラインの詩「研磨師と磨き上げたレンズから」（"Out of the Pulver and the Polished Lens"）と「ヴェルヴェル・クラインバーガーの夜会」（"Soirée of Velvel Kleinburger"）中の「不潔なアムステルダムの街路」、「彼と彼の神には禁止令がひかれている」や「私の人生は灰皿の吸い殻の上にある」などの詩句やスコットの詩「カナダ作家会議」における詩型や嘲弄的な調子などである。e. e. カミングズ（e. e. cummings）の「緑に包まれ恋人は馬を駆る」（"all in green went my love riding"）の催眠的なリズムはフィンチの「五頭の雌牛」（"The Five Kine"）の中に巧妙に蘇生されている。掲載されたプラットの作品ですら陰鬱で険しく（「優勝者」 "The Prize Winner" や「ジャワ島からジュネーヴへ」 "From Java to

Geneva")、風刺も辛辣である（「誓文」"Text of the Oath" や「囚人たちのホロコースト」"The Convict Holocaust"）。『ニュー・プロヴィンセス』に収められた作品の多くは明らかに独創性を欠いてはいるが、クラインの「研磨師と磨き上げたレンズから」、スコットの「カナダ作家会議」、スミスの「淋しい土地」は爾来カナダモダニズムの詩の正典に入れられることになる。

　リヴァセイの除外とともに目を引くのはプラットの孤立である。この頃の彼はグループ内で唯一国民的名声を確立していたが、寄稿者中、最も少ない8頁の紙幅があてられただけなのである。クラインは10頁、フォスター、ケネディ、スコットが11頁、そしてスミスには13頁が割かれている。さらにプラットはスミスの「拒絶された序文」においてただ1人、賞賛も言及もされていない。プラットの経歴、グループが見出した唯一の出版社とのプラットの関わり、加えて若い詩人に対する彼の友好的な振舞いを考えると、彼らのプラットの扱いにはある種の傲慢さや狭量さ、さらに言えば、単に彼を利用したのでは、と勘ぐられるのも避けがたい。『ニュー・プロヴィンセス』は彼らの不安定な協力関係を特徴づける亀裂や嫉妬をかろうじて隠ぺいしていたのであった。

　ふたを開けると、アンソロジーの売れ行きについてのイヤーズの警告は正しかったことが判明する。『ニュー・プロヴィンセス』は水没する小石のようなものだった。ひと月後にこの詩集の手引き的批評書として出版されたW. E. コリンズ（W. E. Collins）による『白いサヴァンナ』（*The White Savannahs*）も、序文にアーチボルド・ランプマン、マージョリー・ピックソール、マリー・ル・フラン（Marie Le Franc）が名を連ねるばかりでなく、プラット、リヴァセイ、スコット、クライン、スミス、ケネディに関するエッセイを掲載し、「新しい詩」のための独自の批評方法を提示したが、結局同じような顛末だった。『ニュー・プロヴィンセス』は「ニュー・フロンティア」誌ではE. K. ブラウンが、「カナディアン・フォーラム」誌ではエドガー・マクイニス（Edgar McInnis）が、「ダルハウジー・レヴュー」（*The Dalhousie Review*）ではバーンズ・マーティン（Burns Martin）が好意的に評したが、結局はその程度に留まった[41]。10か月後、スコットはプラットに、82冊が売れたものの、その内10冊は自分が購入したと報告した[42]。顧みると、両書は共に革新的だと思えはするが、時代に与えた衝撃はごくわずかなものだったのである。

　『ニュー・プロヴィンセス』が出るまでにプラットのモダニズムとの戯れは終わっていた。1935年にペラム・エドガー（Pelham Edgar）の要請で刊行された「カナディアン・ポエトリー・マガジン」誌の編集に取りかかった時には、事実上プラットはエドガー会長の下で、怖れられていたカナダ作家協会の仕事に携わっていた。彼は『山羊の寓話とその他の詩』（*The Fable of the Goats and Other Poems*, 1937）で総督賞を受賞、1930年代の2作目の偉大な「叙事詩」である『タイタニック号』（*The Titanic*, 1935）を刊行したばかりであった。最盛期にあったプラットは、その10年の終わりにはもう一つの重要な作品『ブレブーフとその仲間たち』（*Brebeuf and His Brethren*）の出版をすることになる。スコットが「ブレブーフとその仲間たち」

("Brebeuf and His Brethren") と題する同名の詩によってプラットを揶揄したように、先住民には白人の神による救済が必要だとする想定に思想的難点を有するが、この作品でプラットは2度目の総督賞を受けることになる。今や彼は他のどのカナダ詩人も及ばぬ成功を手にしていたのである。

　A. M. クラインは1940年に処女作『ユダヤ人も持たざるや』(Hath Not a Jew) を出版し、40年代にさらに3冊の詩集を著わした。スミスの処女詩集『不死鳥の知らせ』(News of the Phoenix) は1943年に出版され、1945年のスコットの『序曲』(Overture) がそれに続いた。ロバート・フィンチは1946年の『詩』(Poems) によって一連の印象的な詩篇を発表し始める。プラットの作品も、戦争物語詩『ダンケルク』(Dunkirk, 1941) や『航海日誌の陰に』(Behind the Log, 1947)、抒情詩集『静物、その他の詩』(Still Life and Other Verse, 1943) など、40年代も引き続き、世に送り出されていく。1952年にはカナダ太平洋鉄道建設を謳うサガ『最後の犬釘(スパイク)に向けて』(Towards the Last Spike) によって3度目の総督賞を得る。プラットやクラインに劣らず多作なドロシー・リヴァセイは1940年代に3冊の作品集を世に出す。スミス、フィンチ、クライン、そしてリヴァセイも皆、その10年間に総督賞が授与された。他方、リーオ・ケネディは広告文のライターに身を転じ、詩作から離れていく。「僕は戸口に掲げた看板を下すことに決めたんだよ」と淋しげに彼はリオン・エイデルに書き送った。[43]

　プラットは1943年に「カナディアン・ポエトリー・マガジン」誌の編集職を弟子アール・バーニー (Earle Birney) に譲る。しかしその頃までには、「カナディアン・ポエトリー・マガジン」誌の編集者、およびマクミラン社の詩の原稿閲読責任者として、カナダ詩の進展における彼の影響力は前例のないものとなっていた。一方、リヴァセイとスコットは1940年代の間に「コンテンポラリー・ヴァース」(Contemporary Verse [Vancouver], 1941) 誌、「プレヴュー」(Preview [Montreal], 1942) 誌という2冊の重要な詩誌の発刊に関わった。リヴァセイ、ドリス・ファーン (Doris Ferne)、アン・マリオット (Anne Marriot)、フロリス・クラーク・マクラーレン (Floris Clarke McLaren) からの確たる援助を得、アラン・クローリィ (Alan Crawley) によって編集された「コンテンポラリー・ヴァース」誌は1952年まで存続する。パトリック・アンダーソン (Patrick Anderson) とスコット、クライン、P. K. ペイジ (P. K. Page) などの詩人を編者に擁した「プレヴュー」誌は1945年、「ノーザン・レヴュー」(Northern Review) 誌を刊行すべく、ジョン・サザランド (John Sutherland) を編集人とするモントリオールの好敵手「ファースト・ステイトメント」(First Statement) 誌と合併する。現代の基準からすると、発行部数が100に満たない雑誌を出版する意義は些細なものに映るかもしれないが、それらの詩誌が後にカナダ詩の正典となる少なからずの作品を世に送り出す役割を担ったのであった。

　A. J. M. スミスについて言えば、『ブック・オブ・カナディアン・ポエトリー──批評的・歴史的アンソロジー』(The Book of Canadian Poetry: A Critical and Historical Anthology, 1943) の編纂、とりわけそのアンソロジーの序文や「カナダ詩──少数派からの報告──」("Canadian Poetry: A Minority Report" 1939) と題する論文などを通して、カナダ詩が進むべき道をめぐ

る論議を醸し続けた。しかし『ブック・オブ・カナディアン・ポエトリー』の序文における「コスモポリタン」と「土着」との区別の問題はサザランドによる『その他のカナダ人――1940-1946年のカナダの新しい詩のアンソロジー』(*Other Canadians: An Anthology of the New Poetry in Canada* 1940-46, 1947) によって応酬される。1940年代までにマギル大学の詩人たちの国際主義はサザランドやアーヴィング・レイトン（Irving Layton）らの「ファースト・ステイトメント」誌のグループのナショナリズムによって、その勢いが抑えられることになる。

　驚くべきことではないが、21世紀から眺望すると、プラットとマギル大の詩人たちは、多分に時代の子であった。すなわち男だけのパーティやゴルフ試合、さらには擬人観や民族中心主義が連想されるプラット、他方、本質的に派生的で、国際主義に植民地主義的性質を内在させたスミスとスコットも同様に文学や人生全般について押しなべて「男性主義的」な思想に捉われており、誰もがそれぞれの営みに限界と狭窄を宿していた。彼らの遺産を辿るのは難しい。バーニーはプラットに近く、詩風において幾分彼から影響を受けてはいるものの、知られるようにプラットは学派を作ることはしなかった。マギル・グループからレイトン、ルイス・デューデック（Louis Dudek）を通してレナード・コーエン（Leonard Cohen）へといった流れをなぞることは可能だが、その後は、となると返答に窮する。両大戦間の時代のブルジョア的なカナダ社会における取りすました自惚れや閉鎖的な俗物主義は謙虚に教えを請うべき先例が必要とされており、その仕事はスミスとスコット、そして彼らの同胞の手にかかっていたのである。長い目で見ると、たとえ彼らの成し得たことが、所詮はこの国の植民地的劣等感の露呈であったとしても、カナダの目を世界に向けたという点でカナダ文学に多大な貢献をしたと言える。カナダの閉塞的な文化的雰囲気に対するプラットの応答はより非論理的で私的な性質を帯びてはいたが、おそらく彼らと同様の役割を果たした。プラットの文学仲間の1人で、のちにマニトバ大学長となったアーネスト・サールック（Ernest Sirluck）は、プラットの恩師にあたるペラム・エドガーがプラットに、自分たちは「世界の辺境にいる」と感じさせたのに対し、プラットは自分たちが「カナダ文化の中心にいる」と感じさせていた、と回想する。[44]「モダニストの知的・芸術的活動の中核には文化という観念そのものへの不信がある」とのデクラン・カイバード（Declan Kiberd）の指摘が正しいとするならば、モダニズムは本来的にカナダ文学の救済にはなり得なかっただろう。[45] カナダは1970年代から80年代にかけてのさまざまな前進以前、すなわちカナダ文学が多文化の安息の地を提供する国として自らを構築することが可能になる前に、カナダは自身をひとつの文化として受け入れる必要があった。カナダの過去への崇敬と未来に対するプラットの楽観主義――それらはカナダの偉大な神話創造者としての詩的業績（十分に立証されてきたような限界も有するが）だけではなく、文学上の指導的役割においても具現している――は植民地時代から植民地後の社会への進展に大きな意義を持ったのである。

注

1. David Macfarlane, *The Danger Tree* (Toronto: Macfarlane, Walter and Ross、1991), p. 43.

2. Wilfred Campbell, "Preface," *The Oxford Book of Canadian Verse* (Toronto: Oxford University Press, 1913), p. viii.

3. John W. Garvin, "Editor's Foreword," *Canadian Poets* (Toronto: McClelland, Goodchild and Stewart, 1916), pp. 5-6.

4. Louis Dudek & Michael Gnarowski, eds., *The Making of Modern Poetry in Canada: Essential Articles on Contemporary Poetry in English* (Toronto: Ryerson Press, 1970 [1967]), p. 5 を参照。

5. Ibid., p. 20.

6. Ibid., pp. 21 and 2.

7. Ken Norris, "The Beginnings of Canadian Modernism," *Canadian Poetry* II (Fall-Winter, 1982), p. 57; and Sandra Djwa & R. G. Moyles, eds., *E. J. Pratt: Complete Poems*, 2 vols. (Toronto: University of Toronto Press, 1989), vol. I, p. xxi を参照。

8. E. K. Brown, *On Canadian Poetry* (Ottawa: Tecumseh, 1973 [1943]), pp. 147-8; and Northrop Frye, "Editor's Introduction," *The Collected Poems of E. J. Pratt* (Toronto: Macmillan, 1962 [1958]), p. xxvi.

9. The E. J. Pratt Collection, Victoria University in the University of Toronto. Sandra Djwa、*E. J. Pratt: The Evolutionary Vision* (Vancouver: Copp Clark, 1974), p. 18 に引用。

10. Djwa, pp. 40-9.

11. *The Canadian Forum* 2. 19 (April 1922), pp. 589-90.

12. Djwa, *E. J. Pratt: The Evolutionary Vision*, p. 68.

13. *The Canadian Forum* 7. 77 (February 1927), p. 149.

14. Norris, "Beginnings," pp. 56-66.

15. Sandra Djwa, *The Politics of the Imagination: A Life of F. R. Scott* (Toronto: McClelland and Stewart、1987), p. 84 に引用。

16. Ibid., p. 86.

17. *McGill Fortnightly Review*, 1.2 (5 December 1925), p. 9.

18. *Fortnightly*, 2.3 (1 December 1926), p. 23.

19. *Fortnightly*, 1.2 (5 December 1925), p. 14.

20. Norris, "Beginnings," p. 60 に引用。

21. Djwa, *Politics of the Imagination*, pp. 90-1; and Patricia Morley "The Young Turks: A Biographer's Comment," *Canadian Poetry* II (Fall-Winter 1982), p. 67 を参照。

22. *Fortnightly*, 1.2 (5 December 1925), pp. 11-12, 16.

23. *Fortnightly*, 2.1 (11 March 1926), pp. 2-4.

24. *Fortnightly*, 2.4 (15 December 1926), pp. 31-2.

25. Brian Trehearne, *Aestheticism and the Canadian Modernists: Aspects of a Poetic Influence* (Kingston and Montreal: McGill-Queen's University Press, 1989), chapters 4 and 6.

26. *The Canadian Mercury*, 1.1（December 1928）, p. 3.
27. Ibid., p. 8.
28. "The Future of Canadian Literature," *The Canadian Mercury* 1.5-6（April-May 1929）, pp. 99-100.
29. *The Canadian Forum* 7.77（February 1927）, p. 148.
30. David G. Pitt, *E. J. Pratt: The Master Years, 1927-1964*（Toronto: University of Toronto Press, 1987）, p. 69.
31. Ibid., p. 70.
32.. Leon Edel, "Memories of the Montreal Group," *The E. J. Pratt Lecture, 1984*（St. John's Memorial University of Newfoundland, 1986）, p. 22.
33. Pitt, *E. J. Pratt*, p. 142.
34. Ibid., pp. 54, 58-9.
35. Michael Gnarowski, "Introduction," *New Provinces: Poems of Several Authors*（Toronto: University of Toronto Press, 1976）, p. xiii.
36. Pitt, *E. J. Pratt*, p. 155 に引用。
37. Peggy Kelly, "Politics, Gender, and *New Provinces*: Dorothy Livesay and F. R. Scott," *Canadian Poetry* 53（Fall-Winter 2003）, pp. 59-61.
38. "A Rejected Preface," Gnarowski, *New Provinces*, p. xxvii.
39. Pitt, *E. J. Pratt*, p. 189 に引用。
40. Kelly, "Politics," p. 58 に引用。
41. Pitt, *E. J. Pratt*, pp. 190-1 に引用。
42. Gnarowski, "Introduction," p. xxi.
43. Leon Edel, "Introduction," Leo Kennedy, *The Shrouding: Poems*（Ottawa: Golden Dog Press、1975 [1933]）, n.p.
44. Pitt, *E. J. Pratt*, p. 119 に引用。
45. Declan Kiberd, "Introduction," James Joyce, *Ulysses*（Toronto: Penguin, 1992 [1922]）, p. xlix.

15

1940年代および1950年代——文化的変化の兆し

コーラル・アン・ハウエルズ
(Coral Ann Howells)

　小説家ヒュー・マクレナン (Hugh MacLennan) は、1930年代後半を振り返り、カナダを「特徴づけられない国」と言い表した。カナダ人自身、無自覚で価値を認めていない国であり、ましてや諸外国は「カナダについて思いめぐらしたことなどなく、私たちカナダ人のことは全く知らない」という。対照的に、1950年代後半になると、彼は自国の変貌について大胆な発言をしている。「今のカナダ情勢は、他国に引けを取らないくらい、旧世界の欧州の国々にも合州国にも意義あるテーマを提供できるという証拠がそろっている。とすれば、もはやカナダ文学は存在するかとの問いを発する必要はない。今や存在している」と。1940年代・50年代のカナダナショナリズムの文学的代弁者が高圧的に述べたこの概観は、本章の枠組みを提供している。この20年は、新旧の境界区域を形成しており、植民地カナダのパターンが第二次世界大戦によって根本的に崩されると、戦後再建と試行の楽観的時代が訪れ、独立した北米の一国家を求める新たな国家意識を築くことになった。カナダ自治領結成は、1949年にニューファンドランドが加わった時点で完成したように見えたが、この州の不満は、現在の政治、文化にまで影響を及ぼしている。必然的に、ちょうど政治的、文化的な利害がぶつかり合う時期だった。ナショナリズムに対する地域主義、二文化主義および二言語主義、文学上のモダニズムに対する伝統主義、イギリス中心の文化的権威の声に対する地域作家、エスニック作家、女性、フランス系カナダ人たち他者の声。要するに、こういった解決をみない緊迫状態は、多くの歴史家が快く認める以上に、議論の対象となる活発な文学的文化を産み出した。

　この20年の間、カナダの文化政策とカナディアン・アイデンティティをめぐる問いかけは、新たな重要性とある程度の多様性を帯びた。1942年と1944年の戦時下に、ケベック徴兵制危機（1917年の問題に呼応して）や、戦時措置法による日系カナダ人総移動が起こったが、その後、1947年にはカナダ市民法が発令され、同年に中国人排斥法が撤回され、1948年には日系カナダ人に連邦政府の投票権が認められた。このような戦争直後の変化は、1948年の国連世界人権宣言に成文化されている姿勢への移行を示している。カナダの権利章典は1960年に通過することになるが、カナダ人の人種的他者への寛容さは、まだまだ限られており、革新的な多文化政策が展開するのは1970年代になってからである。戦後の最も重要な

カナダ文学史

文化構想は、ヴィンセント・マッセイ委員長の下で、芸術・文学・科学に関する政府調査委員会が1949年に設立されたことである。それは「一貫性のある国家支援による文化と芸術に関する連邦政策」への第一歩であった。結果として生まれたマッセイ報告書（1951）は新たな国立機関の創設を促し、英系カナダの、そしてケベックにおいてもある程度、1960年代、70年代の文化的ナショナリズムを支える展開を見せた。

　文学では、主な論争は、モダニズムと伝統主義との争いに集中した。もっとも、詩と小説とでは議論の流儀が異なっていた。小説では、リアリズムの優勢と地域的・国家的アイデンティティの問題が、モダニスト的作風を妨げる傾向があったが、少なくとも英系の詩では逆の傾向があり、伝統主義者の方が弁護に回った。モントリオールのモダニスト機関紙「ファースト・ステイトメント」（*First Statement*）誌を創設したジョン・サザランド（John Sutherland）は、マッセイ委員会（1949）への具申の中で、カナダの詩は「20世紀文学に遍在する実験的気分をいくぶん捉えており、形式と表現において、ロマン派的自然詩人の、より慣習的な技法に反発している」と断言した。実際、小説にもその傾向はあったが、詩におけるモダニズムをめぐる対立的言説は小説の比ではなかった。本章では、優先順位を異にする小説と詩とは分けて分析する。

小説

遡って道筋をたどるに当たり、カナダ総督文学賞から始めることにする。ことによると生硬な批評手段かもしれないが、英系体制がカナダ文学に求めているものと、その時期に出版された小説の実際的な多様性とのギャップを際立たせる手段となろう。総督賞のリストに物語るものがあるとすれば、そのリストに名を連ねない者にも言い分がある。もっともなことだが、リストに漏れたのは、モダニストの実験小説（オンダーチェが、周辺で焼け死ぬか飛び散るかする「先導本」と呼んだ小説であり、そこからカナダの現代小説が始まった）や、エスニックマイノリティの作品、多くの仏系小説、さらに、後に重要性を増す、ロバートソン・デイヴィス（Robertson Davies）やモーデカイ・リッチラー（Mordecai Richler）のような、新しい作家たちである。受賞者の中には、カナダの著名な作家が選ばれている一方で、作品をすっかり忘れ去られた作家もいる。

　総督文学賞を受賞しなかったが、作品が古典になったシンクレア・ロス（Sinclair Ross）のような作家がいる。彼の小説『私と私の家に関しては』（*As for Me and My House*, 1941）は、カナダ文学で分析対象になる頻度の高い作品の1つである。この時期全般が、近年は学問的な関心を取り戻しており、グエサリン・グレアム（Gwethalyn Graham）、フィリス・ブレット・ヤング（Phyllis Brett Young）やアイリーン・ベアード（Irene Baird）の小説が再版され、多数の伝記が発刊されている。それに、ベストセラーもあった。特にトマス・B. コステイン（Thomas

B. Costain)の『黒バラ』(*The Black Rose*)と『銀杯』(*The Silver Chalice*)は、1950年代にハリウッド映画になっているし、トマス・H. ラダル（Thomas H. Raddall）のノヴァ・スコシアの過去の物語『王様のヤンキーたち』(*His Majesty's Yankees*, 1942)もある。

　第二次世界大戦の始まりから1950年代末まで小説界を席巻していたのはヒュー・マクレナンだった。彼はこの時期、総督文学賞を5回受賞した。マクレナンは、沿海州出身で、オックスフォードとプリンストンで古典を学び、モントリオールに戻り、同時代の国家的な重要性をもつ、カナディアン・アイデンティティ、ケベック州での英仏の分裂、米加関係といった問題を提起する小説を書いた。彼はまた、国家としての意識を確立するのに歴史が重要であると信じていた。彼の処女小説『気圧計上昇中』(*Barometer Rising*, 1941)は、1917年のハリファックス港大爆発を通して第二次世界大戦中の国家独立というカナダ的意識の芽生えを寓意的に描いた。大爆発はハリファックス市とノヴァ・スコシアの古い植民地時代からの階層を吹き飛ばしたのだった。彼の代表作『二つの孤独』(*Two Solitudes*, 1945)は、ケベック州の英仏の歴史的な敵対感情を越えて、国家統一の理想を追求する試みである。

　歴史化する意識は、『夜を終える時』(*The Watch That Ends the Night*, 1958)から最後のディストピア小説『時の中の声』(*Voices in Time*, 1980)に至るまで明らかだ。ホメロスの叙事詩と聖書へのひんぱんな言及は、現在のカナダに起こっている事を、普遍的なコンテクストに結び付ける敷衍材料の役割を果たしている。「しかし時間は、今に限ったことではない。12時であるとか、特定の世紀に限ったことではない。それはまた、私たち自身のことでもあり、大勢の人々、多くの国家に関わることだ」。マクレナンの夢想家（visionary）かつ記録者としての二重の役割は、彼の小説における写実的な様式に何らかの圧力をかけている。というのも、彼は年代や記録的な細部にこだわっているが（カナダの小説家は「ちょっとした地理学者であり、歴史家、かつ社会学者でなくてはならない」）、彼の写実小説には妙な亀裂があって、叙事詩やロマンスの要素や、さらにはモダニスト的要素を組み入れている。評論家は、『夜を終える時』にモダニスト的戦略を認めているが、それは『二つの孤独』にも存在する。歴史的なレンズを通して現在を眺める小説だが、若い男性主人公によるカナダについての書きかけの小説の様相を呈しており、マクレナン自身の国家統一を先延ばしにしたヴィジョンと、自己省察的なパラレルをなしている。

　マクレナンの仏系カナダ人の描写の主要なモデルは、ランゲ（Ringuet、フィリペ・パネトン Philippe Panneton のペンネーム）による『三十エーカー』(*Thirty Acres*)だった。この本は、最初1938年に『三十アルパン』(*Trente Arpents*)としてパリで出版され、1940年に英訳されると、総督文学賞を受賞した。この写実小説は、19世紀地方小説（*roman du terroir*）の20世紀版であり、そこでは農村の安定性が近代化の勢いで破壊されつつある。この作品は、喪失と避けられない変化を描き、希望のない結末を迎える悲劇的な物語である。というのも、ケベックの田園風景は、破産した老農夫の記憶の中にしか存在せず、彼は今や、むさ苦しいアメリカの工場町の仏系アメリカ人コミュニティに追放された生活を送っているのだ。『三十エー

カー』とジェルメーヌ・ゲーヴルモン（Germaine Guèvremont）の『外来者』（The Outlander, 1950）との間には興味深いつながりがある。（二部構成の原作『不意に来る者』Le Survenant [1945] はケベックとフランスで受賞しており、続編の『マリー＝ディダス』Marie-Didace は1947年に出版された。英訳本『闖入者』には、3部がすべてそろっている。）ゲーヴルモンの小説は一般に、究極の地方小説とみなされているが、ランゲが崩壊初期の段階ですでに示したケベックの農村神話を賛美している。しかしながら、表題そのものが不安を生み出す。「外来者」（outlander）は「奇怪な、異国風の」（outlandish）に似ているし、「不意にやって来て」（survenant）は、「予期せぬもの、不気味なもの」を含意するからだ。農家の玄関先に姿を見せる見知らぬ若者は、教区の外に待ちうける、より広い世界があることを体現しており、この物語は外来者のポー的語彙「ヌヴォマーニェ」（neveurmagne [never mind]）、のように、祝祭というより生き方への弔いの鐘と読める。

　都市化、工業化、都市への大移動——近代性を示すあらゆる現象——は、ケベックで生まれた最初の写実都市小説、ガブリエル・ロワ（Gabrielle Roy）の『ブリキのフルート』（The Tin Flute）の焦点をなしている。この作品は、『二つの孤独』と同じ年に仏版『束の間の幸福』（Bonheur d'occasion）として出版され、1947年に英訳が出たが、多くの賞を受賞し、カナダ、合州国、フランスでベストセラーになった。仏系マニトバ出身のロワは、1939年ヨーロッパからの帰国の途にあるモントリオールでジャーナリストとして働いており、新聞の連載記事のための1941年のリサーチが彼女の小説の発端となった。作品が扱っているのは、仏系労働者階級のむさ苦しい地区、鉄道線路に近い都市のスラム街のサン＝タンリ地区であり、大恐慌最終年から第二次世界大戦に至るまでの、農村移民ラカース（Lacass）家の貧しい暮らしぶりである。ロワは大量失業の衝撃や貧困に対する絶え間ない闘争を、主に女性の人生を通して推し量っており、彼女の偏見のない社会的共感によって思いやりのある心理分析を行い、遂げられなかった夢や精神的な妥協を暴き、それこそが生き残るすべであることを示した。

　皮肉な結末では、男性の、そして女性の逃避戦略が結びつく。つまり仏系カナダ人の失業者にとって繁栄の夢は、入隊することでしか叶えられないというのだ。ロワは戦争に対して、マクレナンほど高揚した見方をしていない——「このようにして救いは郊外にやってきたのだった！　戦争による救いが！」。作品の結末は、家庭の女性たちにとっても戦地に赴く男たちにとっても不確かな未来に向けて開かれている。後の小説『小さな水鳥』（La petite poule d'eau, 1950）や、2度目の総督賞受賞作『金持ち通り』（Street of Riches）において、ロワは都市の貧困から自身の若い頃のマニトバの農村にシフトしている。しかしながら、そこには田園風景は見られない。不幸や貧困、女性の逃避願望は、都市と同じだけ田舎でも浸透しているからである。

　『二つの孤独』と『ブリキのフルート』は共に、第二次世界大戦の勃発で物語が終わっていて、戦争がこの時期を通してカナダの想像力につきまとっていることを思い出させる。戦

前のヨーロッパを舞台にした小説には、グエサリン・グレアムの『スイス・ソナタ』(*Swiss Sonata*, 1938)、フィリップ・チャイルド (Philip Child) の『憤怒の日』(*The Day of Wrath*, 1945)、ウィニフレッド・バンブリック (Winifred Bambrick) の「コンティネンタル・レヴュー」(*Continental Revue*, 1946)、さらにユダヤ系オーストリア移民ヘンリー・クイライセル (Henry Kreisel) の『金持ちの男』(*The Rich Man*, 1948) が挙げられるが、いずれの作品も、大惨事が起こる予感と、ナチスドイツからの脅威に満ちている。カナダを舞台にした戦争小説は、国内の混乱と軍隊の出兵を強調する傾向がある。1940年代の英系カナダ小説には、愛国的な調子がにじみ出ているが、仏系カナダが反体制であるのは、『ブリキのフルート』ばかりでなく、ロジェ・ルムラン (Roger Lemelin) の『プルッフ一家』(*Les Plouffe*, 1948) ／『プルッフ家の人々』(*The Plouffe Family*, 1950) における風刺的な評言にも表れている。初期の戦争小説の1つ、ハーバート・サランズ (Herbert Sallans) の『小男』(*Little Man*, 1942) は、第一次世界大戦と第二次世界大戦を結びつけており、新種のカナダ小説を通して当時の出来事を記録に留めようとする、極めてモダニスト的な衝動を示し「小男が、究極で崇高な変貌を遂げ、戦争に勝利するのだ(12)」と賛美している。

　グエサリン・グレアムの『地上と天上』(*Earth and High Heaven*, 1944) は、モントリオールを舞台にした、ある女性の戦中ロマンスである。総督文学賞を受賞したのみならず、「ニューヨーク・タイムズ」紙のベストセラーリストで1位になった。自国の反ユダヤ主義をはげしく非難しているのが特徴だ。「結局のところ、私たちカナダ人は、ナチスのユダヤ人観については基本的に意を異にするわけではなく、連中はやり過ぎだと考えているだけだ(13)」。異教徒とユダヤ教徒の間のラブストーリーは議論が過熱しがちで、1950年代を通してユダヤ系カナダ人の作家たちが議論を引き継いだ。類似した戦争小説がほかにも出ているが、このグレアムの作品と同様、時の試練を生き延びた小説はない。アール・バーニー (Earle Birney) の『ターヴェイ――悪漢軍人』(*Turvey: A Military Picaresque*, 1949) や、1950年代の総督賞受賞作品、デイヴィッド・ウォーカー (David Walker) の『大黒柱』(*The Pillar*, 1952)、ライオネル・シャピロ (Lionel Shapiro) の『六月六日』(*The Sixth of June*, 1955)、コリン・マクドゥーガル (Colin McDougall) の『死刑執行』(*Execution*, 1958) も例外ではない(14)。朝鮮戦争や冷戦が始まると、第二次世界大戦は新たな国際的かつ国内的な不安によって影が薄くなった。

　トロント出身の異端者気味なモーリー・キャラハン (Morley Callaghan) は、ヘミングウェイやスコット・フィッツジェラルドの友人かつファンであり、1920年代と30年代に小説家、短編小説作家として知られるようになっていたが、1950年代初頭に小説に戻り、『愛される者と滅びる者』(*The Loved and the Lost*, 1951) で総督文学賞を得た。雪に覆われたモントリオールの冬を舞台にしたこの小説は、破滅的な恋愛と白人女性の殺害にまつわる物語である。女は、サン・アントワーヌの黒人居住地区に1人で暮らし、社会的慣習や人種的タブーを軽蔑している。かといって、人種間のつながりを描く小説ではなく、社会的コンテクストは、道徳劇の象徴的な背景幕の働きをしている。というのも、キャラハンはメロドラマの筋書きを

敷いて、戦後のカナダ都市部が、紛れもない社会的不平等や人種的偏狭さを抱え、市民の多くが分裂したアイデンティティを持つという寓話に仕上げている。謎めいたヒロインは、黒人ジャズをたしなむ初期のヒッピーであり、白人にも黒人にも（彼女を愛する主人公の男にも）、身持ちの悪い女だと疑われる。女は、生きのびることができず、彼女が殺害された後、男はモントリオールのひっそりした真っ白な雪景色の中に立ち、孤独で途方にくれた落後者の姿を見せる。この小説は、リアリズムと象徴的な響きが奇妙に入り混じり、世界大恐慌時のトロントを舞台にした、ヒュー・ガーナー（Hugh Garner）の『キャベジタウン』（*Cabbagetown*, 1950、非削除版1968）と好対照をなしている。

オンタリオの小さな町に生まれたロバートソン・デイヴィス（Robertson Davies）は、大いに異なった人物であるが、この場に含めてしかるべきであろう。というのも、1970年代にデプフォード三部作（Deptford trilogy）で国際的な名声を博したが、彼は1940年代初期すでに文学界の主流派の一員であり、「ピーター・ボロ・エグザミナー」（*Peterborough Examiner*）紙の編集者、カナダの著名劇作家の1人であり、『サミュエル・マーチバンクスの日記』（*The Diary of Samuel Marchbanks*, 1947）や、サルタートン三部作（*Saltertgon trilogy*）──『嵐にもまれて』（*Tempest-Tost*, 1951）、『悪意の種』（*Leaven of Malice*, 1954）、『弱点の混合』（*A Mixture of Frailties*, 1958）──の作者だった。これら初期作品は、ダンカン（Norman Duncan）やリーコック（Stephen Leacock）の伝統に連なる、カナダの地方色を風刺した社会派コメディーだが、後期作品の特徴である、演劇性への興味、ユング派心理分析や神話への傾倒ぶりは、すでに明白である。

1940年代、50年代のカナダ小説のサブ・バージョンの先導的作家たちに目を向ければ、西部地方や沿海諸州出身者、ユダヤ系（初めての登場）や、外からカナダについて書いた国外在住作家が際立つ。主要な平原州作家であるシンクレア・ロス（Sinclair Ross）とW. O. ミッチェル（W. O. Mitchell）の2人のうち、ロスは象徴的な先導者で、サスカチュワン出身の作家であり、自らのキャリアを失敗とみなしていた失意の平原州アーティストについての処女小説を書いた。時代を先取りしたモダニストゆえ、ロスの短編小説は無視されたのも同然で、彼は小説を出版するのに常に苦労した。同時代の書評家は、いずれも間違った理由で『私と私の家に関しては』を評価したり批判したりした。ロバート・ステッド（Robert Stead）が『グレイン』（*Grain*, 1926）で典型化した西洋的写実主義の伝統の中に彼を位置づけ、疎外された芸術家像や言語への眼差し、重要な形式についての議論といった、ロスのモダニスト的テクニックの価値を認めることができなかった。この小説は日記形式を採り入れたおかげで、1人の女性の内的独白に近いものとなっている。語り手はベントレー夫人（Mrs Bentley）であって、挫折した画家くずれの牧師たる夫ではない。それはロスが「クロス・ライティングといったようなもの」（something like cross-writing）(15)と表現した様式である。ロス自身の密かなホモセクシュアルなアイデンティティを考え合わせると、確かに「クロス・ドレッシング〔cross-dressing、異性の衣服を着ること〕」がこのコメントの背後に潜んでいる。皮肉なことに、こ

の小説の出版当初、「ニューヨーク・ヘラルド・トリビューン」紙（1941年2月23日付）の書評家は、作者が女性であると考えた（Stouck, p. 106 参照）。平原州のゴシックとしても読まれているが、同時に近年のジェンダー理論とクィア理論が、この小説に新たな展望を開いている。

　ロスとは対照的に、W. O. ミッチェルは有名人で、テレビの脚本家、後には劇作家であり、彼の最初の小説『誰が風を見たでしょう』（Who Has Seen the Wind, 1947）は、たちまち人気を博した。（1977年には大手映画会社で映画化された。）ロスとミッチェルの小説が決定的に異なるのは、文章の調子である。というのは、ロスの厳しい口調で語られるサバイバルは、ミッチェルにあっては、喜劇的なサバイバルへと変わっている。もっとも、彼はロスと同じく深刻な社会問題——干ばつや大恐慌、平原州の小さな町の社会的偽善への風刺——を扱っており、少年の意識を通した語りに焦点を合わせることで、批判を和らげている。ミッチェルはまた、モダニストの語りのテクニックを使っているが、その素朴なリアリズムと気取らないユーモアで流用をカムフラージュしている。30年後、ミッチェルは『私の夏休み』（How I Spent My Summer Holidays, 1981）では教養小説の形式に戻ったが、ここでは色濃く暗示されている暴力によって、無垢が衝撃的なまでにそこなわれている。

　さらに西のブリティッシュ・コロンビアまで目を向けると、ハワード・オヘイガン（Howard O'Hagan）の『テイ・ジョン』（Tay John, 1939）、エミリー・カー（Emily Carr）の『クリー・ウィック』（Klee Wyck, 1941）、シーラ・ワトソン（Sheila Watson）の『二重の鉤針』（The Double Hook, 1959）、マルカム・ラウリー（Malcolm Lowry）の『ガブリオーラ行き10月のフェリー』（October Ferry to Gabriola, 死後出版、1970）といった、モダニストの神話創造の領域に足を踏み入れる。オヘイガンは、カナダ西部の植民地的遺産を神話として提示する。アメリカ的な英雄譚の様式ではなく、先住民の人々にとっては悲惨な結果を招く開拓の物語として。コンラッド（Conrad）の『闇の奥』（Heart of Darkness）を偲ばせ、心情的にはファーリー・モワット（Farley Mowat）の『鹿を追う人々』（The People of the Deer, 1952）に近いものがある。この小説は、土地の測量と鉄道敷設の時代の人里離れたカナディアン・ロッキーを舞台にしており、領土の植民地化の過程に伴う暴力を強調する。一方、テイ・ジョンは、先住民の神話から抜け出した悲劇のヒーローであり、母親の墓場から奇跡的な子供として登場するが、結末では地中に姿を消すばかりだ。しかしながら、オヘイガンは白人の神話記録者であり、彼のヒーローは混血で、語り部はすべてヨーロッパの人間であるため、土着の神話は、交配的な語りの様式に鋳直されている。それはちょうど、テイ・ジョンが、その身体と生涯において先住民と白人の文化の衝突を表現しているかのようである。アメリカ人の起業家にトーテムポールに譬えられている彼は、未開地と同じく底知れぬ存在なのだ。

　オヘイガンは『テイ・ジョン』が1974年に復活するまで、カナダでは事実上無名の作家だったが、それに対しエミリー・カーの『クリー・ウィック』における自伝的スケッチは、カナダとイギリスでたちまち人気を博し、ノンフィクション部門で総督文学賞を獲得した。彼女

カナダ文学史

の成功にはいくつかの要因がからんでいる。特に、すでに有名な画家（『クリー・ウィック』出版時、カーは70歳）だったことや、作家として、CBCラジオ局の地域ディレクター、アイラ・ディルワース（Ira Dilworth）の熱心な支持を受けていたことが挙げられる。ディルワースは彼女の編集者、相談相手、文芸エージェントになっている。『クリー・ウィック』は風景を目に見えるように礼賛し、ブリティッシュ・コロンビア沿岸の森林やヴァンクーヴァー島から、神秘的な詩的感興を引き出した。カーは先住民の文化や神話をブリティッシュ・コロンビアの明確な印とみなした。もっとも彼女は常にヨーロッパ世界からの遅参者を自任しており、すでに失われた神話中心文化の痕跡回復に携わった。彼女の芸術作品におけるハイダ〔カナダ北西部に住む先住民集団〕のトーテムポールは、モダニストの芸術家として彼女が神話との主観的関係を再構築しなければならなかった、自然に対する崇高な全体論的ヴィジョンへの道標として立っている。

『クリー・ウィック』の熱心な読者の1人にシーラ・ワトソンがいたが、彼女の小説『二重の鉤針』もまた、ブリティッシュ・コロンビアの精神を礼賛している。ただ、ワトソンの領域は乾燥した内陸の高地であり、文体的に密接な関係にあるのはヨーロッパ最盛期のモダニズムである。ワトソンは、1970年代以降、カナダ最初の主要なモダニスト散文作家として認められているが、1940年代、50年代に小説を出版するのは一苦労だった。夫ウィルフレッド・ワトソン（Wilfred Watson）の神話創造詩『フライデーの子供』（*Friday's Child*, 1955）が総督文学賞を受賞したとき、彼女はまだ無名であり、出版物は物語2篇のみで、ジャンル間で異なるモダニズムの現状を測る尺度だった。世界大恐慌の期間、ワトソンは北のカリブー地域で教員をしており、そこの風景は、1946年にトロントで執筆を開始した『二重の鉤針』の舞台になった。もっとも、ワトソンは自分の比喩的表現は写実的なものではなく、精神的な疎外という現代的な状況を象徴していると主張した。[16] この途方もない小説は〔T. S. Eliotの〕『荒地』、聖書、トリックスターのコヨーテにまつわる先住民の伝説からの影響を融合させている。というのも、ワトソンは、神話作家としての芸術家の役割の中に、モダニスト美学の混乱への解決策を見出している。『二重の鉤針』は1959年に出版されたが、たいていの書評家の反応には、敵意ではないにせよ当惑が伴った。奇妙なことに総督文学賞にノミネートされたが、予想通り、マクレナンの『夜を終える時』が受賞した。『深い窪地の小川』（*Deep Hollow Creek*、60年前に執筆、1992年出版）が総督文学賞にノミネートされた時は、オンダーチェの『イギリス人の患者』が受賞している。

ブリティッシュ・コロンビアの女性散文作家にはどこか破壊的傾向があるが、3人目は淑女然としたエセル・ウィルソン（Ethel Wilson）である。『二重の鉤針』に対する彼女の賞賛は、1959年当時の批評動向に反して際立っていた。ウィルソンはブリティッシュ・コロンビアの風景に惚れ込み、自らを国民作家ではなく地域作家とみなした。彼女の出版作家としての経歴は遅くに始まった。1947年に『ヘッティ・ドーヴァル』（*Hetty Doval*）が世に出たとき、彼女は60歳目前だった。趣味で執筆する裕福な医師の妻という、戦後の女性特有の

仮面を身に着けていた。とはいえ、彼女の書簡は、1930年代初期に遡る長い見習い期間を明らかにしており、『ヘッティ・ドーヴァル』以降、最も知名度の高い『沼地の天使』(*Swamp Angel*) を含め、あと5篇の小説と短編集を出版した。この軽い二重性は、彼女の小説を特徴づけている。というのも、彼女が愛読したジェイン・オースティン (Jane Austen) のように、彼女の優雅な文体や女性たちの生活への家庭的関心からくる見かけ上の礼節は、心かき乱す偶然性の自覚や人間のふるまいの不合理性を覆い隠している。彼女の物語はリスクを負う女性だらけで(ヘッティ・ドーヴァル、トパーズ Topaz、リリー Lily、ネル・セヴァランス Nell Severance、マギー・ロイド Maggie Lloyd)、英雄探求譚の女性版である。「『私たちには免疫がない。そのことを自覚した方がよい。あの湖では、いつまでも免疫がないままではいられない、マギー』(いや、どこであれ、とマギーは思った。誰一人そうはいかない)」。挿入語句はウィルソンに典型的だが、彼女の小説が、エピファニー、シンボリズム、神話的図案というモダニストの領域に、ほとんど気付かないうちに移行するにつれ、括弧内では、周辺的にみえる多くのことが、慣習的なリアリズムの境界内に滑り込んでいる。ウィルソンは器用に、リアリズムとモダニズムの間の中道の立場(中間地帯だが、女性の土地)で執筆するという姿勢を取っている。

放浪者の英系モダニスト、マルカム・ラウリーがカナダ作家だと主張するのは、彼が一番有名な小説『活火山の下』(*Under the Volcano*, 1947) を書き終えた、ノース・ヴァンクーヴァー、ドラートンの無断居住者の掘立小屋に主に住んでいた (1940-54) からではなく、ブリティッシュ・コロンビア沿岸の荒野についての著述に基づく。ドラートンで始まり、1957年サセックスでの死去によって未完に終わった小説『ガブリオーラ行き10月のフェリー』は、ラウリーのダブルヴィジョンを符号化しており、自然界の雄大さへの想像的な喜びと、ホームレスの主人公の、モダニストの荒野での探求に伴う悩める思弁哲学とを結びつけた。ラウリーの遺産は、ティモシー・テイラー (Timothy Taylor) のヴァンクーヴァー小説『スタンレー・パーク』(*Stanley Park*, 2001) に見出すことができる。この小説は、荒野の美学のポストモダン的脱構築であり、逆説的に都市のホームレスにとって、パークは「定着性の生きた舞台……おぼろげな悲劇から再生した」ものと見え、荒野の中に空間を開く。

1950年代までにモダニズムはカナダ小説界で未公認の存在になっていた。批評界では依然として無視されていたが、カナダ西部の作家たちから、沿海諸州のアーネスト・バックラー (Ernest Buckler) にいたるまで、作家たちはモダニズムを実践していた。(バックラーからさらにその先のエリザベス・スマート Elizabeth Smart のモダニストの性愛賛歌『グランド・セントラル・ステーションのそばに座り込んで泣いた』*By Grand Central Station I Sat Down and Wept* も対象になるが、この作品は1945年にロンドンで出版されたものの、母親の要求で、マッケンジー・キング首相により発禁処分となり、カナダで出版されたのは1981年になってからであった。)西部の作家と同様に、バックラーは自意識の強い文学的ナショナリズムを嫌っており、彼の作品は紛れもなく地域的で、生誕地ノヴァ・スコシアのアナポリス・ヴァレー

を舞台にしている。彼の物語の中には、ほら話の口承伝統に属すものもあり、その皮肉なユーモアや慣用的な対話は、同郷のトマス・H. ラダルの1943年総督文学賞受賞作『ディッパー・クリークの笛吹き男』（*The Pied Piper of Dipper Creek*, 1939）と比べられよう。

ラダルが『ニンフとランプ』（*The Nymph and the Lamp*, 1950）で、ロマンスと神話の色調を帯びたリアリズムに専念する一方で、バックラーの有名な小説『山と渓谷』（*The Mountain and the Valley*, 1952）は、ジョイス（Joyce）の『若き芸術家の肖像』（*Portrait of the Artist as a Young Man*）により近づいている。というのも、焦点は内面に置かれ、主人公の芸術家デイヴィッド・ケイナン（David Canaan、スティーヴン・ディーダラスと同様、寓意的な響きがある名前）の意識を通して語られているからだ。この小説は、語りの構造や、詩的言語、象徴的心象によって強調された、モダニスト芸術の審美的な図案を提示している。バックラーは、典型的に自己省察的なそぶりで、主人公が手帳に「傾聴に感謝」と題する物語を走り書きしているところを見せる。もっとも、彼が執筆を夢見る小説は、彼の頭の中に留まったままだ。その書かれていない小説はバックラーによって書かれ、彼は主人公の意識の内側と外側にいて、小説家の芸術と家庭的な手仕事をより合わせることで語りの図案を完成させる。バックラーは、1960年代には短編小説、2作目の長編小説、自叙伝を書き続け、1970年代には2冊の作品集が出版され、2004年にマルタ・ドボルザークの編纂で増補版が出ている。[19]

カナダは1950年まで英連邦の「白人」国家のひとつだった。カナダのイメージは、仏系マイノリティを伴う英系国家というものであり、1947年のカナダ市民権法の下で、すべてのカナダ人は英臣民であった。カナダの人口には18世紀後半以来小さいエスニックマイノリティが含まれ、さらに、より大きい都市のユダヤ系集団が含まれるという事実があるにもかかわらず、戦後の移民流入によってようやく、その伝統的なイメージが変化し始めたのである。カナダの文学界に最初に頭角を現したのはユダヤ系カナダ人の作家たちであり、ウクライナ生まれでモントリオール育ちのA. M. クライン（A. M. Klein）は、ユダヤ系カナダの伝統の創始者と見做されている。彼は主に詩人として知られるが、長編小説『第二の書』（*The Second Scroll*, 1950）を書いた。これは『ユリシーズ』（*Ulysses*）のような現代の叙事詩で、ユダヤとキリスト教の文化伝統の統合を表現している。モーデカイ・リッチラー（Mordecai Richler）は、モントリオールのセント・アーベイン街を舞台にした小説を通して、ユダヤ系カナダ人労働者階級のアイデンティティを神話的に記録しているが、ウィニペグのノースエンドも、ユダヤ系や他のマイノリティの小説では主要舞台になっている。

ウィニペグに生まれ育ったユダヤ系カナダ人、アデル・ワイズマン（Adele Wiseman）は、カナダでホロコーストとユダヤ人のディアスポラについて書いた最初の女性小説家であり、『犠牲』（*The Sacrifice*, 1956）は総督文学賞を受賞した最初のユダヤ系カナダ人の小説となった。この小説は写実的な慣習にならって、大恐慌期のウィニペグのユダヤ人街における貧しい労働者階級の移民生活を描いているが、その目立った特徴は、社会的リアリズムが神話の輪郭に仕込まれて、アブラハムとイサクの旧約の物語が現代の北米コンテクスト向けに見

直されていることだ。ワイズマンは、1970年代に書かれた後期の作品では成功には至らず、文学界では、いくぶん周辺的存在に留まっている。ウィニペグは、英語で書かれた最初のウクライナ系カナダ人、ハンガリー系カナダ人の小説の舞台であり、ヴェラ・リセンコー（Vera Lysenko）の『黄色いブーツ』（Yellow Boots, 1954）、ジョン・マーリン（John Marlyn）の『死に捕えられて』（Under the Ribs of Death, 1957）があることを付け加えておこう。

　リッチラーは1950年代に出版開始、やがてカナダで有名作家の1人になったが、喜劇と風刺を通じてユダヤ系の離散経験を記録した。1950年にモントリオールを去り、その後のほぼ20年間ヨーロッパで暮らしている。最初に一般の注目を浴びた小説は『ダディ・クラヴィッツの徒弟時代』（The Apprenticeship of Duddy Kravitz, 1959）だが、実際は4作目に当たる。初期小説は、もっと注目されてしかるべきだ。というのも、それらは彼の後の小説の社会的、道徳的要素を略述しているからだ。リッチラーは『アクロバット』（The Acrobats, 1954）と『敵の選択』（A Choice of Enemies, 1957）において、戦後ヨーロッパ文化の解説者として出発し、ジェイムズ・ジョイスのように、逃れて来た都市に舞い戻り、『市井の英雄の息子』（Son of a Smaller Hero, 1955）と、さらに自信をもって『ダディ・クラヴィッツ』を書いた。このことは、リッチラーが戦争で疲弊したヨーロッパの実存的不安から、戦後北米の新たな繁栄へ目を転じたことを反映している。ただ、文化的没落の特徴は、どちらの場所でも明白である。エリオットの荒地のリッチラー版は、『アクロバット』のかなり熱狂的なモダニスト・パスティーシュから、トリックスター主人公のいる『ダディ・クラヴィッツ』の祝祭的風刺へと発展する。ダディは新しい資本主義の時代の冷酷さを体現しているが、リッチラーの風刺が多岐に渡ることは、セント・アーベイン街の表象において際立っている。そこでは、モダニストの小説技法をいかんなく発揮して、作者は強大なワスプ主流文化の周縁にあるエスニック・コミュニティに領分を与えている。リッチラーは1974年の映画版のためにシナリオを書き、1970年代と80年代の彼の小説では、セント・アーベイン街に立ち戻った。再帰的なパターンは最後まで健在で、『アクロバット』から40年経つ、最後の小説『バーニーの見解』（Barney's Version, 1997）の中では、1950年代のパリを再訪した。

　マクレナンが精力的に推進した文化ナショナリズムへの補充として、2人の国外在住者メイヴィス・ギャラント（Mavis Gallant）とノーマン・レヴァイン（Norman Levine）が、1950年代末のカナダ性に対して、さらに陰影に富む観点を提供している。ギャラントは1950年にモントリオールを去ってヨーロッパに向かい、パリに定住した。オタワ出身のユダヤ系カナダ人のレヴァインは、1949年にモントリオールから出航してイギリスに向かい、ベルファスト生まれのブライアン・ムア（Brian Moore）と正反対の道筋をたどった。ムアは1948年にモントリオールに移住し、1960年にアイルランド移民の小説『ジンジャー・コッフィーのめぐり合わせ』（The Luck of Ginger Coffey）を出版したのだった。ギャラントの1950年代に出版された2冊の短編小説集及び最初の長編小説では、ヨーロッパのカナダ人という自身の経験が最盛期のモダニストの流儀で客観化され、リッチラーの『アクロバット』を偲ばせ

る筋書きで、不幸な英系アメリカ人国外居住者の皮肉な分析へと変容を遂げている。『緑の水、緑の空』(*Green Water, Green Sky*, 1959) は、ベニスで狂気に陥り、パリの私設精神病院に監禁された若い北米女性の分析をしながら、奇妙に閉所恐怖症的な家庭型における戦後の病を映し出している。ギャラントの断片的なモダニスト語りは、精神的崩壊のプロセスを完璧に再現しており、現実の空想の堺目は、水面下であるかのように、絶望的にぼやけてしまう。

　ギャラントとは対照的に、レヴァインは『カナダが僕を作った』(*Canada Made me*, 1958) において、1950年代の祖国への微妙な感応を極めて個人的に描いている。レヴァインのカナダ横断旅行の記録は、簡潔なヘミングウェイ風の文体で書かれ、心の地図作成の趣があるが、それはギャラントのヨーロッパの分析(さらにはリッチラーの分析)と同様に、新しい繁栄の時代を享受する国での疎外と失敗を際立たせている。レヴァインは都市生活の裏側に焦点を当てて、オタワやモントリオール、ウィニペグの移民コミュニティにいるカナダ本国の恵まれない人々、アルゴマ鉱山で働くヨーロッパからの強制追放者(Displaced Persons、略してDPとして知られている)、ノース・ヴァンクーヴァーの伝道団で出会う先住民に注目した。マクレナンと同じく、「ちょっとした地理学者、歴史学者、かつ社会学者」だが、非常に異なった観点からカナダを眺めている。文化ナショナリズムの高まりに批判的な彼の言説は、ロンドンで出版されたが、カナダでは1979年まで出版されなかった。

詩

1940年代、50年代の詩をめぐる不安定な状況に取り組むのに最良の証拠を提供しているのは、その時期の数多いアンソロジーや序文、エッセイ、詩人の回顧録、E. K. ブラウンやノースロップ・フライ(Northrop Frye)による「トロント大学クォータリー」(*University of Toronto Quarterly*)の年次詩評、さらにカナダ各地の種々のグループによる小規模な雑誌の論説や創作であり、それらは議論の余地はあるにせよ、「カナダ詩におけるモダニズムの勃興と継続の背後にある最重要の要因である」[20]。プラット(E. J. Pratt)、スミス(A. J. M. Smith)、クライン(A. M. Klein)は1940年代を代表する詩人たちであり、この10年間にそろって総督文学賞を獲得し、プラットは1952年にも叙事詩『最後の犬釘(スパイク)に向けて』(*Toward the Last Spike*)で受賞している。アール・バーニー(Earl Birney)は1949年にこのようなコメントを述べた:「われわれ存命中の詩人仲間で、1ダースの二流カナダ小説家の半分も売れているのは、ネッド〔Edward〕・プラットぐらいのものだ」[21]。

　しかしながら、この時期はまた、全国的に詩的エネルギーが空前の復興を見せ、モントリオールからヴァンクーヴァーに至る若い作家たちが「今日の革命的世界」[22]の中で、カナダ詩の刷新を託すモダニズムの教義にのめり込んだ。革新と時代遅れの伝統的手法に対する反抗へと向かう異なる趨勢の渦の中から出てきた1940年代を代表する詩人たちには、モン

トリオールのパトリック・アンダーソン（Patrick Anderson）、ラルフ・グスタフソン（Ralph Gustafson）、ルイス・デューデック（Louis Dudek）、P. K. ペイジ（P. K. Page）、ミリアム・ワディングトン（Miriam Waddington）、西部のアール・バーニー、ドロシー・リヴァセイ（Dorothy Livesay）、トロントのレイモンド・スースター（Raymond Souster）、さらに 1950 年代の新人には、トロントのジェイ・マクファーソン（Jay Macpherson）、アン・ウィルキンソン（Anne Wilkinson）、マーガレット・エイヴィソン（Margaret Avison）、オンタリオの小さな町のジェイムズ・リーニー（James Reaney）、モントリオールのアーヴィング・レイトン（Irving Layton、1956 年にフライが「同世代の最も注目すべきカナダ詩人」と歓迎している[23]）、そして若きレナード・コーエン（Leonard Cohen）がいる。

　モダニズムの英詩の展開において、モントリオールの重要性は、必然的にこの時期の英系文学と仏系文学の関係について疑問を促すが、それに対する回答は、両者が 1940 年代、50 年代を通してカナダでは事実上別個の文学であったということである。英訳された 4 篇のケベック小説が総督文学賞に名を連ね、そのうち 2 篇はガブリエル・ロワによるものだが、彼女はカナダ統一派〔ケベックの独立に反対する派〕に共感していた。ロジェ・ルムランのユーモアのある風刺『プルッフ家の人々』は、再度引き合いに出すだけのことはある。この作品から、1950 年代のラジオカナダ、CBC テレビの毎週シリーズで人気を博した『プルッフ家の人々』（仏 *La famille Plouffe*, 1953-7／英 *The Plouffe Family*, 1954-7）が生まれたが、この時期の英仏クロスオーバーの稀なケースの 1 つであった。（キャストはフランス語と英語で連夜演じた。）1960 年代になってようやくケベック文学の翻訳が増えたのは、ジョン・グラスコ（John Glassco）のような個人のお陰であり、公用語法（Official Languages Act, 1969）が拍車をかけたからであるが、1970 年代初期にはカナダ・カウンシルが翻訳への出資を開始した。

　1940 年代の詩や詩学を巡る議論を振り返ると、一際目立つ特徴は、すべてに新興国シンドロームの特質を共有していることだ。つまり、カナダの植民地的考え方を嘆き、マクレナンのように、国家が国際的なコンテクストの中で席を見つけるべく独自の国家的、文化的アイデンティティを主張するよう願ったのである。ヴィクトリア朝詩学から離脱して、いかにカナダ詩の伝統を造り直すか、モダニズム自体が議論の対象になっている時期に、明確にカナダ的な現代性をいかにして最適に表現できるか、について論争が起こった。

　A. J. M. スミスの影響力あるアンソロジー『カナダ詩集──批評的・歴史的アンソロジー』（*The Book of Canadian Poetry: A Critical and Historical Anthology*, 1943）は、新しい詩学の旗艦としてみなされよう、というのも彼の序文が、その 10 年間、つまり 1940 年代の論争の大筋を提供したからだ。スミス自身、1920 年代のマギル大学時代から詩人兼モダニズムの推進者で、アンソロジー『ニュー・プロヴィンセス』（*New Provinces*, 1936）の共編者、また「プレヴュー」（*Preview*）誌グループの一員であったが、18 世紀末から同時代までの英系詩から選び出した作品を使って、カナダ詩が「偏狭さ」から新たな国際感覚へと発展してきたパターンを構築した。今やカナダ詩人は「祖国で大いに必要とされるものを輸入している」[24]（p. 31）

のだ。しかしながら、現代詩を「ネイティヴ（国内的）」と「コスモポリタン（国際的）」の伝統に分類したことから悪評が立った。彼は東から西に至るカナダ中の印刷物やラジオでその俗物根性や文学的植民地気質を攻撃され、その後、彼の意味する「コスモポリタン」という新造語はミリアム・ワディングトンから、彼女のじかの経験に基づいて次のように嘲笑された。「その表現に対する私自身の言葉は、コスモポリタンではなくコロニアル（植民地主義的）、まさしく「プレヴュー」派が忌み嫌うと公言した代物なのだ」。(25)

このような用語をめぐる議論は社会的文脈の中で理解する必要がある。それは総督文学賞を受賞した E. K. ブラウンのエッセイ『カナダ詩について』（*On Canadian Poetry*, 1943）に最もよく表れている。この作品はスミスの物議を醸した序文同様、ブラウンがアメリカの大学で教鞭をとっていた時期に書かれ、バーニーの多数のエッセイや放送番組の中に少し形を変えて繰り返されている。社会全体の文学への無関心や、出版社の消極的態度、さらに政府の芸術支援の欠如について全体的な不満があり（マッセイ委員会にしばしば苦情が寄せられていた）、一方ブラウンは、カナダの文化生活において中央主義の指針と地域主義の指針との間に、また英系カナダと仏系カナダとの間に、亀裂があることを強調し、ランプマン（Archibald Lampman）、D. C. スコット（D. C. Scott）、プラットといったカナダの主要な詩人を選び出して、悲観的な記述で締めくくっている。（バーニーが 1947 年に「代表的カナダ詩人」について述べた時、彼がこのトリオを「4 分の 3 男」と特徴づけたのも不思議ではない。）(26) 大戦直後の文化風土に対するバーニーの分析も似通っているが、スミスの世界主義をはげしく論駁しながら、カナダの作品に対してはより肯定的な未来を次のように表明した。「その間に、カナダ詩人ができる一番の国際色ある務めは、カナダの言葉で、はっきりと記憶に残る情熱的な表現を用いて、カナダ人自身の通訳者となることである。その結果、世間は彼を成熟した代弁者として受入れ、それゆえカナダを成熟した国家と認める姿勢を示すだろう」。(27)

小雑誌の果たした役割は重要で、1940 年代から 50 年代、新作に対して、また作家と社会の関係についての理論的討論や論争に対して、発表の場を提供している。(28) 多くは特定の編集者や同人仲間の方針で進められる小規模の雑誌だが、2 社（ファースト・ステイトメント出版 First Statement Press とコンタクト出版 Contact Press）は自社の印刷所をもっており、数社は 10 年以上持ちこたえ、現代詩について複合的な展望を提示した。本章の短い概略においては、一番影響力があったか、もしくは議論を呼び起こした雑誌に的を絞り、カナダ作家協会出版でプラットが最初に編集、次いで短期的にバーニーが編集（1946-8）した「カナディアン・ポエトリー・マガジン」（*Canadian Poetry Magazine*, 1936-68）から始めよう。バーニーの野望は、この雑誌を同時代の作品の全国的販路に変容させることだった。彼は協会への欲求不満から辞職したが、1940 年代の大半の主要な詩人、すなわちプラット、クライン、スミス、アンダーソン、デューデック、ロバート・フィンチ（Robert Finch）、ラルフ・グスタフソン、リヴァセイ、アン・マリオット（Anne Mariott）、レイモンド・スースター、ワディングトン、さらに若手のフレッド・コッグズウェル（Fred Cogswell）、ロイ・ダニエルズ（Roy Daniels）、P. K. ペイ

ジ、アル・パーディ（Al Purdy）、ジェイムズ・リーニー、アン・ウィルキンソンの初期の作品、それにラウリーの 4 篇の詩、2 篇の「エスキモー語から[29]」の翻訳、数篇の仏系カナダ詩（これを試みた最初の英系カナダ人編集者）を出版することに成功した。

　モダニズムの第二の波は、モントリオールの 2 誌、アンダーソン編の「プレヴュー」（*Preview*, 1942-5）と、サザランド編の「ファースト・ステイトメント」（*First Statement*, 1942-5）に代表される。アンダーソンは「コスモポリタン」な詩を優先し、サザランドは一般受けするもの、およびカナダ作品に欠けていると思える、ある程度のリアリズム的要素をもつ詩を擁護した。それぞれの異なるマニフェストから見ると奇妙なことだが、多くの詩人が両方の雑誌に作品を発表しており、アンダーソンさえ「ファースト・ステイトメント」に顔を見せている。1945 年に両誌は合併して「ノーザン・レヴュー」（*Northern Review*）になったが、西部人のバーニーは「イースタン・レヴュー」（"Eastern Review"）と呼ぶべきだと主張した[30]。もっとも 1948 年までに、激しい口論と仲間の辞任の末、サザランドが単独で編集者となり、1956 年に亡くなるまでその任にあった。西海岸の雑誌「現代詩」（*Contemporary Verse*, 1941-52）は、4 人の女性詩人（リヴァセイ、フロリス・マクラーレン Floris McLaren、アン・マリオット、ドリス・ファーン Doris Ferne[31]）が創設したにもかかわらず、アラン・クローリィ（Alan Crawley）が編集責任者であったが、東部の雑誌のジェンダー偏向の多くを覆す一方で、多くの男性詩人たち、そして若手のオンタリオ出身で神話詩人であるリーニーとジェイ・マクファーソンの作品を出版した。

　1950 年代の新しい雑誌、特にスースターの「コンタクト」誌（*Contact*, 1952-4）、デューデックの「*CIV / n*」誌（1953-4）、そして「デルタ」誌（*Delta*, 1957-66）は、戦後の社会文化的状況がイギリスからアメリカ寄りへと移行していることを示した。彼らの文学的マニフェストは再び、カナダの詩には新たな出発が必要であり、今回はアメリカの影響が活気づけてくれると宣言した。そして、こういった雑誌では、ブラック・マウンテン派の詩人チャールズ・オルソン（Charles Olson）やロバート・クリーリー（Robert Creeley）が、なじみあるカナダ詩人と並んで登場し、さらに 1954 年には 1 人の重要な新人——レナード・コーエン——が、また翻訳でヨーロッパやラテン・アメリカの精選詩が加わった。カナダ詩がモダニズムかつ国際的なものとして自らを作り変えつつあったこの 20 年間の転換、論議、混乱は、個々の詩人の作品にコンテクストを与えている。彼らの多くは戦中ないし戦争直後に創作を開始し、重要な代弁者として 1970 年代と 80 年代まで活動し、またコーエン、ペイジ、ウェブ（Phyllis Webb）、エイヴィソンら少数の詩人たちは、21 世紀まで活動を続けている。

　ドロシー・リヴァセイの詩人としてのキャリアは、1920 年代まで遡る。最初の詩集『緑の水差し』（*The Green Pitcher*）は 1928 年に出版された。社会主義と共産主義に政治的共感をもつ女性詩人として、男性のモダニズム主流派から周縁に押しやられ、物議をかもして『ニュー・プロヴィンセス』から排除された。しかしながら、彼女は左翼の大義のために働き続け、政治に関与した詩を書き、「ニュー・フロンティア」誌（*New Frontier*, 1945）の編集委員会で

尽力し、「現代詩」（*Contemporary Verse*）を共同創始し、1940年代半ばには『昼と夜』（*Day and Night*, 1945）および『人民のための詩』（*Poems for People*, 1947）が総督文学賞を受賞した。よく詩選集に入る表題詩「昼と夜」（"Day and Night"）は、テーマにおいても技術においても、この時期の彼女の社会詩を見事に例証している。これはモダニズムの文体で書かれた長詩だが、人間性を奪う現代の産業社会の影響を激しく告発しながら、同時に人間の感情のサバイバル力に熱烈な楽観的信頼を寄せている。6つの連作スケッチは無韻詩、黒人霊歌の響きを持つもの、機械的なリズムを伴う韻を踏んだ連、と様々な形式を使い、種々の断片が「夜と昼」のリフレーンによりつながっている。

同巻に収録の「ファンタジア、ヘレナ・コールマンのために」（"Fantasia, for Helena Coleman"）は対照的に、アドリエンヌ・リッチ（Adrienne Rich）の「破滅への降下」（"Diving into the Wreck"）によく似た創造的下界への下降を描く私的な詩である。リヴァセイは1940年代後半にはラジオの詩歌ドラマに関心を向けた。一番よく知られる『わが同胞を家路につかせよ』（*Call My People Home*, 1950）は、犠牲者の視点から、パール・ハーバー以降のヴァンクーヴァーの日系カナダ人の強制立退きを記録に留める、多声的な語りである。1950年代には、2篇の新詩集が続いた。リヴァセイの公の政治的な声と私的な抒情的声の組合せを彼女は女性の詩の特徴と考えたが、この特徴は彼女の後の女性中心の詩にも引き継がれ（『不安なベッド』 *The Unquiet Bed*, 1967 から詩集『自己充足の樹』 *The Self-Completing Tree*, 1986 に至るまで）、女性のセクシュアリティと欲望を探求している。

アール・バーニーは、リヴァセイとは1930年代初期にトロント大学大学院のノースロップ・フライのゼミ生同士として出会っているが、彼女と同様に周縁的な立場から出発した。しかしそれはジェンダーによるものではなく、地域による周縁、つまり彼が西部人だったからだ。彼は従軍の後、ヴァンクーヴァーに落ち着き、ブリティッシュ・コロンビア大学で1965年の定年まで、古期・中期英語の教授を務めた。彼はカナダで初めてクリエイティブ・ライティングの学科をスタートさせたが、まもなくCBCラジオで、文学を擁護する公の代弁者を引き受けた。バーニーは、処女詩集『デイヴィッド、その他の詩』（*David and Other Poems*、1942年に総督文学賞受賞）をもって、自らを風景詩人、ただしオンタリオのメイプル・リーファーとは大いに異なる種類だと、宣言した。彼の無韻の表題詩は、アトウッド（Atwood）が『サヴァイヴァル』（*Survival*）の中で「自然による死」の物語と呼んだものを提示している。若い登山者が転落死する、広大なカナディアン・ロッキーの風景の中で、それは崇高なるものの恐ろしい局面であり、さし示す指、つめ足やかぎ爪という不気味な比喩的表現を通して強調されている。それはカナダ的荒野の他者性を理解することであり、彼の後期の詩「疲れ果てて」（"Bushed"）や「スペリオル湖の北」（"North of Superior"）においても表現されている。

「ヴァンクーヴァーの明かり」（"Vancouver Lights"）は、都市の戦時中の停電についての詩の中でプロメテウス神話を呼び起こし、欧州戦でのカナダの関与をめぐる政治的抗議の筋書きに風景を利用している。一方、オランダで従軍中に書かれた「ナイメーヘンへの道」（"The

Road to Nijmegen"）では再び風景――今回は人為的な荒廃――を配置し、戦争がもたらした人間的価値の恐ろしい危機を表現した。バーニーの尽きない創意は、風刺的戦争小説『ターヴェイ』（*Turvey*, 1949）と、1952 年のラジオ詩劇『都市の裁判――ヴァンクーヴァーの破滅予告に関する公聴会』（*Trial of a City: A Public Hearing into the Proposed Damnation of Vancouver*）で本領を発揮している。この番組は、環境への関心をカナダ史に対するバーニーの民主的な見解と結びつけ、探検者、開拓者、先住民の酋長の声が、政府の代理人、地元の主婦の声と並んで、すべての声が公判で証言する。バーニーの一番名高い詩は、1960 年代と 70 年代に属する。（コンクリート・ポエム〔具体詩、視覚詩とも呼ばれ、文字や色面で表彰する形象詩〕の「アラスカ・パッセージ」"ALASKA Passage"、「デリー・ロードの熊」"The Bear on the Delhi Road" と「京都歩き」"A Walk in Kyoto"）。彼の快活な自叙伝『時のひろがり』（*Spreading Time*, 1980）は、1940 年代のカナダ詩の状況を記述した最も貴重な文献の 1 つとして 1989 年に再版された。

　モントリオールの小雑誌に収録されている詩人の多くは、1940 年代半ばに最初の詩集を出版した。1945 年にはアンダーソンの『四月のテント』（*A Tent for April*）、レイトンの『いま、ここに』（*Here and Now*）、ワディングトンの『グリーン・ワールド』（*Green World*）、1946 年にはデューデックの『都市の東』（*East of the City*）、ペイジの『アズ・テン、アズ・トウェンティ』（*As Ten, as Twenty*）、スースターの『自分たちの若い時』（*When We Are Young*）が出た。アン・マリオットは、1930 年代のサスカチュワンの干ばつを描いた長編詩「風はわれらの敵」（"The Wind Our Enemy"）ですでに知られていたが、『冒険家への呼びかけ』（*Calling Adventurers*, 1941）で総督文学賞を受賞した。一方、（1960 年代初期までロンドンとニューヨークで暮らした）グスタフソンは、1935 年に『金の杯』（*The Golden Chalice*）を出版していたが、その後、最初のモダニズムの詩集『暗闇への飛行』（*Flight into Darkness*, 1944）が続いた。

　このような詩人たちはたいてい、様々なジャンルで活動しており、小説や政治文化についてのエッセイを書き、雑誌の創刊や詩選集の編集に積極的に関わった者もいるが、すべて活気に満ちた、わずかに一貫性に欠ける、新興のモダニズム文学の文化の徴候であった。ワディングトンの「うまの合う人々の小さい民族集団」[32]という記述は詩のイデオロギーとコンセプトの違いをよくよく考えると、おそらく的はずれであろう。例えば、グスタフソンの「ミトス」（"Mythos"）とワディングトンの抒情詩との違い、あるいはデューデックの「図書館の窓から」（"From a Library Window"）や「四月の街」（"A Street in April"）の都市のリアリズムと、スースターの「ローラー・コースター飛行」（"Flight of the Roller Coaster"）といった口語詩に埋め込まれたシュールレアリスム的な要素との違いを見ればよい。1940 年代のモントリオールの若手詩人の中で、ペイジとレイトンは最も革新的で卓越した詩人として登場した。

　P. K. ペイジは 1946 年に最初の詩集が出版されるが、それ以前からすでに、カナダと米国の小雑誌で、またジューディス・ケイプ（Judith Cape）のペンネームで出版した散文ロマンス『太陽と月』（*The Sun and the Moon*, 1944）の作者として、名前を知られていた。英米のモダニス

トのコスモポリタン的影響とペイジのダブルヴィジョンの独自性は、「雪の物語」（"Stories of Snow"）や「バンドときれいな子供たち」（"The Bands and the Beautiful Children"）にはっきり表れている。両作品がリアリティの想像的変容を表象する一方で、女性たちの語られない苦悩への関心は、「速記者」（"The Stenographers"）「タイピスト」（"Typists"）「マリナの肖像」（"Portrait of Marina"）に表明されている。マリナはペイジの2作目の詩集『金属と花』（*The Metal and the Flower*, 1954）にも「絶えず偏頭痛に悩まされている」人物として登場する。[33]

　どちらの詩集でもペイジの特徴的なヴィジョンの比喩表現が顕著である。眼光、ガラスの目、虚ろな目、狂気を帯びた目、芸術作品を眺める目というように、目が至るところに登場する。ペイジにとって、目に見えるものと幻想の境界線のあいまいさが、彼女の芸術の中心にあり、詩と絵画の交錯を容易にしている。彼女はオタワの国立映画制作庁で働いていた1950年にアーサー・アーウィン（Arthur Irwin）と結婚し、外交官になった夫に同行して、1953年にオーストラリア、次いでブラジル、メキシコ、グアテマラに出向いた（1957-64）。ブラジルでは自分に視覚芸術の天分があると悟り、メキシコ滞在中にはシュールレアリスムの画家レメディオス・ヴァロ（Remedios Varo）やレオノーラ・キャリングトン（Leonora Carrington）の知遇を得た。後年の詩集『クライ・アララット！』（*Cry Ararat!*, 1967）、『グラス・エア——新撰詩集』（*The Glass Air: Poems Selected and New*, 1985）、『ブラジル旅行記』（*Brazilian Journal: A Memoir*, 1987）には（彼女の画号 P. K. アーウィンで）独自の絵画やデッサンが掲載されている。

　ペイジの詩が幻想世界と実体上の世界を融合させているのに対し、レイトンの詩は、本能と想像力を備えた生の礼賛を特徴としており、セックス、宗教、死の問題を第一の関心事にしている。レイトンは「ファースト・ステイトメント」誌に詩を載せ始め、最初の詩集『いま、ここに』は、ファースト・ステイトメント・プレス社から出版された。1945年から60年の間に、彼は13篇の詩集を出版したが、最上の詩は『太陽のための赤絨毯』（*A Red Carpet for the Sun*, 1959）に収録されており、この作品は総督文学賞を受賞した。レイトンは、詩や好戦的エッセイ、公開朗読会で、ブルジョワジーを驚嘆させようとした、常に華やかで因習打破主義者であり、預言者としての詩人の役割を信じ、韻文で現代の倫理的・政治的ジレンマに取り組んだ。それは風刺や都市のリアリズムを通して、官能的な愛の叙事詩から、途方もない動物詩、詩についての詩まで多岐に渡る。レイトンには、モントリオールのユダヤ系の背景があり（彼の師匠は A. M. クラインだったが、今度は自身がレナード・コーエンの師匠となる）、欧州的感性を備えた詩人を自称し、ニーチェ（Nietzsche）、イェイツ（Yeats）、D. H. ロレンス（D. H. Lawrence）の影響を受け、次いで1950年代にはブラック・マウンテン派の詩人らから影響を受けたが、カナダ的ピューリタニズムと偏狭さとは折り合いが悪かった（「植民地から国家へ」"From Colony to Nation"、「ミスター・スーパーマンにお仕えして」"Paging Mr. Superman"）。このスタンスを彼はあるとき、恋人が自国と喧嘩するようなもの、と表現している。

この時期の最良の詩の中には、詩人の技巧と想像力を賛美する詩（「詩的プロセス」"The Poetic Process" や「悲劇の誕生」"The Birth of Tragedy"、「冷たい緑の元素」"The Cold Green Element"）と、人間以外の生命への共感を例証する詩（「子牛」"The Bull Calf" や「羊」"Sheep"）がある。「毛沢東に寄せて――蠅と王たちを巡る黙想」（"For Mao Tse-Tung: A Meditation on Flies and Kings"）は、生と死、社会風刺と詩的法悦をパラドックスの構造の中で1つにしており、レイトンの1950年代後半の詩を象徴する。その詩から採ったくだりは、彼の唯一の総督文学賞受賞詩集『太陽のための赤絨毯』にタイトルを提供している。レイトンは1980年代まで旺盛、熱心かつ論争もいとわず詩作を続けた。彼は自伝『メシアを待つ』（*Waiting for the Messiah*, 1985）を世に出し、ノーベル賞候補となった。

　ノースロップ・フライは「トロント大学クォータリー」カナダ詩年次論評で、1950年代の詩作の状況を位置づけし、カナダ全域を概観したが、本章では、新たな声の紹介を5人に絞っている。その内、4名は女性で、4名はモントリオール外で詩作していることから、ジェンダーの比重と地域に関して、1940年代からの意義深い推移がうかがえる。モントリオール在住はフィリス・ウェブただ1人で、彼女はブリティッシュ・コロンビア大学とバーニーのクリエイティブ・ライティングのグループを卒業した後、ここに居を構えた。彼女の最初の詩集『あなたの右の目までも』（*Even Your Right Eye*, 1956）は、文学的伝統と関連したモダニズムの詩人の批判的自意識（「マーベルの庭」"Marvell's Garden"）と、「すべてが間違っていると承知した」現代世界へのかなり絶望的な眼差し（「嘆き」"Lament"）を暗示している。アン・ウィルキンソンの声は、彼女の第2作『絞首刑執行人がヒイラギを結びつける』（*The Hangman Ties the Holly*, 1955）からの詩「レンズ」（"Lense"）において、紛れもなく女性的だ。

　　私の女性の片目は弱々しく
　　乳白色が覆っている、
　　働く方の眼を動かすのは
　　張りつめた好奇心。[34]

　マーガレット・エイヴィソンもトロントの詩人であり、25年にわたって書かれた詩を収めた処女詩集『冬の太陽』（*Winter Sun*）が1960年に出る以前から、すでに加米の小雑誌に広く詩作を発表していた。典雅な作風が際立つ多くの詩は、積極的に創作過程に関わる瞬間や、それが拒絶される悲しい結果を演じており、彼女のソネット「雪」（"Snow"）は、積極的な選択を「脱獄と再創造」として描いている。[35]

　著作があの神話的な1950年代に納まる2人の詩人ジェイ・マクファーソンとジェイムズ・リーニーで締めくくるに当たって、気づくのは、両者がシンボリズムと神話に関するノースロップ・フライによる大学院の講義が決定的な影響を与えたと認識していることだ。（レナード・コーエンの最初の著作［1956］が『神話を比較してみよう』*Let Us Compare Mythologies*

と題されているのも注目に値する。）マクファーソンは、私家版で『大地よ戻れ』（*O Earth Return*, 1954）を出版していたが、『舟人』（*Boatman*）で1957年の総督文学賞を受賞した。この作品は、多彩な短詩形でモダニズムの連作詩の構造を備え、聖書の洪水神話に則っており、古典神話や英文学の伝統、アングロサクソンの謎々から、童謡や聖歌、『フィネガンズ・ウェイク』（*Finnegan's Wake*）に至るまで、広範囲で当意即妙な間テキスト的言及が満載である。フェミニズムの批評家は、マクファーソンが「シビラ」（"Sibylla"）、「シバ」（"Sheba"）、「イシス」（"Isis"）、「ヘレン」（"Helen"）といった詩において、アトウッドの詩を予見するような作風で、家父長神話を修正していることに注目している。マクファーソンは後に私家版の詩集『災いを歓迎して』（*Welcoming Disaster*, 1974）を出したが、2つの連作は1981年にオックスフォード大学出版局よりイラスト付きで『ポエムズ・トワイス・トールド』（*Poems Twice Told*）の題名で再版された。

　リーニーの詩は、マクファーソンの詩とは異なり、生まれ育ったオンタリオ南西部という地域的な場所にしっかり根ざしており、リーニーは民間伝承の伝統をもつ田舎の風景から出発して、それを奇想天外な文学形式に変換した。彼は『レッド・ハート』（*The Red Heart*, 1949）と『イラクサの服』（*A Suit of Nettles*, 1958）で総督文学賞を受賞したが、彼のコミック・ウィットと博識を最も発揮しているのは後者の方である。これは、エドマンド・スペンサー（Edmund Spenser）の『羊飼いの暦』（*Shepheardes Calendar*）をモデルにし、カナダとイギリスの文学的先人への戯れの言及に満ちているが、チョーサー（Choucer）の『鳥たちの議会』（*The Parliament of Fowls*）や『尼僧の物語』（*The Nun's Priest's Tale*）を偲ばせる風刺戯画の様式に則った、（スペンサーの詩のように）12篇の田園詩から成り立っており、オンタリオの大都市や田舎町の同時代の生活への言及と牧歌的慣習とを融合させている。リーニーは作家を本業としながら、1960年代には劇作家として活躍の場を広げ、1962年に『田舎町に宛てた12通の手紙』（*Twelve Letters to a Small Town*）と『フタオビチドリ他戯曲集』（*Killdeer and Other Plays*）で詩と戯曲部門の総督文学賞を受賞し、1970年代にはオンタリオ・ゴシック三部作『ドネリー家の人々』（*The Donnellys*, 1973、1974、1975）と『ワクースタ！』（*Wacousta!*, 1978）[36]を制作した。彼はまた、図象学の専門誌「アルファベット」（*ALPHABET*）を創設し、その第1号にジェイ・マクファーソンの神話についてのエッセイを特集している。

　フライが「トロント大学クォータリー」（1959）に寄せた彼の最終詩評で述べた結語は、本章の冒頭に紹介したマクレナンの主張をなぞっているように見えるかもしれない。もっともフライの方が、まだ発展途上のカナダ文学に対する評価において現実的である——「詩は、文化において、それゆえ一国の歴史、とりわけ言語表現を求めて苦闘しつつある国家の歴史において、おおいに重要である」[37]。

注

1. Hugh MacLennan, "Where Is My Potted Palm"（1952）, reprinted in *The Other Side of Hugh MacLennan*, ed. Elspeth Cameron（Toronto: Macmillan, 1978）, p. 46.
2. Hugh MacLennan, "Literature in a New Country," in *Scotchman's Return and Other Essays*（Toronto: Macmillan, 1960）, p. 138.
3. Ross Lambertson, *Repression and Resistance: Canadian Human Rights Activities, 1930-1960*（Toronto: University of Toronto Press, 2005）, p.371.
4. Maria Tippett, *Making Culture: English-Canadian Institutions and the Arts Before the Massey Commission*（Toronto: University of Toronto Press, 1990）, p. 184.
5. Reprinted in *The Making of Modern Poetry in Canada: Essential Articles on Contemporary Canadian Poetry in English*, ed. Louis Dudeck and Michael Gnarowski（Toronto: Ryerson, 1967）, p. 67.
6. この章は、権威ある総督文学賞の形式にならい、1959 年までの英語ないし英訳された作品のみを扱っている。この年から仏語作品への受賞が始まった。カナダ初の国家的文学賞であるこの章は、カナダ作家協会の働きかけにより、総督ミュア卿の下で 1937 年に始まり、その年は 1936 年に出版された 2 冊に授与された。カナダの作品を宣伝する目的で、小説・詩・戯曲・ノンフィクションの優れた作品に対し年 1 回授与されるこの賞は、1959 年までカナダ作家協会が運営、審判に携わった。この年、カナダ・カウンシルが任務を引き受け、受賞システムが改定された。1988 年以降、BMO ファイナンシャル・グループが後援する総督文学賞は、公式の国家的文学賞であり、目下 14 の部門と実質的な賞金を伴う。
7. Michel Ondaatje, Afterword to Howard O'Hagan's *Tay John*（Toronto: McClelland and Stewart, 1980）, pp. 271-2.
8. 以下参照。Gwethalyn Graham, *Swiss Sonata*（London: Cape, 1938）and *Earth and High Heaven*（Philadelphia: Lippincott, 1944）, both reissued by Cormorant Books, 2003; Phyllis Brett Young, *Psyche*（1959）and *The Torontonians*（1960）, both published in Toronto by Longman, Green and Co., and reissued by McGill-Queen's University Press in 2007 and 2008 respectively; Irene Baird, *Waste Heritage*（Toronto: Macmillan, and New York: Random House, 1939）, reprinted 1973, and reissued by University of Ottawa Press, 2007. シンクレア・ロス、ガブリエル・ロワ、エリザベス・スマート、シーラ・ワトソン、エセル・ウィルソン、アデル・ワイズマンの伝記的研究に関しては、本書の参考文献一覧参照。
9. Hugh MacLennan, *The Precipice*（Toronto: Collins, 1948）, p. vii.
10 MacLennan, "Where is My Potted Palm, " p. 46.
11. Gabrielle Roy, *The Tin Flute*, tr. Alan Brown（Toronto: McClelland and Stewart, 1980）, p.375. これは最初の英語版、Hanna Josephson 訳（New York: Reynal and Hitchcock,1974）に取って代わった。フランス語の原書にはこうある "Ainsi donc le salut leur était venu dans le faubourg! Le salut par la guerre!"（*Bonheur d'occasion*, 2 vols. [Montreal: Société des Éditions Pascal, 1945], vol. II, p. 521）.
12. G.Herbert Sallans, *Little Man*（Toronto: Ryerson, 1942）, p. 419.
13. Gwethalyn Graham, *Earth and High Heaven*（Philadelphia: Lippincott, 1944）, p. 51.

14. 総督文学賞受賞年を表す。
15. David Stouck, *As For Sinclair Ross*（Toronto: University of Toronto Press, 2005）, p. 98.
16. F.T.Flahiff, *Always Someone to Kill the Doves*: *A Life of Sheila Watson*（Edmonton: NeWest Press, 2005）, p. 62.
17. Ethel Wilson, *Swamp Angel*（New York: Harper and Brothers, 1954）, p. 206.
18. Timothy Taylor, *Stanley Park*（Toronto: Vintage Canada, 2001）, p. 194.
19. Marta Dvořák, ed., *Thanks for Listening: Stories and Short Fictions by Earnest Buckler*（Waterloo: Wilfrid Laurier Press, 2004）.
20. Dudek and Gnarowski, eds., *The Making of Modern Poetry*, p. 203.
21. Earle Birney, *Spreading Time: Remarks on Canadian Writing and Writers 1904-1949*（Montreal: Véhicule, 1980）, p.145.
22. Preface to *The Book of Canadian Poetry: A Critical and Historical Anthology*, ed. A.J.M. Smith（Chicago: University of Chicago Press, 1943）, p. 3.
23. Northrop Frye, *The Bush Garden: Essays on the Canadian Imagination*（Toronto: Anansi, 1971）, p. 70.
24. Smith, ed., *Book of Canadian Poetry*, p. 31.
25. Miriam Waddington, *Apartment Seven: Essays Selected and New*（Toronto: Oxford University Press, 1989）, p.31.
26. Birney, *Spreading Time*, p. 104. 及び Carol Gerson, "Field-notes of a Feminist Literary Archaeologist," in C*anadian Canons: Essays in Literary Value*, ed. Robert Lecker（Toronto: University of Toronto Press, 1991）, pp. 46-56. 参照
27. Birney, *Spreading Time*, p. 76.
28. Ken Norris, *The Little Magazine in Canada 1925-80*（Toronto: ECW Press, 1984）参照。
29. Birney, *Spreading Time*, p. 128.
30. Ibid. p. 142.
31. Gerson, "Field-notes," p. 208.
32. Waddington, *Apartment Seven*, p. 27.
33. P.K. Page, *The Metal and the Flower*（Toronto: McClelland and Stewart, 1954）, p. 48.
34. The Collected Poems of Anne Wilkinson, ed. A.J.M. Smith（Toronto: Macmillan, 1968）, p. 48.
35. Margaret Avison, *Winter Sun*（Toronto: University of Toronto Press, 1960）, p. 17.
36. 公演された年を指す。
37. Frye, *The Bush Garden*, p. 126.

16

100周年記念

エヴァ＝マリー・クローラー
（Eva-Marie Kröller）

　1967年に、カナダは連邦結成100周年を祝った。その祝典として、モントリオール市はセントローレンス川に浮かぶ2つの島、セントヘレナ島とノートルダム島を会場に万国博覧会を開催した。エキスポ67は、20世紀に行われたこの類の催しのうちで最高の成功例となり、「筆舌に尽くしがたいほどすばらしい洗練度(1)」が称賛された。「多感覚の総合環境詩(2)」と謳われ、エキスポは、カナダ国内および海外から多くの客を「活気と華々しさ(3)」に溢れると言われる同市に集め、メディアの入念な情報宣伝がはるか遠い地域から訪れる人々にそこにふさわしい味わい方を教えた。アメリカ合衆国とソビエト連邦、およびその衛星国群で特に際立つ国際競争の縮図として、最新の技術開発の百科事典として、さらに1960年代のポップカルチャー一覧、大げさなアメリカの展示から英国パビリオンの「ロンドン市カーナビー通りのいかれたモッズスタイル風に絵の具をはね散らした展示(4)」に至るまで、エキスポ67は卓越した伝統芸術と現代芸術の両方の主要コレクションを見ることができる珍しい機会でもあった。そのために参加国は、自国の博物館をくまなく探し求めるほどだった。カナダ人入場者たちと芸術家たちに及ぼした影響は深遠だった。

　エキスポ67と連邦結成100周年祭で1960年代のカナダ文学全体を解明することは不可能だが、本章では跳躍台として役立つ。文化機関の役割に焦点を当てた本章は、カナダ総督賞に主眼をおく前章の姉妹篇ともいえる。本章と前章はさらに関心を共有している。1940年代、50年代、60年代の都市文学の発展、および戦後にヨーロッパのファシズムから逃れてきた難民によってカナダ文化にもたらされたコスモポリタニズムである。挙国一致を支持して英語とフランス語で執筆したガブリエル・ロワ（Gabrielle Roy）とヒュー・マクレナン（Hugh MacLennan）のような作家は、カウンターカルチャーとケベック分離主義の影響力を受けたとしても、中心的な役割を果たし続けた。

　エキスポ関係のマスメディアも伝統的なものと新しいものを結びつけた。相互作用的な映画は、エキスポ67で最も知られた媒体であった。しかし参加した国々は、特に学童たちが本の展示に引きつけられるような教育的企画に工夫を凝らした。カナダの女性誌「シャトレーヌ」（*Châtelaine*）の記者がフランス館の「作家博物館」（*Musée des écrivains*）を訪れて賞賛したように、ボタンを押せば著名な作家たちの「声(5)」が聞けた。遊園地区ラ・ロンドと展示会

場を引き離すことで、主催者側はこの行事の教育学的重要性と当博覧会の威厳と品格を保ちたいという願いをいっそう強調した（Pilotte, p. 58）。こうした識別はそれまでの展示会の安っぽい「中途半端な」環境作りでは常にうまくなされていなかったが、今では「安酒場風のありきたりの見本市」とは違うことを人々は教えられ、正装してくるよう指示された。[6]

　カナダ館は、「英語、フランス語、およびカナダで話され書かれている他の26言語の書籍を3000冊以上揃えた簡易図書館」[7]を加えることで、カナダが教育を優先していることを示した。エキスポの他の領域同様、映画と書籍の2つの存在は、一方がそっくり他方と入れ代わるのではなく、伝統的なものと新しいものが合流したことを強調した。カナダの最も著名な学者たちは、書き言葉と映像メディアの境界線を平然と超えた。ノースロップ・フライ（Northrop Frye）は国立映画庁による実験映画『ラビュリントス――迷路』（*Labyrinth*）の製作者たちに、テセウス神話の難解点についてアドバイスを与えた。そして、エキスポ現場を見て回ったあと、彼は「探求の完遂か、迷宮形式で」[8]次の本を書くことを企画した。『グーテンベルクの銀河系』（*The Gutenberg Galaxy*）は1962年に出版されており、マーシャル・マクルーハン（Marshall McLuhan）の影響はすでにメディア全体に広がっていたので、このエキスポは「マクルーハン博覧会」[9]と言われた。

　ケベック館に関する研究に、ポーリンヌ・キュリアン（Pauline Curien）は展示図書のリストを入れている。その大多数は1960年代に出版されたものである。[10]ジェルメーヌ・ゲーヴルモン（Germaine Guèvremont）の『不意に来る者』（*Le Survenant*）、フェリクス＝アントワーヌ・サヴァール（Félix-Antoine Savard）の『木流しの大将ムノー』（*Menaud, maître draveur*）、およびエミール・ネリガン（Emile Nelligan）の『全詩集』（*Poésies complètes*）のような古典の再版に加えて、ソランジュ・シャピュ＝ロラン（Solange Chaput-Rolland）の連邦主義への幻滅宣言である『わが祖国、ケベックか、カナダか？』（*Mon pay, le Québec ou le Canada?* 1966刊、1966英訳）、そしてクロード・ジャスマン（Claude Jasmin）の『エテルとテロリスト』（*Ethel et le terroriste*, 1964刊、1965英訳）や、ユベール・アカン（Hubert Aquin）の『今度の挿話』（*Prochain episode*, 1965刊、1967英訳）など、1967年までに出版された主要なケベック分離派の作品も入っている。残念なことにパビリオン内で見つけにくい場所だったこともあり、この反動的な意図を秘めた「本のサロン」の衝撃は限定されたかもしれない。しかし、英語系カナダ人のこれらの出版物への反応をみても、こういった書籍の展示は明らかにその兆候を示していた。ジャスマン、アカン、シャピュ＝ロランらの書籍はすぐに翻訳されたし、どの大手英語系出版社の1960年代の出版リストを見ても、人々が書籍を信頼して、分離主義が国家に及ぼす脅威を理解する助けになったことを示している。ダラム卿の悪名高い『報告書』（*Report*, 1839）、メイソン・ウェイド（Mason Wade）の『仏系カナダ人の眺め――知られざる北アメリカ人たちの短い話』（*French-Canadian Outlook: A Brief Account of the Unknown North Americans*, 1946）の1965年リプリント版から、ペテール・デバラ（Peter Desbarats）の『ケベック情勢』（*The State of Quebec*, 1965）、マルセル・ファリボー（Marcel Faribault）の『ケベックに逼迫する危

機について考える』(*Some Thoughts on the Mounting Crisis in Quebec*, 1967)、リチャード・ジョーンズ（Richard Jones）の『危機社会』(*Community in Crisis*, 1967) まで、マクレランド・アンド・スチュワート社は、着実な流れを保ってこうした作品を刊行し続けた。[11] 博覧会のために企画された同胞主義のメッセージのおかげで、ケベック館で展示された書籍は、驚くほど率直にカナダの国家にかかっている重圧を反映してみせた。

　カナダでもっとも影響力のある知名人としてほどなく地歩を固めていく作家たちにとって、エキスポは大事な足がかりとなった。メティスの詩人デユーク・レッドバード（Duke Redbird）は「インディアン館」("Indian Pavilion") という題名の詩を書いた。ミシェル・ラロンド（Michèle Lalonde）はアンドレ・プレヴォー（André Prévost）のオラトリオ『人間の土地』(*Terre des hommes*) の脚本を書き、これはモントリオールの芸術広場のオープニング祭典で上演された。1967年に最初のアルバムを出したレナード・コーエン（Leonard Cohen）は、カナダ館のカティマヴィック（Katimavik）[12]で公演した。ユベール・アカンはケベック館のシネマ・プログラムに映画を提供。ニコル・ブロサール（Nicole Brossard）は、青年館でジャズと詩の集いを企画構成した。マーガレット・アトウッド（Margaret Atwood）は1967年度の連邦結成100周年委員会の詩のコンペに優勝して、その後多くの栄誉賞に輝くことになる道へ踏み出していく。

　しかしながら、前述の作家たちのうち数人は、その後すぐに方向を転換してしまう。1968年に、アカンは政治的理由から総督賞の受賞を拒否した。レナード・コーエンも拒否したが、個人的理由と政治的理由が交錯していた。[13] 詩人のミシェル・ラロンドは今では「白人らしく喋れ」("Speak White," 1968) でよく知られているが、その詩は元々は『抵抗の詩と歌』(*Poèmes et chansons de la résistance*) の公演のために作曲されたものである。1970年の戦時措置法によって[14]逮捕されたケベック市民の中にはケベックの多くの作家や芸術家たちがいたので、彼らを支援する『詩の夕べ』でラロンドの朗読は特に喝采を浴びた。その詩は、英国人によるフランス系カナダ人の植民地化と、ワッツの人種暴動〔1965年、カリフォルニア州 Watts〈黒人が99％を占め、現在はロサンジェルス市に吸収〉で、白人警官が黒人ドライバーを逮捕したことが発端となった人種暴動〕と、エスカレートするベトナム戦争の類似点を、不安を煽る手法で描いてみせる。同時代の危機感の衝迫度は、オラトリオのためのラロンドの詩句の理想主義とは似ても似つかない。デューク・レッドバードはカナダの先住民運動の重要な活動家になり、1975年にはカナダ先住民評議会の副会長に就任し、1978年には政治学の修士号を修得している。こうした意義深い経歴があるので、これらの作家たちのうち数人は本書の、例えば、ノンフィクション、詩、仏語のドラマと小説、先住民詩および散文、多文化主義とグローバリゼーションの章でもさらに深く評論されている。

　カナダは統一され、全体的につながっているというイメージを押し出そうとした100周年記念祭の開催者たちの大望は、その間10年の著作群に反映されている。しかし、それ以上に大事なことは、そのイメージが疑問視されていることだろう。要するに、それぞれ異なり、

そしてしばしば相容れない形で、エキスポとカナダ文学は国家のアイデンティティの研究の場となったのである。(15) 魅力あふれる祭典の期間中でさえ、「それはひどいぜ。それは何か別のもの。総合的な環境、ロマン派の共感覚、物事のありようだ(16)」というヒュー・フッド（Hugh Hood）の熱狂的な表現が、より批判的な声と対照して存在した。『発見』（Trouvailles, 1967）に発表されたF. R. スコット（F. R. Scott）の詩「インディアンがエキスポ67で語る」（"The Indians Speak At Expo'67"）は、「見つかった」テクストに展示物の表題を組み合わせてカナダ先住民館の率直さを匂わせている。その結果は、白人による先住民の搾取を描き出している。「生きることも／あるいは移ることもできなかった／インディアンの友人たちなしでは(17)」と。

ケベックの独立派闘士たちも、連邦政府側の開催者たちがまさに回避したがっていた手段に発奮興起した。祭典の最中に、フランスの大統領ド・ゴール将軍が、「この尊大な巨人が、両腕を急にあげて(18)」、「自由ケベック万歳」とモントリオール市庁舎のバルコニーから声高に宣言したのである。カナダ政府はすぐさま不快感を表明した。しかし後年、エキスポのその衝撃を描写する本の1つミシェル・トランブレ（Michel Tremblay）作『赤いノート』（Le Cahier rouge, 2004）で、主人公セリーヌ・プーランは、将軍大統領の大胆さに激怒と興奮の双方を覚えたことを吐露しながらも、多くのケベコワの反応に共鳴している。エキスポの陰で営業する架空の女装売春宿やそこの住人たちの日々の出来事への反応を描くトランブレの意図は、「あまりにも見事に演出されたと感じる出来事(19)」の裏まで見通して、若干の遡及的転覆を計ることであった。トランブレの登場人物たちのお気に入りの標的の1つはモントリオールの野心的な市長ジャン・ドラポー（Jean Drapeau）である。彼は当市へのエキスポ招致のために活動し、市内の貧困地区を会場建設のために一掃することを望んだ。その結果は、ピエール・ヴァリエール（Pierre Vallières）の敵対的な視点によれば、エキスポのCMがほめそやすような活気に満ちた都市ではなく、「干からびた、醜いオールド・ミスの純潔と道徳心をまとった都市(20)」に過ぎないのであった。

オスカル・マツェラート風に、トランブレの物語は小人によって語られる。その小人はハンバーガー食堂の給仕から、性的な特別サービスが記載された「メニュー」を差し出す売春宿の娼婦にまで身を落とすのだ。連日のバラエティー・ショーは、「エキスポ愚挙」（"Expo Follies"）と題され、「l」の字を2つ重ねることで仏語の「folies」（狂気）を英語っぽく見せている。なめらかな表面に穴をあけたいという同じ願いは、ロバート・マジゼルズ（Robert Majzels）の小説『ヘルマンのスクラップブック』（Hellman's Scrapbook, 1992）も動かしている。「展示館の厳粛さから遊園地のラ・ロンドのクレイジーな色彩、吹き流し、そして風船(21)」まで見聞してから、主人公は遊園地に職をみつける。ギュンター・グラス（Günter Grass）の『ブリキの太鼓』（The Tin Drum, 1959年刊、1962年訳）に啓発されたもう1つ別の作品で、アカンの『今度の挿話』（Prochain épisode、1965年刊、1967訳）やクロウチ（Robert Kroetsch）の『種馬を引く男』（The Studhorse Man, 1969）のような1960年代のカナダ小説と平行して、デイヴィッド・ヘルマン（David Hellman）は、両手にやけどを負わせる自傷行為によって収容されてい

た精神病院で書いた作品を発表した。ナチスによるユダヤ人大虐殺を生き延びた自分の父を含めて、他者の手に触れるとその心を読み取る能力に優れていた彼は、この世の苦難への償いとして、この行為に及んだのだろう。キリスト教パビリオンで見た悲惨な映画『八日目』（*Le Huitième Jour*）に出てくる仏教の僧侶の焼身自殺に着想を得たのかもしれない。

「スクラップブック」のテーマを練り上げた、マジゼルズの小説にはモントリオールの新聞各紙からの切り抜きが入れてある。英語もフランス語もあるが、いくつかの切抜きは、原文の主要部分を隠すために挿入されているので、読者はそれに隠されたものを推測しなければならない。メディアが作り出すイメージの裏に探りを入れる固執は、他のエキスポに関する批評でも見ることができる。『人間の土地』（Terre des hommes）のテーマと表象が包括的ではなく、時勢にまったくそぐわないと考えた作家たちもいた。美術評論家で、「シャトレーヌ」の編者のフェルナンド・サン・マルタン（Fernande Saint-Martin）は、「人類の大地」（"une terre humaine"）の方が女性を含む、特権に恵まれない人たちの存在をよりよく認める名称だろうと指摘した。スコット・シモンズ（Scott Symons）の小説『練兵場』（Place d'Armes）の主人公ヒュー・アンダーソンは展示を支えるルネサンス哲学をバカげているとみなして、一蹴した。「観に行く必要はないね。人間のいない世界と呼ぶべきかもな、テレビでも、もっとよく見えるし、もっと効果があがるだろうからな！」最強の酷評は「アート／カナダ」（*arts / Canada*）誌の論説で、アレグザンダー・コールダー（Alexander Calder）の巨大彫刻「人間」（"Man"）に焦点を合わせて、問うている。「大衆に対する発信、支配そして革命が進むこの1967年の社会で、我々が気にかけるべき〈人間〉とは一体何なのか？」

しかしながら、これらの作家たちが痛烈に批判した磨き上げられたイメージは時に、斬新な概念だけでなく、新しい類型をも創造する活発な再発明も含んでいた。以前の国際万博で確立された荒涼たる北方風土に代表されるカナダのアイデンティティは、修正されたイメージの１つである。人気のパビリオンには行列ができたが、批判的な参観者さえ、ぶらぶら歩き回るだけで心浮き立つ時間が過ごせたと述懐している。会場では多くの観客が以前には体験できなかったライブ音楽、ダンス、観劇をはじめ、初めて食べる焼き菓子「パイナップル・カヌー」を楽しむことができた。それに、ありとあらゆる街の快適な設備に囲まれて、問題はほとんどない。バックミンスター・フラー（Buckminster Fuller）考案の測地線ドームや建築家モシェ・サフディ（Moshe Safdie）のデザインのアビタ67のような超現代的建物は静かな運河やベニスのゴンドラの平穏さが加わり、「日常の問題は置き去りにして、心は自由に夢を見られるように解放できる別世界」を創造した。エキスポはカナダの北方地域の特質に十分な注意を払った。特に「人類と極地帯」テーマ館では、入館者たちが地勢、気象、輸送に関する展示を眺め、模擬的に再現されたすがすがしい極地風を楽しんだ。しかし、総じてコーディネーターたちは、エキスポ・アイランドに地中海的とも言える雰囲気を造り上げていた。

その結果は、モントリオールの様相を永久に変えてしまったほどの効果があった。エキス

ポの島々に並んだテラス店舗をまねて、屋外カフェが夏期の間に街中に誕生し、アメリカのミステリー作家キャシー・ライクス（Kathy Reichs）の『既死感』（*Déjà Dead*, 1997）の中で特に魅力的な特色として活き活きと描かれている。「モントリオールに夏が来ると、ルンバのダンサーのように飛び出し」、そして「生活は戸外に出ていく」。ライクスのようなベストセラーの人気作家がモントリオール（あるいはカナダのどこかの都市）を舞台にしたのは──間違わないように地図が載せてあるにしても──大きな変化だった。1940年代にグエサリン・グレアム（Gwethalyn Graham）が同じことをして『地上と天上』（*Earth and High Heaven*）のアメリカでの販売に賭けて（驚いたことにはうまくいった）以来だ。つい最近の1960年代の初期でさえ、フィリス・ブレット・ヤング（Phyllis Brett Young）が郊外の生活を描いた『トロント人』（*The Torontonians*, 1960）のタイトルは、イギリスとアメリカの版元に変えられ、トロント市への言及は削除されている。そしてその前年に、ヒュー・マクレナンはエッセイの1つに「少年と少女がウィニペグで会っても誰も気にしない」("Boy Meets Girl in Winnipeg and Who Cares?")というタイトルをつけて、自国で生活するカナダ人について書く困難さを示した。その後実現には至らなかった劇的な人口増加を見越した1960年代のモントリオールの都市景観の広範な変化に加えて、エキスポはカナダ文化に都会風のあか抜けた次元を創造する主要因となった。

　北方地域の展示は情報提供の場であるだけでなく、外の強い日差しから逃れる場所でもあった。そのために、市内の厳しい長い冬とほとんど関係がない南部の雰囲気に組み込まれていった。エリザベス・ヘイ（Elizabeth Hay）は博覧会については書いていないが、小説『深夜の無線放送』（*Late Nights on Air*, 2007）で北方地域を脱出と避難の場とみなす登場人物にその矛盾を上手く述べさせている、「北は、単純に冷やされた熱帯だった」と。北方地域に対するこのような個人的解釈は、特有な生態学的環境であり、先住民の生活の場でもあるアイデンティティを無視している。しかし、ヘイは先住民の地で計画されたマッケンジー・バレーの天然ガスパイプラインの影響を論じるバーガー査問会に焦点を当てることによって均衡を取り戻している。博覧会では、こういった無遠慮な質問がカナダ・インディアン館で出たために、ノーヴァル・モリソー（Norval Morrisseau）やジョージ・クルテシ（George Clutesi）など芸術家たちが大きな壁画を描くことを委託され、デューク・レッドバードや首長ダン・ジョージ（Chief Dan George）がそれらの作品につける詩を書いた。

　インディアン館は多くの来館者たちに先住民問題に関する徹底的な再教育の場を提供した。国中にカナダの歴史的芸術品の展示を運びまわった〈連邦列車とキャラバン〉をまねて、先住民芸術家と活動家は「インディアンの巡業大学」を始めて、同館のメッセージを海外まで発信した。先住民によって組織された活動の中には、公的版をパロディー化したり、まったく逆にしたものもあったので、排除されたり、生半可に巻き込まれたりすることもあった。例えば、14名のノヴァ・スコシアの先住民ミクマクは1894年のミクマクとケベックのイロコイとの条約署名を再現するために、ケープ・ブレトンからモントリオールまで

カヌーを漕いで渡った。つまり、カナダ連邦100年祭を祝う目的ではなく、逆の方向をとって、伝統的航路を辿る100年記念のカヌーページェントを意図したのである。2年前に出版されたジョージ・グラント（George Grant）の『国家への哀歌』（*Lament for a Nation*）の題名をもじったとも見える首長ダン・ジョージの「コンフェデレーションへの哀歌」（"A Lament for Confederation," 1967）は、先住民やその他の人々が作った、カナダ国歌の数多いパロディーの1つで、尊大な予言で結んでいる、「次の100年はわれら先住民部族連合の誇るべき歴史において最も偉大なものになるだろう」と。

　定評ある作家たちは、少なくともある程度は、エキスポの和合イメージ作りに協力した。関係者の著名度にもかかわらず、こういった努力は失敗に終わった場合もあった。マッシー・カレッジの初代学寮長であったロバートソン・デイヴィス（Roberton Davies）は、100年祭委員会のパフォーミング・アーツ部門から招かれて、地方劇作家たちと共同して、全国のアマチュアたちによって公演される芝居を書いた。最初に（恐らくその1度きりの）オタワ小劇場で1967年の初めに上演された『100年祭記念劇』（*The Centennial Play*）は、好評を得なかったが、ともかく上演は果たした。対照的に、タイロン・ガスリー（Tyrone Guthrie）がデイヴィス、作曲家のルイス・アッペルバウム（Louis Applebaum）、詩人のロバート・フィンチ（Robert Finch）、劇作家のグラシアン・ジェリナス（Gratien Gélinas）などの協力を得て、オタワのパーラメント・ヒルで公演されるはずだった歴史野外劇『100周年記念出し物、野外』（*The Centennial Spectacle, a pleinair*）は、日の目を見る前に取り消されてしまった。公式理由は、その催しは女王陛下のご臨席とぶつかるからということだった。しかし、「大英帝国と美しきフランスが定期船の船倉に運び込まれて国外追放される」がいくらかこの決定に関係していたのかしれない。（Grant, p. 444）

　1963年に、ガブリエル・ロワとヒュー・マクレナンは、ケベック州のモンテベロ市でテーマの具体化につて合議した。同席したのはF. R. スコット、アンドレ・ローランドー（André Laurendeau）、デイヴィッドソン・ダントン（Davidson Dunton）、二言語二文化主義に関する王立委員会の共同委員長、美術館長たち、科学者たち、そして都市計画者たちだった。『人間の土地』は、もう1人の作家アントワーヌ・ド・サン＝テグジュペリ（Antoine de Saint-Expéry）から借りたアイディアだった。マクレナンはモントリオールの新美術館の宣伝文、カナダ放送協会（CBC）テレビのエキスポ特集番組の脚本や、マクレランド・アンド・スチュワート社の卓上用大型豪華本『カナダの色彩』（*The Colour of Canada*）を書き、同様に、100周年祭の年に出版された自作の小説『スフィンクスの帰還』（*Return of Sphinx*）に期待をかけたが、書評が出始めると、はずれてしまった。

　記念アルバムの序文で、ピエール・デュピュイ（Pierre Dupuy）万博会長はモンテベロでの話し合いを野心的な「人類の偉大さへの賛歌」（"hymne à la grandeur de l'Homme"）の共同作品とみなしている。デュピュイの賛辞に呼応して、ガブリエル・ロワはマシュー・アーノルド、サン＝テグジュペリ、ジョルジュ・ベルナノス（Georges Bernanos）、ティヤール・ド・シャ

ルダン（Teilhard de Chardin）、シェイクスピア、そしてスリ・オーロビンド（Sri Aurobindo）〔1872-1950、インドのナショナリスト、哲学者、詩人。原書のShriは誤植〕を引き合いに挙げている。しかし彼女の意見には、万博用地に「鋼鉄、コンクリート、そして緑樹帯」を創り出したり、1889年のパリ万博で建てられたエッフェル塔にも負けない工学技術の偉業を実現するための肉体労働の厳しい描写が織り込まれている。モントリオールの新メトロ敷設のために出る掘削土は、街を経由して博覧会のために建設される島の1つに何台ものトラックで運ばれた、とロワは回想している。こういった場面は後にミシェル・トランブレの回想記『ブリキの翼の角あり天使』(*Un Ange cornu avec des ailes de tôle*, 1994) の中で戯画化されて、土を運ぶトラックが決して終わることのない地獄の騒音を立てながら万博はすでに我が家の近くまでやって来ているので、もう万博に行く必要なしと作家の家族は断固として決めたという。

　対照的に、ロワはそういった労働の成果を賛美した。パビリオンを覆って波打つキャンバス布は「なんと神秘的な着想！」（"par quelle mystérieuse association d'idées!"）、「金襴の陣」（"rencontre du Camp du Drap d'Or"）を喚起させる、と。ロワはそれ以上この引喩を説明していない。ロワの原本と並行するジョイス・マーシャル（Joyce Marshall）の翻訳版の英語系読者は、「陣」と言う表現をみて、フランソワ一世とヘンリー八世が1520年に行った金襴の陣の会見が、双方の国家の友情を強めるためのものであり、イギリスとフランスが豪華さで互いを印象付けた機会であったことなど知る由もないだろう。英訳版では、ロワにその場面をこう回想させてある。「こともあろうに、畏敬の念に打たれたイギリスの軍隊がまばゆいばかりの金襴の戦場でフランソワ一世の軍勢と出会ったその歴史の瞬間」と (p. 42)。

　イギリス側の豪華さに相応の注意を払わず、ロワがフランス側の豪華さを強調するのは、外交事情と完全に歩調を合わせた共感がないことを示しているのではないだろうか。確かに、かなり自由な翻訳は、ケベック館の〈本のサロン〉で見られたように、万博の互譲的テーマは教育方針によってひっくり返されることもあったということを示している。加味された歴史的情報にもかかわらず、両者が「金襴の陣地」でことさら武勇を見せつけた痕跡はないのだ。ロワの抗議にもかかわらず、フランス語原版の序文は出版社によって徹底的に修正され、特定な引用は大幅に削除され、彼女のエッセイは具体的な参照論及が一切ない堅苦しい人道主義声明に変えられた。「そして、私たちの国民性には完全には根絶しきれなかったインディアンの血もいくらか流れている」という非難めいた自嘲は明らかに歓迎されなかったし、「引き裂かれた世界の100もの破片」に関する他のいくつかの厳しいコメントも、主催者側が万博の幸せなモザイクの中に埋め込んで見えなくなるままにした。

　ロワの英語版とフランス語版の矛盾は、より全般的な徴候を照らし出してみせる。主催者側は、王立委員会が推奨する二言語主義と二文化主義（1963-9）を反映したポスターを作製したが、この2つの言語に完全に対応する慣用語を見つけることが難しかった。万博は、分離主義者たちからフランス語の転訛を嘲笑された。Centre bilingual centre、Centre validation centre、Visit-visitez Expo、Support Supportons Expo 67といった言語的に怪しい表現を案出した

のは、雑誌「パルティ・プリ」（*Parti pris*）によれば、連邦主義連中がフランス語をもてあそんで英語使用者の優勢を確立しようとした証拠だったのだ。[43]「パルティ・プリ」の編集者たちはペーパータオルやシリアルの箱に書かれた説明に特に注意を引かれて、これとあれを分離せよとユーザーに指示することで、それまで気づいていなかった分離主義に支援を与えることになっているとみた。[44]時として複雑な国家同士の関係、あるいは国内の地方情勢を明確に表現するパビリオンの戦略的な配置によって、万博島は、文化的アイデンティティと場所の関連性を学べる簡潔な環境を提供した。製品の説明書のように、こういった関係性の多くでは、主催者があることを意図し、読者が別のことを読み取ることにもなる。そこで、レグザゴンヌ出版（l'Hexagone）の共同創立者で、「シャトレーヌ」の記者であるエレーヌ・ピロット（Hélène Pilotte）は、フランスとケベックのパビリオンが近いのを、離散家族の再会とみている。万博の戦略が3国の接近を強調することだったとしても、フランス館がケベックとイギリスのパビリオンの間に入っているのを適切とみなしている。[45]

　万博サイトの裏事情を語るこのような政治的な読物には、その10年間に影響力がトップを切った『修道士某の傲慢』（*Les Insolences du Frère Untel*）や『アメリカの白い黒人たち』（*Nègres blancs d'Amérique*）があり、両本ともすぐに英訳された。カトリック教会員たちが静かな革命に大きく関わっていく様子を描いたケベコワの作品に『傲慢』（*Les Insolences*、1960）がある。本書は日刊紙「ル・ドゥヴワール」（*Le Devoir*）に編集者への手紙として匿名で掲載された。1962年には『匿名修道会士の傲慢』（*Impertinences of Brother Anonymous*）というタイトルで英語に翻訳され、仏語版と英語版合わせて数千部も売れた。そして、マリスト修道会士で教師であったジャン＝ポール・デビヤン（Jean-Paul Desbiens）によって書かれたことが暴露された。『傲慢』の影響力によって、デビヤンはジャン・ルサージュ首相の自由党政府の教育アドバイザーになった。首長ダン・ジョージの「コンフェデレーションへの哀歌」と同じく、本書は不本意だとしても、「おお、カナダ」のパロディーから始まる。学童たちが歌詞を理解（いや、むしろ誤解）するような国歌の編集から始まり、神学者、哲学者、文芸作家たちからの引用で溢れ、本書は野心的な社会的政見表明をなしている。

　標的は州の教育システムで、時代遅れの宗教的な信義や規則に支えられて、知性に訴えて興味をかき立てる学問的な基礎を学生たちに与えることができない。それは、現代社会に生きるための装備であり、堅固な文化的主体意識を確立するものなのに。特にデビヤンは、他の顕著な特徴のなかでも、英語化した語彙をふんだんに取り入れたジュアル（joual）[46]（労働者階級の特徴的なフランス語）の蔓延を、崩壊のサインとして攻撃している。このような言語を奨励するのは、「腐敗」に屈することであると断罪し、エドガー・アラン・ポーのゴシック小説を腐敗の見本として挙げてみせる。デビヤンの手紙集は説教、政治的修辞、新聞の論説などの人気の高い要素を使い、巧みなウイットで知られているが、『傲慢』の個々の手紙は、主張の正しさを立証するために的確に練り上げられた「道徳的逸話形式」を一貫して活用している。アイロニーに溢れているにもかかわらず、デビヤンは「取り入れようとする手

本」を疑問視することは決してない。

　ピエール・ヴァリエール（Pierre Vallières）はデビヤンを「役人的」(47)（p. 56）と切り捨てているが、彼は 1968 年に「パルティ・プリ」から出版された著書『アメリカの白い黒人たち——ケベックのある「テロリスト」の早熟的自伝』（*Nègres blancs d'Amérique: autobiographie précoce d'un terroriste québécois*）でデビヤンのジュアル語拒否を共有している。この本は 3 年後に英訳『アメリカの白い黒人たち』（*White Niggers of America*）が出た。ニューヨークやモントリオールの刑務所で執筆された『アメリカの白い黒人たち』には、ケベックの社会状況をマルキストの目で行った分析と平行して、著者の現在の政治信念および国連ビル前のデモに参加して投獄されるに至った著者の人生のエピソードを盛り込んでいる。ヴァリエールは自分の作品の暫定性は、原稿が急いで印刷に回された事情や、彼が執筆しなければならなかった環境に起因していると説明する。彼があげた理由が説明にならないとしても、その荒削りな体裁において、ヴァリエールの回想録は 60 年代と関連する超国家的ポストモダニズムの抽象論議に似ている。しかし、「教養小説」（bildungsroman）的な要素（家族、教育、セックス入門）は伝統的なケベックの空想話に強く引き寄せられてもいる。

　『傲慢』同様、『白い黒人たち』には文学への言及が多く、デビヤンと違いヴァリエールの読書傾向は、ごく最近のものだけではなくケベック文学の古典作品にも及んでいる。ガブリエル・ロワ、ルイ・エモン（Louis Hémon）、ランゲ（Ringuet）、クロード＝アンリ・グリニョン（Claude-Henri Grignon）、マルセル・デュベ（Marcel Dubé）、アンドレ・マジョール（André Major）、ロラン・ジゲール（Roland Giguère）、ジャック・フェロン（Jacques Ferron）、ガストン・ミロン（Gaston Miron）などは彼の本に出てくるごく 1 部の名前にすぎない。ケベックの隷属化の定着を助長し、ケベックの守護神、洗礼者聖ヨハネの礼賛のような聖伝をでっち上げて推奨化する神話を非難している（p. 54）。（彼の非難は先見の明がある。1969 年の洗礼者聖ヨハネの日を祝うパレードの最中に暴徒たちがその聖人像の首を切り落とし、その後 12 年間その行事は中止された。）ヴァリエールは激しい女嫌いで、この痕跡を自身の恋のアバンチュールだけでなくフランス系カナダ人の男性たちをキリスト教と資本主義に隷属化させてきたと彼がみなす女性神話の分析にも見ることができる。"国王の娘たち"（*filles du roi*〔1663 年から 73 年、ルイ 14 世による植民地化計画の一環として現在のケベック州に移民として送られたフランス女性たち〕）の引喩で彼は言う。「入植者たちの多くは見ず知らずの、そしてたいていは、意地悪で、器量が悪く、バカな女たちと結婚させられるよりも、森の罠師（*coureurs de bois*）でいる方を好んだ」(48)（p. 64）。

　家庭内暴力や女子教育の制約を綴ったクレール・マルタン（Claire Martin）の恐ろしい自伝『鉄の手袋の中で』（*Dans un gant de fer*, 1965-6）は、ヴァリエールのこうした見解に対する解毒剤となっている。しかし、両者にとって、高圧的な両親と教師たちは耐え難いほど抑圧的な社会を代表するものである。山上の垂訓を皮肉った「左の頬」（"La Joue gauche"）と「右の頬」（"La Joue droite"）に分けられたマルタンの自伝は、「ケベック文学における最初の明示的フェミニ(49)

スト作品」⁽⁵⁰⁾("le premier ouvrage explicitement féministe en littérature québécoise") と称されてきた。若い頃受けた残虐行為と偏狭な信念に対する著者の怒りは、30年後の執筆当時ですらページの端々から躍り出てくる。ヴァリエールの荒々しい語り口やプロレタリア的イデオロギーと違い、マルタンの文章は洗練されていて、「ケベック・シティの最上流の人たちが」⁽⁵¹⁾("tout ce que la ville de Québec comptait de 'mondain'") 社会的背景となっている。しかし両作家とも個人的かつ総合的なセラピーを著作を通して遂行している。マルタンの巧みなアイロニーがなくては、彼女や姉妹が暴力的な父の手にかかって受けた虐待の描写は耐え難いであろうが、考え抜かれた公平さは虐待描写を一層ひどいものにしている。ずっと続く精神的損傷を反映しているためである。彼女を自殺寸前まで追いやる特にひどい暴力を回想するのに、著者はエスカレートしていく暴行をボクシングの試合にたとえて、言葉の綾やリズムを研ぎ澄まし、ぞっとするような腕のさえを見せつける。「第2ラウンド、たたかれ続けるパンチングボール役、ハンカチ、再び全身父の手による強打です」⁽⁵²⁾("Deuxième manche: re-ballon, re-mouchoir et relavage des mains paternelles.") と。

コレット、アンドレ・ジッド、マルセル・プルーストの影響は受けたが、マルタンはケベックの作家を1人も挙げていない。ただし、文学を一般のフランス系カナダ人や特に女性たちを抑圧するもう1つの暴虐的な手段にしようとしたアンリ=レモン・カスグラン（Henri-Raymond Casgrain）やカミーユ・ロワ（Camille Roy）などカトリックの文芸評論家たちを愚弄している。適切な書物がないことは彼女の多くの不満の原因で、頭の良い子のためにえり抜かれた図書館がないのは犯罪であるとみなしている。ケベックと英語圏カナダでは、彼女の作品の受け入れはいろいろな意味で既定の文学の境界線をゆるがせた。復讐心に燃えた扇情主義と非難もされたが、マルタンの語りは先例のない共感を読者の内に産み出した。多くの読者が彼女の話を追体験したと伝えたり、同じ状況に関して助言を求めたりしたのだ。その結果、この洗練された自伝はゴシック小説と身の上相談の2役を務めている。

デビヤンやヴァリエールの作品と共に、この自伝もまた、ノンフィクションの分野において、従来の歴史書と伝記という区分けがもはや適切な線引きではないということを明確に例証している。適切なカテゴリーの欠如ゆえに、フィリップ・ストラトフォード（Philip Stratford）は『右の頬』（*La Joue droite*）の翻訳で小説部門の総督賞を受賞している。アカンやコーエンとは違って、マルタンは賞を受け入れた。しかし彼女は、もう1つの組織には挑戦した。1968年にカナダ王立協会の会員に選ばれたが、2年後に脱退したのだ。その理由は、彼女の抗議にもかかわらず、協会が書簡に「cher monsieur」（dear sir）や「cher confrère」（dear colleague）の敬称の使用をやめなかったためである。彼女が反対したのはこういった兆候自体ではなく、脱会状の説明によれば、家父長制の病が露呈しているからであり、それゆえに「私はやめます」⁽⁵³⁾("J'abandonne") ということだった。

ケベコワ社会の沈滞と分離独立主義の脅威が1960年代には広がり、英語系あるいはフランス語系の二極分化はカナダ社会の多様性の唯一の形態ではないということ、そして、それ

ぞれ異なる関心を持った、十人十色の背景の市民や作家たちが多くいるということが忘れられやすくなっていた。「我らのまさに黄金色の万博の夏」にロンドンから訪れたモーデカイ・リッチラー（Mordecai Richler）は、自分が生まれた都市なのにやっと見分けがつくほどだった。「何層にも重なるハイウェイを走って町に入った。ここでは下がり、あっちでは上る。一杯の繁栄に曲がりこむ。高層のアパートとホテルが立ち並ぶダウンタウン。ホテルは見るからに真新しく、昨晩に梱包を解かれたばかりに見えた」[54]。空から来ても、あるいは地下鉄に乗っても、昔からモントリオールを分けてきた階級と言語の壁はなくなったかのように見えたかもしれないが、注意深く見れば、依然としてはっきりと存在し、いっそう強固にさえなっていた。ロック・カリエ（Roch Carrier）の『二千階』（*Le Deux-millième étage*, 1973）[55]では、狂乱的な建築ラッシュに先行した解体と住民の立ち退きは、リッチラーがモントリオールのドルヴァル空港に着いたとき眼下に広がった「豊穣の角」[56]（"cornucopia"）とは違う光景を提供する。しかしリッチラー自身は、モントリオールの他民族性の豊かさを描いた先達的作家の１人である。『ザ・ストリート』（*The Street*, 1969）では、モントリオールのサン・チュルバン通りで子供時代を過ごしたユダヤ人社会を描き、小説『セント・アーベインの騎士』（*St. Urbain's Horseman*, 1966）でも同じ環境を描いている。A. M. クライン（A. M. Klein）や、イディッシュ語でシャヴァ・ローゼンファーブ（Chava Rosenfarb）が以前に描いた多様な移民コミュニティを彷彿させる。「これは分割された市内の第三のアイデンティティであり、分極したアイデンティティに対して輪郭を明確に示す緩衝地帯である」[57]、とシェリー・サイモン（Sherry Simon）は説明している。

　英語系コミュニティ、仏語系コミュニティとは違う立場をはっきりさせる他にも、このグループは国際性に優れている。万博がカナダの文化を開放し、世界の影響を受け入れたとしても、移民者たちの背景が世界とつながる関係をすでに作ってきた市民たちもいるのだ。こういったつながりは、苦い必然性から形成されたもので、博覧会のもっともらしい標語とはほとんど無関係であった。アウシュビッツの強制収容所で生き残ったローゼンファーブは、ポーランドのルージに生まれ、戦後はベルギーに住み、1950年にケベックにやって来た。彼女は、「町一番の評判のイディッシュ語の作家たち」からのモントリオールでの歓迎振りを[58]描写し、「北のエルサレム」[59]として知られたモントリオールで見つけた活気溢れる文学界を詳述している。1947年から1958年にかけてロンドンやモントリオールで出た多くの詩やドラマに続いて、『エデンの外で』（*Aroys fun gan Eiden*）が1965年にテルアビブで出版された。翻訳を含め、他の作品は、シラキュース〔ニューヨーク州〕やメルボルンで出版された。同じような複雑な例が、エッセイストで、短編作家で、ジャーナリストのジェイコブ・ベラー（Jacob Beller）である。オーストリア、南米を経由して、1960年にケベックにやって来て、1960年代後半にイスラエルに移る。彼もまた、ニューヨークやブエノスアイレスで、イディッシュ語の作品を何冊か出版し、1969年の『ラテン・アメリカのユダヤ人』（*Jews in Latin America*）は英語で出している。

ローゼンファーブの短編「新来移民」("The Greenhorn")では、モントリオールに新しくやって来た強制収容所の生残者バルーカと彼のフランス系カナダ人の同僚たちにとって、同じ言葉が全く違った意味を持つ。「しばらくパリに住んだ(60)」体験から習得した彼のフランス語の知識は、同僚たちのこの若者への評価を高めるが、ポーランド、チェコスロヴァキア、オーストリア、ドイツを経て「神の祝福を得た国カナダ」にやって来たのは難民ゆえの旅であり、特権を与えられた旅行者ではないということはわかっていない。それに、深い心の傷の広がりが、自分でそれを説明することも許さない（p. 15）。放浪の旅を映すのは、生残者たちが話す混成言語のわかりにくい雑種のアクセントである。「エッジアの復讐」("Edgia's Revenge")でエッジアのアクセントは、語り手がモントリオールで開いたブティックのヨーロッパ的雰囲気作りに一役買う。しかし彼女は、「新しい人になることを許さない」ゆえに対敵協力者であった自分の過去を覚えているかもしれない他者から身を守る自分の話し方の独特さが腹立たしい(61)。ローゼンファーブがあえてイディッシュ語で書いたのは、「記憶の媒体(62)」としてのイディッシュ語の役割を存続させるためだった。カナダの公用語で書くことを好まない他の作家たちと共に、彼女の作品は、翻訳されるまでは慣習にとらわれない、反体制のカノンといえる。このような作品の多国籍的立場は、イディッシュ語の「新来移民」のオリジナル版が、1974年、ブエノスアイレスの出版社、ヨセフ・リフシッツ＝フォンド・フン・デル・リテラトゥール＝ゲゼルシャフト・バイム・イヴォ（Yosef Lifshits-fond fun der literatur-gezelshaft baym Yivo）が出版した『カナダ選集』（Kanadish antologie）に最初に登場したという事実に最もよく示されている。

モントリオールのユダヤ系社会の特定タイプ層が、こうした放浪移民たちを、多少問題があったにせよ、即座に仲間に迎え入れたのに対し、他の訪問者たちは、まさにそれまでの関係から解放されるためにこの都市にやって来るのだった。性的なことも理由となり得た。スコット・シモンズの『練兵場』（Place d'Armes, 1967）では、フルタイトルは『練兵場の戦闘日誌──私的物語』（Combat Journal for Place d'Armes: A Personal Narrative）で、語り手は、たとえオンタリオが万博パビリオンの「白く色抜きした、お世辞的で、消せない六面体の中」まで彼に随いてきても（p. 237）、保守的なトロントから、モントリオールの同性愛環境に、「音響と人が沸き立つ」中に逃げてきたと語る(63)。「折り畳み式テーブルの掘り出し物の山」に語り手が見つける「時代遅れの雑誌と手帳」（p. 22）をまねて、その本には絵葉書、旅行チラシ、地図、そして内表紙のポケットに挟んだ新聞の切り抜きが入れてある。極端なまでに「入れ子構造」の手法を使って、シモンズはいくつかの異なる話を器用に扱い、違った観点から（そして違った書体で）同じ物語を綴っていく。結果として見えるモントリオールは、妙に逆説的である。アンティーク家具の専門家で建築物の権威として、ヒュー・アンダーソン（Hugh Anderson）はモントリオールの旧市街を精細に調べ、物語にはカナダ文学で最も完璧な町の地勢情報を入れている。同時に都市は彼の自我を表現する口実のように見える。男娼との生々しいセックス描写にもかかわらず、博物館に展示された家具と建物のように見え、それゆえ

に、トランブレの小説に出てくる同じ環境に対する親しみのこもった知見とは対照的である。

　こういった場面の会話はほとんどフランス語で行われているが、ここでは秘密暗号としてプライバシーを確保するために提供されている。この小説には、赤インクで個人的な訪問先を上書きしたモントリオール旧市街の地図が付けてある。この地図にはゲイ地区が描かれている。この新しい視点から、様々な建物に代わりの名前が付けられている。語り手が有名人の名前を故意にひけらかすにつれて、例えば、「ケベック万博67総裁付事務局長、リゼッタとの昼食会」（p. 233）への道とか、物語には別の道筋が追加されている。『練兵場』が引き起こした騒動は、カナダの性風俗に対する道徳観を形造り続けてきた保守的な圧力を示している。シモンズの小説より3年前に、ジェイン・ルール（Jane Rule）は『心の砂漠』（*Desert of the Heart*）を出版した。レズビアンの物語なので、これもまた物議をかもした。これも米国のリノ市やネバダ州のカジノが安全地帯となり、他所では禁じられている性行為が受け入れられているからだ。ルールは1950年代にヴァンクーヴァーに引っ越しているが、次の小説『抱き合う若者たち』（*The Young in One Another's Arms*, 1977）では、ヴァンクーヴァーのキツラノ地区を舞台としている。その頃は、ヒッピーとアメリカの徴兵忌避者が集まって有名であった。

　ベトナムに出動する兵役を忌避した難民として、アメリカの若者たちがカナダに流れ込んできた。「アメリカ独立戦争以来の政治的動機による最大級の脱出だった」[64]。その中の1人で、活動家のマーク・サティン（Mark Satin）は『カナダへ移住する徴兵年齢者への手引書』（*Manual for Draft-Age Immigrants to Canada*）を編集した。本書は大ヒットしてハウス・オブ・アナンシ社のドル箱となり、出版された1968年に25,000部に上った[65]。この『手引書』はカナダへの移住ビザ申請の正式手続きを概説し、「長髪、だらしない服装、平和バッジを付けた来訪者は、他より長く調べられる」と下線を施している[66]。カナダの学校にも言及してある。特にアルバータ大学は「寒冷地のため幸福感は望めず」、マニトバ大学は「退屈でやぼったい」と一蹴。ブロック大学は「小さい町」が減点対象（pp. 72, 73）。コスモポリタニズムのおかげで、マギル大学とモントリオール大学は「とても刺激的な場所」（p. 62）とされ、モントリオール市自体と共に、高いランクが付けられている。ただし、万博以降の不景気については移住者たちに忠告されているが。

　『手引書』にはキャラハン（Morley Callaghan）、リッチラー、ローレンス（Margaret Laurence）、コーエン、サン・ドゥニ＝ガルノー（Saint Denys-Garneau）、デニス・リー（Dennis Lee）など簡潔な文学作品リストが、デイヴ・ゴドフリー（Dave Godfrey）の編集でカナダ文学紹介として掲載されている。しかし『手引書』そのものはカナダとアメリカ関係の文書としてカルト的地位を得ている。「理想的な」アメリカ移民の特質が受け入れ側の文化的特質と共に記述されているからだ。レイチェル・アダムズ（Rachel Adams）が例示しているように、徴兵忌避者は文学的人物およびヤクザ的人物として登場してくる。アトウッドの『寝盗る女』（*The Robber Bride*）やリッチラーの『バーニーの見解』（*Barney's Version*）のようなカ

ナダ小説、およびジョイス・キャロル・オーツ（Joyce Carol Oates）の『国境を越えて』（*Crossing the Border*, 1976）やヴァレリー・マイナー（Valerie Miner）の『移動』（*Movement*, 1982）のようなアメリカ小説だ。このような作品では、カナダは概して徴兵忌避者が亡命生活を送る空白地の機能を果たしている。彼らは、愛国的な理想に応じないとして祖国では罵られ、カナダ人支援者たちからは恨みと疑いの目で見られる。徴兵忌避者を自国の寛容さとアメリカ帝国主義への抵抗の表現とみなしながらも[67]。『寝盗る女』のビリーは、カナダ人の恋人カリスの純真さを食い物にし、娘を妊娠している彼女を残して合衆国に帰ってしまう。彼は密告者になって身の安全をはかるが、後にはワシントンで落ちぶれ果てる。そんな物語のいくつかの部分はズィーニアの典型的な作り話なのだが、それによってカリスはビリーの呪縛から解放される。ビリーの詳細な半生記がどうであれ、ビリーはカナダ人の素朴さを食い物にする奴、道徳的にも卑怯者として描写されている。

アダムズは、徴兵忌避者を「政治的信念とは無縁」、「忌避者の真剣な抗議行動を台無しにする」と断言してそのような描写を批判する（p. 416）。それに反して、徴兵忌避者を描いたカナダの作家たちは彼らがカナダにもたらす脅威こそ最も重大な問題であると考える。『カナダの大学の苦闘──調書』（*The Struggle for Canadian Universities: A Dossier*, 1969）で編者のロビン・マシューズ（Robin Mathews）とジェイムズ・スティール（James Steele）は、カナダの大学へのアメリカ人の流入調査でその脅威の一面を指摘した。これもまた、以前に起こった英国の学者たちによる植民地支配の続きにすぎないと論じている。

一方、他のカナダ人たちは、カナダが自国の問題に関わりすぎていると考えた。ド・ゴール仏大統領の講演後の翌朝の朝刊を読むと、トランブレの主人公セリーヌはド・ゴールのパフォーマンスを記載する見出しが、デトロイトの黒人暴動の記事の報道をほとんど完全に押しのけているのを見てショックを覚え、カナダ人は冷静に物ごとを見る目を持たぬのではないかと考える。万博を主として自分たちを教育する場と考えていた入場者たちには、世界のあちこちで起きている政治的大変革を伝える展示が少ないのが不満だった。ただし、クリスチャン館を訪れて『ヘルマンのスクラップブック』との関係で前に述べたシャルル・ガニョン監督の深刻な映画『八日目』を見た入場者たちからはそんな不満は聞かれなかった。それどころか、戦場や、強制収容所、核爆発の残酷で言葉にもならない映像のコラージュは、多くの観客が見るに堪えないほど残酷であると思った。「一層の協力と科学技術で、人類の発展は約束されているとするエキスポ67の希望宣言を、パビリオン全体が明白に疑問視していた」（Miedema, p. 174）。1960年代の、時にはひどく恐ろしい世界の出来事や社会革命の背景に対して、カナダ文学もその国際的責務や国内の多民族人口への影響を認めていた。

こういった問題に取り組んだ書物は、センセーショナルな作品として売られる傾向があった。「カナディアン・リテラチャー」誌で、マクレランド・アンド・スチュワート社及びマクミラン社は、ジェッシー・L. ビーティー（Jessie L. Beattie）の『橋の強度』（*Strength for the Bridge*, 1966）を売り込んだ。本書は第二次世界大戦中の日系カナダ人へのショッキングな扱

いを生々しく詳細に語っている小説である。さらに、チャールズ・E. イズリエル（Charles E. Israel）の『壁に映る影』（*Shadows on a Wall*, 1965）は、十代の黒人を養女にしたせいで起こる辛い葛藤に悩む知的で洗練されたブランドン夫妻についての物語である。出版社の広告が本の評価に役に立つことはめったにないが、これらの小説自体が陳腐な表現や筋書によって、ジョイ・コガワ（Joy Kogawa）の『オバサン』（*Obasan*, 1981〔邦訳『失われた祖国』〕）がどれほど急進的で（しかも後発で）あったかを明らかにしている。人種問題に関してさらに説得力のある議論を「カナディアン・リテラチャー」誌上で、ジャマイカ出身の詩人で学者のロイド・W. ブラウン（Lloyd W. Brown）がオースティン・クラーク（Austin Clarke）の『合意点』（*The Meeting Point*, 1967）の書評で起こしている。語調が厳しすぎるし、描かれている問題が不自然だというミリアム・ワディングトン（Miriam Waddington）の批判に反論して、ブラウンは断言する。彼女の見解は陳腐な人種的常套句や普遍主義への現実逃避願望に過ぎないと。彼は性的そして民族的固定観念を捨て切ってはいないが、それでも反論は意義深い。特に、周辺的な存在とみなされる2つグループ、黒人とユダヤ人の間にあるかもしれない平行関係を、彼の反論は複雑化しているのだ。万博に行った「黒人観光客」は、差別で苦しまなくてすむと保障されたものの、そのような説明がそもそも発せられねばならないことが問題を明らかにしている。

　ポスト植民地主義と、CUSO（カナダ学生海外協力隊 Canadian University Services Organization）などの組織へのカナダ人たちの参与は、アフリカについての著書をいくつも生み出した。そのうちで最も有名なのは、デイブ・ゴッドフリーの『新しい先祖たち』（*The New Ancestors*, 1970）である。「失われた沿岸」つまりヌクルマア大統領の支配下のガーナをモデルとした架空の国を背景とする小説なのだ。競合する多種類の語り口を通して展開していくマイケル・バーデナー（Michael Burdener）の物語は、ラドヤード・キプリング（Rudyard Kipling）が唱えた「白人の重荷」を再定義して、その失われた沿岸地方の住民に反乱を起こさせる義務に変えている。手帳の書き込み、新聞記事、書簡、そして講義録などのすべてが、主人公のイデオロギーをより明確にしていく一方で、バーデナーの人物像をどんどん捉えどころのないものにしていく。作者はそのようにして、伝統的な人物構成の展開を阻害する。登場人物たちの血縁関係や主人公との関わりが説明されるのは、100ページも過ぎてからなのだ。しかも、彼の義母の精神病についての医療カルテの形で。（「白人で、個人的知己」）の主人公はアフリカ人女性と結婚していて、彼女の実母は「（アフリカの）よき血統」の女性と「カナダの船乗り……多分脱走兵」（p. 90）との娘なのだ。

　この小説では、性的搾取が植民地主義やネオ植民地主義を反映して、英国人と米国人は同じほど非難されている。アフリカ人たちや、さらには「すべての必要な仕事」をこなす「注意深いカナダ人小市民たち」（p. 17）に対する彼らの帝国主義的傲慢さが許し難いのだ。主人公バーデナーは自分の学生たちをけしかける。「［入植者たちの］悪企みを［自分たちの］社会のために盗め」と（p. 161）。英語以外の単語を使いながら説明を拒否し、『新しい先祖たち』

は古典的な植民地化後の戦略を使いこなしている。著者ゴッドフリーは付記「用語リストの欠如について」("A Note on the Missing Glossary")で詳述している。「学者たちが協力して図書館蔵書に作り出した明らかなギャップを、指摘したかったのだ」と。反体制文化の芸術表現でもあり活動手段でもある手紙キャンペーンの名残りさながら、郵便料金を送ってくる読者には「著者ノート集」を郵送すると、著者は申し出ている（p.444）。

マーガレット・ローレンスのアフリカに関する著書は、いずれもカナダ学生海外協力隊と関わりはないが、ソマリの物語や詩の翻訳集『貧者の憩いの樹』(A Tree for Poverty, 1954) は、平和部隊の志願隊員向けとして1970年に再刊された。彼女の小説『ヨルダンのこちら側』(This Side Jordan, 1960)、旅行回想記『予言者のラクダの鈴』(The Prophet's Camel Bell, 1963)、短編集『明日の調教師』(The Tomorrow-Tamer, 1963)、そしてナイジェリアの作家たちを論じた『太鼓と大砲の長い響き』(Long Drums and Cannons, 1968) も、ここに挙げておくべき業績である。彼女の経験を裏打ちしている人道主義自由派の信念のせいで、O. マンノニ（O. Mannoni）などポスト植民地主義の批評家たちを引用しているにもかかわらず、絶対に不可能な所に普遍的な理解を確立させようとしていると、他の批評家たちから非難を浴びせられた。同時に、文化的障壁にかかわらず、人間的交流は可能とみる彼女の信念は、絶えない自己分析と多層的なアイロニーによって練り上げられている。エッセイ集『異邦人の心』(Heart of a Stranger, 1976)[73]の1篇では、自分が語学的にも生活上でも十分には理解できない他文化に対処する「最高の意図」を述べているのだ。

アフリカについて書くことは、カナダについて、そして植民地化体験について語ることでもあると、ローレンスはジョージ・ウッドコック（George Woodcock）に捧げるエッセイで説明してみせる。[74]公民権を剥奪された市民グループをどんな類推法でひとまとめに語るのが適当かという問題は、100周年前後の主要論文を調べ直した評論家たちによって指摘されている。そこで、ジョージ・エリオット・クラーク（George Elliott Clarke）は、ケベックの知識人たちが自分たちの植民地化を多くの黒人種族の例と同等視している例を概観してみせる。特にヴァリエールの『アメリカの白い黒人たち』とラロンドの「白人らしく喋れ」、そしてユベール・アカンの『記憶の隙間』(Trou de mémoire, 1969) も。クラークは批評に抑制を利かしているけれど、ヴァリエールの著書を「意地の悪い魂の叫び」と描写している点などからも、彼の所見が必ずしも称賛一色ではないことが窺える。[75]「白人らしく喋れ」という詩は、多人種に富む社会構成にもかかわらずケベック人を排他的に強調しているせいで、イタリア系カナダ人の詩人マルコ・ミコーネ（Marco Micone）の標的となった。「何を喋れだ」[76]("Speak What") と改題した詩で、ミコーネは自らの移民体験と自分の構想力を形成した新時代の文学や言語を織り込んで、原詩を書き換えてみせている。語調は「白人らしく喋れ」と同じくらい辛辣で断罪的だが、今やかつての被害者たちが抑圧者の皮をかぶって「ますます奴らと同じことを喋るようになっている」と非難するのだ（p. 14）。本書に併載されているニール・テン・コーテナー（Neil Ten Kortenaar）の章〔28章〕では、そうした改変をマルチ文化主義

とグローバル化にからめて解釈してみせてくれる。

　100年祭のためにカナダ文化を定義することと、それを世界に向けて開いて見せるという二元的な仕事は、1960年代以降も反響し続ける問題や疑問を創り出した。ウッドコックは、初めてカナダ文学専門として1959年に創刊された学術誌〔*Canadian Literature*〕の編集者として、尊敬を勝ち取れるだけの優秀な実績を目指して努力した。初期の号では、ハドソン湾会社がスポンサーとして推すラルフ・グスタフソン（Ralph Gustafson）あるいはA. J. M. スミス（A. J. M. Smith）の詩を満載したページなどと共に、ノースロップ・フライを「批評界のカント」と位置付け、カナダ文学と関係のない作家たち（G. B. ショウ、ラファエル前派など）の書評を掲載し、ロバート・グレイヴズ（Robert Graves）やアーノルド・ベネット（Arnold Bennett）の出版を広告し、ナイム・カタン（Naïm Kattan）がモントリオールから出した手紙（「ある国際都市」"une ville internationale"）をはじめ、トロントのロバート・マコーマク（Robert McCormack）やロンドンのD. A. キャメロン（D. A. Cameron）からの手紙などを特集している。そして、フィリス・ブレット・ヤングの『トロント人』については、「女性向け雑誌用の小説」だから売れ行きが良くても取り上げるには値しない、と厳しく突き放した。[77]

　「カナディアン・リテラチャー」誌にみられる文化定義の真剣な語気は、モーデカイ・リッチラーの「メープル・リーフ文化時代」に対する頻繁な攻撃において、コミック的ながら強烈に同調されている。その題名のもとに、リッチラーは各種の団体主導活動に対する自分の反応をまとめて編集した。カナダ・カウンシル、カナダ作家協会、そして『オックスフォード・コンパニオン──カナダの歴史と文学』（*Oxford Companion to Canadian History and Literature*, 1967）のような記念碑的参考文献の編集者たちが、十分な資料と資金援助によるカナダ文学の育成を促していることへのリッチラーの反応である。そのような活動は逆効果をもたらし、褒めるに値する文化の推進の代わりに地方偏狭主義に向かっている、と彼は示唆してみせた。[78] 遅くとも1970年代の初期までには、そんな意見に耐えられなくなった国粋主義派の評論家たちが、リッチラーを非難し始めた。カナダを国外滞在者の視点で見ているとか、地元産の独自文化の創出に精一杯の協力をしていないとか、批判の対象に事実を正確に述べるだけの敬意さえ払っていないとまで。[79] アトウッドの『サヴァイヴァル』（*Survival*, 1972）が出ると、全巻を満たすアイロニーが強いにもかかわらず、振子はカナダというテーマへの没頭に向かい始める。その傾向は間もなく、フランク・デイヴィー（Frank Davey）が1974年の講演を1983年の本に収録した強力なエッセイ「言い換えにも耐え抜いて」（"Surviving the Paraphrase"）によって挑戦されている。[80]

　エキスポ67のオランダ館で特に目立つ展示物は、縦横が3.6メートルと3メートルにも及ぶ巨大な本だった。自動的にめくれていくページが示すのは、オランダ人とカナダ人の結婚許可証、オランダの解放に尽くしたカナダ人たちの役割を親から教えられた子供たちが書いた詩、そして両国の市民たちがやり取りした手紙などだった。[81] 100年祭前後の10年間に出版された多くの書物と同じく、この本も、多種のジャンルやメディアを織り込み使いこな

16　100周年記念

してそのテーマをまとめあげている。伝統的な媒体でありながら、まさしく技術的な珍品なのだ。それは決算書、共同回想記、対話、声明書、協力契約、そして冒険物語でもある。国内外の争議によって根本的に揺さぶられることがある国にとって、書物はまだ問題を調べる場であった。しかし、いつも答えが見つかるとは限らなかったが(82)。

注

〔注について：原書の注の中で、本文に引用した仏文の英語訳のみのものは「引用文の英訳」と記す〕

1. Ada Louise Huxtable, "A Fair with Flair," *The New York Times*（April 28, 1967), p. 18.

2. Donald F. Theall, "Expo 67: Unique Art Form," *arts / canada* 24（April 1967), p. 3.

3. Mark Satin, ed., *Manual for Draft-Age Immigrants to Canada*（Toronto: House of Anansi, 1968), p. 62.

4. "Miniskirts Mix with Tradition at Britain's Bold Entry for Expo," *The Globe and Mail*（April 22, 1967), p. 11.

5. Hélène Pilotte, Michel Monticelli, and Chet Rhoden, "Fête dans les îles," *Châtelaine* 8.8（August 1967), p. 60. この雑誌は英仏両語で出ているが、内容は必ずしも同一ではない。

6. Vivian Wilcox, "What to Wear to Expo," *Chatelaine* 40.3（March 1967), p. 55. Eva-Marie Kröller, "'Une Terre humaine'：Expo 67, Canadian Women, and *Chatelaine / Châtelaine*," in *Expo 67: Not Just a Souvenir*, ed. Rhona Richman Keneally and Johanne Sloan（Toronto: University of Toronto Press, 2010) も参照。

7. *Information Manual Expo '67*（Montreal: no publ., 1967), Section 26, p. 6.

8. Northrop Frye, *The "Third Book" Notebooks of Northrop Frye, 1964-1972: The Critical Comedy,* in *Collected Works of Northrop Frye*, 31 vols.（16 vols. to 2005), ed. Michael Dolzani（Toronto: University of Toronto Press, 2002), vol. IX, p. 87.

9. Donald F. Theall, *The Virtual Marshall McLuhan*（Montreal and Kingston: McGill-Queen's University Press, 2001), p. 126.

10. Pauline Curien, "L'Identité nationale exposée: Représentations du Québec à l'Éxposition universelle de Montréal 1967（Éxpo 67)," Ph.D. thesis, Université Laval, 2003, pp. 387-91 参照。

11. Carl Spadoni and Judy Donnelly, *A Bibliography of McClelland and Stewart Imprints, 1909-1985: A Publisher's Legacy*（Toronto: ECW Press, 1994) 参照。

12. イヌイット語の一方言イヌクティット語で「人と人が出会う場所」の意。カティマヴィックは逆ピラミッド型でカナダ館を特徴づけた。

13. Mordecai Richler, "Êtes-vous canadien?," *The Great Comic Book Heroes and Other Essays*（Toronto: McClelland and Stewart, 1978), p. 23 参照。

14. 戦時措置法（the War Measures Act) は、イギリスの上級貿易委員のジェイムズ・クロスと自由党の政治家ピエール・ラポルトが独立主義のケベック解放戦線FLQに誘拐され、後にラポルトは殺害されたこ

とを受けて発動された。

15. この表現は、"L'Identité nationale," p. 27 中に Curien が使っている："[Les expositions] sont véritablement un laboratoire de négociation des identitiés nationales."

16. Hugh Hood, "It's a Small World," *Tamarack Review* 44 (Summer 1967), p. 71.

17. F. R. Scott, "The Indians Speak At Expo '67," in *Collected Poems* (Toronto: McClelland and Stewart, 1981), p. 277.

18. Michel Tremblay, *Le Cahier rouge* (Montreal: Leméac, 2004), pp.23-4. 三部作中、他の 2 冊は *Le Cahier noir* (2003) および *Le Cahier bleu* (2005)。うち最初の 2 冊が 2008 年秋までに、いずれも Sheila Fischman により、*The Black Notebook* (Vancouver: Talonbooks, 2006) および *The Red Notebook* (Vancouver: Talonbooks, 2008) の題名で出版されている。特記されぬ限り、英訳は筆者による。

19. Caroline Montpetit, "Michel Tremblay: Les Dessous d'une ville propre," *Le Devoir* (November 20-1, 2004), http://www.ledevoir.com/2004/11/20/68971.html. Accessed 15 March 2009.

20. Pierre Vallières, *Nègres blancs d'Amérique*, 1968 (Montreal: Typo, 1994), p. 249. "A city[clothed in] the purity and morality of a dried-up, ugly old maid." Translation from Vallières, *White Niggers of America*, tr. Joan Pinkham (Toronto: McClelland and Stewart, 1971), p. 146.

21. Robert Majzels, *Hellman's Scrapbook* (Dunvegan: Cormorant Books, 1992), pp. 128-9.

22. Patricia Merivale, "Portraits of the Artist," *Canadian Literature* 140 (Spring 1994), pp. 100-2 参照。

23. Fernande Saint-Martin, "Le Peuple de Montréal doit-il être sacrifié aux touristes? (éditorial)," *Châtelaine* 9.5 (May 1968), p.1.

24. Scott Symons, *Place d'Armes* (Toronto: McClelland and Stewart, 1978 [1967]), p.238.

25. "The editor's page," *arts / canada* 24.4 (April 1967), n.p.

26. Richler, "Expo 67," in *The Great Comic Book Heroes*, p.116.

27. Gary R. Miedema, *For Canada's Sake: Public Religion, Centennial Celebrations, and the Re-making of Canada in the 1960s* (Montreal and Kingston: McGill-Queen's University Press, 2005), p.116.

28. *Expo 67: Guide Officiel / Official* (Toronto: MacLean-Hunter, 1967), p.51.

29. Kathy Reichs, *Déjà Dead* (New York: Scribner, 1997), p. 15. Kathy Reichs は法医人類学者で、ノースカロライナ大学 とケベック州を拠点に仕事をしている。Expo 67 がモントリオールの様相を永久に変えてしまった様子については、Currien, "L'Identité nationale," p. 323、著者への情報提供者のコメントを参照。

30. Hugh MacLennan, "Boy Meets Girl in Winnipeg And Who Cares?," in *Scotchman's Return and Other Essays* (Toronto: Macmillan, 1960 [1959]), p. 118-19.

31. the exhibition catalogue: André Lortie, *The 60s:Montreal Thinks Big* (Montreal and Vancouver: Canadian Centre for Architecture / Douglas and McIntyre, 2004) 参照。

32. Elizabeth Hay, *Late Nights on Air* (Toronto: McClelland and Stewart, 2007), p. 162.

33. Pierre Berton, *1967: The Last Good Year* (Toronto: Doubleday, 1997), p. 48. Misao Dean, "The Centennial Voyageur Canoe Pageant as Historical Re-enactment," *Journal of Canadian Studies* 40.3 (2006), pp. 43-67 参照。ページェントは、ルイ・リエル以来最初のメティスの国会議員 (1963-5)、Gene Rhéaume の発案によるが、こ

のイベントへの先住民の参加は最小限であった。

34. Chief Dan George, "A Lament for Confederation" (1967), in Jeannette C. Armstrong and Lally Grauer, eds., *Native Poetry in Canada: A Contemporary Anthology* (Peterborough: Broadview Press, 2001), pp. 2-3.
35. Judith Skelton Grant, *Robertson Davies: Man of Myth* (Toronto: Viking, 1994), p. 443.
36. Elspeth Cameron, *Hugh MacLennan: A Writer's Life* (Toronto: University of Toronto Press, 1981), pp. 337-8.
37. "A hymn to the greatness of Man," Pierre Dupuy, Preface, T*erre des hommes / Man and his World* (Ottawa: Canadian Corporation for the 1967 World Exhibition, 1967), p. 16. Joyce Marshall's が同時に出した英訳は直訳を避けて、"Here, with unparalleled grandeur, Man's noblest endeavours speak for themselves." としている。
38. "Le Thème raconté par Gabrielle Roy / The Theme Unfolded by Gabrielle Roy," *Terre des hommes*, p.42.
39. Michel Tremblay, *Birth of a Bookworm*, tr. Sheila Fischman (Vancouver: Talonbooks, 2003).
40. 仏文の英訳。
41. この不一致については François Ricard, *Gabrielle Roy: Une vie* (Montreal,1996), pp. 426-7 を参照。
42. 引用文はいずれも、Gabrielle Roy, *The Fragile Lights of Earth: Articles and Memories 1942-1970*, tr. Alan Brown (Toronto: McClelland and Stewart, 1982), p. 204 より。
43. "Colonialisme quotidien: centre bilingual centre," *numéro du centrenaire : aliénation et dépossession, Parti pris* 4.9-12 (May-August 1967), pp. 19-20.
44. Pierre Maheu, "signe des temps?" *Parti pris* 4.9-12 (May-August 1967), p. 222.
45. Pilotte *et al*., "Fête," p. 60.
46. Jean-Paul Desbiens, *Les Insolences du frère Untel* (Ottawa: Éditions de l'homme, 1960), p. 24. joual は cheval の誤った発音ではないかと思われる。この単語は 1950、1960 年代にジャーナリストの André Laurendeau により広められたが、それよりずっと以前から使われていた。
47. Pierre Vallières, *Nègres blancs d'Amérique* (Montreal: Typo, 1994 [1968]), p. 56. *White Niggers*, p. 18 では"functionary" と訳されている。
48. "Vallières, *White Niggers*, p. 22.
49. 仏文の英訳。
50. Patricia Smart, "Introduction," in Claire Martin, *Dans un gant de fer*, (Montreal: Les Presses de l'Université de Montréal, 2005 [1965]), p.7. 英訳は Claire Martin, *In an Iron Glove* , tr. Philip Stratford (Toronto: Ryerson Press, 1968), p. 81.
51. Martin, *Gant de fer*, p. 162; *Iron Glove*, p. 81
52. Martin, *Gant de fer*, p. 336; *Iron Glove*, p. 236.
53. Martin, "Lettre de démission de la Société royale du Canada," in *Dans un gant de fer*, "Appendices," pp. 638-9.
54. Mordecai Richler, *The Street* (Toronto: McClelland and Stewart, 1969), p.11.
55. Roch Carrier, *They Won't Demolish Me!*, tr. Sheila Fischman (Toronto: House of Anansi, 1973).
56. Richler, *The Street*, p.11.
57. Sherry Simon, *Translating Montreal: Episodes in the life of a Divided City* (Montreal and Kingston: McGill-Queen's

University Press, 2006), p.60.

58. Chava Rosenfarb, "Canadian Yiddish Writers," Pierre Anctil, Norman Ravvin, Sherry Simon, eds., *New Readings of Yiddish Montreal / Traduire le Montréal Yiddish / Taytshn un ibertaytshn Yiddish in Montreal* (Ottawa: Ottawa University Press, 2007), p. 11 参照。

59. Simon, *Translating Montreal*, p. 90.

60. Chava Rosenfarb, "The Greenhorn," *The Survivors: Seven Short Stories*, tr. Goldie Morgentaler (Toronto: Cormorant Books, 2004), p. 4. "A Friday in the Life of Sarah Zonabend" 以外の物語はすべて、1974年から1994年の間にイディッシュ語で出版されている。

61. Rosenfarb, "Edgia's Revenge," in *The Survivors*, p. 104.

62. Simon, *Translating Montreal*, p. 93.

63. Symons, *Place d'Armes*, p. 17.

64. Rachel Adams, "'Going to Canada': The Politics and Poetics of Northern Exodus," *The Yale Journal of Criticism* 18.2 (2005), p. 409.

65. アトウッドの『サヴァイヴァル』も同様の収入源であった。彼女が同書2004年版の序文で述べている。

66. Satin, *Manual*, pp. 8-9.

67. Adams, p. 431.

68. *Canadian Literature* 28 (Spring 1966) および 24 (Spring 1965) の見返し。

69. Lloyd W. Brown, "Austin Clarke in Canadian Reviews," *Canadian Literature* 38 (Autumn 1968), pp. 101-4.

70. "Negroes assured on Expo housing," *The New York Times* (March 22, 1967), p. 2.

71. Expo 67 のテーマを考えれば、Godfrey が Bill McWhinney と共にボランティアの回想録集、不吉な題名を持つ *Man Deserves Man: CUSO in Developing Countries* (Toronto: Ryerson Press, 1968) の共同編集者であったことは指摘に値する。

72. Dave Godfrey, *The New Ancestors* (Toronto: New Press, 1972), p. 93.

73. Margaret Laurence, "The Very Best Intentions," in *Heart of a Stranger* (Toronto: McClelland and Stewart, 1976), pp. 33-43.

74. "Ivory Tower or Grassroots?: The Novelist as Sociopolitical Being," in *A Political Art: Essays and Images in Honour of George Woodcock*, ed. W. H. New (Vancouver: University of British Columbia Press, 1978), p. 17.

75. George Elliott Clarke, *Odysseys Home: Mapping African-Canadian Literature* (Toronto: University of Toronto Press, 2002), p. 165f.

76. Marco Micone, *Speak What*, with an analysis by Lise Gauvin (Montreal: vlb éditeur, 2001 [1989]).

77. Robert McCormack, "Letter from Toronto," *Canadian Literature* 7 (Winter 1961), pp. 54-8.

78. Richler, "Maple Leaf Culture Time," "Êtes-vous canadien?", "Expo 67," *The Great Comic Book Heroes*, pp. 15-20, 21-6, 104-18 参照。

79. Donald Cameron, "Don Mordecai and the Hardhats," *Canadian Forum* (March 1972), pp. 29-33.

80. *Frank Davey, Surviving the Paraphrase: Eleven Essays on Canadian Literature* (Winnipeg: Turnstone Press, 1983) 参

照。

81. Pilotte *et al.*, "Fête," p. 60.
82. 学術的アドバイスを提供された次の諸氏に感謝する。Réjean Beaudoin, André Lamontagne, Janice Fiamengo, Monika Kin Gagnon, Goldie Morgentaler.

17

ノンフィクションの形式——イニス、マクルーハン、フライ、グラント

デイヴィッド・ステインズ
（David Staines）

　ハーバート・マーシャル・マクルーハン（Herbert Marshall McLuhan, 1911-80）は、晩年のインタビューで、自分が強い影響を受けた人々を回顧している。彼によると、ハロルド・アダムズ・イニス（Harold Adams Innis, 1894-1952）は、「2400年前の文字文化の誕生以来、テクノロジーの効果について研究した唯一の人だった」という。「そのような機会に恵まれた偉大な人物はいくらでもいたと考えれば、驚異的な事実です。読み書きのできる人間に文字文化が与えた影響を研究した唯一の人物だったのです」[1]。

ハロルド・イニス

　1894年、南西オンタリオの田舎で生まれ、同地で育ったハロルド・アダムズ・イニスは、1916年、マクマスター大学卒。歴史と政治経済学を修める。従軍し、大西洋を渡る。ヨーロッパでの戦争に彼は倫理的な大義を見出したからだ。「キリスト教の信仰がなければ、従軍しなかっただろう。しかし、主が言われたように、すべてを捨て、自分の十字架を手に取り、私に従いなさい、なのだ」と姉妹に宛てて書いた[2]。けれども、戦争の恐怖の体験を経た彼は不可知論者を自認するようになり、バプテスト派の信仰も、牧師になる計画も捨て去ることとなった。

　マクマスター大学に戻ったイニスは1918年に政治経済学で修士号を取得、その後シカゴ大学に進み、1920年に博士号を取得する。経済史学者のチェスター・ホイットニー・ライト教授（Chester Whitney Wright）の指導の下でまとめた博士論文は、「カナダ太平洋鉄道の歴史」である。就職先の話はいくつかあったが、「カナダの大学から話が来ることを期待して」[3]それらを断わった。1930年、トロント大学政治経済学部に赴任し、1937年にはカナダ人初の学部長に就任。47年には大学院の初代院長となる。これら2つの要職を保持したまま、1952年、58歳の誕生日の数日後に癌で没す。

　博士論文を拡張して1923年に出版した最初の著書『カナダ太平洋鉄道の歴史』（*A History of the Canadian Pacific Railway*）は、図表や統計を駆使してカナダの大陸横断鉄道の発達を

直線的(リニア)に叙述したもので、その結果、鉄道敷設以前にさまざまな形態の輸送手段がカナダに存在していた高い可能性を明らかにした。強固な鉄道網の出現で、カナダの隠れていた統合性が見えるようになった。ラムゼイ・クック（Ramsey Cook, b.1931）は次のように述べている。「カナダは地理的・経済的な単一体(ユニット)であった。今日では明らかだが、彼〔イニス〕はカナダの地理的なつながりが、南北のみならず、東西にもあることを示したのだ(4)」。

『カナダ太平洋鉄道の歴史』の終章は次のように始まる。

> カナダ太平洋鉄道の歴史は、北米大陸の上半分への西洋文明の拡がりの歴史だとまず言える。カナダ太平洋鉄道会社の資産に数えられる技術的な設備がそこに加わるのは、この文明の力の原因であると同時に結果でもある。鉄道の敷設とは地理的障害の克服を目指すエネルギーの趨勢の結果だった。敷設後に続く時代における文明化の強度や特徴の変容を把握することで、敷設の効果はある程度評価できた(5)。

これらの言葉には、イニスの次の研究の計画がすでに開示されていた。すなわち、毛皮交易と漁業の研究であり、鉄道以前に、国内の河川網を用いた人々によって、カナダのコミュニケーションの道筋が、すでに作られていたことをこれらの研究は物語るのである。

1930年に出版された『カナダにおける毛皮交易』（"*The Fur Trade in Canada*"）には、「カナダ経済史序説」（An Introduction to Canadian Economic History）と副題がある。イニスは「前書き」でこう説明する。「この〔毛皮交易という〕テーマへの関心は、カナダ太平洋鉄道の研究から生まれた。それをまとめた私の本にしても、毛皮交易やカナダの連邦結成を扱った幾多の本にしても、このテーマを十分に取り扱えたとは言えまい。その気持ちが本書をまとめるきっかけとなった(6)」。鉄道の研究から生まれ、やはり図表や統計を駆使し、直線的な叙述でまとめた新著は、罠漁師たちが確立したルートが、毛皮交易後の交通ルート全般を決めていたことを鮮やかに描き出した。その上でイニスは、貿易品の価格と量を決めるはずの英国の経済モデルはカナダのような新興国には向かないと主張する。他のあらゆる若い国々と同様に、カナダの抱える経済的問題は、既存の国々の経済学を研究しても十分に説明できないのだ。

その結果、イニスはステープル（一次産品）をめぐる独自の理論を構築した。「ステープルは政府、ビジネス、社会のあいだの絆に光を当てた。それによって地理学、政治学、社会学に経済学が結びつき、それらの学問すべてがカナダ史の研究に総動員されることになったのだ(7)」。毛皮や魚など、ステープルを帝国の中心へ次々に供給することでカナダが成長を続けた事実をイニスは示す。貿易の拠点が集中していくにつれ、ステープルは独占を導く。ハドソン湾会社がその例であり、この会社はステープルの痕跡として、この若き国カナダの経済発展に衝撃を与え続けたのである。

『カナダにおける毛皮交易』の結論の中で、イニスはこう述べる。

初期の交易において最も前途有望な資源は、あり余るほどの魚だった。特にタラは、
　　　ニューファンドランドのグランド・バンクス沖とセントローレンス湾付近で捕れる。豊
　　　富なタラのおかげで、人々はあらん限りの精力を漁業の経営に注ぎ込み、漁業は大規模
　　　に発達した。(8)

　その後の10年間、イニスは、1497年から1936年までのタラの国際取引の発達を調べ上げた。その成果は1940年の著書『タラ漁業』(*The Cod Fisheries*)にまとめられた。「国際経済史の一例」("The History of an International Economy") という副題は適切なものだ。かつて毛皮交易に関する独創的な仕事で図表や統計や直線的な叙述を用いた彼は、再びこれらを動員し、タラによって多様で分散化した社会がどのように創られたかを描き出した。こうした漁業の報告によって、カナダが独自の経済、独自の利益、独自の必要性（ニーズ）をもつ国であることが証明されたのである。『タラ漁業』は、「オタワに劣らず、カナダを構成する他の地域にも同様の必要性がある」(9)ことを知らしめたのだ。

　『タラ漁業』の直線的な叙述では、フランス、スペイン、英国の各中心地の説明に始まり、カナダ大西洋岸の諸州の経済の隆盛が扱われる。最後に、連邦結成後に設定された関税がかつて栄えた諸州を罰したさまが描かれる。これはまさに「国際的」な経済競争を論じたものであり、かつて毛皮交易に限られていたイニスの研究領域は米国やヨーロッパにまで拡張したのである。かくして『カナダ太平洋鉄道の歴史』『カナダの毛皮交易』『タラ漁業』は、輸送手段とステープル（毛皮と魚）を通して若い国家が成長するさまを克明に記す三部作となった。カナダは偶然に生まれた人工的な構築物ではなく、地理的・経済的な道筋に基づく自然なコミュニティだったのである。カナダという国は、イニスがよく述べていたように「その地理にもかかわらず生まれたのではなく、その地理ゆえに生まれた」(10)のである。

　彼の最後の著作は、1950年の『帝国とコミュニケーション』(*Empire and Communications*)、1951年の『コミュニケーションの傾向性』(*The Bias of Communication*)〔邦訳『メディアの文明史──コミュニケーションの傾向性とその循環』1987年〕、1952年の『変化する時間概念』(*Changing Concepts of Time*) の3冊である。これらは、今日ではコミュニケーション研究の先駆けと評価されている。(11)イニスは「外的世界の通商路から、精神の通商路」(12)に関心を移し、古代エジプトから今日に到るさまざまな社会における情報の梱包方法（パッケージング）に着目し、帝国の耐久性と帝国を保持するコミュニケーション様式とのあいだの連繫性を探求した。帝国の安定性に及ぼすコミュニケーションの影響に焦点を合わせることで、イニスの最後の研究はカナダや諸文明の経済成長のパターンを説明するに到ったのである。

　のちの著作になればなるほど、イニスの言説はアフォリズムの様相をいっそう強めていった。ジェイムズ・W. ケアリーは「不明瞭で、腹立たしいほど曖昧で、省略の多い文体」だと非難したし、ロナルド・B. ハッチはこう述べた。(13)「詳細を積み上げるばかりのイニスの文

章は、読者にとっては難解で、後年の著作は特に謎めいていた。アフォリズムによる文体に訴えることで、印刷された言葉という彼の用いるメディアの制約から逃れようと奮闘しているようにみえる〔[14]〕」。しかし、マーシャル・マクルーハンは、この文体がイニスの思考を反映しているのだと主張した。

> 後期のイニスは必然的に断続的な文体に向かった。これはアフォリズム的で、心のカメラで画像を切り取っていくようなやり方であり、彼の求めるものには不可欠だった。後期の文章において、パラグラフを線的に展開していく方法は放棄された。個々の画像を素速くモンタージュしていくためだったと言えよう。［……］この文章は、ページの上で何が起こっているかを着実に見据えることを求めている。一定の型やパッケージに収められた発想や概念を伝えることは意図されていないのだ[15]。

1980年、ハーマン・ノースロップ・フライ（Herman Northrop Frye, 1912-91）は、イニスが業績を成した時期の自分がいかに無知であったかを語った——「恥ずべきことに、1950年から52年頃に発表されたハロルド・イニスの後期の仕事について、当時の私はその意義をまったく理解していなかった。文体は不可解だし、テーマも自分には無縁だと思っていた」と。フライは続けてイニスの不朽の栄光について指摘する。

> 私が駐屯地精神（garrison mentality）と呼ぶところのものを彼は内面に持っていた。大学についてはあれほど冷淡に難解な言辞を発していたにもかかわらず、大学は彼の駐屯地であり続けた。学問ばかりか社会にも情熱的に関与をしていなければ、あれほど広範囲にわたって想像力を発揮することは無理だったかもしれない[16]。

1920年の時点でカナダ人の経済学者は少なかったが、イニスの見事な歴史感覚を共有する経済学者はさらに少なかった。イニスは「生まれながらの歴史家」であり[17]、しかも実体験への好奇心が旺盛であった[18]。カナダ太平洋鉄道の研究から世界史を貫くコミュニケーションの変遷の研究まで、そのあらゆる著作には、歴史家としての彼が存在するのである。

その生涯と、博士論文に始まる多くの著作の中に、自国カナダに対するイニスの強い愛情と誇りが感じられる。他国民ばかりかカナダ人にとっても、カナダがほとんど未知の国であった時代である。カナダ人にカナダを説明し続けるのが自分の使命だと彼は考えた。カナダ人が自分たちの存在と世界における位置づけを把握し、その真価を理解できるようにとの思いがそこにこめられていた。

マーシャル・マクルーハン

1911年、アルバータ州エドモントン生まれ。マニトバ州ウィニペグで育つ。名目ばかりのバプテスト派の家庭出身の彼は、技師を目指してマニトバ大学に進んだ。しかし、工学から英文学に専攻を変え、1933年に英文学と哲学で学士号を取得し、1934年、ジョージ・メレディス（George Meredith）を取り上げて英文学の修士号を受ける。その後、英国のケンブリッジ大学に進み、2度目の学士号（1936年）と修士号（1940年）を取得。さらに1943年に英文学の博士号を受けた。学位論文は「当時の学問におけるトーマス・ナッシュの位置」（"The Place of Thomas Nashe in the Learning of His Time"）を扱ったものだった。

1930年代初めにG. K. チェスタトン（G. K. Chesterton）やヒレア・ベロック（Hillaire Belloc）の著作を読んだマクルーハンは、1937年、カトリックに改宗した。そのときに代父を務めたのはホプキンズ学者のジョン・ピック（John Pick）だった。毎日ミサに出るほどの敬虔な信者となったマクルーハンだが、信仰は著作の背後に隠した。しかし、信仰が思考に大きな役割を果たしたのは間違いない。[19]

ケンブリッジでの滞在を終えたマクルーハンは、米国のウィスコンシン大学で非常勤講師として1年間教えた。現地ですぐに気づいたのは、文学を通したのでは、学生たちとは直接的な意思疎通ができないことだった。彼らが親しんでいたのは、ディケンズの小説よりも、漫画の本だったのだ。

> 学部1年生のクラスを担うこととなった私は、彼らについて理解できないことにふと気づいた。彼らの領分であるポピュラー・カルチャーをすぐに勉強しなくてはならなかったのだ。つまり、広告、スポーツの試合、映画である。それも教育だった。私の教育計画の一部を成していた。彼らと同じ地平に立つことこそが教育における私の戦略だった。つまりポップ・カルチャーの地平である。広告は彼らに近づくにはたいへん便利な形式だった。[20]

若き日のマクルーハンは、コールリッジ、キーツ、シェイクスピア、テニスンについても多くの論考を書いたし、T. S. エリオット、ジョイス、パウンドといった同時代の詩人や作家も当然取り上げたが、加えて彼が手を染めたのは、ポピュラー・カルチャーの探求方法の開発だった（探求方法を彼は「探査」（プローブ）と呼んだ）。そのようにして、自分の文学への関心と、学生たちのポピュラー・カルチャーへの関心を両立させたのである。セントルイス大学（1937～44年）、オンタリオ州ウィンザーのアサンプション大学（1944～46年）と教鞭をとったあと、彼はトロント大学のローマ・カトリック系のカレッジであるセント・マイケルズ・カレッジの英文学科に着任した。トロント大学で彼と妻のコリンヌを最初にディナーに招待したの

はノースロップ・フライ夫妻だった（当時のフライは同大学の合同教会系ヴィクトリア・カレッジの若い教授で英文学を専門としていた）。以後、トロントに住み続けたマクルーハンは、1979年9月に脳卒中の大きな発作に見舞われ、その後遺症のために、残りの人生において、読む能力も、いくつかの文句以外の発話能力も失った。1980年12月31日未明の睡眠中に、彼は息をひきとったのである。

1951年に出版された最初の単著『機械の花嫁——産業人間のフォークロア』(*The Mechanical Bride: Folklore of Industrial Man*)のカバーに書かれていたように、マクルーハンは「その関心を『文学』に限ることがなく、その旺盛な知的好奇心を現代社会のあらゆる断面に向けてきた」のである。(21)この本は、大量の広告、漫画、新聞の第一面を研究し、それらのあいだの関係を示す。その試みは——

> これらのことがらが生み出すめくるめく光景の中心に読者を送り込むためである。読者はそこに立ち、この万人の関与する進行中の動きを観察できるのだ。この動きの分析から、多くの個々の戦略がひとりでに浮かぶことが期待される。しかし本書は、そのような戦略を考慮して書かれた箇所はほとんどない。(22)

この引用の末尾の見解は、その後のマクルーハン理論の中核にある。彼は戦略を決して提案しない。目を向け、観察し、見守ることだけを探求する。(23)答えは本のページを超えたところにある。知見を得た読者は自分なりの結論を得られるはずだ。マクルーハンはのちに述べている。「何に関しても、私には何の理論もない。輪郭や、力の線や、圧力を見つけることで、私は観察をするだけだ」。(24)

『機械の花嫁』という書名が示すように、テクノロジーとセックスが人々の意識における一般的な思考パターンを構成する。マクルーハンはこの2つの要素が機能する場を指し示す。それは「あちこちに現れる、セックスとテクノロジーと死が集結したイメージ」であり、そのイメージが「機械の花嫁の神秘性を醸し出すのだ」と述べる。(25)この本は「広告や漫画が登場人物として振る舞う新種のSFである。私の目的はそれらが活動する共同体を示すことであって、何かを証明することではないため、新種の小説とみなすことができるのである。」(26)「大衆が夢中になる商品を複雑な含みを持つ表意文字として」(27)研究するこの本は、広告の邪悪な操作から人々を解放するためにある。

『機械の花嫁』は、資本主義、産業主義、自動化された機械主義に対する見事な異議申し立てだった。だが、テレビの出現によって、この本も、流行遅れの新しい部族主義になってしまった。つまり、「『機械の花嫁』は、テレビによって徹底的に否定された本の好例になったのである。米国の生活における機械をめぐるあらゆる前提はテレビの登場によって変化した。米国の生活は組織的な文化になった」。(28)しかし、『機械の花嫁』のおかげで、マクルーハンはイニスの軌道に乗ることができたのだ。

『機械の花嫁』を介して私は彼〔イニス〕と出会った。彼があの本を読書リストに入れたと聞き、いったいどんな学者が『機械の花嫁』のような本を読書リストに入れるのか、ぜひ知りたくなった。そこで私はつてをたどり、彼と会った。彼の人生に残された数年間、私たちの交流が続いたのである(29)。

　イニスの『帝国とコミュニケーション』や『コミュニケーションの傾向性』に基づいたのが、マクルーハンの２番目の著作『グーテンベルクの銀河系──活字人間の形成』(*The Gutenberg Galaxy: The Making of Typographic Man*) である。1962年に出版されたこの本は、コミュニケーションの新しいメディアが生まれるたびに、それを用いる人々の物の見方がすっかり変わってしまうことを説得力をもって主張する。グーテンベルクによって人間のコミュニケーションのパターンに導入された印刷技術が民族主義(ナショナリズム)の伝播をもたらしたと主張したのがイニスであり、印刷技術の発明が西洋人の基本的な経験様式を形作ったことを明らかにしたのが、この本におけるマクルーハンである。グーテンベルクのおかげで、プライバシーが重視されるようになり、また、人間の感覚に著しい変化が生じたばかりか、感覚の分離が起こった。印刷技術の進歩に伴い、「聴覚と触覚からの知覚のいっそう徹底した分離が起こった。近代の読者もここに巻き込まれているのであって、ページを見た瞬間、視覚が音に完全に変換されてしまうのだ」(30)。

　線的ではなく放射状のスタイルで議論を展開し、ニュー・クリティシズムの批評家ならではの緻密な読みをもって、マクルーハンは次のことを示す。すなわち、あらゆるテクノロジーが新しい人間環境を生み出すこと、そして、テクノロジーの環境が、人間を受動的に含めるだけでなく、人間や他のテクノロジーを作りかえる能動的なプロセスでもあることを示すのである。みずからの時代をめぐって、マクルーハンはさらに次のように指摘する。「今や、人類という家族は、『地球村』という状況に置かれている。〔……〕新しい相互依存性が、地球村というイメージの中に世界を再創造する」(31)。このイメージは、共同体の言語形式としての電子メールや電子的な村としてのインターネットの普及を予見するものであった。

　この『グーテンベルクの銀河系』の中で、マクルーハンは自分の考察の多くがイニスに負うことを認めた。なぜならイニスは「印刷技術がなぜ部族主義ではなく民族主義を生み出すかを説明し、また、なぜ印刷技術が価格システムをもたらし、なぜ市場が印刷技術なしには存在しないかを解き明かしたからだ」と言う。「要するに、ハロルド・イニスは、メディア・テクノロジーの諸形態に潜む変化のプロセスに初めて気づいた人なのである。本書は、彼の業績に対する注釈にすぎない」(32)。『グーテンベルクの銀河系』は、カナダ総督賞（ノンフィクション部門）を獲得した。この栄誉によってマクルーハンの名声は高まった。ちなみに審査委員長はマクルーハンの同僚、ノースロップ・フライだった。

　『グーテンベルクの銀河系』が社会における印刷技術の効果に焦点を絞っていたのに対し、

2年後の1964年に出版された彼の3冊目の著作『メディアの理解』(*Understanding Media: The Extensions of Man*) は、20世紀の人々のコミュニケーション・ネットワークの諸効果を研究する本である。新しいテクノロジーは毎日の生活や文化に影響を与え続けており、人々は電子時代の犠牲者になりつつある。マクルーハンは複雑な電子時代にプローブ（探査）を施し、地球が1個の村と化し、人々が再び部族的な生活に戻る様子を観察する。

　『メディアの理解』では、マクルーハンの考察における基礎的な概念がいくつか新たに現れる。例えば、有名な「メディアこそがメッセージである」(The medium is the message.) もそうである。ここで示唆されるメッセージとは、電子メディア時代の人間はものごとの構造や秩序を同時的に把握するようになることである。加えて、ホット・メディアとクール・メディアという概念も出てくる。「つまり、ホット・メディアは参加度が低く、クール・メディアは参加度やオーディエンスによる補完度が高い。すると当然、ラジオのようなホット・メディアの使用者に対する影響は、電話のようなクール・メディアとはかなり異なる[33]」。さらに、「クール・メディアは、それが話し言葉であろうと、原稿であろうと、テレビであろうと、ホット・メディアよりもはるかに多くのことを聴取者や利用者に委ねてくれる[34]」。

　何よりもマクルーハンが気づいていたのは、芸術家こそが現代世界の真の本質を察知できる非凡な才能の持ち主だということだ。「科学でも人文学でもいい、どの分野であろうと、芸術家は、自分の行動の意味と自分の時代の新しい知識の意味を把握する存在である。芸術家とは統合的な認識のできる人間なのだ[35]」。マクルーハンはさらに次のように述べている。

> 未来の一世代あるいは何世代にもわたる社会的発展や技術的発達を予測する力が芸術にはあるが、それは、ずいぶん前から認められてきたことだ。今世紀になると、エズラ・パウンドは芸術家を「人類のアンテナ」と呼んだ。芸術が「早期警戒システム」のレーダーとして機能するおかげで、社会的かつ精神的な標的は、十分な時間的余裕をもって発見できるようになった。働きかけるには覚悟が必要だからだ[36]。

　マクルーハンは次のように述べて、自分の固有の役割を認めるのだが、そんな彼こそが、芸術家にほかならない――「20世紀の最大の芸術家たちであるイエイツ、パウンド、ジョイス、T. S. エリオットは、認識力と創造力を発揮するプロセスの独自性に基づいて、まったく異なるアプローチを発見しました。実は、芸術的な創造は、通常の体験の再生(プレイバック)だったのです。つまりガラクタから宝物への再生です[37]」。芸術家の立場とは、同時代のリアリティを精査するときの至高の参加形態である。「自分の生きている時代が本当に見えて、体験し、楽しめる人間は芸術家しかいません。だから芸術家は鼻持ちならないのです。芸術家以外の人間が関心を寄せるのはノスタルジーに彩られた過去の方ですから[38]」。芸術の最も重要な機能は「変化を予期し、経験の新しいモデルを開発すること」だとマクルーハンは語った。「経験の新しいモデル」は、「変化の強烈な衝撃が過去の達成を拭い去る前に、変化と折り合いをつけ

る能力を与えてくれる」[39]。結局、マクルーハンの提唱する芸術家とは、マクルーハン自身にほかならない。彼は、自著の数々を用いて現代世界の複雑な状況を探査する芸術家なのだ。1980年、フライはこう示唆した――「『グーテンベルクの銀河系』と『メディアの理解』を好意的に再読し、マクルーハンの影響を再吸収する時期に来ているかもしれない」[40]と。

　以上の3冊を上梓したあとのマクルーハンは、友人や研究者仲間との仕事を始めた。例えば、1968年には、ハーリー・パーカー（Harley Parker）と『消失点を経由して――詩と絵画における空間』（*Through the Vanishing Point: Space in Poetry and Painting*）を、1970年にはウィルフリッド・ワトスン（Wilfred Watson）と『クリシェからアーキタイプへ』（*From Cliche to Archetype*）を出版した。また、1969年、ユージン・マクナマラ（Eugene McNamara）はマクルーハンの文学論を『内的風景――マーシャル・マクルーハンの文学批評、1943-1962』（*The Interior Landscape: The Literary Criticism of Marshall McLuhan, 1943-1962*）としてまとめている。

　マクルーハンの研究対象は、銀河系にとどまらない、現代の諸相を示す大宇宙だったが、カナダに関しても数点の論考で短く意見を述べている。1952年の「カナダ文化の霜を取る」（"Defrosting Canadian Culture"）の中で、カナダの芸術家的な態度に焦点を合わせている。カナダ人は「イングリッシュとアメリカンという2つの巨大なコミュニティのあいだに位置しており、どちらにとっても田舎である。ゆえにカナダ人は、批判的な目で見る習慣を高められるすぐれた地位にある。ただし、この習慣が植民地的な臆病やスコットランド的な用心深さによって麻痺していないとすればの話だ」[41]。1967年、トロント大学において、マクルーハンは2回のマーフリート記念講演（Marfleet Lectures）を行った。初回は「境界例としてのカナダ」（"Canada, the Borderline Case"）で、1つの国が実に多くの境界線を持つことの効果を探究している。

> アメリカ合衆国がその資源とテクノロジーと事業を通して世界の環境となる今、カナダが担う機能は、この世界的な環境を、それを占有する国々が知覚できるようにすることです。環境というものはその使用者には知覚できない傾向があります。ただし、その反環境（counter-environment）が芸術家によって生み出される限りは別です[42]。

この見解において、カナダは米国の反環境だというのである。

　マクルーハン晩年の論考「境界例としてのカナダ」（"Canada : The Borderline Case"）は、この同名の講演を拡大し、手を加えたもので、自国の独特な本質をめぐる考えを慎重に発展させている。アイデンティティ意識の希薄な植民地的な世界に実に長くありながら、合衆国が強い存在感を発揮する横に位置していたおかげで、カナダ人は現代世界がますます複雑化していく状況にいつでも十分に応えられる人間となったと述べる。「カナダには目標も方針もない。しかし、アメリカの国民性やアメリカ的な経験の実に多くを共有しているために、カナダ人はどこにいても、対話や接触の役割をまったく自然なものとして受け入れている」[43]。

カナダのアイデンティティの欠如にしばしば苦言を呈してきた人々に対して、マクルーハンは次のように結論を述べる——「控えめなカナダ人は、あのように強烈な特徴をもたずとも生きるすべを体得しているため、大国の状況と無縁な安心感と自信を体験し始めようとしている」[44]。

決然たる態度をもって北緯45度線以北を拠点とし続けたマクルーハンは、観察に徹し、主たる世界の行動に参加することがなかった。植民地という環境において慎重な立場を築いたからこそ、超然とした見方を貫いて米国を観察できたのだ。文学、社会、コミュニケーションと、どれを扱う批評であっても、彼は次の主張に忠実だった。

およそ私は視点というものを持たない。ただ、物事の様相(モダリティ)やプロセスに関心があるだけなのだ。[……]私の主なテーマは、電子時代における中枢神経系の拡張と、5000年にわたる機械的なテクノロジーとの完全な決別にある。これを何度も繰り返してきた。良いことだとも悪いことだとも言っていない。そんな発言は無意味だし、傲慢だ[45]。

ノースロップ・フライ

ケベック州シュールブルックに生まれ、ニュー・ブランズウィック州モンクトンで育ったノースロップ・フライは、1929年にトロントに行き、ヴィクトリア・カレッジに学ぶ。彼は残りの全生涯をそこで過ごすことになった。1933年に卒業（英文学と哲学の学士号を優等で取得）。続いてエマニュエル・カレッジ（カナダ合同教会の神学校）に学び、1936年には牧師の資格を得た。「トロントのヴィクトリア・カレッジに入学したとき、私は伝道者になろうと考えていた」と彼はのちに認めている。「だが、入学するや、大学こそが私の居続けたい場所だと気づいた。そこは私が何らかの貢献をできそうなコミュニティだったのだ」[46]。実際、合同教会の牧師であり続け、終生、礼拝を執り行ったにもかかわらず、彼の関心は詩、特にウィリアム・ブレイク（William Blake）の予言詩に注がれていた。やがてカナダ王立協会の特別研究員となったフライは、オックスフォード大学マートン・カレッジで研究を続けた（1941年に修士号）。1939年、ヴィクトリア・カレッジに戻って以来、1991年に没するまで、同校で教職に奉じたのである。

フライの業績は、ブレイク研究、文学批評の本質論、ロマンス研究、そして聖書研究に捧げられた幾多の著書にある。これらの著書によって、彼は20世紀英語圏における傑出した批評家・文学理論家のひとりに数えられている。

1947年に出版されたフライの最初の著作『恐るべき均整』（*Fearful Symmetry*）は、ウィリアム・ブレイクの詩、批評、散文の研究である。ブレイクの予言が、聖書に述べられた天地創造、失楽園、贖罪、黙示の神話の再構築であることを解き明かすものだった。しかし、こ

の本はブレイク論にとどまらず、さまざまな文学ジャンルでの神話とシンボルの役割に迫る研究となっている。次の著作である1957年の『批評の解剖』(*Anatomy of Ciriticism*)〔邦訳『批評の解剖』1980年〕は、神話学で造形した文学理論である。この本は、いわゆる価値判断を避け、代わりに整然として教えやすい図式的なアプローチを提示することで、ニュー・クリティシズムの唯美主義への反論を目指す。その上で、あらゆる文学を束ねる原型、象徴、修辞といったものが構成する言語的宇宙の概略を述べる。この宇宙には望ましい世界と忌まわしい世界とが含まれ、前者を表現するのは喜劇とロマンス、後者を表現するのは悲劇とアイロニーである。

1960年代と70年代、フライはロマンスの伝統に目を向け、『自然な眺め──シェイクスピア喜劇とロマンスの発展』(*A Natural Perspective: The Development of Shakespearean Comedy and Romance*, 1965)〔邦訳『シェイクスピア喜劇とロマンスの発展』1987年〕と『世俗の聖典──ロマンスの構造』(*The Secular Scripture: A Study of the Structure of Romance*, 1976)〔邦訳『世俗の聖典──ロマンスの構造』1999年〕を著わした。また『T. S. エリオット』(*T. S. Eliot*, 1963)〔邦訳『T. S. エリオット』1981年〕や『エデンへの回帰──ミルトンの叙事詩をめぐる五つの論考』(*The Return of Eden: Five Essays on Milton's Epics*, 1965) や、『時の道化たち──シェイクスピア悲劇の研究』(*Fools of Time: Studies in Shakespearean Tragedy*, 1967)〔邦訳『時の道化たち──シェイクスピア悲劇の研究』1986年〕も発表している。この間に彼は文化史をテーマに論考をいくつも書き続け、それらは最後の2つの大きな研究にまとめられた。すわなち『大いなる体系──聖書と文学』(*The Great Code: The Bible and Literature*, 1982)と『力に満ちた言葉──隠喩としての文学と聖書』(*Words with Power: Being a Second Study of "The Bible and Literature"*, 1990)〔邦訳『力に満ちた言葉──隠喩としての文学と聖書』2001年〕で、聖書の言語と類型論を扱ったのが前者で、その手引きとなるのが後者である。後者は「聖書のカノンとしての一貫性が、ヨーロッパの世俗文学におけるはるかに幅広い想像力の一貫性を述べたり象徴化する[47]」程度を明かすものであった。

生涯を通じて、フライは自国カナダの文化を熱心に研究した。彼の批評活動は、ヴィクトリア大学の学部生による文芸誌「アクタ・ヴィクトリアーナ」誌に寄稿することから始まり、のちには「カナディアン・フォーラム」にも書くようになった。書評家としての彼は自分を「看護人、つまり、完全に成熟していないが、その徴候を多く示す文化に付き添う人間[48]」と見ていた。その初期の記事におけるカナダとは、荒涼たる国であり、それは、「荒涼たる空の下にまばらに定住した国のメランコリーの感覚や、そうした国の想像力に伴うおそるべき隔絶の感覚や、のどかさは無理でも、せめて厳格な静けさを得るための唯一の手段としての苦しさや孤独感に身を任せる感覚[49]」によって征服できる国だと述べた。

1950年、「トロント大学クォータリー」誌は、年次調査欄「カナダにおける文芸」の詩の部門を前任者から引き継ぐようにフライに求め、彼はこれを受けた。それまで批評を書いていたとき以上にカナダの詩の動向に丹念に気を配ることを覚悟したが、またそれは、数の増

え続けるカナダ詩を丹念に読む機会を得たことも意味していた。この仕事によって、実地の批評家としてのフライが現れた。大きな理論を導き出すかたわら、その見識を読者と共有したのである。

　１つの国には１つの芸術形態が具体的に規定されていく諸要因がいくつかあると考えたフライは、そうした諸要因の内部にある神話的なパターンの理解を深めつつあったのは確かで、それを発表する機会としてこの新しい仕事に取り組んだ。のちの本人の言葉を借りるならば、年次調査の詩評は、「包括的な批評理論を編み出すにあたって不可欠な１個のフィールド・ワーク」となった。「私が魅了されたのは、偉大な神話形成時代の残響や波紋がカナダにおいても今なお見られ、しかも、よその場所ではあり得ない形態を取っていることだ」(50)。毎年現れる詩にフライが加えた詳細な分析は、カナダ詩の評価基準の確立を導き、他のどの批評家よりも大きな貢献をした。フライの批評は「わが国の書き手たち」が「ついに教区から出て、気高く新しい大地に仲間とともに立てた」ことを「力強く、率直に保証」したのであり(51)、批評家としての彼の業績はそこにあった。

　カナダ詩の担当引退を表明するにあたり、彼は次のように認めた。「この期間に私なりの実感を得たのは、カナダ文化が時間的にも空間的にも存在することだ。［……］カナダという舞台は、いわば文化の研究所となり、環境に対する批評のあり方が検討されるのだ」(52)。ブレイク研究がフライの仕事全般（カナダとは無関係な仕事）に一定の役割を果たしたように、これらの長大な詩評の数々は、彼のカナダ論において同様の役割を果たした。「思うに、批評家は文学研究に一生を捧げることが望ましい」とフライは書いた。そして──

> どんなテーマで批評活動をするにせよ、大作家を選び、みずからの心の師と仰ぐこと。もちろん、その作家に倫理的な模範を求めろと言いたいのではない。しかし、精神の内面を大きく成長させれば閉所恐怖症に陥ることがないのであって、そうした経験が人文科学では財産となるのだ。種子による伝播もここで進む(53)。

　カナダ関連以外においてフライの研究した主たる作家はブレイクだったが、彼が心の師と仰ぐ大作家は自国カナダにはいなかった。代わりに、自分の批評した本の数々を一括して師と見なしたのである。批評を書くという修業を通して、カナダという国、その歴史、文化、未来に対する見方が養われた。1960年以降、フライはカナダ文学の批評を書くのをやめたが、その代わりに、自国カナダの文化的生活の評釈を献身的に行った。文化理論家の役目を担い、自分の読んだ書物や自分の暮らす国を形作る神話について明快に説明したのだ。

　1965年、カール・クリンク（Carl Klinck）他編『カナダの文学史──英語カナダ文学』（*Literary History of Canada: Canadian Literature in English*）が出版された。この壮大な企画のために、フライは念入りな「結語」を寄せた。その場を借りて、彼なりに理解したカナダ的想像力というものを特徴付けてきた多くのテーマをまとめたのだ。彼は書き始める──「カナダは、実

用的な見地からみれば、大西洋岸を有しているとは言えない。ヨーロッパから来た旅行者がカナダに入り込むさまは、〔旧約聖書の〕ちっぽけなヨナがおそろしく巨大な鯨の中に入っていくようなものだ。ベルアイル海峡をすり抜けて、セントローレンス湾に入るとき、カナダの5つの州に取り囲まれるのだが、その大半の時間において、どの州も見えない」。だが入植者は、拠点を定めるや、「経線を意識するようになる。南下すれば、そこには、ずっと裕福で魅力的なアメリカの都市があるのだ」[54]。

カナダで奮闘する文学的な声に対するフライの理解を集約したキーワードがここに現れる。駐屯地（garrison）である。

> 物理的、心理的な「フロンティア」に囲まれ、互いに切り離され、彼らの文化をもたらした英米からも切り離された、小さくて隔絶した共同体。それは、構成員に実生活上の価値基準をすべて与えると同時に、構成員たちをつなぎとめる法と秩序に大きな敬意を払わざるを得ない共同体だが、巨大で無思慮で危険で恐ろしい自然環境に直面している共同体でもある。このような共同体は、駐屯地的メンタリティ（garrison mentality）とでも仮に呼べそうなものを必ずや発達させるのだ。

そしてこのメンタリティは、カナダ人の生活の中心が大都市に移るにつれて変化していく。この駐屯地的メンタリティは「集団に全体として一般的に受け入れられている倫理的価値の表現として」始まったものであり、「社会がいっそう複雑になり、その環境にいっそう支配されるようになると、大都市社会内部における革新的な駐屯地のメンタリティの度合いを強める」[55]。詳述された「結語」は、カナダ文学が論じられるときに転載も参照も最も多い文章だが、これを『カナダの文学史』に加えるにあたってフライが提起したのは、英語カナダ文学の背景に存在する文学的パターンの理論的枠組だった。

それ以降の論考で、カナダを北米という領域の中に据えるフライの観点は、彼のその後の論考で多くの見解の基礎となっている。フライ自身はカナダと米国の合同を求める大陸主義者ではなかった。「米国にとってはるかに有益なのは、米国に従属あるいは併合したカナダよりも、米国から独立したカナダなのである」と主張し、「カナダに集まる批判的な見方を知ることは米国にとってたいへん重要だ。敵対的な見方ではない。あくまで別の見方だ」[56]と述べた。この発想は、マクルーハンの発した同様の主張を補完するものである。マクルーハンはこう述べていた——「合衆国が世界の環境となった今、カナダは、多くの小さな国々が米国をいっそう好ましく思い、さらに理解を深めるための反環境となった。反環境は環境を理解可能なものにするために欠くことができない」[57]。

これ以降のフライの論考は、カナダ文化の探求である。聖書を扱う本を書いているとき、彼は必ず自分の国と向き合うことになったが、ついに生き生きとしたカナダ文化を代弁する者となったのである。カナダが「大衆の原子の集合ではなく、人間社会である限り」、そこ

において「つぶされようのない芯」であり続けるのがカナダ文化なのだ。フライはカナダという国に終生惹きつけられた、カナダを代表する慎重な批評家である。カナダ文化を取り上げた決定版の本を書くことはできなかったが、その理由は『カナダの文学史』第2版の結語に記された次の一言にこめられている。「本書では私自身が大々的に扱われている。その事実に気づかないふりをするわけにはいかない」のだ。

ノースロップ・フライはさまざまな文学的テーマをめぐって多数の本を書いたばかりか、自国カナダの文学において最も敬われる批評家でもあった。本人も感じていたように、彼はカナダ文化の発展に寄与した重鎮だったのである。

ジョージ・グラント

トロントに生まれ育ったジョージ・パーキン・グラント（George Parkin Grant, 1918-88）は、カナダ屈指の哲学者である。1940年にクイーンズ大学で学士号を取得。祖父のジョージ・モンロー・グラントがかつて学長を務めた大学だ（母方の祖父ジョージ・パーキンも教育者で、アッパー・カナダ・カレッジの学長を務め、多くの著書があった）。ジョージ・グラントはローズ奨学金を獲得し、英国オックスフォード大学のベイリオル・カレッジに進み、1945年に哲学博士号を取得した。

戦争の数年間のうちに、平和主義者だったグラントは改宗し、そのことが彼の哲学的傾向の大きな部分を決定した。「ある朝、仕事に出たときのことを思い出す。確かに歩いて門を出た。自転車を降りて、自転車を転がして門を出た。そのとき、私は神を信じることができたのだ。語れるのはそれだけだ。私の場合はこれかと思った。本当に不意打ちだった」。その瞬間は「秩序の存在する時間や空間を超えた肯定」であり、それは「結局は秩序が存在することの肯定」だった。「それこそが人が神によって生かされていることの意味ではないか。世界は狂おしい混沌にあらず。それが肯定の本質なのだ」。

グラントはカナダに戻り、教職を歴任した──ダルハウジー大学哲学科（1947〜60年）、マクマスター大学宗教学科（1961〜80年）、「キラム・プロフェッサー」としてダルハウジー大学政治学科（1980〜4年）。1988年、膵臓癌で他界する。

グラントは強固なキリスト教信仰を抱く保守的な哲学者だった。現代のテクノロジーを研究し、テクノロジーこそが現代文化を背後で支える邪悪な原動力だと考えた。その結果、彼は過去の偉大な哲学者たちに──特にプラトンに──立ち戻った。それは、理性を用いれば、人間は真理と善を認識できることを示すためで、そうすれば、テクノロジーの変化に従属するどころか、むしろ変化を導くことができるのだ。グラントのあらゆる考察を貫いていたのは伝統的なカナダの保守主義だった。個人主義とは現代のリベラルな思考に埋め込まれたものだというのがグラントの捉え方であり、個人主義に反対し、共同体の価値を守ろうと考え

グラントの最初の本は1959年の『マス・エイジの哲学』（*Philosophy in the Mass Age*）である。彼のいちばん楽天主義的な著作で、人間の自由の本質における大切な要素としてユダヤ＝キリスト教的伝統を位置づけようと試みているが、自然界の秩序に基づく古典的な国家の観念を重視する努力もやめない。本質的には、古代文化と現代文化のあいだに橋を架ける広範囲な試みをまとめた著作であり、特に古典的な世界と現代世界の倫理的な知恵を切り離す大きな溝を解消する狙いがあるが、この本が何よりも明らかにするのはグラントの博識だ。ヘーゲルがギリシャ的世界とキリスト教的世界を止揚させたと考えるグラントは、さらにそこに現代の経験主義を統合しようする。『マス・エイジの哲学』は重要な著作であり、倫理的構造が緊急に求められていることを現代社会に自覚させたいという狙いがあった。

　その7年後、グラントは『マス・エイジの哲学』の新版に序文を寄せた。テクノロジーに対する彼の見方はすでに劇的な変化を遂げていた。序文で彼はこう嘆いた。「かつて私は、テクノロジーなど所詮は手段であって、人間が上手に使えるかどうかの問題にすぎないと考えていたが、今は違う。テクノロジーは、社会をコントロールし、その社会が目指すさまざまな目標の達成を妨げるところに本質がある。結局、テクノロジーによって、人間の美点は損なわれてしまうのだ[61]」。

　1965年に出版し、ベストセラーとなったのが、2番目の著作『国への慟哭——カナダのナショナリズムの敗北』（*Lament for Nation: The Defeat of Canadian Nationalism*）である。この本では保守主義の哲学が鮮やかに語られる。カナダは英国との伝統的な絆があるため、無制限の個人主義的自由以前から、強固な共同体的な価値の伝統が存在する。この事実を踏まえた上で、グラントは、このような共同体に基づく国家が消滅する運命にあることを慟哭した。「慟哭(ラメント)とは、愛する何かが死んだり、死にかけている場面で泣き叫ぶことである。本書の慟哭とは、主権国家としてのカナダの終焉を悼むものである[62]」。

　この本は1963年の連邦選挙でのジョン・ディーフェンベーカー首相の敗北を契機に書かれた。グラントはディーフェンベーカーを古いカナダ保守主義の象徴と捉えた。執筆の真の狙いは、米国の侵略性に対する懸念の表明にある。グラントは次のように主張する。1940年以来、あらゆるカナダ自由党政権は、米国のコントロールをやむをえないものとしてきたが、このコントロールはカナダの伝統的価値の完全な抹消をも意味していた。英国的な司法や英国的なコモン・ローの伝統もそこに含まれていた、と。グラントに言わせれば、カナダはアメリカの子会社程度のものに成り果てたのである。これではカナダのナショナリズムを擁護しようにも、何も期待できない。だがそれでも、『国への慟哭』はカナダのナショナリズムの擁護者に異例の幅広い影響を及ぼした。マーガレット・アトウッド（Margaret Atwood）もデニス・リー（Dennis Lee）もその例外ではなかった。

　米国の帝国主義のテーマは1969年に出版された次の著書『テクノロジーと帝国——北米に対するいくつかの展望』（*Technology and Empire: Perspectives on North America*）として再び

現れた。これは、既出の論考をまとめた小さな論集で、米国の文化が世界の諸文化を均質化してしまう、特にカナダの文化がそうなる、という内容である。この衝撃に対する英国の威力は1945年以来弱体化した。その年、英国は政治的なアメリカ流のやり方への追従を決めたからである。グラントはさらにこう主張する。北米のあらゆる大学がアメリカ的なテクノロジーに悪影響を受けたため、教師も学生も、人間存在の意味に対する真に人道的な理解を受けつけられなくなっている。

グラントがその後に出した本は、どれもやはり講義・講演や既出の論考を集めたものだった。1969年の『歴史としての時間』(Time as History)では、ニーチェを検討し、永遠の価値は確かにあるのだと主張した。基本的なキリスト教的な考え方と理想は、人間に対して成されうることを穏健に制限する。外側から枠を作れるのに放置しておくと、やがて技術の優越は大惨事を招く。1978年の『英語を話す正義』(English-Speaking Justice)では、リベラリズムに対する辛辣な批判に戻り、ジョン・ロールズ（John Rawls）の哲学に対して控えめながら首尾一貫した攻撃を与えるのである。

拠点とした哲学界では、その主流から離れて一匹狼を貫いたグラントは、アングリカン教会の本当に熱心な信者で、その英国的な秩序原則にも忠実だったがゆえに、みずからの保守主義によって次第に孤立を深めていく。ハロルド・イニスには長年にわたり傾倒したが[63]、その熱はゆっくりと冷めていった。教育者・批評家としてのノースロップ・フライは評価していたが、その非伝統的な聖書研究には幻滅し、その手法に感心しない旨を述べた[64]。マーシャル・マクルーハンについては、中途半端に思われるその現代テクノロジー論を嫌ってはいたが、社会の諸問題に対するマクルーハンの態度は、自分の保守主義にかなうものであったため、褒めるようになった[65]。

グラントは〔ロバート・ベイブ（Robert Babe）の言葉を借りれば、〕「テクノロジーに基づくリベラリズムという支配的なイデオロギーと、それが育成し続ける社会が、長い目でみて何をもたらすのかを予想した」のであり、「それを共有したのがナショナリスト、社会主義者、共産社会主義者、エコロジスト、学生活動家、そしてあらゆる種類のカナダ人たち」だった。彼は「その者たち全員の想像力をかきたて、その決意を強固なものにした」のである。それゆえ、彼は「ハロルド・イニスの知的遺産の要所を自然に継承し、拡張したように思われる（ただしその知的遺産を幅広くかつ劇的に解説した人物は断然イニス本人だった）[66]」。結局、グラントの全著作に存在したのは深淵で激しいプラトン主義であり、彼は変化よりも安定を、個人よりも共同体を強調したのである。

ハロルド・イニス、マーシャル・マクルーハン、ノースロップ・フライ、ジョージ・グラント――カナダのノンフィクションの散文の支柱を成すのはこの4名である。先駆者であるイニスはトロント大学に赴任し、同大学を彼の経済学、歴史学、コミュニケーション研究の拠点とした。マクルーハンもトロント大学を文学批評とコミュニケーション研究の拠点と定め、フライはここを拠点に文学理論を展開した。唯一のトロント生まれであったグラントは、

ハミルトン近郊のマクマスター大学に 20 年間暮らし、哲学的黙考を著作やラジオ放送を通じて読者や聴取者に幅広く伝えた。この 4 名は献身的な大学教師であり、教授活動を通してその個性的な著作を支え、高めていった。

注

1. Marshall McLuhan, "Violence as a Quest for Identity"[1977], *Understanding Me*, ed. Stephanie McLuhan and David Staines (Toronto: McClelland and Stewart, 2003), p. 273.
2. From the Innis Family Papers, University of Toronto Archives, letter to his sister and all, April 4, 1916.
3. Ibid., letter to his mother and all, February 6, 1920.
4. Ramsay Cook, *The Maple Leaf Forever: Essays on Nationalism and Politics on Canada* (Toronto: Macmillan, 1971), p. 145.〔邦訳『カナダよ永遠に ── 歴史とナショナリズムについて』1984 年〕
5. Harold A. Innis, *A History of the Canadian Pacific Railway* (Toronto: McClelland and Stewart, 1923), p. 287.
6. Harold A. Innis, *The Fur Trade in Canada: An Introduction to Canadian Economic History* (New Haven: Yale University Press, 1930).
7. William Westfall, "The Ambivalent Verdict: Harold Innis and Canadian History," *Culture, Communication, and Dependency: The Tradition of H. A. Innis,* ed. William H. Melody, Liora Salter, and Paul Heyer (Norwood, NJ: Ablex Publishing, 1981), p. 39.
8. Innis, *The Fur Trade in Canada*, p. 387.
9. Barry M. Gough, "Innis Update," *The London Journal of Canadian Studies* 2 (1985), p. 8.
10. Innis, *The Fur Trade in Canada*, p. 397. 歴史家としてのイニスの業績を総覧するには、以下を参照。Carl Berger, *The Writing of Canadian History: Aspects of English-Canadian Historical Writing 1900-1970* (Toronto: Oxford University Press, 1976), pp. 85-111. イニスの哲学については以下の 2 点を参照。Harold A. Innis, *Staples, Markets, and Cultural Change*, ed. Daniel Drache (Montreal and Kingston: McGill-Queen's University Press, 1995), pp. xiii-lv; James Bickerton, Stephen Brooks, and Alain-G. Gagnon, *Freedom, Equality, Community: The Political Philosophy of Six Influential Canadians* (Montreal and Kingston: McGill-Queen's University Press, 2006), pp. 14-34.
11. コミュニケーション理論家としてのイニスの全容を知るには以下を参照。Paul Heyer, *Harold Innis*(Lanham: Rowman and Littlefield, 2003).
12. Marshall McLuhan, "The Later Innis," *Queen's Quarterly* 60 (1953), p. 385.
13. James W. Carey, "Culture, Geography, and Communications: The Work of Harold Innis in an American Context," in Melody *et al*., eds., *Culture, Communication, and Dependency*, p. 73.
14. Ronald B. Hatch, "Harold Adams Innis," *Encyclopedia of Literature in Canada*, ed. W. H. New (Toronto: University of

Toronto Press, 2002), pp. 527-8.

15. McLuhan, "The Later Innis," p. 389.
16. Northrop Frye, "Across the River and Out of the Trees," *University of Toronto Quarterly* 50 (Fall 1980), pp. 10-11.
17. 以下を参照。Innis, "The Teaching of Economic History in Canada," *Contributions to Canadian Economics* 2 (1929), pp. 52-68.
18. Donald Creighton, *Harold Adams Innis: Portrait of a Scholar* (Toronto: University of Toronto Press, 1957), p. 59. 以下も参照。S. D. Clark, "The Contribution of H. A. Innis to Canadian Scholarship," in Melody *et al.*, eds., *Culture, Communication, and Dependency*, pp. 27-35.
19. マクルーハンの思考におけるカトリシズムの役割についての初期の考察として、以下を参照。Walter J. Ong, "The Mechanical Bride: Christen the Folklore of Industrial Man," *Social Order* 2.2 (February 1952), pp. 79-85.
20. "a dialogue: Q. & A.," in *McLuhan: Hot & Cool*, ed. Gerald Emanuel Steam (New York: Dial Press, 1967), p. 268.
21. Herbert Marshall McLuhan, *The Mechanical Bride: Folklore of Industrial Man* (New York: The Vanguard Press, 1951).〔邦訳『機械の花嫁 —— 産業社会のフォークロア』1991 年〕
22. Ibid., p. v.
23. フライは『機械の花嫁』について、次のように述べている。「彼の最初の著書であり、彼の最良の著書であると私は思う。[……] この著書はカナダについて具体的な言及は何もないが、カナダで書かれたと思うし、国際的な舞台で活発に参加するよりも、観察することに専念する国の見方を反映している。」Northrop Frye, "Criticism and Environment," in *Adjoining Cultures as Reflected in Literature and Language*, ed. John X. Evans and Peter Horwath (Tempe: Arizona State University, 1983), p. 19.
24. "To William Kuhns, December 6, 1971," *Letters of Marshall McLuhan*, ed. Made Molinaro, Corinne McLuhan, William Toye (Toronto: Oxford University Press, 1987), p. 448.
25. McLuhan, *The Mechanical Bride*, p. 101.
26. From an undated letter to his mother, probably written in the fall of 1952, *Letters of Marshall McLuhan*, p. 217.
27. "To Ezra Pound. June 30/48," ibid., p. 194.
28. McLuhan, "a dialogue: Q. & A.," p. 267.
29. McLuhan, "Violence as a Quest for Identity," p. 273.
30. Marshall McLuhan, *The Gutenberg Galaxy: The Making of Typographic Man* (Toronto: University of Toronto Press, 1962), p. 93.〔邦訳『グーテンベルクの銀河系 —— 活字人間の形成』1986 年〕
31. Ibid., p. 31. ジャックリーン・ティリットに宛てた書簡で、彼はこう書いた。「電子時代の今日、私たちは地球村に住んでいることに気づいたのです。やるべき仕事は、村の辺縁のための中心地としての地球都市 (global city) の創設です」。"To Jacqueline Tyrwritt, December 23, 1960," *Letters of Marshall McLuhan*, p. 278.
32. Ibid., p. 50.
33. Marshall McLuhan, *Understanding Media: The Extensions of Man* (New York: McGraw-Hill Book Company, 1964), p.

36.〔邦訳『メディア論 —— 人間の拡張の諸相』1987 年〕

34. Ibid., p. 278.

35. Ibid., p. 71.

36. Ibid., p. xi.

37. Marshall McLuhan, "Playboy Interview: Marshall McLuhan," *Playboy* 16.3（March 1969）, p. 74.

38. Marshall McLuhan, "The World and Marshall McLuhan," *Journal of Canadian Studies* 1.2（August 1966）, p. 44.

39. Marshall McLuhan, "Romanticism Reviewed," *Renascence* 12.4（Summer 1960）, p. 209.

40. Frye, "Across the River and Out of the Trees," pp. 11-12.

41. Marshall McLuhan, "Defrosting Canadian Culture," *The American Mercury* 74（March 1952）, p. 95.

42. Marshall McLuhan, "Canada, The Borderline Case," in McLuhan and Staines, eds., *Understanding Me*, p. 106.

43. Marshall McLuhan, "Canada: The Borderline Case," in *The Canadian Imagination: Dimensions of a Literary Culture*, ed. David Staines（Cambridge, MA: Harvard University Press, 1977）, p. 227.

44. Ibid., p. 247.

45. "To Robert Fulford, June 1st, 1964," *Letters of Marshall McLuhan*, p. 300.

46. Northrop Frye, "Beginnings," *Today Magazine* 3（January 1981）, p. 3.

47. Northrop Frye, *Words with Power: Being a Second Study of "The Bible and Literature"*（Toronto: Viking, 1990）, p. xx.〔邦訳『力に満ちた言葉 —— 隠喩としての文学と聖書』2001 年〕

48. David Cayley, *Northrop Frye in Conversation*（Concord: House of Anansi Press, 1992）, p. 135.

49. Northrop Frye, "The Narrative Tradition in English-Canadian Poetry," in *The Bush Garden: Essays on the Canadian Imagination*（Toronto: House of Anansi Press, 1971）, p. 146.

50. "Preface," in ibid., pp. viii-ix.

51. Malcolm Ross, "Northrop Frye," *University of Toronto Quarterly* 41（Winter 1972）, p. 173.

52. Frye, "Criticism and Environment," p. 9.

53. Northrop Frye, "The Search for Acceptable Words," *Daedalus* 102（Spring 1973）, p. 19.

54. Northrop Frye, "Conclusion," in *Literary History of Canada: Canadian Literature in English*, ed. Carl F. Klinck *et al*.（Toronto: University of Toronto Press, 1965）, p. 824.

55. Ibid., pp. 830, 834.

56. Northrop Frye, "Conclusion," in *Literary History of Canada: Canadian Literature in English*, ed. Carl F. Klinck *et al*., 2nd edn., 3 vols.（Toronto: University of Toronto Press, 1976）, vol. III, pp. 320-1.

57. McLuhan, "Canada: The Borderline Case," in Staines, ed., *Canadian Imagination*, p. 227.

58. Northrop Frye, "The Cultural Development of Canada," *Australian-Canadian Studies* 10.1（1991）, P. 15.

59. Frye, "Conclusion," in *Literary History of Canada*, ed. Klinck *et al*., 2nd edn., vol. Ill, p.319.

60. David Cayley, *George Grant in Conversation*（Concord: House of Anansi Press, 1995）, pp. 48-9.

61. George Grant, *Philosophy in the Mass Age*（Toronto: Copp Clark, 1966）, p. vii.

62. George Grant, *Lament for a Nation*（Toronto: McClelland and Stewart, 1965）, p. 2.

63. イニスがグラントに及ぼした影響については、以下を参照。Robert E. Babe, "The Communication Thought of George Grant (1918-1988)," in *Canadian Communication Thought: Ten Foundational Writers* (Toronto: University of Toronto Press, 2000), pp. 182-206, and "Lament: The Anguished Conservatism of George Grant," Bickerton *et al.. Freedom, Equality, Community*, pp. 35-54.

64. フライに対するグラントの見解は以下の書評を参照。Grant, "The Great Code," *The Globe and Mail* (February 27,1982), p. E17.

65. マクルーハンは現代社会におけるテクノロジーの進歩を受け入れ、承認した、とグラントは考えたが、1978年4月19日付けのマクルーハン宛ての手紙にこう書いている――「お伝えしたいのですが、妊娠中絶と児童ポルノグラフィについて最近あなたが述べたことに私はたいへん感銘を受けました。有名になると実に多くの人が、大衆の不興を買いそうなことがらを語らなくなります。しかしあなたは違った。実に素晴らしいことだと思います」。*George Grant: Selected Letters*, ed. William Christian (Toronto: University of Toronto Press, 1996), pp. 301-2.

66. Babe, "Lament," pp. 53-4.

第 4 部

★

芸術的実験、1960 年以降

18

四重奏——アトウッド、ギャラント、マンロー、シールズ

ロバート・サッカー
(Robert Thacker)

　1955年、当時16歳だったマーガレット・アトウッド（Margaret Atwood, 1939-）は、トロントのリーサイド高校で一緒に昼食を食べていた友人に作家になりたいと宣言した。その5年前、メイヴィス・ギャラント（Mavis Gallant, 1922-2014）も、「自分自身を作家と呼ぶのであれば、それだけで生計を立てなければならない」と言って、モントリオールの「スタンダード」紙を離職し、作家になるためパリに渡った。『短編選集』（*Selected Stories*, 1996）の序論で記しているように、ギャラントが「ニューヨーカー」誌に出した最初の物語は、「『他に作品はありますか？』と書かれた好意的な手紙と共に」戻ってきたので、「マドレンの誕生日」（"Madeline's Birthday"）という2つ目の物語を送り、それが採用されて、1951年9月1日の雑誌に掲載された。その後「ニューヨーカー」誌で出版されることになるギャラントの100編以上もの物語の第1作目である。1955年頃には、アリス・マンロー（Alice Munro, 1931-）も6編ほどの物語を「カナディアン・フォーラム」、「メイフェア」、「クイーンズ・クォータリー」といった国内の雑誌に掲載し、4本の番組をCBCラジオで持っていたが、その年に2人目の娘が産まれたため、ウェストヴァンクーヴァーで母として、妻としてほとんどの時間を過ごしていた。「ニューヨーカー」誌が掲載したマンロー作品は最終的に50編を越えるが、最初の物語が掲載されたのは1977年になってからだ。1955年、キャロル・ワーナーはまだインディアナ州ハノーヴァー大学の学部生で、1957年に結婚してキャロル・シールズ（Carol Shields, 1935-2003）になった。1970年代初頭、詩や評論を出版し始め、その後作家として認められるようになった。

　この4人は、20世紀後半の英語系カナダを代表する作家であり、アトウッドとマンローに関しては21世紀に入ってもその勢力をゆるめる気配はない。他にも、彼女らと同じく重要なマイケル・オンダーチェ（Michael Ondaatje）やマーガレット・ローレンス（Margaret Laurence）のような作家もいるが、1950年代から多くの作品を産みだしてきた4人の作家の重要性を疑う批評家はほとんどいないだろう。第二次世界大戦がヨーロッパや北アメリカにもたらした多種多様な変化がいたるところで浮き彫りになった10年間に、彼女たちはそれぞれの題材を見出した。この時期は、女性全体にとって、そして特に女性作家にとって不運な時期であったが、4人とも当時の社会的・文化的慣習、とりわけ1960年代、70年代に変

容したジェンダーを時代がどう捉えていたかにについて極めて正確な理解を示している。伝統的な形式を利用し、常に境界線を押し広げ、模範となるものがほとんどない中で新しいものを創り出しつつ、この偉業を成し遂げたのであった。そのようなプロセスを通して、程度の差こそあれ国際的名声を達成し、彼女たちの職業および国の代弁者となったのである。

マーガレット・アトウッド

4人のなかで、アトウッドはその読者層の広さにおいて他の3人を寄せつけない。批評家ジョン・モスによると、アトウッドの作品は「大衆と知識人向けの文学の溝を埋めている。彼女は芸術が日常生活に直接関わっているのだという錯覚を起こさせるのだ」。「料理と給仕の芸術」("The Art of Cooking and Serving")という最近の短編で、1950年代頃の高校生だった自分を振り返り、他の3人の作家も感じたであろうことを表現している。母との衝突が啓示となり、「自由になった、まるでかけられていた魔法が解かれたようだ」と述べる語り手は、次のように締めくくる。「既に精神的には解き放たれ、走り出していた——スケート場へ、青く照らされてうっとりさせるようなダンス会場へ、そしてまだ想像することすらできない、誘惑的で派手で恐ろしい快楽の数々に向かって」。4人の作家たちは皆このような認識に至っていたであろう。彼女らは皆、マンローの「白いごみの山」("White Dump," 1986)のイザベルのようである。今まで捨ててきたものと、何か別のものを手に入れるためにこれから捨て去ろうとしている人生のターニングポイントにあるイザベルは、「生まれ変わったような、そして無限に、資源に富んでいると感じた」。

2000年にケンブリッジ大学で行った6回のエンプソン講演シリーズを活字化した『死者との交渉——作家と著作』(*Negotiating with the Dead: A Writer on Writing*, 2002)のなかで、アトウッドは際立った独自のスタイルで作家の役割について詳細に分析している。その第1回目の講演で、「『作家』とは何か、そしてどのようにわたしが作家になったか」という2つの問いを投げかけ、それらに答えるべく、彼女は自分自身の物語を語り始める。女性にとって作家であると主張することはそれだけで身のほどしらずであり、1950年代のカナダでは、傲慢であるとさえ考えられた。よい著作というのは、イギリス、アメリカ、フランスなど、よそから来るものだったのだ。意義深いことに、この章の1つ目のエピグラフは、E. K. ブラウンの『カナダ詩について』(*On Canadian Poetry*, 1943)からの抜粋で、彼はカナダを植民地として位置づけ、「慣例を突き破る精神的エネルギーを欠き、それは己を十分に信じていないからだ」と述べている。アトウッドが自らの体験談で詳しく説明するように、このような場所で彼女は育ち、作家として自分を意識するようになったのだ。彼女の「最初の本物の詩集と呼べる」『サークル・ゲーム』(*Circle Game*)は、カナダ建国100周年目である1967年の1年前に出版され、1960年代に広まり、英語系カナダを特徴づけることとなった広範囲

の文化的ナショナリズムを引き起こした(7)。アトウッドと彼女の作品はその変化の最前線にあり、それは1968年5月のパリ暴動について、「ニューヨーカー」に書いていたギャラントや、南西オンタリオ州で1940年代から変わりつつある文化的慣習を綿密に描き出すマンローも同じであった。一方、他の3人よりやや遅れて出版デビューし、彼女らの影響を受けたであろうアメリカ生まれのシールズは、ユーモアとペーソスでもって現代社会に生きる男女の日常生活の断片を辿りながら、自分の経験を物語や小説に描き出す。

　1972年の『浮かび上がる』(*Surfacing*)と『サヴァイヴァル』(*Survival*)の出版以降、アトウッドはいわゆる「奇才」で、並外れた文化人、ずばぬけて優秀な有名知識人だ。彼女は、文化的コメンテーターとして至る所に登場してきた。『浮かび上がる』、『侍女の物語』(*The Handmaid's Tale*, 1985)、『オリクスとクレイク』(*Oryx and Crake*, 2003)からも、アトウッドがディストピアに魅せられていることは明らかであるが、彼女は常に作品の題材を現在という特定の時代と結び付けている。このような現在への関心から、時事問題を扱った『第二の発言』(*Second Words*, 1982)と『動く標的』(*Moving Targets*, 2004、イギリスでは2005年に『好奇心の追求』*Curious Pursuits*という題名で出版されている)という2冊の分厚いエッセイ集を書いている。アトウッドを1987年度の最も優れたヒューマニストとして紹介している人権活動家ヴェラ・フロイドは、彼女を「危険な人物」と呼び、それは彼女が「母なる地球、人間の尊厳、自由を守るために発言する、最もパワフルで、最も影響力のある声の持ち主であるからだ」と続けた(8)。アリス・トゥルアックスは、『道徳的無秩序』(*Moral Disorder*)の書評で「アトウッドの作品において、アポカリプスは決して遠くない。確かに、大規模でのアポカリプスではないかもしれないが……しかし個人的な悲劇でさえ、悪意に満ちた大惨事であるように、いつもスケールが大きく感じられるのだ(9)」と述べている。ギャラント、マンロー、シールズを技法的により優れた作家とみることもできるが、21世紀を迎えた人類の前に立ちはだかる脅威を明瞭に表現することでアトウッドがアピールした読者層の幅では、彼女の右に出る者はいない。

　アトウッドは詩人として作家活動を始め、現在も詩人であるが、最も多くの読者を啓発し、影響を及ぼしたのは散文を通してである。2004年にオタワ大学は「マーガレット・アトウッド——見開いた瞳」("Margaret Atwood: The Open Eye")という適切なタイトルを冠したシンポジウムを開いた。そのタイトルはアトウッドの最もよく知られた詩の一編「あなたは私にぴったり」("You Fit Into Me")から引用されたもので、彼女特有のあっと驚くような併置を用いて、不調和な効果を作っている。またアトウッド自身も述べているように、次の点においても適切である。アトウッドはその作家人生を通して、ここで取り上げる他の3人とは明らかに異なり、作品を出版することにより、あらゆる場でコメントし、挑戦し、からかい、警告を発してきた。『死者との交渉』が示すように、アトウッドは最初から作家という職業の公的役割を理解していた。まず、その役割を国家主義的な野望で満ちたカナダで引き受けた。国際的名声を得て海外でカナダの代表的作家となった昨今は活動の場をより広げ、世界

中の人間の尊厳に関する問題について明確に書き、話し、国際ペンの副会長も務めている。文学界の有名人という概念を分析するロレイン・M. ヨークは、いかにアトウッドが「スター的イメージを演じることでそれを風刺として再生産している(10)」かを示し、アトウッドのインタビュー、エッセイ、コミック、小説からもわかる伝説的地位に対して作家自身が感じている矛盾を強調する。

『権力政治』(Power Politics, 1971)という内容とぴったりなタイトルの詩集に収録された「あなたは私にぴったり」のように、反叙情詩的なイメージで溢れ、荒涼とした詩を書く詩人として1960年代に登場したアトウッドのナショナリズムは、「カナダ文学(キャンリット)」と呼ばれるカナダ人のためのカナダ文学を創造し、失われた作家を再発見し、北米においてアメリカとは異なるもうひとつの世界観形成に努める文化的ナショナリズムの芸術的表明の中心に位置付けられた。ハウス・オブ・アナンシから著書を出版するようになったアトウッドの『サヴァイヴァル』(1972)は、カナダ文学のテーマ的な手本を示すと同時に、ベストセラーとなり、同社を経済的に支えた。アトウッドが早くから名声を得たひとつの理由として、彼女が初期の作品で扱ったいくつかの題材があげられる。『あの国の動物たち』(The Animals in That Country, 1968)に収録されている詩の中で最初に出版された「ある開拓者の進行性精神病」("Progressive Insanities of a Pioneer")という力強い詩は、文化を自然に押し付けようとする開拓者の無駄な試みに焦点を当て、自然は支配され、管理されるべきものだという伝統が、ますます時代遅れになりつつある世界の姿を明らかにした。また、カナダを、開拓精神がそう遠い昔のことではない未だ新しい国として表した——「ものは／名付けられることを拒絶した；拒絶した／彼に名付けさせることを(11)」。毎夏家族で低木地帯を訪れ、そこで成長した自身の経験もあり、彼女の初期の詩はカナダ文学研究の中心的な関心事項に焦点が当たっている。

それは『スザナ・ムーディの日記』(The Journals of Susanna Moodie, 1970)に最も顕著で、そこでは『未開地で苦難に耐えて』(Roughing It in the Bush, 1852)の作家である19世紀にイギリスから移民した上流階級の女性作家スザナ・ムーディに声を与え、表現させることで、「進行性精神病」にみられるのと同じ関係を明瞭に描き出している。アトウッドが『スザナ・ムーディの日記』の主人公ムーディにもたらした伝説的地位と、実在のムーディが縁遠かったことは、研究者の間ではよく知られているが、アトウッドは歴史的人物の修復作業にも取り組んでいた。アトウッドのムーディは、実在のムーディとは別の存在であると言える。研究者が実在するムーディの伝記的詳細を明らかにしてきたが、アトウッドのムーディはそのあざやかな対抗馬として存在してきた(12)。ムーディの幽霊がトロントのセント・クレア通りのバスの中で目撃される最終詩と呼応するように、あとがきにおいてアトウッドはムーディに魅かれた理由として、この開拓女性が現代カナダ人が取り憑かれているものを映し出す歴史的鏡を提供していると主張する——「アメリカの国家的精神病が誇大癖であるとすれば、カナダのそれは妄想分裂病だ(13)」。まさにこのような状況について、アトウッドのスザナ・ムーディは「二重の声」("The Double Voice")という詩において考えを述べている。

アトウッドは詩を出版し続けるかたわら、1970年代初期から散文も書き始めた。もちろんウィルダネスと犠牲者意識をカナダ文学の特徴だと強調した『サヴァイヴァル』も注目されるべきだが、散文への移行は主に小説へのものだった。彼女の最初の小説2作、とりわけ、フェミニストバイブルとしてカルト的地位を得たディストピア小説『浮かび上がる』は、まずカナダ国内、そして次に国際的な彼女の評判を一変させた。3作目の『レディー・オラクル』(*Lady Oracle*, 1976) は、著者同様、作家である主人公を描いており、この名声というテーマを探求している。その次の小説である『ライフ・ビフォア・マン』(*Life Before Man*, 1979) は、多重の語りを通して1970年代のトロントを表現しており、ロイヤル・オンタリオ美術館が舞台のひとつとなっている。ちょうど同じ時期に、サンドラ・ジュワは、「マーガレット・アトウッドの想像の境界線が、カナダの国家的、文学的境界線によってしばしば封じ込められている。アトウッドがまるで意図的にカナダ文学の風景のまっただ中に自らを置き、彼女の詩的感性の原型というフィルターを通してカナダ的経験を見ることで、自分の位置づけを定めようとしているかのようだ(14)」と述べている。アトウッドのアメリカに対するカナダ的曖昧さはいろいろと取りざたされている。『浮かび上がる』は、語り手が「南からの病気が上へと広がってきている(15)」と気づくところから始まるが、この加米関係の微妙な違いは、彼女のエッセイ「加米関係──80年代を生き延びる」("Canadian-American Relations: Surviving the Eighties") に記されている。カナダ特有の「土着の」文化をアメリカの観客に発信する必要性を説き、英語系カナダ人は「加─米の国境がマジック・ミラーになっていることに依存してしまっている──私たちにはあなたたちが見えるけど、あなたたちには私たちが見えない──そして自分たちの文化であるもうひとつの鏡を軽視してしまったのだ(16)」と断言する。

アトウッドの処女作である『食べられる女』(*The Edible Woman*, 1969) は、社会に対する風刺と皮肉混じりのユーモアで溢れている。『浮かび上がる』はそれよりさらに独特で、まったく異なる小説である──多様な解釈を可能とする意識の流れの手法を用い、モダニズムに還ると同時にポストモダンの要素も断片的に提供している(17)。2作とも、それぞれの時代の文化を表現しているが、『浮かび上がる』が文化全体を捉えているのとは異なり、『食べられる女』は個人の物語を語るという、より伝統的な小説のアプローチを用いている。アトウッドの作品を一歩下がって見渡すと、彼女のキャリアを通してこのように交互に繰り返すのがみられる。さらに、例えば、SFディストピア小説から社会批判的なリアリズム小説まで、アトウッドの実験的語りの手法は、彼女が用いるジャンルの幅にも及んでいる──詩、小説、ノンフィクションに加えて短編集や子ども向けの本までも手がけているのだ。

『浮かび上がる』の次にアトウッドが著わした重要なディストピア小説は、『侍女の物語』である。前作と同様、1980年代特有の文化的背景を捉えているが、この頃にはアトウッドの名声が国境を超えて揺るぎないものとなっていたため、この作品が及ぼした影響ははるかに大きかった。アトウッドが創造したのは、レーガン政権時代アメリカで支配的であった宗教右派の影響を受けた男性たちによって支配されたギリアドという未来のアメリカで、実質

的には奴隷の身である「オフレッド」として囚われ、生殖能力でのみ評価される「侍女」によって語られた物語である。彼女は、他の侍女たちと同様に、毎月１回、司令官と性交する必要がある。その司令官は彼女を支配し、過去の環境破壊によって不毛となった妻を持つ男だ。アトウッドはオフレッド自身の物語を提示した後、ギリアド共和国が消えて久しい 2195 年にカナダの北極地方で開催された「第 12 回ギリアド研究」と題したシンポジウムで語られたオーウェル風の「『侍女の物語』に関する歴史的注釈」を付け加える[18]。ここで、ある男性教授がオフレッドの物語の出所と真実性について説明し、彼女がギリアドを脱出し、自分の望む人生を過ごせたかどうか思索する。

　アトウッドの警告的な目的は明らかで、幅広い読者に影響を与えた。1990 年に、監督にフォルカー・シュレンドルフ（Volker Schlöndorf）、脚色にはハロルド・ピンター（Harold Pinter）を迎え、フェイ・ダナウェイ（Faye Dunaway）とロバート・ドゥヴァル（Robert Duvall）出演で映画化され、また 1997 ～ 8 年には、デンマーク人作曲家ポウル・ルーザス（Poul Ruders、2003 ／ 4 年に初公演）によってオペラ化された。『オリクスとクレイク』は、国家の大災害よりはむしろ、人類や文明全体が絶滅の危機にさらされているといったグローバルな恐怖の光景を提示する。気候変動と遺伝子工学により荒廃した大惨事後の世界で、友人クレイクの科学テロ計画の唯一の生存者（と思っている）スノーマンが、自分とは似ても似つかないクレイカーと呼ばれる遺伝子工学人間の一団のなかで自らを異星人のように感じつつ、彼らとともに人生を送る。アトウッドの風刺は激しくスウィフト風になり、「人間であるということはどういうことを意味するのか」という疑問を投げかける彼女の挑戦はよりラディカルになった。大災害に対する警告は切迫の度を増しているが、最終的に、アトウッドはかすかな希望を残している。

　アトウッドの多数の作品が未来のヴィジョンを提示することに優れているとしても、それが過去と現在をおろそかにしているわけでないことは、『またの名をグレイス』（*Alias Grace*, 1996）や『昏き目の暗殺者』（*The Blind Assassin*, 2000）が容易に示している。『またの名をグレイス』では、ムーディを用いた時と同じような歴史回復事業に取り組み、グレイス・マークスという名のアイルランド系家政婦の実話を再構築する。グレイスは、1843 年にトロントのはずれにある農家で 2 人が殺害された悪名高い事件への関与のため、キングストン刑務所で服役していた。中心的メタファーとしてキルトのモチーフを連続させることで、多数の歴史的テクストを提示し、物語を補完する。その物語自体、グレイス・マークスを含んだ複数の語り手による複数の物語から構成されている。そのような手法を用いることで、起こった出来事についてより深く理解できた気にさせる小説を提供するのだ。しかし、現実は逆で、読者が何らかの結論に至ることはない。アール・G. インガソルが言う「『事実』の部分と『フィクション』の部分のテクストのパッチワーク」を提示することで、アトウッドは『またの名をグレイス』で――その題名が示唆するように――理解したという幻想を提供するのだ。この小説はあからさまなメタフィクションで、読者は今にも理解が得られそうな感覚を楽しみ

はするが、より吟味すると、理解不可能だということに気づくのだ。インガソルは、「読者の『パターン』のセンスによって、集めて整理されるのを待っているキルトブロックの集まりのようなものに、当惑するだろう[19]」と述べている。『昏き目の暗殺者』は、アトウッドのオンタリオ上流社会に対する理解を、当時の社会的／歴史的背景やその中で女性が実際どのような位置づけにあったかを合わせ考えることで、『またの名をグレイス』と同じように、テクストを分析しようとする知的欲求を刺激する。物語は1人の老女の生涯にわたる回想で、それは『昏き目の暗殺者』と呼ばれる空想科学小説という、より大きな枠組みに織り込まれている。その結果、この小説は3つの物語を内包する。アトウッドの作品全体が評価されてのことは間違いないだろうが、この小説で、2000年にブッカー賞を受賞した。

　アトウッドの執筆意欲はまだまだ衰えておらず、めざましい速度で作品を産みだしている。2005年には『ペネロピアド』(*The Penelopiad*)、2006年には『テント』(*The Tent*) と『道徳的無秩序』、そして2007年にはさらに『ドアー』(*The Door*) という詩集を1冊。『ペネロピアド』では、古代神話をフェミニスト的視点で見直し、ペネロペ、トロイのヘレネ、そして絞首刑に処されたペネロペの12人の女中たちを通して、男の英雄物語として読むのではなく、叙事詩と家庭ドラマを茶化しつつ、ホメロスの『オデュッセイア』の書き直しを行っている。アトウッドのヴァージョンでは、ペネロペがオデュッセウスに劣らぬ不誠実で、誘惑的なトリックスターとして描かれている。そしてペネロペの女中たちは、古典叙事詩の闇の部分に光を当てるカウンターナラティヴを形成する。この作品はアトウッド自身の台本で、2007年にストラトフォード・アポン・エイヴォンにて初演を迎えた。伝説的な女性たちの物語の現代版が最近の詩集2冊にも登場する——サロメ、トロイのヘレネ（「半神でいることは楽じゃない」"It's Not Easy Being Half Divine"）、そしてアトウッドのペルソナの1つであるクマエの巫女が『テント』ではボトルの中の声として、『ドアー』では気難しい占い老婆として登場する。環境問題や人権といった今日的関心事に加え、これらの詩集には、哀歌、やさしい愛の詩、そして『ドアー』には詩人や詩についてのすばらしい一連の詩（「心」"Heart"や「詩の朗読」"Poetry Reading"）が収録されている。

　アトウッドの見事なまでに多様な詩の形式は、『道徳的無秩序』における実験的短編にも匹敵するものがある。この短編集は、最後の2編がそれまでの形式的なパターンを破っているが、それ以外はほとんど連続する物語のように読める。と同時に、それらの物語はすべて、個人の人生、人間関係、国家などにおける混乱した状態の幅広い内省を描写するという点において共通している。その短編集の最初に来る「悪い知らせ」("The Bad News")は家庭のゴシックと呼べるだろうし、「実在する物」("The Entities")などの短編では不気味なものが浮上し、一見ありふれた日常の合間を暗いトンネルが網のようにはりめぐらされ、「実験室の少年たち」("The Boys at the Lab")という最後の巧妙な物語の渦にのみこまれ、すべての登場人物が森に消える。マーガレット・アトウッドと彼女の作品は、包括の試みを超越する。アトウッドは、有名知識人、ときに予言者としての自身の立場を、『負債と報い——豊かさの

影』（*Payback: Debt and the Shadow Side of Wealth*）として世界的景気低迷のさなかに出版された 2008 年のマッセイ講演で確立した。これは、文学と神話におけるお金の位置づけについて省察したエッセイ集であり、お金の重要さを学んだ時の個人的回顧録と、社会的責任についての辛辣な発言で締めくくられる結末とが併存している。新しい小説、『洪水の年』（*The Year of the Flood*）は 2009 年出版である。

メイヴィス・ギャラント

メイヴィス・ギャラントのキャリアは多くの面でアトウッドと対照的である。アトウッドは、国際的セレブ作家として名を挙げるまで、1960 年代からカナダ文学の感受性に最も影響力を及ぼしてきた中心人物であるが、その間、ギャラントは母国では認識されることのない珍しい存在であった。1950 年にモントリオールを離れ、パリに移ったギャラントは、カナダ特有の題材ではなく、第二次世界大戦によって引き裂かれたヨーロッパの状況に焦点を当ててフィクションを書いていたため、カナダの文学界では影の薄い存在であった。時には国内で認められる機会もあった――例えば、ニュー・カナディアン・ライブラリーから『この世の終わり、その他の物語』（*The End of the World and Other Stories*, 1974）が出版されたり、『知られたくない真実――短編選集』（*Home Truths: Selected Canadian Stories*, 1981）が総督賞のフィクション部門で受賞したりした際に――しかし 1970 年代のアトウッドとマンローとは異なり、カナダ国内より国外の読者によりよく知られていた。最近その動向は変わりつつあるようだ。1996 年には彼女の『短編選集』（*Selected Stories*）が出版され、マイケル・オンダーチェが選びだして序文を付けた『パリ物語』（*Paris Stories*）が 2002 年に、その姉妹編である『モントリオール物語』（*Montreal Stories*）はラッセル・バンクスが選択し、序文を付けて、2004 年に出版された。そして 2006 年終盤には、英語系作家として初めて、ケベック州の代表的な文学賞であるアタナーズ・ダヴィード賞を受賞した。この受賞は、カナダに存在する 2 つの隔絶した文化を超えて認められたことを表すため、より一層特別である。ギャラントが祖国カナダで認知されるようになった過程には、いつも後になってから認められる傾向があり、そこに皮肉が感じられないわけではない。ギャラントが 1979 年に発表した『第 15 区より』（*From the Fifteenth District*）が、CBC ラジオ局のコンクール「カナダが読む」において 5 冊中の 1 冊に選ばれたことで世間一般の意識にのぼるようになったのは 2008 年であり、また、未発表の作品（"missing stories"）を収録した短編集『浜に上がる』（*Going Ashore*）が出版されたのは 2009 年になってからだからである。

　ギャラントがきわめて多くの作品を産みだしてきたことを考えると、カナダ人作家として長い間認知されなかったことについて一言つけくわえなければならない。ギャラントが実質的に批評的注目を浴びるようになった 1980 年代初め頃には、いくつかの短編集、小説を

2冊（『緑の水、緑の空』 *Green Water, Green Sky*, 1959、『かなり楽しい時』 *A Fairly Good Time*, 1970)、そして90編以上の短編を出版していた。ギャラントはパリに住み続け、彼女の作品のほとんどは「ニューヨーカー」に掲載され、マクミラン、ついでマクレランド・アンド・スチュワート社と仕事を持つようになった1970年代までは、カナダではなくアメリカの出版社と密接な関係を築いていた。結果として、ニール・K. ベズナーなどは次のように問う。「カナダの読者は、1950年に27歳でカナダを離れたギャラントをどのように理解すればよいのだろうか？ ギャラントはどのような意味で国外在住の作家なのだろうか？ あるいは亡命作家なのだろうか？ ギャラントの「ニューヨーカー」との35年間の関係をどのように考えればよいのだろうか？」[20]。このような問いに対して、自分の作品にレッテルを貼られることに抵抗し続けてきたギャラントがカナダとカナダ的なものから距離を置く理由は、こうした質問が示すほど絶対的なものではないことに注目すべきであろう。彼女の印象深いコメントにあるように、「カナダの新聞が国外居住者の英語表記を、通常、"expatriate" ではなく "expatriot" とするのは、頭がぼうっとしていたからではないことは明らかだ。認識しているにせよ、していないにせよ、カナダ人芸術家は『カナダ的なものを描く』ことを要求されているのだ」[21]。このような社会的背景の問題以上に、「ギャラントの物語は、解釈を拒む」という「もう一つの難しさ」がある。「ギャラントの作品を精読すると、すべて重要だけれど、何も具象していない大量の情報に埋もれてしまう危険性がある」[22]のだ。

例えば、「ニューヨーカー」に掲載された最初の短編「マドレンの誕生日」も、情報で溢れているが簡単に要約はできない。この短編は、マドレンの誕生日の朝についての物語、マドレン、彼女の母トレイシー夫人、そしてある夏を彼女の一家と過ごすユダヤ系ドイツ人の難民少年ポールについての物語である。登場人物は鋭く、緻密に描き出されるが、ポールとマドレンの関係や彼女の誕生日にまつわるプロットは希薄である。大部分は回想的な語りである。登場人物やその関係が紹介され、マドレンが泣いてしまうある事件が起こるが、それも過ぎ去る。トレイシー夫人はニューヨークにいる夫と電話で会話する。そこで物語はストップし、朝食に向かう登場人物たちは、同じ日の朝に取り残されたままなのだ[23]。

この誕生日の物語と同様に、ギャラントの物語は決定的なイメージや状況を中心に物語を考案し、構成するため、ある中心部分から登場人物の内面的世界を一瞬垣間見たという感覚を得られる。1982年のエッセイ「文体とは？」（"What is Style?"）では、まさにそのような瞬間について指摘している――「フィクションとはまさにそういうものだ……つまり何かが起こっていて、でも何も持続しない。カチカチと鳴り続ける時計の針の音を背景に、フィクションは人生、季節、交わされる眼差し、ターニングポイント、夢のような束の間の欲望、子どものように素直に表現しなくなってしまうのではないかという悲嘆や恐怖を捉えるのだ。偽り、表情、悲しみは永遠に続くものではない。時計の針は動き続けるが、物語は止まる」[24]。ギャラントの物語は、時間上の特定のモーメントと、描写する相容れない事柄から生じるきしみとの、両方を取り入れているため、読者は複雑な差異の戯れへと誘われ、心理的、感情的に

最終的な意味がはっきりとわからないままであるという認識に導かれるのだ。

　ギャラントは彼女特有の皮肉でもって次のように述べる——「正常な頭を持った人が、乾いた大地を離れて、存在すらしない人物を描写するために人生をかけたいなどと、どうして思うのか、未だに分からない」[25]。しかし、それこそギャラントのしていることであり、その達成度、また「文体とは？」で彼女が説明するフィクションがもたらす鳴り響く衝動というものを、彼女の物語が——小説も含めて——証明する。パリに1人で住むカナダ人女性作家という視点から、独自の方法で架空の人間を描写してきたことは、作品中に明らかである。それをさらに詳述するのにふさわしい物語を選ぶこともできるが、彼女の視点をよりよく説明してくれるのは、1968年に「ニューヨーカー」で連続して出版された長いノンフィクションの1編である。その年にパリで起こった暴動をもとに書いた「五月のできごと——パリのノートブック」("The Events in May: A Paris Notebook")はギャラントの周りで起こっていたことに対する彼女自身のヴィジョン、つまり彼女の作者としての見解を提示している。国立東洋言語学院の会議に参加したギャラントは、ついでに次のようにコメントしている——「ルイ・エモンは東洋言語学院に通った。彼は今でも私の大好きなフランス人である。彼の送った人生が好きなのだが、フランス人はほとんど誰も彼のことを知らない。そのため個人的にあまり好きではない著書『マリア・シャプドレーヌ』(*Maria Chapdelaine*, 1916〔邦訳『白き処女地』〕)の作者であることに触れなければならない」。このような発言は、ギャラントが絶えず言及する「知られたくない真実」という、後に著書の題名ともなる概念を表している。エモンの『マリア・シャプドレーヌ』についてどう考えているにせよ、それは彼女に故郷を想起させるから言及するのだ。

　共に暮らすフランス人からの孤立した感覚は、次のような彼女の疑問からも明らかだ。

> ド・ゴール大統領が話すたびに自分を異国人だと感じるのはなぜだろうか？　もし普段からそう感じていたら、週末旅行程度でしかここには滞在しないだろう。ド・ゴールが現れるたびに、彼の考え方、発言、そして人々（友人にさえ）に引き起こす反応の何かが私に次のように考えさせる。難民でなくてよかった、いつでも荷物をまとめて立ち去ることができる、と。[26]

文化というものがさまざまな歴史の響き合う蜘蛛の巣状の組織であると理解する部外者として、また、1968年5月のパリで（マンローの言葉を借りるならば）「危険を理解し、侵略の兆候を読み取ろうとする」人として、さらには、彼女がよく知る、愛する町で何が起こっているのかを伝える人としての彼女の立場は、彼女の不確定な視点を特徴づけている[27]。『空飛ぶ気球に乗って——パリの物語』(*Overhead in a Balloon: Stories of Paris*, 1985)という作品の題名も示唆する、浮遊する者としての立場は、彼女特有のフィクション世界の特徴だと言える。

ギャラントの考えでは「他の芸術形式と同様に、文学も、生と死の問題であり、それ以上でも以下でもない。物語に関して、唯一、質問するに値するのは……それ自体が『死んでいるか生きているか』である」[28]。登場人物たちの人生の緻密な描写が物語に息吹を与えているが、その登場人物の多くは亡命者や難民であり、中にはヨーロッパに住むカナダ人やアメリカ人の外国居住者もいるが、そのすべては外部者であり、たまたま一緒に生活するようになった人々からは孤立している。帰属の物語ではなく、孤立の物語、現実と架空のさまざまな場所で、目にははいっても本当の意味で見られることのないまま、言葉と理解のギャップを超えて話し合う人々の行き当たりばったりな出会いについての物語である。戦後ヨーロッパの政治や歴史および第二次世界大戦が及ぼした精神的な影響に対するギャラントの大きな関心は、『ペグニッツ・ジャンクション』（*Pegnitz Junction*, 1973）に最も辛辣に描かれており、ベスナーが主張するように、「過去が抑圧され、誤って解釈され、『埋葬』されたために、最近の歴史は個人の経験を窮地に追いやり、登場人物たちの現在の感覚を歪めたのだ」[29]。

戦争のせいで広範囲に及んだ地理的、精神的な追放に光を当てているこれらの物語は、21世紀の文学において重要な現象となったグローバリズムの原型的フィクションだと考えられる。しかしギャラントは、ヨーロッパに住むカナダ人として、戦後カナダへの移民の波の大半を構成することになる難民について執筆するという逆向きの視点を提供する。ベスナーも指摘するように、ギャラントの物語は、個人的な情報と歴史的な情報のうねりの中を、明確に示したり、（通常は）暗示したりしながら進み、ペグニッツ・ジャンクションが国の経験した最近の社会的トラウマを象徴的に表す場所であるように、個人的なものと歴史的背景との相互連結は、物語理解の鍵となるイメージに対する響き渡るような理解を生み出す。

ギャラントの都市部における社会的歴史に対する関心は、ヨーロッパの都市だけではなく、祖国の都市も包含し、何度かモントリオールを舞台とした物語を書いてきたが、『知られたくない真実』や『橋の向こう側』（*Across the Bridge*, 1993）に顕著なカナダ的側面は最近まで批評家に見落とされてきた[30]。6つの短編が関連したリネット・ミュア物語（Linnet-Muir stories）というのは、1970年に執筆され、『知られたくない真実』に収録されているが、英語系とフランス系カナダ人が社会的、宗教的、言語的に分裂している1920年代から1940年代にかけての多民族からなるモントリオール社会を再構築しているという意味でとりわけ興味深い――「モントリオールという都市は、大部分の人が神話に覆われ、魔法を信じることで維持されている」[31]。この作品は半ば小説的な自伝の一例であり、若き日の女性芸術家の、そして作者の子ども時代や、生まれ故郷の町に帰属しないという認識への目覚めを描いた一連の肖像画である。グローバルなスケールでの追放というテーマと、さまざまな個人的体験の再現は、主人公リネットが自分自身の置かれている状況と新たに欧州からやってきた戦争難民との類似を辿るところにも見られる（「多様な亡命」"Varieties of Exile"）。ギャラントにとって最も不快な「知られたくない真実」は、迷子のような状況や、「もしかすると永久に居場所が失われるかもしれない」[32]という状況が、戦後ヨーロッパの放浪者や亡命者に限ら

ず、もっとも痛ましいと言っていいほどに祖国カナダで経験されていることだ(「孤児の進歩」"Orphan's Progress"、「北で」"Up North")。『知られたくない真実』の序論で書いているように、「カナダでは、どこよりも疎外感を感じることがあったが、それでもやはりカナダ人だと思わないことはなかった」[33]。

アリス・マンロー

ギャラント同様、アリス・マンローも短編を主に手がけ、「ニューヨーカー」で発表してきたが、ギャラントの半分の期間でおよそ同じ数の作品を出版していた。マンローの作品は、故郷の喪失を描いたフィクションで知られているギャラントとはかなり異なる。特定の地域——マンロー自身の故郷でもある——オンタリオ州南西部のヒューロン郡に根ざした一連の登場人物を描き出す。ギャラントとマンローのこの違いは重要である。カナダでは無名だったギャラントとはかなり異なり、1977年の3月に「ニューヨーカー」に出版し始めたマンローは祖国で褒めたたえられ、注目を浴びた。英語系カナダ人のナショナリズムが前面化し、マンローの物語はカナダ的状況を極めて力強く描写した。実際、マンローが「ニューヨーカー」に出した最初の物語のいくつかに対する反応を振り返り、最初の編集者であったチャールズ・マグラース(Charles McGrath)は、ベテラン編集長であるウィリアム・ショーン(William Shawn)が、マンローの描く「暴力、感情の激しさ、物語設定のなまなましさ、そして登場人物たちがすること」[34]に困っていたと述べている。しかし、そのような特徴があるからこそ、「ニューヨーカー」はそのなかの2編を即買い取り、マンローとの長い関係が始まったのだ。

マンローのキャリアはきれいに2つの時期に分けられる。十代の時に書き始め、1950年〜1960年代は、カナダの文学界をきっちり把握していた僅かな人々を除き、世に知られることなく書き続けた。結婚してから常にマンローの執筆活動を応援してきた夫と、CBCの文学／文化プログラムのプロデューサーであるロバート・ウィーヴァー(Robert Weaver)以外、彼女の周りにその執筆活動自体を知る人がほとんどいなかった。1960年代初頭、ライアソン出版社の編集者アール・トッピングズ(Earle Toppings)の目に留まってからそれは変わり始めた。彼はマンローに最初の本の出版を勧めた。10年以上書き続けてきた短編を含んだ『幸せな影法師の踊り』(*Dance of the Happy Shades*)が1968年に出版され、総督賞を受賞し、マンローは名声を得るに至った。その後『少女たちと婦人たちの人生』(*Lives of Girls and Women*, 1971)と『あなたに言おうと思っていたこと』(*Something I've Been Meaning to Tell You*, 1974)を出版したマンローは、1973年に離婚し、オンタリオ州に戻ったが、その頃には、一流のカナダ人作家として定着していた。初めて1人になり、作家活動による収入がより必要となったマンローは、ニューヨークのエージェントであるヴァージニア・バーバー(Virginia Barber)を雇った。バーバーはマンローの作品を「ニューヨーカー」や他の商業的雑誌に載

せ、さらに、アルフレッド・A. クノップフ社と関係を築くと、この出版社はマンローの総督賞受賞作『自分を何様だと思っているのか？』(*Who Do You Think You Are?* 1978) をアメリカとイギリスでは『乞食むすめ——フローとローズの物語』(*The Beggar Maid: Stories of Flo and Rose*, 1979) というタイトルで出版するなどし、アメリカでのマンローの存在を確立した。バーバーとの関係によりマンローのキャリアの第2段階が始まり、「ニューヨーカー」に彼女の短編が掲載され、1979年からは何年かに1度クノップフから新しい短編集が出版されるようになった。(35)

　このように良い方向に物事が進み始め、短編2編を「ニューヨーカー」へ出した後、マグラースからの手紙で、長い2部構成の物語——最終的には『木星の月』(*The Moons of Jupiter*, 1982) の第1話となった——「チャドレイ家とフレミング家」("Chaddeleys and Flemmings") の掲載却下が知らされる。ショーンが、マンローの物語が自伝的過ぎるとし、マグラースや他の編集者たちの訴えを退けたのだ。マグラースはその決定から距離を置き、「自伝的かどうかは分からないけれど、回想を題材に取り上げ、あなたはそれ以上に強い何かに作り上げた——感動的で、複雑なフィクションを(36)」と述べた。自伝的な基盤に関してあまり気にしていないものの、マンロー自身この問題についてよく自覚している。『キャッスル・ロックからの眺め』(*The View From Castle Rock*, 2006〔邦訳『林檎の木の下で』2007年〕) には、既に出版済みだが、それまで短編集には入れなかった、明らかに自伝的な3編を含むことにした。その序文で、マンローは回想とフィクションの問題について直接触れている。「家」("Home," 1974)、「生活のために働く」("Working for a Living," 1981)、「雇われさん」("Hired Girl," 1994) の3編について、それまで短編集への収録を躊躇していた理由を次のように説明する。

> 他の一人称の物語においては、個人的なことを題材としても、それを好きなように扱った。なぜなら、私が主に行っているのは、物語を作ることだからだ。しかし、収録しなかった3編の物語では、厳密には創作しなかった。自叙伝を書くときに近いかたち——人生を、それも自分の人生を探求し、しかし、厳格に、正確に事実に基づくやり方ではないかたち——で書いた。

自伝も回想録も語りの技巧によって形作られるのだ、と主張するマンローは、「これらは物語なのだ(37)」という文章でこの段落を終えている。

　1984年に新しい物語を送るようになったとき、マグラースは、「編集できる速度より速く送ってくるだけではなく、それぞれの作品が前のよりすばらしくなっている。リルケの編集者も同じように感じたに違いない——もし彼に編集者がいたとすれば、だけどね(38)」と感心する。マグラースが扱っていた物語は、マンローの最も優れた短編集『愛の深まり』(*The Progress of Love*, 1986) となった。11編中の5編は「ニューヨーカー」が出版し、その他の短編はマグラースと他の編集者たちが却下した後、どこかに回された。彼らが取り上げた最

後の2編である「愛の深まり」(1985)と「白いごみの山」は、『愛の深まり』の最初と最後に位置づけられ、この短編集をしっかりとつなぎ留めている。それぞれの短編は、世代をまたいだ「愛の深まり」について考察するため、娘、母、祖母といった3人の女性を取り上げている。2編を並べてみると、マンローがそれまでの作品でしてきたことがみられると同時に、その後発表される彼女特有の複雑な語りの構成が予期される。

　マグダレン・レデコップは、「愛の深まり」という題名が、スウィフトの風刺詩（「フィリス、あるいは、愛の深まり」"Phillis Or, The Progress of Love"）とこだまし、また人生をパレードに喩えたイメージを提供すると指摘したが、この短編は家族の相続問題と二枚舌的な語りの力についてマンローの最も深い考察を示す物語である。この短編の語り手である女性は、母親の死後、本当だと思っていた親の物語が、実は自分が作り上げたものであることに気づく。母と、そのまた母の物語の記憶を辿るにつれ、これら女性たちの人生における奇妙な重大局面――納屋での祖母の自殺の脅し、台所のストーブで家族の遺産を燃やす母――が明らかになる。しかし最も奇妙なことは、偽りの記憶であるにもかかわらず、その破滅的行為を両親の円満な結婚生活の証拠として再構築する娘の行為である。相互に連結する3人の女性の人生の多重的内省は、多くの意味を生み出しうるが、1つの解釈でそれらすべてを内包することはできない。その物語は、家族愛についての物語なのか、それとも家族への憎悪についての物語なのか、あるいは、これらの感情の区別を壊し、現在の語り手の記憶、「物語、悲しみ、抵抗することも解決することもできないパズル」といった沈殿物を残す物語なのか。

　「愛の深まり」は回顧的で、自伝的要素を明らかに利用している力作である。物語に登場する女たらしの曾祖父と信仰深い娘などのモデルはマンローの祖先であり、オタワ谷のマンローの母方の祖母や曾祖母との類似を思わせる。議論の余地はあるにしても、マンローの作品におけるそのような家族関係の詮索は最初から常に彼女の関心事であったし、事実、それまでの本すべてに自伝的な題材や祖先の題材が使われ、加工されてきた。しかし短編集『愛の深まり』もタイトル作自体も、事実と個人および集団の記憶と創作との間の区別がはっきりとつけられない。編集長ショーンの命令で「チャドレイ家とフレミング家」の掲載を拒否したとき、マグラースが予言したように、マンローは「感動的で、複雑なフィクション」に向かっていたのだ。

　15年にまたがる結婚の破局とその後を記した「白いごみの山」は、タイトル作「愛の深まり」ほど注目を浴びていないが、愛の深まりという内容について皮肉なコメントを提示する。物語は3部構成になっており、娘、祖母、そして夫と子どもを捨てて出会ったばかりの男性と駆け落ちする母親のそれぞれの視点から語られる。彼女たちの物語は、宇宙船が月へ初めて打ち上げられた1969年に40歳を迎えた夫の誕生日を巡り、家庭生活、突発的な暴力、女性の逸脱した性的欲求などが絡み合った、非常に入り組んだ語りの構成で、その日に起こった出来事の物語を個々に提供する。時間配列と視点が入れ替わる事によって、逸話の寄せ集めのような物語となる――家族でリド湖沿いを飛行機で滑空する誕生日プレゼント、バース

カナダ文学史

デー・ディナー、妻とパイロットの浮気の始まり、これらを、時に近くから、時に回想的に観察する。

　しかし、この短編は、統一するプロットによってではなく、びっくりするような非現実的なイメージの連続によって形作られており、それら個々のイメージは人類の不思議を捉えているのだが、それ自体が最終的にマンローの主題だといえる。宇宙船の打ち上げと家族の初めての飛行が、誕生日の夕食会で妻によって喚起される物語の鍵となる「白いごみの山」のイメージと共鳴する。そのイメージは、地元のビスケット工場の床からかき集められた白いキャンディの輝く山の甘さに対する子どもの期待と、大人の女性が抱く官能的欲望とその充実感といった夢想とを結びつける。物語が異なる感情の枠組を移動しながら、この短編集の他の愛の歴史の断片や、男女関係にまつわる謎を示唆するような期待や幻滅や再現を伴う「愛」と共鳴し合う。この短編集の読者の反応は、最初の物語に登場する語り手の反応のようだ。彼女は母の物語に対する自分の反応を次のように説明する――「母の話や物語には、背後に膨らみのようなものがあるのを感じてきた。向こうが透けて見えない、終わりまで辿り着けない雲のような何かを[41]」。

　1980年代からマンローの物語は、語りの視点の移り変わり、顕著な脱線、空間的／時間的なギャップ、意味の多重性によって、複雑さを増し、理解するのが難しくなった。マンローの短編集はすべて、彼女に馴染みある物語領域を再訪するため、テーマ的な継続も当然みられるが、新たな経験的側面や今まで見落としてきたものをあばこうとする変化もみられる。例えば、女性のロマンチックな夢想や女性が密かに抱く欲望に対する関心は、後の短編集へと持続する。「ファイヴ・ポインツ」（"Five Points"、〈『若き日の友』 Friend of My Youth, 1990〉）から、オーストラリアが珍しく舞台となった物語である「ジャック・ランダ・ホテル」（"Jack Randa Hotel"、〈『公然の秘密』 Open Secrets, 1994〉）、タイトル作「善女の愛」（〈『善女の愛』 The Love of a Good Woman, 1998〉）、「覚えていること」（"What Is Remembered"、『嫌い、友達、求婚、愛情、結婚（わらべうた）』 Hateship, Friendship, Courtship, Loveship, Marriage, 2001〔邦訳『イラクサ』2006年〕）、「情熱」（"Passion"〈『逃亡者』 Runaway, 2004〉）、「チケット」（"The Ticket"〈『キャスル・ロックからの眺め』〉）に至るまで。揺らめくような変化を伴うこれらの物語はすべて、伝統的に女性的だからという理由で評価されてこなかった感情的、想像的経験を表現しようとするマンローの試みである。同じように、カナダの植民地時代に看過されてきた女性の存在を、2人の女性を描き出すことでよみがえらせる。1人は「メネセトング」（"Meneseteung"、『若き日の友』）に登場するヴィクトリア朝の詩人で、もう1人は「ウィルダネス・ステーション」（"A Wilderness Station"）（『公然の秘密』）で自分の命を救うために物語を語る労働者階級の女性である。2人とも伝統的な女性像に抵抗し、社会から変わり者として排除される。「伝統的なミステリーやロマンスと同じような満足感は得られないが[42]」と顔をしかめながらマンローはコメントしつつ、語りの手法を模索するなか、短編の形式を拡張させて、精神分析的伝記、夢物語、書簡体、旅行記、ジョーク、ゴシック・フィクションや殺人ミステリーといっ

た異種のジャンルやサブジャンルの特徴を取り入れた。この意味で、1930年代に生きた2人姉妹の秘めた感情を男性作家であるリチャード・B. ライト（Richard B. Wright）が探求した『クララ・キャラン』（*Clara Callan*, 2001）は注目に値するし、ジョアン・バーフット（Joan Barfoot）の『暗闇で踊る』（*Dancing in the Dark*, 1982）における夫を殺害した主婦の精神分析も同様に注目に値し、どれもマンローの物語に登場するような人物たちだ。

　マンローの物語は、老いと死へと向かう影の強調、回想、人生のプロットの解明などをますます強調するようになった。そのすばらしい例が、『嫌い、友達、求婚、愛情、結婚（わらべうた）』の最後の短編〔「クマが山を越えてきた」"The Bear Came Over the Mountain"〕で、初期のアルツハイマーの女性を主人公としたこの物語は、2007年に、カナダの若手俳優からディレクターになったサラ・ポリー（Sarah Polly）のプロデュースにより、ジュリー・クリスティー（Julie Christie）とゴードン・ピンセント（Gordon Pinsent）主演で、『アウェイ・フロム・ハー　君を想う』（*Away from Her*）と題して映画化された。しかし、個人的な側面を埋め合わせするかのように、これら多くの物語は、個人の人生をより広いヴィジョンから捉えており、ギリシャ神話やシェイクスピアや他の文学的テクストへの言及を通して、すべてを包含するようなパターンを紹介する。それらのパターンは、現在の状況と重なり、最終的な啓蒙は得られないのだが、さらなる想像的不安の局面へと移動させるのだ。マンローは超自然を扱わないが、神秘と秘密は用い、「押し流されて」（"Carried Away"）や「公然の秘密」や「力」（"Powers"）などの短編は、隠れた、アクセスできない意味があるかもしれないことを示唆するとともに、他にも多数の現実があることや判読できない記号を垣間見せることで、伝統的なリアリズムの境界に挑戦する。そのような手法の変化は、マンロー研究にも新たな方向性を促し、古代神話の見直しや、メタフィクション的所見や代補や遅延といったポストモダン的語りの手法が注目されるようになった。[43]

　マンローはアトウッドやシールズほど人気はなかったが、それは彼女が定義し直した短編の形式に専念していたからかもしれない。それによって彼女は作家のための作家であると広く評価されており、「アリス・マンローのように書くためには」という論文が少なくとも1編出版されている。[44] しかしマンローの物語美学は、彼女が創造した主人公の1人、決定的な解釈が可能に見えながら、それができないという人物によって最も上手く表現されているであろう——「彼女は公然の秘密の中を覗き込んでいるようだった、それは語ろうとするまでは驚いたりしないようなものである」。[45] マンローは奇妙なひねくれた方法で、不思議な驚きを発見し続け、また、彼女自身常に驚きの源であり続ける作家と見なされてきた。とりわけ同じような驚きの効果を達成したいと考える作家たちから。「ニューヨーク・タイムズ・ブック・レビュー」で『逃亡者』（2004）の書評を書いたジョナサン・フランゼンは、マンローが一般的に軽視されてきた理由を分析し——それは、マンローが短編という形式にこだわるからだ——そして大げさではあるが1つの重大な主張をする——「マンローの作品を読め！マンローの作品を読め！」と。それを「単純な教訓」と彼は呼ぶ。[46] マンローのアメリカとカ

ナダでの評価は、『アリス・マンロー珠玉短編集』(*Alice Munro's Best: Selected Stories*) によってさらに上がり、それはアメリカでは2006年にクノップフ社から、カナダでは2008年にマクレランド・アンド・スチュワート社から、そしてイギリスでは同じく2008年に『夢中になる──短編選集』(*Carried Away: A Selection of Stories*) としてエヴリマンズ・ライブラリー社から出版された。3版すべてに祝いの序文をアトウッドが書いた。新たな短編集『幸せ過ぎる』(*Too Much Happiness*) を出版した2009年、マンローの名声は国際マン・ブッカー賞の受賞によって確立された。

キャロル・シールズ

キャロル・シールズの処女作『小さな儀式』(*Small Ceremonies*) は1976年に出版され、マンローは、それを読んだ時のことを思い出して、「本物の作家に出会ったときに感じる身震いを感じた[47]」と述べている。この物語では、白人中産階級のカナダ人一家の生活について、英文学教授である夫と2人の10代の子どもを持つ1人の女性が語る。この女性は、スザナ・ムーディの伝記を書き上げようとしている作家でもあり、この当時のシールズ自身の人生とほのかな類似が見られる。つまり、彼女もカナダ人大学教師と結婚し(英文学の教授ではなかった)、5人の子どもの母親で、『スザナ・ムーディ──声とヴィジョン』(*Susanna Moodie: Voice and Vision*、オタワ大学の修士論文、1976年に出版) と詩集2冊 (『他人』*Others*, 1972と『インターセクト』*Intersect*, 1974) の著者である。このように物語と実人生の間に伝記的なつながりを憶測できるが、それはシールズが家庭的リアリズムを描いてきたことや、伝記というジャンルに魅了されてきたことからも容易に裏付けられる。

シールズのキャリアは、この章で取り上げた他の3人の作家と少し異なる、興味深いパターンを辿る。国内で3冊の小説と短編集を1970年代から80年代初期にかけて出版したが、彼女が注目を浴びるようになったのは『スワン──ミステリー』(*Swann: A Mystery*, 1987)[48] と『愛の共和国』(*The Republic of Love*, 1992) からである。文学セレブとしての突破口となったのは『ストーン・ダイアリーズ』(*Stone Diaries*, 1993) である。本書は、カナダで総督賞を受賞し、同年イギリスでブッカー賞にノミネートされ、1995年にアメリカでピューリッツァー賞を受賞した。2003年に死去した頃には、国際的な人気作家となっていた。晩年の8年はとりわけ多作である。すなわち、小説を2冊 (『ラリーのパーティー』*Larry's Party* と『……でない限り』*Unless*)、短編集を1冊、ジェイン・オースティンの伝記 (2001)、戯曲が3作、そして女性の追憶をテーマとする共編アンソロジー『落とした糸──聞かなかった話』(*Dropped Threads: What We Aren't Told*, 2001)。『落とした糸2』(*Dropped Threads 2*) が2003年に出版され、シールズ一回忌に出版された『短編集』(*Collected Stories*) には「セグエ」("Segue") という、死の直前まで執筆していた未完成の小説の1部が含まれている。

シールズは実に多様な作品を発表してきたが、主題となる題材や関心事には一貫するものがあり、それらの兆しは処女作『小さな儀式』から見られ、そのなかで最も重要な題材は、他の人々の人生のミステリーを垣間見て、自分自身の人生を広げる物語として用いようとする欲求であり、「物語への飢え」という概念に暗号化されている。それは『小さな儀式』の物語中で、主人公が最初に表現しているが、その後もインタビューや 1996 年にインディアナ州の母校ハノーヴァー・カレッジで行った演説「物語への飢えと溢れる食器棚」("Narrative Hunger and the Overflowing Cupboard") というエッセイで論じている主題である。その飢えが、シールズを伝記と架空の伝記／自伝といった 2 つの方向へと導いたが、後者の方、つまりフィクションとしての人生物語のほうを好むと次のように述べている。「伝記と歴史は語りの構造を持つが、人々の内面についてはあまり語ってくれない。記録することができないが、実在するものの物語を語ろうとする試み、それこそフィクションの魔法だと思う」。

シールズの最も人気のある小説、『ストーン・ダイアリーズ』と『ラリーのパーティー』では、異なる方法で小説というジャンルの慣例に挑戦している。『ストーン・ダイアリーズ』は女性の自伝で、その女性は、もし彼女の人生が書かれるとすれば、それは「暗い空間と橋をかけることができない隙間の集合体」となるだろうと信じており、『ラリーのパーティー』は自分が人生のアウトサイダーと感じている男性の伝記である。「これは自分の歴史だが、自分という存在が何も反映されていないように感じられた」。シールズは伝記をポストモダン的に捉え、それ自体の基盤となっている礎を疑問視するために用いる。『ストーン・ダイアリーズ』では家系図が最初に置かれ、各章の題名が「誕生、1905 年」から「死」まで続き、選び出された家族写真が含まれるなど、伝統的な伝記形式を用いているが、出だしからさまざまな逸脱が起こり、伝記や自伝に伴う難しさを前面化する。自分の誕生物語を語るデイジー・グッドウィルの 1 人称の語りから始まり、さまざまな語り手を通してデイジーの人生を紹介しつつ、人間の生き様を文字化すること、ましてや捉えようとすることの予測不可能性を主張する。ユーモアと痛々しい皮肉で溢れるこの小説は、デイジーが「埋葬された」直後の皮肉たっぷりの冗談で閉じる。彼女の「最後の（語られることのなかった）言葉」は、「安らかではない」であり、彼女の棺の上にある美しいパンジーを見ながら、参列者の 1 人が、「ヒナギク（デイジー）にすればよかったのに」と言う。この作品の総括的な評価を試みるデイヴィッド・ウィリアムズは、語りの行為に関する基本的な疑問に的を絞る――「デイジーは自分の物語の主体だろうか？　それとも誰か他の人の物語の客体だろうか？　彼女の人生は多数の語り手によって語られているのだろうか？……それとも彼女の語りは全知の語り手による判決に委ねられるのだろうか？」。『ラリーのパーティー』においても、「伝統的な時間的秩序に縛られるのではなく、空間的に模索するラリーの人生の物語」を提供することで伝記というジャンルを揺るがす。ラリーの人生物語は、脱線や引き返しの数々からなる迷路のように構成され、「ゴールへの道のりでは、ゴールから逸れることでいつもゴールに近づくのだ」。ここでも、シールズは、登場人物の記録されていない人生を語ろうとするために、

伝記を作り替えているのだ。

　ジャンルの見直しへの興味は、気取らないフェミニスト作家としての立場をあらわしている。「女性の書き物はジャンルの堅苦しさを打ち崩し始めている」とハノーヴァー・カレッジの講義で述べたように。また、『愛の共和国』では女性の大衆ロマンス小説を書き直し、月並みな言葉と感情を用いる求愛プロットを批判する。それはジェイン・オースティンが18世紀の感傷小説を複雑に、そしておおいにパロディー化した書き直しと似ていると批評家フェイ・ハミルは指摘している。ハミルはまた、シールズの最もめざましい実験は短編にみられるが、『スワン』が「探偵小説の物語形式を書き直している」点も指摘する。「遅い到着――やり直し」("Arriving Late: Starting Over") というエッセイで女性が物語を語るということに関するシールズのコメントが明らかに示すように、ここにも強いジェンダーの逸脱が存在する。このエッセイのなかでシールズは、1983年の初短編集『いろいろな奇蹟』(Various Miracles) の出版と共に、彼女はリアリズムから離脱したと述べている。『いろいろな奇蹟』でシールズは、直線的な短編の構成に不満を述べ、直線的な短編が、「おそらく勃起からそのおさまりまでのオーガズム的パターンという、欲望、充足感、休止といった終わりなき予測可能なサイクルを原型とする」(p. 248) とジェンダーに関連付け、おどろくほど卑猥なことをほのめかしながら説明する。そして直線的な物語の構図よりも、平凡さが引き裂かれ、非凡さがあばかれる、ランダムな数々の瞬間や偶然などによって構成される挿話的な構図の方が好きだと説明するのだ。

　これらの短編は、シールズにとっては初のポストモダン的なメタフィクションの実験である――彼女はポストモダンが「許可という名の危険な酸素を吸わせてくれた」と述べている――そしてそれが『スワン』やそれに続く小説で伝統的ジャンルを再構築させるよう導いた。彼女の他の短編集、『オレンジ・フィッシュ』(The Orange Fish) や『カーニバルのために着飾って』(Dressing Up for the Carnival) でも、シールズはリアリズムの境界線に圧力をかけ続ける。書いたり読んだりする女性を強調したり（「ヘイゼル」"Hazel"、「衝突」"Collision"）、現実を作り替えるためにフィクションを用いたり、日常に潜む神話の輪郭を浮き彫りにしたり、言葉遊びや間テクスト性と戯れたりすることで。このような語りや形式の実験は、彼女の3作目のカーニバル的短編集に最も顕著であり、この短編集はタイトル作「カーニバルのために着飾って」のパレードから始まり、「ルポルタージュ」("Reportage"、カナダの平原でローマ建築の闘技場が発掘される）のようなシュールレアルな物語へと進み、真面目なヴィクトリア朝の結婚生活と、クラブ・ソレイユ (Club Soleil) という裸体主義者たちの夏のキャンプとの間に生じる微妙な声とトーンのずれを皮肉とユーモアでもって描く「控え目に着飾る」("Dressing Down") で閉じる。

　これらの短編は、伝統的な物語形式を取るジェイン・オースティンの伝記や『……でない限り』とはかなり異なるようにみえるが、両者に共通して、女性の自意識的語りや怒りに重みを置き、それをフィクションでどのように品よく表現できるか探るという新発展がみられ

る。『ジェイン・オースティンの伝記』では、オースティンと同じ裏切りと皮肉の戦略を用い、『……でない限り』は『小さな儀式』の粗い再現として読め、「幸せな家族」のプロットは思春期の娘の説明のつかない逃亡というトラウマによって打ち壊されるが、そのような娘の取った行動の理由は最後になって初めて明かされるというおもしろい説明の遅延がある。ここでは、家族関係と女性の友情といったシールズ特有の関心事に、女性作家の意識を通して焦点が当てられ、フェミニストとして抗議する立場から描かれている。「でもわたしたちはこんな遠くまできた、と考えるべきです。50年、あるいは100年前と比べると遥か遠くまで。というより、いいえ、2000年に『到達』したけれど、どこにも到達していません。スヌーカーテーブルのサイドポケットに追いやられ、姿を消されてしまったのです[64]」。喜劇的解決がひねり出されているが、それが便宜上でっち上げられたことは、語り手にも読者にも明らかだ。「不確かな原理——それ以外のことを信じる人はこれまでにいただろうか？[65]」。そのような結末のもろさが思い出させるのは、シールズの描く家庭や秩序の物語、あるいはその人を惑わせるような語りの工夫の底には、女性の抱える不満と不安があるということであり、それは『小さな儀式』の最初の一文、「日曜の夜。自分はもっと幸せになっているべきだという考えがよぎった[66]」から、「セグエ」の最後の文章に至るまで、脈々と続いてきたのだ——「宇宙において、沼地や湿原のような場所においてのわたしの位置づけとはどのようなものだろうか？　その答えは、えらく真面目ぶった自分のトーンをあざ笑うかのようにすぐに出る、この特定の状況さえなければ、幸せになれるのだ[67]」。

　ケンブリッジ大学での第2回目のエンプソン講演で、作家と読者とテクストとの関係性についてアトウッドは次のように述べた、「本は作者より長生きし、移動し、そして本自体も変わるといえる——語り方によってではない。その本がどのように読まれるかによって変わるのだ……文学作品は各世代の読者によって、新たな意味を見出すことで造り直されてきた[68]」と。アトウッドは、習得した知識や個人的体験からその観察を具体的に説明していくが、その際、ギャラント、マンロー、シールズに触れても決して驚くにあたらない。アトウッドは彼女たちと一緒に20世紀の最後の数十年と21世紀の数年を共有し、彼女たちと共に国内と国外で文学的名声を浴び、そして最後に、カナダと世界の卓越した作家としてその地位を共有する。その特権的地位は、他の作家や読者が登場するにつれ、時代とともに変わるかもしれないということをアトウッドは知っているが、21世紀最初の10年間それは間違いなく維持されるだろう。彼女たちが生み出した、そして生み出し続けるテクストがそれを保証してくれるだろう。「新しく、そして無限に資源に富んだ」テクストなのだから。

注

1. *Negotiating with the Dead: A Writer on Writing* (Cambridge: Cambridge University Press, 2002), p. 14.

2. Mavis Gallant, "Preface," in *Selected Stories* (Toronto: McClelland and Stewart, 1996), p. xiii.

3. John Moss, "Scuba Diving with Margaret Atwood," *Books in Canada* 36.3 (2007), p. 10.

4. Margaret Atwood, "The Art of Cooking and Serving," in *Moral Disorder* (New York: Nan A. Talese / Doubleday, 2006), p. 23.

5. Alice Munro, "White Dump," in *The Progress of Love* (Toronto: McClelland and Stewart, 1986), p. 307.

6. E. K. Brown, *On Canadian Poetry* (Ottawa: Tecumseh, 1977 [1943]), p. 14.

7. Atwood, *Negotiating*, p. 16.

8. Vera Freud, "Margaret Atwood," *The Humanist* (September-October 1987), p. 5. アトウッドはとりわけ環境保護活動に関しては Graeme Gibson と組むことがよくある。ギブソンの *The Bedside Book of Birds: An Avian Miscellany* (Toronto: Nan A. Talese, 2005) は、環境保護活動に必要な丁寧で想像力に富む目録を示す偏りのないアンソロジーである。

9. Alice Truax, "A Private Apocalypse," *The New York Times Book Review* (October 15, 2006), p. 20.

10. Lorraine M. York, *Literary Celebrity in Canada* (Toronto: University of Toronto Press, 2007), p. 107.

11. Margaret Atwood, "Progressive Insanities of a Pioneer," *Selected Poems* (Toronto: Oxford University Press, 1976), p. 63.

12. ムーディ研究の第一人者に Michael A. Peterman がいる。Susanna Moodie の *Roughing It in the Bush*, ed. Michael A. Peterman, Norton Critical Edition (New York: Norton, 2007 [1852]) を参照。

13. Margaret Atwood, "Afterword," in *The Journals of Susanna Moodie* (Toronto: Oxford, 1970), p. 62.

14. Sandra Djwa, "The Where of Here: Margaret Atwood and a Canadian Tradition," *The Art of Margaret Atwood*, ed. Arnold E. Davidson and Cathy N. Davidson (Toronto: Anansi, 1981), p. 22.

15. Margaret Atwood, *Surfacing* (New York: Bantam, 1996 [1972]), p. 3.

16. Margaret Atwood, *Second Words* (Toronto: Anansi, 1982), p. 385.

17. Philip Kokotailo, "Form in Atwood's *Surfacing*: Toward a Synthesis of Critical Opinion," *Studies in Canadian Literature* 8.2 (1983), pp. 155-65.

18. Margaret Atwood, *The Handmaid's Tale* (New York: Fawcett Crest, 1986 [1985]), pp. 379-95.

19. Earl G. Ingersoll, "Engendering Metafiction: Textuality and Closure in Margaret Atwood's *Alias Grace*," *American Review of Canadian Studies* 31-3 (2001), pp. 387-8.

20. Neil K. Besner, *The Light of Imagination: Mavis Gallant's Fiction* (Vancouver: University of British Columbia Press, 1988), p. ix.

21. Mavis Gallant, "An Introduction," in *Home Truths: Selected Canadian Stories* (Toronto: Macmillan, 1981), p. xii.

22. Besner, *Light*, pp. ix, x.

23. Mavis Gallant, "Madeline's Birthday," *The New Yorker* (September 1, 1951), pp. 20-4.

24. Mavis Gallant, "What is Style?" *Canadian Forum* (September 1982), p. 6.

25. Mavis Gallant, "Preface," in *Selected Stories*, p. x. ギャラントはよく物語の始まりをイメージで語っている。例えば Pleuke Boyce との次のインタビューを参照のこと。"Image and Memory," in *Books in Canada*

(January-Febuary 1990), p. 30.

26. Mavis Gallant, "The Events in May: A Paris Notebook by Mavis Gallant II," *The New Yorker* (September 21, 1968), pp. 66, 128. これは *Paris Notebooks*: *Essays and Reviews* (Toronto: Macmillan, 1986) に収録されている。

27. Alice Munro, "Images," in *Dance of the Happy Shades* (Toronto: Ryerson, 1968), p. 35.

28. Gallant, "What is Style?" p. 6.

29. Besner, *Light*, p. 93.

30. Kristjana Gunnars, ed., *Transient Questions: New Essays on Mavis Gallant* (Amsterdam: Rodopi, 2004).

31. Mavis Gallant, "Between Zero and One," in *Home Truths*, p. 245.

32. Mavis Gallant, "Virus X," in *Home Truths*, p. 204.

33. Mavis Gallant, "Introduction," in *Home Truths*, p. xiv.

34. Robert Thacker, *Alice Munro: Writing Her Lives* (Toronto: McClelland and Stewart, 2005), p. 321 and *passim*.

35. マンローが批評家の注目を浴び始めたのは 1970 年代後半から 80 年代だった。その初期の重要な研究書に *Probable Fictions: Alice Munro's Narrative Acts*, ed. Louis K. MacKendrick (Downsview: ECW, 1983) がある。次の Robert Thacker による 2 つのオムニバス書評エッセイは、1990 年代後半までのマンローの批評の流れを紹介する。"Go Ask Alice: The Progress of Munro Criticism," *Journal of Canadian Studies* 26.2 (1991), pp. 156-69、および "What's 'Material'?: The Progress of Munro Criticism, Part 2," *Journal of Canadian Studies* 33.2 (1998), pp. 196-210.

36. Charles McGrath to Alice Munro, November 1, 1977, Alice Munro fonds, University of Calgary, 37.2.30.5.

37. Alice Munro, "Foreword," *The View From Castle Rock* (Toronto: McClelland and Stewart, 2006), p. x. 次も参照のこと。Alice Munro, "What is Real?" *Canadian Forum* (September 1982), pp. 5, 36.

38. Charles McGrath to Alice Munro, October 15, 1984, Alice Munro fonds, University of Calgary, 396 / 87: 2.13.

39. Magdalene Redekop, *Mothers and Other Clowns: The Stories of Alice Munro* (London: Routledge, 1992), p. 175.

40. Alice Munro, "The Progress of Love," in *The Progress of Love* (Toronto: McClelland and Stewart, 1986), p. 14.

41. Ibid., p. 13.

42. Pleuke Boyce and Ron Smith, "A National Treasure: An Interview with Alice Munro," *Meanjin* 54.2 (1995), p. 227.

43. Héliane Ventura and Mary Condé, eds., *Alice Munro: Writing Secrets*, Special issue of *Open Letter* 11.9 / 12.1 (2003-4).

44. Kim Aubrey, "How to Write like Alice Munro," *The Writer's Chronicle*, 38 (2005), pp. 12-18.

45. Alice Munro, "Open Secrets," in *Open Secrets* (Toronto: McClelland and Stewart, 1994), p. 160.

46. Jonathan Franzen, "Alice's Wonderland," *The New York Times Book Review* (November 14, 2004), p. 16.

47. Maria Russo, "Final Chapter," *The New York Times Magazine* (April 14, 2002), p. 35.

48. これはシールズのイギリスで初めて出版された小説だった。*Mary Swann* というタイトルで出版された (London: Fourth Estate, 1990).

49. Edward Eden and Dee Goertz, eds., *Carol Shields, Narrative Hunger, and the Possibilities of Fiction* (Toronto: University of Toronto Press, 2003), pp. 19-36.

50. Marjorie Anderson, "Interview with Carol Shields," *Prairie Fire* 16.1 (1995), p. 150.

51. Carol Shields, *The Stone Diaries* (London: Fourth Estate, 1993), p. 76.

52. Carol Shields, *Larry's Party* (London: Fourth Estate, 1997), p. 171.

53. Shields, *The Stone Diaries*, p. 361.

54. David Williams, "Making Stories, Making Selves: 'Alternate Versions' in *The Stone Diaries*," *Canadian Literature* 186 (2005), pp. 10-11.

55. Coral Anne Howells, "Larry's A / Mazing Spaces," in *Carol Shields and the Extra-Ordinary*, ed. Marta Dvořák and Manina Jones (Montreal and Kingston: McGill-Queen's University Press, 2007), pp. 115-35.

56. Shileds, *Larry's Party*, p. 152.

57. Carol Shields, "Narrative Hunger and the Overflowing Cupboard," in Eden and Goertz, eds., *Carol Shields, Narrative Hunger*, p. 35.

58. Faye Hammill, "*The Republic of Love* and Popular Romance," in Eden and Goertz, eds., *Carol Shields, Narrative Hunger*, p. 61.

59. Carol Shields, "Arriving Late: Starting Over," *How Stories Mean*, ed. John Metcalf and J. R. (Tim) Struthers (Erin: Porcupine's Quill), pp. 244-51.

60. Simone Vauthier, "Closure in Carol Shields's *Various Miracles*," in *Reverberations*: *Explorations in the Canadian Short Story* (Concord: Anansi, 1993), pp. 114-31 参照。

61. Shields, "Narrative Hunger," p. 34.

62. Héliane Ventura, "Eros in the Eye of the Mirror: The Rewriting of Myths in Carol Shields's 'Mirrors,'" in Dvořák and Jones, eds., *Carol Shields and the Extra-Ordinary*, pp. 205-20 参照。

63. Marta Dvořák, "Disappearance and 'the Vision Multiplied': Writing as Performance," in ibid., pp. 223-37 参照。

64. Carol Shields, *Unless* (Toronto: Random House Canada, 2002), p. 99.

65. Ibid., p. 318.

66. Carol Shields, *Small Ceremonies* (London: Fourth Estate, 1995), p. 1.

67. Carol Shields, "Segue," in *The Collected Stories* (Toronto: Random House Canada, 2004), p. 20.

68. Atwood, *Negotiating*, p. 50.

19

短編小説

W. H. ニュー
（W. H. New）

1965年に『カナダ文学史』（*Literary History of Canada*）は、過去10年間に短編小説集の発刊が比較的少なかったことから、短編小説というジャンルは消滅に向かっていると予測した。[1] 予想に反し短編小説は多数の作品が生まれ、スタイルが柔軟になり、力強く成長した。21世紀の最初の10年間には毎年約50編もの作品集が出版され、社会の発展、生産技術の進化、批評家の注目度の増加とともにその出版数を伸ばしてきた。このジャンルの市場は今でも底堅いものではないが、それでも短編小説はより存在感を増し、多彩なものになってきており、出版社はさらに商業的関心を引き寄せるための新しい方法をあれこれ考え、新人作家たちは今までとは異なる手法やスタイルで熱心に読者に呼びかけている。新しい作品はその題材や形式が多岐にわたっている。西部オンタリオが物語の創作にその光を投げかけているアリス・マンロー（Alice Munro）のアルトマネスク（Altmanesque〔米映画監督ロバート・アルトマン Robert Altman 風の〕）作品集から、ロヒントン・ミストリー（Rohinton Mistry）のトロントとボンベイを舞台とする重層的な連続物語、アリスター・マクラウド（Alistair MacLeod）のケープ・ブレトン（Cape Breton）島のなまりを記念碑的に残している物語から、オースティン・クラーク（Austin Clarke）とトマス・キング（Thomas King）のシリアス・コメディ、メイヴィス・ギャラント（Mavis Gallant）とガイ・ヴァンダヘイグ（Guy Vanderhaeghe）の儚さとのたわむれからオードリー・トマス（Audrey Thomas）、タマス・ドボジー（Tamas Dobozy）、マーク・アンソニー・ジャーマン（Mark Anthony Jarman）、ダグラス・グラヴァー（Douglas Glover）、トマス・ウォートン（Thomas Wharton）およびライザ・ムア（Lisa Moore）の冒険的なレトリックなどである。ナンシー・リー（Nancy Lee）、レイチェル・ワイアット（Rachel Wyatt）、ジャック・ホジンズ（Jack Hodgins）、ビル・ギャストン（Bill Gaston）など多くの作家たちがジェンダー、場所、社会政策におけるさまざまな特異性を戯曲化した。オリヴ・シーニア（Olive Senior）、アダム・ルイス・シュローダー（Adam Lewis Schroeder）、ジョーゼフ・ボイデン（Joseph Boyden）など、中には民族史や植民地の歴史に関する問題に焦点を当てた作家たちもいる。さらにまた、エリザベス・ブルースター（Elizabeth Brewster）、クリスチアナ・ガナーズ（Kristjana Gunnars）、ティモシー・フィンドリー（Timothy Findley）、バリー・デンプスター（Barry Dempster）、ケン・ミッチェル（Ken Mitchell）、マーク・フルトキン（Mark Frutkin）、デイヴィッ

ド・ワットモウ（David Watmough）などの作家たちは主に詩や劇や小説で本来の評判を得ているが、注目に値する物語集も出版している。ここ数十年の歴史の中でこのような一連の異なる短編が登場したのは、科学技術の急激な革新、出版業界の戦略的発展、次世代作家たちの出現などによるものであるが、それはコミュニケーションの手段や制度が要求するところに応えながら、自分たちの生きる時代に対する理解を意欲的に示そうとしている。

　すでに名の通った作家たちも書き続けていたが、1960年以降になるまで最初の作品集すら出版しない作家もいた。ヘンリー・クライセル（Henry Kreisel）の『オールモースト・ミーティング』(*The Almost Meeting*, 1981)、ハワード・オヘイガン（Howard O'Hagan）の『ジャスパー駅で乗った女』(*The Woman Who Got on at Jasper Station*, 1963)、A. M. クライン（A. M. Klein）の『短編集』(*Short Stories*, 1983)、ジョイス・マーシャル（Joyce Marshall）の『いつでもどうぞ』(*Any Time at All*, 1993) などである。エセル・ウイルソン（Ethel Wilson）は『ゴーライトリー夫人、その他の物語』(*Mrs. Golightly and other stories*, 1961) で風刺、ゴシック、教訓など彼女の幅広い作品スタイルを披露した。ジェイムズ・リーニー（James Reaney）の物語は『募金のための競売会』(*The Box Social*, 1996) ではじめて短編として出された。バリー・キャラハン（Barry Callaghan）が「エスクワイア」(*Esquire*) 誌や「スクリブナー」(*Scribner's*) 誌掲載の父親の物語を集めて編集した作品集『モーリー・キャラハンの忘れ物置き場の物語』(*The Lost and Found Stories of Morley Callaghan*, 1985) は、この年長作家が都会派の道徳家であるとの評判を確固たるものにした。シンクレア・ロス（Sinclair Ross）のセクシュアリティ、抑うつ、残忍な不確実性（1930年代40年代の雑誌読者におなじみである）の物語は『真昼のランプ、その他の物語』(*The Lamp at Noon and other stories*, 1968) に登場し高い評価を得たが、その後第2集が出るまで14年もかかった。W. O. ミッチェル（W. O. Mitchell）の『ジェイクと少年キッド』(*Jake and the Kid*, 1961) は、1950年代のCBCラジオの聴取者にはおなじみとなっていた逸話的短編を集めたものである。サスカチュワン州クロッカスからやってきた1人の気難しい農業労働者と1人の少年の生活の中でジレンマが起こるが、友好的に解決するというものである。ミッチェルの描く安全な世界とは違って、マルカム・ラウリー（Malcolm Lowry）の世界は彼の死後出版された『天なる主よ、聞きたまえ』(*Hear us O Lord from Heaven Thy Dwelling Place*, 1961) の登場人物シブヨン・ウィルダネス（Sigbjørn Wilderness）の分裂した人物像からも明らかなように、常に不安定なものである。統語論的に複雑なこの作品集では「知識」(knowledge) を恐るべき慰め (terrifying comfort) と解し、「翻訳」(translation) を混乱を招く喜劇 (dislocating comedy) と解する。それは自然の癒しの愛に対する讃歌「春に続く森の道」("The Forest Path to the Spring") で力強く終わる。

　マーガレット・ローレンス（Margaret Laurence）やノーマン・レヴァイン（Norman Levine）も1950年代には出版を開始したが、彼らが華々しく活躍したのはその後の数十年間であり、その間にジャック・ホジンズやジョン・メトカフ（John Metcalf）など後輩の作家たちに強い影響を与えている。ホジンズはローレンスを読み、特定の場所について書くことに意義を

見出した。メトカフの方はレヴァインの作品形式および国家主義的偏見にとらわれない姿勢を称賛した。他の作家たちもレヴァインの社会的地位に対する洞察やローレンスの文化の多様性と女性の自立についての関心を称賛した。しかし1960年代初期というのは権威ある批評家たちが『ヒュー・ガーナー珠玉集』(Hugh Garner's Best Stories, 1963) の表面的な「リアリズム」をほめたたえていた時代で、ライアソン出版社もこのガーナー (Hugh Gartner) の「お墨付き」をもらうべく、アリス・マンローの第一作『幸せな影法師の踊り』(Dance of the Happy Shades, 1968) の紹介を頼むという始末であった。その後の世の変遷の目立った出来事は、評論の世界からガーナーが全く姿を消したことで、とって代わったのはレヴァイン、ホジンズ、ローレンス、それにマンローの国際的評価の高まりであった。

　これら相互に関連し合った作家たちについて言えることは、新たな作品形式に目を向けたことである。従来型の短編小説は教科書的な様式に従ってきた。すなわち、筋の展開、クライマックス、結末というものである。登場人物の発展を重視する従来の短編小説は、本質を突然悟る「エピファニー」が大事な役割を果たすことになる。あるいは、筋書きを重視すると、総じて世の中の秩序を再確認するような結末に導く出来事を用意することになりがちである。レイモンド・ニスター (Raymond Knister) は、メイヴィス・ギャラント始め他の作家たちが磨きをかけ、またたく間に主流となった技術、すなわち自由間接話法や「オープン・エンディング」を用いて従来の粗雑な形式から離脱していた。20世紀末には作家たち個人(例えばマンロー、ギャラント、ブレイズ)の文学実践に関するいろいろな本が出たが、短編小説と長編小説の両方を発表している作家たち(例えばアトウッド、バウアリング、ホジンズ、ミストリー、フッド) について語っているものは、短編よりも長編の作品に(そしてアトウッドとバウアリングでは詩に)重きをおいている。また、ドリュー・ヘイデン・テイラー (Drew Hayden Taylor) の『ミー・ファニー』(Me Funny, Vancouver: Douglas and IcIntyre, 2005) の中の随筆が先住民社会におけるユーモアとしての役割に脚光を当てる一方、ギャラント、アトウッド、ワイアット、ガートナー、アーナソンなどの作品中のユーモアは詳しく吟味されていない。2008年の時点において既に名の知られた作家(バードセル、バーナード、マット・コーエン、レヴァイン、リチャーズ、レイ・スミス、ロン・スミス、トマス、ヴァンダヘイグ)、最近登場してきた作家(例えば、ドボジー、フレミング、ギャストン、ヘンダーソン、リー、リヨン、ムーア、レッドヒル、スヴェンセン、テイラー、ワートン) の双方について詳しい研究書の出版が待たれている。ミッチェルの日常語、クラインとクライセルの民族文化に関する理解の鋭さ、ロスの心象、マーシャルの社会的格差やジェンダーへの理解、フランス語圏の作家たちの政治寓話(ジャック・フェロン Jacques Ferron の『不確かな国の小話』 Contes du pays incertain, 1962、ジル・ヴィニョー Gill Vigneault の『爪先立ちの物語』 Tales sur la pointe pieds, 1972) などもまた物語技法が語られようとする物語の本質をいかに形成するかを示した例である。1960年以降の成功した作家たちはこの原理を胸に重く受け止め自分たちの技法を洗練させた。その過程で物語、エッセイ、長文詩、連続的な抒情詩、旅の寓話、

ラジオ・ドラマ、自叙伝、中編小説（novella）の境界線があいまいになった。非常に短いもの（100 語以下のいわゆる「フラッシュ・フィクション〈一口小説〉」）から、非常に長いもの（約 30,000 語におよぶもの）まで短編に含まれるようになっており、1 回座って読み切れる長さの散文の物語というエドガー・アラン・ポーの定義(2)も今や容易に当てはまらない。

　メイヴィス・ギャラントやティモシー・テイラー（Timothy Taylor）など幾人かの作家は彼らの短編集に中編小説（novella）を含めているが、この長めの作品を個別に出版してくれるところはまれである──ウォレン・キャリオウ（Warren Cariou）の『路傍殉教者の昂揚した仲間たち』(*The Exalted Company of Roadside Martyrs*, 1999) とジョン・メトカフの『ギンガムの服を着た少女』(*Girl in Gingham*, 1978) は例外である。中編小説は、名作選集にはほとんど見られず、批評家からも読者からも見過ごされがちだった。それは名作選集が不足しているせいではなかった。小中学校向けに作られたものから、特定の文学同人グループの審美的センスを支持するようなものに至るまで(3)、多くの名作選集が出版された。そのほとんどが、地域、ジェンダー、エスニシティ、あるいはセクシュアル・アイデンティティなど 1 つのテーマに焦点をあてたものか、あるいは逆にさまざまな様式、テーマ、形式などを概観するものであった。ロバート・ウィーヴァー（Robert Weaver）の多分冊シリーズ『カナダ短編集』(*Canadian Short Stories*) は、従来のリアリズム的手法に特権を与えるような傾向があったが、ジョージ・バウアリング（George Bowering）の編集した作品集（例えば『そしてその他の物語』*And Other Stories*, 2001）はミニマリズムとブリコラージュ（bricolage〔寄せ集めで作る手法〕）に傾倒していた。メトカフの『16 × 12』(*Sixteen by Twelve*, 1970)、ウェイン・グレイディ（Wayne Grady）の『ペンギン版カナダ短編集』(*The Penguin Book of Canadian Short Stories*, 1980)、マイケル・オンダーチェ（Michael Ondaatje）の『インク湖より』(*From Ink Lake*, 1990) および W. H. ニュー（W. H. ニュー）の『カナダ短編小説集』(*Canadian Short Fiction*, 1986; 2nd ed. 1997) は、先住民の話、昔の素描や恋愛小説、写実主義の心理劇、あるいは現代的メタテクストなど数々の多様な作品を収録している。アリス・マンローの作品が幅広い名作選集に登場するのは、その批評界での彼女の力量と地位によるだけではなく、対照的な 2 つの読みを可能とする作品の特徴にもよる。ひとつは写実的描写をそのまま現実的に解釈する読み方、そしてもうひとつは、人間心理とレトリックに注目し、イメージと埋め込まれた物語を手がかりに、人間の習性を垣間見るような読み方である。

　3 連の年次刊行シリーズ、『ベスト・カナディアン・ストーリーズ』(*Best Canadian Stories*)、『次の呼び物』(*Coming Attractions*)（いずれもオベロン出版社刊）、および『旅の掘り出し物選集』(*The Journey Prize Anthology*)（マクレランド・アンド・スチュワート社刊）には新進作家や当年度の最高傑作が並んだ。「ベスト」の物語は多くのそれ以前の編集者たちによっても収録はされていたが、実際には彼らの言う「ベスト」とはおおまかにモダニズム的リアリズムに肩入れしたものであった。ジェフ・ハンコック（Geoff Hancock）は現代短編小説の魅力を懸命に伝えようとしていたため、影響力のある「カナディアン・フィクション・マガジ

ン」（*Canadian Fiction Magazine*, 1971-97）の編集の仕事に関わるようになるが、スティーヴン・ガッピ（Stephen Guppy）や W. P. キンセラ（W. P. Kinsella）の作品にみられるような現実（real）の中での超現実（surreal）が矛盾なく存在するマジックリアリズムをその著書『マジック・リアリズム』（*Magic Realism*, 1980）において擁護することで、それまでのモダニズム的リアリズム優位の流れに抵抗した。エリック・マコーマク（Eric McCormack）の『地下納骨所を調べる』（*Inspecting the Vaults*, 1987）はマジックリアリズムと不気味さ（macabre）を組み合わせている。従来のリアリズム技法に対する挑戦は、現実世界とは異なる思弁的な世界を考案した作家たちによっても行われた。その例としてはロバート・ソーヤー（Robert Sawyer）、カンダス・ジェイン・ドーシー（Candas Jane Dorsey）、およびナロ・ホプキンソン（Nalo Hopkinson）など、1985年にジューディス・メリル（Judith Merril）の働きかけで始まったさまざまな『四次元立方体』（*Tesseracts*）選集にSF物語[4]を発表した作家らがあげられる。

　このような短編における様式、戦略、批評の好みの変化は、学術の世界にも出版業界にも影響の環を広げた。いくつかの例外をのぞいて大手の出版社は慎重な態度をとり、出版されるのは既に価値が認められているもの、評判が確立しているもの、よく売れそうなものに限られた。例えばローレンス、マンロー、ギャラント、ミストリー、マクラウド、そしてアトウッドはすべてマクレランド・アンド・スチュワート社から出版したが、トマス、ブレイズ、ホジンズ、バジル・ジョンストン（Basil Johnston）、トマス・キング、ジャニス・クーリク・キーファー（Janice Kulyk Keefer）、ボニー・バーナード（Bonnie Burnard）（『カジノ』*Casino*, 1994）、デニス・ボック（Dennis Bock、『オリンピア』*Olympia*, 1998）、およびタマス・ドボジーは、ハーパー・コリンズ、ダブルデー、バイキング・ペンギン、そしてある期間はマクミランなどから出版した。もっともこれらの作家たちはその経歴を通して複数の出版社から出版し、またキャリアを重ねる中で複数の出版社を使う者もいた。あまり知られていない作家はまず、ポーキュパインズ・クイル社、ウーリカン社、タロンブックス社、コーモラント社、アナンシ社、レインコースト社、ターンストーン社、アーセナル社、あるいはポールスター社などから最初に出版することが多かった。

　1970年代には技術の進歩に加え、カナダでの本の流通をアメリカに占有されないよう政府が支援したことで、中小の出版社からは地域に根ざしたもの、前衛的なものなど、魅力的な出版物が並ぶことになった。手回し謄写版から写真製版（オフセット）印刷、そしてコンピューター・グラフィックへと移行していくにつれて、これまでこの業界を牛耳ってきた大手印刷会社以外の小さい出版社でも質の高い印刷物を生産できるようになった。1990年代になってコンピューター技術がさらに発展すると、出版業者たちは「ページ」の構成における視覚的な革新が可能になったことを知った。こうした印刷デザインの変化によって物語の姿をイメージさせる新しい方法や物語を読むときの新しい戦略がもたらされ、その結果、小型文芸雑誌や商業ジャーナルの評論家に新しい課題が出てきたのである。

　変化をもたらしたのはジャーナル自体だった。「コリアーズ」（*Collier's*）をはじめ発行部

数の多い雑誌のページを埋めた恋愛小説に代わって、「ガイスト」（Geist）、「ディスカント」（Descant）、「ランパイク」（Rampike）、「ダンデリオン」（dANDelion）、「ブリック」（Brick）、「ティックルエイス」（TickleAce）などの小型ジャーナル――そしてインターネット・サイトも含めて――は非直線的で自己言及的な物語の発表の場に加え、執筆の実践やスタイルについてのやり取りの場も提供した。大学のカリキュラムは短編小説とその理論の講座を開設した。「短編」（Short Story）[5] という評論ジャーナルも出現した。ニューファンドランドのバーニング・ロック（Newfoundland's Burning Rock）といったような作家集団が、作家のための隠遁所（バンフ、セイジ・ヒルなど）や学界のワークショップなどとともに、議論や訓練の場を提供し、支援した。アイオワ大学の作家ワークショップにはジャーマン、キンセラ、それに後にそのワークショップの主任となったクラーク・ブレイズ（Clark Blaise）など、多くのカナダの学生が集まった。1960年代にはいくつかのカナダの大学がクリエイティブ・ライティングのコースを創設し、その後30年の間にさらにいくつかの大学がこれに続いた。教鞭を執った熟練の短編小説作家は、ウインザー大学のアリスター・マクラウド、ヴィクトリア大学のジャック・ホジンズ、ブリティッシュ・コロンビア大学のリンダ・スヴェンセン（Linda Svendsen）やジョージ・マクホワーター（George McWhirter）などである。2000年までに出版社はこれから活躍しようとする多数のクリエイティブ・ライティングの卒業生を発掘した。特筆されるのは、K. D. ミラー（K. D. Miller、『疫病流行時の連祷』 A Litany in Time of Plague, 1994、作品の一部はエイズに関するもの）、ジェニ・ガン（Genni Gunn、『飢餓』 Hungers, 2002）、シャーロット・ギル（Charlotte Gill、『レディーキラー』 Ladykiller, 2005）など、病気や怒りや都会のトラウマをテーマにした作家たちであった。これら出版社は21世紀の読者層を確保するために若い世代の作家たちを求めてきたが、このころにはこのような怒りを秘めた文学作品が必須（de rigueur）となっていた。

　物語を語るのに本やジャーナルのみがその媒体であったのではない。短編小説のラジオ朗読やドラマ化は、その声や音声効果を通して短編小説の受容のあり方を変え、同様に、映画化も語りや視聴者へのインパクトに影響を及ぼした。短編小説が映画になると、観客が登場人物や場面をどのように見れば良いのかをしばしば固定化する。言葉によるイメージを視覚的記号に変換することで、何かを象徴するようにセッティングすることができる。また時の経過や変化を劇的に表現するために、フェイドアウトやフラッシュバックなども使ったり、楽曲を付け加えたり、人物の関係を変えたり、また筋書きを簡単にしたりすることができる。NFB（The National Film Board 国立映画庁）は1960年代にいくつかの短編小説を映画化した。ヒュー・フッド（Hugh Hood）の「赤い凧」（"The Red Kite," 1965）、ジョーン・フィニガン（Joan Finnigan）の民話形式で書かれた「カラボジーからカラダールへの最良で最高のダメヴァイオリン弾き」（"The Best Damn Fiddler from Calabogie to Kaladar," 1968）などである。モーデカイ・リッチラー（Mordecai Richler）の「ザ・ストリート」（"The Street"）は1986年に登場した。1980年代にはさらに多数の映画化作品が発表された。マンローの「乗せてく

れてありがとう」("Thanks for the Ride," 1983)、ガイ・ヴァンダヘイグの力強い「檻」("Cages," 1984)、同じく 1984 年に映画化され、シンクレア・ロスの選集にもっともよく現れた作品のうちの 2 つ、「一頭は若い雌牛」("One's a Heifer," アン・フィーラー監督)と「ペンキの塗られたドア」("The Painted Door," ブルース・ピットマン監督)である。ホジンズの郷愁的な「ヨーロッパのコンサートステージ」("The Concert Stages of Europe," 1985)の後、キャラハン([Morley] Callaghan)、フィンドリー、アーネスト・バックラー(Ernest Buckler)、ブライアン・ムーア(Brian Moore)の物語の映画化がそれに続いた。1994 年から 2004 年にかけて(アトランティス・フイルム社との共同制作で)NFB は新しいビデオ作品と以前の作品の再発売のものをセットにして「短編小説ビデオ特集」を製作した。ビデオの長さはいずれも 30 分であったが、これは NFB がテレビを通じて学校や家庭の視聴者に届けようと意図したからである。シェルドン・カリー(Sheldon Currie)はノヴァ・スコシアの鉱山災害を扱ったゴシック物語「グレイス・ベイ炭鉱博物館」("The Glace Bay Miners' Museum")を 114 分の映画「マーガレットの博物館」("Margaret's Museum," モート・ランセン監督)にして賞を勝ち取ったが、さらに民間出資を仰いで国際的に劇場版を公開した。

　社会や科学技術の発展は、単一の国家に帰属するというパラダイムに疑問を投げかけ、固定的で一貫したアイデンティティがあるという前提に挑戦状をつきつけ、これまでのコミュニケーションの様式を切り崩してきた。それとほぼ対応する形で、マット・コーエン(Matt Cohen)、D. M. フレイザー(D. M. Fraser)、J. マイケル・イェイツ(J. Michalel Yates)、デイヴ・ゴドフリー(Dave Godfrey)、ブライアン・フォーセット(Brian Fawcett)、ジョージ・バウアリング、ダグラス・グラヴァー、およびモントリオール・ストーリー・テラーズ(Montreal Story Tellers)と関連する作家たちが、形式の異なる「実験的」散文を書いてきた。イェイツの『抽象動物』(*The Abstract Beast*, 1971)は、従来の物語り技法と、一般的に現実と考えられているものとの間にどういう関係があるのかを問うたものである。ゴッドフリーの政治寓話である『死はコカコーラとともに』(*Death Goes Better with Coca-Cola*, 1967, 改訂 1973)はファンタジーの手法と、『易経』(*I Ching*,〔中国の古典、五経の一つで占いの書〕)を用いて企業のグローバル化を攻撃し、訓戒的な物語の『黒人は従え』(*Dark Must Yield*, 1978)はグローバルな社会的責任を負うよう読者に促す。コーエンの『夜間飛行』(*Night Flights*, 1978)には、彼の幅広い作品が収められている。彼の晩年の作品がオンタリオとヨーロッパの民族間の対立を詳しく調べ上げる一方で、初期の物語では超現実(surreal)的なイマジネーションをふんだんに用いている。コロンブスがサーカスの余興に再登場したり、ガラハッド卿〔アーサー王伝説などに出てくる円卓の騎士の 1 人〕が学校で教師をしていたり、機械工の頭の中がほこりだらけになっていたりする。フレイザーの『階級闘争』(*Class Warfare*, 1974)は、組織の戦略——歌や試験問題の要求、「マスターピース・アヴェニュー」("Masterpiece Avenue")に住むある住民の窮状——を探求する。フォーセットの『〔トロント・メープル・〕リーフでプレイした僕の人生』(*My Career with the Leafs*, 1982)はスポーツの喩えを使って人々が行うその他の「ゲー

ム」を分析しており、『とびっきりの話』（*Capital Tales*, 1984）では、世の中の発展と抑制のきかない資本主義についてのトマス・カーライルとの会話をクライマックスとして物語を閉じている。

　バウアリングの数多くの随筆集や物語集（例えば『リチャード通りに立つ』*Standing on Richards*, 2004）は、出来事や制度に対して悪ふざけともいえるような快活な態度をとっている——それは懸命に生きること、ありふれた決まり文句を超えて意味を見出そうとすることの深刻さをさらけだしている。グラヴァーもまた、物語というものは何らかの道徳観を受け入れるよう誘導するのではなく、読者を言語領域の中を連れ「回す」ものと考える、すなわち「言語とたわむれる感覚で」というポストモダンの哲学を堂々と標榜しながら従来的な物語形式に挑戦する。『故郷に向けた放蕩息子の覚え書』（*Notes Home from a Prodigal Son*, 1999）にあるように、読者と作家がグラヴァーのいう「モジュール」——構成要素——に「参加」するときに「物語」は成立する。例えば『サスカトゥーンで犬が男を溺れさせようとする』（*Dog Attempts to Drown Man in Saskatoon*, 1985）の表題短編を構成する18の構成要素は、1人の男と1人の女が別れ、溺れている視覚障碍者の犬、ヴィトゲンシュタインの全体論的構造の断片化、あるアート・ギャラリーと人がそこで見るもの、それに矛盾に満ちた自己言及的なスタイル、不合理などから成る。この断片化された作品に沿っていくと、読者は断片を再構築して最後まで行き着く筋立てを構成できず、むしろ語り手のありとあらゆる洞察、アイロニー、防御メカニズム、釈明、見るからに自由な連想に満ちた心の動きの中にはまってしまい、ついには堆積するあらゆる解明の重量に飲み込まれ、どんなひとつの解釈も決して正解ではないと信じるに至る。

　クラーク・ブレイズの短編集（例えば『北米の教育』*A North American Education*, 1973）は作家の人生に関連付けて読むのもいいだろう。それは「ピッツバーグ」「南部」「モントリオール」「世界」という背景で出された彼の作品の多分冊重版（2000）でより強調される。それでも個々の物語は、背景からというよりそのスタイルから力を引き出している。ブレイズは巧みなレトリックで作中人物がとらわれている考え方に光を当てることにより、言葉を通して読者をその人物の中へ連れ込む。「目」（"Eyes"）は猛烈に威嚇的な二人称の視点が用いられている。「新カナダ人階級」（"A Class of New Canadians"）は、能弁さと権力欲との間で揺れ動いている。「サラダ・デイズ」（"Salad Days"）は失われた言語とアルツハイマー病についての話であるが、作品自体の組み立てをメタテクスト的にもてあそんでいる。レイ・スミス（Ray Smith）も『ケープ・ブレトンはカナダの思想統制センター』（*Cape Breton Is the Thought Control Centre of Canada*, 1969）でブレイズと同じ試みを行っている。その他、レオン・ルック（Leon Rooke）は、不条理が日常茶飯事として現れる『悪を叫ぶ』（*Cry Evil*, 1980）や『誰が好きか』（*Who do You Love?*, 1992）などを含む十数編の選集の中で、レイモンド・フレイザー（Raymond Fraser）は『ラム・リヴァー』（*Rum River*, 1997）で、そして、ヴィヴェット・J. ケイディ（Vivette J. Kady、『最重要指名手配人』*Most Wanted*, 2005）、ラモナ・ディアリング（Ramona

Dearing、『ソー・ビューティフル』*So Beautiful*, 2004)、キース・フレイザー（Keath Fraser、『愛人に嘘を語る』*Telling My Love Lies*, 1996)、シャロン・イングリシュ（Sharon English、『重力ゼロ』*Zero Gravity*, 2006)、さらにスティーヴン・ハイトン（Steven Heighton）など、ティム・インクスターの経営するポーキュパインズ・クイル社から出版した数多くの作家の指導者であるジョン・メトカフも同じことを行っている。スティーヴン・ハイトンの作品には喜劇的であると同時に情緒的に胸の痛みをともなう物語（「新しい日本の5枚の絵」"Five Paintings of the New Japan"、『天皇の飛行経路』*Flight Paths of the Emperor*, 1992、「万物に季節を」"To Everything a Season"、『あるがままの地上で』*On Earth as It Is*, 1995）などがある。

　彼らは皆、何らかの形でその技術をノーマン・レヴァイン（『薄氷』*Thin Ice*, 1979)やヒュー・フッドから学んでいる。レヴァインの無駄が省かれた物語は、登場人物や風景を観察者の干渉なくして直接見たかのような透過性の錯覚を与えるものである。単純とはとても言えないが、これ以外にないという言葉を選択する力を証明している。フッドの効果的なスケッチ・シリーズ『山のまわり――モントリオールの生活より』（*Around the Mountain: Scenes from Montreal Life*, 1967）は、1990年に『赤い凧を揚げる』（*Flying a Red Kite*）で始まった『物語集』（*Collected Stories*）シリーズの1冊として再出版された。リズムとイメージを用いて入念に組み立てられたこのスケッチと物語は、形や色調がわかるように表すために、細部の編成、均衡のとれた文や句が徐々に効果を増して（しばしば3つが相俟って）作用することの重要性を強調している。ローマ・カトリックの道徳心と図象学から知的感化を受けたフッドの著作は、倫理的問題に目を向ける。ブレイズの作品は国境をまたいだ生活でのさまざまな方言から成りたっている一方、スミスのものはケープ・ブレトン島の地元方言で書かれている。メトカフの作品は現代英国のスタイリストたちの美学に影響され、抑揚を生み出す句読法を用いることで、散文の音楽性を高めようとする情熱に溢れている。

　年齢的にはかなりの差があるものの、ブレイズ、メトカフ、フレイザー、スミス、それにフッドはともに1970年代にモントリオールのストーリー・テラーズ[6]と称するグループを結成した。そのねらいは、メトカフが断言するように、みんなの共通の美学を表現するためというよりも、本を売ることであった。もちろん一緒に運営しようという仲間意識は間もなくお互いのスタイルや物語技法への尊敬になっていったようだが。当時の出版社は短編小説の選集を受け入れるのに消極的で、書店の方でも物語は売れないという理由から、本が出てきても在庫をもちたがらなかった。ストーリー・テラーズの計画は、学校やその他の団体で、パフォーマンスとして抑揚を強調しながら物語を朗読することで、読者たちを惹きつけることであった。(1974年にトロントで実施されたハーバーフロント読書会シリーズと1988年のヴァンクーヴァー国際作家祭を端緒として）さまざまな文芸祭もまた短編小説の聴覚的効果を積極的にアピールした。メトカフとブレイズは精力的に朗読したり書いたりするだけでなく宣伝し説明することに努めた。メトカフはフッドの作品『闇から射す光とその他の物語』（*Light Shining Out of Darkness and Other Stories*, 2001)[7]からの入念な選集を編み、ブレイズの方はメト

カフの作品『立て石』（Standing Stones, 2004）に「最高の」物語と副題をつけて編集した。時がたつにつれてこの 2 人は同世代のもっとも影響力のある編者やリーダーの一員となった。

　マーガレット・ローレンスとオードリー・トマスを対比してみると、短編小説の形式の変化がいかに同時代の社会的問題と関連しているかがよくわかる。どちらの作家もアフリカ、記憶、女性の経験——こうして 2 人とも個人的緊張と一般市民的緊張をつなぎあわせる——をテーマにしたが、それぞれの戦略では異なっている。トマスの物語ははじめから言語の中に生きているが、ローレンスの方は従来的な様式から徐々に離れていっている。トマスの最初の物語「もしかひとつの緑の瓶が……」（"If One Green Bottle..."、『十の緑の瓶』Ten Green Bottles, 1967 に収録）は、まだ著者が古英語を勉強していた 1965 年に「アトランティック・マンスリー」誌賞を受賞した。そして 2001 年までにいくつかの選集が出ている。 ローレンスが 1950 年から 1957 年にかけて東および西アフリカで過ごした後、主にヴァンクーヴァーで書いた『明日の調教師とその他の物語』（The Tomorrow-Tamer and Other Stories, 1963）では、外的世界の中心に登場人物を据え、その世界を終結することが望まれている物語を描いた。身体障碍者の男が曲芸師としての職にありつく。自国の独立後に生きる美容師が自分の技術を新しい常連客の趣向に合わせることを学ぶ。よそ者でいっぱいの今の世界で 1 人の女性が庇護者の役割を果たす。『明日の調教師』は現代アフリカの困窮に対する自責の念を伴う関心と、（宣教師や教職者に対する誤解にもかかわらず）異文化間の理解の深まりがより良い未来に実現するようにとの願いを表している。批評家たちはこの物語の中で「より良い」とはどういうことなのか疑問を呈した。それは昔のアフリカの回復と一致することなのか、あるいは欧米社会の考える進歩なのか、それとも忍耐と理解といった個人的なヴィジョンなのだろうか。

　アフリカの作家たち——例えば彼女の友人であるチヌア・アチェベ（Chinua Achebe）など——から自分自身の過去や社会を創造的に見ることができることを学んだローレンスは、彼女のこれまで以上に冒険的な、互いに関連する 8 編の物語から成る『家の中の鳥』（A Bird in the House, 1970）では方向性を変えて、マニトバについて書いた。このシリーズはヴァネッサ・マクラウドが成長していく過程で出くわす家族、死、貧困、戦争、狂気、民族性、教育などの厄介な問題を順序だてて物語っている。語り手としてのヴァネッサは深い悲しみや自分に影響を与えてきた人々と折り合いをつけなければならず、反発しつつも、自分に似て横暴な祖父と仲直りするため家に（ひいては過去に）立ち戻らざるを得なくなる。また思い返すと最も強い絆は母との間にあることを悟る彼女は、初めて母への感謝の気持ちを覚えるのである。一つひとつの物語は大恐慌社会への洞察とも読めるし、芸術的技巧により産みだされた肯定と逃避のパターンとしてとらえられる。「夜の馬」（"Horses of the Night"、このタイトルはオヴィディウスの『アモーレ』Amores —O lente lente currite noctis equi! —「愛——おお、ゆっくりゆっくり走れ、夜の馬よ」という——クリストファー・マーロウの『ファウスト博士の悲劇』の中で繰り返し出てくる句をほのめかしている）は、徐々に進行する腐敗、継続して

いる愛、そして独立しなければならないという強い主張を、技法を駆使しながら描き出した短編である。この物語は、子供時代のヴァネッサの声と文学的により洗練された大人の語り手の声とのバランスをとりながら、ジェンダーや社会政策が選択を二者択一的に体系化し、管理し、実行している様を暴露する。

　トマスの短編物語もまた、全て短編小説として書き始めた彼女の長編小説『ブラッド夫人』（*Mrs. Blood*）、『ラタキア』（*Latakia*）、および『潮間の生物』（*Intertidal Life*）と同様に、ジェンダーや社会政策を劇的に表現している。だが『十の緑の瓶』以降は、乱れた構文や常套的な語彙、音のパターン、連想の道筋などの分裂を通じて、読者に登場人物のジレンマを理解してくれるよう求めている。トマスのエッセイは、視覚的なものにしろ（mother の中の other、lover の中の over）、聴覚的でバイリンガル的なものにしろ（パン屋が毎日焼き立てのものを売る pain〔フランス語でパン、英語で痛み〕）、あるいは暗示的なものにしろ（原型やおとぎ話に言及するもの）、言葉に強く魅かれていることを説明している。言語的なひねりは、しばしば隠された物語を滑稽に暴き出す。登場人物たちは英語圏の北アメリカから旅立ち、慣用表現辞典に頼るがうまくいかず、いままで当たり前のこととしていた言語がもはや通用しないことが分かったとき、自分たちが何者だったかを発見するのである。

　トマスの物語が訪れる「他の国」は、地理的なものであると同時に心理的なものである——トマスの登場人物は何度も喪失、特に子供の喪失に関わっている。「もしかひとつの緑の瓶が……」は、分娩中の女性の意識の流れを辿り、彼女の言語の波は死産によって停止するとき、より一層苦痛に満ちたものとなる。「世界のもっと小さなママたち」（"The More Little Mummy in the World," *Ladies & Escorts*, 1977）は、1 人の女性がメキシコで死者の日に墓地を訪れ、彼女の（元）愛人が迫った中絶を何とか受け入れようと苦悶するときの自分の断片的な観察記録である。『全なる道』（*The Path of Totality*, 2001）の中の「氷を砕く」（"Breaking the Ice"）は、欲望がそれほど苦痛を伴うものでなく、愛も登場人物の手の届くところにあることが分かったとき、閉じる形ではなく、祝賀として開けた形で和解に向かう。

　このような物語で重なり合うモチーフ——転移、周縁性、旅、離散、言語の直面する現実、権利と共同体との両立しない関係——は、ある種の形式的な問題を生んだが、その対処策として多くの作家たちは関連する物語を組み合わせた選集をつくった。それらは、同一テーマを扱う文学作品集であるサイクルとか、連続ものを指すシークエンスとか、複合ものを指すコンポジット(8)とか呼ばれているものである。ホジンズの『バークレー家の劇場』（*The Barclay Family Theatre*, 1981）やマンローの『乞食むすめ——フローとローズの物語』（*The Beggar Maid: Stories of Flo and Rose*, 1979、カナダ版『自分を何様だと思っているのか？』*Who do You Think You Are?*, 1978 のアメリカでのタイトル）などの作品は、この緩やかな連結性を強調している。すでにジョージ・エリオット（George Elliot）の雄弁な最初の選集『キスをしている男』（*The Kissing Man*, 1962）が出た時期から明らかだったことは、極端に言葉を削った連続短編からなる作品集は、ある小さな町で、知られてはいるが語られることのない秘密がどのよ

に信頼を破壊するか、しかし、ふれあいと愛が時にどのように癒しとなるかを、徐々に浮き彫りにするということである。1980年までには、連続ものの短編集が売れるひとつの理由が、継続するナラティヴが組み込まれているからでもあることに気づく出版社もあった。商業的な動機とは別に、物語シークエンス／サイクルは別の理由で作家にとって魅惑的なものであった。それによって作家たちは統一と相違を同時に提示することができるからである。この形式の目的でありアピールでもある意図的な断片化（fragmentation）は、中断（時間の、あるいは観点の中断）や、過去の再訪や他の選択肢の有効性を考慮することによってのみ起こる進歩や、閉じられる物語よりも結論の出ないこと（多くのポストリアリズム・フィクションの「オープン・エンディング」）の方が、人生をより忠実に再現できることなどに目を向けさせた。

　ホジンズの最初の選集『スピット・デラニーの島』（*Spit Delaney's Island*, 1976）は、別々の物語として先に発表されたものを1冊の本の中にまとめたものである。最初と最後の物語はデラニーの人生に対する恐れと、それへの適応を描いているが、「フレーム」という仕掛けを用いることで、場所とトーンに一貫性を与えている。ヴァンクーヴァー島の田舎が、絶望の縁（ふち）を漂う喜劇を通して生き生きとよみがえってくる。ホジンズはこの中の2編、「彼の日々の人生」（"Every Day of His Life"）と「この国の三人の女」（"Three Women of the Country"）を、その後の作品「ペルノスキー氏の夢」（"Mr. Pernouski's Dream"）と一緒にして2001年に上演されたクリストファー・ドニソン（Christopher Donison）のオペラ『山を眺めて』（*Eyes on the Mountain*）の脚本（リブレット）を作り上げた。ロヒントン・ミストリーの連作物である『フィローズシャ・バーグ物語』（*Tales from Firozsha Baag*, 1987）も、繰り返し登場する人物や場所により一貫した構成になっている。これもまた初期のバージョンとして別々に出版された多くの物語を1冊の本の形にしたものである。自省的な最後の物語「水泳教室」（"Swimming Lessons"）に着手しながら、ミストリーは11編の物語すべてが、相互に共鳴するよう、選択とバランスを重視しながら改訂した。

　ユーモアはありながらも痛切な喪失の意識を描くミストリーの著作は、大部分がパーシ人（ゾロアスター教徒）の住むボンベイの「バーグ」と呼ばれる集合アパートの多様性を再現する。子供の頃遊んでいたボンベイを後にして、移住したトロントに徐々に馴染むようになった主人公カーシの成長を追っていく。作品はゾロアスター教の儀式やグジャラティ語を生かしながら、狭量な競い合い、性倒錯、社会の不公平、階級、分類、人間の品性など幅広い問題を取り扱う。物語は食べ物のイメージ、ゲーム、水（「水泳教室」）、パーシ人の聖なるエレメントである火などのイメージを通して相互に関連する構造となっている。移住の成功例と失敗例や、成長していく少年たちのさまざまな肖像を描くことで物語に一貫性をもたせている。それらの肖像はカーシ自身、ソーシャル・ワーカーの弟パーシー、さらには召使、泥棒、そして殺されてしまうさまざまな友人たち、過去に対して横柄に背を向ける者、今の自分を率直に認めることができなくて確信のなさに大きく揺れ動く者などである。それぞれの物語

——「おめでたい機会」("Auspicious Occasion")、「不法居住者」("Squatter")、「エクササイザー」("Exercisers")——はあらゆる細部を描出する。「水泳教室」では、詳細の描写が新たな次元へと発展する。母と父（マイとバプ）に手紙を書くカーシは、すべての物語内で語り手として現れる。「マイ／バプ」——すなわちインド——に向けて、あるいは、「マイ／バプ」について、手紙を書くことで、ミストリーは母国と育った国との間に、実りある対話をするよう暗に主張しているのだ。

　短編の連続ものは、多くの場合、1人の登場人物が成長していく中での瞬間々々を、小さな町を背景にしたり、非「主流」文化共同体の慣習に照らして描き出している。これらの作品の魅力は、行状の暴露、舞台（場所）の詳述、あるいは伝統と想定との衝突などなどにあるといえる。例としてはデイヴィッド・ベズモズギス（David Bezmozgis）の『ナターシャとその他の物語』（*Natasha and Other Stories*, 2004）の中のロシア系ユダヤ人移民の物語、1977年に短編としてスタートしたウェイソン・チョイ（Wayson Choy）のヴァンクーヴァーの中華街の小説『翡翠の牡丹』（*The Jade Peony*, 1995）、マイケル・ウィンター（Michael Winter）の『最後にもう一度よく見て』（*One Last Good Look*, 1999）中のニューファンドランドで成長するガブリエル・イングリッシュの物語、それとメイヴィス・ギャラントの『知られたくない真実』（*Home Truths*, 1981）の中のリネット・ミュアの6つの物語などである。特徴として、成長物語は、幼少時代の牧歌的風景や心的外傷、若者のロマンス、兄弟間の抗争、死、および何らかの形の将来への決意などを語っている。執筆生活はしばしば逃避、失声を克服する方法のひとつのパラダイムを構成する。リアリズムがその支配的形式である。いくつかの選集における一連の登場人物たちは、ある1人の人物のバリエーションとも考えられる。セクシュアリティに目覚め大人へと成長する若い同性愛者を描いたアンディ・クワン（Andy Quan）の『カレンダー・ボーイ』（*Calendar Boy*, 2001）や、機能不全の家族の中のアジア系カナダ人女性を描いたマドレン・ティエン（Madeleine Thien）の『簡単なレシピ』（*Simple Recipes*, 2001）、4人の都会の男たちがこじれた関係を語るラッセル・スミス（Russell Smith）の『青年』（*Young Men*, 1999）、高校のクラスの卒業後の生活の孤独と幻滅の話を辿るケヴィン・パターソン（Kevin Patterson）の『寒い国』（*Country of Cold*, 2003）などである。南太平洋の海上を舞台にしたケヴィン・アームストロング（Kevin Armstrong）の『夜の見張り』（*Night Watch*, 2002）に登場する多様な人物ですら、故郷を離れながらも故郷を求める航海者のさまざまに相反する顔と読み取ることができる。

　関連する物語の選集の全てが「連続物」("cycles")として編まれるわけではない。それらの一体性は形式上の戦略に依存することもできる。例えば、ロン・スミス（Ron Smith）の『男性が女性について知っていること』（*What Men Know about Women*, 1999）は家族の愛情関係のバリエーションを巧みに描き出す。夫婦たちが同時に年をとっていき、父親が息子とよりを戻す、友人たちが結婚の破綻を修復するために結集する物語などであるが、それら物語の連続（逸話、寓話、一人称語り、三人称語り、わき道話）は、同時に、短編のジャンルにおけ

る小史（mini-history）をも記録しているのである。サイクルの統一性はまた、形式よりも感受性から引き出されることもある。マイケル・レッドヒル（Michael Redhill）の『忠誠』（*Fidelity*, 2003）では、誠実さが繰り返し主張される。ラッセル・ワンガースキー（Russell Wangersky）の『悪い選択の時』（*The Hour of Bad Decisions*, 2006）では、登場人物たちが自分たちの内的生活を表現する創造的な方法を見出せず、暴力や仕事で解決したり、あるいは障害のある関係におちいる。マイケル・トラッスラー（Michael Trussler）の『出会い』（*Encounters*, 2006）では、不合理な欲望が、都市家庭の平凡な日常を暗に妨げ、輝きと荒廃とが絡み合う。レオ・マケイ（Leo McKay）の『このように』（*Like This*, 1995）では、超現実的な要素が、性的虐待とそこからのサバイバルという「普通の話」をかき乱している。ここでは、統一性は繰り返し登場する人物からよりも、感情的緊張から引き出される。

　これに関連するところで、ガイ・ヴァンダヘイグの物語——『下りていく男』（*Man Descending*, 1982）、『英雄の問題点』（*The Trouble with Heroes*, 1983）、『現状維持？』（*Things as They Are?*, 1992）——は、人々が自分自身に、またお互いにどんな話をするかを探究するため、家族のダイナミクス（愛、恥、依存、男らしさ）を問いただす。国外居住者、教師、詐欺師、修道僧の言うことの中で真実とは何か？　痛烈な衝撃や延々と続く権力構造から成る歴史とは何か？　対話はあたかも人生そのものから記録したかのように読み取れるが、その信憑性はいつも疑わしい。ヴァンダヘイグの物語の中の家庭生活は幾層もの感情の高まりを浮き彫りにする。礼儀作法にとらわれて窮々とし、慣習に抑圧され、表に出ることを恐れて皮肉をいわれ、感情は表面に出てはくるが、物語は表面が偽りだと主張しているため、緊張はいずれにせよ高まるばかり。

　アリスター・マクラウドとメイヴィス・ギャラントの独特な声は、記憶と時間のダイナミックな働きを背景としながら、家族や社会を探求する。ギャラントの几帳面且つ具体的で写実的な作品は、「ニューヨーカー」誌掲載作品が多く集録された『短編選集』（*The Selected Stories*, 1996）の中に見られる。その中には、「フェントンの子供」（"The Fenton Child"）や「この世の終り」（"The End of the World"）などの力強い短編や、ヨーロッパでの戦争や戦争と平和の隙間で引き裂かれた生活を余儀なくされた人たちを描いたいくつかの物語や寓話（「イスラム教徒の妻」"The Moslem Wife"、「遅い帰宅者」"The Latehomecomer"）など、またアンリ・グリップスという人物が経験する現代フランス生活をコミカルに描く風刺作品などが含まれている。これらの作品はすべて、よく耳を傾けて聴くと答えを返してくれる。「耳を傾けて聴く」という表現は読者との対話のような物語にぴったりであり、実際には書かれていない言葉までも聞こえてくるようである。行動や事件の歴史的背景となる暗黙の知識や直感的ニュアンスまで。シリアスであり熾烈に知的であると同時に正道からはずれたおもしろさを持つこれらの物語は、知覚の限界を探求しながら、そして、知覚がぶつかり合うところでは、欲望の弱点を綿密に探求しながら、現代の歴史を劇的に再演する。

　『島』（*Island*, 2000）はマクラウドの『失った塩分は血液の賜物』（*The Lost Salt Gift of Blood*,

1976）と『鳥が日の出をもたらすように』（*As Birds Bring Forth the Sun*, 1986）を合わせたものである。この中には 1968 年以来の作品で、最初は CBC ラジオで朗読されたり、「マサチューセッツ・レビュー」や「フィドルヘッド」、「アトランティック・アドヴォケイト」、「タマラック」、その他の小雑誌に掲載された、合計 16 編の物語が含まれている。数は少ないが、当時の最も力強い作品でシーンやイメージが生き生きと視覚化でき、胸がえぐられるようである。作品内でも指摘があるように、これらの作品はケイプ・ブレトン島の漁師たち、農夫たち、石炭運搬業者たちなど、現実の事柄にのみ強く関わっている人物たちに焦点を当てている。語り手たちは次世代に属しており、他の職業も選択肢でありながらも記憶から逃れられないという、親と子の間の緊張がモチーフとして繰り返し出現する。しかしながら反抗がいかに激しいものであっても、親子を分裂させることはない。記憶は、マクラウドの世界では継続のリズムである。ノヴァ・スコシアの遺産の中に沈殿し、物語の伝統、発話の抑揚と繰り返しのパターン、民間伝承の引喩、ゲール語のフレーズや名前の中に響く[9]。

　このような物の見方において、現代史は、文化の記憶から生命を吹き込まれ、かき乱されつづけて初めて、意味あるものとなる。「ランキンズ・ポイントへの道」（"The Road to Rankin's Point"）では、ある男が、祖母がいつか歌った古い歌を暗闇の中で聞きながら彼女の死に立ち向う。「冬の犬」（"Winter Dog"）では、凍死しそうな男を救ったコリー犬が、その後凶暴すぎるという理由で射殺される。雪の中で遊ぶ子供たちを背景にした思い出として語られているこの物語は、垣根、鎖、罠、氷といった束縛のイメージと、さらには冬の海から釈放されて岸に戻ってくる死者たちのイメージを通して展開する。「ボート」（"The Boat"）で、ある若い男がロブスター漁師であった父親が死んだ海に背を向けるが、彼の過去、その過去における秘密、変わってしまったすべてのものなど、幼少期を思い出させる家族のトロール漁船には向き合う。これらの物語を語りの中に解き放つことで、マクラウドは人々の歴史、そして人々そのものを生き続けさせる、ゲール人の伝説や物語の語り部、シャナキー（*sennachie*）の役割を演じている。

　デイヴィッド・アダムズ・リチャーズ（David Adams Richards）の『夜の踊り子たち』（*Dancers at Night*, 1978）において、登場人物たちが口を閉ざしたままジェスチャーで言葉同様にコミュニケーションをとるミラミチ（Miramichi〔ニュー・ブランズウィック州〕）であれ、あるいは W. D. ヴァルガードソン（W. D. Valgardson）のマニトバ州のアイスランド人地区（『ブラッドフラワーズ』*Bloodflowers*, 1973）の同じくらい陰鬱な世界であれ、共同体全体を想像させるためにこのように物語シリーズ／連作物を利用する作家も出てきた。一方 M. G. ヴァッサンジ（M. G. Vassanji）の植民地ザンジバル地方の物語とか、アダム・ルイス・シュローダーの描く植民地南太平洋（『猿の王国』*Kingdom of Monkeys*, 2001）、あるいはフィリップ・クライナー（Philip Kreiner）、バラティ・ムーカジ（Bharati Mukherjee）、J. J. スタインフェルド（J. J. Steinfeld、『クラブ・ホロコーストで踊る』*Dancing at the Club Holocaust*, 1993）、ニール・ビスーンダス（Neil Bissoondath、『山から掘り出す』*Digging Up the Mountains*, 1985）、シャー

リー・フェスラー（Shirley Faessler）、ヴィンセント・ラム（Vincent Lam）などの人種差別と抵抗を描いたさまざまな物語のように、民族の多様性によって形成される感受性に焦点を当てている作家たちもいる。このような主題はコミカルに描かれることが多く、ゲイル・アンダーソン＝ダーガッツ（Gail Anderson-Dargatz）の『ミス・ヘレフォードの物語』（*The Miss Hereford Stories*, 1994）のアルバータでの話のように小さな町の弱点を誇張したり、あるいはデイヴィッド・ドネル（David Donnell）の『ブルー・オンタリオ・ヘミングウェイ・ボートレース』（*The Blue Ontario Hemingway Boat Race*, 1985）では架空のトロントで若いジャーナリストのアーネスト・ヘミングウェイを追いかけ回すような、個々人の些細な弱点がオーバーに述べられる〔Hemingwayは第一次世界大戦後の一次時期、Toronto Star紙の記者をしていた〕。あるいはロック・カリエ（Roch Carrier）の少年時代の願望と無念の記憶『ホッケーのセーター』（*The Hockey Sweater*、シーラ・フィッシュマン（Sheila Fischman）による英訳、1979；カナダ国立映画庁製作の人気アニメ短編映画『セーター』*The Sweater / Le Chandail*, 1980）のように、モントリオールとトロントの制度上のライバル意識を茶化し、社会的慣習の弱点を誇張したりしているものもある。また時には、ドライなコメディーが故郷からの追放を生き抜く道を示す。例えば、オースティン・クラークの物語（『オースティン・クラーク作品集』*The Austin Clarke Reader*, 1999より）には、郷愁を込めてカリブの人たちや彼らの声を描きながらも、認識と願望との区別ははっきりしている。あるいは、アンドレ・アレクシス（André Alexis）の『絶望、その他のオタワの物語』（*Despair and Other Stories of Ottawa*, 1994）では、表面的差異を超える夢の論理に従って、無意識という超現実的な官僚制が支配する共同体の中に入っていく。『変わり者の惑星』（*A Planet of Eccentrics*, 1990）や『ラテルナ・マギカ』（*Laterna Magika*, 1997）の中でヴェン・ベガムドレ（Ven Begamudré）は、南アジアや東ヨーロッパの物語が、北アメリカにおける同時代の作家たちが等しく継承する遺産の一部になっていることを確信して、物語の国境を越えた訴求力にハイライトを当てている。

　カナダ先住民やメティス〔北米先住民とヨーロッパ人との混血〕の作家たちにとって、「遺産継承」はトラウマの要因となった植民地化の局面によって複雑化している。彼らの作品を吟味することなく「ポストコロニアル」あるいは「離散（ディアスポラ）」の典型に当てはめて読もうとしたからだ。21世紀になってようやく先住民族の数が植民地化の前の数に戻りつつある。その中の作家たち（ジョーゼフ・ボイデン、ドリュー・ヘイデン・テイラー、イーデン・ロビンソン Eden Robinson、トマス・キング）や話し手たち（バジル・ジョンストン、ハリー・ロビンソン Harry Robinson）は、伝統的物語を新しい聴衆のために再び語って聴かせたり、現代の生活について物語を創作したりすることで現代カナダにおける地位を確固たるものとしている。ボイデンの『歯が生えて生まれた赤ん坊』（*Born with a Tooth*, 2001）を構成する13の物語は、クリー共同体が抱えるさまざまな不満、そしてさらには、彼らを拒絶する社会権力のヒエラルキーに対し抵抗する人々について語っている。そのヒエラルキーとは、彼らの伝統に対し恐ろしくて苛酷な攻撃を仕掛ける教会であったり、性的虐待や民族言語の否定に

より圧力をかける寄宿学校であったり、暴力で人々を制圧してきた州警察などである。ここでの抵抗の目的は健全さを取り戻すためである。ジョンストンの作品は別のパターンのもので、物語の語り（tale-telling）（『スター＝マン』 *The Star-Man*, 1997）から、現代のアニシナベ保留地に関する教育的逸話『ヘラジカの肉とワイルドライス』（*Moose Meat & Wild Rice*, 1978）、さらには伝統的儀式、伝説、歌曲および祈りを説明する物語『オジブワの遺産』（*Ojibway Heritage*, 1976）などにおよぶ。彼の手の中でムース・ミート保留地は自尊心を取り戻す。W. P. キンセラのホッベマ保留地の物語（『モカシン・テレグラフ』 *The Moccasin Telegraph*, 1983、『ミス・ホッベマのページェント』 *The Miss Hobbema Pageant*, 1989）は、これとは対照的である。というのも喜劇が意図されており、広く楽しまれたが、民族文化の外側から語られていたため、その内容の「オーセンティシティ（真正性）」について政治的疑問が生じたとき、喜劇的スタンスが攻撃されるはめとなったのである。一般的に、幾分自意識に欠けるパロディーはなかなか持続しない。

　それにもかかわらずヘイデン・テイラーの作品――物語集『豪胆な勇士たち』（*Fearless Warriors*, 1998）とエッセイ選集『ミー・ファニー』――は、先住民のストーリーテリングをからかうようなユーモアを繰り返し用いて、人々を再び結束させ、団体間の緊張をほぐすために笑いに頼るさまを描く。このようにコメディーは、先住民やメティスと白人との間にある力関係を変えていく力がある。トマス・キングの物語は――聴くこと〈listening〉が重要だと説く彼の連続講義『物語についての本当のお話』（*The Truth About Stories*, 2003）によって補強されているが――テイラーが明らかにした原理をさらに具体化している。『ある良いお話、あのお話』（*One Good Story, That One*, 1993）と『カナダ先住民小史』（*A Short History of Indians in Canada*, 2005）の中でキングは、文化の遭遇と先住民のサバイバルに関する一見単純な寓話を書いている。「一見」というのは、ヨーロッパの歴史と先住民の歴史の両方をほのめかすいたずらっぽい語彙が、単純に楽しませる以上のことを意図しているからである。それは熱心過ぎる説教師たち、ぬくぬく居座っている政治家たち、民話の収集家たち、ナイーブな夫たち、あるいは知識不足の人類学者たちを一様に串刺しにして批判している。「国境」（"Borders"）では、ブラックフットの女性が、市民権を定める現行の区分による身分を認めるのを拒否して政府の役人たちを困らせ、国境で足止めを食ってしまう。「庭園の椅子」（"A Seat in the Garden"）は社会に存在するさまざまなステレオタイプを転覆させる。「コヨーテ・コロンブス物語」（"A Coyote Columbus Story"）は、探検家／ペテン師たちが逆にペテンにかけられることもあるという話である。喜劇は政治的である。先住民作家による短編小説については、先住民の詩や散文を扱った章の中で更に議論されている。

　民族性、地域、家族および暮らしと同様、ジェンダーもまたアイデンティティや共同体のモチーフとして機能するようになった。それは特に1960年代のフェミニストたちの政治運動とそれに続く「新しいフェミニズム」がきっかけとなった。ジャニス・クーリク・キーファーの著作『パリ＝ナポリ特急』（*The Paris-Napoli Express*, 1986）とキャロル・シールズ（Carol

Shields）の『いろいろな奇蹟』（*Various Miracles*, 1985）は、いずれも女性の登場人物たちの活動と政治的背景を詳細に描き出している。政治的テーマは、登場人物たちが未来と同一視する未知、すなわち混沌とした恐怖を戯曲化しているアトウッド（Margaret Atwood）の『道徳的無秩序』（*Moral Disorder*, 2006）の連続短編集や、（愛情面で）愚かな選択をしたのではないかと後年になって振り返りつつ嘆くことはしない女性たちを描く、マンローの『善女の愛』（*The Love of a Good Woman*, 1998）に収められた断固とした前向きな物語などにも見られる。ここに挙げた4人の作家はすべて単純化した社会寓話や、あるテーマで囲い込まれることを嫌う。マンローの入念で巧妙に作られた物語は、一つひとつの話の筋が、同じように綿密な捉えどころのない別の筋立てへと続いていくのだが、彼女の選集の中で最も自叙伝的な作品『キャスル・ロックからの眺め』（*The View from Castle Rock*, 2006〔邦訳『林檎の木の下で』〕）においてすら、芸術と人生は区別されたままである。本書18章、ロバート・サッカー（Robert Thacker）のアトウッド、マンロー、シールズ、ギャラントの章は、これらの作家たちについてさらに詳しく論評している。

　これらの物語が学生、批評家、賞決定者、書籍クラブのメンバーなどに広くアピールしたためか、また、取り上げられた主題に対する本質的な関心のためか、各出版社は1970年代に主題を中心に据えた物語を、時には主題があたかも「風変わり」で「話題性がある」かのように強調して、発売し始めた。とりわけ「地方」では、女性、時には男性の、トラウマ的な経験を描いた作品が多数出回った。その他に前面に押し出されたのは、性の選択肢、さまざまな社会的小集団の表面上の独自性、それに多くの移民家族の本質的特徴などに関する問題であった。このような選集はテクストの洗練もさることながら、その正当性、信憑性、それに社会的重要性、すなわち彼らが描き出す葛藤の文化的「重要性」が買われて販売される傾向があった。社会学的関心以上のものを維持したものもある。さらに広範な注釈の価値があるテクストの作家50人ばかりのうちから数人の名前を選び出してみるとすぐに分かるのは、彼らの話題の範囲、すなわちその選択、時間、共同体、サバイバルと、幅広いトピックが取り上げられていることである。アン・コウプランド（Ann Copeland）は『平安』（*At Peace*, 1978）で、中年になって修道院生活から離れる女性を描き、マーガレット・ギブソン（Margaret Gibson）は『蝶々の部屋』（*The Butterfly Ward*, 1976）で狂気の次元を暴き出している。ガートルード・ストーリー（Gertrude Story）は『いつも踊り続ける方法』（*The Way to Always Dance*, 1993）から始まる三部作で、あるサスカチュワンの女性の成長を辿る。サンドラ・バードセル（Sandra Birdsell）は『夜の旅行者たち』（*Night Travellers*, 1982）で姉妹関係について物語っている。アン・フレミング（Ann Fleming）は『水たまり跳び』（*Pool-Hopping*, 1998）で若者のどんちゃん騒ぎとレズビアンの愛について描き、メアリー・ボースキー（Mary Borsky）は『月の影響』（*Influence of the Moon*, 1995）でアルバータ州に住むウクライナ人を観察し、リンダ・スヴェンセンは『海洋生物』（*Marine Life*, 1992）で西海岸を観察している。家族が繰り返し場所を形作り、そしてその場所がまた家族を形作る。社会的なことであれ、性的なことであ

れ、空間的なことであれ、宗派に関することであれ、各作家が独自の視点で、ときに中立的に、ときに情熱的に、世の中における無知、孤独、苦痛、欺瞞を観察し、それでもなお生きる人々の力を確認しようとする小説が出現した。

　これらの作品はたいていそれぞれの伝統的なジェンダーの役割を試してみたり、あるいはジェンダーの間の世界認識の違いを確認したりする、ドキュメンタリー式の作風となっている。しかし出世、没落、探検、帰還など男性的なモデルに対する代替を目指した女性たちは、別の様式を使った戦略で、確実に異なる効果をもたらした。ニコル・ブロサール（Nicole Brossard）の物語は、フランス語圏のフェミニスト的実践および言語理論を小説に適用する可能性を、多くの作家や理論家に示した。それにより作家たちの中には、体のリズムを通して自己表現したり、妊娠と月経周期が登場人物の振る舞いを特徴づけるさまを戯曲化したりする者もいた。ジェンダー化された原型人物として、オデュッセウスに代わってカッサンドラが登場した。対話は遠回しに、批判的だがしばしば笑いも伴いながら進行した。数人の作家たち——例えばレイチェル・ワイアット、ズズィ・ガートナー（Zsuzsi Gartner）、およびエリザベス・ヘイ（Elizabeth Hay）など——の物語は、都市や郊外の様子を頭から非難することなく暴露するためにウィットを用いている。例えばエドナ・アルフォード（Edna Alford）の『エロウィーズ・ルーンの庭』（*The Garden of Eloise Loon*, 1986）などの作品においては、人生の複雑さに直面した時、スピリチュアリティが生きる力を提供している。しかし特に若手の作家やその読者たちは、さまざまな破壊的な関係に、より強い関心を持ったようだ。イーデン・ロビンソンの『罠道』（*Traplines*, 1996）は、保留地制度の精神病理学を記録し、ナンシー・リーの『死んだ少女たち』（*Dead Girls*, 2002）は、現実の訴訟事件に基づくという設定で、男性を女性虐待に走らせる社会病質人格障害者の心理を描出している。そして幅広い形式で表現されたアナベル・ライアン（Annabel Lyon）の『酸素』（*Oxygen*, 2000）では、袖ふれあっても通りすがりで終わる人々のように、さまざまな断片が、何かが明らかになることで融合することはあっても、発展することのないまますり抜けていく。見かけ上は中立の発言が、並外れた希望の深さと、その反対の絶望の深さを隠ぺいする。

　さらにまた、マーガレット・アトウッドの切り貼りしたようなおとぎ話やデイヴィッド・アーナソン（David Arnason）のおとぎ話、例えば「少女と狼」（"Girl and Wolf"）、『サーカス曲芸師のバー』（*The Circus Performers' Bar*, 1984）などのように、様々な構造を一新しようとしている物語もある。アン・キャメロン（Anne Cameron）の『インディアン女性の娘たち』（*Daughters of Copper Woman*, 1981）が先住民の女性の物語を新しく語り直そうとする一方で、シーラ・ワトソン（Sheila Watson）の『父の王国』（*A Father's Kingdom*, 2004）に集められている物語は古典的な様式に従っている。その語り口の先例をフランツ・カフカやガートルド・シュタインに見ることのできるダイアン・ショームパーレン（Diane Schoemperlen）は、『赤いプレード・スカート』（*Red Plaid Shirt*, 2002）の中で、夢や文法的な実験を物語化している。そして小説家であり文化評論家のルディ・ウィーブ（Rudy Wiebe）は、もっとも多く再版を

重ねた『その声は何処から？』（*Where Is the Voice Coming From?*, 1974）の表題作の中で、「知識」が翻訳されて届けられるときに、誰が歴史を、特にクリーの酋長ビッグ・ベアの歴史を、知ることができるだろうか、というメタテクスト的問いかけを行っている。

　アトウッドの言語と悲惨な恋愛に関する中編物語『青髭の卵』（*Bluebeard's Egg*, 1983）や『未開地で注意すること』（*Wilderness Tips*, 1991）がそれまで彼女におなじみのパターンに従っているのに対し、初期の『良い骨たち』（*Good Bones*, 1992）や最近の『テント』（*The Tent*, 2006）といった「ごた混ぜ」（mélange）の作品集は、寓話、パロディー、日記の走り書きから料理法、SF の命題（sf proposition）に至るまで、物語の可能性に魅せられた作家の姿を浮かび上がらせる。キャロル・ウィンドリー（Carol Windley）の『目に見える光』（*Visible Light*, 1993）、またキャロライン・アッダーソン（Caroline Adderson）の『不吉な想像』（*Bad Imaginings*, 1993）は、数ページにわたって続く特徴的な短編の中で、巧みな視点の用い方を披露している。ライザ・ムーアの入念に組み立てた（それ故より濃縮した）場面やフレーズに絞った『オープン』（*Open*, 2002）では、隠喩とミニマリズムがかえって雄弁な効果をうむ。それはジョン・グールド（John Gould）の 55 編の「超短編小説」（"short-short stories"）から成る『キルター』（*Kilter*, 2003）（「コットン」"Cotton"、「日の終り」"The End of the Day"）においても同様である。ビル・ガストンの『マウント・アパタイト』（*Mount Appetite*, 2002）は、日記の形式や瞑想の形式がコメディーの形式と競い合うのだが、それは一人称の視点で「エクソシズム（悪魔祓い）」について語られるマルカム・ラウリーの「森の道」（"A Forest Path"）でも同様である。この本では形式の変化を読者がうまく読みとらなければならない。トマス・ウォートンはこの原則をさらに押し進め、『ロゴグリフ（文字なぞ）』（*The Logogryph*, 2004）では散文形式を拡張した。言語は独自のリアリティを持ち、読者が読んでいると思っている言葉を超えたところに到達できるという可能性をこの本は全体として表出している。タマス・ドボジーの物語——特に『最後の調べ』（*Last Notes*, 2005）——では、フィクションとエッセイの境界がぼやけはじめる。語りは語りであることを告白するようにあえて告白調で書かれている。風景は芸術家の目の前には存在せず、洞察と不確実性が葛藤するリズムに合わせて「転位」の概念が明かされる。ここで「ストーリー」は、話すことと聴くことのリズムが一致する時、テーマで始まるのではなくテクストから始まるのだ。

　米国の作家たちの作品が、これら形式上の実験に影響を与えた。それは（マンローやギャラントの作品が掲載された）「ニューヨーカー」誌ではなく、無駄を省いた短編の様式についてはレイモンド・カーヴァー（Raymond Carver）やエイミー・ヘンペル（Amy Hempel）に、政治と大衆文化との爆発的な出会いという点ではデイヴィッド・フォスター・ウォリス（David Foster Wallace）と「ローリングストーン」（*Rolling Stone*）誌掲載の作品によるものだった。マーク・アンソニー・ジャーマンの国境を越えた著作——『ニューオーリンズの沈下』（*New Orleans Is Sinking*, 1998）、『19 本のナイフ』（*19 Knives*, 2000）——では、言語がその戯れの中ではじけ、文章が登場人物と同様に取り憑かれたように紙面から飛び出てくるようだ。ドボ

ジーはここにブリコラージュの手法を読み取る。ブームや流行（権力側が力で売る製品）を利用して、北米を支配する力と力を統合したり分解したりする戦略である。ジャーマンの描出する世界はメサドンと速い車、ギネス・ビールと大衆神学、癌、暴走族、いかめしいブロンド女たち、そして「エスキモーの青い日」（"Eskimo Blue Day"）では、愛と苦痛の表現できない言葉を無視する――聴くことのできない――役人たちの世界である。

　その他にも、従来のリアリスト手法に割り入っていく方法を求めている作品がいくつか挙げられる。ポール・グレノン（Paul Glennon）の『眠れましたか？』（*How Did You Sleep?*, 2000）は、サイエンス・フィクション（SF）と風刺作品との折衷を好んでいる。バリー・ウェブスター（Barry Webster）の『万人の響き』（*The Sound of All Flesh*, 2005）は、音楽的イディオムと辛らつな言葉だけのフォトジャーナリズムを組み合わせている。ロバート・ロードン・ウィルソン（Robert Rawdon Wilson）の『境界線』（*Boundaries*, 1999）は、ゲーム理論が従来型の「現実的なもの」を映しだすように行動を調製し、別世界を創作している。ティモシー・テイラーは『サイレント・クルーズ』（*Silent Cruise*, 2002）の中で、人の性格を的確に表すために整数論と科学技術用語を用いている。グレグ・ホリングズヘッド（Greg Hollingshead）は、『わめく少女』（*The Roaring Girl*, 1995）の中で、物語を始動させるために、突発的で予測できないものを日常生活の中に導入する。リー・ヘンダーソン（Lee Henderson）の『記録を破るテクニック』（*The Broken Record Technique*, 2002）の非直線的物語も、それと似たような手法を用いている。家庭よりもテクノロジーの方が絆をよりよく表し、本当の感情が抑圧されているときには生々しい表現が使われ、時間は散文形式の内部で繰り返すか崩壊する。ショーン・ヴァーゴ（Seán Virgo）の『ホワイト・ライズ、その他のフィクション』（*White Lies and Other Fictions*, 1980）は抒情的にリアリティを捉えている一方、クリント・バーナム（Clint Burnham）のアンチナラティヴ『空飛ぶ写真』（*Airborne Photo*, 1999）は、ザラザラした切れ味の悪い麻薬言語や社会の底辺層の言語を好んで使っている。デリク・マコーマク（Derek McCormack）の『暗闇の旅』（*Dark Rides*, 1996）は、街の裏通りの世界やセクシュアリティについて探索する。ネイサン・セリン（Nathan Sellyn）の『生来の獣性』（*Indigenous Beasts*, 2006）は、怒りや逃避に対する男たちの強迫観念、さらされることに対して男たちが抱く恐怖、そして彼らの孤独への漂流などを描き出している。クレイグ・デイヴィッドソン（Craig Davidson）の感情むき出しの『錆と骨』（*Rust and Bone*, 2005）は、フェティッシュ、強迫衝動、内蔵破裂、他人の空間への侵入などといった、凶暴なセックスやスポーツに関するエピソードで溢れている。作品全体が父と息子の対立に共鳴しており、登場人物は信念を取り戻したいと思っているが、それは魔術によってしか達成されないと物語は暗示している。ここでは省略は断言よりも強い。

　今後の数十年間の短編が、従来の短編形式を崩壊させてしまうのか、それとも長い間馴染んできた手法を継続するのか、あるいは、より可能性が高い見通しとして、才能豊かな新進作家たちが現れ、これらを含む他の可能性もすべて念頭に置いた再構成が行われるのか、い

ずれにせよ、このジャンルは21世紀の初頭において廃れる兆しはない。また一部の評論家がかつて断言したように、短編というジャンルが作家志望者たちの「練習用形式」でしかないということにもならない。ある意味で小説よりも抒情詩に似ている短編小説の形式は、狭い範囲に凝縮されたヴィジョンを読者に感知するよう要求する。20世紀後期の作家たちは、この感受性を表現する方法を模索し、技術的な困難と商業的障壁にぶつかった。コミュニケーションの方法が変化し、出版の経済的、経営的状況は、作家たちに流行のみならず編集業務、費用、流通、読者数などの流れや需要の変化に対応するよう要求した。言語の可能性を巧妙に拡大した彼らは、自分たちの時代や地域の音色と不協和音の突飛なリズムに耳を傾け続けた。価値を探求し、人々の振る舞いについて思案しながらも、彼らの物語は飢え、怒り、粗野な言語、あるいは不合理な行動から尻込みすることはない。未分析の習慣や制度的無気力にしばしば批判的であるが、彼らは不完全性を許容する。しかしまた人間の尊厳も称賛するのである。

注

1. Hugo McPherson, "Fiction 1940-60," in Carl F. Klinck *et al.*, *Literary History of Canada: Canadian Literature in English* (Toronto: University of Toronto Press, 1965), pp. 704-6 参照。*Literary History of Canada, second* edition, vol. 4 で David Jackel は、1972年から1984年の間に書かれた短編小説に焦点を当てる一方で、カナダではこのジャンルがすでにそれよりも前の数十年間にも出現していたことを調べ上げ、この認識をただそうと必死に論じている。Jackel, "Short Fiction," W. H. New *et al.* eds., *Literary History of Canada* (Toronto: University of Toronto Press, 1990), pp. 46-72 参照。Allan Weiss の 1950年から1983年までの間に出版された物語の図書目録 *A Comprehensive Bibliography of English-Canadian Short Stories, 1950-1983* (Toronto: ECW, 1989) は重要な参照情報源である。

2. Nathaniel Hawthorne の *Twice-Told Tales* に関する Poe の説得力のある書評が1842年5月に *Graham's Magazine* に掲載され、広く転載された。その1つが Charles E. May, ed., *The New Short Story Theories* (Athens: Ohio University Press, 1994) pp. 60-4. である。

3. 多くの貴重な注釈が選集、編集論説、評論集、注記などの中に現れ、そのいくつかは、その後、例えば John Metcalf and J. R. (Tim) Struthers, eds., *How Stories Mean* (Erin: Porcupine's Quill, 1993) のような批評選集に集められた。

4. 現代の用法、特に区別をする愛好家の間では、「sf」は「サイエンス・フィクション〔空想科学小説〕」と「スペキュラティブ・フィクション〔思索小説〕」（すなわちフィクションの背後に科学的原理を強調したものや、ファンタジーだと仮定したもの）の双方を示唆している。

5. カナダにおける短編小説の歴史は、国内のみならず外国での出来事や組織に影響されてきた。雑誌 *Short Story* は国際的な短編小説研究協会 Society for the Study of the Short Story（1994年に設立）が後援して

いるいくつかの事業の 1 つである。この協会の組織の中には Mary Rohrberger、Susan Lohafer、Maurice Lee などの著名な米国の短編小説批評家がいる。

6. このグループの目的と業績の研究と作家たちの思い出については Robert Lecker, *On the Line*（Downsview: ECW, 1982）と J. R.（Tim）Struthers, *The Montreal Story Tellers*（Montreal: Véhicule, 1985）参照

7. *Light Shining Out of Darkness*（2001）は、McClelland and Stewart の New Canadian Library のために選ばれ編集された数冊の "selected short stories" 中の 1 冊である。その他の分冊には Joyce Marshall, *Any Time at All and Other Stories*（1993, selected by Timothy Findley）、Mavis Gallant, *The Moslem Wife and Other Stories*（1994, selected by Mordecai Richler）、それに Stephen Leacock, *My Financial Career and Other Stories*（1993, selected by David Staines）などが含まれている。

8. これらの用語は広く（ただし時において矛盾した形で）短編小説の批評の中で用いられている。更に詳しい定義については Rolf Lundén, *The United Stories of America: Studies in the Short Story Composite*（Amsterdam: Rodopi, 1999）; Forest L. Ingram, *Representative Short Story Cycles of the Twentieth Century*（The Hague and Paris: Mouton, 1971）; Gerald Lynch, *The One and the Many: English-Canadian Short Story Cycles*（Toronto: University of Toronto Press, 2001）; Robert M. Luscher, "The Short Story Sequence: An Open Book," in Susan Lohafer and Jo Ellen Clarey, eds., *Short Story Theory at a Crossroads*（Baton Rouge and London: Louisiana State University Press, 1989）, pp. 148-67; Gerald Kennedy, ed., *Modern American Short Story Sequences*（Cambridge: Cambridge University Press, 1995）; W. H. New, "Edges, Spaces, Borderblur: Reflections on the short Story Composite in Canada," in Ignacio M. Palácio Martínez *et al.*, eds., *Fifty Years of English Studies in Spain*（*1952-2002*）（Santiago de Compostela: Universidade de Santiago de Compostela, 2003）, pp. 83-100 参照。

9. Gwendolyn Davies, "Alistair Macleod and the Gaelic Diaspora," in *Tropes and Territories: Short Fiction, Postcolonial Readings, Canadian Writing in Context*, ed. Marta Dvořák, William H. New（Montreal: McGill-Queen's University Press, 2007）, pp. 121-33 参照。

10. Tamas Dobozy, "Fables of a Bricoleur: Mark Anthony Jarman's Many Improvisations," *Tropes and Territories*, pp.323-30、および Douglas Glover, "How to Read a Mark Jarman Story," *New Quarterly* 21.2-3（Winter 2002）, pp. 115-21 参照。

20

カナダの演劇——演技するコミュニティ

アン・ノーソフ
(Anne Nothof)

カナダ演劇の歴史的概観

　歴史資料の編纂に似て、演劇は社会の過去と現在を分析評価する作業である。特定の場所や時間を明確に表現し、そこからこうした特定性を超越する私的・公的な問題に対峙して、それが写し出す社会の形成を助けるのが演劇なのだ。従って、演劇の歴史は国家的叙述の有声化として、或いはそれへの反論として、さらにまた文化的に正統化の試みとか、因習打破的とかとして、読むことができる。地理的にも社会的にも広大で多様なカナダでは、想像力の上でも一元的文化環境の形成は難しく、演劇もさまざまなコミュニティに散在して育ってきた。地域への根強い忠誠心が単一的なナショナル・アイデンティティへの志向を妨げたのである。またカナダ演劇を明確な時系列的進化で区切ることも妥当ではない。その起源と様式からして、カナダ演劇は共同作業的でダナミックで不定形で遂行的な特性を持っているのである。

　カナダにおける演劇的儀式やパフォーマンスは、先住民の儀式やダンスという形で、カナダが植民地化される遥か以前から存在していた。しかしその事実は、アカディア(現ノヴァ・スコシア)ポート・ロイヤルで上演された『ニュー・フランスのネプチューン・シアター』(*Le Théâatre de Neptune en la Nouvelle France*)と題する仮面劇こそがカナダにおける最初の演劇上演であるという長期にわたる歴史的思い込みによって隠蔽されていた。この仮面劇は海洋探検に出ていたフランス高官の帰還を祝って、パリの法律学者マルク・レスカルボ(Marc Lescarbot)が書き、先住民の礼服を着た毛皮運搬人(*voyageurs*)たちによってカヌーやバージの上で演じられた。一方、この歴史的な出来事は脱植民主義的な視点から「広大な蛮地(ヨーロッパ人の観点)がフランスの文化版図に組み入れられた」瞬間と解釈されてもいる。[1]

　その後、イギリス、フランスからやって来る移住者＝侵略者の数が増えるに従い、より多くの英国士官たちが、それぞれの駐屯地で地元のアマチュアに助けられ、イングランドのファルス(笑劇)やメロドラマ、シェイクスピア、モリエールなどの芝居を上演することとなった。18世紀後半から19世紀初めになると豪華な劇場が各地の都心部に建設され、地元の劇団や英米からの巡業劇団を受け入れるようになった。さらに20世紀初頭に至ると、優勢な

英米文化に対抗すべく地元のセミプロ演劇人による「リトル・シアター」が設立された。トロント大学内のハートハウス劇場（1919年設立）がその好例である。そこでは実験的なヨーロッパ戯曲のほか、メリル・デニソン（Merrill Denison）作『湿地の干草』（*Marsh Hay*,〔初演〕1923;〔初版〕1974）[(2)]、ハーマン・ヴォーデン（Herman Voaden）による北方カナダの表現主義的な作品『ロック』（*Rocks*, 1932; 1993）、『丘陵地帯』（*Hill-Land*, 1934; 1984）、『太陽のように昇れ』（*Ascend as the Sun*, 1942; 1993）などのカナダ原産の新作戯曲が上演された。

1932年には、時のカナダ総督ベスバラ伯によって全国から集められた演劇愛好家たちの手で「ドミニオン・ドラマ・フェスティヴァル」が創設された。カナダの13の地区で行われるコンテストをベースにしたこの演劇祭は、新作執筆・上演の起爆剤となったものの、コンテストの審査員は地方・中央ともにいまだイギリス人がその任に当たっていた。また、この演劇祭はカナダに人口比で世界一の数となるアマチュア劇団を生んだが、そのうちプロに転じるものは少なく、カナダ原産の戯曲が上演されることも少なかった。1940、50年代になると、グウェン・ファリス・リングウッド（Gwen Pharis Ringwood『家はまだ立っている』*Still Stands the House*, 1938）、ロバートソン・デイヴィス（Robertson Davies『わが心の核心にて』*At My Heart's Core*, 1950）、ジョン・クールター（John Coulter『リエル』*Riel*, 1950; 1962）などの作家が台頭したものの、その作風が当時の社会・政治に批判的であったために、正当な舞台とはみなされなかった。しかしながら同じ時期、オーストラリアやニュージーランド同様カナダでも、ラジオがリングウッドやエルシー・パーク・ガウアン（Elsie Park Gowan）の歴史ドラマや、レン・ピーターソン（Len Peterson）、W. O. ミッチェル（W. O. Mitchell）などの社会風刺劇を全国放送し、国民の国家意識醸成を助けた。事実CBC（カナダ国営放送）の発足は広大な国土に散住する人口をカナダ文化のもとに統合しようという目的によるもので、レイチェル・ワイアット（Rachel Wyatt）、ジューディス・トンプソン（Judith Thompson）などの現代劇作家はいまだにラジオを通じ幅広いオーディエンスに到達し続けている。

1953年にはストラトフォード・フェスティヴァルがカナダの国立劇場的存在を目指して華々しく発足した。しかし、その設立趣旨はシェイクスピアをはじめとする海外古典にブロードウェイ物を加えた作品の上演であった。そして2002年には弱体なカナダ原産演劇の育成策として、そのスタジオスペースを使った"Works in Progress"（進行中の作品）というシリーズを始めた。そこからは、史実におおむね基づいて19世紀英国王室の様子を創造的・挑発的に描いた歴史もの三部作の1作目、ピーター・ヒントン（Peter Hinton）作『スワン』（*The Swanne*）などの秀作が生まれている。また1975年には、ストラトフォードに程近いブライスでも地味な演劇祭が始まり、毎夏、小さな農村でカナダ原産の創作劇を上演、人気を博すという現象も生んでいる。

1950年代末から1960年代初めになると、カナダ・カウンシル経由で支給される連邦政府助成金に助けられ、カナダ全土の主要都市にリージョナル・シアター（地域劇場）が次々と創設された。その基本方針は英米戯曲の制作による地域演劇文化の発展であったが、同時に

これらの劇場は付属する第二小空間を利用してカナダ原産の作品を創造・上演したり、学校への出張公演や若者向けワークショップなどを行って教育的アウトリーチ・プログラムも実施した。1969年にはオタワにナショナル・アーツ・センターが完成、全国の優れた劇場芸術のショーケースとなると同時にオタワ地域のライブ・パフォーマンスの発展を助け、併せてカナダ・カウンシルによる全カナダ・ライブ・パフォーマンス助成運動をも後押しした。1970年代に入るとナショナル・アーツ・センターはカナダ各地の劇場公演を招聘上演し、招聘作の中にはジョン・クールターの叙事詩的劇『リエル』や、ジョン・マレル（John Murrell）の『パレードを待ちながら』（Waiting for the Parade）などの野心的再演が含まれていた。また、同センターは2002年以来「マグネティック・ノース・シアター・フェスティヴァル（磁力でひきつける北方演劇祭）」の勧進元となってカナダ各地の新作舞台を発掘・紹介、カナダ演劇の多様性を各方面に認識させるに至っている。この演劇祭は隔年オタワで、残る隔年はさまざまな地方都市で開催されているが、ナショナル・アーツ・センターはその協業的ネットワークの作成を助けはするものの、上演作品の内容や形式を規定するための試金石となることはなかった。

傍系小劇場

カナダ演劇史のポストコロニアル期は傍系小劇場（Alternatives）の誕生に始まる。傍系小劇場は、アーツ・カウンシルの助成を活用して設立されたプロの地域劇場に「代わるもの」（alternatives）として設立され、それにより「カナダ原産のドラマ」が創られ、自国の演劇の伝統が意識され始めた。その作品は大体において反体制的であり、カナダ社会は安全で均一的であるという通念に挑戦し、従来考えられなかったようなさまざまな演技空間で上演された。即興からダンス、叙事劇から不条理劇と、さまざまな表現スタイル、戯曲構造を模索したが、格別にカナダ的といえるテーマや様式を創始するには至らず、むしろ、英欧の集団演技、近代演技の手法を取り入れていった。トロントではジョージ・ラスコム（George Luscombe）のワークショップ・プロダクション（1959年設立）[3]が、英国の演出家ジョーン・リトルウッド（Joan Littlewood）の表現主義的手法を取り入れ、集団演技と最小限の舞台装置で、従来の伝統的技法の否定を試みた。以来、彼らのドキュメンタリー的手法がカナダの演劇のみならず、映画やテレビのプロダクションをも性格づけることとなった。1例を挙げれば、同劇団で最もヒットした『失われた10年』（Ten Lost Years）は、バリー・ブロードフット（Barry Broadfoot）の「西部カナダにおける経済大恐慌」を歌とエピソードで集団的に表現する舞台であった。

　1967年のカナダ建国100周年祝賀事業は、カナダ・カウンシルの地方振興助成金（Local Initiatives Grant）、連邦政府が大学の演劇科卒業生による新劇団立ち上げを支援する「若者に

チャンスを」（Opportunities for Youth）プログラムなどと相俟って、傍系小劇場が全国的に設立される起爆剤となった。1970年から73年までにトロントの傍系小劇場によって制作されたカナダ原産劇の数は50を超え、1975年までにはトロントだけで25の傍系小劇場が発足するに至った。

　在仏中にロジェ・プランション（Roger Planchon）の新思潮を学んだポール・トンプソン（Paul Thompson）の指導のもとに、トロントにシアター・パス・ミュライユ（Theatre Passe Muraille, 1968）が創設され、集団創作の手法をもって地元コミュニティとその問題を探索した。俳優たちに課題を与えて現場研究を行わせ、その結果を持ち寄って即興的な情景や対話を綴り合せた舞台を作ったのである。代表作『農場物語』（The Farm Show, 1972; 1976）はオンタリオ州のクリントンという農村の歴史と風習をマイム、歌、そして詩によってドラマ化した。また、リック・サリューティン（Rick Salutin）の『1837年──農民の反乱』（1837: The Farmers' Revolt, 1973; 1975）のようなシアター・パス・ミュライユのポピュリズム的叙事詩では、過去の出来事を現在的視点から見直すことの政治的重要性を表出、カナダの歴史が提供する国民的神話を見出そうとした[4]。このドキュドラマという表現形式は、従来の国民的叙述に疑問を呈し、次に来る劇作家たちに甚大な影響を残した。たとえば、恐慌期に行われた農民によるオタワへの抗議行進を描いたキャロル・ボルト（Carol Bolt）の『バッファロー・ジャンプ』（Buffalo Jump, 1972）、時の首相ピエール・トルドーの結婚を皮肉っぽい眼で描いたリンダ・グリフィス（Linda Griffith）の『マギーとピエール』（Maggie and Pierre, 1979; 1980）、第一次世界大戦の戦闘機乗りの英雄譚を風刺的に脱構築したジョン・グレイ（John Gray）の『ビリー・ビショップ戦争に行く』（Billy Bishop Goes to War, 1978; 1981）などがその例として挙げられよう。

　多くの批評家がシアター・パス・ミュライユの『農場物語』をもってカナダ原産劇の嚆矢だとしているのは、マイケル・ヒーリー（Michael Healey）の『スケッチ・ボーイ』（The Drawer Boy, 1999）という戯曲に負うところが多い。マイケル・ヒーリーはこの作品で、現地調査を基に『農場物語』が形作られてゆくプロセスをコミカルに描き出し、オンタリオ農村コミュニティの社会的価値と劇場の文化的価値を問うている。トロントの劇団に所属する若い俳優が、農村をテーマにした新しい芝居の題材集めのためオンタリオ州の農家を訪ね、そこに住む2人の初老の独身農夫と寝起きを共にするという冒険談を再現するが、そこに描き出されたのは、演劇の集団創作のプロセスが、登場人物のモデルとなった実在の人物たちの生活をどう勝手に利用し、変えてしまうかであった。劇中で若い俳優マイルスは初老の農夫モーガンに言う。「僕たちは、あんた方の歴史を知り、それをあんた方に返してあげるためにここへ来たのだ」と[5]。『スケッチ・ボーイ』は現実を解釈し再構成するに当たってストーリー・テリングの技法がいかに有効かを実証した。同時にカナダ固有のドラマを創るに当たっての皮肉で自省的な思考を促している。カナダ全土をはじめ海外でも上演された『スケッチ・ボーイ』は2007年シアター・パス・ミュライユ創設40周年を記念してトロントで再演さ

れ、カナダは文化的にナイーブで広大な田園地帯であるとの間違った見方を増幅させた。ただし、その後のヒーリーの作品はカナダのより複雑な政治的社会的側面を描き出しており、2002年に発表された『第二案』（*Plan B*, 2002）は、もしケベック独立についての国民投票で独立派が勝利した場合、連邦政府はどう対応すべきかという都会的で政治的なテーマを扱っている。そこに見られるのは、英国系カナダとフランス系カナダの関係を個人的な人間関係に置き換えた寓話だといえよう。更に『寛大な』（*Generous*, 2006; 2007）でヒーリーは、非利己的であることをもって自己の存在を守ろうとする利己的な人間を風刺的に見つめながら、カナダの政治の空しさを描出している。

　トロントの倉庫を改造して1971年に発足したタラゴン・シアター（Tarragon Theatre）は、初代芸術監督ビル・グラスコ（Bill Glassco, 1971-1982）、第2代ウルジョ・カレダ（Urjo Kareda, 1982-2002）、そして現役のリチャード・ローズ（Richard Rose）の指導のもとで、カナダ原産演劇の発展に大きく貢献した。これまた皮肉なことだが、カナダ原産演劇の創出で記念碑的存在となったこの劇場も、イギリスのロイヤル・コート・シアターをその運営の範に仰がなければならなかった。グラスコは劇作家ワークショップ、座付き作家プログラムなどを導入して、デイヴィッド・フレンチ（David French）、ジューディス・トンプソン、ジョーン・マクラウド（Joan MacLeod）、ギレルモ・ヴァーデッチア（Guillermo Verdecchia）、マイケル・ヒーリー、ジェイソン・シャーマン（Jason Sherman）などの劇作家を育てた。グラスコはまたケベック戯曲の英訳上演にも力を入れ、ミシェル・トランブレ（Michel Tremblay）のほとんどの作品の英語初演を実現した。タラゴンで生まれた作品は、その設定においても主題においても特定地域の日常に焦点を当てたものが多かったにもかかわらず、カナダ全土の地域劇場や傍系小劇場で、また海外でも上演されることとなった。その典型例がデイヴィッド・フレンチの自伝的連作「マーサー家もの」（"Mercer plays"）である。『家を離れて』（*Leaving Home*, 1972）、『近頃、現場では』（*Of the Fields, Lately*, 1973; 1975）、『月の浜辺』（*Salt-Water Moon*, 1984; 1985）、『1949年』（*1949*, 1988; 1989）、『兵士の心』（*Soldier's Heart*, 2002）などの「マーサー家もの」は、故郷ニューファンドランドを後にトロントへ移住してきたマーサー家3代の内部葛藤を描いており、その登場人物はいずれも、自らの存在・信念・希望・期待などに体当たりで立ち向かっている。2007年にトロントのソウルペッパー・シアター（Soulpepper Theatre）が行った『家を離れて』の再演に対する批評家の前向きな評価によって、一連のフレンチ作品はカナダ演劇の古典として確認された。1977年創設のソウルペッパーは、国際的な演劇の古典に対して、カナダ的解釈を提示する使命をもつレパートリー劇団なのである。

　トロント・ファクトリー・シアター（Toronto Factory Theatre）は、カナダ原産の作品を育て上演することを唯一の目的として1970年、ケン・ガス（Ken Gass）によって創設され、220に及ぶ作品がメイン・ステージで、そして600の作品がワークショップ形式で、上演された[6]。それらの作品の中には、デイヴィッド・フリーマン（David Freeman）が、収監された脳性麻痺患者の生態を描いた『奇形児』（*Creeps*, 1971; 1972）や『バタリング・ラム（破城槌）』

（*Battering Ram*, 1972）、さらにはジョージ・F. ウォーカー（George F. Walker）の不条理喜劇『プリンス・オブ・ナポリ』（*Prince of Naples*, 1971; 1972）からブラックな社会風刺劇『郊外のモーテル』シリーズ（*Suburban Motel Cycle*, 1997-8）までほとんどの作品が数えられる。

トロント・フリー・シアター（Toronto Free Theatre）は1971年、ジョン・パーマー（John Palmer）、マーティン・キンチ（Martin Kinch）、トム・ヘンドリ（Tom Hendry）などの劇作家の手により、新人に勉学と創作の機会を与えるべく設立され、当初は非正統的で攻撃的な作品を入場料を取らずに上演した。1987年には、ビル・グラスコ、ガイ・スプラング（Guy Sprung）が共同芸術監督を務めていた主流派劇場センターステージ（Centre Stage）と合併、カナディアン・ステージ・カンパニー（Canadian Stage Company）と改称してナショナル・シアター的存在を目指した。だが、その影響力と活動範囲は地域的なものに留まった。

1970年代にはトロント・ファクトリー・シアターと同じような目的を持つ傍系小劇場が各地に設立された。セントジョンズのママーズ、オタワのグレート・カナディアン・シアター・カンパニー、サスカトゥーンの25番街劇場、エドモントンのシアター・ネットワークとワークショップ・ウェスト、カルガリーのアルバータ・シアター・プロジェクト、ヴァンクーヴァーのタマナウス・シアターなどがその例である。そして、シアター・ネットワークの『二マイル先』（*Two Miles Off*, 1975）、25番街劇場の『ペーパー・ウィート』（*Paper Wheat*, 1977; 1978）、ママーズの『彼らはアザラシを棍棒で殺す、そうじゃなくて？』（*They Club Seals, Don't They?*, 1978）などの集団創作された社会性の強い作品は全国を巡演、各地で怒りや強い共感などの幅広い反応を呼び起こした。その種の巡演は、地理的には離れているものの共通の問題意識を持つコミュニティに、広い観点から自らの歴史を見直す機会をもたらした。エドモントンのシアター・ネットワークは地域密着型の劇場として「郷土の人々のために、郷土の人々について」という活動方針を掲げているが、これはカナダ各地の傍系小劇場を結び付ける共通理念であると言える。1975年の設立以来、シアター・ネットワークはカナダ原産の戯曲を100本以上も上演、その中にはレイモンド・ストーリー（Raymond Storey）の青春劇『最後のバス』（*The Last Bus*, 1987）、フランク・モハー（Frank Moher）が老人と失業を感動的に描いた問題作『やとわれ仕事』（*Odd Jobs*, 1985; 1986）、ライル・ヴィクター・アルバート（Lyle Victor Albert）が脳性小児麻痺患者の苦難を描いた自伝的独り芝居『表面だけを引っ掻いて』（*Scraping the Surface*, 1996; 2000）などがある。また、シアター・ネットワークは25番街劇場、ウィニペグのプレーリー・シアター・エクスチェンジ、モントリオールのプレイライツ・ワークショップ、オンタリオのブライス・フェスティヴァルなど、全国各地の劇場と共同制作を行い、優れたカナダ演劇は地方の劇作家を育む各地の傍系小劇場のネットワークから生まれるという伝統を創った。そのようにして、1970、80年代に反古典主義的傍系小劇場が生んだ作品が、いまやカナダ戯曲の古典[7]となり、カナダ演劇は写実的、農村的、家庭的であるという定念を作り出しているのは皮肉なことである。

コミュニティへの疑問提示

1960年代以降、カナダの演劇は人種間の軋轢、不平等社会、疎外と孤立、順応と抵抗など、ポストコロニアル社会に固有の混乱や不調和の描出に努めた。ジョージ・リガ（George Ryga）は『リタ・ジョーのよろこび』（*The Ecstasy of Rita Joe*, 1967; 1971）で白人社会で生き延びようと苦闘する先住民女性の悲劇を、ジェイムズ・リーニーは三部作『ドネリー家の人々』（*The Donnellys*、1973-5; 1975）で19世紀オンタリオ南部で起きたアイルランド系移民家族間の集団暴行事件を描いた。両者ともモンタージュ手法や流動的な演技や、表現主義的で簡素な舞台装置などで旧来の作劇法を打ち壊すことにもなった。また、モントリオールの劇作家デイヴィッド・フェナリオ（David Fennario）は2本のバイリンガル・プレイ（二言語劇）でフランス語系コミュニティと英語系コミュニティとの間の軋轢を探索した。その1つ『バルコンヴィル』（*Balconville*, 1979; 1980）は、モントリオールのアパートのバルコニー上で3つの家族が繰り広げる言語的、社会的、文化的せめぎあいを描いている。そして、もう1つの『コンドヴィル』（*Condoville*、1979; 1980）は『バルコンヴィル』の続編で、同じ登場人物たちの25年後を描いている。高級住宅街建設のために立ち退きを迫られているぼろアパートの3家族が迫り来る高級化に抵抗するために協力しなければならない。この新作では言語の違いから来る緊張関係はもはや見られず、異人種間で結ばれた同性愛のカップルの登場により、人種の違いや同性愛嫌いからくる緊張関係がそれに換わっている。

　そのころ、他の劇作家たちも歴史を見直し、国家的神話の再評価を行った。マイケル・クック（Michael Cook）は『頭、はらわた、それにサウンドボーン・ダンス』（*The Head, Guts and Soundbone Dance*, 1973; 1974）や『ジェイコブの通夜』（*Jacob's Wake*, 1974; 1975）でニューファンドランド地方の暗澹たる漁民の日常を活写。ジョン・マレルは『パレードを待ちながら』（1977; 1980）で1940年代第二次世界大戦時のカナダ社会を銃後で家を守った、或いは守りきれなかったカルガリーの5人の女たちの様々な視点から描いた。そして『さらなる西へ』（*Farther West*, 1984; 1985）で完全な自由を求めて西海岸へ破滅への旅をする大平原地帯出身の売春婦を劇化し、さらにオペラ・リブレット『フィルメナ』（*Filumena*, 2003）では、1921年、クロウズネスト峠の炭鉱町で殺人容疑で絞首刑に処された若いイタリア人女性の社会学的な肖像を描いている。なお、『フィルメナ』の土台となった史実は、シャロン・ポロック（Sharon Pollock）の『六つの密売ウィスキー即興曲』（*Whisky Six Cadenza*, 1983; 1987）によっても違った解釈のもとに劇化されている。

　シャロン・ポロック（Sharon Pollock）は40年以上に亘り、新しい表現形式や劇構造を試みながら、忘れられたり誤って伝えられたりした歴史上の出来事を再検討し、論争のある社会的・倫理的問題に取り組んできた。『ウォルシュ』（*Walsh*, 1973）では、シッティング・ブル〔米サウスダコタ出身、スー民族の有名な戦士。Little Bighornの戦いでCuster将軍率いる米軍を全滅さ

せているが、その後追われてカナダに移っていた］を兵糧攻めでカナダから追い出した連邦政府のポリシーがいかにスー民族の大量死に繋がったかを、『コマガタ丸事件』（*The Komagata Maru Incident*, 1976; 1978）では、パンジャブからやってきたシーク移民たちのヴァンクーヴァー上陸を拒んだブリティッシュ・コロンビア政府の動きがどんな結果を生んだか、また『一頭の虎は一つの丘に』（*One Tiger to a Hill*, 1980; 1981）では、抑圧的で厳しすぎる監獄制度がいかに囚人たちの反乱を呼んだかなどを精査している。ポロックは多くのラジオドラマも書き、そのうちの1つ『闘士の資格』（*The Making of Warriors*, 1991）ではアメリカ・インディアン運動に参加したがゆえに殺されたミクマクの女性アナ・メイ・ピクトウ・アクウォッシュ（Anna Mae Pictou Acquash）と婦人参政権と死刑廃止を謳ったアメリカ人女性サラ・グリムク（Sarah Grimke）を並列した。この2人の女性の人生を重ね合わせることで黒人・先住民・女性に対する制度的不正を糾弾している。『公正な自由の叫び』（*Fair Liberty's Call*, 1993; 1995）では、アメリカ革命後のニュー・ブランズウィックにおいて、忠英派と忠米派に引き裂かれた家族の内部分裂をドラマ化した。このドラマの中でポロックは「共感よりも妥協」、「社会正義よりも法制度」を重んじるカナダ人らしさだと彼女が考えるものを打ち砕いている[8]。また、『調子の狂った男』（*Man Out of Joint*, 2007; 2008）は、自由が制限され、正義が否定されている9/11後の世界を激しく詰問している。

　ポロックは、その戯曲の一つひとつで、それぞれに違った観点からの物語展開を提示している。観客が自分の心で、誰が悪く誰が潔白かを判断するように仕向ける（或いは挑発する）ためである。ポロックは個々人が行う道徳的選択、そしてその結果にこだわりをみせる。自分自身を映し出したモノローグ劇『ことを正そう』（*Getting It Straight*, 1988; 1992）中の狂った女のように、彼女は自分を取り巻く世界に意味を見出そうとし、後期の作品では、家父長制社会で創意ある女性たちが自分を表現しようとするとどんな障害と戦わなければならないかに焦点を当てている。『映画』（*Moving Pictures*, 1999; 2003）では、映画監督兼女優であったネル・シップマンのキャリアと生涯を精査し、『天使のトランペット』（*Angel's Trumpet*, 2001; 2003）ではゼルダとF. スコット・フィッツジェラルドの間で繰り広げられた最後の戦いを劇化している。

　総じてカナダの女性劇作家たちはカナダ社会における「自由と公平」という神話の破壊に積極的に努めている。ウェンディー・リル（Wendy Lill）は、女性に対する人々の善意が社会の様式・政治構造ゆえに挫折、或いは妥協してしまう様子を同情をもって劇化した。『戦う日々』（*The Fighting Days*, 1983; 1985）ではジャーナリスト・社会活動家であったフランシス・ベイノン（Francis Beynon）をネリー・マクラング（Nellie McClung）との対比で描出し、マニトバ州における婦人参政権運動を採り上げた。また、『ヘザー・ローズの職業』（*The Occupation of Heather Rose*, 1986; 1987）では、先住民特別保留地の救いがたい貧困と、それを看過・傍観している自分自身に耐えられず、北部オンタリオ州での仕事を諦めた看護師の告白が独り芝居を形作っている。そして『シスターズ』（*Sisters*, 1989; 1991）では修道女たちによっ

て運営される先住民向け寄宿学校に批判の目を向け、『全て崩れゆく』(*All Fall Down*, 1993; 1994) ではデイケア・センターにおける幼児虐待の嫌疑がコミュニティ全体にどんな反応を呼び起こすかを描いている。さらに『グレイス・ベイ炭鉱博物館』(*The Glace Bay Miners' Museum*, 1995; 1996) では、炭坑にしか働く場所のない田舎町に住む一家とそのコミュニティに降りかかる相次ぐ災難を若い女性の観点から綴り、『キメラ』(*Chimera*, 2007) では幹細胞の研究という議論の多い問題を取り上げている。

　ジューディス・トンプソンがシュールレアリスティックな手法で描き出す社会的・精神的障害者の心象風景は、現代社会で陰に陽に行われている恐怖と暴力を顕示することによって世に変化を呼び起こそうとする試みである。彼女は、悪の持つ現実味、恐怖、結局は強欲な残虐行為に終わる倫理的方向性の喪失など、人間の持つ暗い側面を探ろうとする。登場人物たちは、自分自身の持つ罪と罪悪感と戦う。自分自身の中の、そして外の「アニマル」と戦うのである。『岩隙を歩く者』(*The Crackwalker*, 1980; 1981)、『白い噛みつく犬』(*White Biting Dog*, 1983)、『私はあなたのもの』(*I am Yours*, 1987; 1989)、『街を歩くライオン』(*Lion in the Streets*, 1990; 1992)、『そり』(*Sled*, 1997)、『完ぺきなパイ』(*Perfect Pie*, 2000)、『私を捕まえて』(*Capture Me*, 2004; 2006) などに見られるように。トンプソンの初期の作品はタラゴン・シアターが定期的に初演して育てあげた。しかし、各地域劇場のメイン・ステージで上演されることはなかった。『岩隙を歩く者』や『街を歩くライオン』がロンドンで上演されたとき、その肉体的エネルギーと攻撃的な言語にイギリスの批評家たちはたじたじとなった。自分たちの前植民地は、もっと安穏で退屈なところだと考えていたからである。

　カナダ現代劇の特徴は、皮肉っぽい自省の念を込めて、人生をトラジ・コメディー（悲喜劇）として舞台に載せる点にある。モリス・パニチ (Morris Panych) やジョージ・F. ウォーカーのブラックコメディーは、希望が度々先延ばしにされる不安の多いコミュニティと人間の関係を探求する。果たしてコミュニティなるものが可能なのかどうかまで疑問視するのである。彼らは、人間存在の根源に関わるような疑問を、カナダ固有の環境ではなく、普遍的な背景のもとで取り上げる。アパートの建物の外壁にある出っ張りとか、レストランの皿洗い場とか、郊外のモーテルの客室とか。そんなところで、人と人との関わり、孤立、善・悪の定義、ファンタジーと現実との関係など、多岐にわたる哲学的疑問を取り上げるのである。舞台の上で表現される一見無意味で、繰り返される行動に人間の営みの不毛を映し出すのだ。主人公たちは言葉のぶっつけ合いや目的もない行動で自らを支えている。人生とは待ちのゲーム、死の床での不寝番なのである。

　モリス・パニチの不条理劇は、その不安やブラック・ユーモアにおいてサミュエル・ベケット (Samuel Beckett) の『ゴドーを待ちながら』(*Waiting for Godot*) や『エンドゲーム』(*Endgame*) と軌を一にするところが多い。ベケットの場合同様、パニチの登場人物は「希望」と「絶望」の間で宙吊りになっている。彼らの唯一の救いは、これまた孤立した第三者との共鳴的な繋がりにしかないと見受けられる。メタシアター的な『七つのの物語』(*7 Stories*, 1989; 1990) では、

7人の登場人物がそれぞれ人生に目的意識を持とうとロール・プレイング・ゲームにふける。しかし全員、自由の可能性を拒み、自己欺瞞の罪を犯しており、それゆえに境遇にもてあそばれる「物体」としてこの世に存在することを選ぶ。意識的な選択を否定する社会的役割を担うことにより、選択の可能性を否定する思考を肯定するのである。そのような作られた生活を見つめる自殺志向男は、アパートの7階の出っ張りに立つ。彼はその出っ張りで、誰にも見られずに人生の最終章を演じているものと思っているが、事実は衆人の環視に晒されているのである。劇はミスコミュニケーションやミスアンダースタンディングに満ち満ちているが、ストーリー・テリングという行為が不可解な世の中との和解の道を示している。男は飛び降りるつもりの出っ張りから、意外にも飛び去り、結論するのである。「［自分は］［自分の］語るべき物語を忘れた。そして誰か他人の翼を借りて飛んだ」と。芸術は世界を見つめる一定の視点を提供するということであろうか。仮令それが瞬間的な幻覚であったとしても。

　『不寝番』(Vigil, 1996) では若い銀行員が無口で寝たきりの女の死を待っている。追憶や自己反省で時間をつぶしながら。彼はその女が自分の叔母であると信じ、徐々に彼女と人間関係を築いてゆく。だが、全てが終わってしまってから彼女が叔母ではないことに気づく。『ローレンスとホロマン』(Lawrence & Holloman, 1998) では2人の対照的な人間、楽観主義者と悲観主義者の関係が探られている。ホロマンはT. S. エリオットの詩のタイトル "The Hollow Men" をもじった名前だ。この詩は現代社会を価値観も信念もなく、「バーン」とではなく、「メソメソ」と終わるものとして描いている。しかしパニチの劇でホロマンは、その人生を「バーン」という音とともに終える。自殺には失敗するが、ローレンスが間違って発射した銃弾によって死ぬのである。人生はジョークであるというパニチのニヒルな解釈がここに正当化され、同時に「物事には意味がある。光り輝く複雑な種類のロジックが」というローレンスの最後の言葉も、何とかローレンスを殺そうとするホロマンの努力が結局は自分を殺すことになったという事実で、皮肉なことに正当化されるのである。ホロマンが一連の災厄でローレンスを試そうとするくだりはヨブの試練を思い起こさせる。その意味で、災難は人間の精神を試すテストなのだと読みとることができるのである。『金魚鉢の中の少女』(Girl in the Goldfish Bowl, 2002; 2003) は、母親が絶えず家出すると家族を脅かしている機能不全家庭が舞台。そんな家庭が、利発で溢れんばかりの情感を持つ少女の視点で描かれている。少女は、死んだ金魚が若い男に変身し海からやってきて、一家のみんなを救うのだと信じている。だが、若い男は現れない。

　モリス・パニチ同様、ジョージ・F. ウォーカーもその劇中でニヒリズムとヒューマニズムの弁証法を用いている。頑迷なヒューマニストが無政府主義のアンチヒューマニストに洗脳転化されて行くというテーマが繰り返されているのである。『イーストエンド』三部作 (East End Trilogy) でウォーカーは、実践的ヒューマニストという価値観の可能性を、社会の無秩序や不合理に反抗する女の役を通して、探っている。劇評家ジェリー・ワッサーマンによれば、初期の作品中で「ウォーカーの女たちは、自分の介在する社会環境の中で、家庭やコミュ

ニティの利益を慮って、個人的義務感から行動する。男どもの巨大化した大言壮語的思考の代わりに、彼女たちは、到達可能な目標と現実的な戦略を使う」[12]。『よりよい暮らし』(*Better Living*, 1986; 1988) 中で、ウォーカーの言う「実行可能性の登場人物」ノラ (Nora) は、少しでもよりよくする「ベターイズム」を実践する。どこかおかしなウォーカーの登場人物たちは、勝算は殆どないにもかかわらず、強大な敵(社会的なものであれ、存在論上のものであれ)に「必ず勝つ」と信じて挑戦する。その姿は滑稽であると同時に英雄的でもある。『郊外のモーテル』シリーズに属する6本の連作では、筋の展開が暗く「ベターイズム」の勝算は極端に低い。そのヒロインたちは、若干の希望と、やけのやんぱち的勇気を具現してはいるが、その将来は誠にもって心細い。

『郊外のモーテル』シリーズの作品は全て、精神的生存がやっとの状態にまで落ちぶれた住人ばかりが住む、社会の隅っこのうらびれたモーテルの部屋で展開する。『問題児』(*Problem Child*, 1997) では、売春婦として働く母親が児童福祉事務所に赤ん坊の娘を取り上げられ、それを取り戻そうと頑固な社会福祉士相手に悪戦苦闘をする。その一方で夫はテレビのトークショウに現を抜かしている。彼の関心事は専らテレビ司会者の餌食にされている被害者を救うことであり、そのために番組のフォーマットを心あるものに変えなければいけないというキャンペーンを行う。その様子は現代西欧社会の特色である「現実とイリュージョンとの取り違え」に対する皮肉なコメントとなっている。アルコール中毒のモーテルマネジャーは、この世における正義の欠如に拘泥する慢性的な利巧バカであり、「自分にできる範囲で少しばかりの汚れを吸い取ろうとすることでしか」心の平衡を保てない。部屋のカーペットには彼がどう頑張っても拭うことのできないシミがあるのだ[13]。ウォーカーは問題に安易な解答を出したり、登場人物たちに救いを与えたりはしない。一人ひとりの登場人物は同情、正義、愛などの人間的価値観を口にするのだが、社会福祉士にはそれが通じない。人間的な価値観に生きられない彼らの生き様は、各人が背負っている人間悲劇への痛烈なコメントとなっている。

家族の肖像

カナダの現代劇は「家族関係」に拘泥することが多い。両親間の軋轢、子どもたちの家を離れたいという絶望的な望み、そして彼らが渋々受け入れる、過去を捨てさることは不可能だという認識、等々。このパターンは、自分自身を過去の植民地的抑圧から解放し、たとえ幻想であれ自分たちのアイデンティティを実現したいというカナダ人の心理状態のパラダイムだと解することができる。シャロン・ポロックの『血のつながり』(*Blood Relations*, 1980; 1981) の中では、「リジー・ボーデンが手斧で両親を殺害する」ことで自らを解放する[14]。ポロックの自画像とも言える『医者』(*Doc*, 1984; 1986) では、家庭よりも患者を大切にする父親

にその娘が対峙し、母親や祖母に代わって怨念を晴らす。ジョアナ・マクレランド・グラス（Joannna McClelland Glass）の戯曲も同様に感情的な激しさに満ちている。サスカチュワン州の機能不全に陥った家庭で育った彼女の幼少期の反映であろう。『カナディアン・ゴシック』（Canadian Gothic, 1972; 1977）では、大平原地帯での孤立生活がもたらす精神的衰弱、そして高圧的な父親と自由な精神を持つ母親とその娘との軋轢が描かれている。『女に生まれて』（If We Are Women, 1993; 1994）では若い作家と、サスカチュワン生まれで無学なその実母、洗練されたインテリの義母、反抗的な娘の間の葛藤に焦点が当てられている。一方、『骨が折れる』（Trying, 2004）の時代設定は1967年で、ルーズベルト大統領下の司法長官でニュールンベルグ裁判の判事を勤めたこともある80歳の老人フランシス・ビドルと、その秘書をしていた大平原州出身の若い女（グラス自身）との関係が活写されており、アメリカ人とカナダ人、若者と老人とのものの見方が対比され、多くの人にグラスの作品の特徴を伝えている。

『カナディアン・ゴシック』ならぬ「プレーリー・ゴシック」（大草原地帯に特有の素朴な感性）は、サスカチュワンやアルバータの他の作家の作品にも通ずる特性である。グウェン・ファリス・リングウッドの『家はまだ立っている』（1938）、コニー・ゴールト（Connie Gault）の『空』（Sky, 1989）、コニ・マッシング（Conni Massing）の『砂利道』（Gravel Run, 1988; 1991）、ダニエル・マクドナルド（Daniel Macdonald）の『マグレガーのガソリンスタンドと硬いアイスクリーム』（MacGregor's Hard Ice Cream and Gas, 2005）などはいずれも、社会的制約に閉じ込められ、広い草原によって家の中に孤立させられた女たちの逃走譜である。家父長制の権威に挑戦し、因習や社会規範をゆさぶりつつ逃げ出そうとする女たちの道は曲がりくねっていて苦難が多い。これらの劇の雰囲気は不条理な暴力や謎、そして恐怖にすら満ち満ちており、言葉にできないことが演じられていて、そこに広がるムードは悲劇的な場合も、コミカルな場合もある。

ジョーン・マクラウドの戯曲は、一見平和なカナダ社会の中に潜む思いがけない緊張や葛藤に探りを入れている。人間同士、或いは人間と政治との関係の複雑さを、連想を呼ぶイメージや多層的テーマで特色づけられる詩的で暗示に満ちた手法で表現する。一方でマクラウドは、人間の想像力は現実を変え、希望を可能にするとの信念も持っている。天然の、或いは政治的な地殻変動にもかかわらず、個人はその想像力で自らの生活を再構築できると信じているのである。『宝もの』（Jewel, 1987; 1989）では、ニューファンドランド沖の石油掘削装置沈没の事故で夫を亡くした若妻が、その生活の建て直しをモノローグ形式で語っている。また、『トロント、ミシシッピー』（Toronto Mississippi, 1987; 1989）では母親と軽い自閉症の娘の間の込み入った関係が探索されている。エルビス・プレスリーの物まね芸人として自らの幻想を生きる母親の夫、娘の父親は、いつも旅に出ていて不在だが、娘に知的障害を越えたところにも世界があることを悟らせる。

マクラウドに『友だちの青いギター』（Amigo's Blue Guitar, 1990）を書かせたモチベーションは、彼女自身がトロントで難民援助プログラムに携わったときに知ったカナダ政府の「ぞっ

とする」難民政策であった。物語の場所はブリティッシュ・コロンビア州西海岸沖にある島で、保養地だが、そこには難民だけではなく、他の場所やイベントのガラクタも潮に乗って集まってくる。徴兵を忌避してアメリカからこの島に移住してきた一家が、サルバドールからの難民のスポンサーとなる。だが一家は、難民エリアスの語る苦難の個人史を利己的な反応でしか受け止めず、それがエリアスの激怒を呼ぶ。『ホープの地すべり』(The Hope Slide, 1992; 1994) は、ある女優が自らの波乱に満ちた少女時代を複雑なモノローグ形式で回想する劇である。カナダ西部に定住したドゥホボルたち (Doukhobors)〔18世紀後半南ロシアの無政府主義的・無教会的な分派のキリスト教徒。19世紀末に大半がカナダへ移住〕に憧れた少女時代を回想し、生きたいように生きる自由を求めて戦うドゥホボルの姿に、彼女は自分自身の向上心と社会への不服従を映し出すメタファーを見るのである。同じくマクラウドのミレニアム・プレイ『2000年』(2000, 1996; 1997) はヴァンクーヴァーの市街地と山が接する「周縁」が劇の舞台となっている。「文明」と「野性」の間にある不安定なスペースにあっては高度技術化された消費文明も原始的な自然の力に、完全には取って代わることはできないという様子を描いている。また、彼女の書いた戯曲の大部分において、家庭は心休まるところであると同時に緊張の場所でもある。その葛藤にもかかわらず、個人の行動を導く価値観を形づくる。これもモノローグである『ある女の子の姿』(The Shape of a Girl, 2001; 2002) では、思春期の女の子が、クラスメートたちによる理由のないティーン・エイジャー殺害と彼女自身の社会的行動が驚くほど似ていることを発見する。

同様に、マーガレット・ホリングズワース (Margaret Hollingsworth) は『絶滅種』(Endangered Species, 1988) と題された戯曲集で、女性が住む人間関係の危険地帯に照明を当てている。家庭というものは、狭苦しく閉鎖的・暴力的ですらある。家庭を規定する壁は他を排除するか、逆に囲い込む。制限するか、逆に保護する、というのである。サリー・クラーク (Sally Clark) も男性の支配と権力に女たちがどう立ち向かったかを描いている。『ムー』(Moo, 1988; 1989) では、主人公の女性が社会によって規定された女としての伝統的役割に反抗し、1人の男を50年も追い続ける。また、『手探りの暮らし』(Life without Instruction, 1991; 1994) では17世紀のイタリア人女流画家アルテミジア・ジェンティレスキが、自分を犯した遠近法のインストラクターに復讐を果たすのである。

ゲイとレズビアンの世界

『手探りの暮らし』は、「女性のための女性による女性についての演劇」を標榜する女性グループによって1979年にトロントで創設されたナイトウッド・シアターの委嘱によって書かれた。ナイトウッド・シアターが上演した作品群の中で最も評判の良かったのはアン＝マリー・マクドナルド (Ann-Marie MacDonald) の風刺劇『おやすみ、デズデモーナ (おはよう、

ジュリエット）』（*Goodnight Desdemona〈Good Morning Juliet〉*, 1988; 1990) である。この作品の中でマクドナルドは、ヒーローの犠牲となった悲劇のヒロインを色情狂（ジュリエット）や武人（デズデモーナ）に作り変え、シェイクスピアの悲劇をコメディーに改訂した。『ロミオとジュリエット』と『オセロー』には、いるべき筈の「賢いフール」がいないという論文を書いている女学者が物語の入り口となっている。もし「フール」が物語の中に復元されたら、これらの悲劇は喜劇であった筈だというのが女学者の主張である。芝居の終わりで女学者コンスタンスは、自分こそが「フール」なのだということを発見、彼女自身が独立し自信に満ちた女に変わっていく。ポスト・コロニアリズムを女性に喩えた枠組みなのだ。彼女はデズデモーナから「解決よりも疑問によって生きること」を学び、ジュリエットからは「確実」を「混乱」と交換することを学ぶ。皮肉なことに最近の上演では、シェイクスピア劇を巧みにもじった喜劇性を前面に打ち出すあまり、これら2作が持つラディカルなフェミニズムやゲイの問題がきれいごとに昇華されてしまっている。[15]

　カナダにおけるゲイやレズビアン演劇は、急速に主流演劇に吸収されることになったが、当初は傍系であることを旨としていた。後々にまでその影響を残したジョン・ハーバート（John Herbert）の『運と人の目』（*Fortune and Men's Eyes*, 1967）は監獄の中で行われる残虐行為をゲイの力関係という観点から生々しく映し出している。この作品は、カナダでは上演のリスクをとる劇場がなく、ニューヨークで初演されているものの、やがてカナダ演劇の古典として学術的に認知されることとなった。トロントの劇団バディーズ・イン・バッドタイムズ（苦境時の仲間）は、印刷された文字と演劇的イメージの関係を探求するため1979年に創設された実験的な劇団であったが、劇作家スカイ・ギルバート（Sky Gilbert）が芸術監督となった1985年にゲイ・レズビアン劇場としてカミングアウトした。ギルバートは劇場のマニフェストで謳っている。「カナダは文化面のみならず、セックス志向の面でも多様である。クィアカルチャーを応援する（弾圧するのではなく）ことは、時に全く異なるわれわれの人生経験について意見やイメージを積極的に交換する助けとなる」と。[16]ギルバートにとってクィアカルチャーとはセクシュアルであり、ラディカルであり、非時系列的であり、文化の形式と中身を再定義するものなのである。彼の戯曲『裁かれるドラッグ・クイーン〔女装の男性同性愛者〕たち』（*Drag Queens on Trial*, 1985）は、ハーバートの『運と人の目』に出てくる服装倒錯者たちを主人公とし、トランブレの『ホザナ』（*Hosanna*, 1972; 1973）に出てくる反逆的行動と言葉を演じることに失敗した人物をその姉たちに据えている。

　カナダのゲイ／レズビアン・ドラマは、もはやゲイ問題を上演指針とする劇場のみに依存する必要はなくなった。例えばトランブレやミシェル・マルク・ブシャール（Michel Marc Bouchard）の作品は各地のリージョナル・シアターはもとより、ナイアガラ・オン・ザ・レイクにあり客層に観光客の多いショー・フェスティヴァルでも上演されるに至っている。ブラッド・フレイザー（Brad Fraser）の暴力的で性的に露骨な『身元不明の遺体と愛の本質』（*Unidentified Human Remains and the True Nature of Love*, 1989; 1990）はカナダはもとより、イギ

リス、オーストラリア、アメリカでも上演されている。続いて書かれたフレイザーの戯曲、『プアー・スーパーマン』（*Poor Super Man*, 1994; 1995）『きのうのマーティン』（*Martin Yesterday*, 1997; 1998）、『冷蔵庫の中の蛇』（*Snake in Fridge*, 2000; 2001）などは全て、都会生活者の恐るべき孤独、残酷で搾取的な人間関係、麻薬と売春というサブカルチャーをまざまざと描いているが、『きのうのマーティン』は最初、ラジオドラマとしてBBCの委嘱で、『冷蔵庫の中の蛇』は英国・マンチェスターのロイヤル・エクスチェンジ・シアターの委嘱で、それぞれ書かれている。そんなフレイザーの作品はいずれも短いシーンがインターカットしながら連なる映画的な手法で書かれ、台詞はぶっきらぼうで短く、テレビに見られる性と暴力の大衆文化をイメージさせる。時折、長いモノローグが対話を遮るが、そこには建前として公式な多文化主義・多民族主義の礼儀正しさはあるものの、水面下には厳然と存在する強い人種差別への怒りやフラストレーションが潜んでおり、機能不全に陥った社会を拡大して映し出している。『冷蔵庫の中の蛇』では、黒人の若者トラビスが奨学金の返済に行ったノヴァ・スコシア銀行のホールという洗練されているはずの空間で言葉による人種暴動が拡大していく状況に遭遇し、窓口の係員にののしられる。「あんたみたいな後進国から来た厄介者に、銀行の中でそんな口きいて欲しくないね」[17]と。

　ダニエル・マカイヴァー（Daniel MacIvor）が、自らの劇場ダ・ダ・カメラ（da da kamera, 1986年創立）のために書く個性的でメタ・シアター風の作品群は、機能不全に陥りハイパーアクティブで、個人的な人間関係を排除する競合的消費社会を背景にしている。『決して独りでは泳ぐな』（*Never Swim Alone*, 1991; 1993）には、ビーチで繰り広げられる男たちの競い合いが描かれている。ライフガードの席に座っている女性レフリーは、結局、男どもの無意味でナルシスティックな競い合いの犠牲となる。また、独白劇『モンスター』（*Monster*, 1998; 1999）は観客をオイディプス的復讐の幻想に誘い込み、二人芝居『イン・オン・イット』（*In on It*, 2001）は記憶と現実との関係を問い詰める。そして彼がダ・ダ・カメラのために書いた最後の作品で、バディーズ・イン・バッドタイムズで2006年に初演された『美しい眺め』（*A Beautiful View*）は、3回にわたる破綻と再会を経て最終的人生観に至る2人の女性の間の起伏の多い関係が描かれている。

エスニック・シアター

英語系・仏語系・先住民系以外の演劇をカナダではエスニック・ドラマと呼び、その歴史は古い。但しそれは、ヴァンクーヴァー、モントリオール、トロントなど移民の多い都市で、主流演劇から外れた地域的小劇場としてのみ存続している。1981年以来、モントリオールのティースリ・ドゥニヤ（Teesri Duniya, 第三世界を意味する）劇場は、南アジアその他の地域から移民してきた少数派による戯曲の創作と上演をサポートしている。同劇場の主唱者ラ

ウル・ヴァーマ（Rahul Varma）の書いた『カウンター・オフェンス』（*Counter Offence*, 1996; 1999）を含む作品はカナダ社会に内在する人種差別と不平等を問題とし、『ボーパル』（*Bhopal*, 2001; 2005）はインドのボーパルで起こり、数日のうちに 8000 人の命を奪い 50 万人をシアン中毒に陥れたユニオンカーバイド化学工場の爆発事故を主題に、同事故の 20 周年を記念した。

評論家で劇作家のウマ・パラメスワラン（Uma Parameswalan）は言っている、カナダの南アジア系演劇は、「多様な文化遺産の集合体となるであろうカナダという国の新しい文化的個性の形成に大いに資している」と。[18] トロントのカフーツ・シアター・プロジェクト（Cahoots Theatre Projects, 1986 年設立）は、カナダのモザイク的文化の多様性を反映したカナダ原産劇の養成・制作・促進を劇団のモットーとしており、その上演作品にはメティスの劇作家ダニエル・デイヴィッド・モーゼスの作品（『月と、死んだインディアン』*The Moon and Dead Indians*、1993 年上演、『インディアン・メディシン・ショーズ——二つの一幕劇』*The Indian Medicine Shows: Two One-Act Plays*, 1995 年に収録・出版）や、中国系カナダ人劇作家マーティー・チャン（Marty Chan）の『父さん、母さん、俺、白人女と同棲してるんだ』（*Mom, Dad, I'm Living with a White Girl*, 1995; 1996）などがある。マーティー・チャンは政治的真正性を風刺的に検証する同作の中で、白人女と付き合っている息子に対する両親の反感に対して心理的に防御するため、母親を B 級映画に出てくる征服欲の強い意地悪なドラゴンレディーのように、また、父親をそんなドラゴンレディーに仕える子分として、悪役に描いている。しかしながら息子の方は、自分の出自を消そうとすることは、とりもなおさず自らを滅ぼすことであり、「若い木の根っこは意外に深いところまで伸びている」という自覚に至るのである。[19]

カフーツ・シアターの前芸術監督ギレルモ・ヴァーデッチア（Guillermo Verdecchia）は、その講演／独白劇『フロンテラス・アメリカナス』（*Fronteras Americanas*、タラゴン・シアター、1993）で、境界地帯（border zones）を越えることの難しさを取り上げ、カナダが他者を創り出し他者をエキゾティックという言葉でひとくくりにして壁の向こうに遠ざける様子を描いている。また、マーカス・ユセフ（Marcus Youssef）との共同作業でヴァンクーヴァーのニュー・プレイ・センターのために書いた『砂に書いた一本の線』（*A Line in the Sand*, 1995; 1997）では、1990 年の米軍による「デザート・シールド作戦」を背景に、16 歳のパレスチナ人の拷問殺人事件がカナダ兵士ともう 1 人のパレスチナ人との関係に及ぼした悲惨な結果を描いている。そして 2004 年には、マーカス・ユセフ、カミヤ・チャイ（Camyar Chai）とコラボし『アリ＆アリの冒険、そして悪の枢軸』（*The Adventures of Ali & Ali and the Axes of Evil*, 2005）という政治風刺劇を書いている。「将軍たちに捧げる喜遊曲」と銘うたれたこの作品は、アグレシブで帝国主義的なアメリカの対中東攻勢に強く幅広い一撃を加えている。9.11 後の「テロとの戦い」のころ、中東から北アメリカへ来た 2 人の若者が、売れるものをすべて劇場に来ている観客に売り、サバイバルを図るというのが同作の内容である。

アフリカ系カナダ人劇作家のジャネット・シアーズ（Djanet Sears）は、自作のために新し

い演劇表現方式を作り出し、自らが関係しているオブシディアン・シアター（黒曜石劇場）や、トロントの「アフリカナディアン劇作家フェスティヴァル」を通じてカナダ社会の民族的多様性を描出している。その代表作『アフリカ・ソロ』（*Afrika Solo*, 1987; 1990）では、母方にジャマイカ人を、父方にガイアナ人を持ち、英国で生まれ、カナダに住み、カナダの国籍を要求している黒人女性のアイデンティティを模索している。[20] 劇は主人公によるアフリカへの旅を通して、作者自身の個人史を再現する。『フロンテラス・アメリカナス』のベルデッチアと同じように、シアーズも黒人の豊かで多様な歴史の中には、ネガティブで限界性のある黒人のステレオタイプを破るものがあることを発見、固定観念の塊である白人観客に挑戦状を突きつけている。だが、そのシアーズも後期の作品『神を探す黒人女の冒険』（*The Adventures of a Black Girl in Search of God*, 2002; 2003）に至ると、普遍的人間関係を描くようになり、娘の死・瀕死の父親・伝道者である夫との離婚などに自責の念を強める女医が主人公となっている。主人公レイニーは、何らかの救いを求めながら、神の無力さに不満をぶちまける。劇の焦点は人種や差異から、生きる意味の個人的探索に移ってゆくのである。

　モントリオールで1972年に設立されたブラック・シアター・ワークショップも、アフリカ系カナダ人のためにアフリカ系カナダ人が書いた戯曲の上演をモットーとしている。そこで上演されたアンドルー・ムーディ（Andrew Moodie）の『暴動』（*Riot*, 1995; 1997）はカナダで政治的真正性を実行することの難しさを風刺したコメディー、ジョージ・エルロイ・ボイド（George Elroy Boyd）の『水に分け入って』（*Wade in the Water*, 2003）は悲惨な黒人奴隷の歴史、ヴァドニー・S・ヘインズ（Vadney S. Haynes）の『黒人はボーリングをしない』（*Blacks Don't Bowl*, 2006; 2007）は黒人のアイデンティティ問題を取り扱った陽気な喜劇といった具合である。ボイドの他の作品は彼の生地ノヴァ・スコシア州で多数上演されて、いずれも黒人移民の歴史と州内での孤立を描いている。『ギデオンのブルース』（*Gideon's Blues*, 1990; 1996）は、人種差別によって自分と自分の家族の野望を果たせないまま底辺に沈み込んでゆく、教育ある黒人の様子を劇化している。『聖なる土地』（*Consecrated Ground*, 1999）は1960年代、自分たちの文化遺産を守り抜こうとする努力にもかかわらず、一黒人家族がハリファックス郊外にあったアフリカ村（Africville）の撤去により追われ、さらにその結果、400人に及ぶ黒人たちが「先進的」な公共住宅に強制移転させられる物語である。

　詩人・小説家・オペラの作詞家・劇作家と多才ぶりを発揮しているジョージ・エリオット・クラーク（George Elliot Clarke）は『ホワイラー滝』（*Whylah Falls: The Play*, 1997; 1999）およびそのオペラ版『ビアトリス・チャンシー』（*Beatrice Chancy*, 1999年に上演）でノヴァ・スコシア州にある黒人コミュニティの歴史を詳説している。また、ロレナ・ガル（Lorena Gale）も『アンジェリック』（*Angélique*, 1998; 2000）という作品の中で、マデイラから輸入され、モントリオールのビジネスマンに妻用の小間使いとして買い取られ、同時にその愛妾としても利用される黒人奴隷の話を再現して、公に認められていないカナダの奴隷の歴史を探っている。その黒人女性は1743年に放火の咎で絞首刑に処されるが、芝居の中では終始無罪を

主張、いつの日かモントリオールは自らの兄弟や姉妹が増えて「黒檀の群れる町」[21]になるだろうと予言している。かくしてカナダ演劇は次第に多様性と複雑さを増し、白人優位のヨーロッパ中心主義から脱却していくのである。形の定まらないカナダのアイデンティティは、暫定的であり続け、常に再編成され議論されている。

コミュニティ演劇祭

カナダ演劇の様式と内容は、毎夏開かれるフリンジ・フェスティヴァルによって、広がりをみせ、挑戦を続けている。このフェスティヴァルは参加作品を（審査ではなく）先着順で受け入れる。1982年に始まった元祖のエドモントン国際フリンジ・フェスティヴァルは、以来成長を続け、今では北米最大の演劇祭となっている。毎年10日間の会期中200以上の出し物を上演、延べ観客数は30万人に及んでいる。エドモントンに次いで同じような演劇祭がハリファックスからヴィクトリアまでカナダ全土で開催されることとなり、地元や海外からの参加作品がカナダ各地を巡演するネットワークが出来上がった。フリンジ・フェスティヴァルでデビューした新人劇作家が、レギュラー・シーズン用に作品を書くという例も始まった。スチュワート・ルモイン（Stewart Lemoine）がその好例である。同人は、エドモントンのエンパイアー・シアターで1913年に『椿姫』を演じたサラ・ベルナール（Sarah Bernhardt）を主人公にした『エンパイアの頂点で』(*At the Zenith of the Empire*, 2005; 2007) など、機知に富んだ哲学的な風俗喜劇を自らの劇団テアトロ・ラ・クインディシーナのために書いた。この作品はメタシアター的だけではなく、メタヒストリー的にも、コミュニティ劇場運動の重要さを強調している。同作の幕切れで、作者はサラ・ベルナールに、演劇の一過性と継続の重要性について次のように言わせている。

> エンパイアー・シアターは間違いなく素晴らしい劇場です。でも、この劇場、明日にでも崩れ去ってしまうかもしれません。そうなっても、予想されるほど大した損失ではないでしょう。最も大事なのはこの劇場から毎晩持ち去られるものです。人々がここにやってきて、観て、聴いて、そして持ち去るものです。私たちが劇場と呼んでいる建物……　その中には長続きするものもあれば、そうでないものもあります。劇場とは、そんなものなのです。劇場はなくなっても、すぐ後に次の劇場が作られます。小さなもの、大きなもの、そんなものはどうでも良いのです……。肝心なことは、必ず代わりがあることです。[22]

ヴァーン・ティーセン（Vern Thiessen）も劇作家としてのキャリアをエドモントン・フリンジで、戦争の際の忠誠心と国家的アイデンティティのせめぎ合いの倫理を探究するモノローグ芝居

『伝令兵』（*The Courier*, 1988; 2006）によってデビューした。その後、フリッツ・ハーバーによるチクロンＢの発明や、アインシュタインによる核の連鎖反応を題材にした『アインシュタインの贈り物』（*Einstein's Gift*, 2003）、第一次世界大戦へのカナダの参戦を描いた『ヴィミー』（*Vimy*, 2007; 2008）など、歴史の重要な転換期を捉えた複雑な道徳的探求である作品を発表している。

空想世界の舞台化

カナダの劇作家たちはローカル・コミュニティと向かい合い、その歴史を定義づけてきたが、同時に、現実の形成、受容、人物の流動的で変化する性質などについての形而上的質問も発してきた。ジョン・マイトン（John Mighton）の『ポシブル・ワールド』（*Possible Worlds*, 1990; 1992）で主人公は「自分は複数の時間帯や場所を同時に生きている」と信じ、1人の女の様々な具現に恋をする。そして探偵たちは、誰がインテリ被害者たちからその頭脳を盗んだのかを突き止めようと試みる。「ポシブル・ワールド」という語句は現実と知覚の多面性を暗示し、人生や出来事の様々な形での発現に関する演劇的暗喩となっている。

　2000年、ジョン・マイトンの作品はロベール・ルパージュ（Robert Lepage）によって映画化された。ルパージュもマイトン同様、現実と真理の移ろいやすさや不定形性にこだわる劇作家である。『ポリグラフ』（*Polygraph*, 1989, 英語版初演, 1990）では嘘発見器が様々なレベルで働きをする。真実は多義的で、作中人物はすべてファンタジーを生きているかトラウマを内に秘めている俳優である。彼らの個人的危機は文化的政治的衝突の指標となる。ルパージュの作品はカナダ社会の異文化交流性を反映して言語面でも多音的であり、それがもたらし得る混乱と誤解を示す『ドラゴン三部作』（*The Dragon's Trilogy*, 1986）や『テクトニック・プレート』（*Tectonic Plates*, 1988）にみられるように、文化はいつも借り物か盗品であり、100％純正あるいは非純正であるということはあり得ない。ルパージュが作る入り組んだ構造の作品が世界中を巡演しているのは、多分、その超文化的テーマやイメージと想像力豊かな演劇性ゆえだろう。

　しかしながらカナダで最も華麗な演劇的輸出はシルク・ドゥ・ソレイユ（Cirque du Soleil）である。モントリオールに本拠を置き、国際的に認知されているこのサーカス演劇団は、1984年、ジャック・カルチエによるカナダ上陸450周年というカナダ入植史上のエポックを祝うため、ケベックのストリート・パフォーマー・グループによって始められた。大テント、あるいは特設劇場で上演されるその演技は、ダイナミックで連想性があり刺激的なアーバン・トライブ（都会派シングル族）風音楽に合わせて、世界中から集められ、豪華でエキゾティックで最少限の衣装を身に着けた演技者により、壮大なアクロバットと結びついた物語をめぐって大まかに構成されている。1988年に至るとシルク・ドゥ・ソレイユはアメリカ合衆

国を広く巡演、1992年にはヨーロッパと日本をも訪れている。1992年にはラスベガスにサーカス会場を常設し、1998年には『O』（*O*）と銘打たれた大掛かりな出し物を、噴水で有名なベラージオ・ホテルの特設劇場で上演するに至っている。因みにOは水を意味するフランス語のもじりであり、作中の演技はすべて大きなスイミング・プールの中か、上か、周りで展開する。『O』以外の作品としては『アレグリア』（*Alegria*）、『キダム』（*Quidam*）、『ドラリオン』（*Dralion*）などがあり、その大部分はルネ・デュプレ（René Dupéré）作曲によるサウンドトラックをバックに、フランコ・ドラゴーネ（Franco Dragone）によって演出されている。また2002年にはケベックの劇作家ドミニック・シャンパーニュ（Dominic Champagne）演出による『ヴァレカイ』（*Varekai*）も発表された。

　カナダ演劇はモノローグ（独白劇）からメガ・ミュージカルまで、地域演劇から世界的な市場を持つグローバル・プロダクションまで、その構成要素は多岐にわたっている。そしてそれは、芸術的、あるいは国家的境界を越えて、人々を、コミュニティを、国々を結び付け、その多様性は、多文化国家としての限界と、挑戦と、そして成功を反映しているのである。

注

1. Alan Filewod, *Performing Canada: The Nation Enacted in the Imagined Theatre* (Kamloops: University College of the Cariboo, 2002), p. xii.
2. 可能な限り括弧内には原題と初演・出版年を、初演と出版の年度が同じである場合は単年のみを記載。以下同様。
3. 1963年以降は呼称の冒頭に「トロント」の表記が加えられた。
4. Renate Usmiani, *Second Stage: The Alternative Theatre Movement in Canada* (Vancouver: University of British Columbia Press, 1983), p. 47.
5. Michael Healey, *The Drawer Boy* (Toronto: Playwrights Canada Press, 1999), p. 34.
6. これらの数字はファクトリー・シアター・ウェブサイト：http://www.factory-theatre.ca/history.htm よりの引用。
7. Chris Johnson, "'Wisdome Under a Ragged Coate': Canonicity and Canadian Drama," in *Contemporary Issues in Canadian Drama*, ed. Per Brask (Winnipeg: Blizzard, 1995), p. 27.
8. Brian Hutchinson, "Restored 'Theatre of Risks,'" *The Financial Post* (20 March 1993), p. S5.
9. Morris Panych, "7 Stories," in *Modern Canadian Plays*, vol. II, 4th ed., ed. Jerry Wasserman (Vancouver: Talonbooks, 2001), p. 182.
10. T. S. Eliot, "The Hollow Men" [1925], in *Selected Poems* (London: Faber, 1961), p. 80.
11. Morris Panych, *Lawrence & Hollowman* (Vancouver: Talonbooks, 1998), p. 127.
12. Jerry Wasserman, "'It's the Do-Gooders Burn My Ass': Modern Canadian Drama and the Crisis of Liberalism," *Modern Drama* 43:I (Spring 2000), p. 41.

13. George F. Walker, "Problem Child," in Wasserman, ed., *Modern Canadian Plays*, vol. II, p. 380.
14. Sharon Pollock, "Blood Relations," in *Blood Relations and Other Plays*, ed. Anne Nothof (Edmonton: NeWest Press, 2002), p. 8.
15. Anne-Marie MacDonald, *Goodnight Desdemona (Good Morning Juliet)* (Toronto: Coach House Press, 1990), p. 85.
16. Robert Wallace, "Theorizing a Queer Theatre: Buddies in Bad Times," in Brask, ed., *Contemporary Issues*, p. 146 に引用。
17. Brad Fraser, *Snake in Fridge* (Edmonton: NeWest Press, 2001), p. 82.
18. Uma Parameswaran, "Protest for a Better Future: South Asian Canadian Theatre's March to the Centre," in Brask, ed., *Contemporary Issues*, p. 117.
19. Marty Chan, "Mom, Dad, I'm Living with a White Girl," in *Ethnicities: Plays from the New West*, ed. Anne Nothof (Edmonton: NeWest Press, 1999), p. 167.
20. Djanet Sears, *Afrika Solo* (Toronto: Sister Vision, 1990), p. 11.
21. Lorena Gale, "Angélique," in *Testifyin': Contemporary African Canadian Drama*, 2 vols. ed. Djanet Sears (Toronto: Playwrights Canada Press, 2003), vol. II, p. 70.
22. Stewart Lemoine, *At the Zenith of the Empire* (Edmonton: NeWest Press, 2007), p. 133.

21

詩

ケヴィン・マクニーリー
(Kevin McNeilly)

2001年から2004年にかけて、カナダ銀行は新紙幣を発行したが、それぞれの額面の紙幣の裏側には関連性のある文化イメージがコラージュで描かれ、文学テキストからの短い引用が極小版で付けられていた[(1)]。「カナダの旅」というタイトルのこのシリーズの目的は、カナダの文化的経験の多様性を反映することと、多様性の内部から共通した伝統と共有される価値観を生み出すということであり、紙幣に選ばれたテキストは、10ドル札にはジョン・マクレー（John McCrae）の「フランダースの戦場で」("In Flanders Fields")、5ドル札にはロック・カリエ（Roch Carrier）の「ホッケーのセーター」("The Hockey Sweater")というように、どのような民族的あるいは言語的背景をもっていようと、カナダ人なら誰でも学校やなんらかのメディアで出会ったことがありそうな詩や物語である。

　100ドル紙幣の裏面にある2行（他のテキストと同様、2つの公用語で印刷されている）はさほど広く知られているものではないが、おそらくそれは以下のように、その詩行が、どのようなものであれ我々が共有できる歴史をもっていると言えるだろうか、ということを問うているものだからだと思われる――「いったい僕たちは覚えているのだろうか、空の上のどこか、たぶんある子供の夢のなか／新しいカナダを見つけ出すのだといういつもの行く手を目指して、いまでもジャック・カルティエがいつも帆を揚げて向かっているということを」。この2行連句は、ミリアム・ワディングトン（Miriam Waddington）の1992年発刊の詩集『最後の風景』（*The Last Landscape*）の中の1編「トロントのジャック・カルティエ」("Jacques Cartier in Tronto")の最後の6行を変形したものである。カナダの紙幣にこの詩行が採択されたことは、カナダ文学へのワディングトンの重要な貢献を評価するだけでなく、詩と国家の歴史がどのように絡み合っているかという問いを直裁に提示していることにおいて重要な意味をもっている。「普通のカナダ人の物語を書きたくて、」という語句で始まる同じ詩集に収められた散文詩、「著述家」("The Writer")は、「普通のカナダ人なんてどこにもいないとわかった」と続く。カナダ人が、文化史として共有しているものは、ワディングトンにとってはまさしくこの欲求、我々の今日の自己形成についての回答のない問いかけなのである。

　近現代の詩の歴史を書くということは、どのようなかたちであれ、詩がそれ自体の歴史感覚を言葉に表そうとする様々なやり方に直面することになる。つまり、詩がどのようなかた

ちで、そして何故、国家の文化史に影響を及ぼす可能性があるのか、あるいは芸術作品がどのようなかたちでそれ自体を歴史的なものにするのか、という問題に向かい合うことになるのだ。1960年以降の英語カナダ詩は、一連の要素――声、視点、形式、そして文化――が相互に絡み合う多元主義を特徴とし、モダニスト的フォルマリズム、自己言及的なポストモダン的実験性、告白的無韻抒情詩、さらにエスノ・ポエティック多元主義という4つの主要な傾向が編み上げられた形で現れている。この逆巻く混合状況は、多様なリズム、共鳴と相互連結が多層を成すものとして、歴史的そして詩的に形成されているが、過去50年の英語カナダ詩において、おそらくもっとも重要な詩人とも言えるP. K. ペイジ（P. K. Page）はこの状況について、2007年のCBCラジオのインタビューで、自覚的な詩人たちは「リズム、またリズム、またリズム」というリズムの響宴に魅了されている、と述べている[2]。

詩の声の位置を探る

文化支援の公平性をはかる指標としてのカナダ総督文学賞（詩とドラマ部門）は1960年度にはマーガレット・エイヴィソン（Margaret Avison）の第一詩集『冬の太陽』（*Winter Sun*）に与えられた。これは、ディラン・トマス（Dylan Thomas）とA. J. M. スミス（A. J. M. Smith）の影響がみられるモダニスト的自由詩と巧みな定型詩が一緒に収められている素晴らしい詩集であるが、定型詩には、ソネット――「蝶の骨」（"Butterfly Bones"）など、エイヴィソンの作品中アンソロジーに含まれることがよくある詩はこのかたちのものがいくつかある――や、エイヴィソンがメタフィジカル詩に精通していることが伺われるスタンザ形式の抒情詩が含まれる。エイヴィソンの初期の著作――第二詩集『驚くべきこと』（*The Dumbfounding*）1966年出版――は、今から見ると革新的というより反動的に見えるが、新進のカナダ詩人として彼女の直接的歴史背景を反映する傾向がみられるのである。エイヴィソンはアメリカで暮らし学んでいたのであるが、その地で、アメリカ的表現形式と普遍性を獲得していく神話創造とを結びつける詩の領域を開拓していたロバート・クリーリー（Robert Creeley）やデニーズ・ルヴァートフ（Denise Levertov）と出会った。特筆すべきことに、アーヴィング・レイトン（Irving Layton）の詩集『太陽のための赤絨毯』（*A Red Carpet for the Sun*, 1959年、初版はマクレランド・アンド・スチュワート社）もまたブラック・マウンテン派の影響の強さを示しているし、さらに、ウィリアム・カーロス・ウィリアムズ（William Carlos Williams）からもノースロップ・フライ（Northrop Frye）からも評価された。しかし、エイヴィソンにしてもレイトンにしても――それぞれ1960年代の新しい、そして確立した声を代表しているが――直接的な口語体や告白的内容を拒否して、シンボルやイメージを中心とする形式を重んじる言語を好んで用いた。エイヴィソンは1963年にキリスト教に改宗するが、それを契機に彼女の作品は活性化され、そして記念碑的3巻にわたる全詩集『いつも現在』（*Always*

Now, 2003-5）は、複合的で進化していく詩的想像力を立証している。

ノースロップ・フライによる聖書学に精通した批評が及ぼした影響の大きさは1960年代初頭の詩に見受けられるが、エイヴィソンよりもジェイムズ・リーニー（James Reaney）の作品に強く現れている。リーニーの地域主義的フォルマリズムが、1950年から1960年まで「トロント大学クォータリー」の「年間概観」として発表された師フライのカナダ詩分析に依拠していることは明らかである。フライの論文はカナダ的「想像力」に内在している風景と宗教についての形成論的・決定論的認識に基づいてカナダ正典を論じたものである。フライのトロント大学の同僚、ジェイ・マクファーソン（Jay MacPherson）はフライの聖書学的テーマ論を詩材とした。マクファーソンの2つの詩集——軽妙な定型詩集『舟人』（*The Boatman*, 1957）とさらに微妙にカナダ化した『災いを歓迎して』（*Welcoming Disaster*, 1974）——は1960年代から外れて出版されたが、彼女は、1964年6月のジェイムズ・リーニーによる手刷り詩雑誌「アルファベット」（*ALPHABET*）に、ジョン・ベックウィズ（John Beckwith）作曲のカンタータのリブレット『ヨナ』（*Jonah*）を掲載している。基本的には「小雑誌」であるが、「アルファベット」（1960年から1971年まで刊行）は、リーニーの地方主義的芸術観を集約しているもので、その芸術観とは、土地と原型ということに着目したものである。土地については、取り上げられている作品の多くがリーニーの「サウウェスト」（"Souwesto"、オンタリオ南西部）の小さな町の文化背景に内容上集中しているし、また文学上も、宗教（即ち、クリスチャンでプロテスタント）上も、両方で原型に結びついている。

「アルファベット」は、マーガレット・アトウッド（Margaret Atwood）、コリーン・ティボドー（Colleen Thibaudeau）、ビル・ビセット（bill bissett）、ジョージ・バウアリング（George Bowering）、bpニコル（bp Nichol）といった多様な詩人たちの初期の作品を出版することになった。リーニーの仕事はテクストの主題と声を、オンタリオであろうとどこであろうと、直近のカナダの背景に位置付けることと、文学的価値指標のあらゆる基準をさらに広い正典の中に求めるということであった。つまり詩そのものは「ここから発生し」、「ここについて」のものであるが（「こことはどこか？」とノースロップ・フライが問うているのはよく知られている）、ヨーロッパ植民の遺産である形式と言語を使っているのである。たとえばバウアリングの詩作品中多くの読者から高い評価を得ている『ケリスデール哀歌』（*Kerrisdale Elegies*, 1984）は、まさしくヴァンクーヴァーの都市生活から発生したものであり、中央カナダの文学形式に対する敬虔さを濃厚に窺わせる作品だが、ライナー・マリア・リルケの名作『ドゥイノ哀歌』（*Duino Elegies*, 1923）をカナダ的背景に移植したものである。両作品とも、地方的作品にとってのコスモポリタン的方法の問題に対峙し、皮肉を込めて、この場所の市民であるわたしたちが、どのようにして、わたしたち自身の詩の絶対的な「必要性」を明確に示せるか、ということを問うているのである。

若い世代の詩人たちはフライ的ヨーロッパ中心主義の前提に対して異議申し立てを試みは

したが、リーニーの土地の声へのこだわりはバウアリングをはじめとする詩人たちに影響を与え続けた。フライとの関係からではなく、自分の土地の「引くちからを／感じとる[3]」ことができる、という理由で、リーニーはいまでも重要な存在なのだ、とバウアリングは1972年に書いている。ドン・マケイ (Don McKay) のような詩人は動機付けを与える存在としてリーニーを評価するだろうし、実際、1970年代以降のマケイ自身の詩は、形式と質感において、地域の土地の自然地理学への深い関心から発生している。自身詩人でもある批評家 D. G. ジョーンズ (D. G. Jones) による批評概観『バタフライ・オン・ロック——カナダ文学におけるテーマとイメージの研究』(*Butterfly on Rock: A Study of Themes and Images in Canadian Literature*, 1970)——アーヴィング・レイトンの詩に因んだタイトル——は、1960年代のカナダ詩に及ぼしたフライの形式的影響について総合的に再検証しながら、詩人たちが、ヨーロッパ中心主義的文化遺産と統治からはみ出していく土地固有性の間に深く根ざした植民地的葛藤を、自分たちの作品で解決しようとしていると論じている。リーニーの詩論における観念的緊張は、ジョーンズの中では、声と詩的関心の想像力に富んだ、根拠ある結合というかたちで和らげられている。

しかし、意図したような解決は1960年代には殆ど実現しなかった。60年代後半の詩は、このかたちおよびその他のフォルマリズムの衰えを見ることとなる。外交官詩人の R. A. D. フォード (R. A. D. Ford) は形式面で厳密な詩作品を発表し続け、最終的に、選集『遠くから来て』(*Coming from Afar*, 1990) に収集した。『ニュー・プロヴィンセス』(*New Provinces*) 派のモダニスト、ロバート・フィンチ (Robert Finch) は、『ドーヴァー・ビーチの回想』(*Dover Beach Revisited*, 1961) と『シルヴァーソーン・ブッシュ』(*Silverthorn Bush*, 1996) で、アーノルド的文化保守主義と厳格なスタイルを再肯定した。P. K. ペイジはしぶとく屈強なフォルマリストで、新しい作品とともに懐古的な作品を多く含んでいる『クライ・アララット!』(*Cry Ararat!*, 1967) が出版された1967年まで (1954年以降) 詩集を1冊も発表しなかった。ダリル・ハイン (Daryl Hine) は1960年代初めカナダを去り、ヨーロッパに移ったが、その後シカゴに定住して、国際的に高く評価されている「ポエトリー」(*Poetry*) 誌の編集者となった (1968-1978)。ハインのコスモポリタン的スタイル——フォルマリズムとホモ・エロティシズムというかたちでアメリカ詩人ジェイムズ・メリル (James Merrill)、そしてとりわけ、リチャード・ハワード (Richard Howard) と結びついている——は、彼がこのカナダという国に居心地のよさを見出せないことを示唆している、が、それでもハインはカナダを主題とする作品に関心を持ち続けているし、彼はいわば詩的「居住外国人」("resident alien"、1975年の詩集のタイトルでもある) になっているのである。

それに対して、土地固有の日常語による自由詩をますます強調して、数多くの詩人たちが熱意ある、表現力豊かな作品を重要視する態度を明確にしている。1964年の E. J. プラット (E. J. Pratt) の死は、フライによって正典化された古い世代のモダニズムと、もっと複雑で様々なグループに分かれる新しい声との分岐点となっている。アル・パーディ (Al Purdy) による『カ

リブーの馬』(*The Cariboo Horses*) が1965年に積極的に評価されたことはカナダ詩における転換期となる。パーディは1962年『アネット家全員のための詩』(*Poems for All the Annettes*) をすでに出版していたし、1967年には『夏の北国——バフィン諸島の詩』(*North of Summer: Poems from Baffin Island*) を出版したが、オンタリオのアミーリアスバーグであろうがノースウェスト・テリトリーズであろうが、この詩人が風景や歴史と居心地のよくない流動的な関係にあることを、両詩集とも問題にしている。デニス・リーが1986年出版のパーディの『詩集』(*Collected Poems*) のあとがきで明確にしているように、パーディの主な変化は、詩人が時間と場所との関係を修正していく過程をますます強調するようになったことに加えて、英語中心的形態の制限から離れて、表現の自由と直接性へと向かっていくところにある。(4)

ニュー・ブランズウィック州出身のオールデン・ノーラン (Alden Nowlan) の作品、とりわけ、詩集『パンとワインと塩』(*Bread, Wine and Salt*, 1967) は、告白的な自由詩と節度を合体させて、聡明な親密性というようなものを引き続き探った。ミルトン・エイコーン (Milton Acorn) はプリンス・エドワード島から中央カナダに移った (1981年には故郷に戻ることになる) 詩人だが、彼の詩は、緊密な韻律を踏む形式から自由に流れる詩行へと変わっていき、パーディと同様の変化を辿ることになった。エイコーンの初期の成果は「フィドルヘッド」(*The Fiddlehead*) の特別号 (1963年春、56号)(5) で認められた。エイコーンの『僕は自分の血を味わった——詩集 1956～1968年』(*I've Tasted My Blood: Poems 1956-1968*)(『脳を狙え』*The Brain's the Target*, 1960と同様、パーディによって編集された) が1969年度のカナダ総督賞を受賞しなかったことに対して、アーヴィング・レイトン、マーガレット・アトウッド、イーライ・マンデル (Eli Mandel)、ジョー・ローゼンブラート (Joe Rosenblatt) をはじめとする数多くの作家たちが、翌年エイコーンに「国民詩人」という称号を贈ったが、この称号は、エイコーンが仲間の作家たちの賞賛とともに一般の人々にも人気があったことを示したのである。(6) ミルトン・エイコーン人民詩歌賞は1987年にエイコーンを追悼して制定された。

レイトンの『全詩集』(*Collected Poems*) は1965年に出版され、彼のキャリアの第一幕を閉じた。レイトンはカナダ詩の重要な声のひとつとして賞賛され続けることになるが、カナダ文学との不安定な関係は強まってくる。以前の精巧な抒情性の影を殆ど窺わせない、愛想のない議論が勝ったスタイルが原因であった。文化的にまさしく同時期、ドロシー・リヴセイ (Dorothy Livesay) の労作は新生を経験していた。リヴセイの詩はモダニズムと左翼政治観と関連づけられてきた。1963年ザンビアから西部カナダに帰還したリヴセイは、ヴァンクーヴァーの創作活動の場——アール・バーニー (Earle Birney) によって創設されたブリティッシュ・コロンビア大学のクリエイティヴ・ライティング学科など——で自分の作品が最活性化される状況を見ることになった。リヴセイの『不安なベッド』(*The Unquiet Bed*, 1967) と『プレインソング』(*Plainsongs*, 1969) のあいだに、1930年代、40年代からの長編詩が『ドキュメンタリー』(*The Documentaries*) として1968年に再度出版された。これらの詩集のタイトルはリヴセイの詩における第一関心事について大いに語っているが、それは、

社会的文化的現実に経験的に関与するということ、声の直截性、政治的不穏への野心というものだ。さらに、リヴァセイは、1972年にイーライ・マンデル編集の『カナダ批評の背景』(*Contexts of Canadian Criticism*)で再出版された論文で、事実的現在への彼女のことばを、建国100周年の時期に作られた数々の詩にみられる歴史的な意識の濃いナショナリズム的傾向と結合させて、「ドキュメンタリー・ポエム」と彼女が呼ぶものをカナダ詩のひとつのジャンルとして例示することを目指した。

アール・バーニーは1965年に教職から退くことになるが、E. J. プラットの風景に焦点を置いたモダニズムの延長上にある彼の詩作は、引き続き詩における形式的および観念的限界を探った。明確な特徴を持つ西海岸の詩の状況確立に及ぼしたバーニーの影響は大きい。バーニーは、政治的関与の感覚と活発な実験主義とを結合させ、具象的で、印字的に革新的な詩、複雑で連想的な自由詩、そしてミュージシャンとの共演など様々なものを取り込んだ。バーニーとリヴァセイの熱中する知性は、1970年代、1980年代に台頭してきたトム・ウェイマン（Tom Wayman）のような詩人たちに深い影響を与えた。ウェイマンの詩は、人間の仕事と共通経験における鋭敏な感覚を問題とし、日常生活における共有価値と関心を探っている。

オルタナティヴズ（代替の詩学）

フィリス・ウェブ（Phyllis Webb）は1950年代末のモントリオールを拠点に活動したジャーナリストで、F. R. スコット（F. R. Scott）、ルイス・デューデック（Louis Dudek）、アーヴィング・レイトン、イーライ・マンデルなど数多くの傑出した詩人たちと交流を持った。ウェブは1960年から1964年までヴァンクーヴァーに暮らし（その後1969年にトロントから西海岸に戻って、CBCラジオの仕事をした）、ジョージ・ウッドコック（George Woodcook、「カナディアン・リテラチャー」誌の当時の編集者）やウォレン・トールマン（Warren Tallman）ら、ブリティッシュ・コロンビア大学の文学者グループの影響とともにバーニーの影響も受けた。1962年出版のウェブの第三詩集『海はまた庭園』(*The Sea Is Also a Garden*)は社会的政治学から精神的政治学への変化を記しているが、その精神性は、組織化された宗教というより女性の本質探求とより深く結びついている。ウェブのフェミニズムは、抑圧された声の回復を通して女性に力を与えることを再評価するリヴァセイの努力と接点を持つ。

1963年夏、ウェブは、ロバート・クリーリー、ロバート・ダンカン（Robert Duncan）、チャールズ・オルソン（Charles Olson）、デニーズ・ルヴァートフ[7]など、大学が招聘したアメリカの詩人たちをインタビューしたが、その影響――とりわけクリーリーの言語ミニマリズム――が、その後のウェブの詩集『赤裸々な詩』(*Naked Poems*, 1965) には窺われる。「あたらしいアルファベットが」「大気を掴む」と、無駄なく削ぎ落された詩行でウェブは書いている[8]。この垂直方向の影響は、カナダの西海岸の作家たちが、中央カナダの詩人たちとよりも、す

でに確立したアメリカのポストモダニストたちと、より深い詩的親近関係をもっていることを示唆している。ウェブの「新しいアルファベット」はリーニーの「アルファベット」ではなかったのだ。ウェブをはじめとするブリティッシュ・コロンビアの詩人たちの詩学の源泉は、アメリカ的コスモポリタン・モダニズムであり、A. J. M. スミスや E. J. プラットのフライ的現代性ではない。

　この非主流の代替詩学は、1961 年から 1969 年までブリティッシュ・コロンビア大学周辺で謄写版印刷の小雑誌 *TISH* に掲載された作品群によって形成されたとするのが一番わかりやすいかもしれない。ジョージ・バウアリング、フレッド・ワー（Fred Wah）、フランク・デイヴィー（Frank Davey）、ライオネル・カーンズ（Lionel Keanrns）、ジェイミー・リード（Jamie Reid）、ダフネ・マーラット（Daphne Marlatt）などが、雑誌に寄稿していた「*TISH* グループ」の詩人たちとしてあげられる。彼らの詩は、「場の構成」と即興的「投射詩型」というロバート・ダンカンとチャールズ・オルソンが発展させていった実作行為のテクニックによって新しいかたちを与えられたが、それは、書く「道具」としてのタイプライターの特殊な使い方とともに、詩構成の構造的基盤としてページ紙面上の空間的リズムと呼吸と脈動という身体的リズムを強調したものである。ワーとリードは詩とジャズ・パフォーマンスの関係を強調する傾向を強めていき、マーラットは、（彼女の作品中、最もよく知られている 1974 年出版の長編詩『スティヴストン』*Steveston* で）地理・歴史的空間と結びついた独特な詩論を発展させていく。マーラットが前衛的カナダ女性詩に及ぼした影響は 1980 年代 1990 年代を通して大きなものであったし、彼女の詩と、『舌に触れた感触』（*Touch to my Tongue*, 1984）や「母語で瞑想する」（"Musing with Mothertongue"）といったエッセイは、カナダにおけるフェミニストおよびクイアの詩という重要な反正典を確立させることに貢献している。

　対して、ジョージ・バウアリングは、オンタリオ型地域主義の人間中心主義として彼が認識しているものを拒絶する一方、英雄的男らしさの一般的観念に疑義を唱えながら、『ジョージ、ヴァンクーヴァー』（*George, Vancouver*, 1970）のような連続詩編で、地域の地理と歴史を重要視するようになる。バウアリングの視点がいかにも彼らしく、真摯というよりは皮肉なものになっていく傾向があるのに対して、場所についての彼の挑発的詩的疑義は、基礎的な文化的仕事の本体の形成に寄与した。フレッド・ワーの詩と散文は、多文化主義の困難で複雑な力学に対応する言語を生み出そうとするなかで、ワー自身の中国系カナダ人としての「ハイフン付きの」立場にますます収斂していくようになる。後続する詩人たち——ロイ・ミキ（Roy Miki）のような、とりわけヴァンクーヴァーおよびその周辺出身の詩人たち——は、やはりワーに倣って、多文化主義の決まり文句のひとつである言語の政治学に突きつけられた挑戦を受けて立つことになる。（高い評価を得ているミキの『降伏』*Surrender*, 2001 は、文化的に混合した声の質を表現する言語を探る bp ニコルの実験の多くを取り入れてもいる）。

　フランク・デイヴィーは *TISH* 以降、批評誌「オープン・レター」（*Open Letter*, 1995-）を創刊する。その後のデイヴィーの著述はブラック・マウンテン派詩学から離れて

L=A=N=G=U=A=G=E 詩への興味と、それに関連した詩的意味の限界についての実験へと向かう。作品がさらに抽象的で、異論があるにしても、学術的なものなっていっても、デイヴィーはポピュラー・カルチャーへの強い興味を持ち続けている（この傾向は前 TISH 詩人の多くに共通したことで、たとえばリードはカナダのポップ＝ジャズ・ピアニストでありシンガーでもあったダイアナ・クロール Diana Krall の伝記を書くことになる(9)）。ダグラス・バルボー（Douglas Barbour）が客員編集した詩の雑誌「ウェスト・コースト・ライン」（*West Coast Line*）の 1991 年発行の特集号は「TISH を越えて」（"Beyond TISH"）というタイトルで、カナダ詩学における TISH グループの草の根的台頭の衰えることのない影響力を検証している。

　ミルトン・エイコーンも 1967 年当時ヴァンクーヴァー在住で、オルタナティヴ紙「ジョージア・ストレート」（*Georgia Straight*）の創設集団のひとりである。ときには露骨にナショナリスティックなかたちで、またときには頑固に抵抗的なかたちで復活を繰り返したポピュリズムは、1960 年代後半から 1970 年代初めの詩に抑揚を与えている。様々な土地に移り住んだ後モントリオールにやってきたレナード・コーエン（Leonard Cohen）については、「詩、演劇、ポストモダン小説」の章〔22 章〕で詳しく論じるが、彼は当時カナダのベストセラーになった『大地のスパイスボックス』（*The Spice-Box of Earth*, 1961）で若手詩人の主導的な声となっていた。この詩集は抒情的官能性と皮肉な距離感をコーエン独特なかたちで混ぜ合わせた手法を確立したものである。1968 年、マクレランド・アンド・スチュワート社はコーエンの『詩選集』（*Selected Poems*）とコーエン初のレーコーディング『レナード・コーエンの歌』（*Songs of Leonard Cohen*）を発表した。コーエンの小説（『お気に入りのゲーム』 *The Favourite Game*, 1963 や『美しき敗者たち』 *Beautiful Losers*, 1966 など）と詩はコーエンを文化的重要人物にしているが、彼はより大衆的で一般社会から隔絶されない、フォーク吟遊詩人の役割、いわばカナダのボブ・ディラン的役割をいまだに求め続けているようだ。

　トロント人マーガレット・アトウッドは、覆い隠されている、あるいは抑圧されている一般的なカナダ的イマジネーションの原型と彼女が考えるものを探り当てる作業をしている。小説家としての国際的な地位を獲得する一方、詩人としての仕事は 1964 年出版の『サークル・ゲーム』（*The Circle Game*）で始まり、続いて 1968 年『あの国の動物たち』（*The Animals in That Country*）、1970 年『スザナ・ムーディの日記』（*The Journals of Susanna Moodie*）を出版している。そして、辛口で超然とした抒情性のある詩作品では散文よりももっと尖鋭に、アングロサクソン系の中央カナダ人たちが一般には認めていないにしても共有し続けていると、この作家が考える、深く根ざしたカナダ的精神の裏面、ものの見方を表現することに専心している。全てのジャンルに渡るアトウッドの作品は、マンロー（Munro）、シールズ（Shields）、ギャラント（Gallant）の作品とともに本書の独立した章〔18 章〕で論じられている。

　bp ニコルの詩は国境の南側での L=A=N=G=U=A=G=E 運動の革新と実験を 10 年ほど先取りしている。ニコルの作品の多くは、たとえばコミックのポップ・カルチャーの慣習を複雑

で奇抜な評価グラフや具象詩に組み込むなど、美学上の様々な領域を越境するということを意識的に行っている。ニコルはブリティッシュ・コロンビア大学に 1960 年から 1963 年まで在籍したが、そこで *TISH* の作品と出会った。1960 年代半ばトロントに移り、手描きで、ジャンルを屈折させるような作品をコーチ・ハウスなどの新しい小出版社で発表し始める。ニコルの真骨頂は抽象と遊戯の混合であるが、それは 6 巻にも及ぶ長編連続詩『殉教者列伝』(*The Martyrology*, 1972-88、および 1990 年と 1992 年の死後出版の作品集に含まれる)[10] に実現されている。

　ニコルの詩は、「word」(言葉)という語を「world」(世界)に変換する特別に追加された「l」〔エル〕とニコルがある詩の中で呼ぶものにいつもこだわっている——この 2 つのものが、書き表された表象と実経験の間、形式と行為の間のアーティキュレーション、明確な関連づけをどのように描き出し演ずるかということに専心しているのである[11]。スティーヴ・マッカフェリー(Steve McCaffery)、ポール・ダットン(Paul Dutton)、ラファエル・バレト=リヴェラ(Rafael Barreto-Rivera)をメンバーとするサウンド・ポエトリーのグループ「4 人の騎手たち」(The Four Horsemen)とニコルのパフォーマンスは、このアーティキュレーション、明確な関連づけを感覚の極限まで追求したものである。ニコルは 1980 年代を通して、レコーディングやプリンティングへ実験的侵入という形で参加し、マイケル・スノウ(Michael Snow)や R. マリー・シェイファー(R. Murry Schafer)といった画家や作曲家の前衛的作品はニコルの革新性と肩を並べる形で現れてきている。ニコルは芸術活動の初期、ボブ・コビング(Bob Cobbing)やアンリ・ショパン(Henri Chopin)といったアメリカおよびヨーロッパの前衛芸術家の作品との関係を作り上げたので、その美的忠誠心は国際的であるという傾向がある。言語と文化に対するニコルの脱構築主義的姿勢は、コリン・ブラウン(Colin Browne)やジェフ・ダークソン(Jeff Derkson)など、ヴァンクーヴァーのクートニー・スクール・オブ・ライティング(Kootenay School of Writing、ブリティッシュ・コロンビアのネルソンから移動)の 1984 年の創設に関わった西海岸の作家たちにも大きな影響を与えたが、この芸術家集団は、実験的、周縁的、そして「壁の外」の芸術作品を育んでいくことを目指している。

　ニコル、マッカフェリーをはじめとするトロント作家たちの詩を特徴づける多様式性は、自然史と「科学から捻り出された」(作家自身の言葉)クリストファー・デュードニー(Christopher Dewdney)のシュールレアリスム的詩への道を開くことになる[12]。考古学者であり小説家でもあったセルウィン・デュードニー(Selwyn Dewdney)の息子クリストファー・デュードニーはオンタリオ州ロンドンで育ち、その作品にはジェイムズ・リーニーのサウウェスト地域主義の直接的影響が窺われるが、デュードニーは、地域的地理学ではなく、ポストモダニストの E. J. プラットのように質感と原型が一緒になったりぶつかったりしている結節点としての地質学に関心を持つ。デュードニーの『オンタリオ州ロンドンの古生代地質——詩とコラージュ』(*A Palaeozoic Geology of London, Ontario: Poems and Collages*)は、1973 年コーチ・ハウス・プレス から出版された。それに続く作品、『崇敬の対象を奪う者たち——詩選集』

(*Predators of the Adoration: Selected Poems*, 1972-82, 1983)、『のろしの火』(*Signal Fires*, 2000)などは、ひしゃげた抒情性とパタフィジカル——〔科学を風刺した空想上の学問の。メタフィジカルを皮肉った〕——な戯れの混合物的特質を発展させている。デュードニーの手によって、科学の事実的言語が、文学的叙述法として、詩を作る言語的素材として、扱われているのである。

新しい大衆

マイケル・オンダーチェ（Michael Ondaatje）は、『イギリス人の患者』(*The English Patient*, 1992) の作家として国際的名声を獲得したが、小説家として成功する以前は詩を主軸に活動していた（1998年出版『ハンドライティング』*Handwriting* を含む少なくとも14冊の詩集を彼は出版している）。オンダーチェの作品は、感覚に訴えるイメージに焦点をおき、文化の差異による肉感的色合いや質感について瞑想し、現代の美学を示している。彼の初期の長編詩やジャンル混合によるコラージュは、ビリー・ザ・キッドやジャズのトランペット奏者バディ・ボールデンといったアメリカの文化的偶像に着目している。スリランカとの結びつきは『世俗的な愛』(*Secular Love*, 1984) や『シナモン・ピーラー』(*The Cinnamon Peeler*, 1992)のような詩集で全編共通のひとつの主題としてより明確に現れるようになるが、オンダーチェの視野は終始カナダ的背景に注意を向け続け、オンタリオ南西部が、文化的転置とディアスポラ——これらもまた1960年以降の詩の居心地の悪そうな反省的な声を歴史的に特徴づけているが——の原動力を発信する場所になる。

　オンダーチェはウェスタン・オンタリオ大学で1967年から1971年まで教鞭をとり、その地でカナダの詩集出版に関しては最も重要な小出版社に成長するブリック・ブックスの創設期編集者たちと強い芸術的および個人的絆を築いた。ブリック・ブックスは、著述家であり批評家でもあるスタン・ドラグランド（Stan Dragland）と詩人のドン・マケイの共同編集のもとに1977年に創設されているが、その前身はドラグランドが1975年以来一時的に編集していた小雑誌のアップルガース・フォリーズ（Applegarth Follies）とネアン・パブリッシング・ハウス（Nairn Publishing House）であった[13]。（「ブリック」誌は1985年にブリック・ブックスから離れた。）30数年にわたってブリック・ブックスは以下のようなカナダの最も卓越した詩人たちの作品を数多く出版してきた——P. K. ペイジ（『ホログラム——グロサスの本』*Hologram: A Book of Glosas*, 1994)、マーガレット・エイヴィソン（『具体的で野生的な人参』*Concrete and Wild Carrot*, 2002)、ジョン・ライベタンツ（John Reibetanz『マイニング・フォー・サン』*Mining for Sun*, 2000)、ドン・マケイ（『ルペンドゥ』*Lependu*, 1978)、A. F. モリッツ（A. F. Moritz『エジプトへの機中で休息』*Rest on the Flight into Egypt*, 1999)、ジャン・ツウィッキー（Jan Zwicky『地球を放棄する歌』*Songs for Relinquishing the Earth*, 1998)。さらに加えて[14]、以下のような、新進およびすでに名声を得ている詩人たちの重要な詩集の出版にも携わった——ジョ

ン・ドンラン（John Donlan）、コリーン・ティボドー（Colleen Thibaudeau）、ロビン・セイラ（Robyn Sarah）、フィル・ホール（Phil Hall）、パトリック・フリーセン（Patrick Friesen）、メイラ・クック（Méira Cook）、アダム・ディキンソン（Adam Dickinson）、ロバート・クロウチ（Robert Kroetsch）、マイケル・クラミー（Michael Crummey）、ロス・レキー（Ross Leckie）、デニス・リー（Dennis Lee）（そのほか数多くの詩人たちがいる）。詩人のバリー・デンプスター（Barry Dempster）など、ブリック・ブックスのその他の編集者たちもその遺産を引き継いでいる。ブリック・ブックス社自体は美学的に多様な詩人たちを幅広く載せるという指針を持っていると言えるが、ある種の傾向が社出版の詩集タイトルから窺われる。それは、抒情詩を新生の可能性のある表現形式として強調することであり、特に、ますます没個性化してくるポストモダニズムを背景としたなかで、告白的自由詩を改めて主張し、風景と環境に注目する、という傾向である。

　マケイは1980年代1990年代を通して、控えめではあるが、英語カナダ詩における重要な存在として活動することになり、マクレランド・アンド・スチュワート社の詩シリーズのために主要および新進の詩人たちの作品を編集した。マクレランド・アンド・スチュワート社はおそらくカナダで最も権威のある出版社で、社の詩人選択が現代詩人の正典についてのカナダ読者の意識を形成している。この出版社の重要作家としては以下のような人々が挙げられる――マケイ、ロバート・ブリングハースト（Robert Bringhurst）、ローナ・クロジエ（Lorna Crozier）、ジョージ・バウアリング、デニス・リー、マーガレット・エイヴィソン、ディオン・ブランド（Dionne Brand）、レナード・コーエン、マーガレット・アトウッド、マイケル・オンダーチェ、スティーヴン・ハイトン（Steven Heighton）、パトリック・レイン（Patrick Lane）、ティム・リルバーン（Tim Lilburn）、ジョン・ステフラー（John Steffler）、ジョン・ライベタンツ、ミリアム・ワディングトン――そして2000年以降の新しい声として、マイケル・クラミー、ソネ神父（Sonnet l'Abbé）、アン・シンプソン（Anne Simpson）の面々である。これらの詩人を繋ぐ単一の詩哲学はないが、マクレランド・アンド・スチュワート社による選択には、文化的ナショナリズムの意識（実践ではないとしても）、人種的社会的多様主義、場所と歴史についての言及が見られる作品を選ぶ、という明らかな傾向がある。

　2000年に、出版者エイヴィー・ベネット（Avie Bennett）はマクレランド・アンド・スチュワート社の指揮権をトロント大学に譲渡した。連邦文化遺産省が「カナダ的本質」と呼ぶものの継続を確保するためである。[15]しかしすでに1958年という時期に、マクレランド・アンド・スチュワート社は、カナダ的正典を形成しようと一致団結した協調体制のもとに、ニュー・カナディアン・ライブラリー・シリーズとして数々の作品を出版していた。このシリーズには、イーライ・マンデル編集の『現代カナダ詩人　1960～1970年』（*Poets of Contemporary Canada 1960-1970*）のような歴史的および近年の詩作品のアンソロジー、1962年にA. J. M. スミスが編集した『詩の仮面――カナダの批評家、カナダ詩を論じる』（*Masks of Poetry: Canadian Critics on Canadian Verse*）をはじめとする詩論、アル・パーディとアーヴィング・

レイトンの詩選集、レナード・コーエン、E. J. プラット、アール・バーニー、そしてジェイムズ・リーニーの作品の伝記的研究書などが含まれる。シリーズは1988年にオタワ大学のデイヴィッド・ステインズ（David Staines）によって再活性化され、今日に至るまでシリーズとして出した書籍を再出版し続けている。[16]

　1970年代から1980年代にかけてマクレランド・アンド・スチュワート社が出版したのは以下のようなものである――アーヴィング・レイトンの回顧選集と詩集（『薄れゆく火』*The Darkening Fire*と『揺るがぬ目』*The Unwavering Eye*, 1975、後に『特異な野性的喜び』*A Wild Peculiar Joy*として再編、合本される、1982, 2004年改訂）、F. R. スコット（『詩集』*Collected Poems*, 1981）、アル・パーディ（『詩集』*Collected Poems*, 1986）、ラルフ・グスタフソン（Ralph Gustafson、『詩選集』*Selected Poems*, 1972、続いて『石の上の火』*Fire on Stone*, 1974）、A. J. M. スミス（『クラシック・シェイド――詩選集』*The Classic Shade: Selected Poems*, 1978）、そしてアール・バーニー（『車輪の中の幽霊――詩選集』*Ghost in the Wheels: Selected Poems*, 1977）など。1992年出版の回想詩集『真夜中の星座』（*Configurations at Midnight*）でグスタフソンは、慎重で鋭敏なフォルマリズムを表現の自発性と融合させ、「自然な優美さのなかでの／正確な韻律」を目指して励んできたと主張している。[17]この秩序と直接性の間の緊張はグスタフソンとその同時代の詩人たちの作品に共通する特徴である。

　デニス・リーの『市民のエレジー』（*Civil Elegies*, 1968, 改訂版1972）は、現代詩人の誰よりも深く広く、自己、市民権、市民としての声という複雑な問題に関与している作品である。哲学者ジョージ・グラント（George Grant）の影響を受け、トロントのシティ・ホール前のネイサン・フィリップス広場を背景に、リルケの詩形を緩やかに模した9つの瞑想「エレジー」で構成されているリーの作品は、「ともかくもやってみたほうがいい」とこの詩にあるように、帰還の感覚、国家的政治体制への、同時に「もっとも見知らぬもの」でありながら「もっとも近いもの」[18]である社会への現代的帰属の感覚を行動に移そうという努力についての作品である。リーはおそらく詩に関する理論家として、詩編集者としてのほうが大きな影響力を持ってきた。「カデンツ、カントリー、沈黙――植民地空間の文学」（"Cadence, Country, Silence: Writing in Colonial Space," 1973）と「ポリフォニー――黙想を演じる」（"Polyphony: Enacting a Meditation," 1979）というリーのエッセイは、植民地的経験をした後のカナダにおける主体性と声の質についての議論に計り知れない影響を及ぼしたのである。[19]

　「カデンツ」とはリーにとって、時間と空間が展開していく特定の場所の「ここと今」、実存のリズムの物質的直接性の呼び名である。リーにとって、その場所の不協和音のままの質感を捉えることは、いかにその背景が不安定で不確定のものであったとしても、自分自身の文化と場所に参加するという作業と詩的に取り組む方法なのである。リーは、詩人とは、作品中で相反するものを人工的に解決しようとするより、その矛盾を内に包容することができる存在であると論じる。リーの詩にはまた大衆主義者（ポピュリスト）的側面もあり、円熟期の作品の哲学的抽象性を和らげることもする（不本意ながら、抽象性を避けるように彼は

主張している）。1980 年代、リーは子供番組『フラグル・ロック』（*Fraggle Rock*）の歌詞と台本を（bp ニコルと共に）書いたし、また、子供のための詩集『アリゲーター・パイ』（*Allegator Pie*, 1974）でリーは最もよく知られている。年若い読者を対象としているにもかかわらず、これらの詩は──遊び心に富んだ皮肉をこめながら──カナダ文化全般を象徴・代表するような人物たちの権威体制に呼びかけているのである。

　リーの市民詩への傾倒と並んで、社会風刺と政治に関与した詩の数々が 1970 年代に出版された。F. R. スコット──1936 年出版で強い影響力を持った『ニュー・プロヴィンセス』に掲載された A. J. M. スミスおよびマギル・グループのモダニストと繋がりを持っている──の最もよく知られる作品は 1940 年代、1950 年代に出版されたが、彼は相変わらす痛烈な風刺詩を作っていた。その息子ピーター・デイル・スコット（Peter Dale Scott）は長編詩三部作──『ジャカルタに来て──テロについての詩』（*Coming to Jakarta: A Poem about Terror*, 1988）、『キャンドルに耳を傾けて──即興詩』（*Listening to the Candle: A Poem on Impulse*, 1992）、『暗闇を憂慮する──2000 年のための詩』（*Minding the Darkness: A Poem for the Year* 2000, 2000）──を書いたが、これらの作品は、フラクタル〔次元分裂図形〕理論的複雑な構造と学術的分析を織り交ぜたかたちで、グローバリゼーションの問題を孕んだ政治学を扱っている。ドロシー・リヴァセイの詩選集『自己充足の樹』（*The Self-Completing Tree*）は 1986 年出版で、とりわけフェミニズムへの強烈な関与に重点を置いた社会的文化的問題に関心の深い芸術家として、この作家が引き続き重要であることを証明した。

　リーの影響は、政治よりも美学的に大きな力を持ってきた。1996 年にオンタリオのピーターバラにあるトレント大学で開催されたシンポジウムは、「多声」と題され、詩人と批評家の一団が集結し、リーの多面的意義を有する詩学を探求、そして拡張した。この互いに打ち解けた同士の一団は、ドン・マケイ、ロバート・ブリングハースト、スタン・ドラグランド、ティム・リルバーン、ルー・ボーソン（Roo Borson）、キム・マルトマン（Kim Maltman）、ジャン・ツウィッキー等を含むが、1980 年代半ば以来、詩学を議論し所属グループを築き上げてきたのであった。彼らの論文はリルバーンによって編集された 2 冊、『詩と知ること』（*Poetry and Knowing*, 1995）と『考えること、歌うこと』（*Thinking and Singing*, 2002）に収められている。彼らの作品は、多角的な視点からエコロジーと他者性という中心的テーマを強調しながら、人間（および非・人間）存在の開かれた未決定な多様性に抒情詩を通して出会うことに集中している。

　シンポジウムに参加した上記の詩人たちは、主要な文学賞に推薦されたり受賞したりしており、そのグループとしての緩やかな結束はカナダ詩における批評家集団を形成した。ボーソンの作品は東洋の精神性（スピリチュアリティ）を再訪し、意識とイメージの精緻な力学と、その本質的異質性を検証する。ブリングハーストの詩（2 冊の詩選集、1982 年の『武器の美しさ』 *The Beauty of the Weapons* と 1995 年の『召命』 *The Calling* に収集）は非人間的世界への興味（禅とソクラテス前の思想への知識に拠る）と人間存在の「音楽」への研ぎすました注

目を併せ持つ。ブリングハーストの彫刻的で無駄のない翻訳と翻案——新旧問わず詩人思想家たちの作品を対象とする——は、国家と文化の表面的力学を越えて、大地と存在自体との失われた人間的親近性を活性化できるかもしれない「多声」形式を回復すべく、見て、耳を傾けることを目指している。

　リルバーンの詩は、詩人自身のイエズス会神学の背景を反映し、『キルサイト』(*Kill-site*, 2003)の表題詩に見られるように、風景と歴史との出会いを通して急進的な神秘主義を回復しようとする。「キルサイト」では、サスカチュワンの片田舎の泥炭入れの中に自身の位置を定め、リルバーンにとって熟慮のうえでの否認と謙遜の行為として、自分を通して土塊に語らせるのである。ドン・マケイの詩はサウウェストの地域主義から発して差異のエコロジーを育んでいるが、同時に、彼自身に身近な自然背景に注目し続けている。マケイの詩は鳥眼的焦点をよく用いるが、それはキーツのナイチンゲールとの関係の現代版の再生を目論んでいるのではなく、人間的理解の限界点で耳を澄ませることを目指している——これは、マケイの作品の主要コンセプトであり、詩選集『キャンバー』(*Camber*, 2004)とグリフィン・ポエトリー・プライズ受賞作『ストライク／スリップ』(*Strike/ Slip*, 2006)に顕著に現れている。ジャン・ズウィッキーの詩は場所(彼女の出身地アルバータの地理に関係していることが多い)と抒情的エコロジーを取り上げる哲学史への関心から発生している。原型や分類から離れて、ズウィッキーが「優美さ」("grace")と呼ぶ[20](おそらく哲学者シモーヌ・ヴェイユに倣って)急進的「解放」へと向かって進みながら、ノースロップ・フライが「ここ」と呼ぶものとの個人的関係を無効にする「ホーム」、あるいは人間的住処を想像し直す、ということが彼女の詩の中核にある。ズウィッキーは自身の詩学の概要を2冊の哲学的書物——『抒情的哲学』(*Lyric Philosophy*, 1992)と『英知と隠喩』(*Wisdom and Metaphor*, 2003)——に著わしているが、そこには、テキスト、詩、そして楽譜さえも多声のコラージュのかたちで織り込まれている。

歴史と表現形式

1970年代半ばには、リーの例に見られるように、文化史の修正主義版となるような詩作品が様々出版された。『死後の世界』(*Afterworlds*, 1987)が代表するグウェンドリン・マクユーエン (Gwendolyn MacEwen)の作品はユング派の心理学と錬金術的神秘主義に由来する形式や象徴を再活性化することに専心している。彼女は、女性や女神の原型を強調しながら、ギリシャ神話、エジプト神話を語り直す。マクユーエンの詩はたいてい創作時の現在形を使うが——つまり、ひとつのカナダ的精神の産物である、ということを示す——聖なるもののコスモポリタン的性格を認識することも目論んでいて、マクユーエンは自分のテキストを人間の儀式と捉えているように思われる。対してジョン・ニューラヴ (John Newlove)の作品の屈強な懐疑主義(1972年『嘘』*Lies* や 1977年選集『肥った男』*The Fat Man* にみられるよう

に）は、ナショナリスト的忠誠心をはじめ、いかなる信心も拒絶して皮肉な矛盾を重んじるが、そのことはニューラヴが、メティスの反逆者ルイ・リエル（Louis Riel）や探検家サミュエル・ハーン（Samuel Hearne）のような歴史上の人物のアンチヒーロー的運命のイメージを描き直す際に、アンチナショナリストの系譜として辿っていることを示している。

マニトバ出身の詩人・小説家のロバート・クロウチ（Robert Kroetsch）は既存のテキストを作品に組み込んで、場所の豊穣さについての地域主義的幻想と共にナショナリスト的歴史主義を再検証し論評する。『種子のカタログ』（*Seed Catalogue*, 1977）や『帳簿』（*The Ledger*, 1975, 1979改訂）で、この詩人は、失われ周縁化された過去が産み出したものの意義と意味を取り戻そうという自身の結実しない努力と並置しながら、（「文芸上の利点を／目論んでいるわけでも／気取っているわけでもない」"with no effort/ or pretention/ to literary merit," と皮肉に述べている(21)）、根拠のないヒストリカル・パリンプセスト〔1度書かれた文字を消した上に書かれた古文書。今日では消されたものを読む技術もある〕を創り上げる。長編詩『フィールド・ノート』（*Field Notes*, 1989年に完成した2巻本）が主張しているように、クロウチは、自己と場所の神話を脱構築するために偶然性と炸裂を強調するポストモダニズムのひとつの立場を守っているのである。彼は1972年にウィリアム・スパノス（William Spanos）と共同してポストモダン文学のための雑誌、「バウンダリー2」（*Boundary 2*）を創刊している。

クロウチの追随者ではないが彼に倣って、新世代の詩人たちは様々な形でポストモダニズムの変異系を示す。エリン・ムーレ（Erin Mouré）の脱構築的テキストは断片化と分裂化を用いて社会文化的基準を問い、性差に基づいて社会的に階層化した権力の構造に穴をあけようとする。1994年の選集『グリーン・ワード』（*The Green Word*）に収められた彼女の詩は、メディア化された世界に巧みに論証的に介入していくとはどのようなことかを提示している。リサ・ロバートソン（Lisa Robertson）の『デビー——叙事詩』（*Debbie: An Epic*, 1997）と『天気』（*The Weather*, 2001）はアメリカのL=A=N=G=U=A=G=E詩とガートルード・スタインに影響を受けたテクニックを組み入れて、家父長的権力の力学を論評し、粋で運動性のある女性の見方を具体的に述べていく。クリスチャン・バーク（Christian Bök）の『ユーノイア』（*Eunoia*, 2001）はダダイズムに影響を受けたパフォーマンスや文字表象からの言語的テクニックを発展させている（たとえば、フランス人作家ジョルジュ・ペレック Georges Perec のアルファベット的実験など）。オタワに拠点を置くロブ・マクレナン（rob mclennan）の小出版社から出された作品は、現状体制に対する創造的不信感を特徴とし、即興性との不安定で変化していく関係を追求する。「現在とはひとつの小さな事物でありとても素早く動いていく」("the present is a small thing & moves very fast,")とマクレナンは『収穫——予兆の書』（*harvest: a book of signifiers*, 2001）で書いている(22)。近年の詩は、代わって、様々な差異と他者であることのギャップを内在させる傾向がある。

ハウス・オブ・アナンシ社は1967年にデニス・リーとデイヴ・ゴドフリー（Dave Godfrey）によって創設され、40余年の歴史を通して、ポストモダンと抒情詩の系譜の両

方を出版し、しばしばその 2 つの傾向を繋いでいるような詩作品に専心してきた。アナンシ社は 2002 年にグリフィン・ポエトリー・プライズの創設者スコット・グリフィン（Scott Griffin）に買収され、その後アナンシ社の詩出版計画はニューファンドランド生まれのケン・バブストック（Ken Babstock）を編集者として迎えて新たに活気を取り戻した。バブストックの 3 詩集――『ミーン』（*Mean*, 1999）、『フラットスピンに熱中する日々』（*Days into Flatspin*, 2001）、『気流に乗る砂上ヨット』（*Airstream Land Yacht*, 2006）――は近年の文学に大きな影響を与え、その作品は、リズミカルな活力、巧みにねじれた構文、眼を引く慣用句の捻りなどの特徴で賞賛されている。バブストックはアメリカや英国の重要な詩人たち、チャールズ・シミック（Charles Simic）、ドン・パターソン（Don Paterson）、サイモン・アーミテジ（Simon Armitage）との芸術的関係を築いてきたが、一方ケヴィン・コノリー（Kevin Connolly、『漂流』*drift*, 2005）、バーバラ・ニッケル（Barbara Nickel、『ドメイン』*Domain*, 2007）、エリン・ムーレ（『オ カドイロ』*O Cadoiro*, 2007）など、若手および既に認められているカナダ詩人たちの新しい作品も支援している。デイヴィッド・オマーラ（David O'Meara、『嵐はまだ吹きすさぶ』*Storm Still*, 1999）とカレン・ソリー（Karen Solie、『近距離エンジン』*Short Haul Engine*, 2001）の最近の詩は、活力のあるカナダ詩のひとつの方向から結実したものを、様々な表現方法で証明してみせている。

　1980 年代後半、モントリオール周辺では、デイヴィッド・ソルウェイ（David Solway）の反動的詩論を中心に、アングロ・ケベック作家の一系列が声を高めた。手法的に円熟したソルウェイの詩は文学史を再検討し、文化的権威の承認を主張している。ソルウェイはまた、芸術性の基準の再評定を呼びかけ、ロビン・セイラ、エリック・オームズビー（Eric Ormsby）、ピーター・ヴァン・トゥーン（Peter van Toorn）をはじめとする詩人たちの作品を、ソルウェイによれば二流の告白的、ポストモダン的、多文化主義的作品が主流となっている中で、不当に無視されている優れた詩作品として推奨している。ソルウェイの書く癇に障るような作品は、英語カナダ詩のフォルマリズムの再興に弾みを付け、カーマイン・スターニノ（Carmine Starnino）、エリーズ・パートリッジ（Elise Partridge）、トッド・スウィフト（Todd Swift）、ステファニー・ボルスター（Stephanie Bolster）等の作品が、ソルウェイの影響とは言えないとしても、彼が先導者の役割を果たした伝統的な形式への興味の再興のおかげで、好意的に受容されるようになったのである。

　カナダ詩人の中でも傑出した詩人である P. K. ペイジは独特の作品を生み出している。形式的には百科辞書的であり、主題についてはグローバルであるペイジの作品は、他に例を見ない、即座に彼女のものと認められるスタイルを持っている。オーストラリア、ブラジル、メキシコほか数カ国に赴任した外交官の妻として過ごした数十年の経験から培われたペイジのコスモポリタン的感性は、文化的および実存的他者性へ強くこだわって、絶えず転置を経験している存在（カナダ人として）として染み込んだ感覚を示している。このホームレスの感覚――有名な文章の中で彼女はそれを「永続的旅行者」の状態と呼んでいる――がペイジに

とって創造的に優位な立場を供給し、詩人は、見て理解するやり方をいつも新たにしている自分に気づくのである。視覚的なものと幻想的なものとの交差がペイジの詩的努力の核心を形成し、その作品は伝統的な韻律や構造を前提とし創り直したりする傾向を持つが、一方多層的でしばしば相反する世界に対して概念的開放性と透徹した視線で注目することの重要性を強調している。ペイジは文化的ナショナリストとはほど遠く、位置づけや定義づけをせずにはいられない人間的欲求の根源を積極的に問う——彼女の作品で、「ここ」はほかのどこかになるのである。ペイジの2巻本の詩集『秘密の部屋』（*The Hidden Room*, 1997）はこの詩人の安住することのない、活力のある詩的知性を証明している。

　ペイジの詩的多元主義は幾人もの詩人に影響というよりは同志的な意識を与えている。オタワのダイアナ・ブレブナー（Diana Brebner）——死後出版になった彼女の詩選集『イシュタール門』（*The Ishtar Gate*, 2005）はステファニー・ボルスターによって編集された——は、形式と距離を可能にする限界についてのこだわりとしばしば告白的な主題とを混ぜ合わせているが、とりわけ最後期の詩人自身の癌についての詩群ではその傾向が強い。ブレブナーの作品は独自性と暗喩的緊迫感で特筆すべきものである。ヴァンクーヴァーに拠点を置く W. H. ニュー（W. H. New）はブリティッシュ・コロンビア大学でカナダとコモンウェルスの文学について教鞭をとり、カナダ文学史の創造において学者として影響力を発揮してきた。学問的業績の後期にニューは詩集を出版し始め、2009年には9冊を数えている。ニューの作品は、文化的境界の構築とその侵犯に強い関心を持ち、多元主義的感性と鋭く形式を守る聴覚とを結びつけている。ニューの処女作『サイエンス・レッスンズ』（*Science Lessons*, 1996）は、再想像されたソネットのシークエンスで、場所と土地に関するわたしたちの感覚についての自信に対し、言語的遊戯と経験的主張の間の緊張とズレを検討している。エドモントン出身の E. D. ブロジェット（E. D. Blodgett）は 1966 年からアルバータ大学で比較文学を教えていたが、彼もまた、『アポストロフィーズ——ピアノに向かう女性』（*Apostrophes: Woman at a Piano*, 1996）ほかたくさんの詩集を出版している。ブロジェットの作品は形式も内容もともに非常に暗示的であり、フランス語カナダ詩人と共同して文学翻訳の文化横断的力学を探ってきた。

文化的多元性

上記のような詩人たちは創作的転置に焦点を当ててきたが、20世紀末の20余年を通して地域的・文化的に種々特殊な感性の復活も数多く見受けられる。ノヴァ・スコシアでは1980年代はじめポッターズフィールド（詩人・小説家レズリー・チョイス Lesley Choyce によって 1979 年に創設）のような小さな出版社が東海岸をその歴史と共同体の在処とする作品を広く紹介した。大西洋沿岸地域の作家たちは、コンフェデレーション期の詩人たち〔カナダ

連邦が結成された1860年代に生まれた詩人たち〕を振り返って、自分たちの系譜を確保しようとしたのだが、オールデン・ノーランをはじめとするこの時期初期の作家たちの作品は、明確な東海岸の声のグループの出現の展望を開いた。1983年の『詩選集』(Selected Poems) に代表されるフレッド・コグズウェル（Fred Cogswell）の詩は、土地への興味——とりわけニュー・ブランズウィックのフレデリクトン周辺の自然——を伝統的な形式に融合させている。コグズウェルはケベック詩の優れた翻訳者でもある。

フレデリクトンとセント・ジョンにあるニュー・ブランズウィック大学の学者アン・コンプトン（Anne Compton）は、受賞作『行列聖歌』(Processional, 2005) にみられるように、イマジズム詩の気迫のある作品で家庭生活と大西洋の風景、とりわけファンディ湾周辺の風景を吟味する。ノヴァ・スコシアのアンティゴニッシュに暮らすアン・シンプソン（Anne Simpson）は非凡な詩のなかで言語の限界を検討する。伝統的詩形式と自由詩を混ぜ合わせたシンプソンのテクストは、9.11以降の文脈で驚異と幻滅がない交ぜになった困窮状態を評定するのである。シンプソンの詩集『ループ』(Loop) は、2004年のグリフィン・ポエトリー・プライズを受賞したが、詩的言語の中にマスメディアとグローバリゼーションが入り込んできている困った状況を問題としながら、主観的現在を内在させている詩を高く評価されての受賞である。マイケル・クラミーはニューファンドランドの風景に狙いを定める。『どぎつい光』(Hard Light, 1908) に収められている詩は、共通体験と仕事と場所についての物理的事実を問う直接的言語を探っている。

東海岸詩人たちの中でもっとも眼を引くのはジョージ・エリオット・クラーク（George Elliott Clarke）で、彼は地域的美学を民族の政治学との遭遇にまで広げていく。クラークは土地の日常語を使う形式重視主義者であり、アフリカ系カナダ人の口頭表現をヨーロッパ中心主義的伝統と混ぜ合わせる。アナポリス・ヴァレーズ・ガスペロー・プレス出版のクラークの『強制執行の詩——アカディアの黒人の悲劇「ジョージとルー」』(Execution Poems: The Black Acadian Tragedy of "George and Rue", 2001) は、黒人の歴史を人種的暴力の描写と融和させている。最も知られているクラークの詩集『ホワイラー滝』(Whylah Falls, 1990) で彼が示唆しているように、この詩人は困難の極みから抒情性を回復しているのである。クラークの著作によってアフリカ系カナダ詩人の作品に注目が集まっているが、そのひとりM. ヌーブセ・フィリップ（M. NourbeSe Philip）はカリブ文化の遺産をポストモダニズムと融合させているし、またヒップホップに影響を受けているウェイド・コンプトン（Wayde Compton）の作品は文化的境界線の複雑な力学について語っている。ディオン・ブランドは民族的そして文化的起源を辿っていくことの複雑さに真っ向から取り組んでいる。ブランドの詩集『中立の言語はない』(No Language is Neutral, 1990) は、言語の政治学、文化伝統がいかに限界を定め、また可能性を広げるかを検証する試みを始めている。ブランドのこの詩集のタイトルはアンティル諸島出身の詩人デレク・ウォルコット（Derek Walcott）の『真夏』(Midsummer, 1984)[23] から借用した1行によるが、解決のしようがない言語の多元性を決定づける枠組みとして、

ブランドの読者から頻繁に引用される。その長編詩『在庫目録』（*Inventory*, 2006）は軍備拡張主義によって荒廃した世界で抒情詩を制作する可能性に立ち向かうものである。

　先住民族の詩と散文の章でさらに詳しく論じてあるが、近年、先住民族の背景を持つ詩人たちが登場してきている。ダニエル・デイヴィッド・モーゼス（Daniel David Moses）はよく考え抜いたフォルマリズムと先住民族の物語への強い関心とを混合する（詩集『デリケート・ボディーズ』*Delicate Bodies*, 1992）。小説家のトマス・キングは「カナディアン・リテラチャー」（当時、W. H. ニューが編集）の 1990 年号で詩を発表したが、それはオカナガンの語り部ハリー・ロビンソン（Harry Robinson）のハイブリッド的テクストに影響を受けたものである。ロビンソンの伝統的口承文芸と遊戯的口語体の独特な結合は美学的に複雑で、明らかに先住民族的文学スタイルの登場に強い影響を及ぼした。クリーの詩人ルイーズ・バーニス・ハーフ（Louise Bernice Halfe）やメティスのグレゴリー・スコフィールド（Gregory Scofield）の詩集は、文体のうえでは多方向に枝分かれしているが、個人史を語ることと先住民族が直面する社会的課題を扱うことに焦点を置いている。

　先住民カナダ文学で近年の特筆すべき仕事として、ロバート・ブリングハーストによるハイダの口承物語——最初に民族学者ジョン・スウォントン（John Swanton）によって 1900 年から 1901 年にかけて収集された——の詩的翻訳が挙げられる。ブリングハーストは、この資料についての序文で、ハイダの神話の語り部スカーイ（Skaay）とガーンドル（Ghandl）の広範にわたる仕事を世界文学の重要な作品として扱うことについて、首肯できる弁論を展開している。しかしながら、非先住民であるブリングハーストはハイダの人々からの強い政治的抵抗に遭うことになった。この対立はブリングハーストの翻訳の重要性を損なうものではないが、それでも、非先住民の読者によってそれらが非自意識的に受け入れられる可能性を妨げている。ダグラス・アンド・マッキンタイヤー社から 2002 年に『古典的ハイダ神話語り部の傑作集』（*Masterworks of the Classical Haida Mythtellers*）として出版されたこの 3 巻本は、ブリングハーストの優れた詩人・翻訳家としての地位を確固としたものにしただけでなく、カナダ先住民族の口承詩を、これまでとは違って、非専門家にも存在がわかるものにしたのである。

　ブリングハーストによるガーンドルの翻訳『神話世界への九回の旅』（*Nine Visits to the Myth World*, 2000）は 2001 年の最初のグリフィン・ポエトリー・プライズに推薦された。ビジネスマンのスコット・グリフィンによって創設されたこの賞は、毎年 2 つの賞——ひとつはカナダ人作家によるものに対して、もうひとつは国際的な作家に対して——を出す。その意図は、詩の読者が今日減少しているという一般認識に対抗することと、カナダ詩を世界に推進することである。第 1 回カナダ賞はアン・カーソンに与えられたが、彼女の作品は、その後マッカーサー基金の「ジーニアス」助成金や T. S. エリオット賞をはじめとする国際的賞賛を受けてきた。カーソンの作品は、「詩、演劇、ポストモダン小説」の章〔22 章〕で論じられている。

カーソンの作品に典型的に現れているように、カナダの著作活動の現在の矛盾した状況について留意すべきことは、その困難を解決することではなく、詩がその題材の刺激として、そのような解決しがたい多元性に依拠しているということに気付く必要性があるということである。カナダ的「声」は、ナショナリスト的詩学を拒否することにあるのではなく、その多元性、多リズム性から成っている。とりわけ世界舞台へのカーソンの出現は、カナダ作品における新たな発展のひとつをしるしている。

注

1. Bank of Canada. http://www.bankofcanada.a/en/banknotes/general/character/2001-04.html.
2. CBC Radio, "Words at Large." http://www.cbc.ca/wordsatlarge/.
3. "James Reaney" in *George Bowering Selected: Poems 1961-1992*, ed. Roy Miki（Toronto: McClelland and Stewart, 1991）, pp. 64-5.
4. Dennis Lee, *Body Music: Essays*（Toronto: Anansi, 1998）, pp. 73-102.
5. Bliss Carman Society から派生して、1945 年 New Brunswick の Frederickton で創設された *The Fiddlehead* はカナダ最古の現存する詩雑誌の立場を主張してきた。University of New Brunswick 所蔵 Fred Cogswell/ *Fiddlehead* papers のオンライン・カタログ参照。http://www.lib.unb.ca/archives/finding/Fiddlehead/fiddle.html.
6. Chris Gudgeon, "Taste of Victory: The Night the 'People's Poet' Tasted Triumph." *Canadian Forum* 75.854（1996）, pp. 10-13 参照。
7. Pauline Butling, *Seeing in the Dark: The Poetry of Phyllis Webb*（Waterloo: Wilfrid Laurier University Press, 1997）, p. 146 参照。
8. Phyllis Webb, *Naked Poems*（Vancouver: Periwinkle Press, 1965）参照。
9. Jamie Reid, *Diana Krall: The Language of Love*（Markham: Quarry Music Books, 2002）.
10. *The Martyrology* のオンライン版は Coach House Books のウェブサイトにある：（http://archives.chbooks.com/ online_books/martyrology/?q=archives/online_books/martyrology. 詩を電子版フォーマットにすることは Nichol にとって魅力的であっただろう。Nichol は自分の Apple IIe コンピュータで "action poems" シリーズを創るという実験もしていて、*First Screening* というタイトルで集められ、Jim Andrews のウェブサイト上に掲載されている：http://www.vispo.com/bp/introduction.htm.
11. *The Martyrology*, book 3, section 8, lines 2, 101-2 参照。
12. University of Toronto Library のウェブサイト "Canadian Poetry" で Christopher Dewdney のページを参照：http://www.library.utoronto.ca/canpoetry/dwdney/. また、Christopher Dewdneyand Karl E. Jirgens, eds., *Children of the Outer Dark: The Poetry of Christopher Dewdney*（Waterloo: Wilfrid Laurier University Press, 2007）, pp. 41-6 も参照。
13. http://www.brickbooks.ca/?page_id-2.

14. 1998年版は1996年にZwickyが自費出版した手作り版の複製である。
15. BennetはMcClelland and Stwart社の株の75パーセントをトロント大学に寄付したが、残りの25パーセントはアメリカの出版社Random House社によって買収された。このことは、皮肉にも、社のナショナリスティックな任務を考慮すると、カナダの文化財の所有権がますますアメリカに渡っていることを示しているかもしれない。http://www.mcclelland.com/about/index.html.
16. 正典の復権と促進作業は他のかたちでも続いている。詩誌ARCの2007年夏号は「失われた」カナダ詩人のアンソロジーを成しているが、そこにはGeorge Faludy, Philip Child, Douglas LePan, Cheng Sait Chia, Audrey Alexandra Brown, Dorothy Roberts, Avi Boxerなどが載せられており、編集部はこれらの詩人をカナダの読者に送り戻さなければならないと主張している。
17. Ralph Gustafson, *Configurations at Midnight* (Toronto: ECW, 1992), p. 44.
18. Dennis Lee, *Civil Elegies and Other Poems* (Toronto: Anansi, 1972), p. 57.
19. 2編ともDennis Lee, *Body Music: Essays* (Toronto: Anansi, 1998) に収められている。
20. Jan Zwicky, "Lyric, Narrative, Memory," in *A Ragged Pen: Essays on Poetry and Memory*, ed. Robert Finley (Kentville, NS: Gaspereau Press, 2006), pp. 93-100.
21. Robert Kroetsch, *The Ledger* (Coldstream: Brick/Nairn, 1975), p. 24.
22. rob mclennan, *harvest: a book of signifiers* (Vancouver: Talonbooks, 2001), p. 125.
23. Section LII of Derek Walcott, *Midsummer* (New York: Farra, Straus, and Giroux, 1984), [p. 64].

22

詩、演劇、そしてポストモダン小説

イアン・レイ
(Ian Rae)

マルタ・ドゥヴォラックが論じるように、「包括的な不安定感が、疑いの余地なく、ポストモダン著作の根底となる特徴である」。この不安定さを前提とすると、ジャンル理論は小説解釈の有効な手段として、もはや機能しないと想定されるかもしれない。しかしながらフレドリック・ジェイムソンは、伝統的ジャンルがポストモダン小説から消え去らないばかりか、並置という不調和な状態で、再び表面化すると論じる。この文脈ではジャンル分析の重要性が高まる。それは、作家たちが文学的記号を解き崩す複雑な方法を解明し、包括的・文化的言及が重複する枠組を、読者にうまく乗り越えさせようとする。この形式上・文化上の関心の交差は、カナダにおけるジャンル交差実験の2つの著名な伝統を調査することで説明できるであろう。第1は抒情詩と小説のテクニックを結びつける。異なる状況から展開し、詩人＝小説家の伝統との対話に入っていく第2は、小説に演劇の技法を採り入れる。これらの異なるジャンルを混ぜ合わせてしまうことで、カナダにおいて如何に複数の文化が相互に影響し合うかを、作家たちは断定的な言明と同時に形式によって、説明している。

レナード・コーエン

レナード・コーエン（Leonard Cohen）の作品は、詩人＝小説家の現象を実証している。マギル大学では小説家ヒュー・マクレナン（Hugh MacLennan）の学生であり、詩人＝小説家 A. M. クライン（A. M. Klein）を代理父親像として崇敬した英語で書くユダヤ人作家として、コーエンは文化的孤立の境界を横断することに関する標識となるような2つの小説を1960年代に産み出した。『お気に入りのゲーム』（*The Favourite Game*, 1963）は、ウェストマウントのユダヤ人居住地を抜け出そうとするローレンス・ブリーヴマンの試みを描く。ブリーヴマンは、ワスプのケベック女性の愛を求め、短期間アメリカへ移住し、彼のユダヤ的伝統を世に喧伝し、揶揄する。しかしながら、ブリーヴマンはよい人間関係を築くことに失敗する。彼が親しい人々は、彼の詩のロマンティックな理想に順応しようとはしないのである。したがって、コーエンは、雪の中に独特な表現の形を創り出したり、比べたりする子供たちのゲーム

に基づいた人と人との触れ合いのかたちを想像することで、小説を終える。相違を維持しようというこのゲームの機能は、ポストモダン理論におけるゲームの重要性を予期させる。ジャン＝フランソワ・リオタールが『ポストモダンの条件』で論じたように、「社会の絆は言語によるが、1本の糸で編まれるものではない。異なる組み合わせのルールに従う、少なくとも2つの（現実には不特定数の）言語ゲームの交差によって形成される繊維である」。リオタールは、モダニズムの壮大なナラティヴを、言語ゲームで創り出された多数の微小なナラティヴで置き換える。そこでは、遊びの要素が包括的規則を破壊し、明瞭なシステムが相互に作用する仕方を強調する。同様に、コーエンは『お気に入りのゲーム』の一枚岩的な草稿を書き改め、急速に回転する、ゲームの渦を巻くダイナミズムを与えた。彼は、『大地のスパイスボックス』（*The Spice-Box of Earth*, 1961）から精選した詩で小説の枠を造り、彼の詩創作の写象主義的、循環的ナラティヴをもとにして散文を書くことで、その効果を成し遂げた。

　ジャンルと登場人物は『お気に入りのゲーム』の中で結びついている。というのも、コーエンは、ブリーヴマンの抒情詩を同時に批評することで、その主人公の感情的限界を明らかにしようとする。コーエンの2番目の小説『美しき敗者たち』（*Beautiful Losers*, 1966）は、多数のナレーターを起用し、ゲームの社交的・恋愛的な機能を詳述して、ナラティヴの中に配置されるジャンルの範囲を変化あるものとして、この自己の感覚への耽溺に対抗しようとする。『美しき敗者たち』は、英語を話す歴史家とケベック分離主義者と先住民モホークの女性が、モホークの"聖人"であるキャサリン・テカクイサの聖人伝研究で共同作業をするときの愛の三角関係を描いている。小説の歴史的拡がりやダイナミックな新国家の中心としてのモントリオールの描写は、叙事詩のジャンルを思い起こさせるが、しかしコーエンは、叙事詩のあらゆる勝利の伝統――統一された民族・宗教・国家の称揚――を「紋中紋」として置く。コーエンは、叙事詩をヨーロッパのファシズムや北アメリカにおける先住民イロコイの乱暴な植民地化と関連付ける。彼は、ジャンルの慣習の中にある征服という指令に対して、翻訳という修辞を利用することで対抗しようとする。翻訳では、常に成功するわけではないが、複数のアイデンティティや自己と共同体を常に創り出していくことを支持して、統制したいという自己の感覚・欲望の世界への耽溺を絶つ。

マイケル・オンダーチェ

マイケル・オンダーチェ（Michael Ondaatje）の唯一の文学批評書は『レナード・コーエン』（*Leonard Cohen*, 1970）で、オンダーチェの初期小説はコーエンの影響を証明する。詩人、小説家、そして音楽家としてのコーエンの名声は、イングランド、そしてセイロン（現在はスリランカ）からカナダへ移民した若きオンダーチェにジャンルを超える模範を示した。オンダーチェの最初の小説『虐殺を越えて』（*Coming Through Slaughter*, 1976）は、ニューオーリ

ンズのジャズ開拓者バディ・ボールデンと白人写真家 E. J. ベロックとの間の想像上の友情についてであり、『お気に入りのゲーム』のように、民族的・芸術的障壁を越えることに関する長編詩として読み得る。これらの小説を誘導する前提は、芸術的躍進が、1つのメディアと文化の諸要素を別のそれらへと翻訳してのみ成し遂げ得るということだ。そこで、オンダーチェの続くセイロンにおける若い頃の思い出の記『家族を駆け抜けて』(*Running in the Family*, 1982) は、「1つのジャンルから次へとおどけるように移動し、オンダーチェのカナダにおける現在とセイロンにおける過去を和解させようとしつつも、そのジャンルを定義することを意図的に遅らせる」。しかしながら、オンダーチェの植民地における生活のユーモアある描写にも、つきまとう側面がある。その本の全体的枠組みの不安定さは、オンダーチェが生まれ落ちた中産支配階級(彼はオランダ人とシンハラ人とタミール人を合わせた家系)は覆されてしまったという事実を際立たせる。1948年に独立を果たし、1972年にスリランカ社会主義共和国として再定義された、圧倒的にシンハラ人が多い国で、この階級の遺産と相続人は分散して、姿を消しつつある。

オンダーチェは、『ライオンの皮をまとって』(*In the Skin of a Lion*, 1987) の中でもっと直接的にトロント人としての自分のアイデンティティを検討している。それは、『ギルガメシュの叙事詩』(*Epic of Gilgamesh*, BC約1700年)〔古代メソポタミアの伝説物語。知られている最後のヴァージョンはBC18～17世紀〕の書き直しである。シュメールの詩では、その記念碑的建築で名を馳せた都市の支配者ギルガメシュの専制に対抗するために、神々は野生人エンキドゥという新しいタイプの英雄を創り出さねばならない。オンダーチェは、木材伐採人の息子(パトリック・ルイス)と都会の金融業者(アンブローズ・スモール)との権力闘争を設定する際に、当初はこの叙事詩の模範に従っているように見える。しかし、オンダーチェは、女性、移民、都市労働者と、最終的には叙事詩の模範を取り崩していくように、英雄的人物を多種多様に増やしていく。その代わりに、オンダーチェは様々なゲームや遊びに基づいた、中心から外れたナラティヴを形づくる。スクエア・ダンス、火を灯した氷上の追いかけっこ、女性たちが共同体の物語に参加する権利を示すために動物の皮を交換する舞台となる場などだ。パトリックが養女としたハナは、やがて『ライオンの皮をまとって』の枠となる話の中で彼女が集める物語を支配していく。続編の第二次世界大戦終焉時のイタリアを舞台とした『イギリス人の患者』(*The English Patient*, 1992) でも彼女の周囲に同様の共同体を集めている。

クラインやコーエンがホロコーストに続く文化的荒廃や分裂の状況を問題とする詩人の小説に向かったと同様に、オンダーチェは抒情性を歴史的断片と結びつけて、イタリアにおけるファシズムの敗北から広島・長崎の核によるホロコーストまでの期間の民族、記憶、文化地理の問題を採りあげている。『イギリス人の患者』と1990年代の国家主義者と謀反者たちによるスリランカ市民戦争の影響を検証する『アニルの亡霊』(*Anil's Ghost*, 2000) では、オンダーチェは、全体験を要約してしまおうとする間違いを犯さずに、終末論的な出来事を遠回しに述べる抒情的な声を使う。その代わりに、多文化共同体形成という彼好みのテーマに

対する正式な類似体となるような断片のモザイクを組み合わせて構成する。そこでは、「子としての父と祖国の探究は、何に所属するかというプロジェクトに置き換えられ[7]」、それはまた論争の空間を説明してもいる。

『ディヴィザデロ』(Divisadero, 2007) は、作家が彼自身の慣習に反した作品である。物語はカリフォルニアの(オンダーチェにとって)典型的異種混成の家族で始まる。父、その娘アナ、そして2人の養子クープとクレア。最初はアナの母親の死とクープの両親の要請に応えて形づくられた家族は、クープとアナが恋人になったことを知った父親の激しい反応によって、打ち砕かれる。『虐殺を越えて』や『イギリス人の患者』において姦淫のテーマに魅惑されたオンダーチェだが、ここでは姦淫が様々なかたちの近親相姦に置き換えられている。子どもたちは別れ別れになり、ナラティヴは彼らが別々に辿るアメリカとフランスの旅路を追う。オンダーチェの小説のほとんどが強い土地の感覚を醸成することで、文化史の拡散を埋め合わせているのだが、この小説は、その中で2度しか言及されないサンフランシスコの通りの名前がタイトルとなっている。『ディヴィザデロ』の登場人物たちは、常に次の場所へと移動している。彼らは互いに向かっていく代わりに、互いから離れていく。ボールデンのパレードのパフォーマンスやイギリス人患者のヘロドトスの本のように、この小説のバラバラな部分を結びつける芸術的なテクストやエピファニーはない。

1人の登場人物はアメリカ詩人エドワード・ドーンをモデルとし、又もう1人は想像上のフランス詩人で小説家ルシアン・セギュラをモデルとするが、『ディヴィザデロ』は芸術的・学究的取り組みにおける安全性の欠如(セギュラはスペイン語で「安全な」)を強調する。『ディヴィザデロ』の登場人物は、彼らそれぞれの技巧でパフォーマンスをして、それらを使って失われた過去を再構成しようとする点で、オンダーチェにしばしば登場する人物たちであるが、しかし彼らはその技術を用いて抑圧された歴史を記録しようともしないし(『虐殺をこえて』や『ライオンの皮をまとって』)、政治原理を掲げようともしない(『アニルの亡霊』)で、ただ、一時の個人的慰めを創り出すだけである。彼らは、複雑な難局の捉え難い真実を求めようとはせず、むしろ小説の前文に見られるようなニーチェからの引用に従い、その人生の真実から自分たちを守るために芸術を利用する[8]。

ジョージ・バウアリング

ジョージ・バウアリング (George Bowering) の詩と散文において、東西の衝突は通常国内のものである。人種の問題は、メティスのギャング、マクリーンに関するバウアリングの『発射!』(Shoot!, 1994) において中心的ではあるが、ブリティッシュ・コロンビア内陸地である彼のルーツのゆえに、彼は文化的孤独を地域的な言葉に修正せざるを得ず、自らの作品をシーラ・ワトソン (Sheila Watson) やロバート・クロウチ (Robert Kroetsch) 等の西部の詩人

=小説家たちと同列に置く(9)。バウアリングの小説『短く悲しい本』(*A Short Sad Book*, 1977) はカナダ東部神話の百科事典的パロディで、詩的言葉遊びを用いて、国家的プロジェクトを拒否せずに地域的偏見を取り除こうとする。リンダ・ハッチオン (Linda Hutcheon) が『ポストモダニズムの詩学』(*A Poetics of Postmodernism*) で論ずるように、パロディは自らに対して慣習を覆すことで、内から包括的掟を覆す装置である(10)。『カナディアン・ポストモダン』(*The Canadian Postmodern*) でハッチオンが挙げる例の1つは、バウアリングの『燃えている水』(*Burning Water*, 1980) で、1792年のジョージ・ヴァンクーヴァーのブリティッシュ・コロンビアへの航海についてのナラティヴを、メタフィクション作家による(発見の旅として描写される)創作の過程と並置する。

『燃えている水』はコールリッジやメルヴィルのような作家たちの権威ある大洋航海談のかたちをとっているが、バウアリングはこの小説ではパロディを一歩進めて、自己風刺も含めている。バウアリングは序文で説明しているが、小説は『ジョージ、ヴァンクーヴァー——発見の詩』(*George, Vancouver: A Discovery Poem*, 1970) の書き直しである。「1960年代後半、私は詩人であったので、ヴァンクーヴァーと私について詩を書いた。続いて私たちに関するラジオ劇、そして放送では私たちは皆三人称になった。しかし私は満足できなかった。どの時代においても最も偉大な航海の物語は、抒情詩的ではなく、断じて劇的でもなかった。それはナラティヴだった。そこで私は小説の計画を立て始めた」(11)。この部分の断片的な構文は、小説の中で頂点に向かっていく一連の名もない段階として、ナラティヴの展開を強調している。

その上、連続詩を徹底的に見直して歴史小説に変換する方式を強調することで、バウアリングは物語詩と結びつく「パロディ」の語源的特徴を取り戻す。「詩はもはや、対話する俳優の普通の語調でしか語られず、歌うように詠じられることはないが」、マーティン・クースターは、初期のギリシャ語のパロディという形式が、「叙事詩の朗誦技術の革新」を含んでいたことを示している(12)。長い詩をラジオ劇に書き換え、2人のジョージの物語を重ねて、バウアリングは、上演記録の転換として、パロディのギリシャ語の意味を取り戻している。『ジョージ、ヴァンクーヴァー』を『燃えている水』に書き改めることで、彼は自身の小説を、このパロディ認識のルネサンス的解釈と一線上に置いている。

> 風刺が悲劇から、そしてマイムが喜劇から発展したと同様に、パロディはラプソディ〔古代ギリシャの叙事詩〕に由来する。ラプソディを語るものが詠唱を中断すると、心を和ませるため冗談を言いながら舞台に上がるものたちが、その前に演じられたことを全て反転させた。したがって、彼らは真面目なメッセージを別の滑稽なものを使って崩したので、パロディストと呼ばれた。パロディは、このように、声調の変化により滑稽な意味へと引きずられた、逆転されたラプソディのことである(13)。

クースターはこれらの洞察をバウアリングの章で『燃えている水』に当てはめるわけではない。しかし、バウアリングは、ヴァンクーヴァーの植民地プロジェクトに注目を集め、かつそれを損なうためのさまざまな試みで、ラプソディから修正主義的歴史に対する劇的パロディへの転換の一ヴァリエーションを演じている。「真面目な滑稽さ」は、パロディ的作品において、バウアリングのユーモアの戦術的な用い方を適切に表現している。

ダフネ・マーラット

2002年カナダの初代桂冠詩人就任と指名される前に、バウアリングはカナダ文学界の中心に対して自身を周縁と位置づけていた。しかしながら、周縁性は、どこに周縁を造り、自己を置くかに拠る。同時期に、ダフネ・マーラット（Daphne Marlatt）は詩人たちのグループ TISH で、[14]バウアリングや年長の男性同僚たちの価値観を含む家父長主義的価値観によって、自身のレズビアン性が周縁化されることと闘っていた。1970年代にマーラットは長編詩から小説へと転換し、女性の欲望や行動を形づくることにナラティヴの慣習が果たす役割に対して、次第に批判を強めていった。彼女の短編小説『ゾカロ』（Zócalo, 1977）や最初の小説『アナ・ヒストリック』（Ana Historic, 1988）は、萌え出るレズビアンのアイデンティティのための論証的な空間を開く目的で、神話、歴史や写真によって女性に押し付けられた制約を疑問視する。キャロライン・ローゼンタールが『アナ・ヒストリック』について述べるように、「マーラットは彼女の主人公を特殊な「女性らしい行動」へと凍結させてしまう枠組みを分解する。テクストの技巧を通して、マーラットは、異性愛が、規制をかけるフィクションであり、ジェンダーや性的アイデンティティのもっと複雑な成り立ちの可能性を排除して、男女を1つの物語という枠へ押し込めようとすることを示す」[15]。主なジャンルの慣習は異性愛的、家父長的基準に合わせられてきたので、マーラットは、包括的枠組みの間に自らの創作を位置づけるために、だじゃれやアナグラム、パロディや内省的批評を用いている。TISH グループのヘラクレス的美学（文学的環境で支配しようとする男性詩人たちの欲望と必ずしも一致するわけではない）は、マーラット作品の仏語・英語翻訳と同様、彼女が形式を折衝や動的過程として見なすように仕向けている。

　マーラットは、また、彼女が境界、ジャンル、そしてジェンダーを横切ることへ魅了されるのは、「移民の偏見」[16]であると『幽霊作品集』（Ghost Works, 1993）序文で指摘している。1980年代に文学上の父像の影響から、自分の母語を取り戻そうと戦った時でさえ、彼女はペナンというイギリス植民地での生い立ちのこの言語への影響に直面せざるを得なかった。2番目の小説『テイクン』（Taken, 1996）は彼女の母の世代のマレー半島への日本の侵攻と彼女自身の世代の最初の湾岸戦争を並列させることで、植民地化の過程における女性の共犯を調査する。この軍事的な文脈は、家父長的家族の権力の力学がレズビアン関係においても再

浮上し得ることを示唆し、『アナ・ヒストリック』のクライマックスの開放的感情の高揚を阻んでいる。「結婚の筋書きを破ることで、私たちはお互いに永続させるつもりだった家族の繋がりを断ち切った。それでも、なお、私たちを造っている古い筋書きの沢山の糸が、ナラティヴを編み、その時は読めるものではなく、読まれなかったけれど、でもあなたがあの混んだカフェに入って行ったとき、それで私はあなたに気付かされる」[17]。一方、女性の戦争や植民地化における共犯性は、マーラットのフェミニスト的修正主義の議論をさらに推し進める。脱植民地化後の変革に参加するためにも、女性は家父長制に挑戦する手段を必要としていると彼女は信じているからである。

ジョイ・コガワ

ジョイ・コガワ（Joy Kogawa）の『オバサン』（*Obasan*, 1981）は、日系カナダ人の歴史的虐待に焦点を当てることで、私的な場と公共の場とを繋ぐ。『オバサン』の中では、36歳のナオミ・ナカネというアルバータの学校教師が、第二次世界大戦中および戦後に日系カナダ人の立退き、強制収容、強制移送などに巻き込まれた5歳の少女としての体験に思いを巡らせる。その続編『イツカ』（*Itsuka*, 1992）とともに、その小説は、ナオミが次第に日系カナダ人のリドレス（賠償）運動に巻き込まれて、1988年に日系カナダ人の権利侵害に対する連邦政府との和解が達成されるまでを詳述する。日系カナダ人にとっての人種対立は乗り越えられたことを示唆する『オバサン』や『イツカ』の結末をロイ・ミキが批判したのは正しいが、日系カナダ人の歴史について人々の関心を高めるために、これらの小説が果たした役割は非常に大きい[18]。2006年、その遺産は、コガワの子供時代の家（『オバサン』の中で押収された一家の家のモデル）が公共的に買い取られたことで認められた。それは亡命作家の住居や人権問題の教育センターに改装されるであろう。

　コガワは、第一に小説家として知られるが、彼女は『オバサン』の形を整えるために、月のシンボリズム、黙示的イメージ、『夢の選択』（*A Choice of Dreams*, 1974）の中の「ユークリッドへ」という長詩にみられる同心の構造、同時に同じ詩集から「疎開について覚えていること」などの短い抒情詩の要素を、散文に組み入れている。コガワは、このジャンルを横断する美学について1998年のインタビューで明らかにしている。「『オバサン』の初稿は、詩を書くのと同じ方法で書きました。つまり、どこへ行くかもわからずに、ただ次々と夢を追って。小説執筆の授業を受けたことはなく、沢山の小説を読むことさえしていなかった。小説を書くことの意味もまったく分からず、ただ、書いたのです。初稿を書き終えたとき、それを忘れるように言われたけれど、忘れなかったのです」[19]。

　メタフィクションの作家ナオミが、個人的な危機を歴史的な文脈と人間関係の鋳型の中に置くことで、彼女の抒情的な瞑想を家族一人ひとりの疎外感を和らげるナラティヴに転換さ

せようと必死に努めるに従って、夢を見て、草稿を書き、ナラティヴの力を学ぶという、この過程が、小説に明確に刻まれていく。コガワのインタビューでの発言は、小説で主要テーマとなっていく事実「記憶という政治的行為すべてに対して、忘却を促す制度的権力がある」を強調する。ジャンルという因習によって作られ、永続させられる予期の構造は、何をいかに記憶するかを決定づけることで、これらの権力に仕える。したがって、コガワは、詩を散文に修正し、散文を詩（聖書の警句）として描き、抒情主義を取り入れて歴史小説のドキュメンタリー技法を修正することで、ジャンルの転換を歴史修正という一層大きなプロジェクトと結びつける。

『オバサン』の出だしの抒情的警句や短い詩的散文は、ともにナオミの探究の重要なシンボルを確定し、『奥の細道』（1694）の松尾芭蕉のような作家によって有名となった詩的旅行記の形式、「俳文」の伝統に加わっている。俳文は、俳句と短く省略的な散文詩とを、キーイメージに結び付けられたナラティヴの中で組み合わせる。それによって、2つの異なるイメージの均衡をとる俳句の並列的美学を押し進める。芭蕉は、俳句を気の利いた飲酒のゲームから真面目な詩のジャンルへ転換させたように、胸の痛くなるようなイメージで実存的問題を探り、しかし哲学的専門用語をさける立派な詩的瞑想の形式へと、俳文を発展させた。

俳文は、古典的中国詩と日本の禅の伝統が交差する点に登場した。したがって、フレッド・ワー（Fred Wah）は、彼の中国系・スコットランド系・スウェーデン系祖先に思いを馳せる長詩「この樹枝状の地図——父／母の俳文」（"This Dendrite Map: Father / Mother Haibun," 1986）でこの形式を利用する。「この樹枝状の地図」は、また、詩人の『ダイアモンド・グリル』（*Diamond Grill*, 1996）での散文への移行を促し、それは、ブリティッシュ・コロンビアのネルソンにある中国系カナダ人である彼の父の小さいレストランの描写を展開することで、人種差別と雑種性についての思索を進めている。『ダイアモンド・グリル』の中の短い章の大半は長さでは1ページ、下の散文のパラグラフへ続く2行詩として描かれた巻頭の1文を特徴とする。それによって、詩と散文の区別を曖昧にし、一方俳文の視覚的体裁は保つ。ワーもコガワも、ヨーロッパに典型的なジャンル横断の先を見て、平和、秩序、良き統治という公認の神話と大きく異なる西部の内陸への旅路を物語る。

アン・マイケルズ

コガワの主人公は、長崎の原爆投下に続く母の失踪に付き纏われるが、アン・マイケルズ（Anne Michaels）は、2世代にわたるカナダ人へのホロコーストの影響を探ろうとする『逃亡物語』（*Fugitive Pieces*, 1996）において、ユダヤ人の視点からジェノサイドへの認識を高めようとする。マイケルズは、歴史的記録を調査し、詩を通してその不在を精査することで、先輩の詩人＝小説家たちの前例に倣っている。テオドール・アドルノ（Theodor Adorno）のような批

評家は、ホロコースト直後の詩作を禁じているが、スーザン・グーバー（Susan Gubar）は、20世紀後半および21世紀初期の詩がドキュメンタリーの記録を効果的に補完する役割を果たしていると論じる。「個人的にホロコーストを生き残った人々の証言が終焉に近づいたとき、詩の不透明さや図像的密度は、ホロコーストによって抹消されたり、無能にされたりした人々の伝達された、あるいは伝達されていない記憶を掘り起こし、保存し、または少なくとも呼び覚ますために、書き得ないことを書く」。マイケルズは、このように、クラインやコーエンに倣って、現実主義的なナラティヴから遠ざかり、ユダヤの儀式からインスピレーションを得た詩的な話法へ向かう。

しかしマイケルズは、多文化共同体においてユダヤ教を他の信仰と結びつけるために、カーディシュ（kaddish〔ユダヤ教で、礼拝式の終わりに唱える頌栄〕）のような儀式の言葉の資源を利用する。アニック・ヒルガー（Annick Hillger）は、マイケルズがカバラの（Kabbalistic〔ユダヤ教の神秘的聖書解釈法〕）伝統に根差した「救世主の時間」の時制で書いていて、そこでは直線の時間の悲劇的な軌跡は、現在をユートピア的瞬間と結び付ける対応によって、克服されていると論じている。『逃亡物語』における一時的な連帯の強調は、小説中の正統的でない家族や結婚の単位に対して、深い意味を持っている。『美しき敗者たち』のように、『逃亡物語』は孤児および彼らが複雑なかたちの養子縁組や養育を通して家族という単位を創り出す方法についての小説である。マイケルズの家族単位は、彼女が、断面図として、また時間の中心部の見本として、歴史を垂直に読むことと似かよって、血の繋がりを超えている。

アン・カーソン

『逃亡物語』は、マイケルズの賞賛された詩集『オレンジの重み』（*The Weight of Oranges*, 1985）や『マイナーの池』（*Miner's Pond*, 1991）のテーマと技巧の上に成り立っている。彼女の小説の抒情的文体や繰り返しの多い構造は、長詩が短い抒情詩形式を「関係のナラティヴ」へ変容させる手段として役立つという彼女の主張を支持する。しかしながら、アン・カーソン（Anne Carson）の『赤の自叙伝――詩形式の小説』（*Autobiography of Red: A Novel in Verse*, 1998）は、詩文を読むことに含まれるジャンルの混合として小説を見直すことで、書店が散文の小説に与えている優先権を覆す。このカーソンの小説は、古代ギリシャ詩人ステシコロスについてのエッセイ、彼の断片の翻訳、トロイのヘレンが彼を盲目にしたという伝説に対する補遺、彼の長編抒情詩『ゲリュオネイス』（*Geryoneis*）のゲイ・ロマンスとしての書き換え、そして結論的インタビューから構成されている。小説の中心にある「ロマンス」は、中世ロマンスの「ロマン」の語源を思い出させるが、古典学者としてのカーソンの職歴は、そのジャンルの発展に一層広い視野を与えている。古代ギリシャ抒情詩についての論文『ほろ苦いエロース』（*Eros the Bittersweet*, 1986）で、カーソンは「'novel' や 'romance' といっ

た用語は、そのジャンルの古代の名称を反映していない。チャリトン（Chariton〔Chariton of Aphrodisias、最古の散文ロマンスとされる Callirhoe の著者〕）は彼の作品をエロティカ・パセマータ（erōtika pathēmata）、またはエロティックな苦悩（'erotic sufferings'）と呼んでいる。これらは恋愛物語で、そこでは愛が苦悩であることが属性として求められている。物語は散文で語られ、その明白な目的は読者を楽しませることである」と述べている[25]。

カーソンは『鏡、アイロニー、神』（Glass, Irony and God, 1995）の中の「鏡のエッセイ」（"The Glass Essay"）や『淡水』（Plainwater, 1995）の中の「水の人類学」（"The Anthropology of Water"）のようなエロティックな苦しみを述べることで詩人としての名を揚げた。これらの長詩は広く称えられたが、カーソンの詩文小説のモデルは「ミムネルモス──ブレインセックス絵画」（"Mimnermos: The Brainsex Paintings"）であり、ギリシャ詩人ミムネルモスの断片的作品の翻訳をエッセイやその古代詩人への3回の偽インタビューと結びつけた実験である。『赤の自叙伝』（Autobiography of Red）は、ナラティヴの文脈が、ギリシャ古代（ホメロス、ステシコロス）、モダニズムのハイカルチャー（ディキンソン、スタイン、ピカソ）、そしてポストモダンのポップカルチャー（落書き、空港小説 airplane novels）の間を素早く転換することで、「ミムネルモス」の遊び局面をさらに推し進める。

カーソンは、時間・空間の現実的連続性を辿るのではなく、気分、思索と感情の間の現象的繋がりを築くことで、現実主義小説の疑似的根拠に挑戦する。『赤の自叙伝』の背景は、列挙される膨大な文化指標となる物事を吸収しながら、突然地中海から南北アメリカへと移動する。カーソンは、ステシコロスのヒメラを含むディアスポラの人々に関心を抱いている。「難民たちは言語に飢え、何でも起こり得ると自覚している[26]」からである。そのため、シェリー・サイモンはカーソンの詩を、モントリオールのマイルエンド近隣の多言語感覚を通して読むことで、クラインの詩と比較する。そこでは、「言及の枠組みが広がり、どの語彙も1つでは十分でない。どの航路も1つでは表現の多層な面に近づけない。まさに今日のヴィジュアルアーツや造形美術が単一のフレームを放棄したように、書き言葉もその範囲を拡大する[27]」。この辺りでの翻訳の体験は、抒情詩を小説へ移行する指針として役立ち、そこでは抒情的声は確立されたジャンルの規制を解きほぐし、新しい複合的なものを創り出す。

『赤の自叙伝』は2人の話者の対話で閉じられるが、彼らは「隠しっこ演劇」の1部となっているように見え、ガートルード・スタインがコーラスのリーダーとしてステシコロスに取って代わる[28]。批評家は、この部分を無視しがちであり、そして実際に小説の写真や映画との比較は豊富であるのと対照的に、カナダ小説へのドラマの影響は研究不足である。この章の第2部はカナダの最も影響力のある劇場という権力機構、ストラトフォード・シェイクスピア・フェスティヴァルと密接に繋がった著名作家2人（デイヴィスとフィンドリー）、およびその劇場の伝統が持つヨーロッパ中心主義を批判する小説家2人（マクドナルドとクラーク）を精査することで、この見逃しの回復を試みようと思う。

ロバートソン・デイヴィス

　ロバートソン・デイヴィス（Robertson Davies）の演劇も小説も 20 世紀オンタリオの矛盾の多くを例示している。その地自身がイギリス植民地の中核地から現代北アメリカ国家の中でも最も民族的多様性をもつ州に変身したからである。デイヴィスは突如として、イギリス愛好者であり、同時に文化的国粋主義者、「ストラトフォードの芸術的巡礼という旧世界的高邁な使命」の支持者であり、同時にカナダ独特の芸術形態に資金を出そうとする 1950 年代のマッセイ＝レベスク委員会の相談役にもなった[29]。したがって、エレン・マッケイは「出自のファンタジー――カナダ劇場の誕生を企画する」において、「デイヴィスの著作は、新旧両世界の間で引き裂かれた忠誠心がカナダの劇場の構成要素であり、その障害ではないと理解された、劇場史の産物である」と論じている[30]。デイヴィスの演劇や小説は、転換期の植民地国家の両面感情（アンビヴァレンス）の上に成り立っている。

　演劇の仕事において、「デイヴィスは演劇を人生の隠喩、舞台を世界の隠喩として注意深く発展させる」。そして、これらシェイクスピアの隠喩は、『テンペスト』の素人演劇を舞台に乗せる苦労を劇化した『テンペスト・トスト』（*Tempest-Tost*, 1951）という彼の処女作の中に持ち込まれている[31]。デイヴィスがイギリスのルネサンスに魅了されていることは、しばしば古めかしいと退けられるが、用語は誤解されている。というのも、デイヴィスはシェイクスピア演劇における情熱、本能的欲望、言葉の妙技などを、イギリス人のアイデンティティという道徳的に厳格なピューリタン的概念と結び付く植民地文化を批判的に分析するために利用しているのだ。デイヴィスの小説のうちのいくつか（『テンペスト・トスト』を含む）は肉体や世界主義や社会規範に従わない人々に対するピューリタン的な恐れを風刺する演劇に変換された。しかしながら、1960 年のタイロン・グースリ（Tyrone Guthrie）による『悪意の種』（*Leaven of Malice*, 1954）のブロードウェイ用脚色のような上演は、デイヴィスの散文にとっての知的冗談の重要性と格闘しなければならなかった。実際、『生まれつきしもの』（*What's Bred in the Bone*, 1985）のような小説は、対話を広範に用いているとはいえ、劇場では許容しきれないかたちで口数が多い。デイヴィス自身の分析に続いて、マイケル・ピーターマン（Michael Peterman）はデイヴィスの演劇のプロットがもっと簡素化されていることに注目する[32]。

> 彼は、「1 人の支配的人物」を好み、（彼のささいな罪が何であれ）ほとんど彼と自分を同一視し、明らかに彼と彼の苦境に肯定的な光が当たるように副次的な登場人物を配置する。「かなり単純で、直接的な一連の行動」を主張し、彼はどれほど知的に敷衍されようとも、本質的にはメロドラマ的な価値の衝突を設定する。「よい男たち」は、主人公の人生観の価値の側に本能的に立つか、その価値を理解するようになる。「悪い男たち」

は、その価値を理解できないか、またはそれを支持することを拒む選択をする。[33]

デイヴィスの小説は、心理的原型や運命というユング的考え方を利用する点で、このメロドラマ的な構造を示している。

　しかし、小説はデイヴィスに、登場人物描写の才能をもっと展開させるための空間と、対立する見解をもっと含める機会と、彼のバーナード・ショー的なウィットを示す文脈とを与えている。彼の小説は、貴族的な世界観を掲げているが、月並みで非英雄的な人物たちに、より大きな同情を示している。批評上最も称賛された小説『第五の役割』（*Fifth Business*, 1970）は、主人公ダンスタン・ラムゼイが核心的重要性をもつ小さな役割を演じるという前提に基づいている。「ヒーローやヒロインの役ではなく、腹心の友でも悪人でもなく、それにもかかわらず気付きや解決をもたらすために不可欠である役が、演劇やオペラ団で第五の役割と呼ばれる」[34]。デイヴィスは、『第五の役割』の銘句からの１節をデンマークの劇評家のものとしているが、これはデイヴィスが小説のために創り出したものである[35]。このような企みは、デイヴィスのポストモダン風遊び心を際立たせ、サーカスやマジックショーにおける社会的、性的、宗教的習俗のカーニバル的混乱によって補完されている。『デプフォード三部作』（*Depford Trilogy*）と『コーンウォール三部作』（*Cornish Trilogy*）は、入り組んだ枠組みの細工を用いて、主要出来事に対する異なる受け止め方を対照させ、ナラティヴのレベルと時間的区分の間を行きつ戻りつして、１人の感じ取り方の偏見を別の人のそれに対して試し、最後は超越的価値観を肯定する。

ティモシー・フィンドリー

成功した小説家として、ティモシー・フィンドリー（Timothy Findley）はデイヴィスと基本的な逆説を共有している。小説は、演劇が許さないような方法でも、思想や人物造形や歴史的詳細について、彼が練り上げることを可能にしている。しかし、彼の小説の形式上の複雑さは、演劇の訓練に負っている。フィンドリーの演劇に関するキャリアで際立った業績は、キャロル・ロバーツが記しているが、「ストラトフォード・フェスティヴァル開幕時の上演を担当し、ナショナル・アーツ・センター最初の在住劇作家となり、CBCテレビの最初の特別長編カラー映画の脚本を依頼された」[36]ことである。フィンドリーは、現実主義的な描写と、物語の語りの部分から「常に現在」[37]あると彼が主張する劇的瞬間へと高める対話の部分とを混ぜ合わせることが好きな点で、デイヴィスと同じである。フィンドリーは、ナラティヴを言葉による出来事へと転換させるために、各種の転写、独白、劇化などを用いている。文書研究から得た哀切な逸話を強調するために、あるいは単にあるムードや表現形式を確立するために、これらの技法を使ったオンダーチェとは異なり、フィンドリーは口語を物語の媒体

として用いる。フィンドリーの小説では、ゴシップ、演説者たち、談話家連中、議論する人々、そして聖書の洪水物語のパロディ『乗船無用』(*Not Wanted on the Voyage*, 1984) のルーシーのような、声に憑りつかれた人々によって構成されている。作者は、定期的に話者の存在に制限を加えて、あるいは登場人物に彼ら自身の物語を語る（編集する）自由を与えることで、彼の読者がこれらの言葉のパフォーマンスに巻き込まれるように後押ししている。だが、デイヴィスの小説に対するフィンドリーの慎重な評価に注目すべきで、それは彼自身の小説にも当てはまる。「デイヴィスの小説は、単に偽装した演劇ではない。それらが何であるかというと、それは劇場なのだ」。なぜならば、それらは明白にその言葉のパフォーマンスに枠組みを与え、定期的に模倣という第4の壁の安定性を試している[38]。

　デイヴィスとフィンドリーのキャリア、人物像、形式的なテクニックの間の関連性を辿ることはできるが、劇場の魔術に対してフィンドリーはデイヴィスよりも遥かに批判的な目を向けている。バーバラ・ゲイブリエルは、フィンドリーの『臨終名言集』(*Famous Last Words*, 1981) を論じ、それは「世界を舞台としたファシズムの瞬間を、権力と同意の問題を孕んでいると解釈している。国家的社会主義やイタリアのファシズムは、大衆の支持を動かすために劇場や写真と映画という新しい技術を意識的に利用し、現存の記号論分野を再編して、新しい性差の意味やカリスマ性のある人物を中心とした権力関係を創り出した」と述べる[39]。権力とカリスマおよび同意の相互作用は、フィンドリーのほとんどの作品で中心となり、その批評は、小説『蝶の異常発生』(*The Butterfly Plague*, 1969) におけるハリウッドのスターシステムに対する初期評価から、ストラトフォード小説の『予備工作』(*Spadework*, 2001) における既婚の俳優を誘惑しようとするゲイの監督の肖像、さらに彼の最後の演劇となる『エズラ・パウンドの裁判』(*The Trials of Ezra Pound*, 1994) や『国王エリザベス』(*Elizabeth Rex*, 2000) にまで拡がる。デイヴィスは、英雄的男性性の新しい定義を好んで、カナダ人の謙遜の評判を揶揄したが、フィンドリーの最も評価が高い小説『戦争』(*The Wars*, 1977) は、エウリピデスの銘文で始まり、古代から現代までの様々なヒロイズムの定義を通って、最後はデイヴィスが避けた優しさを美徳とする。しかし、フィンドリーにおいては、この優しさは暴力と共謀の歴史から現れ出る。

　欲望の権力とのつながりに対するフィンドリーの評価は、圧倒的にヘテロセクシュアルな文学環境の中で、先駆的ゲイ作家としての彼の立場を反映している。彼は、歴史を通じたゲイの人々の存在感と破壊的な力を前面に打ち出すが、この力の利用を彼は必ずしもいつも、マーラットがレズビアンの登場人物に対して行うように、是認するわけではない。フィンドリーの小説は、しばしば性的曖昧さが道徳的曖昧さとペアになり、ナラティヴの中の重大局面は登場人物（および読者）に曖昧な行動の解釈を求める。

アン＝マリー・マクドナルド

アン＝マリー・マクドナルド（Ann-Marie MacDonald）は、シェイクスピア的慣習のフェミニスト風パロディ『おやすみ、デズデモーナ（おはよう、ジュリエット）』（*Goodnight Desdemona〈Good Morning Juliet〉*, 1990）のような彼女の演劇に現れる肯定的な姿勢やレズビアンの視点において、マーラットとよく似ている。スコットランドとレバノンに祖先をもつカナダ人の両親を持ち、ドイツで生まれた『アラブ人の口』（*The Arab's Mouth*, 1995）の作者は、その処女作『ひざまずけ』（*Fall on Your Knees*, 1996）でコモンウェルス処女小説賞を受賞、オプラブッククラブ（Oprah's Book Club）に登場し、広く名声を勝ち得た。身近であると同時に文体的に複雑な『ひざまずけ』は、幾世代にもわたる家族の大河小説の標準的な技巧を多く用いている。小説は、家族写真への瞑想で始まり、フィンドリーの『ピアノ弾きの娘』（*The Piano Man's Daughter*、一家の主人ジェイムズ・パイパーは病気の娘リリーを持つピアノ調律師）を連想させる。パイパー一家の家族の樹の枝は、ナラティヴや絵画的な形式で絶え間なく念入りに仕上げられていく。いくつかの章は死亡証明書で締めくくられる。日記の登場はプロットのねじりを説明するようだ。しかしながら、小説の最終章が最初に戻ってくる時までに、マクドナルドはケープ・ブレトン島をケルト的田園とする観光イメージを修正し、その共同体社会にいるアラブや東欧やアフリカ系ノヴァ・スコシアの人々の場として強調することで、地域の産業と多文化の伝統を組み入れた。

『ひざまずけ』のプロットは、パイパー一家の近親相姦と死という抑圧された秘密を巡って展開し、ゴシック小説や亡霊物語とこの小説を同列に並べる。しかしながら、マクドナルドの小説の遂行的な特質は、究極的にこれらのジャンルの慣例より卓越する。キャサリーンという主要人物の１人は、レズビアンのオペラ歌手で、父による性的虐待が様々なオペラのテーマ——近親相姦、戦争、家庭内暴力、原罪、罪の意識による死、救いの探究等——を始動させる。マクドナルドは、キャサリーンの声の妙技を真似て、可能な限りの音域を移動し、包括的・文化的表現の範囲を常に拡げようとしている。マクレナン（MacLennan）は『二つの孤独』（*Two Solitudes*, 1945）において文化的相違のバランスを取る方法として対位法という音楽の原則を提案したが、マクドナルドの小説は、アイルランドやアラブのフォークソング、フランス語のカトリック讃美歌、ハーレムのジャズ、そしてケープ・ブレトンのフィドル音楽で、この古典的均衡を打ち砕く。背景がノヴァ・スコシアからニューヨーク市へと移ると、人物たちは新しい場とメディアで自分たちの野望を実現しようと努めて、人種的、国家的、言語的境界を横断する。

小説は、過去を振り返るように民族音楽研究家に向けて語られる。しかし、単に２つの時間帯を対置するわけではない。人物たちの回想は歪められる。というのも、「記憶はいたずらをする。記憶は、物語と同じことで、それほどあてにならないものはない」[40]。小説の重要

な場面は、登場人物たちがトラウマを否定し説明をつけようとするとき、彼らの記憶の中で異なって再現される。これらの物語を語ることは、女性の語り手たちが彼女たちの複雑な家族史を繋ぎ合わせる助けとなる。しかし、音楽を通してのみ、彼女たちは明確なアイデンティティと性的な解放の儚い瞬間を体験できるのだ。『ひざまずけ』においては、人種と欲望は、音の抑圧、蘇生、そして再結合の問題なのであり、それは肌と同じなのだ。

ジョージ・エリオット・クラーク

マクドナルドの小説は、圧倒的に白人の多い州におけるアフリカ系カナダ人の苦労に注目を集める。しかし、ジョージ・エリオット・クラーク（George Elliott Clarke）の長い職歴をかけた事業は、白人のノヴァ・スコシア人、アフリカ系アメリカ人、大西洋沿岸地域以外のアフリカ系カナダ人の大都市圏コミュニティと明白に異なる文化コミュニティとして、アフリカ系ノヴァ・スコシア人の輪郭を高めるものであった。「アフリカン」と「アカディアン」を結びつけて、「アフリカディアン」という用語をクラークが創り出したアフリカ系ノヴァ・スコシア人は、主として、アメリカ独立戦争と1812～14年の戦争時に移住してきた王党派の黒人と、南北戦争前夜にアメリカ合衆国から北へのがれた逃亡奴隷の子孫である。

クラークは、アフリカディアンを「叙事詩的人々」と呼び、『ホワイラー滝』（Whylah Falls, 1990）は、彼がアフリカディアの叙事詩を書こうとした最も明白な試みである[41]。ほとんどの詩人＝小説家は叙事詩の人種的熱望を退けるが、クラークは1960年代ハリファックスの「アフリカ町の破壊」を「力強く生存の権利を主張しない文化に起こりうることの象徴」と指摘する[42]。しかし、『ホワイラー滝』の10周年記念出版を紹介する論文は、クラークの叙事詩のモデルが抒情詩にあることを明らかにしている。クラークは、抒情詩が「様々な象徴主義的、写象主義的、社会現実主義的そして投影的な変化で発展して、20世紀の首都という豚舎、戦争という虐殺場を生き残る唯一の詩形式である[43]」と主張している。彼は、「今や詩は小説の持つ力の全てを自らのうちに集めて生き残る」（p. xiii）とも断言し、さらに、小説の扱いを、マイケル・オンダーチェの神話的ナラティヴ、ジーン・トゥーマー（Jean Toomer）やトニ・モリスン（Toni Morrison）によるアフリカ系アメリカ人の抒情的散文という伝統などを含む、広く変化に富む文学的潮流に結び付ける。このように、クラークにとって、「抒情詩の連続性は、叙事詩の墓碑銘であり」（p. xxiv）、「その壮大さの記憶である」（p. xvi）。というのも、この形を変えた抒情主義は、独特の社会に対して神話的土台を創り出すからである。

『虐殺を越えて』のように、『ホワイラー滝』は、黒人の口承の歴史とパフォーマンスの様式を取り戻すためのモデルとして、歌のサイクルを利用している。『ホワイラー滝』は、有名なコントラルト歌手で［クラークの］大叔母、「荒野を歌い抜けたポーシャ・ホワイト

（1913-68）」からきっかけを得て、アフリカディアンの雑種性を祝すために、ゴスペル、ブルース、ジャズ、オペラ、書簡、永久保存用写真、新聞の切り抜き、西欧の詩の引用などから少しずつ引き出して一連の歌曲を創る。クラークは、彼の登場人物のリストにあるオセロ、プーシキン（ムーア人の祖父を誇りとしていた）、そしてパブロ（ピカソのアフリカのマスクに対する強迫観念への言及）などを通して、西欧文明の中のアフリカ的要素も再生させようとする。

　もっと大切なことは、『ホワイラー滝』が、詩的スピーチのリズム、口承物語の伝統、そしてクラークが1985年にソーシャル・ワーカーとして働いたノヴァ・スコシア南西部のウェイマス滝のアフリカディアン・コミュニティの民族的迫害への闘いに、敬意を表していることである。クラークの口承性の強調は、リブレット『ビアトリス・チャンシー』（*Beatrice Chancy*, 1999）や『ケベシテ——ジャズ・ファンタジア三部作』（*Québécité: A Jazz Fantasia in Three Cantos*, 2003）のような後期作品のパフォーマンスを、論理的で活力あふれるものにしている。舞台から離れ、小説『ジョージとルー』（*George and Rue*, 2005）は田園アカディアの口承用語への彼の興味をさらに発展させた。黒人社会と白人社会の経済格差を暴露するニュー・ブランズウィックでの殺人事件を物語るために、アフリカディアンと標準英語との部分を結び合わせているのだ。彼の詩集『強制執行の詩』（*Execution Poems*, 2000）では、クラークは同じ物語を抒情的な声で探究した。それは、もともとは小説の1部であったが、別冊の詩集となり、『黒人』（*Black*, 2006）では詩「ジョージとルー——結び」（"George & Rue: Coda"）で反復している。

　ポストモダン文学は、このように形式上の、また文化上の雑種性を包摂する。しかし、マクレナンの『二つの孤独』、クラインの『第二の書』（*The Second Scroll*, 1951）、そしてシーラ・ワトソン（Sheila Watson）の『二重の鉤針』（*The Double Hook*, 1959）のような包括的、文化的関心を二重にしたモダニズムの小説と比べて、決定的形式の均衡状態や文化的アイデンティティに到達することに関心を払っていない。テーゼ、アンチテーゼ、ジンテーゼ（統合）という過程を通して、複数文化の融合を目指す代わりに、ポストモダン小説はモダニズムの古典に既に存在する分離や据え置きを強調する。ポストモダン小説は、雑種性の言説を推し進め、合成された統一から離れて、混合主義的多様性に向かう。しかしながら、ポストモダン小説が新しい多文化主義的カナダを描くと言うのは、大切な点をぼかしてしまう。この章の小説は、大部分1971年の公式多文化主義の法律制定に先行する文化的コミュニティについての物語である。小説はカナダ史の多元的解釈を必要とする市場に迎合するかもしれないが、その文学的評価は、カナダの多様な文化遺産を相互作用の中に置くために、彼らが工夫する革新的な形式上の戦略にかかっている。

　このように歴史的なナラティヴの修正を強調することの1つの結果は、『美しき敗者たち』の例外を除いて、他の文学と比較した時、デイヴィスがカナダ・ポストモダニズムの「低文化」と呼ぶ同時代的側面を無視する傾向があることである。他方、小説がますますハリウッ

ド映画脚本のための表現方法のように読まれ始めた時代に、カナダの作家たちは、先行する映画的テクニック無しに、小説を詩や演劇のような市場の小さい芸術形式に関わらせる方法を見出した。世界戦争と民族に起因した暴力を背景として、これらの作家たちは黙示録的対立に対して別の選択肢を想像する。そうするために、彼らは多様な歴史や文化資源からコミュニティを形成する過程を強調する様々に異なる文学形式を創造する。

注

1. Marta Dvořák, "Fiction," *The Cambridge Companion to Canadian Literature*, ed. Eva-Marie Kröller（Cambridge: Cambridge University Press, 2004）, p. 165.

2. Fredric Jameson, *Postmodernism, or, The Cultural Logic of Late Capitalism*（Durham: Duke University Press, 1991）, p. 371.

3. Jean-François Lyotard, *The Postmodern Condition: A Report on Knowledge*, tr. Geoff Bennington and Brian Massumi（Minneapolis: University of Minnesota Press, 1984 [1979]）, p. 40.

4. Michael Greenstein, *The Third Solitudes: Tradition and Discontinuity in Jewish- Canadian Literature*（Montreal: McGill-Queen's University Press, 1989）, p. 124.

5. Smaro Kamboureli, "The Alphabet of the Self: Generic and Other Slippages in Michael Ondaatje's *Running in the Family*," in *Reflections: Autobiography and Canadian Literature*, ed. K. P. Stich（Ottawa: University of Ottawa Press, 1988）, p. 79.

6. オンダーチェ家は英語を話し、イギリスの価値観や文化と強い親近性を持つ点に注意。Cynthia Wong, "Michael Ondaatje," *Asian American Novelists: A Bio-Bibliographical Critical Sourcebook*, ed. Emmanuel S. Nelson（Westport: Greenwood Press, 2000）, pp. 288-95 参照。

7. Susan Spearey, "Cultural Crossings: The Shifting Subjectivities and Stylistics of Michael Ondaatje's *Running in the Family* and *In the Skin of a Lion*," *British Journal of Canadian Studies*, II, 1（1996）, p. 134.

8. ニーチェ引用の原文は次の通り。"Wir haben die *Kunst,* damit wir *nicht an der Wahrheit zu Grunde gehn.*" Friedrich Nietzsche, *Der Wille zur Macht*, in *Gesammelte Werke*, 23 vols.（Munich: Musarion Verlag, 1926）, vol. XIX, section 822 参照。

9. George Bowering, "Sheila Watson," in *Encyclopedia of Literature in Canada*, ed. W. H. New（Toronto: University of Toronto Press, 2002）, p. I, 199.

10. Linda Hutcheon, *A Poetics of Postmodernism: History, Theory, Fiction*（New York: Routledge, 1988）, p. 5.

11. George Bowering, *Burning Water*（Toronto: Penguin, 1994 [1980]）, n.p.

12. Martin Kuester, *Framing Truths: Parodic Structures in Contemporary English-Canadian Historical Novels*（Toronto: University of Toronto Press, 1992）, p. 6.

13. Ibid. Julius Caesar Scaliger のラテン語からのクースターの翻訳、pp. 8-9.

14. Daphne Marlatt, "Given This Body: An Interview with Daphne Marlatt," interview by George Bowering, *Open Letter* 4.3（Spring 1973）, p. 35; Danphne Marlatt, *Readings from the Labyrinth* (Edmonton: NeWest, 1998), p. 145.
15. Caroline Rosenthal, *Narrative Deconstructions of Gender in Works by Audrey Thomas, Daphne Marlatt, and Louise Erdrich* (Rochester: Camden House, 2003), p. 67.
16. Daphne Marlatt, *Ghost Works* (Edmonton: NeWest, 1993), p. viii.
17. Daphne Marlatt, *Taken* (Toronto: Anansi, 1996), pp. 77-8.
18. Roy Miki, *Broken Entries: Race, Subjectivity, Writing* (Toronto: Mercury, 1998), p. 139.
19. Joy Kogawa, "Journey in Search of Some Evidence of Love: An Interview with Joy Kogawa," by Linda Ghan, Chieko Mulhern, and Ayako Sato, *The Rising Generation* 114.2（May 1, 1998）, p. 14.
20. Theodor Adorno, "Cultural Criticism and Society," *Prisms*, tr. Samuel and Sherry Weber (Cambridge: MIT Press, 1981 [1955]), pp. 17-34.
21. Susan Gubar, "Empathic Identification in Anne Michaels's *Fugitive Pieces*: Masculinity and Poetry after Auschwitz," *Signs* 28.1（Autumn 2002）, p. 273.
22. Annick Hillger, "'Afterbirth of Earth': Messianic Materialism in Anne Michaels' *Fugitive Pieces*," *Canadian Literature* 160（Spring 1999）, pp. 29, 41.
23. Barbara L. Estrin, "Ending in the Middle: Revisioning Adoption in Binjamin Wilkomirski's *Fragments* and Anne Michaels's *Fugitive Pieces*," *Tulsa Studies in Women's Literature* 21.2（Fall 2002）, p. 280.
24. Anne Michaels, "Narrative Moves: An Interview with Anne Michaels," by anonymous, *Canadian Notes & Queries* 50.1（1996）, p. 18.
25. Anne Carson, *Eros the Bittersweet* (Normal: Dalkey Archive Press, 1998 [1986]), p. 78.
26. Anne Carson, *Autobiography of Red* (New York: Knopf,1999 [1998]), p. 3.
27. Sherry Simon, "Hybrid Montreal: The Shadows of Language," *Sites: The Journal of the 20th-Century / Contemporary French Studies* 5.2（Fall 2001）, p. 321.
28. Carson, *Autobiography of Red*, p. 147.
29. Ellen MacKay, "Fantasies of Origin: Staging the Birth of the Canadian Stage," *Canadian Theatre Review* 114（Spring 2003）, p. 11.
30. Ibid., p. 14.
31. Michael Peterman, "Bewitchments of Simplification," *Canadian Drama / L'Art dramatique canadien* 7.2（1981）, p. 106.
32. Susan Stone-Blackburn, "The Novelist as Dramatist: Davies' Adaptation of *Leaven of Malice*," *Canadian Literature* 86（Autumn 1980）, pp. 71-86.
33. Peterman, "Bewitchment of Simplification," p. 96.
34. Robertson Davies, *Fifth Business* (Toronto: Macmillan, 1970), n.p.
35. Judith Skelton Grant, *Robertson Davies: Man of Myth* (Toronto: Viking, 1994), p. 483.
36. Carol Roberts, "The Perfection of Gesture: Timothy Findley and Canadian Theatre," *Theatre History in Canada /*

Histoire du théâtre au Canada 12.1（Spring, 1991）, p. 22.

37. Timothy Findley, *Spadework*（Toronto: HaperCollins, 2001）, p. 17.

38. Timothy Findley, "Robertson Davies," in *Robertson Davies: An Appreciation*, ed. Elspeth Cameron（Peterborough: Broadview, 1991）, p. 35.

39. Barbara Gabriel, "'The Repose of an Icon' in Timothy Findley's Theatre of Fascism: From 'Alligator Shoes' to *Famous Last Words*," *Essays on Canadian Writing* 64（Summer 1998）, p. 151. 以下も参照：Anne Geddes Bailey, *Timothy Findley and the Aesthetics of Fascism*（Vancouver: Talonbooks, 1998）.

40. Ann-Marie MacDonald, *Fall on Your Knees*（Toronto: Vintage, 1997 [1996]）, p. 270.

41. George Elliott Clarke, 筆者不詳の "Innovations in Arts and Culture," *University of Toronto National Report*（2002）, p. 12 の中に引用。

42. George Elliott Clarke, *Fire on the Water: An Anthology of Black Nova Scotian Writing*, 2 vols.（Porters Lake: Pottersfield, 1991）, vol. II, p.11.

43. George Elliott Clarke, *Whylah Falls*（Victoria: Polestar, 2000 [1990]）, p. xiii.

44. Clarke, *Fire on the Water*, vol. I, n.p.

45. クラークは *George & Rue*（Toronto: HarperCollins, 2006 [2005]）に追補として掲載された "P. S. Ideas, interviews and features" に *Execution Poems* と *George & Rue* の展開を説明している。

23

漫画芸術とバンド・デシネ——漫画からグラフィックノヴェルへ

ジャン＝ポール・ガブリエ
(Jean-Paul Gabilliet)

　1995年10月2日にカナダ郵政省が発行したスーパーヒーローたちの切手セットには、アメリカの典型的スーパーヒーローであるスーパーマンによく似たヒーローが描かれている。多くのカナダ人にとってそれは悪ふざけのように思えたかもしれないが、実はこれは奇妙なめぐりあわせともいうべきものであった。それというのもこのスーパーマンの共同制作者であるジョーゼフ・シュースター（Joseph Shuster, 1914-92）はトロントに生まれており、10歳のとき家族とともにクリーヴランドに移ったのである。ずっと後の1960年代になってモーデカイ・リッチラー（Mordecai Richler）は、この「惑星クリプトンからやってきた男（スーパーマン）」を「カナダ人気質」の比喩だと解釈したのである。つまり偉大な能力を持ちながらも控え目なもう1つの自己に身をやつし、それで満足して生きている人間の格好の自己像だというのである。[1]

　リッチラーの皮肉のこもった言い分には異論があるにしてもその主張は、漫画は他の読み物と何ら相違がないものだということを示唆している。つまり漫画は物語を語ると同時に、集団の特徴を表す。今日のカナダ人は自分たちの国の漫画の遺産についてしばしば無自覚である。せいぜい知っているのは、新聞に長期連載されているリン・ジョンストン（Lynn Johnston）作の連続コメディー漫画「好むと好まざるとにかかわらず」（"For Better or For Worse," 1979-）程度である。しかし英語漫画ならびにバンド・デシネ、つまりフランス漫画は、時事漫画の政治的コメントから20世紀の逃避漫画、および今日のグラフィックノヴェルの成熟した創造性に至るまで、19世紀半ば以来カナダのニュースや娯楽メディアといった環境の中で際立った生彩を放つ要素となってきたのである。

漫画から漫画雑誌へ

　漫画本以前には政治的風刺漫画があった。1849年モントリオールで出された「カナダのパンチ」（*Punch in Canada*）は短命で終わったものの、これは他の多くの週刊漫画雑誌に道を開いた。最初の重要な漫画入り雑誌は、連邦結成（Confederation〔1867年、英領北アメリカ法によりカナダ

自治領誕生〕）に続いて生まれた。1869年に真面目な「カナディアン・イラストレイテッド・ニューズ」（*Canadian Illustrated News*）がモントリオールで発刊され、続いてトロントを拠点としたより辛辣な週刊誌「グリップ」（*Grip*）が生まれた。これは1873年から22年間の継続期間を通じてジョン・ウィルソン・ベンゴフ（John Wilson Bengough）の政治的風刺漫画に負うところが大きい。当時のカナダで社説の風刺漫画にしばしば登場するキャラクターの最初の1人は、ジョニー（時にジャック）・カナック（Johnny〈Jack〉Canuck）である。彼は（最も初期の版では）フランス系農民、もしくはきこりの質素ないでたちをした健全な若者として伝統的に描かれており、これと対比されるのが、その片割れともいうべきよく知られた議論好きの対話相手ジョン・ブル〔擬人化されたイギリス〕と、フロックコートとシルクハットを身に付けたアンクル・サム〔擬人化されたアメリカ〕である。[2]

19世紀後期のカナダ漫画の初期において目立った人物といえばアンリ・ジュリアン（Henri Julien）であろう。アメリカやフランスの雑誌にしばしば書いていた彼は、1888年にモントリオールの「スター」紙に雇われ、カナダにおける最初の専属の新聞風刺漫画家となった。彼と同時代の漫画家の中にはケベック出身でアメリカに移住したパーマー・コックス（Palmer Cox）がいる。彼は「ブラウニー」（"the Brownies"）の妖精のようなキャラクターたちのおかげで名声を得たのである。これは何冊かの作品集として1880年代後期から出版され、ベストセラーとなった。[3] 新世紀（20世紀）の初期に表れる次世代の才能ある漫画家たちの中には、モントリオール「スター」でジュリアンの後任となったアーサー・G. レイシー（Arthur G. Racey）や、「ヴァンクーヴァー・デイリー・プロヴィンス」（*Vancouver Daily Province*）のJ. B. フィッツモーリス（J. B. Fitzmaurice）、そして1902年に風刺的な「カルガリー・アイ＝オープナー」（*Calgary Eye-Opener*）を創設し、20年間その発行者であったボブ・エドワーズ（Bob Edwards）がいる。ケベックでは19世紀の後半に70以上のフランス語の漫画雑誌が出たり消えたりした。この分野で活躍した注目すべき人物の1人は、いくつもの風刺的雑誌を発行した風刺漫画家のエクトール・ベルトロ（Hector Berthelot）である。1878年にはペンネーム"過剰な父さん"（"Père Ladébauche"）を名乗り、社会を批評する嫌な奴としてのポーズをとった。[4] やがて"過剰な父さん"は作品のキャラクターとして登場するようになり、20世紀半ばまでケベック大衆文化の主要人物となるのである。

多くの北米の漫画家が政治漫画から純粋に漫画それ自体に移行する動きは、1890年代半ば新聞の日曜版に漫画が出現したことや、1910年代に平日の新聞にどんどん漫画が載るようになったことなどに続くもので、新世紀になってから起きた現象である。20世紀が始まって以来、アメリカのシンジケートはカナダの新聞を彼らの国内市場の1部と見なしたため、平日の新聞や日曜版に安い漫画を供給するようになっていた。こうした明らかに好ましくない状況の中で、最初のカナダ製の新聞漫画がケベックのリベラルな日刊紙「ラ・パトリ」（*La Patrie*）に出現した。アルベリック・ブルジョワ（Albéric Bourgeois, 1876-1962）が1904年の初頭、現代都市ケベックでへまをやっていく頑固なダンディを描いた「ティモテの冒険」（"Les

Aventures de Timothée") を開始したのである。この漫画が人気を博したことにより、同紙とその主たる競争相手である「ラ・プレス」(*La Presse*) 紙にも他の漫画が導入されることになった。ブルジョワは1905年の初め「ラ・プレス」へ鞍替えした後、ベルトロの"過剰な父さん"の連載漫画に従事した。それはこの頃にはケベックの風刺出版物の古典ともなっていた。40年以上もの間ブルジョワは、大声でおしゃべりをするステレオタイプ的ケベック人を描いた絵や物語を供給し、1950年代初期までケベックの主要な風刺漫画家であった。

　1910年代までに比較的安価なアメリカやフランスの漫画との競争で、フランス系カナダの漫画は事実上つぶされてしまい、1970年代になるまで極めてまれなものとなった。1930年から1950年までケベックの新聞には301の国産の漫画が掲載されていたのだが、85パーセント以上がアメリカ、9パーセントがフランス、5パーセントがケベック、0.6パーセントがイギリス系カナダからといった供給状況の中で消されていったということである。イギリス系カナダでは、各新聞社はアメリカ産でない漫画を購入することなど考えもしなかったのである。ただ例外が2つある。今ではおおかた忘れ去られてしまっているが、ウィニペグの漫画家アーチ・デイル（Arch Dale）が描いたブラウニーのような「ドゥー・ダッズ」("Doo Dads"〔安ぴか物〕）であり、これは1920年代初期、短期間ではあるが北米で通信社を通して発表されていたのである。そしてより記憶に残っているもう1つは、ジミー・フリース (Jimmy Frise) が1921年から1947年まで「トロント・スター」紙に描いていた「バーズアイ・センター」("Birdseye Centre") である。1930年代はアメリカの冒険漫画の黄金時代であるが、そこに1人の卓越したカナダ人がいた。ハリファックス生まれのハロルド・フォスター（Harold Foster) が1929年に「ターザン」("Tarzan")、1937年に「勇敢な王子」("Prince Valiant") という2つの傑作を生み出したのである。それに対してこの時代カナダで唯一のシンジケート化された漫画は、トロントの作家テッド・マコール (Ted McCall) と画家のチャールズ・R・スネルグロウヴ（Charles R. Snelgrove) による「ロビンフッドと仲間たち」("Robin Hood and Company") であった。

　2つの大戦の間、ケベックにおいて新聞以外で出されたほとんどの漫画はエピナル形式の片面刷り大判紙で、それはカトリック当局からアメリカの吹き出し漫画〔人物の口から出た言葉を風船の輪郭で表したもの〕より良いとみなされた体裁であった。モントリオールの聖ジャン・バプティスト協会の『歴史物語』3巻（*Contes historiques series*, 1919-21) は漫画による説明がつけられて——その中には伝承研究家であり歴史家のリオネル・グルー（Lionel Groulx) によって脚本化されたものもある——ベストセラーになった。これが啓蒙的月刊子供雑誌「青い鳥」(*L'Oiseau bleu*, 1920-40) の発刊に繋がっていくのである。1935年に〔ケベック州〕トロワリヴィエールに拠点を置くカトリック商業観光協会が、カトリック内容の小説を針金綴じの漫画本に製作するよう依頼し、これが後に主要新聞や雑誌に掲載されるようになる。カトリックの出版社がアメリカ漫画の形式にようやく変わっていくのは第二次世界大戦の頃か、その後のことである。つまり、フィデス（Fides）社は『伝令官』(*Hérauts*)、農業書出版社

(the Compagnie de Publications Agricoles) は『絵入り英雄的・冒険的偉業』(*Exploits héroïques et d'aventures illustrés*)、『絵入り古典』(*Illustrés classiques*) という、アメリカ漫画の翻訳を出版し、一方カトリック青年学生センター (Centrale de la Jeunesse Étudiante Catholique〈JCE〉) は「フランソワ」(*François*, 1943年創刊) において、ケベック漫画にフランスとアメリカの漫画を混ぜ込んだのである。同種の少女向けのものである「クレール」(*Claire*) は、1957年に出された。この2年の間にケベック製の漫画が再び子供雑誌に活路を見出すのである。「クレール」の最も優れた漫画は、ニコル・ラプワント (Nicole Lapointe) の現代的で自信に満ちたフライト・アテンダントを描いた「ジャニ」("Jani") である。一方フィデス社の方は、多作なフランス人モーリス・プティディディエ (Maurice Petitdidier) の物語を数多く出版した。その漫画は作品集として多数再版されることになる。やがてフランス系ベルギーとアメリカの競争によって1960年代中ごろまでにJECとフィデス社の出版物は消えていった。

戦時ブームと戦後のスランプ

カナダの漫画出版は、カナダの文化全般が慢性的に抱えている次のような問題に苦しんできた。安価なフランス、イギリス、アメリカ製品と勝ち目のない競争を強いられること、国産の文化製品に対する国内の関心や魅力が限られていること、カナダの漫画作家自身が国外のひな型や形式をどうしてもモデルにしてしまうこと、そして国内の漫画産業を支える国内市場が十分ではないことといった問題である。1930年代後半までには新たな漫画産業がニューヨーク市に現れ、両国間の両替レートなどお構いなく、多くのアメリカ製の漫画本を1冊1ダイム（10セント）という不当な安値で売り、カナダに配給網を広げて発展したのである。

しかしイギリス系カナダの漫画出版事業にとって思いもよらない"黄金時代"が到来することになる。1940年の12月「戦争貿易管理法」("War Exchange Conservation Act") がスターリングブロック〔ポンド地域〕以外から必要不可欠ではない物の輸入を規制し、アメリカのパルプと漫画本の流入を断ち切ったため、突然国内の出版者が需要を満たさなければならなくなったのである。経験は浅いもののカナダの"ホワイト"（アメリカの4色刷り漫画雑誌と違い、内部が白黒印刷のためこのあだ名がついた）は、1940年代の子供やティーンエイジャーの心深くいつまでも消えない印象を残した。それらは今日に至るまでカナダの第二次世界大戦世代の超愛国主義的大衆文化の象徴となり、1972年にはナショナルギャラリーで「カナダにおける漫画芸術の伝統、1941-45」と題した名誉ある展覧会が開かれるまでに至った。それは、M. ハーシュ (M. Hirsh) と P. ルーバート (P. Loubert) による1971年の研究書『偉大なカナダの漫画本』(*The Great Canadian Comic Books*) が、それまでないがしろにされていた自分たちの国家遺産を戦後世代に紹介してから間もなくのことであった。

最初の"ホワイト"の出版社であるヴァンクーヴァーのメイプル・リーフやトロントのア

23　漫画芸術とバンド・デシネ

ングロ・アメリカンは、1941 年の 3 月に彼らの最初の刊行物を世に送り出した。メイプル・リーフの「ベター・コミックス」(Better Comics) はカナダ特有のオリジナルな題材（もとディズニーの漫画家ヴァーノン・ミラー Vernon Miller によるカナダの最初のスーパーヒーロー「アイアン・マン」"Iron Man"）を打ち出した。他方アングロ＝アメリカンのタブロイド版『ロビンフッドと仲間たち』は冒険もの全般を復刻していった。このトロントの出版社の方は、後に復刻を専門としていくようになる。ただしテッド・マッコールと画家のテッド・ファーネス（Ted Furness）の「フリーランス」("Freelance") は別扱いであった。これは年代的にいえば第 2 のカナダのスーパーヒーローであり、その人気のために大戦中ずっと単独の漫画本でスターの地位を確保していたのである。

図 15　Adrian Dingle による「オーロラ（北極光）のネルヴァナ」"Nelvana of the Northern Lights," 1945 年頃。

　ホワイトの次の重要な出版社はトロントのベル・フィーチャーズ（Bell Features）であり、これは Cy ベルとジーン・ベル（Cy and Gene Bell）の兄弟がヒルバラ・スタジオ（Hillborough Studios）を買収して 1942 年に生まれた会社である。ヒルバラは 1941 年の夏に設立され短命に終わったベンチャー企業で、その唯一の作品『勝利の冒険コミックス』(Triumph-Adventure Comics) はカナダの最初のスーパーヒロイン「オーロラ（北極光）のネルヴァナ」("Nelvana of the Northern Lights") を誕生させたのである。彼女は、イヌイトの伝説をもとに作家兼画家であるアドリアン・ディングル（Adrian Dingle）とグループ・オブ・セヴンのフランク・ジョンストン（Frank Johnston）によって作られたヒロインである。ネルヴァナ物語の挿絵はすべてディングルが描いている。人間の母とオーロラの王であるコリアク（Koliak）の娘である彼女は、オンタリオのノートンヴィルにある拠点から北方の人々（すなわちカナダ人）を守るという使命を果たすため、巨大なオーロラの光線に乗り光の速さで走ることができるのである。

　フランス系カナダ人の画家エドモンド・ルゴー（Edmund Legault）のパッケージに入った『ワウ』(Wow、カバーの日付は 1941 年 9 月) はベル社が手掛けた最初の漫画であるが、この成功によって同社はネルヴァナの作者であるアドリアン・ディングルを、5 つの出版路線を掲げるカナダ的内容のユーモア冒険漫画雑誌のアートディレクターとして雇うことになる。その 5 つとは、「ファニー」(Funny 滑稽)、「ジョーク」(Joke 冗談)、「アクティヴ」(Active 活動的)、「コマンド」(Commando 突撃隊)、「ダイム」(Dime 10 セント＝安価) である。「ダイ

カナダ文学史

図16　Steven Keewatin Sanderson,『闇が呼んでいる』*Darkness Calls*, 2006.

ム」で最初に発刊したのは、もう1人なつかしく思い出される戦時のヒーローを呼びものとしていた。16歳の漫画家レオ・バシュル（Leo Bachle）が作り出したこのヒーロー「ジョニー・カナック」（"Johnny Canuck"）は、19世紀カナダを擬人化した漫画の登場人物と同じ名前を持つ同時代の冒険家である。

　比較的遅れてモントリオールの教育事業（Educational Projects）が、1942年の後半から教育定期刊行物の隙間を埋めていった。その主力となる『カナダの英雄たち』（*Canadian Heroes*）は、「現実的な」国家のスーパーヒーローであるジョージ・M・レイ（George M. Rae）の「カナダ・ジャック」（"Canada Jack"）が導入されるまでゆっくりと売れていた。漫画本の大当たりで儲けようと、その他4つの出版社が1944年（フィーチャー Feature）、そして1945年（F. E. ハワード F. E. Howard、ラッカー Rucker、スペリア Superior）に出現した。しかし1941年から高まってきたこの勢いは、1945年の夏に輸入禁止令が解除されたことで突如終わりを

迎えるのである。スペリア、アングロ・アメリカン、そしてベルはアメリカ漫画を増刷して売ることで危機を乗り切ったが、競争相手である同業者はすべて 1946 年の後半までには事業をたたんでいった。スペリアは、桁ちがいに身の毛のよだつようなホラーものを出版して次の 10 年間生き延びるが、やがて 1950 年代半ばの漫画をめぐるアメリカの倫理パニックによって倒産させられてしまう。

　次の 10 年の終わりまでカナダで作られたわずかな漫画本は、ほとんどが教育推進のためにトロントのゲインズ・プロダクション（Ganes Productions）とハリファックスのコミック・ブック・ワールド（Comic Book World）によって制作された無料配布物である。公益事業としての漫画はしばしば見逃されているが、長い間続いている漫画産業の 1 部となっている。公権をはく奪された共同体に届く手段としてのその社会的妥当性はこの年月に高まっていった。最近の例としては、アボリジニのティーンエイジャー向けの公衆衛生を扱う漫画シリーズが、2006 年ヴァンクーヴァーを拠点とする「健全なアボリジニのネットワーク」（"Healthy Aboriginal Network"）によって、全国で刊行されたことである。『闇が呼んでいる』（Darkness Calls）では、画家のスティーヴ・キーワティン・サンダーソン（Steve Keewatin Sanderson）が、クリーの 2 つの霊であるウェサケチャク（Wesakechak）とウィーティゴ（Weetigo）が自殺志願の少年をめぐって繰り広げる闘いを描いている。少年は最終的に生きる意志を表明するというものである。

カウンターカルチャー、ナショナリズム、アヴァンギャルド――
植民地空間における漫画製作

1960 年代は漫画が変化する時代である。すなわち 20 世紀初期からずっと子供向けに作られてきた漫画が、この時代にカウンターカルチャーの重要な表現手段となった。その理由は手ごろな値段で入手できるし、またベビーブームに生まれた人々に受けたからである。カナダの前衛文学はアメリカやヨーロッパのものとは違い、革新的な表現形式を生み出すのに漫画を利用した。初期のそうした試みに、もっぱら具象詩人の bp ニコル（bp nichol）の発想で作られた「スクラプチャーズ」（Scraptures）がある。これはトロントの実験的雑誌 grOnk の特別号となっており、1980 年代まで彼が作る「スクラプチャーズ」の「続き」（"Sequences"）シリーズの最初のものである。彼は生涯にわたってこの漫画という媒体の形式と内容に魅了されるのだが、その最初の表れが 1960 年に始まる漫画「猫のボブ」（"Bob the Cat"）である。ここに登場する猫は 1965 ～ 8 年の「詩人大尉」（"Captain Poetry"）の詩の主人公として生まれ変わり、これは最終的に 1971 年に出版される。変装したスーパーヒーローのパロディ化された声を統御しきれなかったと感じた彼は、後にこれらの詩に不満を抱くようになる。彼はその他沢山の漫画形式の詩を創作した。その多くは『H 字形』（Zygal）、『殉教学 6』（The

Martyrology Book 6)、『贈り物――殉教学 7 &』(Gifts: Martyrology Book[s]7&)という『アレゴリー』(Allegory) シリーズの中に見ることができる。

　bp ニコルがカナダ内外において漫画ベースのヴィジュアルな詩に従事した唯一の前衛作家であったとはいえ、その他にも同様の活動はわずかではあるが 1970 年代初めに登場している。小さな出版社であるトロントのコーチ・ハウスは 1969 年に『いびき漫画』(Snore Comix、ジョン・ベルの独創性に富む 1986 年の研究書『カナック漫画』Canuck Comics において「カナダの最初の前衛漫画」とされている）を製作した。これは bp ニコル自身と数名のカナダのポップアーティストたち、およびダダの世界を特集した 3 巻シリーズの初巻であり、ヴィクター・コールマン（Victor Coleman）、グレッグ・カノエ（Greg Curnoe）、マイケル・ティムズ（Michael Tims）が寄稿している。その他コーチ・ハウスの前衛漫画に寄稿された目立った漫画は、イギリス生まれの画家マーティン・ヴォーン＝ジェイムズ（Martin Vaughn-James）によるほとんど不可解な"ヴィジュアル小説"である。『プロジェクター』(The Projector, 1971)、『公園』(The Park, 1972)、『鳥かご』(The Cage, 1975) は、1970 年にニュー・プレスから出された彼の最初の作品『象』(Elephant) を引き継ぐものである。ケベックにおける漫画への前衛的関心は、シュールレアリスト詩人のクロード・ハフリー（Claude Haeffely）を中心に集まった芸術家グループ「シバムギ草（Chientdent）」（マルク＝アントワーヌ・ナド Marc-Antoine Nadeau、アンドレ・モンプティ André Montpetit、ミシェル・フォルティエ Michel Fortier）による革新的視覚表現という形で始まった。彼らの作品は 1970 年の「マクリーンズ」(Maclean's) や「パースペクティヴズ」(Perspectives) といった一流雑誌に短期間ではあるが掲載されている。

　だがカウンターカルチャーの狙いは芸術というよりはっきりと政治的なものであったから、イギリス系カナダとケベックの漫画はともに、同時代のカナダの現実風刺や政治的批判を重視するものとなっていくのである。1971 年にジャーナリストのジョージ・レイビ（George Raby）によって称賛された"ケベック漫画の春"は、主として"静かな革命"を支援するために大学生による大学生向けとして考案された散発的な出版物である。中でも「ケベック製」(MA（R）DE IN KEBEC、Sherbrooke, 1970-2)、「BD」(BD, 1971-3)、「図解水頭症患者」(L'Hydrocéphale illustré, University of Montreal, 1971-2)、「果肉」(La Pulpe, Ottawa, 1973-5)、「スクリーン」(L'Ecran, 1974)、「プリズム」(Prisme, 1974-7)、「風船テスト」(Baloune, 1977-8) は、同時代のフランス系カナダの漫画出版における多様性を示すものとなっている。

　漫画は時にナショナリストの思想を伝達する人気媒体ともなった。それはたとえば、レアンドル・ベルジュロン（Léandre Bergeron）によるケベックの歴史をマルキスト的に解釈し漫画に改作したロベール・ラヴァイ（Robert Lavaill）の『簡約ケベック史』(Petit manuel d'histoire du Québec, 1971) や、ピエール・フルニエ（Pierre Fournier）による、ケベック人ヒッピーのスーパーヒーローを描いた 1973 年の単発もの『ケベック大佐の冒険』(Les Aventures du Capitaine Kébec)、そしてアステリクス（Astérix〔フランスの人気漫画『アステリクスとオベリクス』〕）に触

発されて描いたJ. ギルメ（J.Guilemay）の、トルドー首相によく似た悪漢を主人公にする「ケベコワになったヒューロン人ボジュアル」("Bojoual le Huron Québékois") 作品シリーズ（1973-6）である。アルベリック・ブルジョワやアルベール・シャルティエ（Albert Chartier, 1912-2004）のような一流の古典的ケベックの漫画家もまた、この時代には文化的ナショナリストによって取り込まれる。1970年代中ごろまでシャルティエの「オネシム」("Onésime") はケベックの歴史上もっとも長く続いた漫画であり、1943年の後半から「農民会報」（*Bulletin des aqgriculteurs*）に中断することなく掲載された。災いをもたらす特技を持った、痩せてパイプを吸うローレンシア丘陵の真面目で現実的な農夫は、60年間というもの毎月1頁のギャグの中の主役であった。それは第二次世界大戦後のケベックの田舎や小都市の中産階級の人々が経験した社会変化についての証言ともなっている。

漫画がその顕著な特色となったカナダの最初の主要なアングラ新聞は、モントリオールの「ロゴス」（*Logos*）と、ヴァンクーヴァーの「ジョージア・ストレイト」（*Georgia Straight*）であり、どちらも1967年に創刊されている。1970年までに「ストレイト」は、ノヴァ・スコシア生まれのランド・ホームズ（Rand Holmes, 1942-2002）の作品を出し始めた。彼はこの国の最も優れた漫画家になり、その30年間のキャリアを通じてカナダ、米国のどちらにおいても認められ、売れっ子であった。絶妙に描かれたカバーや差し込みイラストを「ストレイト」に提供するのに加え、ホームズは"ハロルド・ヘッド"という麻薬とセックスに取りつかれただらしのないヴァンクーヴァーの変人を創造した。彼の物語は、多くの痛烈な風刺を含むが、それはしばしばトルドー首相に向けられ、とりわけ彼が戦時措置法案を持ち出した10月危機のときや、内閣がベトナムへのアメリカの軍事介入を気乗りのしない様子で批判したときにそうであった。1971～2年オタワで出版された『ファドル・ダドル』（*Fuddle Duddle*）においても、首相は風刺の主たる対象であった。[11]

アメリカの場合と同様に、カナダの漫画の全盛期は1970～3年である。その後は、アメリカのベトナムからの撤退や世界的不況の始まりが、カウンターカルチャー運動をすぼませていくのに一役買うのである。ヴァンクーヴァーから2つの派手な単発物が出されてこの時代は幕を閉じる。「ジョージア・ストレイト」のポルノ的な『全カナダビーバー漫画』（*All Canadian Beaver Comix*）と、ウォーターゲート事件の容赦ない風刺であるレオ・バーダック（Leo Burdak）の『ギアフット・レックス』（*Gearfoot Wrecks*）である。カナダ漫画はランド・ホームズのほかに一握りの実にすぐれたクリエーターを生み出した。特にサスカトゥーンのデイヴ・ギアリ（Dave Geary、『自然漫画』*Nature Comix*、ダダイスト的『ブリッジ・シティ・ビア漫画』*Bridge City Beer Comix*）、またヴァンクーヴァーのブレント・ボウツ（Brent Boates）とジョージ・メッガー（George Metzger）である。

イギリス系カナダの過激主義はめったに漫画という手法を使うことはなかったが、『そう呼ばれたからカナダと命名した』（*She Named It Canada Because That's What It was Called*）はその顕著な例外である。コレクティヴ・コレクティヴ（the Corrective Collective）によって発行

カナダ文学史

されたこの 80 頁のカナダのフェミニズム史は、もともとは 1971 年ヴァンクーヴァーで開催された女性会議の配布資料として印刷されたものであったが、改訂が加えられ 2 度にわたって再販されたのである。1970 年代後半の政治風刺の 1 つの意味深い例は、漫画本ではなく進歩的なトロントの出版物「この雑誌」(*This Magazine*) に導入された風刺漫画のページであった。この雑誌の編集者の 1 人がリック・サリューティン (Rick Salutin) であった。彼がマーガレット・アトウッドをレギュラーの共著者になるよう口説き落とし、「カナダ文化漫画」("Kanadian Kultchur Komics") が創作された。これは絵も含め（正直なところ技術的に限界があるのだが）、バート・ジェラード (Bart Gerrard) というペンネームでアトウッドが作った皮肉たっぷりな漫画である。マイク・チャーカス (Mike Cherkas) の「ウェスト

図 17　Margaret Atwood,「サヴァイヴァルウーマン」 "Survivalwoman," 1975.

マウントのメリー・ワース」("Mary Worth in Westmount") や、「カナザン——アカデミック・ジャングルの君主」("Canazan: Lord of the Academic Jungle"、ジョン・セック John Sech との共同制作)、あるいはマイク・スミス (Mike Smith) の「コレクト・ライン・コミックス」("Correct Line Comix") といった、より明白なパロディ調漫画に続いて出てきたアトウッドの 19 の不遜で皮肉な漫画は、当時の忘れられない風刺漫画のまさに目玉となった。たとえばそれは、腹を突き出し夕刻に目立ち始めるひげ面のスーパーハムと名づけられたチェイン・スモーカーのアメリカン・スーパーヒーローや、単純な独立賛成派であるケベックの男たらし"アンフィビアンウーマン"(Amphibianwoman)、自己卑下的な"サヴァイヴァルウーマン"、そして、唯一の優れた特質がスノーシューズと敗北主義精神であるカナダのスーパーヒロインなどである。アトウッドは漫画という手段で、イギリス系カナダの知識人たちが持つ左翼的教条主義のまやかしを暴いたのである。また彼女は、自由主義者の文化的ナショナリズムへの見せかけの関わりと同様、ケベックの主権連合政府に対しても懐疑的見方を示している。

カナダ漫画産業の基礎づくり

1970年代半ばから1990年代半ばまで、北米の漫画（ケベックを除く）は二重の変遷を経験した。その1つは、主流でなかった漫画がカウンターカルチャー的内容を特徴とする"アングラもの"から、10代やそれより年上の若者たちに受けるようなセックス、風刺という要素を加味し、主流ジャンル（スーパーヒーロー、ファンタジー、SF）に適合した物語を提供する"別の新しいもの"（"alternatives"）へと発展、変化していったことである。2つ目が、その変化は漫画を読むことが文化的ニッチ（ユニークな隙間）になってきた時代に起きたということである。それまで数十年間の購買者層、すなわち安い価格で買って読んでいた子どもたちより平均的に年上のファンの要求に応じていた専門店が、漫画の素材を提供し、そのネットワークは拡大しつつあったのである。同じような現象はケベックでも起きている。1968年5月の学生紛争を機に、別の新たな漫画が生まれ、フランスの漫画市場に成熟をもたらす。

こういった国内成長にもかかわらず、国外競争では依然として苦境が続いた。ヨーロッパのカウンターカルチャー運動や1960年代後半の地域文化ナショナリズムの波に便乗した小出版社の漫画は消散してしまうが、数年たつとこうした小規模な会社は単発物を出すようになる。しかしこれも2、3回以上の発行に至ることはまれであった。カナダの漫画家の中には一流のアメリカの出版社向けに仕事をし、時には人気作家（たとえば、ジョン・バーン John Byrne、トッド・マクファーレン Todd McFarlane、スチュワート・イモネン Stuart Immonen、ダーウィン・クック Darwyn Cooke）になる者もあり、時折カナダ的なもの（たとえば、ジョン・バーンが1980年代の初期にマーベル・コミックス Marvel Comics に描いたスーパーヒーローのチーム「アルファ・フライト」"Alpha Flight"）を紹介していたが、カナダの定期漫画雑誌がアメリカの主流漫画出版において決定的に成功することはなかった。

1974年から10年の間に、他のイギリス系カナダの出版社が数多く現れた。トロントのオーブ（Orb）、アンドロメダ（Andromeda）、ピーター・ダコ（Peter Daco、「カジュアル・カジュアル・グラフィック・マガジン」*Casual Casual Graphix Magazine*）、さらにカルガリーのCKR（「キャプテン・カナック」*Captain Canuck*）、そしてモントリオールのマトリックス・グラフィック・シリーズ（Matrix Graphic Series、「マッケンジー・クイーン」*Mackenzie Queen*）、ヴァンクーヴァーのジム・マクファーソン（Jim McPherson、「ファンタシア」*Phantacea*）とスタンパート（Stampart、ランド・ホームズの極上の漫画を含むポスト・アングラものの「霧の町漫画」*Fog City Comics*）である。この時期の最も興味深いベンチャー出版といえば、セス（Seth）によって美しくイラストされたパラノイドの反ユートピアSFである『ミスターX』（*Mister X*）と、タイ・テンプルトン（Ty Templeton）のコメディ風『スティグの地獄』（*Stig's Inferno*）を出したトロントの出版者ビル・マークス（Bill Marks）のヴォルテックス（Vortex）、そして何よりもオンタリオのキッチナーにあるアードヴァーク＝ヴァナハイム（A-V, Ardvark-Vanaheim）である。1977年にデニ・ルバート（Deni Loubert）により、彼女のパートナーであるデイヴ・

シム（Dave Sim）の漫画を出版するため作られたこのA-Vは、カナダ漫画における最もすぐれた業績の1つ、シムの『アードヴァーク セレバス』(Cerebus the Ardvark) シリーズを生み出した本拠地なのである。その主要作品のほかに、A-Vはまた他の何人かのアーティストに作品を描かせている。その中にはヴァンクーヴァーのアーン・サバ(Arn Saba)の魅力的な『ニール――馬の漫画物語』(Neil the Horse Comics and Stories) がある。この漫画芸術は、アメリカの黄金時代のミュージカル・コメディに作者が魅了されたところから生まれた短い動物漫画物語集である。

1980年代半ば、投機的ファンに煽られた漫画市場はバブルとなり、その他多くの短命な作品を生み出した。この中にはゼロックス印刷の仮綴じの表紙のついた小冊子（トロントではジョン・マクラウド John MacLeod の『ディッシュマン』Dishman や、チェスター・ブラウン Chester Brown の『ヤミー・ファー』Yummy Fur、ヴァンクーヴァーではコリン・アプトン Colin Upton の『大きなもの』Big Thing) もあった。これらに先立つパイオニア的なものは、ヴァンクーヴァーのデイヴィッド・ボズウェル（David Boswell) が自費出版した『レイド・フレミング』(Reid Fleming)、『世界一タフな牛乳配達』(The World's Toughest Milkman) や、1981年にフリー＝クラック共同出版 (Free-Kluck collective) によって出された5つの小漫画集である『ジャム＝パック、ウィニペグ』(Jam-Pac, Winnipeg) や、またその実験的命題が1960年代の bp ニコル的素材を思い出させるような K. G. クルイックシャンク (K. G. Cruickshank) の『無名漫画』(No Name Comix, 1984) である。これとは対照的に外国の出版物に寄稿する作家（たとえばアメリカのアングラ雑誌に載ったヴァンクーヴァーのキャロル・モイセイヴィッチ Carol Moiseiwitsch の漫画) もいた。1980年代後半までには、漫画界でその後重要な作家になる何人かが浮上しようとしていた。その中にはダグラス・クープランド（Douglas Coupland) がいる。彼は小説に転向する前にトロントの雑誌「ヴィスタ」(Vista) において、ベビーブーム後の猛烈な出世競争文化について探り始めていた。漫画家のポール・リボシュ (Paul Rivoche) との合作で描かれた彼の「X世代」漫画 ("Generation X" comic-strip, 1988-9) は、ブラッド（Brad）という野心的ヤッピー（Yuppie〔1940年代後半から50年代前半生まれの都会派の若手エリート〕）が、ロールモデルとする退屈な上司ジョン・ブーマー（John Boomer）とウォード氏（Mr. Ward）のような成功を必死に求める姿を特徴的に描いたものである。

現代ケベックの漫画は、1979年リュドゥコム・クロック（Ludcom-Croc) 社が「クロック」(Croc、"牙"の意味だが、さらに"噛む"や、"素描する"を意味する動詞 croquer の最初の綴りでもある）の刊行を開始したことで彼ら自身のものとなったといえる。この雑誌は、風刺的なものを扱う出版社の同時代の2つの支柱であるアメリカの「ナショナル・ランプーン」(National Lampoon) とフランスの「水先案内人」(Pilotte) に刺激を受けて出された雑誌であった。1970年代における漫画の扇動者であったジャック・ユルテュビーズ（Jacques Hurtubise)、彼のパートナーであるエレーヌ・フルーリ（Hélène Fleury)、そしてピエール・ユエ（Pierre Huet）の3人組によって編集されたこの月刊雑誌は、滑り出しこそ緩慢なもの

であったが189巻まで続く成功をおさめた。それは多くの脚光を浴びる漫画家（クロード・クルティエ Claude Cloutier、リュシー・ファニエル Lucie Faniel、ピエール・フルニエ Pierre Fournier、セルジュ・ガビュリ Serge Gabury、レアル・ゴドブー Réal Godbout、カロリーヌ・ムロラ Caroline Merola 等々）を世に出して15年後に終了した。1983〜4年の「タイタニック」（Titanic、ガルノット Garnotte、アンリエット・ヴァリアン Henriette Valium——パトリック・ヘンリー Patrick Henley のペンネーム——ジュール・プリュドム Jules Prud'homme、シルヴィ・ピロン Sylvie Pilon、レミ・シマール Rémy Simard を呼びものとして特集していた）というまさにその運命に見合った名前の漫画雑誌が失敗したにもかかわらず、リュドゥコム・クロックは1980年代を通じ、作品の認可、ラジオ、テレビへの流入、そして漫画全集（ユルテュビーズの『陰気な悪漢』Le Sombre villain、レアル・ゴドブーとピエール・フルニエの「ミシュル・リスク」"Michel Risque" と「赤いケチャップ」"Red Ketchup" シリーズ）により非常に目立った存在になっていた。1980年代においてほとんどのケベックの漫画家たちは、「カクテル」（Cocktail, 1981年に6巻）やネオ＝アングラものの「氷山」（Iceberg, 1983-5, 1990-4）といった他の雑誌に寄稿している時でさえ、ユルテュビーズのために働き、また彼によって見出されたのであった。「クロック」は、シルヴァン・ボルデュック（Sylvan Bolduc）によるケベック市を基盤とした新雑誌「サファリ」（Safarir）と張り合わなければならなくなった1987年に傾き始めた。「マッド・マガジン」（Mad Magazine）に触発されて作られたこの新しい出版物の方は、ユルテュービーズの雑誌——これはやがて1994年につぶれる——の多くの忠実な読者に受けるような社会政治的風刺よりも、戯作的なユーモアに力点を置いた。「サファリ」はそれ以来多くの、名を成した、もしくは新人である漫画家たちの作品発表にとって欠かせない重要な場となっていく。

1980年代半ばからケベックの漫画産業は、他の2つの重要な創造的源泉によって大いに利益を得ることになった。変異に富む特性を持つ多くのネオ＝アングラのファン向け雑誌（「バロニ・コミックス」Baloney Comix、「エグジル」EXIL、「グラットセリュール」Gratte-Cellules、「ギロチン」Guillotine、「スプートゥニック」Spoutnik、「タバスコ」Tabasko）は初心者の訓練の場となって、そこから多くのものが巣立ち、プロの漫画家（グレゴワール・ブシャール Grégoire Bouchard、フィデル・カストゥレ Fidèle Castrée、ジャン＝ピエール・シャンシゴ Jean-Pierre Chansigaud、レアンヌ・フランソン Leanne Franson、アレクサンドル・ラフルール Alexandre Lafleur、マルク・テシエ Marc Tessier）になっていったのである。さらにまたフランスの漫画出版の影響によって多くのハードカバーやペーパーバックの出版社が出現した。それらはアメリカの漫画入り雑誌形式への転換を数年先取りしていた。たとえばイブ・ミエ（Yves Millet）のエディション・デュ・フィラクテール（Éditions du Phylactère）のようなかなり大きい会社、漫画家レミ・シマールのカミ＝カーズ（Kami-Case、現在はエディション・ドゥ・ボレの支店）、ミル＝イル（Mille-Iles）、スリェール（Soulières、もとはファラルド Falardeau）とダムール（D'Amours）、ロマニシェル（Romanichels）、およびラ＝ドゥ＝マレ（Raz-de-Marée）

のような小さな出版社などである。

　様々な地域において漫画は活況を呈していた（たとえば若いヴァンクーヴァーの漫画家たちの作品を特集した散発的なアンソロジー『ドリッピータウン』Drippytown）にもかかわらず、イギリス系カナダの漫画とケベックのバンド・デジネは、概してアメリカやフランスの出版社に採用されるまではほとんど人の目に触れることはない状況が続いていた。しかし、20世紀の最後の10年間に北米の漫画産業が漫画雑誌形式に切り替わっていくことで、市場は優れたカナダの漫画作家にとってよき方向へ変化していくのである。

グラフィックノヴェルの時代

定期刊行物の小売店ではなく本屋で売られるように作成されたハードカバーやペーパーカバーの漫画であるグラフィックノヴェルは、長い間北米に存在はしていた。だが漫画産業も出版業界もこれがビジネスとして独立して成り立つとは1980年代後半までは考えもしなかったのである。"グラフィックノヴェル"という用語は1964年にアメリカのファンや批評家のリチャード・カイル（Richard Kyle）によって最初に造られたものであった。これは漫画が、20頁ほどの物語を集めた当時標準であった4色刷り中綴じの小冊子を超えるようなスタイルへと、長期的に進展変化しうることを示す言葉だったのである。北米の人々は1930年代からヨーロッパ人たちが読んできた漫画にほとんどなじみがなかったし、また日本人が1950年代以来熱心に読んでいた分厚い"マンガ"も大抵の者は知らなかった。カトリック教会と関係したフランスやベルギーの出版社による「アルバム・ドゥ・バンド・デシネ」（*albums de bande dessinée*）は、ケベックにおいては1930年代の昔から入手できたが、比較的高価であったためにあまり目立つものではなかったのである。それらは都市における中流階級の子どもたちに読まれたが、ケベック地方で主要な大衆文化になることは決してなかった。ケベックでは（同時代のフランスにおけると同様）漫画作品集は正当な文化として多少は認められていたが、イギリス系カナダにおいて漫画本がそのようになるのは時期早尚という状況であった。

　このことでわかるのは、1970年に2つの前衛漫画、アンドレ・フィリベール（André Philibert）の『オロール70〈うんざりした女は発砲する〉』（Oror 70 ⟨*celle qui en a marre tire*⟩）と、ティボ（Tibo、ジル・ティボー Gilles Thibault のペンネーム）の『覗き見する目』（*L'Œil voyeur*）を出版するため、エディション・デュ・クリ（Éditions du Cri）が"アルバム（作品集）"という形式をなぜ選んだのかということである。麻薬文化、自由恋愛、体制拒否、またサイケ文化を背にしたケベックの独立を扱うこれら2冊の本はカナダの最初のグラフィックノヴェルと考えられるかもしれない。もう1つの注目すべき先駆的作品は、1978年に出された『森林伐採』（*Now You're Logging*）である。物語も絵もバス・グリフィス（Bus Griffiths, 1913-

2006) によるもので、恋愛小説に加えて不況時代のブリティッシュ・コロンビアにおける沿岸地域の森林伐採に関する詳細な記録である。彼は戦時中ヴァンクーヴァーのメイプル・リーフ出版（Maple Leaf Publishing）に寄稿していた作家である。この本はフランスの"アルバム"の伝統とも、当時生まれ出ようとしていたグラフィックノヴェルとも何の関係もなく、実際のところ教育漫画の伝統により近いものである。中綴じの小冊子に匹敵するような媒体としてのグラフィックノヴェルは、1990年代において成熟した。そのきっかけは、アート・スピーゲルマンの『マウス』（Maus）が思いがけなく成功したり、日本の"マンガ"の人気が世界的に拡大したことがある。またその文学的可能性が主流メディアに推奨され、新たな良き評判に伴って収益性が上がっていったことで、新しい形式に対する本屋の関心が高まっていったからである。1990年代以来カナダの人々は高級なグラフィックノヴェルを大いに楽しんでいたのである。それはこれに続く2つの別な投機的出版企画であるアードヴァーク＝ヴァナハイム社の『セレバス』（Cerebus）や、モントリオールのドゥローン・＆・クォータリ（Drawn & Quarterly〈D&Q〉）の成功でもわかる。

　もし「カナダの素晴らしいグラフィックノヴェル」といったものがあるとすれば、デイヴ・シムの16巻6,000頁の『セレバス』がそれに最も近いものといえる。これはエスターション（Estarcion）という架空の世界の、短気で刀を振り回すようにしゃべるアードヴァーク（aardvark、ツチブタ）のライフ・ストーリーであると説明してしまうと、それはジョイスの『ユリシーズ』が1904年のダブリンにおけるレオポルド・ブルームの生の1日だというのと同じくらいの役にしか立たないであろう。1977年から始まり2004年で完結した『セレバス』は、その長さ——多くの"マンガ"シリーズは5〜6,000頁の長さではあるのだが——と、主としてその前例のない創造的領域のせいで、漫画分野の最も注目すべき、そして厄介な偉業の1つである。漫画のファンで、20代のはじめには独学でプロの漫画家になっていたシムは、1979年に自分の白黒の作品——もともとはマーベル・コミックスのヒーローファンタジーもののパロディであった——は、月に300分冊（それ以上でも以下でもない）にもわたる独創的な冒険的企画になると判断した。純粋に人気だけで見てみると『セレバス』は、1980年代を通じてイギリス系カナダのその他の漫画より抜きんでていた。それは時にドタバタ喜劇、メロドラマ、ファンタジー、マジック・リアリズム、自伝的書き方、パンフレット書き、宗教的解説（終わりから2番目の巻）さえも含めて交互に入れ替わりながら、通俗文化（マルクス兄弟、ローリング・ストーンズ、ワーナー・ブラザーズの漫画のキャラクター）や、オスカー・ワイルド、F. スコット・フィッツジェラルド、アーネスト・ヘミングウェイの作品はもちろんのこと、20世紀後半のすべての重要な英語漫画の概念にまで踏み込んでいくような触手のついた物語といえるものである。シムの作品を評価するのは、内容と形式の亀裂があるせいで難しいものがある。だが一方で彼は世界で最も熟練したグラフィックノヴェルの語り手の1人である。優れたアメリカの先輩たちによって開かれた視覚的物語法のすべての可能性を吸収消化したうえで、テキストのイメージと、ヴィジュアルな性格描写の

限界やページのデザイン、レタリングとの関係の可能性を広げ、先輩たちを超えたのである。その最良の作品においては、彼はまたずば抜けた才能のある対話（劇）作者でもあった。他方では、漫画は 5 巻から 16 巻まで、様々な論争上の考えを伝える手段ともなっている。それらは、シリン（Cirin）に率いられた母系神権政治のもとでのセレバスの個人的破滅を記録している。シリンとは主人公の悪しきダブルとして設定された巨大な雌のツチブタ（アードヴァーク）である。『セレバス』は、読者に物語上の問題を無視するよう求めているとはいえ、これは比類のない創造的実験作といえる。

　シムは 1990 年代の初めまで北米の反体制的漫画出版の代弁者であった。だがアードゥヴァーク＝ヴァナハイム社は 1980 年代後半以降になると他の作家たちの作品を出版するのをやめる。カナダの漫画家たちを最も積極的に売り出そうとしたカナダの出版社はクリス・オリヴェロ（Chris Olivero）で、D&Q の創設者である。このモントリオールの出版社は 1990 年に、北米やヨーロッパの反体制的クリエーターたちの様々な関心が込められた作品を特集する作家名を冠したクォータリー・アンソロジーで登場した。ここに載った者たちの中から国際的に認知されるような傑出した作家が何人も現れた。その中の主要な作家がジュリー・ドゥセット（Julie Doucet, 1965-）である。1980 年代後半に自費出版された彼女のフランス語のファン向け冊子『きたない策略』（Dirty Plotte）[12]に注目したオリヴェロは、それを英語に直し、同じ題名で出版を続けた。ドゥセットの意識の流れを使った作品は、女性の生の試練（特に生理やその他の身体の排泄物）をめぐって展開し、ロバート・クラム（Robert Crumb）の徹底して自伝的な漫画作りに影響され、傾向としてはネオ＝アングラの"グランジー"（grungy 汚い）な絵と語りで表現されたものである。この作品によって彼女はアメリカやヨーロッパの反体制漫画界で知らないものがいないほど非常に有名な作家になった。外国で暮らした後に彼女は、それほど現実離れしたものではない自伝的物語（『私のニューヨーク日記』 My New York Diary, 1999、『マダム・ポールの情事』 The Madame Paul Affair, 2000、『日記』 Journal, 2004）を発表し、やがて 2006 年に漫画をやめると発表した。

　オリヴェロスが次に見つけ出した重要作家、セスとチェスター・ブラウンはトロントを舞台として登場した。1980 年代の半ばにボルテックス・コミックスと短期間仕事をした後、セス（1962 年生まれで本名はグレゴリー・ギャラント Gregory Gallant）は『パルーカ・ヴィル』（Palooka Ville）で、1960 年代以前の製品や大衆文化への彼の郷愁が染み込んだ哀愁を帯びたアンティミスト（intimist〔個人の内面感情を表現する〕）の物語のために、「ニューヨーカー」の漫画家たちに影響を受けた、幻惑的なほど素朴なスタイルをとっている。その自伝的教養小説『くじけなければ、良い人生』（It's A Good Life, if You Don't Weaken, 1996）は、「ニューヨーカー」の無名の漫画家（実際は架空の人物）に関して長々と調べたものである。まだ完結していない『クライド扇風機』（Clyde Fans, 2004）は、1957 年のオンタリオでの扇風機産業を背景とした家族の歴史である。父ジョン・ギャラントとの合作である『バノック、豆と紅茶』（Bannock, Beans and Black Tea, 2004）は、世界大恐慌時代のプリンス・エドワード島における

父の子ども時代の感動的な挿絵つき回想記である。『ウィンブルドン・グリーン——世界一の漫画本収集家』（*Wimbledon Green: The Greatest Comic Book Collector in the World*, 2005）は漫画本収集に関する皮肉っぽい多視点からの寓話となっている。

　チェスター・ブラウン（1960-）は特異な作家である。デイヴ・シムのように議論好きでもなければ様式が華々しいわけでもないが、より一層神秘主義的なのである。1980年代初期のミニサイズの漫画『素敵な毛皮』（*Yummy Fur*）は、異なる対話のコマが全体に無作為に並べられた面食らうような頁が含まれているし、一風変わった難解な『幸せな道化のエド』（*Ed the Happy Clown*）ではシュールな自動記述を漫画に使っている。『素敵な毛皮』が1986年ヴォーテックス社に採用されて以来ブラウンは、1991年にD&Qに加わってから続けている福音書の口語の脚色の仕事をやる一方、痛々しいほど深い内部を探った自伝的ティーンエイジャーの罪の意識の物語（『プレイボーイ』*The Playboy*、『いつも君を嫌ってた』*I Never Liked You*）を書くようになった。幼児が生誕して以来の世界認識を綴った未完シリーズ『水面下』（*Underwater*）が相対的に失敗した後、彼は『ルイ・リエル——漫画伝記』（*Louis Riel: A Comic-Strip Biography*）を書き始め、これが2003年、彼に国際的な称賛をもたらすことになった。

　1990年代後半以来D&Qによって示されたその他の重要な漫画家の中には次のようなものがいる。『ヴェレヴィジョン——漫画と絵画のカクテル』（*Vellevision: A Cocktail of Comics and Pictures*, 1997）に見られる折衷的挿絵の作品があるゲイ・トロント〔トロントの同性愛者地区〕の作家モーリス・ヴェレクープ（Maurice Vellekoop, 1964-）、また『事実だけ』（*Just the Facts*, 1998）や『サスカトゥーンに生きる』（*Surviving Saskatoon*, 2000）、『人生の肖像画』（*Portraits from Life*, 2001）で短編の一流作家として現れたデイヴッド・コリエ（David Collier）、そして2人のケベックの漫画家——1998年からモントリオールのエディション・ド・ラ・パステク（Éditions de la Pastèque）から出されている"ポール"シリーズのミシェル・ラバリアティ（Michel Rabagliati, 1961-）と、アジアにおけるアニメ制作監督者としての経験にまつわる旅行談『シェンツェン——中国紀行映画』（*Shenzhen: A Travelogue from China*）と『ピョンヤン——北朝鮮の旅』（*Pyongyang: A Journey in North Korea*）が2000年代の初期にフランスで出版されているギ・ドゥリール（Guy Delisle, 1966-）である。D&Qはカナダの主要な反体制的漫画出版社であるのだが、アメリカにおいてそれにあたるファンタグラフィックスもまたホ・チェ・アンダーソン（Ho Che Anderson, 1969-）、デイヴ・クーパー（Dave Cooper, 1967-）といったカナダの漫画作家たちに仕事を依頼した。黒人作家であるアンダーソンはまず最初にマーティン・ルーサー・キングの素晴らしい伝記『キング』（*King*）を描いたのだが、次のトロントを舞台とした『ポップ・ライフ』（*Pop Life*）シリーズは、明らかに物語上の技術よりも暗黒小説的な陰惨な挿絵が優れたものとなっている。クーパーの方はこれとは全く異なる調子で、男の性的妄想をめぐって展開する不穏な漫画である『サックル』（*Suckle*, 1997）、『クランプル』（*Crumple*, 2000）、『リップル』（*Ripple*, 2003）を、故意に戯画的スタイルで描いている。

所詮子どものアートだという漫画に刻印されてきた傷に打ち勝ち、今やグラフィックノヴェルは、小説や伝記を書くための有効な手段を代表するものとなっている。何人かのカナダ人がそこにおいて際立って優れ、世界的に知られている分野であることもわかったのである。こうして 1980 年代から次第に漫画が正当な芸術と認められるようになり、インテリ向きのカナダの出版社に利益をもたらすようになった。それらの本は国際市場において、また主流の文学作品の批評家の間でも読まれるようになり、名声を享受するようになっている。[13]

注

1. Mordecai Richler, *The Great Comic Book Heroes and Other Essays*（Toronto: McClelland and Stewart, 1978）, pp. 122-4.

2. 19 世紀の漫画についてはジョン・ベル John Bell の草分け的な仕事である *Canuck Comics*（Montreal: Matrix Book, 1986）, pp. 19-21 や、またより最近の *Invaders from the North: How Canada Conquered the Comic Book Universe*（Toronto: Dundurn Group, 2006）, pp. 21-3 に記録されている。

3. Roger W. Cummins, *Humorous but Wholesome: A History of Palmer Cox and the Brownies*（Watkins Glen, NY: Century House, 1973）. また Nick Mount, *When Canadian Literature Moved to New York*（Toronto: University of Toronto Press, 2005）, pp. 60-6 も参照。

4. "Father Excess." この訳は著者による。

5. Yves Lacroix, "La Bande dessinée dans les journaux québécois（1930-1950），" *La Nouvelle barre du jour* 110-111（February 1982）, pp. 101-9、Bell, ed., Canuck Comics, p. 104 からの引用。

6. エピナル形式 *Images d'Épinal* とは、19 世紀にフランス北東部の小さな町エピナルを拠点とするペルラン会社 Pellerin company によって出版されたコマ割り漫画の大判印刷を指す。このステンシルカラー印刷物の特徴はユーモラス、もしくは教訓的な木版の漫画であり、もっぱら民俗的テーマ、軍隊もの、お伽話の主人公などを扱っていた行商人によって国中を売り歩かれたエピナル印刷物は、第一次世界大戦前のフランスで大衆文化の中心であった。

7. Eva Salinas, "Comics Shed Light on the Darker Side of Native Life; Format Helps Get Message Out, Artist Says," *Globe and Mail*（14 August 2006）, p. S1.

8. Carl Peters, ed., *bp Nichol Comics*（Vancouver: Talonbooks, 2002）, p. 25; Susan E. Billingham, *Language and the Sacred in Canadian Poet bp nichol's The Martyrology*（Queenston, ON: Edwin Mellen Press, 2000）, p. 274. 本名は Barrie Phillip Nichol であるが、詩人は "bp nichol" というペンネームを選んだ。だがその綴りはテクストにおいて必ずしも正しく記されていない。Carl Peter の本は、詩人の漫画に刺激されたすべての詩を収録している。

9. Bell, *Canuck Comics*, p. 75. "Comix" とは、主流の漫画に対するアングラの前衛漫画を指している。

10. George Raby, "Le Printemps de la bande dessinée," *Culture vivante* 22（September 1971）, pp. 12-23.

11. "Fuddle Duddle" とは、1971年2月にトルドー首相が下院で野党議員に向かって"こんちくしょう"と下品な言葉（F word）を吐いたと非難された時、実際使ったものだと首相自身が公言している言葉である。
12. *Dirty Plotte* では "plot" と "plotte" に二重の意味が含まれている。後者は女性の性器に対するケベックのフランス語方言である。
13. この章を注意深く読んでくれた Dr. Virginia Ricard に感謝する。

24

亡霊の物語――歴史と神話のフィクション
（ゴースト・ストーリーズ）

テレサ・ギバート
(Teresa Gibert)

　1967年カナダ連邦100周年記念祭の主催者たちは、本質的に多元的共存主義の国家における社会的、政治的、そして人種的緊張に対して、団結を一層強めようとした。記念祭委員会が豊富な資金の提供を終了した後でさえも、多くのカナダ人アーティストたちは、そのプロジェクトに専心していたが、しかし次第に1つの疑問を避けることが難しくなった。それは、そのような団結が、国を構成する余りにも多くの人々にとって、大きな代価を支払うことになるのではないか、という疑問である。これは、カナダの集団的記憶が疑問視され、文化的偶像が取り崩され、歴史や神話に対する統一的なヴィジョンに異議が差し挟まれた時期である。カナダ人アーティストたちは、彼らの国家の紀元を、それまで以上に、郷愁をもってというより批判的に見始めた。1960年代以降のカナダ文学につきまとう「亡霊の歴史」(1)は、以前は意識的に捉えることを禁じられていた、カナダ社会のそれらの要素を象徴的に表すものであり、「亡霊物語」の復活が現代カナダ批評において第一義的意味を持つのは、ごく妥当なことである。

　亡霊とは、先住民、「国家の礎を築いた2つの民族」に適合しない移民たち、それに――最後に連邦に参加したニューファンドランドのような――国家のある部分を含み、彼らの実現しなかった願望がカナダという政治体制の内部にある重圧を説明している。歴史学者W. L. モートンが「カナダ史に物語の筋道はたった1つしかない」(2)と明記したのは1960年という最近のことである一方、歴史と神話の文学的修正は、多くの分裂の間の橋渡しをするだけでなく、それらの分裂を一層明白にする役割を果たすようになった。1980年以降カナダの人口を形成してきた先住民や多文化の背景を持つ作家たちは、彼ら自身の表現方法でこれらの問題と取り組んできたし、時には主流のナラティヴに対して反論し、また別な時には、全く新しい地理や歴史をカナダ文学にもたらした。ダニエル・デイヴィッド・モーゼス（Daniel David Moses）の的確な題名の芝居『ブレブーフの亡霊』（*Brébeuf's Ghost*）は、「恐怖の物語」("A Tale of Horror")という副題を持ち、『マクベス』にインスピレーションを得ている。ここでは、カナダ・シールド（楯状地）全域にわたって先住民オジブワが移住する17世紀の物語に対して、著名なイエズス会司祭の物語が再解釈される。一方、マリリン・デューモント（Marilyn Dumont）は、その詩の中で、首相ジョン・マクドナルドに抗議し、アーマンド・ルーフォー

（Armand Ruffo）はポスト・コンフェデレーション期の詩人で先住民担当局の公務員ダンカン・キャンベル・スコット（Duncan Campbell Scott）に宛てて詩文を著わした。ロヒントン・ミストリー（Rohinton Mistry）の小説にはカナダ史の古典的ジレンマに関わるところが全くみられない。その代わり、それらの小説は、ムガール帝国の歴史、インドの分裂、そしてインディラ・ガンディ政権についての広範な知識を必要としている。

彼らの書いたものは特別な研究課題を提起しているので、これらの作家たちは現代先住民・多文化作品に関する本書の別の章〔25・26・28章〕で議論される。対照的に、以下の議論は、先住民の立場について書くかもしれないが、彼らの立場から書くわけではない作家たちに焦点を当てる。ここで論及される作家たちが多文化的視点から書くとき、一般的にはヨーロッパ諸国からの古い時代の移住に基づいている。しかしながら、あらゆる分類と同様に、これらの原則を維持することも難しい。祖先がスコットランド人とレバノン人であるアン＝マリー・マクドナルド（Ann-Marie MacDonald）の場合に明らかなように。

「神秘的なもの、葬り去られたもの、忘れられたもの、捨てられたもの、禁忌とされたもの」(3)を描出するにあたって、1960年代以降のカナダ作家たちはしばしばポストモダンのテクニック、特にその最も影響力の大きな理論家リンダ・ハッチオン（Linda Hutcheon）によって「強烈に内省的に芸術であると同時に、歴史的社会的政治的な現実に根ざしている小説」と定義された「ヒストリオグラフィック・メタフィクション」と結びついたテクニックに依ることが多い(4)。そのヒストリオグラフィック・メタフィクションは斬新なナラティヴの手法をカナダ文学に導入したが、少なくとも部分的には、本書〔6章〕でE. D. ブロジェットにより分析された英語やフランス語の19世紀歴史小説のように、歴史に対する以前からの文学的先入観と論理的に繋がるものを表している。したがって、時には他の様式との繋がり、なかんずくリアリズムとの結びつきは、ポストモダニズムとの繋がり同様に強いかもしれない。ウォルター・スコットから与えられた模範に合わせた『かつてのカナダ人』（Les Anciens Canadiens）のような歴史小説は、知的にも形式的にもナイーヴなものではない。その「葬り去られた者」「忘れられた者」への理解は、現代の同様の著作にみられる隠されたナラティヴとは決定的に異なるが、しかしこれらの初期の小説は、しばしば、主要なナラティヴを支えると同時に疑問視するまえがき、注、エピローグなどで囲まれて、それらなりに表現しようとする複雑な現実と同様にひび割れている(5)。換言すれば、テクニックだけが歴史小説を保守的なものにするのではないし、革新性を保証するものでもない。

この章で議論の対象となる小説は、本書でこれまで論じられたものと同様に、実証主義という学問的仕掛けに依拠するが、結局その科学的前提（その1つが歴史文献によるものだが）を崩していくことになる。バーバラ・ガウディ（Barbara Gowdy）の『白い骨』（The White Bone）は、歴史メタフィクションというよりもエコロジカルな寓話と分類されやすいが、本の中の語彙解説、脚注、地図や家系図、そしてそれらの利用法は、科学的論文の慣習を借りると同時に、その方向を示している。ここでは、人類の歴史は後に下がり、合理主義的視点

が非常に過激に急回転し、伝統的に典型である人々の歴史や展望で置き換えられている。この場合は、これらは一群の象で、象牙密猟者、「虐殺者たち——新しく、息を飲むほど貪欲な世代」、あるいはもっと害のない、「全く違う品種、平和的で、有頂天な」サファリの観光客から、安全な場所へと彼らを導く「白い骨」を求めている。ガウディの本では、ロマン派的でゴシック風要素が、歴史小説の真実性の主張を支える百科全書派的博識のパロディとなっていて、新しい歴史小説に典型的な内省的アプローチを利用して、それを行っている。

　ホルヘ・ルイス・ボルヘス（Jorge Luis Borges）やイタロ・カルヴィーノ（Italo Calvino）とともに、ブラム・ストーカー（Bram Stoker）やE. T. A. ホフマン（E. T. A. Hoffmann）の影響を受け、トマス・ウォートン（Thomas Wharton）の『サラマンダー』（*Salamander*, 2001）は、1759年アブラハム平原の戦い寸前の弾丸を浴びたケベック・シティの本屋で始まり、終わる。その間にナラティヴは50年前へ戻り、「永遠に続く本」を創造しようとするニコラス・フラドという印刷屋の物語を語る。「本棚が絶え間なく移動することを特徴とする」ロボット的城を創り出した東ヨーロッパ貴族に雇われて、フラドは伯爵の巧妙な歯車の1つにすぎなくなることを嫌い、彼の娘アイリーンを愛することで——少なくとも一時的に——彼に挑戦するが、彼女のベッドは夜ごとにレールで移動するので、彼は「海賊のように」そのベッドに乗り込まなければならない（pp. 21, 97）。フラドは、自身の創造性を主張し、『リブラリア・テクニク』（*Libraria technicum*）という古い百科事典の、総体ではなくそのうちの1巻からインスピレーションを引き出している。この風変りさで、彼はアーカート（Jane Urquhart）作『アウェイ』（*Away*）の司祭と教師に似ている。彼らは、領主から受け継いだ『ブリタニカ百科事典』（*Encyclopaedia Britannica*）の時代遅れの巻を読んで、まるで1組のトランプであるかのように知識を混ぜ合わせ、そして行き当たりばったりの記事を話題として、激しい議論を繰り広げる。

　これらの歴史小説とロマン主義とゴシック的手法を結びつけた19世紀作品への言及は、議論の対象となる小説が一貫して実験的メタフィクションに近似した問題を呈するナラティヴ形式をとっている一方、伝統的小説と同様に自己省察的テクニックを利用しているので、それだけ指摘する価値も高くなる。これらのテクニックに含まれるものは、入れ子構造（*mise en abyme*）、あてにならないナレーター、多数のナレーター、物語の中の物語、パスティシュ（摸造）、さらに、一群のさまざまなジャンルのテクスト、まさにその多様性ゆえにそれぞれに含まれた情報を怪しくするテクスト——手紙、日記、旅行記、証言、新聞報道、パンフレット、詩、そして歌（スーザン・スウォン Susan Swan 作ノヴァ・スコシア出身の巨大な女性アナ・スウォンの物語『世界一大きな現代女性』*The Biggest Modern Woman of the World*, 1989）、または劇場ポスター、看板、電報、漫画、タブロイド紙、学術論文、そしてラジオ・プログラム（モーデカイ・リッチラー Mordecai Richler 作ブロンフマン一家の実在モデル小説『ソロモン・ガースキーはここにいた』*Solomon Gursky Was Here*, 1989）である。時には、言葉とそれが書かれている紙が余りにも前面に出て、激情は「（恋人の）魅力よりも文房具によって駆り立

てられているように見える」(Wharton, p. 88)。

　まさに、国際的なポストモダニズムに見られる「極端な修正主義的あるいは脱構築主義的」傾向を取り入れているカナダ小説はほとんどないが、多くの小説がマニアックな蒐集者や記録保管人という充分に確立された典型的登場人物像を通して、問題を提起する。彼らのあふれる書斎、ぎゅう詰めのファイリング・キャビネット、標本箱などはまだ現実を掌握したという保障にはならないし、あるいは単に信頼に足る記録であることさえ保障しない。例えば、アーカートの『アウェイ』——アイルランドのジャガイモ飢饉とその結果の北アメリカへの大量移民を背景とした小説——は、2人の素人博物学者セジウィック兄弟の実践を通して分類システムの不充分さを精査している。オスバートとグランヴィルは、ウォルター・スコットの強迫的な好古家と家系的に似ているが、「海岸の潮だまりにいる奇妙な、繊細な生き物」を、「その謎の生き物」が「腐ったスープ」になってしまうまで水槽に保存して、自然環境から距離があることを示している。マリアン・エンゲル (Marian Engel) の『熊』(Bear, 1976) は反対の経路を取り、ヒューロン湖の島にある 19 世紀イングランドからの開拓者の図書目録を作成するために、トロントから送られたラウという記録係が野生の生物の虜になってしまう。ここでは、カナダ荒野の神話の女性版の中で、女性の性的なファンタジーが古い紙切れに書きつけられた熊の物語や大熊座の光景と混じり合っている。

　自らの周りの世界を入念にカタログ化しようとするが、その世界を理解できない典型的なイングランド人たちが、これらの小説のいくつかの中に存在する。19 世紀北アメリカ西部のフロンティアを背景とした小説、ヴァンダヘイグ (Guy Vanderhaeghe) の『最後の横断』(The Last Crossing, 2002) 中の画家チャールズ・ゴーントも、その 1 人だ。カナダのロッキー山脈のコロンビア氷原を背景に語られる物語、トマス・ウォートンの『氷原』(Icefields, 1995) の中の植物学者エドワード・バーンも。しばしばこれらの人々は、彼らに想像力の大切さを教えようとする、あるいは教えようと試みる仲間（同様に典型的な人々）に付き添われている。セジウィック兄弟と対照的なのがモイラ（メアリ・オマリー）で、例えば、「色バンド」と「光リボン」になって何百も岸に打ち上げられるキャベツやティーポットが別世界へのパスポートの役割を果たす魔法の品となっている (pp. 6, 8)。カナダへの移民後、彼女自身もエクソダス・クロウという強力なガイドを得ている。『最後の横断』では、これら魔法の王国への導き手はチャールズ・ゴーントの恋人ルーシー・ストーヴォール、メティスのガイドであるジェリー・ポッツ、そしてボウト (bote) またはバーダッシェ (berdache)〔異性の服を着て異性の役割をする者〕と呼ばれる、「男性でも女性でもあり、どちらをも超えた人」が、アディントン・ゴーントの先住民の付添いとなる。これらの出会いの成功は、しばしばその「弟子たち」が新しい言語の学習を進んで行うかどうかにかかっている。ルーシー・ストーヴォールは、彼女とチャールズ・ゴーントの意思疎通は可能なのかと絶望的になる。彼女の慣用表現は「彼にとって理解を超え、解きほぐすことがほとんどできない」(p. 319) からだ。

　歴史と神話の密接さは、これらの小説の多くに情報を与えているが、その結果は一般的に

どちらをも無条件に是認するものではない。『アウェイ』と同様に、フィンドリー（Timothy Findley）の『戦争』（*The Wars*）、オンダーチェ（Michael Ondaatje）の『ライオンの皮をまとって』（*In the Skin of a Lion*）もホジンズ（Jack Hodgins）の『世界の発明』（*The Invention of the World*）も、ハーブ・ワイル（*Herb Wyile*）はそれら全てを「歴史からの逃避としての神話の魅惑に抗い……しかし、神話からの逃避として歴史に戻るのではない」と見ている。この相互に矯正しようとする機能は意義深く、これらナラティヴのポストモダン的美意識や、それらが「遊び、壮大なナラティヴや基礎の溶解、二項対立の解体、逸脱」などに焦点を当てることは、「道徳的判断を下す」倫理的要件に反して作用するからである。批評家たちの反対意見のイデオロギー的な基盤は異なるものの、特にオンダーチェの作品はこれら批評の焦点であった。彼独特の華麗な文体や神話的プロットが余りにも多くの注目を引き、彼の素材に包含された問題の深刻さから読者の関心をそむけることが起こり得るのだ。クリスチャン・バーク（Christian Bök）は「世俗的鎮静剤――カナダの3つのテクストにおける疑似宗教としてのマルキシズム」（"The Secular Opiate: Marxism as an Ersatz Religion in Three Canadian Texts," 1987）の中で、オンダーチェの『ライオンの皮をまとって』が、「マルクス的環境からの著者自身の距離を、つまり社会改革を求めて世論を喚起するプロレタリアートの神秘的偉大さをロマンティックに描くためのゆとりを与える距離を」反映させるように、真面目で宗教的な主題を展開していると述べている。オンダーチェは、そのキャリアを通して、彼の作家としての主要な仕事はファシズムの誘惑を露わにすることであると断言していた。しかし、ティモシー・フィンドリーのナラティヴは、非常に聡明にその美意識と戯れ、それを忌み嫌っていると宣言しつつ、時にその目的の共犯者となっているのだ。逆に言えば、他の批評家たちは、フィンドリーの作品群はポストモダンの美意識とそうではない倫理観に分裂していると示唆した。

　これらの小説の中で何が正義で何が悪かの問題は、批評家と同様に一般読者も発言しうるし、批評家は個人的に主題に巻き込まれて読者の側に立ってしまうような領域である。読者に馴染み深く、その詳細が個人的にも関わる歴史を、作者が操作するのは倫理的であるのか？話題となっている作家たちの中で、最も情熱をかけた議論を巻き起こしたのは、おそらくウェイン・ジョンストン（Wayne Johnston）であろう。彼は、ニューファンドランドの州知事ジョー・スモールウッドの伝記を勝手に変更したのだ。しかし、スーザン・スウォンもまた現実の子孫からの抗議に対してアナ・スウォンの再創造を弁護しなければならなかった。歴史小説家たちの典型的流儀で、ジョンストンとスウォンはそのような批判に対して免責条項――中には奇抜なものもあったが――を差し出して応えた。カナダの公的職務に係るサンドラ・グインやレックス・マーフィーのようなニューファンドランド出身の他の著名人を巻き込んだ、スモールウッドの人生で確定された事実からジョンストンが逸脱することについての論争は、次のような断言を作者に促した。彼の目指すのは「事実上の正確さではなく、ナラティヴとして小説としての説得力があること」で、その意図は、「しばしば信頼に値しない必然的に不完全な歴史的記録に固執することでは成り立ちえない、心に感じられた感情的真実を

表現する芸術作品(19)」を書くことである、と。しかしながら、ある作家たちがリアリズムの小説を崇める文化に対して否定的な見解を持ち、「フィクションである短編小説とノンフィクションの特徴を始終混同する」(Swan, n. p.)読者を批判することは、彼らが選んだジャンルに伴う一般の人々の複雑な期待を、それらの作家たちは常に考え抜いてはいないかもしれないことを示している。

　このフィクションの多くは、マーガレット・スウェットマン（Margret Sweatman）の『キツネ』（Fox, 1991）における1916年ゼネストの際のウィニペグとか、スウォンの『世界一大きな現代女性』のノヴァ・スコシアの田舎のように、しばしば包括的な国家のナラティヴに覆い隠されがちな地方史を明らかにすることに集中する。実際、これらの小説を読むことで、読者はカナダのコミュニティや風習に対して詳しい、歴史的な理解を得られるかもしれない。潤滑油をつけていないレッドリヴァーカートが作り出す「恐ろしく軋む音がヒステリックな叫び声で引き裂かれるのを」活き活きと描き出し、あるいは「大きなオールと四角い帆で進む、醜く不格好な船ヨークボート」の像を描出する、『最後の横断』やマイケル・クラミー（Michael Crummey）の『川の泥棒』（River Thieves, 2001）のような苦労して調査した本は、それだけでも充分に読む理由となる。冒険物語の慣例をつかって、ニューファンドランドでの船乗り業や動物捕獲の厳しい生活についての正確な詳細で内容が豊かにされているクラミーの小説は、先住民ベオサックの滅亡を語り、ニューファンドランドの歴史から実在の、また創造された登場人物を巻き込む、独創的な筋書きの恋愛小説を展開する。ほとんど消滅した語彙、「一種の剥製術、ひとつのぎこちない姿勢の中に保存された、かつては必要不可欠であった言葉」が、言葉や人間を読むことに、あるいはもっとしばしば誤読することに、夢中になったナラティヴの中に甦っている(20)。

　トロントのような主要都市もまた、公的な物語の下に地元の物語が葬られている。マイケル・レッドヒル（Michael Redhill）の『慰め』（Consolation, 2006）は、薬剤師ジェム・ハラムの19世紀ナラティヴと、トロントの語られなかった歴史に独特の興味を抱いた法廷地質学者デイヴィッド・ホリスの現代の物語が織り合わされている。「目を細めた研究者たちが木綿の手袋をしてジョン・グレイヴズ・シムコウ資料を撫でるように扱ってきた（町の創設者！聖杯！）、そして彼あるいは彼の出っ歯の親戚がつぶやいた冗談も一言もらさず書き留めた……。しかし、デイヴィッドは初期トロントの物語を持つ見知らぬ目撃者を探し出していた」(21)。トロントへの移民であるハラムは、元の職業を捨て写真家になり、ホリスのオブセッションは（彼の寡婦マリアンヌに引き継がれ）、ハラムとその同僚に創り出されて、難破で失われたトロントのパノラマ写真を突き止めることである。

　地元のことを探索しつつ、これらの小説は大きな世界とのつながりを扱い、寓話やたとえ話などとともに、ピカレスク小説、旅行記、書簡小説などのような伝統的ジャンルを刷新して、それを行うのだ。野心的で様々な文体の集積『ソロモン・ガースキーはここにいた』（1989）は、モントリオールのある特定の時代と社会階級、特にウエストマウント（かつて「先住民の墓地」

であった土地）を活き活きと再現し、背景としているが、しかし読者は定期的に、この地元の環境を取り囲んでいる世界的出来事を思い出させられる。中でも、ウォーターゲート・スキャンダルが特に目立つ。というのも、その中心のテープが、消去されたり、されなかったり、「断片、興味を喚起する前文、テープ、日記、裁判記録」（p. 411）をナレーターに示唆し、それらはガースキーの家族史への彼自身の調査を助けもするし、邪魔もする。加えて、この小説は、フランクリン遠征（カナダ文学の中で強迫的なほど繰り返し採り上げられる歴史的挿話）の包括的なパロディを含んでいて、あるエフレイム・ガースキーという人物が、エレバス号とテラー号の乗組員を殺害した鉛中毒を、脂ののったニシンやその他の「ユダヤ人の伝統的食物」（p. 432）を食べることによって避けられたと示唆している。このパロディは、彷徨えるユダヤ人の伝説と先住民トリックスターのナラティヴの両者を、差し迫る環境破壊の不吉なサブプロットに編み込んで、組み入れている。また訪れる氷河時代（p. 347）を恐れ、ガースキー家の1人はノアの方舟の現代的複製を待機させている。

　同様に野心的なのがマーガレット・スウェットマンの『アリスがピーターと一緒に寝た時』(*When Alice Lay Down With Peter*, 2001) で、ある登場人物は「死を本当には信ぜず」、ジェンダーによる役割があるとも思わない。「少女のように見えるわ」とアリス・マコーマクは孫娘ヘレンに言う。「マコーマク家の女が女の服を着て出掛ける日が来るなんて思ってもみなかったわ」（p. 228）。物語はオークニー諸島からの移民の娘、ブロンディ・マコーマクによって語られる。彼女の回想は、リエルの反乱、ボーア戦争、タイタニック号の沈没、第一次世界大戦、ウォールストリート大暴落、大恐慌、ファシズムの台頭、第二次世界大戦、冷戦までも含む。マニトバ州セント・ノーバート〔ウィニペグ市南部の英仏バイリンガルの地域〕の歴史に基づき、小説が進むにつれて、古典神話、旧約聖書（「あのラジカルな冗談」p. 188）、ピカレスク小説、亡霊物語、そしてアジプロ芝居と、様々な文学ジャンルを試みている。また、レッドリヴァーの田園風景も広がり、「トネリコの葉が水流のような音を立てる。その木々はいびつに傾いて列をなし、その下にザイフリボクのクリーム色の花やバラの小さな蕾がならぶ」（p. 165）。スウェットマンの登場人物たちは、繰り返し地元の事柄と世界との悲劇的な交差点に立っていることに気付く。この関係は、カナダ人と第一次世界大戦について書く際に、特に鋭く焦点があてられる。両者の関係は本書の別の章〔12章〕で扱うが、その章は多くのジャンルに注目を向け、そのテーマが小説に限定されるものでないことを示している。

　歴史の修正は、フェミニズム、多文化主義、そして先住民への自覚が払拭しえない影響をカナダ文学に与えた1980年代以降、特に目立ってきたが、それ自身の価値とそれ以降の作品との関係で考察すべきもっと初期の作品もある。マーガレット・ローレンス（Margaret Laurence）やロバート・クロウチ（Robert Kroetsch）（それぞれに1926、1927年生まれ）のような1960年代、1970年代の著名な作家たちは、地元の歴史に対してほとんど無知のまま育てられたことを嘆いた。「私にとって重要だった本」の中で、ローレンスは、W. L. モートンの『マニトバ――歴史』（*Manitoba: A History*, 1957）――自分が生まれた州のことを彼女につ

いに教えた本——を初めて読んだ時の感情的な反応を思い出している。この章で既に引用したモートンのカナダ史の解釈を考えると、素敵なアイロニーだ。同じように、「アメリカ発見の瞬間は続く」("The Moment of the Discovery of America Continues")で、クロウチは彼の世代の子供たちが如何にカナダ史の全章を奪われてきたかを説明している。例えば、かつてバッファロー〔アメリカバイソン〕が転げまわった泥地（buffalo wallows）や、ティピ〔先住民の円錐形テント小屋〕のまわりを円形に囲んでいた石の遺跡（tipi rings）に関する彼の疑問は答えのないままで、彼はドイツ人子孫のカナダ人であるにもかかわらず、イギリスの王や首相の名前を暗唱することが期待されていた。彼の対応は、作家になることであった。「私は、これらの不在の発見に対して応じることにした、あの不可視性について、あの沈黙について、自分が物語を創り出さなければならないと知った。私たちの物語を」。このような不在を埋めたいというクロウチの欲求を共有する作家たちは、自分たちの、そして読者たちの過去を書き換えた。

　1970年代以降出版されたカナダ歴史小説の相当量は、国家の植民地的立場の複雑さを問題としている。マーガレット・ローレンスもロバート・クロウチもルーディ・ウィーブ（Rudy Wiebe）も、皆彼ら自身の地域、カナダの大平原地帯を、そこを占領した異なる人々から成る社会的パリンプセストであると感じ取った。マーガレット・ローレンスは、1950年代アフリカにいる間に、地理的距離によって2つの大陸の2つの植民地主義のあり方の結果を比較する視野を身につけた。カナダに戻って、彼女はその洞察力をカナダの過去を探求する際に、特に、ローレンスの故郷ニーパワをモデルにしたマニトバの架空の小さな町マナワカを背景とする5作品の最後の作品、『占う者たち』（The Diviners, 1974）において利用している。作者が過去と現在を絡ませる際に、3つの回顧的仕掛けが助けとなっている。古い写真、大人の主人公が思い出したり、創り出したりする子供のころの情景、そしてスコットランドとメティスの背景からの物語である。

　『占う者たち』は一般的な歴史と個人史との間隙の橋渡しをする。メティスとの間に娘をもつモラグは、スコットランドに家族の起源を探し求めるが、自分の国は、祖先たちのスコットランド高地地方ではなく、自分が生まれたカナダであることに気づく。しかしながら、植民地化のテーマは、貧窮する高地のスコットランド人たちの苦境を大平原のメティスのそれと結びつける。前者は、氏族を放棄して移民をさせた高地開墾の犠牲者である。メティスはといえば、今度は、もともと住んでいた人々を犠牲にして実行された、大平原へのスコットランド人定住の犠牲者である。「かつて大平原の馬に乗る支配者」であった人々が、「どこにも属さず、倒れそうなボロ家に」住むことを余儀なくされている。

　ルーディ・ウィーブもまた、祖先によって、あるいは地理を共有することによって、自らが属しているコミュニティの伝統について小説を書いた。ヨーロッパやカナダにおける移動を振り返り、18世紀にメノナイト〔メノ派教徒、メノ・シモンズに因んで名づけられたキリスト教再洗礼派の信者〕である自らの祖先がウクライナ草原に定住をした際、ウクライナ人やコサック

人を追い出したことを彼は思い出す。次の世紀に入り、彼らが「マニトバ州南部やサスカチュワン平原の先住民たちを抑圧したり支配したりするために用いた暴力によって意図せずにも利益を受けていた」とき、同じことを繰り返していたのだった[27]。カナダ大恐慌小説における「先住民たち」の軽蔑的な描写に強く反発して、ウィーブは、北オンタリオのオジブワ共同体を背景とした小説『最初の大事なキャンドル』(First and Vital Candle, 1966) から、強い意志を持つイエローナイフの女性の声を創り出した『未知の人々の発見』(A Discovery of Strangers, 1994) やビッグ・ベアの曾曾孫イヴォンヌ・ジョンストン（Yvonne Johnston）と共作である回顧録『盗まれた人生——クリー女性の旅』(Stolen Life: The Journey of a Cree Woman, 1998) まで、先住民を共感と敬意をもって描いている。

ウィーブは、それぞれ 1879 年から 1888 年、1869 年から 1885 年の大平原を舞台とする『ビッグ・ベアの誘惑』(The Temptations of Big Bear, 1973)、『焼け焦げた森の人々』(The Scorched-Wood People, 1977) において、先住民とメティスの視点を採り入れている。『ビッグ・ベアの誘惑』の主人公はクリーの首長ビッグ・ベアで、ウィーブはその差し止められた物語や沈黙を強いられた声を、断固として掘り起こそうとする。『焼け焦げた森の人々』は、北西部反乱とその政治的・精神的リーダー、ルイ・リエルに焦点を当て、彼を狂信的反乱者としてではなく、仲間の人々の大義のため自らを犠牲にする賢人預言者として描いている。リエルは、伝統的にカナダ連邦制定の父、およびカナダ史において最も長期に首相を務めた人物の一人として称えられるジョン・A. マクドナルド卿と対比されている。後者は小説では全く倫理性のない政治屋と性格付けられているけれども。

ウィーブの小説の多くは、メノナイトとしての自分の出自をテーマとし、舞台としている。『平和は多くを滅ぼす』(Peace Shall Destroy Many, 1962) は、第二次世界大戦が平和主義者に突きつけたチャレンジを描く。『中国の青い山脈』(The Blue Mountains of China, 1970) は、100 年にわたって、宗教的迫害を受け、世界中に離散させられたロシア生まれの 4 家族の移住を辿っている。『私の素晴らしい敵』(My Lovely Enemy, 1983) は、敗北した 19 世紀のクリーの首長の物語を調査するメノナイトの歴史家の視点から語られる。『全世界より麗しく』(Sweeter Than All the World, 2001) の主人公は、歴史学研究を通して人生の意味を探るもう 1 人のメノナイトで、自分自身の祖先の歴史に注目する。彼のナラティヴは、その信仰のゆえに火刑に処された 16 世紀の女性ウェンケン・ウィーブの物語から、第二次世界大戦におけるエリザベス・カタリーナ・ウィーブの深い傷を残す体験まで、5 世紀にもわたっている。サンドラ・バードセル（Sandra Birdsell）の『ルスランダー』(The Russländer, 2001) もまた、1920 年代のロシアのメノナイトと彼らの大移住という深い傷の物語を、こちらは年老いた移民の女性の声を通して語っている。ウィニペグの老人ホームでのインタビューで、テープに記録されたキャサリン・ヴォグト・ハインリッヒの物語は、メノナイト伝承のナラティヴの一部を形成している。

ウィーブは、しばしば円形の配列を用い、常に過去と現在を混ぜ合わせる。歴史は断片的

で暫定的であると同時に循環的であると確信しているからである。彼のナラティヴは、間隙や唐突な変化が沢山あり、情報を明らかにすると同じくらい隠ぺいすることもある。その上、彼は書き言葉と話し言葉との間に、いかに前者が口語よりも信憑性が高いとされているかを示しつつ、緊張関係を創り出す。綿密な研究にもかかわらず、記録するという行動が必然的に偏見ある視点を意味するため、正確な説明は実際には不可能である、とウィーブは主張する。彼の世代の他作家たち同様に、歴史の一解釈は、どのようなものであっても、そこに絶対的な真実があるという考えをウィーブは拒否する。しかしながら、彼の宗教的信仰は、人間的論理を超えて、彼が絶対的真理の可能性を信じるに至らせている。

　ウィーブのように、ロバート・クロウチもカナダの過去に関する材料を求めて大平原に向かった。しかし、彼は歴史の問題を違うかたちで提起した。彼は「歴史に対する相当な軽蔑や不信」の理由を説明して、そのナラティヴが「途上で意味を発見する代わりに、意味から出発し」、一方「神話は意味に向かって進路を開拓していこうとする」ことを指摘した。[28]歴史家たちのヴィジョンを偏狭であるとして退け、「自分たちを定義づけようとする制度の脱神話化という過激な措置を引き受けようとする」カナダの小説家たちを推奨して、クロウチは主流文化に逆らう神話作者の役割を担った。[29]聖書や古典という旧世界の神話を彼がバーレスク調に書き直したものは、ポストモダン理論やポストコロニアル理論で支えられている。例えば、第二次世界大戦終了時のアルバータを背景とした小説『種馬を引く男』(*The Studhorse Man,* 1969) は、ホメロスやヴェルギリウスの探求の旅のパロディである。

　クロウチは、オデュッセウスの放浪もパロディ化する。『オデュッセイア』に対する賞賛にもかかわらず、彼は「それに束縛されたくない」「自由になりたい」「物語を語り直したい」、そして「自分なりの方法で再現したい」と望んだ。[30]グレイ・アウルを熱心に見習い、「誰よりも最も真正なる先住民」[31]に変身してしまう疑似英雄についての自意識の強いナラティヴ『インディアンになった男』(*Gone Indian,* 1973) では、作者は様々な神話（起源、堕落、西欧の自由）を結びつけて、それらからそのオーラを剥ぎ取ろうとしていく。恐竜の骨を求めてレッドディアリバーからアルバータの不毛地帯へと入っていく探検についての『バッドランズ』(*Badlands,* 1975) は、古生物学と過去に対する２つの異なる見解、一方は永遠と見なし、もう一方は消滅すると見る、その見解に関する小説である。クロウチは、『カラスが言ったこと』(*What the Crow Said,* 1978)の中でビッグ・インディアンという大平原の町の神話的物語を描き、『カラスの日記』(*The Crow Journals,* 1980) ではその小説の執筆を詳細に記録する。そこには、ガブリエル・ガルシア・マルケスのマジック・リアリズムの影響を、彼は認めてもいる。

　旧世界神話を同様に移し変えることは、今度はフェミニズムを強調する、アリサ・ヴァン・ハーク (Aritha van Herk) の小説に見出される。『ジューディス』(*Judith,* 1978)、『テントの杭』(*The Tent Peg,* 1981)、『住所不定』(*No Fixed Address,* 1986) の中では聖書や古典神話のヒロインたちをモデルとして、彼女は、彼女と同時代の主人公たちの人生の中に、これらの人物像をあてはめ直そうとする。大平原の養豚農家の女（『ジューディス』）、極北への採鉱探検隊

の料理人（『テントの杭』のJL）、そして女性下着の行商人の女（『住所不定』のアラクネー）である。慣習に逆らう女性のエネルギーの称揚と、大平原や北部の空間の探索を結びつけ、彼女は地理的なだけでなく文化的、歴史的、そして想像上の場所を図に示していく。そして、大平原のリアリズムとファンタジーや神話の次元との境界を曖昧にする虚構の地図を確立させる。

歴史を記録する倫理に心を奪われて、ティモシー・フィンドリーの歴史や神話との内省的な戯れは、広範なポストモダンの様式を包含する。『最後の狂人』（The Last of the Crazy People, 1967）以降、彼の全作品は、過去を抹消するよりも過去に立ち向かうために、物語を忘却から救い出そうとしている。『戦争』（1977）のナレーターは非常に懐疑的な歴史家で、風聞を点検し、証拠を取捨選択し、この難業に取り組む。しかし、彼は、非常に重要なポイントで「こここそ神話が混乱しているところだ」と結論付けざるを得ない[32]。『臨終名言集』（Famous Last Words, 1981）は、ファシズムとその支持者を見て、ヒュー・セルウィン・モーバリー（エズラ・パウンドの詩に登場）、エドワード8世、ウォリス・シンプソン、そしてアドルフ・ヒトラーと、現実と虚構の人物を混ぜて、スーザン・ソンタグのエッセイ「魅力的なファシズム」に相当する小説の中に、全体主義の魅惑性について不穏な疑問を掲げている[33]。

推理小説『虚言』（The Telling of Lies, 1986）では、真実と嘘が重要な役割をもち、第二次世界大戦中にジャワの日本軍捕虜収容所に主人公が監禁されていたことが思い出される。広島と長崎の原爆投下がフィンドリーの小説には付き纏い、核戦争のイメージや環境的大惨事が全体を覆う。ジュリアン・バーンズ（Julian Barnes）の巧妙な神話の変種『10章半で語る世界史』（History of the World in 10½ Chapters, 1989）を予期させるようなノアの洪水のパロディ『乗船無用』（Not Wanted on the Voyage, 1984）は、この終末論的なヴィジョンを表現している。家父長ノーイェス博士（彼にとって世界は厳密にイエスとノーに分けられる）の妻ノーイェス夫人は、盲目の猫モチルを方舟にこっそり持ち込むが、障害のある子供も同様にしようとして失敗する。下部デッキを埋める部下たちは、ノーイェス博士の独裁に反抗する方法を見つけるが、小説の最後は曖昧だ。この世界は救われるのか？　この世界は救う価値があるのか？

同様に、富や政治的権力を中心とした歴史に「下のデッキから」挑戦したいという欲求が、マイケル・オンダーチェの小説を動かしている。『イギリス人の患者』（1992）では、第二次世界大戦とその余波が、イタリアの見捨てられた邸宅に偶然集まった人々の視点から考えられている。彼らは、ひどく火傷をした男、看護師、モルヒネ中毒者、そして工兵隊員――誰もが心理的または物理的に傷を負っている。『ライオンの皮をまとって』（1987）は1917年のトロントの移民労働者たちの物語で、オーラル・ヒストリーから、特にリリアン・ペトロフがマケドニア人の橋梁建設業者ニコラス・テメルコフに行ったインタビューから、インスピレーションを受けている。オンダーチェは、町に定住したアジア人のコミュニティに拘ることを意図的に避けたが、それは彼が「個人的な物語を避け、人々の物語へ、社会の物語へ」

踏み出したいと思ったからである。だから、「個人的な大河小説」を避けたのである。このことは、彼が他の作品でアジア人の物語を伝えることをしなかったという意味ではない。『イギリス人の患者』の工兵隊員はシーク教徒、『アニルの亡霊』（*Anil's Ghost*, 2000）は戦争に引き裂かれたスリランカについて語り、そしてオンダーチェの回顧録『家族を駆け抜けて』（*Running in the Family*, 1982）は彼の家族の「個人的な大河小説」である。無視された声に没頭するにもかかわらず、オンダーチェは、ある特別な人種集団の作家として区分けされることに対して常に抵抗してきた。彼の作品は多様性の中で分類に抵抗し、したがっておそらく新しい「支配的ナラティヴ」、すなわち多文化主義のナラティヴに組み込まれることにも抵抗してきたのだ。

　モーデカイ・リッチラーは、対照的に、彼自身と同じ背景の人々、カナダの都会に移民してきたヨーロッパのユダヤ人とその子孫に、ためらうことなく焦点を当てた。彼が育った労働者階級のセント・アーベイン・ストリート近隣の住人は、20世紀中頃のモントリオールのユダヤ人の生活の風刺的叙述に現実的要素を提供した。その生活は、ローマ・カトリックの仏語使用者たちやWASP（プロテスタントのアングロサクソン系白人）の支配層と共存していた。『ジョシュアの昨今』（*Joshua Then and Now*, 1980）も『バーニーの見解』（*Barney's Version*, 1997）もともに、ある登場人物の人生——セント・アーベイン・ストリートの恵まれない子供時代に始まり、ヨーロッパにおける青春期、WASPの女性との結婚、そしてモントリオールで名声と富を成すまで——を、鮮やかに展開される現代のパノラマを背景にして示した。中年の危機に促されて、2人の登場人物が彼らの過去を明らかにする。ギャングとストリッパーの息子ジョシュア・シャピロが、スペイン市民戦争のことを知ったのは、まだ子供の時だったが、彼はすっかり虜になり、スペインこそ人生における2つの最も大切な旅の目的地となる。リッチラーの多くの作品では、現実とファンタジーがユーモアをもって並列されている。彼は、ならず者ジョウイ・ハーシュを伝説的復讐者として登場させる『セント・アーベインの騎士』（*St. Urbain's Horseman*, 1971）で、ゴーレム神話を利用し、かつ悪用している。辛辣なウィットと知的な大胆さで、リッチラーの作品はしばしば論争を呼んだ。ユダヤ人コミュニティは彼の非礼なユダヤ人生活の描写、特に『ダディ・クラヴィッツの徒弟時代』（*The Apprenticeship of Duddy Kravitz*, 1959）に描かれたものに対し、また、メディアの注目はホロコーストをキッチュに変えてしまったという断言に対して、反対した。同様に、彼の風刺的で広く公表されたケベック・ナショナリズム批判は、『おおカナダ！おおケベック！——引き裂かれた国へのレクイエム』（*Oh Canada! Oh Quebec! :Requiem for a Divided Country*, 1992）に集められ、カナダの仏語使用者たちを激しく怒らせた。

　戦争による荒廃は、多くのカナダ歴史小説家たちの関心を、不和に影響されている個々のエスニック集団に向けさせた。しかしエスニシティだけが彼らの焦点ではなかった。ダフネ・マーラット（Daphne Marlatt）は『奪われて』（*Taken*, 1996）で、第二次世界大戦中のスマトラにおける日本軍の強制収容所を見ていくが、その小説は同時に湾岸戦争についても語って

いる。しかしながら、彼女の主要な関心は、歴史から排除された女性である。「女性の戦争体験——レイプ、飢餓、家族や家庭の破壊——は、しばしば無感覚に、戦争の偉大で英雄的なナラティヴの中で、単なる付随的災害として見られている」と彼女は言った。さらに彼女は、「家父長的な女性抑圧とコロニアリズムは同じコインの表と裏」とまで主張した。マーラットのレズビアン・フェミニズムは女性を尊重するコンセプトで「歴史の大きなジオラマ」を修正しようとする。マーラットは、「歴史の女性版」として『アナ・ヒストリック』(*Ana Historic*, 1988) を考えだし、「上で、うしろで、向こうへ、通して」という意味を持つギリシャ語の前置詞 'ana-' と掛詞をしている。この本は3人の女性の生涯を物語る。アニーという現代のナレーターの自伝、その亡き母アイナの自伝、アラン・モーリー（Alan Morley）の本『ヴァンクーヴァー——ミルタウンから都心まで』(*Vancouver: From Milltown to Metropolis*, 1961) の中で「若く美しい寡婦」とされている古記録に残るリチャーズ夫人という人物の自伝である。ヴァンクーヴァー市立古文書館で夫のために調査をしている際に、アニーは記録にギャップがいくつもあることを発見し、それを埋めるために自らの想像力を駆使することにする。例えば、リチャーズ夫人のためにアナというファーストネームを創り出し、ヴァンクーヴァーの最初の学校教師としてのライフ・ストーリーを与え、彼女のために虚構の日記を書き記す。

　現代と歴史のナラティヴを交差させるマーラットの方法は、ガイ・ヴァンダヘイグの『イングランド人の息子』(*The Englishman's Boy*, 1996) の中のアプローチと似ている。この小説は、これまで議論されてきた作品よりも、もっと強くリアリズムの伝統に負うところがあるのだが、1952年ナレーターは2つの異なる背景を結びつける。サスカチュワンのサイプレスヒルズにおける1873年、先住民アシニボインの大虐殺という背景と、1920年代のハリウッド映画産業の背景である。続編の『最後の横断』(2002) でもヴァンダヘイグはカナダの野生の西部という人気のある神話を吟味するが、ここではその神話をヴィクトリア朝イングランドと対照させ、伝えられているほど西部は野性的で無秩序ではないし、19世紀イギリスは上品で秩序立っているわけでもないと結論付けている。一見無法な開拓者たちが文明人たちよりも道徳的に優れていることがわかるが、双方とも類型を見る因習で、事前に判断を下されていることを知る。イングランドの紳士が、若い女性をレイプし、絞殺するが、アメリカ人の馬商人が間違って告発される。骨の折れる歴史的調査がヴァンダヘイグの小説に入り込んでいて、彼の歴史学修士号がその仕事に対する正規の準備ともなった。

　ヴァンダヘイグのように、デイヴィッド・アダムズ・リチャーズ（David Adams Richards）もその作品に対して「地域主義」というラベルを受け入れることには消極的であった。もっとも、両作家ともカナダの特別な地域、各々サスカチュワンの大平原とミラミチ渓谷〔ニュー・ブランズウィック州〕に焦点を絞っているが、リチャーズは、地域性の指摘を恩着せがましいと受け止めている。しかし、「社会的現実主義的地域主義」はニュー・ブランズウィックの社会的現実を骨太に描く彼にもっとも多く使われる表現である。『ステーション・ストリー

トの夜』(*Nights Below Station Street*, 1988)、『夕べの雪は平和をもたらす』(*Evening Snow Will Bring Such Peace*, 1990)、『負傷者を追い詰める者たちへ』(*For Those Who Hunt the Wounded Down*, 1993) というミラミチ峡谷三部作や、『子供同士の慈悲』(*Mercy Among the Children*, 2000)、『失意の者たちの川』(*River of the Brokenhearted*, 2003) のような作品は、作者が常に愛と敬意をもって接する、言葉巧みではない、教育も受けていない、金銭的にも貧しく孤立した人々に声を与えている。ニュー・ブランズウィックの田舎の名もないコミュニティや工場町（おそらくリチャーズの生まれ故郷、以前はミラミチ川運送業の中心だったニューキャスルに触発された）における人々の交流の詳細は、現実に即した正確さで記録されている。同時に、これらのナラティヴは、ストーリーが位置付けられた小さな地理的空間を超越する。ウィリアム・フォークナーのヨクナパトーファ・カントリーを思い出させるように、リチャーズはミラミチ世界の小宇宙を通して、普遍的な人間の戦いを再現しようとする。そして、その地の過酷な気候や不毛な風景が、貧困と暴力と絶望で支配された労働者階級や社会から弾き出された人々の生活を写し出している。

　リチャーズの作品を特徴づける抑圧的な挫折感は、彼を絶賛する者の1人、アリスター・マクラウド（Alistair MacLeod）の作品の中ではやわらげられ、哀調に充ちた調べとなる。マクラウドは、サスカチュワンに生まれ、子供時代をアルバータで過ごしたが、後に、18世紀にゲール語を話す祖先が定住したノヴァ・スコシアに家族と共に移り住んだ。マクラウドは、ケイプ・ブレトン島に定住はしたものの、その家族はケルトの出自に深く愛着を持ち続けるカナダのスコットランド移民の末裔が耐えている疎外感や異郷の民という意識に説得力のある描写を与えることで、人間の状況を探求している。炭鉱労働者や漁夫たちのコミュニティは、若者たちが職を求めて遠くの町へ出ていくにつれて、崩壊していく。現在も過去も当局の無関心は、彼の最初の長編小説『大した損害なし』(*No Great Mischief*, 1999) に説明されている。小説の題名は、ジェイムズ・ウルフ将軍が、アブラハム平原の戦いでハイランドの兵士たちを前線に送り出すべきであると主張し、「彼らが倒れても、大した損害なし」と言ったことに由来している[43]。

　もう1人の沿海州の作家、ニューファンドランドのウェイン・ジョンストン（Wayne Johnston）は、その作品の中で風景の決定的な影響力を見つめる。しかし彼のテクニックはリチャーズやマクラウドのそれよりも、もっと実験的である。彼の最初の3小説、『ボビー・オマリーの物語』(*The Story of Bobby O'Malley*, 1985)、『彼らの生きた時代』(*The Time of Their Lives*, 1987)、そして『聖なるライアン家の人たち』(*The Divine Ryans*, 1990) で、彼は個々の家族の過去を通してニューファンドランドの歴史を検証する。彼はまた、カナダ連邦への加盟に激しく反対していた彼自身の家族の3世代を、回想録『ボルティモアの屋敷』(*Baltimore's Mansion*, 1999) に詳述した。しかし、彼自身が認めた「歴史小説への最初の進出」は、ニューファンドランドの人里離れた村を1960年代のトロントに換え、1つのテレビ番組がいかに現実の人間を神話に変え得るかを探求した『人間の娯楽』(*Human Amusements*, 1994)[44] である。そ

の小説から、『報われぬ夢の植民地』(*The Colony of Unrequited Dreams*, 1998)という、労働者階級の敗者からニューファンドランドの最初の州知事へのジョーゼフ・R. "ジョウイ"・スモールウッド(Joseph R. "Joey" Smallwood, 1900-91)の立身の伝記小説が誕生した。

ジョンストンが「亡霊の歴史」("ghost story" フロスト Robert Frost の詩「行かなかった道」"The Road Not Taken" のテーマ)と名付けているものへの彼自身の関心は、彼の作品のほとんどに浸透し、1948年の国民投票でもっと多くのニューファンドランド人が連邦よりも独立を選んでいたらどうなっていたかを垣間見ることに憑りつかれている。彼の小説は、イギリス、アメリカ合衆国、そしてカナダの他の地域によるニューファンドランドの政治的・経済的・心理的植民地化を強調しつつ、その独立国家への可能性を切願する。ポストモダンとポストコロニアルの様式を身にまとい、ジョンストンは、『報われぬ夢の植民地』の中に、スモールウッドの一人称物語を、シーラ・フィールディング(Shelagh Fielding)の『ニューファンドランド略史』(*Condensed History of New Foundland*)からの抜粋とともに、散りばめている。これは D. W. プラウズ(D. W. Prowse)の記念碑的『ニューファンドランドの歴史』(*A History of Newfoundland*, 1895)をもじった風刺である。そのジャーナリストのフィールディングは、彼女の傷ついた過去の謎に関する小説『楽園の管理人』(*The Custodian of Paradise*, 2006)の主人公となる。

フィールディングの強迫観念であるプロバイダー(扶養する人)という亡霊像は、アン＝マリー・マクドナルドのゴシック小説『ひざまずけ』(*Fall on Your Knees*, 1996)とそのケイプ・ブレトンの背景に憑りつく亡霊たちと同じようなものである。この小説は、父親に性的虐待を受けた娘たち、子供たちを手許に置くことを妨げられた未婚の母たち、そしてその他の一族代々の秘密などで一杯なのだが、家族や国家形成に関する伝統的知恵を混乱させる。アン＝マリー・マクドナルドは、一方にある平和な同質性という国家的神話ともう一方の多民族間紛争と言語上の緊張の間に生じる軋轢に、彼女の物語のインスピレーションを見出すと説明している。少なくとも異なる7言語が『ひざまずけ』に登場し、歴史の展示室という役割を果たしている[45]。

アン＝マリー・マクドナルドの大西洋沿岸州ゴシックの利用は、バーバラ・ガウディによる南オンタリオのゴシックの不気味な世界の探検と並行しているが、ガウディはさらに極端な方向へ進む。彼女の一連の怪奇な登場人物の陳列室は、『堕落する天使』(*Falling Angels*, 1989)の機能不全な家族、短編集『愛のことはめったに考えない』(*We So Seldom Look on Love*, 1992)のシャム双生児、残酷な自己斬首の後に生き残っている双頭の男、露出狂の女に死体嗜好症の女、『眠り魔氏』(*Mister Sandman*, 1995)の中の押入れに閉じ込められた色情症の女と生まれ変わった脳損傷の赤ん坊、『無力』(*Helpless*, 2007)の自らを略奪者というより救出者と見なす自己欺瞞の児童誘拐者などを含んでいる。トロントのキャベッジタウンを背景とした後者は、人々がメディアに植え付けられた誘惑に屈したことを糾弾する、道徳的に一貫性を欠く社会における小児性愛者を大胆に探求している。『ロマンティックな人た

ち』(*The Romantic*, 2003) で、ガウディはまた違うタイプの夢中になることについて検証し、自己破壊的なエイベルと情熱的ルイーズが、アベラールとエロイーズという中世恋愛物語の1960年代郊外居住者版を演じている。

　ナイアガラの滝の神話が、ジェイン・アーカートの小説『渦巻き』(*The Whirlpool*, 1986) を支配している。題名は、滝から1マイル下流の渦を巻くところ、「流れの中で完璧にカナダ的なたった一つの場[46]」を指している。渦巻きは、「激しく対立する者間の地理、一方に秩序、流れに近づくと、崇高な地質的混沌」(p. 31) のシンボルとなる。この本は、1889年夏この亡霊の出る場所に磁力で引き寄せられて、結びつけられた4人の白日夢を追う人々の個人史を辿っている――詩人、軍事史家、ロバート・ブラウニングの詩を敬愛する落ちこぼれ主婦、そして最後は葬儀場の経営者で、彼は滝の下の川から引き上げられた名もない「浮遊者」たちの記録を取っている。彼らの所持品を、番号を振ったキャンバス地の袋に入れて、「自らの周辺の死者たちの混沌から何か意味を見出そう[47]」(p. 165) 虚しい努力をする。渦巻きの円を描く動きは、「1か所に留まり、どこにも向かわず、ただ終わりなく繰り返して」(p. 49)、歴史がいかに動いているかを視覚的イメージで伝えている。

　同様に、『アウェイ』(1993) という題名も、故国を離れて移動する者と超自然の世界に引き込まれる人間の経験との両者を思い起こさせる大切な言葉を指し示す。メアリ・オマリーはじゃがいも飢饉の際にアイルランドを出て、オンタリオの農場に落ち着く。しかしながら、ラスリン島を出るずっと前から、彼女はすでに「離れて」いた。というのも、難破船の死んだ水夫が彼女に魔法をかけ、彼女の「守護愛人」(p. 45) となって、彼女の霊は妖精と共に連れ去られていたのだ。ナラティヴには、歴史と地理と神話が織り込まれている。オマリー家の数世代にわたる歴史的記述は、新旧の世界でアイルランドのカトリック信者が苦しんだ抑圧を描くが、作家は偏見と搾取の年代記を避け、彼女の祖先たちの過去を多元的に描写している。アーカートは自らの人種的背景を理想化しようとはしない。例えば、彼女は、アイルランド人が「あらゆる大洋を超えて、海を渡って、自分たちと共に憎しみを運び、」その結果、カトリックとプロテスタントの間の対立も大陸から大陸へと渡って行った (p. 198) と指摘している。

　アーカートは、彼女に特徴的な神話詩的様式を用いて、「過去の人間活動によって風景に刻まれた印に注目[48]」する。彼女の生き生きとしたオンタリオの描写は、『下描きをする人』(*The Underpainter*, 1997) の冒頭に描かれるスーペリア湖北岸の「人間の形をした岩の半島」、眠れる巨人の物語のようなオジブワ伝説にしばしば言及することも含んでいる[49]。『ガラスの地図』(*A Map of Glass*, 2005) では、歴史的記憶が侵食されることを砂層の下に埋もれるホテルで象徴している。

　ガウディやアーカートの過去の探究は、しばしば不吉な性格を持つ。しかし、「あらゆる物語は魔法の実験[50]」と考えるジャック・ホジンズは、物質的なものと精神的なものとの相互作用で読者を楽しませる。彼の登場人物のグロテスクな無節制は、真剣であったりコミック

であったりするが、決して威嚇的ではない。彼の小説から判断すると、ブリティッシュ・コロンビアの美しさと温暖な気候がこの州の文学を楽観主義で色づけたのだ。コモックス峡谷の農業や林業の共同体からの、また彼のアイルランド系祖先の口述伝承からの奇談やホラ話に触発されて、ホジンズの作品は人々が（作家たち、読者、登場人物も同様に）歴史を形成できると、しかし事実上の、および想像上の地理によって、彼ら自身も形成されていると推定している。

彼の最初の小説『世界の発明』（1977）という題名は、この世界が創造されたというよりも発明されたのであると示唆している。このパロディ的なナラティヴの中で、口承歴史家・地理学者であるストラボ・ベッカーは、伝説と事実の知識を結びつけ、「真理の黙示録的コロニー」の共同体物語を語ることで、ヴァンクーヴァー島の歴史を編纂しようと試みる（しかし失敗する）。その神話的創設者はドナル・キニーリー、「怪異な黒牛」[51]と農場の娘の結びつきから生まれたと言われるアイルランド人救世主である。キニーリーの血統には、聖書、古典、そしてケルト神話が混じるが、疑似ヒーローで似非救世主として、彼はそれら全てに疑問を投げかける。この懐疑主義は、ホジンズが後に出版した『ジョーゼフ・ボーンの復活』（*The Resurrection of Joseph Bourne*, 1979）や『開墾地』（*Broken Ground*, 1998）をも特徴づけている。

1996年にマーガレット・アトウッドは、オタワ大学のカナダ研究におけるチャールズ・R.ブロンフマン記念年次講演を行った。『またの名をグレイス』（*Alias Grace*）の執筆経験をもとに、彼女は、かつてカナダ史が公立学校でいかに教えられてきたかを個人的に体験した視点から、歴史小説を書くことについて語った。「我々に対するカナダ史教育の背後にあった主な考え方は、一国家としての自信回復であったと思われます。我々は小さな相違をいろいろ抱え、1837年の反乱、ルイ・リエルの処刑等々僅かながら困惑の時機も経てきました。しかし、これらは、ディナー後の長く穏やかな眠りの中のみっともないゲップに過ぎません。我々は、いつも、カナダは成人に達したと言われてきました」[52]とアトウッドは断言した。アトウッドの整理方法は論争的で、したがって選択的である。しかし彼女の小説は、この章で論じた他の作家たちとともに、不公正に立ち向かい、読者を（自信回復した）安心から奮い立たせるために大いに力を発揮してきた。

注

1. これはウェイン・ジョンストンの言葉であるが、ジョーゼフ・ボイデン、マーガレット・スウェットマン、マイケル・クラミーなど他の多くの作家たちも同様のコンセプトを用いている。ハーブ・ワイルのジョンストンへのインタビュー参照 "An Afterlife Endlessly Revised: Wayne Johnston," *Speaking in the Past Tense: Canadian Novelists on Writing Historical Fiction*（Waterloo: Wilfrid Laurier Press, 2007), p. iii. 現代カナ

ダ文学とポストコロニアル文書一般にみられる「亡霊物語（ゴースト・ストーリー）」に関する議論は、例えば以下を参照。Pamela McCallum, ed., *Postcolonial Hauntings*, special issue of *Ariel*, 37.1 (2006).

2. W. L. Morton, "The Relevance of Canadian History," lecture to the Canadian Historical Association (1960). 以下に所収 Morton, *The Canadian Identity*, 2nd edn. (Toronto: University of Toronto Press, 1972 [1961]), p. 89.

3. Margaret Atwood, *In Search of Alias Grace: On Writing Canadian Historical Fiction*, Charles R. Bronfman Lecture in Canadian Studies (1996) (Ottawa: Ottawa University Press, 1997), p. 19.

4. Linda Hutcheon, *The Canadian Postmodern: A Study of Contemporary English-Canadian Fiction* (Toronto: Oxford University Press, 1988), p. 13.

5. 例として以下を参照。Katie Trumpener, *Bardic Nationalism: The Romantic Novel and the British Empire* (Princeton: Princeton University Press, 1997). Gordon Bölling, *History in the Making: Metafiktion in neueren anglokanadischen historischen Roman* (Heidelberg: Universitätsverlag, Winter, 2006), pp. 38-48. エヴァ＝マリー・クローラーの助力に感謝する。

6. Barbara Gowdy, *The White Bone* (Toronto: HarperCollins 1998), pp. 56, 73.

7. Thomas Wharton, *Salamander* (Toronto: McClelland and Stewart, 2001), p. 40.

8. Herb Wyile, *Speculative Fictions: Contemporary Canadian Novelists and the Writing of History* (Montreal and Kingston: McGill-Queen's University Press, 2002), p. 253.

9. Jane Urquhart, *Away* (Toronto: McClelland and Stewart, 1993), p. 85.

10. Guy Vanderhaeghe, *The Last Crossing* (Toronto: McClelland and Stewart, 2002), p. 355.

11. Wyile, *Speculative Fictions*, p. 210.

12. Jennifer L. Geddes, ed., "Introduction," in *Evil After Postmodernism: Histories, Narratives, and Ethics* (London and New York: Routledge, 2001), p. 2.

13. Christian Bök, "The Secular Opiate: Marxism as an Ersatz Religion in Three Canadian Texts," *Canadian Literature* 147 (Winter 1995), pp. 21f.

14. Diana Bryon, *Writing on Trial: Timothy Findley's* Famous Last Words (Toronto: ECW, 1995), p. 77 を参照。

15. Dagmar Krause, *Timothy Findley's Novels Between Ethics and Postmodernism* (Würzburg: Königshausen and Neumann, 2005) を参照。

16. Susan Swan, "Preface," in *The Biggest Modern Woman of the World* (Toronto: Key Porter, 2001 [1983]), n. p. を参照。

17. アメリカ人北極探検家 Robert Peary と Frederick Cook に関する小説 *The Navigator of New York* (Toronto: Knopf Canada, 2002) の最後 (p. 484) に、Johnston は以下のような断り書きを挿入している。「これは虚構の作品であり、時に実在の人々を想像上の空間と時間の中に置く。他の時には、想像上の人々を現実の空間と時間の中に置いている。歴史的記録から引き出すことがある一方、その目的は歴史的疑問に答えたり、歴史的論争に解決を与えたりするものではない。」

18. 例えば以下を参照：Sandra Gwyn, "Conjuring Smallwood: A New Novel Brilliantly Evokes an Era, If Not Its Main Protagonist," *Maclean's* III. 45 (November 9, 1998), p. 85.

19. Wayne Johnston, "Truth vs. Fiction," *The Globe and Mail* (November 23, 1998), p. D1.

20. Michael Crummey, *River Thieves* (Toronto: Doubleday Canada, 2001), n. p.
21. Michael Redhill, *Consolation* (Toronto: Random House, 2006), p. 12.
22. Mordecai Richler, *Solomon Gursky Was Here* (Toronto: Penguin, 1989), p. 165.
23. Margaret Sweatman, *When Alice Lay Down With Peter* (Toronto: Alfred A. Knopf, 2001), p. 287.
24. Margaret Laurence, "Books That Mattered To Me," *Margaret Laurence: An Appreciation*, ed. Christl Verduyn (Peterborough, ON: Broadview Press, 1988), p. 245.
25. Robert Kroetsch, *The Lovely Treachery of Words: Essays Selected and New* (Toronto: Oxford University Press, 1989), p. 2.
26. Margaret Laurence, *The Fire-Dwellers* (London: Macmillan, 1969), p. 225.
27. Linda Hutcheon, "Interview with Rudy Wiebe," *Other Solitudes: Canadian Multicultural Fictions*, ed. Linda Hutcheon and Marion Richmond (Toronto: Oxford University Press, 1990), p. 84.
28. Shirley Neuman and Robert Wilson, eds., *Labyrinths of Voice: Conversations with Robert Kroetsch* (Edmonton: NeWest Press, 1982), p. 133.
29. Robert Kroetsch, "Unhiding the Hidden: Recent Canadian Fiction" (1974), in *The Lovely Treachery of Words*, p. 58.
30. Donald Cameron, *Conversations with Canadian Novelists*, vol. I (Toronto: Macmillan, 1973), p. 91.
31. Robert Kroetsch, *Gone Indian* (Toronto: NeWest Press, 1973), p. 94.
32. Timothy Findley, *The Wars* (Toronto: Penguin, 1996 [1977]), p. 209.
33. Susan Sontag, "Fascinating Fascism," in *Under the Sign of Saturn* (New York: Farrar, Straus, and Giroux, 1980), pp. 73-105.
34. Linda Hutcheon, "Interview with Michael Ondaatje," *Other Solitudes*, p. 199.
35. 以下を参照：Robert Fulford, "Seventy Years of Glorious Trouble"（追悼記事）、*The National Post* (July 4, 2001), p. A1; Richler, "The Holocaust and After" (1966), 以下に再録 *Shovelling Trouble* (Toronto: McClelland and Stewart, 1972), pp. 84-96.
36. Sue Kossew, "History and Place: An Interview with Daphne Marlatt," *Canadian Literature* 178 (Autumn 2003), p. 54.
37. Janice Williamson, *Sounding Differences: Conversations with Seventeen Canadian Women Writers* (Toronto: University of Toronto Press, 1993), p. 191.
38. Daphne Marlatt, "Subverting the Heroic: Recent Feminist Writing on the West Coast," *British Columbia Reconsidered: Essays on Women*, ed. Gillian Creese and Veronice Strong-Boag (Vancouver: Press Gang, 1992), p. 304.
39. George Bowering, "On *Ana Historic*: An Interview with Daphne Marlatt," *Line* 13 (1989), p. 98.
40. Alan Morley, *Vancouver: From Milltown to Metropolis* (Vancouver: Mitchell Press, 1961), p. 48.
41. Andrew Garrod, "[Interview with] David Adams Richards," *Speaking for Myself: Canadian Writers in Interview* (St. John's: Breakwater Press, 1986), p. 221.
42. Kathleen Scherf, "[Interview with] David Adams Richards: He Must Be a Social Realist Regionalist," *Studies in Canadian Literature* 15.1 (1990), pp. 154-70.
43. Laurie Kruk, "Alistair MacLeod: 'The World is Full of Exiles,'" in *The Voice is the Story: Conversations with Canadian*

Writers of Short Fiction (Oakville: Mosaic, 2003), p. 160.
44. Wyile, "An Afterfile Endlessly Revised," p. 106.
45. Melanie Lee Lockhart, "'Taking Them to the Moon in a Station Wagon': An Interview with Ann-Marie MacDonald," *Canadian Review of American Studies*, 35.2 (2005), p. 141. インタビューは 1998 年に実施された。
46. Jane Urquhart, *The Whirlpool* (Toronto: McClelland and Stewart, 1986), p. 86.
47. アーカートは、夫である画家トニー・アーカートの祖母が保存していた "little floaters book"（浮遊者たちの小さな本）に拠っている。
48. Herb Wyile, "Confessions of a Historical Geographer: Jane Urquhart," in *Speaking in the Past Tense*, p. 100.
49. Jane Urquhart, *The Underpainter* (Toronto: McClelland and Stewart, 1997), p. 2.
50. Jack Hodgins, "An Experiment in Magic," *Transitions II: Short Fiction, a Source Book of Canadian Literature*, ed. Edward Peck (Vancouver: CommCept, 1978), p. 238.
51. Jack Hodgins, *The Invention of the World* (Toronto: Macmillan, 1977), p. 71.
52. Atwood, *In Search of* Alias Grace, p. 19.

25

先住民文学——詩と散文

ラリー・グロウアー、アーマンド・ガーネット・ルーフォー
(Lally Grauer and Armand Garnet Ruffo)

　オカナガン〔先住民の部族名については50頁の地図を参照のこと〕の作家であり、教育者でもあるジャネット・アームストロング（Jeannette Armstrong）は、1960年代後半から1970年代初めにかけて先住民による現代文学に初めて出会った時の状況を述べている。彼女は、CBCラジオでデューク・レッドバード（Duke Redbird）が詩を読むのを聞き、先住民コミュニティが発行する新聞の紙面に、「宝石のように散りばめられた」詩を狩りでもするかのように探し求めた時のことを後に語っている。彼女にとって、これらの作品は、当時のカナダ文学批評によく見られたテーマの「無償の愛とロマンス、母国への憧憬、未開の地の征服、牧歌的な美、……移民としての自己存在の定義」を映すものではなく、むしろ、「私たち自身が植民地体験を通して共に感じてきた喪失や痛み、怒りや抵抗と、先住民として私たちが持つ誇りやアイデンティティの遺産」を映すものだった。カナダ文学と同義ではない、初期段階にあるカナダのひとつの文学に、アームストロングはそう定義を下している。その文学は、カナダの他の現代文学とともに、発展を遂げていくことになるのだが。

　アームストロングは、1970年代の先住民文学が他の文学とは異なっている点として、コミュニティと自己、歴史と政治性、土地と物語とに、それぞれ特有の関係性があることを述べている。彼女の発言は、盛んに抗議運動が繰り広げられた時代のことを彷彿とさせるものでもある。黒人たちやチカーノたちの誇りをうたい上げる声が国境を越えて南のアメリカ側から聞こえ、自らの前提をしばしば普遍的なものと捉え、多様性を認めたとしても、自らが優れていると捉えがちなアングロ・サクソンの白人中流社会に置き換えることのできる文化的な代替物が——先住民からも非先住民カナダ人からも——懸命に探し求められていた時代だ。カナダ文学はこれ以降、数多くの多様な文学、形式、観点に分岐した。先住民文学も隆盛し、それ自体の豊かさを深めてきたが、一方、存続(サバイバル)と深く関わるものでもあり続けている。先住民文学とは、あらゆる背景を持つカナダの読者に向けて書かれ、根深くかつ巧妙な植民地主義の影響を明らかにし、代替的な視点を提供するものである。

　作家には、先住民のアイデンティティを主張し、しばしば国や世界経済の公認の利益を妨げるものと捉えられる先住民文化の継続性を守り、保証しようとする者もいる。あるいは、カナダで先住民に対する抑圧が続いていることを顧みようとしない人たちの自己満足や快適

な立場を掻き乱そうと執筆を行う者もいる。また同時に、この文学は、文学の再定義を行い、先住民の生き方や知のあり方を理解するのに妨げとなる還元主義的な表象を解体し、複雑かつ多様性に富み、伝統も変化もある複数の視点を含む形を生み出そうとするプロセスに関わるものである。平原クリーのメティスの作家であり研究者であるエマ・ラローク（Emma LaRocque）は、次のように読者たちをたきつけ、応えてくれるよう求める。「ここに私たちの声があります。どなたが聞いてくれますか？」と。[2]

復興

1970年代は、カナダの先住民文学が目覚ましく成長し、復興を成し遂げた時代となったが、その一因は、状況の変化により、作家が出版にまで持ち込むことが以前よりも容易になったことにあるだろう。1969年、言われるところによれば「公正な社会」の促進のために、インディアンという法的地位に終止符を打つことを提案した、ピエール・トルドー首相の政策白書は、汎インディアン・ナショナリズム運動に火をつけ、その動きは、クリーの指導者ハロルド・カーディナル（Harold Cardinal）が『不公正な社会』（*The Unjust Society*, 1969）において「同化政策を通じた民族終結」であると分析したことによってさらに燃え立った。[3] 彼の議論は、価値観を変えつつあった人たちにも及んだ。第二次世界大戦中に軍隊で平等という意識を味わった帰還兵たちは、国内において再び家父長的態度と差別を味わわされ、団結して先住民の権利を訴え始めた。虐待や疎外を遺産に残す寄宿学校の教育は、知識のある人材をも生み、地方および全国規模の政治運動が大きく繰り広げられる中、指導的な立場につく者も出た。参政権賦与による理由ばかりではなく、貧困を理由にして、居留地や隔離されたコミュニティから都市へと移る人々の数がますます多くなった。多くは都心における周縁的な地位に追いやられ続けたが、大学を卒業する者も現れ、英語が共通言語となり始めた。

　迅速かつ広範囲に政策白書の批判を行った結果、ジャーナリズムが発達していった。新しく提案されたこのインディアン政策が大失敗に終わったことで、カナダ政府は、先住民たちの便宜を図る試みをいくつか行う。全国インディアン友好会、カナダ先住民議会、カナダ先住民女性協会、カナダ全土に新設されたフレンドシップ・センターのような国営団体に対して、持続性のある補助金が政府から支給された。このような団体がコミュニティ紙などの定期刊行物に融資を行い始め、それが、政治運動家にとっても、詩や小説、手記を書く作家たちにとっても、伝達手段とも促進剤ともなった。

　カナダ文学において自分たちの声を耳にすることのなかった先住民読者たちは、これらのコミュニティ紙に掲載された投稿者たちの声に耳を傾けた。チーフ・ダン・ジョージ（Chief Dan George）、リタ・ジョー（Rita Joe）、デューク・レッドバード（Duke Redbird）、ウェイン・ケオン（Wayne Keon）などの詩人たちは、1970年代後半までに自分たちの本を小さな出版

社から出している。彼らの作品には、アームストロングが述べた喪失、痛み、抵抗、そして誇りが明らかに存在し、様々な様式や文学表現を用いて表現されている。チーフ・ダン・ジョージは、「コンフェデレーションへの哀歌」("A Lament for Confederation") と題する有名な演説をヴァンクーヴァーのエンパイア・スタジアムで行い（後に先住民コミュニティ各紙に幾度も掲載された）、1967年のカナダ100周年祭は先住民にとっては喪に服する日であると捉えた。ジョージは、詩集『わが心の高まり』(*My Heart Soars*, 1974) に収録されている「孫への言葉」("Words to a Grandchild") という詩において、先住民のアイデンティティを静かに肯定し、聞き手の孫が自分たちの「静かなやり方」を重んじ、物質的ではない文化の重要性を理解し、彼を取り巻く大地や自然の力に注意を払ってくれることを願っている[4]。

　総合してみれば、カナダ社会と折り合いをつけることができるかどうかという可能性について、これらの作品は両義的であるようだ。カナダ連邦に向けた演説において、ジョージは、自分の嘆きを将来に向けた希望に変えていく。カナダ社会と共有する「我々のすばらしき大地」において、部族の人たちが、「教育」のような「白人側の成功」を示す道具を、先住民族の改善に向けていくという希望だ[5]。しかし、「孫への言葉」においては、異なる文化と生活様式との間に生み出される疎外についても語られる。「我々のやり方は良きものだ／だが我々の世界でのみ通じるものだ」と。そして、「白人」たちが別の世界を占有し、孫が「よそ者のように歩くのだろう」と。ダン・ジョージは、木こりであり、港湾労働者であり、バラード入り江のスレイル・ウォウトゥス先住民族のチーフであった。彼は仕事中に負傷した後、俳優として成功し、1972年にはサイモン・フレーザー大学とブランドン大学から名誉学位を授与された。それにもかかわらず、彼の作品には、変わらぬ植民地体験が描かれ続けるのだ。

　「孫への言葉」がカナダ社会との何らかの隔たりを打ち明けているとするなら、ウェイン・ケオンの詩は、先住民による執筆を可能にする方法として、茶目っ気たっぷりに文化を混ぜ合わせる取り組みをする。ケオンは、オンタリオ州サドベリー近くのエリオット・レイクに育ち、先住民オジブワによる初期の詩集のひとつである『スウィートグラス』(*Sweetgrass*, 1972) を著わし、1990年代に3つの詩集を出版している。初期の詩「ビル・ビセットへのこうかいじょう」("an opun letr tu bill bissett") において、ケオンは、様式上も内容上も、詩人のビル・ビセット (bill bissett) に借りがあると述べている。「拝ケイビルさま／ボクは／アナタに会ったコトないのです……ボクは／アナタの詩句をチョット使わせてもらいました」[6]と。ケオンは、自分の文体に、特有の綴りを用いたビセットの手法を取り入れるが、それはとりわけ、語り言葉と書き言葉、言語と視覚イメージとの間の境界をせめぎ合わせるような効果を持たせるものだ[7]。ケオンは自分の作品に、口承の語りや歌と儀式、現代式の絵文字を取り入れることで、あふれんばかりの対抗文化的な創造性を伝え、標準英語に表される純正さや正確さのヒエラルキーに対して舌を出してみせるのだ。

『ハーフブリード』以降

詩は、語り言葉との連続性や言語や様式上の柔軟性があるがゆえに、初期の先住民作家の多くが文学作品を書き始めるために用いた伝達手段である。バフィー・セイント・マリー（Buffy Sainte Marie）などのアーティストの歌に影響を受けた多くの人たちに、抗議を行ったり表現をしたりするのに恰好の様式を詩は提供した。その日暮らしの作家たちや生きることに困難さを感じている作家たちは、小説や演劇作品のような長い時間を必要とせずに、詩を書くことができた。ノヴァ・スコシア州出身のミクマクのリタ・ジョーは、1969年に「時折、2行ずつ」詩を書き始めたことを後に語っており、1978年に初めて『リタ・ジョーの詩』（*Poems of Rita Joe*）を出版し[8]、1988年と1991年にもう2冊の詩集を出した。しかし、その後の数十年にわたって作家たちに大きな影響を与えたのは、マリア・キャンベル（Maria Campbell）の『ハーフブリード』（*Halfbreed*, 1973）であった。『ハーフブリード』は、ジョン・テッツォ（John Tetso）の『罠猟こそわが人生』（*Trapping Is My Life*, 1970）における大地での伝統的な生活から、ジェイン・ウィリス（Jane Willis）の『ジェニエシュ――インディアンの少女時代』（*Geniesh: An Indian Girlhood*, 1973）に記録された寄宿学校によって引き起こされた転位（ディスロケーション）に至るまで、広範囲な体験をページに綴った他の自伝と並んで出版されたが、『ハーフブリード』が行ったレッドリヴァー・メティスの分散と迫害に対する激しい抗議は、政治運動とベトナム戦争への抗議運動が高まった時代の読者たちの琴線に触れるところとなった。キャンベルの物語は、カナダを単に改革の必要な場所としてではなく、反乱の必要な場所として新たに位置づける。寛容な社会が持つ自己満足的な信念を問い質す人種差別主義の歴史に対して声を上げ、「ハーフブリード」（合いの子）という言葉を恥としてではなく誇りとして位置づける。彼女自身の生い立ちやスコットランド・クリー・メティスの家族のネットワークについて語るキャンベルの話は、レッドリヴァー・メティスのアイデンティティを肯定し、同時に、政府の様々な規定が、結託して「インディアン」や「ハーフブリード」、「白人」というカテゴリーを用いることにより、アイデンティティを固定化しようとしていると暴くのだ。

キャンベルは、カナダ社会の周縁部、すなわち、サスカチュワン州の道路や王領地の隅に追いやられて「道路用地に住む人たち」と名づけられた人たちの物語を語り[9]、後には、メインストリームの出版社マクレランド・アンド・スチュワート社を通じて発言を繰り広げることになった。彼女の作品は、力強い突破口となり、他の作家たちを勇気づけた。デラウェアの詩人であり劇作家であるダニエル・デイヴィッド・モーゼス（Daniel David Moses）は、キャンベルを「私たちみんなの母」と呼び[10]、メティスの詩人グレゴリー・スコフィールド（Gregory Scofield）は、彼の自伝である『わが血管に轟く雷鳴』（*Thunder Through My Veins*, 1999）においてキャンベルのことを「母マリア」と称している。メティス／ソートーの研究者ジャニス・アクース（Janice Acoose）は、キャンベルが、とりわけチーチャム（Cheechum）が示す祖母

像に見られるように、メティスやインディアンの女性を「機知に富み、活動的な」存在として描いていることが重要だと指摘している。その描写は、「インディアンの女労働者、インディアンの王女、苦悩する犠牲者」というような、カナダ文学に見出すことのできるステレオタイプを解体するものだという。[11]

1970年代から1980年代の多くの作家たちにとっては、書くこと自体が政治的な行為であり、人種差別主義や貧困、恥、怖れによって築き上げられた沈黙の壁を壊していくものであった。作家たちはしばしば自ら政治運動に携わった。キャンベルの『ハーフブリード』は、リーダーとしての自身の成長を物語る。クリーとセイリッシュに祖先を持つリー・マラクル（Lee Maracle）は、初期の自伝『ボッビ・リー──インディアンの反逆児』（*Bobbi Lee: Indian Rebel*, 1975）において、ブリティッシュ・コロンビア州の果樹園や、ヴァンクーヴァーやトロントのスラム街で労働移民とともに働くことにより、政治意識を高めたことを語っている。他の作家たちは、自伝や伝記小説、論説、風刺、ユーモアを用いて、読者たちに挑戦をしかけ、説得し、そして楽しませている。例えば、オダワの作家ウィルフレッド・ペルティエ（Wilfred Pelletier）の『見知らぬ土地でもなし』（*No Foreign Land*, 1973）、メティスの作家ハワード・アダムズ（Howard Adams）の『草原の牢獄──先住民から見たカナダ』（*Prison of Grass: Canada from the Native Point of View*, 1975）、オジブワの作家バジル・ジョンストン（Basil Johnston）の『ヘラジカの肉とワイルドライス』（*Moose Meat and Wild Rice*, 1978）、クリーの作家ジョーゼフ・F・ディオン（Joseph F. Dion）の『わがクリー族』（*My Tribe, The Crees*, 1979）などだ。これらの作家たちは、教育やワークショップを通して先住民の執筆活動を養成したキャンベルやマラクルのように、自分たちの作品を政治のための道具として用いた、運動家であり教師であった。

執筆活動が高まるのと同時に、管理や自治の問題が浮上した。1980年代の作家たちは、非先住民の作家や出版社による誤った表象が検証されるようになると、コラボレーションや出版に際する代替的方法を模索した。例えば、マリリン・バウアリング（Marilyn Bowering）とデイヴィッド・デイ（David Day）によって編集された『多数の声──現代カナディアン・インディアンの詩集』（*Many Voices: An Anthology of Contemporary Canadian Indian Poetry*, 1977）には、「インディアン詩」を書く非先住民の詩人が含まれていた。キャンベルによれば、マクレランド・アンド・スチュワート社による最終版からは、『ハーフブリード』の重要な節が取り除かれていた。[12] リー・マラクルの『ボッビ・リー──インディアンの反逆児』は、当初は、テープ録音と編集に携わった協力者ドン・バーネット（Don Barnett）の名で出版された。[13] そのような問題への対応策としても、先住民による出版社は、1980年代初期に設立され、1990年代を通して2000年に至るまで、現代作家の出版の大半に携わった。ペミカン・パブリケーションズ社は、1980年に（メティスの作家たちに発表の場を提供するという使命を持って）ウィニペグに創設された。同じ年に、ランディ・フレッド（Randy Fred）は、ブリティッシュ・コロンビア州のナナイモにセイタス・ブックス社を設立し、その2年後には、オカナガンイ

ンディアン教育資源協会が買い手となってペンティクトンに場所を移した。両社は、カナダ先住民作家による初期の現代小説の出版に重要なものであった。

初期の小説

1983 年にペミカン社から出版された『エイプリル・レイントゥリーを探して』（*In Search of April Raintree*）は、ウィニペグ市内または近郊の家庭で養子として育ったメティスの作家ビアトリス・カルトン（Beatrice Culleton）によって書かれた。姉の自殺を受けて 1981 年に初稿を書いた彼女の作品は、彼女自身の体験とアイデンティティを想像し直すための手段となった。カルトンは、そのプロセスを「私がこれまでの生き方をもう一度考えてみる」方法であったと捉えている。「盲目的な感じでした……だけど、作品を書いているうちに、自分自身のことについて分かったのです。自分のアイデンティティを受け入れる必要があるということです。」と。別々の家庭に預けられて、1 人（エイプリル）は白人として同化を試み、もう 1 人（シェリル）は先住民のルーツを大事にしようとした 2 人の姉妹を描くカルトンの物語は、当初は、手の加わらない真正さがあることを理由に称賛を受けた。作品は現代の古典として読まれ続け、1999 年にはペギス・パブリシャーズ社によって注釈版が再発行された。最近の文学批評は、この小説がいかに複雑にアイデンティティを描き出しているのかということを検証し、カルトンが描く 2 人の姉妹が、単に対立するものではなく、「浸透性と融合性のある主体」であると読み取り、人種差別主義が先住民性の構築に果たした役割をカルトンが理解しているとする。

1985 年にセイタス・ブックス社から出版された小説『スラッシュ』（*Slash*）において、ジャネット・アームストロングは、個人のアイデンティティよりも民族のアイデンティティに焦点を絞り、1960 年代から 1970 年代の戦闘的な政治運動の歴史をコミュニティの若い人たちに伝えるべきだと感じていたペンティクトンのオカナガンの人たちの必要性に応えるものとなった。作品は、植民地主義の影響のあるオカナガンの現代史ばかりでなく、それに抵抗しようとする地域の人たちや国境を越えた先住民の人たちの観点をも伝える。また、政治運動を通じた抵抗が、カナダの先住民や先住民文化の存続を保証するには十分ではないということも、示唆している。学びに力点を置いた物語を通じて、若い男性主人公のスラッシュは、民主主義上の権利とは異なるものとして、先住民権の重要性を認識し、先住民の人々が、生きる力や倫理観の源として、大地とのつながりを長きにわたって持ってきたことを理解するのだ。

ビアトリス・カルトンに刺激と励ましを受けて、オジブワの作家ルビー・スリッパージャック（Ruby Slipperjack）は、1987 年にペミカン社から『太陽を崇めよ』（*Honour the Sun*）を出版し、語りや視点の展開を通して、小説というジャンルに新たな方向性を与えた。スリッパージャックは、オンタリオ州北部のカナディアン・ナショナル鉄道の線路沿いに形成されたオ

ジブワの小コミュニティに暮らすアウルという名の幼い少女の心の中に読者を導いていく。水辺に差し掛かる木の枝の形を愛でたり、母親の顔に映る表情を読み取ったりというような、アウルの一瞬一瞬の考えや気持ちを描いていくのだ。しかし作品は、寄宿学校での時間やアルコール中毒と闘う母の様子など、アウルの生活における他の側面については、あまり語らないままでいる。スリッパージャックが用いる遠回し表現や空白、そして沈黙は、様々に解釈され、非先住民の読者よりも、事情を心得た先住民読者に向けて主に書かれたものであると捉えられたり[20]、沈黙に物を言わせ、物事を語らないままにしておくというような、先住民文化におけるコミュニケーションのあり方を書いたものであると捉えられたりしている。スリッパージャックは、自分のオジブワのコミュニティにおいて、「言葉というのはとてもとても稀なものでした」と語っている。同様に、アウルの家族やコミュニティにおいても、「表情や、肩をすくませるというようなことに非常に意味があります。それをどのようにして書き言葉で表し、別の言語に言い換えればよいのかしら？」と述べている[21]。スリッパージャックの2作目の小説『沈黙の言葉』(*Silent Words*, 1992) も、これらの語りの問題に取り組んだものだ。

文化の回復

『ハーフブリード』においても、『スラッシュ』においても、文化や伝統の回復が、個人の登場人物にとってもコミュニティにとっても重要であることが示された。カナダ東部においても、同様の観点により、先住民文学の活力と文化回復とが結びつけられた。1986年、オンタリオ州で、クリーの劇作家（後に小説家）のトムソン・ハイウェイ（Tomson Highway）とオジブワの詩人であり物語作家であるレノーア・キーシグ＝トビアス（Lenore Keeshig-Tobias）、そしてデラウェアの詩人であり劇作家であるダニエル・デイヴィッド・モーゼスが、「トリックスターを再興する会」を結成し、後にモーゼスが述べたところによれば、「トリックスターが、我々の異なる世界観と、その世界観に結びついた我々の異なる文学を示す象徴であるとする考え」に専念することを目指した。彼らの議論を通して、モーゼスが「面白く」て「奇妙な」存在だとするトリックスターは、神話的であり喜劇的でもある舞台や作品においてよみがえる。彼らはまた、文化的な相違性と共通性の両方が彼らのグループに重要であることを認識した[22]ハイウェイにとって、二面性を重ね持つクリーのトリックスターは、ヒーローにも神にも、また、動物や人間にもなり、「電撃――つまり、尻に棒を刺したかのような――基本的に……荒唐無稽に面白い」存在なのである[23]。トリックスターは、男性とも女性とも限定されることなく、ハイウェイの演劇に登場して回り、先住民コミュニティにおける政府や教会の家父長的支配を転覆させようとする。ハイウェイの小説であり伝記小説でもある『ファー・クイーンのキス』(*Kiss of the Fur Queen*, 1998) は、様々に姿を変える魔術的なキツ

ネとファー・クイーンをめぐって展開し、マニトバ州北部の遊牧民クリーの家族のもとに生まれたジェレミア・オキマシスとガブリエル・オキマシスという兄弟の物語を伝え、2人がダンサーや作家になっていく姿を描く。

　ダニエル・デイヴィッド・モーゼスがトリックスターについて思い起こす時、彼は自分が先住民の伝統文化について学び直さなければならなかったことを強調する。モーゼスは、1950年代から1960年代にかけて、オンタリオ州南部のシックス・ネイションズ居留地に育ち、キリスト教や、イロコイの伝統的な宗教的・政治的思想体系であるロングハウス、あるいは彼のデラウェア文化遺産を含む幅広い文化の影響を受けた。彼は、自分が受けた教育を「西洋的な精神」を授けるものであったと振り返り、自分の作品が、抒情詩の『優美な肉体』(*Delicate Bodies*, 1980) に始まり、『コヨーテ・シティ』(*Coyote City*, 1990、1988年上演) や『インディアン・メディシン・ショーズ』(*The Indian Medicine Shows*, 1995、1996年上演) などの霊が登場する多次元の演劇へと展開していくにつれて、「成長をして」きたと捉えている[24]。彼の2作目の詩集『ホワイト・ライン』(*The White Line*, 1990) は、アイロニーを効かせ、ポストモダン的であり、トリックスターに着想を得た演劇を、シンボルや夢を用いて、シュールレアリスムと組み合わせている。

　「再発見」という言葉は、新たな創作の形態や状況を用いた(再)創造をも意味しうるものだ。そのような新しい状況のひとつに、大学を挙げることができる。ジャネット・アームストロングやトムソン・ハイウェイ、ダニエル・デイヴィッド・モーゼスのように、コミュニティに強いルーツを持ち、かつ教育も受けた作家たちに加えて、1990年代には、それとは別の作家たちが多く誕生した。アーマンド・ガーネット・ルーフォー (Armand Garnet Ruffo)、トマス・キング (Thomas King)、ルイーズ・ハーフ (Louise Halfe)、マリリン・デューモント (Marilyn Dumont)、マリー・アンハート・ベイカー (Marie Annharte Baker) などである。北米文学や世界文学、そしてポストコロニアリズムやポストモダンの動向を踏まえて執筆や思想をめぐらせることにより、これらの作家たちは、新しいアプローチ方法や戦略方法を取った。先住民のための高等教育機関も設立された。1989年、ジャネット・アームストロングやリー・マラクルたちは、エノウキン・インターナショナル・スクール・オブ・ライティングを創設し、先住民自らの手で先住民のために作られたカナダ唯一の物語創作プログラムを作った。アームストロングが校長を務める中で、学校は大きく発展し、先住民研究や美術、言語教育を取り入れ、ヴィクトリア大学やブリティッシュ・コロンビア大学との共同プログラムを設置した。1990年代を通して、国内中の多くの先住民作家が教師や学生としてエノウキン・センターの門をくぐり、国内のネットワーク作りに貢献した。

読者への教育

小さな出版社から出版されたことで、1970年代から1980年代にかけての多くの作家の作品は、流通や読者層の面においては制限されたものであった。『円を描く――カナダ西部の先住民女性たち』(*Writing the Circle: Native Women of Western Canada*, 1990) と題するアンソロジーの前書きで、エマ・ラロークはこの状況に対する理由をいくつか示し、「植民勢力によって生み出された言語や文化の上での隔たりと地理的あるいは社会的な隔たりにより、先住民の知のコミュニティが広範囲に発達することが妨げられていた」こと、また同時に、主流社会における研究者の多くは、先住民の問題を扱うのに先住民ではない人々による書物に向かい、先住民の学者たちが読者を「対話を始めることがようやくできるようになるまで」「教育をしなければならない」状況に置いてきたことを指摘している。1980年代から1990年代初めにかけて多くのアンソロジーが編纂されたのは、そのような教育の一環としてのものであった。レイクヘッド大学の学者であるペニー・ペトロン（Penny Petrone）は草分けとして、『最初の人たち、最初の声』(*First People, First Voices*) を1983年に出版し (1988年にイヌイトの作品に関する『北国の声』*Northern Voices*、1990年に『カナダの先住民文学――口承伝統から現在まで』*Native Literature in Canada: From the Oral Tradition to the Present* を続けて出版した)、その他にも、内部からの視点を提示するアンソロジーが登場した。マリア・キャンベルは、彼女自身の創作ワークショップから『アチムーナ』(*Achimoona*, 1985) を出版し、セイタス社は、エノウキン・センターとの協同により、主に新世代の詩人に焦点を絞って、ヘザー・ホジソン（Heather Hodgson）編纂による『七番目の世代』(*Seventh Generation*, 1989) を出版した。

1990年代に、重要な2冊のアンソロジーがより広い読者層に向けて先住民文学を紹介し、新たな執筆活動を生む刺激となった。チェロキーとギリシアの文化遺産を受け継ぐ作家かつ学者のトマス・キングは、1980年代後半に出版された物語を集めて、『皆わが同胞』(*All My Relations*, 1990) を編集し、バジル・ジョンストン（オジブワ）、ベス・ブラント（Beth Brant、モホーク）、ハリー・ロビンソン（Harry Robinson、オカナガン）、ルビー・スリッパージャックなどの作家が示す多彩な様式と観点が、熱心な主流社会の学識ある読者たちのもとに届けられた。1990年8月には、セイタス・ブックス社が、オプサクゥヤック・クリーの出版者グレッグ・ヤング＝イング（Greg Young-Ing）の指導のもとで、「ギャザリングズ――エノウキン北米先住民ジャーナル」(*Gatherings: The En'owkin Journal of First North American Peoples*) 誌を創刊した。「ギャザリングズ」誌は、先住民コミュニティの執筆活動を推進させるために、包括的であることを方針にし、子供や年配者の作品も、出版経験のある作家や学者の作品も扱った。「ギャザリングズ」誌のうちで、ジャネット・アームストロングが編集した号『わが同胞の言葉を考察する――先住民による文学分析』(*Looking At the Words of Our People: A First Nations Analysis of Literature*, 1993) は、先住民による文学およ

び先住民に関する文学に向けられた初めての文学批評集となった。アーマンド・ガーネット・ルーフォーが編集をつとめた『私たちの言葉を装う（考察する）――先住民文学に対する先住民の視点』（(Ad)dressing Our Words: Aboriginal Perspectives on Aboriginal Literatures, 2001）などが後に続いた。

紙に書かれた声

先住民文学は、詩、物語、演劇のすべてを内包した口承の伝統を学び、それを再発見することと深く関わっている。これらの伝統は、親族関係をもとにした全体的な関係性の中に人間と自然界が入り込んでいるとする固有の神聖な世界観を伝え、入植前の時代から始まり、植民後の多くの語りにも健在である。例えば、ジェイムズ・スティーヴンズ（James Stevens）が収集したクリーの物語やロバート・ブリングハースト（Robert Bringhurst）が解釈し直したハイダの物語のように記録者が書き記した物語や、協力者とともに先住民作家が執筆した物語、バジル・ジョンストン、ジョルジュ・ブロンダン（George Blondin、デネー）、ルイス・バード（Louis Bird、クリー）などの先住民作家によって書き下ろされた物語、あるいは、イヌイトの映画『氷海の伝説』（Atanarjuat: The Fast Runner, 2000）のような映画に改変された物語などがある。これらの物語は、一語一語を正確に再現するわけではないものの、先住民哲学を反映する鍵となる要素を繰り返し用いて倫理体系を伝え、また、慣習や生息地の変化、地理、土地利用などの実践的な知識も伝えることによって、現在にも息づく伝統に仲間入りをしている。1970年代半ばのマッケンジー・ヴァリー・パイプライン調査（バーガー調査）や1990年代初めの原住民評議会、カナダの最高裁判所が初めて先住権の概念の存在を規定した1997年のデルガムゥクゥ（Delgamuukw）での判決においても、先住民の語りが様々な役割を果たしている。このような事例やその他の土地所有権の要求においても口承の語りが用いられているということは、現在にも息づく口承伝統の重要性を強く示すものだ。

　口承伝統は、特有のジャンルによるばかりではなく、それにふさわしい状況やしきたりによっても決まっているものだ。オジブワの人々にとっては、神聖な物語は、冬の夜に語るために大事に取っておくものである（しかし例えば、オカナガンの人々にとってはそうではない）。物語には何らかの力があると見なされて特定の人物や家族にのみ所有されるものだと、考えられているものもある。時には、物語を継承するためにある人物が選ばれることもあり、語り手たちが誰に物語を継承させるかを選ぶこともある。物語を語り直したり使用したりするのには許可が必要であり、それは容易に認められることもあれば、敬意ある振る舞いや贈り物を行うことによって認められる場合もある。自分たちとは異なる決まり事があることを理解していない作家たちが、物語を使うことができないのは検閲行為であると不平をもらすことも時にあった。1990年、オジブワの物語作家であるレノーア・キーシグ＝ト

ビアスは、カナダの学会や「グローブ・アンド・メール」紙において、「先住民の物語を盗む」ことへの批判を行った。彼女は、寄宿学校に入れられて自分の文化を保とうと苦悩する幼い少女を描いた映画『こころの大地』（*Where the Spirit Lives*, 1989）を例に挙げた。彼女が主として問題にしたのは、先住民ではない映画制作者たちの、それが自分たちの語るべき物語であるとする思い上がりであった。キーシグ＝トビアスは、盗用が行われるような不平等な植民地状況を取り沙汰し、先住民の物語が主流の作家やメディアによって、先住民コミュニティと何ら関わりを持つことなく、誤って解釈され、市場に出回り、消費されることを批判した。(27) マリア・キャンベルは、リンダ・グリフィスとの共著による『ジェシカについての本』（*The Book of Jessica*, 1990）において、彼女自身の人生を描いた物語の盗用について書いている。(28) 物語に対して敬意あるアプローチを行うということは、トマス・キングがマッセー大学での講義で取り上げ、後に『物語についての本当のお話──先住民の物語』（*The Truth About Stories: A Native Narrative*, 2003）において出版をしたテーマのひとつだ。

先住民の物語はまた、人気作家や学者たちによって、誤った理解や解釈をされてきた。宣教師や人類学者、作家たちにより、収集され、翻訳をされた口承物語の歴史に従う形で、ジェイムズ・スティーヴンズの『サンディ・レイク・クリーの聖なる伝説』（*Sacred Legends of the Sandy Lake Cree*）（クリーの画家カール・レイ Carl Ray の挿絵がある）は、1971 年に初めて刊行されたが、1995 年に『聖なる伝説』（*Sacred Legends*）と題して、レイの名前を対等に表に出す形で改訂された。ハリー・ロビンソンの『心に刻みつけよ──オカナガンのストーリーテラーによる叙事詩の世界』（*Write It On Your Heart: The Epic World of an Okanagan Storyteller*, 1989）は、新しい出版過程を辿った。音楽学者のウェンディ・ウィックワイア（Wendy Wickwire）は、10 年以上の歳月をかけて足を運ぶことでロビンソンの物語を録音し物語を集めたが、それらの物語を記述していく上でロビンソンの物語が持つ音を紙の上に再現しようとした。ロビンソンの特徴ある言い回しや言葉の並びに忠実であることや、短い行や空白を用いて息継ぎや強調部分を表していくというのが、ウィックワイアがロビンソンの語りのスタイルと声の調子を伝えるために用いた手法であった。トマス・キングは、自身の短編集『ある良いお話、あのお話』（*One Good Story, That One*）（1993）や『青い草、流れる水』（*Green Grass, Running Water*, 1993）において、声を構築していく上で、ロビンソンの影響を大いに受けていることを認めている。(29)

1980 年代に執筆活動を行ったマリア・キャンベルにとって、英語は心をこめることができず、「講義をする」かのような響きを持っていた。キャンベルは、『道路用地に住む人たちの物語』（*Road Allowance People*, 1995）において、『ハーフブリード』で用いた標準英語から離れ、「私の村、父の世代の人たちの方言とリズム」を持つクリー語とフランス語の影響のある英語で物語を書いている。(30) 彼女は、「お年寄りたちの話」を聴くのに何時間も費やしたが、毛布やタバコでお返しをするばかりでなく、「私の言語を学び直し、考え直す」ことにより返礼をした。(31) キャンベルは自分自身を作家というよりも、文化と文化の間を繋ぐ翻訳者と捉え

ている。シェリー・ファレル・ラセット（Sherry Farrell Racette）の美しい挿絵の入った物語は、それ自体が持つ力強いイメージを伝えもする。「ルーガルー」（"Rou-Garous"、フランス系カナダ人の民話に登場する「狼人間」"loup-garou" のモチーフ）において、女は狼に形を変える。

  ジョージやが、奴が顔をあげたらな
  こいつが大きな動物なんやが、そいつが前に飛び込んできたんよ
  あの車の前にな、ほれで奴が覚えとるんは、ぶつかった時にな
  奴を見たんが女やいうことよ（p. 40）

これらの物語に典型的なことではあるが、語り手は多くの視点を取り入れて多くの解釈の可能性を呼び——すなわち、「ルーガルー」が悪魔なのか、変幻自在な人物なのか、「奴を見た女」で、かつ自立しているという理由で中傷を受けているのか？——読者たちに彼ら独自の意味を見出すよう委ねている。

 同様に、アルバータ州サドル・レイク出身のクリーであるルイーズ・ハーフは、1991年にレジャイナ大学で学士号を取得し、1994年に1作目の詩集『熊の骨と鳥の羽』（Bear Bones and Feathers）を出版しているが、無教養であるとか正しくないという理由ではねつけられてきた声を再評価し、力強い癒しの力を持つものに変えた。ローマ法王に向けて書かれた「拝ケイ神ぷぅ様」（"Dear Poop"）のような詩において、彼女は、母親のクリー語なまりの英語を思い起こさせるような文体を用い、「あすこのトイレで見つけた／こんの新聞」（p. 102）に書く無教養な人物の言葉に、語呂合わせや雄弁なおしゃべりが持つ勢いを効かせることで、戯れ半分でありながら真剣に権威に対する挑戦を行う。この詩には、「ぷぅ」という語や「入ってこないで／私の仕っ事」とトイレに関するユーモアが戯れに用いられるが、神聖な物の見方が根底には存在する。詩を対象とする総督文学賞に推薦された長編叙事詩『青の心髄』（Blue Marrow, 1998）においてハーフは、歴史には記されない毛皮交易に関わった先住民女性に声を与えた。ペチコートばあちゃん、彷徨い石のおばあさん、メティス語を話すおばあちゃんたちがクリー語、正式な英語、フランス語なまりの英語を織り交ぜ合わせ、力強い存在感が生み出されている。

物語と歴史

アーマンド・ガーネット・ルーフォーの作品においては、過去と現在の交錯が重要である。彼の最初の詩集『空の隙間』（Opening in the Sky, 1994）に掲載された「ダンカン・キャンベル・スコットに捧げる詩」（"Poem for Duncan Campbell Scott"）において、ルーフォーはオジブワの観点を通して、ポスト・コンフェデレーション詩人であり、オンタリオ州北部のルー

フォーの先祖の人たちと協定を結びに来たインディアン保護省の役人でもあったスコットの再位置づけを行う。長編詩『グレイ・アウル――アーチー・ベラニーの謎』(Grey Owl: The Mystery of Archie Belaney, 1997) は、この地域を再び取り上げ、かつては代弁者として尊敬されていたものの、後には偽者のインディアンであると暴かれた詐称者アーチー・ベラニーをテーマにした。ベラニーを家族として受け入れた曽祖父母を持つルーフォーは、アイデンティティ、真正性、詐称の問題に取り組んだ。19世紀の有名なアパッチの戦士ジェロニモをめぐって集められた詩集『ジェロニモの墓で』(At Geronimo's Grave, 2001) は、ジェロニモのような人物に対して大衆文化で与えられがちなノスタルジーを崩すものである。同様に、ジョーン・クレイト（Joan Crate）は、『本物の貴婦人のように白く――ポーリン・ジョンソンに捧げる詩』(Pale as Real Ladies: Poems for Pauline Johnson, 1989)において、現在のアイデンティティを見つめるための方法として、過去に思いを託す。彼女はこの詩集において、詩人であり、「民族が入り混じった（クリーと他の数百万の民族）」女性である自分自身の人生を、ポーリン・ジョンソンという同じく混血でモホークの歴史上の人物の中に探し出すのだ。[33]

　作家の中には近年の歴史に焦点を合わせる者もいる。カナダのミクマクの作家ローン・サイモン（Lorne Simon）が書いた最初の小説であり、死後に出版された『石と小枝』(Stones and Switches, 1994) は、主人公のメグワデスクを大恐慌時代に配置し、居留地における妖術と闘うために夢の世界に入る若い漁師を通してミクマクの霊的な世界に近づこうとする。リー・マラクルは、小説を用いて、植民地主義が個人の生にいかに複雑に影響を及ぼしているのか記録し、現代の女性主人公の視点を通して、知識を得るということに対する植民地主義的なあり方と先住民のあり方を繋ぐ。マラクルの小説『サンドッグズ』(Sundogs, 1992) は、ケベック州オカにおいてモホークが自治領を求め、ブライアン・マルルーニー首相がカネサタケとカーナワケに送った2500人のカナダ兵に対して立ち向かった1990年の意義を模索し、『レーヴンソング』(Ravensong, 1993) は、1950年代のインフルエンザの蔓延により、ノースヴァンクーヴァー近辺のセイリッシュの村を襲った壊滅的な結果、しかし、内向きの植民地主義社会においては無視されたその窮状を題材にする。アイルランドとスコットランド、そしてオジブワにルーツを持つオンタリオ州南部の作家ジョーゼフ・ボイデン（Joseph Boyden）は、『三日の道のり』(Three Day Road, 2005) において第一次世界大戦に従軍したクリーの兵士について書く。三部作が予定される2作目の『黒トウヒの林を抜けて』(Through Black Spruce, 2008) は、人のまばらなジェイムズベイ・クリーの領土からニューヨークの洒落た若者たちが出入りする魅力に満ちた場所に及ぶ悩ましい現代の世界に、ボイデンが描いた主人公ゼイヴィアー・バード（Xavier Bird）の子孫の姿を追う。両方の小説ともに、独白を織り合わせることによって世代間のやりとりを設定し、そのために対立よりも関係性が打ち立てられている。

　カナダ全土にわたる先住民コミュニティに寄宿学校がもたらした蝕むような影響は、いくつもの作品に明かされ、詳細な批判が行われている。『インディアン学校時代』(Indian

School Days, 1988）において、バジル・ジョンストンは、オンタリオ州スパニッシュでの寄宿学校の生活を記録し、おどけたセンスとアイロニーのまなざしで、カナダを舞台に、英語の「学校時代」の話を記録する。小説と分類されてはいるが、セイリッシュの作家シャーリー・スターリング（Shirley Sterling）の『私の名前はシーピーツァ』（My Name is Seepeetza, 1992）は、1950年代にカムループス寄宿学校に在籍した作者と姉妹、そして友人たちの経験に基づいたものである。北西準州のフォーロ・マクファーソンに生まれイヌヴィックに育ったティートリト・グイッチンの作家ロバート・アーサー・アレクシー（Robert Arthur Alexie）は、小説『ヤマアラシと陶磁器の人形』（Porcupines and China Dolls, 2002）において、はらはらさせるような速さと鮮烈な言語を用い、寄宿学校で性的虐待を受けたと暴露することでトラウマから解放されるまでのジェイムズ・ネイサンとジェイク・ノランドの抑え込まれた怒りと疎外感を伝える。小説の題名は、先住民の子供たちが制度によって強いられた散髪を指すが、散髪は、寄宿学校を一例とする政府の決まり事のために先住民の生に課せられた暴力を語る多くの報告において換喩的な象徴表現としてよく用いられる。アレクシーの小説は、中年の主人公たちの数日の生を取り上げて個人の歴史を語るばかりではなく、記憶や夢を用いることで、ブルー・マウンテンズの人々が築く架空のコミュニティにおいて生きるために苦悩する2世代の人たちの状況に、2人の物語を位置づけようとするものだ。物語の中のしばしば悲劇的な出来事は、アレクシーの不遜とも言える表現によって釣り合いが保たれている。

真正性と転覆

バジル・ジョンストンも、ロバート・アーサー・アレクシーも、寄宿学校の有害な影響を切り崩し闘おうとするためにユーモアを用いる。インディアン――特定の組織においては野蛮人あるいは人間以下と時に考えらえた――を子供たちから引き離さなければならないという政策に基づいて寄宿学校は運営されたが、それ以外にも、先住民に向けられる限定的な物の見方は害を持つものであった。偏狭な考えや政治的正当性に由来する、真正性という還元主義的な考え方は、ドリュー・ヘイデン・テイラー（Drew Hayden Taylor）が、ユーモアのあるエッセイ集の第1巻『変だね、君はそう見えないよ――青い目をしたオジブワの見解』（Funny, You Don't Look Like One: Observations from a Blue-Eyed Ojibway, 1996）において風刺の対象とするものである。青い目をしたブロンドの髪のテイラーは、インディアンの「ように見えない」ために、彼の「ピンクさ」を先住民のイメージに取り入れることは、しばしば他の者たち、すなわち白人たちばかりではなく先住民たちにとっても、行いがたいことであったのだ。[34]

『青い草、流れる水』もまた、人種主義的かつ植民地主義的社会において、「真正性」が文化的に構築されているということについて述べている。キングが描く登場人物のひとりにクリーの俳優のポートランド・ルッキング・ベアーがいるが、彼は「本物の」インディアンに

見えるように化粧を施し、作り物の鼻をつけなくてはいけない。その状況はユーモラスでも悲劇的でもあり、架空の話でもあるのだが、キングが小説に用いる多くの歴史上の人物のひとりアイロン・アイズ・コーディ（Iron Eyes Cody）を知る者には、現実の話にもなりうる。クリーとチェロキーの血を引くとしていたイタリア系アメリカ人の俳優コーディは、ポスターや公共広告に出てくるゴミを見て涙を流す「インディアン」として1970年代に有名だった人だ。この小説の中で、キリスト教と先住民の創世物語が混ぜ合わされていることには多くの意味があるが、そのひとつには、「本物のインディアン」であれば他の文化との接触による汚染を受けておらず固定された不変の伝統に従っているべきだとするステレオタイプ的な考えがあることを指摘する向きもあるだろう。ファースト・ウーマンによって語られる物語の中で、アーダムという名の登場人物は動植物に名前をつけるのだが、何度も間違え、最後にはクマに「眼鏡を持ってこようか」と提案される。だが、彼の間違いは時には正しいものに転じ、杉の木を「電話帳」と呼んだりもしている(35)。キリスト教の創世記において男性が世を治めるくだりをキングが面白おかしく転覆させる点にも先住民の語りは反映され、創世は現在も進行中であり、はっきりとした始まりも終末の日もなく、多くはトリックスターによって生み出されるものである、という考えを強調するものだ。そこには、杉の木も電話帳も、ヘラジカも電子レンジも登場するのだ（いくつかの創造物はトリックスター的な過ちによって作られたものである）。ハリー・ロビンソンの創世物語には、聖書の物語の影響も見られるが、彼のコヨーテの話には、パナマ運河の建設やニール・アームストロングの月面着陸まで広く含まれている。同様に、キングの小説が作り出す構造の中では、先住民の物語は、常に改変される進行中の物語のサイクルの中で、自分たちの物語世界に、キリスト教の物語や植民の歴史、現代の世界が組み込まれていくのだ。

　オジブワの作家リチャード・ワガミーズ（Richard Wagamese）は、小説『キーパーとぼく』（*Keeper'n Me*, 1994）において、主人公がその場しのぎのアイデンティティをいくつも繰り返した後、ホワイト・ドッグ居留地に帰り、居場所や帰属の意識を取り戻すことで、「土地というのは感覚のひとつであり(36)」、「ぼくの足元にあるのと同じようにぼくの人々の中にある」ことを学ぶ物語を語る(37)。メティスの詩人マリリン・デューモントは、1作目の詩集『茶褐色のとても良い娘』（*A Really Good Brown Girl*, 1996）において、人の内面が外見にいかに左右されるか、異なる社会や文化の状況にさらされる時にアイデンティティがいかに不安定になるかという問題を考える。散文詩「革と合成皮」（"Leather and Naughahyde"）において、語り手は、「協定の人」に自分がメティスであることを「申し訳なさそうに」伝え、「その役人は『ああ』と、許しを与えるかのように言う。まるで彼が大きな心を持ち、私の心臓は薄まった血をとくとくと汲みあげているかのように……」（p. 58）。同じ作品集からの「私の心をよぎる」（"It Crosses My Mind"）は、求職申請書の「カナダ人」の欄に自分自身を位置づけることを困難にさせるような、様々に交錯する観点や歴史について語っている。「はいといいえとの間のいくつもの物語を区切る線は申請書にはない」のだ（p. 59）。

あらゆる先住民文学は、アイデンティティや物語の消去に対抗するものとして捉えることができるだろう。また同時に、土地の強制移住、儀式や先住民の知の禁止、インディアンの法的身分の制定ならびに規制、寄宿学校など、先住民性を打ち消そうとする制度上の方策が取られてきたが、作家たちはこれらの政策がもたらした影響を分析し、文化遺産を再び繋ぎ合わせる方法を探し出そうとしている。グレゴリー・スコフィールドにとって、「ハーフブリード」のアイデンティティを探し出そうとすることは、クリーとヨーロッパの祖先を持つ「完全な個体」として自分自身を受け入れるために必要なことであり[38]、彼の4つの詩集は、疎外と帰属に関する様々な局面を映し出している。詩と歌を繋ぎ合わせようとする関心は彼のより最近の作品を通して見られるが、例えば、『私の知っていた二人のメティスの女性たち――ドロシー・スコフィールドとジョージアナ・ウル・ヤングの生涯』(*I Knew Two Métis Women: The Lives of Dorothy Scofield and Georgiana Houle Young*, 1999)におけるカントリー・ミュージックや、『サキィトウィン＝マスキィキー・エクゥア・ペヤック＝ニカモウィン／ラヴ・メディシンと一つの歌』(*Sakihtowin-maskihkiy ekwa peyak-nikamowin / Love Medicine and One Song*, 1997)におけるクリー語と伝統的な歌など、様々な形での試みが行われている。後の作品は、同性愛を描くことで男性的かつ忍耐強いインディアンというステレオタイプに異議を挟み、同時に、そのエロティシズムを平原の大地と空のイメージに基づかせる。彼の詩は、カナダ、アメリカ、オーストラリア、アオテアロア（ニュージーランド）の先住民詩人たちの作品とともに、革新的なアンソロジー『慎みを持たずに――先住民たちのエロティカ』(*Without Reservation: Indigenous Erotica*, 2003)に収録されている。この詩集は、アニシナベの詩人カテリ・アキウェンジー＝ダム（Kateri Akiwenzie-Damm）により編纂され、1993年にオンタリオ州のケープ・クローカー居留地にアキウェンジー＝ダムによって創設されたケジェドンス出版社により出版された。

モホークの詩人ベス・ブラント（Beth Brant）とのワークショップを通じ、先住民のアイデンティティを取り戻し、自分自身を「人種の混ざった人間」として受け入れたことは、メティスの詩人ジョアンヌ・アーノット（Joanne Arnott）にとっては重要な突破口となった。『草の揺りかご』(*My Grass Cradle*, 1992)における散文詩「インディアンのように――鬼との戦い」("Like an Indian: Struggling with Ogres")は、家族に存在する先住民の血すじに対する「不安」を呼び起こし、「……否定性を打ち消す」ものだ[39]。アーノットの詩に見られる脆さと強さの性質は、ハイスラの作家イーデン・ロビンソン（Eden Robinson）の短編集『罠道』(*Traplines*, 1996)における家庭崩壊のティーンエイジャーたちの特徴を表している。ロビンソンはほとんどの短編において、登場人物のアイデンティティを先住民であるか（あるいは、ないか）と定義づけることはしないが、それはもしかすると、読者に「罠」を仕掛け、自らの先入観に立ち向かわせるためであるのかもしれない。ロビンソンは、小説を対象とする総督文学賞に推薦された小説『モンキー・ビーチ』(*Monkey Beach*, 2000)において、批評家たちがゴシック風と表現したような、内側に抱え込まれた悪を描いていく。この悪は、全編を通しておそ

ろしい形態で現れるが、ロビンソンは破壊の力とともに育む力が共存していることも示している。この作品では、ブリティッシュ・コロンビア州北部のキティマトの町の近くにあるハイスラの土地を舞台に設定していることがはっきりと読者に示される。しかし、その描写は、海と陸の入り混じったこの土地、そしてこの土地がハイスラの文化にもたらす意味合いを小説が表現するいくつもの方法のひとつにすぎない。ロビンソンが、遠回し表現やいくつもの沈黙とともに用いるうわべだけの詳細な描写は、ルビー・スリッパージャックの美学を思い出させるものだ。

　ロビンソンの描く若いハイスラの主人公リサマリー・ヒルは、エルビス・プレスリーの娘の名にちなみ、現代の大衆文化の世界に生きるが、ドグリブの作家リチャード・ヴァン・キャンプ（Richard Van Camp）により北西準州に舞台を置いた小説『恵み少なき者たち』（*The Lesser Blessed*, 1996）の登場人物もまた同様である。ヴァン・キャンプが用いる力強い言語、両方の言語によるスラングや新しい造語は、トラウマとユーモア、あるいは、ヘヴィメタルの音楽とドグリブの創世物語が共存するティーンエイジャーの社会を伝える。両作品は、先住民の伝統に代わり消費文化が魅惑的かつ破壊的な影響を与えうることを暗示するが、一方で、登場人物たちが必要に応じて現代の文化の諸相に独自の方法で適合していくことも示し、市場優先の文化環境への批判の可能性をかすかに例証している。

　ソルトーの詩人アンハートも、アルバータ州北部のハート・レイク・ファースト・ネーション出身のクリーのマーヴィン・フランシス（Marvin Francis）も、都会のストリートのスマートさと、トリックスター的なユーモア、パフォーマンスを詩の中にうまく組み入れる。ウィニペグに育ったアンハートは、言語を「借りる」ことについて見解を述べている。英語は先住民の人々に強いられた「借用語」であるが、彼女が故意に俗語や「最下層階級の英語の語彙」を借りることもあるのだ。[40] 1作目の詩集『月の上で』（*Being on the Moon*, 1990）の「必死でこれを書きあげた」（"Raced Out to Write This Up"）において、自分自身の定義づけを行う際に見られるように、アンハートは、言葉の形を少し変えながらその言葉を再利用する。「私はハーフブリードのハーフなの／バタつきパン育ちの詰め合わせバッグの子」（a mixed bag breed of bread and butter）。[41] 彼女の冊子本『コヨーテ・コロンブス・カフェ』（*Coyote Columbus Cafe*, 1994）の「黙ってなくてもいいなら、おちょくってみせよう」（"Tongue in Cheek, if not Tongue in Check"）において、「コヨートリックス」は、「コヨーテ辞典」からの「簡単な」言葉の定義を取り扱う。彼女は、コヨーテの演説を「サボテンの上の露」のようなものだと喩えてコヨーテの転覆性を喚起し、「絶体絶命にならない限りサボテンの上でする」のは控えるよう助言することで、このトリックスターのスカトロジカルなユーモアを活かし、大量生産のキッチュなマーケティング戦術を混ぜこぜにして、「南西部のとっても大きなアールデコの絵でしてみてください／あるいはエントリをご参照ください、おしっこのサンプルですよ。スクラッチして嗅いでみてください」と書く。[42]

　マーヴィン・フランシスは、『市の協定——長編詩』（*City Treaty: a Long Poem*, 2002）にお

いて、宣伝広告やブランド化、販売について取り上げ、先住民文化と消費文化、大地と都市、過去と現在、「高尚(ハイ)な」文学と街で盛り上がる(ハイになる)こととの境界線を揺るがせる。自分自身を「都会／田舎の眼鏡」をかけた「森の詩人」と表現したフランシスは、鉄道のギャングについて書こうとしていた時に彼を勇気づけた幾冊かの中古本、とりわけ彼が初めて読んだマイケル・オンダーチェ（Michael Ondaatje）の詩集『ビリー・ザ・キッド全仕事』（*The Collected Works of Billy the Kid*）について語っている。[43]彼は、2005 年、ウィニペグのマニトバ大学で博士号取得に取り組んでいた最中に亡くなった。

　フランシスの博士号の指導教授であった作家および学者であるウォレン・キャリオウ（Warren Cariou）は、『市の協定』を「都会文化に通じた反グローバル主義的な先住民社会へのマニフェスト」と言い表し、フランシスの見解をジャネット・アームストロングの小説『闇の中の囁き』（*Whispering in Shadows*, 2000）と結びつける。両作品とも、アーティストの登場人物を用いて、先住民文化へのグローバル化の影響を疑問視し、批判をする。[44]この小説が提示する解決法のひとつは、人間と大地とのつながりとバランスを再び取り戻すことだ。アームストロングがエッセイ「大地が語る」（"Land Speaking"）で述べるように、「私の先祖は皆、大地こそが生と死に関するあらゆる知識を持ち、常に教師であり続けるのだと言います。大地の言葉を学ぼうとしないのは、死ぬことと同じなのです[45]」。アームストロングは、この大地とのつながりを取り戻すためばかりでなく、先住民の美学を探り、発展させていくために、先住民の言語で書くことを近年提唱している。[46]先住民作家たちは、都会的なもの、大地に根差したもの、ローカルなもの、グローバルなものなど、様々な方向性やつながりを生む場を作り出すことで、カナダ文学の再定義を行い続けている。

注

1. Jeannette C. Armstrong, "Four Decades: An Anthology of Canadian Native Poetry from 1960 to 2000," in *Native Poetry in Canada: A Contemporary Anthology*, ed. Jeannette C. Armstrong and Lally Grauer（Peterborough: Broadview, 2001）, pp. xvii, xvi-xvii.

2. Emma LaRocque, "Preface," in *Writing the Circle: Native Women of Western Canada*, ed. Jeanne Perreault and Sylvia Vance（Edmonton: NeWest, 1990）, p. xv.

3. Harold Cardinal, *The Unjust Society: The Tragedy of Canada's Indians*（Edmonton: Hurtig, 1969）, p. 1.

4. Chief Dan George, *My Heart Soars*（Saanichton: Hancock House, 1974）, pp. 13-22.

5. Chief Dan George, "A Lament for Confederation," *TAWOW* 2.1（Spring 1971）, pp. 10-11. 強調部分は筆者らによる。Armstrong and Grauer, eds., *Native Poetry in Canada*, pp. 2-3 に再版。TAWOW は、文字通りには「入る余地がある」という意味の平原クリーの言語による挨拶の言葉である。

6. *Sweetgrass*, ed. Wayne, Orville and Ronald Keon（Elliot Lake, ON: W. O. K. Books, 1972）初出。Armstrong and

Grauer, eds., *Native Poetry in Canada*, p. 86 再版。

7. これには、自分の名前を小文字で書くことも含まれている。

8. Armstrong and Grauer, eds., *Native Poetry in Canada*, p. 13.

9. Maria Campbell, *Halfbreed* (Toronto: McClelland and Stewart, 1973), p. 13.

10. レノーア・キーシグ＝トビアスへのインタビューの報告による。*Contemporary Challenges: Conversations with Canadian Native Authors*, ed. Hartmut Lutz (Saskatoon: Fifth House, 1991), p. 83.

11. Janice Acoose, "Campbell: An Indigenous Perspective," in *Looking at the Words of Our People: First Nations Analysis of Literature*, ed. Jeanette Armstrong (Penticton: Theytus Books, 1993), p. 141.

12. マリア・キャンベルへのインタビュー。Lutz, ed. *Contemporary Challenges*, p. 42.

13. 増補改訂版は、1990年にトロントのウィメンズ・プレスより出版された。

14. カルトンは、後にモジニェー（Mosionier）という姓を使用し始め、『エイプリル・レイントゥリー』の批評改訂版 *In Search of April Raintree* を含む以降の作品をビアトリス・カルトン・モジニェーの名で出版している。

15. Beatrice Culleton, Interview, in Lutz ed., *Contemporary Challenges*, p. 98.

16. 例えば、Armin Wiebe の批評を参照せよ。*Prairie Fire* 4.5 (July-August 1983), pp. 49-51.

17. Helen Hoy, *How should I Read These? Native Women Writers in Canada* (Toronto: University of Toronto Press, 2001), p. 93.

18. Margery Fee, "Deploying Identity in the Face of Racism," *In Search of April Raintree* by Beatrice Culleton Mosionier, critical edition (Winnipeg: Peguis, 1999), pp. 211-26.

19. Jennifer David, ed., *Story Keepers: Conversations with Aboriginal Writers* (Owen Sound: Ningwakwe Learning Press, 2004), p. 27.

20. Thomas King, "Godzilla vs. Post-Colonial," *World Literature Written in English* 30.2 (1990), pp. 10-16 を参照。

21. ルビー・スリッパージャックへのインタビュー。Lutz, ed. *Contemporary Challenges*, pp. 212, 206.

22. Daniel David Moses, "The Trickster's Laugh: My Meeting with Tomson and Lenore," *American Indian Quarterly* 28.1/2 (2004), pp. 109, 110.

23. Noah Richler, *This Is My Country, What's Yours? A Literary Atlas of Canada* (Toronto: McClelland and Stewart, 2006), p. 132.

24. "Daniel David Moses," *An Anthology of Canadian Native Literature in English*, 3rd edn., ed. Daniel David Moses and Terry Goldie (Toronto: Oxford University Press, 2005), p. 355.

25. LaRocque, *Writing the Circle*, p. xxii.

26. キングはすでに文学誌の特別号 *Canadian Fiction Magazine* 60 (1987) のアンソロジーに多くの作品を出版していた。

27. Lenore Keeshig-Tobias, "Stop Stealing Native Stories," *The Globe and Mail* (January 26, 1990), p. A7; Interview, in Lutz, ed., *Contemporary Challenges*, p. 82.

28. 次の文献も参照せよ。Maria Campbell, "Introduction," in *Stories of the Road Allowance People* (Penticton: Theytus,

1995).

29. "On Thomas King," ed. Margery Fee, special issue of *Canadian Literature* 161/162 (1999), p. 72.
30. キャンベルへのインタビュー。Lutz, ed., *Contemporary Challenges*, p. 49.
31. Campbell, *Stories of the Road Allowance People*, p. 2.
32. "Louise Halfe," in Armstrong and Grauer, eds., *Native Poetry in Canada*, p. 240.
33. "Joan Crate," in Armstrong and Grauer, eds., *Native Poetry in Canada*, p. 227.
34. Drew Hayden Taylor, *Funny, You Don't Look Like One: Observations from a Blue-Eyed Ojibway* (Penticton: Theytus, 1996), p. 10.
35. Thomas King, *Green Grass, Running Water* (Toronto: HarperCollins, 1993), p. 41.
36. Richard Wagamese, *Keeper'n Me* (Toronto: Doubleday, 1994), p. 155.
37. Armand Garnet Ruffo, "Why Native Literature?" in *Native North America: Critical and Cultural Perspectives*, ed. Renée Hulan (Toronto: ECW Press, 1999), p. 116-17.
38. David, ed., *Story Keepers*, p. 35.
39. "Joanne Arnott," in Armstrong and Grauer, eds., *Native Poetry in Canada*, p. 282.
40. Marie Annharte Baker, "Borrowing Enemy Language: A First Nation Woman Use of English," *West Coast Line* 27.1 (1993), p. 60.
41. Annharte, *Being on the Moon* (Winlaw: Polestar, 1990), p. 61.
42. Annharte, *Coyote Columbus Café* (Winnipeg: Moonprint Press, 1994), p. 19.
43. *Reading Writers Reading: Canadian Authors' Reflections*, ed. Danielle Schaub (Edmonton: University of Alberta Press, 2006), p. 120.
44. Warren Cariou, "'How Come These Guns are so Tall': Anti-Corporate Resistance in Marvin Francis's *City Treaty*," *Studies in Canadian Literature / Études en littérature canadienne* 31.1 (2006), pp. 149, 156.
45. Jeannette Armstrong, "Land Speaking," in *Speaking for the Generations*, ed. Simon J. Ortiz (Tucson: University of Arizona Press, 1988), p. 176.
46. *Jeannette Armstrong*, "The Aesthetic Qualities of Aboriginal Writing," in *Studies in Canadian Literature / Études en littérature canadienne* 31.1 (2006), pp. 20-30.

26

現代先住民演劇

ヘレン・ギルバート
(Helen Gilbert)

　カナダの先住民演劇は、オーストラリアやアオテオラ（ニュージーランド）と同様に、過去25年以上にわたって、カナダ文化のレパートリーに大きな影響を与え、各地域の観客たちばかりではなく、国際的なパフォーミング・アーツの市場、とりわけ主要な演劇祭において注目を集めた。1980年代半ばより、カナダの先住民によって作られた演劇作品の数や種類が急速に増えたばかりでなく、演劇に関わる産業活動の構造──広報網、制作会社、専門学校、研究機関──を一斉に発展させることで、カナダ全土にわたって先住民アーティストたちが劇場内に存在し続けることを保証していこうとする試みが見られた。この文化プロジェクトは、カナダの先住民たちがヨーロッパ人による植民地化がもたらした様々な影響について触れ、多様な主体を取り戻そうとする幅広い活動の一環として重要なものであった。社会的関係を明らかにし、形を変えていこうとするパフォーマンスの力は、いくつかの演劇活動において明らかに見られるが、なかでも、表象という領域自体における批判を軽視することはできない。専門家や学者が述べるように、先住民演劇の制作者たちは必然的に、様々な教育や文学のテクストで繰り返し用いられる「インディアンらしさ」を表すイメージを通じて数世紀にわたって蓄積されてきたステレオタイプ的な先住民性という足枷に──心情的なメッセージとしても目に見える形でも──取り組む。こうした文脈に基づけば、先住民演劇の主要な功績のひとつは、先住民性が構築されるメカニズムを演劇で表し、そのプロセスの中で先住民の文化や慣行をより柔軟かつ多様に表象していくことをもくろむことにあるだろう。
　1971年にカナダが社会組織の正式なモデルとして多文化主義を採用したことは、先住民アーティストのための道を開くという意味でも、あるいは、より包括的な国家構想を提案していく上でも、先住民演劇発展の基盤を築く一翼を担った。20世紀初期において、先住民たちは、衣装を着たパフォーマンスを禁じる法によっても（1916年から1951年まで実施[1]）、また、広範囲に及ぶ社会的かつ政治的な周縁化によっても、公の舞台から事実上排除されてきた。先住民に関わるテーマは、グウェン・ファリス・リングウッド（Gwen Pharis Ringwood）の『マヤ、またはハーモニカへの哀歌』（*Maya, or Lament for Harmonica*, 1959）のような非先住民による数少ない演劇を生み出したが[2]、この時期の先住民役は通常白人の俳優によって演じられることが多く、意図的ではなかったとしても、運命に見放された民族の悲しき終焉を

ほのめかすような、リベラルで人道主義的なモードで作られる傾向があった。

　都市部の先住民の生活を戯曲化して広く評価されたジョージ・リガ（George Ryga）の『リタ・ジョーのよろこび』（*The Ecstasy of Rita Joe*, 1967; 1970）は、こうしたパターンに即したものである。もっとも、主人公のレイプや殺人に対する表現主義的な描写は、間違いなく、先住民のトラウマを単に模倣して再生産したという以上のものではあるが。初演では、リタ・ジョーの父親として映画俳優のチーフ・ダン・ジョージ（Chief Dan George）が出演しているが、それ以外には、先住民の俳優は明らかに不在である。この作品は、限界はあるものの、同化主義の価値が疑問視され始めたばかりの時代に、後の先住民の演劇制作者たちに関心のある問題を非常に政治的な形で上演し、彼らの取り組みを鼓舞していくのに役立ったとされる。作品が注目を集めたのは良くもあり悪くもあった。というのも、このテキストが急速にカナダ文学のキャノンとして取り入れられ、大学のシラバスを通じて広く普及していったことで、駆け出しの段階の先住民の作品を比較する一種の原典となったからである。しかし、この演劇が上演演目としてカナダ中をめぐったことにより、先住民たちには主流の舞台における表象活動に加わる手段も与えられた。例えば、俳優のマーゴ・ケイン（Margo Kane）（クリー／ソルトー／ブラックフット）は、ストーリーテラーかつ監督としての現在の活動を繰り広げる前に、プレーリーシアター・エクスチェンジでの1982年の公演において、主役のリタ・ジョーを演じることで有名になった。他の非先住民の劇作家たちがリガの後に続き、先住民と白人との対立関係を中心に扱う演劇の幅を広げていった。ハーシェル・ハーディン（Herschel Hardin）がカナダ北部を描いた悲劇『エスカー・マイクと妻アギルク』（*Esker Mike and His Wife, Agiluk*, 1971; 1973）、シャロン・ポロック（Sharon Pollock）の史劇『ウォルシュ』（*Walsh*, 1973）、ヘンリー・バイセル（Henry Beissel）の痛烈な風刺劇『イヌークと太陽』（*Inook and the Sun*, 1973; 1974）は好例である。1970年代の終わりまでには、カナダ演劇の観客たちはこのようにして、後の表象活動に影響を与えるような先住民文化の一定の（限定的な）描写に馴染んでいた。先住民たち自身によって書かれた演劇には、ノナ・ベネディクト（Nona Benedict）の『ドレス』（*The Dress*, 1970年出版）や、ジョージ・ケニー（George Kenny）の『インディアンは泣かない』（*Indians Don't Cry*, 1977）を俳優デニス・ラクロワ（Denis Lacroix）の手を借りて演劇に翻案された『十月の客』（*October Stranger*, 1977）がある。これらの作品は、当時はそれほど注目されなかったが、今では先住民側からの先駆的な文芸作品として扱われている。

　この時代の演劇活動家たちは、すでにいくつかの団体を通じて自分たちの技術を磨き始めていた。例えば、1972年にトロントに設立された先住民演劇視覚芸術促進協会は、先住民による作品を上演する機会を協議し、情報や技術を交換することのできるフォーラムを提供した。設立者ジェイムズ・ブラー（James Buller）は、夏季のワークショップとして先住民演劇学校も作ったが、今では先住民演劇センター運営の高等教育トレーニング・プログラムへと発展している。他の地域では、その場限りではあったが、地域の演劇活動養成のための団

体が登場した。記録に残された例として、ヴァンクーヴァー・アイランドのナナイモにおけるティリカム・シアター（1973-5）や、エドモントンのアチェモウィン（ストーリーテリング）のグループ（c. 1976-8）が挙げられる。その後数年にわたっては、いくつもの有力な演劇制作会社の形成に伴う伸展と強化の動きが見られた。1981年のヴァンクーヴァーにおけるスピリット・ソング（現在は活動なし）、1982年のトロントにおけるネイティブ・アース・パフォーミング・アーツ、1984年のマニトゥーリン島のウィクウェミコング非委譲インディアン居留地のウェストベイにおけるデ・バ・ジェ・ム・ジグなどである。有名なものとしては、トロント郊外（1980）とピーターバラ（1982）で上演された世界先住民演劇祭や、とりわけ新進のアーティストたちを助成するアメリカ大陸演劇祭（1985-2006; 現在はフェスティヴァル・トランスアメリーク）などの様々な文化行事により、カナダ先住民が自分たちの作品を披露し、他国の先住民コミュニティとの関係性を築く新たな場が提供された。この時期、プロとアマチュアの取り組みが分かれ始め、両者には多くの重なりがあるものの、アマチュアによる企画は、しばしばコミュニティに拠点を置き、若者や「危機に瀕した」人たちに関心を向けたものであった。コミュニティに拠点を置いたそのような作品制作に関わる劇作家には、ツィムシャンの運動家であり教育者であるヴァレリー・デュドワール（Valerie Dudoward）がおり、彼女の演劇『聖なる世界の習わしを我に教えよ』（Teach Me the Ways of Sacred Circle, 1985; 1986）は都市を舞台に先住民の価値観や哲学を探り、ミクマクの俳優であり監督であるイダ・ラビヨワ＝ウィリアムズ（Ida Labillois-Williams）は、なかでも『同じドラムが聞こえる』（I Hear the Same Drums / Le son du même tambour, 1987）を制作し、これはフランス語圏のモンタニェ／ナスカピの人たちが直面する問題を扱った二言語使用の演劇である。

　プロの領域では、1986年に起きた2つの重大な出来事が重なり合ったことで主流社会における先住民演劇への注目が高まった。第1の出来事は、クナ／ラッパハノックの役者モニク・モジカ（Monique Mojica）が出演したトロントのシアター・パス・ミュライユにおける『ジェシカ』（Jessica）の上演であり、優れた新しい演劇に対するドラ・メイヴァー・ムーア賞を受賞し、チャルマーズ賞の最終候補に挙がった。メティスの作家マリア・キャンベル（Maria Campbell）による評価の高い自伝『ハーフブリード』（Halfbreed, 1973）をゆるく翻案したこの演劇は、当初は、キャンベルと、非先住民の俳優であり劇作家であるリンダ・グリフィス（Linda Griffiths）と、監督のポール・トンプソン（Paul Thompson）によって共同執筆された。舞台は1982年のサスカトゥーンでのシーズンを成功裡に終えたが、グリフィスが主役を演じることで「何もかもすっかり盗って行ってしまった」ことに対して、キャンベルとグリフィスとの間には並々ならぬ緊迫関係が生じた。その後グリフィスは当初は相談もせずに脚本を書き変えたのだが、それが真正性や主体の問題をめぐる見解の不一致に悩まされた苦痛の共同作業によるものであったことは今ではよく知られている。[3] 作品は、魂の旅、すなわち、ジェシカが困難な幼少期、結婚の失敗、麻薬中毒、売春の後に、自己を発見し、癒されていく様子を描いている。この旅路は、一連のフラッシュバックや印象的な場面転換を通して夢の中

のヴィジョンとして提示されるが、それらは、主人公が自分の過去に向き合うための先導役となるべく仮面をつけた姿として鮮やかに描出される動物の霊を呼び起こすための儀式内で行われる。『ジェシカ』は、文化発祥の意識を伝えるために強烈な演出や構成がされており、『リタ・ジョーのよろこび』などのテクストに浸透している痛みの美学を避け、先住民の生を演出する方法のモデルを作り上げた。

　先住民女性は、1986年の注目すべき第2の出来事、すなわち、痛烈ではありながらも生き生きと居留地の生活を描き、やはりドラ・メイヴァー・ムーア賞を受賞した、クリーの劇作家トムソン・ハイウェイ（Tomson Highway）の『居留地姉妹』（*The Rez Sisters*, 1986年出版）の上演、においても焦点が置かれている。この演劇は、最初はデ・バ・ジェ・ム・ジグにおいて試演されたが、トロントのネイティブ・アース・パフォーミング・アーツとアクトⅣ・シアター・カンパニーによってプロデュースされ、ネイティブ・カナディアン・センターにおいて初演を迎えた後、チケット完売の全国ツアーや、それに続く1988年のエディンバラ国際演劇祭といった主として主流社会の舞台に場所を移した。『居留地姉妹』は、面白味のある7人の先住民女性の役柄を作り出したばかりではなく、作品を活気づけ、動かしていく、トリックスターのナナブッシュが生み出す世俗的なコメディーを描いた点において優れている。モントリオールの労働者階級の7人のケベック女性の不安感に切り込んだミシェル・トランブレ（Michel Tremblay）の『義姉妹』（*Les Belles-Sœurs*, 1968; 1972）を一部モデルにしたハイウェイの作品は、「世界一のビンゴ」に勝とうとし、そのことによって自分たちの貧しい生活を改善する方法を確保しようとする主要登場人物たちの決意をめぐって展開する。社会リアリズム的なモードが両作品ともに強いが、ハイウェイは、自分の語りに神話の力を加え、女性たちの探求を日常的な文脈から（先住民の観点による）変身が可能な空想世界のものへと変えている。トリックスターが介入することにより、居留地の姉妹たちは、自分たちが持っているものを評価し、問題解決のために自分たち自身のエネルギーと工夫を活用し始める。

　7作品により一群の「居留地」演劇を制作する企画の第2作目である『ドライ・リップスなんてカプスケイシングに追っ払っちまえ』（*Dry Lips Oughta Move to Kapuskasing*）が1989年に初演されたのに伴い、ハイウェイは、世間の注目を浴びる劇作家としての地位を確立した。『ドライ・リップス』は、他の受賞に加え、新しいカナダ演劇の最優秀作品としてチャルマーズ賞を獲得し、シアター・パッス・ミュライユでの最初の公演の後、トロント名門のロイヤル・アレクサンドラ・シアターで1シーズン上演された。『居留地姉妹』と対をなす作品であり逆さまに映し出す鏡であるこの演劇は、今ではお馴染みのワサイチガン・ヒル居留地に住む7人の先住民男性の生を主に取り上げている。この作品にも、構成をダイナミックに変える力としてナナブッシュが登場するが、とりわけ教会や関連機関が植民地主義的な暴力を行う中心的な場であるという批判において暗さの増した問題性の多い作品として展開される。物語のプロットは、ザカリーとビッグ・ジョーイが居留地で個別の商売を始めようとする試み

をめぐって展開するが、それは、コミュニティの女性たちが混乱を呼び起こすかのようにジェンダーを逆転させて行う舞台袖でのホッケー試合に対して仕組まれた狭量な対抗策である。『居留地姉妹』における男性トリックスターが、女性たちの生に新しい変化が生まれるのを見守るのに対し、『ドライ・リップス』における女性トリックスターは主として居留地を悩ます根深い分断関係を照らし出す役割をしている。ハイウェイは、自分の作品が、文化的な治癒を得るための前段階として過去の有害な遺産を晒し出すものだと弁護するが、女性嫌悪やレイプ、アルコール中毒を生々しく描いたこの作品の表現に困惑する観客もいた。キンバリー・ソルガ（Kimberley Solga）などの批評家たちはハイウェイの見解を支持し、ナナブッシュの誇張された性は良くない例を用いて教えていこうとするトリックスターのロジックに即しており、重層的な演出はラディカルなジェンダー批評に場を提供するものであると論じる[4]。

　居留地を描くハイウェイの次の演劇『ローズ』（Rose）は、1990 年代の初めに書かれ、同様に、議論の分かれるモードを取り入れたが、ヴィジョンの上ではさらに大胆なものでもあった。この演劇はプロによる制作の機会を得ることはできなかったが、2000 年にトロント大学の学生たちにより短期のシーズンで上演され、初演日を前に完売された。華やかなキャバレーに仕立てられた『ローズ』（2000 年出版）は、ワサイチガン・ヒルの象徴的な魂をかけてのドタバタの「男女間の喧嘩」に前の舞台に登場させた主要人物たちを結集させる。コミュニティの男女の間の激しい対立を神話的言説に変えていく夢幻的な物語の中で、ナナブッシュは再び混乱を巻き起こす存在にも中心の象徴的存在にもなる。変身可能なトリックスターは、女性側の主役エミリー・ディクショナリーにつながりのある 3 人のローズの役を務める。1 人目のローズはエミリーの元恋人であり数年前に自殺をした伝説の運動家ロザベラ・ベイズ、もう 1 人はエミリーが妊娠中に酷く殴られて流産をした子ロザレッタ、3 人目はエミリーの異父姉妹チーフ・ビッグ・ローズで、コミュニティの新リーダーであるチーフ・ビッグ・ローズが暗殺により若くして霊魂の世界に昇天するところで舞台は衝撃的なクライマックスを迎える。

　『居留地姉妹』と『ドライ・リップス』は、ハイウェイに国際的な名声をもたらし、カナダ内外で広く教材として用いられるようになったが、ハイウェイが先住民演劇に果たした貢献はこれらの演劇に留まるものではなかった。ハイウェイは、1986 年から 1992 年までネイティブ・アース・パフォーミング・アーツの芸術監督としていくつかの作品をプロデュースし、劇団の世評を高めた。こうした作品の中には、ソロの女優の独白による一人芝居『アリア』（*Aria*, 1987; 2003）、評判の高いダンサーであった弟のルネとともに制作したマルチメディアを用いたパフォーマンス『新しい歌……新しい踊り』（*New Song...New Dance*, 1988）、ビリー・メラスティ（Billy Merasty）とルネ・ハイウェイ（René Highway）と共同で考案し、先住民の若者の人生の 1 日を劇にした「ミニ版ユリシーズ」の『賢者、踊り人、道化』（*The Sage, The Dancer and the Fool*, 1989）がある。ハイウェイは、ウェスタン・カナダ・シアターとセクウェペムク文化教育協会から委託され、ブリティッシュ・コロンビアのトンプソン川流域の

先住民族がどのようにして彼らの土地を狩猟や漁業の権利ともども奪われたのかを語る悲喜劇『アーネスティン・シュスワップはマスを釣った』（*Ernestine Shuswap Gets Her Trout*, 2004; 2005）を執筆した。ここでもハイウェイは印象深い女性の登場人物たちを生み出し、逆境においても根っこに協力の精神を持つ女性たちの姿を強調する。理想主義的であるという批判に晒されがちだが、先住民女性の完全性に向けるこの明らかに揺るぎない信頼感は、おそらくハイウェイの舞台作品における一貫したテーマになっているといえるだろう。演劇上の観点から見れば、イリュージョンやスペクタクル、場面転換が巧みに使いこなされることにより、演劇が行うことのできる概念が拡大解釈され、植民地主義により抑え込まれてきた表情豊かな先住民のエネルギーを回復させるのだ。

　1980年代後半から1990年代初期において、他の重要な先住民劇作家たちが誕生した。そうした中でも傑出していたのは、ダニエル・デイヴィッド・モーゼス（Daniel David Moses）（デラウェア）であり、彼の包括力のある作品は、時に複合的な単一のテクストにおいて、歴史的、神話的、そして現代的な先住民文化を提示――あるいは吟味――する。演劇上の観点から見れば、モーゼスの作品は、「役者と物語、そして観客との関係性を眼前に繰り広げる」手腕に優れ[5]、支配的なものの見方によって構築された先住民文化を揺るがし、主権ある主体を作り出す力強く相互作用的な場が切り開かれる。モーゼスもこうしたプロジェクトにおいて、亡霊や超自然的な存在として様々に姿を表す転覆的なトリックスター像を取り入れている。彼は、そのような亡霊を登場させるのは、白さ（ホワイトネス）が持つ力を探り、「白さのメタファーに憑りつき」、その人種化されたヒエラルキーを解体するためだと説明している[6]。1988年にネイティブ・カナディアン・センターで初演され（1990年出版）、カナダ総督賞の最終候補に挙がった第1作目の演劇『コヨーテ・シティ』（*Coyote City*）の冒頭には明らかに酔っぱらったインディアン[7]が観客の前に現れ、白人の先住民性の表象にあまりにも特徴的なステレオタイプを模倣するものとして作り出された不愉快な瞬間が提示される。この酔っ払いはモーゼスの描く亡霊の1人である。彼はナイフを用いた喧嘩において6か月前に殺害され、悲しむ恋人のレナを誘うためにトロントの酒場シルバー・ダラーに戻ってくるが、そこは売春や、アルコール中毒、文化健忘の渦巻く現代における地獄に喩えられている。ネズ・パース人の民話「コヨーテと影の国の人たち」に着想を得たこの演劇は、このどん底の世界に向かうレナの心と体の旅を描く。レナが悲痛にも誘惑に抗うことができなかったために物語は再び循環し、もう1人の亡霊が酔いながら観客に直接話しかける長広舌によって幕は閉じられる。

　『コヨーテ・シティ』に続いて、モーゼスは、幾人かの登場人物を緩やかな関連性を持たせた3つの演劇に再登場させることで「シティを舞台にする演劇」の四部作を形成し、現代の先住民のアイデンティティ構築を模索しようとする。キリスト誕生の神話を茶番劇風に仕立てた『ビッグ・バック・シティ』（*Big Buck City*, 1991; 1998）は、事件の多くを仕切るトリックスター／亡霊／ストリートチルドレンのリッキー・ラクーンの助けにより、ジョニー（霊を好む人物）との間に生まれたレナの子ベイブ・フィッシャーが奇跡的な誕生を遂げる

ことに焦点を合わせる。ベイブ・フィッシャーは、次の作品『キョートポリス』(*Kyotopolis*, 1993; 2008) ではヒロインの宇宙飛行士となるが、作品は、メディアによる先住民表象や SF のジャンルそのものを茶化し――憑りつき――非常に想像豊かな SF 物語になっている。モーゼスは、このシリーズの最後の作品『シティ・オブ・シャドウズ』(*City of Shadows*, 1995) では「演劇風の降霊会」を演出し、前の作品の登場人物たちの亡霊に現世での体験を振り返らせている。後に作られたこれらの作品のうちでは『キョートポリス』が学者たちの関心を一番集めたが、それはとりわけ、重層的な語りのテクスチャーやマルチメディアによる表現の「特殊効果(オプティクス)」／政治力学(ポリティクス)に手を広げているためであるだろう。未来空想の形を取ってはいるが、舞台には過去の亡霊が出没し、幾人かの登場人物たちが体験する悪夢めいた幻想に登場している。この点で、ベイブの宇宙への神話的逃避は、先住民が理想とする「全体性(ホールネス)」を表す形而上学的観点では、過去と現在、未来の空間を結ぶものなのだ。こうした全体性が真正性の概念と混同されるべきではないということは、メディア技術が生む現実効果を用いたモーゼスの辛辣な風刺や、先住民に向けられる植民地主義的な観察者の眼差しをモーゼスが前面に強調し続けることを通して示されている。

モーゼスはまた、多くの「歴史的な」演劇を執筆しているが、それらの作品は、植民地主義がもたらした傷を追求する上で異なる手法を取りつつも、表象行為の複雑さに一様に関心を示したものである。1991 年にオタワのグレート・カナディアン・カンパニーで初演された複雑なメタ演劇『オールマイティー・ヴォイスとその妻』(*Almighty Voice and His Wife*, 1992 年出版) は、モーゼスが英系カナダの歴史における表象に不満を感じていたクリーの戦士の物語を再考するものである。2 人の俳優のみを用い、大砲の砲火によるオールマイティー・ヴォイスの死をもたらした 1897 年の犯人捜索に対する返答としてモーゼスが作り出す多層式の舞台はくっきりと対照的なシークエンスを成して展開する。すなわち、最初は疑似リアリズムの抒情詩歌劇として進められるのだが、次には白塗りの顔（黒塗りの顔を亡霊のように逆転させたもの）と 19 世紀のミンストレル・ショーのしきたりを用いたバラエティー・ショーとして進められることで、上演したばかりの出来事を再び見直していくのだ。ミンストレル・ショーのお決まりの芸は、ワイルド・ウェスト・ショーなどの大衆演芸由来のイメージを重ね、基本的には転覆的な腹話術の出し物である。それらは、人種主義的なステレオタイプを作り出すためにどのように権力が行使されるのかを明らかにし、先住民の自決への試みを危ぶませる内面化された人種主義を表に出すものだ。

モーゼスは、こうした先住民演劇の混合的系譜に対する関心を『インディアン・メディシン・ショーズ』(*The Indian Medicine Shows*, 1995 年出版) においても守り続けている。この演劇は、対をなす 2 つの短編から成り、1996 年にシアター・パッス・ミュライユで一緒に上演された。1 つ目の短編『月と、死んだインディアン』(*The Moon and Dead Indians*) は、若い開拓者の周りの亡霊に憑りつかれた情景を通じて、アメリカのフロンティアにおける先住民族の大量虐殺を中心に描く。第 2 作の『メディシン・ショーの天使』(*Angel of the Medicine Show*) では、

演劇の上での修辞としてではあるが、「いなくなった人たち」の1人を目に見える存在に引き戻す。メディシン・ショーズのワイルド・インディアンだ。モーゼスは、「三幕のホラー物語」という副題を持つ『ブレブーフの亡霊』(*Brébeuf's Ghost*, 1996; 2000)において、シェイクスピアの『マクベス』をいくらか参考にして、17世紀のイロコイとオジブワの緊迫関係を描く叙事物語を作るが、ここでは、その緊迫関係は、殉教者のイエズス会宣教師が人食い幽霊になって作り上げ煽った対立に描き変えられている。総合すれば、このような歴史劇は、様々な権威あるテクストによって与えられた限定的なインディアン像を暴いて修正を試みるカナダ全土の先住民アーティストの運動に大きく貢献するものだ。口承史として、これらの演劇は間接的に主権の問題にも触れており、植民地主義による征服という異論の余地ある状況や、どのように征服が記録されてきたかということを追究している。モーゼスによる近年の演劇作品『焼かれしエラのバラッド』(*The Ballad of Burnt Ella*)と『ソングズ・オブ・トール・グラス』(*Songs of Tall Grass*)は相次いで制作され、2005年に『ソングズ・オブ・ラブ・アンド・メディシン』(*Songs of Love and Medicine*)として一緒に上演された。広報資料に「暗い茶番劇」とも「明るい悲劇」とも書かれたこれらの作品(8)は、神話（子供向け）の物語を再解釈するという長期的な関心を継続するものであり、モーゼスが創作を通じて試みるジャンルへの実験を繰り広げるものだ。

　1990年代初めに先住民女性による幾つもの小規模な最先端の作品が国内で注目を集め、とりわけ、モニク・モジカやマーゴ・ケインは、先住民演劇を実践する幅広い分野で大きな貢献を果たした。モジカは、『ジェシカ』での名高い演技と、ルイス・ボウマンダー(Lewis Baumander)がシェイクスピアの『テンペスト』を翻案し、クイーンシャーロット島に舞台を置いて植民地主義の寓話として提示したトロント公演作品（1987および1989）においてトリックスター的なアリエルを力強く生き返らせるかのように演出したことにより、女優としての高い評価をこの頃までに築いていた。モジカの聖像破壊的な自主制作の作品『プリンセス・ポカホンタスと青あざ』(*Princess Pocahontas and the Blue Spots*, 1990; 1991)は、母のグロリア・ミゲル(Gloria Miguel)もメンバーとなっているニューヨークのスパイダーウーマン・シアターが初めて手がけた、先住民の「物語編み」における女性中心の様式を、カナダの観客に向けて紹介した作品だ。1990年に、シアター・パッス・ミュライユとナイトウッド・シアターで共同制作されたこのポカホンタス伝説は、ヨーロッパ人のアメリカ大陸入植を描く大衆映画や物語本によって構築されたインディアン女性という記号場を構成する無数のイメージに立ち向かう。舞台は、現在や神話の領域とともに、1607年のジェイムズタウンの植民地（現在のバージニア）や、ペルーとメキシコにおけるスペイン人の先住民文化の征服における植民地主義的な時／空間を含む。そのような企画において、モジカは（女優として）、先住民女性たちが担った幾つもの役割に焦点を置き、身体を用いて体現していくことで、現代の先住民女性が社会の中で意義のある地位を切り開こうとする試みを封じ込めてしまう反逆者や売春婦、インディアンプリンセス、情婦、タバコ店のインディアン女(スクォー)といったステレ

オタイプを作り変えていこうとする。アメリカの探検家ルイスとクラークが太平洋岸に向かう陸路を探す手伝いをしたショショニの通訳者サカジャウェア（Sacajawea）についてモジカが制作した1991年のラジオドラマ『バードウーマンと婦人参政権論者』（*Birdwoman and the Suffragettes*）も、同じような脱構築的なプロジェクトにより制作された。

　歴史を捉え直そうとするモジカの方式は、汎先住民性のモデルを前提にしており、それは、カナダ先住民の権利を求める運動や土地紛争——最も有名なものとして、1990年のケベック州のオカ事件でのモホークによる封鎖がある——をアメリカ大陸の他の地域の先住民グループによる政治運動の高まりと結びつける考え方である。リック・ノウルズ（Ric Knowles）が述べるように、そのような国境を越えた概念は、「先住民の政治的な闘争がますます政府や行政機関、国家に対するものになってきた時代において」重要であったし、現在も重要である。モジカが考える汎先住民性に暗黙のうちに含められているのは、植民地化以前に存在した先住民の人口地理の概念に基づいて、我々が現在の国境をまたぐ地域や提携関係を捉えるべきだという主張だ。（原初の）国民性を作り直そうとするこうした試みは、共同制作によるモジカの最近の作品『スクラッビング・プロジェクト』（*The Scrubbing Projet*）の特徴ともなっている。タートル・ギャルズ・アンサンブルのメンバー仲間であるジャニ・ロウゾン（Jani Lauzon）とミシェル・セントジョン（Michelle St John）とともに執筆されたこの作品は、2001年にトロントのファクトリー・スタジオ・カフェにおいて上演され、2005年から2006年の全国ツアーのために再び手が加えられた。舞台は「民族大虐殺とともに生きる」という逆説的であるが考え得る概念を用い、レイプや、子供たちへの分離政策、寄宿学校教育、人種差別主義の内面化を通じて、先住民女性のアイデンティティを「擦り消そうとする」試みや、世代間に行きわたる物質文化について探りを入れる。暗いテーマではあるが、ヴォードヴィルや大衆コメディーの演技を、先住民女性の生が持つ流動性や順応性を称えることを目的とする物語編みの1つのプロセスとして含めることによって、演出は徐々に変化を見せる。モジカは、様々な文脈において、この種の混合的な演出方法を、とりわけクリーの劇作家であり監督であるフロイド・フェイヴェル（Floyd Favel）との協力により展開し続けている。

　マーゴ・ケインによる演劇は、それほど叙事詩的な背景を持つものではないが、多くはカナダ西部に設定された彼女の作品も大きな影響力を持っている。彼女は、1980年代におけるスピリット・ソングの創設メンバーであり、1992年には同じくヴァンクーヴァーに拠点を置いて、現代先住民演劇を深めていくことに主眼を置く俳優、歌手、道化、作家、音楽家といった様々な人たちから成るフル・サークル・ファースト・ネイションズ・パフォーマンスを設立した。幾分自伝的な一人芝居『ムーンロッジ』（*Moonlodge*, 1990; 1994）は、1990年にヴァンクーヴァーのウィメン・イン・ヴュー・フェスティヴァルで上演された際、彼女の優れた腕前に大きな注目が集まり、それ以降は、カナダとアメリカの各都市で数多くの上演の機会を持ったばかりでなく、CBCラジオ向けにも翻案されることになった。1997年のオー

ストラリアのオリンピック前夜祭ドリーミングでとても人気のあった「ウィミンズ・ビジネス」("Wimmin's Business") プログラムにおいてケインはこの演劇を披露し、アイルランドにおいてもこの作品を上演した。作品の魅力の一部は間違いなくストーリーテラーとしてのケインの素晴らしい才能にあり、作品は短いものだが複雑である。ケインは、子供の時に先住民の家庭から「すくい去られた」女性の体験に注目し、モジカやモーゼスと同様に、商品化された滑稽であり有害な先住民性に批判の目を向ける。演劇上の観点で見れば、アイデンティティを築こうとする女性の試みに影響を与える多くの人物や権力を1人の女優が体現することにより、テクストは、自らの存在論的な不可能性を示しながらも、分断化された先住民主体を再び統合させる方向性を探し求めようとする。この作品に続くケインの一人芝居『インディアン・カウボーイの告白』(Confessions of an Indian Cowboy, 2001年出版) は、1998年以降、主にカナダ西部で様々な脚色を加えて上演されたが、先住民と白人の関係性やメティスの主体性の矛盾——この状況においては、「カウボーイ」であり、同時に「インディアン」であること——に関する歴史的な探究を行う上で同様の試みを行っている。ケインは、それ以外にも多くの一人芝居を制作しているが、共同制作による有名な作品には『リヴァー・ホーム』(The River Home, 1994) があり、仮面ダンスと口承伝統を組み合わせ、先住民の自然環境との関係における環境保護的な見解を提示したマルチメディアによるインスタレーションとなっている。

　クリーの作家／役者であるシャーリー・チーチュー (Shirley Cheechoo) もソロのアーティストとして活躍をしてきた。もっとも、彼女は、デ・バ・ジェ・ム・ジグを新規の共同事業として創設し、芸術監督であった間、劇団の評判を高め、劇団向けの演劇を共同執筆しており、後には、彼女が最も関心を向ける映画に転向していくのではあるが。彼女の『モカシンを履かずに通る道』(Her Path With No Moccasins, 1991; 1993) は、風刺を効かせ、私事めいた、時に悲痛な記憶を綴った作品であるが、当初は1991年に自主制作され、後に北米ツアーにより大絶賛された。異なった方式で、ビアトリス・モジニェー (Bearice Mosionier) の『トリックスターの夜』(Night of the Trickster, 1993) は、裁判のシステムが、とりわけ先住民女性に関連する犯罪に対しては、的確に対応するものではないことを問題にしている。モジカやケインの自主制作作品のように、これらの演劇は、先住民女性に向けられる暴力を「植民地主義思想にもとづく物質文化の技術」[12]のど真ん中にあるものだと捉えるジェンダーの視点を加えた「再＝組み入れ（リ・メンバリング）」を行う。こうした描写は、とりわけ、リガや、議論の余地はあるがハイウェイの舞台が行ったように、レイプや、性的虐待、身体へのその他の危害を先住民が耐えてきたより広い範囲の抑圧を象徴するものとして提示する傾向に、対抗するものとして重要である。女性の舞台制作者たちの作品はまた、多数の声を持つソロの演技を取り入れたことにおいて、先住民芸術の広範なレパートリーの中でも、特有の流れを示すものとして先駆的であった。

　先住民コメディーはさらに固有のジャンルを形成しているが、それはとりわけ、オジブワ

の劇作家ドリュー・ヘイデン・テイラー（Drew Hayden Taylor）の功績によるものであり、彼が生み出した多くの作品は、北アメリカやヨーロッパにおいてカナダ先住民による作品の人気を生む原因のひとつとなった。多様化を促し続ける先住民演劇の第二波として時に位置づけられるテイラーの作品は、騒々しい笑いのトーンとホームコメディーを合わせた「ブルース」四部作と、ポストコロニアルの複雑なアイデンティティに焦点を合わせた数多くの悲喜劇で特徴づけられる。ブルース四部作は、過剰なまでに存在する「ヤッピー」的な先住民や、白人の「ワナビー」、パウワウ・スピリチュアリズム、あらゆる形態の文化的真正性の主張を風刺する。こうした作品の第1作目である『密売人のブルース』（*The Bootlegger Blues*）は、1990年にデ・バ・ジェ・ム・ジグによりプロデュースされ（1991年出版）、絶対禁酒を唱える女性が教会の基金調達のために、143ケースのビールを密売しようとし、娘の上昇指向の強い内縁の夫を非常に怖がらせる滑稽な試みをめぐって展開する。『ベビー・ブルース』（*The Baby Blues*, 1995; 1997）において、テイラーは、若い女性好きの年寄りのファンシー・ダンサーをからかってみせるが、より鋭い皮肉は白人の政治的正当性に向けてとっておき、例えば、「ワナビー」のサマーを滑稽に描き、「64分の1の先住民」だとする彼女の自慢げな主張の中に、インディアンであることを求めようとする浪漫主義的な欲求があることを示す。『バズジェム・ブルース』（*Buz'Gem Blues*, 2001; 2002）は、知恵のある古老、勇敢な戦士、高貴な野蛮人といったステレオタイプをパロディー化する。四部作の最後の作品『ベルリン・ブルース』（*Berlin Blues*, 2007; 2008）では、ドイツ企業が、考えうる限りキッチュなオジブワ風テーマパークに融資すると申し出るが、それは一時的な金稼ぎにはなるものの、永遠に尊厳を失わせるようなものである。これらの演劇すべてに共通するのは、トリックスター的な感覚であり、模倣をしたり自負心を挫かせたりすることを楽しみ、同時に、「本当の」先住民の文化は、雑種的であり、順応性があり、何よりもコメディーの要素が強いことを示すのだ。

　こうした雑種性の強調は、批評の上で高い評価を受けたテイラーの風刺劇『オルターネイティヴズ』（*alterNtives*, 1999; 2000）においても実証されるが、この風刺劇は幾人かの観客たちの怒りを買い、1999年にヴァンクーヴァーの劇団に匿名の爆弾脅迫状が届けられた。夕食会をめぐる茶番劇でもあり、異文化間の関係を真剣に分析もするこの演劇は、先住民性に関する一触即発の対話を舞台に繰り広げ、部外者たちの無知ぶりばかりではなく、内部の人間の独善ぶりをも攻撃する。舞台は、先住民文学専門のユダヤ人教授と向上心豊かなSF作家である先住民のパートナーを中心に動くが、2人の夕食会に招かれた不釣り合いな客たちは、政治的正当性を示すイギリス系カナダ人のカップル（ベジタリアン）と白人の文化基準を転覆させる運動に熱心な1組の自称「超インディアン」（肉食者）である。登場人物たちは故意に互いを挑発し始め、むき出しの根深い偏見や不安感を示し、見せかけばかりの丁重な振る舞いは、諸々の関係性とともにすぐに暴き出されてしまう。とりわけ「精選された伝統の固執」や真正性の神話を標的にするこの笑劇の派手派手しい破壊性は、テイラーが表現するトリックスター美学のもうひとつの側面である。

彼の悲喜劇は、先住民社会に対し、よりニュアンスを含ませた探りを入れることを試みる。こうした3つの演劇は、中流階級の弁護士ジャニスをめぐる一連の物語において、強制養子縁組政策がもたらした影響を問題にする。ジャニスは、幼児の時に家族から引き離され、現在は、新しく発見した自分の先住民の家族／系譜と、自分があまりにもすっかり順応した非先住民の世界とを両立させようともがいている。三部作は『いつか』(*Someday*, 1991; 1993)で始まり、35年の別離後の不安に満ちた母と娘の再会を中心に描く。この舞台の続きとなる受賞作『嘘をつかないのは酔っ払いと子供だけ』(*Only Drunks and Children Tell the Truth*, 1996; 1998)は、ジャニスが持つ「白人」世界寄りの側面を明るみにし、特に、母の死に対する怒りと罪の意識を明らかにすることで、ジャニスという人物を作り上げていく。『400 キロメートル』(*400 Kilometres*, 1999; 2005)では、生まれ故郷に戻ってくるように勧める先住民男性の子供を身ごもったジャニスが、彼女の離れ離れの家族や歴史をつなぎ合わせる方法を探し出そうと決意することで、文化再生の兆しを象徴的に示して、サガを終える。テイラーの巧みな「一行ジョーク」が、大衆文化の諸ジャンルのパスティーシュとともに、物語のトーンを軽くし、安易な文化想定を覆す働きをする。離散した家族への関心は、2004年の演劇『酔っ払い神が創造した世界で』(*In a World Created by a Drunken God*, 2006年出版)においても引き継がれており、先住民の男性が、子供の時に彼を見捨て疎遠になった白人の父親への腎臓提供を突然の持ちかけられるのだ。この演劇は、複雑な社会状況における、より一般的なアイデンティティ・ポリティックスの探求に、もうひとつの倫理上のジレンマをさらに突きつけている。

　テイラーは、「若者向けの」演劇も書いており、インディアンであることの意味を問うティーンエイジャーの疑問を扱った『トロントのドリーマーズ・ロックで』(*Toronto at Dreamer's Rock*, 1989; 1990)や、1989年のインディアン局による高等教育の予算制限に対して書かれた『教育はわれらの権利』(*Education Is Our Right*, 1990)、成長を描いた2つの演劇『馬を愛した少女』(*Girl Who Loved Her Horses*, 1995; 2000)と『木の家の少年』(*The Boy in the Treehouse*, 2000)などがある。テイラーのユーモアある見解は先住民の演劇家たちの間では珍しいものではないが、彼の先駆的な作品によって、その観点は、批判と同様に先住民社会を称えることを可能にする、包括的な形のコメディーに作り上げられてきた。イアン・ロス(Ian Ross、オジブワ)は、『フェアウェル』(*fareWel*, 1996; 1997)においてこのモードを引き継ぎ、作品はプレーリーシアター・エクスチェンジで初演され、カナダ総督賞を受賞した最初の先住民演劇となった。このリアリズムに徹した風刺劇は、堕落したチーフがラスベガスに消えたことで、福祉を受けることを拒み、自分たちで統治することを決めた居留地のコミュニティの物語を通じ、先住民の自決に関する1990年代の議論を取り上げる。ロスの次の演劇作品『ギャップ』(*The Gap*, 2001)は、先住民男性とフランス人女性との進行中の関係を描き、お決まりのロマンティック・コメディーに徹することで、カナダを構成する文化同士に生まれる不和をめぐって政治的な見解が示される。

テイラーとロスが大衆演劇のジャンルを先住民化することで特徴づけられるのに対し、西海岸の作家であり役者であり、監督でもあるマリー・クレメンツ（Marie Clements、メティス）は、神話詩的な要素を史実に基づいた社会や政治上の事例と組み合わせた独自の実験演劇の前衛に立っている。彼女の作品は、主として視覚や聴覚のイメージをふんだんに配列し、儀礼的かつ現実味溢れるしぐさや、動き、対話を統合させる。力強いデビュー作『鉄の時代』（*Age of Iron*, 1993; 2001）は、古代ギリシア神話を取り上げて植民地主義とその結果を検証し、トロイの陥落の物語と北アメリカの先住民の歴史を混ぜ合わせる。ここでは、伝説上の諸々のトロイの人々が、差別や貧困、暴力との生存をめぐる闘いを繰り広げる現代都市の路上の先住民戦士として描き直される。カッサンドラは、先住民の寄宿学校の傷を背負う象徴的な存在として預言者兼売春婦となり、ヘカベは、自分が不本意にも引き離した娘の代わりにしているプラスチック製の人形をめぐって騒ぎ立てる哀れなホームレスとして登場する。神話的な姿を持つ先住民もこの社会に暮らしており、威嚇的な半人半鳥のストリートチルドレン兼トリックスターのレイヴンと、彼とは正反対の、その大地の生命を育む神霊アース・ウーマンの姿として登場する。路上戦士たちが様々な抑圧を越えて生き抜こうとする努力を強調する対照的な複数のコーラス――先住民女性の結束と、押し付けられた（白人の）統治による広く行きわたったシステムを表す――を鳴り響かせることで、クレメンツは、豊かな演出にさらなる層を加えている。様々な困難にもかかわらず、この舞台は勝利のトーンを示して終わり、植民地主義（過去も現在も）を単に喪失の時代としてではなく、「変化、勇敢さ、勇気」の時代としても位置づけている。[13]

　クレメンツの後の作品はこの叙事詩的かつ自由詩的なモードを継続し、現在ではそれは彼女の作品を定義づける特徴のひとつとして考えられている。『不自然で偶発的な女たち』（*Unnaturel and Accidental Women*, 2000）は、ニュース報道、どたばた喜劇、ストーリーテリング、フィルムノワール、先住民儀礼を混ぜ合わせ、緩やかに復讐劇を形成し、劇が初演されたファイアーホール・アーツ・センターのあるヴァンクーヴァーのイーストサイド地区で起きた多くの女性を狙った連続殺人事件に探りを入れる。犠牲者たちの類似した物語は、それぞれ殺人犯と対面した瞬間にまで高められ、彼女たちが否定されてきた主体性やコミュニティ意識を取り戻すリアリズムとシュールレアリスムの場面のコラージュとして提示される。中心の物語は、音とプロジェクターで映し出されるイメージによる複雑なインターテクストで枠づけられているが、それは、ヨーロッパ人の移住とそれ以降の現代都市の発達によりカナダが被った資源――自然および人類上の――破壊という、より広い文脈において、先住民女性が受けてきた制度的な暴力の在り処を定めようとするものだ。この環境主義的視点は、クレメンツの作品のサブテーマとして何度も出てくるが、デネーの土地で採掘されたウラニウムが、陸路や水路を渡り、広島と長崎の黙示録的な災禍に至るまでの道のりを辿ることで核戦争のテーマを扱う『燃えさかる光景』（*Burning Vision*, 2002; 2003）においては、はっきりと展開されていく。4つのムーヴメントで構成された物語は、1800年代後半のデネーのメディ

シンマンの預言を取り入れた断片的かつ神話性のある歴史を提示し、合理的な解釈づけのされる民族大虐殺のサイクルをたきつけるような人種主義や外国人嫌悪に対して、痛烈な批判を行っている。この忘れがたい演劇は、ヴァンクーヴァーでの初演の後、全国ツアーがかけられ、2003年のアメリカ大陸演劇祭に取り上げられた。また、カナダ日本文学賞を2004年に受賞した。

　最近の作品『銅色の羽をもつサンダーバード』（*Copper Thunderbird*, 2007）において、クレメンツは、カナダの現代先住民アートの「父」として広く尊敬されているアニシナベの画家であり、シャーマンであり、プレーボーイでもあったノーヴァル・モリソー（Norval Morrisseau）の重層的な人物像を提示した。他の演劇作品には、寄宿学校の体験から自由になろうとする幼い少女の試みを劇で表した『永遠に泳ぎ続けた少女』（*The Girl Who Swam Forever*, 1995）、先住民コミュニティにおける家庭内暴力の悪循環に関する『私に何をさせたか考えてよ』（*Look What You Made Me Do*, 1995）、アイデンティティや存続、そして記憶を形に残すために文化を刻み込むこと（入れ墨を施すこと）をテーマにした一人芝居『アーバン・タトゥー』（*Urban Tatoo*, 1998）がある。これらの革新的な作品は、我々の時代に「ポストコロニアルとポストモダンの図像を創造すること」に従事するアーティストとしてのクレメンツの評判を生む一因となった。(14) 熟練したアーティストであるクレメンツは、先住民や多文化の作品を発展させるために2001年にアーバン・インクを創設し、2007年まで芸術監督を務めた。クレメンツが最も重要視する女性の生への関心は、大きくはフェミニスト的なプロジェクトの一環として捉えることができ、同様に、『ブレード』（*Blade*, 1990; 1995）、『ビデオ』（*Video*, 1992; 1995）、『ヨブの妻』（*Job's Wife*, 1992; 1995）などの多くの短編の実験演劇を制作しているイヴェット・ノーラン（Yvette Nolan、アルゴンキン／アイルランド）などの演劇制作者たちの強い関心でもある。現在、ネイティブ・アース・パフォーミング・アーツの指揮を取るノーランは、監督や劇作家としての作品を通じ、先住民演劇の近年の発展に大きく貢献をしている。彼女は、『アニー・マエの運動』（*Annie Mae's Movement*, 1998; 1999）の著者でもあり、1970年代のアメリカン・インディアン・ムーブメントの重要人物であり、殺害されたミクマクの運動家アンナ・マエ・アクアッシュ（Anna Mae Aquash）を尊ぶ／再び組み入れるために、ドキュメンタリーと神話を組み合わせている。

　サスカチュワン州のタクワキン・パフォーマンス・ワークショップの創設者であるフロイド・フェイヴェルは、演劇改革におけるもう1人の重要人物であり、クレメンツのように、現代の先住民文化の複雑さを伝えるための新しい表現技法を探し出そうとしている。彼が受けた教育には、デンマークのトゥカック劇団や、イェジー・グロトフスキ（Jerzy Grotowski）や鈴木忠志のような実験演劇の巨匠との演劇活動も含まれ、彼らから受けた影響を先住民の手話や演説、シンボル、儀式と絡み合わせ、祖先の伝統に根ざした現代先住民の演劇スタイルへと発展させている。フェイヴェルは、西洋のテクストやジャンルに鋭く迫り、大胆に作り変えることに優れている。最もよく知られた演劇『沈黙の婦人』（*Lady of Silences*, 1992;

2005）は、ジャン・ジュネ（Jean Genêt）の『黒人たち』（*The Blacks*）〔仏語原題は *Les Nègres*〕を取り上げ、内面化された「白人」の価値体系によって、先住民一人ひとりの向上心と実体験される現実との間の食い違いを生み出すような、先住民のコミュニティが悩まされている自己嫌悪について追究する。1992年にエドモントンのカタリスト劇場で初演を迎え、1998年に再創作されたこのテクストは、白人女性の殺害との関連を持つ領土権の問題をめぐって展開し、一般的な探偵劇の手法を意識的に取り入れているが、探偵劇のようなすっきりした結末は避けている。『ソーニャの家』（*House of Sonya*, 1997）は、『ワーニャ伯父さん』の急進的な翻案により、再びヨーロッパの正典を取り上げ、ロシア革命前の散り散りの社会を描くチェーホフの見解をサスカチュワン州の先住民居留地に置き替えた。フェイヴェルはまた、先住民たちの田舎から都会の生活様式への移り変わりを描いた『わが親類一族』（*All My Relatives*, 1990; 2002）や、ヨーロッパとの最初の接触とメティスの人々の起源を語る寓話劇『露の涙の酋長』（*Governor of the Dew*, 1999; 2002）も執筆している。現在制作中の作品には、伝説的なフランスの演劇監督による1935年のメキシコ訪問に基づき、芸術と異境での暮らしを再現する『アルトーとタラウマラの人たち』（*Artaud and the Tarahumaras*）がある。

ムーヴメント／イメージを中心とするパフォーマンスの領域では、ヒューロン＝ウェンダトの演劇家イヴ・シウィ・デュラン（Yves Sioui Durand）が、表現媒体としてダンスや音楽、視覚イメージを最前面に出し、汎アメリカ的な先住民神話に基づく独自の演劇実践を開拓している。初期の作品『この世の苦難引受人』（*Le Porteur des peines du monde*, 1983; 1992）は、1985年のアメリカ大陸演劇祭においてアメリカ賞を受賞し、ヨーロッパ各地の開催地で上演され、1995年にはバンフ・センターで英語による公演が行われた。先住民の儀礼に基づいたこの演劇は、毎日空を昇り下りする際に先住民の人々の苦しみを運び、新しい夜明けとともに浄化されて再び現れる太陽についての神話を上演する。1985年にシウィ・デュランは、モントリオールに拠点を置くカナダで唯一のフランス語による先住民劇団オンディノックを（カトリーヌ・ジョンカス Cathrine Joncas とジョン・ブロンダン・デネ John Blondin Déné とともに）共同で設立した。様々なコミュニティのプロジェクトともに、この劇団のそれ以降の演劇には、『メキシコ征服』（*La Conquête de Mexico*, 1991; 2001）、先住民版のオルフェウスの物語『アティスケナンダハテ――死者の国への旅』（*Atiskenandahate, voyage au pays des morts*, 1988）、イヌイットの伝説に基づく『ウクアマク』（*Ukuamaq*, 1993）、アジアとアメリカとの往古のつながりを探る『クムカムチ泥んこインディアン』（*Kmukamch Vasierindien*, 2002）などがある。ロベール・ルパージュ（Robert Lepage）などのアーティストたちと共同制作を行うのと同様に、シウィ・デュランは、南北アメリカの先住民グループに接触しようとする試みにおいて優れた活躍を見せている。同様に、2000年にサンドラ・ラロンド（Sandra Laronde）によって設立されたトロントの劇団レッド・スカイ・パフォーマンスは、華やかなダンス劇と汎先住民的な神話の上演において商業的な成功を収めた。フランス語による先住民演劇については、フランス語演劇の章〔第30章〕において、ジェイン・モス（Jane Moss）がさらに

議論を展開する。

　過去数十年にわたる先住民アーティストによるプロの実験演劇の活動が、テーマや形式、ジャンル、演劇の表現技法を刷新し広げていくことであるなら、コミュニティの演劇は、個人とグループをつなげることや、文化と文化の間の橋渡しをすること、特定の問題について世間に訴えることを目的としている。1986年にバフィン島のポンドインレットに設立されたトゥヌーニク劇団は、国内で認められ、その地域ばかりでなく、カナダ北部とアラスカの遠く離れたイヌイトの集落に向けても活動している。各地での上演ツアーを行った双方向型の演劇の『変化』(*Changes*, 1986; 1999) と『友だちを探して』(*In Search of a Friend*, 1988; 1999) は、イヌイトのダンス、ドラム、歌、ゲームを用い、ほぼイヌイト語で演じられるテクストにより、伝統文化の喪失や有害なアルコールの影響などの問題の解決法を提示する。1987年に創設されたブリティッシュ・コロンビア州ヴァーノンのセンクリプ・シアターは、もうひとつの有名な草の根の劇団であり、当初の若者教育の使命から手を広げ、環境への意識を高めるために演劇を用いる人気のエコツーリズム事業を取り入れている。さらに近年結成された劇団には、1991年にアルバータ州のケヘウィン・クリー・ネイションでメルヴィン・ジョン（Melvin John）とローザ・ジョン（Rosa John）によって設立されたケヘウィン・ネイティブ・ダンス・シアターや、創立者であり、経験あるクリーの俳優ケネッチ・シャルレット（Kenneth Charlette）の指揮下で、活気に満ちた芸術文化団体へと発展してきた、サスカトゥーンのサスカチュワン・ネイティブ・シアター（1999年に法人化）がある。

　コミュニティの演劇プロジェクトの重要なものの中には、非先住民の専門家たちによる活動も含まれてきた。初期の有名な例としては、ギックサンとウィツウィテンの世襲のチーフによる緊密な協同により、デイヴィッド・ダイアモンド（David Diamond）とヴァンクーヴァーのヘッドラインズ・シアターが制作をした『ノクシャ』(*No'Xya'*) がある。フォーラム・シアターの技法の影響を受けたこのドキュドラマは、1984年に州政府に対して行われた係争中の先住民の土地所有権の請求に関する対立的な見解を示し、ダンスや伝統的な正装衣を組み込んで、その土地の本来の住人たちの部族社会の構造や移住のパターンを伝えている。関連して、レイチェル・ヴァン・フォッセン（Rachel Van Fossen）とダリル・ワイルドキャット（Daryle Wildcat）は、壮大な野外劇『カマモピシク／ギャザリング』(*Ka'ma'mo'pi cik / The Gatherin*, 1992; 1997) を制作し、対話をし、互いに順応し合うためのプロセスとして、サスカチュワン州の伝説的なクアペル渓谷における先住民と非先住民のコミュニティをつなぎ合わせるために、植民史を書き直している。このようなコミュニティづくりに関する活動は他の多くのプロジェクトにも見られ、多くのプロの先住民劇団も何らかのサービス活動に取り組んでいる。

　先住民演劇と多くの先駆者たちによる刺激に満ちた活動を生み育てるのに必要な体制や組織を強化していくことで、21世紀の新進のアーティストにとって力強い環境が与えられた。なかでも、シュスワップの作家であり役者であるダレル・デニス（Darrell Dennis）は、『イー

スト三番街のトリックスター』（*Trickster of Third Avenue East*, 200; 2005）と、ひとりの青年がブリティッシュ・コロンビア州北部の居留地から大人の都会での生活へと移る困難な道のりを辿る半自伝的な一人芝居『都会に住むインディアンの物語』（*Tales of an Urban Indian*, 2003; 2005）で注目を集めた。ヴァンクーヴァーに拠点を置くメティスの劇作家ペニー・ガマーソン（Penny Gummerson）は、霊の世界に旅立とうと亡くなったばかりの人たちの魂が集まる様子を描くのにオーロラをメタファーとして用いた、家族に焦点を当てた演劇『ワワテイ』（*Wawatay*, 2002; 2005）により、優れた新しい演劇に対して与えられるジェシー・リチャードソン優秀新劇賞を受賞した。他の非常に有望な作家にはタラ・ビーガン（Tara Beagan）がいるが、彼女の作品は、トンプソン・リバー・セイリッシュとアイルランド系カナダ人の文化遺産に基づく様々な要素を組み合わせようとするものだ。『ドリアリーとイッジー』（*Dreary and Izzy*, 2005; 2007）における胎児性アルコール症候群の後遺症に関する徹底的な調査は、『ヨークの砦』（*The Fort at York*, 2007）を含む革新的な歴史劇にも引き継がれている。

　プロの演劇とコミュニティの演劇が、過去30年間にわたって多様化してきたことで、活気に満ち、多声的かつ混合的で、カテゴリー化を拒む先住民演劇が生み出されてきた。カナダの他の先住民芸術と同様に、この分野の活動は、必然的に少なくとも2つの異なる顧客への貢献をしてきたといえるだろう。すなわち、それぞれ個別のコミュニティと、多くの観客たちが出身とする広い範囲のポストコロニアル化社会への貢献である。ここまでの短い概説が示唆するように、先住民演劇は、独自の挑発的なやり方で、植民地主義の遺産に取り組んでおり、そしてまた、先住民の人々のためのこれまでとは異なる未来を想像し、新しい文化や芸術への傾倒を作り出すことによって、カナダのパフォーミング・アーツの文化において平坦ではなくとも明確な変化を促していくことを期待しているのだ。[15]

注

1. 1914年のインディアン法修正案は、インディアンが、いくつかの州において、政府代理人の同意なしに先住民の衣装を身に着けて、展示会、公演、ロデオ、野外劇に参加することを禁じた。この禁止令により1880年代から実施されていた西海岸のポトラッチの禁止がさらに強まった。
   Wendy Moss and Elaine Gardner-O'Toole, Law and Government Division, "Aboriginal People: History of Discriminatory Laws," Government of Canada Depository Services Programme, 1991, http://dsp-psd.pwgsc.gc.ca/Collection-R/LoPBdP/BP/bp175-e.htm 2008年2月4日の情報による。
2. 演目の後の括弧内の年号は、他に記さない限り制作年を表し、同年である場合には出版年も示している。年号が2つ書かれている場合には、初演と初版の年をそれぞれ明記している。テクストが制作プロセスの一環として公衆の前で上演された場合、制作年はやや恣意的なものとなっている。
3. 改訂版の脚本は、共同制作の過程を述べるキャンベルとグリフィスの対話とともに、『ジェシカについて

の本』(*The Book of Jessica*) として出版された (Toronto: Coach House, 1989)。

4. Kimberly Solga, "Violent Imaginings: Feminist Performance Spaces in Tomson Highway's *Dry Lips Oughta Move to Kapuskasing*," in *Space and the Postmodern Stage*, ed. Irène Eynat-Confino and Eva Soromová (Prague: Divadelni Ústav, 2000), pp. 71-81.

5. Robert Appeleford, "Making Relations Visible in Native Canadian Performance," in *Siting the Other: Revisions of Marginality in Australian and English-Canadian Drama*, ed. Marc Maufort and Franca Bellarsi (Brussels: P. I. E.-Peter Lang, 2001), p. 234.

6. Daniel David Moses, "How My Ghosts Got Pale Faces," in *Speaking for the Generations: Native Writers on Writing*, ed. Simon J. Ortiz (Tucson: University of Arizona Press, 1988), p. 147.

7. 演劇そのものが用いている場合やステレオタイプ的あるいは異議を唱える必要のある先住民表象を示すために「インディアン」という用語を用いる。

8. *Songs of Love and Medicine* by Daniel David Moses を参照せよ。http://www.queensu.ca/drama/library/songs/songs.htm 2007 年 12 月の情報による。

9. Ric Knoles, "Translators, Traitors, Mistresses, and Whores: Monique Mojica and the Mothers of the Métis Nations," in Maufort and Bellarsi, eds., *Siting the Other*, p. 255.

10. *The Scrubbing Project* は次の文献に収録されている。*Staging Coyote's Dream*, vol. II, ed. Monique Mojica and Ric Knowles (Toronto: Playwrights Canada Press, 2009).

11. Floyd Favel は、Floyd Favel Starr という名でも出版している。

12. Ric Knowles, "The Hearts of Its Women: Rape, Residential Schools, and Re-membering," in *Performing National Identities: International Perspectives on Contemporary Canadian Theatre*, ed. Sherrill Grace and Albert Reiner-Glaap (Vancouver: Talonbooks, 2003), p. 245.

13. Marie Clements, "Notes to *Age of Iron*," in *DraMétis: Three Métis Plays* (Penticton: Theytus, 2001), p. 194.

14. Reid Gilbert, "'Shine on us Grandmother Moon': Coding in First Nations Drama," *Theatre Research International* 21.1 (1996), p. 31.

15. この論文を執筆する上で力を貸してくれたダニエル・デイヴィッド・モーゼスに感謝の意を表したい。初期の草稿に対し惜しみなく提供してもらった情報や意見のおかげで、本来なら難しかったと思うほどに十分な現代先住民演劇に関する記述を行うことができた。

27

トランスカルチュラル・ライフライティング

アルフレッド・ホーナング
(Alfred Hornung)

　1980年代以降ライフライティングは、自叙伝、回顧録、日記、伝記という伝統的な形式に加え、新聞の相談欄、意見欄、死亡記事、ビデオ映像、パフォーマンス、オンライン・ライブのようなサブ・ジャンルを取り入れることで、豊かなジャンルとして認められるようになった。ライフライティング自体は、自己表現に特化した形式として発展すると同時に、学術界の主要分野へと成長してきた。こうした作品は自己の表現である以上に、主題である個人と文化とがある期間にわたりどのように影響しあっているかをたどり、その関わりを表している。20世紀において、このような主題や文化は主に国家やその公用語との関係で定義づけられた。しかしオーストラリア、カナダ、アメリカといった代表的な移民国において、国家規約に対して国民が等しく忠誠心を持つということが十分に実現することはなかった。19世紀後半以降の移民の波は、均一的な国家信条に異議を唱え、社会の主流を変えてきた。20世紀後半、第三世界における植民地支配の終結と、先進国における自由経済市場への要求は、地球規模での移住という新しい型を生み出した。

　モダンからポストモダンへ推移するにつれ、文化変容の過程は同化を求める傾向から文化的相違を認め合うものへと変わっていった。長年続いた単一文化型社会への信仰は、多文化国家であるという現実を前に崩れた。カナダは、1988年に多文化主義法を憲法に入れることで、移民たちの文化遺産を公式に認めた数少ない国のひとつである。それ以降のライフライティングは、この法律の精神を支持している。もっとも、それらは文化の相違による過去と現在の差別の話をしばしば語っているのだが。こうして、ライフライティングは、文化の相違を超えたものを目指す異文化間交渉の1形式となっている[1]。カナダの自叙伝作家たちは、実験的なライフライティングにより、今住んでいるこの新しい国における自らの立ち位置を定めようとするだけではなく、祖国との繋がりを維持しようとする。これらテキストにおける自己は、主に民族性やジェンダーによって立ち位置が決められ、それはヨーロッパ啓蒙思想家がかつて信じていた統一的自己とは大きく異なっている。この自己の柔軟性は、むしろ、一時的な多文化体験から派生しており、それは国民国家（ネーションステート）の政治状況にも影響を及ぼすものである。トランスカルチュラル・ライフライティングの作家たちは、国家への忠誠心や地理的境界線が確かなものだと考えることに異議を唱える。この意味

で、現代カナダの自叙伝作家たちは、多民族民主主義社会の中で故郷喪失者たちがお互いに関わっていける新たな方法を与え、彼らが置かれた状況との新たな関係を提示している。

　グローバル時代の重要な特徴の1つは、移住の増加である。そうした移住の増加は長い世界史の1部であり、国家や現代社会の形成に影響を与えてきた。移住の原因は、気候変動、戦争、追放、民族浄化やそれに続く貧困や経済的ニーズにあった。その中には、奴隷制度という強制移住や、工業化社会の労働需要に伴う移民労働者の移動も含まれている。オーストラリア、カナダ、アメリカ合衆国は従来、このような移住の目的地であったが、20世紀後半以降、ヨーロッパの国々も移民の存在によって引き起こされる社会的、文化的変化に直面せざるを得なくなってきた。それゆえ、より長い移住の歴史を持つカナダ型ライフライティングは、他の場所での文化変容のモデルとして役に立つかもしれない。20世紀を通してカナダに移住してきた数多くの作家たちのライフ・ストーリーは、帝国崩壊が引き起こした悲惨な結果や、権力獲得への奮闘から始まる。ヨーロッパ出身の作家のほとんどは、20世紀転換期に起こったユダヤ人虐殺や2つの大戦を例にあげながら、迫害から逃れるために安全なカナダへ移住してきたのだと述べている。

　ヨーロッパの多文化的枠組みは、オーストリア＝ハンガリー帝国と、第一次世界大戦後の変化に基づいている。アナ・ポーター（Anna Porter）の『語り手――記憶、秘密、魔法、そして嘘』（*The Storyteller: Memory, Secrets, Magic and Lies*, 2000）、モドリス・エクスタインス（Modris Eksteins）の『夜明けから歩いて――東ヨーロッパ、第二次世界大戦、わが世紀の中心の物語』（*Walking Since Daybreak: A Story of Eastern Europe, World War II, and the Heart of Our Century*, 1999）、ジャニス・クーリク・キーファー（Janice Kulyk Keefer）の『蜂蜜と灰――ある家族の物語』（*Honey and Ashes: A Story of a Family*, 1998）、ハナ・スペンサー（Hanna Spencer）の『ハナの日記、1938-1941』（*Hanna's Diary, 1938-1941*, 2001）は、個人の歴史を巨大な歴史パノラマと織り交ぜている。ポーターの家族史は、1889年祖父のヴィリから始まり、ハンガリーからニュージーランドを経てトロントに新居を構える著者にいたる3世代の人生を辿っていくのだが、14世代の歴史を持つ家族史と、1456年から1990年代までのハンガリーの歴史とを結びつけている。この歴史的な一族のパノラマは、フン族とローマ人の対立に始まり、トルコ人や最終的にはナチスやソビエトとの文化的、政治的イデオロギーの対立を中心に繰り広げられる。1956年の革命後、家族は何とかして祖国を離れ、アナ・ポーターがイギリスで出版業を始めるまでニュージーランドに定住する。1969年彼女はカナダに移住し、そこで結婚し、2人の娘たちが「真のカナダ人」に成長していくのを見守るのである(2)。

　同じような政治的、歴史的背景がモドリス・エクスタインスの作品にも見て取れる。トロント大学の歴史学者である彼は、自分の専門的知識を用いて彼自身の家族の歴史を分析する。彼にとって、「1945年という年は、我々の世紀の、我々の意味の中心に位置するのだ」(3)。1943年ラトヴィアに生まれたエクスタインスは、1874年にラトヴィア人女中とバルト系ドイツ人男爵の間に生まれた祖父ヤニスから話を始める。この結婚によって彼の家族はドイツ・ハ

ンザ同盟による植民地化、オーストリア＝ハンガリー帝国やナチスとソビエトの支配を経て、1991 年に独立を勝ち取るまでのバルト諸国の歴史と接点を持つようになる。彼は、北ドイツ難民キャンプでの「故郷を失った者」としての惨めな日々から、国際難民機構の好意でカナダへと家族が船出するまでの子供時代の記憶をたどる。

　ジャニス・クーリク・キーファーは、ウクライナのスタロミスチナという祖母の生まれ故郷の村から物語を始める。そこは彼女の祖母が生まれた 1902 年にはオーストリア＝ハンガリー帝国に属していたが、その 20 年後、彼女の母親が生まれた時には、新しくできたポーランド共和国に属していた。このカナダ生まれの著者は、ヨーロッパ地勢図が引き直されたり、国や文化に対する忠誠心が変わったりする様子を、家族の女性たちに焦点を当てることで詩的に辿ろうと試みる。1935 年カナダに到着すると、彼女らは困難な時代に直面する。ワスプ（ホワイト・アングロサクソン・プロテスタント）たちから仲間はずれにされていることを感じたクーリク・キーファーは、トロントのユダヤ人女性たちと親しくなるうちに、ウクライナやポーランドにおける反ユダヤ主義や、自分の家族がギリシャ・カトリック出身であることを知り、問題意識を持って自分の人生をユダヤ人たちの人生になぞらえ、アンネ・フランクと自分を同一視するようになる。

　アイリーナ・F. カラフィリー（Irena F. Karafilly）の『羽飾り付き帽子を被ったストレンジャー――回顧録』（*The Stranger in the Plumed Hat: A Memoir*, 2000）においては、アルツハイマー病を患う母親の記憶の中で、1920 年代のオレンブルグにおけるロシア正教会の世界と、それに続く第二次世界大戦中ポーランドへ移動させられた経験が蘇る。この母親との緊張を強いる状況への対処法として始まった娘の物語は、結果として「事実に基づく母親の話――母親が語ろうとし続けた話」であることがわかる。母親の痴呆は、ヨーロッパでの前半生で使っていた懐かしいロシア語やポーランド語へ逆戻りすることにより加速し、病状が進むと「記憶のせいでおかしくなるの！」(p. 15) と言って、医師の診断に抗議する。記憶の中で、彼女はポーランド系ユダヤ人との結婚や戦後のウッチ〔ポーランド第 2 の都市〕での生活、イスラエルでの 9 年間の滞在、モントリオールに移り住んだ当初の困難さ、などを追体験する。イスラエルへの入植者として、カナダへの移民として、そして 1990 年代セント・メアリー病院に患者として隔離され、消毒され、ベッドに縛り付けられて過ごした日々を、彼女は追体験するのである。

　戦争という大混乱からの脱出は、北アメリカに避難してきたホロコーストの生存者たちにとって特に重要だ。キーファーやカラフィリーの話の中で間接的に述べられたユダヤ人の体験は、ジャック・キューパー（Jack Kuper）、ハナ・スペンサー、リサ・アッピナネシ（Lisa Appignanesi）らによる生存者物語によって、より詳しく語られ、事実であることがわかる。『死者を失う』（*Losing the Dead*, 1999; 2000）において、両親の健康が衰え、強制移住の記憶が病気によって呼び起こされていく中で、リサ・アッピナネシはヨーロッパのユダヤ人の伝統と再び繋がるのである。冒頭の章「遺産」は、父親がロンドンの病院で糖尿病により死ぬ瞬間

を描いているが、彼は以前ポーランドで使っていたイディッシュ語に戻る。同じくアルツハイマー病によるダメージは、母親をポーランドでの生活に戻してしまう。そのため娘は、「舵のない船のような母の意識を自分につなぎ留めるために」この経験全てを書かずにいられないのだ。両親が人生を終えようとする頃になって初めて、娘はポーランド人としてのルーツを再構築しようとする。それは、ポーランドにおけるユダヤ人としての母親の過去を再発見することによって、また18世紀以来、近代的ユダヤ人として多文化社会に同化して生きてきた彼らの歴史を語ることによって行われる。フランスそしてカナダへと逃れることによってワルシャワのユダヤ人強制居住区や強制収容所から脱出した彼らは、自分の民族的出自を強く意識せざるを得ず、なかなか新しい環境に溶け込めなかった。

　カラフィリーやアッピナネシが両親の記憶を通して作品を描く一方で、自分自身の子供時代や青年期の戦争や迫害が及ぼした影響をその作品に呼び起こそうとする作家たちもいる。キューパーの『ホロコーストの子供』(*Child of the Holocaust*, 1967) は、ポーランドのヤコブ・キューパーブルムという9歳の少年のサバイバル物語である。多くのユダヤ人孤児の1人として、彼はカナダ・ユダヤ人協会によって救出され、カナダに連れてこられて、トロントで養子になる。ハナ・スペンサーは日記という形を用いて、1918年の第一次世界大戦の終焉とともに崩壊したオーストリア＝ハンガリー帝国から独立したチェコスロバキアでの自身のサバイバル物語を記録する。ズデーテン地区のドイツ人たちと一緒に暮らしてきた彼女は、1938年のナチスドイツによるオーストリア併合（Anschluss）後の政治変化を6冊の日記にドイツ語で書き記す。その結果、イギリスへ、そこからカナダへと逃げ出さなくてはならなくなる。フランク・オバール（Frank Oberle）のドイツからカナダへの移住体験は、ブリティッシュ・コロンビア州とカナダ政府に勤務した後に彼が執筆した自叙伝2巻本のうちの第1巻の主題となっている。『我が家を見つけて──戦争体験児の平和への旅』(*Finding Home: A War Child's Journey to Peace*, 2004) の中で、彼は1932年自分が生まれた「黒い森」近くのフォルクハイムでの子供時代を振り返る。ヒトラー戦争の体験は、1940年ポーランドへの家族の強制移住に始まり、ヒトラー青年学校での生活、そして1945年侵攻して来るソ連赤軍からの脱出で終わる。戦後ドイツでの生活に満足できなかった彼は、新世界で一旗揚げることを夢見て1951年カナダへ渡り、15か月後には妻ジョーン（ハナ）と娘が加わる。

　これらの作品のほとんどは、過去（しばしば両親や祖父母の過去を含む）の再構築をその中心テーマとする。旧世界における個人的体験や移住の大変さが直接語られたり、前世代から伝えられた話が語り直されたりする。自身のライフ・ストーリーを直接語るモドリス・エクスタインスやフランク・オバールや、人生の一部分を語るジャック・キューパー、ハナ・スペンサーの作品は、カナダへの感謝の気持ちに動機づけられたものである。それは、オバールの言葉によると、「我が家を見つけること」を表している。ジャック・キューパーのホロコーストの話にカナダは登場しないが、「著者はカナダ国民に感謝を表したい」というエピグラフが、この物語の趣旨を表している。ハナ・スペンサーは彼女の日記の第2部で、カナダの

カナダ文学史

団体が催した歓迎会や彼らが果たした救出任務を称え、オンタリオ州ニューヘイヴンにある「自分自身が経営する農場」について愛おしそうに語る。[8] モドリス・エクスタインスにとって、旧体制から民主主義社会へと進んでいくことになった1945年は、ターニングポイントとなる運命的な年であり、この年を軸に東欧と北米の歴史を比較する。その結果、彼はカナダで暮らしている観点から、ハプスブルク家とドイツ帝国の消滅や、ヨーロッパにおけるファシズムや共産主義イデオロギーの崩壊を分析し、自分が「歴史主義からはなれた、多文化主義的なポストモダン時代の主流」[9]の1部になったと感じる。彼は、自由を求めるバルト諸国の戦いを評価しながら、自分の新しい故郷への賞賛を惜しまない。

> 表面的欠点や問題点にもかかわらず、この国、この「平和な王国」は、私たち家族や大部分の移民にとって、全く以て詩の世界のような避難所、奪取と恐怖の世界からの隠れ場、豊穣の国、占領されたことも空爆を受けたこともない、紛れもないエデンである。(p. 83)

カナダという新しい国と、もう一方では旧世界と、それぞれに相互に向けられる語りはしばしば、家族のルーツを探る旧世界への旅によって実体化される。これらの旅は2つの世界をつなぐ礎となる。自分の祖国のことを実体験として覚えているオバールやエクスタインスのような作家たちが、カナダでの成功した新生活を誇らしげに支持したり、伝記に基づいた歴史的作品を研究したりする一方で、主として両親の話を通して祖国について間接的に知った作家たちにとって、故郷へ戻る旅はより重要な意味を持つ。アッピナネシ、キーファー、ポーター、カラフィリーらは、しばしば友人や子供たちを伴って祖国を訪れ、そこで受けた印象を頼みにすることになる。中には、カナダにいる親戚と再び接触することで、ヨーロッパでの生活についてのさらなる情報を得る作家もいる。

リサ・アッピナネシは1988年と1997年と2回、祖国ポーランドを訪れるが、それは父の死と重度のアルツハイマー病に侵された母の記憶力減退により、自分のユダヤ人としての出自が未解決のまま残されたからである。役人の非協力的な態度や彼女の不十分なポーランド語能力のせいで、最初の旅の印象は表面的なものとなるが、2度目の旅は、共産主義後の政変やポーランド語を話せるニューヨークの友人のおかげで、有益なものとなる。[10] アーカイブでの調査、収容所や家族の故郷への訪問を通じて、彼女は戦争中のユダヤ人の歴史を再構築する。そして母から聞いた話や自分の想像力を用いて、切れ切れになっていた記憶の隙間を埋めていく。行方不明の死者たちを手がかりに情報を拾い集めるという意味で、この訪問を描く第2部が「発掘」と名付けられているのも頷ける。ポーランドを去る頃までには、2人は自らの過去をかなり取り戻せたと感じる。こうして「戦争や移住についての子供時代の話」に関心を払ってこなかったことの償いをする。[11]

20世紀末の共産主義の崩壊のおかげで、帰化カナダ人たちは20世紀前半に彼らが出て行

かざるを得なかった東ヨーロッパの祖国に容易に戻れるようになる。キーファーの1993年と1997年の2回のウクライナへの帰郷の旅は、残っている記憶の重要な確認作業となる。それは、「結局、我々は、記憶にあるものによってしか存在できないのだろうか？」という著者の逆説的な問いの答えとなる。ポーターの子供時代と学生時代を過ごしたハンガリーへの1996年と1998年の旅は、アッピナネシの場合のように記憶を再構築しようというよりむしろ、若い頃過ごした場所をもう一度見たい、そして自分の娘にその場所を見せたいという気持ちの表れだ。これらの旅は実際に物語に何か付け加えることにはならないが、次の世代がその母親の過去とつながるための継続の糸を生みだすことになる。

東ヨーロッパの旧世界とカナダの新世界との相互関係をテーマとするこれらライフ・ストーリーは、すべて北アメリカへの定住に成功した移民の視点から書かれている。作家、芸術家、出版者、学者、政治家たちは、異質なものを迫害する戦争で荒廃したヨーロッパの体制よりも、政治的に自由なカナダの体制を賞賛する。しかし、これらの作家の大部分は、イディッシュが国境をこえる通信手段として機能していた、2つの大戦以前の東ヨーロッパにおける多文化混合主義についても言及している。これらの作品は、オーストリア＝ハンガリー帝国とプロシア帝国の崩壊と、新しい国家の形成という、戦前と戦後の地図を載せている。このような政治的、文化的変化について知っていると、カナダにおける文化変容の過程も理解できる。東ヨーロッパからの移民たちへの当初の差別感情にもかかわらず、また、カナダを「未開の地」("terra incognita")、「非民族国家」("nation-less state") として見る新参者の認識にもかかわらず、カナダは次第に新たな関係を築くための共通基盤とみなされるようになる。これらの著作は言葉から地図を生み出し、「言葉で架け橋を作ろうとしながら、……多くの国境を越えて届く」物語を語るのである。

大部分のライフ・ストーリーは世代間継承を時間的に追い、空間的には国境を超えた人と人との協力関係を追う。逆向きの異文化体験を描く『帰属――くつろげる場所』（*Belonging: Home Away from Home*, 2003）におけるイザベル・ハッガン（Isabel Huggan）の話も、注目に値する。ハッガンは、（マーガレット・ローレンスやオードリー・トマスのように）夫の仕事の都合で外国（フランス）で暮らすことを余儀なくされた白人中流カナダ女性の視点から、回顧録と短編小説の混合形を用いて放浪生活や亡命という言葉の意味を捉え直す。しかし、彼女はホームシックについて、決して故郷に戻ることができない人々と自分自身とのあまりに異なる経験を一緒くたにしてしまうようなことはしない。そのような人々と比べて自分が特権的立場にあることを認識し、「恥ずかしくなり、立ちどまるのだ。」

ヨーロッパの帝国が崩壊し、その結果政治地図が塗り替えられ、それは新しい国への移住やそこでのライフライティングを生むきっかけとなったが、そういった一連の流れはアジアにも影響を及ぼし、同様の現象を生み出した。19世紀を通して、欧米の列強が帝国主義的に植民地を求め、日本や中国へ関与したことは、政治的、文化的対立の引き金となり、2度の日中戦争（1894-5/1937-45）を引き起こす結果となった。ドイツ帝国ファシスト軍に鼓舞

された日本は、世界大戦のアジア前線の口火を切った。それによって生じたさまざまな急激な変化と経済的要求が、19世紀末頃の中国人や日本人労働者の第1世代の北米への移住を引き起こした。大部分のヨーロッパ系移民たちとは違って、一般にアジア人の場合、一家の稼ぎ手の男性がまず1人でやって来るのが一般的であった。当初の意図に反して彼らは滞在し続けることになり、その後家族を呼び寄せた。わずかの例外を除いて彼らの子供たちはカナダで生まれ、それぞれのエスニック・コミュニティで成長し、しばしば両親の言語を学ばず、英語の環境の中で教育を受けた。祖先たちの母国についての知識は、親から聞かされた家族の物語や神話的物語、そして時折「帰国」することからもたらされた。

　真珠湾攻撃後の日系カナダ人の強制移住を含むアジア人受け入れに対する差別行為や移民政策によって生み出された難局に関して、多くの作家たちはそのライフ・ストーリーの中で、中年になって思い出される子供時代の重要性を強調する。作家たちは皆、19世紀末の大混乱や苦境を家族の移住の発端とし、さまざまな物語や文化的習慣をつなぎ合わせて先祖たちのカナダへの道のりをよみがえらせる。一方、マイケル・デイヴィッド・クワン（Michael David Kwan）は『忘れてはならぬこと――戦時下中国での子供時代』（*Things That Must Not Be Forgotten: A Childhood in Wartime China*, 2000）の中で、1930年代半ばから1940年代後半にかけて中国で体験したことを再現する。父親の国際的人脈、ケンブリッジでの教育、「中国の大手鉄道会社の経営者」としての地位のおかげで、マイケルは何の物質的不自由なく恵まれた生活をする。日本軍の侵攻の初期や、蒋介石の国民党と毛沢東の共産党とのイデオロギー闘争の初期においてさえ、彼の家族は北京の公使館地区にある、中国人たちから離れた外国人居住区で安心して暮らしている。中国人の父親と、後に家族を捨て離婚する若いスイス人の母親との間に生まれた子供として、彼は中国人の乳母に世話されて育ち、次第に混血の中国人、混血のユーラシア人としての自分の立場に気づいていく（第3章）。

　この文化的に混合したアイデンティティは、英語と中国語の間の言語的揺らぎにも反映される。まだ幼い頃、一時期庇護下にあったフィンドレイ・フー家族のイギリス人妻ヘスターや、学校の中国人教師や仲間の学生らの外国人嫌いに対抗する方法を彼は習得する。父親がヘスターの妹ヘレンと再婚し、新しい母親を受け入れさせるために彼の中国人乳母を解雇したとき、マイケルは打ちのめされる。戦時中の裏切り体制下での父親の社会的、政治的地位は逆転するが、そのことによって父子の間に有意義な関係の基礎ができ、そのおかげで2人は濡れ衣や苦難に耐えることができる。戦争末期の中国から香港へのクワンの脱出は、1963年に彼がカナダへ移住する踏み台となる。一方で両親はオーストラリアに避難所を見つける。クワンの物語にカナダは出てこないが、ヴァンクーヴァーでの彼の生活が物語の背景にある。インタビューの中で彼は、カナダでは何の差別も経験しなかったことや、白人カナダ人よりヴァンクーヴァーに住むさまざまな中国人グループとの間に、より多く問題をかかえていることを指摘した。

　『紙の影――チャイナタウンで過ごした子供時代』（*Paper Shadows: A Chinatown Childhood,*

1999)の中でウェイソン・チョイ(Wayson Choy)は別の種類の中国人の子供時代を語る。1939年、ヴァンクーヴァーで中国人移民三世として生まれた彼は、チャイナタウンで育つ。子供時代の体験談の中で、彼は自分のライフ・ストーリーを中国人のカナダ移住史や、カナダの厳しい移民政策、中国や真珠湾への日本の軍事侵攻と絡み合わせる。彼の語りは、1945年の日本降伏を喜ぶところでクライマックスを迎える。チョイはチャイナタウンで中国文化に囲まれながら、中国オペラの伝統とアメリカのカウボーイ映画が共存し、競い合う文化体制の中で育つ。結果、彼は舞台上の中国の神話に登場する人物に共鳴するより、カウボーイやロビン・フッドをより好むようになる。そして、古い中国に戻るという考えを拒絶する。息子を中国の言葉や文化の中で育てようとする母親の努力に逆らい、彼は自分の文化や教育の狭間に置かれた立場を「中国語風英語」(Chinglish)[20]を話すことで主張する。彼は、チャイナタウンの学校で「僕たちの田舎っぽい中国人の顔を見ながら、揺れ動く心を理解しようとしない」(p. 234)先生たちの無知を指摘する。彼は、中国人になりたいどころか、逆に中国人学校から落ちこぼれ、自分はカナダ人だと主張するのだ(p. 238)。

大人になりトロントで教鞭を取っていたチョイは、家族に関する2つの秘密を知る。1つ目は1903年に祖父が初めてカナダに向けて出帆したとき、息子(チョイの父親)と共に置き去りにされた最初の妻に関するものだ。祖父の不在中、彼の妻は不倫を犯して家族に恥をもたらす。後になってチョイは、父親がなぜ祖父の後妻から払いのけられたか理解するに至る。2つ目の秘密は、チョイの生物学上の両親についてである。彼は自分が養子であり、父親はおそらくヴァンクーヴァーの中国オペラの役者だったことを偶然知る。子供の頃中国文化を拒絶していたにもかかわらず、チョイは中国とカナダの異文化関係に刺激され、2つの小説『翡翠の牡丹』(The Jade Peony, 1995)とその続編『大事なこと』(All That Matters, 2004)において1930年代、1940年代の中国系カナダ人の生活を探求する。これらの作品は、ビデオ版伝記『ウェイソン・チョイ──蝶の羽を開く』(Wayson Choy: Unfolding the Butterfly, 2003)や、彼の中国への旅を描いたドキュメンタリー『孔子を探し求めて』(Searching for Confucius, 2005)と共に、中国系カナダ人であること、カナダにおけるマイノリティであることは、カナダ人としてのアイデンティティを獲得していく過程の一段階にすぎないというチョイの信念を伝えている。[21]

科学者デイヴィッド・スズキ(David Suzuki)のような日系カナダ人は、カナダへの忠誠心は同じだが、異なる物語を語っている。一部重複する2つの自叙伝的作品、『変態──生命の諸段階』(Metamorphosis: Stages in a Life, 1987)と『デイヴィッド・スズキ──自叙伝』(David Suzuki: The Autobiography, 2006)において、スズキは1936年にヴァンクーヴァーで日系二世の両親から生まれた単一言語を話すカナダ市民としての自分のアイデンティティを初めから強く主張する。日本の真珠湾攻撃は、西海岸から内陸への強制移住、強制収容所での隔離、戦後のカナダ政府による日系カナダ人本国送還活動を含む一連の差別政策を引き起こした。スズキは『変態』の中では、科学者としての視点からこの文化変容がもたらした混乱の過程

を描写する一方で、19 年後に書かれた『自叙伝』では、この同じ歴史を政治的視点から眺める。それは、「人種差別体制のブリティッシュ・コロンビアでの私の幸せな子供時代」というこの本の第 1 章の見出しから明らかである。しかし、学生や社会人として生きていく中で、彼は偏見への対処の仕方を習得する。そして、国境を超えて人気のある自分のテレビ番組を通して、科学者として、環境問題専門家として、カナダ人たちの尊敬を集めるようになる。

　東南アジアにおける戦争とそれがもたらす政治的変化は、新しい形の移住や移動、そして異なる種類のライフ・ストーリーを生み出すこととなる。スズキは母方の祖父母が敗戦国日本へ「本国送還」され、そこでの「カルチャーショックと幻滅」のせいで、その後間もなく彼らが亡くなったと記している。1970 年代以降のより自由で次第に多文化的になっていくカナダの風潮の中で、祖先たちの国の政治状況の変化は、アジア系カナダ人が自分たちの文化の源と再び結びつく契機となる。祖国への短期旅行や長期滞在をライフ・ストーリーとして描き出すのは、ジャーナリスト（ジャン・ウォング Jan Wong、イ・スン＝キュング Yi Sun-Kyung）、作家（クラーク・ブレイズ Clark Blaise、バラティ・ムーカジ Bharati Mukherjee、ヴァッサンジ M. G. Vassanji、マイケル・オンダーチェ Michael Ondaatje）、あるいは学者（アラン・ムーカジ Arun Mukherjee）としての、職業上の活動と関連していることが多い。

　イ・スン＝キュングとジャン・ウォングはそれぞれ、韓国と中国からの移民二世と三世に属するが、彼らのライフライティングはジャーナリストとしての仕事の一部である。ジャン・ウォングはカナダ生まれの両親のもとに 1953 年モントリオールで生まれた。一方、イ・スン＝キュングは生後 9 年間を韓国で過ごした後、両親と共にサスカチュワンのリジャイナに移住する。さまざまな理由やカナダのいろいろなメディアの仕事のために、彼女らはそれぞれ祖先の地を 2 度訪問し、政治的イデオロギーを変えて戻ってくる。回顧録『レッド・チャイナ・ブルース——マオ（毛沢東）から現在に至る私の長い行程』（*Red China Blues: My Long March from Mao to Now*, 1996）に描かれているように、ジャン・ウォングは 1960 年代の反逆精神から、カナダに馴染めない家族を批判し、欧米の反ベトナム運動に影響されて毛沢東主義に傾倒するようになる。「モントリオールの毛沢東主義者」として自分の政治信念に身を捧げるこのマギル大学生は、1972 年から 73 年に北京大学で学ぶよう選ばれた 2 人の北アメリカの大学生のうちの 1 人となる。

　この滞在中のウォングの政治目的の一部は、「自分の思想を改革するため肉体労働をすること」(p. 25) である。「在外中国人」と分類された彼女は、彼女の「護衛」を通じて南中国タイシャンの先祖の故郷を知り、その結果、前世紀末の祖父母の移民話も知るようになる。1972 年から 1994 年の間、初めは学生として、それからニューヨークのコロンビア大学で 8 年間学んだ後ふたたびジャーナリストとして、彼女は合計 14 年間を中国で過ごす。「レッド・チャイナ・ブルース」という彼女の本の表題と、その原因を示す副題「マオ（毛沢東）から現在に至る長い行程」は、彼女の変化を表している。ジョン・ミルトンの『失楽園』を想起させる 4 部構成の物語は、毛沢東の楽園に少しずつ失望し、共産主義世界が崩壊した後、カ

ナダへの忠誠心が復活する様子を象徴している。

　同じようなイデオロギーが、韓国系カナダ人イ・スン＝キュングのライフ・ストーリー『隠者王国の内幕――回顧録』（*Inside the Hermit Kingdom: A Memoir*, 1997）の根底にある。1975年のソウルでの序章は、8歳の子供の目を通して、彼女の父親が仕えるアメリカ人たちに守られた自由な国韓国と、軍事境界線によって分断された「邪悪な」共産主義北朝鮮との政治対立を描く。この白か黒かという世界観は、彼女がハリウッド映画から得た北アメリカのイメージに支えられているようであり、後にアメリカのテレビシリーズ「マッシュ」（MASH）を見ることから引き出される韓国の印象に影響を与えることになる。1979年にカナダ人であると宣誓することは、彼女にとって「めでたい、誇らしい日」とはならない。むしろ思春期の「韓国へ戻る夢」[25]を思い出しては「喪失感」を覚える。彼女はBBCの仕事で1994年にまず北朝鮮、1995年に韓国を訪れ、自分の文化的帰属意識がますます分裂するのを感じるのである。

　キム・イル・ソン死去直後に北朝鮮を訪問する「リポーター兼先生」（p. 100）である彼女は、ガイドや通訳、「ベテラン護衛」と「若手護衛」（p. 98）らによって公式プログラム通りに案内される。1年後のソウルでは、子供の頃の記憶とは異なり、韓国が西洋化し、政治が腐敗していることに気づく。著者は言論の自由の欠如を嘆き、――カナダに戻ってから――彼女の報告書に手を加えようとするトロントの韓国大使館職員の企てをはねのける（p. 234）。非武装地帯を南側から眺めると、分断は越えられないと感じる、そして「国家と同じように、自分自身も感情が麻痺したかのような分裂を覚える」（p. 219）のだった。彼女は、幻想に基づいたカナダという国に対する感情的な愛着と、カナダを理性的に受け入れる気持ちの狭間で引き裂かれる。最終的に、「あなたの将来のためにカナダにやって来たのよ（p. 219）」という、両親が韓国を離れた理由によって彼女は慰められるのである。

　このような異なる文化間に生じる分裂は、クラーク・ブレイズとバラティ・ムーカジが1973年から74年の1年間インドに滞在した後、共同で著わした『カルカッタの昼と夜』（*Days and Nights in Calcutta*, 1977; 1995）の中にも見られる。この本は、アメリカ生まれのカナダ人の夫の視点と、インド生まれのカナダ人妻の視点から語られる。ブレイズにとってこの試みは、妻の属するインド社会、彼女の祖先や家族の歴史との出会いを意味し、一方、ムーカジにとっては、インドでの子供時代と再び繋がることを意味する。ブレイズの日記が妻の日記に先行し、外部者的な視点から、独立後のインドの政治状況や、彼にとって目新しい非西洋的生活の特徴を記録していく。妻の日記は、14年の空白を経てしぶしぶインドへ戻って来た者の感覚、知覚認識を伝えている。彼女はアメリカとインドの公的生活の違いに注目し、国籍は手軽に獲得できるのに文化的ルーツはそうできないことに当惑する。「……国籍の変更は簡単なのに、文化の交換はそうはいかない」[26]のだ。そして昔の家を再び訪れて社交行事に参加するとき、彼女は真のつながりを持てないまま郷愁を感じるのだった。

　結びの章で、彼女は自分の中間的立場について言及し、伝統的なものではなく、想像上のインドのイメージを持つようになった、「亡命者というより、移民として」（p. 296）の感慨

を持つ。こうして彼女は「ヒンズー的想像力とアメリカ風小説技法を結びつける」(p. 298) 文化混合主義を選ぶ。1977 年に初めて出版されたこの本は、1995 年のペーパーバック版では、2 人の見方に変化があったことで、さらなる意味が付け加えられる。しかし共通しているのは、「遠くで影響するカナダの人種差別主義」と、カナダ人としてのアイデンティティ——1 人は生まれながらに持っており、もう 1 人は自分で獲得した——の崩壊である (p. xiii)。また、1985 年のエア・インディアの事故の分析に影響を受け、ムーカジは「人種に基づいて非白人を排他的に」脇へ追いやるカナダの多文化主義のレトリックに疑問を投げかけ、カリフォルニア大学バークレー校で働くためにカナダ国籍を捨てる自分の決断を正当化する。最後の分析において、つまり、この「思いつきで書いた自叙伝」は、「亡命者から定住者へ、そして社会に対して要求をする者となった彼女の危険な旅」(p. 302) を美しく表現する場を提供しているのである。

『カルカッタの昼と夜』と違って、小説家 M. G. ヴァッサンジの『内なる場所——インドの再発見』(*A Place Within: Rediscovering India*, 2008) は 1 人称の視点から語られるが、著者はインドの外で「70 年、80 年、100 年暮らした後の彼の家族に代わって」話をする。タンザニアのナイロビ生まれのヴァッサンジは、インドへの数多くの旅を、個人的回顧録と学術調査を組み合わせた形で語る。墓への繰り返しの訪問と列車の旅が交互に置かれた語りは、神話と現代性、静と動の力学を生み出し、「旅は終わらないのだ。」[27]

M. G. ヴァッサンジとバラティ・ムーカジの作品は、文芸批評家アラン・ムーカジ(バラティ・ムーカジの親戚ではない) が自身の仕事の中心とみなしているポストコロニアル文学と呼ばれるにふさわしい。『ポストコロニアリズム——私の生活』(*Postcolonialism: My Living*, 1998) は、アラン・ムーカジが 1946 年イギリス国民として生まれたインド人女性から、1947 年 8 月 15 日にインド国民となり、最終的にトロントの南アジア系カナダ人となった過程を描いている。一連の記事や談話において、自分の人生が、ポストコロニアル的状況や植民地支配後に許される政治的自由の典型例だとアラン・ムーカジが主張するのはもっともである。1971 年から彼女はトロント大学における英連邦出身の学者として、ポストコロニアル文学を扱う際に西洋の批評家が用いる批評言語を身に着け始める。実体験と理論上の観念、教育と理論化との相互関係を強調するアラン・ムーカジは、第三世界を均一的に捉える西洋の批評家たちの前提を批判する。

この学術的先入観はもはや役に立たないと感じた彼女は、そのような議論から距離を置き、今では自分の生まれたインドと南アジアについてのみ語ることができると感じている。そして第三世界に対する固定概念のために、これまでのポストコロニアル批評において、エスニシティ、人種、女性が無視されてきたのだと彼女は主張する。カナダ文学の議論にエスニシティと人種を取り入れること、そして有色人種をカナダ社会の一部として受け入れることが、インドを懐古的に見ることを拒否し、真のカナダ人になれないことを嘆きながら 2 つの世界に生きる、彼女のような南アジアの作家や批評家たちを新たに理解する第一歩である。[28]アラ

ン・ムーカジ自身の生活と仕事は、教室に学生の反応を取り入れたり、「欧米本国の中心地」（p. 179）におけるカリキュラムの修正を組み込んだりする、国境を越えた読書、著作、教育のプロジェクトとなる。この批判はまた、自分の原点を忘れて先進国で教えている第三世界出身の仲間に対しても向けられている。

　マイケル・オンダーチェのポストモダン、ポストコロニアル自叙伝『家族を駆け抜けて』（*Running in the Family*, 1982）は、彼が1954年に11歳で祖国を離れた後、1978年と1980年の2度の訪問を通して、スリランカでの自分の過去と再び繋がろうという試みである。スリランカへ戻り、自分の家族や親せきとの絆を書き記すことで、その絆を回復しようとしたのだ。「30代半ばにして気づいたのだが、私は子供時代というものを素通りしてきたのだ。その存在を気にもとめず、理解もせずに」。彼は、地図や資料を手がかりに、1600年以降のセイロンにおけるオランダ人やイギリス人たちの植民地時代を1920年代、1930年代中心に、再構築する。「これらの地図をみれば、地形に関する憶測や、侵略や貿易のルートが分かる。また、旅人達の冒険譚に見られる暗い狂った思考は、アラブに関する記録から中国に関する記録にいたるまで、また、中世の記録の至る所に現れている。この島は全ヨーロッパを魅了した。ポルトガル人。オランダ人。イギリス人」（p. 64）」と書いている。オンダーチェ自身の人生も著作もこれらの多様な起源を反映している。

　旅（スン＝キュン、オンダーチェ）や長期滞在（ウォン、ブレイズ／ムーカジ）や国際会議（A. ムーカジ）を通じて、祖先たちの国でカナダ国民は異文化を体験するが、居住国カナダにおいてはヴィジブル・マイノリティ〔容貌から判断できる少数派民族／先住民以外の非白人〕の人々が、また別の形での異文化体験をすることとなる。中国やヴァンクーヴァーでのデイヴィッド・クワンやウェイソン・チョイの子供時代の記憶が、中国人コミュニティ内部での文化的アイデンティティに関する個人同士の駆け引きに焦点を置くのに対し、カナダで育ち暮らしている混血の作家たちは、有色人種と白人カナダ人との異人種間結婚の難しさを強調する。小説家ローレンス・ヒル（Lawrence Hill）のアフリカ系アメリカ人の父親と白人アメリカ人の母親は1950年代に結婚した後トロントへ移住したが、彼は自分の自伝的小説『ブラック・ベリー、甘いジュース——カナダで黒人と白人の混血であること』（*Black Berry, Sweet Juice: On Being Black and White in Canada*, 2001）の中で、カナダで黒人であること、白人であることの意味を探究している。

　この本は、彼自身の体験と34人の混血カナダ人へのインタビューに基づいている。その中で彼らは、著者と同様、自分が人種意識に目覚めた瞬間、すなわち人種の違いのせいで自分を馬鹿にする白人と初めて遭遇した時のことを語っている。白人であることとカナダ人であることを同一視する人種差別主義者に対し、彼らが反駁できる唯一の方法は、カナダにおいて自分たちの黒人としてのアイデンティティを肯定することである。アフリカで自分の疑問への答えを見つけるという希望をくじかれたヒルは、フランス語圏ニジェールでのサマー・プロジェクトから戻った後、自分がケベック出身の友達とより多くの共通点を持っているこ

とを発見する。1978年にラヴァル大学で勉強しているとき、彼の相違点は肌の色から言語へ、「黒人であることから、アングレ（英語を話す人）へ」(p. 203) 移る。人種差別主義との遭遇は、人種が社会的に構築されるものだと考えられている社会への順応の一部であると、ヒルは感じる。自分自身混血の子供を育てながら、彼は黒人カナダ人であることの誇りを子供たちに教え込み、他のアフリカ系カナダ人の親たちが後に続くように求める。これは2008年アメリカ合衆国第44代大統領になったバラク・オバマの雄弁なメッセージである。彼の回顧録、『父から譲り受けた夢──人種と継承の物語』(*Dreams From My Father: A Story of Race and Inheritance,* 1995、改訂版 2004〔邦題『マイ・ドリーム──バラク・オバマ自伝──』〕) の中で、オバマはハワイ、インドネシア、アフリカ、北アメリカで様々な民族や文化に接し、これらがいかに彼のアイデンティティと政治信念を決定したかを語っている。

　異人種間の交際の結果として市民権を喪失することが、ヴェルマ・デマーソン (Velma Demerson) の『矯正不能』(*Incorrigible,* 2004) の主題である。彼女はトロントで中国人男性と関係を持ったため、1939年に逮捕される。10か月後トロントのマーサー女性矯正院から釈放されたあと彼と結婚するが、後に彼女はカナダ国籍を失っていたことに気づく。彼女は自分の家族の厄介な事情、すなわち、イギリス系移民の母親と肌の黒い地中海人種の父親との問題の多い結婚とその後の離婚を、回顧録を通じて再構築しようとする。「東洋人」との交際に反対する父親が彼女を警察に引き渡すということを含め、デマーソンはカナダ社会の非白人に対する見え隠れする差別を描くが、そこには、さらに性差別も存在する。1930年代の「女性保護法」(*Female Refuges Act*〔1897年に制定され、1958年まで続いたオンタリオの州法。男女関係に絡む女性の「不道徳な」行為を規制した〕) の下、彼女の不適切かつ道徳的に「矯正不能の」振舞いのせいで、デマーソンは刑を宣告される。矯正院での厳しい状況は、患者の同意なしに行われる医学実験によってさらに悪化する。性病だと言われて行われる治療は、彼女のおなかの子を危険にさらすことにもなる。女性や非白人移民に対するこのような実験を1980年代に入って調査することは、デマーソンにとって癒しの過程であるのだ。

　先住民の特別な役割と、彼らのカナダ社会との関わりは、トランスカルチュラル・ライフライティングの重要な部分を形作る。それは、チェスター・ブラウン (Chester Brown) による19世紀のメティス戦士の漫画伝記『ルイ・リエル』(*Louis Riel,* 2003) に始まり、黒人やアジア系移民と先住民との同一視や、彼らの行政官庁への昇進、環境保全のための戦いなど多岐にわたる。マギー・デ・ヴリーズ (Maggie de Vries) が書いた妹の伝記が示すように、喪失感や疎外感のため、彼らはカナダ主流社会とうまく融合できないようだ。『行方不明のサラ──消えた妹を忘れないヴァンクーヴァー女性』(*Missing Sarah: A Vancouver Woman Remembers Her Vanished Sister,* 2003) において、彼女は、なぜ生後11か月で養子になったサラが、同じ養子の弟マークのように家族の一員になれなかったのかを理解しようとする。彼らの決定的違いは肌の色と民族的出自である。その日記に書いているように、黒人と先住民とメキシコ系インディアンの血を引く混血種の子サラは白人の両親の下で、「文字通り家族の中の

黒い羊」のように感じる。養父母の離婚とその後の頻繁な移動は、彼女に不安や感情的隔たりを感じさせることになる。14歳で彼女は家出をし、麻薬中毒者、そして売春婦となる。2人の子供を産んだ後、彼女は1998年に姿を消し、殺害されたと推定される。自分の死んだ妹をもっと良く知るための個人的な努力から始まったマギー・デ・ヴリーズの本は、彼女の家族の自叙伝となり、ヴァンクーヴァーの所謂「行方不明の女性たち」を追悼する記録となり、また社会学的調査研究にもなる。

　デ・ヴリーズの力点が次第に犯罪調査へと移っていく一方で、エスニック作家たちは異なる人種間の接点を見つけ、超国家的次元まで国境を越えて移動していく。たとえば、ディオン・ブランド（Dionne Brand）は『帰れない土地への扉に至る地図──所属への覚書』（*A Map to the Door of No Return: Notes to Belonging*, 2001）において、黒人の故郷離脱者に自己を重ね合わせるだけでなく、ヴァンクーヴァーのセイリッシュ語族のようなカナダ先住民や、祖先のアフリカ人、あるいは、中国人移民にまで文化を超えたつながりを築いていく。戦中、戦後の日本人に対する差別が子供時代と青春時代に影を落としたデイヴィッド・スズキは、テネシー州オークリッジでの研究活動中にアフリカ系アメリカ人の側に立ち、全米黒人地位向上協会に加わる。彼が『変態』の中で描く、アメリカの黒人に対する扱いとカナダの先住民に対する扱いの類似は、『自叙伝』において、「共有する遺伝子の遺産（p. 11）」に基づく先住民とアジア系移民との類似へと変化する。カナダの文化史と世界の状況とのこの密接な関係は、政治や環境の緊急事態に対処するために有効に利用できるだろう。

　『悲しみと恐怖──エア・インディアの悲劇の忘れられない遺産』（*The Sorrow and the Terror: The Haunting Legacy of the Air India Tragedy*, 1987）において、クラーク・ブレイズとバラティ・ムーカジは、1985年6月のエア・インディアの悲劇を、ヴァンクーヴァーにあるシーク派テロリスト組織に指揮された陰謀と分析している。カナダからインドへ向かう途中のアイルランド沖合の大西洋に飛行機が墜落し、329人の死者の故国は数か国にわたり、遺族や役人にとって悪夢であった。ほとんどの乗客はカナダ人だったが、政府当局は彼らの国民としてのアイデンティティを認めず、インド系の人々だと述べる。機体はインドが所有しているため、インドが調査と法的手続きを監督し、一方、アイルランドが救出作業と犠牲者の身元確認を取り仕切る。しかし、カナダは公的式典において死者たちをカナダ国民として弔うことをしない。2007年7月になって初めて、ヴァンクーヴァーで記念行事が行われた。ブレイズとムーカジはその分析の中で、1970年代のカナダの移民政策と多文化社会の採用が、テロ行為の原因であると見なす。同化を強調するよりも文化のモザイクを勧めるカナダ的考え方が、「教育不十分で、不完全雇用のシーク教徒の若者たち」の中に一種の宗教的原理主義をはぐくんだ、と彼らは主張する。著者たちにとって、エア・インディアの事故はカナダがもたらした悲劇なのだ。

　調査と裁判は何ら決定的な結果を示してはいないが、この悲劇はカナダ当局によって防げたかもしれないという証拠がある。1985年に情報分析と安全対策を担当していたオンタリ

オ州副知事ジェイムズ・バートルマン（James Bartleman）は、2007年5月3日のCBCニュースの中で、差し迫ったテロ攻撃を警告する文書を受け取っていたと述べた。彼はシーク過激主義に関する会合でこの文書を提示したが、同じ情報を受け取りながらそれを重要だとみなさなかったカナダ連邦警察の上官によってはねつけられたのだ。ブレイズとムーカジの意見では、この反応は、ある国家の安全に関する問題がヴィジブル・マイノリティに影響する問題として扱われ、それゆえ最優先されなかった証拠として挙げることができるという。しかし、ヴィジブル・マイノリティの「同化能力ではなく、それに抵抗する多様性」（p. 199）に報いる（と彼らが思う）カナダの多文化主義法に対する2人の激しい攻撃は、21世紀初め現在のカナダ社会の変化した多文化的現実を反映していない。ヨーロッパ系移民の帰化の成功に加え、マイノリティの受け入れと統合を示す目覚ましい実例があるのだ。とりわけジェイムズ・バートルマン、ルーディ・ウィーブ（Rudy Wieb）、デイヴィッド・スズキは、カナダ人としてのアイデンティが彼らのライフライティングの基礎を形成している代表例といえる。

　バートルマン、ウィーブ、スズキは、政治家、作家、科学者として優れた業績をもつ有利な立場から、自分の子供時代を振り返る。1930年代、1940年代にそれぞれ混血児、ロシアや日本からの移民の子として育った彼らの困難な民族的始まりは、ポスト・エスニック的立場を取ること、そして地球保護への国境を越えた協力を訴えることで克服される。[34] ジェイムズ・バートルマンは『レーズン・ワイン———風変わったムスコカで過ごした少年時代』（*Raisin Wine: A Boyhood in a Different Muskoka*, 2007）の中で、1940年から1953年までのムスコカ地区での人生最初の13年間を語る。それは、オンタリオ州ポート・カーリングの先住民保護区で4人の子供のいる家庭を築いたチペワの女性と白人男性からなる彼の両親のライフ・ストーリーである。自分のことを「少年」と呼ぶバートルマンは、近代的な科学技術という飾りがない自然環境の中での生活を描写する。後で振り返ってみると、彼にとっての子供時代は安全で魅力的に見える。母親が家族の世話をし、一方父親はのんきに自家製の干しブドウワインを作ることに夢中になっていたことを、彼は思い出す。この回想の中でバートルマンは先住民の側に立ち、白人が来る前にこの地に住んでいた民族が生まれながら持っている権利を力説する。先住民の権利とカナダの政治主流との間のイデオロギー上の隔たりは、彼の先住民の祖父が死ぬときに最も顕著である。「当時のカナダのすべての先住民と同様に、彼は存在しない人間（nonperson）として生き、死んでいった。カナダの法律の下で完全な国民として認められることはなかった」[35]。外交部やカナダ政府での卓越した経歴を持つ人の観点から語るバートルマンは、先住民族の解放とあらゆる民族集団の承認に誇りを感じるのである。

　ルーディ・ウィーブは、『この大地から———ボレアル・フォレストでのメノナイト少年時代』（*Of This Earth: A Mennonite Boyhood in the Boreal Forest*, 2006）の中で、サスカチュワン州でメノナイト〔メノ派教徒、メノ・シモンズの名前に因んで名付けられたキリスト教再洗礼派の教徒〕の移

民の子として過ごした最初の15年を語り直す。バートルマン同様、ウィーブは最初から彼の想像力を刺激してきたカナダの風景の広大さを愛おしそうに思い出す。カナダの大地に対する彼の愛情は、彼が1934年10月4日木曜日「カナダの地理座標南西31-52-17西第3」に家族の家が完成する前の丸太小屋の中で誕生するときから始まる。この巨大な空間は、彼の活力と創造の源である。「家の裏手の耕された土の上に裸足で立つと、僕にはわかる、この大地から僕の細胞が作られていることを」(p. 367)。ウィーブの大地との一体感には、メノナイトの先祖の宗教や文化の保護も含まれる。彼の家族の歴史や、暗にほのめかされるメノナイトの歴史は、彼のカナダ人としてのアイデンティティの一因となる。フリースラントやオランダにいる再洗礼派と彼らの迫害にまで歴史をさかのぼりながら、「すべてのロシア系メノナイトウィーブの中のフリジア人の先祖で、1616年に治水技師となるため自由都市ダンツィヒの招きでハーリンゲンから船出した」(p. 229) アダム・ウィーブに、彼は自分のカナダ人としての存在のルーツを見る。あらゆる反対勢力に対し、その信仰と言語（ロシア系メノナイトの低地ドイツ語）によってこの共同体は無傷のまま保たれている。

これら信仰と言語を所有していることが彼らの生活の基本であり、1930年にウィーブ一家がやって来たとき、彼らを支えるのである。宗教と言語は、経済的に困難な時代や第二次世界大戦中、「白人の入植地の端の」ボレアル・フォレストで暮らす彼らの防護壁なのである (p. 11)。ウィーブの物語の多くの情本源は、1945年に早世した姉ヘレンの日記、メノナイトたちの讃美歌本、そして数多くの家族写真などである。1997年に両親の故郷ロシアを訪問したり、カナダで生き残っている親族と会話をしたりして、その他の情報を補っている。回顧録の最後で家族はアルバータ州コールデールに引っ越し、そこで彼は、「カナダ政府がそれを公式政策に掲げる20年以上も前に、カナダ的多文化主義の日常的に現れているところ（p. 384)」を目撃する。ルーディ・ウィーブとジェイムズ・バートルマンの土地への敬意は、カナダがより良い多文化社会になるための一翼を担っている。彼らと同じような関心やコミットメントを示すデイヴィッド・スズキは、環境保護活動に献身した。

スズキの2つの自叙伝は、以前は圧倒的に否定的意味をもっていた人種の差異が、環境保護のために全人類が実りある協力をし合えるようになるまでにどう変化したか、その道のりを記している。5歳の時に両親とともにイギリスから移民してきたタラ・カリスとの2度目の結婚の最中、彼はこのポスト・エスニック的立場をとるようになる。民族的差異は、彼の父や義理の親たちにとって、もはや問題にならないのだ。『変態』の大部分を支配している日本民族の遺産は背景へと退く。この新しい認識のおかげで、彼の教育や研究は、教室や実験室に留まらず、CBCの人気テレビシリーズ「ネイチャー・オブ・シングス」(*The Nature of Things with David Suzui*) へと発展し、視聴者のための世界的な研究ネットワークへと拡大した。

彼の『自叙伝』18章中13章は、これら環境保護プロジェクトの説明に割かれている。それらは、彼が遺伝学の若い教授として先住民と初めて遭遇し、人間や自然に対する基本的な尊敬心を彼らから学んだことに基づいている。カナダへの移民たちも環境問題専門家も、原

住民たちの「より広い文化的精神的要求」と「今のままであり続ける」(p. 133) 権利を無視してきた、と彼は主張する。父親から「日本人の自然崇拝の伝統」(p. 395) を受け継いだ彼は、世界的な環境保護プロジェクトにたずさわり、リオデジャネイロでのアース・サミットや地球温暖化防止京都会議での政治決定に影響を与えてきた。民族や人種に関係なく、地球上の全人類は相互に依存しているというスズキの信念は、多民族社会の幸福のために必要不可欠なものの1つであるようだ。ここに取り上げられた作家たちは皆、それぞれのトランスカルチュラル・ライフライティングの中で、多民族社会の幸福という大きな望みを示している。それは、ポスト・ナショナル的（国の枠組みを超えた）世界で生きていくための模範として役立つだろう。

注

1. 例えば the special issue on "Cross-Cultural Autobiography," a/b: *Auto/Biography Studies* 12.2 (Fall 1997), ed. Joseph and Rebecca Hogan を参照。

2. Anna Porter, *The Storyteller: Memory, Secrets, and Lies*, 2000 (Toronto: Anchor Canada, 2001), p.343.

3. Modris Eksteins, *Walking Since Daybreak: A Story of Eastern Europe, World War II, and the Heart of Our Century* (Boston: Houghton Mifflin, 1999), p.x.

4. Irena F. Karafilly, "Author's Notes," *The Stranger in the Plumed Hat: A Memoir* (Toronto: Viking, 2000), n.p.

5. Susanna Egan and Gabriele Helms, "Generations of the Holocaust in Canadian Auto/biography," in *Auto/ Biography in Canada: Critical Directions*, ed. Julie Rak (Waterloo: Wilfried Laurier University Press, 2005), pp.32-51 を参照。

6. Lisa Appignanesi, *Losing the Dead: A Family Memoir* (London: Vintage, 2000 [1999]), p.7.

7. 第2巻は *A Chosen Path: From Moccasin Flats to Parliament Hill* (Surrey: Heritage House Publishing, 2005).

8. Hanna Spencer, *Hanna's Diary, 1938-1941: Czechoslovakia to Canada* (Montreal: McGill-Queen's University Press, 2001), p.122.

9. Eksteins, *Walking Since Daybreak*, p.xi.

10. Mary Besemeres, "The Family in Exile, Between Languages: Eva Hoffman's *Lost in Translation*, Lisa Appignanesi's *Losing the Dead*, Anca Vlasopolos's *No Return Address*," a/b: *Auto/ Biography Studies* 19.1/2 (Summer 2004), pp.239-48 を参照。

11. Appignanesi, *Losing the Dead*, p.87.

12. Janice Kulyk Keefer, *Honey and Ashes: A Story of Family* (Toronto: HarperFlamingoCanada, 1998), p.320.

13. Appignanesi, *Losing the Dead*, p.13.

14. Eksteins, *Walking Since Daybreak*, p.18.

15. Adrienne Rich の回想録のエピグラフ中の詩 "Diving into the Wreck" からの Karafilly の引用を参照。

16. Keefer, *Honey and Ashes*, pp.7-8.

17. Isabel Huggan, *Belonging: Home Away from Home* (Toronto: Alfred A. Knopf Canada, 2003), p.21.
18. Michael David Kwan, *Things That Must Not Be Forgotten: A Childhood in Wartime China* (Toronto: Macfarlane Water and Ross, 2000), p.4.
19. Jeannine Cuevas, "An Interview with Michael David Kwan" (2000), www.Kiriyamaprize.org.
20. Wayson Choy, *Paper Shadows: A Chinatown Childhood* (Toronto: Viking, 1999), p.83.
21. Don Montgomery, "An Interview with Wayson Choy" (2002), www.asiancanadian.net.
22. David Suzuki, *The Autobiography* (Vancouver: Greystone Books, 2006).
23. David Suzuki, *Metamorphosis: Stages in a Life* (Toronto: Stoddart, 1987), p.25.
24. Jan Wong, *Red China Blues: My Long March from Mao to Now* (New York: Anchor Books, 1997 [1996]), p.16.
25. Yi Sun-Kyung, *Inside the Hermit Kingdom: A Memoir* (Toronto: Key Porter, 1997), p.24.
26. Clark Blaise, Bharati Mukherjee, *Days and Nights in Calcutta* (Saint Paul: Hungry Mind Press, 1995 [1977]), p.169.
27. M. G. Vassanji, *A Place Within: Rediscovering India* (Toronto: Doubleday Canada, 2008), p.3.
28. Arun Mukherjee, *Postcolonialism: My living* (Toronto: TSAR 1998), pp.35-6.
29. Michael Ondaatje, *Running in the Family* (Toronto: McClelland and Stewart, 1982), p.22.
30. Lawrence Hill, *Black Berry, Sweet Juice: On Being Black and White in Canada* (Toronto: HarperFlamingoCanada, 2001), p.29.
31. Maggie de Vries, *Missing Sarah: A Vancouver Woman Remembers Her Vanished Sister* (Toronto: Penguin Canada, 2004 [2003]), p.6.
32. Valerie Raoul, "You May Think This, but: An Interview with Maggie de Vries," *Canadian Literature* 183 (Winter 2004), pp.59-70 を参照。
33. Clark Blaise, Bharati Mukherjee, *The Sorrow and the Terror: The Haunting Legacy of the Air India Tragedy* (Markham: Viking, 1987), p.177.
34. David Hollinger, *Postethnic America: Beyond Multiculturalism* (New York: Basic Books, 1995).
35. James Bartleman, *Raisin Wine: A Boyhood in a Different Muskoka* (Toronto: McClelland and Stewart, 2007), pp.44-5.
36. Rudy Wiebe, *Of This Earth: A Mennonite Boyhood in the Boreal Forest* (Toronto: Alfred A. Knopf Canada, 2006), p23.

28

多文化主義とグローバリゼーション

ニール・テン・コーテナール
(Neil Ten Kortenaar)

20世紀の最後の数十年間に、英系カナダとケベック〔ケベックは仏語では州名でもあり、都市名でもあるが、本章ではケベック州に基盤を置く仏語文化圏をも指している。訳文で指定対象が地理的・行政的に限定されるときのみ「州」をつける〕の文学はイギリス、フランス、アメリカよりもずっと大きな世界との関係によって定義されるようになった。そうした他の言語、人種、文化的伝統がカナダにおいて顕在化している状況を一般的に「多文化主義」と呼ぶ。さらに、英系カナダおよびケベックが他の場所や文化的伝統との関係において自身を位置づけている状況を「グローバリゼーション」と呼ぶ。しかしながら、「グローバリゼーション」には別の定義もあって、先に挙げたものと同様に一般的であるが、反対の意味を持つ。つまり、高まりつつある文化的均一化と英語および国際的資本への従属を意味するのである。どちらの定義も真実を表現するものであるので、覚えておく必要がある。

さまざまな種類の差異

この章では、カナダの文学を多文化的にすることに大きな役割を果たしているアジア、アフリカ、カリブ出身の作家について論じる。背景を示すために、最初にいくつかの重要な特徴を明らかにしておく。他言語や他人種がカナダに存在するのは新しいことではない。カナダは常に、英系カナダ人たちがやりたがらない仕事をさせるために、安い労働力を輸入してきた。自国を人々が移住先に選ぶ場所と自認する国にとって、移民は重要な要素である。英系カナダ文学には以前から、モーデカイ・リッチラー (Mordecai Richler) やルーディ・ウィーブ (Rudy Wiebe) のような、エスニック・マイノリティの作家が存在した。しかしながら彼らの存在は、カナダ文学のキャノンをその後顕著になるほど多文化にするものではなかった。脱植民地化およびナショナル・アイデンティティの確立がフランス語と英語の文学の大きな目的であった1970年代までは、他の言語を話し、外観が異なり、あるいは国家の歴史とは異なった経験を持つ人々の存在は、無視されていたのである。しかしながら、2つのカナダ文学、つまり英系と仏系が確立されるや否や、そのような差異とアイデンティティの多様性

を認めざるを得なくなった。こうした要求は周縁から来たものであったが、2つのカナダ文学がコスモポリタンなものとして認識されるためには必要であった。

　文学的多文化主義は、マイノリティ・コミュニティおよびその集団が過去から引き継いできたものの存在を肯定するものではあるが、カナダ文学が未来に向かっていると見受けられることは確かである。その結果、外国生まれの作家たちはカナダ国内外に読者を見出すことに成功していて、このことがカナダ文学の中心となるものを変えたといえる。1992年にスリランカ生まれのマイケル・オンダーチェ（Michael Ondaatje）は『イギリス人の患者』（*The English Patient*）でカナダ人初のブッカー賞を受賞し、映画化された作品は1997年のアカデミー賞の最優秀作品賞を受賞した。2007年には『ディヴィザデロ』（*Divisadero*）で、マクレナン（Hugh MacLennan）以来の5回目のカナダ総督文学賞を受賞している。ボンベイ生まれのロヒントン・ミストリー（Rohinton Mistry）は2001年に『ファイン・バランス』（*A Fine Balance*）がアメリカのテレビ司会者オプラ・ウィンフリー（Oprah Winfrey）のブッククラブ選書になって以来、最もよく読まれるカナダ人作家になった。ケニア生まれのM. G. ヴァッサンジ（M.G.Vassanji）は1994年に最初のギラー賞を受賞し、2004年に同賞を2度受賞する最初の作家となった(1)。19世紀以来、これほど多くの主要なカナダ人作家が国外の生まれであったことはない。フランス系カナダ文学においても、現在ほど多くの作家がカナダ国外の生まれであったことはこれまでなかった。

　多文化主義は1971年以来、公式に政府によって奨励され、1988年に議会法により承認されて、一般的にも学術的論議においても、そしてこれに強く反対する人々からさえも、カナダを定義するものの一部として受け入れられてきた。この多文化主義は英系カナダ人にとって、アメリカと一線を画するカナダの誇れる特徴として、フランス系の存在を凌ぐものとなってきている。英系カナダは一般的に、彼らが望ましくないと考える両極の真ん中に自身を位置づけている。つまり、アメリカのメルティングポットに代表される文化的他者の同化と、フランス系ケベックにみられるような、文化的純化という名のもとに他者を拒絶する立場との中間である。一方、ケベックのナショナリストたちは、多文化主義がケベックの存在を英系カナダとの関係によって定義される多くのマイノリティの1つにおとしめることを恐れている。しかしながら、フランス語によるマイノリティ作家の作品は、英系カナダにおける多文化文学と同じ理由から、すなわちカナダ文学の強さとコスモポリタニズムを表すものとして、ケベックにおいても受け入れられている。

　カナダのこれら2つの文学と国内のその他の文学はみな、現代の精神的要請に従っている。つまり、チャールズ・テイラーの言葉を借りれば、どんな民族も認識されずにいることを避けるために、文学的に自らを表現することを必要としているのである(2)。この要請は文学的想像力に刺激を与えるものとして銘記され、時に憤慨され、あるいは抵抗されるが、しかし不可避である。部外者は文学作品をその集団を代表するものとして読むが、集団内部では、彼らを表現するものとして相応しいかによってその作品は評価される。例えば中国系カナダ文

学のキャノンがつい最近までなかったことは、単に中国系カナダ人が経済や国政から人種差別的に除外されていたことを反映しているだけでなく、その除外がさらに大きな側面にも及んでいたことを表している。

　リエン・チャオ（Lien Chao）が記しているように、中国系カナダ文学は彼らの記述を集めたアンソロジーをもって始まった[3]。イタリア系カナダ文学、日系カナダ文学、ブラック・カナダ文学、イタリア系ケベック文学[4]のアンソロジーも同様に、自身の伝統を求めて作品を書いた作家たちによって編纂され、自分たちの文学を形成するのに成功している。カナダの多文化主義を代表するものとしてさまざまな背景を持つ作家たちを集めたアンソロジーは、10年ほど後に現れた[5]。それは世界中でも西洋においても、文学的想像性が（完全ではないにせよ）かなりの部分において、かつて周縁とされていたものに移っているという大きな流れの一部であった。この推移は単に、あらゆる集団が文学的文化を持っているからではない。1960年頃以前は全員が持っていたわけではないし、カナダ文学に現れてこないグループは現在も存在する。イタリア系やウクライナ系カナダ文学は『オックスフォード版カナダ文学ガイド』（*Oxford Companion to Canadian Literature*, 1997）の第2版に収められているが、ギリシャ系カナダ文学は含まれていない。スリランカ出身の作家はカナダ文学に傑出して見られるが、韓国出身の作家は見られない。しかしながら、韓国系カナダ文学が含まれる余地は多分にあり、ギリシャ系カナダ文学も最近出たアンソロジーにより、遅ればせながら登場することになった[6]。

　多文化主義は、今や潜在的には多くの文化集団の中の2つとなっている英系、仏系カナダ人による作品を含め、カナダにおける文学をすべて包括するものであることが期待されるかもしれない。しかし、現状は異なる。例えば、ジョージ・エリオット・クラーク（George Elliott Clarke）やイン・チェン（Ying Chen）は多文化文学の作家と言えるが、マーガレット・アトウッド（Margaret Atwood）やクロード・ジャスマン（Claude Jasmin）はそうではない。アトウッドは「我々はここで生まれたにせよ、皆、移民である」と言っているが[7]、開拓者と移民とは区別されるべきである。フランス系やイギリス系、そしてその子孫たちは、自分たちのイメージする国家を造り、自分たちの母語で話すことができた。対照的に、移民は他者のイメージによって造られた国に来たことに、常に気づかされてきた。この定義に従えば、移民は、探検者でも、建国の祖でも、立法者でもなかった。もちろん、彼らは開拓者であり、労働者であり、建設者であったが、彼らの経験は公式な記録にはほとんど記されておらず、ナショナル・イマジネーションに残した痕跡はさらに希薄で、事実に基づいて再構築されねばならなかった。

　カナダには民族文学と言われるものは、そう多くはない。言語によって分類される2つの文学があり、その他の作家たちは多文化文学とされていても、この2つの文学のどちらかに属する必要がある。ステファン・ステファンソン（Stephan Stephansson）はアイスランド語で書き、サドゥー・ビニング（Sadhu Binning）はパンジャブ語で書き、イェヒューダ・エルバー

グ（Yehuda Elberg）やシャヴァ・ローゼンファーブ（Chava Rosenfarb）はイディッシュで書き、ジョージ・ヴィテイズ（György Vitéz）はハンガリー語で書くため、彼らの作品は英系カナダやケベックの文学ではない。英系、仏系、いずれの文学の定義においても、言語は国籍と同じく重要であり、どこに住んでいるかよりも重要である。1990年にリンダ・ハッチオン（Linda Hutcheon）とマリオン・リッチモンド（Marion Richmond）によって創り出された「その他の孤独」（"Other Solitudes"）という言葉は、英語あるいは仏語で書かれ、今や中心の座を達成しているエスニック・カナダ文学にはもはや当てはまらないが、他の言語で書かれた文学に対しては十分に適応可能である。英語に影響された北米スタイルのチェコ語で書くジョーゼフ・スクヴォレツキ（Josef Škvorecký）は例外で、彼の小説の翻訳はカナダ文学としてほぼ認められている。

　アンソロジーや文学のクラスでは、現代の多文化主義の中に先住民の文学も含まれている。それは他のエスニック文学と同じ時期に顕著になり、同じ表現の要請に従っている。しかしながら、先住民と移民の間には重要な政治的区別がある。さらに、移民とアフリカ系カナダ人との区別もなされるべきである。なぜなら、彼らはフランスとイギリスの植民地時代にも、開拓民の国家となってからも、否認されてきた人々であるからである。アメリカ大陸にヨーロッパから渡ってきた開拓者たちは、先住民と同様にアフリカ人も敵対する者と定義してきた。例えばマーリーン・ヌーブセ・フィリップ（Marlene NourbeSe Philip）は、多文化主義とはすべてのエスニック・グループをひとまとめにすることで、人種差別によって最も深刻な被害を受けた人たちに対する注意をそらすものだと主張している。

　アフリカ系の人々は、アメリカ独立革命期と南北戦争前の10年間に、ある程度の人口を維持するに足る人数がアメリカからやってきていたが、アフリカ系カナダ人がカナダ文学に意識されるようになったのは、1960年代にカリブ地域からの移民が大量に押し寄せてからである。ノヴァ・スコシアのブラック系王党派出身の詩人・批評家ジョージ・エリオット・クラークは、カナダの歴史にアフリカ系が存在していたことを読者は都合よく忘れ、成人してからカナダにやってきた作家たちの声をブラック系カナダの声として受け入れていることに不快感を覚えると、折にふれ述べている。しかしながら、同氏も認めているように、ディオン・ブランド（Dionne Brand）やオースティン・クラーク（Austin Clarke）の現在の目覚ましい活躍が、アフリカ系カナダ文学の伝統を回復しようとする彼の努力を可能にしているのである。カリブ系の作家たち自身、早い時期からブラック系カナダの語られなかった物語を回復するよう努めてきた。ブランドはオンタリオの労働者階級の黒人女性の物語を集め、アフア・クーパー（Afua Cooper）はニュー・フランスにおける黒人女性奴隷の伝記を記した。[8][9]英系カナダとケベック双方の黒人文学においてカリブ系作家が重要である点は、アメリカ文学と反対の状況である。アメリカ文学においては、ポール・マーシャル（Paule Marshall）やジャメイカ・キンケード（Jamaica Kincaid）のような西インド諸島出身作家の作品はアフリカ系アメリカ文学とは区別されていて、アメリカのすべてのエスニック文学の中でもおそら

く、作家自身やその両親が生まれた場所へのこだわりが最も顕著である。

移民文学の2つの波

文化的マイノリティの経験が2つのカナダ文学において記される時期は遅れたが、それにもかかわらず、その後中心的になっているのはなぜか。その理由を理解するには、さらに2種類の移民、つまり英語・フランス語以外を母語とする人々と、非白人系の人々を区別する必要がある。それぞれ文学史上、多文化主義が勝利を収めた時代の前と後に移民した人々である。19世紀の終わりと20世紀の最初の60年間における移民は、大部分が南ヨーロッパや東ヨーロッパの出身であったが、北ヨーロッパや中国、日本出身の移民もいた。彼らは多くの部分で、特に言語によって、社会から除外されていた。一般的に彼らは労働者階級で、自分たちの言語においてさえも文学に対する強い思い入れをもっていなかった。これらのグループの経験が文学に現れたのは、彼らの子供や孫たちが作品に書くようになってからである。ここでエスニック文学第一波と呼んでいるのは、カナダで生まれた、あるいは少なくともカナダで育った人々によって書かれたものである。これらの作家が自由に書ける言語は英語であって、母語ではなかった。アイスランド系の両親の元にウィニペグで生まれたローラ・グッドマン・サルヴァーソン（Laura Goodman Salverson）の『バイキングの心』（*The Viking Heart*, 1923）は、カナダで最初に英語で書かれたエスニック文学である。この第一波のなかで最も際立ったグループは、ユダヤ系（A. M. クライン A. M. Klein、アーヴィング・レイトン Irving Layton、リッチラー、アデル・ワイズマン Adele Wiseman、レナード・コーエン Leonard Cohen、ノーマン・レヴァイン Norman Levine、マット・コーエン Matt Cohen、アン・マイケルズ Anne Michaels）、メノナイト〔メノ派教徒、メノ・シモンズに因んで名づけられたキリスト教再洗礼派の信者〕（ウィーブ、パトリック・フリーセン Patrick Friesen、サンドラ・バードセル Sandra Birdsell、ミリアム・トウス Miriam Toews、ディー・ブラント Di Brandt）、イタリア系（ピエロ・ジョージオ・ディ・チッコ Piero Giorgio di Cicco、フランク・パチ Frank Paci、メアリー・ディ・ミシェル Mary di Michele、ニノ・リッチ Nino Ricci）、ウクライナ系（ヴェラ・ライセンコ Vera Lysenko、アンドルー・スクナスキ Andrew Suknaski、ジョージ・リガ George Ryga、ジャニス・クーリク・キーファー Janice Kulyk Keefer）である。筆者の定義では、日系（ロイ・キヨオカ Roy Kiyooka、ジョイ・コガワ Joy Kogawa、ロイ・ミキ Roy Miki、ジェリー・シカタニ Gerry shikatani、ヒロミ・ゴトー Hiromi Goto、ルイ・ウメザワ Rui Umezawa、ケリー・サカモト Kerri Sakamoto）や中国系（フレッド・ワー Fred Wah、ジム・ウォン＝チュー Jim Wong-Chu、スカイ・リー SKY Lee、ウェイソン・チョイ Wayson Choy、ジュディ・フォン・ベイツ Judy Fong Bates）もまた、カナダで育ったため、第一波に含まれる。ケベックにおいては、アントニオ・ダルフォンソ（Antonio D'Alfonso）、フルヴィオ・カッチャ（Fulvio

Caccia）やマルコ・ミコーネ（Marco Micone）のようなイタリア系が同様である。しかしながら、ケベックにおける第一波エスニック文学は現れた時期が遅く、ケベック文学にはそれほど影響を与えなかった。

　1950年代にはヨーロッパ自体が、自然減少している人口を補うために労働力を受け入れ始めた。イギリスやフランスに遅れること10年ほどして、カナダもまた、人種差別的な移民政策をやめ、かつて民族的に差別されていた地域からの移民に門戸を開き始めた。移民の主要な出身地は、現在「南世界」とされる、アジアやカリブ地域に移っており、新カナダ人たちの大多数は低賃金の仕事を引き受け、子供のために自らを犠牲にする人々であった。一世代待てば、韓国系、ベトナム系、ソマリア系カナダ人による文学も現れるであろう。

　新移民法は、能力や経済力のある人々を歓迎することを明確にしている。しかしながら、多くのアジア系やアフリカ系の専門職者はその資格を認められず、あるいは能力に見合った仕事を見つけられずにいる。英語やフランス語を話すことができ、勉学目的でカナダにやってきてカナダの資格を得るような、中流、あるいは潜在的中流階級の人々は、恵まれていた。後者のグループは、人種によって区別されるものの、言語や教育によっては区別されないため、英系カナダやケベックの文学を多文化にするのに大いに貢献している作家たちである。この例としては、以下のような作家が当てはまる。インド出身のミストリー、バラティ・ムーカジ（Bharati Mukherjee）、アニタ・ラウ・バダミ（Anita Rau Badami）、スニティ・ナムジョシ（Suniti Namjoshi）、シャウナ・シング・ボールドウィン（Shauna Singh Baldwin）、ラウル・ヴァーマ（Rahul Varma）。スリランカ系のリエンツィ・クルスツ（Rienzi Crusz）、オンダーチェ、シャイアム・セルヴァデュライ（Shyam Selvadurai）。東アフリカ出身のヴァッサンジ、ジョージ・セレンバ（George Seremba）。トリニダード出身のクレア・ハリス（Claire Harris）、ラビンドラナス・マハラジ（Rabindranath Maharaj）、ブランド、シャニ・ムートゥー（Shani Mootoo）、ニール・ビスーンダス（Neil Bissondath）、ラマバイ・エスピネット（Ramabai Espinet）。トバゴ出身のフィリップ。ジャマイカ出身のリリアン・アレン（Lillian Allen）、オリヴ・シーニア（Olive Senior）、クーパー。バルバドス出身のオースティン・クラーク、セシル・フォスター（Cecil Foster）。ギアナ出身のシリル・ダビディーン（Cyril Dabydeen）。イギリスのアフリカ系カリブのディアスポラ、ジャネット・シアーズ（Djanet Sears）。カリブ地域の国々で育ったナロ・ホプキンソン（Nalo Hopkinson）。これらの作家の中で最初にカナダに来たのは1955年のクラークで、最も新しいのは1991年に来たバダミである。彼らの大多数は1960年代から70年代にかけて来ている。

　ケベックでは、この第二波に当たる、成人してから移民し、すでにフランス語を習得していた作家たちは、以下のとおりである。ハイチ出身のエミール・オリヴィエ（Émile Olivier）、ジェラール・エティエンヌ（Gérard Étienne）、マリー＝セリー・アニャン（Marie-Célie Agnant）、ダニー・ラフェリエール（Danny Laferrière）。エジプト出身のアンヌ＝マリー・アロンゾ（Anne-Marie Alonzo）、モナ・ラティフ＝ガタス（Mona Latif-Ghattas）。レバノン出身のナディーヌ・ルタ

イフ（Nadine Ltaif）、ワジ・ムアワッド（Wajdi Mouawad）。イラク出身のナイム・カタン（Naïm Kattan）。モロッコ出身のセファルディック（Sephardic〔スペイン・ポルトガルなどに住む〕）ユダヤ系、マリー・アベカッシス・オバディア（Mary Abécassis Obadia）、ダヴィッド・ベンダヤン（David Bendayan）。しかしながら、ケベック文学に関しては、筆者の第一波と第二波の区別はあいまいである。ミコーネは13歳で来たが移民の子供として、アロンゾは12歳で来たが移民として分類している。ユダヤ系の英系作家はみなカナダ生まれであるが、フランス語のユダヤ系作家は、イディッシュで書く作家たちのように、成人してからカナダにやってきた。しかしながら、ハイチ系作家はこれとは区別される。彼らは1960年代に、デュヴァリエの独裁から逃れるため、心ならずも国外亡命した。彼らはまれに見る緊密な集団を形成していて——文学運動「ハイチ文学」（Haïti Littéraire）のメンバーたちが総勢でやってきた——、彼らの作品においては、他のどのグループよりも、帰還というテーマが傑出している。そして、以下に見られるように、ケベックにおいては、筆者の2つの波に当てはまらない移民作家たちがいる。つまり、成人してから第二言語として学んだ言葉で書く作家たちである。

　筆者が第二波と呼んでいる作家たちは、かつてのイギリス、フランス植民地の出身であり、カリブ出身であっても、南、あるいは西アジア、アフリカなどに先祖を持っている。対照的に、第一波の作家たちは、ヨーロッパや日本、中国など、イギリスやフランスの植民地にならなかった地域の出身である。したがって、少なくとも文学においては、多文化主義はポストコロニアリズムとの関連で理解されるべきである。すなわち、ヨーロッパの帝国主義が世界を形成してきたことを強調する、創造的かつ批判的運動である。アフリカやアジアの植民地化は、英語やフランス語を話し、書くこともできる地元のエリートを作り出してきた。カリブ地域には、ヨーロッパに起源をもたない言語はない。1947年にインドで、1948年にスリランカで、1960年代にはカリブ地域とアフリカで（ハイチは1804年以来独立していたが）起こった脱植民地化以来、言語や植民の歴史によって作られたルートに沿って、多くの人々が経済的、政治的に不安定な状態から逃れてきた。オンダーチェ、ヴァッサンジ、ラフェリエールのトロントやモントリオールへの旅路は、V. S. ナイポール（V. S. Naipaul）やサルマン・ラシュディ（Salman Rashdie）、ジャメイカ・キンケード、タハル・ベン・ジェロウン（Tahar Ben Jelloun）らの、文化的大都市であるロンドン、ニューヨーク、パリへの旅路と同様である。

　スリランカ、ギアナ、ノヴァ・スコシア出身の作家たちが同じ文学を読み、同じような文学的志向を抱いているのは、植民地主義の共通した経験をもっているからである。しかしながら、ポストコロニアリズム批評がヨーロッパの帝国主義を強調するあまり、英帝国の終焉以降、世界中で英語が急速に広まっている事実が見えなくなっているかもしれない。他の言語は、英帝国の最盛期よりも現在のほうが英語からの脅威にさらされている。アメリカの文化的帝国主義の結果でもあるが、また同時に、技術や電子通信、ビジネスの分野において英語が重要になっているためでもある。文学における多文化主義は、世界中で英語が浸透している事実と分けて考えることはできない。

カナダを選んだ移民作家は、それが北米だからというのが選択の主な理由であった。ラフェリエールの処女作で最も有名な小説、『ニグロと疲れずにセックスする方法』（*Comment faire l'amour avec un nègre sans se fatigue*, 1985）というスキャンダラスな題名の作品は、あるモントリオールに住むハイチ人が英語を話す白人女性を漁り歩くという物語だが、彼はその理由を「僕が欲しいのはアメリカなんだ」と説明する。ブランドはトロントに来たとき、「飛行機はカナダに着陸したけれど、私はアメリカにやってきた」と言っている。もちろん、カナダは大都市の中心ではなく、かつての植民地で、議論の余地はあるにせよ、自身がポストコロニアルの状況にある。(10) ケベック文学は長年にわたり、植民地化されてきたという意識を持っていたが、それはフランスではなく、イギリスおよび英系カナダによるものであった。ピエール・ヴァリエール（Pierre Vallières）は『アメリカの白い黒人たち』（*Nègres blancs d'Amérique*, 1968）を書き、ミシェル・ラロンド（Michèle Lalonde）は「白人らしく喋れ」（"Speak White"）という詩を書いた。（それに対してミコーネは移民の返答として「何を話す？」（"Speak What?"）を書いている。）(11) コートジボワール人のアーマドゥー・クルマ（Ahmadou Kourouma）は、パリで断られた後、モントリオールで『独立の太陽』（*Les Soleils des indépendences*, 1968）という小説を出版することができた。ケベックにおいては、彼の非標準的フランス語の文学的価値が評価されたからである。

　カナダが第一世界と周縁の両方の立場にある状況下で、最終的にカナダにやってきた多くの移民は中間地を経由してきている。筆者が上に挙げた作家と出身国のリストには、イギリス経由で来た者（リエンツィ・クルスツ、オンダーチェ）、アメリカ経由で来た者（バラティ・ムーカジ、リリアン・アレン、ヴァッサンジ、シャウナ・シング・ボールドウィン）、その他（クレア・ハリスはナイジェリア経由）、といった経由地が明示されていない。ケベックの移民作家のほとんどはフランスを経由してやってきた。若い世代は親たちの移民パターンを受け継いでいる。ムートゥーはトリニダードで育ったが、アイルランド生まれである。モントリオール生まれのボールドウィンはインドで育った。カナダはまた、その他の地域へ向かう移民の中継地点でもあった。例えばバラティ・ムーカジはモントリオールとトロントで差別を受けた経験に憤激し、カナダの多文化主義を非難してアメリカへ渡った。モントリオールのアイルランド系移民についての物語『ジンジャー・コッフィーのめぐり合わせ』（*The Luck of Ginger Coffey*, 1960）の著者、ブライアン・ムア（Brian Moore）はカリフォルニアで執筆活動を続け、ナムジョシは現在デヴォンに、ダルフォンソはトロントに、カッチアはパリに、ボールドウィンはミルウォーキーに在住し、ラフェリエールは過去15年間のほとんどをマイアミで過ごしている。

　筆者の分類するこれら第二波の作家のほとんどは、カナダで教育を受けている。例外的に、ヴァッサンジ、ボールドウィン、ムーカジはアメリカで教育を受けているが、彼らはみな、処女作をカナダで出版し、そのうち数名は出版社を設立している。ヴァッサンジと妻のヌルジェハン・アジズ（Nurjehan Aziz）は「TSAR」を創業、マケダ・シルヴェラ（Makeda

Silvera)は「シスター・ヴィジョン」(SisterVision)の共同設立者である。アントワーヌ・ナーマン(Antoine Naaman)は、多文化文学を育成するための計画として「ナーマン」(Naaman)を設立した。他の地域で生まれたこれらの作家はみな、カナダのメディアによってもてはやされ、政府の助成金を得て、カナダの文学賞の受賞資格を得ている。英系カナダとケベックの読者は、彼らを認識する喜びと自分たちの文学を読むことへの責任感から、彼らの作品を読んでいる。これら第二波の作家は、ほかの地域で文学のキャリアを積んできたカナダ在住作家——例えば、ジャマイカ出身の詩人ルイーズ・ブネット(Louise Bennett)やローナ・グディソン(Lorna Goodison)、ギアナ出身の小説家ジャン・カルー(Jan Carew)、トリニダード出身のサム・セルヴォン(Sam Selvon)など——よりも成功している。後者の作品は、カナダ文学の授業で読まれることもなければ、アンソロジーにも含まれていない。

第二波の文学とトランスナショナリズム

第二波の作家たちは、カナダで教育を受け、出版もしている経験から、読者を想定し、彼らの声を読者に届けることができた。セルヴァデュライやセルジオ・コキス(Sergio Kokis)のように、作品の舞台すべてをカナダ以外の場所に設定している作家たちもまた、カナダの読者に向かって書いている。自分が住んでいる国とは外交関係しかないと言っているブランド[12]や、「移民という立場」(State of Migrancy)に忠誠を誓うムートゥーの場合も同様である[13]。第二波の移民作家の作品がカナダ文学として受け入れられているのは、彼らがカナダと関係があるからだが、カナダに読者を見つけることに成功しているのは、彼らがその他の国の文学にも属しているからである。トリニダード出身のエスピネットや東アフリカ出身のヴァッサンジは、先祖の国であるインドで出版されていて、ヴァッサンジは影響力のあるハイネマン・アフリカ作家シリーズにも収められている。トリニダードを拒絶しカナダを選んだと公言しているビスーンダスさえも、あらゆるカリブ小説のアンソロジーに収められている。カナダ人はこうしたトランスナショナリズムを評価している。彼らはオンダーチェ、セルヴァデュライ、ミストリー、ヴァッサンジの作品を、他の世界の情報として読んでいる。というのは、彼らはアジアや南ア以北のアフリカに住む作家や小説を翻訳で読むことはないからである。ミストリーの3つの小説はどれもボンベイやそれに似た町を舞台にしたもので、1971年以来のインドの歴史を、一般人の生活を想定して概観したものであるが、カナダ人は自分たちの1人としてミストリーを受け入れていて、カナダ人映画監督ストゥーラ・ガナーソン(Sturla Gunnarsson)は1998年に〔ロヒントン・ミストリーの〕『かくも長き旅』(Such A Long Journey)を映画化している。ヴァッサンジの『秘密の本』(The Book of Secrets, 1994)と『ヴィクラム・ラールの中間世界』(The In-Between World of Vikram Lall, 2003)は、いずれもアフリカを舞台にしたものであるが、トロントを舞台にした『新天地なし』(No New World, 1991)やアメリ

カを舞台にした『アムリーカ』（*Amriika*, 1999）などの移民をテーマにした作品よりもはるかに好評である。

　この逆のことが、イギリス、アメリカ、オーストラリア、南アフリカから、成人としてカナダにやってきた白人作家に当てはまる。キャロル・シールズ（Carol Shields）、ダフネ・マーラット（Daphne Marlatt）、ジャネット・ターナー・ホスピタル（Janette Turner Hospital）は、多文化作家とも移民作家とも見なされていない。これらの作家の場合、市民権や言語だけではカナダ人作家と見なされるのに十分でない。そのためにはカナダについて書かなければならないのである。ルイス・デソートー（Lewis DeSoto）の小説『草の葉』（*A Blade of Grass*, 2003）は、南アフリカが舞台であるため、カナダ文学とは見なされていない。アメリカ出身のトマス・キングは、作品の舞台がカナダでなかったなら、カナダの先住民文学に今の地位を占めることはなかったであろう。フランスやベルギー、スイスなどから成人してケベックにやってきた作家たちは、英系カナダのイギリス出身やアメリカ出身の作家と異なり、部外者の視点を持つケベックの移民作家として扱われている。(14) フローラ・バルザーノ（Flora Balzano）の『失墜からの回復』（*Soigne ta chute*, 1991）の語り手は、作者と同様にヨーロッパ系としてアルジェリアに生まれ、フランスで育っていて、自分自身のような人々を「発音的マイノリティ」（"la minorité audible"）と呼んでいる。(15) にもかかわらず、ケベック作家としての資格はあり、ケベックについて書く限り、これらの作家たちはケベックに同化することができる。一方で、コキスやチェンのように、ブラジルや中国について書く作家たちの作品では、カナダについての記述があまり見られなかったり、どこにも存在しないような場所を舞台としているが、それでもケベック文学とみなされている。

　第二波の第一人者であるオースティン・クラークのキャリアは、多文化主義ブームのかなり前にさかのぼるので示唆に富む。クラークはトロントで教育を受けるためにバルバドス〔小アンティル諸島の立憲君主国。旧英領〕からやってきた。彼のキャリアは1964年に『渡航の生存者たち』（*Survivors of the Crossing*）を発表したことに始まり、それ以降18篇以上もの作品を発表しているが、カナダ文学のなかで確固たる地位を得たのは2002年、68歳の年に出版された『磨かれた鋤』（*The Polished Hoe*）でギラー賞を受賞してからである。この矛盾した状況には彼の側にも責任がある。カナダの市民権を得ることを決意するのに、26年もの年月がかかったためである。また、カナダにおいてクラークが認識されるのに時間がかかったのは、カリブ文学において地位を確立するのに時間がかかったためでもある。西インド諸島出身のセルヴォンやジョージ・ラミング（George Lamming）が、その10年以上前にイギリスへの移民体験を書いて受けたような評価を、クラークは受けることはなかった。トロントは、ロンドンが西インド諸島の読者たちの想像性の中にもたらすような空間をもっていなかったのである。クラークが作品の中で用いるクレオール語の表現は、文体としては画期的であったにせよ、セルヴォンに追随しただけのものであったし、バルバドスで育った経験はラミングに先を越されていた。クラークの独自性は別のところにあった。セルヴォンが大都市をう

ろついている若者について書いたのに対し、クラークは他人の家にほぼ閉じ込められた状態でいる女性の経験を精査した。彼のトロント三部作の最初の作品『合意点』(*The Meeting Point*, 1967)は、1955年に始まった西インド諸島家事労働者政策に関するものであった。クラークがミストリーやヴァッサンジと同等の地位を得たのは、この小説の35年後、1950年代に雇主と一緒に狭苦しい住居に住んでいた女性の視点で再び作品を書いたときであったが、この作品の舞台はすべて、(作品中では架空のビミシャールとされている)自分の生まれ故郷であった。ここで筆者が強調したいのは、カナダの読者がカナダについて書かれたサブナショナルなものよりも、どこかほかの場所を舞台としたトランスナショナルなものを好んでいるということであるが、この点はカナダの読者の文学的受容だけでなく、文学的想像性とも関係がある。いずれにせよ、『磨かれた鋤』はクラークの最も成功した作品である。

　第二波の作家が読者に好まれる大きな理由は、国家を超えた大きなグループ、カナダ国外のグループを対象に語りかけるからだが、第一波の作家はカナダという国よりも小さなグループを代表し、外国から提供すべきものを何も持たずにカナダ文学の中に入ってくる。彼らはアルベルト・マンゲル (Alberto Manguel) の小説(『外国から来たニュース』*News From a Foreign Country Came*, 1991)の題名を借りれば、「外国からの知らせ」をもたらすのではなく、単にカナダの周縁から書いているのである。ミコーネが第一波に属するのは、彼がイタリア文学を書いていないからである。これと同じ制約に、英語やフランス語で書いているアラブ系、ラテンアメリカ系、ベトナム系作家も将来的に直面するであろう。

　第二波の作家が移民作家ないしはエスニック作家と呼ばれるのを好まないのは理解できる。移民の第一波が周縁化を強制されていた結果、不名誉な意味合いを持つ表現だからである。エスニックは、非エスニックであることを前提とする他のグループとの関係によって定義される。ミストリーのある小説の登場人物が作品中で言っているように、「言うならば、モザイクもメルティングポットも同じくナンセンス。エスニックは、外国人の奴め (bloody foreigner) という言葉を丁寧に言っているだけなのだ」。[16] 第二波の作家は、カナダに到着した経験よりもカナダへの旅の経験によって自分自身を定義する傾向がある。さらに、文化喪失のドラマよりも文化の交流について、文化の集合や統合よりも混合や混成について書く傾向がある。移動について強調すれば移民となり、文化的仲介者としての役割を強調すればトランスカルチュラルとなる。(ダルフォンソ、カッチア、そして成人してから1980年にイタリアからやってきたランベルト・タシナリ Lamberto Tassinari は、3ヶ国語で出版されている教養雑誌「ヴィス・ヴェルサ」Vice Versa において、フェルナンド・オーティーズ Fernando Ortiz が使った「トランスカルチュラリズム」という言葉をカナダに紹介した。) しばしばケベック文学において使われる「移民文学」(écriture migrante) という表現は、移民によって書かれた文学だけでなく、それ自体が「移動している」文学を意味する。エスニック、マイグラント、トランスナショナルという言葉によってもたらされる意義の含蓄を避けるために、筆者は今後も第一波、第二波を用いていく。もちろん、これら2つの波は重なり合う部分も

あり、近い将来、違いがなくなってしまうであろうが。

　最近の20年間において、カナダで生まれた第一波の作家たちは、ミストリーやオンダーチェの成功にあやかるためには、ほかの場所を想像しなければならないことを学んできた。サカモトやキーファーは、両親が後にしてきた国に戻るカナダ人について書いた。リッチの最初の小説『聖人伝』（*Lives of the Saints*）は、両親の出身地であるイタリアの田舎を舞台とし、1990年の総督文学賞を受賞して、ベストセラーになった。作者はエスニックとして周縁化されていないコミュニティに生きる人々の生活を読者に伝えたかったのである[17]。しかしながら、それに続く2つの作品はオンタリオ南部で成人していく教養小説で、必然的にあまり成功しなかった。

ケベックの差異

　ここで、ケベックにおける多文化文学と英系カナダにおける多文化文学との重要な違いを述べておく。ケベックの移民作家は、フランス語圏だけでなく、世界中から来ている。アリス・パリゾー（Alice Parizeau）はポーランド人、レジーヌ・ロバン（Régine Robin）とモニック・ボスコ（Monique Bosco）はアシュケナージ系ユダヤ人で、家族は東ヨーロッパから逃れてきた。コキスはブラジル人で、両親はラトヴィア出身である。これらの作家はみな、最初にフランスを経由している。フランス経由でない2人は、上海出身のイン・チェンと日本出身のアキ・シマザキ（Aki Shimazaki）である。チェンの最初の小説『水の記憶』（*La Mémoire de l'eau*, 1992）は、中国語以外の言語で中国について書くという、当時の中国人作家の新しい、異色の動向に合致するものであって、アメリカのハ・ジン（Ha Jin）、フランスのダイ・シジエ（Dai Shijie）やシャン・サ（Shan Sa）もこれに当てはまる。上海とモントリオールの間で交わされる手紙を基にした書簡小説『中国からの手紙』（*Les Lettres chinoises*, 1993）の後、チェンの作品の舞台は中国やケベックから離れる。『忘恩』（*L'Ingratitude*, 1995）は、名目上は中国を舞台にしているが、すでに死んでいる娘が母親との関係を痛烈に語る物語で、作品の関心は心理描写にあり、調子は皮肉調である。

　フランス語で書かれているゆえ、コキス、チェン、シマザキの作品は、ブラジル文学でも中国文学でも日本文学でもない。彼らの立場は、ミストリーやオリヴィエのように、インド文学として、あるいは、ハイチ文学として、または、ディアスポラやポストコロニアル文学として書くと同時に、カナダやケベック文学として書く立場とは異なる。彼らはまた、コガワやミコーネのように、語りかけるコミュニティを持っているわけではない。彼らはむしろ、ベケットやイヨネスコからシオランやクンデラにいたる偉大な20世紀のフランス文学における外国人作家の仲間に入れたいところである。ナンシー・ヒューストン（Nancy Huston）は、アルバータからパリに移った後、ブルガリア出身のフランスの文芸批評家ツヴェタン・トド

ロフ（Tzvetan Todorov）と結婚したが、彼女はこの代表的な例であろう。ヒューストン自身の作品『プレインソング』（*Plainsong*）を自分で翻訳した作品（*Cantique des Plaines*）が1993年に総督文学賞フランス語小説部門で最優秀賞を受賞した際、ケベックの出版関係者は彼女の受賞資格について強く抗議した。しかしながら、この論争は長くは続かず、現在では、ヒューストンの作品は、英系カナダよりもケベックでよく読まれている。

　第二（あるいは第三）の言語で書く作家は、最近の英系カナダ文学ではあまり見られなくなった。アルゼンチン出身のマンゲルや、2006年に『ド・ニロのゲーム』（*De Niro's Game*）を発表したレバノン出身のラウィ・ハーグ（Rawi Hage）などがその例であるが、これに関連した現象が難民作家に起こっている。『ハイエナの腹から出てきた手記』（*Notes from the Hyena's Belly*, 2000）は、ネガ・メズレキア（Nega Mezlekia）がエチオピアで育ち、赤色テロ〔1977-78年エチオピアで起こった革命派によるテロ〕から逃れた際の回想録である。また、ネロファー・パズィラ（Nelofer Pazira）の『赤い花のベッド』（*A Bed of Red Flowers*, 2005）は、アフガニスタンの共産主義者たちから逃れたものの、ムジャヒディン（mujahidin〔イスラム社会主義を掲げる反体制組織〕）もまた、それに代わる圧制者であったという体験について書いている。これらは西洋の読者に対して、人格の尊厳と人権の尊重という普遍的概念を世界言語である英語で訴えかけているのである。

　近年の多文化文学を理解するためには、トランスナショナル的関連なしにカナダ文学のキャノンに取り込まれた第一波の作家と比較する必要がある。クライン、レイトン、リッチラー、レナード・コーエンはみな、モントリオール出身である。モントリオールはバイリンガルで、ケベック州の地方とは異なっているため、常に新参者を惹きつけてきた。それゆえ、1960年代までオンタリオの田舎や小さな町と価値観を共有してきたトロントよりも、ずっとコスモポリタンに感じられたのである。しかしながら、モントリオールのユダヤ系は、ケベックとはあいまいな関係にある。彼らが新世界に対して抱いてきた期待や価値観は、フランス系よりも英系のものと共通していた。静かな革命以前は、東ヨーロッパ出身のユダヤ系は、明らかに非近代的なケベックのカトリック教会を警戒していた。リッチラーは、最初アメリカの雑誌に発表されたいくつかのエッセイの中で、ケベックのナショナリズムはカトリックの反ユダヤ主義から発していると主張して、英系カナダでブランドやフィリップが行ってきたカナダの差別主義に対するいかなる糾弾よりも大きな傷ついた怒りの叫びをケベックにおいて引き起こした。[18] ユダヤ系は、その後のケベック州への移民のパターンを作り出した。それは（英語使用者「アングロフォン」でも仏語使用者「フランコフォン」でもない）いわゆる「アロフォン」（allophones）で、移民の子供たちをフランス語の学校に通わせることを義務付けた1977年の州法101条が批准されるまでは、フランス語の代わりに英語を学ぶ傾向があった人たちを指す。移民が英語を学ぶ傾向にあったことから、ケベックに第一波文学が少ないことの説明がつく。（対照的に、ミコーネはフランス語で書いたばかりでなく、ケベックの独立も支持していた。これは、若い頃に父が「上司」の言葉である英語を学ばせようと

したが、彼自身は「労働者」のほうにより共感していたためである。）

　ジャック・パリゾー（Jacques Parizeau）はケベック党の党首で、彼の妻アリスはポーランド系の小説家であったが、彼は 1995 年のケベックの独立に関する州民投票の際の敗北の原因をお金と「エスニック票」に帰したことで知られている。[19] テイラーは、エスニック・マイノリティがフランス語やケベックに同化しないのは、彼らがカナダもしくは英語に魅了されているためと説明しているが、移民がホスト国いずれの文化からも区別されたままでいる可能性を忘れている。[20] しかしながら、ケベックのナショナリズムは民族的背景よりもむしろ言語に関心を払っている。そして、言語に関しては、移民の第 2 世代は常に、通常は英語に同化してきた。他の文化や言語の存在は、英語には脅威にならない。ケベック州の外ではすべての移民の子供が学ぶ言葉であるからだが、フランス系にとってはそれが大いに脅威となるのである。

　1996 年に発表されたエッセイ『測量士と航海士』（*L'Arpenteur et le navigateur*）のなかで、モニック・ラリュ（Monique LaRue）は、領域の境界を定めて所有権を主張する測量士と、境界にかかわらず動き続ける航海士との違いについて記している。前者の典型には、カナダ文学に関心を持たずにその外部にとどまっている新ケベック人作家を不快に思う、友人であり作家仲間のある人物がいた。ラリュ自身は航海士の立場にあって、民族性にとらわれず、よりコスモポリタンで、ケベックよりもモントリオール的な文学を期待している。にもかかわらず、測量士の非難を深刻に捉えているため、彼女のエッセイは「ユダヤ・トリビューン」紙の編集者ジラ・B. スロカ（Ghila B. Sroka）から、外国人嫌いと非難された。この議論は、ハイチ出身のゲーリー・クラング（Gary Klang）やジャスマンによって「デュヴォワール」紙上で続けられた。[21]

　ケベックとその文学にとって唯一の可能な戦略は当然、フランス語で書かれた全ての作品を受け入れることである。ロバンの『ラ・ケベコワット』（*La Québécoite*, 1983）は、ウクライナのユダヤ人コミュニティから、ホロコースト、パリ、ニューヨークを経由してモントリオールへと移動しながら、アイデンティティについて熟考した作品である。この作品はリッチラーの作品と同程度に批判的で、カトリック教会と、従ってケベックの歴史の大部分は、反ユダヤ主義であり、民族に基づいたナショナリズムは必然的に排他的となる、と述べている。ロバンが共感を寄せるのはモントリオールの英系ユダヤ人で、ケベックで使われるフランス語やアメリカの大衆文化の普及に対しても、都会人的な嫌悪感を表明している。しかしながら、ロバンはフランス語でケベックの読者に対して書いているため、ケベック文学の新たな担い手として歓迎されている。彼女は永久に流浪の身と感じつつ書いているが、彼女の中の社会主義者は、排除された経験の多くをケベック人と共有していると認識しているのである。

第一波と第二波の関係

ユダヤ系作家はアメリカ文学の場合と同様に、カナダ文学においても大きな存在であって、他のマイノリティ文化が自己を定義する際の基準を提供している。クラークのトロント三部作に登場する家事労働者はユダヤ系とともに生活し、彼らのために働いている。ユダヤ系は富の象徴でもあり、差別を知っているためマイノリティの盟友でもある。しかし、メノナイト文学が活発である点においては、カナダは世界中でおそらく唯一の国であろう。モントリオールにおけるユダヤ系のように、メノナイトは田舎の大平原文学において中心的な存在である。彼ら自身が文化的基準になることはなかったが、先住民の実際の経験を根付かせるのに大きな役割を果たした。英国帝国主義とは一線を画する部外者として、ウィーブは非先住民文学のなかに定着した移民と先住民の間の連帯関係を創り出した。マーガレット・ローレンス（Margaret Laurence）は、英系によって強制移動させられた共通の経験に基づいて、マニトバのスコットランド系開拓者とメティスの関係を描いた。ラティフ＝ガタス（Latif-Ghattas）の『追放の二重の物語』（*Le Double conte de l'exil*, 1990）では、先住民のマニタカワとアナトリア出身のフェーヴがモントリオールで一緒に住んでいる。カタンの『記念日』（*L'Anniversaire*, 2000）では、主人公のシリア系ユダヤ人がヒューロン、アルゴンキン、イヌイトのような他の先住民たちに共感している。コガワの『オバサン』（*Obasan*, 1981）では、語り手が「オジサンは、まるでチーフ・シッティング・ブルがここに座っているようだ……。頭に羽飾りさえ付ければ、〈カナダ大平原に住むインディアンの酋長〉――日本製のアルバータ土産――の絵葉書にぴったりだ」と述べている。[22]

ユダヤ系とメノナイトの文学が傑出しているのは、他の移民と異なり、長年にわたる文化の伝統と独自の宗教を持った彼らが、自らの選択により苦しい強制を受けて、旧世界ですでにマイノリティであったためかもしれない。最も有名な第二波の小説家の多くは、母国でもマイノリティであった。オンダーチェはバーガー人〔スリランカのオランダ人入植者の子孫〕、ミストリーはパールシー〔8世紀にペルシアからインドに逃れたゾロアスター教徒の子孫〕、ヴァッサンジはイスマイル派〔イスラム教シーア派の一分派〕であったが、これら3つのグループは英帝国時代に文化の仲介者としての地位を獲得していた。これらの作家たちは移民することにより、彼らの民族の特徴を表明し、それに意味を与えることができたのである。

オンダーチェは18歳の1962年、ビショップ大学で勉強するためにカナダへ来て以来、他のいかなる移民作家よりもカナダ文学のキャノンを意識し、その中に地位を確立しようと決意していた。しかし、最初はコスモポリタン作家としてキャリアを始め、スリランカの出身であることもカナダにいることも無視して、アメリカをテーマにした作品を書いたのである。彼が初めてスリランカについて書いたのは『家族を駆け抜けて』（*Running in the Family*, 1982）であったが、これは母国を再訪した際の回想録である。この作品で批評家から特に注目され

たのは、大多数のスリランカ人の体験からの距離感と、小説と回想録の間の微妙なバランスであるが、いずれも同じ原因、つまりバーガー人について書くという問題から来ている。バーガー人は、イギリス人の前に植民していたオランダ人の血を引き、シンハラ人やタミール人との宗教、人種、言語、階級に関する違いを保っていた人々である。「どちらの出身ですか」という質問に対するオンダーチェの答えは、いつも長くて条件付の説明を必要とした。多数派の文化とある程度の距離を置くことは文学的想像性を豊かにするが、彼らとの共通点からあまりにも離れてしまうと、物語を語るのが困難になる。

　オンダーチェはこの問題を彼の解決策とした。自分は「真の意味で移民の伝統を持つ最初の世代」に属していると言っている[23]。これはラシュディ、カズオ・イシグロ、ミストリーのような、マイノリティとしての経験について作品を書かず、移民としての立場をベースにコスモポリタニズムを主張している作家たちである。オンダーチェはトランスナショナリズムの立場にある作家だが、彼が唯一カナダを舞台にした作品『ライオンの皮をまとって』(*In the Skin of a Lion*, 1987) では、第一波移民の先駆者、つまり20世紀の最初の40年間にトロントの大規模公共事業計画に参加した南ヨーロッパ出身者を描いている。この作品でオンダーチェが行った文献調査は、ブランドやクーパーなどによるブラック系カナダ人のカナダ到着前の歴史に匹敵する。しかし、『ライオンの皮をまとって』の登場人物は、大多数の第一波移民とは異なっている。この作品はオンダーチェ自身の移民の経験を反映して、移住者が海を渡ることを実存的な冒険として提示する。移住者はひたすら信じ、思い切って真空地帯を飛び越え、見知らぬ人と衝突する危険を冒さなければならない。ここで中心となるのは、オンタリオ州の田舎から都会へやってきた英語話者が「この町では自分は移民」と感じるのと同じ観点である[24]。パトリック・ルイスにとっての「カナダ」は、「アッパー・アメリカ」("Upper America") の首都にやってきた人々が後にしてきた多くの場所のひとつでしかない。『ライオンの皮をまとって』は、トロントを移民によって作られたコスモポリタンな都市という、作者自身の理想のイメージに作り変えている。すでに述べたとおり、英語の第一波文学の大部分は、モントリオールおよびカナダの小さな町や田舎で書かれた。驚くべきことに、筆者が挙げた第一波作家のリストの中で、トロントで育ったのは5人だけである（メアリ・ディー・ミシェル、ジャニス・クーリク・キーファー、ジェリー・シカタニ、アン・マイケルズ、ケリー・サカモト）。そして彼らはオンダーチェよりも何歳か若く、そのキャリアは第二波と重なる。にもかかわらず、トロントは今や、英系カナダの多文化文学の中心地であることは疑う余地がなく、筆者の第二波リストの作家たちの大部分がここに住んでいる。

　2つの移民の波を区別することから起こる矛盾は、日系と中国系の英系カナダ文学が、人種的に区別される第二波ではなく、言語的に区別される第一波に属することである。日系カナダ人作家はみな二世あるいは三世である。第二次世界大戦後、幼時に移住したウメザワとゴトーは「新二世」("new *nisei*") である。二世詩人・芸術家のロイ・キヨオカは、自分自身を「いかなる点においても、舌裂の白人アングロサクソン系プロテスタントである」として

いる。中国系と日系カナダ人は、政府の推進策を含む人種差別を受けた点で、第二波の移民と同じ経験を分かち合う。中国系移民は他の移民には課せられなかった人頭税を払わなくてはならず、1923年の中国人排斥法は、彼らをすべて排除するものであった。アジア系カナダ人は、ブリティッシュ・コロンビア州では選挙権を剥奪された。第二次世界大戦中、マッケンジー・キング政府は、人種差別者たちに扇動される形で、大西洋沿岸地域の日系二世から財産を奪い、彼らを拘束した上で、内陸へ強制移動させた。

コガワと三世詩人ミキは1988年、ブライアン・マルルーニ政府に対し、被害者への補償と謝罪を強いる運動を成功させる上で、大きな役割を果たした。ミキは、「戦後補償」は国家から被害者への贈り物であり、同時に日系カナダ人から国家への贈り物でもあるとしている。1994年にミキは「人種を通して書く」(Writing Thru Race) のテーマで、カナダ作家協会の大会をヴァンクーヴァーで開催し、先住民、中国系および日系カナダ人、第二波の作家を一堂に集めた。この大会には有色人種のみが招待されたため、それ自体が人種差別であるとの批判も受け、連邦政府ヘリテージ局は助成を取りやめている。この大会は、「ヴィジブル・マイノリティ」に属する作家たちの新たな主張を「目に見える」形にすることに成功した。

第一波（全員二世とそれ以降）と第二波（一世のカナダ人）の間の違いを明らかにするために、日系および中国系のカナダ文学と西インド諸島および南アジア系の文学とを比較してみる価値はある。日系カナダ人の強制移住とその後について描いた『オバサン』は、1990年代初めのある時点で、カナダ人作家によるいかなる文学よりも批評界の注目を浴びた。この事実は多文化主義が文学のキャノンの中心になってきたことを示しているが、同時に、もうひとつの要因は、カナダ人作家の中でただ1人エスニック・アメリカ文学キャノンにも加えられたコガワが、最も決意に満ちたカナダ人であるからであろう。この物語の語り手であるナオミ・ナカネにとって、カナダは唯一の故郷でありアイデンティティの源であるため、カナダや他のカナダ人たちから排斥されることは、あまりにもトラウマ的だったのである。ナオミがカナダ政府の行為を「彼ら」が「わたしたち」に対して行った行為として理解できなかったのは、それが家族の「トラウマ」の心底にある差別を受け入れることになるからであった。彼女は二世や三世に対する裏切りや虐待を、「自分たち」カナダ人が、「自分自身」に課しているものと感じている。そのため、ナオミが麻痺し感覚を失ったのは当然である。第二波の作家たちは、同様に人種差別を経験しているが、ナオミのようにカナダを中心に考えることはしないのである。

幼少期と家族について

『オバサン』と同様に、アルバータを舞台にしたゴトーの『コーラス・オブ・マッシュルーム』(*Chorus of Mushrooms*, 1994)、1930年代、1940年代のヴァンクーヴァーのチャイナタウ

ンを舞台にしたチョイの『翡翠の牡丹』(*The Jade Peony*, 1995)、そして1950年代のオンタリオの小さな町を舞台にしたベイツの『真夜中のドラゴンカフェ』(*Midnight at the Dragon Cafe*, 2003) は、子供の視点で描かれている。幼少期は第二派の作家の回想記や自伝的小説においても顕著な特徴になっている。特にカリブ文学では、クラークの『イバラとアザミの中で』(*Amongst Thorns and Thistles*, 1965) と『ユニオンジャックの下で育った愚か者』(*Growing Up Stupid Under the Union Jack*, 1980)、フォスターの『誰もいない家』(*No Man in the House*, 1991)、ラフェリエールの『コーヒーの香り』(*L'Odeur du café*, 1991)、ジャマイカの有力な政治家一族の中で育った体験を語るレイチェル・マンリー (Rachel Manley) の2つの回想録『ドラムブレア』(*Drumblair*, 1996) と『スリップストリーム』(*Slipstream*, 2000) などがあるが、そこには大きな違いがある。第一波の作家の作品では、家族は差異の源であり、同時にアイデンティティの拠り所である。家族はしっかりしたアイデンティティを持っていて、子供はそれに従えばよい。子供は大人が隠している過去の秘密を探ろうとする。それは性や死が重くのしかかる秘密だが、常に自分自身についての真実を明かすものである。(リッチの『聖人伝』は幼いヴィットリオの母のドイツ兵との不倫を扱ったもので、類似したパラダイムの一例である。) チョイの作品には語り手が成長していく気配は全くないし、コガワのナオミは感情的な発育が止まり、小さな怖がりの少女から抜け出せないままでいる。

　対照的に、第二波の作家にとっては、移民することは修復できない断絶であり、幼少期は絶対的に過去のもので、郷愁の念を持って語られる。コキスの『鏡の館』(*Le Pavillon des miroires*, 1994) では、気候が故郷と正反対の北国へ移民したことで、ブラジルでの幼少期はより生き生きと映り、貧困や暴力さえも強調される。熱帯の国での幼少期には、感覚はもっと鋭く、屋外や公共の場で過ごすことが多かったように思われる。家庭は暖かな避難所となるが、周囲の社会と異なる特徴がないため、アイデンティティ形成過程の比喩としての役割は持っていない。

　その他の第二波の作家の中には、移民することにより幼少期が完全に消し去られてしまったように思われる例もある。オンダーチェ、ミストリー、ブランドには、子供時代があったのだろうかと訝る読者もいるだろう。それだからと言って、彼らが家族に興味を持っていなかったわけではない。南アジア出身の作家たちは家族内の関係を中心に描くので、それもあって、彼らと民族性を異にする読者にも語りかけることができるのである。ミストリーの最初の小説『かくも長き旅』(1991) とその後の『家族の事柄』(*Family Matters*, 2002) は、地口のような題名だが、どちらも親の視点を想像して描いている。オンダーチェの『家族を駆け抜けて』は、成人した息子が死去した父を再発見するために出生地を旅する物語である。バダミの『タマリンド・メム』(*Tamarind Mem*, 1996) は、娘の回想記と母の物語を並列して描いており、彼女の小説『英雄の足取り』(*The Hero's Walk*, 2001) は、共同生活を送る4世代の関係を描いたもので、少女がインドに住む祖父母とともに生活するためにカナダを離れることで、慣例を逆転させている。しかしながら、やはりここでも家族は比喩的役割を果たし

ていない。

　アフリカやカリブ出身の第二波の作家にとって、移民することは単に自分たちの経験であるだけでなく、家族の伝統にも関わるので、時には第一波の作家たちとのほうが、南アジア出身の第二波の作家たちとよりも、共通する点が多い。ヴァッサンジの作品『ガニー・サック』(*The Gunny Sack*, 1989) と『秘密の本』は、いずれも英系東アフリカにやってきたインド系家族を、数世代にわたって辿ったものである。本の題名の「ガニー・サック」(ズック製の袋) も「秘密の本」も、チョイの「翡翠色の牡丹」と同様に、過去からの文化的遺産を表現したものである。どちらの小説においても、(不倫や異人種間結婚を含め) 先祖が歴史とアイデンティティの比喩としての役割を果たしている。『中間世界』のヴィクラム・ラール (Vicram Lall) はケニア生まれのアジア系だが、ケニア独立前後の時代に、彼自身とその妹、英系やキクユ族の友人たちが、民族間の悲劇的な緊張感の中でどのように生きてきたかを、罪悪感と遺憾の念を持って振り返っている。この作品は通常、ディヴィッド・オディアンボ (David Odhiambo) の『キプリガットのチャンス』(*Kipligat's Chance*, 2003) とともに読まれる。この作品では、作者のようにケニアのルオ族出身の語り手キプリガットが、友人でもありライバルでもあるパンジャブ人とアフリカを逃れてヴァンクーヴァーに渡った後に仲直りする姿が描かれている。

　カリブのアフリカ系とアジア系のディアスポラは、第二の、強制されない、本来のカリブ・ディアスポラを、イギリス、フランス、オランダ、アメリカ、カナダに育ててきた。例えばムートゥーは、インドではなくトリニダードを振り返っている。しかしながら、フィリップやブランド、エスピネットのような他のトリニダード人は、先祖の故郷であるアフリカやインドに固執している。ブランドは『帰れない土地への扉に至る地図』(*A Map to the Door of No Return*, 2001) で、奴隷制によりアフリカの知識を強制的に消し去られてしまった新大陸のアフリカ人の子孫として、自分がどこにも属していると感じられない心情を綴っている。少女時代に彼女は、祖父がアフリカのどの言語グループの出身なのか、以前は知っていたがもはや覚えていないと言うので不満を感じた。アイデンティティの拠り所となる原点に対する思いは、第一波の移民が持っているような、家系を基にしたアイデンティティへの願望なのである。

　第二波の作家はしばしば前書きの部分に地図を掲載するが、第一波の作家は家系図を掲載する傾向がある。リーの『消えゆくムーンカフェ』(*Disappearing Moon Café*, 1990) は良い例である。『ガニー・サック』は地図と家系図を掲載している。ブランドは『満月の時と月が欠ける時』(*At the Full and Change of Moon*) で、大西洋の両側に散らばったトリニダードの奴隷の子孫たちの姿を追いながら、数世代にわたる家族の大河小説を書いている。この作品にも家系図が含まれているが、それは逆行する家系図で、実際には最後から始まっている。元祖は19世紀初めに奴隷の集団自殺を先導している。彼女の子孫は誰もマリー・ウルスル (Marie Ursule) を覚えていないが、その子孫たちは彼女の絶望を繰り返す運命にある。北米やヨーロッ

パへ移民することは、鎖につながれたままアフリカから海を渡った「中間航路」(the Middle Passage〔大西洋三角貿易で、①欧州→西アフリカ、②（奴隷を乗せて）→西インドまたは米南部、③→欧州、の3航路の2番目、すなわち中間の航路、つまり黒人奴隷が運ばれたアフリカからアメリカ大陸への航路〕)の新版に過ぎないのである。

　ハイチ系ケベック作家たちは、ブランドや『リヴィングストンを探して──沈黙のオデュッセイア』(Looking for Livingstone: An Odyssey of Silence, 1991)の著者フィリップほど、アフリカに関心を持っていない。おそらく、ハイチは200年ほど前に独立に成功し、かつ、彼らの亡命は強制されたものであったため、ハイチ人が、ジョージ・エリオット・クラークの言葉を借りれば「帰国の旅」(an "odyssey home")(27)を想像する際、彼らが夢見るのはアフリカではなく、ハイチである。帰還する際の障害も、帰るべき場所の存在ではなく、政治的、経済的なものなのである。ブランドの詩集『降り立つべき土地』(Land to Light On, 1997)は、帰るべき場所がないことを示しており、フェルプスの『これが僕の祖国』(Mon pays que voici, 1968)の題名は、ハイチを指している。（もちろん、どちらのタイトルも詩人の故郷とは詩自体であると宣言してもいる。）しかしながら、彼らが自らの原点とする場所は違っても、カリブの作家たちはみな、不安定さを分かち合っている。ブランドの最初の小説『ここではなく別の場所で』(In Another Place Not Here, 1996)は、2つの相反する旅を描いているが、どちらも絶望的に不幸なものである。そのうちのひとつは、政治的急進派の若い女性が西インドのある島に渡る旅で、もうひとつは、彼女の自殺後、彼女の農民の恋人がトロントの彼女の家に向かう旅である。オリヴィエの『二つの航路』(Passages, 1991)では、マイアミと死において2つの旅が交差する。ハイチからボートに乗って脱出する絶望的な人々の旅と、モントリオールからよりよい場所を求めて終わりなき流浪を続ける1人の孤独な亡命者の旅である。オリヴィエの死後に発表された作品『蒸留所』(La Brûlerie, 2004)は、年老いたハイチ人の亡命者たちに関するもので、彼らの悲劇は、住むべき場所がどこか他所にあると決めつけて、モントリオールを定住地として決して受け入れることができずにいることである。

多文化文学の新しい方向性

移民の不安定な中間的状況はしばしばひどいもので、境界性（リミナリティ）、混血性、流動性と再定義されることもある。これらはポストモダン的価値であって、固定したアイデンティティを乱し、解放への余地を与える。不安定さは逸脱ともなりうる。例えば、カナダの移民作家は、本国にいるカリブや南アジアの作家よりも、より率直にホモセクシュアリティについて書いている。カリブ作家の例としては、ブランドやシルヴェラ、ナイジェル・トマス、ムートゥーなどがいる。セルヴァデュライの『ファニー・ボーイ』(Funny Boy, 1994)は、カナダのベストセラーになった。カナダはこれらの作家たちに、より開けた環境を与えてい

るが、彼らはみな、性的志向による差別との闘いを、より大きな人種差別や性的差別との闘いの一部とみなしている。

　フィリップとブランドは、芸術における人種差別に関してトロントで行われた2つの論争において、声高に発言した。ひとつは1989年にオンタリオ王立美術館で開催された展示会「アフリカの真髄に迫る」で、カナダが英国帝国主義に広範囲にわたって巻き込まれていた状況を強調している。もうひとつは、1993年のミュージカル『ショーボート』であった。女性作家のほうが男性作家よりも急進的で、政治的に一貫性があると見受けられるであろう。『ライオンの皮をまとって』において、オンダーチェは無政府主義者の移民たちが現状を打破するために爆弾に火をつけようとする決意を賞賛しているが、彼らの急進主義は作者自身の芸術的マニフェストのように感じられ、ひいき目に見ても政治的には乱雑である。そうした政治的乱雑さについての不満は、スリランカを舞台にした『アニルの亡霊』(*Anil's Ghost*, 2000)に対しても向けられている。

　作家たちとエスニシティを異にするカナダの読者たちが、カリブよりも南アジアのほうに興味を示しているとするなら、それは南アジア出身の作家たちが近づきやすく感じられ、また彼らが主義主張をはっきりと表に出さないためであろう。なぜ南アジア出身の作家たちが最もよく読まれているのか、と尋ねる代わりに、なぜ第二波の作家たちのうちの最も優れた3人が南アジア出身なのか、と尋ねてみることもできよう。ミストリー、オンダーチェ、ヴァッサンジの成功は疑う余地なく、彼らの作品が読者の入り込める完璧な世界を作り出すことができているためである。彼らの小説では、登場人物が何語を話しているのか、はっきりしないことが多いが、それが問題になることはない。対照的にカリブ文学においては、必然的に言語の問題が前面に出てくる。この言語の問題を考慮すると、英語やフランス語で書く西インド諸島出身のカナダ人作家の多くが詩人であり、カナダの多文化詩の多くが西インド諸島の作家たちによって書かれている理由が見えてくる。

　これまで、多文化主義とグローバリゼーションがどのように重なり合うかを論じてきた。では、カナダ人の出身地と関係のない場所とカナダ人との関係はどんなものであろうか。カナダ文学には、外国での体験に触発されて書かれた作品の長い伝統がある。ローレンス、デイヴ・ゴドフリー（Dave Godfrey）、オードリー・トマス（Audrey Thomas）らはみな、アフリカについて書いており、ジル・クルトゥマンシュ（Gil Courtemanche）は『キガリのプールでの日曜日』(*Un dimanche à la piscine à Kigali*, 2000)で、1994年のルワンダの大虐殺の際のケベック人ジャーナリストについて描いている。一方で、新たな現象として、カナダ人を登場させずに小説を書く、白人英語話者のカナダ人作家が出てきている。『腹の底から愉快』(*Sweetness in the Belly*, 2005)においてカミラ・ギブ（Camilla Gibb）は、イスラム系エチオピアに関して行った人類学的調査を基に小説を書いたが、民族誌学者を排除し、北アフリカに生まれた英国人ヒッピーたちの孤児である白人イスラム教徒を主人公にしている。カレン・コネリー（Karen Connelly）の『トカゲの籠』(*The Lizard Cage*, 2005)は、1980年代に独房に

監禁されていた政治犯の物語を語ることで、ミャンマー人に対する抑圧を遠く離れた読者たちに伝えている。

　ヤン・マーテルのブッカー賞受賞作『パイの物語』（*Life of Pi*, 2001）〔邦題『パイの物語』〕の大半は、太平洋の救命ボートを舞台にしている。ヤラ・エル＝ガドバンは「デュヴォワール」紙に載せた評の中で、この小説を現代ケベックの比喩として読んでいる。[28] 宗教はもはや社会的に強制されるものではなく、個人の自己定義の要素で、本質的に多元的になっている。パイはインドのかつてのフランス植民地ポンディチェリの生まれで、同時にヒンズー教徒であり、イスラム教徒であり、キリスト教徒である。リチャード・パーカーという英語の名前を持つ獰猛なトラとともに海で遭難するが（植民地化は難破に喩えられる）、パイはその脅威にうまく対処する方法を学ぶ。しかしながら、マーテルは英語で書いているために、エル＝ガドバンの比喩的解釈は失敗に終わる。比喩の条件に従えば、たとえパイがそうでなくとも、この小説自体がトラに飲み込まれてしまっているのだ。ケベックは英系カナダが体験していないような不安定さを体験しているが、それは本章の最初に述べた「グローバリゼーション」の２つの意味に関連している。矛盾しているようだが、多文化主義はカナダ社会とその文学を多様化させると同時に、英語が優勢になることを助けているのである。

　カリブ文学やアフリカ文学には以前からあった匿名の、あるいは偽名の国が、英系カナダやケベックの文学に初めて見られるようになった。コキスやシマザキの小説は、移住した異郷の地からブラジルや日本を振り返っているが、移住先の国は「どこにもない場所」（hors-lieu）で、名前はない。ムートゥーの『セレウスは夜開花する』（*Cereus Blooms at Night*, 1996）では、トリニダードの東インド人たちを改宗させたカナダの長老派に似た宣教師たちが、ランタナカマラと呼ばれるカリブ海の島にやってくるが、彼らは「震えるほど寒い北の湿地帯」（Shivering Northern Wetlands）という名の国から来たとしか書かれていない。

　皮肉なことに、トロントやモントリオール、ヴァンクーヴァーにおける民族や文化の混合は、文学にはなかなか現れてこなかった。移民文化の交差について、移民した国の文化との交差だけでなく、移民文化同士の関わり合いもイメージしている作品には、次のようなものがある。ドミニック・ブロンドー（Dominique Blondeau）の『亡命の火』（*Les Feux de l'exil*, 1991）は、マラケシュ、グアドループ、上海出身の３人の女性によって語られる。モニック・プルー（Monique Proulx）の『モントリオールのオーロラ』（*Les Aurores montréales*, 1996）では、メキシコ人学生、上海出身の若い中国人、イタリア系ケベック人、ハイチ人、先住民が登場する。ブランドの『私たち皆が憧れるもの』（*What We All Long For*, 2005）では、ベトナム系、西インド系、ノヴァ・スコシアのブラック系、イタリア系の４人の友人が登場するが、彼らは作者よりも若い世代のカナダ生まれで、トロントに定住している。ラウィ・ハーグ（Rawi Hage）の『コックローチ』（*Cockroach*, 2008）では、レバノンとおぼしき国出身のキリスト教徒のアラブ人泥棒が語り手で、彼はモントリオールの英系やフランス系とは付き合わず、彼らを軽蔑し、不快に思っている。その一方で、彼の生活する腐敗したモントリオールの暗

黒街には、イスラム世界全土、特にイラン出身の移民が溢れている。物語の背景に相応しく、彼自身も半分ゴキブリである。しかしながら、この移民によって書き変えられたカフカの物語では、半ゴキブリは貪欲で機知に富むトリックスターで、何よりもまず、彼は生き残るのである。

　イスラム系の著作は、イギリスやフランスに比べると、英系カナダやケベックの文学ではそれほど目立ってこなかった。ヴァッサンジは主にシャムシ派（Shamsis）について書いているが、これは他のイスラム教徒とは異なる特徴を持つ少数派、東インドのイスマイル派〔シーア派の分派〕の、架空のバージョンである。しかしながら、彼が初めてインドを舞台にした小説として意義深い『暗殺者の歌』（The Assassin's Song, 2007）では、宗教に関する新たな関心を表明している。イスラム教とヒンズー教を結合させた精神的ビジョンを持ちながら、近代の破壊的な原理主義に陥っているスーフィ教（Sufism）を描いているのである。

　筆者の論じる2つの波の違いによって英系カナダとケベックの文学を説明することは、やがて不可能になるであろう。今後、アジア系、アフリカ系、カリブ系出身で、「カナダで育った」作家たちがより多く現れるであろうことが予想されるからである。その例として、ハイチ系のジョエル・デ・ロジエ（Joël Des Rosiers）やスタンリー・ペアン（Stanley Péan）、レバノン系のアブラ・ファルード（Abla Farhoud）、南アジア出身のプリシラ・アッパル（Priscilla Uppal）、アフリカ系カリブ出身のアンドレ・アレクシス（André Alexis）やテッサ・マクワット（Tessa McWatt）などが挙げられる。さらに、イーヴリン・ラウやアレクシスのように、エスニック体験について書くようにとの要求に抵抗している作家もいる。また、出身地によるグループ分けは解体し、人種や所属の新たな形態が現れてくるであろう。例えば、「アフリカ系カナダ人」は、ブラック・アメリカ人の父と白人アメリカ人の母の元にトロントで生まれたローレンス・ヒル（Lawrence Hill）や、12歳のときにケニアから来たオディアンボ、そしてガーナ人の両親の元にカルガリーで生まれたエシ・エドゥジャン（Esi Edugyan）によって、再定義されている。デ・ロジエは自分自身を「純粋なケベック人」（"Québécois pure laine crépue"）としている（この表現は、ニュー・フランスにまで遡る純粋な羊毛 "pure wool" と縮れ毛 "woolly hair" をかけた、だじゃれである）[29]。

　ローレンス・ヒルの歴史小説『ニグロの本』（The Book of Negroes, 2007）は、ブラック系王党派の物語を再現したものである。彼らはアメリカの解放奴隷（freed slaves〔奴隷の身分から解放されていたアメリカの黒人で、北部諸州ではアメリカ独立革命時、すでに存在した〕）で、1783年に英国人とともに船でノヴァ・スコシアに渡った。彼らの名前は、この本と同じタイトルの原書に記録されている。ブランドやクーパーのように、ヒルもまた、彼の両親が到着する以前のアフリカ系カナダ人の歴史を回復している。そして、ブランドが『満月の時と月が欠ける時』で行っているように、カナダをより広範囲のブラック系大西洋の中に位置づけているが、ヒルはまた、物語の語り手の出身地であるアフリカを想像することができるし、同様に重要なのは、帰っていく場所としてのアフリカも想像できるのである。この小説は、中間航路〔pp.602-3

訳注参照〕、アメリカ南部のプランテーションの奴隷制、そして自由への道のりについて描いているが、その後、ノヴァ・スコシアでの敵意と貧困に幻滅して、英国が提供するシエラ・レオネの新しい植民地への再定住を受け入れた多くのブラック系王党派とともに、彼らが大西洋を横断して戻っていくさまも辿っている。語り手であるアミナタ・デアロは、結局、ロンドンに落ち着くのだが、カナダと英国の関係は、一方通行でもなければモノクロでもないことを読者に思い起こさせている。

　カナダの多文化文学の将来について予見しうる唯一のことは、状況が変化して新たな形態が現れるのに伴い、本書も補遺を付け加えられるだけでなく、書き直される必要があるだろう、ということである。[(30)]

注

1. Giller Prize（現在は the Scotiabank Giller Prize）は毎年、カナダで出版された最も優れた英語小説に贈られる。
2. Charles Taylor, *Multiculturalism and "The Politics of Recognition"* (Princeton, NJ: Princeton University Press, 1992).
3. Lien Chao, "Anthologizing the Collective: The Epic Struggles to Establish Chinese Canadian Literature in English," in *Writing Ethnicity: Cross-Cultural Consciousness in Canadian and Québécois Literature*, ed. Winfried Siemerling (Toronto: ECW, 1996), pp. 145-70.
4. Pier Giorgio Di Cicco, *Roman Candles: An Anthology of Poems by Seventeen Italo-Canadian Poets* (Toronto: Hounslow press, 1978); Chinese Canadian Writers Workshop, *Inalienable Rice: A Chinese and Japanese Canadian Anthology* (Vancouver: Powell Street Revue, 1979); Harold Head, *Canada in Us Now: The First Anthology of Black Poetry and Prose in Canada* (Toronto: NC Press, 1976); Fulvio Caccia and Antonio D'Alfonso, *Quêtes: Textes d'auteurs italo-québécois* (Montreal: Guernica, 1983).
5. Linda Hutcheon and Marion Richmond, eds., *Other Solitudes: Canadian Multicultural Fictions* (Toronto: Oxford University press, 1990); Smaro Kamboureli, *Making a Difference* (Toronto: Oxford University press, 2007 [1996]).
6. Tess Fragoulis, *Musings: An Anthology of Greek Canadian Literature* (Montreal: Véhicule press, 2004).
7. Margaret Atwood, "Afterword," in *Journals of Susanna Moodie* (Toronto: Oxford University press, 1970), p. 62.
8. Dionne Brand, *No Burden to Carry: Narratives of Black Working Women in Ontario, 1920s-1950s* (Toronto: Women's Press, 1991).
9. Afua Cooper, *The Hanging of Angélique: The Untold Story of Canadian Slavery and the Burning of Old Montréal* (HarperCollins, 2006).
10. Laura Moss, ed., *Is Canada Postcolonial?: Unsettling Canadian Literature* (Waterloo, ON: Wilfrid Laurier University press, 2003).
11. Marco Micone, "Speak What," in *Lectures plurielles*, ed. Norma Lopez-Therrien (Montreal: Éditions Logiques, 1991), pp. 63-5.

12. Dionne Brand, *A Map to the Door of No Return: Notes to Belonging* (Toronto: Doubleday Canada, 2001), p. 83.
13. Shani Mootoo, *The Predicament of Or* (Vancouver: Polestar, 2001), p. 81.
14. Clément Moisan and Renate Hildebrand, *Ces Étrangers du dedans: Une histoire de l'écriture migrante au Québec 1937-1997* (Quebec: Nota Bene, 2001) を参照。
15. Flora Balzano, *Soigne ta chute* (Montreal: XYZ, 1992), p. 38.
16. Rohinton Mistry, *Tales from Firozsha Baag* (Markham: Penguin, 1987), p. 160.
17. Kamboureli, *Making a Difference*, p. 484.
18. Mordecai Richler, "OH! CANADA! Lament for a Divided Country," *The Atlantic Monthly* (December 1977), p. 34 and "O QUEBEC," *The New Yorker* (May 30, 1994), p. 50, and *Oh Canada! Oh Quebec!: Requiem for a Divided Country* (New York: Knopf, 1992).
19. Stanley Gordon, "Jacques Parizeau," in *Canadian Encyclopedia* (Historica Foundation, 2007), http://www.thecanadianencyclopedia.com, accessed August 24, 2007.
20. Charles Taylor, "Le PQ responsable de son malheur," *La Presse* (November 22, 1995), p. B3.
21. Gary Klang, "Trop, c'est trop," *Le Devoir* (July 3, 1997), p. A7; Claude Jasmin and Monique LaRue, "L'Arpenteur et le navigateur (suite): La Bonne Foi et la déformation: À qui le Québec fait-il peur?" *Le Devoir* (July 15,1997), p. A7; Gary Klang, "Réplique à Claude Jasmin: Bas les masques," *Le Devoir* (July 29, 1997), p. A7.
22. Joy Kogawa, *Obasan* (Toronto: Penguin, 1983), p. 2.
23. Kamboureli, *Making a Difference*, p. 241.
24. Michael Ondaatje, *In the Skin of a Lion* (Toronto: Vintage, 1996), p. 53.
25. Kamboureli, *Making a Difference*, p. 91.
26. King-Kok Cheung, *An Interethnic Companion to Asian American Literature* (New York: Cambridge University press, 1997) および Sau-ling Cynthia Wong, *Reading Asian American Literature: From Necessity to Extravagance* (Princeton: Princeton University Press, 1993) を参照。
27. George Elliott Clarke, *Odysseys Home: Mapping African-Canadian literature* (Toronto: University of Toronto Press, 2002).
28. Yara El-Ghadban, "Le Nouveau Québec: La Société des multiples présences," *Le Devoir* (August 30, 2006), p. B5.
29. Joël Des Rosiers, *Théories caraïbes: Poétique du déracinement* (Montreal: Triptyque, 1996), p. 181.
30. この論考は次の諸氏の助言に負うところが大きい。Pascal Riendeau, Russell Brown, Marlene Goldman, Jody Mason, Corinne Beauquis. 但し、本章に述べられた見解に責任を負うものではない。

第5部

★

仏語文学

29

詩

ロベール・イエルギュー
(Robert Yergeau)
(英訳　ジェニファー・ヒギンズ Jennifer Higgins)

　ケベック文学を皮切りに、アカディア、仏語系オンタリオ、そして仏語系マニトバの文学が次々とモダニティへの移行を遂げることを可能にしたのは、詩だったといってよい。しかし、そうなるまでに、フランス語圏の詩は、長い模索の時期を過ごさなければならなかった。1981 年においてさえ、ローラン・マイヨ（Laurent Mailhot）とピエール・ネヴー（Pierre Nepveu）はこう述べている——19 世紀末に至るまで、「アメリカのフランス系韻文作者たちは、模倣し、物語り、説教し、不平を述べ、描写し、歌うことはしたが、書くことはしなかった」[1]。それでもなお、『仏語カナダ詩テクスト集』（Textes poétiques du Canada français, TPCF）の量の多さには圧倒されてしまう[2]。1606 年から 1867 年までの作品を収めた 12 巻が、1987 年から 2000 年にかけて出版されたのである（10,000 ページ、3,857 篇、227,175 行[3]）。それだけではなく、それらの詩につけられた序文は、詩という文学の一生命体の輪郭を示し、その 2 世紀半にわたる発達を跡づけてみせた。それまで詩は、自律性をもつものとはみなされず、歴史的、政治的、社会的領野に従属するものとされてきたのである。仏語系カナダがこのように多くの詩を生みだしてきたなどと、これまで誰が考えただろうか？　TPCF は、仏語系カナダ詩の歴史の中で、各時代に置かれてきた里程標を根本的にくつがえし置き換えることまではしない。しかし、この詩集の成し遂げた業績は非常に重要だ。共時的かつ通時的なパースペクティブを駆使して、この作品集は、数千もの韻文作品を掘り起こし、分類し、コンテクストの中に置いてみせたのである。

19 世紀——全てはここから始まった

　萌芽期であった 17 世紀と 18 世紀については、ただ 1 人、マルク・レスカルボ（Marc Lescarbot, 1570-1642）に簡単に触れるだけでよいであろう。レスカルボはヌーヴェル・フランスの最初の「詩人」と呼ぶにふさわしい存在であり、1609 年にパリで『ヌーヴェル＝フランスの歴史』（Histoire de la Nouvelle-France）を出し、引き続いて詩集『ヌーヴェル＝フラ

ンスのミューズたち』(*Les Muses de la Nouvelle-France*)を出版している。17 世紀と 18 世紀はまさに「萌芽」期であった。何しろ、*TPCF* の編纂者によれば、1606 年から 1806 年の間に書かれた詩は 281 篇にすぎないが、1806 年から 1867 年の間に出版された詩は実に 3,576 篇を数えるのである。仏語系カナダにおける詩作活動がこのように際立って活性化した要因のひとつは、いくつもの文芸雑誌や専門誌が新たに刊行されたことだと考えられる。だが、それとは対照的に、この期間に出版された詩集はたったの 5 冊しかない。当時の詩作品は、文学そのものを目的として書かれることが滅多になかったから、今日の文学的価値観をここにあてはめようとするのは間違いなのである。とはいえ、主題の点では、現実に根ざし、フランス系カナダ人の魂に刻み込まれた、いくつもの時代を越えて現代にも通じるいくつかのテーマを、ここに見出すことができる。例えばミシェル・ビボー(Michel Bibaud)は、同胞たちに、彼らが陥りやすい悪弊、特にフランス語の誤用について警告を発することこそ自分の使命だと自負していた――「あまりにもしばしばフランス語の文の中に／我々は英語の句を置いてしまうのだ」"Très-souvent[*sic*]à côté d'une phrase Française[*sic*],/Nous plaçons sans façon une tournure Anglaise [*sic*]"。言語の問題は、さまざまに姿かたちを変えながら、ガストン・ミロン(Gaston Miron)、ジェラルド・ゴダン(Gérald Godin)、その他多くの詩人によって、文学的あるいは文学／政治的レベルにおいて論じられていくことになる。

　19 世紀の中で特に重要な 3 人をあげるとすれば、フランソワ＝グザヴィエ・ガルノー(François-Xavier Garneau, 1809-66)、オクターヴ・クレマジー(Octave Crémazie, 1827-79)、そしてルイ・フレシェット(Louis Fréchette, 1839-1908)であろう。彼らの詩は当時有名だった――特にクレマジーとフレシェットはそうであった。しかし今日では、ガルノーは「民族的歴史家」として、クレマジーは比類なき書簡の書き手として、そしてフレシェットは短編作家として評価されている。

　ガルノーの歴史家としての名声が彼の詩の評判を高めたのか、逆に、そのせいで彼の詩は陰に追いやられたのだろうか？　ガルノーが書いた詩は、ジョン・ヘア(John Hare)によればたったの 27 篇だったから、おそらくそれだけで、彼が詩人として名を残すのに十分だったはずだと主張するのは少々無理があるだろう。彼の作品は、ロマン主義的かつ政治的な作風に特徴があり、それは 2 つの詩風が大胆に交錯した「旅人」("Le Voyageur") という詩を見ても明らかである。1832 年にヨーロッパに滞在した際に書かれたこの詩の中では、祖国から引き離されたことからくる悲嘆の念(「だが今日は見知らぬ土地をさすらう身／親もなく、国もなく、ひとからも忘れられて」"Mais errant aujourd'hui sur la terre étrangère, / Sans parents, sans patrie, oublié des humains") と、あからさまな官能性(「愛が僕の指を導き、恥ずかしげなエレーヌは／頬をあからめつつも胸が膨らむのを感じた」L'amour guidait mes doigts, et la timide Hélène / En rougissant sentait gonfler son sein") とが混じり合っている。1840 年にガルノーは「最後のヒューロン人」("Le Dernier Huron") という断固たる愛国の詩を書き、それ以降、詩作とは決別して、『発見から 1845 年現在にいたるカナダ史』(*Histoire du Canada depuis sa découverte jusqu'à nos jours*）の執筆に没頭した。

　オクターヴ・クレマジーは1844年に兄のジョーゼフと共同で本屋を開業したが、1862年11月にその事業は破綻してしまった。クレマジーはかなりいかがわしい状況のもと、詐欺罪で懲役刑になる可能性を回避するために、急遽カナダを離れなければならなくなった。彼はフランスに亡命し、その地で極貧の生活を送った。クレマジーがレモン・カスグラン神父（Abbé Raymond Casgrain）との間に交わした書簡は、20世紀になると次第に彼の詩をしのぐ評価を得るようになったが、そこには作家の運命や、文筆生活一般、彼の祖国の状況等についての、堅固で現実的な意見が記されている。例えば1866年8月10日付の手紙では、彼はカナダを「俗物たちの社会」（société d'épiciers）と呼び、また1867年1月29日の手紙ではこう述べている――「もしわれわれがイロコイやヒューロンの言葉を話していたなら、我々の文学は生きながらえるだろう。不幸なことに、我々はボシュエやラシーヌの言語をとても拙く話し、書いているのだ」。("si nous parlions iroquois ou huron, notre littérature vivrait. Malheureusement, nous parlons et écrivons d'une assez piteuse façon, il est vrai, langue de Bossuet et de Racine.")

　詩に話を戻すと、詩人としてのクレマジーは2人いるということが言えるだろう。1人目のクレマジーは当時の人々にもてはやされた愛国的な詩の作者である（1856年の「年老いたカナダ人兵士」"Le Vieux Soldat canadien" や1858年の「カリオンの旗」"Le Drapeau de Carillon" など）。しかし、後にはこれらの詩を彼自身が酷評するようになった。2人目はもっと内省的な、死の想念にとりつかれた詩人で、それは「死者たち」（"Les Morts"）や、とりわけ「三人の死者の散歩」（"Promenade de trois morts"）といった詩に現れている。後者については、構想された3つのセクションのうち第一の部分だけが、1862年のヨーロッパへの逃避行が始まる少し前に出版された。この詩においては、3人の死者が地上を訪れ、生きている者たちに憐れみを請う。だがこの詩の中心的キャラクターは「虫」（Le Ver）（最初の大文字が神聖さを表している）、すなわち「主人」（maître）、「陰鬱なる墓の帝国」（sombre empire sépulcral）の「王」（Roi）であって、これが人間性を罵倒し（「生者が耳を傾けるのは／おのれが聞きたいと思うことのみ」"Les vivants n'ont d'oreilles / Que pour ce qui peut les servir"）、生ける死者の最後に残された幻想を打ち砕くのである。この詩の中では、死者の擬人的表現が数百行にわたって繰り広げられ、その中には「泣く人の声にも似たサン＝ローランの流れ（Le flot du Saint-Laurent semble une voix qui pleure）」といったいくつかの重要なイメージが含まれている。それらは、有名な『サン＝ローランへの頌歌』（*Ode au Saint Laurent*）の作者ガシアン・ラプワント（Gatien Lapointe）をはじめとする、1950年代・1960年代のケベック詩人の作風を予感させるものである。

　最初の詩集（『私の閑暇』*Mes Loisirs*, 1863）の中で、若き日の詩人ルイ・フレシェット（Louis Fréchette）は何よりも愛の感情を詩に謳った。自分が発行した2つの文芸誌にも、自身の詩にも、同時代の人々から芳しい反応が得られなかったことに失望して、フレシェットはカナダを離れ、1866年から1871年までシカゴに滞在し、そこで『被追放者の声』（*La voix de l'exilé*) を 3 部に分けて出版した（1866、1868、1869）。1867 年のカナダ連邦結成を痛罵したこの風刺詩は、連邦協定を推す党派と反対派との間に激しい論争を巻き起こした。フレシェットの最高傑作である『ある民族の伝説』（*La Légende d'un peuple*）（パリで 1887 年に出版）は、彼が師と仰ぐ文学者ヴィクトル・ユゴーの『世紀の伝説』（*La Légende des siècles*）に負うところが多い。この、北米の一民族の伝説を物語る約 50 篇の詩は全部で 300 ページを越え、その高揚感は絶頂を極めている。現代の批評はこの叙事詩に一片の価値も認めていない。しかしながら、「エグザゴンヌ（Hexagone）世代」（1953 年に設立された出版社にちなんで命名）に属し、高い評価を受けている詩人のうち少なからぬ者が、後にこの詩の要素を利用することになった。彼らは、自分たちがケベックの地域を賛美する際に、フレシェットの詩に似通った比喩的表現や、極度に高揚した文体を「必要な変更を加えながら」（*mutatis mutandis*）用い、民族の伝説を現代に蘇らせたのである。

　今日、19 世紀の詩人の中で詩の発展にもっとも重要な貢献をしたとみなされているのは、ソネットの名手として知られたアルフレッド・ガルノー（Alfred Garneau, 1836-1904）とウドール・エヴァンテュレル（Eudore Evanturel, 1852-1919）である。エヴァンテュレルは彼の『第一詩集』（*Premières poésies*）（1878）で、四季、自然、私的な空間（例えば「富裕な家の美しい部屋 un beau salon chez des gens riches」である寝室）や公共の空間（学校や博物館、教会から戻って来る孤児たちの描写など）、そして愛の感情、そういったものに価値を置く。この作品集はロマン派と高踏派の詩人たち、とりわけミュッセに負うところが大きく（ちなみに、エヴァンテュレルは彼に献辞をしている）、印象と描写の間を絶えず行き来することで巧みにイメージをかき立てている。この詩集は、詩とはもっと偉大で高邁な理想に資するもので、伝統的な形式を踏むべきだと主張する保守主義の信奉者たちから、猛烈な批判を受けた。この論争の結果、エヴァンテュレルは彼の詩集の削除修正版を 1888 年に出版することとなった。そうすることによって彼は、彼の批判者たちに理があると認めたのだろうか？　それとも、その前年に地方自治体の公文書係に任ぜられた彼にとって、これは戦略的撤退だったのだろうか？〔この部分は英語より仏語原文に沿って訳している〕理由が何であったにせよ、イデオロギー的・愛国的な正統派がここでも支持を集めたのである。だがそれでも、残されたエヴァンテュレルの詩の多くが、節度ある言い回しと、抑制のきいた物憂い雰囲気により、抜きん出た作品であることは間違いない。

　19 世紀は、フランス語カナダ詩にとっては、まさに意味のある最初の世紀であった。初の詩集の出版（注 3 を参照）があり、その中には初の女性詩人による詩集出版もあった。最初のアンソロジーが編まれ、シャルル・レヴェック（Charles Lévesque, 1817-59）による最初の散文詩も出版された。しかし、公の場で認められ、受け入れられたのは、「重要な」問題（歴史、祖国、宗教）に取り組んだ作品だけであった。少数の詩人が、今日でなら内面感情派（アンティミスト）（移り変わる気分や、恋のときめき、日常の生活などを歌う）と称されるであろう作品を産み出しはしたが、これらの詩は、当時主流を占めた保守的な批評家からは無視されるのがおちだっ

た。すべてひっくるめると、*TPCF* に採録されたのは「特定された詩人」（筆名を使っているが、身元が特定された者も含む）が 422 名、「特定されない筆名の詩人」が 487 名、「匿名」の作者が 594 名である[29]。すなわち、1606 年から 1867 年にかけて書かれた詩の作者のうち、71.9 パーセントが身元不明なのである。これほどまでに匿名志向が強い理由はいろいろ考えられるが、社会的汚名を着せられることや、現在の、または将来の地位を危うくすることへの怖れもあったのであろう。

そしてネリガンがいた……

エミール・ネリガン（Emile Nelligan, 1879-1941）の作品は、ケベック文学の歴史においてひとつの認識論的切断を画する出来事だと言える。彼の全ての作品は、1896 年から 1899 年の間に書かれた。当時、彼は精神病院に収容されていて、終生そこを出ることはなかった。彼の友人ルイ・ダンタンが彼の詩を集め、そのうち 107 編を収めた『エミール・ネリガン、人と作品』（*Emile Nelligan et son œuvre*）を早くも 1904 年に出版して[30]、この若き詩人の名声を確立することに貢献した。ネリガンの作品とその生涯は 20 世紀を通して、数え切れないほど多くの作家、批評家、そして幾人かの文学史家を魅了し、鼓舞した。そうした文学史家の中でも特筆すべき存在がポール・ウィズィンスキ（Paul Wyczynski）で、彼はネリガンに関して数冊の著作をものしている[31]。ネリガンの詩のいくつかは（たとえば「黄金の舟」"Le Vaisseau d'or"、「ワインのロマンス」"Le Romance du vin"、「冬の夕べ」"Soir d'hiver" など）[32] 古典に数えられており、ネリガンはケベック文学史上唯一の、真の意味で伝説的な人物といえるのである。

　自らを「芸術の治世」（règne de l'Art）を目指すと称したネリガンは[33]、疑う余地なく、完成された詩人であった[34]。彼のもっとも完成度の高い詩において、形式は、生半可に吸収した外部からの影響を単に反映したものなどではない。むしろ彼は、形式を超越して、一連の感情やモチーフ、熱情と夢、後悔や苦悩を表現しようとしたのであり、そこから、心を突き動かすような音楽性が生まれてくるのだ。例えば、ネリガン詩の真髄とも呼ぶべき 1 篇、「冬の夕べ」[35]を構成する 4 つの 5 行連句の最初の一連に耳を傾けてみよう。

　　ああ！　こんなにも雪が雪降り！
　　私の窓は霜の庭。
　　ああ！　こんなにも雪が雪降り！
　　生きる苦悶もなにごとぞ
　　わが苦しみに比べれば！
　　（Ah! comme la neige a neigé!

> Ma vitre est un jardin de givre.
> Ah! comme la neige a neigé!
> Qu'est-ce que le spasme de vivre
> A la douleur que j'ai, que j'ai!）(36)

頭韻が聴覚の調和と構造を作り出しており、またそれぞれの5行句の第1行が3行目でこだまのように繰り返されることによって、強調の効果が生まれている（「ああ！こんなにも雪が雪降り！」Ah! comme la neige a neigé!、「すべての池は凍りつき」Tous les étangs gisent gelés、「泣け、2月の鳥よ」Pleurez, oiseau de février）(37)。この現象は全てのスタンザで起こっているが、第2スタンザだけは別で、ここでは「池」（les étangs）(38)が「彼／彼女の希望」（ses espoirs）(39)に変わっている。ここで三人称人称代名詞の所有形容詞［ses］が使われることで、詩人と彼の描く出来事の間に距離が生まれ、そのドラマ性が際立っている。ネリガンは彼の比喩的表現の効果を、冗言法と語順の倒置によって増幅させている（「雪が雪降り」la neige a neigé、「泣く、わが涙を」pleurez mes pleurs）(40)。ここにあげたいくつかの例を見ただけでも、形式上の効果の豊かさがわかる。これが思春期を脱したばかりの若い詩人の仕事だと思えば、なおのこと感嘆せざるを得ない。

　ネリガンと同時代の詩人で、ネリガンに関する記事を1904年に書き、また彼について2篇の詩も書いた（最初の詩は1905年7月、2番目は1910年1月）アルベール・ロゾー（Albert Lozeau, 1878-1924）は、『孤独な魂』（L'Ame solitaire, 1907）と『日々の鏡』（Le Miroir des jours, 1912）(41)という詩集を発表した。彼の詩の中では、因習的な形式と彼自身の声とのあいだで均衡をとることが、非常にうまくいっていることが多い。ロゾー自身の表現によれば、彼は「自分が見たものを、率直で飾り気のない声で語った」（J'ai dit ce que j'ai vu d'une voix simple et franche）(42)のである。率直さと飾り気のなさへの志向が、詩の出来の良さを測る唯一の尺度になるわけではないが、大仰な言葉遣いやペーソスとは縁を切ろうとするロゾーの決意の証しであることは確かだ。

　20世紀の最初の30年間に、地域主義をめぐる議論は、2つの党派間の争いへと発展した。一方は一定のカナダ的価値観（伝統の尊重、牧歌的生活、宗教）を支持するグループであり、他方は若い、いわゆる「異国趣味」の詩人たちで、彼らは教条主義的なものに反抗し、もっぱら芸術そのものを目的とした詩作活動を広めたいと考えていた。この論争の多様かつ複雑な経緯は、アネット・ヘイワード（Annette Hayward）によって詳細に記述されているが、彼女によれば、それらの緊張関係を1900年頃にケベックで勢いを増した民族主義に結びついたさまざまな思想から切り離すことは不可能なのであった(43)。当時の文芸批評主流派に好まれた地方主義詩人の中で、あげておくべき名前はパンフィル・ルメ（Pamphile Le May）、ネレ・ボーシュマン（Nérée Beauchemin）、アルベール・フェルラン（Albert Ferland）、そして『我らの野と川を越えて』（Par nos champs et nos rives, 1917）(44)の作者ブランシュ・ラモンターニュ＝

ボールガール（Blanche Lamontagne-Beauregard）である。もう一方の、因習的なものを嫌う一派には、マルセル・デュガ（Marcel Dugas）、ルネ・ショパン（Rné Chopin）、ギ・ドゥラエ（Guy Delahaye）、ポール・モラン（Paul Morin）らがいた。この２つの流派の中から１人ずつ、計２人の詩人が、現在でも高い評価を受けている。「異国趣味」運動のジャン＝オベール・ロランジェ（Jean-Aubert Loranger, 1896-1942）と、地方主義者のアルフレッド・デロッシェ（Alfred DesRoches, 1901-78）である。前者のロランジェは1920年に『環境』（*Les Atmosphères*）(45)を発表した。この詩集の中で、彼は神聖視されてきた押韻を捨て去り、規則正しく詩行を揃えることもやめてしまう。この詩集の最初の作品で、それは顕著に示されている。詩人は「手と額を窓に押し付け／こうして、私は風景に触れる」（appuie des deux mains et du front sur la vitre / Ainsi, je touche le paysage）、そして言う、「私は巨大だ、巨大だ……／グロテスクに巨大だ」（je suis énorme, Enorme.../ Monstrueusement énorme）(46)。

アルベール・ロゾーの詩が、少なくとも形式の点では、19世紀の詩の延長線上にあったのに対し、ロランジェの仕事はケベック詩のモダニティへの道を開くものであった。この「巨大だ」という言葉を繰り返し、３度目に用いる時、当時の基準では全く詩的とみなされない副詞をその前に置くという手法は、後にサン＝ドゥニ・ガルノー（Saint-Denys Garneau）が自分の詩学の中で活用することになる、ある種散文的なアプローチを予感させるものである。同様に、比喩と主題の面で（外部と内部の緊張関係や、窓と田舎のイメージ、均衡の概念など）、この詩はガルノーの『空間における視線と遊び』（*Regards et jeux dans l'espace*）(47)を先取りしている。しかし、この革新的な仕事をする一方で、ロランジェは1925年には『地方主義を求めて──村──郷土のお話と物語』（*A la recherche du régionalisme: Le village: Contes et nouvelles du terroir*）(48)を出版する。これはロゾーが1916年に『月桂樹と楓の葉』（*Lauriers et feuilles d'érable*）(49)を出版したのとまさに相似の出来事であり、当時の多くの作者が地方主義に対して両義的なスタンスをとっていたことのさらなる証明だといえる。

これとは対照的に、アルフレッド・デロッシェは田舎の景色を窓ガラス越しに見たりはせず、その中に全身全霊を浸そうとする。彼は「自然を征服することを夢見ながら死んだ」（[q]ui sont morts en rêvant d'asservir la nature）(50)木こりや罠使いの猟師の生活を理想化する。この１行は、彼のもっとも重要な詩集で、詩人の生まれたイースタン・タウンシップス〔モントリオール南東の地域名〕に位置する山にちなんで名づけられた『オルフォールの陰で』（*À l'ombre de l'Orford*, 1929）(51)の冒頭の詩からとったものである。この詩は、冒頭が「私は超人の一族の出来そこないの息子だ／猛々しく、強く、雄々しい男たちの一族の」（Je suis un fils déchu de race surhumaine / Race de violents, de forts, de hasardeux）(52)で始まるフランス系カナダの叙事詩である。この最初におかれた対照法、第３連の２行目で頂点に上り詰めるイメージの力強さ「私は巨大な白い空間が自分の内部で泣いているのを聴く」（J'entends pleurer en moi les grands espaces blancs）(53)、そして吹き抜ける風によって作られるアレクサンドラン〔12音節の仏語詩法〕の韻律、これらすべてがあいまって、デロッシェの詩は、伝統的な定型詩が決して疲弊し、枯渇しきっ

たものではないことを完璧に証明している。さらに、幾人もの批評家が述べているように、伝統的な作詩法とカナダの土地言葉、とりわけ英語風の表現とを対置したことにより、彼の詩は地方主義と異国趣味のあいだの形式上の葛藤をある程度緩和すること〔仏語原文に近い訳になっている〕に成功した。しかしこの融和策はあくまで形式に関してのみ言えることである。というのも、理念の点では、デロッシェは断固として地方主義を貫いたからである。

ケベック・モダニティ

『オルフォールの陰で』とサン＝ドゥニ・ガルノー（1912-43）の『空間における視線と遊び』を比べると、その違いは際立っている。2 つの詩集を隔てるのはたった 8 年の歳月でしかないのに、その断絶は決定的だ——規則的な韻文と壮大な表現が、不規則な詩行と壊れたリズムに取って代わられたのである。押韻の不在、行の長さの不規則性、散文的な語彙の使用は、それまでケベックの詩人たちによって尊ばれ、不朽のものとして伝えられてきた韻文の作法を徹底的に破壊するものだった。この新しい詩の遊びは、想像の世界を創造しようとする子供の遊びと不可分に結びついている。詩集の第一の作品である「遊び」（"Le Jeu"）の中で、詩人はこう言う——「ここに僕のおもちゃ箱がある／すばらしい模様を織り成すための言葉でいっぱいだ」(Voici ma boîte à jouets / Pleine de mots pour faire de merveilleux enlacements.)。だが、先へ進むにつれて、詩は次第に暗いトーンを帯び始める。最初の頃の、夢中になっていた若い創作者は姿を消し、最後には幻滅した主体が、たった 1 人「隠れ家」(réduit) の中に「素材を／芸術と生のために」(matière / Pour vivre et l'art) 探し当てることを望むだけとなる。『空間における視線と遊び』によって、サン＝ドゥニ・ガルノーは人間主体と詩そのものを、モダニティの領域へと連れ出した。しかしそれは、幻滅をもたらすモダニティであったようだ。

アラン・グランボワ（Alain Grandbois, 1900-75）はケベックのモダニティ詩におけるもう一方の極を体現し、とりわけサン＝ドゥニ・ガルノーの詩集から 7 年遅れて出版された詩集『夜の島々』（Les Îles de la nuit）が象徴的である。現代の文学史において、この 2 人の詩人の作品（そして生涯）は、常に対照的な存在として扱われる。一方の極にはサン＝ドゥニ・ガルノーの、苦痛に満ちた精神の成長と結びついた、破壊され、分断された詩がある。他方の極には、グランボワの、肉体の愛を賛美する力強い抒情性に支えられ、1960 年代のケベックに吹き渡っていた自由の息吹とも調和した歌がある。（この対立は現代の文学史を左右する重大な理念的論争を巻き起こす、強力な触媒の働きもした。）2 つの詩集は形式と詩法の面ではかけ離れているが、共通の意味論上の要素で繋がっている。たとえば、『夜の島々』の最後の詩句「魔法のトリックの箱を閉めよう／これらすべての遊びには遅くなりすぎた」(Fermons l'armoire aux sortilèges / Il est trop tard pour tous les jeux) は「空間における視線と遊び」の最後の句を想

起させる。

　サン゠ドゥニ・ガルノーとアラン・グランボワは後に「孤高の世代」とか「偉大な長老」と呼ばれることになる世代に属する詩人であった。この世代には、リナ・ラスニエ（Rina Lasnier, 1915-79）とアンヌ・エベール（Anne Hébert, 1916-2000）も含まれる。リナ・ラスニエの詩作活動は 50 年以上におよび――『イメージと散文』（*Images et Proses*, 1940）から新しい改定版の『不在の存在』（*Présence de l'Absence*, 1992）まで――、20 冊を越える詩集を出した。彼女の抒情性に満ちた歌の豊かさは称賛に値する。それは、さらなる充実を求めて、人生を肉体と精神両面で謳歌し、讃美することから生まれており、また自らの、そして民族の起源の意識とも切り離せないものである。ラスニエは自らの仕事をさまざまな詩形に嵌め込むが、とりわけ小詩の形を愛用する。アンヌ・エベールはサン゠ドゥニ・ガルノーの従姉妹で、現代のケベック詩の中で最も豊かで完成度の高い詩集の 1 つである『王たちの墓』（*Le Tombeau des rois*, 1953）を産み出した。この詩集の中では、心を魅了するシンボリズムが、生気を欠いた内面と威嚇的な外界の間を縫いながら展開し、それが最後に置かれた、詩集のタイトルを冠した詩において頂点に達する。冒頭の 2 行連句（「私は私の心臓を手の中に握りしめる／盲目の鷹のように J'ai mon cœur au poing / Comme un faucon aveugle」）から最終の 7 行連句の問いかけるような終止部（「それなら何故この鳥は震えるのか／そして朝の光に向けるのか／その見えない目を？」D'où vient donc que cet oiseau frémit / Et tourne vers le matin / Ses prunelles crevées.）に至るまで、「王たちの墓」の語り手はユーリピデスであると同時にオルフェウスであり、変容をもたらす死と、妨げられた復活の、主体でもあり客体でもある。そしてそこでは夢幻と神秘主義がエロティシズムと混ざり合う。この不可解で荒廃した世界を、鮮明かつ鋭利なイメージを用いて、かくも鮮やかに、かつ生々しく切り開いて見せる、そのメスさばきの正確さは、エベールの詩才の紛うかたなき証明である。

　ここでもう一度、1940 年代に立ち戻ろう。サン゠ドゥニ・ガルノーとグランボワによって決定的にモダニティの次元に連れ出された詩的言語と作詩法は、この時期にさらなる変動にさらされた。1948 年にはポール゠マリー・ラプワント（Paul-Marie Lapointe, 1929-〔-2011〕）が、シュールレアリスムとオートマティスムの作品『灰になった純潔』（*Le Vierge incendié*）を世に出した。韻文と散文の入り混じったこの作品は、個人を疎外する社会と宗教「偽の感傷に満ちた教会」（les églises de faux sentiments）を告発し、自由恋愛の超越的な力を賞揚する。この詩集は、あらゆるかたちの疎外を、特に聖職者たちの絶対的な権力を批判した画家のポール゠エミール・ボルデュア（Paul-Émile Borduas）のマニフェスト『全面拒否』（*Refus global*）と同じ年に、同じ出版社（ミトラ゠ミット）によって出版された。『灰になった純潔』は 1960 年代になるまで、もしくは『絶対的現実』（*Le Réel absolu*）に収められて再出版された 1970 年代になるまで、完全に理解され、評価されることはなかった。

　ポール゠マリー・ラプワントは破滅の淵に瀕した社会の先触れであった（「ハンマーが振り上げられる時／薪が黒い炎を上げる時／頑なな人々の上に」Quand le marteau se lève / quand les bûchers vont flamber noir / sur le peuple déterminé）が、彼と同時代にもう 1 人、1949 年に大変重要な作品に着手することになる、若き詩人が存在した。その名はロラン・ジゲール（Roland Giguère, 1929-2003）、その小冊子は『産み出すこと』（*Faire naître*）と題され、1949 年に、これを出す目的でジゲールが立ち上げた出版社エルタ（この名前はアルバータの最初のシラブルを取り去る、語頭音消失によって作られた）によって出版された。1965 年に、彼の回顧的作品集三部作の 1 冊目が『言葉の時代』（*L'Age de la parole*）という象徴的なタイトルをつけて発表された（他の 2 冊は 1973 年出版の『火にかざす手』*La Main au feu* と 1978 年の『狂気の原始林』*Forêt vierge folle* である）。「言葉の時代とは——青銅器時代というのと同じようにそう呼ぶのだが——私にとっては 1949 年から 1960 年までを指す。その間に私は、名づけ、呼びかけ、追い払い、押し開くために、だが何よりも呼びかけるために書いた。私は呼びかけた。そしてこの呼びかけによって、我々が呼んでいたものが、とうとう到来したのだ」。(L'âge de la parole — comme on dit l'âge du bronze— se situe, pour moi, dans ces années 1949–1960, au cours desquelles j'écrivais pour nommer, appeler, exorciser, ouvrir, mais appeler surtout. J'appelais. Et à force d'appeler, ce que l'on appelle finit par arriver.) 1957 年から 1963 年までフランスに滞在した後、戻ってきたジゲールが見たケベックは、社会的・文化的な変革の熱気がふつふつと沸き立ち、以前よりも楽に呼吸ができる場所になっていた。全体として見るならば、ロラン・ジゲールの詩と絵画作品は、彼の才能の形成期に影響を与えた 1 人、ポール・エリュアール（Paul Eluard）の詩集のタイトルどおり、まさに「見させる」（donner à voir）という目的を達成したといえるだろう。

　1940 年代末から 1950 年代にかけてのケベック詩の景観は、豊かで多様であった。この時期は、いくつかの異なるグループが存在したことが特徴である。まずアラン・グランボワ、リナ・ラスニエ、アンヌ・エベールといった「長老たち」がいた。若いシュールレアリストの詩人たち（テレーズ・ルノー Thérèse Renaud、『屋外演劇』*Théâtre en plein air* の作者ジル・エノー Gilles Hénault、ポール＝マリー・ラプワント、クロード・ゴヴロー Claude Gauvreau、それにロラン・ジゲール）がいた。それから、新しい出版社、エグザゴンヌを中心に結集した詩人たちのグループもあった。エグザゴンヌは、1953 年にオリヴィエ・マルシャン（Olivier Marchand）とガストン・ミロン（Gaston Miron）による詩集『二つの血筋（*Deux sangs*）』を出版する際に設立された。これ以降の数年間に、エグザゴンヌは数人の若い詩人の名声を確立し（中でも注目すべきはジャン＝ギ・ピロン Jean-Guy Pilon、フェルナン・ウエレット Fernand Ouellet、そしてミシェル・ヴァン・シェンデル Michel van Schendel）、またその前の世代（リナ・ラスニエとアラン・グランボワ）の作品も引き受け、さらに異なる詩的背景をもつ詩人も受け入れた（例えばポール＝マリー・ラプワントやロラン・ジゲールなど）。この出版社は、文学者同志の交流の場を提供し、集会や朗読会を開くことによって、多くの詩人たちが社会的に孤立していた状態に終止符を打った。その結果、この出版社の名前が 1920 年代末から 1930 年代初頭の間に生を享けた詩人たちの世代につけられることになった（ピ

エール・ペロー、ガストン・ミロン、ロラン・ジゲール、ポール＝マリー・ラプワント、ミシェル・ヴァン・シェンデル、フェルナン・ウエレット、そしジャン＝ギ・ピロン）。しかし、この時代に生まれた、もっとも妥協を知らない詩人であるクロード・ゴヴロー（1925-71）は、決して自らをこの「エグザゴンヌ世代」の1人とみなすことはしなかった。ゴヴローの、激烈でスカトロジックで、低俗でさえある比喩的表現は、たとえばあの辛辣な「敵への頌歌」（"Ode à l'ennemi"）の中でのように、聖職者、ブルジョアジー、そして社会全体を糾弾する。この詩は、激烈な表現のほとばしりの果てに、ぞっとするような威嚇的な対句でしめくくられる、「生気のないお前達／憐れむものか！」（Vous êtes des incolores / Pas de pitié!）と。詩人は、ランボーの言葉を借りるならば、彼自身の「自由なる自由」（liberté libre）を妨げるもの全てに対し、情け容赦がない。

　この狂ったように激しい自由への希求は、疑いなく、1940年代から50年代にかけてのケベック社会の、息苦しく疎外的に感じられた雰囲気と関係がある。それはまた、この種の議論をする際には常に慎重でなければならないが、ゴヴローの私生活と結びつけて考えることもできよう。彼は何回か、精神病院に入れられたことがあるからだ。実際、まさに示唆的な『拘禁の歌』（Poèmes de détention, 1961）というタイトルをつけた1連の詩を彼が作ったのは、そうした病院収容中のことだった。この詩集には、言語の逸脱が秩序破壊の一歩手前まで（あるいは新しい秩序の創造とも言うべきか）おし進められた例が散見される。そうした実験は1940年代後半に始まっていたのであり、彼の自由追求の企てと切り離しては考えられない。

　　私は私の秘密の微笑のおかげで神である
　　そして実は私は私自身である
　　隠すところなく　気高く自由に満ち
　　ドラッガッマラマラタ　ビルボウチェル
　　オストルマプリヴィ　ティガウド　ウモ　トランジ　リ

　　Je suis dieu pour mes sourires secrets
　　Et en vérité je suis moi-même
　　Franc noble et plein de literté
　　Draggammalamalatha　birbouchel
　　Ostrumaplivi tigaudô umô transi LI

ゴヴローの多岐にわたる仕事（詩、小説、劇、そしてラジオ放送の脚本等を含む）の全貌が明らかにされ、評価されるには、彼が自死してから7年後の1977年に『創造的全作品』（Œuvres créatrices complètes）が出版されるまで待たなければならなかった。だが、たとえ1960年代にもっとよく知られていたとしても、彼の作品はおざなりな評価しか受けなかったであろう。それくらい、当時には、地方の問題（その起源、テリトリー、言語など）に取り組む詩のみ

642

が優勢を誇っていたのである。

　この、「民族的」な詩という括弧にくくられるべき作品には、ジャン＝ギ・ピロンの『国への依存』（*Recours au pays*, 1961）とか、ジル・エノーの『腕木信号機』（*Sémaphore*）とそれに続く『記憶の国への旅』（*Voyage au pays de mémoire*, 1962）、ガシアン・ラプワントの『サン＝ローランへの頌歌』（*Ode au Saint-Laurent*, 1963）、ポール・シャンベルラン（Paul Chamberland）の『ケベックの大地』（*Terre Québec*, 1964）、ジャック・ブロー（Jacques Brault）の『回想記』（*Mémoire*, 1965）、ジェラルド・ゴダンの『カントゥーク——みだらで通俗的な、そして時にフランス風の、言語の詩』（*Cantouques: Poèmes en langue verte, populaire et quelquefois française*, 1967）、イヴ・プレフォンテーヌ（Yves Préfontaine）の『言葉のない国』（*Pays sans parole*, 1967）、ピエール・ペローの『破れかぶれ』（*En désespoir de cause*, 1971）、そして最後に、ミシェル・ラロンド（Michèle Lalonde, 1937-）によるポスター・ポエム（"poème-affiche"）、「スピーク・ホワイト（白人らしく喋れ）」がある。この作品は1960年代後半から詩の会で読まれていたが、最終的に1974年に出版された。100行ほどもあるこの詩は、アングロ・サクソンによる社会的・経済的支配を糾弾し、虐げられた人々の連帯を呼びかける。この1篇が、この体制批判と権利要求の時期に書かれたもののうちで、もっとも人々の記憶に残る抵抗の詩であるとすれば、もっとも有名で賞賛された詩集は、現代ケベック文学の顔ともいえる存在、ガストン・ミロン（1928-96）の『屑人間』（*L'Homme rapaillé*）である。「民族的な」詩を凝縮し、高め、ひとつにするこの詩集は、（タイトルにある動詞、「寄せ集める」rapailler が示すように）いくつかの「詩のサイクル」を寄せ集めてできている。その中の、「愛の行進」（"La marche à l'amour"）と「愛と戦士」（"L'amour et le militant"）といった詩は、そのタイトル自体が彼の作品の2つの大きな軸、愛と政治参加を統合して示している。

　ミロンの場合、この倫理的要素と美学的要素が手を携え、偉大なフランス抒情詩の伝統を保持すると同時に、ケベック人のアイデンティティの核心を射抜く詩を作り上げている。この観点から見ると、ミロンの「十月」（"L'Octobre"）のような詩は、アルフレッド・デロッシェの『オルフォールの陰で』の巻頭の詩に始まった叙事詩を、ある意味で引き継いでいるのかもしれない。デロッシェの「超人の一族の出来そこないの息子」（fils déchu de race surhumaine）の後を継いで、ミロンは「私はあなたの息子として生まれた、大空の彼方で」（je suis né ton fils par en haut là-bas）と歌うのである。ただ、両者の異なる点は、デロッシェが過去を理想化し、それを永続させたいと願ったのに対し、ミロンが過去を喚起するのは、よりよい未来を要求し（「我々はお前を創造する、ケベックの大地よ」Nous te ferons, Terre de Québec）、「自由の未来／約束の未来」（l'avenir dégagé / l'avenir engagé）を築くためだということだ。『屑人間』の「雄大な」詩群は、その戦闘的かつ呪術的な言語の力により、ひとつの生きた言語を体現している。そしてこの言語は、個人的および集団的な生に対するミロンのヴィジョンに、その形式と意味の源泉を得ているのである。

フレンチ・カナダの冒険

1960年代に、民族的アイデンティティを主張すべきだという感覚がみなぎり、広範な文化的、社会的、政治的変革を経験した地方はケベックだけではなかった。3つの出版社、エディション・ダカディ（ニュー・ブランズウィック州モンクトン）、エディション・プリーズ・ド・パロール（オンタリオ州サドベリー）、エディション・ド・ブレ（マニトバ州ウィニペグ）はそれぞれ1972年、1973年、1974年に設立された。アカディアと仏語系オンタリオ、仏語系マニトバの文学は1970年代以前にも活動していたけれども、この3つの出版社がフレンチ・カナダの文学を、全く見違えるほどに、「汎カナダ的規模[98]」で作り上げるのに大きな貢献をしたことは間違いない。

エディション・ダカディ（1972-99）が出版した最初の本はレモン・ギ・ルブラン（Raymond Guy LeBlanc, 1945-）の詩集、『大地の叫び』（Cri de terre）であった。「私はアカディアンだ／ということは／多重な層から成り　ちりぢりにされ　買われ　疎外され　売られ　反抗し／未来に向かって引き裂かれた人間ということだ（Je suis acadien / Ce qui signifie / Multiplié fourré dispersé acheté aliéné vendu révolté / Homme déchiré vers l'avenir.）。詩人は引き裂かれているが、それでも未来に向かっている。それは、続いて出版されることになるルブランのいくつかの詩集によって、とりわけ1988年に出される詩集『愛と希望の歌』[100]（Chants d'amour et d'espoir）のタイトルによって、立証されている。

レモン・ギ・ルブランがアカディアの文芸ルネサンスの口火を切ったのだとすれば、それをもっとも力強く、多面的に展開し、体現して見せるのが、詩人であり劇作家、映画人にしてヴィジュアル・アーティストでもあったエルメネジルド・シアソン（Herménégilde Chiasson, 1946-）である。「どうすれば我々は、もう地方色豊かな見世物でいたくはないのだという事実を表明できるのだろう……」（Comment arriver à dire que nous ne voulons plus être folkloriques...）[101]。この拒絶が、シアソンの創作の道筋を方向付け、またアイデンティティの模索と芸術上の自由との間に必然的に生まれる緊張を際立たせている。この芸術の自由への意思は、彼の詩集、『預言』（Prophéties, 1986）、『実存』（Existences, 1986）、『細密画』（Miniatures, 1995）、『気候』（Climats, 1996）、『会話』（Conversations, 1999）、『行動』（Actions, 2000）、『伝説』（Légendes, 2000）、『行程』（Parcours, 2005）[102]などタイトルに使われた、名詞の複数形に明白に見てとれる。

『赤い夜の地理学』（Géographie de la nuit rouge, 1984）[103]の中で、ジェラルド・ルブラン（Gérald LeBlanc, 1945-2005）は「放浪の地理学を学ぶ、もっと遠くへ行こうとして、他の場所、全ての場所を見ようとし」（travaille à une géographie de l'errance, en essayant d'aller plus loin. d'aller [sic] voir ailleurs et partout）[104]、だがそうしながらも彼は、モンクトンを、輝かしくも痛ましい、

全ての出発と帰還の中心点に定めた。「モンクトンの出身だということは、何を意味するのか？……モンクトンはアメリカの祈りだ、この世紀末の砂漠の中で聞こえてくるコヨーテの長く尾をひく叫びだ。……どこでもない場所からやってきたということは、何を意味するのか？」(qu'est-ce que ça veut dire, venir de Moncton ?... Moncton est une prière américaine, un long cri de coyote dans le désert de cette fin de siècle. ... qu'est-ce que ça veut dire, venir de nulle part?)⁽¹⁰⁵⁾ この問いは、彼の詩集の最後の詩の中で問われるのだが、その本のタイトルはルブランの探求と詩学を集約している。それは『極限の境界』(*L'extrême frontière*, 1988)⁽¹⁰⁶⁾ という。

オーラリティからテクスチュアリティまで、アイデンティティに関する要求から言語の逸脱まで、「シァック〔シェディアック周辺の訛りの強いフランス語〕を吐き出すモンクトンのメイン通り」(la Main de Moncton qui rote le chiac)⁽¹⁰⁷⁾ から「うねるリズムをもつ長い文のような地平線」(l'horizon [qui] est une longue phrase aux rythmes déployés)⁽¹⁰⁸⁾ に至るまで、アカディアのもっとも重要な詩人たち（レモン・ギ・ルブランからセルジュ・パトリス・ティボドー Serge Patrice Thibaudeau まで、ジェラルド・ルブランからクリスチャン・ブラン Christian Brun まで、エルメネジルド・シアソンからジャン=フィリップ・レーシュ Jean-Philippe Raîche まで、エレーヌ・アルベック Hélène Harbec からフレドリック・ガリ・コモー Fredric Gary Comeau まで、ディアンヌ・レジェ Dyane Léger からフランス・デグル France Daigle まで）は全て、現実の、あるいは想像上の空間を作り上げ、それを異質なものと慣れ親しんだものとの弁証法の中に置いて見せる。同じことが、全ての文学について言えるのかもしれない。だがこの特徴は、アカディアや仏語系オンタリオ、仏語系マニトバのようなマイノリティ・グループの中で創り出された文学に特によく当てはまるし、レベルは異なるが、ケベック文学全体についても、当てはまるのである。

エディション・ド・レグザゴンヌやエディション・ダカディがそうであったように、エディション・プリーズ・ド・パロールもまた、仏語系オンタリオ詩の誕生と興隆に重大な役割を果たした。ここで先駆的役割を担ったのはパトリス・デビヤン（Patrice Desbiens, 1948-）である。彼の初期の詩集、特に『残りの空間』(*L'Espace qui reste*)、『透明人間』(*L'Homme invisible/The Invisible Man*) および『英詩』(*Poèmes anglais*)⁽¹⁰⁹⁾⁽¹¹⁰⁾ には、他者の言語、つまり英語が強制されることによって、自らのアイデンティティが脅かされることへの意識が明確に表明されている。この時期のデビヤンは、バイリンガリズムの迷路の中で自らの尾を噛んでいるネズミのようだ。彼は罠にとらわれているのだが、浮薄を装い自らを嘲笑するという、強力な武器を使って反撃を試みている。後期の詩集（『春巻』*Rouleaux de printemps*, 1999 や『いななき』*Hennissements*, 2002）⁽¹¹¹⁾ では、アイデンティティの問いはぼやけていき、不条理と紙一重のところまで行くハイパー・リアリズムが優位を占める。幻滅した詩人であり、現実世界に生きる伊達男であり、そして愛の偉大な軽薄さを歌う吟唱者でもあるという、自身のペルソナを引き受けつつこれを戯画化するデビヤンは、凡庸で散文的なものの意表を突く結合を駆使することによって、ある種の崇高さを獲得している。

ロベール・ディクソン（Robert Dickson, 1944-2007）もまた、エディション・プリーズ・ド・パロールと長きにわたって関わった詩人であった。1997年の詩集『こちらは大きな青空』（*Grand ciel bleu par ici*）[112]の中の彼の詩は、隠喩的表現の行き過ぎを排除している。なぜなら、そうした過剰な修辞的表現が、我を失う瞬間とか、物や他者との近接がもたらすおののきの瞬間を邪魔してしまうからである。彼の次の詩集は『相対的平和時の人間情景』（*Humains paysages en temps de paix relative*, 2002）[113]で、この中では「自分自身に到達するための新たな旅への」（aller vers l'autre voyager vers soi）[114]動きが表現される。パトリス・デビヤンとロベール・ディクソンの作品は北オンタリオの生まれか、同地に在住の数人の詩人たちに影響を与えたが、その中にミシェル・ダレール（Michel Dallaire）、ピエール・アルベール（Pierre Albert）、ギ・リゾット（Guy Lizotte）、そしてもっとも独創的なジャック・ポワリエ（Jacques Poirier, 1959-）がいた。ポワリエの『時に、完璧な光の日に』（*Parfois, en certains jours de lumière parfaite*, 2006）[115]はポルトガル詩人フェルナンド・ペソア（Fernando Pessoa）の作品との対話となっていて、借用や移植による独特の詩学を作り上げている。

　こうした「北方派」と呼ばれる詩人たちと肩を並べて、1960年代以降、カナダの首都オタワ周辺を基点に、4世代にわたる詩人たちが名を成した。まず「長老たち」（aînés）であるガブリエル・プーラン（Gabrielle Poulin, 1929-）やジャック・フラマン（Jacques Flamand, 1935-）がおり、次いで1940年代に生まれた詩人たち（ピエール・ラファエル・ペルティエ Pierre Raphaël Pelletier、ジル・ラコンブ Gilles Lacombe、そしてアンドレ・ラセル Andrée Lacelle）と1960年代生まれの者たち（アンドレ・ルデュック André Leduc、マーガレット・ミシェル・クック Margaret Michèle Cook、そしてステファン・プセナック Stefan Psenak）がいた。全般的に言うと、彼らの詩は仏語系オンタリアンのアイデンティティの問題とは無縁で、彼らはもっぱら、フェミニスト的、精神的、内面的、あるいはヒューマニスト的など、様々な流儀で、現代世界における人間の欠乏や欲求に関心を向けている。しかしながら、エリック・シャルルボワ（Eric Charlebois）の4冊の詩集の最初の1冊（『逃げ口上』*Faux-fuyants*, 2002）[116]と、ティナ・シャルルボワ（Tina Charlebois）の2つの詩集（『刺青と遺書』*Tatouages et testaments*, 2002、並びに『滑らかな毛』*Poils lisses*, 2006）[117]の中のいくつかの詩は、こうした傾向とは著しい対照を見せている。

　共に1970年代生まれの2人の詩人のこれらの作品は、仏語系オンタリアンの現実を問う。「私はオンタリオの中でだけ仏語系オンタリオ人なのだ。もし州を変えたら裏切り者になるだろう。」（Je suis Franco-Ontarienne seulement en Ontario. Traître si je change de province.）[118] そう書くティナ・シャルルボワは、オンタリオにおいて支配的な、アイデンティティに対する両義的な態度にここでも光を当てている。そして、アイデンティティに関するさらなる問いは、ブルキナ・ファソ出身で、1992年以降オンタリオに在住の詩人、アンジェル・バソレ＝ウエドラオゴ（Angère Bassolé-Ouédraogo, 1967-）によっても発せられる。彼女は3つの詩集、『ブルキナ・ブルース』（*Burkina Blues*, 2000）、『あなたの言葉で』（*Avec tes mots*, 2003）、『サヘル

の女たち』(*Sahéliennes*, 2006)を発表している。彼女の詩はアフリカの「女の記憶」(mémoires des femmes)を呼び出し、それを押し広げる。そして「勇気ある母達」(mères-courages)を称賛し、苦い問いをなげかける――「どうやって受け入れたらいいのか／私たちが自分自身の／敵になっているということを？」(Comment comprendre / Que nous soyons devenus / Nos propres ennemis?)この問いかけは、アフリカの大地に根ざしているが、オンタリオ全体にまで拡がるものである。

　1974年に、ポール・サヴォワ(Paul Savoie, 1946-)は出版社エディション・ド・ブレ(マニトバ)を立ち上げて詩集『サラマンドル』(*Salamandre*)を出版した。この処女詩集の強みは、(一見)抒情的なイメージと、美と広大な無の両方を含む宇宙の描写を、対照的に鋭く際立たせているところにある。J. R. レヴェイエ(J. R. Léveillé, 1945-)は、アカディアのエルメネジルド・シアソンやオンタリオのパトリス・デビヤンがそうであるように、仏語系マニトバ人のモダニティを代表する詩人である。彼は非常に多様な形式の探求を行ったが、そのもっともラディカルな例が『モントリオール詩編』(*Montréal poésie*, 1987)と『証拠物件』(*Pièces à conviction*, 1999)に見られる。『モントリオール詩編』ではテクスト、イメージ、コラージュ、広告など、異質なもののモンタージュが展開し、全体の中でそれらがぶつかりあった結果、アートと商業、美学と広告など、全てが等価に扱われている。『証拠物件』ではコラージュの美学がさらに推し進められ、言葉は線状に、縦並びや横並びで配置され、時には単独で時には塊で、種類の異なるフォントや大小さまざまなポイントで置かれている。従って、「詩」の中で意味の焦点が無限に増殖し、詩の中心はどこにでもあってどこにもなく、各々の焦点が作品の一部分でもあり全体でもあるという状態を呈している。最初の詩集『最初の死の作品』(*Œuvre de la première mort*, 1977)において、レヴェイエは「世界は私の虚構の舞台だ」(le monde est mon lieu de fiction)と言った。そしてこの考えを、彼はおよそ20冊に及ぶ、小説、詩、短編、その他の書きものを含む著作において展開したのである。

現代のケベック

1965年以降、ケベック詩の主流的な運動の周縁で、3つの新しい詩の流れが興ってきた。フォルマリスムとカウンターカルチャー、そしてフェミニズムである。フォルマリスム(アンドレ・ロワ André Roy、アンドレ・ジェルヴェ André Gervais、ノルマン・ド・ベルフィーユ Normand de Bellefeuille、そしてロジェ・デ・ロッシュ Roger Des Roches らによって実践された)は抒情詩を拒絶し、テクストの物質性を探求する。カウンターカルチャー詩は2つのグループに分けられる。1つ目はふざけ好きであけっぴろげだが、それでも異議申し立てははっきりと行うグループ(クロード・ペロカン Claude Péloquin とラウル・デュゲ Raoul Duguay)。2番目のグループはもっとけんか腰で、過激な性的描写や都会の彷徨、ある種の俗悪さなどを

追及する（ルイ・ジョフロワ Louis Geoffroy、リュシアン・フランクール Lucien Francœur、ジョゼ・イヴォン José Yvon、そしてドゥニ・ヴァニエ Denis Vanier）。フェミニスト詩人ではニコル・ブロサール（Nicole Brossard）、マドレーヌ・ガニョン（Madeleine Gagnon）、ジュヌヴィエーヴ・アミヨ（Geneviève Amyot）、フランス・テオレ（France Théoret）、そしてルイーズ・デュプレ（Louise Dupré）などが知られている。このようにグループ分けするのは、これらの詩人たちのエクリチュールの実践を限定的な範列の中に押し込めるのが目的ではなく、彼らの作品の魅力的な特徴に注意を向けようとするためである。これらの詩人たちが、場合によっては、こうした潮流のあれやこれやを実験的に使用し、詩集を出すたびにその詩風を変え、刷新しようとしたことを考えると、なおさら分類することに意味はない。ポール・シャンベルラン（1939-）とフランソワ・シャロン（François Charron, 1952-）の軌跡は、その意味では、たいへん象徴的で意義深い。シャンベルランは1960年代から1970年代の間に、「民族的」な詩（『ケベックの土』Terre Québec や『ポスター貼りは叫ぶ』L'Afficheur hurle など）からユートピア的なヒューマニズム（『明日、神々は生まれる』Demain les dieux naîtront）へと移行したし、シャロンは『文学＝猥褻』（Littérature-obscénité, 1974）から『物のもろさ』（La fragilité des choses, 1987）に至る間に、詩と社会に関する過激な問いを（大変様々な様式とトーンで）発する詩人から、形而上学的な問題に取り組む詩人へと変貌したのである。

　これらすべての変遷はありながらも、詩からテクストへ、話し言葉から書き言葉へ、多形的な実験から文字のポリフォニーへと、詩の世界は移行してゆき、その動きの中で、1970年代には徐々に、逸脱と破壊が、新たなアカデミズムとも言うべき地位を確立していった。しかし、このような破壊を必然とするような態度には背を向けた詩人たちが、1960年代（ジャック・ブロー、ミシェル・ガルノー、ジルベール・ランジュヴァン Gilbert Langevin、ピエール・モランシー Pierre Morency、そしてミシェル・ボーリュー Michel Beaulieu）と1970年代（アレクシス・ルフランソワ Alexis Lefrançois、マリー・ユゲー Marie Uguay、そしてロベール・メランソン Robert Melançon）に、我々の時代においてもっとも興味深いものに数えられる作品を創作していた。

　これらの詩人の中で最も注目に値するのはジャック・ブロー（1933-）である。彼の最初の詩集『回想記』（Mémoire, 1965）は家族と集団の記憶を探る試みであるが、短詩形から並列語法を用いた散文のパラグラフの集中へと発展する形式が採られている。中でも注目すべきは「兄弟への連作」（"Suite fraternelle"）で、戦争で死んだ兄に捧げられたこの長大な悲歌は、非常に成功している。後期の詩集になると、彼はこの哀歌調から徐々に遠ざかり、「毀れやすい時間」（"moments fragiles"）を捉える、もっと簡素な詩へと軸足を移していく。「毀れやすい時間」とは（これは1984年に出版された彼の詩集のタイトルでもある）、生物と、自然と、存在そのものに対する愛着と無関心とのあいだで宙づりになっている状態である――「もし彼らがここへ私を探しにきたら／私は道を歩いて行っていると言ってくれ」（Si on me demande par ici / dites que je m'éloigne sur la route.）。この詩集は1980年代から1990年代にか

けてケベック詩壇で勢いをもった内面感情主義(アンティミスム)に属するものである。アンティミスムは「新」抒情主義とも結びついている。「新」抒情主義は、それ以前の抒情主義よりもっと簡潔で切り詰められた言葉を用い、主体が自己自身と自己のまわりの世界との関係をうちたてることがその主要な関心である。

　これはまさに、1990年代から現代までの詩人たちの中でもっとも重要な1人である、エレーヌ・ドリオン（Hélène Dorion）の作品の中に見てとることのできる特質である。だがすでに1976年という早い時期に、若き詩人マリー・ユゲー（1955-81）が、彼女の最初の詩集『記号と噂』（*Signes et rumeurs*）の中で、当時流行していたフォルマリストやフェミニスト詩にかわるものを打ち出していた。この詩集の最初の詩、「心の奥底の悩み」（"intimes sollicitudes"）は、ある意味で、この詩集全体を象徴するものだったと言ってもよいかもしれない。詩集『人生の向こう』（*L'Outre-vie*）がこれに続き、次いで彼女の死の1年後に出された『自画像』（*Autoportraits*）では、愛と欲望の様相が、苛酷なまでに精妙に描きだされている。2005年には、ユゲーの作品がさらに2冊出版された。1つはそれまで未刊だった彼女の日記（『日記』*Journal*）で、これは彼女の人生最後の数年間の心を揺さぶる記録であると同時に、詩についての明晰な、密度の濃い思索でもある。第2は作品集『詩』（*Poèmes*）で、すでに出版された作品と、大部分は未刊であった『余白の詩』（*Poèmes en marge*）と『散文の詩』（*Poèmes en prose*）とを合わせたものである。「私の言葉は水面に浮かび上がって来ない／眼の底では何も動かない」（mes mots n'atteignent pas la surface de l'eau / rien ne bouge au fond des yeux）。だが、この無力感と退嬰主義は、彼女の作品全てを覆っているわけではない。日記には苦悩や不安が吐露されているけれども、最後の詩に至るまで、マリー・ユゲーの仕事は、まず何よりも本物の詩人の仕事であった。彼女のイメージを統御する力、それらのイメージを鋭敏に進行させ、繊細に展開させる力は、最後まで保持されただけでなく、強められさえしたのである。上の2行の詩文は、1980年9月6日に書かれた詩からの引用である。そして1981年2月25日に、彼女は「これで私は永遠に孤独になる」（maintenant je suis seule à jamais）と書いた。退嬰主義からめまいのするような孤独へと、マリー・ユゲーは詩の鏡を通り抜けたのだ。彼女の詩の時空間の中では、彼女はもはや孤独ではない。

　この章で扱うべき数百の詩集は、うず高い山になって我々の机上に乗っている。1つの山は、1920年代と1930年代に女性によって書かれた詩集で、当時としては驚くほど自由な言葉遣いで欲望と愛が表現されている。ジョヴェット・ベルニエ（Jovette Bernier）の『引き裂かれた仮面』（*Les Masques déchirés*, 1932）、シモーヌ・ルティエ（Simone Routier）の『永遠の青年』（*L'Immortel Adolescent*, 1928）、エヴァ・セネカル（Eva Senécal）の『オーロラの中を走る』（*La Course dans l'aurore*, 1929）、そしてメドジェ・ヴェジナ（Medjé Vézina）の『それぞれの時間がそれぞれの顔』（*Chaque heure a chaque visage*, 1934）などがこれにあたる。もう1つの山には、ジル・エノーの『透視者たちへの合図』（*Signaux pour les voyants*）、ピエール・ネヴーの『マーラーとその他の素材』（*Mahler et autres matières*）、フェルナン・ウエレットの『時間

（*Les Heures*）、エリーズ・テュルコット（*Elise Turcott*）の『大地はここにある』（*La Terre est ici*）、そしてジョゼ・アクラン（*José Acquelin*）の『呼吸可能な鳥』（*L'Oiseau respirable*）などがある。さらにもう 1 つの山には、アンドレ・ロワの『強度加速器』（*L'Accélérateur d'intensité*, 1987）とノルマン・ド・ベルフィーユの『最初に一つの顔』（*Un visage pour commencer*, 2001）があって、アンティミスムと新抒情主義は、フォルマリスムに与すると見なされている詩人も同じく惹きつけるのだということを証明している。

　新しい出版社（ル・カルタニェ、ポエ・ド・ブルス、マルシャン・ド・フィーユ、ル・ルザル・アムルー、ロワ・ド・クラヴァン、その他）と新しい文芸誌（エクシ、ステク・アシュ、ル・カルタニェ、コントルジュール、アントレラク等）が、既存の出版社（エグザゴンヌ、レゼルブ・ルージュ、ル・ノロワ、レゼクリ・デ・フォルジュ、トリプティク）や実績のある雑誌（レ・ゼクリ、リベルテ、エスチュエール、メビユス）と肩を並べ、競い合っている。これらの発表の場（またその他の場）ができたおかげで、非常に多様な文学作品が次々に生み出されている。その一方で、現代詩が様々な問題を抱えていることも確かだ。中でも、出版される詩集の数が過剰なのに、読者層は非常に限られているといった嘆きは、もはや常套句と化している。だが我々は、ケベック、アカディア、仏語系オンタリオの詩の過ぎ去った黄金時代のようなものを想定し、その輝きに比して現代の詩の質が低下したと考えるという、よく陥りがちな誘惑には抗しなければならない。詩は独自の道のりを辿って進化していく。新しい世代の詩人のそれぞれが、詩を豊かにしていくのであり、中には、そのために高い代償を払う者もいるのだ。

　その一例として、ジュヌヴィエーヴ・デロジエ（Geneviève Desrosiers, 1970-96）の『我々の敵は多いだろう』（*Nombreux seront nos ennemis*）を引いてもいいかもしれない。これは 1999 年に死後出版で出され、2006 年に再版となった詩集である。ここには、使われすぎて陳腐になった言葉やイメージのもつ安心感を振り捨てて、その先へ行こうとする作品にありがちな不完全さが見られる。「予期せぬ喧騒」（"inespéré vacarme"）を探し求めて、語り手は「屠殺場の夜明け」（l'aube des abbatoirs）を、次いで「何もかもがひっくり返る昼」（jour où tout bascule）を経験し、そして最後に、不吉な解放感が訪れる。「これでいい、もう何もかまわない。／……／今夜私は鋼鉄のベッドの上で寝よう」（Ça y est, je me déleste. /.../ Ce soir, je dormirai dans un lit d'acier）、と。「永遠に道に迷ったから　何も探す必要のない」（ne ressen[tait] plus le besoin de chercher car je suis à jamais égarée）者の詩とはそのようなものであった。「遠くまで行きたければ／道に迷うことを知らない者に道を尋ねてはならない」（Pour aller loin: ne jamais demander son chemin à qui ne sait pas s'égarer）というロラン・ジゲールの格言に照らせば、この引用部分は逆説的な意味を獲得するように思われる――できる限り遠くに行くには、我々は永遠に道に迷う必要があるのだろうか？

　それに対してはこう答えよう。いかに衝撃的なものであれ、主題が詩の基盤を作るのではない。それができるのはイメージだけなのだ。ちょうど『我々の敵は多いだろう』のイメー

ジが、ある時はその不遜さによって、ある時はその重厚さ、またある時はその清新な響きによって、我々に強い印象を与えるように。「私を忘れないで」（Ne m'oubliez pas）[149]、とジュヌヴィエーヴ・デロジエは強調する。彼女の詩は、彼女が忘れ去られないことの最大の保証だ。と同時にそれは、苦痛に満ちた、しかし立派な、証しとなっている――今日の詩人が過去の詩人からバトンを受け取って（あるいは必死につかみ取って）おり、彼らの詩は、現代の世界が問いかける問いに応えているだけでなく、世界が問いたがらない問いにまで応答しようとしているのだということの証しに。

注

1. Laurent Mailhot and Pierre Nepveu, eds., "Introduction" in *La Poésie québécoise des orignies à nos jours*（Montreal: Typo, 1986 [1981]）, p. 3. 強調は原著者。
2. 引用文の英訳。
3. Jeanne d'Arc, s.c.o., ed., with the collaboration of Pierre Savard and Paul Wyczynski, *TPCF*, vol. I: *1606-1806*（Montreal: Fides, 1987）; Jeanne d'Arc Lortie, s.c.o., ed., with the collaboration of Yolande Grisé, Pierre Savard, and Paul Wyczynski, vol. II: *1806-1826*（Montreal: Fides, 1989）; Yolande Grisé and Jeanne d'Arc Lortie, s.c.o., eds. with the collaboration of Pierre Savard and Paul Wyczynski, vol. III: *1827-1837*（Montreal: Fides, 1990）; vol. IV: *1838-1849*（Montreal; Fides, 1991）; vol. V: *1850-1855*（Montreal: Fides 1992）; vol. VI: *1856-1858*（Montreal: Fides, 1993）; vol., VII: *1859*（Montreal: Fides, 1994）; vol. VIII: *1860*（Montreal: Fides, 1995）; vol. IX: *1861-1862*（Montreal; Fides, 1999）; vol., X: *1863-1864*（Montreal: Fides, 1997）; vol., XI: *1865-1866*（Montreal: Fides, 1999）; vol.XII: *1866-1867*（Montreal: Fides, 2000）.
4. 引用文の英訳。
5. Michel Bibaud（1782-1857）, *Epîtres, Satires,Chansons, Epigrammes et autres pièces de vers*（1830）; Louis-Thomas Groulx（1819-71）, *Mes loisirs: Publication mensuelle en vers*（1848）; Adolphe Marsais（1803-after 1879）, *Romances et Chansons*（1854）; Louis Fiset（1825-98）, *Jude et Grazia ou Les malheurs de l'émigration canadienne*（1861）; Louis Fréchette, *Mes loisirs*（1863）.
6. （原著者注：引用文のフランス語にはいくつかの誤りがある）。Michel Bibaud, "Satire III. Contre la paresse," in *La Poésie québécoise avant Nelligan*, ed. Yolande Grisé（Montreal, Bibliothèque québécoise, 1998）, p. 93.
7. 引用文の英訳。
8. 引用文の英訳。
9. François-Xavier Garneau, "Le Voyageur. Elégie," in *Anthologie de la poésie québécoise du XIXe siècle（1790-1890）*, ed. John Hare（Montreal: Cahiers du Québec / Hurtubise HMH 1979）, pp. 91 and 93.
10. 引用文の英訳。
11. 引用文の英訳。

カナダ文学史

12. Octave Crémazie, *Poèmes et proses*, ed. Odette Condemine（Montreal: Bibliothèque québécoise, 2006）, p. 119.

13. Ibid., p. 130.

14. 引用文の英訳。

15. 引用文の英訳。

16. 引用文の英訳。

17. 引用文の英訳。

18. 引用文の英訳。

19. Octave Crémazie, "Promenade de trios morts. Fantaisie. I. Le Ver," in Grisé, ed., *La Poésie québécoise*; 引用は pp. 247-9 より。

20. 引用文の英訳。

21. 引用文の英訳。

22. 引用文の英訳。

23. 引用文の英訳。

24. 引用文の英訳。

25. 引用文の英訳。

26. 引用文の英訳。

27. Anne-Marie Duval-Thibault（1862-1958）, *Fleurs du printemps*, Preface by Benjamin Sulte（Fall River: Société de Publication de l'Indépendant, 1892）.

28. Antonin Nantel, ed., *Les Fleurs de la poésie canadienne*（Montreal: Beauchemin, 1869）.

29. Grisé and Lortie, and eds., *TPCF*, vol. XII, p. 10.

30. 引用文の英訳。

31. たとえば、以下の著書を見よ。Paul Wyczynski, *Nelligan 1879-1941*（Montreal: Fides, 1987）and l'*Album Nelligan: Une biographie en images*（Montreal: Fides, 2002）.

32. 引用文の英訳。

33. 引用文の英訳。

34. Émile Nelligan "Rêve d'artiste," in *Œuvres complètes*, vol. I: *Poésies complètes 1896-1941*, ed. Réjean Robidoux and Paul Wyczynski（Montreal: Fides, 1991）, p. 157.

35. 引用文の英訳。

36. Nelligan, "Soir d'hiver," in *Œuvres complètes*, vol. I, p. 299.

37. 引用文の英訳。

38. 引用文の英訳。

39. 引用文の英訳。

40. 引用文の英訳。

41. 引用文の英訳。

42. Albert Lozeau, "Epilogue," "*Les images du pays*," *Œuvres poétiques complètes*, ed Michel Lemaire（Montreal: Presses

de l'Université de Montréal, 2002), p. 344.

43. Annette Hayward, *La Querelle du régionalisme au Québec (1904-1931): Vers l'autonomisation de la littérature québécoise*, Preface by Dominique Garand (Ottawa: Le Nordir, 2006), pp. 560-1.

44. 引用文の英訳。

45. 引用文の英訳。

46. Jean-Aubert Loranger, "Je regarde dehors par la fenêtre," in *Les atmosphères* (Montreal: Imprimeur L.Ad. Morissette, 1920), p. 38.

47. 引用文の英訳。

48. 引用文の英訳。

49. 引用文の英訳。

50. Alfred DesRochers, "Le Cycle des bois et des champs: Liminaire," in *À l'ombre de l'Orford*, ed. Richard Giguère (Montreal: Presses de l'Université de Montréal, 1993 [1929]), p. 156.

52. DesRochers, "Le Cycle", p. 155.

53. Ibid., p. 155.

54. 引用文の英訳。

55. St-Denys-Garneau (*sic*), "Le Jeu," *Regards et jeux dans l'espace*, ed. Réjean Beaudoin (Montreal: Boréal, 1993 [1937]), p. 12.

56. 引用文の英訳。

57. St-Denys Garneau (*sic*), "[Autrefois]," in *Regards*, p. 56.

58. 引用文の英訳。

59. この問題についてさらなる議論を知るためには次の論考を参照のこと。Pierre Nepveu, "Un trou dans notre monde," *L'Écologie du réel: Mort et naissance de la littérature québécoise contemporaine* (Montreal: Boréal, 1988), pp. 63-77.

60. Alain Grandbois, "Fermons l'armoire…," in *Les Îles de la nuit: Poèmes* (Montreal : l'Hexagone, 1963 [1944]), pp. 93-4.

61. 引用文の英訳。

62. 引用文の英訳。

63. Anne Hébert, "Le tombeau des rois," in *Le Tombeau des rois: Poèmes* (Paris : Seuil, 1960 [1953]), pp. 59 and 61.

64. 引用文の英訳。

65. 引用文の英訳。

66. Paul-Marie Lapointe, "Untitled," in "*Le Vierge incendié: Le Réel absolu 1948-1965* (Montreal: l'Hexagone, 1971 [1948]), p. 15

67. 引用文の英訳。

68. 引用文の英訳。

69. Lapointe, *Le Vierge incendié*, p. 15.

カナダ文学史

70. 引用文の英訳。
71. 引用文の英訳。
72. 引用文の英訳。
73 . Roland Giguère, "De l'âge de la parole à l'âge de l'image," *Forêt vierge folle* (Montreal: l'Hexagone, 1978), p. 110.
74. 引用文の英訳。
75. 引用文の英訳。
76. 引用文の英訳。
77. 引用文の英訳。
78 . Claude Gauvreau, "Ode à l'ennemi," in *Étal mixte (1950-1951)*, in *Œuvres créatrices complètes* (Montreal: Parti-pris, 1977), p. 261.
79. 引用文の英訳。
80. 引用文の英訳。
81. Claude Gauvreau, "Recul," in *Poèmes de détention (1961)*, in *Œuvres créatrices*, p. 871.
82. 引用文の英訳。
83. 引用文の英訳。
84. 引用文の英訳。
85. 引用文の英訳。
86. 引用文の英訳。
87. 引用文の英訳。
88. 引用文の英訳。
89. 引用文の英訳。
90. 引用文の英訳。
91. 引用文の英訳。
92. 動詞（rapailler）は「一緒に束にする」あるいは「寄せ集める」の意。
93. 引用文の英訳。
94. 引用文の英訳。
95. Gaston Miron, "L'Octobre," in *L'homme rapaillé: Les poèmes*, ed. Marie-Andrée Beaudet (Paris: Gallimard, 1999 [1970]), p. 103.
96. 引用文の英訳。
97. 引用文の英訳。
98. J. R. Léveillé, "Préface," in *Les Éditions du Blé: 25 ans d'édition* (Saint-Boniface: les Éditions du Blé, 1999), p. 8.
99. Raymond Guy LeBlanc, "Je suis acadien," in *Cri de terre*, ed. Pierre l'Hérault (Monton: Éditins d'Acadie, 1992 [1972]), p. 65.
100. 引用文の英訳。
101. Herménégilde Chiasson, "Quand je deviens patriote," in "*Mourir à Scoudouc*": *Émergences* (Ottawa: L'Interline, 2003

[1974]）, p. 47.

102. 引用文の英訳。

103. 引用文の英訳。

104. Gérald Leblanc, "Sur le sentier du rouge," in *"Géograpie de la nuit rouge": Géomancie* (Ottawa: L'Interligne, 2003 [1984]）, p. 59.

105. Gérald Leblanc," untitled," in *L'expérience du pacifique*（1986-1987）*,*" in *L'extrême frontière, poèmes 1972-1988* (Moncton: Editions d'Acadie, 1988), p. 161.

106. 引用文の英訳。

107.（シヤックとはアカディア・フランス語の一方言）、Gérald LeBlanc, "Vivre icitte," in *"Pour vivre icitte*（*1972-1980*）*,"* in *L'extrême frontière*, p. 29.

108. Jean-Philippe Raîche, *Une lettre au bout du monde* (Moncton: Éditions Perce-neige, 2001), p. 71.

109. 引用文の英訳。

110. 引用文の英訳。

111. 引用文の英訳。

112. 引用文の英訳。

113. 引用文の英訳。

114. Robert Dickson, "Sudbury II," in *Humains paysages en temps de paix relative* (Sudbury: Prise de Parole, 2002), p. 58.

115. 引用文の英訳。

116. 引用文の英訳。

117. 引用文の英訳。

118. [118] Tina Charlebois, "untitled," in *Poils lisses* (Ottawa: L'Interligne, 2006), p. 23.

119. 引用文の英訳。

120. Angèle Bassolé-Ouédraogo, "untitled," in *Sahéliennes* (Ottawa: L'Interligne, 2006), p. 64.

121. Ibid., p. 13.

122. Ibid., p. 35.

123. 引用文の英訳。

124. 引用文の英訳。

125. 引用文の英訳。

126. J. R. Léveillé, *Œuvre de la première mort* (Saint-Boniface: Les Éditions du Blé, 1977), p. 87.

127. 引用文の英訳。

128. 引用文の英訳。

129. 引用文の英訳。

130. 引用文の英訳。

131. 引用文の英訳。

132. 引用文の英訳。

133. Jacques Brault, "untitled," in *Moments fragiles* (Saint-Lambert: Le Noroît, 1984), p. 65

134. 引用文の英訳。

135. 引用文の英訳。

136. Marie Uguay, "Untitled," in "*Signe et rumeur*," in *Poèmes* (Montreal: Boréal, 2005 [1976]), p. 17.

137. 引用文の英訳。

138. 引用文の英訳。

139. Marie Uguay, "Untitled," in *Poèmes en marge*, in *Poèmes*, p. 161.

140. Ibid., p.165.

141. 引用文の英訳。

142. 引用文の英訳。

143. 引用文の英訳。

144. 引用文の英訳。

145. 引用文の英訳。

146. Geneviève Desrosiers, "Ça y est," *Nombreux seront nos ennemis* (Montreal: L'Oie de Cravan, 2006 [1999]), p. 54.

147. Geneviève Desrosiers, "Untitled," in ibid., p. 90.

148. 引用文の英訳。

149. 引用文の英訳。

30

演劇

ジェイン・モス
(Jane Moss)

　フランコフォン演劇の歴史は、過去4世紀間のフランス系カナダの政治的・社会的な発展の複雑さを反映している。フランスの植民地支配時代、大半の演劇的活動といえば、サロンや軍の兵舎、あるいは公立学校で行われる、フランス演劇のアマチュア上演といったものだった。1837年から38年の愛国者党の反乱後、ダラム卿（Lord Durham）の『報告書』（Report）に応じて、生粋のフランス系カナダ人たちは愛国的歴史ドラマを書くことによって、愛国的な演劇のレパートリーの基礎を作り始めた。19世紀後半の近代化とともに、モントリオールやケベック・シティで常設劇場の建設や、プロの劇団の創設が始まった。この組織化は、1920年から40年の間、ケベックのフランス語を使ったバーレスクなバラエティ・ショーの形式を取った大衆エンターテインメントの成長を導いた。

　1948年の『全面拒否』（Refus global）宣言で始まり、静かな革命を通して続いた変化を求める声に応えて、ケベックの演劇は、社会的・文化的変化という共同プロジェクトの一部になった。1960年代と1970年代のナショナリストあるいはアイデンティティの演劇は、「ケベックの新しい演劇」（le nouveau théâtre québécois）と呼ばれ、方言の使用、実験的な技術、政治的主題がその特徴である。独特なケベコワ文化の必要性を求めて高まる世論は、カナダの他のフランス系コミュニティにおいて、アイデンティティの危機を扇動し、フランコフォン演劇の多くの地域のレパートリーを生み出した。主権／連合に関する1980年の州民投票敗北の結果、ケベック演劇は、集団的な政治への切望を戯曲化することから、より個人的で美学的な問題へと変わった。1980年代はいくつかの傾向によって特徴づけられる。それらは、フェミニストやゲイ・シアターの継続的発展、移民や先住民の戯曲の始まり、そしてポストモダンと呼ばれる演劇の形式や言語の実験が増加することである。1990年代以来、ケベックとフランコフォン・カナダのドラマツルギーは、ナショナリストや、その地域で生まれたというアイデンティティの関心を超えた主題や芸術的興味を探求してきた。

植民地の演劇

フランス系カナダにおける最初の上演作品は、『ネプチューンの芝居』(*Le Théâtre de Neptune*)[1]で、これは寓意的な見世物で、マルク・レスカルボ (Marc Lescarbot) によって書かれ1606年にアカディアのポール・ロワイヤルで初演された。1640年のイエズス会の『報告書』(*Relations*) は、未来の王ルイ14世の誕生を祝うために、無名の悲喜劇と聖史劇がケベック・シティの非聖職者である入植者によって上演されたと記述している。演劇史家のレオナール・E. ドゥセット (Leonard E. Doucette) によれば、フランスの古典的な劇や、啓発的な作品が17世紀半ばからセントローレンス川沿いの町でしばしば上演された[2]。しかし演劇というものは常に支配的なイデオロギーを傷つけ、不道徳な振る舞いを促進する可能性があると疑っていたので、カトリック教会は植民地時代にしばしば公に演劇を非難したり禁止したりした。1694年にフロントナック (Frontenac) 総督が宗教的な偽善を風刺するモリエール (Molière) の『タルテュフ』(*Tartuffe*) の上演を提案した時、ケベック・シティの司教サン・ヴァリエ (Saint-Vallier) 枢機卿は、もっと真剣な対策を取ることにした。破門すると脅され、フロントナックは上演を取りやめた。タルテュフ事件として知られるようになった出来事は、1699年からフランスの植民地支配の終焉まで、公的なパフォーマンスの事実上の禁止をもたらした。すなわち、演劇活動は教会が運営する教育機関における教訓的で教育的な劇に限られることになったのである。

イギリスによる「征服」後、アマチュア劇団がフランスの古典的作品の上演で復活し、兵舎で英国の士官たちによって、あるいはフランス系カナダ人のアマチュアによって上演された。テアトル・ドゥ・ソシエテ (Théâtre de Société) は、フランス語の作品上演を目的に、モントリオールで1789年に非公式の劇場として創設された。オリジナルのオペレッタや18世紀のフランスのサロン喜劇やボードヴィルに基づいた社会的な喜劇が上演された。たとえば、フランス生まれでカナダに帰化したジョーゼフ・ケネル (Joseph Quesnel) による『コラとコリネット』(*Cola et Colinette*, 1790) や『イギリスかぶれ、あるいはイギリス風の昼食』(*L'Anglomanie ou, Le dîner à l'anglaise*, 1802) である。のちにケベック・シティでは、最初のケベック生まれの劇作家、ピエール・プティクレール (Pierre Petitclair) が複雑な筋のコメディを上演した。『グリフォン、または下僕の復讐』(*Griphon, ou la vengence d'un valet*, 1837)、『贈与』(*La Donation*, 1842)、『遠足』(*Une partie de campagne*, 1842; 1856)[3] は、フランス古典主義とメロドラマの両方から影響を受けたものである。

ナショナル・シアターの樹立

フランス系カナダ人のナショナル・シアターの欠如に関するダラム卿のコメントに応えて、

アントワーヌ・ジェラン=ラジョワ（Antoine Gérin-Lajoie）は、ミシェル・ビボー（Michel Bibaud）の『フランス支配下のカナダ史』（Histoire du Canada sous la domination française, 1837）によって語られた1629年の出来事に基づいた愛国的で歴史的な作品の伝統を『ル・ジュヌ・ラトゥール』（Le Jeune Latour, 1844）で始めた。それ以来、ケベックと他のフランス系コミュニティでは、多数のアマチュアやプロの劇作家が、フランス系カナダの歴史上の重要な出来事を戯曲化し、北米における「フレンチ・ファクト」を永続させようと闘ってきたヒーローたちを賛美した。ジャック・コトナム（Jacques Cotnam）、ジョン・ヘア（John Hare）、エティエンヌ=F. デュヴァル（Etienne-F. Duval）、レオナール・E. ドゥセット、そしてジェイン・モスを含む演劇史家は、カナダの発見、植民地の設立と防衛、イエズス会の宣教師たち、アカディアンの国外追放、占領、愛国者党員の反乱、メティスのリーダーであるルイ・リエル（Louis Riel）の反乱と絞首刑、ケベック外のフランス語学校の閉鎖に対する脅威を描く作品を発掘整理してきた。カトリック教会はこれらの歴史劇に賛同した。なぜならそれらは、保守的な宗教的、社会的、そして愛国的価値を説くことによって、生き残りのイデオロギーを強化したからである。一般的に、19世紀と20世紀初期の歴史劇は、宗教的着想、自由への切望、人種への忠誠、そして殉教の見地から、英雄的資質を定義した。ポスト「征服」とポスト「連邦」の期間に、過去の偉業を讃えるこれらの啓発的な場面が意図していたのは、マイノリティの地位に関するフランス系カナダ人の集団的な不安を和らげ、アメリカへの移民を思いとどまらせることであった。

詩人ルイ=オノレ・フレシェット（Louis-Honoré Fréchette）の作品は、そのジャンルの典型である。『フェリックス・プトレ』（Félix Poutré, 1862; 1871）は、狂気を装うことによって絞首台を逃れた愛国者であることを主張する男性の回顧録に基づいたもので、おそらく19世紀の最も人気のあるフランス系カナダの演劇であった。『パピノー』（Papineau, 1880）と『追放者の帰還』（Le Retour de l'exilé, 1880）も、愛国主義、信心深さ、名声、寛大さ、そして家族への忠誠といったコルネイユ的な美徳を持つフランス系カナダ人を理想化した肖像に加えて、1837年から1838年の愛国者たちの反乱という政治的出来事を上演した。『パピノー』は、典型的な歴史メロドラマで、感傷的なサブプロット、色とりどりの住民によって供給される喜劇的息抜き、フランス系カナダ人の恩人に忠実な「良いインディアン」、あくどいスパイが揃っていて、政治的な熱弁、群衆場面、戦争場面を軍隊的音楽で掻き立てている。

フランス系カナダ人の恩人に忠実な「良いインディアン」は19世紀後半には、歴史劇が増加する都会のフランコフォンを魅了した。彼らは、フランスの有名な悲劇女優サラ・ベルナール（Sarah Bernhardt）が、数多くのカナダツアーの間にフランスのレパートリー作品を上演するのを観るために劇場へと群がったのであった。より人気のあるエンターテインメントへの要求は、さまざまな種類の演劇的活動の増加に拍車をかけた。1894年から1914年の間、多くの常設劇場が建設され、プロの劇団が創設され、歴史家にこの時期をケベック演劇の黄金時代と呼ばせるに至った。(4)1898年からの3季間、モニュマン・ナショナルが定期的に「家

族の夕べ」を舞台化したが、それはフランコフォンの中流階級に教化的な愛国劇を提供するアマチュアの演劇であった。最初のプロのフランコフォン劇団は、1898年に設立され、テアトル・デ・ヴァリエテで上演された。最初のフランス系の劇場であるテアトル・ナショナルは、モントリオールに建設され、1900年に開場した。このテアトル・ナショナルは新しい作品と8つのパフォーマンスを毎週上演し、フランス人のポール・カズヌーヴ（Paul Cazeneuve）の経営のもとで、ブロードウェイのショーのフランス語版を上演し大きな成功を収めた。アメリカ様式は、メロドラマ的な手法、つまり、ハンサムで繊細なヒーロー、ロマンティックな筋、戦い、スリル満点の爆発あるいは難破を模したものであった。よりカナダ的な色合いの最初の大きな成功は、ルイ・ギュイヨン（Louis Guyon）の『モンフェラン』（*Montferrand,* 1903; 1923）であり、3週間上演され、3回再演された。

　20世紀最初の10年間に、新しいドラマの形式が現れた。たとえば、ジュリアン・ダウ（Julien Daoust）によって促進された宗教的な作品とメロドラマや、カズヌーヴによって考案された話題のミュージカル・コメディ・レヴューである。ダウにとって最初の大きな宗教的成功は『キリストの受難』（*La Passion*）で、ジェルマン・ボーリュー（Germain Beaulieu）によって書かれ、教会の公式の反対にもかかわらず、3週間でモニュマン・ナショナルに35,000人の観客をもたらした。翌年のイースターの季節に、ダウは他の宗教的な戯曲を書いて上演した。たとえば、『十字架の勝利』（*Le Triomphe de la Croix*）、『キリストのために』（*Pour le Christ*）、『信仰擁護者』（*Le Défenseur de la Foi*）、そして『贖罪主』（*Le Rédempteur*）といった作品である。大衆が何か新しいものを求めていると感じたダウは、メロドラマを提供した。その中には、レオン・プティジャン（Léon Petitjean）とアンリ・ロラン（Henri Rollin）による『オロール、殉教の子』（*Aurore, l'enfant martyre,* 1921; 映画版は1952年と2005年に制作）といった定番的なケベコワの伝統的ジャンルが含まれている。テアトル・ナショナルでは、カズヌーヴが1909年の1月に40,000人の観客をひきつけた『おーい！おーい！フランソワーズ！』（*Ohé! Ohé! Françoise!*）に始まる、その年の最後の風刺批評を上演した。筋は単純である。酔っ払いの浮浪者がアルム広場（Place d'Arme）で眠ってしまい、メゾンヌーヴ（Maisonneuve）〔モントリオールの祖、彼の影像がこの広場にある〕が町を訪れるために自分の影像から降りてくる夢をみる。後年「現状概観」（"revue d'actualité"）は、地元の人々やイベントに関するコメント、風刺、ミュージカル・ナンバー、そして喜劇的対話を常に取り入れた。

　ケベック州外では、別な演劇活動の動向があった。アマチュアと学校の演劇グループは、オタワ・ハル界隈、および大西洋沿岸や西部の諸州のフランコフォン・コミュニティで、フランスの古典とブールヴァール劇のレパートリーから作品を上演した。そして間もなくさらに本格的な取り組みが試みられた。フランス語圏オンタリオ中の小教区ホールだけでなく、オタワフランス系カナダ学院（Institut canadien-français d'Ottawa）とハル演劇座（Cercle dramatique de Hull）でも、アマチュアと学校のグループは、19世紀後半から活動的だった。上演の多くが、教育目的のフランスの作品である一方、ルイ・フレシェット、オーギュスタン・

ラペリエール（Augustin Laperrière）、レジス・ロワ（Régis Roy）、ロドルフ・ジラール（Rodolphe Girard）といったフランス系カナダ人の作家によるいくつかのオリジナル作品もあった。フランス語圏カナダで、今も活動している最も古いカンパニー、モリエール座は、フランス語のレパートリーから作品を上演するために、1925年、サン・ボニファス〔マニトバ州〕で3人の男性によって設立された。ベルギー生まれのフランス語教授のアンドレ・カスタラン・ドゥ・ラ・ランド（André Castelein de la Lande）、ケベック生まれの本屋の主人である、ルイ＝フィリップ・ガニョン（Louis-Philippe Gagnon）、カナダ生まれの連邦職員レモン・ベルニエ（Raymond Bernier）である。モリエール座はその初期メンバーに、マニトバのフランス系コミュニティ出身のエリート・フランス語話者を含んでいたが、このコミュニティにはフランス系とフランス語好きがいたのである。これはモリエール座がヨーロッパ演劇の伝統における普遍的なテーマを有する作品を強く志向し、言語的正確さに執着していることを示している。ニュー・ブランズウィックのより古くて、均質なコミュニティでは、ジェイムズ・ブランチ（James Branch）神父が、『アカディアからの移住者』（L'émigrant acadien, 1929）、『死ぬまで……！我らの学校のために！』（Jusqu'à la mort! ... pour nos écoles!, 1929）、そして『カトリック系宗派学校万歳！あるいはカラケットの抵抗』（Vivent nos écoles catholiques! ou la Résistence de Caraquet, 1932）という題の作品でアカディア人の再生の目覚めにおける、歴史的な記憶と集団のアイデンティティを強調した。最初の真のアカディアの劇作家であるブランチは、これらの教訓的な作品を書いて、アカディア人にアメリカへの移民を思いとどまらせ、フランス系カトリックの学校を維持する権利を守ろうとした。

　2つの世界大戦の間、モントリオールでは、プロのグループがさらに多くの観客をさまざまなショーに惹きつけていた。ショーは、テアトル・ナシオナルの典型的なミュージカル・レヴューの伝統の中にあるものだった。労働者階級のケベコワの言語を用いながら、これらのショーはたいてい、歌やダンス、そしてユーモラスなスケッチを取り入れた単純な筋書きに基づいた即興の喜劇であった。この種のパフォーマンスの最も良い例は、1938年にグラシアン・ジェリナス（Gratien Gélinas）によって作られた、『フリドリナード』（Fridorinades）と呼ばれた年次風刺レビューであった。登場人物であるフリドリンは、機知に富み、現代社会を風刺する都会暮らしの常識を持った子供であった。パリのフランス語より、その土地固有のフランス語とローカルな主題の組み合わせは、本物のケベックのドラマツルギーを打ち立てるのに重要であっただろう。ジェリナスが風刺喜劇から『ティット＝コック』（Tit-Coq, 1948; 1950）で劇的リアリズムへと方向を変えた時、彼は主な芸術的な変化と真面目な社会的コメントを大衆が受け入れることができると理解した。

　フリドリンが現代のフランス系カナダ人の生活を舞台化したのと同じ頃、エミール・ルゴー（Emile Legault）神父によって1937年に創設された「サン＝ローランの仲間たち」（Compagnons de Saint-Laurent）が、プロの上演基準を改良することと、観客に美学的かつ精神的な経験を与えることという2つの目的を持って、古典的かつ前衛的な大陸的作品を作っていた。第二

次世界大戦後、多くのプロの劇団が形成された。それらは戦後、テアトル・デュ・リドー・ヴェール（Théâtre du Rideau Vert, 1949）、テアトル・デュ・ヌーヴォー・モンド（Théâtre du Nouveau Monde, 1952）、アプランティ・ソルスィエ（Apprenti-Sorciers, 1955）、エグレゴール（Egrégore, 1959）などで、「サン＝ローランの仲間たち」をモデルにしていて、技術的にも芸術的にも洗練された前衛的かつ伝統的な戯曲をモントリオールで紹介するという土台作りをおこなった。新しい芸術作品を作ろうという熱狂は、作家を鼓舞し、彼らの実験的な演劇は「全面拒否」のマニフェスト、シュールレアリスム、オートマティズム、そしてフランスの不条理演劇に影響されたものだった。クロード・ゴヴロー（Claude Gauvreau）の『エポルミアーブルな大鹿の任務』（La Charge de l'orignal épormyable, 1956年に執筆、1974年に初演）、『オレンジは青い』[6]（Les oranges sont vertes, 1958; 1972）、ジャック・ラングラン（Jacques Languirand）の『奇異』（Les insolites, 1956; 1962）[7]、『大出発』（Les grands départs, 1957; 1958）[8]、ジャック・フェロン（Jacques Ferron）の『大きな太陽』（Les grands soleils, 1958）や他の作品は、劇的リアリズムや理性主義の伝統を拒否し、彼らの言語的実験やブレヒト的なテクニックによる実験として重要である。

　この反自然主義的な実験の初期には、社会的リアリズムがまだ主流の戯曲として優位を占めていた。ジェリナスの『ティット＝コック』（Tit-Coq）[9]が、このジャンルの実例で、平均的なフランス系カナダ人の疎外、保守的なケベック社会の抑圧的な組織、意見や情熱を表現することを妨げる乏しい言語表現を示したものである。その作品は、1人の兵士がロマンティックな愛とひとつの家族の一員になることを夢見たが、私生児であり孤児院で育ったため、その幸せを否定されるという悲しい物語である。ティット＝コックが出征中に、彼の恋人が家族の抑圧に負け、他の男と結婚してしまう。彼は戻ると、駆け落ちをしようと彼女を説得するが、神父に社会が彼らを姦通者とし、子供は私生児というレッテルを張られるだろうと説き伏せられ、ティット＝コックは再び失望するしかない。『ティット＝コック』は、しばしばフランス系カナダの戯曲の転換点とみなされ、ケベック、そして英仏両公用語で上演された他の国内ツアーでも好評であった。ルネ・ドゥラクロワ（René Delacroix）監督による1953年の映画版では、劇作家自身が出演し、多くの賞を獲得した。1959年には、ジェリナスは『ブジーユと正義の人々』（Bousille et les justes, 1960年に出版）[10]でブルジョワの偽善と裁判のシステムの腐敗を風刺した。この作品は、殺人罪で告訴された知り合いを擁護するために、偽証を強要され、後に自殺した単細胞な若者に関するものである。

　もう1人の劇作家、マルセル・デュベ（Marcel Dubé）は、静かな革命へと向かう強い内省的傾向にあったこの時期のケベック社会を批判するために舞台を用いた。彼の最初の成功作品である『ゾーン』（Zone, 1953; 1968）[11]は、貧困から抜け出す手段として煙草の密売者となるモントリオール東部の10代のギャングに焦点を当てている。当然、このカリスマ性のあるギャングのリーダーは悲劇的な運命に遭う。つまり彼は、偶然顧客の代理人を殺したために、ギャング仲間に告発され、牢屋からの脱走に失敗して命を落とす。『ゾーン』は、デュ

べの投獄を象徴する舞台空間の使用および、（誤解すれば）共感できるアンチ・ヒーローの創造のおかげで、下層階級のメロドラマの域を脱している。ジェリナスのように、彼はすぐに、労働者階級から中流階級の登場人物へと焦点を変え、平凡さ、退屈さ、そしてケベック社会の息の詰まる保守的な環境を考察した作品のシリーズを書いた。『一介の兵士』(*Un simple soldat*, 1957; 1958) や『フロランス』(*Florence*, 1957; 1970) といった作品は、失敗を運命づけられている幸せの個人的な探求を描き、一方で『決算』(*Bilan*, テレビドラマ 1960; 1968)[12] や『白い鷲鳥が戻って来たら』(*Au retour des oies blanches*, 1966; 1969)[13] では、暗い家族の秘密を暴露することを戯曲化した。デュベのブルジョワの登場人物のように、フランソワーズ・ロランジェ（Françoise Loranger）の『ある家……ある日……』(*Une maison ... un jour ...*, 1963; 1965) と『あと5分』(*Encore cinq minutes*, 1966;1967) の人物たちは、彼らの「存在の痛み」(mal d'être)、つまり実存的苦悩や彼らの人生の精神的な空虚さを認識している。1960年代のブルジョアの心理ドラマが示唆するのは、集団のアイデンティティの感覚を失った社会の道徳的な空虚に問題があるということだ。

　高まるナショナリストの感情は、アングロフォンとフランコフォンの間の歴史的な対立を強調する政治的なドラマとなって表れた。一方で、ケベックの公的な対話を支配する連合主義者と分離主義者の議論を戯曲化した。フェロンの『王の頭』(*La Tête du roi*, 1963) とデュベの『素晴らしい日曜日』(*Les Beaux Dimanches*, 1965; 1968)[14]、ジェリナスの『昨日、子供たちは踊っていた』(*Hier, les enfants dansaient*, 1966)[15] においては、主権に関する議論が、しばしば家族を分離し、登場人物に個人的な関心よりも集団の政治目的の優先を強要する。政治的な演劇の風潮は、議論が1960年代後半に政治家や、主権主義者のアジェンダに反対する者への批判に取って代わるにつれ辛辣になった。ロベール・ギュリック（Robert Gurik）の『ハムレット、ケベックのプリンス』(*Hamlet, prince du Québéc*, 1968)[16] とロランジェの『王の道』(*Le Chemin du roy*, クロード・ルヴァック Claude Levac との共作、1968; 1969) と『レアなミディアム』(*Médium saignant*, 1970) は、公用語法 (Bill 63, 1969) と十月危機 (1970) が議会とケベックの街路を高度な政治的戯曲の演劇へと変えた時、政治的なパロディや論争がどのように舞台上で演じられたかということの例である。

ナショナリストとアイデンティティの演劇

文化的・言語的特異性、心理的解放、芸術的革新、政治的表現などへの傾倒が、1960年代の終わりに一緒になって現れた時、演劇は民族・言語的アイデンティティの主張、反同化闘争、および特徴的なフランス語カナダ文学のコーパス創造において鍵となる役割を担った。それまでも常にそうであったように、舞台は、歴史的記憶を保存し共同体の価値観を反映するための特権化された場所であったが、今やそれはマイノリティ・コミュニティの状況と変化の

必要性を、より批判的な視点で見るようになった。同時に演劇のアマチュアとプロフェッショナルの増大した集団は、自己表現のためにより洗練された戦略を採用するようになっていた。

　ミシェル・トランブレ（Michel Tremblay）の『義姉妹』（Les Belles-Sœurs, 1968; 1972）[17]はケベックのフランコフォン・ドラマツルギーの新しい時代の始まりを示す作品であり、通例は「新しいケベック演劇」（le nouveau théâtre québécois）として言及されている。それが、モントリオールのテアトル・ドゥ・リドー・ヴェールで初演された時、ジュアル（モントリオールを中心としたケベック方言）を使い、労働者階級のケベック人の生活を残忍なユーモアで表象したので、大きな議論を引き起こした。トランブレがジュアルと抒情性を、またリアルな主題とアンチリアルな舞台テクニックを融合させたため、それは今日、ケベック文学の（ヨーロッパとアメリカ大陸でしばしば翻訳され上演されている）古典と考えられている。『義姉妹』でトランブレは、その後の作品『義姉妹連作』（Cycle des Belles-Sœurs）と『モン＝ロワイヤル丘の年代記』（Chroniques du Plateau Mont-Royal）において再び現れる界隈と何人かの登場人物を紹介した。トランブレの世界は、不幸せな主婦、信心深い未婚女性、安っぽいナイトクラブ芸人、ドラッグ・クイーン、機能障害の家族、酔っ払い、そして狂人で満ちている。ケベックの下層および最下層階級の描写は、悲惨を強調する社会主義リアリズムをしのぎ、政治的なレトリックなしの説明を求めている。彼のセクシュアリティの大胆な扱いは、結婚問題に関するカトリック教会の責任を率直に言明し、ケベックにおけるゲイ・シアターを生み出すことになった。

　観客と批評家に対するトランブレの訴えは、彼の登場人物が言うべきことだけでなく、作品の革新的な構造によるものであった。彼の作品は古典的なギリシャ悲劇の要素、ブレヒト的なドラマツルギー、音楽的構成、バーレスク、そしてアヴァンギャルドのアンチリアリズムの要素をしばしば組み合わせている。たとえば、『義姉妹』では、14人の女性キャスト間の普通の会話で交わされる不平や些細な議論をしばしば中断するのは、スポットライトが当てられたモノローグとダイアローグの中の個人的な暴露、およびミュージカル・コメディ・ナンバーのように構成された合唱である。すばらしい演出家であるアンドレ・ブラッサール（André Brassard）と働きながら、トランブレは彼の最初の成功作品に続く一連のオリジナル作品を作った。『ランジェ公爵夫人』（La Duchesse de Langeais, 1970; 1973）[18]は年取ったドラッグ・クイーンの喜劇と哀愁に満ちたモノローグである。『永遠にあなたのもの、マリー＝ルー』（A toi, pour toujours, ta Marie-Lou, 1971）[19]では、2組の登場人物の対位法的なダイアローグが10年間におよび、性的な無知、極度の信心深さやアルコール依存症の悲劇的結果を戯曲化する。家族の機能障害に関するもう1つの劇『こんにちは、こんにちは』（Bonjour, là, bonjour, 1974）[20]の音楽的構成は、ソロ、デュエット、トリオ、カルテット、六重奏、八重奏を含む。『忌々しいマノン、あきれたサンドラ』（Damnée Manon, sacrée Sandra, 1977）[21]はロザリオ玉と宗教に取りつかれた不埒なドラッグ・クイーンと未婚女性の並行するダイアローグで構成されている。一方『五人のアルベルティーヌ』（Albertine, en cinq temps）（1984）[22]では、5人の女

優が同時に1人の登場人物となり、彼女の人生の5つの時期を描く。トランブレは『真の世界？』(*Le Vrai Monde?*) (1987)[23]で彼の「実際」の家族のメンバーと、彼らについて作ったへつらわない風刺的舞台版を表象することによって、家族の秘密を暴く芸術家の権利について疑問を投げかける。小説や自叙伝と同様に今も戯曲を書きながら、ミシェル・トランブレはセクシュアル・アイデンティティや芸術的創造と関連した問題だけでなく、彼の子供時代を特徴づける人々や経験を戯曲化し続けている。

　1970年代の「新しいケベック演劇」とされるもう1人の劇作家はジャン・バルボー (Jean Barbeau) で、彼は土地の言葉、ポピュラー・カルチャーの要素、そして政治的・文化的問題がどのように一般的なケベック人に影響を及ぼすのかを探るアンチ・リアリスティックな手法を用いた。彼の戯曲は社会的・経済的な不公平と文化的なエリート主義が、労働階級のフランコフォンから尊厳とアイデンティティをいかに奪っているかを表している。『ラクロワの道』(*Le Chemin de Lacroix*, 1970; 1971)[24]は、公用語法 (Bill 63、ケベックのアングロフォンに彼らの子供を英語学校に行かせる権利を与えたもの) に対する抗議の中に、間違って逮捕され、警察に尋問され殴られた男の屈辱に光を当てている。劣等で無知だと扱われ、彼はついに彼の話し方を馬鹿にしたフランス人の男に沈黙を強いられた。バルボーは2つの一幕劇『マノン・ラストコール』(*Manon Lastcall*, 1970; 1972) と『ケベック語で恋を語って』(*Joualez-moi d'amour*, 1970; 1972) で言語の問題をユーモラスに扱い、女々しくて威張りくさったパリのフランス語に対して、ジュアルをケベコワの生命力と男らしさの表れとして描いている。バルボーの初期作品にみられるケベックの言語的・文化的独自性を肯定する表象は、アメリカとフランスの影響に対する風刺的攻撃の裏返しである。『ベン＝ユル』(*Ben-Ur*, 1971) のアンチ・ヒーローは、テレビや漫画を通してアメリカのポピュラー・カルチャーを消費しすぎているので、精神的に発育を妨げられ疎外されている。一方、『流し台の歌』(*Le Chant du sink*, 1973) の自称劇作家はノイローゼに苦しんでいる。なぜなら彼の創造力は、伝統的なフレンチカトリック・エリート主義、アメリカの物質主義、そして革新的なレトリックがせめぎ合うために抑圧されているからである。

　ユーモア、ブレヒト的で不条理な舞台テクニック、そしてジャン・バルボーの作品を特徴づける文化的ナショナリストの感情の混合は、ジャン＝クロード・ジェルマン (Jean-Claude Germain) の作品にもみられる。彼は1970年代の本物のケベコワ演劇を確立する運動において、もう1人の、鍵となる人物である。芸術監督、そして (1969年に設立された) テアトル・ドジュルデュイ (Théâtre d'Aujourd'hui) の専属の劇作家としての彼の目標は、古典的なフランスのレパートリーと伝統的でリアリスティックなパフォーマンス形式を取り除き、ケベックのナショナル文化とアンチ・コロニアルな歴史意識を表現する戯曲形式を作り出すことであった。ジェルマンの初期作品は、個人的な自由と国民の独立を求める一方、保守的な社会機関 (特に家族) とエリート主義文化を非神話化して批判するための、グロテスクな笑劇と不条理的な手法を用いたカーニバル的なスペクタクルとなっている。風刺的な目を

ケベックの歴史に向け、彼は現在を考慮して過去を再解釈する3作品を書いた。『「我を忘れる」がモットーの国』（*Un pays dont la devise est je m'oublie*, 1976）と『マムールと結婚生活』（*Mamours et conjugat*, 1978; 1979）、そして『カナダの芝居／カナダの傷』（*A Canadian Play / une plaie canadienne*, 1979; 1983）はすべて、現在の問題を引き起こした集団の嫌な記憶を消し去り、ケベックの否定的なイメージを正そうとする試みである。社会的機関や歴史を風刺した後、ジェルマンはヨーロッパの文化的モデルがよそよそしい影響を及ぼすことに注目した。『ある歌姫の生涯の浮沈――彼ら自身によるサラ・メナール』（*Les hauts et les bas de la vie d'une diva: Sarah Ménard par eux-mêmes*, 1974; 1976）と『アンディヴァの夜』（*Les nuits de l'indiva*, 1980; 1983）はケベックのアイデンティティと歴史を主張するミュージカルと戯曲の形式が必要であることを例証している。

　フランス系カナダ文化を変える芸術的エネルギーの凄まじい噴出にはまた、教育的かつ宣伝にもなる機関の創設、オルタナティヴ・シアター・グループ、そして女性演劇運動も含まれていた。多くの重要な組織が1960年から1980年の間にフランコフォン演劇を広げ、組織化するのに役立った。たとえば、モントリオールでは国立演劇学校が1960年に開校し、1954年以来モントリオールで、そして1958年以来ケベック・シティでプロの演劇人を育成してきたコンセルバトワール芸術学校と合併した。1991年に名称が劇作家センター（Centre des auteurs dramatiques）に変わった劇作家実験センター（Centre d'essai des auteurs dramatiques, CEAD）は、1965年に独特なケベコワ・ドラマツルギーの創造を支援するために作られた。オタワでは1969年にナショナル・アーツ・センターが開設し、ケベックのアーティストや劇作家をしばしば紹介した。この間に生まれた多くの反体制文化やオルナタティヴ・シアター・グループがケベック青少年演劇協会（Association Québécoise du Jeune Théâtre, AQJT）を1972年に設立した。その中には、アントナン・アルトー（Artaud）やブレヒト（Brecht）、そしてピスカトール（Piscator）のアヴァンギャルド理論の影響を受けたグラン・シルク・オルディネール（Grand Cirque Ordinaire）、エスカベル（Eskabel）、ピシュー（Pichoux）、グラン・レプリーク（Grande Réplique）、テアトル・ウー（Théâtre ... Euh!）、テアトル・パルミヌー（Théâtre Parminou）、テアトル・エクスペリメンタル・ドゥ・モンレアル（Théâtre Expérimental de Montréal）が含まれている。

　「若き演劇」（jeune théâtre）運動の演劇集団は、「新しいケベック演劇」の劇作家たちの社会政治的な目標を共有したが、インプロテクニックや実験、そしてリサーチに基づいた上下関係のない集団の創造を主張することにおいてその着想は左翼的な文化政策から得たものであった。女性の演劇運動は、もちろんこのオルタナティヴ・シアターから生まれたものであり、時を同じくしてテアトル・デ・キュイズィンヌ（Théâtre des Cuisines）、オルガニザスィヨン・オ（Organisation ô）、コミューヌ・ア・マリ（Commune à Marie）、テアトル・エクスペリメンタル・デ・ファム（Théâtre Expérimental des Femmes）、フォル・アリエ（Folle Alliées）などのような新たに組織された女性フェミニストグループが、フェミニストの社会政治上の指針を

戯曲化し、性的に自由化された「女性の言説」(discours au féminin) を作り出すために演劇を志向していた。

　女性の演劇は、変化を求める女性の声を加えることによって、恒常的なケベックの社会的・宗教的制度批判に加わった。テアトル・デ・キュイズィンヌにとって、その要求は出産のコントロール(『私たちは欲しい子供を作るだろう』*Nous aurons les enfants que nous voulons*)や、経済的搾取の終焉(『モマンが働かない、仕事がありすぎる！』*Môman ne travaille pas, a trop d'ouvrage!*、『見たか？家が行ってしまった！』*As-tu vu? Les maisons s'emportent!*)を求めるものである。『魔女たちの船』(*La nef des sorcières*, 1976)のモノローグを構成する7人の女性は、彼女ら自身と他の女性を恐怖、黙殺、そして孤独から自由にするため「発言」(prise de parole)と「自覚」(prise de conscience)を求めていた。冷静さ、自立、性的自由への欲求をはっきりと述べることによって、『魔女たちの船』の作家たちは、政治的行動を起こして、ケベックの歴史と社会における女性の場所を主張した。

　伝統的女性の役割を拒絶することが自由への最初のステップのように見えたので、ドゥニーズ・ブーシェ(Denise Boucher)は、カトリック教会が抑圧した典型的な女性、つまり処女、母、そして売春婦を魔法から解き放つために『妖精は喉が渇いている』(*Les Fées ont soif*)を書いた。『私の母に、私の母に、私の母に、私の隣人に』(*À ma mère, à ma mère, à ma mère, à ma voisine*)ではテアトル・エクスペリメンタル・ドゥ・モンレアルから出てテアトル・エクスペリメンタル・デ・ファムを創設することになる4人の女性が、家父長的な母の典型に対する攻撃を舞台化し、女性の身体から神話性を取り除き、修復し、救おうと主張した。女性によって書かれたこれらの、あるいはその他の作品は、若い少女を主人公にしたお伽話の否定的効果、主婦の孤独、女性美の非現実的な理想化による精神的ダメージ、その他の家父長的な抑圧を告発した。ジェンダーの役割や性的特質を再定義するドラマティックな場を開き、女性の演劇は、ミシェル・トランブレの先導に従って、ゲイ作家がホモセクシュアリティを演劇化することをも容易にした。

　ケベックの演劇を推進する政治的・創造的エネルギーは、カナダにおける地域的・アイデンティティ演劇の成長を鼓舞した。「フランス系カナダ人」のアイデンティティが「ケベコワ」へと変わるのに応じて、「ケベコワ」に自分たちが含まれていないと感じたフランス系オンタリオの演劇活動家は、1975年にヌーヴェル＝オンタリオ芸術協同組合(Coopérative des Artistes du Nouvel-Ontario, CANO)を、そして1972年に演劇協会(Théâtre Action)を組織し、オンタリオの少数のフランス語話者の日々の現実を表象する作品の集成を作ろうとした。テアトル・プティ・ボヌール(Théâtre du P'tit Bonheur)(現トロントのテアトル・フランセ・デュ・トロント)(Théâtre français de Toronto)は、1967年からトロントでフランスとケベックの演劇を舞台化し、地域のドラマを作る劇団がそれに加わった。それらは、サドベリーのテアトル・デュ・ヌーヴェル＝オンタリオ(Théâtre du Nouvel-Ontario, 1971)とテアトル・ドラ・コルヴェ(Théâtre D'la Corvée, 1975, 現テアトル・デュ・トリリウム Théâtre du Trillium)とオタ

ワ地区のテアトル・ド・ラ・ヴィエイユ（Théâtre de la Vieille, 1979）である。

独特のアカディアの演劇を作るために、カラケットのテアトル・ポピュレール・ド・ラカディ（Théâtre Populaire de l'Acadie, 1974）とモンクトンのテアトル・レスカウエット（Théâtre l'Escaouette, 1978）が、アントニーヌ・マイエ（Antonine Maillet）に合流した。彼女はモントリオールの観客に故郷ニュー・ブランズウィックのユニークな言語や文化を『ラ・サグイン ヌ』（*La Sagouine*, 1970; 1971）[27]や『エヴァンジェリンヌ二世』（*Evangéline Deusse*, 1976; 1975）[28]によって示していた。ヴァンクーヴァーの小さなフランコ・コロンビアン・コミュニティでさえ、テアトロ・セズィエム（Théâtre Seizième）というフランコフォン・グループを作った。1980年以来アルバータ、サスカチュワン、ニュー・ブランズウィックで形成されたグループと一緒に、これらのカンパニーはカナダ・フランコフォン演劇協会（Association des théâtres francophones du Canada）の一部になった（ATFCは、ケベック外フランコフォン国立協会 Association nationale des théâtres francophones hors Québec として1984年に創設された）。

ケベックの外では、ケベックの政治的に鼓舞された演劇の終焉を導いたかに見えた1980年の主権／連合に対する州民投票〔連邦からの独立をめざす州政府の提案を否決した〕の後もアイデンティティを扱うドラマは制作され続けた。1970年に始まり1990年代もずっと、フランス系カナダの劇作家は、彼らの地域の歴史や言語的状況、経済・社会的事情、そして生き残りへの展望を戯曲化した。オンタリオでは、アンドレ・ペマン（André Paiement）の『おいらは北から来た』（*Moé, je viens du Nord, s'tie*, 1970）、ジャン・マルク・ダルペ（Jean-Marc Dalpé）とブリジット・ハンチェンス（Brigitte Haentjens）の『ホークスベリー・ブルース』（*Hawkesbury Blues*, 1982）と『ニッケル』（*Nickel*, 1984）、ダルペの『犬』（*Le Chien*, 1987）[29]、ミシェル・ウエレット（Michel Ouellette）の『追放されたカラスたち』（*Corbeaux en exil*, 1991; 1992）と『フレンチ・タウン』（*French Town*, 1993; 1994）といった作品が、フランス系コミュニティの不安な状態を描いた。これらの作品の、物質的に貧しく、物理的に疎外され、十分な教育を受けていないフランス系オンタリオの人々は、追放（disglossia）、そして恥といった集団経験をしばしば共有し、暴力や絶望という怒りの表現となっている。

しかしすべてのフランス系オンタリオの演劇が、同化に怯えて衰えて疎外されたマイノリティ・コミュニティの憂鬱な表情を提示していると結論づけることは間違いだろう。ペマンの『ラヴァレヴィル』（*Lavalléville*, 1974; 1975）、およびラ・ヴィエーユ17の『わが町の壁』（*Les murs de nos villages*, 1979; 1983）、ラ・コルヴェの『言葉と法』（*La parole et la loi*, 979; 1980）のような集団的創造による作品は、バイリンガリズムという創造的な可能性を強調しながら、バイタリティとフランス系オンタリオ特有の文化の価値を強調している。1980年代のロベール・マリニエ（Robert Marinier）の都会風の洗練された作品に始まり、1990年代にはルイ・パトリック・ルルー（Louis Patrick Leroux、テアトル・カタパルトの創設者）のポストモダンな実験へと続いて、フランス系オンタリオの演劇は当初のアイデンティティの集団的探求から、幸せや芸術的表現のためのより個人的な探求へと移行していった。

西部では、フランス系マニトバの演劇が歴史的な戯曲を上演し続けていたが、現代の社会問題も扱い始めた。クロード・ドルジュ（Claude Dorge）は『キクイタダキ』（*Le Roitelet*, 1976; 1980）でルイ・リエルの修正主義の観点を採用し、『第23条』（*L'Article 23*, 1985, デイヴィッド・アーナソン David Arnason との共作）では、フランス語学校の閉鎖に焦点を当てた。同じ主題はマルシアン・フェルラン（Marcien Ferland）によってより伝統的な形式で扱われた。フェルランは『レ・バトゥー』（*Les Batteux*, 1982; 1983）でフランス語学校の閉鎖に対する抵抗運動を讃えた。ロジェ・オジェ（Roger Auger）の『私はレジャイナに行く』（*Je m'en vais à Régina*, 1975; 1976）は新しいフランコ・マニトバのドラマツルギーの始まりを示した。オジェは、典型的な西部フランコフォンとしてサン・ボニファスのデュシャルムの家族を描いた。彼らは、同化の抑圧に直面しながらも、ケベックの支配者による裏切りを感じていた。1980年代以降、モリエール座は、クロード・ドルジュとイレーヌ・マエ（Irène Mahé）の『トランブレの三部作』（*La Trilogie de Tremblay*, 1986-9）、マエとジャン＝ギ・ロワ（Jean-Guy Roy）の『フレンチー』（*Frenchie*, 1986）、そしてマルク・プレスコット（Marc Prescott）の『セックスと嘘とフランス系マニトバ人』（*Sex, lies, et les Franco-Manitobains*, 1993; 2001）を舞台にして、マイノリティ・コミュニティの状態を描く独特のフランコ・マニトバのレパートリーを打ち立てることに挑戦してきた。最近、マニトバの劇作家は彼らのコミュニティを超えたところを見始めた。プレスコットの『もっと』（*Encore*, 2003）は、ニール・シモンの伝統による楽しいロマンチックコメディである。そして彼の『ビッグマックの年』（*L'Année du Big-Mac*, 1999; 2004）は、アメリカの政治と商業主義を激しく風刺している。他方、レアル・セヌリニ（Rhéal Cenerini）は、ヨーロッパの政治的・歴史的葛藤の背景に対して設定されたドラマにおいて、忠誠、良心、そして道徳性の問題に焦点を当ててきた。たとえば、『コルブ』（*Kolbe*, 1990; 1996）でナチのユダヤ人強制収容所を、そして『ラクストン』（*Laxton*, 2002; 2004）で民族の分裂による引き裂かれた国を問題にした。

　サスカチュワンとアルバータの小さく分散したフランコフォンのコミュニティでは、地域の劇作はゆっくりと発展していた。1985年に設立されたサスカトゥーンのトループ・デュ・ジュール（*Troupe du Jour*）は、フランコ・サスコワ・コミュニティを反映し、そのアイデンティティを強化した演劇を作ることに取り組んでいた。これはロリエ・ガロー（Laurier Gareau）の目標であった。彼はフランコ・サスコワのドラマツルギーの父であり、レジャイナのフランコ・コミュニティの現実と言語を戯曲化するために『大丈夫』（*Pas de problèmes*, 1975）を書いた。『裏切り』（*The Betrayal/ La Trahison*, 英語の舞台版は1982; 2か国語版は1995）においてガローは、ルイ・リエルの歴史を再検討して、メティスを裏切ったというバトシュの司祭を非難した。ロレーヌ・アルシャンボー（Lorraine Archambault）の『インドの小麦とタンポポ』（*De blé d'inde et des pissenlits*, 1993; 2006）も歴史的な作品でもあるが、ここでの焦点は、50年間以上のケベコワ、ベルギー人、およびフランス人入植者の経験に絞られた。より最近では、トループ・デュ・ジュールがサスカチュワンの仏系作家たちにアイデンティティの

主題を超えることを奨励した。

　フランス系アルバータの作家によるオリジナルの作品は、1990年代初期に現れ始めた。『昔々、デルマに、サスカ……のことだ、でも二度はない！』(Il était une fois Delmas, Sask... mais pas deux fois!, 1990; 2006) は、アンドレ・ロワ (André Roy) とクロード・ビネ (Claude Binet) によって書かれた、小さな町におけるフランコフォンの同化に関するモノローグで、エドモントンのボワット・ア・ポピコ (Boîte à Popicos, 1978年に創設) によって上演された。テアトル・フランセ・デドモントン (Théâtre français d'Edmonton, 1967年に創設) は、ジョスリンヌ・ヴェレ (Jocelyne Verret) の『踊りたいですか？』(Voulez-vous danser? 1991; 1996) や『違っているし、似てもいる』(Comme on est différente, comme on se ressemble, 1992)、フランス・ルヴァスール＝ウイメ (France Levasseur-Ouimet) の喜劇的言語政策の寓話である『言葉の戦争』(La guerre des mots, 1991; 2004) を上演した。1992年には、テアトル・フランセ・デドモントンは、ボワット・ア・ポピコ、テアトル・デュ・コヨート (Théâtre du Coyote)、そして他の地元のグループと合併してユニ・テアトル (UniThéâtre) となった。それ以来ユニ・テアトルは、特徴的なフランコ・アルバータの演劇を作ることに取り組み、ルヴァスール＝ウイメの政治的喜劇、『少数派の事務所、こんにちは！』(Bureau de la minorité, bonjour!, 1992; 2004) と『アルバータ物語』(Contes albertains, 2000; 2001) の２つのシリーズを上演した。他のフランコフォン・カナダ人の演劇や英語カナダ戯曲のフランス語翻訳も、ユニ・テアトルによって作り出された。

　近年、ケベック外のフランス語劇団は、歴史やコミュニティの問題に焦点を当てた地方主義的な演劇という位置づけを超えることができたが、一方でアカディアのドラマは1755年の国外追放と、後のアングロフォン・マジョリティの手による抑圧の経験によってトラウマ化した集団の記憶を手放すことがより難しくなった。1975年にジュール・ブードロー (Jules Boudreau) とカリスト・デュゲ (Calixte Duguay) は再び『ルイ・マイユー』(Louis Mailloux) とタイトルのついたミュージカル・スペクタクルで、フランス語学校を閉鎖する1875年法に対する活発な抵抗を戯曲化した。アングロフォンとの関係を歴史的に特徴づけた不信と敵意はまた、ジュール・ブードローによって『コシュと太陽』(Cochu et le soleil, 1978; 1979) で舞台化された。それは18世紀のアメリカ植民者によって２度立ち退かされたアカディア人の家族の物語を描いている。

　アカディアの２人の最も有名な作家アントニーヌ・マイエとエルメネジルド・シアソン (Herménégilde Chiasson) の作品では、集団の記憶とアイデンティティが常にテーマであった。マイエはモントリオールの観客のために、『ラ・サグインヌ』、『エヴァンジェリンヌ二世』、『カピとサリヴァン』(Capi et Sullivan, 1973)、『怒り狂う寡婦』(La Veuve enragée, 1977)、『気の変なマルゴ』(Margot la folle, 1987)[30] といった作品で、アカディアの歴史・文化・言語・アイデンティティを生き返らせた。しかし彼女はしばしば仲間のアカディア人に、近代化に影響されていない人々の民間伝承的なイメージを永続していると非難されてきた。近代化するため

に、アカディア人の精神に及ぼす過去の重みを探求する必要性は、シアソンを鼓舞し、一連の作品『物語としての歴史』(Hitoire en histoire, 1980)、『エヴァンジェリンヌ、神話あるいは現実』(Evangéline, mythe ou réalité, 1982)、『再生』(Renaissance, 1984)、『アレクサの追放』(L'Exile d'Alexa, 1993)、『人生は夢』(La Vie est un rêve, 1994)、『アリエノール』(Aliénor, 1997; 1998)、[31]『ローリ、または悲惨な生活』(Laurie ou la vie de galère, 1998; 2002)、『今回は』(Pour une fois, 1999)、『嵐の中心』(Le cœur de la tempete, 2001) を書かせた。アカディアの演劇は歴史とマイノリティの地位に対する絶え間なき不平を使用することが義務的になっていたために、袋小路のようなものを作り出した。しかし、地方主義(リージョナリズム)とアイデンティティの戯曲を超えるという兆しもある。

ナショナリズム、リージョナリズム、そしてアイデンティティを超えて

地方主義的な劇場はカナダ中の少数派フランス語圏コミュニティで育ってきた一方、ケベックでは、ナショナリストの感情のエネルギーによって煽られた演劇活動の多くは、主権／連合における 1980 年の州民投票の敗北後、解散した。個人の幸福や、マイノリティのアイデンティティの問題（性的および民族的）のテーマが集団の関心に取って代わった。左翼のカウンターカルチャー的演劇戦略と大衆言語はポストモダンパフォーマンスと作劇の実践や意識的な文学言語に道を譲った。1980 年代初期以来、ケベック演劇はますます異種混合的で、個人の内面を取り上げる実験的かつ文学的になった。[32]

女性の演劇は、その好戦的なフェミニズムのスタンスを 1980 年代に次第に断念し、「女性の演劇」(spectacles de femmes) はケベックの歴史における女性の役割を戯曲化する作品や、女性の創造性、性的関心、家族の力関係といった問題を探求する作品に取って代わられた。ミシェル・ラロンド (Michèle Lalonde) の『カトリーヌへのバティストの最後の頼み』(Dernier Recours de Baptiste à Catherine, 1977) は、ケベックの過去の重要な瞬間における女性の活動的役割を描写する演劇空間を作ろうとする決意において歴史的な最初の修正主義的作品のひとつである。1980 年代に数多くの作品によって追随され、それらは普通の女性の生活を戯曲化するために歴史的期間を再創造した。マリー・ラベルジュ (Marie Laberge) の『彼らはやって来た……』(Ils étaient venus pour ..., 1981) と『ジルの入江で、それは戦争の前だった』(C'était avant la guerre à l'Anse à Gilles, 1982; 1984)、[33] エリザベート・ブールジェ (Elizabeth Bourget) の『都会で』(En ville)、マリーズ・ペルティエ (Maryse Pelletier) の『九時半以降、小さな心は誰のもの？』(A qui le p'tit cœur après neuf heures et demie, 1980; 1984) と『カナダ国防軍女性連隊のように足にはすね毛』(Du poil aux pattes comme des cwac's, 1982; 1983)、[34] そしてマルト・メルキュール (Marthe Mercure) の『あなたは訴えるようにやっていた』(Tu faisais comme un appel, 1989; 1991）^(35)は、一般のケベック女性の歴史的経験を舞台化するこの試みの好例である。ジョヴェット・マルシューソー（Jovette Marchessault）は『濡れた雌鶏のサガ』（*La Saga des poules mouillées*, 1981）^(36)の中で異なるアプローチを採った。この作品は、4人の有名なフランス系カナダ人女性作家の生涯を戯曲化したもので、彼女たちが自らを表現するために克服すべき社会的恥辱に焦点を当てている。アンヌ・エベール（Anne Hébert）はコリヴォー〔18世紀に夫を殺害した廉で絞首刑に処せられた女〕の伝説を『鳥かご』（*La Cage,* 1989）の中で書き直し、彼女のヒロインを殺人の罪から解放し、女性蔑視という裁判システムの罪を暴いた。

　ケベックの最も有名な女性劇作家であるマリー・ラベルジュの作品は、女性の演劇の進展を例証している。彼女の最初の作品では、女性の登場人物たちはしばしば過去の保守的で父権的カトリックイデオロギーの犠牲者となっている。『それは戦争の前だった』のレイプされたメイド、『彼らはやって来た……』の不妊の女、『悲嘆の中で死んで発見されたジョスリンヌ・トリュデル』（*Jocelyne Trudelle trouvée morte dans ses larmes*, 1983）の自殺願望の娘、『生涯に二曲のタンゴ』（*Deux tangos pour toute une vie*, 1984; 1985）の意気消沈した妻と『灰色の人』（*L'homme gris*, 1984; 1986）^(37)の虐待された拒食症の人、そして『忘れること』（*Oublier*, 1987)^(38)の4人の不幸せな娘などがそうである。ラベルジュの女性主人公たちは、結婚と家庭を理想化して傷つけられることに気づき始めると、『私の妹オーレリー』（*Aurélie, ma sœur*, 1998）^(39)と『私の妹シャルロット』（*Charlotte, ma sœur*, 2005）の女性たちがするように、彼女らのセクシュアリティや自立を想定することで、より幸せになれる。

　女性劇作家たちは、ひとたび、変化のために社会政治的要求を扱ったり、女性に関する解放された言説を創り出してしまうと、自分たちの個人的な生活に影響を与える様々な問題を探った。ポル・ペルティエ（Pol Pelletier）の『白い光』（*La Lumière blanche*, 1981; 1989）、ルイゼット・デュソー（Louisette Dussault）の『モマン』（*Moman*, 1979; 1981）^(40)、カロール・フレシェット（Carole Fréchette）の『ベビー・ブルース』（*Baby Blues*, 1980）、そしてマリーズ・ペルティエの『水の破裂』（*La Rupture des eaux*, 1989）においては母性がトピックである。セクシュアリティや個人の幸福の重要性が、マリーズ・ペルティエの『しつこい声でデュエット』（*Duo pour voix obstinées*, 1985）^(41)、エリザベート・ブールジェの『私を呼んで』（*Appelle-moi*, 1995; 1996）、カロール・フレシェットの『エリザの肌』（*La Peau d'Elisa*, 1998）、そして『ジャンとベアトリス』（*Jean et Béatrice*, 2002）^(42)などの作品で焦点を当てられた。問題のある母娘の関係、すなわち初期のフェミニスト演劇の主な焦点が引き続き興味を引きつけた。たとえばアンヌ＝マリー・アロンゾ（Anne-Marie Alonzo）の『橙色で黄土色の手紙』（*Une lettre rouge et ocre*, 1984）、エレーヌ・ペドノー（Hélène Pedneault）の『証言』（*La Déposition*, 1998）^(43)、ドミニック・パラントー＝ルブフ（Dominique Parenteau-Lebeuf）の『公証人の前での暴露』（*Dévoilement devant notaire*, 2002）^(44)、ルイーズ・デュプレ（Louise Dupré）の『すべて彼女のように』（*Tout comme elle*, 2006）^(45)である。

　女性劇作家の新しい世代が現在生まれつつある。つまり、1970年代フェミニズムの娘たちで、彼女たちは比較的ジェンダーに特化していない社会問題に焦点を当てている。フレ

シェットの『マリーの四人の死者』（*Les Quatre Morts de Marie*, 1998; 1995）、『シモン・ラブロスの七日間』（*Les Sept Jours de Simon Labrosse*, 1997; 1999）のあとに続いて、ジュヌヴィエーヴ・ビエット（Geneviève Billette）の『人道に反する罪』（*Crime contre l'humanité*, 1999）と『膝の国』（*Le Pays des genoux*, 2005; 2004）は、エヴリンヌ・ドゥ・ラ・シュヌリエール（Evelyne de la Chenellière）の『一月の苺』（*Des fraises en janvier*, 1999; 2003）と『アンリとマルゴー』（*Henri et Margaux*, 2002; 2003）と同様に、社会の正義、友情そして愛といった普遍的な問題を扱っている。

ジェンダーの差とセクシュアリティの舞台化はミシェル・トランブレによって始まり、急速に変化している社会的姿勢を反映した 1970 年代の女性の演劇によって広まった。したがって、1980 年代にゲイの劇作家が現れたことは、驚くべきことではない。その道を導いたのは、ノルマン・ショレット（Normand Chaurette）、ルネ＝ダニエル・デュボワ（René-Daniel Dubois）、ミシェル・マルク・ブシャール（Michel Marc Bouchard）である。この 3 人の素晴らしく革新的な若い作家の作品は、社会的に構築されたジェンダーの役割や性的規範の抑圧を批判し、異性愛の男性のまなざしを混乱させ、ホモエロティックな欲望という解放された言説を作り出した。トランブレのドラッグ・クイーンはジェンダーの役割のパフォーマティヴィティと人工性を強調した。そしてゲイの演劇は、ゲイであることの苦境を戯曲化すると同時に、自然であることについての考えを取り上げ続けた。

特に 3 つの作品がゲイの演劇の美学的、そして演劇的な戦略を浮き上がらせている。ショレットの『プロヴィンスタウン劇場、1919 年 7 月、私は 19 歳』（*Provincetown Playhouse, juillet 1919, j'avais 19 ans*, 1982; 1981）、デュボワの『ファジー大佐小路 26 番 2 号』（*26 bis, impasse du Colonel Foisy*, 1982）、ブシャールの『やせた女たち、または、ロマンティックなドラマのリハーサル』（*Les Feluette ou la répétition d'un drame romantique*, 1987）は、ロールプレイと入れ子構造のテクニックを用いて、男性性／女性性、イリュージョン／リアリティ、芸術／生活、狂気／正気の境界を曖昧にしている。ゲイの登場人物は型にはまった、大げさなほど芝居がかった表現を好む。つまり、治癒力のある物語的な隔たりを作って、彼ら自身の妙技に注意を促し、過去のトラウマを脱構築して書き直している。ゲイをテーマとするすべての作品が、極端な演劇性を特徴としているわけではないが、多くはゲイであることに対して暗い見方をしている。たとえば、デュボワの『クロードと一緒に』（*Being at Home with Claude*, 1985: 1986）、ラリー・トランブレ（Larry Tremblay）の『シクティミのとんぼ』（*Dragonfly of Chicoutimi*, 1994）や『斧』（*La hache*, 2006）は、主人公たちの殺人癖の心理を探っている。しかしミシェル・トランブレの『空中の家』（*La Maison suspendue*, 1990）に登場するゲイたちは、彼らの「存在の痛み」（mal d'être）を克服して、自己を受け入れ、肯定的な方向に向かってきたようである。

1980 年代のモントリオールでは、もう 1 つ政治に携わる演劇が現れた。つまり他の言語を話す移民や先住民に声を与えたもので、これは異なる集団の記憶を語り、疎外された民族コ

ミュニティの観点から世界を観たものである。入植、土地の権利、そして多文化主義がますます議論されるようになったので、演劇は文化的な差異、他者性、そして混血を描くための公共フォーラムになった。マルコ・ミコーネ（Marco Micone）はイタリア移民の経験を描いた3部作『沈黙の人々』(Gens du silence, 1980; 1982)、『アドロラータ』(Addolorata, 1983; 1984)⁽⁵³⁾、『すでに断末魔』(Déjà l'agonie, 1988)⁽⁵⁴⁾で、異種混淆の演劇創作への道を拓いた。1つの家族の3つの世代を追って、ミコーネは去る苦しみ、言語的・文化的統合の難しさ、帰還の不可能性、異文化混在の必要性を描いている。パン・ブユカス（Pan Bouyoucas）の『凧』(Le cerf-volant, 1993; 2000)⁽⁵⁵⁾は、フランス語を上手く話せないことと、ケベックの外国人嫌いによって疎外されたギリシャ移民の問題に焦点を当てている。ミコーネのイタリア移民のように、ブユカスのギリシャ人たちは、カナダに経済的な好機を求めてやって来て、今もなお彼らの故郷に戻れるという白昼夢を見ている。

　政治的な暴力を逃れるために、母国を離れた移民にとっては、故郷の記憶はさほど郷愁を誘うものではない。アブラ・ファルード（Abla Farhoud）の作品は、故郷での父権的な暴力や市民戦争の記憶がトラウマとなり、新しい国では疎外された女性のレバノン移民の経験を戯曲化した。『私が大きかった頃』(Quand j'étais grande, 1983; 1994)⁽⁵⁶⁾、『5・10・15セント店の娘たち』(Les filles de 5-10-15c, 1986; 1993)⁽⁵⁷⁾、『ジグソーパズル』(Jeux de patience, 1993; 1997)⁽⁵⁸⁾で、ファルードは観客に現代ケベックにおける記憶の多様性を認識させた。移民の経験よりレバノン国民の悲劇により関心を抱いて、ワジ・ムアワッド（Wajdi Mouawad）は、『クロマニョン家の結婚式の日』(Journée de noce chez les Cromagnons, 1994)⁽⁵⁹⁾、『誕生時のエドヴィグの手』(Les Mains d'Edwige au moment de la naissance, 1999)、『沿岸地方』(Littoral, 1999)⁽⁶⁰⁾、『焼け焦げる魂』(Incendies, 2003)⁽⁶¹⁾、『トイレに閉じ込められたウィリィ・プロタゴラス』(Willy Protagoras enfermé dans les toilettes, 1998; 2004) といった一連の驚くほど独創的な作品によって、戦争の不条理さ、日常生活の崩壊、町々の荒廃、人々の大量殺戮、そして民族的・宗教的な紛争の只中に捉えられて国外追放される人々を戯曲化した。

　ケベックの文化的多様性を舞台化することは、先住民たちを勇気づけ移民の劇作家たちの声に彼らの声を加えることになった。1985年にイヴ・シウィ・デュラン（Yves Sioui Durand）、カトリーヌ・ジョンカス（Catherine Joncas）、ジョン・ブロンダン（John Blondin）はコンパニ・オンディンノク（Compagnie Ondinnok）を創設した。彼らの使命は、先住民演劇を作るために伝統的な神話や儀式を使うことである。デュランの理想は、ヨーロッパの入植者到着以来、非常に苦しんできた先住民の文化、アイデンティティ、そして精神性を取り戻す「癒しの劇場」(théâtre de guérison) を作ることである。オンディンノクは、エコル・ナショナル・ドゥ・テアトルと一緒に、先住民俳優を訓練するためのプログラムを打ち立てた。そしてそのプログラムは1985年以降、アメリカ中の先住民の歴史的経験を記録し、彼らの信念と儀式を舞台化する13以上の作品を作り出した。たとえば、『メキシコ征服』(La Conquête de Mexico, 1991) は、ジャン＝ピエール・ロンファール（Jean-Pierre Ronfard）のヌー

ヴォー・テアトル・エクスペリメンタルとの共同で舞台化され、アステカ族の視点からスペインの征服を表現した。デュランの『この世の苦難引受人』（*Le Porteur des peines du monde*, 1985; 1992）は、彼らが生き抜く助けとなった精神的な信仰体系を表現すると同時に、先住民を苦しめた虐待の儀式的な再演であった。そのタイトルは、太陽が東から西へ苦しみながら動いていくのだが、暁に登った時は、人間性を浄化するという先住民の神話に言及している。ジョンカスによる『ウクアマク』（*Ukuamaq*, 1993）は、イヌイトの伝説に基づいていた。

オンディンノクのより近年の作品は、先住民の古風な儀式と、現代社会における彼らの新しいアイデンティティを繋ぐ架け橋を作るという使命の実現を目指してきた。『マレシート人ハムレット』（*Hamlet le Malécite*）（2004）で、デュランとジャン・フレデリック・メスィエ（Jean-Frédéric Messier）は、シェイクスピアの悲劇を書き直して、町の退廃した人種差別主義的な環境の中で、若い先住民男性のアイデンティティおよび文化の喪失を戯曲化した。ブリティッシュ・コロンビアの作家ダレル・デニス（Darrell Dennis）の『都市に住むインディアンの物語』（*Conte d'un Indien urbain*）をオリヴィエ・ショワニエール（Olivier Choinère）が翻訳したものは、より若い世代の幻滅や、自己充足に歯止めをかける間違ったステレオタイプを舞台化した。アメリカ中の先住民たちに訴えることで、オンディンノクはカナダの多文化的な文学の場で重要な役割を果たしている。

舞台化されたこの多様性が明らかにしていることは、かつてフレンチ・カナディアンの民族的単一性と記憶の場であったフランコフォン・シアターが1980年代にはますます異種混交性と多様な記憶の場となりつつあったことである。フランコフォンの戯曲も、伝統的なナショナリストの演劇——模倣的な、社会・文化的伝統の中の大衆的エンターテインメントとして始まったもの——からヨーロッパのハイ・アート・モデルのより前衛的な実験へと変わりつつあった。この流行を率いる芸術家や劇団には、ジャン・ピエール・ロンファールのヌーヴォー・テアトル・エクスペリマンタル（以前のテアトル・エクスペリマンタル・ドゥ・モンレアル）、ジル・マウー（Gilles Maheu）のカルボンヌ14（Carbonne14）、ロベール・ルパージュ（Robert Lepage）のル・テアトル・ルペール（Le Théâtre Repère）とエクス・マキナ（Ex Machina）がある。[62]ブルジョワドラマの写実主義的な美学を拒否するこれらの芸術家の作品は、身体表現や動作、イメージやサイン、空間や物によって作り出されている。これらの実験的な演劇は、時空間の境界を破り、原因と結果の論理的な関係を揺さぶり、登場人物を脱心理化し、メタシアトリカルな言説と自己言及性を主題とする新たな統一性を求めた芸術様式である。しばしば、正典的なテキストや歴史的な人物は、革新的な再解釈を促す。たとえば、ロンファールの『ドン・キホーテ』（*Don quichotte*, 1984; 1985）、『千夜一夜物語』（*Les Mille et une nuits*, 1985）、マウーの『マラー＝サド』（*Marat-Sade*, 1984）、『ハムレット＝マシーン』（*Hamlet-Machine*, 1987）、ルパージュの『ヴィンチ』（*Vinci*, 1986）、『エルシノア』（*Elseneur*, 1995）、そして『アンデルセン・プロジェクト』（*Projet Andersen*, 2006; 2007）などである。

新しい舞台言語が作られたが、その中では照明が舞台装置に取って代わり、ジェスチャー

がスピーチに取って代わり、物質が変身して意味のネットワークとなり、論理が無意識と夢に、テキストがパフォーマンスに取って代わった。1980年代から演劇的な実験が用いてきた多くの形式を特徴づけようと、批評家たちは、多言語的で、多分野的で、万華鏡的で、遊び的で、方向を失わせる、多声的な用語を用いてきた。実験というこの形式はテキストよりむしろ演劇性に関わるので、多くの芸術家は出版行為に含まれる閉鎖性を拒否する。そのために、たとえば、ルパージュの『テクトニック・プレート』（*Les Plaques tectoniques*, 1988）とマウーの『レール』（*Le Rail*, 1984）と『共同寝室』（*Le Dortoir*, 1988）といった非常に称賛された作品でも未刊のままである。一方、ロンファールはたいてい上演後すぐに作品を出版した。たとえば、『跛の王さまの生と死』（*Vie et Mort du Roi Boiteux*, 1981）、『タイタニック号』（*Le Titanic*, 1986）である。ルパージュのいくつかの作品は、フランス語と英語で出版されてきた。たとえば『太田川の七つの流れ』（*Les Sept branches de la rivière Ota / The Seven Streams of the River Ota*, 1988 / 1997）、『ポリグラフ』（*Polygraphe / Polygraph*, 1988) / 1994）、そして『ドラゴン三部作』（*La Trilogie des dragons*, 2006 / *The Dragons' Trilogy*, 2006）である。

　演技、劇作、そして演出に加えて、多才なルパージュは、映画も作り、オペラやロック・コンサートも演出する。ケベック・シティを拠点とし、ヨーロッパ、日本、アメリカ、そしてカナダ中で作品を上演し、国際的に認知された芸術家となっている。彼は、ラスベガスのシルク・ドゥ・ソレイユの作品『カー』（*KA*, 2005）も創作した。ルパージュは、ケベックという境界を超えているので、国際的な観客を魅了する。彼の作品はバイリンガリズム（1985年に初演された『ドラゴン三部作』の場合は、英語とフランス語、そして中国語を扱っているため、トリリンガリズムである）、マルチメディアの実験、ホモセクシュアリティの探求、その芸術的天才、その制作過程によって特徴的である。レオナルド・ダ・ヴィンチとハンス・クリスチャン・アンデルセンに関する作品に加え、ルパージュはジャン・コクトーとマイルス・デイヴィス（『針と阿片』*Les Aiguilles et l'opium*, 1991）、そしてフランク・ロイド・ライト（『奇蹟の幾何学』*La Géométrie des miracles*, 1998）を舞台化した。シェイクスピアの作品の上演は、しばしば観客と批評家を同時に驚かせてきた。彼の作品は、ケベックとカナダ、そしてヨーロッパで主な賞や名声を獲得してきた。

　演出家や実験的な劇団が新しいパフォーマンススタイルを作り出してきたのと同時に、言語と物語で戯れる新しい形式の戯曲も生まれた[63]。ルネ・ダニエル・デュボワとノルマン・ショレットは言語とモノローグのレベルで実験した劇的言説を作り出す方法を紹介した。2人の後に続いたのは、演劇のための現代の詩的言語を編み出した数名の劇作家、ダニエル・ダニス（Daniel Danis）、ラリー・トランブレ、そしてイヴァン・ビアンヴニュ（Yvan Bienvenue）である。言語とモノローグでの実験は、ドラマに感情的な興奮を吹き込むが、メロドラマを拒否し、しばしば彼らの作品の主題を構成する悲劇的な出来事のカタルシス的超越を導く。ダニスの『小石の灰』（*Cendres de cailloux*, 1993; 1992）[64]や『あの女』（*Celle-là*, 1993）[65]、ラリー・トランブレの『解剖学の授業』（*La Leçon d'anatomie*, 1992）[66]や『シクティミのとんぼ』[67]

(1995) やビアンヴェニュの『小話の規則』(Règlements de contes, 1995) と『未刊と既刊』(Dits et inédits, 1997) といった作品では、主題はしばしば病気、犯罪、暴力、死であるが、トラウマ的な行動を舞台化する代わりに、彼らは、自身の物語を舞台化している。ダイアローグとアクションに取って代わるのはモノローグと物語であり、それらが登場人物に心理的深みを与え、彼らの内的な思考を詩で表し、そして一時的に距離を保った視点でイベントを詳しく物語ることを劇作家に許容するのである。

　これらの作品の言語は、自意識過剰なほど文学的で、様々な効果を求めて用いられている。それは時にはみずみずしく、冗長なほど抒情的であるかと思えば、時には、性的に露骨で下品で、また時には、実存主義的な苦しみの表現であったりする。言語と物語のこの新しい演劇は、ポストモダンな状況を表現するため、ポストドラマティックな演劇と呼ぶことができ、人間の性質、スピリチュアルで感情的な空虚さ、言語とアイデンティティの関係に関して深刻な疑問をもたらす。他の作家も、このようなやり方で作品を書いており、その最も顕著なのはカロール・フレシェットである。彼女の『大地の上のスミレ』(Violette sur la terre, 2002) と『エレーヌの首飾り』(Le collier d'Hélène, 2002) は、無意味さと孤独に抗してもがくという点において、デュボワ、ショレット、ダニス、ラリー・トランブレ、ビアンヴェニュの作品と同じ範疇に入る。

　劇作法における2つの他の重要な形式もまた、ケベックとフランス系カナダ演劇に現れてきた。都会の物語と、自伝的なドラマである。1990年代初期には、イヴァン・ビアンヴェニュとステファン・ジャック（モントリオールのテアトル・ウルビ・エ・オルビ Théâtre Urbi et Orbi の共同設立者）は、「都会の小話」(contes urbains) と呼ばれる短いモノローグの集団によるショーを毎年舞台化し始めた。コンセプトは単純である。物語作家が、現代の話し言葉の詩の形式を使って、都市の生活を物語るというものである。物語は、タブロイド新聞によって扇情化されたセックスや暴力でしばしば満ちているが、大衆のスピーチの文字通りの置き替えである言語でドラマ化されている。物語は、現代都市の疎外や道徳的な空白を反映するが、フランス系カナダ人の民間伝承の伝統にある「都会の小話」は、社会的価値に関するメッセージを伝え、道徳的な無秩序を警告している。ビアンヴェニュと彼の共同制作者は、モントリオールで「都会の小話」のシリーズ（ドラマツルギー出版者によっていくつか出版された）を上演してきた。そして、サドベリー、オタワ、トロント、エドモントン、そしてヴァンクーヴァーでローカル版を生んだ。「都会の小話」に加えて、自伝的なモノローグもケベック演劇において劇的な物語の実践を広げたが、その最も顕著な例は、ポル・ペルティエの『喜び』(Joie, 1992)、『太洋』(Océan, 1996)、そして『金』(Or, 1997) の三部作と、マルセル・ポメルロ (Marcel Pomerlo) の『忘れられぬ者、または「水の中のリンゴ」マルセル』(L'Inoubliable ou Marcel-Pomme -dans-l'eau, 2002) である。

結論

アカディアでの植民地の始まりから、フランコフォン演劇は、最終的にはカナダ中に広がり、フランス系カナダの文化的生活の重要な一部に発展した。今日、ニュー・ブランズウィックからブリティッシュ・コロンビアに至る劇団は、劇作家の文学的表現、俳優の創造的パフォーマンス、そして観客の集団的・社会的・知的な経験のために、非常に可視的な公共空間を作り出している。単に観客にエンターテインメントを提供する以上に、ケベコワとフランコフォン・カナダの演劇は、歴史的な記憶を演じ、特徴的アイデンティティを再主張し、言語的な差異に価値を置き、カナダにおけるフランス語文化の活力を証明している。

注

1. *Neptune's Theatre*, ed. Edna B. Holman (New York and London: Samuel French, 1927); *The Theatre of Neptune in New France*, ed. Harriet Taber Richardson (Cambridge: Riverside Press, 1927). 利用可能な翻訳（出版されているものと〔本書が出版された 2009 年の時点で〕未刊のもの）は下記の脚注を参照。

2. Leonard E. Doucette, *The Drama of Our Past: Major Plays from Nineteenth-Century Quebec* (Toronto: University of Toronto Press, 1997), p. viii.

3. 本章の他の箇所と同様に、この 2 つの年代は、初演年と戯曲の出版年を指す。

4. 次の書を参照せよ。Jean-Marc Larrue, "Entrée en scène des professionnels 1825-1930," in *Le Théâtre au Québec 1825-1980*, ed. Renée Legris, Jean-Marc Larrue, André-G. Bourassa, and Gilbert David (Montreal: VLB éditeur, 1988), pp. 46-59.

5. フランコ・オンタリオ演劇の誕生に関しては、Mariel O'Neille Karch and Pierre Karch, "Présentation," in *Augustin Laperrière (1829-1903)* (Ottawa: Les Éditions David, 2002), pp. 23-62 を参照。

6. Claude Gauvreau, *The Change of the Expormidable Moose*, tr. Ray Ellenwood (Toronto: Exile Editions, 1996).

7. Jacques Languirand, *The Eccentrics*, tr. Albert Bermel（未刊）.

8. Jacques Languirand, "The Departures," tr. Albert Bermel, *Gambit: An International Drama Quarterly* 5 (London, 1964), pp. 41-74.

9. Gratien Gélinas, *Tit-Coq*. tr. Kenneth Johnstone (Toronto: Clarke, Irwin, 1967).

10. Gratien Gélinas, *Bousille and the Just,* tr. Kenneth Johnston (Toronto: Clarke, Irwin, 1961).

11. Marcel Dubé, *Zone*, tr. Aviva Ravel (Toronto: Playwrights Canada, 1982).

12. 本論の中で取り上げた多くの著名な劇作家の作品は、CKAC、CBF、CBF-FM、そしてラジオ・カナダによって、ラジオやテレビ劇として製作されたことは特筆に値する。たとえば、Marcel Dubé, Jacques

Languirand, Françoise Lornager, Michel Tremblay, Antonine Maillet, Marie-Claire Blais, Elizabeth Bourget, Carole Fréchette, Jean Marc Dalpé が挙げられる。当初から、ラジオやテレビは、真面目な劇を幅広い観客に紹介することによって、また演劇の専門家に金銭的なサポートを与えることによって、フランコフォン・カナダにおけるパフォーミング・アーツを支える重要な役割を果たした。Pierre Pagé, *Histoire de la radio au Quebéc: Information, education, culture*（Montreal: Fides, 2007）を参照。

13. Marcel Dubé, *The White Geese,* tr. Jean Remple（Toronto: New Press, 1972）.
14. Marcel Dubé, *O Day of Rest and Gladness!*, tr. Edward Jolliffe and Marcelle Leclerc（未刊）.
15. Gratien Gélinas, *Yesterday the Children Were Dancing*, tr. Mavor Moore（Toronto: Clarke, Irwin, 1967）.
16. Robert Gurik, *Hamlet, Prince of Quebec*, tr. Marc F. Gélinas（Toronto: Playwrights Canada, 1981）.
17. Michel Tremblay, *Les Belles-Soeurs*, tr. John Van Burek and Bill Glassco, rev. edn.（Vancouver: Talonbooks, 1992 [1974]）.
18. Michel Tremblay, *La Duchesse of Langeais and Other Plays,* tr. John Van Burek（Vancouver: Talonbooks, 1976）.
19. Michel Tremblay, *Forever Yours, Marie-Lou*, tr. John Van Burek and Bill Glassco（Vancouver: Talonbooks, 1975）.
20. Michel Tremblay, *Bonjour, là, bonjour*, tr. John Van Burek and Bill Glassco（Vancouver: Talonbooks, 1975）.
21. Michel Tremblay, *Damnée Manon, Sacrée Sandra*, tr. John Van Burek（Vancouver: Talonbooks, 1981）.
22. Michel Tremblay, *Albertine in Five Times*, tr. John Van Burek and Bill Glassco（Vancouver: Talonbooks, 1986）.
23. Michel Tremblay, *The Real World?*, tr. Bill Glassco and John Van Burek（Vancouver: Talonbooks, 1988）.
24. Jean Barbeau, *The Way of Lacross*, tr. Laurence R. Berard and Philip W. London（Toronto: Playwrights Co-op, 1973）.
25. *A Clash of Symbols*, tr. Linda Gaboriau（Toronto: Coach House Press, 1979）. *Anthology of Québec Women's Plays in English Translation*, vol. I: 1966-1986, ed. Louise H. Forsyth（Toronto: Playwrights Canada Press, 2006）, pp. 277-329 も参照。
26. Denise Boucher, *The Fairies Are Thirsty*, tr. Alan Brown（Toronto: Talonbooks, 1982）. Forsyth, ed., *Anthology*, vol. I, pp. 331-73 も参照。
27. Antonine Maillet, *La Sagouine*, tr. Luis de Céspedes（Toronto: Simon and Pierre, 1979）.
28. Antonine Maillet, *Evangeline the Second*, tr. Luis de Céspedes（Toronto: Simon and Pierre, 1987）.
29. Jean Marc Dalpé, *Le Chien*, tr. Jean Marc Dalpé and Maureen LaBonté（未刊、1988）.
30. Antonine Maillet, *Evangeline the Second*, tr. Luis de Céspedes（Toronto: Simon and Pierre, 1987）; *Gapi and Sullivan*, tr. Luis de Céspedes（Toronto: Simon and Pierre, 1987）.
31. Herménégilde Chiasson, *Lifedream*, tr. Jo-Ann Elder（Toronto: Guernica, 2006）.
32. 次の書を参照のこと。Joseph I. Donohoe, Jr. and Jonathan M. Weiss, *Essays on Modern Quebec Theater*（East Lansing: Michigan State University Press, 1995）; Jean Cléo Godin et Dominique Lafon*, Dramaturgies québécoises des années quatre-vingt*（Montreal: Leméac, 1999）; Chantal Hébert et Irène Perelli-Contos, eds., *Le Théâtre et ses nouvelles dynamiques narratives*（Quebec: Les Presses de l'Université de Laval, 2004）.
33. Marie Laberge, *It Was Before the War at L'Anse-à Gilles*, tr. John Murrell（未刊）.
34. Maryse Pelletier, *And When the CWAC's Go Marching On*, tr. Louise Ringuet（未刊）.

35. Marthe Mercure, *Blood Sisters*, tr. Maureen LaBonté（未刊）.

36. Jovette Marchessault, *Saga of the Wet Hens*, tr. Linda Gaboriau（Vancouver: Talonbooks, 1983）.

37. Marie Laberge, *Night*, tr. Rina Fraticelli (London: Methuen, 1988). Forsyth, ed., *Anthology*, vol. I, pp. 481-513 も参照。

38. Marie Laberge, *Take Care*, tr. Rina Fraticelli（未刊）.

39. Marie Laberge, *Aurelie, My Sister*, tr. Rina Fraticelli（未刊）.

40. Louisette Dussault, *Mommy*, tr. Linda Gaboriau, in Forsyth, ed., *Anthology*, vol. I, pp. 375-418.

41. Maryse Pelletier, *Duo for Obstinate Voices,* tr. Louise Ringuet（Montreal: Guernica, 1990）.

42. Carole Fréchette, *Élisa's Skin*, tr. John Murrell, in *Carole Fréchette: Three Plays*（Toronto: Playwrights Canada, 2002）, pp. 73-103.

43. Carole Fréchette, *John and Beatrice*, tr. John Murrell, in *Carole Fréchette: Two Plays*（Toronto: Playwrights Canada, 2007）, pp. 5-56.

44. Hélène Pedneault, *Evidence to the Contrary*, Tr. Linda Gaboriau（Montreal: NuAge Editions, 1993）.

45. Dominick Parenteau-Lebeuf, *The Feminist's Daughter*, tr. David J. Eshelman（未刊）.

46. Carole Fréchette, *The Four Lives of Marie*, tr. John Murrell in *Carole Fréchette: Three Plays*, pp. 1-71.

47. Carole Fréchette, *Seven Days in the Life of Simon Labrosse*, tr. John Murrell, in *Carole Fréchette: Three Plays*, pp. 105-18.

48. Geneviève Billette, *Crime Against Humanity*, tr. Bobby Theodore（Toronto: Playwrights Canada, 2004）.

49. Eveline de la Chenelière, *Strawberries in January*, tr. Morwyn Brebner（Toronto: Playwrights Guild of Canada, 2003; Playwrights Canada, 2004）.

50. Normand Chaurette, *Provincetown Playhouse*, July 1919, tr. William Boulet. In *Quebec Voices: Three Plays*（Toronto: Coach House Press, 1986）, pp. 17-51.

51. Michel Marc Bouchard, *Lilies or The Revival of a Romantic Drama*, tr. Linda Gaboriau（Toronto: Coach House Press, 1990）.〔この英訳のタイトルは仏語原題の忠実な訳ではない〕

52. Michel Tremblay. *La Maison suspendue*, tr. John Van Burek（Vancouver: Talonbooks, 1991）.

53. Marco Micone, *Two Plays*: *Voiceless People, Addolorata*, tr. Maurizia Binda（Montreal: Guernica, 1988）.

54. Marco Micone, *Beyond the Ruins*, tr. Jill MacDougall（Toronto: Guernica, 1995）.

55. Pan Bouyoucas, *The Paper Eagle*, tr. Linda Gaboriau（Toronto: Playwrights Canada, 2006）.

56. Abla Farhoud, *When I Was Grown Up*, tr. Jill MacDougall, *Women and Performance 9*（1990）.

57. Abla Farhoud, *The Girls from the Five and Ten*, tr. Jill MacDougall, in *Plays by Women*, vol. 1 (New York: Ubu Repertory Theater Publications, 1988), pp. 111-59.

58. Abla Farhoud, *Game of Patience*, tr. Jill MacDougall, in *Plays By Women*, vol. II (New York: Ubu Repertory Theater Publications, 1994), pp. 37-84.

59. Wajdi Mouawad, *Wedding Day At the Cro-Magnons'*, tr. Shelly Tepperman（Toronto: Playwrights Canada, 2001）.

60. Wajdi Mouawad, *Tideline*, tr. Shelley Tepperman（Toronto: Playwrights Canada, 2002）.

61. Wajdi Mouawad, *Scorched*, tr. Linda Gaboriau（Toronto: Playwrights Canada, 2005）.

62. 次の書を参照のこと。Gilles Girard, "Experimental Theater in Quebec: Some Descriptive Terms," *Essays on Modern Quebec Theater*, ed. Joseph I. Donohoe Jr. and Jonathan M. Weiss（East Lansing： Michigan State University Press, 1995）, pp. 151-63; Joseph I. Donohoe Jr. and Jane M. Koustas, eds., *Theater sans frontières: Essays on the Dramatic Universe of Robert Lepage*（East Lansing: Michigan State University Press, 2000）.

63. 次の書を参照のこと。Chantal Hébert and Irène Perelli-Contos, eds., *La Narrativité contemporaine au Québec: La Théâtre et ses nouvelles dynamiques narratives*（Quebec: Les Presses de l'Université Laval, 2004）.

64. Daniel Danis, *Stone and Ashes*, tr. Linda Gaboriau（Toronto: Coach House Press, 1994）.

65. Daniel Danis, *That Woman*, tr. Linda Gaboriau（Burnaby: Talonbooks, 1998）.

66. Larry Tremblay, *Anatomy Lesson,* in *Talking Bodies*, tr. Sheila Fischman（Vancouver: Talonbooks, 2001）, pp. 55-107.

67. この作品は英語で書かれた。

68. Yvan Bienvenue, *Unsettling Accounts*, tr. Shelley Tepperman（未刊）.

69. Carole Fréchette, *Helen's Necklace*, tr. John Murrel, in *Carole Fréhchette: Two Plays*, pp. 61-89.

70. Pol Pelletier, *Joy*, tr. Linda Gaboriau, in Forsyth, ed., *Anthology of Quebec Women's Plays in English Translation*, vol. II: *1987-2003*（Toronto: Playwrights Canada Press, 2008）, pp. 127-71.

31

小説

レジャン・ボードワン、アンドレ・ラモンターニュ
(Réjean Beaudoin and André Lamontagne)
(スザナ・ゴールドシュミット訳 / Translation Susanna Goldschmidt)

フランス系カナダ小説の起源とナショナル・アイデンティティの構築（1837 〜 94 年）

カナダで初めて出版された小説がロマンチックな冒険物語であったとしても、カトリック教会がその影響力にものを言わせ、すぐに小説家の発想を愛国心や土地への執着心、つまり歴史小説や「田園風俗画」（tableaux de mœurs）の生産へと導くイデオロギーに、再び繋ぎとめた。権威ある聖職者たちの主な関心事は、当時のフランス小説とまったく異なる文学作品を奨励することであった。その時代のフランス小説は退廃的であるとされ、したがってフランス系カナダ人読者のキリスト教信仰を脅かすものだと見なされていたからである。

　1837 年に、フランス系カナダにおいて初の小説が 2 冊ほぼ同時に出版された。その年はイギリス植民地支配に対する愛国者らの反乱が勃発した年であった。フィリップ・オベール・ド・ガスペ・フィス（Pilippe Aubert de Gaspé fils）が書いた『ある本の影響』（L'Influence d'un livre）は、よく知られた錬金術の入門書に宝探しの道を求める世間知らずの 2 人組の災難を語っている。報道記事、伝説、そして土地に根ざした慣習が、ウォルター・スコット風に描かれ、この華やかでおとぎ話のような小説を作り上げている。この点は、「この時代錯誤した社会のはなはだしい知的貧困」（"l'extrême pauvreté intellectuelle de cette société anachronique"）[1] を皮肉にも暗示している。おそらくサン＝ジャン＝ポール＝ジョリという土地の「領主」（seigneur）であった作者の博学の父の指導の下で書かれ、この小説はさほど評判が良くなかったが、それは 1837 年という時期を特徴づける不安感から生じた混乱が原因であった。フランソワ＝レアル・アンジェ（François-Réal Angers）による「カナダ年代記」（"Canadian chronicles"）は、『罪の暴露、あるいはカンブレと共犯者たち』（Les Révélations du crime ou Cambray et ses complices）という題で同じ年の夏に出版され、ケベック市一帯で起こっていた数多くの窃盗、ある冒涜行為、そしてある殺人事件をテーマとしている。作者は司法や刑務所制度を批判する一方で、当時のゴシック様式で書くことによって、新聞記事の通俗的な魅力を利用している。

　公証人のパトリス・ラコンブ（Patrice Lacombe）が書いた『父祖の地』（La Terre paternelle, 1846）は、フランス系カナダ文学に新しい方向性を指し示した。つまり、もっぱら大地に拘

泥する文学のことで、フランス系カナダ文学をその後 1 世紀近く支配していく。『父祖の地』は、やがて「大地の小説」(*roman de la terre*)(2) と呼ばれるものの原型であった。この小説はある一家に降りかかった不幸を肯定的に語っている。つまり、父と息子の 1 人がビジネスとノマディズムの誘惑にそれぞれ負けてしまい、土地に根を下ろして留まる義務と、さらには初めそこに定住していた開拓者たちの理想を裏切るのである。同じ年に、ピエール=ジョゼフ=オリヴィエ・ショーヴォー (Pierre-Joseph-Olivier Chauveau) が『シャルル・ゲラン』(*Charles Guérin*) を出版した。それは若い法律家の社会的上昇が中心となった「カナダ風俗小説」(*roman de mœurs canadiennes*) であり、とりわけ、この小説は 19 世紀初頭のロワー・カナダ〔主に現在のケベック州〕で起きていた経済および人口の変化を説明する作品となっている。ショーヴォーの作品は、アンリ=レモン・カスグラン神父 (Abbé Henri-Raymond Casgrain) によってのちに「フランス小説の物真似」(*pastiche des romans français*)(3) と評され、作家仲間のジョーセフ・マルメット (Joseph Marmette) には「地方特有のカラーがない」(*sans couleur locale*)(4) と批判されたとはいえ、カナダ人の批評家からもフランス人の批評家からも温かく迎え入れられた。

アントワーヌ・ジェラン=ラジョワ (Antonine Gérin-Lajoie) の小説『開拓者ジャン・リヴァール』(*Jean Rivard, le défricheur*) が、1862 年にフランス系カナダ初の文学雑誌「カナダの夕べ」(*Les Soirées canadiennes*) に掲載された。サンローラン川 (Saint Laurent)〔St. Lawrence のフランス語表記。本章ではこれを用いる〕流域の農地が人口過密であることを受け、ジャン・リヴァールは大胆にも当時の教養人とは違った道を選び、森林区画を伐採して、そこに大農場園を設立しようと思うにいたる。ジェラン=ラジョワは、この主人公が成し遂げる偉業の続編を、2 年後に出版した『エコノミスト、ジャン・リヴァール』(*Jean Rivard, économiste*) の中で描いた。そこでは、主人公の成功が褒め称えられ、ジャン・リヴァールは、今ではリヴァールヴィル郡と呼ばれる繁栄した地域のまぎれもない指導者になっている。モーリス・ルミール (Maurice Lemire) は、この本はフランス系カナダにあった「サバイバルの理想を長い間支えるのに役立ってきたイデオロギーが最も完全な形で表現されたもののひとつ」(5)("une des expressions les plus complètes d'une idéologie qui, pendant longtemps, a servi de support à l'idéal de survivance") であると的確に述べている。しかしながら、文化的サバイバルの概念が、ここでは教育および経済的技能の促進と結びついているのである。

1863 年に、フィリップ・オベール・ド・ガスペ（ペール）(Pilippe Aubert de Gaspé père) の小説『かつてのカナダ人』(*Les Anciens Canadiens canadiennes*)(6) が、これも「カナダの夕べ」に掲載された。当時 76 歳だった作者は、自分個人や家族の思い出を集めて綴っている。それは、いわばウォルター・スコット的な歴史小説と、シャルル・ノディエやヴィクトル・ユゴーの作品でロマン主義的に中世フランスを想起させるものとの中間にあった。この物語は、1759 年の有名なアブラハム平原の戦い〔1754 年に始まったイギリスとフランスの北米大陸の植民地争いの中で、イギリス側の勝利が決定的となったケベックの戦場〕とイギリスによるカナダ征服を歴史的大枠とし

て構成されている。主人公は貴族出身の 2 人の若者である。ジュール・ダベルヴィルはサン＝ジャン＝ポール＝ジョリの領地の後継者であり、アーチボルド・ド・ロシェエイユはカロデンの戦い〔1746 年にスコットランドで起きた、グレートブリテン王国への抵抗戦争〕で敗北した後に亡命してきたスコットランド人孤児である。以前クラスメートだったこの 2 人は、7 年戦争によって召集されたときに戦場で相対するはめになるのである。この敵対する 2 人の義兄弟〔アーチボルドはダベルヴィル家に引き取られ、ジュールと兄弟として育てられた〕のコルネイユ風な争いは、戦いのあとも、スコットランド人（アーチボルド）とジュールの妹のブランシュ・ダベルヴィルの関係となって続けられる。ブランシュは、戦争で勝った側、つまりアーチボルドからの結婚の申込を、誇りをもって断る。他方、兄のジュールは 1 人の「アルビオン〔イングランドの雅称〕の娘」と結婚するのである。

　この作家は、異なった民族グループが共存し混在するのを率直に良しとして作品を書いている。『かつてのカナダ人』は、過去の出来事を記憶の中で和解させようと試み、征服された側の民族にある恨みを退け、そしてジャック・カルディナルがカナダのナショナル・アイデンティティ構築の試みとして読まれるべきだとしているものを推奨する[7]。建国の礎ともなるこの作品は、またたく間にベストセラーとなり、直ぐに英語に翻訳された。ジョゼフ＝シャルル・タシェ（Joseph-Charles Taché）の『森の人と旅人』（*Forestier et voyageurs*, 1894［1863］〔原題は、かつて毛皮交易のために北米植民地を旅して回った〈森林を駆ける者〉を意味する coureur de bois を比喩〕）もまた重要な作品であると言うべきであろう。この作品は伝説集とロマンチックな話の中間のような小説である。かつての森の男たちの風俗描写（*tableau de mœurs*）はひとつの伝統となり、後に 20 世紀の作家たちに受け継がれていく。

　フェリシテ・アンジェは、ロール・コナン（Laure Conan）という筆名のもと、第 1 作『アンジェリーヌ・ド・モンブラン』（*Angéline de Monbrun*）を 1881 年に出版した[8]。厳粛で若いこの作者は、フランス系カナダにおいて女性として初めて作家の道を辿った人物であった。コナンの作品の多くは歴史的・愛国的な大義に着想を得ていて、それらは彼女の指導者であったアンリ＝レモン・カスグラン神父の計画的な目標に負うところが大きい。しかし、この作家の力強さや個性を最も表現しているのは、愛の分析が物語の中心となっている作品『アンジェリーヌ・ド・モンブラン』である。自由に書かれたこの自伝的小説では日記風の書き出しや手紙やナレーションが織り混ぜられていて、最後は神秘的な瞑想で終わる。ヒロインの父親シャルル・ド・モンブランは、「旧体制」（*Ancien Régime*）のいくぶん不完全な典型といえる人物である。その一方で、アンジェリーヌの求婚者であるモーリス・ダルヴィルは、当時の共和思想を受入れている。パトリシア・スマールは、この小説に、家父長制の強い文学的伝統の中で、初めて女性が発したぎこちない抗議の声を見出している[9]。

更新と継続（1895〜1938年）

　1895年に出版された『祖国のために』（*Pour la patrie*）⁽¹⁰⁾は1945年を舞台とし、反カトリックの政治的企て、すなわち英系のフリーメイソンによって計画された陰謀を背景としている。この作品の著者ジュール＝ポール・タルディヴェル（Jules-Paul Tardivel）は、フランス系カナダの天命を最も熱心に説いた1人であった。この使命が、19世紀末にリベラリズムが浸透するにつれ、ますます高揚した言葉で述べられている。タルディヴェルは、ケベックにおけるカトリック国家の建設によって、近代世界に出現してくる世俗化に対抗するための要塞が築かれると信じていたのである。『祖国のために』の主人公ジョゼフ・ラミランド博士は、悪魔の手先を妨げようとする神の意志の具現である。悪魔の手先たちは、無神論のカナダ憲法を作ろうと企んでいる。この企みは、結局、ラミランドの鋭い洞察力によって失敗に終わる。彼は、超自然の霊に導かれ、英系国会議員の奇跡的な改宗に助けられたのである。国会担当記者であったタルディヴェルは、何人かの作中人物に著名人をうまく重ねて描いている。ときには自分の「主題小説」（roman à thèse）を「モデル小説」（roman à clef）に見せかけてもいる。この本は、フランス系カナダ文学における最初の「独立派」小説として一目置かれている。世論は論争の反対派と賛成派とにはっきりと二極化されており、したがって予想できるように、この小説の反響もリベラル派と教皇至上主義者の間で分かれた。

　リオネル・グルー（Lionel Groulx）の小説『民族の呼び声』（*L'Appel de la race*, 1922）⁽¹¹⁾は、タルディヴェルの政治・宗教的気質を引き継いだ作品である。タルディヴェルは、パリのカトリック新聞「ユニヴェール」（*L'Unisers*）の編集者でありジャーナリストであったフランス人ルイ・ヴイヨ（Louis Veuillot）のカナダにおける信奉者であった。小説の舞台はオタワで、条例第17条によって権利が制限されたことに対して、カトリック学校が争う非常に感動的な内容である。この条例は1912年にオンタリオ州でフランス語教育を禁止〔正確には学校教育における最初の2年間、教育言語としてのフランス語を禁止〕したものであった。国会議員のジュール・ド・ランタニャックは、出世のために首都の資本家階級出身の英系の娘と結婚しているが、仏系の仲間の擁護を引き受けることを決める。この考えによってジュールは平和な家庭生活を失ってしまう。妻はすぐに彼と別れる決心をしたからである。作者は、民族主義者たちの共感をかき立てるばかりではなく、英仏系住民同士の結婚を公然と非難している。そうした結婚がフランス系カナダ人の危ういサバイバルという至上目的に反すると彼は判断しているのである。

　『民族の呼び声』が世に出る8年前の1914年に、アルセーヌ・ベセット（Arsène Bessette）が『新米』（*Le Débutant*）をとおして、副題にも表れているように、「ケベック州におけるジャーナリズムと政治の風俗小説」（roman de mœurs du journalisme et de la politique dans la province de Québec）⁽¹²⁾を書いた。モンレアル〔Montréalの仏語による発音、本章ではこれを用いる〕を舞台とし

たこの都市小説は、宗教儀礼に未だ根強くとらわれた社会において、ジャーナリズムの世界と恋愛へのイニシエーションを中心テーマとしている。この小説の反響は静かなものであったのだが、それは、教会権力が反応を厳しく自制したことと、批評家たちが共謀して沈黙したためであったことがよく知られている。それまで日刊紙「カナダ・フランセ」の編集長であった作者は職を失ってしまうが、この制裁こそは彼が小説の中で非難した状況をあまりにも明確に語っている。20年後、日刊紙「ソレイユ」の編集長であったジャン＝シャルル・アルヴェ（Jean-Charles Harvey）も『半文明人』（*Les Demi-Civilisés*）[13]を出版した後、似たような悲運に見舞われた。『半文明人』はケベック市のヴィルヌーヴ大司教の激怒を買い、この高位聖職者によって職を奪われたのである。『半文明人』に登場するマックス・ユベールは、教会、国家、そして急速に支配的になってきた資本主義的価値観が一体となって支えている社会の沈滞に抗議している。

　都市を描いたこうした数少ない例があるとしても、フランス系カナダ小説は、20世紀初めから、土地に定着したその勇敢な民たちの農村生活を讃えてやまなかった。彼らは、ブルターニュ出身のルイ・エモン（Louis Hémon）が『白き処女地』（*Maria Chapdelaine*）[14]の中で表現しているように「絶えることのない民族」（une race qui ne sait pas mourir）[15]の子孫なのである。『白き処女地』は、1921年にフランスで出版されると、世界中にフランス系カナダの教訓的なイメージを広めた。そしてこのベストセラーは、後にケベックの「大地の小説」のモデルとなるのだが、一方で、伝説的な「カナダの小屋」（Canadian cabin）を取り巻く誤解をも深めてしまった。つまり、あまりに多くの木々が地方色豊かな牧歌的生活の繁栄するエキゾティックな森を隠してしまっているのである。1930年代の終わりまで、ダマーズ・ポヴァン（Damase Potvin）の『われらが家に留まろう』（*Restons chez nous*, 1908）や『大地の呼び声』（*L'Appel de la terre*, 1919）、アリ・ベルナール（Harry Bernard）の『生きし大地』（*La Terre vivante*, 1925）『田畑の道』（*La Voie des sillons*, 1932）といった喚起力のあるタイトルの小説が出版され続けている。[16]

　20世紀はじめ、文芸批評においてもっとも影響力があったのは、後に地方主義として知られるようになる思想の主要な擁護者の1人であるカミーユ・ロワ神父（Abbé Camille Roy）であった。こうした思潮は農村生活をテーマとして繰り広げられる文学表現の核をフランス系カナダのサバイバルとしたのである。この単一的な言説から外れる反対意見もたくさんあった。その中に、『ラ・スクインヌ』（*La Scouine*, 1908）[17]の著者であるアルベール・ラベルジュ（Albert Laberge）も位置づけられる。この小説は、すぐさま検閲を受け、50年後に静かな革命が始まる時まで名誉回復されなかった。ラベルジュは、農村生活の様々な断片を緩やかに繋いだ一連の短い情景において、遅ればせながらフランス系カナダの自然主義小説を逞しい文体で書いた。

　クロード＝アンリ・グリニョン（Claude-Henri Grignon）の『男と罪』（*Un homme et son péché*, 1933）[18]は、メロドラマチックな調子とリアリズムを結びつけていて、バルザックやレ

オン・ブロワから多大な影響を受けた作品で、卑劣にも妻を貪欲な消費癖の犠牲にする夫に、びくびくして従う若い女性の苦悩を描いている。高利貸しのセラファン・プードリエは、この小説における複雑な主人公として詳細に分析されている。グリニョンは神話的な人物を創出し、その人物が明るみに出すのは金力への賛美と、産業資本主義時代の荒廃への怖れとの間で引き裂かれた集団的想像力の魔力である。フェリックス＝アントワーヌ・サヴァール（Félix-Antoine Savard）の『木流しの大将ムノー』（Menaud, maître-draveur, 1937）[19]が悲劇的に語っているのは、狩りや木材流しの昔ながらの森の地に資本主義が侵入してく過程なのである。叙事詩的な広がりを持ったこの小説は、学究的かつ簡潔で、高度に洗練されたスタイルを用い、また無慈悲な外国資本の侵入を防ぐために、『白き処女地』（娘がこの小説の抜粋を読んでいるのをムノーが聞くとき）の言葉を半ば儀式のように読むよう促している。その名がタイトルになっている主人公は、大義のために移住者コミュニティをまとめることができず、目にも見えないし捕まえることもできない敵と独力で戦った後、気が狂ってしまう。

　1930年代の終わりに、フィリップ・パヌトン医師が筆名ランゲ（Ringuet）で著わした『三十アルパン』（Trente arpents, 1938）[20]によって地方主義は頂点に達すると同時に最後の傑作を生んだ。この物語の展開は速く、19世紀末から第二次世界大戦前夜まで、農家の4世代が扱われている。そして、農村の暮らしが近代生活の急激な変化からもはや守られない様子を描き出している。主人公のユカリスト・モワザンは年をとるにつれて子供たちが次第に田舎の土地を捨てて都会に、さらにひどいことに、アメリカ合衆国に移住していくのを見ることになる。財産をすべて失ったユーカリストは、マサチューセッツ州ホワイト・フォールズにある息子の家で生涯を終える。息子の妻や孫たちはフランス語で彼と意思疎通をはかることができなかった。この小説は、アメリカ大陸中に瞬く間に広まった、金と人の大潮流に巻き込まれた伝統的な地方人の運命を見事に捉えている。

差異の是認（1939〜79年）

第二次世界大戦の終わり近くに現れた、初期の決定的な都会小説は、田舎から都会へ舞台を移したばかりでなく、小説創作のパラダイム変換を証明している。ロジェ・ルムラン（Roger Lemelin）の『緩やかな坂の下で』（Au pied de la pente douce, 1944）[21]では、ケベック市に残る近隣社会の田舎風慣習が不良グループのリーダーであるドゥニーズ・ブーシェの出世を描く背景となっている。作家の役にはむしろロマンチストで教養がある、ドゥニーズの友達のジャン・コランが向いているとしても、この主人公が成功するのは逆説的に文学を通してなのである。この小説は、批評家アンドレ・ベロー（André Belleau）が提示した「コードの衝突」（conflit des codes）という概念をみごとに説明している。[22]ベローの考えによると、ケベック小説はフランス文学の規範と北米大衆文化の両方に応えようとしているので、この概念はケベック小

説を定義づける特徴の1つである。『束の間の幸福』(Bonheur d'occasion, 1945)[23]は、モンレアルの労働者社会をラカス一家が出会う困難の舞台とすることによって、モンレアル小説というジャンルを定着させた作品である。その社会は、ショーウィンドーに豊富に飾られた商品と目と鼻のさきに暮らしているにもかかわらず、あらゆる搾取によって苦しめられている。あらすじは、ウェイトレスのフロランチーヌ・ラカスと電気機械技師のジャン・レベックの不幸な恋愛物語を中心に回っている。皮肉にも、都会の労働者階級に厳しい境遇から逃れる希望を与えているのは、戦争のプロパガンダなのである。野心家のジャン・レベックのライバルは、若いエマニュエル・レトゥルノーである。レトゥルノーは、社会主義者や万人救済主義者の理想に心を動かされ、資本主義のシニカルな面を嘆かわしく思っている。そして、その真の顔は世界規模の争いにおいて暴露されていくことになる。

マニトバ生まれであるガブリエル・ロワ (Gabrielle Roy) のこの第一作は、モンレアルの地勢や、それぞれの界隈に応じて働いている社会的・歴史的勢力を忘れ難い筆致で絵画のように描いているばかりでなく、彼女の実り多き文学活動の第一歩を記している。ニューヨークの出版社から出された英語の翻訳により、この作品は国際的な成功を収めることになった。また、『束の間の幸福』では、運命に縛られた母親にたいする主人公の拒否を通して、初期のフェミニストのメッセージも主張している。

1945年はまた、女性によって書かれたもう1つの古典的小説、すなわちジェルメーヌ・ゲーヴルモン (Germaine Guèvremont) の『不意に来る者』(Le Survenant)[24]が出版された年でもある。地方主義のこの完璧な傑作は、ソレル島を舞台に、謎めいたよそ者が昔ながらの農村コミュニティにやってきて、そのコミュニティがこの突然の訪問者から大変な影響を受ける話である。その人物は全編を通して「旅の偉大なる神」(grand dieu des routes)[25]と言及され、この小さな社会に他者性をもたらし、「広い世界」への門戸を開いている。時の流れが停まっていた小さな社会に、近代都市の慣行やそこから吹いてくる商業主義の風が、突如入りこみ始めるのである。

アンドレ・ランジュヴァン (André Langevin) の『街にふる塵』(Poussière sur la ville, 1953)[26]の主人公による若者の反抗は、フロランチーヌ・ラカスの反抗よりも簡潔で、よりラディカルである。この小説を書いた若い作家は、20世紀なかばの小さな鉱山町の厳しい情景を描いている。自由な思想をもち医者になったばかりのアラン・デュボワは、結局妻マドレーヌと自分を町の住民と敵対させる結果になってしまう。この素晴らしい小説は、〔フローベールの〕『ボヴァリー夫人』と〔カミュの〕『異邦人』との中間的な作品で、アンドレ・ベローが提起した「コードの衝突」をいま一度照らし出している。またこの小説は、語りの手法——登場人物の観点からとらえられた事件の関係性、視点の多様性、内面独白——と文体の両方において、斬新な革新を示している。

ジェラール・ベセット (Gérard Bessette) による『乱闘』(La Bagarre, 1958)[27]はさまざまな手法を駆使しているが、それらは静かな革命の前兆となる小説のカギであった。すなわち、

複言語主義、異種混成、自己内省、植民地主義によるコードの衝突、そしてモンレアルのコスモポリタリズムなどである。中心を持たないそのコスモポリタリズムの性質が、小説で描かれる 2 人の架空の作家の表現能力を試すことになる。ジュール・ルブフとケン・ウェストンは文学部の学生で、片方はフランス系の古い家系の出身で、もう片方はアメリカ人である。彼らは、フランス系カナダ人の危ういアイデンティティにおける自分たちの社会学的立場について激しく議論する。このアイデンティティは、小説の舞台であるモンレアル地区のいわゆる「都市の実験室」の中でくっきりと浮き彫りにされる。そこでは、労働者階級の生活条件と人種や感情の対立がお互いに反発しあっている。1960 年には、小説『本屋』(*Le Libraire*)[28] が、「禁書目録」(Index)(カトリック教会が物騒であるとして禁書にした本の目録)や、聖職者の世論抑圧による「大暗黒時代」(la grande noirceur)[29]〔モーリス・デュプレシー政権下に行われた超保守的な時代のことを指す〕の悪影響を扱っている。主人公で語り手でもあるエルベ・ジョドワンは、物語の初めで、試験監督官として勤めていた神学校(collège classique)を解雇されたあと、サン・ヨアキムの町にたどりつき、そこで本屋の職につく。エルベはこの仕事を、部外者らしく公正な態度と自然体でこなす。物語は日記の形式をとり、表現は簡潔だが、どきっとさせるような皮肉が使われており、これらは村人の視野の狭さや愚直さにたいして向けられている。

　イヴ・テリオ(Yves Thériault)は、ある研究書のタイトルが示しているように、「植民地主義の症候と自由解放のきざし」[30]("symptômes du colonialisme et〔les〕signes de libération")と取り組んだ最も重要な作家の 1 人として認められる栄誉に値する。『アガグック』(*Agakuk*, 1958)[31]の中で作者は、それまで語られていなかったカナダ先住民の問題を扱っている。この小説は、ヌナヴック・イヌイトが住む北の地が舞台となる三部作の第 1 巻目にあたり、ある夫婦が自分たちのコミュニティの伝統と決別し、ツンドラで自分たちだけで生きていく物語である。この夫婦はその土地で自分たち固有の価値観を築き、それには、男女の役割の相互性、また男女間の平等な仕事の分担も含まれている。異国情緒や地域色ばかりでなく、この小説は、RCMP(王立カナダ騎馬警察)や強大なハドソン湾会社によって支配された極北の虚構空間へ入っていくケベック社会の北進の話としても読むことができる。

　1960 年代という新しい 10 年間の始まりとともに、「静かな革命」〔1960 年ジャン・ルサージュ率いるケベック政府主導のもと、それまでの前近代劣位状況から脱するために行われた政治的・経済的・文化的革命〕がついに始まった。すなわち、社会的・経済的次元においても政治的・美学的次元においても、急速な変化と挽回の時代であった。ジャック・ゴドブー(Jacques Godbout)の『アクアリウム』(*L'Aquarium*, 1962)やジャック・ルノー(Jacques Renaud)の『文無し』(*Le Cassé*, 1964)、アンドレ・マジョール(André Major)の『カボション』(*Le Cabochon*, 1964)[32]といった作品が、ケベックの独立問題を経済的不平等への攻撃と結びつけて、反抗のテーマを導入している。1965 年には、ユベール・アカン(Hubert Aquin)が革命的な小説『今度の挿話』(*Prochain épisode*)[33]を書いた。これはケベック独立のための武装闘争を弁護するものだった。アカンの

この第1作は正式な革命を扇動しており、たちまちケベックのインテリ界を揺り動かした。しかし、国際的な舞台にまで及んで、真のケベック小説の爆発をはっきりと示したのは、重要な2つの作品が出版された1966年であった。すなわち、マリー＝クレール・ブレ（Marie-Claire Blais）の『エマニュエルの人生の一季節』（Une saison dans la vie d'Emmanuel）(34)とレジャン・デュシャルム（Réjean Ducharme）の『飲み込まれたものたちに飲み込まれた女』（L'Avalée des avalés）(35)である。前者はメディシス賞をとり、後者はゴンクール賞にノミネートされた作品である。「大地の小説」との関係を示唆的に用いながら、マリー＝クレール・ブレの小説は、近親相姦、小児性愛、売春そして非行に悩まされた社会の慣習を描くことによって、カーニヴァル的な反転効果を生み出している。ランボー的で救世主のような若い詩人ジャン＝ル＝メーグルは、家族の衰退を物語るこの小説の中心的人物である。この衰退は、奇妙にも道をはずしたジャン＝ル＝メーグルの妹エロイーズの場合と、そしてとりわけ弟のエマニュエルの無邪気な戯れに、明確に表れている。ジル・マルコット（Gilles Marcotte）は、この作品の中に、いわゆる不完全な小説、つまり「一度も終えられない、終えることのできない言語体験」（[une] expérience de langage jamais terminée, interminable）(36)の典型を読み取っている。

　言語と言語の不安に対する似たような意識は、レジャン・デュシャルムにおいて十全に表現される。1966年にパリのガリマール社から出版された彼の最初の小説は物議をかもした。若く無名の作家が誰なのかは様々な仮説を生み出したが、結局、この作家は実在しているものの、メディアの表舞台にでることを断固として拒否していることが判明する。『飲み込まれるものたちに飲み込まれた女』の主人公であり語り手のベレニス・エインベルグの冒険では、「教養小説」（bildungsroman）の形をとって、夢想された幼年時代が表現される。物語にそって8歳から18歳まで年齢を重ねていく少女の探求は、まずはサンローラン川のとある島へ、次にニューヨークへ、最後には六日間戦争〔アラブ諸国との間で1967年6月に起きた6日間の短期戦。第三次中東戦争〕のまっただ中にあるイスラエルへと導かれる。ベレニスが変容していく挿話は、両親に対する反抗から出発して友情の確認を通り、哲学的な問いを経て、言語的な反抗へと向かう。『召命する鼻』（Le Nez qui voque〔Voquerという動詞はデュシャルムの造語。マスコミに姿を現さない作者は造語を用いる〕, 1967）では、家出をしたティーンエイジャーであるミル・ミルとシャトーゲが、思春期の反抗を極限まで押し進めて自殺協定にまで至る。この自殺協定は、彼らが遠い昔の冒険物語やエミール・ネリガンの詩を夢中になって読んだ後に結ばれている。

　1年おいて出版された2作品、つまりジャック・ゴドブーの『やあ、ガラルノー！』（Salut Galarneau! 1967）(37)とロック・カリエ（Roch Carrier）の『戦争だ、イエス・サー！』（La Guerre, yes Sir! 1968）(38)は、新しい庶民的でユーモラスな視野や、相手がアメリカ人であれイギリス人であれ、他者とのフォークロア的な出会いを探求する作品である。フランソワ・ガラルノーはホットドッグの屋台のオーナーである。兄のジャックは、パリ留学から戻ってきて、テレビの台本作者としてキャリアを積んでいる。語り手のフランソワは、ステレオタイ

プを活用して、自分の話に織り込み、合衆国の単なる枝葉として「美しき州」〔Belle province は、ケベックがかつて自らを指すために用いていた標語。現在では Je me souviens（私は忘れない）〕を描く。『戦争だ、イエス・サー！』の主人公は、小説に初めて登場するのが棺の中であったことからして、けっしておしゃべりではない。しかし、生まれた村に彼の遺体が帰還することにより、皆の口が軽くなる。主人公の棺の周りで、「二つの孤独」〔Two solitudes。カナダ社会における英系と仏系の断絶を言い表したことば。Hugh MacLennan の同名小説（1945 年）により広く用いられるようになった〕──フランス語話者と英語話者──が、哀悼と祝典が入り混じった奇妙な儀式の中で 1 つになる。戦死した兵士の話が展開する物語空間は、第二次世界大戦中におきたカナダの徴兵制度危機〔英系カナダ人の大多数が連邦政府の徴兵制案に賛成したのに対し、仏系の大半は反対だった。軍隊でのフランス語使用制限などに関して後者の不満が大きかったことが一因として考えられる〕を彷彿させ、英語話者とフランス語話者の間に生じたイデオロギーの衝突を強調している。この本は、誇張された常套句やシュールな話をふんだんに用いているが、皮肉なことにそれが英語系カナダの期待に沿っている。そのためにこの作品は国の宝として歓迎され、多くの場合すべてがあまりに額面通りに受け取られている。

　まったく異なる文学ジャンルに目を向けると、英語系住民の悩ましい他者性が、ユベール・アカンの『記憶の穴』（Trou de mémoire, 1968）[39]とアンヌ・エベール（Anne Hébert）の『カムラスカ』（Kamouraska, 1970）[40]の中で、より一層暴力的な性格を帯びるようになる。奇妙な美学のまわりに巧みに組み立てられた、ユベール・アカンのこの 2 作目の小説は、植民地化された民族の歴史喪失を扱っている。物語は、ジョアン・ラスキンの殺害とともに始まる。彼女は薬剤師で革命家のピエール＝イクス・マニャンの愛人であった。アカンは、フランスの「ヌーヴォー・ロマン」（nouveau roman）から推理小説に至るまでのさまざまな手法を活用して犯罪の動機を解明するのだが、その犯罪の政治的結果としてケベックの大義をアフリカ諸国の独立闘争と関連させようとしているように思われる。情熱と歴史劇は『カムラスカ』でも混ざりあっている。物語は 19 世紀の征服された土地〔1763 年のパリ条約でフランスは北米植民地をイギリスに譲渡する。これをフランス系カナダ人は「征服」conquête（英語 conquest）と呼ぶ〕を舞台とし、カムラスカの「領主」（Seigneur）と、ブルジョワ出身のフランス系カナダ人である彼の妻、そしてアメリカ人の医者の三角関係を中心に回っている。この小説で使われている革新的な語りの手法は、転調、時間の基準点を乱してしまう強迫的記憶、主人公の知覚作用の運動的側面を組み込んでいる。カナダにおける女性作家出現の象徴でもある『カムラスカ』は、同時に叙事詩的なカナダの冬の厳しさを驚くべき描写によって示している。

　1970 年代のケベックの小説は、ケベック社会の差し迫ったイデオロギーや美学的問題を最大限に細分化された様々な形ではっきりと表現している。例えば、（ジャック・ゴドブーが定義付けた）[41]「国民の書」や、建国神話、フェミニズム、モダニズムとポストモダニズム、そして大衆小説やフォルマリズムなどである。

　すでに短編を通してよく知られていたジャック・フェロン（Jacques Ferron）は、建国神話

の驚くべき再解釈をした『アメランシエ』（L'Amélancier〔amélancierはバラ科の灌木で和名は「ザイフリボク」。北米で広くみられる］）を書いて小説家として名を挙げた。まさにさまざまな起源の混合物というべき作品であり、ティナメール・ド・ポルタンクが若きヒロインを演じるこのアイデンティティ探求物語は、英文学や児童文学、特に『不思議の国のアリス』からと同じくらいに、ケベックの短い歴史からも多く借用されている。時間構成は、個人の記憶と空間の構造を、（家族、社会、国の）歴史における個人や集団の立場の探求とからみ合わせている。ヴィクトール＝レヴィ・ボーリュー（Victor-Lévy Beaulieu）の小説群は、最終的に『大部族』（La Grande Tribu）として2008年に出版される「偉大な部族」の物語の中でフェロンに負うところが大きいことを示し、『デマンシュのドン・キホーテ』（Quichotte de la Démanche, 1974）で最高潮に達する。この小説の凝縮された時間、つまり、作家のアベル・ボーシュマンの人生のうちの1日2晩、は家族のサガをケベック人の歴史のなりかわりとして包み込んでいる。この圧縮された叙事詩は、そもそも題名からして、欲求が満たされない民衆の運命、そして文学形式における欲求不満にたえず注意を引きつけるのだが、主人公はジェイムズ・ジョイスの作品に取り憑かれ、それについて書こうと試みているのである。

　デュシャルムの『力づくの冬』（L'Hiver de force, 1973）⁽⁴²⁾の中で、かすかに近親相姦を思わせるようなカップル、アンドレとニコール・フェロンはプロの校正係で、モンレアルの芸術家たちと付き合っている。その付き合いに吐き気がするほど嫌悪を感じている一方で、彼らは幻滅したとりとめのないおしゃべりの中で、芸術家たちの完全な『フーズ・フー』〔名士録〕を作りあげている。集団的疎外の完璧な投影であるフェロンたちは、自分たちを閉じ込め、また自分たちが忌み嫌っている社会の縮図からの逃走の完璧な不可能性を通して自分たちの自己否定を気高くも実践している。『レザンファントーム』（Les Enfantômes, 1976〔「子供enfant」と「霊fantôme」を組み合わせた造語〕）では、語り手であるヴァンサン・ファラルドーが、自分の回顧録を書いている最中であり、それには、戦後の時代から1960年代終わりまでが扱われている。この記録家は、崩壊した自分の結婚生活や、妹のフェリエとの厄介な人間関係について、屈折したイメージを創りだしている。彼は「このようにして残骸の中に、すでに爆発してしまった世界の破片を」（"alors dans le débris, l'éclat d'un monde déjà explosé"）[43]沈めているのである。

　1970年代にはフェミニズムがついに小説に入ってきて、そしてそれを根底から変えた。ケベック解放の闘いと並行して、ニコル・ブロサール（Nicole Brossard）やエレーヌ・ウーヴラール（Hélène Ouvrard）、ルーキィ・ベルシアニック（Louky Bersianik）の書いたものは、女性解放を証明する作品である。女性をめぐる問題はすでに、クレール・マルタン（Claire Martin）の散文（『愛をこめて、愛無しで』Avec et sans amour, 1958、『ほろ苦さ』Doux-amer, 1960）[44]や、レズビアンのタブーを破った最初の小説であるルイーズ・マウー＝フォルティエ（Louise Maheux-Fortier）の『アマドゥー』（Amadou, 1963）[45]や、またマリー＝クレール・ブレの『ポーリーヌ・アルカンジュの草稿』（Manuscripts de Pauline Archange, 1968）[46]とその続編の『生きる！

生きる！』（*Vivre! Vivre!*, 1969）と『見せかけ』（*Les Appaences*, 1970）の中にすでに現れていた。1974 年には、ニコル・ブロサールが、身体とことばの「受容と探求」の小説である『フレンチ・キス』（*French Kiss*）を出版し、それによってジェンダー・スピーチ〔ジェンダー意識に基づいた発言〕に声を上げさせた。『苦み、あるいは風化した章』（*L'Amer ou le chapitre effrité*, 1977）は、母娘関係の逸脱した話であると同時に、理論的考察でもある。ルーキィ・ベルシアニク（Louky Bersianik）の『ユゲリオンヌ』（*L'Euguélionne*, 1976）は、神話や聖書の句を用いて、その女性嫌いの論理を反転させて、家父長的原理主義から追放された新しい言説を引き出している。

　ヨランド・ヴィルメール（Yolande Villemaire）の作品が示しているように、（特に「ラ・ヌーヴェル・バール・デュ・ジュール」*La Nouvelle Barre du jour* や「赤い草」*Les Herbes rouges* といった雑誌において）「新たなエクリチュール」（la nouvelle écriture）が女性文学に与える影響を見落としてはなるまい。ヴィルメールの小説『平凡な人生』（*Le vie en prose*, 1980）では、登場人物も文体もジャンルもすべて絡ませるクモの巣のような筋の語りの中で文体の万華鏡が描き出される。話し言葉が公私の境を横断し、ヒロインたちの１つの、あるいは相矛盾する声が境界を攻撃している。この本とその受容は、その主題の回帰においてモダンからポストモダンへの推移、あらゆる真実の相対化、そしてヘゲモニーを握るメタ物語の挑戦の証しとなっている。

　上記のようなフォルマリズムの文学に加えて、大量生産の大衆小説の出現もまた、1970 年代の特徴である。ミシェル・トランブレ（Michel Tremblay）は、『義姉妹』（*Les Belles-Soeurs*, 1968 年初演、1972 年出版）の勝利によって始まった劇作家としての成功を収めたのち、小説群『モン＝ロワイヤル丘の年代記』（*Chroniques du Plateau Mont-Royal*）を『隣の肥った女は妊娠している』（*La Grosse Femme d'à-côté est enceinte*, 1978）から書き始める。バルザック的な枠組みをもつこの小説では、彼のそれまでの劇に登場した幾人もの人物（アルベルティーヌ、ガブリエル、エドワール、マルセル、テレーズ）が再び使われ、無秩序に広がる一方の大都会の地図の中で、複雑な家族の拡張するネットワークが分析されている。『サン＝タンジュ学校のテレーズとピエレット』（*Thérèse et Pierrette à l'école des Saints-Anges*, 1980）は、幼少期と学校教育を考察しているが、それらは、当時、宗教がもっぱら力をもっていた領域であった。

　「静かな革命」が時代を席巻してから 20 年後に、ジル・マルコットは、まさに 19 世紀の文学規範に従って形作られたケベックの語りを 1980 年にまだ出版することができたと的確に指摘したが、彼はそれが 1960 年以降うまく管理できなくなった歴史的継続性を正当化するためであったと暗に示唆している。一方、ローラン・マイヨ（Laurent Mailhot）は、こうした性質をもつフィクションを「パロールの小説」（romans de la parole）であると書いて、「エクリチュールの小説」（romans de l'écriture）と区別している。マイヨによれば、こうしたフィクションは、これまでの時代の叙事的な物語が神話になってしまったので、口承文学の伝統から発生したリアリズムの旗の下でそれらの物語を更新しているというのである。ミシェル・

トランブレとイヴ・ボーシュマン（Yves Beauchemin）の小説がこうした事例にあてはまる。

1981年に、ボーシュマンは『雄猫』（Le Matou）を出版した。これは、フランスとケベックで数十万部も売れ、十数の言語に訳された。この小説は、いつもいっしょにいる野良猫とともに放浪する少年の旅と、フロランとエリーズ・ボワソノーのビジネス上の不運を語っている。そして、フランス語話者のビジネスにおける成功や、外国人や英語話者と彼らの関係を問題として取り上げている。『雄猫』の大衆的な成功のおかげで、シモン・アレルがアイデンティティに固執するフランス系ケベック人症候群として解釈したものに注意が向けられることになったが、同時に植民地支配されていた者の経済的に不利な立場という、それまで認められていなかった真実にも幾分この小説の成功は負うところがあると考えることができるだろう。

文化的復権のもうひとつの象徴的な試みが、ルイ・カロン（Louis Caron）の三部作『自由の息子たち』（Les Fils de la liberté）であった。それは、『木の鴨』（Le Canard de bois, 1981)、『霧笛』（La Corne de brume, 1982)、『拳』（Le Coup de poing, 1990）の3作からなり、1837年と1838年に起きた大英植民地帝国へのいまわしい反乱で犠牲となった愛国者たちの名誉を取り戻そうとしている。アルレット・クースチュール（Arlette Cousture）の小説『カレブの娘たち』（Les Filles de Caleb, 1985-6）は、オート・モーリシーのようにやがて急速な産業発展に向かう地方の森の男たちの忘れられた偉業に大衆の注意を喚起した。ボーシュマンやカロンやクースチュールのベストセラーは映像化され、マスメディアを通してケベック文学においてそれまでになく広範に享受されている。ロワのベストセラー小説『束の間の幸福』もまた遅ればせながら1983年にテレビと劇場用に映像化された。

州民投票後——1980年以後のフィクションにおける新たな両極（対立）

ケベックの独立を問う1980年の州民投票以降、ケベックのフィクションは新しい方向を模索している。国民的テクストの認識論的脱構築とその政治的緊急性の危機が、ポストモダン的な、あるいは自己言及的な、さらには主体性に関するあらゆる種類のエクリチュールの新たな領域を小説家たちに開いたのである。アンヌ・エベールの散文は、20世紀後半において到来することになる小説の変化を告げている。『激流』（Le Torrent, 1950）は、「世界を奪われた子」（enfant dépossédé du monde）の物語である。その子供は、罪なほど所有欲の強すぎる母親から受け継いだカトリック教会の道徳的な教えに苦しめられている。この古典的中編は、ケベック小説においてあまりに偏在している母親像の脱構築を予告している。『木の部屋』（Les Chambres de bois, 1958）は、夫婦間の疎外についての詩的な小説であり、疎外の物語に新しい道を開いている。『シロカツオドリ』（Les Fous de Bassan, 1982）は、ポストモダンの美学がはっきりと示されたケベックで初の小説の1つである。その美学は、あらゆる問題を越

えて、語りの言説の広範なポリフォニー、聖書との間テクスト性、グリフィン・クリークという英語系小社会における集団的周縁性の投影、ニュース記事と歴史の交差などにおいて現れている。『最初の庭』(Le Premier Jardin 1988) [62]は、こうした系図上の探求を伴う歴史の見直しを継続し、ヌーヴェル・フランスや不名誉な「王の娘たち」(filles du roi) [63]の運命にまで遡っている。「王の娘たち」とは、国王からヌーヴェル・フランスで結婚し家庭を築くよう後押しされたフランスの若い娘たちのことで、作家エベールは彼女たちに声を与えて語らせている。

　1960年〜1970年代にいくつもの小説(『ジミー』Jimmy、『青クジラの心』Le Cœur de la baleine bleue、『大潮』Les Grandes Marées) [64]が評判になったのち、ジャック・プーラン (Jacques Poulin) の小説家としての成功は、『フォルクスワーゲン・ブルース』(Volkswagen Blues, 1984) [65]によって完全に定まった。この小説はケベックの新たな想像力による最初の旅小説〔ロードノヴェル〕の1つである。兄の行方を探す作家が、メティスの娘と旅にでる。ガスペからサンフランシスコまでの彼らの旅程は、初期のフランス人探検家によるアメリカ地図を描きだし、また、先住民の歴史において鍵となる場所を再訪していく。その語りは、民族や男女の固定観念と戯れながら、どこか探偵小説やアイデンティティ探求のスタイルを帯びている。その後のジャック・プーランの小説にもこうした問題がつきまとっているが、『古びた悲しみ』(Le Vieux Chagrin, 1989)や『秋のツアー』(La Tournée d'automne, 1993) [66]、『ミスタシーニの青い目』(Les Yeux bleus de Mistassini, 2002) [67]に見られるように、ケベック市とその周辺の限られた文脈の中で、それらは問われている。ルイ・ゴーチエ (Louis Gauthier) による三部作は、『遠回りのインド旅行』(Voyage en Inde avec un grand détour) というタイトルで2005年にまとめられており、旅と自分探しの冒険について目を見張るような再確認の機会を提供している。イヴォン・リヴァール (Yvon Rivard) の『カラスの沈黙』(Les Silences du corbeau, 1986) も似たようなテーマを扱っていた。そこでは、インドへの旅が書くことや精神的な探求のメタファーとなっていた。

　フランシーヌ・ノエル (Francine Noël) の『マリーズ』(Maryse, 1983) もまたアイデンティティのテーマを扱っているが、かなり異なったスタイルで書かれている。その小説は、第二次世界大戦後に生まれた世代と、その知的成長の思想的冒険を語っている。モンレアルのアカデミック・サークルがピグマリオン神話の焼き直しの舞台となっていて、主人公の女性とその友人達が、自らの言葉を擁護するとともに、流行のパリ風左派の世界観を統合して解放することによって、自分たちも自由になる。イニシエーションの語りにストーリーを従属させ、支配的な言説をカーニヴァル的な転覆に解消させて、『マリーズ』は、アイデンティティの新たな観点から、フェミニズムとポストモダニズムの統合を明白に示している。モニック・ラリュ (Monique LaRue) の『原本どおり』(Copies conformes, 1989) において、アイデンティティに対する考察はダシール・ハメットの『マルタの鷹』の模倣をしており、サンフランシスコが舞台で、新しい科学技術時代における婚外交渉に焦点をあてている。『原本どおり』は、

真偽のパラダイムに開かれ、ケベック以外の土地を舞台とし、女性文学に新風を吹き込んでいる。ロベール・ラロンド（Robert Lalonde）は、その間、自身の小説『最後のインディアン・サマー』（*Le Dernier été des Indiens*, 1982）や『父の道化師』（*Le Fou du père*, 1988）の中で、アメリカ先住民のテーマを再び取り上げ、同性愛と関連づけた。

　文学的想像力におけるこうした変遷は、他所からやって来た数多くの作家の貢献によるところが大きい。彼らはモンレアルを、特にその文学創造という意味において、コスモポリタンな都市にした。ピエール・ヌヴーが「ポスト・ケベコワ」（post-Québécois）と名付けた[68]この文学では、アイデンティティが相変わらず重要な役割を担っているが、この時期から先は、移民文学に溢れだしていく。レジーヌ・ロバン（Régine Robin）の『ラ・ケベコワット』（*La Québécoite*, 1983）[69]は、フランス語話者のケベコワの「われわれ」と対立する文化的記憶を別の方法で探ろうとしている。当時ケベコワたちは民族の混合には相対的にはまだ閉鎖的であった。移民文学として特徴的なこの小説は、ユダヤ系のフランス人女性によって書かれた、モンレアルに移民として入ろうとする3人の物語であり、「中間に置かれてしまった人々」のことばや文化的記憶のキー・コンセプトを明示している。『ニグロと疲れずにセックスする方法』（*Comment faire l'amour avec un négre sans se fatiguer*, 1985）[70]では、ポルトープランス生まれのダニー・ラフェリエール（Dany Laferrière）が、マギル大学に通うブルジョワ娘たちとサン＝ドゥニ通りのフレンチ地区のむさくるしい部屋とに分割されるモンレアルの神経中枢に位置付けて自身の移民話を語る。こうした場所に2人のハイチ人が住んでおり、彼らはコーランを読んだりジャズを聞いたり、昔の植民地主義の罪滅ぼしにやってくる白人娘たちを追いまわすのに忙しい。こうしたやり方で「ネグリチュール」（"négriture"、黒人が書くこと）やオリエンタリズムを奨励しようとする主人公たちの熱意は、モンレアルの標準的な二元性の中に他者性を注入する。『四月、あるいは反情熱』（*Avril ou l'anti-passion*）[71]においてイタリア系ケベコワ作家アントニオ・ダルフォンソ（Antonio D'Alfonso）は喪として体験された追放、多様な文化の遭遇についての考察を披露する。

　上海で生まれたイン・チェン（Ying Chen）は、彼女の2番目の小説である、モンテスキューの『ペルシア人の手紙』に似せた書簡体小説『中国人の手紙』（*Les Lettres chinoises*, 1993）で、ケベック文学界を呆然とさせた。婚約者2人のうち、1人はモンレアルに移住し、もう1人は上海に残っているのだが、彼らの間で交わされる対話は、中国の変わりゆく面と対照的なケベック社会に対する新たな見方を提供している。『恩知らず』（*L'Ingratitude*, 1995）[72]の成功によってフランスでもチェンの評価は高まった。その小説では、母の束縛から逃がれるために、自殺を計る娘の恐ろしい話をとおして、伝統や家族の重荷に対する反抗が表現されている。

　「静かな革命」が終わった直後やその初期に生まれたケベックの作家たちは、ケベック社会の一員であることについて、以前の世代に属する作家とは違う見方を示している。モニック・プルー（Monique Proulx）は、『星たちのセックス』（*Le Sexe des étoiles*, 1987）[73]の中で、性

倒錯者の観点からアイデンティティの問い直しを試みる。同じ作家による短編集『モンレアルのオーロラ』（*Les Aurores montréales*, 1996）[74]は、この都市のモダニティとマージナリティが描き出す万華鏡を作り上げている。ガエタン・スーシィ（Gaétan Soucy）は、『マッチが好きでたまらない少女』（*La petite fille qui aimait trop les allumettes*, 1998）[75]で名声をえた。この作品は、中世のような舞台設定で、父親の死の場面から始まる神話的な含みのある物語である。文体的にみると、作者は卓越した言語的才能を発揮しており、ときにレジャン・デュシャルムに似ることもあり、語り手の性別は用心深く秘密にしたままにされる。『怒り』（*La Rage*, 1989）で、ルイ・アムラン（Louis Hamelin）は歴史的に無関係な2つの出来事を器用に繋ぎあわせている。その2つとは、ミラベル空港を建設するために先祖代々の土地が徴発されていることと、ジェネレーションXが被った科学技術による徴発である。アムランのこの第1作は、批評家から満場一致の喝さいを浴び、科学性と動物性という2つのまったく異なる言説を対立させて、若者が体験する怒りと排斥の感情に形を与えている。アムランのエコロジーへの関心はまた、『カウボーイ』（*Cowboy*, 1992）[76]や『フルート奏者』（*Le Joueur de flûte*, 2001）といった彼の他の小説にも流れ込んでいる。

　喪失やノマディズムのテーマとアイデンティティ探求は、オーレリアン・ボワヴァンが「絶望の若き小説家たち」[77]と呼ぶ者たちの作品においても繰り返されている。メディアでも活躍する若い小説家クリスチャン・ミストラル（Christian Mistral）は、『男たらし』（*Vamp*, 1988）、『はげたか』（*Vautour*, 1990）、『精神安定剤ヴァリウム』（*Valium*, 2000）という人気のある自伝小説シリーズを出版する。それらは「バロック風かつハイパー現実主義的」（baroque et hyperréaliste）[78]なスタイルで書かれ、これをくだらないというべきでなく、このようにして都会の漂流を喚起しているのである。シルヴァン・トリュデル（Sylvain Trudel）は第1作『貿易風ハルマッタンのそよぎ』（*Le Souffle de l'harmattan*, 1986）で有名になった。この小説では養子の子供とそのアフリカの友達が強制退去させられる話が語られている。『クリスチャン王の土地』（Terre du roi Christian, 1989）でも、トリュデルは、幼年期の幻影世界を探求しつづけている。今日重要性が増している作家のうち、リーズ・トランブレ（Lise Tremblay）に触れておかねばならないだろう。彼女の小説『雨の冬』（*L'Hiver de pluie*, 1995）は、ジャック・プーランと彼の作中人物の足跡をたどりながらケベック市の通りを歩いている女性の語りを創出している。

　さらに、ケベック小説の自己言及性はますます目立った特徴になってきており、これは、その自律性と間テクスト的な確かな証拠である。その例として、ピエール・ゴベイユ（Pierre Gobeil）が、『マーロン・ブランドの死』（*La Mort de Marlon Brando*, 1989）の中で、ジェルメーヌ・ゲーヴルモンの悪名高い小説『外来者』や、映画『地獄の黙示録』（1979年）のゆがめた筋書きのレンズをとおして、性的攻撃に関する自分のドラマを屈折させている。一方、ギョーム・ヴィニョー（Guillaume Vigneault）は、『風を探す』（*Chercher le vent*, 2001）[79]で、アメリカでの旅と他者との出会いを描くことによって、『フォルクスワーゲン・ブルース』の旅のモチー

フを取り上げている。カトリーヌ・マヴリカキス(Catherine Mavrikakis)は『どうにかなるさ』(*Ça va aller*, 2002) の中で、モニック・プルーは『心臓は不随意筋である』(*Le cœur est un muscle involontaire*, 2002) の中で、小説家レジャン・デュシャルムの半ば神格化された肖像を描いている。『ウィーン病』(*Le Mal de Vienne*, 1992) で、ロベール・ラシーヌ（Robert Racine）は、ユベール・アカンの登場人物たちや、マリー=ヴィクトラン修道士（Frère Marie-Victorin）の『ローランシアの植物誌』(*La Flore laurentienne*) の 1 ページ、そしてジャン・ルモワンヌ（Jean Le Moyne）の声を同時に持ちこんで、読者を混乱させる。ルモワンヌは、「静かな革命」初期に出版されて影響力のあったユマニスト的エッセイ集『集中』(*Convergences*) を書いている。

ネリー・アルカン（Nelly Arcan）の『娼婦』(*Putain*, 2001) では、商品として流通する身体の自由の中でシニカルな思想と絶望が交わっている。その一方で『狂った娘』(*Folle*, 2004) は、どんな未来からも切断された現在の極端な閉塞感が表現されている。最近の小説において認められる驚くべき多様性は新しい相互関係の表れであり、この関係は、ピエール・ヌヴーの言うポスト・ケベコワの観点からすれば、伝統的な帰属意識が乗り越えられてしまったことを証明している。ベストセラー『パイの物語』(*Life of Pi*, 2001)〔邦訳『パイの物語』2004 年〕——2003 年にフランス語に翻訳される前に、英語で書かれ出版された作品——の作者であるヤン・マーテル（Yann Martel）の場合、国家を超えたイデオロギーを求めている点で、若い作家の選択の象徴である。ファンタジーと SF 小説（アンドレ・カルパンチエ André Carpentier やジャン=ピエール・アプリル Jean-Pierre April、エステル・ロション Esther Rochon、エリザベート・ヴォナルブルグ Élisabeth Vonarburg）の最近の活力は、国民的テクストから離脱していくもうひとつの流れである。

アカディア、マニトバ、オンタリオ、西部諸州におけるフランコフォン小説

カナダのフランコフォン・コミュニティの文学は、ケベック文学の変容と 1 つ以上の点を共有している。まず文化的同化との葛藤がメシア思想〔フランス系カナダ人に広まっていた、信仰を守っていればいつか救われるというメシア（救世主）待望思想〕のイデオロギーを動機づける。次に、サバイバルの伝説的な記憶が、程度の差はあれ地域的に自律した文学の確立や、また、出版社の設立を遅かれ早かれ引き起こす（「発言」社 "Prise de parde" はフランス系オンタリオにおける好例で、ニュー・ブランズウィックでは「アカディ出版」"Éditions d'Acadia" がこれにあたる）。そして、文学生産が増し、今日では、ポスト・アイデンティティの美学が勃興している。

ニュー・ブランズウィックでは、アカディア人作家の中で国際的に最もよく知られているアントニーヌ・マイエ（Antoine Maillet）以前には、ルイ=アルチュール・メランソン（Louis-Arthur Melanson）の『大地のために』(*Pour la terre*, 1918) のような「大地の小説」と民話や

伝説が連なっていた。マイエは、『荷車のペラジー』（*Pélagie-la-charrette*）〔邦訳『荷車のペラジー』2010年〕で1979年にゴンクール賞を受賞し、ラブレー風の手法を用いた小説によって賞賛されている。名がタイトルになっているこのヒロインを通して、読者は1755年のアカディア人追放という歴史上の悲話を追体験する。この出来事は、アカディアの創世神話であり、一般的に「大騒動」として呼ばれている。小説家マイエは、公式な歴史と19世紀にヘンリー・ロングフェローによって広められたエヴァンジェリーヌ神話の両方を訂正したいという思いをまったく隠していない。この小説について、民間伝承の次元に焦点をあてている読み方もあれば、一方では、この「回想とことばの叙事詩」（épopée de la remémoration et de la parole）の現代的でカーニヴァル的な面を重視した読み方もある。

　その後の世代のアカディア人小説家たちは、イデオロギーとアイデンティティの柱を再定義することや、長い間詩が優勢だった文学の舞台で自分たちの声を聞かせようとすることに関心をもっている。ジャック・サヴォワ（Jacques Savoie）は、アカディア人の主人公をケベックから（『回転ドア』*Les Portes tournante*, 1984）ニューヨークまでと（『心のこもったはなし』*Une histoire de cœur*, 1988）、北アメリカ中に位置させ、解体した家族という何世紀にも亘るテーマを更新している。『細い小道』（*Un fin passage*, 2001）と『ちょっとした生活苦』（*Petites difficultés d'existence*, 2002）の中で、フランス・デグル（France Daigle）は、ニュー・ブランズウィックと世界の他の場所において、異言語環境——英語、フランス語、シアック語〔ニュー・ブランズウィックのシェディアック周辺で話されているフランス語。英語に強く影響されている〕——と対決しながら移動する人物たちが日常生活や他者と出会う様子を描き出そうとしている。

　いくつかのまれな例外を除いて、例えば『民族の呼び声』で描かれた政治的文脈を取り上げているマリリーヌ（Mariline、アリス・セガン Alice Séguin のペンネーム）の『聖なる炎』（*Le Flambeau sacré*, 1944）などを除いて、フランス系オンタリオの小説は、アカディア文学にみられるイデオロギー的広がりを共有していない。なぜなら、オンタリオにおいてフランコフォンの存在は、ケベックからの比較的新しい移民による結果だからである。開拓者の功績と精神、そして森のテーマは北オンタリオとケベックの小説の間にあるもうひとつの類似点を形成している。フランス系の作家モーリス・ド・グルモワ（Maurice de Goumois）が書いた『フランソワ・デュヴァレ』（*François Duvalet*, 1954）では、「人間を丸ごと疎外し、細分し、吸収してしまい、ついには変貌させて、生を取り戻させる北の森」("la forêt septentrionale qui aliène, morcelle et absorbe l'homme tout entier pour enfin le rendre à la vie, transformé")が舞台である。エレーヌ・ブロドゥール（Hélène Brodeur）の三部作『ヌーヴェル＝オンタリオ年代記』（*Les Chroniques du Nouvel-Ontario*）は、1981年から1986年にかけて出版されたもので、リアリズムの手法で、20世紀のはじめに広大なオンタリオ北東部に移住してきたケベック移民らの希望とドラマを物語っている。

　ダニエル・ポリカン（Daniel Poliquin）は、フランス系オンタリオ作家の中でもっとも多作であり、ここ最近のおよそ20年間で、ストーリーテラーとしての才能と「文化的メティス」

としての地位を固めてきた。彼の作品では、アイデンティティ問題の境界が後ろへ押しやられている。例えば、『オボムサウィン』(*L'Obomsawin*, 1987) では、先住民のコンテクストにおいて父親像が、そして『黒いリス』(*L'Écureuil noir*, 1994)⁽⁸⁷⁾ と『砂の海岸』(*La Côte de sable*, 2000) では、記憶のずれが脱構築されている。移民作家たちの声は、異種混成の詩を豊かなものにし、それがオンタリオの小説に流れ込んでいる。それは、ドイツ人系作家マルグリット・アンデルセン (Marguerite Andersen) と彼女の自伝小説『女性の記憶について』(*De mémoire de femme*, 1982) から、チュニジア生まれのエディ・ブーラウィ (Hédi Bouraoui) と他者との出会いに関わるトランスカルチュラルな小説創作(『バンコク・ブルース』*Bangkok Blues*, 1994、『女ファラオ』*La Pharaone*, 1998) にまで及んでいる。

　文化的な生き残りの危うさ、そして打ち勝とうとする挑戦が、西部オンタリオや、その他のすべての州に行き渡っている原則である。それらの地方ではフランコフォン文学がほぼ皆無に等しく、そのことは、フランス語話者の人口統計的かつ政治的な脆弱さを際立たせている。フランソワ・パレの上品な表現を用いると、「極小」(exiguïté) の文学⁽⁸⁸⁾が、他所からやってきた作家、多くの場合ケベックやフランスからの作家と、フランス系カナダ人作家たちを束ねている。およそここ30年のあいだ、マニトバ出身の作家 J. ロジェ・レヴェイエ (J. Roger Léveillé) は、これまでのところ作品の価値に比してケベックの批評界から十分に論じられていないが、かなりの数の作品を作り上げてきている。移動を重大な関心事とし、類似の小説の象徴のような『沈む湖の太陽』(*Le Soleil du lac qui se couche*, 2001) は、美への誘いの物語であり、建築専攻の学生である若いメティスの女性と日本人詩人の間の恋物語でもある。混血の女性の人物像が、作家モーリス・コンスタンタン＝ワイヤー (Maurice Constantin-Weyer) の人生と仕事、そして彼の小説『男が過去を見つめる』(*Un homme se penche sur son passé*, 1928)⁽⁸⁹⁾ の中心となっている。『男が過去を見つめる』は、マニトバに移民してきた自分の人生を年代記風に記録したもので、ゴンクール賞を獲得した。『メティスの女』(*La Métisse*, 1923) で、養子縁組みによりフランサスコワ（フランス系サスカチュワン人）となったジャン・フェロン (Jean Féron、ジョゼフ＝マルク＝オクターヴ・ルベルが使っているペンネーム) は、スコットランド人移民から召使いが受けた暴力とルイ・リエル側の人々への植民地的抑圧の両方を告発している。

　1960年以降4つの小説と2つの短編集を出版しているにもかかわらず、アルバータ生まれのマルグリット・A. プリモー (Marguerite A. Primeau) はその作品が値する認知と評価が未だに待たれている。彼女の独創的な散文は、フランス語と英語の間にある緊張感をテクストに表現し、言語的異種混淆を特徴としている。彼女の第1作『泥炭沼で』(*Dans le muskeg*, 1960) は、皮肉にも「未来」と呼ばれているアルバータ州のフランス語住民コミュニティの切迫した同化状態を物語っている。それは、メシア思想の理想と、カナダの二言語主義に対する幻想を徐々に失っていく小学校教師の目を通して語られる。その25年前に、『森』(*La Forêt*, 1935)⁽⁹⁰⁾ という意味深長な題名をもつ小説で、フランス人作家ジョルジュ・ビュニェ (Georges Bugnet)

は、アルバータの冬の厳しさと闘う1組の夫婦——ヨーロッパ人入植者——の苦難を描いている。

　ブリティッシュ・コロンビアの海岸沿いの風景は、何人ものフランコフォン作家にインスピレーションを与えてきた。その最初の人はおそらく文化人類学者のマリウス・バルボー (Marius Barbeau) であろう。彼は、ブリティッシュ・コロンビア州の北西部にあるスキーナ川のシムシアンの中に置かれた驚くべき物語『カマルムークの夢』(*Le Rêve de Kamalmouk*) を1948年に出版した。もっと最近では、アルザス出身の作家モニック・ジュニュイ (Monique Genuist) が、より歴史小説風な作品を書いている。その中の『ヌートカ』(*Nootka*, 2003) では、しっかりとした調査に基づく原型が示されている。この小説は、19世紀半ばのゴールド・ラッシュ後にヴィクトリア市になる町の建設に携わったフランス語話者の物語である。このようにメティスのアイデンティティが描かれたのち、いつかフランス語で先住民の声が世に出されることがあるだろうか？　それは時間だけが教えてくれるだろう。

　ここまで、およそ2世紀にわたってフランス語で書かれた小説作品のカナダにおける変容を概説してきて、われわれが到達した結論は、それが書かれた言語を除くと、対象としてきた作品の豊かな多様性を的確にひとまとめできるような特徴などひとつもないということである。この命題を増幅するならば、そこにはジャック・カルティエの航海の時代以来、アメリカ大陸におけるフランスの存在に包み込まれた広い弁証法的ニュアンスがそっくり含まれることになるだろう。ルイ・フレシェット (Louis Fréchette) の『変わり者と狂った人』(*Originaux et détraqués*, 1892-3) に見られる華麗な言語から、ミシェル・トランブレの年代記のフランス系カナダ方言を経て、ダニエル・ポリカンの都市小説における微妙な言葉まで、語彙や強調された語の多様性は、カナダのフランコフォン小説を特徴づける語りの形式の複数性に、単なるその土地らしさ以上のものを注入している。まさにそれらこそが血と肉なのである。ケベック文学と他のフランス系カナダ作を結ぶ糸である他の2つの特徴、すなわち、アイデンティティへの関心とサバイバルの（言語的かつ文化的）強迫観念を除外して、こうした点を強調するのは少々いきすぎかもしれない。どちらもアンソニー・パーディが「存在することのある種の困難」[91]と呼ぶものの表現なのであるから。

注

〔注について：原書の注のなかで、本文に引用した仏文の英語訳のみのものは「引用文の英訳」と記す〕

1. Philipe Aubert de Gaspé fils, *Le Chercheur de Trésors ou l'Influence d'un Livre*, présenté par Léopold LeBlanc (Montreal: Réédition Québec, 1968), p. v. *The Influence of a Book*, tr. Claire Rothman (Montreal: R. Davies, 1993). 文中に取り上げられた英語訳がある場合は、以下に記す。

2. 引用文の英訳。

3. 引用文の英訳。

4. Abbé Henri-Raymond Casgrain and Joseph Marmette, 共有筆名 "Placide Lépine" で出版した L'Opinion publique 3.11（March 14, 1872), p. 122 より。次の文献で引用されている David Hayne, "Charles Guérin," in Maurice Lemire, ed., Dictionnaire des œuvres littéraires du Québec, 2nd edn. (Montreal: Fides, 1980 [1978]), vol. I, p. 104.

5. "la survivance" サバイバルは、フランス系カナダの文化的アイデンティティのサバイバルの意味で使う。Maurice Lemire, "Jean Rivard," in Dictionnaire des œuvres littéraries du Québec, vol. I, p. 414.

6. Philippe Aubert de Gaspé, Canadians of Old, tr. Jane Brierly (Montreal: Véhicule Press, 1996). 最初の翻訳は 1864 年に Georgiana Pennée によって、その次に 1890 年に Charles G. D. Roberts によって出版。

7. Jacques Cardinal in La Paix des braves: Une lecture politique des Anciens Canadiens de Philippe Aubert de Gaspé (Montreal: XYZ, 2005) を参照。

8. Félicité Angers, Angéline de Monbrun, tr. Yves Brunelle (Toronto and Buffalo: University of Toronto Press, 1974).

9. Patricia Smart, Écrire dans la maison du père: L'Émergence du féminin dans la tradition littéraire du Québec (Montreal: Québec/Amérique, 1988), p. 81.

10. Jules-Paul Tardivel, For My Country, tr. Sheila Fishman (Toronto and Buffalo: University of Toronto Press, 1975).

11. Lionel Groulx, The Iron Wedge, tr. J. S. Wood (Ottawa: Carleton University Press, 1989).

12. 引用文の英訳。

13. Jean-Charles Harvey, Fear's Folly, tr. John Glassco (Ottawa: Carleton University Press, 1982).

14. 引用文の英訳。

15. Louis Hémon, Maria Chapdelaine, tr. Alan Brown (Montreal: Tundra Books, 1989). 次の文献も参照のこと。tr. W.H. Blake (Toronto: Macmilian, 1921)〔多数の邦訳あり。主な邦訳は次の通り。『白き処女地』新潮文庫、1953 年；白水社、1946 年〕。

16. 現在どの作品も英訳の出版はされていない。

17. Albert Laberge, Bitter Bread, tr. Conrad Dion (Montreal: Harvest House, 1977).

18. Claude Henri Grignon, The Woman and the Miser, tr. Yves Brunelle (Montreal: Harvest House, 1978).

19. Félix-Antoine Savard, Master of the River, tr. Richard Howard (Montreal: Harvest House, 1976).

20. Ringuet, Thirty Acres, tr. Felix and Dorothea Walter (Toronto: Macmillan Canada, 1940).

21. Roger Lemelin, The Town Below, tr. Samuel Putnam (Toronto: McClelland and Stewart, 1948).

22. "Conflict of codes," については、André Belleau, "Le Conflit des codes dans l'institution littéraire québécoise"、および "Code social et code littéraire dans le roman québécois," を参照。両論文とも次の文献に掲載されている。Surprendre les voix (Montreal: Boréal, 1986) pp. 167-74, 175-92.

23. Gabrielle Roy, The Tin Flute, tr. Alan Brown (Toronto: McClelland and Stewart, 1980). 次の訳版も参照のこと。tr. Hanna Josephson (Toronto: McClelland and Stewart, 1958).

24. Germaine Guèvremont, The Outlander, tr. Eric Sutton (Toronto: MacGraw-Hill, 1950).

25. Germaine Guèvremont, Le Survenant (Montreal: Fides, 1974), p. 63.

26. André Langevin, *Dust Over the City*, tr. John Latrobe and Robert Gottlieb（Toronto: McClelland and Stewart, 1974）.

27. Gérard Bessette, *The Brawl*, tr. Marc Lebel and Ronald Sutherland（Montreal: Harvest House, 1976）.

28. Gérard Bessette, *Not For Every Eye*, tr. Glen Shortliffe（Toronto: Macmillan, 1962）.

29. 引用文の英訳。

30. Maurice Arguin, *Le Roman québécois de 1944 à 1965: Symptômes du colonialisme et signes de libération*（Montreal: l'Hexagone, 1985）.

31. Yves Thériault, *Agaguk*, tr. W. Donald Aaron Wilson and Paul Socken（Waterloo: Wilfrid Laurier University Press, 2007）. *Shadow of the Wolf: Agaguk,* tr. Miriam Chapin（Toronto: Ryerson, 1963）も参照のこと。

32. Jacques Renaud, *Broke City*, tr. David Homel（Montreal: Guernica, 1984）.

33. Hubert Aquin, *Prochain épisode*, tr. Penny Williams（Toronto: McClelland and Stewart, 1967）.

34. Marie-Claire Blais, *A Season in the Life of Emmanuel*, tr. Derek Coltman（New York: Farrar, Straus, and Giroux, 1966）.

35. Réjean Ducharme, *The Swallower Swallowed*, tr. Barbara Bray（London, ON: Hamilton, 1968）.

36. Gilles Marcotte, *Le Roman à l'imparfait: Essais sur le roman québécois d'aujourd'hui*（Montreal: La Presse, 1976）, p. 18.

37. Jacque Godbout, *Hail Galarneau!*, tr. Alan Brown（Don Mills : Longman, 1970）.〔邦訳『やあ、ガラルノー！』1998 年〕。

38. Roch Carrier, *La guerre, yes sir!*, tr. Sheila Fischman（Toronto: Anansi, 1970）.

39. Hubert Aquin, *Blackout*, tr. Alan Brown（Toronto: Anansi, 1974）.

40. Anne Hébert, *Kamouraska*, tr. Norman Shapiro（New York: Crown, 1973）〔邦訳『顔の上の霧の味』1976 年〕。

41. Jacques Godbout, *Le Réformiste*（Montreal: Quinze, 1975）, pp. 147-57 を参照。Godbout, "Écrire," *Liberté* 13.4（November 1971）, pp. 135-47 より再版。

42. Réjean Ducharme, *Wild to Mild*, tr. Robert Guy Scully（Saint-Lambert, QC: Héritage, 1980）.

43. Élisabeth Nardout-Lafarge, *Réjean Ducharme: Une poétique du débris*（Saint-Laurent: Fides, 2001）, p. 16.

44. Claire Martin, *Love Me, Love Me Not*, tr. David Lobdell（Ottawa: Oberon Press, 1987）.

45. Louise Maheux-Fortier, *Amadou*, tr. David Lobdell（Ottawa: Oberon, 1987）.

46. Marie-Claire Blais, *The Manuscrits of Pauline Archange*, tr. Derek Coltman（Toronto: McClelland and Stewart, 1982）.

47. Nicole Brossard, *French Kiss or A Pang's Progress*, tr. Patricia Claxton（Toronto: Coach House Quebec Translations, 1986）.

48. Nicole Brossard, *These Our Mothers, or, The Disintegrating Chapter*, tr. Barbara Godard（Toronto: Coach House Press, 1983）.

49. Louky Bersianik, *The Euguelion*, tr. Howard Scott（Montreal: Alter Ego Editions, 1996）.

50. Michel Tremblay, *The Fat Woman Next Door is Pregnant, tr. Sheila Fischman*（Vancouver: Talonbooks, 1981）.

51. Michel Tremblay, *Thérése and Pierrette and the Little Hanging Angel*, tr. Sheila Fischman（Toronto: McClelland and Stewart, 1984）.

52. Gilles Marcotte, "Histoire du temps," *Canadian Literature* 86（Autumn 1980）, pp. 93-9 を参照。

カナダ文学史

53. 引用文の英訳。
54. Laurent Mailhot, "Romans de la parole (et du mythe)," *Canadian Literature* 88 (Spring 1981), pp. 84-90.
55. Yves Beauchemin, *The Alley Cat*, tr. Sheila Fischman (Toronto: McClelland and Stewart, 1986).
56. Simon Harel, *Le voleur de parcours: Identité et cosmopolitisme dans la littérature québécoise contemporaine* (Longueil: Le Préambule, 1989), pp. 256-60. アレルはイムレ・ヘルマンの「愛着理論」の概念を当てはめている。
57. Arlette Cousture, *Emilie*, tr. Käthe Roth (Toronto: Stoddart, 1992).
58. Anne Hébert, *The Torrent*, tr. Gwendolyn Moore (Montreal: Harvest House, 1973).
59. 引用文の英訳。
60. Anne Hébert, *The Silent Rooms*, tr. Kathy Mezei (Don Mills: Paper Jacks, 1974).
61. Anne Hébert, *In the Shadow of the Wind*, tr. Sheila Fischman (Don Mills: Stoddart, 1983).
62. Anne Hébert, *The First Garden*, tr. Sheila Fischman (Toronto: Anansi, 1990).
63. 引用文の英訳。
64. Jacques Poulin, *The "Jimmy" Trilogy*, tr. Sheila Fischman (Toronto: Anansi, 1979).
65. Jacques Poulin, *Volkswagen Blues*, tr. Sheila Fischman (Toronto: McClelland and Stewart, 1988).
66. Jacques Poulin, *Autumn Rounds*, tr. Sheila Fischman (Toronto: Cormorant, 2002).
67. Jacques Poulin, *My Sister's Blue Eyes*, tr. Sheila Fischman (Toronto: Cormorant, 2007).
68. Pierre Nepveu, *L'écologie du réel: Mort et naissance de la littérature québécoise contemporaine* (Montreal: Boréal, 1988), p. 14 を参照。
69. Régine Robin, *The Wanderer*, tr. Phyllis Aronoff (Montreal: Alter Ego Editions, 1997).
70. Dany Laferrière, *How to Make Love to a Negro*, tr. David Homel (Toronto: Coach House Press, 1987).〔邦訳『ニグロと疲れないでセックスする方法』2012 年〕。
71. Antonio d'Alfonso, *Fabrizio's Passion*, tr. Antonio d'Alfonso (Toronto: Guernica, 1995).
72. Yin Chen, *Ingratitude*, tr. Carol Volk (Toronto: Douglas and McIntyre, 1998).
73. Monique Proulx, *Sex of the Stars*, tr. Matt Cohen (Vancouver: Douglas and McIntyre, 1996).
74. Monique Proulx, *Aurora Montrealis*, tr. Matt Cohen (Vancouver: Douglas and McIntyre, 1997).
75. Gaétan Soucy, *The Little Girl Who Was Too Fond of Matches*, tr. Sheila Fischman (Toronto: Anansi, 2000).
76. Louis Hamelin, *Cowboy*, tr. Jean-Paul Murray (Toronto: Dundurn Press, 2000).
77. Aurélien Boivin, "Les Romanciers de la désespérance," *Québec français 89* (Spring 1993), pp. 97-9.
78. "Baroque and hyperrealist," は、次の文献の章題を引喩している。"Romans baroques et hyperréalisme," in Michel Biron, François Dumont, and Élisabeth Nardout-Lafarge, *Histoire de la littérature québécoise* (Montreal, Boréal, 2008), pp. 552-60.
79. Guillaume Vigneault, *Necessary Betrayals*, tr. Susan Ouriou (Vancouver: Douglas and McIntyre, 2002).
80. Monique Proulx, *The Heart is an Involuntary Muscle*, tr. David Homel and Fred A. Reed (Vancouver: Douglas and McIntyre, 2003).
81. Nelly Arcan, *Whore*, tr. Bruce Benderson (New York: Black Cat, 2005).〔邦訳『キスだけはやめて』2006 年〕。

82. 引用文の英訳。

83. James de Finney, *"Pélagie-la-Charrette,"* Dictionnaire des œuvres littéraires du Québec (Montreal: Fides, 1994), vol. VI, p. 622.

84. Jacques Savoie, *The Revolving Doors* (Toronto: Lester and Orpen Dennys, 1989).

85. France Daigle, *Life's Little Difficulties*, tr. Robert Majzels (Toronto: Anansi, 2004).

86. Yolande Grisé, "La Thématique de la forêt dans deux romans ontarois," *Voix et images* 41 (Winter 1989), p. 270.

87. Daniel Poliquin, *Obomsawin of Sioux Junction*, tr. Wayne Grady (Vancouver: Douglas and McIntyre, 1991); *Black Squirrel*, tr. Wayne Grady (Vancouver: Douglas and McIntyre, 1995).

88. François Paré, *Les littératures de l'exiguïté* (Hearst: Le Nordir, 1992).

89. Maurie Constant-Weyer, *A Man Scans His Past* (Toronto: Macmillan, 1929).

90. Georges Bugnet, *The Forest*, tr. David Carpenter (Montreal: Harvest House, 1976).

91. Anthony Purdy, *A Certain Difficulty of Being: Essays on the Quebec Novel* (Montreal and Kingston: McGill-Queen's University Press, 1990).

カナダ文学史

参考文献

注：カナダ文学に関して他言語で書かれた重要な批評書もあるが、本書では英語と仏語の文献のみ掲載する。

参考資料
歴史・地理（一般）

De Brou, Dave, and Bill Waiser, eds. *Documenting Canada: A History of Modern Canada in Documents*. Saskatoon: Fifth House, 1992.

Dufresne, Charles, Jacques Grimard, André Lapierre, Pierre Savard, and Gaétan Vallières, eds. *Dictionnaire de l'Amérique française: Francophonie nord-américaine hors Québec*. Ottawa: Presses de l'Université d'Ottawa, 1988.

Early Canadiana Online. Canadian Institute for Historical Microreproductions in partnership with the National Library of Canada. www.canadiana.org.

Gough, Barry M. *Historical Dictionary of Canada*. Lanham: Scarecrow, 1999.

Green, Rayna, with Melanie Fernandez. *The Encyclopaedia of the First Peoples of North America*. Toronto: Douglas and McIntyre, 1999.

Havard, Gilles, and Cécile Vidal. *Histoire de l'Amérique française*. Rev. edn. Paris: Flammarion, 2008 [2003].

Hayes, Derek. *Historical Atlas of Canada: A Thousand Years of Canada's History in Maps*. Vancouver: Douglas and McIntyre, 2002.

Hoxie, Frederick. *Encyclopedia of North American Indians*. Boston: Houghton, 1996.

Lacoursière, Jacques. *Histoire populaire du Québec*. 5 vols. to date. Sillery: Septentrion, 1995–.

Linteau, Paul-André, René Durocher, Jean-Claude Robert, and François Ricard. *Histoire du Québec contemporain*. Montreal: Boréal, 1989.

Litalien, Raymonde, Jean-François Palomino, and Denis Vaugeois. *La Mesure d'un continent: Atlas historique de l'Amérique du Nord, 1492–1814*. Quebec: Presses de l'Université de Paris-Sorbonne/Septentrion Québec, 2007. English version: *Mapping a Continent: Historical Atlas of North America, 1492–1814*. Tr. Käthe Roth. Sillery: Septentrion, 2007.

Marsh, James H. *The Canadian Encyclopedia*. 2nd edn. 4 vols. Edmonton: Hurtig, 1988 [1985]. Also online www.thecanadianencyclopedia.org.

Matthews, Geoffrey, cartographer/designer, and R. Cole Harris *et al.*, eds. *Historical Atlas of Canada*. 3 vols. Toronto: University of Toronto Press, 1987–93.

Morton, Desmond. *A Short History of Canada*. 5th edn. Toronto: McClelland and Stewart, 2001 [1983].

Morton, W(illiam) L(ewis). *The Kingdom of Canada: A General History from Earliest Times*. Toronto: McClelland and Stewart, 1963.

Nelles, H(enry). V(ivian). *A Little History of Canada*. Don Mills, ON: Oxford University Press, 2004. French version: *Une Brève Histoire du Canada*. Tr. Lori Saint-Martin and Paul Gagné. Saint-Laurent: Fides, 2005.

書誌

Ball, John, and Richard Plant, eds. *Bibliography of Theatre History in Canada: The Beginnings through 1984 / Bibliographie du théâtre au Canada: des débuts – fin 1984*. Toronto: ECW Press, 1993.

Beaudoin, Réjean, Annette Hayward, and André Lamontagne, eds. *Bibliographie de la critique de la littérature québécoise au Canada anglais (1939–1989)*. Quebec: Nota bene, 2004.

Boivin, Aurélien. *Le Conte littéraire québécois au xix siècle: Essai de bibliographie critique et analytique*. Montreal: Fides, 1975.

Bond, Mary E., comp. and ed., and Martine M. Caron, comp. *Canadian Reference Sources: An Annotated Bibliography / Ouvrages de référence canadiens: Une bibliographie annotée*. Vancouver: University of British Columbia Press, 1996.

Ingles, Ernie, comp. and ed. *Bibliography of Canadian Bibliographies*. 3rd edn. Toronto: University of Toronto Press, 1994 [1960].

Jones, Joseph. *Reference Sources for Canadian Literary Studies*. Toronto: University of Toronto Press, 2005.

Lamonde, Yvan. *Je me souviens: La Littérature personnelle au Québec (1860–1980)*. Quebec: Institut québécois sur la culture, 1983.

Lamonde, Yvan, and Marie-Pierre Turcot. *La Littérature personnelle au Québec, 1980–2000*. Montreal: Bibliothèque nationale du Québec, 2000.

Lecker, Robert, and Jack David, eds. *The Annotated Bibliography of Canada's Major Authors*, 8 vols. Toronto: ECW Press, 1979–94.

Lecker, Robert, Colin Hill, and Peter Lipert. *English-Canadian Literary Anthologies: An Enumerative Bibliography*. Teeswater: Reference Press, 1997.

Sirois, Antoine. *Bibliography of Comparative Studies in Canadian, Québec and Foreign Literatures, 1930–1995 / Bibliographie d'études comparées des littératures canadienne, québécois et étrangères, 1930–1995*. Sherbrooke: Université de Sherbrooke, 2001.

Waterston, Elizabeth, with Ian Easterbrook, Bernard Katz, and Kathleen Scott. *The Travellers: Canada to 1900: An Annotated Bibliography of Works Published in English from 1577*. Guelph: University of Guelph, 1989.

Watters, Reginald Eyre. *A Checklist of Canadian Literature and Background Materials, 1628–1960*. 2nd edn., revised and enlarged. Toronto: University of Toronto Press, 1972 [1959].

Weiss, Allan, comp. *A Comprehensive Bibliography of English-Canadian Short Stories, 1950–1983*. Toronto: ECW Press, 1988.

伝記事典

Chartier, Daniel. *Dictionnaire des écrivains émigrés au Québec, 1800–1999*. Quebec: Nota bene, 2003.

Cook, Ramsay, et al., eds. *Dictionary of Canadian Biography*. 15 vols. to date. Toronto: University of Toronto Press, 1966–. Also in French: *Dictionnaire biographique du Canada*. Quebec: Presses de l'Université Laval, 1966–. Also online www.biographi.ca.

Hamel, Réginald, John Hare, and Paul Wyczynski. *Dictionnaire des auteurs de langue française en Amérique du Nord*. Montreal: Fides, 1989.

Dictionnaire pratique des auteurs québécois. Montreal: Fides, 1976.

Helly, Denise, and Anne-Fanny Vassal. *Romanciers immigrés: Biographies et œuvres publiées au Québec entre 1970 et 1990*. Quebec: Institut québécois de recherche sur la culture, 1993.

Morgan, Henry J. *Sketches of Celebrated Canadians, and Persons Connected with Canada, from the Earliest Period in the History of the Province Down to the Present Time*. Quebec: Hunter, Rose & Co., 1862.

New, William H., ed. *Dictionary of Literary Biography*. 6 vols. Detroit: Gale, 1986–90. vols. LIII: *Canadian Writers since 1960, First Series*; LX: *Canadian Writers since 1960, Second Series*; LXVIII: *Canadian Writers, 1920–1959, First Series*; LXXXVIII: *Canadian Writers, 1920–1959, Second Series*; XCII: *Canadian Writers, 1890–1920*; XCIX: *Canadian Writers before 1890*.

Sylvestre, Guy, Brandon Conron, and Carl F. Klinck, eds. *Canadian Writers: A Biographical Dictionary / Écrivains canadiens: Un dictionnaire biographique*. Toronto: Ryerson, 1964; new edn., revised and enlarged, 1966.

文学事典・手引書

Archives des lettres canadiennes, 13 vols. to date. Montreal: Fides: 1961–: vol. I: Paul Wyczynski, Bernard Julien, and Jean Ménard, eds., *Mouvement littéraire de Québec 1860*; vol. II: Paul Wyczynski, Bernard Julien, and Jean Ménard, eds., *L'École littéraire de Montréal*; vol. III: Paul Wyczynski, Bernard Julien, Jean Ménard, and Réjean Robidoux, eds., *Le Roman canadien-français*; vol. IV: Paul Wyczynski, Bernard Julien, Jean Ménard, and Réjean Robidoux, eds., *La Poésie canadienne-française*; vol. V: Paul Wyczynski, Bernard Julien, and Hélène Beauchamp-Rank, eds., *Le Théâtre canadien-français*; vol. VI: Paul Wyczynski, François Gallays, and Sylvain Simard, eds., *L'Essai et la prose d'idées au Québec*; vol. VII: Paul Wyczynski, François Gallays, and Sylvain Simard, eds., *Le Nigog*; vol. VIII: François Gallays, Sylvain Simard, and Robert Vigneault, eds., *Le Roman contemporain au Québec (1960–1985)*; vol. IX: François Gallays and Robert Vigneault, eds., *La Nouvelle au Québec: Aperçus*; vol. X: Dominique Lafon et al., eds., *Le Théâtre québécois 1975–1995*; vol. XI: Françoise Lepage, et al., eds., *La Littérature pour la jeunesse 1970–2000*; Dominique Lafon, Rainier Grutman, Marcel Olscamp, Robert Vigneault, et al., eds., *Approches de la biographie au Québec*; vol. XIII: Stéphane-Albert Boulais, ed., *Le Cinéma au Québec: Tradition et modernité*.

Benson, Eugene, and L. W. Conolly. *English-Canadian Theatre*. Toronto: Oxford University Press, 1987.

eds. *The Oxford Companion to Canadian Theatre*. Toronto: Oxford University Press, 1989.

eds. *Encyclopedia of Post-Colonial Literatures in English*. 2 vols. London: Routledge, 1994.

Benson, Eugene, and William Toye, eds. *The Oxford Companion to Canadian Literature*. 2nd edn. Toronto: Oxford University Press, 1997 [1983].

Blain, Virginia Helen, Patricia Clements, and Isobel Grundy, eds. *The Feminist Companion to Literature in English: Women Writers from the Middle Ages to the Present*. London: B. T. Batsford, 1990.

Canadian Theatre Encyclopedia. www.canadiantheatre.com.

Chartier, Daniel. *Guide de culture et de littérature québécoises: Les Grandes Œuvres, les traductions, les études et les addresses culturelles*. Quebec: Nota bene, 1999.

Le Guide de la culture au Québec: Littérature, cinéma, essais, revues. Quebec: Nota bene, 2004.

Davey, Frank. *From There to Here: A Guide to English-Canadian Literature Since 1960*. Erin: Porcépic, 1974.

Fortin, Marcel, Yvan Lamonde, and François Ricard. *Guide de la littérature québécoise*. Montreal: Boréal, 1988.

Groden, Michael, Martin Kreiswirth, and Imre Szeman, eds. *The Johns Hopkins Guide to Literary Theory and Criticism*. 2nd edn. Baltimore: Johns Hopkins University Press, 2005 [1994].

Hébert, Pierre, Yves Lever, and Kenneth Landry, eds. *Dictionnaire de la censure au Québec: littérature et cinéma*. Saint-Laurent: Fides, 2006.

Jansohn, Christa, ed. *Companion to the New Literatures in English*. Berlin: Erich Schmidt, 2002.

Kattan, Naïm. *Écrivains des Amériques*. 3 vols. Montréal: Hurtubise HMH, 1972–80.

Kröller, Eva-Marie, ed. *Cambridge Companion to Canadian Literature*. Cambridge: Cambridge University Press, 2004.

Lecker, Robert, Jack David, and Ellen Quigley, eds. *Canadian Writers and Their Works*. 24 vols. Downsview: ECW, 1983–91.

Lemire, Maurice, ed. *Dictionnaire des œuvres littéraires du Québec*. 7 vols. to date. Montreal: Fides, 1978–. Vol. VI: Gilles Dorion, ed., 1994. Vol. VII: Aurélien Boivin, ed., 2003.

Makaryk, Irena, ed. *Encyclopedia of Contemporary Literary Theory: Approaches, Scholars, Terms*. Toronto: University of Toronto Press, 1993.

Moritz, Alfred, and Theresa Moritz. *The Oxford Illustrated Literary Guide to Canada*. Toronto: Oxford University Press, 1987.

Mulvey-Roberts, Marie. *The Handbook to Gothic Literature*. New York: New York University Press, 1998.

New, William H., ed. *Encyclopedia of Literature in Canada*. Toronto: University of Toronto Press, 2002.

Richler, Noah. *This is My Country, What's Yours? A Literary Atlas of Canada*. Toronto: McClelland and Stewart, 2006.

Rubin, Don, ed. *The World Encyclopedia of Contemporary Theatre*. Vol. 2: *Americas*. London: Routledge, 1996.

Sage, Lorna, ed. *The Cambridge Guide to Women's Writing in English*. Cambridge: Cambridge University Press, 1999.

Story, Norah, ed. *The Oxford Companion to Canadian History and Literature*. Toronto: Oxford University Press, 1967. Updated by: Toye, William, ed. Supplement to *The Oxford Companion to Canadian History and Literature*. Toronto: Oxford University Press, 1973.

Thomas, Clara. *Our Nature, Our Voices: A Guidebook to English-Canadian Literature*. Toronto: NeWest Press, 1972.

文学史

Biron, Michel, François Dumont, and Élisabeth Nardout-Lafarge. *Histoire de la littérature québécoise*. Montreal: Boréal, 2007.

カナダ文学史

Gasquy-Resch, Yannick, ed. *Histoire littéraire de la francophonie: littérature du Québec*. Vanves: EDICEF, 1994.

Grandpré, Pierre de, ed. *Histoire de la littérature française du Québec*. 4 vols. Montreal: Beauchemin, 1967–9.

Keith, W. J. *Canadian Literature in English*. 2nd edn. 2 vols. Erin: Porcupine's Quill, 2006 [1985].

Klinck, Carl F. et al., eds. *Literary History of Canada: Canadian Literature in English*. 2nd edn. 3 vols. Toronto: University of Toronto Press, 1976 [1965]. Vol. IV: William H. New et al., eds., Toronto: University of Toronto Press, 1990. French version of 1965 ed.: *Histoire littéraire du Canada: Littérature canadienne de langue anglaise*. Tr. Maurice Lebel. Quebec: Presses de l'Université Laval, 1970.

New, William H. *A History of Canadian Literature*. 2nd edn. Montreal and Kingston: McGill-Queen's University Press, 2003 [1989].

Nischik, Reingard M. ed. *History of Literature in Canada: English-Canadian and French-Canadian*. Rochester: Camden House, 2008. Revised translation of Konrad Gross, Wolfgang Klooss, Reingard M. Nischik, eds. *Kanadische Literaturgeschichte*. Stuttgart: Metzler, 2005.

Tougas, Gérard. *Histoire de la littérature canadienne-française*. Paris: Presses universitaires de France, 1964. English version: *History of French-Canadian Literature*. Tr. Alta Lind Cook. Toronto: Ryerson, 1966.

La vie littéraire au Québec. 5 vols to date. Sainte-Foy: Presses de l'Université Laval, 1991–. Vol. I (1764–1805): Maurice Lemire, ed., *La Voix française des nouveaux sujets britanniques*; vol. II (1806–1839): Maurice Lemire, ed., *Le projet national des Canadiens*; vol. III (1840–1869): Maurice Lemire and Denis Saint-Jacques, eds., *Un peuple sans histoire ni littérature*; vol. IV (1870–1894): Maurice Lemire and Denis Saint-Jacques, eds., *Je me souviens*; vol. V (1895–1918): Denis Saint-Jacques and Maurice Lemire, eds., *Sois fidèle à ta Laurentie*.

文学史：特定の主題

Blair, Jennifer, Daniel Coleman, Kate Higginson, and Lorraine York, eds. *ReCalling Early Canada: Reading the Political in Literary and Cultural Production*. Edmonton: University of Alberta Press, 2005.

Blodgett, E. D. *Five-Part Invention: A History of Literary History in Canada*. Toronto: University of Toronto Press, 2003.

Boivin, Aurélien, Gilles Dorion, and Kenneth Landry, eds. *Questions d'histoire littéraire: Mélanges offerts à Maurice Lemire*. Quebec: Nuit blanche, 1996.

Hutcheon, Linda, and Mario J. Valdés, eds. *Rethinking Literary History: A Dialogue on Theory*. New York: Oxford University Press, 2002.

Kennedy, Brian. *The Baron Bold and the Beauteous Maid: A Compact History of Canadian Theatre*. Toronto: Playwrights Canada, 2004.

Klinck, Carl F. *Giving Canada a Literary History: A Memoir*. Ed. Sandra Djwa. Ottawa: Carleton University Press, 1991.

Moisan, Clément, ed. *Histoire littéraire: théories, méthodes, pratiques*. Quebec: Presses de l'Université Laval, 1989.

Rubin, Don, ed. *Canadian Theatre History: Selected Readings*. Toronto: Copp Clark, 1996.

Saint-Jacques, Denis, ed. *Tendances actuelles en histoire littéraire canadienne*. Montreal: Nota bene, 2003.

図書・出版・文学協会・文学趣味の歴史

Beaulieu, Victor-Lévy. *Manuel de la petite littérature du Québec*. Montreal: l'Aurore, 1974.

Chartier, Daniel. *L'Émergence des classiques: La Réception de la littérature québécoise des années 1930*. Quebec: Fides, 2000.

Fleming, Patricia Lockhart, and Yvan Lamonde, eds. *History of the Book in Canada*. Toronto: University of Toronto Press, 2004–7. vol. I: Patricia Lockhart Fleming, Gilles Gallichan, and Yvan Lamonde, eds., *Beginnings to 1840*; vol. II: Yvan Lamonde, Patricia Lockhart Fleming, and Fiona A. Black, eds., *1840–1918*; vol. III: Carole Gerson and Jacques Michon, eds., *1918–1980*. French version: *Histoire du livre et de l'imprimé au Canada*. 3 vols. Montreal: Presses de l'Université de Montréal, 2004–7.

Friskney, Janet B. *New Canadian Library: The Ross-McClelland Years 1952–1978*. Toronto: University of Toronto Press, 2007.

Galarneau, Claude, and Maurice Lemire, eds. *Livre et lecture au Québec, 1800–1850*. Quebec: Institut québécois de recherche sur la culture, 1988.

Garand, Dominique, Liette Gaudreau, Robert Giroux, Jean-Marc Lemelin, and André Marquis. *Le Spectacle de la littérature: Les Aléas et les avatars de l'institution*. Montreal: Triptyque, 1989.

Gerson, Carole. *A Purer Taste: The Writing and Reading of Fiction in English in Nineteenth-Century Canada*. Toronto: University of Toronto Press, 1989.

Huggan, Graham. *The Post-colonial Exotic: Marketing the Margins*. London: Routledge, 2001.

Karr, Clarence. *Authors and Audiences: Popular Canadian Fiction in the Early Twentieth Century*. Montreal and Kingston: McGill-Queen's University Press, 2000.

Lanthier, Pierre, and Guildo Rousseau, eds. *La Culture inventée: Les Stratégies culturelles aux 19e et 20e siècles*. Quebec: Institut québécois de recherche sur la culture, 1992.

Leandoer, Katarina. *From Colonial Expression to Export Commodity: English-Canadian Literature in Canada and Sweden, 1945–1999*. Uppsala: Uppsala University Library, 2002.

Lecker, Robert. *Making it Real: The Canonization of English Canadian Literature*. Concord: Anansi, 1995.

⸺ ed. *Canadian Canons: Essays in Literary Value*. Toronto: University of Toronto Press, 1991.

Lemire, Maurice. *La Littérature québécoise en projet au milieu du XIXe siècle*. Saint-Laurent: Fides, 1993.

Lemire, Maurice, with Pierrette Dionne and Michel Lord. *Le Poids des politiques: Livres, lecture et littérature*. Quebec: Institut québécois de recherche sur la culture, 1987.

Lemire, Maurice, with Michel Lord. *Institution littéraire*. Quebec: Institut québécois de la recherche sur la culture, 1986.

Litt, Paul. *The Muses, the Masses, and the Massey Commission*. Toronto: University of Toronto Press, 1992.

MacSkimming, Roy. *The Perilous Trade: Publishing Canada's Writers*. Toronto: McClelland and Stewart, 2003.

Michon, Jacques, ed. *Histoire de l'édition littéraire au Québec au XXe siècle*. 2 vols. to date. Montréal: Fides, 1999–. Vol. I: *La Naissance de l'éditeur, 1900–1939*; vol. II: *Le Temps des éditeurs, 1940–1959*.

Moisan, Clément. *Comparaison et raison: Essais sur l'histoire et l'institution des littératures canadienne et québécoise*. Quebec: Hurtubise HMH, 1986.

Mount, Nick. *When Canadian Literature Moved to New York*. Toronto: University of Toronto Press, 2005.

Murray, Heather. *Come, Bright Improvement: The Literary Societies of Nineteenth-Century Ontario*. Toronto: University of Toronto Press, 2002.

Working in English: History, Institution, Resources. Toronto: University of Toronto Press, 1996.

Ostry, Bernard. *The Cultural Connection: An Essay on Culture and Government Policy in Canada*. Toronto: McClelland and Stewart, 1978.

Parker, George L. *The Beginnings of the Book Trade in Canada*. Toronto: University of Toronto Press, 1985.

Robert, Lucie. *L'Institution du littéraire au Québec*. Quebec: Presses de l'Université Laval, 1989.

Tippett, Maria. *Making Culture: English-Canadian Institutions and the Arts before the Massey Commission*. Toronto: University of Toronto Press, 1990.

Towards a History of the Literary Institution in Canada / Vers une histoire de l'institution littéraire au Canada. Edmonton: The Research Institute for Comparative Literature, University of Alberta, 1988–92. Vol. I: E. D. Blodgett and A. G. Purdy, eds., *Prefaces and Literary Manifestoes / Préfaces et manifestes littéraires*; vol. II: I. S. MacLaren and C. Potvin, eds., *Questions of Funding, Publishing and Distribution / Questions d'édition et de diffusion*; vol. III: C. Potvin and J. Williamson, eds., *Women's Writing and the Literary Institution / L'Écriture au féminin et l'institution littéraire*; vol. IV: Joseph Pivato, ed., *Literatures of Lesser Diffusion / Les littératures de moindre diffusion*; vol. V: E. D. Blodgett and A. G. Purdy, eds., *Problems of Literary Reception / Problèmes de réception littéraire*; vol. VI: I. S. MacLaren and C. Potvin, eds., *Literary Genres / Les Genres littéraires*.

Yergeau, Robert. *Art, argent, arrangement: Le Mécénat d'Etat*. Montreal: David, 2004.

A tout prix: Les Prix littéraires au Québec. Montreal: Triptyque, 1994.

York, Lorraine. *Literary Celebrity in Canada*. Toronto: University of Toronto Press, 2007.

文学評論

文学評論：一般（英語と仏語）

Allard, Jacques. *Traverses de la critique littéraire au Québec*. Montreal: Boréal, 1991.

Atwood, Margaret. *Curious Pursuits: Occasional Writing 1970–2005*. London: Virago, 2005.

Moving Targets: Writing With Intent, 1982–2004. Toronto: Anansi, 2004.

Negotiating with the Dead: A Writer on Writing. Cambridge: Cambridge University Press, 2002.

Payback: Debt and the Shadow Side of Wealth. Toronto: Anansi, 2008.

Second Words: Selected Critical Prose. Toronto: Anansi, 1982.

Survival: Toronto: McClelland and Stewart, 2004 [1972].

Ballstadt, Carl, ed. *The Search for English-Canadian Literature: An Anthology of Critical Articles from the Nineteenth and Early Twentieth Centuries*. Toronto: University of Toronto Press, 1975.

Beaudoin, Réjean. *Naissance d'une littérature: Essai sur le messianisme et les débuts de la littérature canadienne-française (1850–1890)*. Montreal: Boréal, 1989.

Bowering, George. *Imaginary Hand: Essays*. Edmonton: NeWest, 1988.

Brochu, André. *L'Instance critique, 1961–1973*. Montreal: Leméac, 1974.

Davey, Frank. *Canadian Literary Power*. Edmonton: NeWest, 1994.
   Reading Canadian Reading. Winnipeg: Turnstone Press, 1988.
   Surviving the Paraphrase: Eleven Essays on Canadian Literature. Winnipeg: Turnstone Press, 1983.
Daymond, Douglas, and Leslie Monkman, eds. *Towards a Canadian Literature: Essays, Editorials and Manifestoes*. 2 vols. Ottawa: Tecumseh, 1984–5.
Dragland, Stan. *Bees of the Invisible: Essays in Contemporary English Canadian Writing*. Toronto: Coach House Press, 1991.
Frye, Northrop. *The Bush Garden: Essays on the Canadian Imagination*. Toronto: House of Anansi Press, 1971.
   Divisions on a Ground: Essays on Canadian Culture. Ed. James Polk. Toronto: Anansi, 1982.
   Northrop Frye on Canada. Collected Works of Northrop Frye, vol. XII. Ed. Jean O'Grady and David Staines. Toronto: University of Toronto Press, 2004.
Gauvin, Lise. *La Fabrique de la langue: De François Rabelais à Réjean Ducharme*. Paris: Seuil, 2004.
Hammill, Faye. *Canadian Literature*. Edinburgh: Edinburgh University Press, 2007.
Hayward, Annette, and Agnès Whitfield, eds. *Critique et littérature québécoise: Critique de la littérature / littérature de la critique*. Montreal: Triptyque, 1992.
Heble, Ajay, Donna Palmateer Pennee, and J. R. (Tim) Struthers, eds. *New Contexts of Canadian Criticism*. Peterborough: Broadview, 1997.
Henighan, Stephen. *When Words Deny the World: The Reshaping of Canadian Writing*. Erin: Porcupine's Quill, 2002.
   Report on the Afterlife of Culture. Emeryville: Biblioasis, 2008.
Jones. D. G. *Butterfly on Rock: A Study of Themes and Images in Canadian Literature*. Toronto: University of Toronto Press, 1970.
Kertzer, Jonathan. *Worrying the Nation: Imagining a National Literature in English Canada*. Toronto: University of Toronto Press, 1998.
Lee, Dennis. *Savage Fields: An Essay on Literature and Cosmology*. Toronto: House of Anansi, 1977.
MacLulich, T. D. *Between Europe and America: The Canadian Tradition in Fiction*. Toronto: ECW Press, 1988.
Mandel, Eli. *Another Time*. Erin: Porcépic, 1977.
   ed. *Contexts of Canadian Criticism*. Chicago: University of Chicago Press, 1971.
Marchand, Philip. *Ripostes: Reflections on Canadian Literature*. Erin: Porcupine's Quill, 1998.
Marcotte, Gilles. *Littérature et circonstances*. Montreal: l'Hexagone, 1989.
Mathews, Robin. *Canadian Literature: Surrender or Revolution*. Toronto: Steel Rail, 1978.
Moss, John, ed. *Future Indicative: Literary Theory and Canadian Literature*. Ottawa: University of Ottawa Press, 1987.
Moss, John. *The Paradox of Meaning: Cultural Poetics and Critical Fictions*. Winnipeg: Turnstone Press, 1999.
Nepveu, Pierre. *L'Écologie du réel: Mort et naissance de la littérature québécoise contemporaine*. Montreal: Boréal, 1988.
New, William H. *Borderlands: How We Talk About Canada*. Vancouver: University of British Columbia Press, 1998.
New, William H. *Land Sliding: Imagining Space, Presence, and Power in Canadian Writing*. Toronto: University of Toronto Press, 1997.

Rigelhof, T. E. *This Is Our Writing*. Erin: Porcupine's Quill, 2000.
Sarkonak, Ralph, ed. "The Language of Difference: Writing in Quebec(ois)." *Special issue of Yale French Studies* 65 (1983).
Shouldice, Larry, ed. and tr. *Contemporary Quebec Criticism*. Toronto: University of Toronto Press, 1979.
Staines, David, ed. *The Canadian Imagination: Dimensions of a Literary Culture*. Cambridge, MA: Harvard University Press, 1977.
Verduyn, Christl, ed. *Literary Pluralities*. Peterborough: Broadview, 1998.
Wilson, Edmund. *O Canada: An American's Notes on Canadian Culture*. New York: Farrar, Straus and Giroux, 1965.
Woodcock, George. *Northern Spring: The Flowering of Canadian Literature*. Vancouver: Douglas and McIntyre, 1987.
   Odysseus Ever Returning: Essays on Canadian Writers and Writing. Toronto: McClelland and Stewart, 1970.
   The World of Canadian Writing. Vancouver/Seattle: Douglas and McIntyre/University of Washington Press, 1980.

文学評論：ジャンル別

「文学評論：特集」の項の小見出しのもとにある多くの文献も参照。

小説：英語

Davey, Frank. *Post-National Arguments: The Politics of the Anglophone-Canadian Novel since 1967*. Toronto: University of Toronto Press, 1993.
Dooley, D. J. *Moral Vision in the Canadian Novel*. Toronto: Clarke, Irwin, 1979.
Goldman, Marlene. *Rewriting Apocalypse in Canadian Fiction*. Montreal and Kingston: McGill-Queen's University Press, 2005.
Helms, Gabriele. *Challenging Canada: Dialogism and Narrative Techniques in Canadian Novels*. Montreal and Kingston: McGill-Queen's University Press, 2003.
Jones, Joseph, and Johanna Jones. *Canadian Fiction*. Boston: Twayne, 1981.
Kramer, Reinhold. *Scatology and Civility in the English-Canadian Novel*. Toronto: University of Toronto Press, 1997.
Moss, John. *Patterns of Isolation in English Canadian Fiction*. Toronto: McClelland and Stewart, 1974.
   Sex and Violence in the Canadian Novel: The Ancestral Present. Toronto: McClelland and Stewart, 1977.
   ed. *The Canadian Novel*. 4 vols. Toronto: NC Press, 1978.
Northey, Margot. *The Haunted Wilderness: The Gothic and Grotesque in Canadian Fiction*. Toronto: University of Toronto Press, 1976.
Quigley, Theresia. *The Child Hero in the Canadian Novel*. Toronto: NC Press, 1991.
Rae, Ian. *From Cohen to Carson: The Poet's Novel in Canada*. Montreal: McGill-Queen's University Press, 2008.
Williams, David. *Confessional Fictions: A Portrait of the Artist in the Canadian Novel*. Toronto: University of Toronto Press, 1991.
   Imagined Nations: Reflections on Media in Canadian Fiction. Montreal and Kingston: McGill-Queen's University Press, 2003.

Woodcock, George, ed. *The Canadian Novel in the Twentieth Century: Essays from* Canadian Literature. Toronto: McClelland and Stewart, 1975.

Smith, A. J. M., ed. *Masks of Fiction: Canadian Critics on Canadian Prose*. Toronto: McClelland and Stewart, 1961.

小説：仏語

Beaudoin, Réjean. *Le Roman québécois*. Montreal: Boréal, 1991.

Belleau, André. *Surprendre les voix*. Montreal: Boréal, 1986.

Harel, Simon. *Le Voleur de parcours: Identité et cosmopolitanisme dans la littérature québécoise contemporaine*. Longueil: le Préambule, 1989.

Lamontagne, André. *Le roman québécois contemporain: Les Voix sous les mots*. Montreal: Fides, 2004.

Mailhot, Laurent. *Ouvrir le livre*. Montreal: l'Hexagone, 1992.

Marcotte, Gilles. *Le Roman à l'imparfait: Essais sur le roman québécois d'aujourd'hui*. Montreal: La Presse, 1976.

Paré, François. *Les Littératures de l'exiguïté*. Hearst: Le Nordir, 1992.

Paterson, Janet M. *Moments postmodernes dans le roman québécois*. Ottawa: Les Presses de l'Université d'Ottawa, 1990. English version: *Postmodernism and the Quebec Novel*. Tr. David Homel and Charles Phillips. Toronto: University of Toronto Press, 1994.

Purdy, Anthony. *A Certain Difficulty of Being: Essays on the Quebec Novel*. Montreal and Kingston: McGill-Queen's University Press, 1990.

Shek, Ben-Zion. *Social Realism in the French-Canadian Novel*. Montreal: Harvest House, 1977.

Sirois, Antoine. *Lectures mythocritiques du roman québécois*. Montréal: Triptyche, 1999.

短編小説（英語・仏語）

Bardolph, Jacqueline. *Telling Stories: Postcolonial Short Fiction in English*. Amsterdam and Atlanta: Rodopi, 2001.

——— ed. *Short Fiction in the New Literatures in English*. Nice: Faculté des Lettres et Sciences Humaines de Nice, 1989.

Boucher, Jean-Pierre. *Le Recueil de nouvelles: Études sur un genre littéraire dit mineur*. Saint-Laurent: Fides, 1992.

Carpentier, André, and Michel Lord. "Lectures de nouvelles québécoises." Special issue of *Tangence* 50 (March 1996).

Davis, Rocío G. *Transcultural Reinventions: Asian American and Asian Canadian Short-Story Cycles*. Toronto: TSAR, 2001.

Dvořák, Marta, and William H. New, eds. *Tropes and Territories: Short Fiction, Postcolonial Readings, Canadian Writing in Context*. Montreal and Kingston: McGill-Queen's University Press, 2007.

Hancock, Geoff, ed. *Magic Realism: An Anthology*. Toronto: Aya, 1980.

Ingram, Forrest L. *Representative Short Story Cycles of the Twentieth Century: Studies in a Literary Genre*. The Hague: Mouton, 1971.

Kennedy, J. Gerald, ed. *Modern American Short Story Sequences*. Cambridge: Cambridge University Press, 1995.

King, Thomas. *The Truth about Stories: A Native Narrative*. Toronto: Anansi, 2003.

Lecker, Robert. *On the Line: Readings in the Short Fiction of Clark Blaise, John Metcalf and Hugh Hood*. Downsview: ECW Press, 1982.

Lynch, Gerald. *The One and the Many: English-Canadian Short Story Cycles*. Toronto: University of Toronto Press, 2001.

Lynch, Gerald, and Angela Arnold Robbeson, eds. *Dominant Impressions: Essays on the Canadian Short Story*. Ottawa: University of Ottawa Press, 1999.

Metcalf, John. *Kicking Against the Pricks*. Downsview: ECW, 1982.

Metcalf, John, and J. R. (Tim) Struthers, eds. *How Stories Mean*. Erin: Porcupine's Quill, 1993.

Morin, Lise. *La Nouvelle fantastique québécoise de 1960 à 1985: Entre le hasard et la fatalité*. Quebec: Nuit blanche, 1996.

Nagel, James. *The Contemporary American Short-Story Cycle: The Ethnic Resonance of Genre*. Baton Rouge: Louisiana State University Press, 2001.

New, W. H. *Dreams of Speech and Violence: The Art of the Short Story in Canada and New Zealand*. Toronto: University of Toronto Press, 1987.

Nischik, Reingard M., ed. *The Canadian Short Story: Interpretations*. Rochester: Camden, 2007.

Pellerin, Gilles. *Nous aurions un petit genre: Publier des nouvelles*. Quebec: L'instant même, 1997.

Struthers, J. R. (Tim), ed. *The Montreal Story Tellers: Memoirs, Photographs, Critical Essays*. Montreal: Véhicule, 1985.

Vauthier, Simone. *Reverberations: Explorations in the Canadian Short Story*. Concord: House of Anansi, 1993.

Whitfield, Agnès, and Jacques Cotnam, eds. *La Nouvelle: Écriture(s) et lecture(s)*. Toronto: GREF, 1993.

演劇：英語

Anthony, Geraldine, ed. *Stage Voices: Twelve Canadian Playwrights Talk about Their Lives and Work*. Toronto and Garden City: Doubleday Canada, 1978.

Appleford, Rob, ed. *Aboriginal Drama and Theatre*. Toronto: Playwrights Canada Press, 2005.

Bessai, Diane. *Playwrights of Collective Creation*. Toronto: Simon & Pierre, 1992.

Brask, Per, ed. *Contemporary Issues in Canadian Drama*. Winnipeg: Blizzard, 1995.

Brask, Per, and William Morgan, eds. *Aboriginal Voices: Amerindian, Inuit, and Sami Theatre*. Baltimore: Johns Hopkins University Press, 1992.

Conolly, L. W. *Canadian Drama and the Critics: 1987*. Vancouver: Talonbooks, 1995.

Däwes, Birgit. *Native North American Theater in a Global Age*. Heidelberg: Universitätsverlag Winter, 2006.

Filewood, Alan. *Collective Encounters: Documentary Theatre in English Canada*. Toronto: University of Toronto Press, 1987.

—. *Performing Canada: The Nation Enacted in the Imagined Theatre*. Kamloops: University College of the Cariboo, 2002.

Glaap, Albert-Reiner, and Rolf Althof, eds. *On-Stage and Off-Stage: English Canadian Drama in Discourse*. St. John's: Breakwater, 1996.

Grace, Sherrill. *Regression and Apocalypse: Studies in North American Literary Expressionism*. Toronto: University of Toronto Press, 1989.

Grace, Sherrill, and Albert-Reiner Glaap, eds. *Performing National Identities: International Perspectives on Contemporary Canadian Theatre*. Vancouver: Talonbooks, 2003.

Hodkinson, Yvonne. *Female Parts: The Arts and Politics of Female Playwrights*. Montreal: Black Rose, 1991.

Johnston, Denis W. *Up the Mainstream: The Rise of Toronto's Alternative Theatres. 1968–1975*. Toronto: University of Toronto Press, 1991.

Knowles, Ric. *The Theatre of Form and the Production of Meaning: Contemporary Canadian Dramaturgies*. Toronto: ECW Press, 1999.

Maufort, Marc, and Franca Bellarsi, eds. *Crucible of Cultures: Anglophone Drama at the Dawn of a New Millennium*. Brussels: Peter Lang, 2002.

——, eds. *Siting the Other: Re-visions of Marginality in Australian and English-Canadian Drama*. Brussels: Peter Lang, 2001.

McKinnie, Michael. *City Stages: Theatre and Urban Space in a Global City*. Toronto: University of Toronto Press, 2007.

Mojica, Monique, with Natalie Rewa, eds. "Native Theatre." Special issue of *Canadian Theatre Review* 68 (1991).

Much, Rita, ed. *Women on the Canadian Stage: The Legacy of Hrotsvit*. Winnipeg: Blizzard, 1992.

Rubin, Don. *Canada on Stage: Canadian Theatre Review Yearbook*. 8 vols. Downsview: CTR Publications, 1974–1982.

Saddlemyer, Ann, and Richard Plant, eds. *Later Stages: Essays in Ontario Theatre from the First World War to the 1970s*. Toronto: University of Toronto Press, 1997.

Stuart, E. Ross. *The History of Prairie Theatre: The Development of Theatre in Alberta, Manitoba and Saskatchewan, 1833–1982*. Toronto: Simon and Pierre, 1984.

Usmiani, Renate. *Second Stage: The Alternative Theatre Movement in Canada*. Vancouver: University of British Columbia Press, 1983.

Wagner, Anton, ed. *Contemporary Canadian Theatre: New World Visions*. Toronto: Simon and Pierre, 1985.

——, ed. *Establishing Our Boundaries: English-Canadian Theatre Criticism*. Toronto: University of Toronto Press, 1999.

Walker, Craig Stewart. *The Buried Astrolabe: Canadian Dramatic Imagination and Western Tradition*. Montreal and Kingston: McGill-Queen's University Press, 2001.

Wallace, Robert. *Producing Marginality: Theatre and Criticism in Canada*. Saskatoon: Fifth House, 1990.

演劇：仏語

Beauchamp, Hélène, and Joël Beddows, eds. *Les Théâtres professionels du Canada francophone: entre mémoire et rupture*. Ottawa: le Nordir, 2001.

Beauchamp, Hélène, and Gilbert David, eds. *Théâtres québécois et canadiens-français au XXe siècle: Trajectoires et territoires*. Montreal: Presses de l'Université du Québec, 2003.

Donohoe, Joseph I. Jr., and Jonathan M. Weiss, eds. *Essays on Modern Quebec Theater*. East Lansing: Michigan State University Press, 1995.

Godin, Jean-Cléo, and Laurent Mailhot. *Le Théâtre québécois: Introduction à dix dramaturges contemporains*. Montreal: Hurtubise HMH, 1970.

——. *Théâtre québécois II: Nouveaux auteurs, autres spectacles*. Montreal: Hurtubise HMH, 1980.

Godin, Jean Cléo, and Dominique Lafon, eds. *Dramaturgies québécoises des années quatre-vingt*. Montreal: Leméac, 1999.

Hébert, Chantal, and Irène Perelli-Contos, eds. *Le Théâtre et ses nouvelles dynamiques narratives*. Vol. II of *La Narrativité contemporaine au Québec*. Quebec: Les Presses de l'Université Laval, 2004.

Ladouceur, Louise. *Making the Scene: La Traduction du théâtre d'une langue officielle à l'autre au Canada*. Quebec: Nota bene, 2005.

Legris, Renée, Jean-Marc Larrue, André-G. Bourassa, and Gilbert David, eds. *Le Théâtre au Québec, 1825–1980: Repères et perspectives*. Montreal: VLB éditeur, 1988.

O'Neill-Karch, Mariel. *Théâtre franco-ontarien: Espaces ludiques*. Vanier: l'Interligne, 1992.

O'Neill-Karch, Mariel, and Pierre Karch, eds. *Augustin Laperrière (1829–1903)*. Ottawa: David, 2002.

Pagé, Pierre. *Histoire de la radio au Québec: information, éducation, culture*. Montreal: Fides, 2007.

詩：英語

Bentley, D. M. R. *The Confederation Group of Canadian Poets, 1880–1897*. Toronto: University of Toronto Press, 2004.

Brown, E. K. *On Canadian Poetry*. Ottawa: Tecumseh Press, 1973 [1943].

Camlot, Jason, and Todd Swift, eds. *Language Acts: Anglo-Québec Poetry 1976 to the 21st Century*. Montreal: Véhicule, 2007.

Collin, W. E. *The White Savannahs*. Ed. Douglas Lochhead. Toronto: University of Toronto Press, 1975 [1936].

Dudek, Louis, and Michael Gnarowski, eds. *The Making of Modern Poetry in Canada: Essential Articles on Contemporary Canadian Poetry in English*. Toronto: Ryerson Press, 1967.

Glickman, Susan. *The Picturesque and the Sublime: A Poetics of the Canadian Landscape*. Montreal and Kingston: McGill-Queen's University Press, 1998.

Higgins, Iain, ed. "Contemporary Poetics." Special issue of *Canadian Literature* 155 (Winter 1997).

Hogg, Robert, ed. *An English Canadian Poetics*. Vol. I: *The Confederation Poets*. Vancouver: Talonbooks, 2009.

Hurst, Alexandra. *The War Among the Poets: Issues of Plagiarism and Patronage Among the Confederation Poets*. London: Canadian Poetry Press, 1994.

Irvine, Dean. *Editing Modernity: Women and Little-Magazine Cultures in Canada, 1916–1956*. Toronto: University of Toronto Press, 2008.

Lilburn, Tim, ed. *Thinking and Singing: Poetry and the Practice of Philosophy*. Toronto: Cormorant, 2002.

Mackay, Don. *Vis à vis: Fieldnotes on Poetry and Wilderness*. Wolfville: Gaspereau, 2001.

McNeilly, Kevin, ed. "Women & Poetry." Special issue of *Canadian Literature* 166 (Autumn 2000).

Pacey, Desmond. *Ten Canadian Poets: A Group of Biographical and Critical Essays*. Toronto: Ryerson, 1958.

Smith, A. J. M. *On Poetry and Poets: Selected Essays*. Toronto: McClelland and Stewart, 1977.
    Towards a View of Canadian Letters: Selected Critical Essays, 1928–1971. Vancouver: University of British Columbia Press, 1973.
    ed. *The Book of Canadian Poetry: A Critical and Historical Anthology*. Toronto: W. J. Gage, 1943 [1941].

Stevens, Peter, ed. *The McGill Movement: A. J. M. Smith, F. R. Scott and Leo Kennedy*. Toronto: Ryerson, 1969.

Trehearne, Brian. *Aestheticism and the Canadian Modernists: Aspects of a Poetic Influence*. Montreal and Kingston: McGill-Queen's University Press, 1989.

Trehearne, Brian. *The Montreal Forties: Modernist Poetry in Translation*. Toronto: University of Toronto Press, 1999.

Ware, Tracy, ed. *A Northern Romanticism: Poets of the Confederation*. Ottawa: Tecumseh, 2000.

Woodcock, George, ed. *Colony and Confederation: Early Canadian Poets and Their Background*. Vancouver: University of British Columbia Press, 1974.

詩：仏語

Blais, Jacques. *De l'ordre et de l'aventure: La Poésie au Québec de 1934 à 1944*. Quebec: Presses de l'Université Laval, 1975.

Bonenfant, Luc, and François Dumont, eds. "Situations du poème en prose au Québec." Special issue of *Études françaises* 39.3 (2003).

Dumont, François. *La Poésie québécoise*. Montreal: Boréal, 1999.

Filteau, Claude. *Poétiques de la modernité, 1895–1948*. Montreal: l'Hexagone, 1994.

Leroux, Georges, and Pierre Ouellet, eds. *L'Engagement de la parole: Politique du poème*. Montreal: VPL, 2005.

Lortie, Jeanne d'Arc. *La Poésie nationaliste au Canada français, 1606–1867*. Quebec: Presses de l'Université Laval, 1975.

Marcotte, Gilles. *Le Temps des poètes: Description critique de la poésie actuelle au Canada français*. Montreal: Hurtubise HMH, 1969.

Nepveu, Pierre. *Intérieurs du nouveau monde: Essais sur les littératures du Québec et des Amériques*. Montreal: Boréal, 1998.

Royer, Jean. *Introduction à la poésie québécoise: Les Poètes et les œuvres des origines à nos jours*. Montreal: Bibliothèque québécoise, 1989.

Yergeau, Robert, ed. *Itinéraires de la poésie: enjeux actuels en Acadie, en Ontario et dans l'Ouest canadien*. Ottawa: le Nordir, 2004.

ライフライティングおよびその他のノンフィクション（英語・仏語）

Baena, Rosalía, ed. *Transculturing Auto/Biography: Forms of Life Writing*. London: Routledge, 2006.

Buss, Helen M. *Mapping Our Selves: Canadian Women's Autobiography in English*. Montreal and Kingston: McGill-Queen's University Press, 1993.

Caumartin, Anne, and Martine-Emmanuelle Lapointe, eds. *Parcours de l'essai québécois (1980–2000)*. Montreal: Nota bene, 2004.

Egan, Susanna. *Mirror Talk: Genres of Crisis in Contemporary Autobiography*. Chapel Hill: University of North Carolina Press, 1999.

Egan, Susanna, and Gabriele Helms, eds. "Auto/biography." Special issue of *Canadian Literature* 172 (Spring 2002).

eds. "Autobiography and Changing Identities." Special issue of *biography* 24 (Winter 2001).

Hébert, Pierre, with Marilyn Baszczynski. *Le Journal intime au Québec: Structure, évolution, réception*. Montreal: Fides, 1988.

Kadar, Marlene, ed. *Essays on Life Writing: From Genre to Critical Practice*. Toronto: University of Toronto Press, 1992.

Neuman, Shirley, ed. "Reading Canadian Autobiography." Special issue of *Essays on Canadian Writing* 60 (Winter 1996).

Rak, Julie, ed. *Auto/biography in Canada: Critical Directions*. Waterloo: Wilfrid Laurier University Press, 2005.

Raoul, Valerie. *Distinctly Narcissistic: Diary Fiction in Quebec*. Toronto: University of Toronto Press, 1993.

Saul, Joanne. *Writing the Roaming Subject: The Biotext in Canadian Literature*. Toronto: University of Toronto Press, 2006.

Bell, John. *Invaders from the North: How Canada Conquered the Comic Book Universe*. Toronto: Dundurn, 2006.
　　ed. *Canuck Comics*. Montreal: Matrix, 1986.
　　ed. *Guardians of the North: The National Superhero in Canadian Comic-Book Art*. Ottawa: National Archives of Canada, 1992.

Carpentier, André, ed. "La Bande dessinée." Special issue of *La Barre du jour* (Winter 1975).

Falardeau, Mira. *La Bande dessinée au Québec*. Montreal: Boréal, 1994.

Hirsh, Michael, and Patrick Loubert, eds. *The Great Canadian Comic Books*. Toronto: Peter Martin Associates, 1971.

Lepage, Françoise. *Histoire de la littérature pour la jeunesse: Québec et francophonies du Canada, suivi d'un Dictionnaire des auteurs et des illustrateurs*. Orléans: David, 2000.

Viau, Michel. *BDQ: Répertoire des publications de bandes dessinées au Québec des origines à nos jours*. Laval: Mille-Îles, 1999.

文学評論：特集（特定のバックグラウンド・リーディングも含む）

先住民の著作、先住民の文学的表象

Acoose, Janice. *Iskwewak, Kah 'ki yaw ni Wahkomakanak: Neither Indian Princesses Nor Easy Squaws*. Toronto: Women's Press, 1995.

Armstrong, Jeannette C., ed. *Looking at the Words of Our People: First Nations Analysis of Literature*. Penticton: Theytus, 1993.

Braz, Albert. *The False Traitor: Louis Riel in Canadian Literature*. Toronto: University of Toronto Press, 2003.

David, Jennifer. *Story Keepers: Conversations with Aboriginal Writers*. Owen Sound: Ningwakwe Learning Press, 2004.

Eigenbrod, Renate. *Travelling Knowledges: Positioning the Im/Migrant Reader of Aboriginal Literatures in Canada*. Winnipeg: University of Manitoba Press, 2005.

Eigenbrod, Renate, and Jo-Ann Episkenew, eds. *Creating Community: A Roundtable on Canadian Aboriginal Literature*. Penticton and Brandon: Theytus/Bearpaw Publishing, 2002.

Eigenbrod, Renate, and Renée Hulan, eds. *Aboriginal Oral Traditions: Theory, Practice, Ethics*. Halifax: Fernwood Publishing with the Gorsebrook Research Institute, 2008.

Emberley, Julia. *Defamiliarizing the Aboriginal: Cultural Practices and Decolonization in Canada*. Toronto: University of Toronto Press, 2007.

Francis, Daniel. *The Imaginary Indian: The Image of the Indian in Canadian Culture*. Vancouver: Arsenal Pulp, 1992.

Groening, Laura Smyth. *Listening to Old Woman Speak: Natives and AlterNatives in Canadian Literature*. Montreal and Kingston: McGill-Queen's University Press, 2005.

Hoy, Helen. *How Should I Read These? Native Women Writers in Canada*. Toronto: University of Toronto Press, 2001.

Horne, Dee. *Contemporary American Indian Writing: Unsettling Literature*. New York: Peter Lang, 1999.

Hulan, Renée, ed. *Native North America: Critical and Cultural Perspectives*. Toronto: ECW Press, 1999.

King, Thomas. *The Truth About Stories: A Native Narrative*. Toronto: House of Anansi, 2003.

Lutz, Hartmut, ed. *Contemporary Challenges: Conversations with Canadian Native Authors*. Saskatoon: Fifth House, 1991.

Miller, Mary Jane. *Outside Looking In: Viewing First Nations Peoples in Canadian Dramatic Television Series*. Montreal: McGill-Queen's University Press, 2008.

Monkman, Leslie. *A Native Heritage: Images of the Indian in English-Canadian Literature*. Toronto: University of Toronto Press, 1981.

Moses, Daniel David. *Pursued by a Bear: Talks, Monologues and Tales*. Toronto: Exile Editions, 2005.

New, William H., ed. *Native Writers and Canadian Writing*. Vancouver: University of British Columbia Press, 1990.

Ortiz, Simon J., ed. *Speaking for the Generations: Native Writers on Native Writing*. Tucson: University of Arizona Press, 1998.

Petrone, Penny. *Native Literature in Canada: From the Oral Tradition to the Present*. Toronto: Oxford University Press, 1990.

Ruffo, Armand Garnet, ed. *(Ad)dressing Our Words: Aboriginal Perspectives on Aboriginal Literatures*. Penticton: Theytus, 2001.

Taylor, Drew Hayden, ed. *Me Funny: A Far-reaching Exploration of Humour, Wittiness and Repartee Dominant Among First Nations People of North America, as Witnessed, Experienced and Created Directly by Themselves and with the Inclusion of Outside but Reputable Sources Necessarily Familiar with the Indigenous Sense of Humour as Seen from an Objective Perspective*. Vancouver: Douglas and McIntyre, 2005.

Tehariolina, Marguerite Vincent. *La Nation huronne: Son histoire, sa culture, son esprit*. Quebec: Pélican, 1984.

比較文学、海外のカナダ文学研究、翻訳

Antor, Heinz, Gordon Bölling, Annette Kern-Stähler, and Klaus Stierstorfer, eds. *Refractions of Canada in European Literature and Culture*. New York: Walter de Gruyter, 2005.

Antor, Heinz, Sylvia Brown, John Considine, and Klaus Stierstorfer, eds. *Refractions of Germany in Canadian Literature and Culture*. Berlin: Walter de Gruyter, 2003.

Bayard, Caroline. *The New Poetics in Canada and Québec: From Concretism to Modernism*. Toronto: University of Toronto Press, 1989.

Bayard, Caroline, and Jack David. *Out-Posts/Avant-Postes*. Erin: Porcépic, 1978.

Beaudoin, Réjean, and André Lamontagne, eds. "Francophone/Anglophone." Special issue of *Canadian Literature* 175 (Winter 2002).

Behounde, Ekitike. *Dialectique de la ville et de la campagne chez Gabrielle Roy et chez Mongo Beti*. Montreal: Éditions Qui, 1983.

Blaber, Ronald. *Roguery: The Picaresque Tradition in Australia, Canadian and Indian Fiction*. Springwood: Butterfly, 1990.

Blodgett, E. D. *Configuration: Essays in the Canadian Literatures*. Downsview: ECW Press, 1982.

Brydon, Diana, and Helen Tiffin. *Decolonising Fictions*. Sydney: Dangaroo, 1993.

Camerlain, Lorraine, Nicole Deschamps, Lise Gauvin, Jean Cléo Godin, Laurent Mailhot, Ginette Michaud, Pierre Nepveu, and Irène Hall-Paquin. *Lectures européennes de la littérature québécoise*. Montreal: Leméac, 1982.

Corse, Sarah M. *Nationalism and Literature: The Politics of Culture in Canada and the United States*. Cambridge: Cambridge University Press, 1997.

Dupuis, Gilles, and Dominique Garand, eds. *Italie-Québec: Croisements et coïncidences littéraires*. Montreal: Nota bene, 2009.

Flotow, Luise von, and Reingard Nischik, eds. *Translating Canada*. Ottawa: University of Ottawa Press, 2007.

Fratta, Carla, and Élisabeth Nardout-Lafarge, eds. *Italies imaginaires du Québec*. Montreal: Fides, 2003.

Gauvin, Lise, and Jean-Marie Klinkenberg, eds. *Littérature et institutions au Québec et en Belgique francophone*. Brussels: Editions Labor, 1985.

Gerols, Jacqueline. *Le Roman québécois en France*. LaSalle: Hurtubise HMH, 1984.

Giguère, Richard. *Exil, révolte et dissidence: Étude comparée des poésies québécoise et canadienne (1925–1955)*. Quebec: Les Presses de l'Université Laval, 1984.

Goldie, Terry. *Fear and Temptation: The Image of the Indigene in Canadian, Australian, and New Zealand Literatures*. Kingston: McGill-Queen's University Press, 1989.

Gould, Karen, Joseph T. Jockel, and William Metcalfe. *Northern Exposures: Scholarship on Canada in the United States*. Washington: Association for Canadian Studies in the United States, 1993.

Gross, Konrad, and Wolfgang Klooss, eds. *English Literature of the Dominions: Writings on Australia, Canada and New Zealand*. Würzburg: Königshausen and Neumann, 1981.

Huggan, Graham. *Territorial Disputes: Maps and Mapping Strategies in Contemporary Canadian and Australian Fiction*. Toronto: University of Toronto Press, 1994.

Hughes, Terrance. *Gabrielle Roy et Margaret Laurence: Deux chemins, une recherche*. Saint-Boniface: Éditions du Blé, 1983.

Irvine, Lorna M. *Critical Spaces: Margaret Laurence and Janet Frame*. Columbia: Camden House, 1995.

Khoo, Tseen-Ling. *Banana Bending: Asian-Australian and Asian-Canadian Literatures*. Montreal and Kingston: McGill-Queen's University Press, 2003.

Khoo, Tseen-Ling, and Kam Louie, eds. *Culture, Identity, Commodity: Diasporic Chinese Literatures in English*. Montreal and Kingston: McGill-Queen's University Press, 2005.

Kroetsch, Robert, and Reingard M. Nischik, eds. *Gaining Ground: European Critics on Canadian Literature*. Edmonton: NeWest, 1985.

La Bossière, Camille, ed. *Translation in Canadian Literature*. Ottawa: University of Ottawa Press, 1983.

Lecker, Robert. *Borderlands: Essays in Canadian-American Relations*. Toronto: ECW Press, 1991.

McDougall, Russell, and Gillian Whitlock, eds. *Australian/Canadian Literatures in English: Comparative Perspectives*. Melbourne: Methuen Australia, 1987.

Matthews, John Pengwerne. *Tradition in Exile: A Comparative Study of Social Influences on the Development of Australian and Canadian Poetry in the Nineteenth Century*. Toronto: University of Toronto Press, 1962.

Moisan, Clément. *L'Âge de la littérature canadienne: Essai*. Montreal: Hurtubise HMH, 1969.

———. *Poésie des frontières: Étude comparée des poésies canadienne et québécoise*. Quebec: Hurtubise HMH, 1986. English version: *A Poetry of Frontiers: Comparative Studies in Quebec/Canadian Literature*. Tr. George Lang and Linda Weber. Victoria: Press Porcépic, 1983.

Rousseau, Guildo. *L'Image des États-Unis dans la littérature québécoise (1775–1930)*. Sherbrooke: Naaman, 1981.

Savary, Claude, ed. *Les Rapports culturels entre le Québec et les Etats-Unis*. Quebec: Institut québécois de recherche sur la culture, 1984.

Siemerling, Wilfried. *Discoveries of the Other: Alterity in the Work of Leonard Cohen, Hubert Aquin, Michael Ondaatje, and Nicole Brossard*. Toronto: University of Toronto Press, 1994.

Simon, Sherry, ed. *Culture in Transit: Translating the Literature of Quebec*. Montreal: Véhicule Press, 1995.

Söderlind, Sylvia. *Margin/Alias: Language and Colonization in Canadian and Québécois Fiction*. Toronto: University of Toronto Press, 1991.

Sutherland, Ronald. *New Hero: Essays in Comparative Quebec/Canadian Literature*. Toronto: Macmillan, 1977.

———. *Second Image: Comparative Studies in Quebec/Canadian Literature*. Toronto: New Press, 1971.

Tougas, Gerard. *Les Écrivains d'expression française et la France*. Paris: Denoël, 1973.

Waterston, Elizabeth. *Rapt in Plaid: Canadian Literature and Scottish Tradition*. Toronto: University of Toronto Press, 2001.

Whitfield, Agnès, ed. *Writing Between the Lines: Portraits of Canadian Anglophone Translators*. Waterloo: Wilfrid Laurier University Press, 2006.

文化史と神話

Aquin, Stéphane, ed. *The Global Village: The 1960s*. Montreal: Museum of Fine Arts, 2003.

Archbold, Rick. *I Stand for Canada: The Story of the Maple Leaf Flag*. Toronto: Macfarlane, Walter and Ross, 2002.

Atwood, Margaret. *Strange Things: The Malevolent North in Canadian Literature*. Oxford: Clarendon, 1995.

Bouchard, Joë, Daniel Chartier, and Amélie Nadeau, eds. *Problématiques de l'imaginaire du Nord en littérature, cinéma et arts visuels*. Montreal: Université du Québec à Montréal, 2004.

Coates, Colin, and Cecilia Morgan. *Heroines and History: Representations of Madeleine de Verchères and Laura Secord*. Toronto: University of Toronto Press, 2002.

Coleman, Daniel. *White Civility: The Literary Project of English Canada*. Toronto: University of Toronto Press, 2006.

Doyle, James. *North of America: Images of Canada in the Literature of the United States, 1775–1900*. Toronto: ECW Press, 1983.

Edwardson, Ryan. *Canadian Content: Culture and the Quest for Nationhood*. Toronto: University of Toronto Press, 2007.

Francis, Daniel. *A Road for Canada: The Illustrated Story of the Trans-Canada Highway*. Vancouver: Stanton Atkins and Dosil Publishers, 2006.

Grace, Sherrill E. *Canada and the Idea of North.* Montreal and Kingston: McGill-Queen's University Press, 2001.

Grant, George. *Lament for a Nation: The Defeat of Canadian Nationalism.* Ottawa: Carleton University Press, 1995 [1970].

— *Technology and Empire: Perspectives on North America.* Toronto: House of Anansi, 1969.

Gray, Charlotte. *The Museum Called Canada: 25 Rooms of Wonder.* Toronto: Random House, 2004.

Gwyn, Sandra. *The Private Capital: Ambition and Love in the Age of Macdonald and Laurier.* Toronto: McClelland and Stewart, 1984.

Heaman, E. A. *The Inglorious Arts of Peace: Exhibitions in Canadian Society during the Nineteenth Century.* Toronto: University of Toronto Press, 1999.

Hulan, Renée. *Northern Experience and the Myths of Canadian Culture.* Montreal: McGill-Queen's University Press, 2002.

Innes, Harold. *A History of the Canadian Pacific Railway.* Toronto: McClelland and Stewart, 1923.

Keneally, Rhona Richman, and Johanne Sloan, eds. *Expo '67: Not Just a Souvenir.* Toronto: University of Toronto Press, 2010 [forthcoming].

Kostash, Myrna. *Long Way from Home: The Story of the Sixties Generation in Canada.* Toronto: Lorimer, 1980.

Kröller, Eva-Marie, Margery Fee, Iain Higgins, and Alain-Michel Rocheleau, eds. "Remembering the Sixties." Special issue of *Canadian Literature* 152/3 (Spring/Summer 1997).

Lemire, Maurice. *Le Mythe de l'Amérique dans l'imaginaire "canadien."* Quebec: Nota bene, 2003.

Lortie, André. *The 60s: Montreal Thinks Big.* Montreal: Centre for Canadian Architecture, 2004.

McDougall, Robert L. *Totems: Essays on the Cultural History of Canada.* Ottawa: Tecumseh, 1990.

McGregor, Gaile. *The Wacousta Syndrome: Explorations in the Canadian Langscape.* Toronto: University of Toronto Press, 1985.

McKillop, A. B. *A Disciplined Intelligence: Critical Inquiry and Canadian Thought in the Victorian Era.* Montreal: McGill-Queen's University Press, 1979.

Miedema, Gary R. *For Canada's Sake: Public Religion, Centennial Celebrations, and the Remaking of Canada in the 1960s.* Montreal and Kingston: McGill-Queen's University Press, 2005.

Nelles, H. V. *The Art of Nation-Building: Pageantry and Spectacle at Quebec's Tercentenary.* Toronto: University of Toronto Press, 1999.

Palmer, Bryan D. *Canada's 1960s: The Ironies of Identity in a Rebellious Era.* Toronto: University of Toronto Press, 2009.

Porter, John. *The Vertical Mosaic: An Analysis of Social Class and Power in Canada.* Toronto: University of Toronto Press, 1965.

Revie, Linda L. *The Niagara Companion: Explorers, Artists, and Writers at the Falls, from Discovery Through the Twentieth Century.* Waterloo: Wilfrid Laurier University Press, 2003.

Trudel, Marcel. *Mythes et réalités du Québec.* Saint-Laurent: Bibliothèque québécoise, 2006 [2001].

Turner, Margaret. *Imagining Culture: New World Narrative and the Writing of Canada.* Montreal: McGill-Queen's University Press, 1995.

Warwick, Jack. *The Long Journey: Literary Themes of French Canada.* Toronto: University of Toronto Press, 1968.

Weinmann, Heinz. *Du Canada au Québec: Généalogie d'une histoire.* Montreal: l'Hexagone, 1987.

ジェンダー、セクシャリティ、女性学

Bacchi, Carol Lee. *Liberation Deferred? The Ideas of the English-Canadian Suffragists, 1877–1918.* Toronto: University of Toronto Press, 1983.

Boutilier, Beverly, and Alison Prentice, eds. *Creating Historical Memory: English-Canadian Women and the Work of History.* Vancouver: University of British Columbia Press, 1997.

Carrière, Marie J. *Writing in the Feminine in French and English Canada: A Question of Ethics.* Toronto: University of Toronto Press, 2002.

Cavell, Richard, and Peter Dickinson, eds. *Sexing the Maple: A Canadian Sourcebook.* Peterborough: Broadview Press, 2006.

Coleman, Daniel. *Masculine Migrations: Reading the Postcolonial Male in "New Canadian" Narratives.* Toronto: University of Toronto Press, 1999.

Cook, Sharon Ann. *"Through Sunshine and Shadow": The Woman's Christian Temperance Union, Evangelicalism, and Reform in Ontario, 1874–1930.* Montreal and Kingston: McGill-Queen's University Press, 1995.

Danylewycz, Marta. *Taking the Veil: An Alternative to Marriage, Motherhood, and Spinsterhood in Quebec, 1840–1920.* Ed. Paul-André Linteau, Alison Prentice, and William Westfall. Toronto: McClelland and Stewart, 1987.

Darias-Beautell, Eva. *Graphies and Grafts: (Con)Texts and (Inter)Texts in the Fiction of Four Contemporary Canadian Women.* Brussels: Peter Lang, 2001.

Dean, Misao. *Practising Femininity: Domestic Realism and the Performance of Gender in Early Canadian Fiction.* Toronto: University of Toronto Press, 1998.

Dickinson, Peter. *Here is Queer: Nationalisms, Sexualities, and the Literature of Canada.* Toronto: University of Toronto Press, 1999.

Screening Gender, Framing Genre: Canadian Literature into Film. Toronto: University of Toronto Press, 2007.

Dybikowski, Ann, Victoria Freeman, Daphne Marlatt, Barbara Pulling, and Betsy Warland, eds. *In the Feminine: Women and Words / Les femmes et les mots Conference.* Edmonton: Longspoon, 1985.

Fiamengo, Janice. *The Woman's Page: Journalism and Rhetoric in Early Canada.* Toronto: University of Toronto Press, 2008.

Fowler, Marian. *The Embroidered Tent: Five Gentlewomen in Early Canada: Elizabeth Simcoe, Catharine Parr Traill, Susanna Moodie, Anna Jameson, Lady Dufferin.* Toronto: Anansi, 1982.

Goldie, Terry. *Pink Snow: Homotextual Possibilities in Canadian Fiction.* Peterborough: Broadview, 2003.

Goldman, Marlene. *Paths of Desire: Images of Exploration and Mapping in Canadian Women's Writing.* Toronto: University of Toronto Press, 1997.

Gould, Karen. *Writing in the Feminine: Feminism and Experimental Writing in Quebec.* Carbondale: Southern Illinois University Press, 1990.

Gray, Charlotte. *Sisters in the Wilderness: The Lives of Susanna Moodie and Catharine Parr Traill.* Toronto: Penguin, 1999.

Green, Mary Jean. *Women and Narrative Identity: Rewriting the Quebec National Text*. Montreal and Kingston: McGill-Queen's University Press, 2001.

Hammill, Faye. *Literary Culture and Female Authorship in Canada 1760–2000*. Amsterdam and New York: Rodopi, 2003.

Howells, Coral Ann. *Contemporary Canadian Women's Fiction: Refiguring Identities*. New York: Palgrave Macmillan, 2003.

Private and Fictional Words: Canadian Women Novelists of the 1970s and 1980s. London and New York: Methuen, 1987.

Irvine, Lorna. *Sub/Version: Canadian Fictions by Women*. Toronto: ECW Press, 1986.

Joubert, Lucie, and Annette Hayward, eds. *Vieille fille: Lectures d'un personnage*. Montréal: Triptyque, 2000.

Korinek, Valerie. *Roughing It in the Suburbs: Reading* Chatelaine *Magazine in the Fifties and Sixties*. Toronto: University of Toronto Press, 2000.

Lang, Marjory. *Women Who Made the News: Female Journalists in Canada, 1880–1945*. Montreal and Kingston: McGill-Queen's University Press, 1999.

MacMillan, Carrie, Lorraine McMullen, Elizabeth Waterston, *Silenced Sextet: Six Nineteenth-Century Women Novelists*. Montreal: McGill-Queen's University Press, 1993.

McMullen, Lorraine, ed. *Re(dis)covering Our Foremothers: Nineteenth-Century Canadian Women Writers*. Ottawa: University of Ottawa Press, 1990.

McPherson, Kathryn, Cecilia Morgan, and Nancy M. Forestell, eds. *Gendered Pasts: Historical Essays in Femininity, and Masculinity in Canada*. Toronto: University of Toronto Press, 2003.

Neuman, Shirley, and Smaro Kamboureli, eds. *A Mazing Space: Writing Canadian, Women Writing*. Edmonton: Longspoon/NeWest, 1986.

Paradis, Suzanne. *Femme fictive, femme réelle: Le Personnage féminin dans le roman canadien-français, 1884–1966*. Quebec: Garneau, 1966.

Peterman, Michael. *Sisters in Two Worlds: A Visual Biography of Susanna Moodie and Catharine Parr Traill*. Toronto: Doubleday Canada, 2007.

Prentice, Allison, Paula Bourne, Gail Cuthbert Brant, Beth Light, Wendy Mitchinson, and Naomi Black. *Canadian Women: A History*. 2nd edn. Toronto: Harcourt, Brace & Company, 1996 [1988].

Rayside, David. *Queer Inclusions, Continental Divisons: Public Recognition of Sexual Diversity in Canada and the United States*. Toronto: University of Toronto Press, 2008.

Rimstead, Roxanne. *Remnants of Nation: On Poverty Narratives by Women*. Toronto: University of Toronto Press, 2001.

Scheier, Libby, Sarah Sheard, and Eleanor Wachtel, eds. *Language in Her Eye: Views on Women and Gender by Canadian Women Writing in English*. Toronto: Coach House, 1990.

Smart, Patricia. *Writing in the Father's House: The Emergence of the Feminine in the Quebec Literary Tradition*. Toronto: University of Toronto Press, 1991. English version of *Écrire dans la maison du père: L'Émergence du féminin dans la tradition littéraire du Québec*. Montreal: Québec/Amérique, 1988.

Strong-Boag, Veronica, and Anita Clair Fellman, eds. *Rethinking Canada: The Promise of Women's History*. 3rd edn. Toronto: Oxford University Press, 1997 [1986].

Sturgess, Charlotte, and Martin Kuester, eds. *Reading(s) from a Distance: European Perspectives on Canadian Women's Writing*. Augsburg: Wissner-Verlag, 2008.

探検、毛皮貿易、旅行

Allen, John Logan, ed. *North American Exploration*. 3 vols. Lincoln: University of Nebraska Press, 1997.

Bouvet, Rachel, André Carpentier, and Daniel Chartier, eds. *Nomades, voyageurs, explorateurs, déambulateurs: Les Modalités du parcours dans la littérature*. Paris: l'Harmattan, 2006.

Brown, Jennifer S. H. *Strangers in Blood: Fur Trade Company Families in Indian Country*. Vancouver: University of British Columbia Press, 1980.

Cooke, Alan, and Clive Holland. *The Exploration of Northern Canada, 500 to 1920: A Chronology*. Toronto: Arctic History, 1978.

Delâge, Denys. *Le Pays renversé: Amérindiens et Européens en Amérique du Nord-Est, 1600–1664*. Montreal: Boréal, 1985.

Eber, Dorothy Harley. *Encounters on the Passage: Inuit Meet the Explorers*. Toronto: University of Toronto Press, 2008.

Emberly, Julia V. *The Cultural Politics of Fur*. Montreal and Kingston: McGill-Queen's University Press, 1997.

Francis, Daniel, and Toby Morantz. *Partners in Furs: A History of the Fur Trade in Eastern James Bay, 1660–1870*. Kingston: McGill-Queen's University Press, 1982.

Given, Brian J. *A Most Pernicious Thing: Gun Trading and Native Warfare in the Early Contact Period*. Ottawa: Carleton University Press, 1994.

Goetzmann, William H. *Exploration and Empire: The Explorer and the Scientist in the Winning of the American West*. Austin: Texas State Historical Association, 2000.

Greenfield, Bruce. *Narrating Discovery: The Romantic Explorer in American Literature, 1790–1855*. New York: Columbia University Press, 1992.

Havard, Gilles. *Empire et métissages: Français et Indiens dans le pays d'en haut, 1660–1715*. Sillery: Septentrion, 2003.

———. *La Grande Paix de Montréal de 1701: Les Voies de la diplomatie franco-amérindienne*. Montreal: Recherches amérindiennes au Québec, 1992.

Innis, Harold A. *The Fur Trade in Canada: An Introduction to Canadian Economic History*. New Haven: Yale University Press, 1930.

Jacquin, Philippe. *Les Indiens blancs: Français et Indiens en Amérique de Nord, XVIe–XVIIIe siècle*. Paris: Payot, 1987.

Jennings, Francis. *The Ambiguous Iroquois Empire: The Covenant Chain Confederation of Indian Tribes with English Colonies from Its Beginnings to the Lancaster Treaty of 1744*. New York: Norton, 1984.

Jetten, Marc. *Enclaves amérindiennes: Les "Réductions" du Canada, 1637–1701*. Sillery: Septentrion, 1994.

Kröller, Eva-Marie. *Canadian Travellers in Europe, 1851–1900*. Vancouver: University of British Columbia Press, 1987.

Morency, Jean, Jeannette Den Toonder, and Jaap Lintvelt, eds. *Romans de la route et voyages identitaires*. Quebec: Nota bene, 2006.

Morgan, Cecilia. *"A Happy Holiday": English-Canadians and Transatlantic Tourism, 1870–1930*. Toronto: University of Toronto Press, 2008.

Rajotte, Pierre, with Anne-Marie Carle and François Couture. *Le Récit de voyage au XIXe siècle: Aux frontières du littéraire*. Montreal: Triptyque, 1997.

Roy, Wendy. *Maps of Difference: Canada, Women, and Travel*. Montreal and Kingston: McGill-Queen's University Press, 2005.

Ruggles, Richard I. *A Country So Interesting: The Hudson's Bay Company and Two Centuries of Mapping, 1670–1870.* Montreal and Kingston: McGill-Queen's University Press, 1991.

Sleeper-Smith, Susan. *Indian Women and French Men: Rethinking Cultural Encounter in the Western Great Lakes.* Amherst: University of Massachusetts Press, 2001.

Smith, Sidonie. *Moving Lives: Twentieth-Century Women's Travel Writing.* Minneapolis: University of Minnesota Press, 2001.

Van Kirk, Sylvia. *Many Tender Ties: Women in Fur Trade Society in Western Canada, 1670–1870.* Winnipeg: Watson and Dwyer, 1980.

Warkentin, John, ed. *The Western Interior of Canada: A Record of Geographical Discovery, 1612–1917.* Toronto: McClelland and Stewart, 1964.

Warkentin, Germaine, ed. *Canadian Exploration Literature: An Anthology.* Toronto: Dundurn, 2006 [1993].

  ed., *Critical Issues in Editing Exploration Texts.* Toronto: University of Toronto Press, 1995.

White, Richard. *The Middle Ground: Indians, Empires, and Republics in the Great Lakes Region, 1650–1815.* Cambridge: Cambridge University Press, 1991.

歴史と文学

Atwood, Margaret. *In Search of* Alias Grace*: On Writing Canadian Historical Fiction.* Charles R. Bronfman Lecture in Canadian Studies. Ottawa: University of Ottawa Press, 1997.

Berger, Carl. *The Sense of Power: Studies in the Ideas of Canadian Imperialism, 1867–1914.* Toronto: University of Toronto Press, 1970.

  The Writing of Canadian History: Aspects of English-Canadian Historical Writing since 1900. 2nd edn. Toronto: University of Toronto Press, 1986 [1976].

Bouchard, Gérard. *Genèse des nations et cultures du Nouveau Monde: Essai d'histoire comparée.* Montreal: Boréal, 2000.

Colavincenzo, Marc. *"Trading Magic for Fact," Fact for Magic: Myth and Mythologizing in Postmodern Canadian Historical Fiction.* Amsterdam and New York: Rodopi, 2003.

Duffy, Dennis. *Sounding the Iceberg: An Essay on Canadian Historical Novels.* Toronto: ECW Press, 1986.

Fenton, William. *Re-writing the Past: History and Origin in Howard O'Hagan, Jack Hodgins, George Bowering and Chris Scott.* Rome: Bulzoni, 1988.

Finlay, J. L., and D. N. Sprague. *The Structure of Canadian History.* 6th edn. Scarborough: Prentice, 2000 [1979].

Friesen, Gerald. *Citizens and Nation: An Essay on History, Communication and Canada.* Toronto: University of Toronto Press, 2000.

Gagnon, Serge. *Le Québec et ses historiens de 1840 à 1920: La Nouvelle France de Garneau à Groulx.* Quebec: Les Presses de l'Université Laval, 1978.

Gwyn, Sandra. *Tapestry of War: A Private View of Canadians in the Great War.* Toronto: HarperCollins, 1992.

Howells, Coral Ann, ed. *Where Are the Voices Coming From? Canadian Culture and the Legacies of History.* Amsterdam and New York: Rodopi, 2004.

Kuester, Martin. *Framing Truths: Parodic Structures in Contemporary English-Canadian Historical Novels.* Toronto: University of Toronto Press, 1992.

Lemire, Maurice. *Les Grands Thèmes nationalistes du roman historique canadien-français.* Quebec: Presses de l'Université Laval, 1970.

Morton, Desmond. *When Your Number's Up: The Canadian Soldier in the First World War*. Toronto: Random House, 1993.

Novak, Dagmar. *Dubious Glory: The Two World Wars and the Canadian Novel*. New York: Peter Lang, 2000.

Taylor, M. Brook. *Promoters, Patriots, and Partisans: Historiography in Nineteenth-Century English Canada*. Toronto: University of Toronto Press, 1989.

Vance, Jonathan. *Death So Noble: Memory, Meaning, and the First World War*. Vancouver: University of British Columbia Press, 1997.

Wyile, Herb. *Speaking in the Past Tense: Canadian Novelists on Writing Historical Fiction*. Waterloo: Wilfrid Laurier University Press, 2007.

―― *Speculative Fictions: Contemporary Canadian Novelists and the Writing of History*. Montreal and Kingston: McGill-Queen's University Press, 2002.

宣教師（ニューフランス）

Bruneau, Marie-Florine. *Women Mystics Confront the Modern World: Marie de l'Incarnation (1599–1672) and Madame Guyon (1648–1717)*. Albany: State University of New York Press, 1998.

Ferland, Rémi. *Les Relations des Jésuites: Un art de la persuasion, procédés de rhétorique et function conative dans les Relations du Père Paul Lejeune*. Quebec: Les Éditions de la huit, 1994.

Le Bras, Yvon, and Pierre Dostie. *L'Amérindien dans les Relations du père Paul Lejeune, 1632–1641: Le lecteur suborné dans cinq textes missionnaires de la Nouvelle France*. Sainte-Foy: Les Éditions de la huit, 1994.

Leclercq, Jean. *L'Amour des lettres et le désir de Dieu: Initiation aux auteurs monastiques du Moyen Age*. Paris: Cerf, 1957. English version: *The Love of Learning and the Desire for God: A Study of Monastic Culture*. Tr. Catharine Misrahi. New York: Fordham University Press, 1961.

Martin, A. Lynn. *The Jesuit Mind: The Mentality of an Elite in Early Modern France*. London: Cornell University Press, 1988.

Ouellet, Réal, ed. *Rhétorique et conquête missionnaire: Le Jésuite Paul Lejeune*. Sillery: Septentrion, 1993.

Sadlier, Anna T. *Women of Catholicity: Memoirs of Margaret O'Carroll, Isabella of Castile, Margaret Roper, Marie de l'Incarnation, Marguerite Bourgeoys*. New York: Benziger Bros., 1917.

多文化主義、移動、グローバリゼーション

Bailyn, Bernard, and Philip D. Morgan, eds. *Strangers within the Realm: Cultural Margins of the First British Empire*. Chapel Hill: University of North Carolina Press, 1991.

Balan, Jars, ed. *Identifications: Ethnicity and the Writer in Canada*. Edmonton: Canadian Institute of Ukrainian Studies, 1982.

Bannerji, Himani. *The Dark Side of the Nation: Essays on Multiculturalism, Nationalism, and Gender*. Toronto: Canadian Scholars, 2000.

Beauregard, Guy, ed. "Asian Canadian Studies." Special issue of *Canadian Literature* 199 (Winter 2008).

Bissoondath, Neil. *Selling Illusions: The Cult of Multiculturalism in Canada*. Toronto: Penguin, 2002 [1994].

Bisztray, George. *Hungarian-Canadian Literature*. Toronto: University of Toronto Press, 1987.

Chao, Lien. *Beyond Silence: Chinese Canadian Literature in English*. Toronto: TSAR, 1997.

Cheadle, Norman, and Lucien Pelletier, eds. *Canadian Cultural Exchange: Translation and Transculturation / Échanges culturels au Canada: Traduction et transculturation*. Waterloo: Wilfrid Laurier Press, 2007.

Christie, Nancy, ed. *Transatlantic Subjects: Ideas, Institutions, and Social Experience in Post-Revolutionary British North America*. Montreal: McGill-Queen's University Press, 2008.

Clarke, George Elliott. *Odysseys Home: Mapping African-Canadian Literature*. Toronto: University of Toronto Press, 2002.

Davis, Geoffrey V., Peter H. Marsden, Bénédicte Leden, and Marc Delrez, eds. *Towards a Transcultural Future: Literature and Society in a "Post"-Colonial World*. Amsterdam: Rodopi, 2005.

Davis, Rocío G., and Rosalía Baena, eds. *Tricks with a Glass: Writing Ethnicity in Canada*. Amsterdam: Rodopi, 2000.

Day, Richard J. F. *Multiculturalism and the History of Canadian Diversity*. Toronto: University of Toronto Press, 2000.

Deer, Glenn, ed. "Asian Canadian Writing." Special issue of *Canadian Literature* 163 (Winter 1999).

Dorsinville, Max. *Caliban without Prospero: Essays on Quebec and Black Literature*. Erin: Porcépic, 1974.

Ertler, Klaus-Dieter, and Martin Löschnigg, eds. *Canada in the Sign of Migration and Trans-Culturalism: From Multi- to Trans-Culturalism / Le Canada sous le signe de la migration et du transculturalisme: Du multiculturalisme au transnationalisme*. Frankfurt: Peter Lang, 2004.

Faragher, John Mack. *A Great and Noble Scheme: The Tragic Story of the Expulsion of the French Acadians from Their American Homeland*. New York: Norton, 2005.

Ferens, Dominika. *Edith and Winnifred Eaton: Chinatown Missions and Japanese Romances*. Urbana: University of Illinois Press, 2002.

Genetsch, Martin. *The Texture of Identity: The Fiction of MG Vassanji, Neil Bissoondath, and Rohinton Mistry*. Toronto: TSAR, 2007.

Greenstein, Michael. *Third Solitudes: Tradition and Discontinuity in Jewish Canadian Literature*. Kingston: McGill-Queen's University Press, 1989.

Harel, Simon. *Le Voleur de parcours: Identité et cosmopolitanisme dans la littérature québécoise contemporaine*. Montreal: le Préambule, 1989.

Hilf, Susanne. *Writing the Hyphen: The Articulation of Interculturalism in Contemporary Chinese-Canadian Literature*. Frankfurt: Peter Lang, 2002.

Hutcheon, Linda, and Marion Richmond, eds. *Other Solitudes: Canadian Multicultural Fictions*. Toronto: Oxford University Press, 1990.

Kamboureli, Smaro. *Scandalous Bodies: Diasporic Literature in English Canada*. Don Mills: Oxford University Press, 2000.

——— ed. *Making a Difference: Canadian Multicultural Literature*. Toronto: Oxford University Press, 2006 [1996].

Kamboureli, Smaro, and Roy Miki, eds. *Trans.Can.Lit.: Resituating the Study of Canadian Literature*. Waterloo: Wilfrid Laurier University Press, 2007.

Lewis, Paula Gilbert. *Traditionalism, Nationalism and Feminism: Women Writers of Quebec*. Westport: Greenwood Press, 1985.

Mackey, Eva. *The House of Difference: Cultural Politics and National Identity in Canada*. Toronto: University of Toronto Press, 2002.

Massey, Irving. *Identity and Community: Reflections on English, Yiddish and French Literature in Canada*. Detroit: Wayne State University Press, 1994.

Moisan, Clément, and Renate Hildebrand. *Ces étrangers du dedans: Une histoire de l'écriture migrante au Québec, 1937–1997*. Quebec: Nota bene, 2001.

Moss, Laura, ed. "Black Writing in Canada." Special issue of *Canadian Literature* 182 (Autumn 2004).

Peepre-Bordessa, Mari. *Transcultural Travels: Essays in Canadian Literature and Society*. Lund: Lund University Press, 1994.

Pivato, Joseph, ed. *Contrasts: Comparative Essays on Italian Canadian Writing*. Montreal: Guernica, 1985.

Ravvin, Norman. *A House of Words: Jewish Writing, Identity and Memory*. Montreal: McGill-Queen's University Press, 1997.

Riedel, Walter. *The Old World and the New: Literary Perspectives of German-Speaking Canadians*. Toronto: University of Toronto Press, 1984.

Schama, Simon. *Rough Crossings: Britain, the Slaves and the American Revolution*. New York: Ecco, 2006.

Siemerling, Winfried, ed. *Writing Ethnicity: Cross-Cultural Consciousness in Canadian and Québécois Literature*. Toronto: ECW Press, 1996.

Siemerling, Winfried, and Katrin Schwenk, eds. *Cultural Difference and the Literary Text: Pluralism and the Limits of Authenticity in North American Literatures*. Iowa City: University of Iowa Press, 1996.

Vassanji, M. G., ed. *A Meeting of Streams: South Asian Canadian Literature*. Toronto: TSAR, 1985.

Wah, Fred. *Faking It: Poetics and Hybridity*. Edmonton: NeWest, 2000.

Walker, James St. G. *The Black Loyalists: The Search for a Promised Land in Nova Scotia and Sierra Leone, 1783–1870*. Toronto: University of Toronto Press, 1992 [1976].

White-Parks, Annette. *Sui Sin Far / Edith Maude Eaton: A Literary Biography*. Urbana: University of Illinois Press, 1995.

Wickberg, Edgar, ed. *From China to Canada: A History of the Chinese Communities in Canada*. Toronto: McClelland and Stewart, 1982.

Winks, Robin. *The Blacks in Canada: A History*. Montreal and Kingston: McGill-Queen's University Press, 1997 [1971].

ポストコロニアリズムおよびポストモダニズム

Adam, Ian, and Helen Tiffin, eds. *Past the Last Post: Theorizing Post-Colonialism and Post-Modernism*. Calgary: University of Calgary Press, 1990.

Banerjee, Mita. *The Chutneyfication of History: Salman Rushdie, Michael Ondaatje, Bharati Mukherjee and the Postcolonial Debate*. Heidelberg: C. Winter, 2002.

Bayard, Caroline, and André Lamontagne, eds. "Postmodernismes: Poïesis des Amériques, ethos des Europes." Special issue of *Études littéraires* 27.1 (Summer 1994).

Brydon, Diana, ed. "Testing the Limits: Postcolonial Theories and Canadian Literature." Special issue of *Essays on Canadian Writing* 56 (Fall 1995).

Deer, Glenn. *Postmodern Canadian Fiction and the Rhetoric of Authority*. Montreal and Kingston: McGill-Queen's University Press, 1994.

Green, Mary Jean, Karen Gould, Micheline Rice-Maximin, Keith L. Walker, and Jack A. Yeager, eds. *Postcolonial Subjects: Francophone Women Writers*. Minneapolis: University of Minnesota Press, 1996.

Hutcheon, Linda. *The Canadian Postmodern: A Study of Contemporary English-Canadian Fiction*. Toronto: Oxford University Press, 1988.
   Irony's Edge: The Theory and Politics of Irony. London and New York: Routledge, 1994.
   Narcissistic Narrative: The Metafictional Paradox. London: Methuen, 1984 [1980].
   A Poetics of Postmodernism: History, Theory, Fiction. New York: Routledge, 1988.
   Splitting Images: Contemporary Canadian Ironies. Toronto: Oxford University Press, 1991.
Moss, Laura, ed. *Is Canada Postcolonial? Unsettling Canadian Literature*. Waterloo: Wilfrid Laurier University Press, 2003.
Mukherjee, Arun. *Postcolonialism: My Living*. Toronto: TSAR, 1998.
Simon, Sherry, and Paul St-Pierre, eds. *Changing the Terms: Translating in the Postcolonial Era*. Ottawa: University of Ottawa Press, 2000.
Sugars, Cynthia, ed. *Home-Work: Postcolonialism, Pedagogy and Canadian Literature*. Ottawa: University of Ottawa Press, 2004.
   ed. *Unhomely States: Theorizing English-Canadian Postcolonialism*. Peterborough: Broadview, 2004.
Vautier, Marie. *New World Myth: Postmodernism and Postcolonialism in Canadian Fiction*. Montreal and Kingston: McGill-Queen's University Press, 1998.

静かな革命および主権運動

Arguin, Maurice. *Le Roman québécois de 1944 à 1965: Symptômes du colonialisme et signes de libération*. Montreal: l'Hexagone, 1985.
Balthazar, Louis. *Bilan du nationalisme au Québec*. Montreal: l'Hexagone, 1986.
Brunet, Michel. *Quebec-Canada anglais: Deux itinéraires, un affrontement*. Montreal: HMH Hurtubise, 1968.
Cambron, Micheline. *Une société, un récit: Discours culturel au Québec (1967–1976)*. Montreal: l'Hexagone, 1989.
Cameron, David. *Nationalism, Self-Determination and the Quebec Question*. Toronto: Macmillan, 1974.
Ferretti, Andrée, and Gaston Miron, eds. *Les Grands Textes indépendantistes*, vol. I: *Écrits, discours et manifestes québécois, 1774–1992*. Montreal: l'Hexagone, 1992; Ferretti, Andrée, ed. *Les Grands Textes indépendantistes*, vol. II: *Écrits, discours et manifestes québécois, 1992–2003*. Montreal: Typo, 2004.
Handler, Richard. *Nationalism and the Politics of Culture in Quebec*. Madison: The University of Wisconsin Press, 1988.
Ilien, Gildas. *La Place des Arts et la Révolution tranquille: Les Fonctions politiques d'un centre culturel*. Quebec: Presses de l'Université Laval, 1999.
Larose, Jean. *La Petite Noirceur*. Montreal: Boréal, 1987.
Larrue, Jean-Marc. *Le Monument inattendu: Le Monument national de Montréal, 1893–1993*. Montreal: HMH Hurtubise, 1993.
Lemco, Jonathan. *Turmoil in the Peaceable Kingdom: The Quebec Sovereignty Movement and Its Implications for Canada and the United States*. Toronto: University of Toronto Press, 1994.
Marcotte, Gilles. *Le Roman à l'imparfait: Essais sur le roman québécois d'aujourd'hui*. Montreal: la Presse, 1976.
Monière, Denis. *Développement des idéologies au Québec*. Montreal: Québec / Amérique, 1977.

Proulx, Serge, and Pierre Vallières, eds. *Changer de société: Déclin du nationalisme culturel, et alternatives sociales au Québec*. Montreal: Québec/Amérique, 1982.

Reid, Malcolm. *The Shouting Signpainters: A Literary and Political Account of Quebec Revolutionary Nationalism*. Toronto: McClelland and Stewart, 1972.

Thomson, Dale C. *Jean Lesage and the Quiet Revolution*. Toronto: Macmillan, 1984.

Trofimenkoff, Susan Mann. *The Dream of Nation: A Social and Intellectual History of Quebec*. Toronto: Gage, 1983.

Vincenthier, Georges. *Histoire des idées au Québec: Des troubles de 1837 au référendum de 1980*. Montreal: VLB, 1983.

リージョナリズム、アーバニズム、エコクリティシズム

Anctil, Pierre, Norman Ravvin, and Sherry Simon, eds. *New Readings of Yiddish Montreal / Traduire le Montréal Yiddish*. Ottawa: Ottawa University Press, 2007.

Ball, John Clement, Robert Viau, and Linda Warley, eds. "Writing Canadian Space / Écrire l'espace canadien." Special issue of *Studies in Canadian Literature / Études en littérature canadienne* 23.1 (1998).

Beeler, Karin, and Dee Horne, eds. *Diverse Landscapes: Re-Reading Place Across Cultures in Contemporary Canadian Writing*. Prince George: University of Northern British Columbia Press, 1996.

Berger, Carl. *Science, God, and Nature in Victorian Canada*. Toronto: University of Toronto Press, 1983.

Driver, Elizabeth, ed. *Culinary Landmarks: A Bibliography of Canadian Cookbooks, 1825–1949*. Toronto: University of Toronto Press, 2008.

Dupré, Louise, Jaap Lintvelt, and Janet Paterson, eds. *Sexuation, espace, écriture*. Quebec: Nota bene, 2002.

Edwards, Justin D., and Douglas Ivison, eds. *Downtown Canada: Writing Canadian Cities*. Toronto: University of Toronto Press, 2005.

Fiamengo, Janice, ed. *Other Selves: Animals in the Canadian Literary Imagination*. Ottawa: University of Ottawa Press, 2007.

Fuller, Danielle. *Writing the Everyday: Women's Textual Communities in Atlantic Canada*. Montreal and Kingston: McGill-Queen's University Press, 2004.

Garand, Dominique. *Griffe du polémique: Le Conflit entre les régionalistes et les exotiques*. Montreal: l'Hexagone, 1989.

Gates, Barbara T., and Ann B. Shteir, eds. *Natural Eloquence: Women Reinscribe Science*. Madison: University of Wisconsin Press, 1997.

Harrison, Dick. *Unnamed Country: The Struggle for a Canadian Prairie Fiction*. Edmonton: University of Alberta Press, 1977.

Hayward, Annette. *La Querelle du régionalisme au Québec 1904–1931: Vers l'autonomisation de la littérature québécoise*. Ottawa: le Nordir, 2006.

Higgins, Iain, ed. "Nature/Culture." Special issue of *Canadian Literature* 170 / 1 (Autumn / Winter 2001).

Jordan, David M. *New World Regionalism: Literature in the Americas*. Toronto: University of Toronto Press, 1994.

Keahey, Deborah. *Making it Home: Place in Canadian Prairie Literature*. Winnipeg: University of Manitoba Press, 1998.

Keefer, Janice Kulyk. *Under Eastern Eyes: A Critical Reading of Maritime Fiction.* Toronto: University of Toronto Press, 1987.

Keith, W. J. *Literary Images of Ontario.* Toronto: University of Toronto Press, 1992.

Larue, Monique, with Jean-François Chassey. *Promenades littéraires dans Montréal.* Montreal: Québec / Amérique, 1989.

Lemire, Maurice. *Mouvement régionaliste dans la littérature québécoise, 1902–1940.* Quebec: Nota bene, 2007.

Nepveu, Pierre, and Gilles Marcotte, eds. *Montréal imaginaire: Ville et littérature.* Saint-Laurent: Fides, 1992.

Omhovère, Claire. *Sensing Space: The Poetics of Geography in Contemporary English-Canadian Writing.* Brussels: Peter Lang, 2007.

Poirier, Guy, ed. "Montréal et Vancouver: Parcours urbains dans la littérature et le cinéma." Special issue of *Tangence* 48 (October 1995).

Polk, James. *Wilderness Writers: Ernest Thompson Seton, Charles G. D. Roberts, Grey Owl.* Toronto: Clarke, Irwin, 1972.

Ricou, Laurie. *The Arbutus / Madrone Files: Reading the Pacific Northwest.* Edmonton: NeWest, 2001.

Salal: Listening for the Northwest Understory. Edmonton: NeWest, 2007.

Vertical Man / Horizontal World: Man and Landscape in Canadian Prairie Fiction. Vancouver: University of British Columbia Press, 1973.

Riegel, Christian, and Herb Wylie, eds. *A Sense of Place: Re-Evaluating Regionalism in Canadian and American Writing.* Edmonton: University of Alberta Press, 1998.

Simon, Sherry. *Translating Montreal: Episodes in the Life of a Divided City.* Montreal: McGill-Queen's University Press, 2006.

Stanton, Victoria, and Vincent Tinguely. *Impure: Reinventing the Word: The Theory, Practice and Oral History of "Spoken Word" in Montreal.* Montreal: Véhicule Press, 2001.

Thacker, Robert, *The Great Prairie Fact and Literary Imagination.* Albuquerque: University of New Mexico Press, 1989.

Von Baeyer, Edwinna. *Rhetoric and Roses: A History of Canadian Gardening, 1900–1930.* Markham: Fitzhenry and Whiteside, 1984.

Von Baeyer, Edwinna, and Pleasance Crawford, eds. *Garden Voices: Two Centuries of Canadian Garden Writing.* Toronto: Random, 1995.

Willmott, Glenn. *Unreal Country: Modernity in the Canadian Novel in English.* Montreal and Kingston: McGill-Queen's University Press, 2002.

Zeller, Suzanne *Inventing Canada: Early Victorian Science and the Idea of a Transcontinental Nation.* Toronto: University of Toronto Press, 1987.

作家別（厳選）：アングロフォン

Acorn, Milton (エイコーン、ミルトン)

Lemm, Richard. *Milton Acorn: In Love and Anger.* Ottawa: Carleton University Press, 1999.

Gudgeon, Chris. *Out of This World: The Natural History of Milton Acorn.* Vancouver: Arsenal Pulp Press, 1996.

Armstrong, Jeannette（アームストロング、ジャネット）

Cardinal, Douglas, and Armstrong, Jeannette. *The Native Creative Process: A Collaborative Discourse Between Douglas Cardinal and Jeannette Armstrong*. With Photographs by Greg Young-Ing. Penticton: Theytus Books, 1991.

Atwood, Margaret（アトウッド、マーガレット）

Bouson, J. Brooks. *Brutal Choreographies: Oppositional Strategies and Narrative Design in the Novels of Margaret Atwood*. Amherst: University of Massachusetts Press, 1993.

Cooke, Nathalie. *Margaret Atwood: A Biography*. Toronto: ECW Press, 1998.

Davey, Frank. *Margaret Atwood: A Feminist Poetics*. Vancouver: Talonbooks, 1984.

Grace, Sherrill. *Violent Duality: A Study of Margaret Atwood*. Ed. Ken Norris. Montreal: Véhicule, 1980.

Hengen, Shannon, and Ashley Thomson, ed. *Margaret Atwood: A Reference Guide 1988–2005*. Lanham: The Scarecrow Press, 2007.

Howells, Coral Ann, *Margaret Atwood*. 2nd edn. Basingstoke: Palgrave Macmillan, 2005 [1996].
　ed. *The Cambridge Companion to Margaret Atwood*. Cambridge: Cambridge University Press, 2006.

McCombs, Judith, ed. *Critical Essays on Margaret Atwood*. Boston: G. K. Hall, 1988.

Moss, John, and Tobi Kozakewich, eds. *Margaret Atwood: The Open Eye*. Ottawa: Ottawa University Press, 2006.

Nicholson, Colin, ed. *Margaret Atwood: Writing and Subjectivity: New Critical Essays*. Basingstoke: Macmillan, 1994.

Nischik, Reingard, ed. *Margaret Atwood: Works and Impact*. Rochester: Camden House, 2000.

Staels, Hilde. *Margaret Atwood's Novels: A Study of Narrative Discourse*. Tübingen: Francke Verlag, 1995.

Sullivan, Rosemary. *The Red Shoes: Margaret Atwood Starting Out*. Toronto: HarperFlamingo, 1998.

Tolan, Fiona. *Margaret Atwood: Feminism and Fiction*. Amsterdam and New York: Rodopi, 2007.

Wilson, Sharon Rose. *Margaret Atwood's Fairy-Tale Sexual Politics*. Jackson: University Press of Mississippi, 1993.
　ed. *Margaret Atwood's Textual Assassinations: Recent Poetry and Fiction*. Columbus: Ohio State University Press, 2003.
　Myths and Fairy Tales in Contemporary Women's Fiction: From Atwood to Morrison. New York: Palgrave Macmillan, 2008.

Avison, Margaret（エイヴィソン、マーガレット）

Kent, David, ed. *Lighting Up the Terrain: The Poetry of Margaret Avison*. Toronto: ECW, 1987.

Birney, Earle（バーニー、アール）

Aichinger, Peter. *Earle Birney*. Boston: Twayne, 1979.

Cameron, Elspeth. *Earle Birney: A Life*. Toronto: Penguin, 1994.

Nesbitt, Bruce, ed. *Earle Birney*. Toronto: McGraw-Hill Ryerson, 1974.

Bissett, Bill（ビセット、ビル）

Pew, Jeff, and Stephen Roxborough, eds. *Radiant danse uv being: a poetic portrait of bill bissett*. Roberts Creek: Nightwood Editions, 2006.

Rogers, Linda, ed. *bill bissett: Essays on His Works*. Toronto: Guernica, 2002.

Blaise, Clarke（ブレイズ、クラーク）

Lecker, Robert. *An other I: The Fictions of Clark Blaise*. Toronto: ECW Press, 1988.

Bowering, George（バウアリング、ジョージ）

Kröller, Eva-Marie. *George Bowering: Bright Circles of Colour*. Vancouver: Talonbooks, 1992.
Mancini, Donato. *Causal Talk: Interviews with Four Poets: rob mclennan, David W. McFadden, Dorothy Trujillo Lusk & George Bowering*. Ottawa: Above/Ground Press, 2004.
Miki, Roy. *A Record of Writing: An Annotated and Illustrated Bibliography of George Bowering*. Vancouver: Talonbooks, 1989.

Brand, Dionne（ブランド、ディオン）

Butling, Pauline, and Susan Rudy. *Poets Talk: Conversations with Robert Kroetsch, Daphne Marlatt, Erin Mouré, Dionne Brand, Marie Annharte Baker, Jeff Derksen, and Fred Wah*. Edmonton: University of Alberta Press, 2005.

Brooke, Frances（ブルック、フランシス）

McMullen, Lorraine. *An Odd Attempt in a Woman: The Literary Life of Frances Brooke*. Vancouver: University of British Columbia Press, 1983.

Buckler, Ernest（バックラー、アーネスト）

Bissell, Claude. *Ernest Buckler Remembered*. Toronto: University of Toronto Press, 1989.
Chambers, Robert D. *Sinclair Ross & Ernest Buckler*. Vancouver and Montreal: Copp Clark and McGill-Queen's University Press, 1975.
Cook, Gregory M., ed. *Ernest Buckler*. Toronto and New York: McGraw-Hill Ryerson, 1972.
Dvořák, Marta. *Ernest Buckler: Rediscovery and Reassessment*. Waterloo: Wilfrid Laurier University Press, 2001.
Young, Alan R. *Ernest Buckler*. Toronto: McClelland and Stewart, 1976.

Callaghan, Morley（キャラハン、モーリー）

Boire, Gary. *Morley Callaghan: Literary Anarchist*. Toronto: ECW Press, 1994.
Conron, Brandon. *Morley Callaghan*. New York: Twayne, 1966.
Pell, Barbara. *Faith and Fiction: A Theological Critique of the Narrative Strategies of Hugh MacLennan and Morley Callaghan*. Waterloo: Wilfrid Laurier University Press, 1998.

Campbell, Wilfred（キャンベル、ウィルフレッド）

Klinck, Carl F. *Wilfred Campbell: A Study in Late Provincial Victorianism*. Toronto: Ryerson, 1942.

Carr, Emily（カー、エミリー）

Blanchard, Paula. *The Life of Emily Carr*. Vancouver: Douglas and McIntyre, 1987.
Crean, Susan. *The Laughing One: A Journey to Emily Carr*. Toronto: HarperFlamingoCanada, 2001.
Moray, Gerta. *Unsettling Encounters: First Nations Imagery in the Art of Emily Carr*. Vancouver: University of British Columbia Press, 2006.
Shadbolt, Doris. *The Art of Emily Carr*. Toronto and Vancouver: Clarke, Irwin and Douglas and McIntyre, 1979.
Tippett, Maria. *Emily Carr: A Biography*. Toronto: Oxford University Press, 1979.

Clarke, Austin（クラーク、オースティン）

Algoo-Baksh, Stella. *Austin C. Clarke: A Biography*. Toronto: ECW Press, 1994.

Cohen, Leonard（コーエン、レナード）

Gnarowski, Michael. *Leonard Cohen: The Artist and His Critics*. Toronto and New York: McGraw-Hill Ryerson, 1976.
Morley, Patricia A. *The Immoral Moralists: Hugh MacLennan and Leonard Cohen*. Toronto: Clarke, Irwin, 1972.
Ondaatje, Michael. *Leonard Cohen*. Toronto: McClelland and Stewart, 1970.
Scobie, Stephen. *Intricate Preparations: Writing Leonard Cohen*. Toronto: ECW Press, 2000.
Scobie, Stephen. *Leonard Cohen*. Vancouver: Douglas and McIntyre, 1978.

Cohen, Matt（マット、コーエン）

Gibson, Graeme, Wayne Grady, Dennis Lee, and Priscila Uppal, eds. *Uncommon Ground: A Celebration of Matt Cohen*. Toronto: Knopf Canada, 2002.

Connor, Ralph（コナー、ラルフ）

Ferré, John P. *A Social Gospel for Millions: The Religious Bestsellers of Charles Sheldon, Charles Gordon, and Harold Bell Wright*. Bowling Green: Bowling Green State University Popular Press, 1988.

Crawford, Isabella Valancy（クロフォード、イザベラ・ヴァランシー）

Farmiloe, Dorothy. *Isabella Valancy Crawford: The Life and the Legends*. Ottawa: Tecumseh Press, 1983.
Galvin, Elizabeth. *Isabella Valancy Crawford: We Scarcely Knew Her*. Toronto: Natural Heritage / Natural History, 1994.

Davies, Robertson（デイヴィス、ロバートソン）

Diamond-Nigh, Lynne. *Robertson Davies: Life, Work, and Criticism*. Toronto: York, 1997.
Grant, Judith Skelton. *Robertson Davies: Man of Myth*. Toronto: Viking, 1994.
La Bossière, Camille R., and Linda Morra, eds. *Robertson Davies: A Mingling of Contrarieties*. Ottawa: University of Ottawa Press, 2001.

De Mille, James（ド・ミル、ジェイムズ）

Monk, Patricia. *The Gilded Beaver: An Introduction to the Life and Work of James De Mille*. Toronto: ECW, 1991.

Duncan, Sara Jeannette（ダンカン、セイラ・ジャネット）

Dean, Misao. *A Different Point of View: Sara Jeannette Duncan*. Montreal and Kingston: McGill-Queen's University Press, 1991.
Fowler, Marian. *Redney: A Life of Sara Jeannette Duncan*. Toronto: Anansi, 1983.
Tausky, Thomas E. *Sara Jeannette Duncan: Novelist of Empire*. Port Credit: P. D. Meany, 1980.

Findley, Timothy（フィンドリー、ティモシー）

Bailey, Anne Geddes. *Timothy Findley and the Aesthetics of Fascism*. Vancouver: Talonbooks, 1998.

Bailey, Anne Geddes, and Karen Grandy, eds. *Paying Attention: Critical Essays on Timothy Findley*. Toronto: ECW, 1998.

Brydon, Diana. *Timothy Findley*. New York: Twayne, 1998.

Krause, Dagmar. *Timothy Findley's Novels between Ethics and Postmodernism*. Würzburg: Königshausen and Neumann, 2005.

Pennee, Donna Palmateer. *Moral Metafiction: Counterdiscourse in the Novels of Timothy Findley*. Toronto: ECW, 1991.

York, Lorraine M. *Front Lines: The Fiction of Timothy Findley*. Toronto: ECW, 1991.

―――. *"The Other Side of Dailiness": Photography in the Works of Alice Munro, Timothy Findley, Michael Ondaatje, and Margaret Laurence*. Toronto: ECW Press, 1988.

Frye, Northrop（フライ、ノースロップ）

Ayre, John. *Northrop Frye: A Biography*. Toronto: Random House, 1989.

Boyd, David, and Imre Salusinszky, eds. *Rereading Frye: The Published and Unpublished Works*. Toronto: University of Toronto Press, 1999.

Cotrupi, Caterina Nella. *Northrop Frye and the Poetics of Process*. Toronto: University of Toronto Press, 2000.

Gill, Glen Robert. *Northrop Frye and the Phenomenology of Myth*. Toronto: University of Toronto Press, 2006.

O'Grady, Jean, and Wang Ning, eds. *Northrop Frye: Eastern and Western Perspectives*. Toronto: University of Toronto Press, 2003.

Gallant, Mavis（ギャラント、メイヴィス）

Besner, Neil K. *The Light of Imagination: Mavis Gallant's Fiction*. Vancouver: University of British Columbia Press, 1988.

Clement, Lesley D. *Learning to Look: A Visual Response to Mavis Gallant's Fiction*. Montreal and Kingston: McGill-Queen's University Press, 2000.

Côté, Nicole and Peter Sabor, eds. *Varieties of Exile: New Essays on Mavis Gallant*. New York: Peter Lang, 2002.

Gunnars, Kristjana, ed. *Transient Questions: New Essays on Mavis Gallant*. Amsterdam and New York: Rodopi, 2004.

Keefer, Janice Kulyk. *Reading Mavis Gallant*. Toronto: Oxford University Press, 1989.

Merler, Grazia. *Mavis Gallant: Narrative Patterns and Devices*. Ottawa: Tecumseh, 1978.

Schaub, Danielle. *Mavis Gallant*. New York: Twayne, 1998.

Smythe, Karen E. *Figuring Grief: Gallant, Munro and the Poetics of Elegy*. Montreal and Kingston: McGill-Queen's University Press, 1992.

Glassco, John（グラスコ、ジョン）

Kokotailo, Philip. *John Glassco's Richer World: Memoirs of Montparnasse*. Toronto: ECW Press, 1988.

Sutherland, Fraser. *John Glassco: An Essay and Bibliography*. Downsview: ECW Press, 1984.

Grove, F. P.（グロウヴ、F. P.）

Gammel, Irene. *Sexualizing Power in Naturalism: Theodore Dreiser and Frederick Philip Grove*. Calgary: University of Calgary Press, 1994.

Grove, Frederick Philip. *A Stranger to My Time: Essays by and about Frederick Philip Grove*. Ed. Paul Hjartarson. Edmonton: NeWest Press, 1986.

Hjartarson, Paul and Tracy Kulba, eds. *The Politics of Cultural Mediation: Baroness Elsa von Freytag-Loringhoven and Felix Paul Greve*. Edmonton: University of Alberta Press, 2003.

Martens, Klaus. *F. P. Grove in Europe and Canada: Translated Lives*. Tr. Paul Morris. Edmonton: University of Alberta Press, 2001.

Spettigue, Douglas O. *FPG: The European Years*. Ottawa: Oberon Press, 1973.

Gustafson, Ralph（グスタフソン、ラルフ）

Keitner, Wendy. *Ralph Gustafson*. Boston: Twayne, 1979.

McCarthy, Dermot. *A Poetics of Place: The Poetry of Ralph Gustafson*. Montreal and Kingston: McGill-Queen's University Press, 1991.

Haliburton, T. C.（ハリバートン、T. C.）

Davies, Richard A. *Inventing Sam Slick: A Biography of Thomas Chandler Haliburton*. Toronto: University of Toronto Press, 2005.

―― ed. *The Haliburton Bi-Centenary Chaplet: Papers Presented at the 1996 Thomas Raddall Symposium*. Wolfville, NS: Gaspereau Press, 1997.

―― ed. *On Thomas Chandler Haliburton*. Ottawa: Tecumseh, 1979.

Percy, H. R. *Thomas Chandler Haliburton*. Don Mills: Fitzhenry and Whiteside, 1980.

Tierney, Frank M., ed. *The Thomas Chandler Haliburton Symposium*. Ottawa: University of Ottawa Press, 1985.

Hodgins, Jack（ホジンズ、ジャック）

Struthers, J. R. (Tim). *On Coasts of Eternity: Jack Hodgins' Fictional Universe*. Lantzville: Oolichan, 1996.

Hood, Hugh（フッド、ヒュー）

Copoloff-Mechanic, Susan. *Pilgrim's Progress: A Study of the Short Stories of Hugh Hood*. Toronto: ECW Press, 1988.

Garebian, Keith. *Hugh Hood*. Boston: Twayne, 1983.

Morley, Patricia A. *The Comedians: Hugh Hood and Rudy Wiebe*. Toronto: Clarke, Irwin, 1977.

Huston, Nancy（ヒューストン、ナンシー）

Dvořák, Marta and Jane Koustas, eds. *Vision / Division: L'Œuvre de Nancy Huston*. Ottawa: Presses de l'Université d'Ottawa, 2004.

Larochelle, Corinne. *Corinne Larochelle présente* Cantique des plaines *de Nancy Huston*. Montreal: Leméac, 2001.

Innis, Harold（イニス、ハロルド）

Acland, Charles R., and William J. Buxton, eds. *Harold Innis in the New Century: Reflections and Refractions*. Montreal and Kingston: McGill-Queen's University Press, 1999.

Creighton, Donald Grant. *Harold Adams Innis: Portrait of a Scholar*. Toronto: University of Toronto Press, 1957.

Havelock, Eric A. *Harold A. Innis: A Memoir*. Toronto: Harold Innis Foundation, 1982.

Patterson, Graeme H. *History and Communications: Harold Innis, Marshall McLuhan, the Interpretation of History.* University of Toronto Press, 1990.

Watson, Alexander John. *Marginal Man: The Dark Vision of Harold Innis.* Toronto: University of Toronto Press, 2006.

Jameson, Anna（ジェイムソン、アナ）

Johnston, Judith. *Anna Jameson: Victorian, Feminist, Woman of Letters.* Aldershot, England and Brookfield: Scolar Press, 1997.

Thomas, Clara. *Love and Work Enough: The Life of Anna Jameson.* Toronto: University of Toronto Press, 1967.

Johnson, Pauline（ジョンソン、ポーリン）

Gray, Charlotte. *Flint & Feather: The Life and Times of E. Pauline Johnson, Tekahionwake.* Toronto: HarperFlamingo Canada, 2002.

Johnston, Sheila M. F. *Buckskin & Broadcloth: A Celebration of E. Pauline Johnson Tekahionwake, 1861–1913.* Toronto: Natural Heritage/Natural History, 1997.

Keller, Betty. *Pauline Johnson: First Aboriginal Voice of Canada.* Montreal: XYZ, 1999.

Strong-Boag, Veronica, and Carole Gerson. *Paddling Her Own Canoe: The Times and Texts of E. Pauline Johnson (Tekahionwake).* Toronto: University of Toronto Press, 2000.

—— eds. *Tekahionwake: Collected Poems and Selected Prose.* Toronto: University of Toronto Press, 2002.

Kennedy, Leo（ケネディ、リーオ）

Stevens, Peter, ed. *The McGill Movement: A. J. M. Smith, F. R. Scott and Leo Kennedy.* Toronto: Ryerson Press, 1969.

King, Thomas（キング、トマス）

Margery Fee, ed. "On Thomas King," special issue of *Canadian Literature* 161/2 (Summer/Autumn 1999).

Davidson, Arnold E., Priscilla L. Walton, and Jennifer Andrews, eds. *Border Crossings: Thomas King's Cultural Inversions.* Toronto: University of Toronto Press, 2003.

Schorcht, Blanca. *Storied Voices in Native American Texts: Harry Robinson, Thomas King, James Welch, and Leslie Marmon Silko.* New York: Routledge, 2003.

Kinsella, W. P.（キンセラ、W. P.）

Murray, Don. *The Fiction of W. P. Kinsella: Tall Tales in Various Voices.* Fredericton: York Press, 1987.

Kirby, William（カーヴィー、ウィリアム）

Pierce, Lorne. *William Kirby: The Portrait of a Tory Loyalist.* Toronto: Macmillan, 1929.

Kiyooka, Roy（キヨオカ、ロイ）

O'Brian, John, Naomi Sawada, and Scott Watson, eds. *All Amazed for Roy Kiyooka.* Vancouver: Arsenal Pulp, 2002.

Klein, A. M.（クライン、A. M.）

Caplan, Usher. *Like One that Dreamed: A Portrait of A. M. Klein.* Toronto: McGraw-Hill Ryerson, 1982.
Fischer, G. K. *In Search of Jerusalem: Religion, and Ethics in the Writings of A. M. Klein.* Montreal: McGill-Queen's University Press, 1975.
Kattan, Naïm. *A. M. Klein: La Réconciliation des races et des religions.* Montreal: XYZ, 1994. English version: Kattan, Naïm. *A. M. Klein: Poet and Prophet.* Tr. Edward Baxter. Montreal: XYZ, 2001.
Marshall, Tom, ed. *A. M. Klein.* Toronto: Ryerson, 1970.
Mayne, Seymour, ed. *The A. M. Klein Symposium.* Ottawa: University of Ottawa Press, 1975.
Pollock, Zailig. *A. M. Klein: The Story of the Poet.* Toronto: University of Toronto Press, 1994.
Spiro, Solomon J. *Tapestry for Designs: Judaic Allusions in* The Second Scroll *and* The Collected Poems of A. M. Klein. Vancouver: University of British Columbia Press, 1984.
Waddington, Miriam. *Folklore in the Poetry of A. M. Klein.* St. John's: Memorial University, 1981.

Kogawa, Joy（コガワ、ジョイ）

Cheung, King-Kok. *Articulate Silences: Hisaye Yamamoto, Maxine Hong Kingston, Joy Kogawa.* Ithaca: Cornell University Press, 1993.
Beautell, Eva Darias. *Division, Language, and Doubleness in the Writings of Joy Kogawa.* La Laguna: Universidad de la Laguna, 1998.
Kella, Elizabeth. *Beloved Communities: Solidarity and Difference in Fiction by Michael Ondaatje, Toni Morrison, and Joy Kogawa.* Uppsala: Uppsala University, 2000.

Kreisel, Henry（クライセル、ヘンリー）

Kreisel, Henry. *Another Country: Writings by and about Henry Kreisel.* Ed. Shirley Neuman. Edmonton: NeWest, 1985.

Kroetsch, Robert（クロウチ、ロバート）

Dorscht, Susan Rudy. *Women, Reading, Kroetsch: Telling the Difference.* Waterloo: Wilfrid Laurier University Press, 1991.
Florby, Gunilla. *The Margin Speaks: A Study of Margaret Laurence and Robert Kroetsch from a Post-Colonial Point of View.* Lund: Lund University Press, 1997.
Lecker, Robert. *Robert Kroetsch.* Boston: Twayne, 1986.
Thomas, Peter. *Robert Kroetsch.* Vancouver: Douglas and McIntyre, 1980.
Tiefensee, Dianne. *The Old Dualities: Deconstructing Robert Kroetsch and His Critics.* Montreal and Kingston: McGill-Queen's University Press, 1994.

Lampman, Archibald（ランプマン、アーチボルド）

Connor, Carl Y. *Archibald Lampman: Canadian Poet of Nature.* Ottawa: Borealis, 1977 [1929].
Guthrie, Norman Gregor. *The Poetry of Archibald Lampman.* Toronto: Musson, 1927.
McMullen, Lorraine, ed. *The Lampman Symposium.* Ottawa: University of Ottawa Press, 1976.

Laurence, Margaret（ローレンス、マーガレット）

Comeau, Paul. *Margaret Laurence's Epic Imagination*. Edmonton: University of Alberta Press, 2005.

Lucking, David. *Ancestors and Gods: Margaret Laurence and the Dialectics of Identity*. New York: Peter Lang, 2002.

Morley, Patricia. *Margaret Laurence*. Boston: Twayne, 1981. Rev. version: *The Long Journey Home*. Montreal and Kingston: McGill-University Press, 1991.

New, William H., ed. *Margaret Laurence*. Toronto: McGraw-Hill Ryerson, 1977.

Nicholson, Colin, ed. *Critical Approaches to the Fiction of Margaret Laurence*. Houndmills: Macmillan, 1990.

Riegel, Christian. *Writing Grief: Margaret Laurence and the Work of Mourning*. Winnipeg: University of Manitoba Press, 2003.

― ed. *Challenging Territory: The Writing of Margaret Laurence*. Edmonton: University of Alberta Press, 1997.

Sparrow, Fiona. *Into Africa with Margaret Laurence*. Toronto: ECW Press, 1992.

Staines, David, ed. *Margaret Laurence: Critical Reflections*. Ottawa: University of Ottawa Press, 2001.

Thomas, Clara. *The Manawaka World of Margaret Laurence*. Toronto: McClelland and Stewart, 1975.

Verduyn, Christl, ed. *Margaret Laurence: An Appreciation*. Peterborough: Broadview Press, 1988.

Woodcock, George, ed. *A Place to Stand on: Essays by and about Margaret Laurence*. Edmonton: NeWest, 1983.

Layton, Irving（レイトン、アーヴィング）

Beissel, Henry and Joy Bennett, eds. *Raging Like a Fire: A Celebration of Irving Layton*. Montreal: Véhicule, 1993.

Cameron, Elspeth. *Irving Layton: A Portrait*. Don Mills: Stoddart, 1985.

Mansbridge, Francis. *Irving Layton: God's Recording Angel*. Toronto: ECW Press, 1995.

Mayne, Seymour, ed. *Irving Layton: The Poet and his Critics*. Toronto: McGraw-Hill Ryerson, 1978.

Leacock, Stephen（リーコック、スティーヴン）

Legate, David M. *Stephen Leacock: A Biography*. Toronto: Doubleday Canada, 1970.

Lynch, Gerald. *Stephen Leacock: Humour and Humanity*. Kingston and Montreal: McGill-Queen's University Press, 1988.

― ed. *Leacock on Life*. Toronto: University of Toronto Press, 2002.

Moritz, Albert, and Theresa Moritz. *Stephen Leacock: His Remarkable Life*. Markham: Fitzhenry and Whiteside, 2002.

Staines, David, ed., with Barbara Nimmo. *The Letters of Stephen Leacock*. Don Mills: Oxford University Press, 2006.

Livesay, Dorothy（リヴァセイ、ドロシー）

Dorney, Lindsay, Gerald Noonan, and Paul Tiessen, eds. *A Public and Private Voice: Essays on the Life and Work of Dorothy Livesay*. Waterloo: University of Waterloo Press, 1986.

McInnis, Nadine. *Dorothy Livesay's Poetics of Desire*. Winnipeg: Turnstone, 1994.

Lowry, Malcolm（ラウリー、マルカム）

Asals, Frederick and Paul Tiessen, eds. *A Darkness that Murmured: Essays on Malcolm Lowry and the Twentieth Century*. Toronto: University of Toronto Press, 2000.

Cross, Richard K. *Malcolm Lowry: A Preface to His Fiction*. Chicago: University of Chicago Press, 1980.

Grace, Sherrill E. *The Voyage that Never Ends: Malcolm Lowry's Fiction*. Vancouver: University of British Columbia Press, 1982.

— ed. *Swinging the Maelstrom: New Perspectives on Malcolm Lowry*. Montreal and Kingston: McGill-Queen's University Press, 1992.

Porteous, J. Douglas. *Landscapes of the Mind: Worlds of Sense and Metaphor*. Toronto: University of Toronto Press, 1990.

Tiessen, Paul, ed. *Apparently Incongruous Parts: The Worlds of Malcolm Lowry*. Metuchen: Scarecrow, 1990.

Vice, Sue. *Self-Consciousness in the Work of Malcolm Lowry: An Examination of Narrative Voice*. Oxford: Oxford University Press, 1988.

Wood, Barry, ed. *Malcolm Lowry: The Writer and His Critics*. Ottawa: Tecumseh, 1980.

MacLennan, Hugh（マクナレン、ヒュー）

Buitenhuis, Peter. *Hugh MacLennan*. Ed. William French. Toronto: Forum, 1969.

Cameron, Elspeth. *Hugh MacLennan: A Writer's Life*. Toronto: University of Toronto Press, 1981.

— ed. *Hugh MacLennan: Proceedings of the MacLennan Conference at University College*. Toronto: Canadian Studies Programme, University College, University of Toronto, 1982.

— ed. *The Other Side of Hugh MacLennan: Selected Essays Old and New*. Toronto: Macmillan, 1978.

Cockburn, Robert H. *The Novels of Hugh MacLennan*. Montreal: Harvest House, 1969.

Goetsch, Paul, ed. *Hugh MacLennan*. Toronto: McGraw-Hill Ryerson, 1973.

Lucas, Alec. *Hugh MacLennan*. Toronto: McClelland and Stewart, 1970.

MacLulich, T. D. *Hugh MacLennan*. Boston: Twayne, 1983.

Tierney, Frank M., ed. *Hugh MacLennan*. Ottawa: University of Ottawa Press, 1994.

Mandel, Eli（マンデル、イーライ）

Jewinski, Ed, and Andrew Stubbs, eds. *The Politics of Art: Eli Mandel's Poetry and Criticism*. Amsterdam and Atlanta: Rodopi, 1992.

Stubbs, Andrew. *Myth, Origins, Magic: A Study of Form in Eli Mandel's Writing*. Winnipeg: Turnstone, 1993.

Marlatt, Daphne（マーラット、ダフネ）

Knutson, Susan. *Narrative in the Feminine: Daphne Marlatt and Nicole Brossard*. Waterloo: Wilfrid Laurier University Press, 2000.

Rosenthal, Caroline. *Narrative Deconstructions of Gender in Works by Audrey Thomas, Daphne Marlatt, and Louise Erdrich*. Rochester: Camden House, 2003.

McLuhan, Marshall（マクルーハン、マーシャル）

Cavell, Richard. *McLuhan in Space: A Cultural Geography*. Toronto: University of Toronto Press, 2002.
Day, Barry. *The Message of Marshall McLuhan*. London: Lintas, 1967.
Duffy, Dennis. *Marshall McLuhan*. Toronto: McClelland and Stewart, 1969.
Gordon, W. Terrence. *Marshall McLuhan: Escape into Understanding*. Toronto: Stoddart, 1997.
Marchand, Philip. *Marshall McLuhan: The Medium and the Messenger*. Toronto: Vintage Canada, 1998 [1989].
Moss, John, and Linda M. Morra, eds. *At the Speed of Light There Is Only Illumination: A Reappraisal of Marshall McLuhan*. Ottawa: University of Ottawa Press, 2004.
Theall, Donald F. *The Virtual Marshall McLuhan*. Montreal and Kingston: McGill-Queen's University Press, 2001.

McClung, Nellie（マクラング、ネリー）

Benham, Mary Lile. *Nellie McClung*. Don Mills: Fitzhenry and Whiteside, 2000 [1975].
Devereux, Cecily. *Growing a Race: Nellie L. McClung and the Fiction of Eugenic Feminism*. Montreal and Kingston: McGill-Queen's University Press, 2005.
Gray, Charlotte. *Nellie McClung*. Toronto: Penguin Books Canada, 2008.
Hallett, Mary, and Marilyn Davis. *Firing the Heather: The Life and Times of Nellie McClung*. Saskatoon: Fifth House, 1993.
Macpherson, Margaret. *Nellie McClung: Voice for the Voiceless*. Montreal: XYZ, 2003.
Warne, Randi R. *Literature as Pulpit: The Christian Social Activism of Nellie L. McClung*. Canadian Corporation for Studies in Religion. Waterloo: Wilfrid Laurier University Press, 1993.
Wright, Helen K. *Nellie McClung and Women's Rights*. Agincourt: Book Society of Canada, 1980.

McCulloch, Thomas（マカロック、トマス）

McCulloch, William. *Life of Thomas McCulloch, D. D., Pictou*. Ed. Isabella and Jean McCulloch. Truro: n. p., 1920.
Whitelaw, Marjory. *Thomas McCulloch: His Life and Times*. Halifax: Nova Scotia Museum, 1985.

Mistry, Rohinton（ミストリー、ロヒントン）

Bharucha, Nilufer E. *Rohinton Mistry: Ethnic Enclosures and Transcultural Spaces*. Jaipur: Rawat, 2003.
Dodiya, Jaydipsinh, ed. *The Fiction of Rohinton Mistry: Critical Studies*. New Delhi: Prestige, 1998.
Morey, Peter. *Rohinton Mistry*. Manchester: Manchester University Press, 2004.

Montgomery, Lucy Maud（モンゴメリ、ルーシー・モード）

Epperly, Elizabeth Rollins. *The Fragrance of Sweet-Grass: L. M. Montgomery's Heroines and the Pursuit of Romance*. Toronto: University of Toronto Press, 1992.

Through Lover's Lane: L. M. Montgomery's Photography and Visual Imagination. Toronto: University of Toronto Press, 2007.

Gammel, Irene. *Looking for Anne: How Lucy Maud Montgomery Dreamed up a Literary Classic*. Toronto: Key Porter, 2008.

——— ed. *The Intimate Life of L. M. Montgomery*. Toronto: University of Toronto Press, 2005.

——— ed. *Making Avonlea: L. M. Montgomery and Popular Culture*. Toronto: University of Toronto Press, 2002.

Gammel, Irene, and Elizabeth Epperly, eds. *L. M. Montgomery and Canadian Culture*. Toronto: University of Toronto Press, 1999.

Montgomery, L. M. *Anne of Green Gables: Authoritative Text, Backgrounds, Criticism*. Ed. Mary Henley Rubio and Elizabeth Waterston. New York: W. W. Norton, 2007.

Reimer, Mavis, ed. *Such a Simple Little Tale: Critical Responses to L. M. Montgomery's Anne of Green Gables*. Metuchen: Scarecrow, 1992.

Rubio, Mary, and Elizabeth Waterston. *Writing a Life: L. M. Montgomery*. Toronto: ECW Press, 1995.

Rubio, Mary. *Lucy Maud Montgomery: The Gift of Wings*. Toronto: Doubleday Canada, 2008.

Waterston, Elizabeth. *Kindling Spirit: L. M. Montgomery's* Anne of Green Gables. Toronto: ECW Press, 1993.

Moodie, Susanna（ムーディ、スザナ）

Gray, Charlotte. *Sisters in the Wilderness: The Lives of Susanna Moodie and Catherine Parr Traill*. Toronto: Viking, 1999.

Peterman, Michael A. *Susanna Moodie: A Life*. Toronto: ECW, 1999.

——— *Sisters in Two Worlds: A Visual Biography of Susanna Moodie and Catharine Parr Traill*. Ed. and comp. Hugh Brewster. Toronto: Doubleday Canada, 2007.

——— *This Great Epoch of Our Lives: Susanna Moodie's* Roughing it in the Bush. Toronto: ECW Press, 1996.

Shields, Carol. *Susanna Moodie: Voice and Vision*. Ottawa: Borealis, 1977.

Thurston, John. *The Work of Words: The Writing of Susanna Strickland Moodie*. Montreal: McGill-Queen's University Press, 1996.

Moore, Brian（ムア、ブライアン）

Craig, Patricia. *Brian Moore: A Biography*. London: Bloomsbury, 2002.

Flood, Jeanne. *Brian Moore*. Lewisburg: Bucknell University Press, 1974.

Gearon, Liam. *Landscapes of Encounter: The Portrayal of Catholicism in the Novels of Brian Moore*. Calgary: University of Calgary Press, 2002.

O'Donoghue, Jo. *Brian Moore: A Critical Study*. Dublin: Gill and Macmillan, 1990.

Sampson, Denis. *Brian Moore: The Chameleon Novelist*. Toronto: Doubleday Canada, 1998.

Sullivan, Robert. *A Matter of Faith: The Fiction of Brian Moore*. Westport: Greenwood, 1996.

Mowat, Farley（モワット、ファーリー）

Lucas, Alec. *Farley Mowat*. Toronto: McClelland and Stewart, 1976.

King, James. *Farley: The Life of Farley Mowat*. Toronto: HarperFlamingoCanada, 2002.

Orange, John. *Farley Mowat: Writing the Squib*. Toronto: ECW Press, 1993.

Mukherjee, Bharati（ムーカジ、バラティ）

Alam, Fakrul. *Bharati Mukherjee*. New York and London: Twayne and Prentice Hall, 1996.
Dlaska, Andrea. *Ways of Belonging: The Making of New Americans in the Fiction of Bharati Mukherjee*. Vienna: Braumüller, 1999.
Nelson, Emmanuel S., ed. *Bharati Mukherjee: Critical Perspectives*. New York: Garland, 1993.

Munro, Alice（マンロー、アリス）

Blodgett, E. D. *Alice Munro*. Boston: Twayne, 1988.
Carrington, Ildikó de Papp. *Controlling the Uncontrollable: The Fiction of Alice Munro*. DeKalb: Northern Illinois University Press, 1989.
Carscallen, James. *The Other Country: Patterns in the Writing of Alice Munro*. Toronto: ECW Press, 1993.
Heble, Ajay. *The Tumble of Reason: Alice Munro's Discourse of Absence*. Toronto: University of Toronto Press, 1994.
Howells, Coral Ann. *Alice Munro*. Manchester: Manchester University Press, 1998.
MacKendrick, Louis K., ed. *Probable Fictions: Alice Munro's Narrative Acts*. Downsview: ECW Press, 1983.
Martin, W. R. *Alice Munro: Paradox and Parallel*. Edmonton: University of Alberta Press, 1987.
Mazur, Carol, comp. *Alice Munro: An Annotated Bibliography of Works and Criticism*. Cathy Moulder, ed. Lanham: Scarecrow, 2007.
Miller, Judith, ed. *The Art of Alice Munro: Saying the Unsayable: Papers from the Waterloo Conference*. Waterloo: University of Waterloo Press, 1984.
Rasporich, Beverly J. *Dance of the Sexes: Art and Gender in the Fiction of Alice Munro*. Edmonton: University of Alberta Press, 1990.
Redekop, Magdalene. *Mothers and Other Clowns: The Stories of Alice Munro*. London and New York: Routledge, 1992.
Ross, Catherine Sheldrick. *Alice Munro: A Double Life*. Toronto: ECW Press, 1992.
Thacker, Robert. *Alice Munro: Writing Her Lives: A Biography*. Toronto: McClelland and Stewart, 2005.
―, ed. *The Rest of the Story: Critical Essays on Alice Munro*. Toronto: ECW Press, 1999.

nichol, bp（ニコル、bp）

Miki, Roy, and Fred Wah, eds. *Beyond the Orchard: Essays on* The Martyrology. Vancouver: West Coast Line, 1997.
Jaeger, Peter. *ABC of Reading TRG*. Vancouver: Talonbooks, 1999.
Scobie, Stephen. *bpNichol: What History Teaches*. Vancouver: Talonbooks, 1984.

O'Hagan, Howard（オヘイガン、ハワード）

Fee, Margery, ed. *Silence Made Visible: Howard O'Hagan and Tay John*. Toronto: ECW Press, 1992.
Tanner, Ella. *Tay John and the Cyclical Quest: The Shape of Art and Vision in Howard O'Hagan*. Toronto: ECW Press, 1990.

Ondaatje, Michael（オンダーチェ、マイケル）

Barbour, Douglas. *Michael Ondaatje*. Boston: Twayne, 1993.

Hillger, Annick. *Not Needing All the Words: Michael Ondaatje's Literature of Silence*. Montreal: McGill-Queen's University Press, 2006.
Lacroix, Jean-Michel, ed. *Re-Constructing the Fragments of Michael Ondaatje's Works / La Diversité déconstruite et reconstruite de l'œuvre de Michael Ondaatje*. Paris: Presses de la Sorbonne Nouvelle, 1999.
Lee, Dennis. *Savage Fields: An Essay in Literature and Cosmology*. Toronto: Anansi, 1977.
Mundwiler, Leslie. *Michael Ondaatje: Word, Image, Imagination*. Vancouver: Talonbooks, 1984.
Solecki, Sam, ed. *Spider Blues: Essays on Michael Ondaatje*. Montreal: Véhicule, 1985.
Stanton, Katherine. *Cosmopolitan Fictions: Ethics, Politics, and Global Change in the Works of Kazuo Ishiguro, Michael Ondaatje, Jamaica Kincaid, and J. M. Coetzee*. New York: Routledge, 2006.

Page, P. K. (ペイジ、P. K.)

Rogers, Linda, and Barbara Colebrook Peace, eds. *P. K. Page: Essays on Her Works*. Toronto: Guernica, 2001.

Parker, Gilbert (パーカー、ギルバート)

Adams, John Coldwell. *Seated with the Mighty: A Biography of Sir Gilbert Parker*. Ottawa: Borealis, 1979.
Fridén, Georg. *The Canadian Novels of Sir Gilbert Parker: Historical Elements and Literary Technique*. Copenhagen: Ejnar Munksgaard, 1953.

Pollock, Sharon (ポロック、シャロン)

Grace, Sherrill. *Making Theatre: A Life of Sharon Pollock*. Vancouver: Talonbooks, 2008.
Nothof, Anne F., ed. *Sharon Pollock: Essays on Her Works*. Toronto: Guernica, 2000.

Pratt, E. J. (プラット、E. J.)

Clever, Glenn. *On E. J. Pratt*. Ottawa: Borealis, 1977.
—— ed. *The E. J. Pratt Symposium*. Ottawa: University of Ottawa Press, 1977.
Collins, Robert G. *E. J. Pratt*. Boston: Twayne, 1988.
Pitt, David G., ed. *E. J. Pratt*. Toronto: Ryerson, 1969.
—— *E. J. Pratt*, vol. I: *The Truant Years, 1882–1927*. Toronto: University of Toronto Press, 1984.
—— *E. J. Pratt*, vol. II: *The Master Years, 1927–1964*. Toronto: University of Toronto Press, 1987.
McAuliffe, Angela T. C. *Between the Temple and the Cave: The Religious Dimensions of the Poetry of E. J. Pratt*. Montreal and Kingston: McGill-Queen's University Press, 2000.
Smith, A. J. M. *Some Poems of E. J. Pratt: Aspects of Imagery and Theme*. St. John's: Memorial University, 1969.

Purdy, Al (パーディ、アル)

Lynch, Gerald, Shoshannah Ganz, and Josephene T. Kealey, eds. *The Ivory Thought: Essays on Al Purdy*. Ottawa: University of Ottawa Press, 2008.
Rogers, Linda, ed. *Al Purdy: Essays on His Works*. Toronto: Guernica, 2002.
Solecki, Sam. *The Last Canadian Poet: An Essay on Al Purdy*. Toronto: University of Toronto Press, 1999.

Reaney, James (リーニー、ジェイムズ)

Dragland, Stan, ed. *Approaches to the Work of James Reaney*. Downsview: ECW Press, 1983.

Lee, Alvin A. *James Reaney*. Boston: Twayne, 1968.
Parker, Gerald D. *How to Play: The Theatre of James Reaney*. Toronto: ECW Press, 1991.

Richardson, John（リチャードソン、ジョン）

Ballstadt, Carl, ed. *Major John Richardson: A Selection of Reviews and Criticism*. Montreal: Lawrence M. Lande Foundation for Canadian Historical Research, 1972.
Beasley, David R. *The Canadian Don Quixote: The Life and Works of Major John Richardson, Canada's First Novelist*. Erin: Porcupine's Quill, 1977.
Duffy, Dennis. *A Tale of Sad Reality: John Richardson's* Wacousta. Toronto: ECW Press, 1993.
  A World Under Sentence: John Richardson and the Interior. Toronto: ECW Press, 1996.
Hurley, Michael. *The Borders of Nightmare: The Fiction of John Richardson*. Toronto: University of Toronto Press, 1992.
Ross, Catherine Sheldrick, ed. *Recovering Canada's First Novelist: Proceedings from the John Richardson Conference, University of Waterloo, 1977*. Erin: Porcupine's Quill, 1984.

Richler, Mordecai（リッチラー、モーデカイ）

Boulay, Claude. *L'Impérialisme "Canadian": Chevalier servant: Mordecai Richler*. Trois-Rivières: Bien public, 1995.
Darling, Michael, ed. *Perspectives on Mordecai Richler*. Toronto: ECW Press, 1986.
Davidson, Arnold E. *Mordecai Richler*. New York: Frederick Ungar, 1983.
Kramer, Reinhold. *Mordecai Richler: Leaving St. Urbain*. Montreal: McGill-Queen's University Press, 2008.
Ramraj, Victor J. *Mordecai Richler*. Boston: Twayne, 1983.
Richler, Mordecai. *Un Certain Sens du ridicule*. Ed. Nadine Bismuth. Tr. Dominique Fortier. Montreal: Boréal, 2007.
Sheps, G. David, ed. *Mordecai Richler*. Toronto: Ryerson, 1971.
Woodcock, George. *Mordecai Richler*. Toronto: McClelland and Stewart, 1970.

Roberts, Charles G. D.（ロバーツ、チャールズ・G. D.）

Adams, John Coldwell. *Sir Charles God Damn: The Life of Sir Charles G. D. Roberts*. Toronto: University of Toronto Press, 1986.
Boone, Laurel, ed. *The Collected Letters of Charles G. D. Roberts*. Fredericton: Goose Lane, 1989.
Cappon, James. *Charles G. D. Roberts*. Toronto: Ryerson, 1923.
  Roberts and the Influences of His Time. Toronto: William Briggs, 1905.
Pomeroy, E. M. *Sir Charles G. D. Roberts: A Biography*. Toronto: Ryerson, 1943.

Ross, Sinclair（ロス、シンクレア）

Fraser, Keath. *As for Me and My Body: A Memoir of Sinclair Ross*. Toronto: ECW Press, 1997.
McMullen, Lorraine. *Sinclair Ross*. Ottawa: Tecumseh, 1991 [1979].
Moss, John, ed. *From the Heart of the Heartland: The Fiction of Sinclair Ross*. Ottawa: University of Ottawa Press, 1992.
Stouck, David. *As For Sinclair Ross*. Toronto: University of Toronto Press, 2005.

Ryga, George（リガ、ジョージ）

Hoffman, James. *The Ecstasy of Resistance: A Biography of George Ryga*. Toronto: ECW Press, 1995.
Innes, Christopher. *Politics and the Playwright: George Ryga*. Toronto: Simon and Pierre, 1985.

Sangster, Charles（サングスター、チャールズ）

Hamilton, W. D. *Charles Sangster*. New York: Twayne, 1971.
Tierney, Frank M. *The Journeys of Charles Sangster: A Biographical and Critical Investigation*. Ottawa: Tecumseh, 2000.

Scott, D. C.（スコット、D. C.）

Dragland, Stan. *Floating Voice: Duncan Campbell Scott and the Literature of Treaty 9*. Concord: Anansi, 1994.
——— ed. *Duncan Campbell Scott: A Book of Criticism*. Ottawa: Tecumseh, 1974.
Stich, K. P., ed. *The Duncan Campbell Scott Symposium*. Ottawa: University of Ottawa Press, 1980.
Titley, E. Brian. *A Narrow Vision: Duncan Campbell Scott and the Administration of Indian Affairs in Canada*. Vancouver: University of British Columbia Press, 1986.

Scott, F. R.（スコット、F. R.）

Djwa, Sandra. *The Politics of the Imagination: A Life of F. R. Scott*. Toronto: McClelland and Stewart, 1987.
Djwa, Sandra, and R. St. J. Macdonald, eds. *On F. R. Scott: Essays on His Contributions to Law, Literature, and Politics*. Kingston and Montreal: McGill-Queen's University Press, 1983.

Selvon, Sam（セルヴォン、サム）

Forbes, Curdella. *From Nation to Diaspora: Samuel Selvon, George Lamming and the Cultural Performance of Gender*. Mona: University of West Indies Press, 2005.
Nasta, Susheila, ed. and comp. *Critical Perspectives on Sam Selvon*. Washington: Three Continents, 1988.
Looker, Mark. *Atlantic Passages: History, Community, and Language in the Fiction of Sam Selvon*. New York: Peter Lang, 1996.
Salick, Roydon. *The Novels of Samuel Selvon: A Critical Study*. Westport: Greenwood, 2001.
Wyke, Clement H. *Sam Selvon's Dialectal Style and Fictional Strategy*. Vancouver: University of British Columbia Press, 1991.

Service, Robert（サーヴィス、ロバート）

Klinck, Carl F. *Robert Service: A Biography*. Toronto: McGraw-Hill Ryerson, 1976.

Seton, Ernest Thompson（シートン、アーネスト・トンプソン）

Keller, Betty. *Black Wolf: The Life of Ernest Thompson Seton*. Vancouver: Douglas and McIntyre, 1984.
Redekop, Magdalene. *Ernest Thompson Seton*. Don Mills: Fitzhenry and Whiteside, 1979.

Shields, Carol（シールズ、キャロル）

Besner, Neil K., ed. *Carol Shields: The Arts of a Writing Life*. Winnipeg: Prairie Fire, 2003.
Dvořak, Marta, and Manina Jones, eds. *Carol Shields and the Extra-Ordinary*. Montreal and Kingston: McGill-Queen's University Press, 2007.
Eden, Edward, and Dee Goertz, eds. *Carol Shields, Narrative Hunger, and the Possibilities of Fiction*. Toronto: University of Toronto Press, 2003.
Trozzi, Adriana. *Carol Shields' Magic Wand: Turning the Ordinary into the Extraordinary*. Roma: Bulzoni, 2001.

Smart, Elizabeth（スマート、エリザベス）

Echlin, Kim. *Elizabeth Smart: A Fugue Essay on Women and Creativity*. Toronto: Women's Press, 2004.
Sullivan, Rosemary. *By Heart: Elizabeth Smart, A Life*. Toronto and London: Penguin, 1991.

Smith, A. J. M.（スミス、A. J. M.）

Compton, Anne. *A. J. M. Smith: Canadian Metaphysical*. Toronto: ECW Press, 1994.

George F. Walker（ウォーカー、ジョージ・F.）

Johnson, Chris. *Essays on George F. Walker: Playing With Anxiety*. Winnipeg: Blizzard, 1999.

Thomas, Audrey（トマス、オードリー）

Sarbadhikary, Krishna. *Dis-membering / Re-membering: Fictions by Audrey Thomas*. New Delhi: Books Plus, 1999.

Thompson, Judith（トンプソン、ジューディス）

Knowles, Ric, ed. *Judith Thompson*. Toronto: Playwrights Canada, 2005.
　ed. *The Masks of Judith Thompson*. Toronto: Playwrights Canada, 2006.

Traill, Catharine Parr（トレイル、キャサリン・パー）

Eaton, Sara. *Lady of the Backwoods: Biography of Catharine Parr Traill*. Toronto: McClelland and Stewart, 1969.

Urquhart, Jane（アーカート、ジェイン）

Ferri, Laura, ed. *Jane Urquhart: Essays on Her Works*. Toronto: Guernica, 2005.

Van Herk, Aritha（ヴァン・ハーク、アリサ）

Verduyn, Christl, ed. *Aritha van Herk: Essays on Her Works*. Toronto: Guernica, 2001.

Watson, Sheila（ワトソン、シーラ）

Bowering, George, ed. *Sheila Watson and* The Double Hook. Kemptville: Golden Dog Press, 1985.
Flahiff, F. T. *Always Someone to Kill the Doves: A Life of Sheila Watson*. Edmonton: NeWest, 2005.

Webb, Phyllis（ウェブ、フィリス）

Butling, Pauline. *Seeing in the Dark: The Poetry of Phyllis Webb*. Waterloo: Wilfrid Laurier University Press, 1997.

Collis, Stephen. *Phyllis Webb and the Common Good: Poetry/Anarchy/Abstraction*. Vancouver: Talonbooks, 2007.

Wiebe, Rudy（ウェーブ、ルーディ）

Keith, W. J. *Epic Fiction: The Art of Rudy Wiebe*. Edmonton: University of Alberta Press, 1981.

——— ed. *A Voice in the Land: Essays by and about Rudy Wiebe*. Edmonton: NeWest Press, 1981.

Van Toorn, Penny. *Rudy Wiebe and the Historicity of the Word*. Edmonton: University of Alberta Press, 1995 [1991].

Wilson, Ethel（ウィルソン、エセル）

McAlpine, Mary. *The Other Side of Silence: A Life of Ethel Wilson*. Madeira Park: Harbour, 1988.

McMullen, Lorraine, ed. *The Ethel Wilson Symposium*. Ottawa: University of Ottawa Press, 1982.

Pacey, Desmond. *Ethel Wilson*. New York: Twayne, 1967.

Stouck, David. *Ethel Wilson: A Critical Biography*. Toronto: University of Toronto Press, 2003.

Wiseman, Adele（ワイズマン、アデル）

Panofsky, Ruth. *The Force of Vocation: The Literary Career of Adele Wiseman*. Winnipeg: University of Manitoba Press, 2006.

——— ed. *Adele Wiseman: Essays on her Works*. Toronto: Guernica, 2001.

作家別（厳選）：フランコフォン

Aquin, Hubert（アカン、ユベール）

Beaudry, Jacques. *Hubert Aquin: La Course contre la vie*. Montreal: Hurtubise HMH, 2006.

Cliche, Anne Elaine. *Le Désir du roman: Hubert Aquin, Réjean Ducharme*. Montreal: XYZ, 1992.

Dubois, Richard. *Hubert Aquin Blues: Essai*. Montreal: Boréal, 2003.

La Fontaine, Gilles de. *Hubert Aquin et le Québec*. Montreal: Parti pris, 1977.

Lamontagne, André. *Les Mots des autres: La Poétique intertextuelle des œuvres romanesques de Hubert Aquin*. Sainte-Foy: Presses de l'Université Laval, 1992.

Lapierre, René. *L'Imaginaire captif: Hubert Aquin*. Montreal: Quinze, 1981.

Legris, Renée. *Hubert Aquin et la radio: Une quête d'écriture (1954–1977)*. Montreal: Médiaspaul, 2004.

Maccabée Iqbal, Françoise. *Hubert Aquin romancier*. Quebec: Presses de l'Université Laval, 1978.

Martel, Jacinthe, and Jean-Christian Pleau, eds. *Hubert Aquin en revue*. Quebec: Presses de l'Université du Québec, 2006.

Mocquais, Pierre-Yves. *Hubert Aquin, ou, La quête interrompue*. Montreal: Pierre Tisseyre, 1985.

Randall, Marilyn. *Le Contexte littéraire: Lecture pragmatique de Hubert Aquin et de Réjean Ducharme*. Longueuil: le Préambule, 1990.
Richard, Robert. *Le Corps logique de la fiction: Le Code romanesque chez Hubert Aquin*. Montreal: l'Hexagone, 1990.
Wall, Anthony. *Hubert Aquin: Entre référence et métaphore*. Candiac: Balzac, 1991.

Aubert de Gaspé fils（オベール・ド・ガスペ・フィス）

Lasnier, Louis. *Philippe Aubert de Gaspé et l'influence d'un livre*. Montreal: l'Île de la Tortue, 2001.

Beauchemin, Yves（ボーシュマン、イヴ）

Piccione, Marie-Lyne. *Rencontre autour d'Yves Beauchemin: Actes du colloque de Bordeaux, Centre d'études canadiennes, Université Michel Montaigne, Bordeaux III*. Paris: l'Harmattan, 2001.

Beaulieu, Victor-Lévy（ボーリュー、ヴィクトール＝レヴィ）

Pelletier, Jacques. *L'Écriture mythologique: Essai sur l'œuvre de Victor-Lévy Beaulieu*. Montreal: Nuit blanche, 1996.

Blais, Marie-Claire（ブレ、マリー＝クレール）

Fabi, Thérèse. *Marie-Claire Blais: Le Monde perturbé des jeunes dans l'œuvre de Marie-Claire Blais: Sa vie, son œuvre, la critique*. Montreal: Éditions Agence d'Arc, 1973.
Green, Mary Jean. *Marie-Claire Blais*. New York: Twayne, 1995.
Stratford, Philip. *Marie-Claire Blais*. Toronto: Forum, 1971.
Laurent, Françoise. *L'Œuvre romanesque de Marie-Claire Blais*. Montreal: Fides, 1986.
Verreault, Robert. *L'Autre Côté du monde: Le Passage à l'âge adulte chez Michel Tremblay, Réjean Ducharme, Anne Hébert et Marie-Claire Blais*. Montreal: Liber, 1998.

Brossard, Nicole（ブロサール、ニコル）

Dupré, Louise. *Stratégies du vertige: Trois poètes: Nicole Brossard, Madeleine Gagnon, France Théoret*. Montreal: Remue-ménage, 1989.
Forsyth, Louise H., ed. *Nicole Brossard: Essays on her Works*. Toronto: Guernica, 2005.

Carrier Roch（カリエ、ロック）

Dorion, Gilles. *Roch Carrier: Aimer la vie, conjurer la mort*. Ottawa: Presses de l'Université d'Ottawa, 2004.

Crémazie, Octave（クレマジー、オクターヴ）

Casgrain, Henri Raymond. *Octave Crémazie*. Montreal: Beauchemin, 1912.
Codemine, Odette. *Octave Crémazie*. Montreal: Fides, 1980.

Ducharme, Réjean（デュシャルム、レジャン）

Amrit, Hélène. *Les Stratégies paratextuelles dans l'œuvre de Réjean Ducharme*. Paris: Les Belles Lettres, 1995.
Nardout-Lafarge, Élisabeth. *Réjean Ducharme: Une poétique du débris*. Saint-Laurent: Fides, 2001.

Haghebaert, Elisabeth, and Élisabeth Nardout-Lafarge. *Réjean Ducharme en revue*. Quebec: Presses de l'Université du Québec, 2006.
Laurent, Françoise. *L'Œuvre romanesque de Réjean Ducharme*. Montreal: Fides, 1988.
Leduc-Park, Renée. *Réjean Ducharme: Nietzsche et Dionysos*. Quebec: Presses de l'Université Laval, 1982.
McMillan, Gilles. *L'Ode et le désode: Essai de sociocritique sur* Les enfantômes *de Réjean Ducharme*. Montreal: l'Hexagone, 1995.
Roy, Paul-Émile. *Études littéraires: Germaine Guèvremont, Réjean Ducharme, Gabrielle Roy*. Montreal: Meridien, 1989.
Seyfrid-Bommertz, Brigitte. *La Rhétorique des passions dans les romans de Réjean Ducharme*. Sainte-Foy: Presses de l'Université Laval, 1999.
Vaillancourt, Pierre-Louis. *Réjean Ducharme: De la pie-grièche à l'oiseau-moqueur*. Montreal: l'Harmattan, 2000.
———, ed. *Paysages de Réjean Ducharme*. Saint-Laurent: Fides, 1994.

Ferron, Jacques（フェロン、ジャック）

Biron, Michel. *L'Absence du maitre: Saint-Denys Garneau, Ferron, Ducharme*. Montreal: Presses de l'Université de Montréal, 2000.
———. *Jacques Ferron au pays des amélanchiers*. Montreal: Presses de l'Université de Montréal, 1973.
Cantin, Pierre. *Jacques Ferron, polygraphe: Essai de bibliographie suivi d'une chronologie*. Montreal: Bellarmin, 1984.
Faivre-Duboz, Brigitte, and Patrick Poirier, eds. *Jacques Ferron: Le Palimpseste infini*. Outremont: Lanctôt, 2002.
L'Hérault, Pierre. *Jacques Ferron: Cartographe de l'imaginaire*. Montreal: Presses de l'Université de Montréal, 1980.
Marcel, Jean. *Jacques Ferron: Malgré lui*. Montreal: Éditions du jour, 1970.
Mercier, Andrée. *L'Incertitude narrative dans quatre contes de Jacques Ferron: Étude sémiotique*. Quebec: Nota bene, 1998.
Michaud, Ginette. *Ferron post-scriptum*. Outremont: Lanctôt, 2005.
Olscamp, Marcel. *Le Fils du notaire: Jacques Ferron, 1921–1949: Genèse intellectuelle d'un écrivain*. Saint-Laurent: Fides, 1997.
Sing, Pamela V. *Villages imaginaires: Edouard Montpetit, Jacques Ferron et Jacques Poulin*. Saint-Laurent: Fides, 1995.
Poirier, Patrick, ed. *Jacques Ferron: Autour des commencements*. Outremont: Lanctôt, 2000.

Fréchette, Louis（フレシェット、ルイ）

d'Arles, Henri. *Louis Fréchette*. Toronto: Ryerson, 1924.
Blais, Jacques, Hélène Marcotte, and Roger Saumur. *Louis Fréchette, épistolier*. Quebec: Nuit blanche, 1992.
Dugas, Marcel. *Un Romantique canadien: Louis Fréchette, 1839–1908*. Paris: Editions de la "Revue Mondiale," 1934.
Klinck, George A. *Louis Fréchette, prosateur: Une réestimation de son œuvre*. Lévis: Le Quotidien, 1955.
Rinfret, Fernand. *Louis Fréchette*. Saint-Jérôme: Librairie J.-E. Prévost, 1906.

Garneau, Hector de Saint-Denys（ガルノー、エクトール・ド・サンニドゥニ）

Blais, Jacques. *Saint-Denys Garneau et le mythe d'Icare.* Sherbrooke: Cosmos, 1973.

Bourneuf, Roland. *Saint-Denys Garneau et ses lectures européennes.* Quebec: Presses de l'Université Laval, 1969.

Brochu, André. *Saint-Denys Garneau: Le Poète en sursis.* Montreal: XYZ, 1999.

― *La Part incertaine: Poésie et expérience intérieure chez de Saint-Denys Garneau: Essai.* Montreal: Les herbes rouges, 2005.

Durand-Lutzy, Nicole. *Saint-Denys Garneau: La Couleur de Dieu.* Montreal: Fides, 1981.

Gascon, France. *L'Univers de Saint-Denys Garneau: Le Peintre, le critique.* Montreal: Boréal, 2001.

Melançon, Benoît, and Pierre Popovic, eds. *Saint-Denys Garneau et La Relève.* Montreal: Fides, 1995.

Riser, Georges. *Conjonction et disjonction dans la poésie de Saint-Denys Garneau: Étude du fonctionnement des phénomènes de cohésion et de rupture dans des textes poétiques.* Ottawa: Editions de l'Université d'Ottawa, 1984.

Vigneault, Robert. *Saint-Denys Garneau à travers Regards et jeux dans l'espace.* Montreal: Presses de l'Université de Montreal, 1973.

Wyczynski, Paul. *Poésie et symbole: Perspectives du symbolisme: Emile Nelligan, Saint-Denys Garneau, Anne Hébert, et le langage des arbres.* Montreal: Déom, 1965.

Gauvreau, Claude（ゴヴロー、クロード）

Chamberland, Roger. *Claude Gauvreau: La Libération du regard.* Quebec: Centre de recherche en littérature québécoise, 1986.

Marchand, Jacques. *Claude Gauvreau, poète et mythocrate.* Montreal: VLB, 1979.

Saint-Denis, Janou. *Claude Gauvreau, le cygne.* Montreal: Presses de l'Université du Quebec, 1978.

Godin, Gérald（ゴダン、ジェラルド）

Beaudry, Lucille, Robert Comeau, and Guy Lachapelle, eds. *Gérald Godin: Un poète en politique: Essai.* Montreal: l'Hexagone, 2000.

Gervais, André. *Petit glossaire des "Cantouques" de Gérald Godin.* Quebec: Nota bene, 2000.

Grandbois, Alain（グランボワ、アラン）

Bolduc, Yves. *Alain Grandbois: Le Douloureux Destin.* Montreal: Presses de l'Université de Montréal, 1982.

Gallays, François, and Yves Laliberté. *Alain Grandbois, prosateur et poète.* Orléans: David, 1997.

Greffard, Madeleine. *Alain Grandbois.* Montreal: Fides, 1975.

Guèvremont, Germaine（ゲーヴルモン、ジェルメーヌ）

Cimon, Renée. *Germaine Guèvremont.* Montreal: Fides, 1969.

Duquette, Jean Pierre. *Germaine Guèvremont: Une route, une maison.* Montreal: Presses de l'Université de Montréal, 1973.

Leclerc, Rita. *Germaine Guèvremont.* Montreal: Fides, 1963.

Lepage, Yvan G. *Germaine Guèvremont: La Tentation autobiographique.* Ottawa: Presses de l'Université d'Ottawa, 1998.

Hébert, Anne（エベール、アンヌ）

Bishop, Neil B. *Anne Hébert, son œuvre, leurs exils: Essai.* Talence: Presses universitaires de Bordeaux, 1993.

Bouchard, Denis. *Une lecture d'Anne Hébert: La Recherche d'une mythologie.* Montreal: Hurtubise HMH, 1977.

Brochu, André. *Anne Hébert: Le Secret de vie et de mort.* Ottawa: Presses de l'Université d'Ottawa, 2000.

Émond, Maurice. *La Femme à la fenêtre: L'Univers symbolique d'Anne Hébert dans* Les Chambres de bois, Kamouraska *et* Les Enfants du sabbat. Sainte-Foy: Presses de l'Université Laval, 1984.

Hébert, Pierre, and Christiane Lahaie. *Anne Hébert et la modernité.* Montreal: Fides, 2000.

Major, Jean-Louis. *Anne Hébert et le miracle de la parole.* Montreal: Presses de l'Université de Montréal, 1976.

Paterson, Janet M. *Anne Hébert: Architexture romanesque.* Ottawa: Presses de l'Université d'Ottawa, 1985.

Paterson, Janet M. and Lori Saint-Martin, eds. *Anne Hébert en revue.* Quebec: Presses de l'Université du Quebec, 2006.

Thériault, Serge A. *La Quête d'équilibre dans l'œuvre romanesque d'Anne Hébert.* Hull: Editions Asticou, 1980.

Hémon, Louis（エモン、ルイ）

Ayotte, Alfred, and Victor Tremblay. *L'Aventure Louis Hémon.* Montreal: Fides, 1974.

Bleton, Paul, and Mario Poirier. *Le Vagabond stoïque: Louis Hémon.* Montreal: Presses de l'Université de Montréal, 2004.

Boivin, Aurélien, and Jean-Marc Bourgeois. *Le Saguenay-Lac-Saint-Jean célèbre Louis Hémon: Introduction à l'écrivain et à son œuvre à l'occasion du centenaire de sa naissance.* Alma: Editions du Royaume, 1980.

Bourdeau, Nicole. *Une étude de* Maria Chapdelaine *de Louis Hémon.* Montreal: Boréal, 1997.

Chovrelat, Geneviève. *Louis Hémon, la vie à écrire.* Leuven: Peeters, 2003.

Demers, Patricia. *A Seasonal Romance: Louis Hémon's* Maria Chapdelaine. Toronto: ECW, 1993.

Lévesque, Gilbert. *Louis Hémon: Aventurier ou philosophe?* Montreal: Fides, 1980.

Sauvé, Mathieu-Robert. *Louis Hémon: Le Fou du lac.* Montreal: XYZ, 2000.

Vígh, Árpád. *L'Écriture* Maria Chapdelaine: *Le Style de Louis Hémon et l'explication des québécismes.* Sillery: Septentrion, 2002.

Laberge, Albert（ラベルジュ、アルベール）

Brunet, Jacques. *Albert Laberge, sa vie et son œuvre.* Ottawa: Éditions de l'Université d'Ottawa, 1969.

Langevin, André（ランジュヴァン、アンドレ）

Bond, David J. *The Temptation of Despair: A Study of the Quebec Novelist André Langevin.* Fredericton: York, 1982.

Brochu, André. *L'Évasion tragique: Essai sur les romans d'André Langevin*. LaSalle: Hurtubise HMH, 1985.
Pascal, Gabrielle. *La Quête de l'identité chez André Langevin*. Montreal: Aquila, 1976.

Lasnier, Rina（ラスニエ、リナ）

Alonzo, Anne-Marie. *Rina Lasnier, ou, Le langage des sources: Essais*. Trois-Rivières: Écrits des Forges, 1988.
Kushner, Eva. *Rina Lasnier et son temps: Une étude*. Paris: Seghers, 1969.
Sicotte, Sylvie. *L'Arbre dans la poésie de Rina Lasnier*. Sherbrooke: Cosmos, 1977.

Lemelin, Roger（ルムラン、ロジェ）

Bertrand, Daniel. *Roger Lemelin: L'Enchanteur*. Montreal: Stanké, 2000.
Bertrand, Réal. *Roger Lemelin: Le Magnifique*. Laval: Editions FM, 1989.

Lepage, Robert（ルパージュ、ロベール）

Charest, Rémy. *Robert Lepage: Quelques zones de liberté*. Quebec: l'instant même, 1995.
Donohoe, Joseph I. Jr., and Jane M. Koustas, eds. *Theater sans frontières: Essays on the Dramatic Universe of Robert Lepage*. East Lansing: Michigan State University Press, 2000.
Dundjerović, Aleksander Saša. *The Cinema of Robert Lepage: The Poetics of Memory*. London: Wallflower, 2003.
The Theatricality of Robert Lepage. Montreal and Kingston: McGill-Queen's University Press, 2007.
Fouquet, Ludovic. *Robert Lepage, l'horizon en images: Essai*. Quebec: l'instant même, 2005.
Hébert, Chantal, and Irène Perelli-Contos. *La Face cachée du théâtre de l'image*. Paris: l'Harmattan, 2001.

Loranger, Françoise（ロランジェ、フランソワーズ）

Crête, Jean-Pierre. *Françoise Loranger: La Recherche d'une identité*. Montreal: Leméac, 1974.

Maillet, Antonine（マイエ、アントニーヌ）

Drolet, Bruno. *Entre dune et aboiteaux ... un peuple: Étude critique des œuvres d'Antonine Maillet*. Montreal: Éditions Pleins bords, 1975.

Marie de l'Incarnation（マリー・ド・ランカルナシオン）

Brodeur, Raymond, ed. *Marie de l'Incarnation: Entre mère et fils: Le Dialogue des vocations*. Quebec: Presses de l'Université Laval, 2000.
Deroy-Pineau, Françoise. *Marie de l'Incarnation: Marie Guyart, femme d'affaires, mystique, mère de la Nouvelle France, 1599–1672*. Paris: R. Laffont, 1989.
ed. *Marie Guyard de l'Incarnation, un destin transocéanique, Tours, 1599–Québec, 1672*. Paris and Montreal: l'Harmattan, 2000.
Gourdeau, Claire. *Les Délices de nos cœurs: Marie de l'Incarnation et ses pensionnaires amérindiennes, 1639–1672*. Sillery: Septentrion, 1994.
Mali, Anya. *Mystic in the New World: Marie de l'Incarnation (1599–1672)*. Leiden: E. J. Brill, 1996.
Oury, Guy Marie. *Marie de l'Incarnation (1599–1672)*. 2 vols. Quebec: Presses de l'Université Laval, 1973.

Martin, Claire（マルタン、クレール）

Vigneault, Robert. *Claire Martin: Son œuvre, les réactions de la critique*. Montreal: Pierre Tisseyre, 1975.

Miron, Gaston（ミロン、ガストン）

Filteau, Claude. L'Homme rapaillé *de Gaston Miron*. Montreal: Trécarré, 1984.
Gasquy-Resch, Yannick. *Gaston Miron: Le Forcené magnifique*. Montreal: Hurtubise HMH, 2003.
Maugey, Axel. *Gaston Miron: Une passion québécoise*. Brossard: Humanitas, 1999.
Nepveu, Pierre. *Les Mots à l'écoute: Poésie et silence chez Fernand Ouellette, Gaston Miron et Paul-Marie Lapointe*. Quebec: Nota bene, 2002 [1979].
Royer, Jean. *Voyage en Mironie: Une vie littéraire avec Gaston Miron: Récit*. Saint-Laurent: Fides, 2004.

Nelligan, Émile（ネリガン、エミール）

Grisé, Yolande, Réjean Robidoux, and Paul Wyczynski, eds. *Émile Nelligan, 1879–1941: Cinquante ans après sa mort*. Saint-Laurent: Fides, 1993.
Michon, Jacques. *Émile Nelligan: Les Racines du rêve*. Montreal: Presses de l'Université de Montréal, 1983.
Orion, Nicétas. *Émile Nelligan, prophète d'un âge nouveau*. Montreal: Phôtismos, 1996.
Samson, Jean-Noël. *Émile Nelligan*. Montreal: Fides, 1968.
Vanasse, André. *Émile Nelligan: Le Spasme de vivre*. Montreal: XYZ, 1996.
Wyczynski, Paul. *Émile Nelligan: Sources et originalité de son œuvre*. Ottawa: Éditions de l'Université d'Ottawa, 1960.

Ouellette, Fernand（ウエレット、フェルナン）

Malenfant, Paul Chanel. *La Partie et le tout: Lecture de Fernand Ouellette et Roland Giguère*. Quebec: Presses de l'Université Laval, 1983.

Paradis, Suzanne（パラディ、シュザンヌ）

Turcotte, Jeanne. *Entre l'Ondine et la vestale: Analyse des* Hauts cris *de Suzanne Paradis*. Quebec: Centre de recherche en littérature québécoise, Université Laval, 1988.

Parizeau, Alice（パリゾー、アリス）

Berthelot, Anne and Mary Dunn Haymann. *Alice Parizeau: l'épopée d'une œuvre*. Saint-Laurent: Editions Pierre Tisseyre, 2001.

Poulin, Jacques（プーラン、ジャック）

Hébert, Pierre. *Jacques Poulin: La Création d'un espace amoureux*. Ottawa: Presses de l'Universite d'Ottawa, 1997.
Miraglia, Anne Marie. *L'Écriture de l'Autre chez Jacques Poulin*. Candiac: Balzac, 1993.
Socken, Paul G. *The Myth of the Lost Paradise in the Novels of Jacques Poulin*. Rutherford: Fairleigh Dickinson University Press, 1993.

Ringuet (pseudonym for Panneton, Philippe)（ランゲ（フィリップ・パヌトン））

Viens, Jacques. *La Terre de Zola et* Trente arpents *de Ringuet: Étude comparée*. Montreal: Cosmos, 1970

Lamy, Jean-Paul, and Guildo Rousseau, eds. *Ringuet en mémoire: 50 ans après* Trente arpents. Sillery: Septentrion, 1989.

Routier, Simone（ルティエ、シモーヌ）

Brosseau, Marie-Claude. *Trois écrivaines de l'entre-deux-guerres: Alice Lemieux, Eva Sénécal et Simone Routier*. Quebec: Nota bene, 1998.

Pageau, René. *Rencontres avec Simone Routier, suivies des lettres d'Alain Grandbois*. Joliette: Parabole, 1978.

Roy, Gabrielle（ロワ、ガブリエル）

Daviau, Pierrette. *Passion et désenchantement: Une étude sémiotique de l'amour et des couples dans l'œuvre de Gabrielle Roy*. Montreal: Fides, 1993.

Everett, Jane and Nathalie Cooke, eds. "Gabrielle Roy contemporaine / The Contemporary Gabrielle Roy." Special issue of *Canadian Literature* 192 (Spring 2007).

Everett, Jane and François Ricard, eds. *Gabrielle Roy réécrite*. Quebec: Nota bene, 2003.

Francis, Cécilia W. *Gabrielle Roy: Autobiographe: subjectivité, passions et discours*. Quebec: Presses de l'Université Laval, 2006.

Ricard, François. *Gabrielle Roy, une vie*. Montreal: Boréal, 1996. English version: *Gabrielle Roy: A Life*. Tr. Patricia Claxton. Toronto: McClelland and Stewart, 1999.

Romney, Claude and Estelle Dansereau, eds. *Portes de communications: Études discursives et stylistiques de l'œuvre de Gabrielle Roy*. Sainte-Foy: Presses de l'Université Laval, 1995.

Roy, Alain. *Gabrielle Roy: L'Idylle et le désir fantôme*. Montreal: Boréal, 2004.

Saint-Martin, Lori. *La voyageuse et la prisonnière: Gabrielle Roy et la question des femmes*. Montreal: Boréal, 2002.

Saint-Pierre, Annette. *Au pays de Gabrielle Roy*. Saint-Boniface: Plaines, 2005.

Socken, Paul G. *Myth and Morality in Alexandre Chenevert by Gabrielle Roy*. New York: Peter Lang, 1987.

Thériault, Yves（テリオ、イヴ）

Beaulieu, Victor-Lévy. *Un loup nommé Yves Thériault*. Trois-Pistoles: Éditions Trois-Pistoles, 1999.

Emond, Maurice. *Yves Thériault et le combat de l'homme*. Montreal: Hurtubise HMH, 1973.

Hesse, M. G. *Yves Thériault: Master Storyteller*. New York: Peter Lang, 1993.

Perron, Paul. *Semiotics and the Modern Quebec Novel: A Greimassian Analysis of Theriault's Agaguk*. Toronto: University of Toronto Press, 1996.

Simard, Jean Paul. *Rituel et langage chez Yves Thériault*. Montreal: Fides, 1979.

Tremblay, Michel（トランブレ、ミシェル）

Boulanger, Luc. *Pièces à conviction: Entretiens avec Michel Tremblay*. Montreal: Leméac, 2001.

Brochu, André. *Rêver la lune: L'Imaginaire de Michel Tremblay dans les* Chroniques du Plateau Mont-Royal. Montreal: Hurtubise HMH, 2002.

Dargnat, Mathilde. *Michel Tremblay: Le "Joual" dans* Les belles-sœurs. Paris: l'Harmattan, 2002.

David, Gilbert, and Pierre Lavoie, eds. *Le Monde de Michel Tremblay: Des Belles-sœurs à Marcel poursuivi par les chiens*. Montreal: Cahiers de théâtre Jeu / Éditions Lansman, 1993.

Duchaine, Richard. *L'Écriture d'une naissance, naissance d'une écriture:* La grosse femme d'à côté est enceinte *de Michel Tremblay*. Quebec: Nuit Blanche, 1994.

Gervais, André, dir. *Emblématiques de "l'époque du joual": Jacques Renaud, Gérald Godin, Michel Tremblay, Yvon Deschamps*. Outremont: Lanctôt, 2000.

Jubinville, Yves. *Une Étude de* Les Belles-Sœurs *de Michel Tremblay*. Montreal: Boréal, 1998.

Piccione, Marie-Lyne. *Michel Tremblay, l'enfant multiple*. Talence: Presses universitaires de Bordeaux, 1999.

Usmiani, Renate. *Michel Tremblay*. Vancouver: Douglas and McIntyre, 1982.

   The Theatre of Frustration: Super Realism in the Dramatic Work of F. X. Kroetz and Michel Tremblay. New York: Garland, 1990.

Vigeant, Louise. *Une étude de* A toi, pour toujours, ta Marie-Lou, *de Michel Tremblay*. Montreal: Boréal, 1998.

監修者あとがき

堤 稔子

2012年の創立30周年記念プロジェクトとして進めてきた *The Cambridge History of Canadian Literature* の全訳『ケンブリッジ版カナダ文学史』が、ようやく刊行まで漕ぎつけた。思えば企画が持ち上がってから6年余の長い道のりであった。現地で推奨されたアンソロジーの Michael Ondaatje, ed. *From Ink Lake: Canadian Stories Selected by Michael Ondaatje*（1990）はじめ、文学史 Carl F. Klinck, gen. ed., *Literary History of Canada: Canadian Literature in English*（初版1965、第2版1976、Vol. IV 1990）、W. H. New, *A History of Canadian Literature*（2nd ed., 2003）を含む複数の候補の中から選んだのが、2009年秋に出版された本書 *The Cambridge History of Canadian Literature* であった。全31章、それぞれ別々の著者が執筆した800ページ余の大著で、執筆者によっては文体や表現がかなり訳しにくそうな面もある。しかし内容が21世紀もすでに10年余を過ぎた今の時期に即した本格的学術書であったため、困難を覚悟の上で選択した。当初当てにしていたカナダ政府の翻訳助成金が中止され、翻訳者の一部自己負担も余儀なくされたが、これを「日本カナダ文学会訳」として出す案が、2011年秋（東北大地震の影響で例年6月の総会が延期されていた）の学会総会で承認された。企画・編集委員（仏語系の大矢・小畑、英語系の佐藤・堤）の間で案を練って翌2012年5月に翻訳参加者を募集し、同年6月の総会には共同編者のブリティッシュ・コロンビア大学教授エヴァ=マリー・クローラー氏を講演者に迎えた。本書全31章に対して翻訳者は結局26名に留まり、うち5名が2章ずつ担当することになった。委員の1人で6章を担当した小畑精和副会長がその後、病に倒れ、本書の完成を見ることなく世を去ったのは痛恨の極みである。自らの担当章を完成し、他章のチェックにも関わり、最期まで奮闘された。

原稿の集まりにばらつきがあり、最終的に揃ったのは2015年元旦。手分けして編集作業を進め、原書との突合せ作業はほかに戸田・水之江両会員にもお手伝いいただき、4章の内容については竹中会員の助言も得て、年度末までには彩流社に本文を入稿できる段取りとなった。最終的には年表を含め、5月連休明けに原稿を渡した。原書で48ページにのぼる索引については、入力方法の若干の手違いがあり、出版社側で仕上げていただくことになった。2015年内出版をめざし、6月27日の研究大会の折には彩流社作成のチラシも配布されているが、本文と索引の表記との突合せ作業等技術的な面で遅れ、年度を越すこととなった。

本書は従来型の時系列的枠組の中にジャンル別区分を取り込み、さらに近年の文学批評に根差した新しい視点に立つ。また従来、別個に出していた英語系と仏語系の文学史を統合しようとする先駆者的試みでもある。全31章を32名の専門家（うち1名は2つの章を担当し、

別の 2 章は 2 名の共著）が執筆した。著者の所属大学を見ると、カナダ 23 名、アメリカ 3 名、イギリス 2 名、フランス 2 名、ドイツ 1 名、スペイン 1 名と、国際色豊かである。仏語文献に造詣の深い著者も多く、これは二言語多文化主義カナダの英語系と仏語系文学を総体的に見ようとする本書の強みである。

　本書の各章はそれぞれ別々の著者による個別の論文形式を取っているため、内容的には全体を視野に入れながらも、文体はもとより、小見出しの付け方から脚注の数に至るまでばらつきがある。また年代・ジャンル・テーマを織り交ぜた章立てから、同じ作家が複数の章に登場するケースも多い。こうした章立てはまた、マーガレット・ローレンスの『石の天使』（*The Stone Angel*）といった、かつてカナダの代表的作品と目された作品が索引から消えるという、思わぬ落とし穴もある。とは言うものの、各章の担当者が 20 ページほどの限られた紙面に各自の研究・調査結果を凝縮して書き下ろした、中身の濃い学術書であることに変わりはない。学術書として諸手を上げて薦められるし、学部生でも翻訳書なら十分活用できよう。詳しい年表、索引、50 ページ以上にのぼる参考文献表も、研究の手引きとして貴重な資料である。

　個別の執筆者に加えて翻訳者も章ごとに異なるため、全体の統一を図るのは至難の業であった。論文集なら差異は問題ないが、通史としての役割を担う原書では、表記の統一がきちんと守られている。訳本においても、漢数字とアラビア数字の使い分け、「現れる」「生まれる」など送り仮名の付け方などはもとより、複数の章に登場する人名のカナ表記や作品の題名の邦訳をできるだけ統一するため、多くの時間を割いた。コンテクストによって 2 種類の題名を残したケースもある。地名の表記においても、例えばモントリオール（英語）／モンレアル（仏語）、セントローレンス川（英語）／サンローラン川（仏語）など、内容によって使い分けた。先住民の呼び名については、従来の「族」を使わず、たとえば「クリー人」あるいは「先住民クリー」とし、原住民と白人との混血 Metis については、「メティス」で通すことにした。原稿の修正については、当初、監修者が手分けして読み、訳者とのやり取りを経て最終原稿に至る予定であったが、始めてみると意外に時間がかかり、版権の期限もあることから、結局、時間切れで、監訳者の責任で修正を行う結果となった。26 人の訳者がそれぞれ独自のスタイルで書いている文体にはなるべく手をつけない方針だったが、より読み易くするために手を加えた箇所もある。また当然ながら、明らかな誤訳や文意が不明瞭な場合は、修正した。章ごとに訳者名を出すのであれば、当初の計画に沿わなければならないところ、「日本カナダ文学会訳」として出すことに最初から決まっていたので、その旨、了解していただいた。末尾の「翻訳者一覧」の括弧内には担当章が記されている。多忙な本職の傍ら、時間を割いて翻訳に取り組んだ翻訳者一人ひとりに感謝し、本書が日本のカナダ文学研究を前進させる新たな契機となるよう願う。

　最後に、本書の出版企画を引き受けてくださった彩流社の竹内淳夫氏はじめ、編集責任者高梨治氏、入社早々にもかかわらず細かい作業を伴う索引の作成からゲラの管理に至るまで、細かい作業を一手に引き受けられた林田こずえ氏に感謝する次第である。

監訳者あとがき

大矢 タカヤス

　今や多文化、多言語という概念はかなり広く社会に行き渡っており、大学でもそれらを扱う学科や授業は珍しくない。かくいう私も定年前のほぼ10年間「多言語・多文化」と名付けられた学科に所属して、それなりに活動してきた。しかし、今回この『カナダ文学史』の邦訳にたずさわって、多言語とまでは言わず、わずか二言語であっても、一つの国に共存するということが、実際にその中で生きる者にとってどれほど難しいことであるかあらためて実感させられた。外から見る場合、ともするとまず二種類の言語・文化を並列するものとして別々に扱いたくなるが、おそらく内部に生きる人間には違った感覚が生じているのだろう。カナダの場合、本書で問題になるのは英語とフランス語だけであるが、この二言語が絶えざる緊張関係の中で触れあい、競い合い、重なり合い、溶け合いながら存続してきたのであろう。しかしながら、今そこで優位に立っているのは、周知のように、英語である。州レヴェルの公用語をフランス語だけと定めたケベックでさえ、防戦一方のように見える。少なくとも、ケベックのだれかがフランス語で、英語作品も網羅するカナダ文学史の刊行を企てるなどとは想像できない。従って、フランス語の作品にも多くのスペースが与えられてはいるものの、本書も英語によるカナダ文学史である。英語話者によるカナダ英語文学の歴史、フランス語話者によるカナダフランス語文学の歴史はすでにあった。しかし、起源から今日まで二種類の文書を、英語という一言語によってであるが、ひとつにまとめて概観してみようというのが、本書の企てである。それによって新たな視野が開けるのではないかという期待がある。共通の土俵に乗せることによって、相似、相違が浮かび上がり、影響関係も見えてくるだろう。ひいてはこの国の本質も窺い知ることができるかもしれない。

　もちろん、一言語をしか通さない故の限界を言い出せばきりがない。たとえば、17世紀の初めから1763年のイギリスによる「征服」まで、この地には先住民以外はフランス人しかいなかったのに、それを代表するのがイエズス会の報告書と二人の女性の手紙というのは物足りない、イギリス人の旅行者の記録を扱うなら、フランス人の旅行者の記録も……云々。しかし、そのような限界を意識した上なのだろうか、本書においてフランス語、フランス語話者に対する配慮がなされていることは認めなければならない。フランス語文学に関する29章と31章はフランス語話者の書いたものの英訳であるし、なによりも、煩雑さを怖れずにできるだけフランス語の原文を示そうとしている点は敬意に値する。英訳だけで済むところを、英訳を注にまわして、仏文を本文に組み入れているところが多いのである。その仏文を日本語にするだけでも邦訳としては成り立つはずであるが、原著の配慮を尊重し、仏文も残すように努めた。そのためにページ面が少々見にくくなった点は御海容願いたい。

索引

凡例

原書の明らかな誤植は修正した

原書の索引になくとも、重要と判断した人物・作品は適宜追加した

該当ページが注にある場合はゴチック体で示した

（英語）／（仏語）の表記は、英語または仏語で書かれた作品、英語系または仏語系の作家、出版社などを示す。

【あ】

アーヴィング、ワシントン（Irving, Washington）225
アーカート、ジェイン（Urquhart, Jane）036, 038-39, 041, 043, 285, 532, 545, **549**
 作品：『アウェイ』（*Away*）532-34, 545
  『渦巻き』（*The Whirlpool*）036, 545
  『ガラスの地図』（*A Map of Glass*）043, 545
  『下描きをする人』（*The Uuderpainter*）039, 285, 545
  『石工』（*The Stone Carvers*）041, 285
アーナソン、デイヴィッド（Arnason, David）429, 445, 669
 作品：『サーカス曲芸師のバー』（*The Circus Performer's Bar*）445
アーノット、ジョアンヌ（Arnott, Joanne）565
アーノルド、マシュー（Arnold, Matthew）182-83, 185, 365
アーミテジ、サイモン（Armitage, Simon）486
アームストロング、ケヴィン（Armstrong, Kevin）439
 作品：『夜の見張り』（*Night Watch*）439
アームストロング、ジャネット（Armstrong, Jeannette）035, 038, **379**, 550, 552, 555, 557-58, 567, **568**-69
 作品：「大地が語る」（"Land Speaking"）567
  （共編）『わが同胞の言葉を考察する——先住民による文学分析』（*Looking at the Words of Our People: A First Nations Analysis of Literature*）038, 558
  『スラッシュ』（*Slash*）035, 555-56
  『闇の中の囁き』（*Whispering in Shadows*）567
アイシャム、ジェイムズ（Isham, James）119-20, **134**

アカディア人とアカディア（Acadians and Acadia）016, 156, 161-62, 644-45
 エヴァンジェリン／エヴァンジェリンヌ（Evangeline）161-62
 演劇（drama）661, 668, 670-71
 詩（poetry）644
 小説（fiction）698-99
アカン、ユベール（Aquin, Hubert）029-30, 033, 360-62, 369, 375, 689-91, 698, **703**
 作品：『記憶の穴』（*Trou de mémoire*）030, 691
  『今度の挿話』（*Prochain épisode*）029, 360, 362, 689
アキウェンジー＝ダム、カテリ（Akiwenzie-Damm, Kateri）565
アクース、ジャニス（Acoose, Janice）553, **568**
「アクタ・ヴィクトリアーナ」誌（*Acta Victoriana*）392
アクラン、ジョゼ（Acquelin, José）650
 作品：『呼吸可能な鳥』（*L'Oiseau respirable*）650
アクランド、ペレグリン（Acland, Peregrine）280, 288, **291**
 作品：『ほかはすべて狂気の沙汰』（*All Else Is Folly*）280, **291**
アスター、ジョン・ジェイコブ（Astor, John Jacob）125
アダム、G.（グレイム）マーサー（Adam, G.〈Graeme〉Mercer）168, 238, 243
 作品：『アルゴンキンの娘——初期アッパー・カナダのロマンス』（A. エセルウィン・ウェザラルドと共著）（*An Algonquin Maiden: A Romance of the Early Days of Upper Canada*）168
アダムズ、ハワード（Adams, Howard）554

作品:『草原の牢獄——先住民から見たカナダ』(*Prison of Grass: Canada from the Native Point of View*) 554
アチェベ、チヌア (Achebe, Chinua) 436
アックロム、ジョージ (Acklom, George) 189
アッセリン、オリヴァー (Asselin, Oliver) 278
アッダーソン、キャロライン (Adderson, Caroline) 040, 045, 446
　作品:『不吉な想像』(*Bad Imaginings*) 446
アッパル、プリシラ (Uppal, Priscila) 628
アッピナネシ、リサ (Appignanesi, Lisa) 590, 592, 604
　作品:『死者を失う』(*Losing the Dead*) 590
アッペルバウム、ルイス (Applebaum, Louis) 365
アトウッド、マーガレット (Atwood, Margaret) 028, 030-35, 039-45, 056, 109, **116**, 144, 198, **212**, 352, 356, 361, 372, 376, **380**, 396, 404-11, 419-20, 423, **424**, **426**, 429, 431, 444-46, 473, 475, 478, 481, 520, 546, 608
　および環境保護主義、ウィルダネス (and environmentalism, wilderness) 408-10
　グラフィック・アーティストとして (as graphic artist (Bart Gerrard)) 520
　作品:
　批評・エッセイ:『「またの名をグレイス」を探して』(*In search of* Alias Grace) 547-49
　「『アリス・マンロー珠玉短編集』への序文」(Introduction to *Alice Munro's Best*) 420
　『動く標的——意図的著作 1982-2004 年』(*Moving Targets: Writing with intent 1982-2004*)(英国の題は『好奇心の追求——つれづれの著作 1970-2005 年』*Occasional Writing 1970-2005*) 406
　『サヴァイヴァル』(*Survival*) 032, 352, 376, 380, 406-08
　『死者との交渉』(*Negotiating with the Dead*) 405-06, 423
　『第二の発言』(*Second Words*) 406
　『負債と報い——豊かさの影』(*Payback: Debt and the Shadow Side of Wealth*) 045, 410
　「加米関係」("Canadian-American Relations") 408
　小説:『浮かび上がる』(*Surfacing*) 032, 406, 408
　『オリクスとクレイク』(*Oryx and Crake*) 041, 406, 409
　『昏き目の殺人者』(*The Blind Assassin*) 040, 409-10
　『洪水の年』(*The Year of the Flood*) 411
　『侍女の物語』(*The Handmaid's Tale*) 035, 040, 406, 408-09
　『食べられる女』(*The Edible Woman*) 031, 408
　『寝盗る女』(*The Robber Bride*) 372-73
　『ペネロピアド』(*The Penelopiad*) 042, 044, 410
　『またの名をグレイス』(*Alias Grace*) 039, 409-10, **424**, 546, **547**, 549
　『ライフ・ビフォア・マン』(*Life Before Man*) 408
　詩:「あなたは私にぴったり」("You Fit into Me") 406-07
　『あの国の動物たち』(*The Animals in That Country*) 030, 407, 478
　「ある開拓者の進行性精神病」("Progressive Insanities of a Pioneer") 407
　『権力政治』(*Power Politics*) 407
　『サークル・ゲーム』(*The Circle Game*) 031, 405, 478
　『スザナ・ムーディの日記』(*The Journals of Susanna Moodie*) 031, 144, 407, **424**, 478
　『ドアー』(*The Door*) 044, 410
　短編:『青髭の卵』(*Bluebeard's Egg*) 035, 446
　『良い骨たち』(*Good Bones*) 446
　『テント』(*The Tent*) 043, 410, 446
　『道徳的無秩序』(*Moral Disorder*) 043, 406, 410, **424**, 444
　『未開地で注意すること』(*Wilderness Tips*) 446
　「料理と給仕の芸術」("The Art of Cooking and Serving") 405, **424**
　「悪い知らせ」("The Bad News") 410
「アトランティック・マンスリー」誌 (*Atlantic Monthly, The*) 185, 306
アドルノ、テオドール (Adorno, Theodor) 499, **509**
アナンシ出版社 (ハウス・オブ・アナンシ) (Anansi, House of) 030, 372, 407, 431, 485-86
アニャン、マリー=セリ (Agnant, Marie-Célie) 611
アブラハム平原の戦い (Battle of the Plain of Abraham) 156, 162, 532, 543, 683
アプリル、ジャン・ピエール (April, Jean-Pierre) 698
アヘナキュー、エドワード (Ahenakew, Edward) 286, **292**
アミエル、アンリ・フレデリック (Amiel, Henri Frédéric) 184
アミヨ、ジュヌヴィエーヴ (Amyot, Géneviève) 648
アムラン、ルイ (Hamelin, Louis) 037, 697, **704**
　作品:『怒り』(*La Rage*) 037, 697
　『カウボーイ』(*Cowboy*) 697, **704**
　『フルート奏者』(*Le Joueur de flute*) 697

アルヴェ、ジャン゠シャルル（Harvey, Jean=Charles）024, 686, **702**
　作品：『半文明人』（*Les Demi-civilisés*）024, 686
　　「ソレイユ」（*Le Soleil*）
アルカン、ネリー（Arcan, Nelly）041, 698, **705**
　作品：『狂った娘』（*Folle*）698
　　『娼婦』（*Putain*）041, 698
アルシャンボー、ロレーヌ（Archambault, Lorraine）669
　作品：『インドの小麦とタンポポ』（*De blé d'inde et des pissenlits*）669
アルトー、アントナン（Artaud, Antonin）666
アルバータの仏語作家（Franco-Albertan writing）670, 700
アルバート、ライル・ヴィクター（Albert, Lyle Victor）455
　作品：『表面だけを引っ掻いて』（*Scraping the Surface*）455
「アルファベット」誌（*ALPHABET*）356, 473
アルフォード、エドナ（Alford, Edna）445
　作品：『エロウィーズ・ルーンの庭』（*The Garden of Eloise Loon*）445
アルベック、エレーヌ（Harbec, Hélène）645
アルペール、ピエール（Albert, Pierre）646
アレクシー、ロバート・アーサー（Alexie, Robert Arthur）042
　作品：『ヤマアラシと陶磁器の人形』（*Porcupines and China Dolls*）042, 563
アレクシス、アンドレ（Alexis, André）045, 442, 628, 648
　作品：『絶望、その他のオタワの物語』（*Despair and Other Stories of Ottawa*）442
アレル、シモン（Harel, Simon）694, **704**
アレン、リリアン（Allen, Lillian）611, 613
アロンゾ、アンヌ゠マリー（Alonzo, Anne-Marie）611-12, 672
　作品：『橙色で黄土色の手紙』（*Une lettre rouge orange et ocre*）672
アンジェ、フランソワ゠レアル（Angers, François-Réal）158, 682
　作品：『罪の暴露、あるいはコンブレーと共犯者たち』（*Les Révélations du crime or Combray et ses accomplices*）158, **173**, 682
アンダーソン、パトリック（Anderson, Patrick）333, 349, 350-51, 353
　作品：『四月のテント』（*A Tent for April*）353
アンダーソン、ホ・チェ（Anderson, Ho Che）527
　作品：『キング』（*King*）527
　　『ポップ・ライフ』（*Pop Life*）527
アンダーソン゠ダーガッツ、ゲイル（Anderson-Dargatz, Gail）039, 442
　作品：『ミス・ヘレフォードの物語』（*The Miss Hereford Stories*）442
アンデルセン、マルグリット（Andersen, Marguerite）700
　作品：『女性の記憶について』（*De mémoire de femme*）700
アンハート（マリー・アンハート・ベイカー）（Annharte (Marie Annharte Baker)）557, 566
　作品：『コヨーテ・コロンブス・カフェ』（*Coyote Columbus Café*）566
　　『月の上で』（*Being on the Moon*）566
イヴォン、ジョゼ（Yvon, José）648
イェイツ、J. マイケル（Yates, J. Michael）433
　作品：『抽象動物』（*The Abstract Beast*）433
イェイツ、ウィリアム・バトラー（Yeats, William Butler）325, 354
イエズス会『報告書』（*Jesuit Relations*）080-81, 084, 089, 090, 658, 763
　マニトー像（Manitou figure in）
イエズス会士（Jesuits）015, 062, 065, 079-83, 087-95, **095**, 170-71, 484, 530, 577, 658-59, 763
　（イエズス会『報告書』およびブレブーフの項も参照）
イシグロ、カズオ（Ishiguro, Kazuo）621
イズリエル、チャールズ・E.（Israel, Charles E.）374
　作品：『壁に映る影』（*Shadows on a Wall*）374
イタニ、フランシス（Itani, Frances）042, 287
　作品：『耳をつんざく』（*Deafening*）287, **292**
イニス、ハロルド・アダムズ（Innis, Harold Adams）026, 382-85, 387-88, 397-98, **401**
　作品：『コミュニケーションの傾向性』（*The Bias of Communication*）384, 388
　　『タラ漁業』（*The Cod Fisheries*）384
　　『帝国とコミュニケーション』（*Empire and Communications*）026, 384, 388
　　『変化する時間概念』（*The Cod Fisheries*）384
　　『カナダにおける毛皮交易』（*The Fur Trade in Canada*）383
　　『カナダ太平洋鉄道の歴史』（*A History of the Canadian Pacific Railway*）382-84
イプセン、ヘンリック（Ibsen, Henrik）184
イヨネスコ、ウジェーヌ（Ionesco, Eugène）617
イングラム、フォレスト（Ingram, Forrest）225
イングリシュ、シャロン（English, Sharon）435

作品：『重力ゼロ』（*Zero Gravity*）435
ヴァーゴ、ショーン（Virgo, Sean）447
　作品：『ホワイト・ライズ、その他のフィクション』（*White Lies and Other Fictions*）447
ヴァーデッチア、ギレルモ（Verdecchia, Guillermo）038, 454, 465
　作品：『アリ＆アリの冒険、そして悪の枢軸』（*The Adventures of Ali & Ali and the Axes of Evil*）465
　　『砂に書いた一本の線』（*A Line in the Sand*）465
　　『フロンテラス・アメリカナス』（*Fronteras Americanas*）038, 465-66
ヴァーマ、ラウル（Varma, Rahul）465, 611
　作品：『カウンター・オフェンス』（*Counter Offence*）465
　　『ボーパル』（*Bhopal*）465
ヴァッサンジ、M. G.（Vassanji, M. G.）038, 042, 045, 441, 596, 598, **605**, 607, 611-14, 616, 620, 624, 626, 628
　作品：『アムリーカ』（*Amriika*）615
　　『暗殺者の歌』（*The Assassin's Song*）628
　　『秘密の本』（*The Book of Secrets*）038, 614, 624
　　『ヴィクラム・ラールの中間世界』（*The In-Between World of Vikram Lall*）042, 614
　　『ガニー・サック』（*The Gunny Sack*）624
　　『内なる場所──インドの再発見』（*No New Land*）045, 598, **605**
　　『新天地なし』（*No New Land*）614
ヴァニエ、ドゥニ（Vanier, Denis）648
ヴァリエール、ピエール（Vallières, Pierre）030, 362, 368-69, 375, **378-79**, 613
　作品：『アメリカの白い黒人たち』（*Nègres blancs d'Amérique / White Niggers of America*）367-68, 375, 613
ヴァルガードソン、W. D.（Valgardson, W. D）441
　作品：『ブラッドフラワーズ』（*Bloodflowers*）441
ヴァロ、レメディオス（Varo, Remedio）354
ヴァン・カーク、シルヴィア（Van Kirk, Sylvia）118, 128
ヴァン・キャンプ、リチャード（Van Camp, Richard）566
　作品：『恵み少なき者たち』（*The Lesser Blessed*）566
ヴァン・シェンデル、ミシェル（Van Schendel, Michel）641-42
ヴァン・トゥーン、ピーター（Van Toorn, Peter）486
ヴァン・ハーク、アリサ（Van Herk, Aritha）034, 037, 539
　作品：『ジューディス』（*Judith*）034, 539
　　『住所不定』（*No Fixed Address*）539-40

『テントの杭』（*The Tent Peg*）539-40
ヴァンクーヴァー、ジョージ（Vancouver, George）017, 118, 131, 496-97
ヴァンダヘイグ、ガイ（Vanderhaeghe, Guy）039, 041, **293**, 427, 429, 433, 533, 542, **547**
　作品：『イングランド人の息子』（*The Englishman's Boy*）039, 542
　　『英雄の問題点』（*The Trouble with Heroes*）440
　　『下りていく男』（*Man Descending*）440
　　『現状維持？』（*Things as They Are?*）440
　　『最後の横断』（*The Last Crossing*）041, 533, 535, 542
ウィーヴァー、ロバート（Weaver, Robert）415, 430
　作品：（編）『カナダ短編集』（*Canadian Short Stories*）430
ウィーブ、ルーディ（Wiebe, Rudy）028, 031-33, 043, 446, 537-39, 602, 606, 610, 620
　作品：『中国の青い山脈』（*A Discovery of Strangers*）031, 538
　　『未知の人々の発見』（*A Discovery of Strangers*）538
　　『最初の大事なキャンドル』（*First and Vital Candle*）538
　　『私の素晴らしい敵』（*My Lovely Enemy*）538
　　『この大地から──ボレアル・フォレストでのメノナイト少年時代』（*Of This Earth: A Mennonite Boyhood in the Boreal Forest*）043, 602
　　『平和は多くを滅ぼす』（*Peace Shall Destroy Many*）028, 538
　　『焼け焦げた森の人々』（*The Scorched-Wood People*）033, 538
　　『盗まれた人生──クリー女性の旅』（*A Stolen Life: The Journey of a Cree Woman*）538
　　『全世界より麗しく』（*Sweeter Than All the World*）538
　　『ビッグ・ベアの誘惑』（*The Temptations of Big Bear*）032, 538
　　『その声は何処から？』（*Where Is the Voice Coming From?*）446
ウィズロウ、W. H.（Withrow, W.H.）167
　作品：『ネヴィル・トルーマン、開拓伝道者』（*Neville Truman, The Pioneer Preacher*）167
ウィックワイア、ウェンディ（Wickwire, Wendy）560
ヴィテイズ、ジョージ（Vitéz, György）609
ヴィトゲンシュタイン、ルドウィッヒ（Wittgenstein, Ludwig）434
ヴィニョー、ギョーム（Vigneault, Guillaume）029, 697

作品：『風を探す』（*Chercher le vent*）697
ヴィニョー、ジル（Vigneault, Gilles）429
　作品：『爪先立ちの物語』（*Tales sur la pointe des pieds*）429
ヴィヨ、ルイ（Veuillot, Loui）685
ウィラード、フランシス（Willard, Frances）259
ウィリアムズ、ウィリアム・カーロス（Williams, William Carlos）307, 313-14
ウィリス、ジェイン（Willis, Jane）553
　作品：『ジェニエシュ――インディアンの少女時代』（*Geniesh: An Indian Girlhood*）553
ウィルキンソン、アン（Wilkinson, Anne）349, 351, 355
　作品：『絞首刑執行人がヒイラギを結びつける』（*The Hangman Ties the Holly*）355
ウィルソン、エセル（Wilson, Ethel）027, 344, **357-58**
　作品：『ゴーライトリー夫人、その他の物語』（*Mrs Golightly and Other Stories*）428
　　『沼地の天使』（*Swamp Angel*）027, 345
　　『ヘッティ・ドーヴァル』（*Hetty Dorval*）344-45
ウィルソン、ロバート・ロードン（Wilson, Robert Rawdon）447
　作品：『境界線』（*Boundaries*）447
ヴィルメール、ヨランド（Villemaire, Yolande）034, 693
　作品：『平凡な人生』（*La Vie en prose*）034, 693
ウィンター、マイケル（Winter, Michael）439
　作品：『最後にもう一度よく見て』（*One Last Good Look*）439
ウィンドリー、キャロル（Windley, Carol）446
　作品：『目に見える光』（*Visible Light*）446
ウーヴラール、エレーヌ（Ouvrard, Hélène）692
ウェイド、メイソン（Wade, Mason）360
ウェイマン、トム（Wayman, Tom）476
ヴェイユ、シモーヌ（Weil, Simone）484
ウェーバー、マックス（Weber, Max）100
ウェザラルド、アグネス・エセルウィン（Wetherald, Agnes Ethelwyn）168
ウェザレル、J. E.（Wetherell, J. E.）188
　作品：（編）『レイター・カナディアン・ポエムズ』（*Later Canadian Poems*）188, **194**
ヴェジナ、メドジェ（Vézina, Medjé）024, 649
　作品：『それぞれの時間がそれぞれの顔』（*Chaque heure a son visage*）024, 649
ウェブ、フィリス（Webb, Phyllis）351, 355, 476-77
　作品：『あなたの右の目までも』（*Even Your Right Eye*）355

『赤裸々な詩』（*Naked Poems*）476
『海はまた庭園』（*The Sea Is Also a Garden*）476
ウェブスター、バリー（Webster, Barry）447
　作品：『万人の響き』（*The Sound of All Flesh*）447
ウェルシュ、クリスティン（Welsh, Christine）128, **136**
　作品：『日陰の女性たち』（*Women in the Shadows*）128, **136**
ヴェレ、ジョスリンヌ（Verret, Jocelyne）670
　作品：『違っているし、似てもいる』（*Comme on est différente, comme on se ressemble*）670
ウエレット、フェルナン（Ouellette, Fernand）032, 036, 641-42, 650
　作品：『時間』（*Les Heures*）036, 650
ウエレット、ミシェル（Oudlette, Michel）668
　作品：『追放されたカラスたち』（*Corbeaux en exil*）668
ウォー、イーヴリン（Waugh, Evelyn）326
　作品：『回想のブライズヘッド』（*Brideshead Revisited*）326
ウォーカー、ジョージ・F.（Walker, George F.）033, 455, 458-60
　作品：『イーストエンド』三部作（*East End* trilogy）459
　　『よりよい暮らし』（*Better Living*）460
　　『郊外のモーテル』（*Suburban Motel*）455, 460
　　『プリンス・オブ・ナポリ』（*The Prince of Naples*）455
　　『問題児』（*Problm Child*）460
ウォーカー、デイヴィッド（Walker, David）341
　作品：『大黒柱』（*The Pillar*）341
ウォーターストン、エリザベス（Waterston, Elizabeth）252-53, 311, **318**
ヴォーデン、ハーマン（Voaden, Herrnan）451
　作品：『丘陵地帯』（*Hill-Land*）451
　　『太陽のように昇れ』（*Ascend as the Sun*）451
　　『ロック』（*Rocks*）451
ウォートン、トマス（Wharton, Thomas）042, 427, 446, 532-33, **547**
　作品：『サラマンダー』（*Salamander*）532
　　『氷原』（*Icefields*）533
　　『ロゴグリフ（文字なぞ）』（*The Logogryph*）446
ヴォーン＝ジェイムズ、マーティン（Vaughn-James, Martin）518
　作品：『公園』（*The Park*）518
　　『象』（*Elephanta*）518
　　『鳥かご』（*The Cage*）518, 672
　　『プロジェクター』（*The Projector*）518
ヴォナルブルグ、エリザベート（Vonarburg, Elisabeth）698

ウォリス、デイヴィッド・フォスター（Wallace, David Foster） 446
ウォルコット、デレク（Walcott, Derek） 488
ウォルター、フェリックス（Walter, Felix） 327
ウォン＝チュー、ジム（Wong-Chu, Jim） 037, 610
ウォング、ジャン（Wong, Jan） 596
    作品：『レッド・チャイナ・ブルース――マオ（毛沢東）から現在に至る私の長い行程』（Red China Blues: My Long March from Mao to Now） 596
ウッド、ジョアンナ・E.（Wood, Joanna E.） 216, 265, 272
    作品：『気ままな風』（The Untempered Wind） 265
ウッドコック、ジョージ（Woodcock, George） 028, 375-76, 476
ウメザワ、ルイ（Umezawa, Rui） 610, 621
ウルヴァートン、ライナス（Woolverton, Linus） 206-07, 213
    「カナダの園芸家」の編集発行人として（editor of The Canadian Horticulturalist） 206
    林檎の商業的・国家的重要性について（on commercial and national significance of apples） 206
ウルストンクラフト、メアリー（Wollstonecraft, Mary） 101-02
    作品：『女性の権利の擁護』（A Vindication of the Rights of Woman） 101-02
エアマーティンガー、フランシス（Ermatinger, Francis） 126, 135
エイヴィソン、マーガレット（Avison, Margaret） 028, 179, 192, 349, 351, 355, 358, 472-73, 480-81
    作品：『いつも現在』（Always Now） 192, 472
    『具体的で野性的な人参』（Concrete and Wild Carrot） 480
    『驚くべきこと』（The Dumbfounding） 472
    『冬の太陽』（Winter Sun） 028, 358, 375, 472
エイコーン、ミルトン（Acorn, Milton） 031, 475, 478
    作品：『脳を狙え』（The Brain's the Target） 475
    『僕は自分の血を味わった』（I've Tasted My Blood） 475
エイデル、リオン（Edel, Leon） 324, 328, 333
英領北アメリカ法（連邦結成＝コンフェデレーションの項参照）（British North America Act） 019, 023, 165, 178, 234, 254, 511
エヴァンズ、ヒューバート（Evans, Hubert） 280, 291
    作品：『新たなフロントライン』（The New Front Line） 280, 291
エヴァンテュレル、ウドール（Évanturel, Eudore） 635

エグザゴンヌ・プレス（Hexagone Press） 635, 641, 650
エグザゴンヌ世代（Hexagone generation） 642
エクスタインス、モドリス（Eksteins, Modris） 589, 591-92
    作品：『夜明けから歩いて』（Walking since Daybreak） 589
エスピネット、ランバイ（Espinet, Ramabai） 611,614, 624
エディション・ダカディ（Éditions d'Acadie） 644-45
エディション・ド・ブレ（Éditions de Blé） 644, 647
エディション・プリーズ・ド・パロール（Éditions Prise de parole） 644-46
エドゥジャン、エシ（Edugyan, Esi） 628
エドガー、ペラム（Edgar, Pelham） 053, 332, 334
エノー、ジル（Hénault, Gilles） 025, 032, 641, 643, 649
    作品：『腕木信号機』（Sémaphore） 643
    『屋外演劇』（Théâtre en plein air） 641
    『記憶の国への旅』（Voyage au pays de mémoire） 643
    『透視者たちへの合図』（Signaux pour les voyants） 649
エベール、アンヌ（Hébert, Anne） 026-27, 031, 035, 640-41, 653, 672, 691, 694-95, 703-04
    作品：
    詩：『王たちの墓』（Le Tombeau des rois） 027, 640, 653
    演劇：『鳥かご』（La Cage） 518
    小説：『木の部屋』（Les Chambres du bois） 694
    『シロカツオドリ』（Les Fous de Bassan） 035, 694
    『カムラスカ』（Kamouraska） 031, 691
    『激流』（Le Torrent） 026, 694
    『最初の庭』（Le Premier Jardin） 695
エベール、フィリップ（Hébert, Philippe） 161
エマーソン、ラルフ・ウォルドー（Emerson, Ralph Waldo） 185
エモン、ルイ（Hémon. Louis） 022, 368, 413, 686, 702
    作品：『マリア・シャプドレーヌ』（『白き処女地』）（Maria Chapdelaine） 022, 413, 702
エリオット、T. S.（Eliott, T. S.） 300, 307, 316, 319, 321-22, 325-26, 328-29, 331, 347, 386, 389, 459, 469
エリオット、ジョージ（Elliot, George） 437, 466, 488
    作品：『キスをしている男』（The Kissing Man） 437
エリュアール、ポール（Éluard, Paul） 641
エルバーグ、イェヒュダ（Elberg, Yehuda） 608
演劇祭（drama festivals） 451-52, 467, 570, 572-73, 583-84

アフリカナディアン劇作家フェスティヴァル（AfriCanadian Playwrights Festival）466
エドモントン国際フリンジ・フェスティヴァル（Edmonton International Fringe Festival）467
サマー・フリンジ・フェスティヴァルズ（summer fringe festival）467
ショー・フェスティヴァル、ナイアガラ＝オン＝ザ＝レイク（Shaw Festival, Niagara-on-the- Lake）463
ストラトフォード・フェスティヴァル（Stratford Festival）451, 501, 503
ドミニオン・ドラマ・フェスティヴァル（Dominion Drama Festival）451
アメリカ大陸演劇祭（Festival de Théâtre des Amériques、現在は Festival TransAmériques）572, 583-84
ブライス・フェスティヴァル（Blyth Festival）455
マグネティック・ノース・テアトル・フェスティヴァル（Magnetic North Theatre Festival）452
世界先住民演劇祭（World Indigenous Theatre Festival）572
エンゲル、マリアン（Engel, Marian）033, 533
　作品：『熊』（Bear）033, 533
エンゲルス、フリードリヒ（Engels, Friedrich）102
オヴィディウス（Ovid）436
王党派（米独立戦争時の）（United Empire Loyalists）103-05, 112-13
　王党派先住民（Aboriginal Loyalists）106
　ベイリー、ジェイコブ（Bailey, Jacob）103-04
　バートレット、W. S.（Bartlett, W. S.）103
　王党派黒人（Black Loyalists）104, 116, 506（ブラント、ジョーゼフの項も参照）
　カービー、ウィリアム（Kirby, William）104
　ランプマン、アーチボルド（Lampman, Archibald）104, 238
　モホーク語の聖書（Mohawk Bible）105-06
　オーデル、ジョナサン（Odell, Jonathan）103
　スタンズベリ、ジョーゼフ（Stansbury, Joseph）103
オーウェル、ジョージ（Orwell, George）409
オースティン、ジェイン（Austen, Jane）100, 316, 345, 380, 420, 422-23, 442
オーツ、ジョイス・キャロル（Oates, Joyce Carol）373
　作品：『国境を越えて』（Crossing the Borders）373
オーティーズ、フェルナンド（Ortiz, Fernando）616
オーデュボン、ジョン・ジェイムズ（Audubon, John James）203-04
　作品：『北アメリカの胎生動物』（Viviparous Quadrupeds of North America）204

オーデル、ジョナサン（Odell, Jonathan）103
　作品：『アメリカン・タイムズ』（The American Times）103
　「苦しいディレンマ」（"The Agonizing Dilemma"）103
オームズビー、エリック（Ormsby, Eric）486
オールドリッチ、トマス・ベイリー（Aldrich, Thomas Bailey）185
オグデン、ピーター・スキーン（Ogden, Peter Skene）124-25
オグレイディ、スタンディッシュ（O'Grady, Standish）139
オジェ、ロジェ（Auger, Roger）669
　作品：『私はレジャイナに行く』（Je m'en vais à Régina）669
オステンソウ、マーサ（Ostenso, Martha）296, 302-04, 307-08, 317
　作品：『ワイルド・ギース』（Wild Geese）023, 302-03, 317
オタワ・ナショナル・アーツ・センター（National Arts Centre / Centre National des Arts, Ottawa）452, 503, 666
オディアンボ、デイヴィッド（Odhiambo. David）042, 624, 628
　作品：『キプリガットのチャンス』（Kipligat's Chance）042, 624
　『オデュッセイア』（Odyssey, The）410, 539
オバール、フランク（Oberle, Frank）591-92
　作品：『我が家を見つけて――戦争体験児の平和への旅』（Finding Home: A War Child's Journey to Peace）591
オバディア、マリー・アベカッシス（Obadia, Mary Abécassis）612
オバマ、バラク・フセイン（Obama, Barack Hussein）045, 600
　作品：『マイ・ドリーム――バラク・オバマ自伝――』（Dreams From My Father）600
オヘイガン、トマス（O'Hagan, Thomas）190
オヘイガン、ハワード（O'Hagan, Howard）343, 428
　作品：『テイ・ジョン』（Tay John）343
　『ジャスパー駅で乗った女』（The Woman Who Got On at Jasper Station）428
オベロン出版社（Oberon press）430
オマーラ、デイヴィッド（O'Meara, Robert）486
　作品：『嵐はまだ吹きすさぶ』（Storm Still）486
オリヴィエ、エミール（Ollivier, Émile）040, 611, 617, 625

索引

作品：『蒸留所』（*La Brûlerie*）　625
　　　『二つの航路』（*Passages*）　625
オリヴェロス、クリス（Oliveros, Chris）　526
オルソン、チャールズ（Olson, Charles）　351, 476-77
オンダーチェ、マイケル（Ondaatje, Michael）　031, 035-36, 038, 040, 044, 056, 338, 344, **357**, 404, 411, 430, 480-81, 493-95, 503, 506, **508**, 534, 540-41, **548**, 567, 596, 599, **605**, 607, 611-14, 617, 620-21, 623, 626, **630**
　叙事詩の破壊（subversions of epic in）　494
　作品：
　　エッセイ：『レナード・コーエン』（*Leonard Cohen*）　493
　　小説：『アニルの亡霊』（*Anil's Ghost*）　040, 494-95, 541, 626
　　　　『虐殺を越えて』（*Coming Through Slaughter*）　493, 495, 506
　　　　『ディヴィザデロ』（*Divisadero*）　044, 495, 607
　　　　『イギリス人の患者』（*The English Patient*）　038, 344, 480, 494-95, 540, 541, 607
　　　　『ライオンの皮をまとって』（*In the Skin of a Lion*）　036, 494-95, 534, 540, 621, 626
　　詩：『シナモン・ピーラー』（*The Cinnamon Peeler*）　480
　　　　『世俗的な愛』（*Secular Love*）　480
　　　　『ハンドライティング』（*Handwriting*）　480
　　　　『ビリー・ザ・キッド全仕事』（*Collected Works of Billy the Kid*）　031, 567
　　ライフライティング：『家族を駆け抜けて』（*Running in the Family*）　035, 494, 541, 599, 620, 623
オンタリオの仏語作家（Franco-Ontarian writing）
　演劇（drama）　659, 666-67
　詩（poetry）　645-47
　小説（fiction）　699-700

【か】

カー、エミリー（Carr, Emily）　025, 343
　作品：『クリー・ウィック』（*Klee Wyck*）　025, 343, 344
カー、ケヴィン（Kerr, Kevin）　288, 293
カー＝ハリス、バーサ（Carr-Harris, Bertha）　259
　作品：『伝道事業の光と影、または伝道者のノートブックより』（*Lights and Shades of Mission Work; or Leaves from a Worker's Notebook*）　259, 272
カーヴァー、レイモンド（Carver, Raymond）　446
ガーヴィン、ジョン・W.（Garvin, John W.）　279, 290, **320**, 335
　作品：（編）『第一次世界大戦のカナダ詩』（*Canadian Poems of the Great War*）　279
カーソン、アン（Carson, Anne）　044, 489, 490, 500, 501, **509**
　長詩（long poems by）
　作品：『赤の自叙伝──詩形式の小説』（*Autobiography of Red: A Novel in Verse*）　040, 500-01
　　　『鏡、アイロニー、神』（*Glass, Irony and God*）　501
　　　『ほろ苦いエロース』（*Eros the Bittersweet*）　500
　　　『淡水』（*Plainwater*）　501
カーゾン、セイラ・アン（Curzon, Sarah Anne）　168
カーディナル、ハロルド（Cardinal, Harold）　031, 551
　作品：『不公正な社会』（*The Unjust Society*）　031, 551
ガートナー、ズズィ（Gartner, Zsuzsi）　429, 445
ガーナー、ヒュー（Garner, Hugh）　342, 429
　作品：『キャベジタウン』（*Cabbagetown*）　342
　　　『ヒュー・ガーナー珠玉集』（*Hugh Garner's Best Stories*）　429
カービー、ウィリアム（Kirby, William）　020, 104, 166, 171, **174**, 178
　作品：『金の犬』（*The Golden Dog*（*Le Chien d'or*））　020, 166-67, 178
　　　『ユナイテッド・エンパイア──アッパー・カナダ物語12編』（*The UE: A Tale of Upper Canada in XII Cantos*）　178
カーマン、ブリス（Carman, Bliss）　181-87, 189-92, 218-19, 240, 243, 249, 273-74, 309, 320-23, 325
　作品：「グラン・プレの引潮」（"Low Tide at Grand Pré"）　183
　　　『グラン・プレの引潮』（*Low Tide at Grand Pré*）　182, 187
　　　『牧羊神の笛』（*The Pipes of Pan*）　182, 186, 190
　　　「マルヌ川の男」（"The Man of the Marne"）　274
　　　『ヴァガボンディア』（*Vagabondia*）　184, 186, 190
　　　『サッフォー──100編の抒情詩』（*Sappho: One Hundred Lyrics*）　190
カーライル、トマス（Carlyle, Thomas）　434
カーンズ、ライオネル（Kearns, Lionel）　477
カイトリン、ジョージ（Caitlin, George）　130
ガウアン、エルシー・パーク（Gowan, Elsie Park）　451
ガウディ、バーバラ（Gowdy, Barbara）　040-41, 044, 531-32, 544-45, **547**
　作品：『堕落する天使』（*Falling Angels*）　544
　　　『無力』（*Helpless*）　044, 544
　　　『眠り魔氏』（*Mister Sandman*）　544
　　　『ロマンティックな人たち』（*The Romantic*）　041, 545

カナダ文学史

『愛のことはめったに考えない』（We So Seldom Look on Love）544
『白い骨』（The White Bone）040, 531-32, **547**
ガス、ケン（Gass, Ken）454
カスグラン神父、アンリ＝レモン（Casgrain, Abbé Henri-Raymond）161-62, 168, 170-71, **174**, 369, 634, 683-84
ガストン、ビル（Gaston, Bill）446
　作品：『マウント・アパタイト』（Mount Appetite）446
カズヌーヴ、ポール（Cazeneuve, Paul）660
ガスペ、フィリップ・オベール・ド（フィス）（Gaspé, Philippe Aubert de（fils））018-19, 162, 172, **174**, 178, 682
　作品：『ある本の影響』（L'Influence d'un livre）018, 682
ガスペ、フィリップ・オベール・ド（ペール）（Gaspé, Philippe Aubert de（père））019, 683, 695
　作品：『かつてのカナダ人』（Les Anciens Canadiens）019, 162, 172, 178, 184, 531, 683-84
ガスペロー・プレス（Gaspereau Press）488
カタン、ナイム（Kattan, Naïm）376, 612, 620
カッチャ、フルヴィオ（Caccia, Fulvio）610, **629**
ガッピ、スティーヴン（Guppy, Stephen）431
ガナーズ、クリスチアナ（Gunners, Kristjan）**425**, 427
カナダ・カウンシル（Canada Council）027, 349, **357**, 376, 451
カナダ・フランコフォン演劇協会（ATFC）（Association des théâtres francophones du Canada（ATFC））668
カナダ学生海外協力隊（CUSO）（Canadian University Services Organization（CUSO））374-75, **380**
カナダ合同教会（United Church of Canada）308, 391
カナダ市民権法（Canadian Citizenship Act）025, 346
カナダ第一主義運動（Canada First Movement）214
カナダ太平洋鉄道（Canadian Pacific Railway（CPR））020, 333, 383, 385
「カナダの園芸家」（月刊誌）（Canadian Horticulturalist, The）196, 206, 207
カナダの黒人の著作（Black Canadian writing）
　アフリカ系アカディア人（Africadian）488, 506-07, 609
　アフリカ系カナダ人の用語（African Canadian terminoloty）628
　王党派の黒人（Black loyalists）104, 107, 506-07
　現代演劇（contemporary drama）468-69
　現代詩と散文（contemporary poetry and prose）489, 600, 610-11, 628
　女性の開拓物語（woman's settlement narrative）139
　（民族の多様性：カリブ系の項も参照）

『カナダ文学オックスフォード・コンパニオン』（Oxford Companion to Canadian Literature（1967）；（1997））
カナダ文学史（Canadian literary history）
　『ケンブリッジ版英文学史』（1917年）（Cambridge History of English Literature（1917））053
　『カナダ英語文学史』（キース）（Canadian Literature in English（Keith））029
　『ケベック文学作品辞典』（Dictionnaire des œuvres du Québec）054
　『ケベック仏語文学史』（グランプレ）（Histoire de la littérature française du Québec（Grandpré））054
　『カナダ文学史』（ニュー）（A History of Canadian Literature（New））055
　『カナダ文学史』（クリンク）（A Literary History of Canada（Klinck））427
カナダ作家協会（Canadian Authors Association）
カナダ放送協会（CBC）（Canadian Broadcasting Commission/Radio Canada（CBC））042, 344, 349, 352, 365, 404, 411, 415, 428, 441, 451, 472, 476, **490**, 503, 550, 579, 602-03
「カナディアン・フィクション・マガジン」（Canadian Fiction Magazine）430
「カナディアン・フォーラム」誌（Canadian Forum）279, 323, 332, 392, 404
「カナディアン・ポエトリー・マガジン（Canadian Poetry Magazine）332-34, 350
「カナディアン・マーキュリー」誌（Canadian Mercury）323, 327-28, 330
「カナディアン・リテラチャー」誌（Canadian Literature）028, 373-74, 376, 476, 489
ガニョン、シャルル（Gagnon, Charles）373
ガニョン、マドレーヌ（Gagnon, Madeleine）033, 648
カフーツ・シアター・プロジェクト（Cahoots Theatre Projects）465
カフカ、フランツ（Kafka, Franz）445, 628
ガマーソン、ペニー（Gummerson, Penny）586
　作品：『ワワテイ』（Wawatay）586
カミュ、アルベール（Camus, Albert）688
　作品：『異邦人』（L'Entanger）
カミン、アラン（Cumyn, Alan）287, **292**
　作品：『飢えた恋人』（The Famished Lover）287
　　『寄留』（The Sojourn）287, **292**
カミングズ、e. e.（cummings, e.e）307, 331
カラフィリー、アイリーナ・F（Karafilly, Irena F.）590-92, **604**
　作品：『羽飾り付き帽子を被ったストレンジャー』（The Stranger in the Plumed Hat）590, 640

カリー、シェルドン（Currie, Sheldon） 433
　作品：「グレイス・ベイ炭鉱博物館」（"The Glace Bay Miners' Museum"） 433, 458
カリウー、ウォレン（Cariou, Warren） 614
　作品：『路傍殉教者の昂揚した仲間たち』（The Exalted Company of Roadside Martyrs） 430
カリエ、ロック（Carrier, Roch） 030, 370, **379**, 442, 471, 690, **703**
　作品：『戦争だ、イエス・サー！』（La Guerre, yes sir!） 030, 690-91
　『二千階』（Le Deux-millième étage） 370
　『ホッケーのセーター』（The Hockey Sweater） 442
カリエール、ルイ・エクトール・ド（Callières, Louis Hector de） 072-75
ガル、ロレナ（Gale, Lorena） 466, **470**
　作品：『アンジェリック』（Angélique） 466, 470
カルー、ジャン（Carew, Jan） 430
カルヴィーノ、イタロ（Calvino, Italo） 532
カルティエ、ジャック（Cartier, Jacques） 014-15, 043, 060-63, 068, 072, 075, 170, 471, 701
　先住民について（on Aboriginal people） 061-63
　作品：『報告書』（Relations） 062, 081, 090, 658
カルトン・モジニェー、ビアトリス（Culleton Mosionier, Beatrice） 035, 555, **568**
　作品：『エイプリル・レイントゥリーを探して』（In Search of April Raintree） 035, 555, 568
　『トリックスターの夜』（Night of the Trickster） 579
ガルニエ、シャルル（Garnier, Charles） 086
ガルノー、アルフレッド（Garneau, Alfred） 021, 635
ガルノー、エクトール・ド・サン=ドゥニ（Garneau, Hector de Saint-Denys） 024-27, 079, 157, 372, 638-40
　作品：『空間における視線と遊び』（Regards et jeux dans l'espace） 024, 638-39
ガルノー、フランソワ=グザヴィエ（Garneau, François-Xavier） 018, 159, 160-62, 165, 167, 169, 171, **173-74**, 633, 651
　イロコワ人について（on Iroquois） 160
　ダラム『報告書』に対するフランス系カナダ人の反応（francophone response to Durham Report） 160-61
　仏系カナダの民族的歴史家（French Canada's national historian） 160, 633
　リベラルなイデオロギー（liberal ideology of） 160
　作品：『最後のヒューロン人』（"Le Dernier Huron"） 633
　『その発見から1845年現在にいたるまでのカナダ史』（全3巻）（Histoire du Canada depuis sa Découverte jusqu'a nos jours (3 vols.)） 018, 159, 173
　「旅人」（"Le Voyageur"） 633, 651
ガルノー、ミシェル（Garneau, Michel） 648
カルパンチエ、アンドレ（Carpentier, André） 698
カレダ、ウルジョ（Kareda, Urjo） 454
ガロー、ロリエ（Gareau, Laurier） 669
　作品：『裏切り』（The Betrayal / La Trahison） 669
　『大丈夫』（Pas de problèmes） 669
カロン、ルイ（Caron, Louis） 035, 284, **292**, 694
　作品：『自由の息子たち』（Les Fils de la liberté） 694
　『ぬくぬくと着込んだ人』（L'Emmitouflé） 284
ガン、ジェニ（Gunn, Genni） 432
　作品：『飢餓』（Hungers） 432
環境保護主義・生態学（environmentalism/ecology） 123-25, 146, 206, 210, 256, 301, 352-53, 362, 364, 407, 409, 484, 531, 567, 579, 582, 585, 596, 603, 697
ガンディ、インディラ（Gandhi, Indira） 531
ギアリ、デイヴ（Geary, Dave） 519
キーシグ=トビアス、レノーア（Keeshig-Tobias, Lenore） 556, 559, 560, **568**
キース、W.（ウィリアム）J（Keith, William J.） 055, 280
キーツ、ジョン（Keats, John） 182-83, 187, 386, 484
キーファー、ジャニス・クーリク（Keefer, Janice Kulyk） 043-44, 431, 589-90, 592-93, **604-05**, 610, 617, 621,
　作品：『蜂蜜と灰──ある家族の物語』（Honey and Ashes: A Story of a Family） 589, 604-05
　『パリ=ナポリ特急』（The Paris-Napoli Express） 444
ギブ、カミラ（Gibb, Camilla） 042, 626
　作品：『腹の底から愉快』（Sweetness in the Belly） 626
ギブソン、グレイム（Gibson, Graeme） 424
　作品：『ベッドサイドで読む鳥物語』（The Bedside Book of Birds: An Avian Miscellany） 424
ギブソン、マーガレット（Gibson, Margaret） 444
ギボン、ジョン・マリー（Gibbon, John Murray） 276, **290**, 321
　作品：『勝利の英雄』（The Conquering Hero） 276
キャザー、ウィラ（Cather, Willa） 306
　作品：『おお、開拓者たちよ！』（O Pioneers!） 306
　『私のアントニーア』（My Ántonia） 306
キャタモール、ウィリアム（Cattermole, William） 138-39
　作品：『移住。カナダに移住する利点』（Emigration. The

　　　　　　　Advantages of Emigration to Canada）138
キャメロン、D. A.（Cameron, D.A.）376
キャメロン、アン（Cameron, Anne）445
　作品：『インディアン女性の娘たち』（Daughters of Copper Woman）445
キャメロン、ジョージ・フレデリック（Cameron, George Frederick）188
　作品：『自由と愛と死の抒情詩』（Lyrics of Freedom, Love, and Death）188
キャラハン、バリー／ブルース・マイヤー（Callaghan, Barry and Bruce Meyer）292, 428
キャラハン、モーリー（Callaghan, Morley）024, 297, 313-15, **318**, 341, 372, 433
　作品：『モーリー・キャラハンの忘れ物置き場の物語』（The Lost and Found Stories of Morley Callaghan）428
　　　　『愛される者と滅びる者』（The Loved and the Lost）341
　　　　『パリのあの夏』（That Summer in Paris）313, **318**
ギャラント、メイヴィス（Gallant, Mavis）034, 043, 347-48, 404, 406, 411-15, 423-24, **424-25**, 427, 429-31, 439-40, 444, 446, **449**, 478
　および「ニューヨーカー」誌（and The New Yorker）412
　パリ在住の国外居住作家（expatriate writer in Paris）347, 411, 413-14
　作品：『この世の終わり、その他の物語』（The End of the World and Other Stories）411
　　　　『橋の向こう側』（Across the Bridge）414
　　　　「五月のできごと──パリのノートブック」（"The Events in May: A Paris Notebook"）413, 425
　　　　『かなり楽しい時』（A Fairly Good Time）412
　　　　『第15区より』（From the Fifteenth District）034, 411
　　　　『浜に上がる』（Going Ashore）348, 412
　　　　『緑の水、緑の空』（Green Water, Green Sky）348, 412
　　　　『知られたくない真実──短編選集』（Home Truths: Selected Stories）034, 411, 414-15, **424-25**, 439
　　　　「マドレンの誕生日」（"Madeline's Birthday"）404, 412, **424**
　　　　リネット・ミュア物語（Linnet Muir stories）414, 439
　　　　『空飛ぶ気球に乗って』（Overhead in a Balloon）413
　　　　『モントリオール物語』（Montreal Stories）411

『パリ物語』（Paris Stories）411
『ペグニッツ・ジャンクション』（The Pegnitz Junction）414
『短編選集』（Selected Stories）404, 411, **424**, 440
「文体とは？」（"What is Style?"）412-13, **424-25**
キャリングトン、レオノーラ（Carrington, Leonora）354
キャロル、ルイス（Carroll, Lewis）692
　作品：『不思議の国のアリス』（Alice in Wonderland）692
キャンベル、マリア（Campbell, Maria）034, 037, 553-54, 558, 560, **568-69**, 572, **587**
　メティスとインディアンの女性について（on Métis and Indian women）554
　メティスのアイデンティティ（Métis identity）553
　作品：『アチムーナ』（Achimoona）558
　　　　『ジェシカについての本』（リンダ・グリフィスと共著（The Book of Jessica〈co-authored with Linda Griffiths〉）560, **587**
　　　　『ジェシカ』（戯曲）（Jessica〈drarna〉）037, 572-73, 577
　　　　『ハーフブリード』（Halfbreed）032, 553-54, 556, 560, 572
　　　　『道路用地に住む人たちの物語』（Stories of the Road Allowance People）560, **568-69**
キャンベル・ウィリアム・ウィルフレド（Campbell, William Wilfred）181-87, 189-91, **193-94**, 320
　作品：（編）『オックスフォード版カナダ詩集』（The Oxford Book of Canadian Verse）320, 335
　　　　「マーメイド・インにて」（At the Mermaid Inn）187, 189, **193-94**
　　　　『湖の抒情詩、その他の詩』（Lake Lyrics and Other Poems）182-83
　　　　『ヴァスター・ブリテン物語』（Sagas of Vaster Britain）191
　　　　『スノーフレークと日の光』（Snowflakes and Sunbeams）182
ギュイヨン、ルイ（Guyon, Louis）660
キューパー、ジャック（Kuper, Jack）590-91
　作品：『ホロコーストの子供』（Child of the Holocaust）591
ギュリック、ロベール（Gurik, Robert）663, **679**
　作品：『ハムレット、ケベックのプリンス』（Hamlet, prince du Québec）663
郷土の小説／大地の小説（roman du terroir / roman de la terre）683, 686, 690, 698
キヨオカ、ロイ（Kiyooka, Roy）610, 621

キリスト教婦人矯風会（Woman's Christian Temperance Union（WCTU））
ギル、シャーロット（Gill, Charlotte）432
　作品：『レディーキラー』（Ladykiller）432
　　『ギルガメシュの叙事詩』（Epic of Gilgamesh）494
ギルバート、スカイ（Gilbert, Sky）463
　作品：『裁かれるドラッグ・クイーンたち』（Drag Queens on Trial）463
ギルメ、J.（Guilemay, J.）519
キング、ウィリアム・ライオン・マッケンジー（首相）（King, William Lyon Mackenzie（Prime Minister））023, 324, 345, 622
キング、ウィリアム・ロス（King, William Ross）202-04
　作品：『カナダのスポーツマンとナチュラリスト（The Sportsman and Naturalist in Canada）202-03, 212
キング、トマス（King, Thomas）037-38, 427, 431, 442-43, 489, 557-58, 560, 563-64, 568-69, 615
　作品：（編）『皆わが同胞』（All My Relations）558
　　『青い草、流れる水』（Green Grass, Running Water）038, 560, 563, 569
　　「コヨーテ・コロンブス物語」（"A Coyote Columbus Story"）443
　　『ある良いお話、あのお話』（One Good Story, That One）038, 443, 560
　　『カナダ先住民小史』（A Short History of Indians in Canada）443
　　『物語についての本当のお話』（The Truth about Stories）443, 560
キング、ボストン（King, Boston）104-05
キンケード、ジャメイカ（Kinkaid, Jamaica）609, 612
キンセラ、W. P.（Kinsella, W. P.）431-32, 443
　作品：『ミス・ホッベマのページェント』（The Miss Hobbema Pageant）443
　　『モカシン・テレグラフ』（The Moccasin Telegraph）443
キンチ、マーティン（Kinch, Martin）455
クィア・ライティング（queer writing）
　ゲイ（gay）314-15, 342-43, 372, 439, 504, 527, 565, 626, 667, 673, 676, 696
　レズビアン（lesbian）315, 372, 444, 462-64, 477, 497, 504-05, 626, 657, 692
クースター、マーティン（Kuester, Martin）496-97, 508
クースチュール、アルレット（Coustre, Arlette）036, 694, 704
　作品：『カレブの娘たち』（Les Filles de Caleb）036, 694
クーパー、アフア（Cooper, Afua）609, 611, 621, 628, 629
クーパー、ジェイムズ・フェニモア（Cooper, James Fenimore）163
クーパー、デイヴ（Cooper, Dave）527
　作品：『クランプル』（Crumple）527
　　『サックル』（Suckle）527
　　『リップル』（Ripple）527
クープランド、ダグラス（Coupland, Douglas）038, 044, 522
　「X世代」こま割り漫画（"Generation X" comic strip）522
クーム、ウィリアム（Combe, William）121
クールター、ジョン（Coulter, John）028, 451-52
　作品：『リエル』（Riel）026, 451-52
グールド、ジョン（Gould, John）027, 030, 038, 446
　作品：『キルター』（Kilter）446
グスタフソン、ラルフ（Gustafson, Ralph）349-50, 353, 376, 482, 491
　作品：『石の上の火』（Fire on Stone）482
　　『真夜中の星座』（Configurations at Midnight）482
　　『金の杯』（The Golden Chalice）353
　　『暗闇への飛行』（Flight into Darkness）353
　　『詩選集』（Selected Poems）478, 482, 488
クック、ジェイムズ（Cook, James）017, 118, 131
クック、マーガレット・ミシェル（Cook, Margaret Michele）646
クック、マイケル（Cook, Michael）033, 456
　作品：『頭、はらわた、それにサウンドボーン・ダンス』（The Head, Guts and Soundbone Dance）456
　　『ジェイコブの通夜』（Jacob's Wake）033, 456
クック、メイラ（Cook, Meira）481
グディソン、ローナ（Goodison, Lorna）044, 614
グピル、ルネ（Goupil, René）086-87
クラーク、オースティン（Clarke, Austin）041, 374, 427, 442, 615-16, 620, 623
　作品：『イバラとアザミの中で』（Amongst Thorns and Thistles）623
　　『オースティン・クラーク作品集』（Austin Clarke Reader）442
　　『合意点』（The Meeting Point）374, 616
　　『ユニオンジャックの下で育った愚か者』（Growing Up Stupit Under the Union Jack）623
　　『渡航の生存者たち』（Survivors of the Crossing）615
　　『磨かれた鋤』（The Polished Hoe）041, 615-16

クラーク、サリー（Clark, Sally）　462
　作品：『手探りの暮らし』（Life without Instruction）　462
　　『ムー』（Moo）　462
クラーク、ジョージ・エリオット（Clarke, George Elliott）　037, 042, 375, 466, 488, 501, 506-07, 510, 608-09, 611, 625
　アフリカ系アカディア人の文化社会（on Africadian cultural community）　506
　作品：『黒人』（Black）　507
　　『ビアトリス・チャンシー』（Beatrice Chancy）　466, 507
　　『強制執行の詩——アカディアの黒人の悲劇「ジョージとルー」』（Execution Poems: The Black Acadian Tragedy "George and Rue"）　488, 507, 510
　　『ケベシテ——ジャズ・ファンタジア三部作』（Québécité: A Jazz Fantasia in Three Cantos）　507
　　『ホワイラー滝』（Whylah Falls）　037, 466, 488, 506-07
クライセル、ヘンリー（Kreisel, Henry）　428-29
　作品：『オールモースト・ミーティング』（The Almost Meeting）　428
　　『金持ちの男』（The Rich Man）　341
クライナー、フィリップ（Kreiner, Philip）　441
クライン、A. M.（Klein, A. M.）　025-26, 328-29, 331-33, 346, 348, 350, 354, 370, 428-29, 492, 494, 500, 501, 507, 610, 618
　作品：「研磨師と磨き上げたレンズから」（"Out of the Pulver and the Polished Lends"）　331-32
　　『ユダヤ人も持たざるや』（Hath Not a Jew）　025, 333
　　『第二の書』（The Second Scroll）　026, 346, 507
　　『短編集』（Short Stories）　428
グラヴァー、ダグラス（Glover, Dauglas）　427, 433-34, 449
　作品：『サスカトゥーンで犬が男を溺れさせようとする』（Dog Attempts to Drown Man in Saskatoon）　434
　　『故郷に向けた放蕩息子の覚え書』（Notes Home from a Prodigal Son）　434
グラス、ギュンター（Grass, Günter）　362
　作品：『ブリキの太鼓』（The Tin Drum）　362
グラス、ジョアナ・マクレランド（Glass, Joanna McClelland）　461
　作品：『女に生まれて』（If We Are Women）　461
　　『カナディアン・ゴシック』（Canadian Gothic）　461

　　『骨が折れる』（Trying）　461
グラスコ、ジョン（Glassco, John）　031, 297, 313-16, 319, 349, 702
　およびクィア・カルチャー（and queer culture）
　作品：『モンパルナスの回想記』（Memoirs of Montparnasse）　031, 313, 315, 319
グラスコ、ビル（Glassco, Bill）　454-55, 679
クラミー、マイケル（Crummey, Michael）　481, 488, 535, 546, 548
　作品：『川の泥棒』（River Thieves）　535
　　『どぎつい光』（Hard Light）　488
グラント、ジョージ（Grant, George）　029, 031, 365, 395-97, 400-01, 482
　作品：『英語を話す正義』（English-Speaking Justice）　397
　　『国家への哀歌——カナダのナショナリズムの敗退』（Lament for a Nation: The Defeat of Canadian Nationalism）　029, 365, 400
　　『マス・エイジの哲学』（Philosophy in the Mass Age）　396, 400
　　『テクノロジーと帝国——北米に対するいくつかの展望』（Technology and Empire: Perspectives on North America）　031, 396
　　『歴史としての時間』（Time as History）　397
グランプレ、ピエール・ド（Grandpré, Pierre de）　030, 054
　作品：（編）『ケベックの仏語文学史』（Histoire de la littératlire française du Québec）　030
グランボワ、アラン（Grandbois, Alain）　024-25, 639-41
　作品：『夜の島々』（Les Îles de la nuit）　025, 639, 653
クリーリー、ロバート（Creeley, Robert）　351, 472, 476
「グリップ」誌（Grip magazine）　220, 229, 239, 512
グリニョン、クロード＝アンリ（Grignon, Claude-Henri）　024, 368, 686-87
グリフィス、バス（Griffiths, Buss）　524
　作品：『森林伐採』（Now You're Logging）　524
グリフィス、リンダ（Griffiths, Linda）　037, 453, 560, 572, 587
　作品：『マギーとピエール』（Maggie and Pierre）　453
グリフィン、スコット（Griffin, Scott）　486, 489
クリンク、カール・F.（Klinck, Carl F.）　029, 054-55, 057, 099, 115-16, 138, 153, 211, 393, 400, 448, 761
　作品：（編）『カナダ文学史——英語カナダ文学』（A Literary History of Canada: Canadian Literature in English）　053

グルー、リオネル（Groulx, Lionel） 513, **651**, 685, **702**
 作品：『民族の呼び声』（L'Appel de la race） 685, 699
グループ・オブ・セヴン（Group of Seven） 023, 308, 320, 330, 515
クルスツ、リエンツィ（Crusz, Rienz） 611, 613
クルテシ、ジョージ（Clutesi, George） 364
クルトゥマンシュ、ジル（Courtemanche, Gil） 042, 626
 作品：『キガリのプールでの日曜日』（Un dimanche à la piscine à Kigali） 042, 626
クルマ、アーマドゥー（Kourouma, Ahmadou） 613
 作品：『独立の太陽』（Les Soleils des indépendances） 613
グルモワ、モーリス・ド・（Gourmois, Maurice de） 699
グレアム、アンドルー（Graham, Andrew） 120
グレアム、グエサリン（Graham, Gwethalyn） 025, 028, 338, 341, 364
 作品：『スイス・ソナタ』（Swiss Sonata） 341, **357**
  『地上と天上』（Swiss Sonata） 025, 341, 364
グレイ、ジョン（Gray, John） 034, 288, **293**
 作品：『ビリー・ビショップ戦争に行く』（Billy Bishop Goes to War） 035, 288, **293**, 453
グレイ・アウル（アーチボルド・スタンスフェルド・ベラニー　Grey Owl (Archibald Stansfeld Belaney)） 297, 539
グレイヴズ、ロバート（Graves, Robert） 376
グレイディ、ウェイン（Grady, Wayne） 430, **705**
 作品：（編）『ペンギン版カナダ短編集』（The Penguin Book of Canadian Stories） 430
クレイト、ジョーン（Crate, Joan） 562
 作品：『本物の貴婦人のように白く――ポーリン・ジョンソンに捧げる詩』（Pale as Real Ladies: Poems for Pauline Johnson） 562
グレノン、ポール（Glennon, Paul） 447
 作品：『眠れましたか？』（How Did You Sleep?） 447
クレマジー、オクターヴ（Crémazie, Octave） 019, 161, **173**, 633-34, **652**
 作品：「年老いたカナダ人兵士」（"Le Vieux Soldat canadien"） 634
  「カリオンの旗」（"Le Drapeau de Carillon"） 161, 634
  「三人の死者の散歩」（"Promenade de trois morts"） 019, 634
  「虫」（"Le Ver"） 634, **652**
クレメンツ、マリー（Clements, Marie） 044, 582-83, **587**

 作品：『鉄の時代』（Age of Iron） 582, **587**
  『燃えさかる光景』（Burning Vision） 582
  『永遠に泳ぎ続けた少女』（The Girl Who Swam Forever） 583
  『銅色の羽をもつサンダーバード』（Copper Thunderbird） 583
  『私に何をさせたか考えてよ』（Look What You Made Me Do） 583
  『アーバン・タトゥー』（Urban Tattoo） 583
  『不自然で偶発的な女たち』（The Unnatural and Accidental Women） 582
クレメント、キャロライン（Clément, Caroline） 311, 312
グロウヴ、フレデリック・フィリップ（Grove, Frederick Philip） 023, 296-303, 307-09, 312
 作品：『大地の果実』（Fruits of the Earth） 303
  『ファニー・エスラー』（Fanny Essler） 298
  『製粉工場の主人』（Master of the Mill） 302
  『私自身を求めて』（In Search of Myself） 308
  『日毎の糧』（Our Daily Bread） 303
  『マウエルマイスター・イーレス・ハウス』（Maurermeister Ihles Haus） 298
  『アメリカ探究』（A Search for America） 023, 297, 299, **317**
  『大平原を踏み分けて』（Over Prairie Trails） 297, 300-01, 309, **317**
  『湿地入植者』（Settlers of the Marsh） 023, 297, 299-300, 303, 305, 309, **317**
  『年の変わり目』（The Turn of the Year） 297, 301
クロウチ、ロバート（Kroetsch, Robert） 031, 034, 303, 316, **317**, 362, 481, 485, 491, 495, 536-37, 539, **548**
 およびポストコロニアリズム（and postcolonialism） 539
 およびポストモダニズム（and postmodernism） 485
 長編詩（long poems of） 485, 539
 マジック・リアリズム（magic realism in） 539
 作品：
  エッセイ：「アメリカ発見の瞬間は続く」（"The Moment of the Discovery of America Continues"） 537
  『カラスの日記』（The Crow Journals） 034, 539
  『インディアンになった男』（Gone Indian） 539, **548**
  『バッドランズ』（Badlands） 539
  『カラスが言ったこと』（What the Crow Said） 539
  『種馬を引く男』（The Studhorse Man） 031, 362, 539
 詩：『種子のカタログ』（Seed Catalogue） 485

『帳簿』（*The Ledge*）485, 491
『フィールド・ノート』（*Field Notes*）485
グローバリゼーション（globalization）414, 438, 589, 606, 626-27
　移住（migration）588-89, 594
「グローブ」／「グローブ・アンド・メール」紙（トロント）（Globe, The / Globe and Mail, The〈Toronto〉）018, 186-87, 217, 225, 260, 263, 559
クローフォード、イザベラ・ヴァランシー（Crawford, Isabella Valancy）018, 186-87, 217, 225, 260, 263, 559
　作品：『ウィノーナ、または里子姉妹』（*Winona; or, The Foster Sisters*）236
　　　　『破滅！またはミストリーのロスクレラ家』（*Wrecked! or, The Rosclerras of Mistree*）236
　　　　『マルカムのケイティー』（*Malcolm's Katie*）020, 188, 89, 216
クローリィ、アラン（Crawley, Alan）333, 351
クロジエ、ローナ（Crozier, Lorna）481
グロス、ポール（Gross, Paul）288, **293**
クワン、アンディ（Quan, Andy）439
　作品：『カレンダー・ボーイ』（*Calendar Boy*）439
クワン、マイケル・デイヴィッド（Kwan, Michael David）594, 599, **605**
　作品：『忘れてはならぬこと』（*Things That Must Not Be Forgotten*）594
クンデラ、ミラン（Kundera, Milan）617
ゲイアツ、クリフォード（Geertz, Clifford）060, 076
ケイディ、ヴィヴェット・J.（Kady, Vivette J.）434
　作品：『最重要指名手配人』（*Most Wanted*）434
ケイン、ポール（Kane, Paul）130, **136**
　作品：『北米先住民と共に過ごした芸術家の放浪記』（*Wanderings of an Artist among the Indians of North America*）130, **136**
ケイン、マーゴ（Kane, Margo）571, 577, 578, 579
　女優、先住民パフォーマンス・グループの設立者（actress and founder of Native performance groups）577
　作品：『インディアン・カウボーイの告白』（*Confessions of an Indian Cowboy*）579
　　　　『ムーンロッジ』（*Moonlodge*）578
　　　　『リヴァー・ホーム』（*The River Home*）579
ゲーヴルモン、ジェルメーヌ（Guèvremont, Germaine）025, 340, 360, 688, 697
　作品：『マリー＝ディダス』（*Marie-Didace*）340
　　　　『外来者』（『不意に来る者』）（*The Outlander / Le Survenant*）025, 340, 360, 688, 697
ゲーテ、オティリー・フォン（Goethe, Ottilie von）141

ゲーテ、ヨハン・ヴォルフガング・フォン（Goethe, Johann Wolfgang von）184, 248
ケオン、ウェイン（Keon, Wayne）551, 552, **567**
　作品：（編）：『スウィートグラス』（*Sweetgrass*）552, 567
毛皮交易商人の日誌（fur traders' journals）118-20, 124-26, 133
ケニー、ジョージ（Kenny George）571
　作品：『インディアンは泣かない』（*Indians Don't Cry*）571
　　　　『十月の客』（*October Stranger*）571
ケネディ、リーオ（Kennedy, Leo）327-329, 331-333, 336
　作品：『死の覆い』（*The Shrouding*）329, 336
ケネル、ジョーゼフ（Quesnel, Joseph）658
ケベック青少年演劇協会（Association Québécoise du Jeune Théâtre（AQJT））666
ケルシー、ヘンリー（Kelsey, Henry）119-20, **134**
「現代詩」（雑誌）（*Contemporary Verse*）325, 351-52
ゴヴロー、クロード（Gauvreau. Claude）033, 641-42, 662
　作品：
　　演劇：『エポルミアーブルな大鹿の任務』（*La Charge de l'orignal épormyable*）662
　　　　『オレンジは青い』（*Les Oranges sont vertes*）662
　　詩：「敵への頌歌」（"Ode à l'ennemi"）642
　　　　『拘禁の歌』（*Poèmes de détention*）642, **654**
　　　　『創造的全作品』（*Œuvres créatrices conpletes*）033, 642, 654
コウプランド、アン（Copeland, Ann）444
　作品：『平安』（*At Peace*）444
コーエン、マット（Cohen, Matt）429, 433, **610**, 704
　作品：『夜間飛行』（*Night Flights*）433
コーエン、レナード（Cohen, Leonard）027-28, 030, 079, 087, 334, 349, 351, 354-55, 361, 369, 372, 478, 481-82, 492-94, 500, 610, 618
　作品：
　　小説：『美しき敗者たち』（*Beautiful Losers*）030, 079, 087, 478, 493, 500, 507
　　　　『お気に入りのゲーム』（*The Favourite Game*）028, 478, 492-94
　　詩：『神話を比較してみよう』（*Let Us Compare Mythologies*）027, 355
　　　　『詩選集』（*Selected Poems*）478
　　　　『レナード・コーエンの歌』（*Songs of Leonard Cohen*）478
　　　　『大地のスパイスボックス』（*The Spice-Box of Earth*）478, 493

ゴーゴリ、ニコライ（Gogol, Nikolai）225
コーチ・ハウス出版（Coach House Press）479, 518
ゴーチエ、ルイ（Gauthier, Louis）695
　作品：『遠回りのインド旅行』（Voyage en Inde avec un grand détour）695
コール、フランク・オリヴァー（Call, Frank Oliver）321
　作品：（編）『ハアザミと野ぶどう』（Acanthus and Wild Grape）321
ゴールト、コニー（Gault. Connie）461
　作品：『空』（Sky）461
ゴールト、ジョン（Galt, John）133
　作品：『ボグル・コーベット』（Bogle Corbet）138
　　　『ローリー・トッド、または森の入植者たち』（Laurie Todd: or, The Settlers in the Woods）138
ゴールドスミス、オリヴァー（Goldsmith, Olive）017, 139
　作品：『興隆する村』（The Rising Village）017, 139
コールマン、キャスリーン・ブレイク（キット・コールマン）（Coleman, Kathleen Blake（Kit Coleman））263-64, **272**
コールマン、ヘレナ（Coleman, Helena）181, 352
コールリッジ、サミュエル・テイラー（Coleridge, Samuel Taylor）386, 496
コガワ、ジョイ（Kogawa, Joy）034, 374, 498-99, **509**, 610, 617, 620, 622-23, **630**
　作品：
　　小説：『イツカ』（Itsuka）498
　　　　『オバサン』（Obasan）034, 374, 498-99, 620, 622
　　詩：『夢の選択』（A Choice of Dreams）498
コキス、セルジオ（Kokis, Sergio）042, 614-15, 617, 623, 627
　作品：『鏡の館』（Le Pavillion des miroirs）623
コグズウェル、フレッド（Cogswell, Fred）488
国立映画庁（National Film Board）024, 360, 432, 442
ココタイロ、フィリップ（Kokotailo, Philip）315
ゴシック（Gothic）152, 166, 215, 226, 241, 343, 367, 369, 410, 418, 428, 433, 505, 532, 544, 565, 682
ゴス、フィリップ・ヘンリー（Gosse, Philip Henry）196-98, 200, 203
　作品：『カナダのナチュラリスト』（The Canadian Naturalist）197
　　　『エントモロジカ・テラ・ノヴァ』（Entomologica Terra Novae）197
コステイン、トマス・B.（Costain, Thomas B.）338
　作品：『銀杯』（The Silver Chalice）339
　　　『黒バラ』（The Black Rose）339

ゴダン、ジェラルド（Godin, Gerald）030, 035-036, 633, 643
　作品：『カントゥーク』（Cantouques）030, 643
コッキング、マシュー（Cocking, Matthew）119-20
コックス、パーマー（Cox, Palmer）240, 243
コックス、ロス（Cox, Ross）125-26, 512
　作品：『コロンビア川での冒険』（Adventures on the Columbia River）126
ゴドウィン、ウィリアム（Godwin, William）102
　作品：『政治的正義』（Political Justice）102
ゴトー、ヒロミ（Goto, Hiromi）038, 610, 621-22
　作品：『コーラス・オブ・マッシュルーム』（Chorus of Mushrooms）039, 622
ゴドブー、ジャック（Godbout, Jacques）029, 030, 689-90, 691, **703**
　作品：『アクアリウム』（L'Aquarium）689
　　　『やあ、ガラルノー』（Salut Galarneau!）030, 690, 703
ゴドフリー、デイヴ（Godfrey, Dave）030-31, 372, 380, 433, 485, 626
　作品：『黒人は従え』（Dark Must Yield）433
　　　『死はコカコーラとともに』（Death Goes Better with Coca-Cola）433
　　　『新しい先祖たち』（The New Ancestors）031, 374, 380
コナー、ラルフ（チャールズ・ウィリアム・ゴードン牧師）（Connor, Ralph〈Rev. Charles William Gordon〉）021, 244, 246-51, 256, 275-76, **290**
　作品：『北西騎馬隊のキャメロン伍長』（Corporal Cameron of the North West Mounted Police）248
　　　『黒い岩』（Black Rock）247
　　　『外国人』（The Foreigner）248
　　　『グレンガリーの学校時代』（Glengarry Schooldays）247
　　　『グレンガリーから来た男』（The Man from Glengarry）021, 247-48, 256
　　　『福音伝道師「スカイパイロット」』（The Sky Pilot）247, 256
　　　『無人地帯の福音伝道師「スカイパイロット」』（The Sky Pilot in No Man's Land）275-76
コナン、ロール（マリー＝ルイーズ＝フェリシテ・アンジェ）（Conan, Laure（Marie-Louise-Félicité Angers））020, 079, 086, 165, 170, 684
コネリー、カレ（Connelly, Karen）626
コノリー、ケヴィン（Connolly, Kevin）486
コビング、ボブ（Cobbing, Bob）479
ゴベイユ、ピエール（Gobeil, Pierre）697

カナダ文学史

作品：『マーロン・ブランドの死』（*La Mort de Marlon Brando*）697
コモー、フレドリック・ガリ（Comeau, Fredric Gary）645
コリエ、デイヴィッド（Collier, David）527
　作品：『事実だけ』（*Just the Facts*）527
　　　『人生の肖像画』（*Portraits from Life*）527
　　　『サスカトゥーンに生きる』（*Surviving Saskatoon*）527
コリンズ、W. E.（Collins, W. E.）332
　作品：『白いサヴァンナ』（*The White Savannahs*）332
コリンズ、ジョーゼフ・エドマンド（Collins. Joseph Edmund）180, 189, 192
コルヌル、クローディアス（Corneloup, Claudius）282, 291
　作品：『22連隊のてんとう虫』（*La Coccinelle de 22ᵉ*）282
コレット（Colette Sidonie-Gabrielle）369
コンスタンタン＝ワイヤー、モーリス（Constantin-Weyer, Maurice）700
　作品：『男が過去を見つめる』（*Un homme se penche sur son passé*）700
「コンタクト」誌（*Contact*）351
コンパニ・オンディンノク（Compagnie Ondinnok）674
コンフェデレーション（連邦結成）（Confederation）
コンプトン、アン（Compton, Anne）042, 488
コンプトン、ウェイド（Compton, Wayde）488

【さ】

サーヴィス、ロバート（Service, Robert）022, 274
　作品：「巡礼者」（"Pilgrims"）274
サイエンス・フィクション（science fiction）431, 521, 576, 698
サイム、J.（ジェッシー）G（ジョージナ）（Sime, Jessie Georgina）278, 290
　作品：「軍需品！」（"Munitions!"）278, 290
サイモン、シェリー（Simon, Sherry）370, 379-80, 501, 509
サイモン、ローン（Simon, Lorne）562
　作品：『石と小枝』（*Stones and Switches*）562
サヴァール、フェリクス＝アントワーヌ（Savard, Félix-Antoine）024, 360, 687, 702
　作品：『木流しの大将ムノー』（*Menaud, Maître draveur*）024, 360, 687
サヴォワ、ジャック（Savoie, Jacques）699, 705

作品：『心のこもったはなし』（*Une histoire de cœur*）699
　　　『細い小道』（*Un fin passage*）699
　　　『回転ドア』（*Les Portes tournantes*）699
　　　『ちょっとした生活苦』（*Petites difficultés d'existence*）699
サヴォワ、ポール（Savoie, Paul）647
　作品：『サラマンドル』（*Salamandre*）647
サガール、ガブリエル（Sagard, Gabriel）015, 060, 062, 066, 068, 071, 077
　作品：『ヒューロンの国への大旅行』（*Grand voyage du pays des Hurons*）015, 062, 077
サカモト、ケリー（Sakamoto, Kerri）610, 617, 621
サザランド、ジョン（Sutherland, John）026, 333-34, 338, 351
　作品：（編）『その他のカナダ人――1940-46年のカナダの新しい詩のアンソロジー』（*Other Canadians: An Anthology of the New Poetry in Canada*）026, 334
サスカチュワン・ネイティヴ・シアター（Saskatchewan Native Theatre）585
サスカチュワンの仏系作家（Fransaskois writing）669, 700
サティン、マーク（Satin, Mark）372
　作品：（編）『カナダへ移住する徴兵年齢者への手引書』（*Manual for Draft-Age Immigrants to Canada*）377
サバ、アーン（Saba, Arn）522
サフディ、モシェ（Safdie, Moshe）363
サランズ、G. ハーバート（Sallans, G. Herbert）283, 292, 341, 357
　作品：『小男』（*Little Man*）283, 341
サリューティン、リック（Salutin, Rick）032, 453, 520
　作品：『1837年――農民の反乱』（*1837: The Farmers' Revolt*）032, 453
サリンジャー、J. D.（Salinger, J. D.）115
サルヴァーソン、ローラ・グッドマン（Salverson, Laura Goodman）610
　作品：『バイキングの心』（*The Viking Heart*）610
サン＝ローランの仲間たち（Compagnons de Saint-Laurent）661-62
サンギネ、シモン（Sanguinet, Simon）166
サングスター、チャールズ（Sangster, Charles）019, 182, 192
サンダーソン、スティーヴ・キーワティン（挿絵）（Sanderson, Steve Keewatin（illustration））044, 517

シアーズ、ジャネット（Sears, Djanet）　465-66, **470**, 611
　作品：『神を探す黒人女の冒険』（*The Adventures of a Black Girl in Search of God*）　466
　　『アフリカ・ソロ』（*Afrika Solo*）　466, **470**
シアソン、エルメネジルド（Chiasson, Herménégilde）　644-45, 647, **655**, 670-71, **679**
　作品：
　　演劇：『嵐の中心』（*Le Cœur de la tempête*）　671
　　　『アリエノール』（*Aliénor*）　671
　　　『アレクサの追放』（*L'Exil d'Alexa*）　671
　　　『エヴァンジェリンヌ、神話あるいは現実』（*Evangéline, mythe ou réalité*）　671
　　　『物語としての歴史』（*Histoire en histoire*）　671
　　　『ローリ、または悲惨な生活』（*Laurie ou la vie de galerie*）　671
　　　『今回は』（*Pour une fois*）　671
　　　『再生』（*Renaissance*）　671
　　　『人生は夢』（*La Vie est un rêve*）　671
　　詩：『会話』（*Conversations*）　644
　　　『気候』（*Climats*）　644
　　　『行動』（*Actions*）　644
　　　『実存』（*Existences*）　644
　　　『行程』（*Parcours*）　644
　　　『細密画』（*Miniatures*）　644
　　　『伝説』（*Legende*）　644
　　　『預言』（*Prophéties*）　644
シアター・ネットワーク、エドモントン（Théâtre Network, Edmonton）　455
シアター・パス・ミュライユ（Théâtre Passe Muraille）　453, 572-73, 576, 597
「CIV/n」誌（*CIV/n*）　531
シートン、アーネスト・トンプソン（Seton, Ernest Thompson）　021, 209, **213**, 221, 232, 243
　作品：『私の知っている野生動物』（*Wild Animals I Have Known*）　021, 221
シーニア、オリヴ（Senior, Olive）　427, 611
シールズ、キャロル（Shields, Carol）　036, 038, 040-42, 404, 406, 419-23, 425, **425-26**, 444, 478, 615
　作品：
　　伝記：『ジェイン・オースティンの伝記』（*Jane Austen*）　423
　　　『スザナ・ムーディ──声とヴィジョン』（*Susanna Moodie: Voice and Vision*）　420
　　エッセイ・アンソロジー：「遅い到着──やり直し」（"Arriving Late: Starting Over"）　422, **426**
　　　「物語への飢えと溢れる食器棚」（"Narrative Hunger and the Overflowing Cupboard"）　421, **426**
　　　（共編）『落とした糸──聞かなかった話 1, 2』（*Dropped Threads: What We Aren't Told, 1 and 2*）　420
　　小説：『愛の共和国』（*The Republic of Love*）　420, 422
　　　『ラリーのパーティー』（*Larry's Party*）　040, 420-21, **426**
　　　『ストーン・ダイアリーズ』（*The Stone Diaries*）　038, 420-21, **426**
　　　『小さな儀式』（*Small Ceremonies*）　420-21, 423, **426**
　　詩：『インターセクト』（*Intersect*）　420
　　　『スワン──ミステリー』（*Swann: An Mystery*）　036, 420, 422, **426**, 451
　　　『……でない限り』（*Unless*）　041, 420, **426**
　　　『他人』（*Others*）　420
　　短編：『いろいろな奇蹟』（*Various Miracles*）　422, 444
　　　『オレンジ・フィッシュ』（*The Orange Fish*）　422
　　　『カーニバルのために着飾って』（*Dressing Up for the Carnival*）　422
　　　『短編集』（「セグエ」を含む）（*Collected Stories* 〈including "Segue"〉）　042, 420, **426**
シェイクスピア、ウィリアム（Shakespeare, William）　106, 142, 366, 386, 419, 450-51, 463, 502, 505, 577, 675-76
シェイファー、R. マリー（Schafer, R. Murray）　479
ジェイムソン、アナ・ブラウネル（Jameson, Anna Brownell）　018, 140-44, 147
　作品：『カナダでの冬の考察と夏のそぞろ歩き』（*Winter Studies and Summer Rambles*）　018, 141, 153
ジェイムソン、フレドリック（Jameson, Fredric）　492
ジェニングズ、フランシス（Jennings, Francis）　167
ジェファーソン、トマス（Jefferson, Thomas）　113
ジェラール、エティエンヌ（Gérard, Étienne）　611
ジェラン＝ラジョワ、アントワーヌ（Gérin-Lajoie, Antoine）　018-19, 659, 683
　作品：『開拓者ジャン・リヴァール』（*Jean Rivard, le défricheur*）　019, 683
　　『エコノミスト、ジャン・リヴァール』（*Jean Rivard, l'economiste*）　019, 683
シェリー、パーシー・ビッシュ（Shelley, Percy Bysshe）　183, 187
ジェリナス、グラシアン（Gélinas, Gratien）　024, 026, 028, 365, 661-63, **678-79**
　作品：『ブジーユと正義の人々』（*Bousille et les justes*）　028, 662
　　『フリドリナード』（*Fridolinades*）　024, 661
　　『昨日、子供たちは踊っていた』（*Hier, les enfants*

dansaient）663
『ティット＝コック』（Tit-Coq）026, 661-62, **678**
ジェルヴェ、アンドレ（Gervais, André）647
ジェルマン、ジャン＝クロード（Germain, Jean-Claude）665-66
 作品：『カナダの芝居／カナダの傷』（A Canadian Play / Une plaie canadienne）666
  『ある歌姫の生涯の浮沈』（Les hauts et les bas de la vie d'une diva）666
  『マムールと結婚生活』（Mamours et conjugat）666
  『アンディヴァの夜』（Les nuits de l'indiva）666
  『「我を忘れる」がモットーの国』（Un pays dont la devise est je m'oublie）666
ジェルーン、タハル・ベン（Jelloun, Tahar Ben）612
視覚芸術（visual arts）
 グラフィック描写の実験（experiments with graphic representation）479
 グループ・オブ・セヴン（Group of Seven）330
 詩と絵画／本の挿絵の交錯（cross-overs between poetry and painting/ book illustrations）343-44, 354, 356, 561
 18・19世紀の風景画（eighteenth- and nineteenth-century landscape sketches）132, 143
 先住民（Aboriginal）364, 517
 先住民の絵画（representations of Aboriginal people）067, 130, 517
 第一次世界大戦の芸術家（First World War artists）279, 288
 モダニストの肖像写真（modernist photographic portraits）310, 315
 （漫画、ネイチャーライティング：映像記録の項も参照）
シカタニ、ジェリー（Shikatani, Gerry）610, 621
ジゲール、ロラン（Giguére, Roland）026, 029, 368, 641-42, 650, **654**
 作品：『産み出すこと』（Faire naître）026, 641
  『言葉の時代』（L'Âge de la parole）029, 641, **654**
  『狂気の原始林』（Forêt vierge folle）641
  『火にかざす手』（La Main au feu）641
静かな革命（Quiet Revolution / Révolution tranquille）028, 367, 518, 618, 657, 662, 686, 689, 693, 696, 698
シスター・ヴィジョン・パブリッシング（Sister Vision publishing）614
七年戦争（Seven Years' War）016, 098
ジッド、アンドレ（Gide, André）297, 301, 369
児童文学（children's literature）144, 147, 242, 288, 359, 408, 483, 514, 583
シマール、ジャン（Simard, Jean）283, **292**
 作品：『それでも幸せな我が息子』（Mon fils pourtant heureux）283, **292**
シマール、レミ（Simard, Rémy）523
シマザキ、アキ（Shimazaki, Aki）043, 617, 627
シミック、チャールズ（Simic, Charles）486
シム、デイヴ（Sim, Dave）522, 525-27
 作品：『セレバス』（Cerebus）525-26
シムコウ、エリザベス（Simcoe, Elizabeth）140
シムコウ、ジョン・グレイヴズ（Simcoe, John Graves）535
シモンズ、スコット（Symons, Scott）030, 363, 371-72
 作品：『練兵場の戦闘日誌──私的物語』（Combat Journal for Place d'Armes: A Personal Narrative）371
シャーマン、ジェイソン（Sherman, Jason）454
ジャーマン、マーク・アンソニー（Jarman, Mark Anthony）427, 432, 446-47
 作品：『19本のナイフ』（19 Knives）446
  『ニューオーリンズの沈下』（New Orleans Is Sinking）446
ジャスマン、クロード（Jasmin, Claude）029, 360, 608, 619, **630**
 作品：『エテルとテロリスト』（Ethel et le terroriste）029, 360
ジャック、ステファン（Jacques, Stéphane）677
シャッド、メアリー・アン（Shadd, Mary Ann）139, 153
 作品：『移住への嘆願──またはカナダ・ウェストの道徳的・社会的政治的状況──およびメキシコ・西インド諸島・ヴァンクーヴァー島への黒人移住者のための情報と提案』（A Plea for Emigration: or, Notes of Canada West for the Information of Colored Emigrants in its Moral, Social, and Political Aspect: with Suggestions Respecting Mexico, West Indies, and Vancouver's Island）139
「シャトレーヌ」誌（Châtelaine）023, 028, 359, 363, 367
シャピュ＝ロラン、ソランジュ（Chaput-Rolland, Solange）028, 360
 作品：『わが祖国、ケベックか、カナダか？』（Mon pays, le Québec ou le Canada?）360
シャピロ、ライオネル（Shapiro, Lionel）341
 作品：『六月六日』（The Sixth of June）341
シャルティエ、アルベール（Chartier, Albert）519
シャルルヴォワ、ピエール＝フランソワ＝グザヴィエ

（Charlevoix, Pierre-François-Xavier de） 016, 061-063, 160, 163
　作品：『ヌーヴェル・フランスの歴史』（*Histoire de la Nouvelle France*） 066-069, 072, 077
　　『北アメリカ……旅行記』（*Journal d'un voyage ... dans l'Amerique*） 062
シャルルボワ、エリック（Charlebois, Eric） 646
　作品：『逃げ口上』（*Faux-fuyants*） 646
シャルルボワ、ティナ（Charlebois, Tina） 646, 655
　作品：『刺青と遺書』（*Tatouages et testaments*） 646
　　『滑らかな毛』（*Poils lisses*） 646, 655
シャロン、フランソワ（Charron, François） 034, 648
　作品：『物のもろさ』（*La Fragilité des choses*） 648
　　『文学＝猥褻』（*Littérature-obscenité*） 648
シャンパーニュ、ドミニク（Champagne, Dominic） 469
シャンプラン、サミュエル・ド（Champlain, Samuel de） 015, 060, 062-64, 066, 071, 170
　作品：『ヌーヴェル・フランスの地図』（*Carte giographique de la Nouvelle France*） 076
　　『サミュエル・シャンプラン作品集』（*Œvres de Samuel Champlain*） 076
シャンベルラン、ポール（Chamberland, Paul） 029, 643, 648
　作品：『ポスター貼りは叫ぶ』（*L'Afficheur hurle*） 029, 648
　　『明日、神々は生まれる』（*Demain les dieux natîront*） 029, 648
　　『ケベックの土』 648
シュウェル、アナ（Sewell, Anna） 245
　作品：『黒馬物語』（*Black Beauty*） 245
シュースター、ジョーゼフ（Shuster, Joseph） 511
出版（publishing）（英語）
　18世紀（C18）
　　最初の印刷機（first printing press） 155
　　定期刊行物、新聞（periodicals, newspapers） 106-07, 112
　19世紀、連邦結成前（C19 pre-Confederation）
　　欧州の出版文化（transatlantic print culture） 150-51
　　定期刊行物、新聞（periodicals, newspapers） 141, 147-51
　19世紀、連邦結成後（C19 post-Confederation）
　　カナダでの出版（book publishing in Canada） 234, 237-39
　　19世紀後期の出版文化に女性が果たした役割（women's role in late nineteenth-century print culture） 254-55
　　宗教出版社と定期刊行物（religious presses and periodicals） 239, 241, 245-46, 248
　　著作権法（copyright law） 238, 261
　　定期刊行物（periodicals） 180, 214-16, 220, 223-25, 229, 238-39, 256, 262-63, 511-12
　　米国での出版と米国の出版市場（cross-border publishing and American markets） 218-20, 235, 239-40, 243-44
　　ベストセラー現象（bestseller phenomenon） 241, 244-46
　　北米の出版文化（North American print culture） 234-35, 254-55
　20世紀（C20）
　　出版と宣伝の新しい形式（new modes of publication and publicity） 435
　　書籍出版と出版社（book publishing and publishers） 360, 367, 372-73, 375, 406, 415-16, 430-31, 433-34, 478-82, 488-89, 523-26, 615
　　書籍出版の経済面と政治面（economics and politics of book publishing） 431, 444
　　定期刊行物と文学雑誌（periodicals and literary journals） 279, 359-60, 374, 424, 431-33, 440-41, 477-78, 516-17
　　（マクレランド・アンド・スチュワート社、モダニズムの詩小雑誌、ポスト・コンフェデレーション詩人、の項も参照）
出版（publishing）（仏語）
　19世紀（C19）
　　仏系カナダ初の文芸書評（French Canada's first literary review） 683-84
　20世紀（C20）
　　書籍出版と出版社（book publishing and publishers） 366, 522-23, 527, 635, 641, 644-47, 650, 694
　　定期刊行物と文学雑誌（periodicals and literary journals） 367, 522-23, 525, 694
ジュニュイ、モニック（Genuist, Monique） 701
　作品：『ヌートカ』（*Nootka*） 701
シュヌリエール、エヴリンヌ・ドゥ・ラ（Chenelière, Evelyne de la） 673
　作品：『一月の苺』（*Des fraises en janvier*） 673
ジュネ、ジャン（Genet, Jean） 584
ジュリアン、アンリ（Julien, Henri） 512
シュレンドルフ、フォルカー（Schlöndorff, Volker） 409
シュローダー、アダム・ルイス（Schroeder, Adam Lewis） 427, 441
　作品：『猿の王国』（*Kingdom of Monkeys*） 441

シュワール・ド・グロゼイエ、メダール（Chouart de Groseilliers, Médard）064, **076**
ジョイス、ジェイムズ（Joyce, James）312-14, 316, 328, 346-47, 386, 389, 525, 692
ショー、ジョージ・バーナード（Shaw, George Bernard）503
ジョー、リタ（Joe, Rita）551, 553, 571
 作品：『リタ・ジョーの詩』（Poems of Rita Joe）553
ショーヴォー、ピエール・ジョーゼフ・オリヴィエ（Chauveau, Pierre Joseph Olivier）018, 683
 作品：『シャルル・ゲラン』（Charles Guérin）018, 683
ジョージ、チーフ・ダン（George, Chief Dan）033, 364-65, 367, **379**, 551-52, **567**, 571
 演説者として（as orator）552
 ステージと映画俳優として（as stage and film actor）571
 作品：「コンフェデレーションへの哀歌」（"A Lament for Confederation"）365, 367, **379**, 552, **567**
  「孫への言葉」（"Words to a Grandchild"）552
  『わが心の高まり』（My Heart Soars）033, 552, **567**
ジョージ、デイヴィッド（George, David）104-05
ショーシュティエール、クロード（Chauchetière, Claude）081, 087
ショームパーレン、ダイアン（Schoemperlen, Diane）445
 作品：『赤いプレード・スカート』（Red Plaid Skirt）445
ショーン、ウィリアム（Shawm, William）415-17
ジョーンズ、D. G.（Jones, D. G.）474
 作品：『バタフライ・オン・ロック――カナダ文学のテーマとイメージの研究』（Butterfly on Rock: A Study of Themes and Images in Canadian Literature）474
ジョーンズ、リチャード（Jones, Richard）361
 作品：『危機社会』（Community in Crisis）361
ジョグ、イザーク（Jogues, Isaac）086-87, 091, 094
ショケット、エルネスト（Choquette, Ernest）172
 作品：『リボー家の人々――37年の田園恋愛詩』（Les Ribaud: une idylle de 37）172
女性記者（women journalists）254, 260-64, 267, 270-71,
ショパン、アンリ（Chopin, Henri）479
ショパン、ルネ（Chopin, René）638
ジョフロワ、ルイ（Geoffroy, Louis）648
ショレット、ノルマン（Chaurette, Normand）038, 673, 676-77, **680**
 作品：『プロヴィンスタウン劇場、1919年7月、私は19歳』（Provincetown Playhouse, juillet 1919, j'avais 19 ans.）673
ショワニエール、オリヴィエ（Choinière, Olivier）675
 作品：『都会に住むインディアンの物語』（翻訳）（Contes d'un Indien urbain）586
ジョンカス、カトリーヌ（Joncas, Catherine）584, 674-75
 作品：『ウクアマク』（Ukuamaq）584, 675
ジョンストン、ウェイン（Johnston, Wayne）040-41, 043, 534, 543-44, **546**, 548
 ポストモダンとポストコロニアル様式の使用（use of postmodern and postcolonial modes）544
 作品：『ボルティモアの屋敷』（Baltimore's Mansion）040, 543
  『報われぬ夢の植民地』（The Colony of Unrequited Dreams）040, 544
  『楽園の管理人』（The Custodian of Paradise）043, 544
  『聖なるライアン家の人たち』（The Divine Ryans）543
  『人間の娯楽』（Human Amusements）544
  『ボビー・オマリーの物語』（The Story of Bobby O'Malley）543
  『彼らの生きた時代』（The Time of Their Lives）543
ジョンストン、バジル（Johnston, Basil）431, 442-43, 554, 558-59, 562-63
 作品：『インディアン学校時代』（Indian School Days）562
  『ヘラジカの肉とワイルドライス』（Moose Meat & Wild Rice）443, 554
  『オジブワの遺産』（Ojibway Heritage）443
  『スター＝マン』（The Star-Man）443
ジョンソン、E. ポーリン（テカヒオンワケ）（Johnson, E. Pauline (Tekahionwake)）022, 181, 188-89, 216, 264-65, **272**, 562
 作品：「カナダ生まれ」（"Canadian Born"）265
  『ヴァンクーヴァーの伝説』（Legends of Vancouver）022, 216
  「家畜泥棒」（"The Cattle Thief"）265
  「偉大なる銅色種族の母たち」（"Mothers of a Great Red Race"）265
  『シャガナッピ』（The Shaganappi）216
  「私の母」（"My Mother"）265
ジョンソン、サミュエル（Johnson, Samuel）098
ジラール、ロドルフ（Girard, Rodolphe）661
シルヴェラ、マケダ（Silvera, Makeda）035, 613, 625
シンクレア、バートランド（Sinclair, Bertrand）280
 作品：『ひっくり返ったピラミッド』（The Inverted

pyramid）280
『焼け落ちた橋』（*Burned Bridges*）280
シンプソン、アン（Simpson, Anne）481, 488
　作品：『ループ』（*Loop*）488
シンプソン、サー・ジョージ（Simpson, Sir George）127, 129, 133, **135**
　作品：『毛皮交易と帝国――ジョージ・シンプソンの日記』（*Fur Trade and Empire: George Simpson's Journa*）135
　　『アサバスカ担当部の日誌、1820・21年』（*Journal of Occurrences in the Athabasca Department 1820 and 1821*）135
シンプソン、トマス（Simpson, Thomas）133
　作品：『アメリカ大陸北岸探検記』（*Narrative of the Discovery of the North Coast of America*）133
シンプソン、フランシス・ラムジー（Simpson, Frances Ramsay）127-28
神話の修正（myths）
　神話の書き換え（myth revisions）356, 368, 410, 419, 484, 496, 501, 504, 506-07, 530, 533-34, 536, 539-42, 545, 564, 574-75, 692
　先住民の神話（Aboriginal myths）147, 224, 344, 489, 556, 564, 573-74, 582-84, 674
スウィフト、ジョナサン（Swift, Jonathan）110, 409, 417
スウィフト、トッド（Swift, Todd）486
スウィンバーン、アルジャノン・チャールズ（Swinburne, Algernon Charles）179, 183
スウェイツ、ルーベン・ゴールド（Thwaites, Reuben Gold）081
スウェットマン、マーガレット（Sweatman, Margaret）535-36, **546**, 548
　作品：『アリスがピーターと一緒に寝た時』（*When Alice Lay Down with Peter*）536, **548**
　　『キツネ』（*Fox*）535
スヴェンセン、リンダ（Svendsen, Linda）429, 432, 444
　作品：『海洋生物』（*Marine Life*）444
スウォン、スーザン（Swan, Susan）035, 532, 534-35
　作品：『世界一大きな現代女性』（*The Biggest Modern Woman of the World*）035, 532, 535, **547**
スウォン、メアリー（Swan, Mary）045, 285, **292**
　作品：『深淵』（*The Deep*）285
スウォントン、ジョン（Swanton, John）489
スーシィ、ガエタン（Soucy, Gaétan）039-40, 697, **704**
　作品：『マッチが好きでたまらない少女』（*La Petite Fille qui aimait trop les allumettes*）040, 697, **704**
スースター、レイモンド（Souster, Raymond）288, 293, 349-51, 353
　作品：「ヴィミー・リッジ」（"Vimy Ridge"）288, **293**
　　『自分たちの若い時』（*When We Are Young*）353
スクヴォレツキ、ジョーゼフ（Škvorecký, Josef）033, 609
スクールクラフト、ジェイン・ジョンストン（Schoolcraft, Jane Johnston）143-44, **154**
スクールクラフト、ヘンリー（Schoolcraft, Henry）142-43
スクナスキ、アンドルー（Suknaski, Andrew）610
「スクリブナーズ・マガジン」（*Scribner's Magazine*）218, 224
スコット、アグネス（アマリリス）（Scott, Agnes〈Amaryllis〉）261
スコット、サー・ウォルター（Scott, Sir Walter）171, 533, 682-83
スコット、ダンカン・キャンベル（Scott, Duncan Campbell）181-84, 186, 190-92, **193**, 214, 214-19, 224-29, **232**, 232, 275, **290**, 322, 325-26, 350, 531, 561
　モダニズムへの転換について（on transition to modernity）226-27
　作品：『愛情の輪、その他、散文と詩の作品』（*The Circle of Affection, and Other Pieces in Prose and Verse*）191
　　「木炭」（「星の毛布」）（"Charcoal"（"Star Blanket"））225
　　「土地の高さ」（"The Height of Land"）184
　　『緑の回廊――後期の詩』（*The Green Cloister: Later Poems*）191
　　「伯父デイヴィッド・ラウスの遺書」（"How Uncle David Rouse Made His Will"）225
　　『ヴァイガー村で』（*In the Village of Viger*）184, 214-15, 217, 219, 224-26, 228-29, 233, **232**
　　『労働と天使』（*Labor and the Angel*）191
　　「小さな帽子製造人」（"The Little Milliner"）226
　　『魔法の家、その他の詩』（*The Magic House and Other Poems*）182
　　『新世界の抒情詩と民謡』（*New World Lyrics and Ballads*）191
　　「ポール・ファーロット」（"Paul Farlotte"）228
　　「アルルの笛吹き」（"The Piper of Arll"）186
　　「笛吹き」（"The Reed-Player"）186
　　「フランスで祖国のために戦死したカナダの飛行士へ」（"To a Canadian Aviator Who Died for His Country in France"）275

「戦死したカナダの青年へ」("To a Canadian Lad Killed in the War") 275
スコット、ピーター・デイル (Scott, Peter Dale) 483
　作品:『ジャカルタに来て――テロについての詩』(Coming to Jakarta: A Poem about Terror) 483
　　『キャンドルに耳を傾けて――即興詩』(Listening to the Candle: A Poem on Impulse) 483
　　『暗闇を憂慮する――2000年のための詩』(Minding the Darkness: A Poem for the Year 2000) 483
スコット、フランク・R. (Scott, Frank R.) 033-34, **291**, 322-24, 328-34, **336**, 362, 365, **378**, 476, 482-83
　「フォートナイトリー」誌掲載詩 (Fortnightly Poems) 326-27
　作品:「カナダ作家会議」("The Canadian Authors Meet") 326, 331-32
　　『詩集』(Collected Poems) 034, 482
　　「インディアンがエキスポ 67 で語る」("The Indians Speak at Expo '67'") 362, **378**
　　『序曲』(Overture) 333
スコット、フレデリク・ジョージ (Scott, Frederick George) 181-82, 184-87, 190-91, **193**, 274, 327
　作品:「帝国の王冠」("The Crown of Empire") 274
　　「冬の森で」("In the Winter Woods") 183
　　「ボア通りで」("On the Rue du Bois") 274
　　『私のラティス、その他の詩』(My Lattice and Other Poems) 187, **193**
　　『霊魂の探求、その他の詩』(The Soul's Quest and Other Poems) 182
スコフィールド、グレゴリー (Scofield, Gregory) 040, 489, 553, 565
　作品:『私の知っていた二人のメティスの女性たち――ドロシースコフィールドとジョージアナ・ウル・ヤングの生涯』(I Knew Two Métis Women: The Lives of Dorothy Scofield and Georgiana Houle Young) 565
　　『ラヴ・メディシンと一つの歌』(Love Medicine and One Song) 565
　　『わが血管に轟く雷鳴』(Thunder Through My Veins) 040, 553
スズキ、デイヴィッド (Suzuki, David) 595-96, 601-4, **605**
　作品:『デイヴィッド・スズキ――自叙伝』(David Suzuki: The Autobiography) 595, **605**
　　『変態――生命の諸段階』(Metamorphosis: Stages in a life) 595, 605
スターニノ、カーマイン (Starnino, Carmine) 486
スターリング、シャーリー (Sterling, Shirley) 563

作品:『私の名前はシーピーツァ』(My Name Is Seepeetza) 563
スタイン、ガートルード (Stein, Gertrude) 311, 313, 485, 501
スタインフェルド、J. J. (Steinfeld, J. J.) 441
　作品:『クラブ・ホロコーストで踊る』(Dancing at the Club Holocaust) 441
スチュワート、アレグザンダー・チャールズ (Stewart, Alexander Charles) 190
スチュワート、フランシス (Stewart, Frances) 140
スティーヴンズ、ジェイムズ (Stephens, James) 325
スティーヴンズ、ジェイムズ (Stevens, James) 559, 560
　作品:『サンディ・レイク・クリーの聖なる伝説』(Sacred Legends of the Sandy Lake Cree) 560
　　改訂版『聖なる伝説』(Sacred Legends) 560
ステインズ、デイヴィッド (Staines, David) **398**, **400**, 449, 482,
ステシコロス (Stesichoros) 500, 501
ステッド、ロバート (Stead, Robert) 274, 276, 296, 302-03, 305, 307, 342
　作品:『グレイン（本当の北西部のロマンス）』(Grain (A Romance of the True Northwest)) 276, 302-05, 342
　　「ハルトゥームのキッチナー伯」("Kitchener of Khartoum") 274
ステファンソン、ヴィヒャルマー (Stefansson, Vilhjalmur) 133
ステファンソン、ステファン (Stephansson, Stephan) 608
ステフラー、ジョン (Steffler, John) 481
ステンソン、フレッド (Stenson, Fred) 126, **135**
　作品:『交易』(The Trade) 126, 135
ストウ、ハリエット・ビーチャー (Stowe, Harriet Beecher) 256
ストーカー、ブラム (Stoker, Bram) 532
ストーリー、ガートルード (Story, Gertrude) 444
　作品:『いつも踊り続ける方法』(The Way to Always Dance) 455
ストーリー、レイモンド (Storey, Raymond) 455
　作品:『最後のバス』(The Last Bus) 455
ストラトフォード、フィリップ (Stratford, Philip) 369, 379
ストリクランド、アグネス (Strickland, Agnes) 146, 151
ストリクランド、サミュエル (Strickland, Samuel) 145, 150-51, **153**

作品:『カナダ・ウェストで過ごした 27 年』(*Twenty-Seven Years in Canada West*)　150
ストリンガー、アーサー（Stringer, Arthur）　240, 243-44, 250-51, 321
　作品:『海原』(*Open Water*)　321
　　『大平原の妻』(*The Prairie Wife*)　250
　　『生命の葡萄酒』(*The Wine of Life*)　250
　　『盗聴者』(*The Wire Tappers*)　250
ストレインジ、キャスリーン（Strange, Kathleen）　296, 305-06, 308
　作品:『西部を見据えて──現代の開拓者物語』(*With the West in Her Eyes:The Story of a Modern Pioneer*)　307
スノウ、マイケル（Snow, Michael）　479
スプラング、ガイ（Sprung, Guy）　455
スペティーグ、ダグラス・O.（Spettigue, Douglas）　297, **316**
スペンサー、エドマンド（Spenser, Edmund）　106, 350
スペンサー、ハナ（Spencer, Hanna）　589-91
　作品:『ハナの日記』(*Hanna's Diary*)　589
スマート、エリザベス（Smart, Elizabeth）　025, 297, 309, 312, **318**, 345, 357
　作品:『グランド・セントラル・ステーションのそばに……』(*By Grand Central Station...*)　025, 312, **318**, 345
　　『天使の側で』(*On the Side of Angels*)　312
　　『必要な秘密』(*Necessary Secrets*)　312
スマール、パトリシア（Smart, Patricia）　684
スマイズ、アルバート・E.（Smythe, Albett E.）　181
スミス、A（アーサー）・J. M.（Smith, Arthur J. M.）　024-25, 291, 322-34, 348-50, **358**, 376, 472, 477, 481-83
　および『ニュー・プロヴィンセス』(and *New Provinces*)　349
　作品:(編)『カナダ詩集──批評的・歴史的アンソロジー』(*The Book of Canadian Poetry: A Critical and Historical Anthology*)　333-34
　　『クラシック・シェイド──詩選集』(*The Classic Shade: Selected Poems*)　482
　　「現代詩」("Contemporary Poetry")　325
　　「モダニズムの衣装をまとったハムレット」("Hamlet in Modern Dress")　325
　　「淋しい土地」("The Lonely Land")　326, 332
　　(編)『詩の仮面──カナダの批評家、カナダ詩を論じる』(*Masks of Poetry: Canadian Critics on Canadian Verse*)　481
　　『不死鳥の知らせ』(*News of the Phoenix*)　025, 333
　　「夜の帳」("Nightfall")　327
　　「形而上詩についての覚書」("A Note on Metaphysical Poetry")　328
　　「妖術師」("The Sorcerer")　326
　　「詩における象徴主義」("Symbolism in Poetry")　325, 327
スミス、アダム（Smith, Adam）　102
　作品:『諸国民の富』(*Inquiry into the Nature and Causes of the Wealth of Nations*)　102
スミス、ゴールドウィン（Smith, Goldwin）　192, **192**
　作品:『道徳感情論』(*The Theory of Moral Sentiments*)　102
スミス、ラッセル（Smith, Russell）　439
　作品:『青年』(*Young Men*)　439
スミス、レイ（Smith, Ray）　429, 434-35
　作品:『ケープ・ブレトンはカナダの思想統制センター』(*Cape Breton Is the Thought Control Centre of Canada*)　434
スミス、ロン（Smith, Ron）　**425**, 429, 439
　作品:『男性が女性について知っていること』(*What Men Know about Women*)　434
スモールウッド、ジョー（Smallwood, Joe）　534,
スリーパー＝スミス、スーザン（Sleeper-Smith, Susan）　118
スリッパージャック、ルビー（Slippjack, Ruby）　555-56, 558, 566, **568**
　作品:『太陽を崇めよ』(*Honour the Sun*)　555
　　『沈黙の言葉』(*Silent Words*)　556
スン＝キュング、イ（Sun-Kyung, Yi）　596-97, 599, **605**
　作品:『隠者王国の内幕──回顧録』(*Inside the Hermit Kingdom: A Memoir*)　597, **605**
セイタス・ブックス（Theytus Books）　554-55, 558
セイラ、ロビン（Sarah, Robyn）　481
セイント・マリー、バフィー（Sainte Marie, Buffy）　553
世界人権宣言（Universal Declaration of Human Rights）　337
世界大戦（第一次）（World War, First）　056, 273-89, 468, 536, 589, 591
　ヴィミー・リッジ（Vimy Ridge）　022, 044, 273-74, 276, 283, 285, 288-89
　演劇（drama）（英語）　288
　演劇（drama）（仏語）　278
　および国家の建設（and nation building）　273, 279
　回想記（mernoirs）　281-82, 288
　ケベックの態度（Quebec attitudes towards）　278-79

現代文学における第一次大戦の復活（英語）（Great War revival in contemporary literature） 285, 288-89, 453, 468, 536, 540
　詩（英語）（poetry） 274-75, 278-79, 289, 471
　小説（fiction）（英語） 275-78, 280-83, 288
　小説（fiction）（仏語） 280, 282-83
　戦争画家（war artists） 279, 287
　戦闘犠牲者（casualties） 274
　大戦の歴史小説（Great War historical novels）（英語） 284-88
　徴兵危機（Conscription Crisis） 273, 337,
　モダニストの批評（modernist critiques of） 279
世界大戦（第二次）（World War, Second）
　および日系カナダ人（and Japanese Canadians） 337, 352, 373, 498, 593, 595, 622-23
　詩（poetry） 339
　小説（fiction）（英語） 341, 494, 497-98, 538, 540-41
　小説（fiction）（仏語） 341, 356
　戦前の小説（pre-war novels） 341
　徴兵危機（Conscription crises） 337, 691
セガン、アリス（マリリーヌ）（Séguin, Alice（Mariline）） 699
　作品：『聖なる炎』（Le Flambeau sacré） 699
セス（グレゴリー・ギャラント）（Seth（Gregory Gallant）） 521, 526
　作品：『クライド扇風機』（Clyde Fans） 526
　　　　『バノック、豆と紅茶』（Bannock, Beans and Black Tea） 526
　　　　『くじけなければ、良い人生』（It's a Good life, If You Don't Weaken） 526
　　　　『パルーカ・ヴィル』（Palooka Ville） 526
　　　　『ウィンブルドン・グリーン——世界一の漫画本収集家』（Wimbledon Green: The Greatest Comic Book Collector in the World） 527
セヌリニ、レアル（Cenerini, Rhéal） 669
　作品：『コルブ』（Kolbe） 669
　　　　『ラクストン』（Laxton） 669
セネカル、エヴァ（Senécal, Eva） 649
　作品：『オーロラの中を走る』（La Course dans l'aurore） 649
セラー、ロバート（Sellar, Robert） 170
　作品：『ヘムロック——1812年戦争物語』（Hemlock: A Tale of the War of 1812） 170
セリン、ネイサン（Sellyn, Nathan） 447
　作品：『生来の獣性』（Indigenous Beast） 447
セルヴァデュライ、シャイアム（Selvadurai, Shyam） 038, 611, 614, 625
　作品：『ファニー・ボーイ』（Funny Boy） 038, 625
セルヴォン、サム（Selvon, Sam） 027, 035, 614-15
セレンバ、ジョージ（Seremba, George） 611
センクリプ・シアター（Sen'klip Theatre） 585
戦時措置法（1970年）（War Measures Act（1970）） 361, **377**, 519
戦時貿易管理法（1940年）（War Exchange Conservation Act（1940）） 514
先住民（Aboriginal peoples）
　アルゴンキン（Algonquins） 065, 168
　イヌイト（Inuit） 584-85
　イロコイ（Iroquois） 072-74, 082-84, 086, 577
　欧州で描かれるカナダ先住民（European representations of）（17世紀） 061-75
　（探検物語〈仏語〉および『イエズス会報告書』の項も参照）
　欧州で描かれるカナダ先住民（European representations of）（18世紀） 101, 119, 120-23
　（19世紀） 125, 130, 132-33, 143-44, 167-68, 170, 189, 191
　（20世紀） 055, 343-44, 353, 450, 489, 493, 496, 536, 538-39, 545, 570-71, 689, 695, 700-01
　オカナガン（Okanagan） 499, 558-59
　オジブワ（Ojibwa） 069, 122, 143, 147, 552, 554-56, 558, 561, 564, 577, 579
　オナイダ（Oneida） 069
　および100周年記念での議論（and Centennial debates） 364-65
　寄宿学校と虐待（residential schools and abuse） 551, 553, 562-63, 578, 582, 583
　クリー（Cree） 123, 489, 554, 556, 559, 561, 566, 579, 585
　原住民評議会（Royal Commission on Aboriginal Peoples） 559
　口承の伝統、語り、初期の描画（oral traditions, oratory and early graphic forms） 066-70, 074-75, 559
　最初の接触（first contact） 061-62
　1960年代以来の抗議運動とアクティヴィズム（protests and activism since 1960s） 550-52, 555, 562, 578
　チペワイアン（Chipewyans） 120, 124
　汎先住民性（Pan-Aboriginality） 578, 584
　ヒューロン（Hurons） 064, 066, 072, 074, 101
　フランスの入植政策と初期の欧州諸国の同盟関係（French colonization and early European alliances） 061, 064, 071-75
　ベオサック（Beothuks） 061, 535
　ミクマク（Mi'kmaqs） 061, 063, 553, 562, 572, 583
　モホーク（Mohawk） 105-06, 558, 565

モンタニェ（Montagnais） 061, 065-66, 068, 084, 572
先住民演劇・視覚芸術促進協会（AQJT）(Association for Native development in the Performing and Visual Arts) 571
先住民の演劇（Aboriginal drama） 570-86, 674-75
　コミュニティ劇場（community theater） 585
　白人の劇場で先住民テーマの上演（white theater presentations of Aboriginal themes） 571
　はじまり（beginnings of） 572
　劇作家たち（playwrights）（英語） 572-80, 583／（仏語） 584, 586, 674
　（メティスの項も参照）
先住民の著作（詩と散文）（Aboriginal writing〈poetry and prose〉）
　1960年以降（post-1960） 550-67
　1960年以前（pre-1960） 107-12, 143, 189, 217, 257, 264-65, 351, 561
　アンソロジー（anthologies） 554, 558, 565
　エノウキン・センター（En'owkin Center） 557-58
　詩（poetry） 489, 531, 550-53, 556-57, 562, 565-66
　出版社・出版（publishers/ publishing） 553-55
　小説（fiction） 286, 442-43, 556, 560, 562, 645
　トリックスター像（Trickster figures） 556, 564, 566, 573-74, 580, 586
　ライフライティング（life-writing） 553-55, 562-63, 600-03
　（メティスの項も参照）
1812年戦争（1812-14年）（War of 1812 (American War)） 017, 103, 156, 159, 166, 168, 170
ソーヤー、ロバート（Sawyer, Robert） 431
ソーンダーズ、マーガレット・マーシャル（Saunders, Margaret Marshall） 240, 244-46, 253, 266-67
　作品：『ビューティフル・ジョー——ある犬の自叙伝』（*Beautiful Joe: The Autobiography of a Dog*） 244-45, 266
　　『ニタ——アイリッシュ・セッターの物語』（*Nita: The Story of an Irish Setter*） 267
　　『武具の家』（*The House of Armour*） 266
　　『プリンセス・スーキー——ハトと人間の友だちの物語』（*Princess Sukey: The Story of a Pigeon and Her Human Friends*） 267
ソネ神父（L'Abbé, Sonnet） 481
ゾラ、エミール（Zola, Émile） 169
ソリー、カレン（Solie, Karen） 486
　作品：『近距離エンジン』（*Short Haul Engine*） 486
ソルウェイ、デイヴィッド（Solway, David） 486
ソロー、ヘンリー・デイヴィッド（Thoreau, Henry David） 108, 301
ソンタグ、スーザン（Sontag, Susan） 540
　作品：「魅力的なファシズム」（"Fascinating Fascism"） 540

【た】

ダーキン、ダグラス（Durkin, Douglas） 302
ダークソン、ジェフ（Derkson, Jeff） 479
ダウスト、ジュリアン（Daoust, Julien） 660
　作品：『キリストのために』（*Pour le Christ*） 660
　　『信仰擁護者』（*Le Défenseur de la foi*） 660
　　『十字架の勝利』（*Le Triomphe de la Croix*） 660
　　『贖罪主』（*Le Rédempteur*） 660
タシェ、ジョゼフ＝シャルル（Taché, Joseph-Charles） 019, 684
　作品：『森の人と旅人』（*Forestiers et voyageurs*） 019, 684
タシナリ、ランベルト（Tassinari, Lamberto） 616
ダットン、ポール（Dutton, Paul） 479
ダニエルズ、ロイ（Daniells, Roy） 350
ダニス、ダニエル（Danis, Daniel） 676-77, **681**
　作品：『あの女』（*Celle-là*） 676
　　『小石の灰』（*Cendres de cailloux*） 676
ダビディーン、シリル（Dabydeen, Cyril） 611
多文化主義（multiculturalism） 054, 308, 337, 339-40, 375, 477, 479, 541, 588-89, 592-93, 596, 598, 602-03, 606-07, 609-15, 617, 621-22, 627, 674
　（民族の多様性・トランスカルチュラリズムの項も参照）
「タマラック」誌（*Tamarack*） 441
タラゴン・シアター（Tarragon Theatre） 454, 458, 465
『ダラム報告』（*Durham Report*） 158
タルディヴェル、ジュール＝ポール（Tardivel, Jules-Paul） 021, 685, **702**
　作品：『祖国のために』（*Pour la patrie*） 021, 257, 685
ダルフォンソ、アントニオ（D'Alfonso, Antonio） 610, 613, 616, 696
　作品：『四月、あるいは反情熱』（*Avril ou l'anti-passion*） 696
ダルペ、ジャン・マルク（Dalpé, gean Marc） 668, **679**
　作品：『犬』（*Le Chien*） 668
　　『ホークスベリー・ブルース』（*Hawkesbury Blues*） 668
　　『ニッケル』（*Nickel*） 668
ダレール、ミシェル（Dallaire, Michel） 646

タロンブックス（Talonbooks） 431
ダンカン、セイラ・ジャネット（Duncan, Sara Jeannette） 021, 103, 188, 216-18, 220, 239-40, 244, 246, 249-50, 260-62, 264, 272
 作品：『現代の娘』（A Daughter of Today） 261
  『焼かれた燔祭』（The Burnt Offering） 261
  『帝国主義者』（The Imperialist） 021, 103, 188, 217, 246, 261
  「法定推定相続人」（"The Heir Apparent"） 218
  「インドの母親」（"A Mother in India"） 217-18
  『砂漠の水たまり』（The Pool in the Desert） 217
  『「奥様」のちょっとした冒険』（Simple Adventures of a Memsahib） 261
  『権威者の下で』（Set in Authority） 246, 261
  『社会的旅立ち――オーソドシアと私の世界一周記』（A Social Departure: How Orthodocia and I Went Round the World By Ourselves） 261
  『あの愉快なアメリカ人たち』（Those Delightful Americans） 246
ダンカン、ノーマン（Duncan, Norman） 220, 243, 342
 作品：『街の魂――ニューヨークのシリア人街物語』（The Soul of the Street: Correlated Stories of the New York Syrian Quarter） 220
  『海の生活』（The Way of the Sea） 220
ダンカン、ロバート（Duncan, Robert） 476-77
ダンタン、ルイ（Dentin, Louis） 021, 636
探検物語（exploration narratives）（英語） 120-26, 131-33／（仏語） 061-64
短編小説連作（short story cycle） 214, 224, 229, 437-39
ダンロップ、ウィリアム（Dunlop, William） 138, 153
 作品：『移住者のためのアッパー・カナダの統計的概略』（Statistical Sketches of Upper Canada for the Use of Emigrants） 138, 153
チーチュー、シャーリー（Cheechoo, Shirley） 579
 作品：『モカシンを履かずに通る道』（Her Path With No Moccasins） 579
チードル、ウォルター・バトラー（Cheadle, Walter Butler） 130
 作品：『陸路による北西部への道』（ミルトン子爵と共著）（The North West Passage by Land（co-authored with Viscount Milton）） 130
チーフ・バッファロー・チャイルド・ロング・ランス（シルヴェスター・C. ロング）（Chief Buffalo Child Long Lance〈Sylvester C. Long〉） 297
チェーホフ、アントン（Chekhov, Anton） 584
チェスタトン、G. K.（Chesterton, G. K.） 386
チェン、イン（Chen, Ying） 039, 608, 615, 617, 696

 作品：『恩知らず』（L'Ingratitude） 039, 696
  『中国人の手紙』（Les Lettres chinoises） 696
  『水の記憶』（La Mémoire de l'eau） 617
地図の作成（cartography） 069
 イギリス人（English） 122
 先住民（Aboriginal） 070
 フランス人（French） 063
チスレット、アン（Chislett, Anne） 288, 293
チッコ、ピエロ・ジョージオ・ディ（Cicco, Piero Giorgio di） 610, 619
チャイルド、フィリップ（Child, Philip） 280-81, 291, 341, 491
 作品：『神の雀たち』（God's Sparrows） 280-81, 291
  『憤怒の日』（The Day of Wrath） 341
チャン、マーティー（Chan, Marty） 465
 作品：『父さん、母さん、俺、白人女と同棲してるんだ』（Mom, Dad, I'm Living with a White Girl） 465
チョイ、ウェイソン（Choy, Wayson） 039, 042, 439, 595, 599, 605, 610, 623-24
 作品：『大事なこと』（All That Matters） 042, 595
  『翡翠の牡丹』（The Jade Peony） 039, 439, 595, 623
  『紙の影――チャイナタウンで過ごした子供時代』（Paper Shadows: A Chinatown Childhood） 065, 594
  『ウェイソン・チョイ――蝶の羽を開く』（自伝ビデオ）（Wayson Choy: Unfolding the Butterfly） 595
  『孔子を探し求めて』（Searching for Confucius） 042, 595
チョイス、レズリー（Choyce, Leslie） 487
ツウィッキー、ジャン（Zwicky, Jan） 480, 483, 491
 作品：『抒情的哲学』（Lyric Philosophy） 484
  『地球を放棄する歌』（Songs for Relinquishing the Earth） 480
  『英知と隠喩』（Wisdom and Metaphor） 484
ツルゲーネフ、イワン（Turgenev, Ivan） 225
デ・ヴリーズ、マギー（De Vries, Maggie） 600-01, 605
デ・ロジエ、ジョエル（Des Rosiers, Joël） 628, 630
テアトル・エクスペリメンタル・デ・ファム（Théâtre Expérimental des Femmes） 666-67
テアトル・デ・キュイズィンヌ（Théâtre des Cuisines） 667
テアトル・ドゥ・ソシエテ（Théâtre de Société） 658
テアトル・ドゥ・ヌーヴォー・モンド（Théâtre du Nouveau Monde） 033, 662

テアトル・ドゥ・リドー・ヴェール（Théâtre du Rideau Vert）662, 664
デイ、デイヴィッド（Day, David）554
ディアリング、ラモナ（Dearing, Ramona）434
   作品:『ソー・ビューティフル』（So Beautiful）435
TISH誌／TISH詩人（TISH magazine and TISH poets）028, 477-79, 497
TSAR出版（TSAR publishing）605, 613
ディース、ピーター・ウォレン（Dease, Peter Warren）133
ティースリ・ドゥニヤ劇場（Teesri Duniya Theatre）464
ティーセン、ヴァーン（Thiessen, Vern）467
ディーフェンベーカー、ジョン（首相）（Diefenbaker, John（Prime Minister））396
デイヴィー、フランク（Davey, Frank）376, **380**, 477-78
   「オープン・レター」の創設者（founding editor of *Open Letter*）477
   作品:「言い換えにも耐え抜いて」（"Surviving the Paraphrase"）376
デイヴィス、ロバートソン（Davies, Robertson）031, 284, 338, 342, 365, 451, 501, 504, 507
   建国100周年記念への参加（Centennial participation）363
   ポストモダンの要素（postmodern elements in）503
   ユングの精神分析への関心（interest in Jungian psychoanalysis）342, 503
   作品:『わが心の核心にて』（At My Heart's Core）451
     『悪意の種』（Leaven of Malice）342, 502
     『コーンウォール三部作』（Cornish Trilogy）503
     『第五の役割』（Fifth Business）031, 284, 503
     『デプフォード三部作』（Deptford Trilogy）342, 503
     『嵐にもまれて』（Temtpest-Tost）342
     『弱点の混合』（A Mixture of Frailties）342
     『生まれつきしもの』（What's Bred in the Bone）502
デイヴィッドソン、クレイグ（Davidson, Craig）447
   作品:『錆と骨』（Rust and Bone）447
ティエン、マドレン（Thien, Madeleine）439
   作品:『簡単なレシピ』（Simple Recipes）439
ディオン、ジョーゼフ・F.（Dion, Joseph）554
   作品:『わがクリー族』（My Tribe, The Crees）554
ディキンソン、アダム（Dickinson, Adam）481, 501
ディキンソン、エミリー（Dickinson, Emily）204
ディクソン、ロベール（Dickson, Robert）646, **655**

作品:『こちらは大きな青空』（Grand ciel bleu par ici）646
   『相対的平和時の人間情景』（Humains paysages en temps de paix relative）646
ディケンズ、チャールズ（Dickens, Charles）114, 225, 240, 386
ティボ（ジル・ティボー）Tibo（Gilles Thibault）524
ティボドー、コリーン（Thibaudeau, Colleen）473, 481
ティボドー、セルジュ＝パトリス（Thibodeau, Serge Patrice）645
テイラー、グレイム（Taylor, Graeme）315
テイラー、チャールズ（Taylor, Charles）607, 619, **629-30**
テイラー、ティモシー（Taylor, Timothy）041, 044, 345, **358**, 430, 447
   作品:『サイレント・クルーズ』（Silent Cruise）041, 447
   『スタンレー・パーク』（Stanley Park）041, 345, **358**
テイラー、ドリュー・ヘイデン（Taylor, Drew Hayden）043, 045, 429, 442-43, 563, **569**, 580-82
   作品:
   演劇:『400キロメートル』（400 Kilometres）581
     『いつか』（Someday）581
     『嘘をつかないのは酔っ払いと子供だけ』（Only Drunks and Children Tell the Truth）581
     『馬を愛した少女』（Girl Who Loved Her Horses）581
     『オルターネイティヴズ』（alterNatives）580
     『木の家の少年』（The Boy in the Treehouse）581
     『教育はわれらの権利』（Educatian is Our Right）581
     『豪胆な勇士たち』（Fearless Warriors）443
     『トロントのドリーマーズ・ロックで』（Toronto at Dreamer's Rock）581
     『バズジェム・ブルース』（Buz'Gem Blues）580
     『ベビー・ブルース』（The Baby Blues）580, 672
     『ベルリン・ブルース』（Berlin Blues）045, 580
     『密売人のブルース』（The Bootlegger Blues）580
     『酔っ払い神が創造した世界で』（In a World Created by a Drnken God）043, 581
     『ミー・ファニー』（Me Funny）429, 443
   ライフライティング:『変だね、君はそう見えないよ――青い目をしたオジブワの見解』（Funny, You Don't Look Like One: Observations from a Blue-

Eyed Ojibway) 563
テイラー、マーガレット（Tayler, Margaret）208-09, 213
　作品：（共編）『ゴールトの料理本』（The Galt Cook Book）208-09
デイル、アーチ（Dale, Arch）513
ディルワース、アイラ（Dilworth, Ira）344
ティレル、J. B.（Tyrell, J. B.）123, **135**
ディングル、アドリアン（Dingle, Adrian）515
テオレ、フランス（Théoret, France）034, 648
テカクイサ、キャサリン（カテリ）（Tekakwitha, Catherine（Kateri））493
デカルト、ルネ（Descartes, René）079-80
テクムセ（Tecumseh）165-66, 168, 170
デグル、フランス（Daigle, France）040, 645, 699, **705**
デソートー、ルイス（DeSoto, Lewis）615
テッツォ、ジョン（Tetso, John）553
　作品：『罠猟こそわが人生』（Trapping Is My Life）553
デニス、ダレル（Dennis, Darrell）586, 675
　作品：『都市に住むインディアンの物語』（Tales of an Urban Indian）675
　『イースト三番街のトリックスター』（Trickster of Third Avenue East）586
テニソン、アルフレッド、ロード（Tennyson, Alfred Lord）179, 180, 182, 188, 190
デニソン、フローラ・マクドナルド（Denison, Flora MacDonald）267-68, **272**
　作品：『メアリー・メルヴィル——巫女』（Mary Melville: The Psychic）267
デニソン、メリル（Denison, Merrill）451
　作品：『湿地の干草』（Marsh Hay）451
デバラ、ジョルジュ＝エドワール（Desbarats, George-Édouard）236-37, 239, 252
デバラ、ペテール（Desbarats, Peter）360
　作品：『ケベック情勢』（The State of Quebec）360
デビヤン、ジャン＝ポール（Desbiens, Jean-Paul）028, 367-69, **379**
　作品：『修道士某の傲慢／ある匿名の修道士からの手紙』（Les Insolences du Frère Untel / Letters of Brother Anonymous）028, 367
デビヤン、パトリス（Desbiens. Patrice）035, 645-47
　作品：『いななき』（Hénnissements）645
　『残りの空間』（L'Espace qui reste）645
　『英詩』（Poems anglais）645
　『透明人間』（L'Homme invisible / The Invisible Man）035, 645
　『春巻』（Rouleaux de printemps）645

デフォー、ダニエル（Defoe, Daniel）108
デマーソン、ヴェルマ（Demerson, Velma）600
　作品：『矯正不能』（Incorrigible）600
デュヴァル＝ティボー、アンヌ＝マリー（Duval-Thibault, Anne-Marie）659
デューデック、ルイス（Dudek, Louis）334, **335**, 349-51, 353, **358**, 476
　作品：『都市の東』（East of the City）353
デュードニー、クリストファー（Dewdney. Christopher）196, 211, 479-80, **490**
　作品：『オンタリオ州ロンドンの古生代地質——詩とコラージュ』（A Palaeozoic Geology of London, Ontario: Poems and Collages）479
　『崇敬の対象を奪う者たち——詩選集』（Predators of the Adoration:Selected Poems, 1972-82）479
　『のろしの火』（Signal Fires）480
デューモント、マリリン（Dumont, Marilyn）530, 557, 564
　作品：『茶褐色のとても良い娘』（A Really Good Brown Girl）564
デュガ、マルセル（Dugas, Marcel）022, 638
デュゲ、カリスト（Duguay, Calixte）670
デュゲ、ラウル（Duguay, Raoul）647
デュシャルム、レジャン（Ducharme, Réjean）030, 032, 034, 037, 690, 692, 697-98, **703**
　作品：『飲み込まれたものたちに飲みこまれた女』（L'Avalée des avalés）030, 690
　『レザンファントーム』（Les Enfantômes）692
　『召命する鼻』（Le Nez qui voque）690
　『力づくの冬』（L'Hiver de force）032, 692
デュシャン、マルセル（Duchamp, Marcel）300, **317**
デュソー、ルイゼット（Dussault, Louisette）672, **680**
　作品：『モマン』（Moman）672
デュドワール、ヴァレリー（Dudoward, Valerie）572
　作品：『聖なる世界の習わしを我に教えよ』（Teach Me the Ways of the Sacred Circle）572
デュプレ、ルイーズ（Dupré, Louise）648, 672
デュベ、マルセル（Dubé, Marcel）026-27, 368, 662-63, **678-79**
　作品：『白い鷲鳥が戻って来たら』（Au retour des oies blanches）663
　『決算』（Bilan）663
　『素晴らしい日曜日』（Les Beaux Dimanches）663
　『フロランス』（Florence）663
　『一介の兵士』（Un simlple soldat）027, 663
　『ゾーン』（Zone）027, 662, **678**
デュボワ、ルネ＝ダニエル（Dubois, René-Daniel）

036, 673, 676-77
　　作品：『ファジー大佐小路26番2号』（*26 bis, impasse de Colonel Foisy*）　673
　　　　　『クロードと一緒に』（*Being at Home with Claude*）　036, 673
デュラン、イヴ・シウィ（Durand, Yves Sioui）　584, 674-75
　　汎アメリカ先住民神話（Pan-American Indigenous myths）　584
　　ロベール・ルパージュとの共作（collaboration with Robert Lepage）　584
　　作品：『マレシート人ハムレット』（*Hamlet le Malécite*）　675
　　　　　『この世の苦難引受人』（*Le Porteur des peines du monde*）　584, 675
テュルコット、エリーズ（Turcotte, Élise）　038, 650
　　作品：『大地はここにある』（*La Terre est ici*）　650
テリオ、イヴ（Thériault, Yves）　025, 027, 689, **703**
　　作品：『アガグック』（*Agaguk*）　027, 689, **703**
「デルタ」誌（*Delta*）　351
デロジエ、ジュヌヴィエーヴ（Desrosiers, Geneviève）　650-51
デロッシェ、アルフレッド（DesRochers, Alfred）　023, 638-39, 643
　　作品：『オルフォールの陰で』（*À l'ombre de l'Oxford*）　023, 638-39, 643
デント、チャールズ（Dent, Charles）　172
デンプスター、バリー（Dempster, Barry）　427, 481
テンプルトン、タイ（Templeton, Ty）　521
ド・ゴール、シャルル（De Gaulle, Gen. Charles）　362, 373
ド・ミル、ジェイムズ（De Mille, James）　020, 240, 242, 279
　　作品：『白十字兄弟団——少年のための本』（*The B.O.W.C.: A Book for Boys*）　242
　　　　　『ドッジ・クラブ——1859年のイタリア』（*The Dodge Club or, Italy in 1859*）　242
　　　　　『修辞学入門』（*The Elements of Rhetoric*）　242
　　　　　『カタコンベの殉教者——古代ローマの物語』（*The Martyr of the Catacombs: A Tale of Ancient Rome*）　242
　　　　　『銅の筒に入っていた不思議な原稿』（*A Strange Manuscript Found in a Copper Cylinder*）　020, 243
ド・ラ・ロシュ、マゾ（De la Roche, Mazo）　023, 297, 309, 311-12, **318**
　　作品：『ジャルナ』シリーズ（*Jalna* series）　023, 311

『変化をめぐって——自叙伝』（*Ringing the Changes: An Autobiogllaphy*）　311
ドイル、ジェイムズ（Doyle, James）　218
「ドゥヴワール、ル」（新聞）（*Devoir, Le*）　022, 282, 367
ドゥーガル、リリー（Dougall, Lily）　267
　　作品：『一日のマドンナ』（*The Madonna of a Day*）　267
トゥーマー、ジーン（Toomer, Jean）　506
トウェイン、マーク（Twain, Mark）　110, 114-15, 238, 242
トウス、ミリアム（Toews, Miriam）　042, 610
ドゥセット、ジュリー（Doucet, Julie）　526
　　作品：『きたない策略』（*Dirty Plotte*）　526
　　　　　『日記』（*Journal*）　025, 027, 184, 526, 649
　　　　　『マダム・ポールの情事』（*The Madame Paul Affair*）　526
　　　　　『私のニューヨーク日記』（*My New York Diary*）　526
ドゥセット、レオナール・E.（Doucette, Leonard E.）　658-59
ドゥトレ、ジョーゼフ（Doutré, Joseph）　159
　　作品：『1812年の婚約者たち』（*Les Fiancés de 1812*）　159
トゥヌーニク劇団（Tunooniq Theatre）　585
ドゥラエ、ギ（Delahaye, Guy）　638
ドゥリール、ギ（Delisle, Guy）　063, 527
　　作品：『ピョンヤン——北朝鮮の旅』（*Pyongyang: A Journey in North Korea*）　527
　　　　　『シェンツェン——中国紀行映画』（*Shenzhen: A Travelogue from China*）　527
ドーシー、カンダス・ジェイン（Dorsey, Candas Jane）　431
ドーソン、ウィリアム（Dawson, William）　195-96, 238, 263
トールマン、ウォレン（Tallman, Warren）　476
ドーン、エドワード（Dorn, Edward）　495
トッピングズ、アール（Topping, Earle）　415
トドロフ、ツヴェタン（Todorov, Tzvetan）　060, 074-75, **076**
ドネル、デイヴィッド（Donnell, David）　442
　　作品：『ブルー・オンタリオ・ヘミングウェイ・ボートレース』（*The Blue Ontario Hemingway Boat Race*）　442
ドボジー、タマス（Dobozy, Tamas）　427, 429, 431, 446-47, **449**
　　作品：『最後の調べ』（*Last Notes*）　446
トマス、オードリー（Thomas, Audrey）　031, 427, 436-

37, 593, 626
　　作品:『潮間の生物』（Intertidal Life）437
　　　　『淑女とエスコート』（Ladies & Escorts, 1977））
　　　　　437
　　　　『ラタキア』（Latakia）437
　　　　『十の緑の瓶』（Ten Green Bottles）436-37
　　　　『全なる道』（The Path of Totality）437
　　　　『ブラッド夫人』（Mrs. Blood）031, 437
トマス、ディラン（Thomas, Dylan）472
トマス、ナイジェル（Thomas, Nigel）625
トマス、リリアン・ベイノン（Thomas, Lilian Beynon）
　　270
トムソン、E. W.（Thomson, E. W.）217, 219
　　作品:『サヴァリン老人』（Old Man Savarin）217
トムソン、R. H.（Thomson, R. H.）288, **293**
ドラグランド、スタン（Dragland, Stan）045, 480, 483
トラッスラー、マイケル（Trussler, Michael）440
　　作品:『出会い』（Encounters）440
トランスナショナリズム（transnationalism）578, 614,
　621
トランブレ、ミシェル（Tremblay, Michel）030, 032,
　034, 037, 041-44, 362, 366, 372-73, **378-79**, 454, 463,
　573, 664-65, 667, 673, **679-80**, 693-94, 701, **703**
　　および新しいケベック演劇（and le nouveau théâtre
　　　québécois）663
　　およびジュアル（ケベック方言）（and joual）663
　　性の問題とカトリック教会について（on sexualiry and
　　　the Catholic Church）664
　作品:
　　演劇:『五人のアルベルティーヌ』（Albertine, en cinq
　　　　　temtps）664, **679**
　　　　『義姉妹』（Les Belles-Sœur）030, 573, **679**, 693
　　　　『義姉妹連作』（Cycle des Belles-Sœurs）664
　　　　『ブリキの翼の角あり天使』（Un Ange cornu des
　　　　　ailes de toile）366
　　　　『赤いノート』（Le Cahier rouge）042, 362, **378**
　　　　『こんにちは、こんにちは』（Bonjour, là, bonjour）
　　　　　664
　　　　『忌々しいマノン、あきれたサンドラ』（Damnée
　　　　　Manon, sacrée Sandra）664
　　　　『空中の家』（La Maison suspendue）673, **680**
　　　　『ランジェ公爵夫人』（La Duchesse de Langeais）
　　　　　664
　　　　『真の世界？』（Le Vrai Monde?）665
　　　　『永遠にあなたのもの、マリー＝ルー』（A toi,
　　　　　pour toujours, ta Marie-Lou）032
　　小説:『モン＝ロワイヤル丘の年代記』（Chroniques du
　　　　　Plateau Mont-Royal）034, 664, 693
　　　　『隣の肥った女は妊娠している』（La Grosse
　　　　　Femme d'à-côté~ est enceinte）034, 693
　　　　『サン＝タンジュ学校のテレーズとピエレット』
　　　　　（Therèse et Pierrette à lécole des St-Anges）693
トランブレ、ラリー（Tremblay, Larry）673, 676-77
　　作品:『斧』（La Hache）673
　　　　『シクティミのとんぼ』（The Dragonfly of
　　　　　Chicoutimi）673, 677
トランブレ、リーズ（Tremblay, Lise）037, 042, 044,
　　697
　　作品:『雨の冬』（L'Hiver de pluie）037, 697
ドリオン、エレーヌ（Dorion, Hélène）037, 649
トリュデル、シルヴァン（Trudel, Sylvain）036, 044,
　　697
　　作品:『クリスチャン王の土地』（Terre du roi Christian）
　　　　　697
　　　　『貿易風ハルマッタンのそよぎ』（Le Souffle de
　　　　　l'harmattan）036, 697
トループ・デュ・ジュール、サスカトゥーン（Troupe
　du Jour, Saskatoon）669
ドルジュ、クロード（Dorge, Claude）669
　　作品:『キクイタダキ』（Le Roitelet）669
　　　　『第23条』（L'Article 23）669
　　　　『トランブレの三部作』（イレーヌ・マエとの共
　　　　　作）（La Trilogie des Tremblay（with Iréne Mahé））
　　　　　669
トルドー、ピエール（首相）（Trudeau, Pierre（Prime
　Minister））026, 030, 038, 519, **529**, 551
トレイル、キャサリン・パー（旧姓ストリクランド）
　（Traill, Catharine Parr（née Strickland））017, 019,129,
　140-42, 144-49, 153, 198-200, 203, 209, **212**
　　フィッツギボンとの共作（collaboration with Fitzgibbon）
　　　198
　作品:『カナダの奥地』（The Backwoods of Canada）
　　　　　017, 129, 141, 145-47, 152-53, **154**
　　　　『カナダのクルーソーたち』（Canadian Crusoes）
　　　　　147-48, **154**
　　　　『カナダの野生の花々』（Canadian Wild Flowers）
　　　　　212
　　　　『赤ちゃんベッドと揺りかご物語』（Cot and
　　　　　Cradle Stories）145
　　　　『女性移住者向け案内書』（Female Emigrant's
　　　　　Guide）147
　　　　「森林の開墾地」（"Forest Gleanings"）146
　　　　『レディ・メアリーと彼女の乳母』（Lady Mary
　　　　　and Her Nurse）147-48

『カナダの植物の生態研究』（Studies of Plant Life in Canada）147, **212**
『若き移住者たち』（The Young Emigrants）144, **154**
トレイル、トマス（Traill, Thomas）145, 198
トロブリアン、レジス・ド（Trobriand, Régis de）159, 163
　作品：『反逆者——カナダの物語』（Le Rebelle: Hitstoire Canadienne）159
トロント・フリー・シアター（Toronto Free Theatre）455
「トロント大学クォータリー」（University of Toronto Quarterly）348, 355-56, 392
ドワート、エドワード・ハートレー（Dewart, Edward Hartley）164, 178
　最初の英語詩集の編者として（editor of first anglophone poetry anthology）164
　作品：『カナダ詩選集』（Selections from Canadian Poets）164, 178
ドンナコナ（Donnacona）063, 075
トンプソン、ジューディス（Thompson, Judith）034, 124, 451, 454, 458
　作品：『岩隙を歩く者』（The Crackwalker）034, 458
　『私はあなたのもの』（I am Yours）458
　『私を捕まえて』（Capture Me）458
　『完ぺきなパイ』（Perfect Pie）458
　『白い噛みつく犬』（White Biting Dog）458
　『そり』（Sled）458
　『街を歩くライオン』（Lion in the Street）458
トンプソン、デイヴィッド（Thompson, David）122-23, **135**
　作品：『デイヴィッド・トンプソンによる西部アメリカの探検物語』（David Thompson's Narrative of his Explorations in Western America）123, **135**
トンプソン、ポール（Thompson, Paul）453, 572
ドンラン、ジョン（Donlan, John）481

【な】

ナーマン、アントワーヌ（Naaman, Antoine）614
ナイト、アン・カスバート（Knight, Ann Cuthbert）139
　作品：『カナダで暮らした1年』（A Year in Canada）139
ナイト、チャールズ（Knight, Charles）145

ナイトウッド・シアター（Nightwood Theatre）462, 577
ナイポール、V. S.（Naipaul, V. S.）612
ナショナル・アイデンティティ（英系）（National identity）053, 104, 115, 156-58, 164, 168, 170-72, 179, 206, 215, 308, 337-39, 342, 362, 365-66, 376, 382, 384-85, 390, 392, 406, 415, 471, 490, 530
ナショナル・アイデンティティ（仏系）（National identity）159, 164, 169-70, 172, 178-79, 360, 518-19, 616, 637, 643-44, 657, 665-66, 671, 684-85
　（67年万博の項も参照）
ナショナル・シアター（Théâtre National）455, 658
ナムジョシ、スニティ（Namjoshi, Suniti）611, 613
ニーチェ、フリードリヒ（Nietzsche, Friedrich）354, 397, 495, **508**
二言語二文化主義に関する王立委員会（Royal Commission on Bilingualism and Biculturalism）365-66
ニコル、bp（nichol, bp）032, 473, 477-79, 483, 517-18, 522
　作品：『アレゴリー』シリーズ、「詩人大尉」の詩（Allegory series; "Captain Poetry" poems）517
　「スクラプチャーズ」の「続き」シリーズ（Scraptures sequences）517
　『殉教者列伝』（The Martyrology）032, 479, **490**, **528**
ニスター、レイモンド（Knister, Raymond）225-26, 321, 329, 429
ニッケル、バーバラ（Nickel, Barbara）486
　作品：『ドメイン』（Domain）486
ニュー、W.（ウィリアム）H.（New, William H.）054-55, 099, **380**, 398, 427, 430, 449, 487, 489, **508**
　作品：（編）：『カナダ短編集』（Canadian Short Fiction）226, 430, 448
　『カナダ文学史』（A History of Canadian Literature）055
　（編）：『カナダ文学史』第IV巻（A Literary History of Canada vol. IV）427
　『サイエンス・レッスンズ』（Science Lessons）487
ニュー・フランス（New France）079-80, 089, 091-94, 122, 609, 628
『ニュー・プロヴィンセス』（New Provinces）**024**, 024, 279, **291**, 329, 331-32, **336**, 349, 351, 474, 483
　論争（controversies）330-31
ニュー・ウーマン／新女性／新しい女性（New Woman）261, 300, 303, 305-06, 308

「ニューヨーカー」誌（New Yorker）　404, 406, 412-13, 415-16, 440, 446, 526
ニュートン、ジョン（Newton, John）　139
ニューラヴ、ジョン（Newlove, John）　484-85
　　作品：『嘘』（Lies）　484
　　　　『肥った男』（The Fat Man）　484
ネイチャーライティング（nature writing）　055, 184, 195-211, 533
　　視覚的な記録（visual documentation）　199, 203, 207-08
　　園芸（horticultural）　205-08
　　昆虫（entomological）　196-97
　　植物（botanical）　147, 198-200
　　鳥類（ornithological）　209-10
　　動物物語（animal stories）　215, 221-24, 245, 266-67
　　野生生物の描写（wildlife description）　123, 125, 200-05
　　（料理本・環境保護主義と生態学的関心の項も参照）
ネイティヴ・アース・パフォーミング・アーツ（Native Earth Performing Arts）　572-74, 583
ネヴー、ピエール（Nepveu, Pierre）　036, 632, 649, 651, 653, 704
　　作品：『マーラーとその他の素材』（Mahler et autres matières）　650
ネリガン、エミール（Nelligan, Émile）　027, 360, 636-37, 690
　　作品：『エミール・ネリガン――人と作品』（Émile Nelligant et son œuvre）　021, 636
　　　　『全詩集』（Poésies）　027, 360
　　　　『冬の夕べ』（"Soir d'hiver"）　636
ノエル、フランシーヌ（Noël, Francine）　035, 695
　　作品：『マリーズ』（Maryse）　035, 695
「ノーザン・レヴュー」誌（Northern Review）　333, 351
ノースウェスト会社（North West Company）　118, 120, 124, 133
ノーラン、イヴェット（Nolan, Yvette）　583
　　作品：『アニー・マエの運動』（Annie Mae's Movement）　583
　　　　『ビデオ』（Video）　583
　　　　『ブレード』（Blade）　583
　　　　『ヨブの妻』（Job's Wife）　583
ノーラン、オールデン（Nowlan, Alden）　289, 475, 488
　　作品：「イープル――1915年」（"Ypres: 1915"）　289
　　　　『パンとワインと塩』（Bread, Wine and Salt）　475
ノディエ、シャルル（Nodier. Charles）　683

【は】

バー、ロバート（Barr, Robert）　171, 219, 232, 244
バーウェル、アダム・フッド（Burwell, Adam Hood）　139
　　作品：『タルボット・ロード』（Talbot Road）　139
パーカー、ギルバート（Parker, Gilbert）　021, 171, 217, 240, 244, 248-50
　　作品：『ヴァルモンドがポンティアックに来た時』（When Valmond Came to Pontiac）　249
　　　　『強者の座』（The Seats of the Mighty）　021, 171, 249
　　　　『剣の辿った跡』（The Trail of the Sword）　249
　　　　『ピエールと部下たち――極北の物語』（Pierre and His People: Tales of the Far North）　249
　　　　『羅針盤のまわりで』（Round the Compass）　249
パーカー、ハーリー（Parker, Harley）　390
バーク、クリスチャン（Bök, Christian）　098, 485, 534, 547
　　作品：『ユーノイア』（Eunoia）　485
ハーグ、ラウィ（Hage, Rawi）　043, 045, 618, 627
　　作品：『コックローチ』（Cockroach）　045, 627
　　　　『ド・ニロのゲーム』（De Niro's Game）　043, 618
パークマン、フランシス（Parkman, Francis）　085-86, 166-68, 170-71, 174, 249
　　作品：『17世紀北アメリカにおけるイエズス会士』（The Jesuits in North America in the Seventeenth Century）　085-86
　　　　『オレゴン・トレイル』（The Oregon Trail）　167
　　　　『ポンティアックの陰謀の歴史』（History of the Conspiracy of Pontiac）　167
　　　　『モンカルムとウルフ』（Montcalm and Wolfe）　167-68
ハーグレイヴ、ジェイムズ（Hargrave, James）　126-28
ハーグレイヴ、レティシア・マクタヴィシュ（Hargrave, Letitia McTavish）　127-28
　　作品：レティシア・ハーグレイヴの手紙（The Letters of Letitia Hargrave）　128
バーダック、レオ（Burdak, Leo）　519
パーディ、アル（Purdy, Al）　351, 474-75, 481-82
　　作品：『アネット家全員のための詩』（Poems for All the Annettes）　475
　　　　『カリブーの馬』（The Cariboo Horses）　474
　　　　『詩集』（Collected Poems）　482
　　　　『夏の北国――バフィン諸島の詩』（North of Summer: Poems from Baffin Isalnd）　475
ハーディン、ハーシェル（Hardin, Herschel）　032, 571
　　作品：『エスカー・マイクと妻アギルク』（Esker Mike and His Wife, Agiluk）　032, 571

バード、ウィル（Bird, Will）　281, 286, 289, **291**
 作品：『そして我らは進む（幽霊の手は暖かい）』（*And We Go On*（*Ghosts Have Warm Hands*））　281, 291
ハート、ジュリア・キャサリン・ベックウィズ（Hart, Julia Catherine Beckwith）　017, 157
 作品：『聖ウルスラ会修道院、あるいはカナダの修道女』（*St. Ursula's Convent; or, The Nun of Canada*）　017, 157
バード、ルイス（Bird, Louis）　559
バードセル、サンドラ（Birdsell, Sandra）　429, 444, 538, 610
 作品：『ルスランダー』（*The Russländer*）　538
 『夜の旅行者たち』（*Night Travellers*）　444
パートリッジ、エリーズ（Partridge, Elise）　486
バートルマン、ジェイムズ（Bartleman, James）　044, 602-03, **605**
 作品：『レーズン・ワイン──一風変わったムスコカで過ごした少年時代』（*Raisin Wine: A Boyhood in a Different Muskoka*）　044, 602, **605**
バートン、ジーン（Burton, Jean）　327
バーナード、ボニー（Burnard, Bonnie）　040, 429, 431
バーナム、クリント（Burnham, Clint）　447
 作品：『空飛ぶ写真』（*Airborne Photo*）　447
バーニー、アール（Birney, Earle）　025, 028-29, 333-34, 341, 348-53, 355, **358**, 475, 482
 「カナディアン・ポエトリー・マガジン」（*and Canadian Poetry Magazine*）　350
 作品：「アラスカ・パッセージ」（"ALASKA PASSAGE"）　353
 「ヴァンクーヴァーの明かり」（"Vancouver Lights"）　352
 『車輪の中の幽霊──詩選集』（*Ghost in the Wheels: Selected Poems*）　482
 『ターヴェイ──悪漢軍人』（*Turvey: A Military Picaresque*）　341, 353
 『デイヴィッド、その他の詩』（*David and Other Poems*）　025, 352
 『時のひろがり』（*Spreading Time*）　353
 『都市の裁判』（*Trial of a City*）　353
 「ナイメーヘンへの道」（"The Road to Nijmegen"）　352
バーニー、フランシス（Burney, Frances）　098
ハーパー、スティーヴン（首相）（Harper, Stephen（Prime Minister））　043, 273
ハーパーコリンズ（出版社）（HarperCollins）　431
ハーパーズ（雑誌）（*Harper's magazines*）　218

ハーバート、ジョン（Herbert, John）　030, 463
 作品：『運と人の目』（*Fortune and Men's Eyes*）　030, 463
 「赤い草」（*Herbes rouges, Les*）　693
ハーフ、ルイーズ・バーニス（Halfe, Louise Bernice）　039, 489, 557, 561
 作品：『青の心髄』（*Blue Marrow*）　561
 『熊の骨と鳥の羽』（*Bear Bones and Feathers*）　039, 561
バーフット、ジョーン（Barfoot, Joan）　419
 作品：『暗闇で踊る』（*Dancing in the Dark*）　419
パーマー、ジョン（Palmer, John）　455
ハーモン、ダニエル（Harmon, Daniel）　124
ハーン、サミュエル（Hearne, Samuel）　120-21, 131, **134**, 485
 作品：『ハドソン湾のプリンス・オブ・ウェールズ・フォートから北洋に至る旅行記』（*A Journey from Prince of Wales Fort in Hudson's Bay*）　120
バーンズ、ジュリアン（Barnes, Julian）　313, 315, 322
 作品：『10章半で語る世界史』（*A History of the World in 10 1/2 Chapters*）　540
ハイウェイ、トムソン（Highway, Thomson）　036-37, 042, 556-57, 573-75
 作品：
 演劇：『アーネスティン・シュスワップはマスを釣った』（*Ernestine Shuswap Gets Her Trout*）　575
 『新しい歌……新しい踊り』（*New Song ... New Dance*）　574
 『アリア』（*Aria*）　574
 『居留地姉妹』（*The Rez Sisters*）　036, 573-74
 『賢者、踊り人、道化』（*The Sage, The Dancer and the Fool*）　574
 『ドライ・リップスなんてカプスケイシングに追っ払っちまえ』（*Dry Lips Oughta Move to Kapuskasing*）　037, 573-74
 『ローズ』（*Rose*）　574
 小説：『ファー・クイーンのキス』（*Kiss of the Fur Queen*）　042, 556
ハイウェイ、ルネ（Highway, René）　574
バイセル・ヘンリー（Beissel, Henry）　571
 作品：『イヌークと太陽』（*Inook and the Sun*）　571
ハイトン、スティーヴン（Heighton, Steven）　435, 481
 作品：『あるがままの地上で』（*On Earth As It Is*）　435
 『天皇の飛行経路』（*Flight Paths of the Emperor*）　435
ハイン、ダリル（Hine, Daryl）　474
ハインド、E. コーラ（Hind E. Cora）　271, **272**
ハインド、ヘンリー・ユール（Hind, Henry Youle）　129, **135**

ハウ、ジョーゼフ（Howe, Joseph）102-03, 106-09, 112, 115-16, **117**, 139, **173**, 178
 作品：『アカディア』（*Acadia*）139
  『詩とエッセイ』（*Poems and Essays*）178
  『西部の漫歩』（*Western Rambles*）106, 116-17
  『東部の漫歩』（*Eastern Rambles*）106, 116-17
バウアリング、ジョージ（Bowering, George）034, 041, 429-30, 433-34, 473-74, 477, 481, 495-97, **490**, **508-09**, **548**
 カナダの初代桂冠詩人（Canada's inaugural poet laureate）497
 作品：
  小説：『発射！』（*Shoot!*）495
  『短く悲しい本』（*A Short Sad Book*）496
  『燃えている水』（*Burning Water*）034, 496-97
  詩：『ジョージ、ヴァンクーヴァー——発見の詩』（*George, Vancouver: A Discovery Poem*）477, 496
  『ケリスデール哀歌』（*Kerrisdale Elegies*）473
  短編：『リチャード通りに立つ』（*Standing on Richards*）434
  アンソロジー（編）：『そしてその他の物語』（*And Other Stories*）430
バウアリング、マリリン（Bowering, Marilyn）288, **293**, **554**
 作品：『祖父は兵士だった』（*My Grandfather Was a Soldier*）288
ハヴィー、リチャード（Hovey, Richard）184-85, 190
ハウイソン、ジョン（Howison, John）138
 作品：『アッパー・カナダのスケッチ』（*Sketches of Upper Canada*）138
ハウエルズ、ウィリアム・ディーン（Howells, William Dean）186-87, 217, 243, **426**
パウンド、エズラ（Pound, Ezra）321-22, 328-29, 386, 389, 540
ハクルート、リチャード（Hakluyt, Richard）062
パズィラ、ネロファー（Pazira, Nelofer）043, 618
 作品：『赤い花のベッド』（*A Bed of Red Flowers*）043, 618
バソレ゠ウエドラオゴ、アンジェル（Bassolé-Ouédraogo, Angele）646
 作品：『あなたの言葉で』（*Avec tes mots*）647
  『サヘルの女たち』（*Sahaliennes*）647
  『ブルキナ・ブルース』（*Burkina Blues*）647
パターソン、ケヴィン（Patterson, Kevin）439
 作品：『寒い国』（*Country of Cold*）439
パターソン、ドン（Paterson, Don）486
バダミ、アニタ・ラウ（Badami, Anita Rau）486
 作品：『英雄の足取り』（*The Hero's Walk*）623
  『タマリンド・メム』（*Tamarind Mem*）039, 623
パチ、フランク（Paci, Frank）610
ハッガン、イザベル（Huggan, Isabel）593, **605**
 作品：『帰属——くつろげる場所』（*Belonging: Home Away from Home*）593, **605**
バック、ジョージ（Back, George）132
 作品：『グレートフィッシュ川河口に至る北極圏陸路探検記』（*Narrative of the Arctic Land Expedition to the Mouth of the Great Fish River*）132
バックラー、アーネスト（Buckler, Ernest）026, 345-46, 433
 作品：『山と渓谷』（*The Mountain and the Valley*）026, 346
ハッチオン、リンダ（Hutcheon, Linda）496, 531, 609
 作品：『カナディアン・ポストモダン』（*The Canadian Postmodern*）496
  『ポストモダニズムの詩学』（*A Poetics of Postmodernism*）496, 508
ハドソン湾会社（Hudson's Bay Company）016, 118-20, 376, 383, 689
バトラー、ウィリアム・フランシス（Butler, William Francis）130, **136**
 作品：『大いなる孤高の大地』（*The Great Lone Land*）130
パニチ、モリス（Panych, Morris）043, 045, 458-59, **469**
 作品：『金魚鉢の中の少女』（*Lawrence & Holloman*）459
  『七つの物語』（*7 stories*）458
  『不寝番』（*Vigil*）459
  『ローレンスとホロマン』（*Lawrence & Holloman*）459
バニヤン、ジョン（Bunyan, John）108, 110
バブストック、ケン（Babstock, Ken）486
 作品：『気流に乗る砂上ヨット』（*Airstream Land Yacht*）486
  『フラットスピンに熱中する日々』（*Days into Flatspin*）486
  『ミーン』（*Mean*）486
ハフリー、クロード（Haeffely, Claude）518
ハメット、ダシール（Hammett, Dashiel）695
パラメスワラン、ウマ（Parameswaran, Uma）465
バランタイン、ロバート・マイケル（Ballantyne, Robert Michael）129
 作品：『ハドソン湾』（*Hudson Bay*）129
パラントー゠ルブフ、ドミニック（Parenteau-Lebeuf,

Dominick) 672
　　作品：『公証人の前での暴露』（*Dévoilement devant notaire*) 672
パリサー、ジョン（Palliser, John) 129
ハリス、クレア（Harris, Claire) 611, 613
パリゾー、アリス（Parizeau, Alice) 035, 617
パリゾー、ジャック（Parizeau, Jacques) 619
ハリソン、スジー・フランシス（Harrison, Susie Frances) 188-89, 215-17
　　作品：『押し出されて！その他の物語』（*Crowded Out! And Other Sketches*) 217
ハリソン、チャールズ・イエール（Harrison, Charles Yale) 280, **291**
　　作品：『将軍たちは寝床で死ぬ』（*Generals Die in Bed*) 280, **291**
ハリバートン、トマス・チャンドラー（Haliburton, Thomas Chandler) 017, 102, 106, 108-10, 112-15, **117**, 150-51, 161, 164, **173**, 225
　　作品：『サム・スリックの名言』（*Sam Slick's Wise Saws*) 114
　　　　『自然と人間性』（*Narure and Human Nature*) 114
　　　　『時計師——あるいはスリックヴィルのサミュエル・スリックの言行録』（*The Clockmaker: or, the Sayings and Doings of Samuel Slick of Slickville*) 017, 117
　　　　「ノヴァ・スコシアの思い出」（"Recollections of Nova Scotia") 112
　　　　『老裁判官』（*The Old Judg*) 114
バルザーノ、フローラ（Balzano, Flora) 615, 630
バルザック、オノレ・ド（Balzac, Honoré de) 687, 693
「パルティ・プリ」誌（*Parti Pris*) 029, 367-68
バルト、ウルリク（Barthe, Ulric) 279, **291**
　　作品：『シミリア・シミリビュス』（*Similia Similibus*) 279, **291**
バルト、ロラン（Barthes, Roland) 162
バルボー、ジャン（Barbeau, Jean) 665
　　作品：『ケベック語で恋を語って』（*Jouzlez-moi d'amour*) 665, 679
　　　　『流し台の歌』（*Le Chant du sink*) 665
　　　　『ベン＝ユル』（*Ben-Ur*) 665
　　　　『マノン・ラストコール』（*Manon Lastcall*) 665
　　　　『ラクロワの道』（*Le Chemin de Lacroix*) 665, **679**
バルボー、ダグラス（Barbeau, Douglas) 478
バルボー、マリウス（Barbeau, Marius) 701
　　作品：『カマルムークの夢』（*Le Rêve de Kamalamouk*) 701

パレ、フランソワ（Paré, François) 700
バレト＝リヴェラ、ラファエル（Barreto-Rivera, Rafael) 479
バローズ、ジョン（Burroughs, John) 185
　　作品：『鳥と詩人、その他の小論』（*Birds and Poets, with Other Papers*) 185
ハワード、リチャード（Howard, Richard) 343, 474
バンクス、ラッセル（Banks, Russell) 411
バンクロフト、ジョージ（Bancroft, George) 162
ハンコック、ジェフ（Hancock, Geoff) 430
ハンター＝デューヴァル、ジョン（Hunter-Duvar, John) 169, **175**
ハンチェンス、ブリジット（Haentjens, Brigitte) 668
バンブリック、ウィニフレッド（Bambrick, Winifred) 341
　　作品：『コンティネンタル・レヴュー』（*Continental Revue*) 341
ビアード、ジョージ・ミラー（Beard, George Miller) 185
ビアンヴニュ、イヴァン（Bienvenue, Yvan) 676-77, **681**
　　作品：『小話の規則』（*Règlements de contes*) 677
　　　　『未刊と既刊』（*Dits et inédits*) 677
ビーガン、タラ（Beagan, Tara) 586
　　作品：『ドリアリーとイッジー』（*Dreary and Izzy*) 586
　　　　『ヨークの砦』（*The Fort at York*) 586
ピーターソン、レン（Peterson, Len) 451
ビーティー、ジェッシー・L.（Beattie, Jessie L) 373
　　作品：『橋の強度』（*Strength for the Bridge*) 373
ピート、ハロルド・R.（Peat, Harold R.) 276
　　作品：『兵卒ピート』（*Private Peat*) 276, 288
ビードル、デロス・ホワイト（Beadle, Delos White) 205-06, **213**
　　「カナダの園芸家」の編集者（editor of *Canadian Horticulturalist*) 206
　　作品：『カナダの果実、花、家庭菜園の園芸家』（*Canadian Fruit, Flower, and Kitchen Gardener*) 205-06, **213**
ヒーリー、マイケル（Healey, Michael) 453-54, **469**
　　作品：『寛大な』（*Generous*) 454
　　　　『スケッチ・ボーイ』（*The Drawer Boy*) 453, **469**
　　　　『第二案』（*Plan B*) 454
ビールビー、J.（ジョン）T.（トマス）（Bealby, John Thomas) 207
ビエット、ジュヌヴィエーヴ（Billette, Geneviève) 673, **680**
ビスーンダス、ニール（Bissoondath, Neil) 039, 442,

611, 614
 作品：『山から掘り出す』（*Digging Up the Mountains*）442
ピスカトール、エルヴィン（Piscator, Erwin）666
ビセット、ビル（bissett, bill）030, 473, 552
ビッグ・ベア、チーフ（Big Bear, Chief）446, 538
 作品：『人道に反する罪』（*Crime contre l'humanité*）673
ピックソール、マージョリー（Pickthall, Marjorie）022, 274, 322, **289**
 作品：「進軍する男たち」（"Marching Men"）274
ビニー＝クラーク、ジョージナ（Binnie-Clark, Georgina）296, 305-06, 308, **318**
 作品：『カナダ大平原の夏』（*A Summer on a Canadian Prairie*）305
 『小麦と女性』（*Wheat and Women*）305-06
ビニング、サドゥー（Binning, Sadhu）608
ビネ、クロード（Binet, Claude）607
ビボー、ミシェル（Bibaud, Michel）633, 659
100周年記念（Centennial）053-54, 159, 377, 405, 452, 476, 530, 552（67年万博の項も参照）
ヒューストン、ナンシー（Huston, Nancy）041-42, 044, 617-18
 作品：『プレインソング』（*Plainsong / Cantique des Plaines*）618
ビュニェ、ジョルジュ（Bugnet, Georges）701, **705**
 作品：『森』（*La Forêt*）700
ビョルンソン、ビョルンステェルネ（Bjørnson, Bjørnstjerne）184
ヒル、ローレンス（Hill, Lawrence）044, **116**, 599-600, **605**, 628
 作品：『ニグロの本』（*The Book of Negroes*）044, 116, 628
 『ブラック・ベリー、甘いジュース——カナダで黒人と白人の混血であること』（*Black Berry, Sweet Juice: On Being Black and White in Canada*）599
ピロン、ジャン＝ギ（Pilon, Jean-Guy）641-43
 作品：『国への依存』（*Recours au pays*）643
「ファースト・ステイトメント」誌（*First Statement*）333, 338, 351, 354
ファーン、ドリス（Ferne, Doris）333, 351
ファクトリー・シアター（Factory Theatre）454
ファッセル、ポール（Fussell, Paul）275, 287
ファリボー、マルセル（Faribault, Marcel）360
 作品：『ケベックに逼迫する危機について考える』（*Some Thoughts on the Mounting Crisis in Quebec*）360
ファルード、アブラ（Farhoud, Abla）628, 674, **680**

作品：『5・10・15セント均一雑貨店の娘たち』（*Les Filles du 5-10-15¢*）674
 『ジグソーパズル』（*Jeux de patience*）674
 『私が大きかった頃』（*Quand J'etais grande*）674
フィッチ、マリア・アミーリア（Fytche, Maria Amelia）266
 作品：『魂を捕える頭巾』（*Kerchiefs to Hunt Souls*）266
フィッツギボン、アグネス（Fitzgibbon, Agnes）019, 198-99
 C. P. トレイルとの共作（collaboration with C. P. Traill）198
フィッツジェラルド、F. スコット（Fitzgerald, F. Scott）298, 313-14, 341, 457, 525
「フィドルヘッド」（季刊誌）（*Fiddlehead, The*）441
フィニガン、ジョーン（Finnigan, Joan）432
フィリオン、レティシア（Filion, Laetitia）282
 作品：『許嫁ヨランド』（*Yolande, la fiancée*）282
フィリップ、マーリーン・ヌーブセ（Philip, Marlene NourbeSe）037, 488, 609
 作品：『リヴィングストンを探して——沈黙のオデュッセイア』（*Looking for Livingstone: An Odyssey of Silence*）037, 625
フィリベール、アンドレ（Philibert, André）524
 作品：『オロール70』（*Oror 70*）524
フィンチ、ロバート（Finch, Robert）329-33, 350, 365, 474
 作品：『ドーヴァー・ビーチの回想』（*Dover Beach Revisited*）474
 『詩』（*Poems*）333
 『シルヴァーソーン・ブッシュ』（*Silverthorn Bush*）474
フィンドリー、ティモシー（Findley, Timothy）033-35, 038, 041, **292**, 427, 433, **449**, 501, 503-05, **509-10**, 534, 540, **548**
作品：
 演劇：『エズラ・パウンドの裁判』（*The Trials of Ezra Pound*）504
 『国王エリザベス』（*Elizabeth Rex*）041, 504
 小説：『虚言』（*The Telling of Lies*）540
 『最後の狂人』（*The Last of the Crazy People*）540
 『乗船無用』（*Not Wanted on the Voyage*）035, 504, 540
 『戦争』（*The Wars*）033, 284-85, **292**, 504, 534, 540, 548
 『蝶の異常発生』（*The Butterfly Plague*）504
 『ピアノ弾きの娘』（*The Piano Man's Daughter*）505

『臨終名言集』（*Famous Last Words*）　034, 504, 540
『予備工作』（*Spadework*）　**510**
風刺（satire）　102-03, 106-15, 214, 229, 239, 262, 341-42, 347, 409, 460, 462, 465-66, 483, 518-20, 541, 563, 571, 576, 580-81, 635, 660, 665-66, 669
ブーシェ、ドゥニーズ（Boucher, Denise）　034, 667, 687
ブーシェルヴィル、ジョルジュ・ブーシェ・ド（Boucherville, Georges Boucher de）　163
　作品：『代わりはいくらでも』（*Une de perdue, deux de trouvées*）　018, 163
プーシキン、アレクサンドル（Pushkin, Alexander）　507
ブードロー、ジュール（Boudreau, Jules）　670
　作品：『コシュと太陽』（*Cochu et le soleil*）　670
　『ルイ・マイユー』（カリスト・デュゲとの共作）（*Louis Mailloux*（with Calixte Duguay））　670
ブーラウィ、エディ（Bouraoui, Hédi）　700
　作品：『女ファラオ』（*La Pharaone*）　700
　『バンコク・ブルース』（*Bangkok Blues*）　700
ブーラサ、ナポレオン（Bourassa, Napoléon）　019, 164
　作品：『ジャックとマリー——離散した民族の追憶』（*Jacques et Marie: Souvenir d'un peuple dispersé*）　019, 164
プーラン、ガブリエル（Poulin, Gabriel）　034, 646
プーラン、ジャック（Poulin, Jacques）　035, 037-38, 044, 695, 697, **704**
　作品：『青クジラの心』（*Le Cœur de la baleine bleue*）　695
　『秋のツアー』（*La Tournée d'automne*）　038, 695
　『大潮』（*Les Grandes marées*）　034, 695
　『ジミー』（*Jimmy*）　695, **704**
　『フォルクスワーゲン・ブルース』（*Volkswagen Blues*）　035, 695, 698
　『古びた悲しみ』（*Le Vieux Chagrin*）　037, 695
　『ミスタシーニの青い目』（*Les Yeux bleus de Mistassini*）　695
ブールジェ、エリザベート（Bourget, Élizabeth）　671-72
　作品：『都会で』（*En ville*）　671
　『私を呼んで』（*Appelle-moi*）　672
フェアリー、バーカー（Fairley, Barker）　323, 328
フェイヴェル、フロイド（Favel, Floyd）　578, 583-84
　作品：『アルトーとタラウマラの人たち』（*Artaud and the Tarahumaras*）　584
　『ソーニャの家』（*House of Sonya*）　584
　『沈黙の婦人』（*Lady of Silences*）　584

『露の涙の酋長』（*Governor of the Dew*）　584
『わが親類一族』（*All My Relatives*）　584
フェスラー、シャーリー（Faessler, Shirley）　442
フェナリオ、デイヴィッド（Fennario, David）　034, 456
　作品：『バルコンヴィル』（*Balconville*）　034, 456
　『コンドヴィル』（*Condoville*）　456
フェニアンの襲撃（Fenian raids）　171
フェミニズム（feminism）　254, 260, 265, 270-71, 306, 443, 483, 520, 666, 671, 691-92
　および批評（and criticism）（英語）　356／（仏語）　646
　および演劇（and drama）（英語）　505, 583／（仏語）　666, 671-72
　フェイマス・ファイヴ（Famous Five）　269
　および小説（and fiction）（英語）　408, 410, 422-23, 498, 505, 539, 542／（仏語）　445, 688, 692, 695-96
　レズビアン（lesbian）　463, 505, 542
　母性主義者（maternalist）　265, 219
　および詩（and poetry）（英語）　355, 410, 477, 483／（仏語）　648-49
フェルラン、アルベール（Ferland, Albert）　165, 637
フェルラン、ジャン＝バティスト＝アントワーヌ（Ferland, Jean-Baptiste-Antoine）　079, 169-70, **174**
フェルラン、マルシアン（Ferland, Marcien）　669
　作品：『レ・バトゥー』（*Les Batteux*）　669
フェロン、ジャック（Ferron, Jacques）　027-29, 031, 368, 429, 662-63, 692
　作品：『アメランシエ』（*L'Amélanchier*）　031, 692
　『大きな太陽』（*Les grands soleils*）　027, 662
　『王の頭』（*La Tête du roi*）　663
　『不確かな国の小話』（*Contes du pays incertain*）　028, 429
フェロン、ジャン（ジョーゼフ＝マルク＝オクターヴ・ルベル）（Féron, Jean（Joseph-Marc-Octave Lebel））　700
　作品：『メティスの女』（*La Métisse*）　700
フォークナー、ウィリアム（Faulkner, William）　543
フォーセット、ブライアン（Fawcett, Brian）　433
　作品：『リーフでプレイした僕の人生』（*My Career with the Leafs*）　433
　『とびっきりの話』（*Capital Tales*）　434
フォード、R. A. D.（Ford, R. A. D）　474
　作品：『遠くから来て』（*Coming from Afar*）　474
フォード、フォード・マドックス（Ford, Ford Madox）　311
フォスター、セシル（Foster, Cecil）　332, 611, 623

フォスター、ハロルド（Foster, Harold）　513
ブシャール、ミシェル・マルク（Bouchard, Michel Marc）　045, 463, 673, 680
婦人参政権／婦人参政権論者（woman suferage/suffragists）　258-61, 267-71, 306, 310, 457
　キリスト教婦人矯風会（WCTU）（Woman's Christian Temperance Union（WCTU））　258-59
プセナック、ステファン（Psenak, Stefan）　646
『仏語カナダ詩テクスト集』（Textes poétiques du Canada français（TPCP））　632
ブッシュ、ダグラス（Douglas Bush）　322, 328-29
フッド、ヒュー（Hood, Hugh）　362, **378**, 429, 432, 435
　作品：『山のまわりで——モントリオールの生活より』（Around the Mountain: Scenes from Montreal Life）　435
　『赤い凧を揚げる』（Flying a Red Kite）　435
フッド、ロバート（Hood, Robert）　132, **136**
プティクレール、ピエール（Peticlair, Pierre）　658
　作品：『遠足』（Une partie de campagne）　658
　『グリフォン、または下僕の復讐』（Griphon, or la vengeance d'un valet）　658
　『贈与』（La Donation）　658
プティジャン、レオン（Petitjean, Léon）　023, 660
　作品：『オロール、殉教の子』（アンリ・ロランとの共作）（Aurore, l'enfant martyre〈co-authored with Henri Rollin〉）　023, 660
プティディディエ、モーリス（Petitdidier, Mauriice）　514
ブネット、ルイーズ（Bennett, Louise）　614
ブユカス、パン（Bouyoucas, Pan）　674, **680**
　作品：『凧』（Le cerf-volant）　674
フラー、バックミンスター（Fuller, Buckminster）　363
フライ、ノースロップ（Frye, Northrop）　027, 054, **057**, 189, **211**, 322, **335**, 348-49, 352, 355-56, **358**, 360, 376, **377**, 382, 385, 387-88, 390-95, 397, **399**, **400**-01, 472-74, 477, 484, 514
　作品：『T. S. エリオット』（T. S. Eliot）　392
　　『エデンへの回帰——ミルトンの叙事詩をめぐる五つの論考』（The Return of Eden: Five Essays on Milton's Epics）　392
　　『大いなる体系——聖書と文学』（The Great Code: The Bible and Literature）　392
　　『恐るべき均整』（Fearful Symmetry）　391
　　『カナダ文学史』への結語（Conclusion to A Literary History of Canada）　057, 211, 400
　　『自然な眺め——シェイクスピア喜劇とロマンスの発展』（A Natural Perspective: The Development of Shakespearean Comedy and Romance）　392
　　『世俗の聖典——ロマンスの構造研究』（The Secular Scripture: A Study of the Structure of Romance）　392
　　『力に満ちた言葉——隠喩としての文学と聖書』（Words with power: Being a Secondary Study of "The Bible and Literature"）　392, 400, **400**
　　『時の道化たち——シェイクスピア悲劇の研究』（Fools of Time: Studies in Shakespearean Tragedy）　392
　　『批評の解剖』（Anatomy of Criticism）　027, 392
　　『ブッシュ・ガーデン』（The Bush Garden）　358, 400
フライターク＝ロリングホーフェン、バロネス・エルザ・フォン（エルザ・プロッツ）（Freytag-Loringhoven, Baroness Elsa von〈Elsa Plotz〉）　299, **317**
　作品：「ラヴ＝ケミカル・リレーションシップ」（"Love-Chemical Relationship"）　300, **317**
プラウズ、D. W.（Prowse, D. W.）　544
　作品：『ニューファンドランドの歴史』（A History of Newfoundland）　544
ブラウニング、ロバート（Browning, Robert）　545
ブラウン、E. K.（Brown, E. K.）　025, 322, 332, 348, 350, 405
　作品：『カナダ詩について』（On Canadian Poetry）　025, 350, 405
ブラウン、コリン（Browne, Colin）　479
ブラウン、チェスター（Brown, Chester）　042, 522, 526-27, 600
　作品：『いつも君を嫌ってた』（I Never Liked You）　527
　　『幸せな道化のエド』（Ed the Happy Clown）　527
　　『水面下』（Underwater）　527
　　『素敵な毛皮』（Yummy Fur）　527
　　『福音書』の翻案（Gospels adaptation）
　　『プレイボーイ』（The Playboy）　527
　　『ルイ・リエル——漫画伝記』（Louis Riel: A Comic Strip Biography）　042, 527, 600
ブラサール、アンドレ（Brassard, André）　032
プラット、E. J.（Pratt. E.J.）　025-26, 079, 085, 275, 279, **290**, 320, 321-23, 328-34, 348, 350, 474, 476-77, 479, 482
　および『ニュー・プロヴィンセス』（and New Provinces）　329-30, 332
　作品：『巨人族』（The Titans）　322-23, 328
　　「掲示板の前で」（"Before a Bulletin Board"）　275
　　『航海日誌の陰に』（Behind the Log）　333

『最後の犬釘に向けて』(Towards the Last Spike) 026, 333, 348
「誓文」("Text of the Oath") 279, 332
『タイタニック号』(The Titanic) 329, 332, 676
『ダンケルク』(Dunkirk) 333
『ニューファンドランド詩集』(Newfoundland Verse) 290, 332
『ブレブーフとその仲間たち』(Brébeuf and His Brethren) 025, 085, 332
『魔女たちの醸造酒』(The Witches' Brew) 322, 328
『山羊の寓話とその他の詩』(The Fable of the Goatsand Other Stories) 332
『ルーズベルト号とアンティノー号』(The Roosevelt and the Antinoe) 328-29
プラット、メアリー・ルイーズ (Pratt, Mary Louise) 118
フラマン、ジャック (Flamand, Jacques) 646
プラモンドン、エメ (Plamondon, Aimé) 278
ブラン、クリスチャン (Brun, Christian) 645
フランク、アンネ (Frank, Anne) 590
フランクール、リュシアン (Francœur, Lucien) 648
フランクリン、サー・ジョン (Franklin, Sir John) 018, 118, 131-33, **136**, 536
　　作品:『北極海沿岸への旅行記』(Narrative of a Journey to the Shores of the Polar Sea) 131, **136**
フランシェール、ガブリエル (Franchers, Gabriel) 125-26, **135**
フランシス、マーヴィン (Francis, Marvin) 566-67
プランション、ロジェ (Planchon, Roger) 453
フランゼン、ジョナサン (Franzen, Jonathan) 419
ブランチ神父、ジェイムズ (Branch, Father James) 661
　　作品:『アカディアからの移住者』(L'Emigrant acadien) 661
　　『死ぬまで！……我らの学校のために！』(Jusqu'a la mort! ... pour nos écoles!) 661
　　『カトリック系宗派学校万歳！』(Vivent nos écoles catholiques!) 661
ブラント、ジョーゼフ（タエンダネゲア）(Brant, Joseph (Thaendanegea)) 105-06
　　および聖書のモホーク語訳 (and Mohawk Bible translation) 105, 106
ブラント、ディー (Brandt, Di) 610
ブランド、ディオン (Brand, Dionne) 037, 039, 042-43, 481, 488-89, 601, 609, 611, 613-14, 618, 621, 623-28, **629-30**, 697

作品:『降り立つべき土地』(Land to Light On) 039, 625
　　『帰れない土地への扉に至る地図』(A Map to the Door of No Return) 601, 624, **630**
　　『ここではなく別の場所で』(In Another Place Not Here) 625
　　『在庫目録』(Inventory) 043, 489
　　『中立の言語はない』(No Language is Neutral) 037, 488
　　『満月の時と月が欠ける時』(At the Full and Change of the Moon) 624, 628
　　『私たち皆が憧れるもの』(What We All Long For) 042, 627
ブラント、ベス (Brant, Beth) 558, 565
ブラント、モリー（コンワツィアツィアジェンニ）(Brant, Molly (Koñwatsiãtsiaiéñni)) 104-06
プラントス、テッド (Plantos, Ted) 288
　　作品:『パッシェンデール』(Passchendaele) 288, 293
フリーセン、パトリック (Friesen, Patrick) 481, 610
フリーマン、アリス・フェントン（フェイス・フェントン）(Freeman, Alice Fenton (Faith Fenton)) 262
フリーマン、デイヴィッド (Freeman, David) 032, 454
　　作品:『奇形児』(Creeps) 454
　　『バタリング・ラム（破城槌）』(Battering Ram) 454
「ブリック」誌 (Brick Magazine) 432, 480
ブリック・ブックス（雑誌出版社）(Brick Books) 480-81
ブリノー、ジョン・G. (Bourinot, John G.) 167
プリモー、マルグリット・A. (Primeau, Marguerite A.) 700
　　作品:『泥炭沼で』(Dans le muskeg) 700
ブリングハースト、ロバート (Bringhurst, Robert) 040, 481, 483-84, 489, 559
　　作品:『武器の美しさ』(The Beauty of the Weapons) 483
　　『召命』(The Calling) 483
　　『古典的ハイダ神話語り部の傑作集』(The Masterworks of the Classical Haida Mythtellers) 489
　　『神話世界への九回の旅』(Nine Visits to the Myth World) 489
プルー、モニック (Proulx, Monique) 627, 697-98
　　作品:『心臓は不随意筋である』(Le Cœur est un muscle involontaire) 698
　　『星たちのセックス』(Le Sexe des étoiles) 697
　　『モンレアルのオーロラ』(Les Aurores Montréales) 697

ブルウェット、ジーン（Blewett, Jean） 277
　作品：「小さな亡命者」（"The Little Refugee"） 277
ブルースター、エリザベス（Brewster, Elizabeth） 427
プルースト、マルセル（Proust, Marcel） 369
ブルジョワ、アルベリック（Bourgeois, Albéric） 512-13, 519
ブルック、フランシス（Brooke, Frances） 017, 098-99, 102-03, 106, 114, **116**, 144, 157
　北米初の英語小説家として（as first English novelist in North America） 098
　作品：『エミリー・モンタギューの物語』（The History of Emily Montague） 017, 098-99, 157
　　　　『レディー・ジュリア・マンドヴィルの物語』（The History of Lady Julia Mandeville） 098
フルトキン、マーク（Frutkin, Mark） 427
フルニエ、ピエール（Fournier, Pierre） 518, 523
ブレ、マリー＝クレール（Blaise, Marie-Claire） 028-29, 039, 043, 045, 690, 692
　作品：『見せかけ』（Les Apparences） 693
　　　　『エマニュエルの人生の一季節』（Une saison dans la vie d'Emmanuel） 029, 690
　　　　『ポーリーヌ・アルカンジュの草稿』（Les Manuscripts de Pauline Archange） 693
ブレイク、ウィリアム（Blake, William） 325, 391-93
フレイザー、D. M.（Fraser, D. M.） 433
　作品：『階級闘争』（Class Warfare） 433
フレイザー、キース（Fraser, Keith） 435
　作品：『愛人に嘘を語る』（Telling My Love Lies） 435
フレイザー、サイモン（Fraser, Simon） 121-22, 124, **134**
フレイザー、ブラッド（Fraser, Brad） 463-64, **470**
　作品：『きのうのマーティン』（Martin Yesterday） 464
　　　　『プアー・スーパーマン』（Poor Super Man） 464
　　　　『身元不明の遺体と愛の本質』（Unidentified Human Remains and the True Nature of Love） 463
　　　　『冷蔵庫の中の蛇』（Snake in Fridge） 464
フレイザー、レイモンド（Fraser, Raymond） 434
　作品：『ラム・リヴァー』（Rum River） 434
ブレイズ、クラーク（Blaise, Clark） 033, 035, 429, 431-32, 434-35, 596-97, 599, 601-02, **605**
　作品：『悲しみと恐怖』（バラティ・ムーカジとの共著）（The Sorrow and the Terror〈co-authored with Bharati Mukherjee〉） 035, 601, **605**
　　　　『カルカッタの昼と夜』（バラティ・ムーカジとの共著）（Days and Nights in Caluatta〈co-authored with Mukherjee〉） 033, 597-98, **605**
　　　　『北米の教育』（A North American Education） 434

「プレヴュー」誌（Preview） 333, 349-51
フレシェット、カロール（Fréchette, Carole） 672-73, 677, **679-81**, 701
　作品：『エリザの肌』（La Peau d'Élisa） 672
　　　　『エレーヌの首飾り』（Le Collier d'Hélène） 677
　　　　『シモン・ラブロスの七日間』（Les Sept Jours de Simon Labrosse） 673
　　　　『ジャンとベアトリス』（Jean et Béatrice） 672
　　　　『大地の上のスミレ』（Violette sur la terre） 677
　　　　『マリーの四人の死者』（Les Quatre Morts de Marie） 673
フレシェット、ルイ＝オノレ（Fréchette, Louis-Honoré） 020-21, 169-70, **175**, 178-79, 184, 633-35, 659-60, **651**
　作品：『ある民族の伝説』（La Légende d'un people） 020, 169, 635
　　　　『変わり者と狂った人』（Originaux et détraqués） 021, 701
　　　　『極北の花』（Les Fleurs boréales） 178-79
　　　　『被追放者の声』（La Voix de l'exil） 634
　　　　『フェリックス・プトレ』（Félix Poutré） 659
　　　　『私の閑暇』（Mes Loisirs） 634, 651
プレスコット、マルク（Prescott, Marc） 669
　作品：『セックスと嘘とフランス系マニトバ人』（Sex, Lies, et les Franco-Manitobains） 669
　　　　『ビッグマックの年』（L'Année Big-Mac） 669
　　　　『もっと』（Encore） 669
ブレヒト、ベルトルト（Brecht, Bertolt） 662, 664-66
ブレブーフ神父、ジャン・ド（Brébeuf, Fr. Jean de） 684
プレフォンテーヌ、イヴ（Préfontaine, Yves） 030, 643
　作品：『言葉のない国』（Pays sans parole） 030, 643
ブレブナー、ダイアナ（Brebner, Diana） 487
　作品：『イシュタール門』（The Ishtar Gate） 487
フレミング、アン（Fleming, Anne） 444
　作品：『水たまり跳び』（Pool-Hopping） 444
フレミング、メイ・アグネス（Fleming, May Agnes） 215, 240-42, 429
　作品：『シビル・キャンベル、または島の女王』（Sybil Campbell; or, The Queen of the Isle） 241
　　　　『准男爵の花嫁』（The Baronet's Bride） 241
　　　　『ユーラリー、または人妻の悲劇』（Eulalie; or, A Wife's Tragedy） 241
フレンチ、デイヴィッド（French, David） 288, **293**, 454
　作品：『1949年』（1949） 454
　　　　『家を離れて』（Leaving Home） 454

『近頃、現場では』（*Of the Fields, Lately*）　454
　　『月の浜辺』（*Salt-Water Moon*）　454
　　『兵士の心』（*Soldier's Heart*）　454
フロイド、ヴェラ（Freud, Vera）　406
ブロー、ジャック（Brault, Jacques）　029, 033, 035, 643, 648, **656**
　　作品：『回想記』（*Mémoire*）　315, 643, 648
　　『毀れやすい時間』（*Moments Fragiles*）　035, **656**
ブロードフット、バリー（Broadfoot, Barry）　452
　　作品：『失われた10年』（*Ten Lost Years*）　452
フローベール、ギュスターヴ（Flaubert, Gustave）　688
　　作品：『ボヴァリー夫人』（*Madame Bovary*）　688
ブロサール、ニコル（Brossard, Nicole）　031, 034, 036, 361, 445, 648, 692-93
　　作品：『苦み、あるいは風化した章』（*L'Amèr ou le chapitre effrité*）　693
　　『フレンチ・キス』（*French Kiss*）　668, 693, **703**
ブロジェット、E. D.（Blodgett, E. D.）　487, 531
　　作品：『アポストロフィーズ——ピアノに向かう女性』（*Apostrophes: Women at a Piano*）　487
フロスト、ロバート（Frost, Robert）　544
ブロドゥール、エレーヌ（Brodeur, Hélène）　699
　　作品：『ヌーヴェル＝オンタリオ年代記』（*Les Chroniques du Nouvel-Ontario*）　699
ブロワ、レオン（Bloy, Léon）　687
ブロンダン、ジョルジュ（Blondin, George）　559
ブロンドー、ドミニック（Blondeau, Dominique）　627
ブロンフマン、チャールズ・R.（Bronfman, Charles R.）　546
文学賞（literary awards）
　　「アトランティック・マンスリー」誌賞（Atlantic Monthly Prize）　311, 436
　　アタナーズ・ダヴィード賞（Prix Athanase David）　411
　　アメリカ賞（Prix Américanité）　584
　　ギラー賞（Giller Prize）　607, 615
　　グリフィン詩歌賞（Griffin Poetry Prize）　484, 486, 488-89
　　コモンウェルス処女小説賞（Commonwealth Writers' Prize）　505
　　ゴンクール賞（Prix Goncourt）　690, 699-700
　　ジェシー・リチャードソン優秀新劇賞（Jessie Richardson Award for Outstanding New Play）　586
　　総督賞（Governor General's Award）　283, 297, 332-33, 338-41, 343-44, 346, 349, 350, 352-56, **357**, 359, 369, 388, 411, 415-16, 420, 472, 475, 561, 565, 575, 581, 607, 617-18
　　チャルマーズ賞（Chalmers Award）　572-73
　　T. S. エリオット賞（T. S. Eliot Prize）　489
　　ドラ・メイヴァー・ムーア賞（Dora Mavor Moore Award）　572-73
　　ブッカー賞（マン・ブッカー賞、2002年）（Booker Prize〈Man Booker Prize, 2002〉）　410, 420, 607, 627
　　ミルトン・エイコーン人民詩歌賞（Milton Acorn People's Poetry Award）　475
　　メディシス賞（Prix Médicis）　690
　　ライアソン小説賞（Ryerson Fiction Prize）　283
　　ピューリッツァー賞（Pulitzer Prize）　420
ヘア、ジョン（Hare, John）　173, 633, **651**, 659,
ベアード、アイリーン（Baird, Irene）　024, 338, **357**
ペアン、スタンリー（Péan, Stanley）　628
ヘイ、エリザベス（Hay, Elizabeth）　040, 042, 044, 364, **378**, 445
　　作品：『深夜の無線放送』（*Late Nights on Air*）　044, 364
ペイジ、P. K.（P. K. アーウィン、ジューディス・ケイプ）（Page, P. K.〈P. K. Irwin, Judith Cape〉）　030, 039, 043, 333, 349, 351, 353-54, **358**, 472, 474, 480, 486-87
　　視覚と幻想の交差（intersection of the visual and the visionary in）　487
　　作品：『アズ・テン・アズ・トウェンティ』（*As Ten, as Twenty*）　353
　　『ブラジル旅行記』（*Brazilian Journal*）　354
　　『クライ・アララット！』（*Cry Ararat!*）　030, 354, 474
　　『グラス・エア』（*The Glass Air*）　354
　　『秘密の部屋』（*The Hidden Room*）　039, 487
　　『ホログラム——グロサスの本』（*Hologram: A Book of Glosas*）　480
　　『金属と花』（*The Metal and the Flower*）（「バンドときれいな子供たち」「マリナの肖像」「速記者」「雪の物語」）（"The Bands and the Beautiful Children," "Portrait of Marina," "The Stenographers," "Stories of Snow"）　354
　　『太陽と月』（*The Sun and the Moon*）　353
ペイジ、ルイス・カウズ（Page, Louis Coues）　245
ペイジ、ローダ・アン（Page, Rhoda Ann）　149
ペイター、ウォルター（Pater, Walter）　183
ベイツ、ジュディ・フォング（Bates, Judy Fong）　610, 623
ベイノン、フランシス・マリオン（Beynon, Francis Marion）　270-01, **272**, 278, **290**, 457
　　徴兵反対（anti-conscription）　270
　　女性の政治的権利について（on women's political rights）
　　作品：『アレタ・デイ』（*Aleta Day*）　270, 278

ベイリー、ジェイコブ（Bailey, Jacob）103-04
　作品：「ポウナルボロからハリファックスへの航海日誌」("Journal of a Voyage from Pownalboro to Halifax") 103
ヘイル、キャサリン（Hale, Katherine）277, **290**
　作品：「グレイ・ニッティング」("Grey Knitting") 277
ヘイワード、アネット（Hayward, Annette）637, **653**
ヘインズ、ヴァドニー・S.（Haynes, Vadney）466
　作品：『黒人はボーリングをしない』(Blacks Don't Bowl) 466
ヘーゲル、ゲオルク・ヴィルヘルム・フリードリヒ（Hegel, Georg Wilhelm Friedrich）396
ベガムドレ、ヴェン（Begamudré, Ven）442
　作品：『変わり者の惑星』(A Planet of Eccentrics) 442
　　『ラテルナ・マギカ』(Laterna Magica) 442
ベケット、サミュエル（Beckett, Samuel）458, 617
ベゴン、エリザベート（Bégon, Élisabeth）016, 092, 094-95, **095**
　作品：『エリザベート・ベゴンと女婿との往復書簡』(Correspondance d'Élisabeth Bégon avec son gendre) 092
ベズモズギス、デイヴィッド（Bezmozgis, David）439
　作品：『ナターシャとその他の物語』(Natasha and Other Stories) 439
ベセット、アルセーヌ（Bessette, Arsène）022, 685
　作品：『新米』(Le Débutant) 022, 685
ベセット、ジェラール（Bessette, Gérard）028, 688
　作品：『本屋』(Le Libraire) 028, 689
　　『乱闘』(La Bagarre) 688
ペソア、フェルナンド（Pessoa, Fernando）646
ベックウィズ、ジョン（Beckwith, John）473
ベトナム戦争（Vietnam war）372-73, 519, 553
ペドノー、エレーヌ（Pedneault, Hélène）672
　作品：『証言』(La Déposition) 672
ペトロン、ペニー（Petrone, Penny）035, 558
　作品：（編）『最初の人たち、最初の声』(First People, First Voices) 035, 558
　　『カナダの先住民文学——口承伝統から現在まで』(Native Literature in Canada: From the Oral Tradition to the Present) 558
　　『北国の声』(Northern Voices) 558
ベネット、アーノルド（Bennett, Arnold）376
ベネット、エイヴィー（Bennett, Avie）481
ベネディクト、ノナ（Benedict, Nona）571
　作品：『ドレス』(The Dress) 571
ペマン、アンドレ（Paiement, André）668

作品：『おいらは北から来た』(Moé, je viens du Nord, s'tie) 668
　『ラヴァレヴィル』(Lavalléville) 668
ペミカン・パブリケーションズ（Pemmican Publications）555
ヘミングウェイ、アーネスト（Hemingway, Ernest）300, 313-14, 348, 442, 525
　作品：『移動祝祭日』(A Moveable Feast) 313
ベラー、ジェイコブ（Beller, Jacob）370
　作品：『ラテン・アメリカのユダヤ人』(Jews in Latin America) 370
ベルシアニック、ルーキィ（Bersianik, Louky）692, **703**
　作品：『ユゲリオンヌ』(L'Euguélionne) 033, 693
ペルティエ、ウィルフレッド（Pelletier, Wilfred）554
　作品：『見知らぬ土地でもなし』(No Foreign Land) 554
ペルティエ、ピエール・ラファエル（Pelletier, Pierre Raphaël）646
ペルティエ、ポル（Pelletier, Pol）672, 677, **681**
　作品：『白い光』(La Lumière blanche) 672
　　『太洋』(Océan) 677
　　『喜び』(Joie) 677
ペルティエ、マリーズ（Pelletier, Maryse）671-72, **680**
　作品：『九時半以降、小さな心は誰のもの？』(A qui le p'tit cœur après neuf heures et demie) 671
　　『カナダ国防軍女性連隊のように足にはすね毛』(Du poil aux pattes come des cwac's) 671
　　『しつこい声でデュエット』(Duo pour les voix obstinées) 672
　　『水の破裂』(La Rupure des eaux) 672
ベルトロ、エクトール（Berthelot, Hector）512-13
ベルナール、サラ（Bernhardt, Sarah）467, 659
ベルナール、アリ（Bernard, Harry）686
　作品：『田畑の道』(La Voie des sillons) 686
ベルニエ、ジョヴェット（Bernier, Jovette）024, 649
　作品：『引き裂かれた仮面』(Les Macques déchirés) 649
ベルフィーユ、ノルマン・ド（Bellefeuille, Normand de）036, 647, 650
　作品：『最初に一つの顔』(Un visage pour commencer) 650
ペレック、ジョルジュ（Perec, Georges）485
ベロー、アンドレ（Belleau, André）036, 687-88, **702**
ペロー、ピエール（Perrault, Pierre）029, 031, 071, 642-43

作品：『破れかぶれ』（En désespoir de cause）643
ペロカン、クロード（Peloquin, Claude）647
ベロック、ヒレア（Belloc, Hilaire）386
ベンゴフ、ジョン・ウィルソン（Bengough, John Wilson）239, 512
ヘンダーソン、リー（Henderson, Lee）447
　作品：『記録を破るテクニック』（The Broken Record Technique）447
ベンダヤン、ダヴィッド（Bendayan, David）612
ヘンデイ、アンソニー（Henday, Anthony）119-20, 134
ヘンドリ、トム（Hendry, Tom）134, 455
ベントリー、リチャード（Bentley, Richard）150-51
ヘンペル、エイミー（Hempel, Amy）446
ヘンリー、アレグザンダー（甥）（Henry, Alexander〈the younger〉）124-25
ヘンリー、アレグザンダー（叔父）（Henry, Alexander〈the elder〉）122
　作品：『カナダとインディアン・テリトリーへの旅行と冒険』（Travels and Adventures in Canada and the Indian Territories）122
ホイットマン、ウォルト（Whitman, Walt）179, 185, 196, 211, 267-68, 308
ホイテカー、ミュリエル（Whitaker, Muriel）288, 292
　作品：（編）『カナダの偉大な戦争物語』（Great Canadian War Stories）288, 292
ボイデン、ジョーゼフ（Boyden, Joseph）042, 045, 285-86, 292, 427, 442, 546, 562
　第一次大戦に従軍したクリー人の兵士たちについて（on Cree First World War soldiers）286, 562
　　作品：『黒トウヒの林を抜けて』（Through Black Spruce）045, 286, 562
　　　　『歯が生えて生まれた赤ん坊』（Born with a Tooth）442
　　　　『三日の道のり』（Three Day Road）042, 285, 287, 562
ボイド、ジョージ・エルロイ（Boyd, George Elroy）466
　作品：『ギデオンのブルース』（Gideon's Blues）466
　　　　『聖なる土地』（Consecrated Ground）466
　　　　『水に分け入って』（Wade in the Water）466
ポヴァン、ダマズ（Potvin, Damase）686
　作品：『われらが家に留まろう』（Restons chez nous）686
　　　　『大地の呼び声』（L'Appel de la terre）686
ボウツ、ブレント（Boates, Brent）519
ポー、エドガー・アラン（Poe, Edgar Allan）184-86

ポーキュパインズ・クイル（Porcupine's Quill）431, 435
ボーシュマン、イヴ（Beauchemin, Yves）035, **704**
　作品：『雄猫』（Le Matou）035, 694, **704**
ボーシュマン、ネレ（Beauchemin, Nerée）637
ボースキー、メアリー（Borsky, Mary）444
　作品：『月の影響』（Influence of the Moon）444
ボーソン、ルー（Borson, Roo）483
ポーター、アナ（Porter, Anna）589, 592-93, **604**
　作品：『語り手――記憶、秘密、魔法、そして嘘』（The Storyteller: Memory, Secrets, Magic and Lies）589
ポープ、アレグザンダー（Pope, Alexander）100, 102, 108, 190
ホームズ、ランド（Holmes, Rand）519, 521
ボーリュー、ヴィクトール＝レヴィ（Beaulieu, Victor-Lévy）030-31, 045, 692
　作品：『デマンシュのドン・キホーテ』（Don Quichotte de la Démanche）692
ボーリュー、ジェルマン（Beaulieu, Germain）660
　作品：『キリストの受難』（La Passion）660
ボーリュー、ミシェル（Beaulieu, Michel）035, 648
ホール、フィル（Hall, Phil）481
ボールドウィン、シャウナ・シング（Baldwin, Shauna Singh）611, 613
ホガース、ウィリアム（Hogarth, William）108
ホジソン、ヘザー（Hodgson, Heather）558
ボシュエ、ジャック・ベニーニュ（Bossuet, Jacques-Bénigne）634
ホジンズ、ジャック（Hodgins, Jack）033, 040, 042, **292**, 427-29, 431-33, 437-38, 534, 545-46, **549**
　作品：『開墾地』（Broken Ground）040, 286-87, **292**, 546
　　　　『ジョーゼフ・ボーンの復活』（The Resurrection of Joseph Bourne）546
　　　　『スピット・デラニーの島』（Spit Delaney's Island）033, 438
　　　　『世界の発明』（The Invention of the World）033, 534, 546
　　　　『バークレー家の劇場』（The Barclay Family Theatre）437
ボズウェル、デイヴィッド（Boswell, David）522
ボスコ、モニック（Bosco, Monique）617
ポスト・コンフェデレーション詩人（Post-Confederation poets）170, 178-194, 487
ポストコロニアリズム（postcolonialism）374-75, 482, 498, 580, 583, 598-99, 612, 617
ポストモダニズム（postmodernism）368, 408 419, 422, 434, 485, 492-508, 588, 592, 599, 625, 657, 691,

693-95
  間テキスト性（intertextuahty） 494-95, 499-01, 505-07, 536, 539-40, 542, 544-45, 688, 695-96
  カーニヴァル的（carnivalesque） 422, 503, 665, 695, 698
  カナダのポストモダニストの美学（Canadian postmodernist aesthetic） 485, 533-34
  形式的・文化的雑種性（hybridity, formal and cultural） 507
  ゲーム理論、言葉のゲーム、および遊びの重要性（importance of games theory, language games, and play） 434, 446, 492-93, 533
  ジャンル交錯の実験（cross-genre experimentation） 422, 472, 492, 494, 496-01, 503, 505-07, 531, 535-36, 544, 582
  ハッチオン、リンダ（Hutcheon, Linda） 496, 531, 609
  パフォーマンス（performance） 671, 676
  パロディー（parody） 496, 505, 532, 536, 539-40, 546
  メタフィクションの戦略（metafictional strategies） 368, 498, 531
  ヒストリオウラフィック・メタフィクション（historiographic metafction） 531
ホスピタル、ジャネット・ターナー（Hospital, Janette Turner） 615
ボック、デニス（Bock, Dennis） 431
  作品：『オリンピア』（Olympia） 431
ポピュラー・カルチャー（popular culture） 236, 238, 386-87, 478
  67年万博（Expo 67） 359, 363-64
  CBC「カナダ・リーズ」（CBC "Canada Reads"） 411
  映画（films） 128, 288, 360-61, 363, 373, 559, 660, 662
  映画化された小説と短編（novels and short stories into film） 302, 339, 347, 349, 409, 419, 432-33, 442, 607, 614, 660, 662, 694
  映画とテレビのスクリプト・ライティング（film and TV script writing） 251, 343, 347, 365, 503
  地域演劇文化（community theater culture） 451
  シルク・ドゥ・ソレイユ（Cirque du Soleil） 468, 676
  テレビの環境関係番組（TV environmental programs） 596, 603
  ベストセラー（bestsellers） 234, 240-41, 243-46, 248, 250, 338, 340-41, 364, 694
  ポピュラー・フィクション（popular fiction） 216, 240-41, 250-51, 693
  ラジオ／テレビ・ドラマ（radio and TV drama） 349, 352-53, 451, 457, 496, 578, 663
  （漫画の項も参照）
ホプキンソン、ナロ（Hopkinson, Nalo） 431, 611
ホフマン、E. T. A.（Hoffmann, E. T. A.） 213, 532

ポメルロ、マルセル（Pomerlo, Marcel） 677
  作品：『忘れられぬ者、または「水の中のリンゴ」マルセル』（L'Inoublié ou Marcel-Pomme-dans-l'eau） 677
ポリー、サラ（Polley, Sarah） 419
ポリカン、ダニエル（Poliquin, Daniel） 699, **705**
  「文化的メティス」として（as "cultural Métis"） 699
  作品：『オボムサウィン』（L'Obomsawin） 700, **705**
  『黒いリス』（L'Écureuil noir） 700
  『砂の海岸』（La Côte de sable） 700
ホリングズヘッド、グレグ（Hollingshead, Greg） 447
  作品：『わめく少女』（The Roaring Girl） 447
ホリングズワース、マーガレット（Hollingsworth, Margaret） 462
  作品：『絶滅種』（Endangered Species） 462
ボルスター、ステファニー（Bolster, Stephanie） 486-87
ボルデュア、ポール・エミール（Borduas, Paul-Emile） 026, 640
  作品：『全面拒否』（Refus global） 026, 640, 657
ボルデュック、シルヴァン（Bolduc, Sylvain） 523
ボルト、キャロル（Bolt, Carol） 032, 453
  作品：『バッファロー・ジャンプ』（Buffalo Jump） 032, 453
ボルヘス、ホルヘ・ルイス（Borges, Jorge Luis） 532
ホロコースト（Holocaust (Shoah)） 494, 500, 541, 590-91, 595, 619
ポロック、シャロン（Pollock, Sharon） 033, 044, 456-57, 460, **470**, 571
  作品：『医者』（Doc） 460
  『一頭の虎は一つの丘に（刑務所改善）』（One Tiger to a Hill） 457
  『ウォルシュ』（Walsh） 456, 571
  『映画』（Moving Pictures） 457
  『公正な自由の叫び』（Fair Liberty's Call） 457
  『ことを正そう』（Getting it Straight） 457
  『コマガタ丸事件』（The Komagata Maru Incident） 033, 457
  『血のつながり』（Blood Relations） 460, 470
  『調子の狂った男』（Man Out of Joint） 044, 457
  『天使のトランペット』（Angel's Trumpet） 457
  『闘士の資格』（The Making of Warriors） 457
  『六つの密売ウィスキー即興曲』（Whiskey Six Cadenza） 456
ホワイト、ヘイドン（White, Hayden） 089, **096**
ホワイト、ポーシャ（White, Portia） 506
ポワリエ、ジャック（Poirier, Jacques） 646

作品:『時に、完璧な光の日に』(Parfois, en certains jours de lumière parfaite) 646
ポンティアック (Pontiac) 157
ポンド、ピーター (Pond, Peter) 122, **134**
翻訳 (translation)
  英語＝仏語／仏語＝英語 (English-French / French-English) 054, 156, 164, 165, 172, 314, 339-40, 349, 360, 366-69, 487, 497, 514, 584, 618, 675-76, 684, 688, 694, 698
  言語政策 (language politics) 349, 366-67
  先住民の言語 (Aboriginal languages) 105, 143, 146, 351, 489
  その他の言語 (other langnages) 245, 370-71, 609

【ま】

マークス、ビル (Marks, Bill) 521
  作品:『ミスター X』(Mister X) 521
マーシャル、ジョイス (Marshall, Joyce) 366, 428, **449**
  作品:『いつでもどうぞ』(Any Time at All) 428, **449**
マーシャル、ポール (Marshall, Paule) 609
マーテル、ヤン (Martel, Yann) 041, 627, 698
  作品:『パイの物語』(The History of Pi / L'Histoire de Pi) 041, 627, 698
マーハー、アグネス・モール (Machar, Agnes Maule) 166-67, 170, **175**, 188-89, 216, 255-58
  作品:「荒れ野で叫ぶ声」("Voices Crying in the Wilderness") 256
  「祈りの聖なる法則」("The Divine Law of Prayer") 257
  「祈りと現代の懐疑」("Prayer and Modern Doubt") 257
  『王と国のために――1812年物語』(For King and Country: A Story of 1812) 166, 257
  『ケイティー・ジョンストンの十字架――カナダのお話』(Katie Johnstone's Cross: A Canadian Tale) 256
  「ケベックからオンタリオへ、リエルの死刑救済の嘆願、1885年9月」("Quebec to Ontario, A Plea for the life of Riel, September, 1885") 257
  「工場で働く女性の非健康的な労働状況」("Unhealthy Conditions of Women's Work in Factories") 257
  『死に至るまで忠実に――クイーンズ・カレッジの管理人、故ジョン・アンダーソンの追悼式』(Faithful unto Death: A Memorial of John Anderson, Late Janitor of Queen's College) 255
  「スラム街のマリア様」("Our Lady of the Slums") 257
  『ニュー・フランスの物語』(トマス・G. マルキイと共編)(Stories of New France 〈co-ed. with Thomas G. Marquis〉) 170
  『「本当の北国」の歌』(Lays of the 'True North) 188
  『マージョリーのカナダの冬』(Marjorie's Canadian Winter) 257
  『ローランド・グレイム――騎士』(Roland Graeme: Knight) 257
マーフィー、エミリー (Murphy, Emily) 269-70
  作品:『西部のジェイニー・カナック』(Janey Canuck in the West) 269, **272**
マーラット、ダフネ (Marlatt, Daphne) 036, 039, 045, 477, 497-98, 504-05, **509**, 541-42, **548**, 615
  および文芸雑誌 (TISH and TISH) 497
  第二次世界大戦に対する女性の視点 (women's perspectives on Second World War) 497, 542
  作品:
    小説:『アナ・ヒストリック』(Ana Historic) 036, 497-98, 542
    『ゾカロ』(Zócalo) 497
    『テイクン』(Taken) 497, **509**
    詩:『舌に触れた感触』(Touch to My Tongue) 477
    『スティヴストン』(Steveston) 477
    『幽霊作品集』(Ghost Works) 497
マーリン、ジョン (Marlyn, John) 027, 347
  作品:『死に捕えられて』(Under the Ribs of Death) 027, 347
マーロウ、クリストファー (Marlowe, Christopher) 436
マイエ、アントニーヌ (Maillet, Antonine) 032, 034, 668, 670, **679**, 698-99
  作品:『怒り狂う寡婦』(La Veuve enragée) 670
  『エヴァンジェリンヌ』(Évangéline) 671
  『エヴァンジェリンヌ二世』(Évangéline Deusse) 668, 670, **679**
  『カピとサリヴァン』(Gapi et Sulllivan) 670
  『気の変なマルゴ』(Margot la folle) 670
  『荷車のペラジー』(Pélagie-la-charrette) 034, 699
  『ラ・サグインヌ』(La Sagouine) **679**
マイケルズ、アン (Michaels, Anne) 039, 499-500, **509**, 610, 621
  作品:『オレンジの重み』(The Weight of Oranges) 500

『逃亡物語』（Fugitive Pieces） 499-500
『マイナーの池』（Miner's Pond） 500
マイトン、ジョン（Mighton, John） 468
　作品：『ポシブル・ワールド』（Possible Worlds） 468
マイナー、ヴァレリー（Miner, Valerie） 373
　作品：『移動』（Movement）［原書に欠落］ 373
マイヨ、ローラン（Maihot, Laurent） 632, 651, 693, 704
マウー、ジル（Maheu, Gilles） 675-76
　作品：『共同寝室』（Le Dortoir） 037, 676
　　　『ハムレット＝マシーン』（Hanlet-Machine） 675
　　　『マラー＝サド』（Marat-Sade） 675
　　　『レール』（Le Rail） 676
マウー＝フォルティエ、ルイーズ（Maheux-Fortier, Louise） 692, 703
　作品：『アマドゥー』（Amadou） 692, 703
マヴリカキス、カトリーヌ（Mavrikakis, Catherine） 698
　作品：『どうにかなるさ』（Ça va aller） 698
マエ、イレーヌ（Mahé, Irene） 669
　作品：『フレンチー』（ジャン＝ギ・ロワとの共作）（Frenchie (with Jean-Guy Roy)） 669
　　　『トランブレの三部作』（クロード・ドルジとの共作）（La Trilogie des Tremblay (with Claude Dorge)） 669
マカイヴァー、ダニエル（MacIvor, Daniel） 464
　作品：『イン・オン・イット』（In on It） 464
　　　『美しい眺め』（A Beautiful View） 464
　　　『決して独りでは泳ぐな』（Never Swim Alone） 464
　　　『モンスター』（Monster） 464
マカロック、トマス（McCulloch, Thomas） 017, 102-03, 106-12, 114-15, 116, 225
　作品：『メフィボシェス・ステップシュアの手紙』（Letters of Mephibosheth Stepsure） 017, 106-07, 116, 225
　　　（『ステップシュアの手紙』）（The Stepsure Letters）
マギー、トマス・ダーシー（McGee, Thamas D'Arcy） 178, 238
　作品：『カナダの民謡』（Canadian Ballads） 178
「マギル・フォートナイトリー・レヴュー」誌（McGill Fortnightly Review） 023, 323, 325, 327
マキルレイス、トマス（McIlwraith, Thomas） 209-11
　作品：『オンタリオの鳥』（Birds of Ontario） 209-10
マクタヴィシュ、キャサリン・ターナー（McTavish, Catherine Turner） 127-28
マクドゥーガル、コリン（McDougall, Colin） 341
　作品：『死刑執行』（Execution） 341

マクドナルド、アーチボルド（McDonald, Archibald） 126-27
マクドナルド、アン＝マリー（MacDonald, Ann-Marie） 039, 042, 462-63, 470, 505-06, 510, 531, 544
　作品：
　演劇：『アラブ人の口』（The Arab's Mouth） 505
　　　『おやすみ、デズデモーナ（おはよう、ジュリエット）』（Goodnight Desdemona〈Good Morning Juliet〉） 462, 470, 505
　小説：『ひざまずけ』（Fall on Your Knees） 039, 505-06, 544
マクドナルド、サー・ジョン・A.（首相）（MacDonald, Sir John A. (Prime Minister)） 019, 263, 530, 538
マクドナルド、ダニエル（Macdonald, Daniel） 461
　作品：『マグレガーのガソリンスタンドと硬いアイスクリーム』（MacGregor's Hard Ice Cream and Gas） 461
マクナマラ、ユージン（McNamara, Eugene） 390
マクノート、フランシス（McNaught, Frances） 208-09, 213
　作品：（共編）『ゴールトの料理本』（The Galt Cook Book） 208-09
マクファーソン、ジェイ（Macpherson, Jay） 349, 351, 355-56, 473
　「アルファベット」誌掲載リブレット『ヨナ』（Jonah libretto in ALPHABET） 473
　作品：『舟人』（The Boatman） 356, 473
　　　『大地よ戻れ』（O Earth Return） 356
　　　『ポエムズ・トワイス・トールド』（Poems Twice Told） 356
　　　『災いを歓迎して』（Welcoming Disaster） 356, 473
マクファーレン、デイヴィッド（Macfarlane, David） 288, 293, 335
　作品：『危険な木』（The Danger Tree） 288, 293, 335
マクホワーター、ジョージ（McWhirter, George） 432
マクマレン、ジョン（MacMullen, John） 157, 165-66, 168, 171, 174
　作品：『カナダの歴史――その最初の発見から現在まで』（The History of Canada: from its first Discovery to the Present Time） 165, 174
マクミラン出版（Macmillan publishers） 271, 329-30, 333, 373, 412, 431
マクユーエン、グウェンドリン（MacEwen, Gwendolyn） 484
　作品：『死後の世界』（Afterworlds） 484
マグラース、チャールズ（McGrath, Charles） 415-17
マクラーレン、フロリス・クラーク（McLaren, Floris

Clark） 333, 351
マクラウド、アリスター（MacLeod, Alistair） 040, 427, 431-32, 440-41, 543
　作品：『失った塩分は血液の賜物』（*The Lost Salt Gift of Blood*） 441
　　『島』（*Island*） 441
　　『大した損害なし』（*No Great Mischief*） 040, 543
　　『鳥が日の出をもたらすように』（*As Birds Bring Forth the Sun*） 441
　　「ランキンズ・ポイントへの道」（"The Road to Rankin's Point"） 441
マクラウド、ジョーン（MacLeod, Joan） 454, 461-62
　作品：『ある女の子の姿』（*The Shape of a Girl*） 462
　　『宝もの』（*Jewel*） 461
　　『友だちの青いギター』（*Amigo's Blue Guitar*） 461
　　『トロント、ミシシッピー』（*Toronto Mississippi*） 461
　　『ホープの地すべり』（*The Hope Slide*） 462
マクラウド、ジョン（MacLeod, John） 522
マクラウド、マーガレット（McLeod, Margaret） 128, **136**
マグラス、T. W.（Magrath, T. W.） 138
　作品：『アッパー・カナダからの信頼性のある書簡』（*Authentic Letters from Upper Canada*） 138
マクラハラン、アレグザンダー（McLachlan, Alexander） 139, 178
　作品：『移住者、その他の詩』（*The Emigrant and Other Poems*） 178
　　『詩と歌』（*Poems and Songs*） 178
マクラング、ネリー（McClung, Nellie） 022, 216, 240, 244, 246, 258, 268-70, **272**, 277, **290**, 306, 457
　作品：『近親者』（*Next of Kin*） 277, **290**
　　『このような時代に』（*In Times like These*） 268, **272**
　　『ダニーで種をまく』（*Sowing Seeds in Danny*） 022, 246, 268
　　『パープル・スプリングズ』（*Purple Springs*） 268
　　『ブラック・クリークで立ち寄る家』（*The Black Creek Stopping-House*） 216
マクルーハン、ハーバート・マーシャル（McLuhan, Herbert Marshall） 026, 028-30, 360, 382, 385-91, 394, 397, **398-401**,
　作品：「カナダ文化の霜を取る」（"Defrosting Canadian Culture"） 390
　　『機械の花嫁』（*The Mechanical Bride*） 026, 387-88, **399**

「境界例としてのカナダ」（"Canada, the Borderline Case"） 390, **400**
『グーテンベルクの銀河系』（*The Gutenberg Galaxy*） 028, 360, 388, 390, **399**
『クリシェからアーキタイプへ』（*From Cliché to Archetype*） 390
『消失点を経由して』（*Through the Vanishing Point*） 390
『内的風景』（*The Interior Landscape*） 390
『メディアの理解』（*Understanding Media*） 389-90, **399**
マクレー、ジョン（McCrae, John） 022, 191, 274, 471
　作品：「フランダースの戦場で」（"In Flanders Fields"） 022, 191, 274, 471
マクレナン、ロブ（mclennan, rob） 485, **491**
　作品：『収穫――予兆の書』（*harvest: a book of signifiers*） 485, **491**
マクレナン・ヒュー（MacLennan, Hugh） 025, 028, 282, 337, 339, 340, 344, 347-49, 356, 359, 364-65, 492, 505, 507, 607
　作品：『気圧計上昇中』（*Barometer Rising*） 025, 282, **292**, 339
　　「少年と少女がウィニペグで会っても誰も気にしない」（"Boy Meets Girl in Winnipeg and Who Cares?"） 364, **378**
　　『スコットランド人の帰還、その他のエッセイ』（*Scotchman's Return and Other Essays*） 357, **378**
　　『スフィンクスの帰還』（*Return of the Sphinx*） 365
　　『時の中の声』（*Voices in Time*） 339
　　『二つの孤独』（*Two Solitudes*） 025, 282, **292**, 339-40, 505, 507, 691
　　『夜を終える時』（*The Watch That Ends the Night*） 028, 339, 344
　　「わが鉢植の棕櫚はいずこに」（"Where Is My Potted Palm"） 357
マクレランド・アンド・スチュワート社（McClelland and Stewart） 361, 365, 373, 412, 420, 430-31, 472, 478, 481-82, 553-54
　ニュー・カナディアン・ライブラリー（New Canadian Library） 481
マクワット、テッサ（McWatt, Tessa） 628
マケイ、ドン（McKay, Don） 043, **293**, 474, 480-81, 483-84
　作品：『キャンバー』（*Camber*） 484
　　『ストライク／スリップ』（*Strike / Slip*） 043, 484
　　『ルペンドゥ』（*Lependu*） 480

マケイ、レオ（McKay, Leo） 440
　作品：『このように』（Like This） 440
マコーマク、エリック（McCormack, Eric） 431
　作品：『地下納骨所を調べる』（Inspecting the Vaults） 431
マコーマク、デリク（McCormack, Derek） 447
　作品：『暗闇の旅』（Dark Rides） 447
マコーマク、ロバート（McCormack, Robert） 376, 380
マコールモン、ロバート（McAlmon, Robert） 313, 315
マシコット、スティーヴン（Massicotte, Stephen） 288, 293
マジェルズ、ロバート（Majzels, Robert） 362-63
　作品：『ヘルマンのスクラップブック』（Hellman's Scrapbook） 362, 373, 378
マジック・リアリズム（magic realism）（リアリズムの項を参照）
マシューズ、ロビン／ジェイムズ・スティール（Mathews, Robin and James Steele） 373
　作品：『カナダの大学の苦闘——調書』（The Struggle for Canadian Universities: A Dossier） 373
マジョール、アンドレ（Major, André） 368, 689
　作品：『カボション』（Le Cabochon） 689
松尾芭蕉（Basho, Matsuo） 499
マッカーサー、ピーター（McArthur, Peter） 219, 229, 243
マッカフェリー、スティーヴ（McCaffery, Steve） 479
マッキャロル、ジェイムズ（McCarroll, James） 220, 236, 252
マッケンジー、アレグザンダー（Mackenzie, Alexander） 017, 120-22, 131
　作品：『旅行記』（Voyages） 120-21
マッケンジー・ヴァリー・パイプライン調査（バーガー調査）（Mackenzie Valley Pipeline Inquiry（Berger Inquiry）） 033, 559
マッシング、コニ（Massing, Conni） 461
　作品：『砂利道』（Gravel Run） 461
マッセイ委員会（芸術・文学・社会科学の発展に関する政府調査委員会）（Massey Commission）（Royal Commission on National Development in the Arts, Letters and Social Sciences） 338, 350, 494, 502
マニトバの仏語作家（Franco-Manitoban writing）
　演劇（drama） 661, 669
　詩（poetry） 647
　小説（fiction） 700
マハラジ、ラビンドラナス（Maharaj, Rabindranath） 611

マラクル、リー（Maracle, Lee） 033, 036-37, 554, 557, 562
　作品：『サンドッグズ』（Sundogs） 562
　『ボッビ・リー——インディアンの反逆児』（Bobbi Lee: Indian Rebel） 554
　『レーヴンソング』（Ravensong） 562
マラルメ、ステファヌ（Mallarmé, Stéphane） 184
マラント、ジョン（Marrant, John） 104-05, 290
マリー、ルイザ・アニー（Murray, Louisa Annie） 150, 164, 216
マリー＝ヴィクトラン、修道士（Marie-Victorin, Frère） 023, 698
　作品：『ローランシアの植物誌』（La Flore laurenrtienne） 698
マリー・ド・ランカルナシオン（Marie de l'Incarnation） 015, 079, 084, 086, 090, 092, 094-95, 095-96
　息子への手紙（letters to her son） 091
マリオット、アン（Marriott, Anne） 024, 333, 350-51, 353
　作品：「風はわれらの敵」（"The Wind Our Enemy"） 024, 353
　『冒険家への呼びかけ』（Calling Adventurers） 353
マリニエ、ロベール（Marinier, Robert） 668
マルケス、ガブリエル・ガルシア（Márquez, Gabriel Garcia） 539
マルコット、ジル（Marcotte, Gilles） 028, 033, 690, 693, 703-04
マルシャン、オリヴィエ（Marchand, Olivier） 026, 641, 650
マルシューソー、ジョヴェット（Marchessault, Jovette） 034, 672, 680
　作品：『濡れた雌鶏のサガ』（La Saga des poules mouillées） 672
マルタン、クレール（Martin, Claire） 029, 096-97, 368-69, 379, 692, 703
　作品：『愛をこめて、愛無しで』（Avec et sans amour） 692
　『鉄の手袋の中で』（Dans un gant de fer） 029, 368, 379
　『鉄の手袋の中で』（英訳）（In an Iron Glove） 379
　『ほろ苦さ』（Doux-Amer） 692
マルテンス、クラウス（Martens, Klaus） 298
マルトマン、キム（Maltman, Kim） 483
マルメット、ジョゼフ（Marmette, Joseph） 165, 683, 702

作品：『シャルルとエヴァ』（Cherles et Éva）　018, 165
　　　　『フランソワ・ド・ビアンヴィル』（François de Bienville）　165
　マレル、ジョン（Murrell, John）　452, 456, **679-80**
　　作品：『さらなる西へ』（Farther West）　456
　　　　『パレードを待ちながら』（Waiting for the Parade）　452, 456
　　　　『フィルメナ』（Filumena）　456
漫画（comics）　511-528
　19世紀〜20世紀初期（C19-early C20）
　　主なキャラクター（major characters in）　512
　　グラフィック・アーティスト（graphic artists）（英語）　512／（仏語）　512
　　出版社／出版（publishers/publisbing）（英語）　512／（仏語）　512
　　政治風刺漫画（political and satirical cartoons）　511-12
　20世紀初期（early C20）
　　主なキャラクター（majar characters in）　513
　　外国との競争（foreign competition）　512-13
　　グラフィック・アーティスト（graphic artists）（英語）　513／（仏語）　513
　　出版社／出版（publishers/publishing）（英語）　513／（仏語）　513
　　新聞のこま割り漫画（newspaper comic strips）　512-13
　1919〜40年（1919-40）
　　外国との競争（foreign competition）　514
　　グラフィック・アーティスト（graphic artists）（仏語）　514
　　出版社／出版（publishers/publishing）（仏語）　514-15
　　ブロードサイド（片面刷り大判紙）こま割り漫画（Comic strip broadsheets）（仏語）　513
　1941〜45年（1941-5）
　　カナダの「白黒」漫画（Canadian "Whites"）（英語）　514
　　グラフィック・アーティスト（graphic artists）（英語）　515-16／（仏語）　514-15
　　出版社／出版（publishers/publishing）（英語）　515／（仏語）　514
　　スーパーヒーローとヒロイン（superheroes and heroines）　515
　　ユーモア・冒険雑誌（humorous and adventure magazines）　515
　1950年代（1950s）
　　教育漫画の伝統の継続（ongoing tradition of educational comic books）（英語）　516-17, 525／（仏語）　513
　1960年から1970年代半ばまで（1960-mid 1970s）
　　主なキャラクター（major characters in）　518-19
　　カウンターカルチャーと前衛的漫画（counter-culture and comic avant-gardism）　517-19
　　グラフィック・アーティスト（graphic artists）（英語）　518-19／（仏語）　518
　　政治風刺漫画（political and satirical cartoons）（英語）　518-20／（仏語）　518
　　出版社／出版（publishers/publishing）（英語）　518-20／（仏語）　518-19
　1970年代半ばから21世紀初期まで（mid 1970s-early）
　　外国との競争（foreign competition）　521
　　グラフィック・アーティスト（graphic artists）（英語）　054, 511, 521-27／（仏語）　522-27
　　グラフィック小説（graphic novels）　517, 524
　　出版社／出版（publishers/publishing）（英語）　521-22, 525, 527／（仏語）　522-24, 527
　　スーパーヒーロー（superheroes）　511, 520-21
　　先住民アーティスト（Aboriginal artists）　517
　　漫画アルバムと漫画本（comic albums and camic books）　478, 521-23, 525
　　用語解説（terminology）　524
マンゲル、アルベルト（Manguel, Alberto）　616, 618
　作品：『外国から来たニュース』（News from a Foreign Country Came）　616
マンデル、イーライ（Mandel, Eli）　475-76, 481
　作品：（編）『カナダ批評の背景』（Contexts of Canadian Criticism）　476
　　　　（編）『現代カナダ詩人1960〜1970年』（Poets of Contemporary Canada）　481
マンノニ、オッタヴォ（Mannoni, Ottavo）　375
マンリー、レイチェル（Manley, Rachel）　623
　作品：『スリップストリーム』（Slipstream）　623
　　　　『ドラムブレア』（Drumblair）　623
マンロー、アリス（Munro, Alice）　030-31, 034-37, 039-43, 226, 404-06, 411, 413, 415-20, 423, **424-25**, 427, 429-32, 437, 444, 446, 478
　作品：『愛の深まり』（The Progress of Love）　036, 416-17, **424-25**
　　　「愛の深まり」（"The Progress of Love"）　417
　　　『あなたに言おうと思っていたこと』（Something I've Been Meaning to Tell You）　415
　　　『アリス・マンロー珠玉短編集』（Alice Munro's Best: Selected Stories）　420
　　　『嫌い、友達、求婚、愛情、結婚（わらべうた）』（邦

訳『イラクサ』）（Hateship, Friendship, Courtship, Loveship, Marriage）041, 418-19
『キャスル・ロックからの眺め』（邦訳『林檎の木の下で』）（The View from Castle Rock）（「家」「生活のために働く」「雇われさん」）（"Home," "Working for a Living," "Hired Girl"）043, 416, 418, **425**, 444
『公然の秘密』（Open Secrets）039, 418, **425**
『幸せな影法師の踊り』（Dance of the Happy Shades）030, 415, **425**, 429
『自分を何様だと思っているのか？』／『乞食むすめ——フローとローズの物語』（Who Do You Think You Are? / The Beggar Maid: Stories of Flo and Rose）034, 226, 416, 437
『少女たちと婦人たちの人生』（Lives of Girls and Women）031, 415
「白いごみの山」（"White Dump"）405, 417-18
『善女の愛』（The Love of a Good Woman）040, 418, 444
『逃亡者』（Runaway）042, 418-19
『木星の月』（The Moons of Jupiter）035, 416
『若き日の友』（Friend of My Youth）037, 418
ミキ、ロイ（Miki, Roy）477, **490**, 498, **509**, 610, 622
「人種を通して書く」会議のコーディネーターとして（co-ordinator of "Writing Thru Race" conference）622
作品：『降伏』（Surrender）477
ミコーネ、マルコ（Micone, Marco）035, 375, **380**, 611-13, 616-18, **629**, 674, **680**
作品：『アドロラータ』（Addolorata）674, **680**
『すでに断末魔』（Déjà l'agonie）674
『沈黙の人々』（Gens du silence）035, 674
ミシェル、メアリー・ディ（Michele, Mary di）610, 621
ミシュレ、ジュール（Michelet, Jules）160
ミスクエンサ、チーフ（Miskouensa, Chief）075
ミストラル、クリスチャン（Mistral, Christian）037, 697
作品：『男たらし』（Vamp）697
『精神安定剤ヴァリウム』（Valium）697
『はげたか』（Vautour）697
ミストリー、ロヒントン（Mistry, Rohinton）036, 038-39, 041, 427, 431, 438-39, 531, 607, 611, 614, 616-17, 620-21, 623, 626, 630
作品：『かくも長き旅』（Such a Long Journey）038, 614, 623
『家族の事柄』（Family Matters）041, 623
『ファイン・バランス』（A Fine Balance）039, 607

『フィローズシャ・バーグ物語』（Tales from Firozsha Baag）036, 438, **630**
ミッチェル、S. ウィア（Mitchell, S. Weir）185
ミッチェル、W. O.（Mitchell, W. O.）026, 342-43, 428-29
作品：『ジェイクと少年キッド』（Jake and the Kid）428
『誰が風を見たでしょう』（Who Has Seen the Wind）026, 034, 343
ミッチェル、ケン（Mitchell, Ken）427
ミュッセ、アルフレッド・ド（Musset, Alfred de）226, 228, 635
ミラー、K. D.（Miller, K. D）432
作品：『疫病流行時の連祷』（A Litany in Time of Plague）432
ミラー、ヴァーノン（Miller, Vernon）515
ミルトン、ウィリアム・フィッツウィリアム（子爵）（Milton, WilliamFitzwilliam（Viscount））130
作品：『陸路による北西部への道』（ウィリアム・バトラー・チードルと共著）（The North-West Passage by Land co-authored with William Butler Cheadle）130
ミルトン、ジョン（Milton, John）106, 187, 322, 596
ミロン、ガストン（Miron. Gaston）031, 368, 633, 641-43
作品：『屑人間』（L'Homme rapaillé）643
民族の多様性（ethnic diversity）300, 308, 337, 346-47, 369, 373-74, 501, 541, 594, 610-17, 624-25, 674, 696, 700
エスニック・ドラマ（ethnic drama）（英語）
アフリカ系カナダ人（African Canadian）466
アフリカディアン（Africadian）466
中国系（Chinese）465
東南アジア系（South Asian）465
マルチカルチュラル（multicultural）465
ラテン・アメリカ系（Latin American）466
エスニック・ドラマ（ethnic drama）（仏語）
イタリア系（Italian）673
ギリシア系（Greek）673
レバノン系（Lebanese）674
（先住民の演劇：メティスの項も参照）
多様な民族背景をもつ作家たち（writers of divers ethnic origins〈English〉）（英語）
アイスランド系（Icelandic）441, 610
アフガン系（Afghan）618
アフリカディアン（Africadian）506-07
アルゼンチン系（Argentinian）618
イタリア系（Italian）375, 610

ウクライナ系（Ukrainian） 347, 590, 610
エチオピア系（Ethiopian） 618
カリブ系（Caribbean） 374, 442, 609, 612, 626, 628
韓国系（Korean） 596-97
チェコ系（Czech） 591
中国系（Chinese） 337, 439, 442, 594-96, 610, 621
　スコットランド＝中国＝スウェーデン系（Scottish-Chinese-Swedish） 499
ドイツ系（German） 297-98, 591
南アジア系（South Asian） 442, 494, 531, 597-98, 600, 610-11, 626, 628
日系（Japanese） 337, 373-74, 477, 498-99, 595, 601, 610, 621-22
ハンガリー系（Hungarian） 347
メノナイト（Mennonite） 603, 610, 620
ユダヤ系（Jewish） 341, 347, 354, 370-71, 439, 492, 499, 500, 541, 590-91, 610, 618
ラトヴィア系（Latvian） 589
レバノン系（Lebanese） 618, 628
　スコットランド＝レバノン系（Scottish-Lebanese） 531
多様な民族背景をもつ作家たち（仏語）（writers of divers ethnic origins〈French〉）
　アフリカ系（African） 647
　イタリア系（Italian） 611, 696
　イラク系（Iraqi） 612
　エジプト系（Egyptian） 611
　カリブ系（Caribbean） 696
　中国系（Chinese） 617, 696
　チュニジア系（Tunisian） 700
　ドイツ系（German） 700
　日系（Japanese） 617
　ハイチ系（Haïtian） 611, 625, 628
　ブラジル系（Brazilian） 617
　ポーランド系（Polish） 617
　モロッコ系（Moroccan） 612
　ユダヤ系（Jewish） 617, 696
　レバノン系（Lebanese） 611
（カナダの黒人、トランスカルチュラリズム、多文化主義の項も参照）
ムア、ブライアン（Moore, Brian） 028, 079, 347, 613
　作品：『黒衣』（Black Robe） 079
　『ジンジャー・コッフィーのめぐり合わせ』（The Luck of Ginger Coffey） 028, 347, 613
ムア、ライザ（Moore, Lisa） 043, 427
　作品：『オープン』（Open） 446

ムアワッド、ワジ（Mouawad, Wajdi） 040, 612, 674, 680-81
　作品：『ウィリィ・プロタゴラス』（Willy Protagoras） 674
　『沿岸地方』（Littoral） 040, 674
　『クロマニョン家の結婚式の日』（Journée de noces chez les Cromagnons） 674
　『焼け焦げる魂』（Incendies） 674
　『誕生時のエドヴィグの手』（Les Mains d'Edwige au moment de la naissance） 674
ムーカジ、アラン（Mukherjee, Arun） 596, 598, **605**
　作品：『ポストコロニアリズム──私の生活』（Postcolonialism: My Living） 598, **605**
ムーカジ、バラティ（Mukherjee, Bharati） 033, 035, 441, 596-99, 601-02, **605**, 611, 613
　作品：『悲しみと恐怖』（クラーク・ブレイズと共著）（The Sorrow and the Terror (co-authored with Blaise)） 035, 601
　『カルカッタの昼と夜』（クラーク・ブレイズと共著）（Days and Nights in Calcutta (co-authored with Clarke Blaise)） 033, 597-98, **605**
ムーディ、アンドルー（Moodie, Andrew） 466
　作品：『暴動』（Riot） 466
ムーディ、ジョン・ダンバー（Moodie, John Dunbar） 145, 151
　作品：『風景と冒険──軍人として、入植者としての半世紀』（Scenes and Adventures, as a Soldier and Settler during Half a Century） 151
　『南アフリカで過ごした10年』（Ten Years in South Africa） 150
ムーディ、スザナ（旧姓ストリクランド）（Moodie, Susanna (née Strickland)） 018, 098-99, 111, 138, 140-41, 144, 147-53, **153-54**, 238, 407, 409, 420, **424**
　「リテラリー・ガーランド」誌との関係（Literary Garland connection） 141, 148, 150, 152
　「ヴィクトリア・マガジン」（Victoria Magazine） 149, 152
　作品：『開拓地での生活』（Life in the Clearings） 018, 150-52
　「カナダ人よ、団結しよう。忠誠の歌」（"Canadians Will You Join the Band"） 148
　「カナダの森の住人」（"The Canadian Woodsman"） 148
　「そりの鈴の音──カナダの歌」（"The Sleigh-Bells: A Canadian Song"） 148
　『未開地で苦難に耐えて』（Roughing It in the Bush） 018, 145, 147, 149-53, **154**, 238, 407, **424**

ムートゥー、シャニ（Mootoo, Shani）　039, 045, 611, 613-14, 624-25, 627
　　作品：『セレウスは夜開花する』（Cereus Blooms at Night）　039, 627
ムーレ、エリン（Mouré, Erin）　485-86
　　作品：『グリーン・ワード』（The Green Word）　485
　　　　『オ　カドイロ』（O Cadoiro）　486
メア、チャールズ（Mair, Charles）　168, 179
　　作品：『ドリームランド、その他の詩』（Dreamland and Other Poems）　179
　　　　『テクムセ——ひとつの劇』（Tecumseh: A Drama）　168
メイジャー、ケヴィン（Major, Kevin）　286, 292
　　作品：『無人地帯』（No Man's Land）　286-87, 292
メーテルリンク、モーリス（Maeterlinck, Maurice）　184
メズレキア、ネガ（Mezlekia, Nega）　041, 618
　　作品：『ハイエナの腹から出てきた手記』（Notes from the Hyena's Belly）　041, 618
メッガー、ジョージ（Metzger, George）　519
メティス（Métis）　127-28, 130, 249, 361, 378, 442-43, 465, 485, 489, 495, 533, 537-38, 551, 553-55, 564-65, 572, 579, 582, 584, 586, 600, 620, 659, 669, 695, 700-01, 762
　　映画（film）　128
　　演劇（drama）　465, 579, 582, 586
　　詩（poetry）　489, 553, 564-65
　　小説（fiction）　554-55, 560, 562, 700-01
　　批評（criticism）　551
　　ライフライティング（life-writing）　553-55, 560-62, 564
メトカフ、ジョン（Metcalf, John）　428-30, 435-36
　　作品：『16 × 12』（Sixteen by Twelve）　430
　　　　『ギンガムの服を着た少女』（Girl in Gingham）　430
メランソン、ルイ＝アルチュール（Melanson, Louis-Arthur）　698
　　作品：『大地のために』（Pour la terre）　699
メランソン、ロベール（Melançon, Robert）　648
メリル、ジェイムズ（Merrill, James）　474
メリル、ジューディス（Merrill, Judith）　431
メルヴィル、ハーマン（Melville, Herman）　496
メルキュール、マルト（Mercure, Marthe）　671, 680
　　作品：『あなたは訴えるようにやっていた』（Tu faisais comme un appel）　671
モア、サー・トマス（More, Sir Thomas）　101, 110
モイセイヴィッチ、キャロル（Moiseiwitsch, Carol）　522

モーゼス、ダニエル・デイヴィッド（Moses, Daniel David）　038, 465, 489, 530, 553, 556-57, **568**, 575-77, 579, **587**
　　作品：
　　演劇：『インディアン・メディシン・ショーズ』（The Indian Medicine Shows）　415, 557, 576
　　　　『オールマイティ・ヴォイスとその妻』（Almighty Voice and His Wife）　576
　　　　『キョートポリス』（Kyotopolis）　576
　　　　『コヨーテ・シティ』（Coyote City）　557, 575
　　　　『ソングズ・オブ・トール・グラス』（Songs of the Tall Grass）　577
　　　　『ソングズ・オブ・ラヴ・アンド・メディシン』（Songs of Love and Medicine）　577, **587**
　　　　『月と、死んだインディアン』（The Moon and Dead Indians）　465, 576
　　　　『ビッグ・バック・シティ』（Big Buck City）　575
　　　　『ブレブーフの亡霊』（Brébeuf's Ghost）　079, 530, 577
　　　　『メディシン・ショーの天使』（Angel of the Medicine Show）　577
　　　　『焼かれしエラのバラッド』（The Ballad of Burnt Ella）　577
　　詩：『ホワイト・ライン』（The White Line）　557
　　　　『優美な肉体』（Delicate Bodies）　557
モートン、W. L.（Morton, W. L.）　530, 536-37
　　作品：『マニトバ——歴史』（Manitoba: A History）　536
モーリー、アラン（Morley, Alan）　542, **548**
　　作品：『ヴァンクーヴァー——ミルタウンから都心まで』（Vancouver: Front Milltown to Metropolis）　542, 548
モジカ、モニク（Mojica, Monique）　037, 572, 577-79, **587**
　　作品：『スクラッビング・プロジェクト』（The Scrubbing Project）　578, **587**
　　　　『バードウーマンと婦人参政権論者』（Birdwoman and the Suffuregettes）　578
　　　　『プリンセス・ポカホンタスと青あざ』（Princess Pocahontas and the Blue Spots）　037, 577
モジニェー（カルトン・モジニェーを参照）（Mosionier see Culleton Mosionier）　035, **568**, 579
モダニズム（modernism）　279, 296-316, 320, 338, 408
　　およびクイア・ライティング（and queer writing）　315
　　およびコスモポリタニズム（and cosmopolitanism）　313-14
　　および肖像写真術（and portrait photography）　298, 301, 307, 310-11, 314-15

および女性の先駆者たち（and female pioneer figures）307-08
およびライフライティング（and life-writing）296-97, 316
およびロマンス（and romance）316
（モダニズムの詩、モダニズムの小説の項も参照）
モダニズムの詩（modernist poetry）（英語）279, 320-34, 349-50, 476-78
　英系文学と仏系文学の関係（Anglo-French literary relations）349
　欧州の詩の影響（European poetic influences on）325-27
　遅れた状況（belatedness）320-21
　小雑誌（Little magazines）323-28, 332-33, 349-51
　文化的背景と遺産（cultural context and legacy of）334
　米国の影響（American influences）351, 353-55
　変化の兆し（signs of change）320-21
　マギルの詩人たち（McGill poets）323-28, 333
　論争（controversies）330-31, 334, 338
　『ニュー・プロヴィンセス』（New Provinces）024, 279, 329, 331-32, 349, 351, 474, 483
モダニズムの詩（modernist poetry）（仏語）639-40
モダニズムの小説（modernist fiction）（英語）338, 341-48
モニュマン・ナショナル／モニュメント・ナショナル・シアター（Monument National／Monument National Theatre）659
モハー、フランク（Moher, Frank）455
　作品：『やとわれ仕事』（Odd Jobs）455
「森の罠師」（coureurs de bois）368
モラン、ポール（Morin, Paul）022, 638
モランシー、ピエール（Morency, Pierre）037, 648
モリエール、ジャン＝バティスト・ポークラン（Molière, Jean-Baptiste Poquelin）016, 450, 658
モリエール座（Cercle Molière, Le）661, 669
モリスン、トニ（Morrison, Toni）506
モリソー、ノーヴァル（Morrisseau, Norval）364, 583
モリッツ、A. F.（Moritz, A. F.）480
　作品：『エジプトへの機中で休息』（Rest on the Flight into Egypt）480
モワット、ファーリー（Mowat, Farley）028, 343
　作品：『鹿を追う人々』（The People of the Deer）343
モンカルム、ルイ＝ジョゼフ・ド、モンカルム伯（Montcalm, Louis-Joseph de, Marquis de Montcalm）156, 160-61
モンゴメリ、ルーシー・モード（Montgomery, Lucy Maud）022, 216, 240, 244-46, 251, 268, 277, 278, 290, 297, 300, 309-12, **317-18**

作品：『赤毛のアン』（Anne of Green Gables）022, 268
『イングルサイドのリラ』（Rilla of Ingleside）278, **290**
『エミリー』三部作（Emily series）309
『険しい道——私の人生の物語』（The Alpine Path: The Story of My Career）310
「同胞の女性たち」（"Our Women"）277
『日記』（Journals）309, **318**
モンテスキュー、ミシェル・ド（Montesquieu, Michel de）100, 690
「モントリオール・スター」紙（Montreal Star）219, 229, 260
モントリオール自然史協会（Montreal Society of Natural History）195-96
モントリオールのブラック・シアター・ワークショップ（Black Theatre Workshop, Montreal）466
モントリオール・ストーリー・テラーズ（Montreal Story Tellers, The）433, 435
モンロー、ハリエット（Monroe, Harriet）321

【や】

ヤング、フィリス・ブレット（Young, Phyllis Brett）028, 338, **357**, 364, 376
　作品：『トロント人』（The Torontonians）028, **357**, 364, 376
ヤング＝イング、グレッグ（Young-Ing, Greg）558
ユーマンズ、レティシア（Youmans, Letitia）255, 258-59
　作品：『運動の反響——レティシア・ユーマンズ夫人の自叙伝』（Campaign Echoes: The Autobiography of Mrs Letitia Youmans）258, **272**
ユゲー、マリー（Ugnay, Marie）035, 648-49, **656**
　作品：『記号と噂』（Signes et rumeurs）649
　『詩』（Poèms）649
　『自画像』（Autoportraits）035, 649
　『人生の向こう』（L'Outre-vie）649
　『日記』（Journal）649
ユゴー、ヴィクトル（Hugo, Victor）169, 635, 683
ユストン、ジェイムズ（Huston, James）160
　作品：『民族的目録、あるいはカナダ文学選集』（Le Répertoire national, ou le recueil de littérature canadienne）018, 160
ユニ・シアター（UniTheatre）670
ユルテュビーズ、ジャック（Hurtubise, Jacques）522-23

【ら】

ラ・ヴェランドリ、ピエール・ゴーティエ・ド・ヴァレンヌ・ド（La Vérendrye, Pierre Gaultier de Varennes de）061, 063, 070, **076**
 作品：『日記と手紙』（*Journals and Letters*）076
ラ・サル、ルネ・ロベール・カヴリエ・ド（La Salle, René Robert Cavalier de）064, **077**
「ラ・ヌーヴェル・バール・デュ・ジュール」（雑誌）（Nouvelle Barre du jour, La）**528**, 693
ライアソン出版社（Ryerson Press）415, 429
ライアン、アナベル（Lyon, Annabel）445
 作品：『酸素』（*Oxygen*）445
ライクス、キャシー（Reichs, Kathy）364, **378**
 作品：『即死感』（*Déjà Dead*）364, **378**
ライト、チェスター・ホイットニー（Wright, Chester Whitney）382
ライト、リチャード・B.（Wright, Richard B.）041, 419
 作品：『クララ・キャラン』（*Clara Callan*）041, 419
ライトホール、ウィリアム・ダウ（Lighthall, William Douw）020, 170, 178, 279
 作品：『グレート・ドミニオンの歌』（*Songs of the Great Dominion*）020, 170, 178
ライフライティング（life-writing）588-604
 回顧録（memoires）258, 282, 305-08, 310, 313, 315-16, 368-69, 375, 416, 418, 482, 494, 537, 593, 597-98, 600, 603, 623
 家族史（family history）288, 589-90, 592, 602
 自叙伝（autobiography）258, 281-82, 297, 311-12, 343, 460, 553, 578-79, 589, 591-92, 594-96, 598-99, 601, 603, 649, 677
 小説的・半小説的自叙伝（fictional and semi-fictional autobiography）260, 267, 299, 309, 312, 414, 416, 421, 526-27
 肖像写真（portrait photography）299, 300-01, 312, 314-15
 書簡（letters）092-93, 126, 133, 140, 145
 戦争回想記（war memoires）281, 288
 伝記（biography）255, 283, 420-22, 478, 595, 600-01
 日記（journals）309-12, 597, 649
 （先住民のライフライティング、メティスのライフライティングの項も参照）
ライベタンツ、ジョン（Reibetannz, John）480-81
 作品：『マイニング・フォー・サン』（*Mining for Sun*）480
ラウ、イーヴリン（Lau, Evelyn）628

ラヴァイ、ロベール（Lavaill, Robert）518
ラヴェル、ジョン（Lovell, John）148, 198, 235, 238
ラウリー、マルカム（Lowry, Malcolm）026, 343, 345, 351, 428, 446
 作品：『活火山の下』（*Under the Volcano*）026, 345
 『ガブリオーラ行き10月のフェリー』（*October Ferry to Gabriola*）343, 345
 『天なる主よ、聞きたまえ』（*Hear us O Lord from Heaven Thy Dwelling Place*）428
ラオンタン、ルイ＝アルマン・ド・ロンダルス（Lahontan, Louis-Armand de Lom d'Arce）016, 061, 063, 066, 070, **076-78**
ラグノー神父、ポール（Ragueneau, Fr. Paul）085
ラコンブ、ジル（Lacombe, Gilles）646
ラコンブ、パトリス（Lacombe, Patrice）018, 160, 682
 作品：『父祖の地』（*La Terre paternelle*）018, 160, 682-83
ラシーヌ、ジャン・ド（Racine, Jean de）634
ラシーヌ、ロベール（Racine, Robert）698
 作品：『ウィーン病』（*Le Mal de Vienne*）698
ラシュディ、サルマン（Rushdie, Salman）612, 621
ラスキン、ジョン（Ruskin, John）208
ラスニエ、リナ（Lasnier, Rina）026, 640-41
 作品：『イメージと散文』（*Images et Proses*）640
 『不在の存在』（*Présence de l'absence*）640
ラスムッセン、クヌード（Rasmussen, Knud）133
ラセット、シェリー・ファレル（Racette, Sherry Farrell）560
ラセル、アンドレ（Lacelle, Andrée）646
ラダル、トマス・H.（Raddall, Thomas H.）339, 346
 作品：『王様のヤンキーたち』（*His Majesty's Yankees*）339
 『ディッパー・クリークの笛吹き男』（*The Pied Piper of Dipper Creek*）346
 『ニンフとランプ』（*The Nymph and the Lamp*）346
ラッセル、ヘンリエッタ（Russell, Henrietta）185, 630
ラディソン、ピエール＝エスプリ（Radisson, Pierre-Esprit）015, 060, 064, 071, **076**
ラティフ＝ガタス、モナ（Latif-Ghattas, Mona）611, 620
 作品：『追放の二重の物語』（*Le Double Conte de l'exil*）620
ラビヨワ＝ウイリアムズ、イダ（Labillois-Williams, Ida）572
ラファイエット夫人（La Fayette, Mme de）090

ラファエル前派（Pre-Raphaelites） 376
ラフェリエール、ダニー（Laferriére, Dany） 036, 045, 611-13, 623, 696, **704**
 作品：『ニグロと疲れずにとセックスする方法』（Comment faire l'amour avec un nègre sans se fatiguer?） 036, 613, 696, 704
 『コーヒーの香り』（L'Odeur du café） 623
ラベルジュ、アルベール（Laberge, Albert） 023, 686, **702**
 作品：『ラ・スクインヌ』（La Scouine） 023, 686
ラベルジュ、マリー（Laberge, Marie） 041, 671-72, **679-80**
 女性劇場の発展（and evolution of women's theatre） 671
 女性の主人公（and female protagonists） 671
 作品：『彼らはやって来た……』（Ils étaient venus pour ...） 671-72
  『生涯に二曲のタンゴ』（Deux tangos pour toute une vie） 672
  『ジョスリンヌ・トリュデル』（Jocelyne Trudelle） 672
  『ジルの入江で、それは戦争の前だった』（C'était avant la guerre à l'Anse à Gilles） 671
  『灰色の人』（L'Homme gris） 672
  『忘れること』（Oublier） 672
  『私の妹オーレリー』（Aurélie, ma sœur） 672
  『私の妹シャルロット』（Charlotte, ma sœur） 672
ラポトリ、バクヴィル・ド（La Potherie, Baqueville de） 061, 077-78
ラミング、ジョージ（Lamming, George） 615
ラム、ヴィンセント（Lam, Vincent） 043, 442
ラモンターニュ＝ボールガール、ブランシュ（Lamontagne-Beauregard, Blanche） 022, 637
ラリュ、モニック（LaRue, Monique） 037, 619, **630**, 695
 作品：『測量士と航海士』（L'Arpenteur et le navigateur） 619
 『原本どおり』（Copies conformes） 037, 695-96
ラローク、エマ（LaRoque, Emma） 551, 558, **567-68**
 作品：（編）『円を描く――カナダ西部の先住民女性たち』（Writing the Circle: Native Women of Western Canada） 558
ラロンド、サンドラ（Laronde, Sandra） 584
ラロンド、ミシェル（Lalonde, Michèle） 030-31, 361, 375, 613, 643, 671
 作品：『カトリーヌへのバティストの最後の頼み』（Dernier recours de Baptiste à Catherine） 671
 「白人らしく喋れ」（"Speak White"） 031, 361, 375, 613, 643
ラロンド、ロベール（Lalonde, Robert） 696
 作品：『最後のインディアン・サマー』（Le Dernier Été des Indiens） 696
 『父の道化師』（Le Fou du Père） 696
ラングトン、アン（Langton, Anne） 140
 作品：『アッパー・カナダの淑女』（A Gentlewoman in Upper Canada） 140, 153
 『ラングトン家の記録――日誌と手紙』（Langton Records: Journals and Letters） 140
 『私の家族の物語』（The Story of Our Family） 140
ランゲ（フィリップ・パヌトン）（Ringuet (Philippe Panneton)） 024, 278, **291**, 339-40, 368, 687, **702**
 作品：『三十アルパン』／『三十エーカー』（Trente Arpents / Thirty Acres） 024, 278, **291**, 339, 687, **702**
ランジュヴァン、アンドレ（Langevin, André） 027, 688, **703**
ランジュヴァン、ジルベール（Langevin, Gilbert） 028, 648
ランプマン、アーチボルド（Lampman, Archibald） 020, 079, 104, 179-88, 190-92, **192**, 238, 322, 325, 332, 350
 作品：「二人のカナダ詩人」（"Two Canadian Poets"） 180-81
  『ある愛情の物語』（The Story of an Affinity） 184
  「蛙」「炎熱」「11月に」（"The Frogs," "Heat," "In November"） 185
  『きび畑の中で、その他の詩』（Among the Millet and Other Poems） 020, 182-83, 186, 190
  「この世の果ての都市」（"The City at the End of Things"） 191
  「シカゴへ」（"To Chicago"） 185
  『パラスの国』（"The Land of Pallas"） 191
リアリズム（realism） 225-26, 299, 302, 338-40, 342-43, 345-46, 429-30, 439, 531, 542, 693, 699
 リアリズムへの挑戦（challenges to realism） 338, 430, 447, 501, 535-36, 540, 582
 マジック・リアリズム（magic realism） 431, 545
リー、スカイ（Lee, SKY） 037, 610
 作品：『消えゆくムーンカフェ』（Disappearing Moon Café） 037, 624
リー、デニス（Lee, Dnnis） 030, 032-33, 372, 396, 475, 481-82, 485, **490-91**
 作品：『アリゲーター・パイ』（Alligator Pie） 483
 「カデンツ、カントリー、沈黙――植民地空間の文学」（"Cadence, Country, Silence: Writing in

Colonial Space"）　032, 482
『市民のエレジー』（*Civil Elegies*）　030, 482, **491**
『フラグル・ロック』（*Fraggle Rock*）　483
『ボディー・ミュージック──エッセイ集』（*Body Music: Essays*）　490-91
「ポリフォニー──黙想を演じる」（"Polyphony: Enacting a Meditation"）　482
リー、ナンシー（Lee, Nancy）　427, 445
　作品：『死んだ少女たち』（*Dead Girls*）　445
リーコック、スティーヴン（Leacock, Stephen）　022, 110, 214-20, 225-26, 229, 230-32, **233**, 249, 324, 327, 342, **449**
　作品：「A、B、C──数学の人間的要素」（"A, B, and C: The Human Element in Mathematics"）　220, 229
　『ある小さな町のほのぼのスケッチ集』（*Sunshine Sketches of a Little Town*）　022, 219, 226, 229, **233**
　「『エンヴォイ』」（"L'Envoie"）　230-31
　「カナダにおける国民文学の問題」（"The National Literature Problem in Canada"）　327
　「飛ぶように過ぎ去る大学時代」（"The Flight of College Time"）　324
　「ナイツ・オブ・ピシアスの海洋遊覧旅行」（"Marine Excursion of the Knights of Pythias"）　230
　『文学的しくじり集』（*Literary Lapses*）　229
　『有閑階級とのアルカディア冒険旅行』（*Arcadian Adventures with the Idle Rich*）　219, 229-30, 232
　「わが財政歴」（"My Financial Career"）　229
リード、ジェイミー（Reid, Jamie）　477, **490**
　作品：『ダイアナ・クロール──愛の言葉』（*Diana Krall: The Language of Love*）　478, **490**
リード、ジョン（Reade, John）　179
　作品：『マーリンの予言』（*The Prophecy of Merlin*）　179
リーニー、ジェイムズ（Reaney, James）　032, 349 351, 355-56, 428, 456, 473-74, 477, 479, 482
　「アルファベット」の編者として（as *ALPHABET* editor）356, 473
　作品：『田舎町に宛てた12通の手紙』（*Twelve Letters to a Small Town*）　356
　『イラクサの服』（*A Suit of Nettles*）　356
　『ドネリー家の人々』（*The Donnellys*）　356, 456
　『募金のための競売会』（*The Box Social*）　428
　『レッド・ハート』（*The Red Heart*）　356
リヴァール、イヴォン（Rivard, Yvon）　695
　作品：『カラスの沈黙』（*Les Silences du corbeau*）　695
リヴァセイ、ドロシー（Livesay, Dorothy）　026, 321, 328-30, 332-33, **336**, 349-52, 475-76, 483
　および「ニュー・フロンティア」誌（and *New Frontier*）　351

および『ニュープロヴィンセス』（and *New Provinces*）　332, 351
政治詩人として（as political poet）　351, 476
1970/1980年代の詩人に及ぼした影響として（as influence on poets of the 1970s and 1980s）　476
ラジオ詩劇（radio verse dramas of）　353
作品：『自己充足の樹』（*The Self-Completing Tree*）　352, 483
　『人民のための詩』（*Poems for People*）　352
　『道標』（*Signpost*）　329
　『ドキュメンタリー』（*The Documentaries*）　475
　『昼と夜』（*Day and Night*）　352
　『昼と夜』（"Day and Night"）　352
　「ファンタジア、ヘレナ・コールマンのために」（"Fantasia, for Helena Coleman"）　352
　『不安なベッド』（*The Unquiet Bed*）　352, 475
　『プレインソング』（*Plainsongs*）　475
　『緑の水差し』（*The Green Pitcher*）　329, 351
　『わが同胞を家路につかせよ』（*Call My People Home*）　026, 352
リエル、ルイ（Riél, Louis）　019-20, 038, 130, 257, 378, 485, 536, 538, 546, 659, 669, 700
リガ、ジョージ（Ryga, George）　030, 456, 571, 579, 610
　作品：『リタ・ジョーのよろこび』（*The Ecstasy of Rita Joe*）　030, 456, 571, 573
リセンコー、ヴェラ（Lysenko, Vera）　347
　作品：『黄色いブーツ』（*Yellow Boots*）　347
リゾット、ギ（Lizotte, Guy）　646
リチャーズ、デイヴィッド・アダムズ（Richards, David Adams）　039-041, 429, 441, 542-43, **548**
　ウィリアム・フォークナーとの比較（comparison with William Faulkner）　543
　および社会主義リアリズム（and social realism）　543
　ミラミチ・ヴァレー小説（and Miramichi Valley fiction）　543
　作品：『子供同士の慈悲』（*Mercy Among the Children*）　040, 543
　『失意の者たちの川』（*River of the Brokenhearted*）　041, 543
　『ステーション・ストリートの夜』（*Nights Below Station Street*）　543
　『負傷者を追い詰める者たちへ』（*For Those Who Hunt the Wounded Down*）　543
　『夕べの雪は平和をもたらす』（*Evening Snow Will Bring Such Peace*）　543
　『夜の踊り子たち』（*Dancers at Night*）　441

リチャードソン、サミュエル（Richardson, Samuel）098, 108
リチャードソン、ジョン（Richardson, John）017, 132, 157-58, 163, 166, **173**
 作品：『カナダ人兄弟』（*The Canadian Brothers*）158, 163
  『ワクースタ』（*Wacousta*）017, 157-58, 166, **173**
リッチ、ニノ（Ricci, Nino）037, 045, 610, 617, 623
 作品：『聖人伝』（*Lives of the Saints*）037, 617
リッチラー、モーデカイ（Richler, Mordecai）027-030, 037, 039, 229, **233**, 338, 346, 370, 376, **377**, 379, 432, **449**, 511, **528**, 532, 541, **548**, 606, **630**
 映画の脚本家として（as film script writerz）347
 ケベックの反ユダヤ主義の批判者として（as critic of Quebec anti-Semitism）618
 作品：『アクロバット』（*The Acrobats*）027, 347
  『おお、カナダ！ おお、ケベック！ 引き裂かれた国へのレクイエム』（*Oh Canada! Oh Quebec! Requiem for a Divided Country*）020, 029, 367, **630**
  『ザ・ストリート』（*The Street*）370, **379**
  『市井の英雄の息子』（*Son of a Smaller Hero*）347
  『ジョシュアの昨今』（*Joshua Then and Now*）541
  『セント・アーベインの騎士』（*St Urbain's Horsetnan*）370, 541
  『ソロモン・ガースキーはここにいた』（*Solomon Gursky Was Here*）**548**
  『ダディ・クラヴィッツの徒弟時代』（*The Apprenticeship of Duddy Kravitz*）028, 347, 541
  『敵の選択』（*A Choice of Enemies*）027, 347
  『バーニーの見解』（*Barney's Version*）039, 347, 372, 541
「リテラリー・ガーランド」誌（*Literary Garland, The*）018, 141, 148, 150, 152
リトルウッド、ジョーン（Littlewood, Joan）452
料理本（cookbooks）208-09
 家庭領域のネイチャーライティング（domestic dimension of nature writing）209
 『ゴールトの料理本』（*The Galt Cook Book*）208-09
旅行記（travel writing）061-62, 098-133
 20世紀末と21世紀の「故郷」への旅（journeys "horne" in late C20 and C21）590, 592, 595-97, 599-600
 視覚的な記録（visual documentation）130
 極北（Far North）131-33
 女性の旅物語（women's travel narratives）141-44, 259-62, 375, 627
 冒険観光（adventure tourism）130, 132

（冒険物語、毛皮交易業者の日記の項も参照）
リヨタール、ジャン＝フランソワ（Lyotard, Jean-François）508
リル、ウェンディー（Lill, Wendy）288, **293**, 457
 作品：『キメラ』（*Chimera*）458
  『グレイス・ベイ炭鉱博物館』（*Glace Bay Miners' Museum*）458
  『シスターズ』（*Sisters*）457
  『全て崩れゆく』（*All Falls Down*）458
  『戦う日々』（*The Fighting Days*）**293**, 457
  『ヘザー・ローズの職業』（*The Occupation of Heather Rose*）457
リルケ、ライナー・マリア（Rilke, Rainer Maria）416, 473, 482
リルバーン、ティム（Lilburn, Tim）045, 481, 483-84
 作品：『キルサイト』（*Kill-site*）484
 （編）『考えること、歌うこと』（*Thinking and Singing*）483
 （編）『詩と知ること』（*Poetry and Knowing*）483
リングウッド、グウェン・ファリス（Ringwood, Gwen Pharis）451, 461, 570
 作品：『家はまだ立っている』（*Still Stands the House*）451, 461
  『マヤ、またはハーモニカへの哀歌』（*Maya, or Lament for Harmonica*）570
ルイス、リリー（Lewis, Lily）239, 254, 262
ルヴァートフ、デニーズ（Levertov, Denise）472, 476
ルヴァスール＝ウイメ、フランス（Levasseur-Ouimet, France）670
 作品：『アルバータ物語』（*Contes albertains*）670
  『言葉の戦争』（*La Guerre des mots*）670
  『少数派の事務所、こんにちは！』（*Bureau de la minorité, bonjour!*）670
ルーザス、ポウル（Ruders, Poul）040, 409
ルーネベリ、ユーハン・ルードヴィーグ（Runeberg, Johan Ludvig）184
ルーフォー、アーマンド・ガーネット（Ruffo, Armand Garnet）530, 557-58, 561-62, **569**
 グレイ・アウルと家族の歴史について（on Grey Owl and family history of）562
 植民地時代の歴史に関するオジブワの見解（Ojibwa perspective on colonial history of）561
 作品：『グレイ・アウル――アーチー・ベラニーの謎』（*Grey Owl: The Mystery of Archie Belaney*）562
  『ジェロニモの墓で』（*At Geronimo's Grave*）562
  『空の隙間』（*Opening in the Sky*）561
  「ダンカン・キャンベル・スコットに捧げる詩」

("Poem for Duncan Campbell Scott") 561
ルール、ジェイン（Rule, Jane） 029, 372
　作品:『心の砂漠』（Desert of the Heart） 029, 372
　　　『抱き合う若者たち』（The Young in One Another's Arms） 372
ルシュウール・W. D.（Le Sueur, W. D.） 257
ルジュヌ、ポール（Lejeune, Fr. Paul） 060, 065-66, 068, 071, 076-78, 095
ルソー、エドモン（Rousseau, Edmond） 169, 175
　作品:『イベルヴィルの功績』（Les Exploits d'Iberville） 169, 175
ルソー、ジャン・ジャック（Rousseau, Jean Jacques） 101
　作品:『社会契約論』（Du contract social） 101
　　　『エミール』（Émile） 101
ルタイフ、ナディーヌ（Ltaif, Nadine） 612
ルック、レオン（Rooke, Leon） 434
　作品:『悪を叫ぶ』（Cry Evil） 434
　　　『誰が好きか』（Who Do You Love?） 434
ルティエ、シモーヌ（Routier, Simone） 024, 649
　作品:『永遠の青年』（L'Immortel Adolescent） 649
ルデュック、アンドレ（Leduc, André） 646
ルノー、ジャック（Renaud, Jacques） 029, 689, 703
　作品:『文無し』（Le Cassé） 029, 689
ルノー、テレーズ（Renaud, Thérèse） 641
ルパージュ、ロベール（Lepage, Robert） 036, 039, 468, 584, 675-76
　異文化間のテーマ（transcultural themes in） 468
　国際的評価（international acclaim） 676
　想像的演劇技法（imaginative theatricality） 468, 676
　多種多様な演出（variety of dramatic productions by） 676
　ポリフォニック言語の演劇（linguistically polyphonic plays of） 468, 676
　作品:『アンデルセン・プロジェクト』（Le Projet Anderson） 675
　　　『ヴィンチ』（Vinci） 036, 675
　　　『エルシノア』（Elseneur） 675
　　　『太田川の七つの流れ』（Les Sept branches de la rivière Ota / The Seven Streams of the River Ota） 676
　　　『奇蹟の幾何学』（La Géométride des miracles） 676
　　　『テクトニック・プレート』（Tectonic plates / Les Plaques tectoniues） 468, 676
　　　『ドラゴン三部作』（The Dragon's Trilogy / La Trilogie des dragons） 036, 468, 676
　　　『針と阿片』（Les Aiguilles et l'opium） 676

『ポリグラフ』（Polygraph / Polygraphe） 039, 468, 676
ルビオ、メアリー（Rubio, Mary） 311
ルブラン、ジェラルド（LeBlanc, Gerald） 644-45, 655
　作品:『赤い夜の地理学』（Géographie de la nuit rouge） 644
　　　『極限の境界』（L'Extrême Frontière） 645, 655
ルブラン、レモン・ギ（LeBlanc, Raymond Guy） 644-45, 654
　作品:『愛と希望の歌』（Chants d'amour et d'espoir） 644
　　　『大地の叫び』（Cri de Terre） 644, 654
ルフランソワ、アレクシス（Lefrançois, Alexisé） 648
ルプロオン、ロザンナ・ミュラン（Leprohon, Rosanna Mullins） 019, 163-64, 215
　作品:『アントワネット・ド・ミルクール』（Antoinette de Mirecourt） 019, 163, 174
ルミール、モーリス（Lemire, Maurice） 683, 702
ルムラン、ロジェ（Lemelin, Roger） 025-26, 341, 349, 687, 702
　作品:『プルッフ一家』（Les Plouffe / The Plouffe Family） 026, 341, 349
　　　『緩やかな坂の下で』（Au pied de la pente douce） 025, 687
ルメ、パンフィル（Le May, Pamphile） 021, 161, 167, 173, 637
ルモイン、スチュワート（Lemoine, Stweart） 467, 470
　作品:『エンパイアの頂点で』（At the Zenith of the Empire） 467, 470
ルモワンヌ、ジェイムズ・マクファーソン（Le Moine, James MacPherson） 162
ルモワンヌ、ジャン（Le Moyne, Jean） 095, 097, 698
　作品:『集中』（Convergences） 097
ルルー、ルイ・パトリック（Leroux, Louis Patrick） 668
レイ、カール（Ray, Carl） 560
レイ、ジョン（Rae, John） 133, 137
レイシー、アーサー・G.（Racey, Arthur G.） 512
レイトン、アーヴィング（Layton, Irving） 028, 334, 349, 353-55, 472, 474-76, 482, 610, 618
　作品:『いま、ここに』（Here and Now） 353-54
　　　『薄れゆく火』（The Darkening Fire） 482
　　　『詩集』（Collected Poems） 475
　　　『太陽のための赤絨毯』（Red Carpet for the Sun） 028, 354-55, 472

『特異な野性的喜び』(Wild Peculiar Joy) 482
『メシアを待つ』(Waiting for the Messiah) 355
『揺るがぬ目』(The Unwavering Eye) 482
レイン、パトリック (Lane, Patrick) 481
レヴァイン、ノーマン (Levine, Norman) 027, 347-48, 428-29, 435, 610
　作品:『カナダが僕を作った』(Canada Made Me) 027, 348
　　『薄氷』(Thin Ice) 435
レヴェイエ、J. ロジェ (Léveillé, J. Roger) 654-55, 700
　作品:『最初の死の作品』(Œuvre de la première mort) 647
　　『沈む湖の太陽』(Le Soleil du lac) 700
　　『証拠物件』(Pièces à conviction) 647
　　『モントリオール詩編』(Montréal poésie) 647
レヴェック、シャルル (Levesque, Charles) 635
レーシュ、ジャン=フィリップ (Raiche, Jean-Philippe) 645, 655
レキー、ロス (Leckie, Ross) 481
歴史劇 (historical drama)(英語) 168-69, 451, 453, 455-57, 466, 530, 576-77 /(仏語) 659, 666, 669-71
歴史詩(英語)(historical poetry) 162, 164, 169, 333, 407, 482, 484-85, 506-07, 530-31, 562, 166-67, 170 /(仏語) 161-62, 168, 634
歴史小説 (historical fiction)
　19 世紀:(英語) 157, 159, 163-64, 170-01, 242, 250 /(仏語) 158-65, 169-70, 172, 683
　1900～1970 年:(英語) 284-86, 343-44
　1970 年以降:(英語) 408-09, 418, 446, 494-500, 531-32, 534-35, 541-46, 628
　　(仏語) 683, 692, 694-96, 699, 701
　小説と歴史 (fiction and history) 156-60, 162-63, 534-35
　小説、歴史、神話 (fiction, history, and myth) 506, 533-34, 536, 539-40, 542, 544-46, 691-92, 695, 699
　ゴースト・ストーリー/亡霊の物語 (ghost stories) 530, 544-45, 575-76
　ヒストリオグラフィック・メタフィクション (historiographic metafiction) 409, 531-32
　(カナダ文学史の項も参照)
歴史的著作 (historical writing)
　(ノン・フィクション)(non-fiction) 156-58
　(英語) 161-62, 164-65, 167, 170-71, 545
　(仏語) 159-60, 165-67, 633
　20 世紀 (C20) 382-85, 450-52, 530, 536, 541-42
レジェ、ディアンヌ (Léger, Dyane) 645
レスカルボ、マルク (Lescarbot, Marc) 015, 060, 065-66, 077, 087, 450, 632, 658
　作品:『ネプチューンの芝居』(Théâtre de Neptune) 015, 065, 658
　　『ヌーヴェル=フランスの歴史』(Histoire de la Nouvelle France) 632
　　『ヌーヴェル=フランスのミューズたち』(Les Muses de la Nouvelle France) 632
レスペランス、ジョン・タロン (Lesperance, John Talon) 166
　作品:『バストネ軍──アメリカのカナダ侵攻 1775-76 年物語』(The Bastonnais: Tale of the American Invasion) 166
レズリー、フランク (Leslie, Frank) 216, 235-37, 240, 252
レッドバード、デューク (Redbird, Duke) 361, 364, 550-51
レッドヒル、マイケル (Redhill, Michael) 041, 043, 429, 440, 535, 548
　作品:『忠誠』(Fidelity) 440
　　『慰め』(Consolation) 043, 535, 548
レノウェンズ、アナ (Lenowens, Anna) 259-60, 272
　作品:『シャム王室のイギリス人家庭教師』(An English Governess at the Siamese Court) 260
連邦詩人(ポスト・コンフェデレーション詩人の項参照)(Confederation poets〈see Post-Confederation poets〉)
ローガン、ウィリアム (Logan, William) 195
ローズ、ジョージ・マクリーン (Rose, George MacLean) 238
ローズ、リチャード (Rose, Richard) 454
ローゼンファーブ、シャヴァ (Rosenfarb, Chava) 370-71, 380, 609
　作品:『エデンの外で』(Aroys fun gan Eiden) 370
　　「エッジアの復讐」("Edgia's Revenge") 371, 380
　　「新来移民」("The Greenhorn") 371, 380
ローゼンブラート、ジョー (Rosenblatt, Joe) 475
ロート、アグネス (Laut, Agnes) 243
ロード、ジョン・キースト (Lord, John Keast) 201, 212
　作品:『荒野で気楽に過ごす』(At Home in the Wilderness) 201, 212
　　『ヴァンクーヴァー島とブリティッシュ・コロンビアのナチュラリスト』(The Naturalist in Vancouver Island and British Columbia) 201, 212
ローリエ、ウィルフリド (Laurier, Wilfrid) 021, 134, 264, 358, 490, 547, 604, 629, 703
ロールズ、ジョン (Rawls, John) 397

ローレンス、マーガレット（Laurence, Margaret）027-29, 031-32, 284, **292**, 372, 375, **380**, 404, 428, 431, 436, 459, 536-37, **548**, 593, 620, 626, 762
　作品：『明日の調教師』（*The Tomorrow-Tamer*）029, 375, 436
　　　『家の中の鳥』（*A Bird in the House*）031, 284, **292**, 436
　　　『異邦人の心』（*Heart of a Stranger*）375, **380**
　　　『占う者たち』（*The Diviners*）032, 284, **292**, 537
　　　『太鼓と大砲の長い響き』（*Long Drums and Cannons*）375
　　　『貧者の憩いの樹』（*A Tree for Poverty*）027, 375
　　　『予言者のラクダの鈴』（*The Prophet's Camel Bell*）029, 375
　　　『ヨルダンのこちら側』（*This Side Jordan*）028, 375
　　　「私にとって重要だった本」（"Books That Mattered to Me"）536
ローワン、ジョン（Rowan, John）203-05
　作品：『カナダの移住者とスポーツマン』（*The Emigrant and Sportsman in Canada*）203, **212**
67年万博、モントリオール（Expo 67, Montreal）359
　および北極圏（and Arctic North）363-64
　およびポピュラー・カルチャー（and popular culture）359, 363
　オランダ館（Dutch pavilion）376
　カナダ館（Pavilion of Canada）360
　カナダ先住民館（Pavilion of Canada's Indians）362, 364-65
　カヌー・ページェント（canoe pageant）365
　国のアイデンティティに関する英系・仏系間の議論（English-French debates on national identity）360-62
　クリスチャン館（Christian pavilion）373
　ケベック館（Pavilion of Quebec）360
　作家の参加（writers' participation in）361, 365-67
　フランス館（French pavilion）359
　文化的重要性（cultural significance of）359, 364
　翻訳の問題（translation problems）360, 366
ロジャーズ、チャールズ・ゴードン（Rogers, Charles Gordon）190
ロション、エステル（Rochon. Esther）698
ロス、アレグザンダー（Ross, Alexander（1783-1856））126, **135**
　作品：『オレゴンもしくはコロンビア川畔の最初の入植者たちの冒険』（*Adventures of the First Settlers on the Oregon or Columbia River*）126, **135**
ロス、アレグザンダー・ミルトン（Ross, Alexander Milton（1832-1897））209-10, **213**
　作品：『カナダの鳥類』（*The Birds of Canada*）209, **213**
ロス、イアン（Ross, Ian）581-82
　作品：『フェアウェル』（*fareWel*）581
　　　『ギャップ』（*The Gap*）581
ロス、シンクレア（Ross, Sinclair）025, **316**, 338, 342-43, 357, 428-29, 433
　作品：「一頭は若い雌牛」（"One's a Heifer"）433
　　　『真昼のランプ、その他の物語』（*The Lamp at Noon and Other Stories*）428
　　　「ペンキの塗られたドア」（"The Painted Door"）433
　　　『私と私の家に関しては』（*As For Me and My House*）025, **316**, 338, 342
ロゾー、アルベール（Lozeau, Albert）022, 637-38, **653**
　作品：『孤独な魂』（*L'Âme solitaire*）022, 637
　　　『日々の鏡』（*Le Miroir des jours*）637
ロバーツ、チャールズ・G. D.（Roberts, Charles G. D.）020-21, 024, 170-72, 179-92, **192**, 214-24, 232, **232**, 239-40, 243, 250, 275, 309, 321, 325
　およびヤング・カナダ文学運動（and Young Canada literary movement）180
　作品：『ありふれた日の歌と祝辞！ シェリー生誕100周年に寄せる頌歌』（*Songs of the Common Day, and Ave! An Ode for the Shelley Centenary*）182, 185, 187
　　　『イン・ダイヴァース・トーンズ』（*In Divers Tones*）182, **232**
　　　『オリオン、その他の詩』（*Orion and Other Poems*）020, 179-80, 182, 186
　　　『カナダの歴史』（*A History of Canada*）165, 171
　　　「視察（ソンム、1919年）」（"Going Over (the Somme 1919)"）275
　　　「詩人、マンハッタン島へ招かれる」（"The Poet Is Bidden to Manhattan Island"）218
　　　「タントラマー再訪」（"Tantramar Revisited"）183
　　　「肉を神に求めよ」（"Do Seek Their Meat from God"）223
　　　『地上の謎——短編集』（「迷い牛」）（*Earth's Enigmas: A Volume of Stories* 〈"Strayed"〉）021, 184, 214, 221, 223
　　　『ニューヨーク夜想曲、その他の詩』（*New York Nocturnes and other Poems*）190
　　　『バラの本』（*The Book of the Rose*）190
　　　「百獣の王」（"King of Beasts"）223
　　　「文学の展望」（"The Outlook for Literature"）181

『昔のカナダ人』（翻訳）（Canadians of Old） 175
『野生の一族』（「空の王者」「黄昏迫る伐採跡地」）
（The Kindred of the Wild〈"The Lord of the Air,"
"When Twilight Falls on the Stump Lots"〉） 193,
221-22
『山道の見張り番』（The Watchers of the Trails）
221
ロバートソン、マーガレット・マリー（Robertson,
Margaret Murray） 256
作品：『クリスティー・レッドファーンの問題――ア
メリカの物語』（Christie Redfirn's Troubles: An
American Story） 256
『シェナクの家での仕事――カナダ生活の物語』
（Shenac's Work at Home: A Story of Canadian Life）
256
ロバートソン、リサ（Robertson, Lisa） 485
作品：『デビー――叙事詩』（Debbie: An Epic） 485
『天気』（The Weather） 485
ロバン、レジーヌ（Robin, Régine） 035, 617, 619, 696,
704
作品：『ラ・ケベコワット』（La Québécoite） 035, 619,
696
ロビンソン、イーデン（Robinson, Eden） 445, 565-66
作品：『モンキー・ビーチ』（Monkey Beach） 565
『罠道』（Traplines） 445, 565
ロビンソン、ハリー（Robinson, Harry） 037-38, 442,
489, 558, 560, 564
オカナガンの語り部（Okanagan storyteller） 560
音楽学者との共作（collaboration with musicologist） 560
トマス・キングへの影響（influence on Thornas King）
560
作品：『心に刻みつけよ――オカナガンのストーリー・
テラーによる叙事詩の世界』（Write It on Your
Heart: The Epic World of an Okanagan Storyteller）
037, 560
ロベルヴァル、ジャン＝フランソワ・ド・ラ・ロック
（Roberval, Jean-François de La Roque, Sieur de） 043,
169
ロマンス（romance） 098, 102, 157-60, 162-64, 166,
168, 178, 222, 225, 275, 282, 309, 316, 339, 341, 346,
392, 418, 422, 432, 500
ロムニー、ジョージ（Romney, George） 106
ロラン、アンリ（Rollin, Henri） 623, 660
作品：『オロール、殉教の子』（レオン・プティジャン
との共作）（Aurore, l'enfant Martyre〈co-authored
with Léon Petitjean〉） 023, 660
ロランジェ、ジャン＝オベール（Lolanger, Jean-Aubert）

023, 638, 653
作品：『環境』（Les Atmosphères） 023, 638, 653
『地方主義を求めて』（À la recherche du
régionalisme） 638
ロランジェ、フランソワーズ（Loranger, Françoise）
026, 663
作品：『あと五分』（Encore cinq minutes） 663
『ある家……ある日……』（Une maison ...un jour...）
663
『王の道』（Le Chemin du roy） 663
『レアなミディアム』（Medium saignant） 663
ロレンス、D. H.（Lawrence, D. H.） 300, 354
ロワ、アンドレ（Roy, André） 647, 650, 670
作品：『強度加速器』（L'Accélérateur d'intensité） 650
ロワ、ガブリエル（Roy, Gabrielle） 025-27, 033, 035,
340, 349, 357, 359, 365-66, 368, 379, 688, 694, 702
都市のリアリズム（on urban realism） 340, 688
万博への参加（Expo participation by） 365-66
作品：『小さな水鳥』（La Petite Poule d'eau） 026, 340
『束の間の幸福／ブリキのフルート』（Bonheur
d'occasion / The Tin Flute） 025, 340, 357, 688,
694, 702
『デシャンボー通り／金持ち通り』（Rue
Deschambault / Street of Riches） 027
『人間の大地／人とその世界』への序文
（Introductory Essay to Terre des hommes / Man and
His World） 030
ロワ、カミーユ（Roy, Camille） 021-23, 369, 686
ロワ、ジャン＝ギ（Roy, Jean-Guy） 669
作品：『フレンチー』（イレーヌ・マエとの共作）（Frenchie
〈co-authored with Irène Mahé〉） 669
ロワ、レジス（Roy, Régis） 661
ロングフェロー、ヘンリー・ワズワース（Longfelow,
Henry Wadsworth） 018, 161-62, 173, 184-85, 198, 699
ロンファール、ジャン＝ピエール（Ronfard, Jean-
Pierre） 035, 675-76
作品：『千夜一夜物語』（Les Mille et une nuits） 675
『タイタニック号』（Le Titanic） 329, 332, 676
『跛の王さまの生と死』（Vie et mort du Roi Boiteux）
035, 676
『ドン・キホーテ』（Don Quichotte） 675

【わ】

ワー、フレッド（Wah, Fred） 035, 045, 477, 499, 610
作品：「この樹枝状の地図―― 父／母の俳文」（"This
Dendrite Map:Father /Mother Haibun"） 499

『ダイアモンド・グリル』（*Diamond Grill*） 499
ワーズワース、ウィリアム（Wordsworth, William） 182-85, 322
ワイアット、レイチェル（Wyatt, Rachel） 427, 429, 445, 451
ワイズマン、アデル（Wiseman, Adele） 027, 346-47, 357, 610
 作品：『犠牲』（*The Sacrifice*） 027, 346
ワイルド、オスカー（Wilde, Oscar） 525
ワガミーズ、リチャード（Wagamese, Richard） 564, 569
 作品：『キーパーとぼく』（*Keeper 'n Me*） 564, 569
ワットモウ、デイヴィッド（Watmough, David） 428
ワディングトン、ミリアム（Waddingron, Miriam） 349-50, 353, **358**, 374, 471, 481
 作品：『アパートメント・セヴン──新旧のエッセイ集』（*Apartment Seven: Essays Selected and New*） 358
  『グリーン・ワールド』（*Green World*） 353
  『最後の風景』（*The Last Landscape*） 471
  「トロントのジャック・カルティエ」（"Jacques Cartier in Toronto"） 471
ワトソン、ウィルフレッド（Watson, Wilfred） 344
 作品：『フライデーの子供』（*Friday's child*） 344
ワトソン、シーラ（Watson, Sheila） 028, 343-44, 357, 445, 495, 507
 作品：『深い窪地の小川』（*Deep Hollow Creek*） 344
  『二重の鈎針』（*The Double Hook*） 028, 343, 344, 507
  『父の王国』（*A Father's Kingdom*） 445
ワンガースキー、ラッセル（Wangersky, Russell） 440
 作品：『悪い選択の時』（*The Hour of Bad Decisions*） 440

『ケンブリッジ版カナダ文学史』翻訳者一覧

赤松佳子	ノートルダム清心女子大学教授（10 章）
荒木陽子	北海道情報大学準教授（3、7 章）
伊藤節	東京家政大学教授（12、23 章）
大塚由美子	北九州市立大学他非常勤講師（11 章）
大矢タカヤス	東京学芸大学名誉教授（1 章）
小畑精和	元明治大学教授（6 章）
神崎舞	摂南大学専任講師（30 章）
岸野英美	松江工業高等専門学校専任講師（8 章）
笹岡修	東京都立板橋有徳高等学校教諭（9 章）
佐々木菜緒	明治大学（院）（31 章）
佐藤アヤ子	明治学院大学教授（16 章）
柴田千秋	福岡大学非常勤講師（27 章）
竹中豊	カリタス女子短期大学教授（2 章）
堤稔子	桜美林大学名誉教授（4、13 章）
戸田由紀子	椙山女学園大学教授（18 章）
虎岩直子	明治大学教授（21 章）
長尾知子	大阪樟蔭女子大学教授（15 章）
中島恵子	大阪成蹊大学教授（19 章）
松田寿一	北海道武蔵女子短期大学教授（14 章）
水之江郁子	共立女子大学名誉教授（22、24 章）
宮澤淳一	青山学院大学教授（17 章）
村上裕美	関西外国語大学短期大学部准教授（5 章）
室淳子	名古屋外国語大学教授（25、26 章）
山出裕子	明治大学他兼任講師（28 章）
山本妙	同志社大学教授（29 章）
吉原豊司	メイプルリーフ・シアター（20 章）

＊括弧内は担当章を示す。

【編者】　コーラル・アン・ハウエルズ

レディング大学（イギリス）名誉教授。現在、ロンドン大学英文学研究所准研究員。
カナダ文学、特に、マーガレット・アトウッド、アリス・マンローなどの現代カナダ女性作家に関するものをテーマに広範に出版。
The Cambridge Companion to Margaret Atwood（Cambridge, 2006）の編者で、
1997年と2006年にマーガレット・アトウッド学会より2回最優秀賞を受賞。

【編者】　エヴァ＝マリー・クローラー

ブリティッシュ・コロンビア大学（ヴァンクーヴァー）英文学科教授。
Travellers in Europe, 1851-1900（1987）、*George Bowering: Bright Circles of Colour*（1992）、
The Cambridge Companion to Canadian Literature（2004）などカナダ文学関係を多数出版。
1995年から2003年まで *Canadian Literature* 編集長。カナダ王立協会会員。

【日本語版監修者】　堤稔子
（つつみ・としこ）

桜美林大学名誉教授。日本カナダ文学会顧問・元会長。
東京女子大学・米国ワシントン大学卒（Ph.D.）。
主な著書：『カナダの文学と社会――その風土と文化の探究』（こびあん書房、1995年）、
『日本とカナダの比較文学的研究――さくらとかえで』（共著、文芸広場社、1985年）、
『カナダを知るための60章』（共著、明石書店、2003年）ほか。
訳書：ナット・ブラント『南北戦争を起こした町――奴隷解放とオーバリン大学』
（共訳、桜美林大学英語英米文学科訳、彩流社、1999年）。

【日本語版監修者】　大矢タカヤス
（おおや・たかやす）

東京学芸大学名誉教授。
東京大学大学院博士課程中退。
著書：『バイカルチャーものがたり』（近代文芸社、1997年）、
『地図から消えた国――アカディの記憶――』（共著、書肆心水、2008年）。
編著：『バルザック「人間喜劇」全作品あらすじ』（藤原書院、1999年）。
訳書：ローズ・フォルタシェ『19世紀フランス小説』（白水社、1985年）、
セリーヌ『リゴドン』（筑摩書房、1998年）、バルザック『セザール・ビロトー』（藤原書院、1999年）、
アレクサンドル・デュマ『モンテ・クリスト伯爵』（新井書院、2012年）ほか。

【日本語版監修者】　佐藤アヤ子
（さとう・あやこ）

明治学院大学教授。
1979年明治学院大学大学院文学研究科英文学専攻博士後期課程単位取得満期退学。
1991年～1993年ブリティッシュ・コロンビア大学客員研究員。
日本カナダ文学会会長、日本カナダ学会理事、日本ペンクラブ理事。
主な著書：『J.D.サリンジャー文学の研究』（共著、東京白河書院、1983年）。
主な訳書：マーガレット・アトウッド『負債と報い――豊かさの影』（岩波書店、2012年）、
マーガレット・アトウッド『またの名をグレース』（岩波書店、2008年）、
ミシェル・マルク・ブシャール『孤児のミューズたち』（彩流社、2004年）。

ケンブリッジ版 カナダ文学史

2016年8月31日　第1刷発行

編者　コーラル・アン・ハウエルズ／エヴァ＝マリー・クローラー
日本語版監修者　堤稔子／大矢タカヤス／佐藤アヤ子
翻訳者　日本カナダ文学会
©The Canadian Literary Society of Japan 2016, Printed in Japan
発行者　竹内淳夫

発行所　株式会社 彩流社
〒102-0071　東京都千代田区富士見2-2-2
電話 03 (3234) 5931　(代表)　FAX 03 (3234) 5932
http://www.sairyusha.co.jp

装丁　遠藤陽一(デザインワークショップジン)
印刷　(株)平河工業社
製本　(株)難波製本
定価はカバーに表示してあります。
落丁本・乱丁本はお取替えいたします。
ISBN978-4-7791-2151-7　C0098

本書は日本出版著作権協会 (JPCA) が委託管理する著作物です。複写 (コピー)・複製、その他著作物の利用については、事前に JPCA (電話 03-3812-9424、e-mail:info@jpca.jp.net) の許諾を得て下さい。なお、無断でのコピー・スキャン・デジタル化等の複製は著作権法上での例外を除き、著作権法違反となります。

彩流社 カナダ文学作品

孤児のミューズたち

ミシェル・マルク・ブシャール〈著〉　リンダ・ガボリオ〈英訳〉　佐藤アヤ子〈訳〉

定価　（本体1500円＋税）　（2004.4）

母の出奔、父の死、残された四人の子供たち。
孤独な人々の哀しみと奥に潜む残酷性。別離の儀式が始まる。
それは家族の崩壊か出発か。カナダ・ケベックの人気劇作家の作品。

愛の深まり

アリス・マンロー〈著〉　栩木玲子〈訳〉

定価　（本体3000円＋税）　（2014.11）

ノーベル文学賞受賞作家にして、「短編小説の名手」と呼ばれるマンローが、
鋭い観察眼としなやかな感性で家族の内部に切り込み、さまざまな「愛」の形を追う11編。
脆くたくましい女たちの姿を通して人間関係の機微に触れる。

コーラス・オブ・マッシュルーム

ヒロミ・ゴトー〈著〉　増谷松樹〈訳〉

定価　（本体2800円＋税）　（2015.6）

カナダに生きる日系人家族三世代の女たち。
日本語しか話さない祖母と日本語がわからない孫娘が、時空を超えて語り出す──
マジックリアリズムの手法で描く、日系移民のアイデンティティと家族の物語。
コモンウェルス処女作賞ほか受賞の「日系移民文学」の傑作！

7ストーリーズ──7階でおきた7つの物語

モーリス・パニッチ〈著〉　吉原豊司〈訳〉

定価　（本体1500円＋税）　（2003.12）

一体、いつになったら飛べるんだろう……？
アパートの7階。飛び降りようと身構える一人の男。
すると傍らの窓が開いて痴話喧嘩中の男女が登場、男を巻き込んでの大騒ぎに……。
人気のカナダの気鋭劇作家が放つブラック・コメディ！

彩流社 カナダ文学作品

北斎と応為（上・下）
キャサリン・ゴヴィエ〈著〉　モーゲンスタン陽子〈訳〉

定価　（本体各 2200 円＋税）　（2014.6）

天才浮世絵師・葛飾北斎の娘に生まれ、
父とともに、ときには父に成り代わり描き続けた応為こと葛飾お栄。
「美人画では敵わない」と北斎に言わしめたにもかかわらず、
現存する作品はわずか数点という謎の絵師の生涯をカナダ人作家が描ききる。

小さな家々の村──カナダ北の大地の思い出
イアン・ファーガソン〈著〉　堀川徹志〈訳〉

定価　（本体 2000 円＋税）　（2005.10）

カナダのベストセラー作家が、生まれ育った北部アルバータ州の小さな村での思い出──
父子二代にわたる先住民との交流、友情と別れを自伝風に綴った破天荒なサバイバル文学。
2004 年度 S・リーコック・ユーモア賞受賞作品。

小川
キム・チュイ〈著〉　山出裕子〈訳〉

定価　（本体 2000 円＋税）　（2012.9）

ベトナム戦争後、ボートピープルとなった「私」が、
家族とともに辿り着いたのは純白の大地カナダだった──。
現在と過去、ベトナムとカナダを行き来して物語られる自伝的小説。
2010 年カナダ総督文学賞（フランス語フィクション部門）受賞。

彩流社 《カナダの文学》シリーズ

アガグック物語——極北に生きる
イヴ・テリオー〈著〉　市川慎一／藤井史郎〈訳〉　定価（本体2800円＋税）　（2006.4）

石の天使
マーガレット・ローレンス〈著〉　浅井晃〈訳〉　定価（本体2800円＋税）　（1998.4）

やあ、ガラルノー
ジャック・ゴドブー〈著〉　小畑精和〈訳〉　定価（本体1900円＋税）　（1998.5）

戦争
ティモシー・フィンドリー〈著〉　宮澤淳一〈訳〉　定価（本体2500円＋税）　（2002.1）

わが心の子らよ
ガブリエル・ロワ〈著〉　真田桂子〈訳〉　定価（本体2200円＋税）　（1998.12）

荷車のペラジー
アントニーヌ・マイエ〈著〉　大矢タカヤス〈訳〉　定価（本体2800円＋税）　（2010.12）

家族を駆け抜けて
マイケル・オンダーチェ〈著〉　藤本陽子〈訳〉　定価（本体2000円＋税）　（1998.3）

寝盗る女（上・下）
マーガレット・アトウッド〈著〉　佐藤アヤ子／中島裕美〈訳〉
（上）定価（本体2500円＋税）（下）定価（本体2800円＋税）　（2001.4）

カナダ戯曲選集（上）〈別巻〉
シャロン・ポーロック／アン・チスレット〈著〉　吉原豊司〈編訳〉　定価（本体2200円＋税）　（1999.4）

カナダ戯曲選集（下）〈別巻〉
ジョージ・リガ／ジョン・マレル〈著〉　吉原豊司〈編訳〉　定価（本体2200円＋税）　（1999.6）

サラ／ハイ・ライフ〈別巻〉
ジョン・マレル／リー・マクドゥーガル〈著〉　吉原豊司〈編訳〉　定価（本体2200円＋税）　（2002.6）

彩流社
《カナダ現代戯曲選》

ベルリンの東

ハナ・モスコヴィッチ〈著〉　吉原豊司〈訳〉　定価（本体2000円＋税）　（2015.7）

南米パラグアイに逃亡した元ナチス軍医を父に持つドイツ人男性と、
ホロコーストから生還した母を持つユダヤ系アメリカ人女性の出会い。
現在、カナダで最も将来を嘱目される劇作家が、ホロコースト第二世代の苦悩を鮮烈に描く。

ご臨終

モーリス・パニッチ〈著〉　吉原豊司〈訳〉　定価（本体2000円＋税）　（2014.10）

何十年も音信不通だった一人暮らしのおばから突然、危篤の報せが届く。
仕事を辞めて臨終に駆けつけた甥だったが、なかなかお迎えが来ない……。
一年におよぶ老女と中年男の奇妙な共同生活を描くブラック・コメディ！

洗い屋稼業

モーリス・パニッチ〈著〉　吉原豊司〈訳〉　定価（本体1500円＋税）　（2011.9）

高級レストランの地下。陽もあたらぬ穴倉でひたすら汚れた皿を洗う男たち。
カナダの人気劇作家が、格差社会の底辺を描く現代版「どん底」。
「このレストランが繁昌するかは、我々にかかっているんだ！」「ここは這い出せない蟻地獄ですよ……」

やとわれ仕事

フランク・モハー〈著〉　吉原豊司〈訳〉　定価（本体1500円＋税）　（2011.9）

8年間勤めた工場をリストラされた若い男。
今の生活から抜け出したいと思いながら、日々、仕事に向かうその妻。認知症がはじまった数学者の老婦人。
若者の就職難、独居老人の行く末をカナダ人ならではの温かい目で描き出す。

彩流社
カナダ文学関連書籍

言葉のうるわしい裏切り──評論集・カナダ文学を語る
ロバート・クロウチ〈著〉　久野幸子〈訳〉

定価　（本体3800円+税）　（2013.4）

アトウッド、オンダーチェらを擁する現代カナダ文学の本質を、
物語るように、詠うように論じた異色の文学論。
カナダ文学という豊饒なる世界が浮かび上がる。
カナダのプレーリー（平原）地方を代表する作家ロバート・クロウチ、初の日本語版。

マーガレット・アトウッド論──サバイバルの重層性「個人・国家・地球環境」
大塚由美子〈著〉

定価　（本体2500円+税）　（2011.11）

世界的な作家アトウッドの多彩な活動の根底に流れる「サバイバル」というキーワードが
初期小説群においてはメイン・プロットの裏側に巧妙に隠された形で描かれていたことを解明し、
同時に三つのサバイバル──個人（人間）、国家共同体、地球環境──が彼女の本質と指摘する。

〈現代作家ガイド5〉マーガレット・アトウッド
伊藤節〈編著〉　岡村直美／窪田憲子／鷲見八重子／宮澤邦子〈著〉

定価　（本体3000円+税）　（2008.11）

カナダを代表するストーリーテラー、
アトウッドを味わいつくすために必読のパーフェクトガイドブック！
長編全作品・短編・批評・詩の解説、インタビュー、作家経歴、キーコンセプトの数々から、
その魔術的物語の全貌を検証する。

ケベックの女性文学──ジェンダー・エクリチュール・エスニシティ
山出裕子〈著〉

定価　（本体2200円+税）　（2009.4）

カナダ・ケベックの女性文学を
「ジェンダー」「民族の多様性」「移民」などのキーワードで読解。
個性的な12人の女性作家とその作品を紹介し、
ケベック女性文学史、ブックガイドともなる1冊。

彩流社
カナダ文学関連書籍

「辺境」カナダの文学――創造する翻訳空間
平林美都子〈著〉

定価　（本体 2200 円 + 税）　（1999.2）

「普遍」の名のもとでの支配的な文化規範に挑戦する「辺境」カナダの文学。
"翻訳という戦略"をもとにジェンダー、人種、国籍、テクストの絶対性を疑い、
書き換えることにより、新しい文化／文学を創造していく現代カナダの作家たちに迫る。

トランスカルチュラリズムと移動文学 ――多元社会ケベックの移民と文学
真田桂子〈著〉

定価　（本体 2500 円 + 税）　（2006.3）

ナショナリズムと多民族化のベクトルが交錯し、英仏二つの言葉がせめぎ合い、
移民出自の言語と文化の"三角構造"が現出しているモントリオール。
そうした横断文化的な状況下で、移民文学を超えた文学の地平「移動文学」の現状と展望。

〈フィギュール彩15〉快読『赤毛のアン』
菱田信彦〈著〉

定価　（本体 1800 円 + 税）　（2014.5）

こんなアン、見たことない！
不朽の名作だけれど、意外と知らない原作の面白さや深さを、
児童文学専門の著者が、章ごとに歴史的背景や会話の一つ一つを徹底快読！
翻訳者の村岡花子の翻訳も分析しています！【重版出来】